Das Buch

Diese anspruchsvolle Saga erzählt die Geschichte dreier Generationen einer angesehenen lombardischen Unternehmersfamilie, vom Aufstieg und allmählichen Niedergang eines Familienimperiums. Der Roman setzt ein im Jahre 1864 mit der Geburt des dritten Sohnes der Familie Dago, Innocentes, in den die Eltern später hohe Erwartungen setzen werden, denn die beiden Erstgeborenen, Paolo, der Dandy, und Francesco, der sich zum Priester berufen fühlt, scheinen für die Rolle des Familienoberhauptes untauglich. Die Tochter Ismene wurde bereits mit einer ansehnlichen Mitgift abgefunden. Zunächst nimmt alles seinen Gang; Cént, wie Innocente genannt wird, kehrt nach dem Jurastudium ins Elternhaus zurück, um seinem Vater bei der Führung des herrschaftlichen Gutes und der florierenden Seidenspinnerei zur Seite zu stehen. Doch dann verliebt er sich in die hübsche Spinnerin Netta, ein einfaches Mädchen aus dem Dorf. Eine Verbindung, die die Eltern keineswegs tolerieren, auch nicht, als Netta schwanger wird, haben sie doch bereits eine gute Partie für ihren Erben ausgewählt. Doch Cént hat seinen eigenen Willen… Auch Francesco wird andere Wege gehen als die für ihn vorgesehene Laufbahn als Priester, denn er entdeckt ebenfalls die Freuden der Liebe.

Eine wunderbar einfühlsam erzählte Familiensaga, die Zeitgeschichte zugleich ist. Eigentlich ein Roman aus einer vergangenen Epoche, wirkt er dennoch modern und lebendig, weil die Autorin es hervorragend versteht, den Leser in die Welt ihrer Figuren hineinzuziehen. Der große Romanerstling aus Italien.

»Es ist, als säße man in einem gemütlichen Landhaus vor dem Kamin und lausche den Geschichten einer Tante, einer begabten Geschichtenerzählerin.« *Il Giornale*

»Ein außergewöhnliches und genußvolles Buch, das eine großartige Bühne vor uns ausbreitet, ohne über die erzählte Vergangenheit zu urteilen.« *Città Oggi*

Die Autorin

Elisa Bergamaschi Zari ist in Mailand geboren. Nachdem sie eine Reihe von Kurzgeschichten und Gedichten veröffentlicht hat, ist dies ihr erster Roman, der zweite (›Quelli che vanno‹) ist in Italien erst kürzlich erschienen.

Elisa Bergamaschi Zari

Die Seidenspinnerin

Roman

Mit einem Vorwort
von Gaetano Tumiati

Aus dem Italienischen von
Rita Seuß und Andreas Ohlendorf

Deutsche Erstausgabe

DIANA VERLAG
München Zürich

Diana Taschenbuch Nr. 62/0019

Titel der Originalausgabe:
»Una, la luna«

Umschlagillustration: Wilhelm Hammershoi unter Verwendung
des Gemäldes »Interieur mit Frau am Klavier«, 1901
Umschlaggestaltung: Hauptmann und Kampa
Werbeagentur, CH-Zug
Satz: Schaber Satz- und Datentechnik, Wels
Druck und Bindung: Elsnerdruck, Berlin
Gedruckt auf chlor- und säurefreiem Papier

ISBN 3-453-15027-9

http://www.heyne.de

Meiner lieben Freundin Rita

Ich danke Jolanda Ferraresi,
deren Geschichten mich angeregt haben,
diesen Roman zu schreiben.

Vorwort

Als jemand, der auf dem Gebiet des Journalismus und der Literatur tätig ist, erhalte ich relativ häufig Manuskripte von Debütanten, die nach höflichen und respektvollen einleitenden Bemerkungen um eine Einschätzung ihres Werks bitten und sich Ratschläge von mir erhoffen, wie sie zu der ersehnten Buchveröffentlichung kommen. Ich muß zugeben, daß ich, von meiner eigenen Arbeit in Anspruch genommen, selten gleich zurückschreibe. Manchmal vergehen Monate, bevor ich dazu komme, mir ein Urteil zu bilden, das in neunundneunzig von hundert Fällen negativ ist.

Als jedoch das Manuskript *Una, la luna** von Elisa Zari auf meinem Schreibtisch landete, war es mir nicht möglich, es gleichgültig beiseitezulegen. Ich weiß noch, daß es mir regelrecht einen Schlag versetzte. Handelte es sich doch nicht um einen, sondern gleich um drei Manuskriptstöße, von denen jeder so dick war wie ein Wörterbuch, insgesamt tausend Seiten. Wer war diese Anfängerin, die ein Werk von solchem Umfang geschrieben hatte? Die Autorin war mir unbekannt, eine gemeinsame Freundin hatte mich auf sie aufmerksam gemacht.

Neugierig geworden, schlug ich das erste Konvolut auf und begann zu lesen: »Ein Fremder, der in jener Dezembernacht über den Dorfplatz gegangen wäre, hätte sich wohl gewundert über das geschäftige Treiben, das man hinter den Fenstern der Villa beobachten konnte …« Donnerwetter, sagte ich mir, dazu gehört wirklich Mut, kurz vor der Wende zum dritten Jahrtausend so unverkennbar, so entschieden im Stil des 19. Jahrhunderts zu schreiben! Und beeindruckt von solchem Wagemut, setzte ich die Lektüre fort. So erfuhr ich, daß die Geschäftigkeit in der Villa

* Titel der Originalausgabe (Anm. d. Verlags)

der Tatsache zuzuschreiben war, daß in diesem Augenblick, wenige Tage vor dem Weihnachtsfest des Jahres 1864, ein Knabe geboren wurde: Innocente Dago, Sohn von Ambrogio und Santina Dago, Großgrundbesitzer und Eigentümer einer Spinnerei in der Poebene.

Diese Geburtsszene – die auf einer ›breiten lehnenlosen Ottomane‹ liegende Schwangere, die Hebamme, die sich gebieterisch zu schaffen macht, die Mägde, die im Schein der Kerzen und des Kaminfeuers hin- und hereilen und Schüsseln mit heißem Wasser und Leinentücher aus der Küche bringen – war mit einer solchen Eindringlichkeit geschildert und gleichzeitig so gemessen in ihrem anteilnehmenden Realismus, daß ich gar nicht anders konnte, als weiterzulesen.

Und so tauchte ich ein in die Saga der Familie Dago mit Innocente als Hauptfigur, der von der Familie und von Freunden Cént genannt wurde – eine Geschichte, die sich in tausend Ereignissen und mit einer Unzahl von Personen über drei Generationen hinweg entfaltet und einen Zeitraum von hundert Jahren umfaßt, bis in die sechziger Jahre dieses Jahrhunderts hinein.

Und darum geht es auf diesen Seiten: um die Liebe der Hauptfigur zu der blonden Seidenspinnerin; um den erbitterten Widerstand von Innocentes Eltern gegen die Heirat, der nicht einmal durch die Geburt einer Tochter gebrochen werden kann; um einen Bruder, der den angehenden Priesterberuf an den Nagel hängt: einen weiteren Bruder, einen ausschweifend lebenden Freigeist. Um Liebe, Rivalität, Leidenschaften und Krisen in einem Reigen von Episoden, die von einem langen erzählerischen Atem zeugen. In diesem Roman tummeln sich unzählige Personen: Bauern, Spinnerinnen, Großgrundbesitzer, Priester, Nonnen, Ärzte und Anwälte. Die Klassengegensätze sind, sei es offen oder verdeckt, unterschwellig stets präsent, während sich im Hintergrund gleichzeitig große politische und soziale Veränderungen vollziehen, die ersten sozialistischen Bewegungen, der Krieg 1914–1918, der Faschismus, der Zweite Weltkrieg und der Wiederaufbau.

In der minutiösen, beharrlichen Beschreibung der verschiedenen Milieus, der sich allmählich wandelnden Sitten und Gebräuche zeigt sich die Meisterschaft der Autorin. Da sind die fetten Seidenraupen, die sich an den Blättern der Maulbeerbäume sattfressen; die Seidenspinnerinnen in der Fabrik, die die Seidenkokons verarbeiten; die bäuerlichen Höfe, in denen die Kinder spielen, in denen gestritten und gesungen wird (apropos: *Una, la luna* ist die erste Strophe eines Abzählreims, den die Mütter auf dem Dorf ihren Kindern vorsingen). Im krassen Gegensatz dazu stehen die Damen mit ihren rüschenbesetzten Kleidern, ihren Tüchern aus feinem Stoff und ihren ausladenden Hüten, die Bibliotheken der Großgrundbesitzer mit den verstaubten Aktenbündeln, Dokumenten, Rechnungsbüchern und testamentarischen Verfügungen. Und dann die Rezepte! Wohl kaum ein anderer Roman enthält so viele und so detaillierte Rezepte der bäuerlichen und der feinen Küche; etwa die ausführliche Beschreibung der Zubereitung eines Wildhasen, mit der Kapitel neununddreißig beginnt und die den Zauber eines flämischen Stillebens besitzt.

Einige allzu lang geratene Dialoge, einige allzu scharf gesetzte Akzente und ein paar wenige abrupte Sprünge sind die einzigen kleinen Schatten dieses Freskos, das der puren Lust am Erzählen entspringt. Ein Werk, das trotz seines sehr italienischen Inhalts an amerikanische Romane aus dem vorigen Jahrhundert erinnert, die zum Publikumserfolg und früher oder später dann auch verfilmt wurden. Bleibt zu wünschen, daß auch dem vorliegenden Roman dieses Schicksal beschieden ist.

Gaetano Tumiati

1

Ein Fremder, der in jener Dezembernacht über den Dorfplatz gegangen wäre, hätte sich wohl gewundert über das geschäftige Treiben, das man hinter den Fenstern der großen Villa beobachten konnte. Doch die Einheimischen wußten, daß die Signora Santina bereits im neunten Monat war und jeden Augenblick das freudige Ereignis eintreten konnte. Und das eilige Hin- und Herwandern der Lampen von einem Zimmer ins andere, der Rauch, der in der frostigkalten Luft als weiße Säule aus dem Schornstein aufstieg, und hundert andere Zeichen kündeten davon, daß dieser Augenblick gekommen war.

Im Hause Dago lagen die Schlafzimmer natürlich im oberen Stockwerk, aber um es allen bequemer zu machen, hatte die Padrona beschlossen, unten im Arbeitszimmer zu entbinden, einem nicht allzu großen, leicht zu beheizenden Raum unweit der Küche. Die Schwangere lag in einem weichen Bett aus Gänsefederkissen auf einer breiten lehnenlosen Ottomane, die in die Mitte des Zimmers gerückt und mit unempfindlichem grobem Stoff bedeckt worden war. Die Signora war um die dreißig Jahre alt und hatte ein blasses Gesicht, dessen knochige Konturen sich unter der feinen, über den hohen Jochbögen straff gespannten Haut deutlich abzeichneten. Ihre keineswegs großen, jedoch scharfen Augen leuchteten lebhaft aus den bläulich schimmernden Höhlen. Gewöhnlich umspielte ihre schmalen Lippen ein leichtes, unergründliches Lächeln, das ihren Mann zur Weißglut brachte. Doch jetzt rang sie mühsam nach Luft, und ihre zarte Brust hob und senkte sich unermüdlich über dem stark gewölbten Bauch.

»Ich kann nicht mehr ...«, murmelte sie.

»Ganz ruhig, *sciùra* Santina.« Die Hebamme drückte ihr fest die Hand. »Es ist doch nicht das erste Mal, zwei haben Sie ja schon zur Welt gebracht, nur keine Angst; es wird gutgehen. Schön tief Luft holen und pressen, vielleicht entschließt es sich, das kleine Geschöpf: aber langsam, ganz langsam. Wollen mal sehen …«

Die tellergroßen Hände der Hebamme betasteten mit ungeahnter Behutsamkeit den Bauch an der Stelle, wo der Nabel wie eine fleischige Blume hervortrat. Sie strich sich die grauen Strähnen, die sich aus dem Haarknoten gelöst hatten, nervös hinters Ohr, hob den leinenen, von den andauernden Wehen ganz zerknitterten und verrutschten Schlafrock, beugte sich hinunter und horchte auf die Bewegungen des Kindes im Mutterleib. Dabei murmelte sie unablässig Stoßgebete zur heiligen Muttergottes. Diese nicht enden wollenden Wehen, der frühzeitige Abgang von Fruchtwasser, vor allem aber der röchelnde Atem der Gebärenden, die – Gott bewahre! – ersticken zu wollen schien, jagten ihr einen gehörigen Schrecken ein. Man hatte sie gerufen, damit sie der Signora beistehe, die ja schließlich nicht irgendeine Dorfbewohnerin war. Bei diesen Gedanken überlief die Ärmste ein kalter Schauder.

»Was ist? Wenn Sie nicht mithelfen …«, entfuhr es ihr unsanft.

»Ich drücke ja«, hauchte Santina, bemüht, das kurze Wöchnerinnenhemd etwas weiter herunterzuziehen: Selbst in diesem dramatischen Augenblick vergaß sie nicht, wer sie war.

Ambrogio, der Herr des Hauses, hatte sein Arbeitszimmer räumen müssen und im Salon vor dem Kamin Zuflucht gefunden. Voll banger Ungewißheit schweifte sein Blick über die ihm wohlvertrauten Verzierungen der Kamineinfassung: Auf Säulchen sitzende Drachenköpfe aus weichem Stein stützten den Sims, der von einem doppelköpfigen Adler gekrönt war – das Familienwappen des vormaligen Besitzers der Villa. Doch Ambrogio hielt es nicht lange aus auf dem unbequemen Sofa mit den dünnen Füßchen, das unter seinem nicht unbeträchtlichen Körpergewicht bedrohlich ächzte. Er sprang auf und fing an, unruhig im Zimmer hin- und herzuwandern. Er wagte es nicht, auch nur einen Blick in den Raum zu werfen, in dem die Frauen Santina emsig umsorgten. Also suchte er die Küche auf, wo junge Dienstmägde in höchster Aufgeregtheit in riesigen Kesseln Wasser zum Kochen brachten, Leintücher am Kaminfeuer wärmten und in Erwartung fachkundiger Anweisungen der Hebamme einander ängstliche Blicke zuwarfen.

»Macht Feuer im Arbeitszimmer, damit meine Santina nicht friert«, befahl Signor Ambrogio, um zu zeigen, wie sehr er an dem Geschehen Anteil nahm. Aber im Kamin des Entbindungszimmers knisterten schon Akazienholzscheite und tauchten die entblößte Haut der Frauen – die schweißtriefenden Arme der Hebamme, die gespreizten Oberschenkel der Gebärenden – in ein rosiges, im Halbdunkel schimmerndes Licht.

»Auf, auf, *sciùra* Santina!« rief die Hebamme und richtete sich mühsam auf. Anastasia war stark wie eine Eiche, obwohl sie seit fast fünfzig Jahren Geburtshelferin und für mehrere Dörfer zuständig war.

Aber sie war nicht mehr die Jüngste, und das machte sich bemerkbar; früher hätte sie sich wegen dieses kleinen Herzchens, das immer langsamer zu klopfen schien, nicht so sehr geängstigt; sie schloß die Augen, um es besser hören zu können, und legte das Ohr an den glühend heißen Bauch der Schwangeren, aus dem sich das Kleine zu befreien mühte; vor Angst schlug ihr das Herz bis zum Hals.

»Entspannen Sie sich, entspannen Sie sich, ich gehe einen Augenblick raus«, sagte die Alte. Beinahe wäre sie mit dem Hausherrn zusammengeprallt, dem sie schroff zu verstehen gab, daß er hier nur im Weg stehe. Auf der Türschwelle zur Küche befahl sie mit gedämpfter Stimme einem Mädchen: »Du gehst und weckst Bertino auf, er soll die Kutsche bereithalten. Wenn es so weitergeht, müssen wir noch den Arzt holen.« Aus der Schürzentasche zog sie ein Tuch und wischte sich den Schweiß von der Stirn.

»Und du«, das zweite Mädchen sprang auf, »du läufst augenblicklich rüber zu Santèla, weckst sie, wenn sie schläft, und sagst, die *sciùra* Santina braucht den Herrgott:

Sie soll beten, ein Vaterunser nach dem anderen, das ist im Augenblick nötiger als alles andere. Beeilt euch!« Die beiden holten ihre Schals und huschten unauffällig davon, wie Anastasia es ihnen ans Herz gelegt hatte, damit der Hausherr ja keinen Verdacht schöpfte. »Zum Weinen ist später noch Zeit. Und mit Gottes Hilfe löst sich am Ende alles in Wohlgefallen auf, auch das ist schon vorgekommen.«

Aber in der Stille der Nacht klangen die Hufe des Pferdes auf der gefrorenen Erde wie Kastagnettengeklapper, so daß Signor Ambrogio ans Fenster eilte und in die von einer einzigen Lampe auf der Piazza nur spärlich erhellte Nacht hinausspähte. Und da sah er den in seinen Mantel gehüllten Kutscher, der sich im Hof vor dem Eingang an der Kutsche zu schaffen machte.

»Wer hat Bertino gesagt, daß er anspannen soll?« rief er. Er stürzte die Treppe hinauf, immer zwei Stufen auf einmal nehmend. »Mamma, warst du das?«

Seit die Geburtswehen eingesetzt hatten, grämte sich die alte Dame, daß sie, an ihr Zimmer gefesselt, mit ihren eigenen wertvollen Erfahrungen nicht zu Diensten sein konnte. Sie wollte eben verneinen, als die schrille Stimme Santinas dazwischentönte: »Mutter, Mutter, hilf mir!«

Das markerschütternde Jammern seiner Frau, die ihre gewohnte Beherrschung vergessen hatte, veranlaßte Ambrogio, verschreckt und ängstlich auf Zehenspitzen die Treppe hinunterzuschleichen. In diesem Augenblick hörte er Anastasia rufen: »Fest, *sciùra* Santina; gut so, fest drücken ... es ist da, es ist da!«

Die Hebamme bettete den kleinen nassen Kopf, der aus dem geröteten Fleisch der Gebärenden hervordrängte, behutsam in ihre Hände. Diese flüsterte mit trockenen Lippen bei jedem neuen krampfartigen Wehenschub: »O Herr, o Mutter ...«

Im nächsten Augenblick wich die Erleichterung der Hebamme einem Schrecken, der ihr Gesicht versteinern ließ. »Guter Gott, es hat die Nabelschnur um den Hals ...«, stieß sie flüsternd hervor. »Und das ausgerechnet bei der Signora; Jesus, mein Erbarmen, ich habe gewußt, daß etwas nicht stimmt, das Herzchen … so schwach … wie durch eine dicke Steppdecke hindurch …«

Doch dann rief sie ihre ganze praktische Weisheit und Erfahrung auf den Plan, und schließlich befreite sich der Kleine mit dem letzten Schrei der Mutter aus deren Bauch.

Mit unendlicher Vorsicht löste Anastasia die blutige Schnur, die sich um sein Köpfchen gewickelt hatte, und im stillen dankte sie der göttlichen Vorsehung, daß dem Kleinen kein böses Ende zugedacht war. Triumphierend hob sie das nackte Bündel hoch und hielt es gegen den flackernden Schein des Feuers.

»Schauen Sie nur: ein Junge! Was für ein Junge, *sciùra* Santina! Was für ein prächtiger Junge!«

Sanft und gemessen gab sie ihm einen Klaps auf den Hintern, und sein zuerst zögerndes, doch dann entschieden zorniges Schreien nahmen ihr jeden Zweifel.

»Sehen Sie, *sciùra* Santina? Hab' ich's nicht gesagt? So vielen habe ich schon auf die Welt geholfen: alles hübsche, alles gesunde Kinder. Und bei Ihnen, Padrona … nur ein kleiner Riß … der heilt mit dem nächsten Amen.«

Die Wöchnerin wandte sich nicht um und zeigte auch sonst keine Reaktion; nicht einmal das Kind hatte sie aufmerksam angesehen. Aber als Anastasia sich ganz nahe zu ihr hinunterbeugte, öffnete sie langsam die Augen, und mit jener Trägheit, die einer Frau nach überstandenem Geburtsschmerz zu eigen ist, flüsterte sie zufrieden lächelnd: »Tüchtig, tüchtig, Anastasia, es war ein furchtbarer Augenblick für dich und auch für mich. Aber der Herrgott hat auf uns herabgesehen, und mein Kleiner ist gesund zur Welt gekommen … Jetzt geh und sag es *sciùr* Ambrogio, *pôr Cristü*. Und Maria; sag es auch Maria.«

Mit einem tiefen Seufzer wandte sie das Gesicht wieder ab, legte den Kopf auf das Kissen und zog das Bettlaken hoch. Doch dann besann sie sich, und mit befehlsgewohnter Stimme rief sie: »Anastasia! Bevor du den Signore holst, wasch mich und wechsle die Bettwäsche. Alles muß tadellos sein.«

Wenige Wochen vor Weihnachten des Jahres 1864 wurde also Innocente Dago geboren, der dritte Sohn des Gutsbesitzerehepaares Ambrogio und Santina Dago.

Neugeborene mußten gemäß dem Brauch binnen weniger Tage nach der Geburt getauft werden, damit sie im Falle eines plötzlichen Todes – was nicht selten vorkam – als Christen zu Gott zurückkehren konnten. Innocente, bei dem diese Frist schon verstrichen war, schien sich einer großen Lebenslust zu erfreuen.

Santina hatte das Bett noch nicht verlassen. Über dem Schlafrock mit Lochstickerei trug sie ein Wolljäckchen, das mit einem Bändchen aus Atlas und Samt am Hals geschnürt wurde. Sie ertastete den immer noch dicken Bauch, der in Anbetracht ihres sonst feingliedrigen Körpers deutlich hervortrat, und beschloß, schnellstmöglich Abhilfe zu schaffen. Für den Besuch beim Pfarrer, ihrem ersten Auftreten in der Öffentlichkeit nach vierzig Tagen, hatte sie schon lange vorher ein schönes taubengraues Kleid mit wollener Spitze zurechtgelegt, dazu ein Schal aus dem gleichen Stoff, Lacklederschuhe, das Täschchen aus besticktem Atlas: Alles lag in dem Schrank aus Walnußholz bereit. Aber ob ihr das Kleid auch paßte?

Sie war eine Frau von starkem Willen, und so paßte es ihr zum festgesetzten Zeitpunkt tatsächlich. Das elegant geschmückte Kissen mit dem friedlich schlummernden Söhnchen auf dem Arm, schickte sie sich an, den Segen des Pfarrers zu empfangen und einen Tauftermin zu vereinbaren.

Aus ihrem Zimmer rief ihr die Schwiegermutter nach. »Vergiß nicht, die Tochter von Mena mitzunehmen: Ein böser Zauber füllt dann auf sie, nicht auf den Kleinen. Und geh nicht unter der Dachtraufe vorbei, in dieser Jahreszeit fallen die Dachpfannen herunter …«

Doch Santina war bereits draußen; am Tor hörte sie Marias Stimme: »Einen Augenblick, *sciùra* Padrona.« Sie wandte sich zum Eingang zurück; Maria stand mit hochrotem Gesicht an der Säule: »Bitte, *sciùra* Padrona, sagen Sie doch dem Herrn Pfarrer, daß ich auch ein Kleines habe, das bitte auch getauft werden möchte ... Würde Ihnen das etwas ausmachen, *sciùra* Santina? Ich schäme mich, ihn zu fragen, aber was soll ich machen, der Kleine ist auch ein Christenmensch ...«

Sie rang verlegen die Hände und brachte nur stammelnd die Worte hervor. Aber Santina beschwichtigte sie: »Ich habe selbst schon daran gedacht: Wenn der unsrige getauft wird, bringst du deinen auch.«

Wenige Tage später – der Ritus am Taufbrunnen war vollzogen – schrieb Don Ugo die Namen der neuen Seelen ins Taufregister. Während neben Innocentes Namen wohlklingende Namen von Paten aufgeführt wurden, stand hinter dem des kleinen Pietro nur eine knappe Bemerkung: »Getauft auf den Namen Pietro; Vater nicht mit Sicherheit bekannt; Mutter Maria Destefani, Tochter von Tranquillino.«

Die Begebenheiten, die zu dieser Doppeltaufe führten, lagen mehrere Monate zurück.

2

Dank eines riesigen Dampfkessels produzierte die Spinnerei Dago Seide in großem Umfang und mit beträchtlichem Gewinn. An einem Frühsommermorgen, ein gutes halbes Jahr vor der Geburt seines dritten Sohnes, hatte sich Signor Ambrogio wie gewöhnlich zur Fabrik aufgemacht. Das imposante, auf dreizehn Arkaden ruhende Gebäude hatte Ambrogios Vater von dem Bauingenieur der Familie entwerfen lassen. Durch eine Backsteinwand waren die vier letzten Arkadenbögen abgetrennt: In diesem Teil wurde die Kohle aufbewahrt, und hier befand sich auch die steile Treppe, die ins Obergeschoß mit dem Lager hinaufführte. Das Erdgeschoß mit einem Fußboden aus gestampfter Erde war ein weitläufiger Raum; von den Bogenfenstern, die auf der einen Seite den Blick auf den herrschaftlichen Garten, auf der anderen den Blick auf die

Felder freigaben, flutete Licht herein. Zwölf Stunden am Tag arbeiteten hier vor allem Frauen.

Signor Ambrogio stieg die wenigen Stufen vom Portikus hinunter und ging die gut hundert Schritt durch den Park bis zur Fabrik; er erfreute sich an der Blütenpracht der Geranien. In der Fabrik schweifte sein Blick über die Arbeiterinnen hinweg und suchte Maria. In zwei Reihen, ihm den Rücken zugewandt, standen mehr als hundert Mädchen und Frauen vor den Wannen, aus denen der Dampf kochend heißen Wassers stieg. Signor Ambrogio war verdrießlicher Stimmung. Die Gazzetta di Milano war voll unerfreulicher Nachrichten. Am fünfzehnten des Monats hatte es im Parlament eine Abstimmung gegeben. Zwar hatten sich Crispi und andere Abgeordnete, die an Garibaldis Zug der Tausend teilgenommen hatten, pflichtschuldig der Stimme enthalten, doch war die Entscheidung zugunsten einer Jahrespension von tausend Lire gefallen, auf die jeder Anspruch hatte, der bei der Landung in Marsala dabeigewesen war. Eigentlich war das nichts anderes, grübelte Signor Ambrogio, als die Rechtfertigung, ja die Glorifizierung einer kriegerischen Aktion, der Gewalt! Dieser Garibaldi! In den vergangenen fünfzig Jahren war schon zu viel Blut vergossen worden; jetzt galt es, Gewehr und Uniform abzulegen und sich den fruchtbringenden Tagesgeschäften zu widmen. Aber nach wie vor gab es Erhebungen, suchte man Anlaß zum Aufruhr, hetzte man die braven Leute auf.

Signor Ambrogio verspürte das dringende Bedürfnis nach einem strahlenden Lächeln, dem Klang einer fröhlichen Stimme, und wer konnte ihm das bieten, wenn nicht Maria.

Das große Mädchen stach aus der Masse der Frauen hervor. Sie hatte eine dunkle Haut, dunkles Haar und braune Augen. Trotz des breiten Gesichts und der etwas engstehenden Augen verliehen ihr ihre Jugend, die frischen Wangen, der makellose Hals und die bis zu den Ellbogen entblößten Armen eine gesunde und reizende Anmut.

Enttäuscht mußte Ambrogio jedoch an jenem Morgen

feststellen, daß Maria finster und traurig dreinblickte; er blieb stehen und sah ihr zu, wie sie mit beiden Händen gelbliche Seidenkokons in ihre Wanne schöpfte, um sie zu erweichen, während sich ihr Blick durch die Fenster in die Ferne verlor. Dann senkte sie erneut die Augen über die inzwischen erweichten Kokons, nahm jeden einzeln heraus und suchte am Kopfende den Seidenfaden, um ihn abzulösen. Auf dem Boden der Wanne war bald nur noch ein brauner Haufen nackter, toter Raupen übrig.

Aus dem hinteren Teil der Halle erhoben sich die Stimmen der Frauen im Chor:

»Diretúr ven giò in filanda
cun la facia un po' bruschéta
fa tremar la cadregheéta
fa stremì tüt i tùsan.
L'è la mano che mi trema
l'è la brùscia che mi sbaglia
l'è l'amor che mi travaglia
*più non posso lavorar ...«**

Es lag vielleicht keine bestimmte Absicht in dieser Strophe, aber Signor Ambrogio kam es vor, als richteten die Frauen einen spöttischen Blick auf Maria. Neugierig trat er näher. Mit nervösen Gesten und ungelenken Fingern wickelte Maria den goldfarbenen Faden auf die Haspel; mehr als einmal riß er.

»Ohé, Maria: Paß ein bißchen besser auf! Ich habe es satt, immer deine zerrissenen Fäden zusammenzubinden!« rief ihr die ›Verknüpferin‹ zu.

»Entschuldige«, murmelte Maria, »mir geht's nicht gut.«

Jetzt, da die weiche Masse der Seide entfernt war, hoben sich die Raupen schwarz und widerlich vom Boden der

---

* Der Direktor kommt in die Spinnerei / mit verdrießlicher Miene. / Es erzittert der Stuhl / die Mädchen erschrecken. / Mir beben die Hände / ich mache Fehler vor lauter Verwirrung / die Liebe quält mich / ich kann nicht mehr arbeiten.

Wanne ab. Das Mädchen hielt sich mit der Hand den Mund zu, als müsse sie sich übergeben.

»Was ist denn los mit dir, Maria?«

Maria zuckte zusammen, erst jetzt wurde sie gewahr, daß hinter ihr der Padrone stand, dem sie herzlich zugetan war. Seit sie zehn Jahre alt war, schickte sie der Vater, der von den Dago die Vigna Grande gepachtet hatte, zum Arbeiten in die Spinnerei; für Maria war es ein reines Vergnügen, jeden Morgen ins Dorf kommen zu dürfen, denn der elterliche Hof war ein gottverlassenes Nest. In den vergangenen acht Jahren hatte Maria Zutrauen zu einem so guten und gerechten Mann wie Signor Ambrogio gefaßt, der für die Frauen stets einen Scherz bereithielt, mit dem Lohn nicht geizte und Dialekt sprach wie alle hier; und zu Signora Santina, die zwar streng war, aber nicht böswillig. Maria hatte es sich zur Gewohnheit gemacht, ihn bei seinem täglichen Rundgang mit lebhaften Gesten und einem freundlichen Lächeln zu grüßen, denn sie war aufgeschlossener als die anderen Frauen und genierte sich nicht zu lachen, wenn sie Lust dazu hatte. Ambrogio schien es, als brächten ihm diese roten Lippen, die schneeweiße Zähne entblößten, Glück. Deshalb ärgerte es ihn an jenem Morgen, daß sie ein solch griesgrämiges Gesicht machte.

»Na, Maria, hast du die Sprache verloren?«

Das Mädchen, das die Augen bis auf die Höhe von Ambrogios Schnurrbart gehoben hatte, schlug sie plötzlich nieder und rieb sich verlegen die Hände.

»Ach, wenn Sie wüßten, *sciùr* Ambroeus ...«

Der Padrone nahm sie am Arm und führte sie zu dem Raum, in dem die Kohle lagerte. Endlich faßte sie sich ein Herz und begann: »Es ist ... nein, nein, ich schäme mich. Lassen Sie mich gehen, bitte; lassen Sie mich gehen ...«

Doch das gütige Zureden des reifen Mannes besiegte schließlich die widerspenstige Scheu Marias, die sich im Grunde nichts sehnlicher wünschte, als jemandem ihr Herz auszuschütten. Und Signor Ambrogio kam zu dem Schluß, daß tatsächlich etwas Schlimmes geschehen war.

Unter heftigem Schluchzen berichtete Maria: Im Februar desselben Jahres war in der Vigna Grande ein junger Mann aufgetaucht, der aus der näheren Umgebung zu stammen schien, lombardisch sprach und sauber gekleidet war. Vielleicht wirkte er ein klein wenig verstört. Er fragte an, ob der Bauer Tranquillino ihn nicht als Saisonarbeiter gebrauchen könne; er benötige Geld, um einem jüngeren Bruder die Schulausbildung zu ermöglichen. Von sich und seinem Dorf, einem Weiler unweit Abbiategrassos, erzählte er so viel und mit einer Eindringlichkeit, daß Marias Vater schließlich nicht umhin konnte einzuwilligen. Für die Arbeit im Weinberg, die ohnehin gerade begann, wurde schließlich jede starke Hand gebraucht.

In glühenden Farben schilderte Maria die ungeheure Tüchtigkeit des jungen Mannes: wie er die Maispflänzchen verzog, mit geübter Hand die Schneidwerkzeuge schliff, das Vieh versorgte und dann am Abend noch genügend Energie aufbrachte, um mit seiner Mundharmonika, die er stets bei sich trug, frisch gewaschen und wie aus dem Ei gepellt unter dem Portikus des Hauses zu sitzen. In der lauen Abendluft des nahenden Frühlings spielte er immer neue Melodien.

Eines Tages, als er mit der Metallbürste einen von Parasiten befallenen Maulbeerbaum bearbeitete, verletzte er sich böse an der Innenhand. Maria eilte herbei, um die klaffende Wunde zu verarzten. Es war später Nachmittag, die anderen machten sich, um die Stunden vor Einbruch der Dunkelheit zu nutzen, noch auf den Feldern oder im Stall zu schaffen. Und Maria, eben aus der Spinnerei zurückgekehrt, legte dem jungen Mann eine heilende Paste auf die Wunde und umwickelte die Hand mit einem Leintuch. Behutsam, da die Hand veilchenblau und ganz geschwollen war und höllisch wehtat, holte sie einen leichten Schal und band ihn ihm als Armschlinge um. Aber die Berührung dieses ansprechenden jungen Körpers wurde ihr zum Verhängnis. Von diesem Augenblick an »war ich«, wie sie sich Signor Ambrogio gegenüber ausdrückte, »nicht mehr ich selbst. Ich war wie verhext.«

Mit gesenkten Lidern fuhr Maria fort: »Unmerklich hatte er Gewalt über mich gewonnen, wie soll ich sagen: Er drängte mich zu nichts, aber sobald ich spürte, daß er dies oder jenes wollte, beeilte ich mich, ihm seinen Wunsch zu erfüllen; einfach, um ihn fröhlich zu sehen ... Ich weiß nicht, wie es passiert ist ...«

Auch wenn man es noch nicht sah – Maria war bereits im vierten Monat schwanger. Entsetzt ließ Signor Ambrogio seinen Blick über ihren wohlgeformten kräftigen Körper in dem dunklen Rock, ihre üppige Brust unter dem weißen Baumwollhemd gleiten.

»Meiner Mama ist aufgefallen, daß ich nicht mehr jeden Monat meine Wäsche wasche.« Schließlich hob Maria mit einem Ausdruck resignierenden Trotzes die Augen. »Wenn es mein Vater erfährt, wird er uns nicht mehr zu Hause dulden, mich und mein Kind. Ich habe gehört, daß in der Via Novara, Richtung Mailand, Nonnen ein Haus haben, in dem gestrauchelte Mädchen Unterkunft finden. Dort gibt es vielleicht auch für uns beide ein Plätzchen.«

Diese ganze Geschichte – das von einem Mundharmonikaspieler geschwängerte und dann sitzengelassene Mädchen – schien wie aus einem Roman; und Signor Ambrogio mußte erstaunt feststellen, daß aus Marias Mund nicht ein Wort des Hasses gedrungen war.

Der junge Mann, der schon seit geraumer Zeit verschwunden war, stammte keineswegs aus der Gegend um Abbiategrasso, sondern aus einem anderen Dorf, aus dem er aufgrund sonderbarer Umstände geflohen war. Auf dem Dorfplatz war es zu einem kleinen Aufstand gekommen, weil die Stelle des verstorbenen Pfarrers mit einem fremden Vikar besetzt werden sollte, statt mit dem von den Bauern gewünschten Hilfspfarrer. Schließlich mußten die Gendarmen eingreifen, und in dem Handgemenge hatte der junge Mann, eben der Mundharmonikaspieler, einem Soldaten einen Faustschlag versetzt. In Panik hatte er sich in der Scheune des elterlichen Hauses versteckt und durch die Bodenluke beobachtet, wie zwei Soldaten seiner Mutter einen Haftbefehl überbrachten. Ohne den Eltern ein Wort zu sagen, war er über die Felder geflohen, nur mit dem bekleidet, was er am Leib trug – und so in der Vigna Grande gelandet.

Zu spät, nachdem das Unglück bereits geschehen war, stellte sich heraus, daß der Haftbefehl null und nichtig war, nachdem die Kirchenverwaltung dem Hilfspfarrer als neuem Pfarrer zugestimmt hatte. Nebenbei war auch in der Vigna Grande einmal die Sprache darauf gekommen. Und so hatte auch der junge Mann erfahren, daß ihm verziehen worden war. Von diesem Augenblick an packte ihn die Unruhe. Hier, nur wenige Kilometer von seinem Elternhaus entfernt, fühlte er sich wie in einem fernen Exil. Hielt ihn einerseits der Liebreiz Marias fest, so peinigte ihn andererseits die Sehnsucht, zu seinen unglücklichen Eltern heimzukehren.

»Um Himmels willen!« rief Ambrogio, nachdem er eine Weile gegrübelt hatte. »Das Haus für gestrauchelte Mädchen! Das ist der letzte Ort für dich. Nein, nein, es wird schon ein Heiliger vom Himmel herabschauen; die göttliche Vorsehung, du wirst sehen.« Mit diesen Worten drängte er sie beinahe gegen ihren Willen in den Raum mit den Wannen, damit sie ihre Arbeit wieder aufnahm.

»Maria hat heute morgen wenig erbracht«, sagte Ambrogio zu der älteren Arbeiterin, die über die Leistungen Buch führte, »denn ich habe sie gebraucht, sie hat für mich gearbeitet.«

Eine ganze Zeitlang dachte Signor Ambrogio noch über die Schilderung des Mädchens nach. Aber er hatte zahlreiche Verpflichtungen: nicht nur die Fabrik, sondern auch die Bewirtschaftung seiner Ländereien, die Weingärten und Maulbeerbäume. Und Probleme gab es stets zuhauf; seine Gedanken an Maria wurden von der Sorge um den Dampfkessel verdrängt. Während Signor Ambrogio mit dem Schmied – der auch Mechaniker und Weinbaufachmann war – in dessen Werkstatt den soundsovielten kleinen Schaden besprach, geriet das Unglück der armen Maria immer mehr aus seinem Blick.

Eines Morgens nach dem Aufstehen hatte er wie gewöhnlich seinen Kaffee getrunken, die neuesten Zeitungen gelesen und seine Frau, die das bedruckte Papier nur ungern in die Hand nahm, über die neuesten Ereignisse informiert.

»Was das nun wieder soll, der ganze Wirbel um die Verlegung der Hauptstadt nach Florenz«, sagte er. »Dieser Lamarmora und auch dieser Lanza: eine Idée fixe. Was gibt es denn auszusetzen an Turin?«

Und trotz Santinas offenkundigem Desinteresse fing er an, ausführlich zu schildern, wie die Turiner unter Führung eines Priesters namens Don Ambrogio an Protestkundgebungen teilgenommen hatten. Um den Tumulten ein Ende zu setzen, hatten schließlich die Carabinieri eingriffen und ihn in Handschellen abgeführt, und noch im Weggehen hatte er zur Eintracht aufgerufen. Die Bürger jedoch waren außer Rand und Band geraten.

»Andere Länder, andere Sitten«, brummelte Ambrogio vor sich hin. »Wir sind ganz verschieden. Und da spricht man von der Einheit Italiens.«

Kurze Zeit später trat er am Arm seiner Frau durch das schmiedeeiserne, mit kreis- und pfeilförmigen Mustern verzierte Tor und überquerte die Piazza zur Kirche, um an der Sonntagsmesse teilzunehmen.

»Psst«, machte Santina, da er immer noch weiter vor sich hinbrummelte; und sie zwang sich, kerzengerade zu gehen, trotz ihres gewaltigen Bauches, über dem sich das Kleid wie ein Segel blähte. Sie machten das Kreuzzeichen und nahmen in ihrer Bank Platz. Auf der im Laufe der Jahre nachgedunkelten Rückenlehne der Bank aus Walnußholz waren in chronologischer Reihenfolge die Namen derjenigen eingeritzt, die ein Recht hatten, auf dieser Bank zu sitzen: ›Grafen Mesonzi‹, ›Familie Dago‹. Das Recht an dieser Bank war beim Verkauf der Villa in dem zweihundert Seiten starken Kataster eigens aufgeführt worden – handschriftlich datiert auf das Jahr 1833, dem Jahr, in dem das Landgut Mesonzi auf Signor Ambrogios Vater überschrieben worden war. Das Privileg einer eigenen Kirchenbank genossen nur hochstehende Familien.

Die Signora Santina strich sich das Kleid glatt. Mit gemessener Ruhe verfolgte sie den Gottesdienst Don Ugos, der gerade die Stufen zur Kanzel hinaufstieg, um seine Predigt zu halten. Als er begann, die Werke der Barmherzigkeit aus dem Katechismus aufzuzählen, schreckte Ambrogio auf.

Signor Ambrogio, der natürlich des Lesens und Schreibens kundig war, aber darüber hinaus einen Doktortitel in Jurisprudenz erworben hatte, kannte seit seiner Kindheit den Katechismus auswendig; desgleichen Santina, die einer wohlhabenden, mit den Dago weitläufig verwandten Familie entstammte und eine gewisse Bildung genossen hatte.

Von den Gläubigen aus den unteren Schichten, größtenteils Analphabeten, besuchten nur die Frauen den Katechismusunterricht. Bei den Wechselgesängen der Psalmen in der Vesper konnten sie – abgesehen von ein paar unvermeidlichen Verschleifungen – in tadellosem Latein die Antworten hersagen. Bei den Männern war das anders, und ganz besonders für sie zählte Don Ugo an den zehn Fingern die Werke der Barmherzigkeit auf.

Beim fünften – »Die Nackten bekleiden ...« – tauchte vor Signor Ambrogios geistigem Auge urplötzlich das Gesicht Marias auf, und es regte sich sein schlechtes Gewissen, sich nicht mehr um sie gekümmert zu haben.

»Nicht jeder, der sagt: Herr! Herr! ...«, wiederholte der Pfarrer am Ende der Predigt. Und von diesem Augenblick an ging Signor Ambrogio das schmerzerfüllte Gesicht Marias nicht mehr aus dem Kopf, so wie er sie in der Kohlenkammer gesehen hatte, und im Ohr tönte ihm ihre aufrichtige Stimme. Für den Rest der Messe beschäftigte ihn der Entschluß, schon am folgenden Tag etwas zu unternehmen; aber war es denn noch nicht zu spät? »Juli, August, September ... entweder ist es schon geboren, oder es ist bald soweit.«

Es war noch nicht geboren. Am darauffolgenden Tag sah er Maria in der Fabrik; nur mit größter Anstrengung konnte sie sich auf den Beinen halten. Sie schien gekränkt, da er so lange geschwiegen hatte, und sah ihn forschend an. Wie schwer mochte es für sie sein, hier inmitten all der anderen, der Neugier und dem heimlichen Getuschel ausgesetzt. »Wenn es geboren ist«, sagte sie zum Padrone, »will mein Vater, daß ich es zu den Schwestern bringe, es dort lasse und nach Hause zurückkomme. Aber das mache ich nicht, ich bleibe bei ihm; auch mein Kleines soll eine richtige Mama haben, ich hab es jetzt schon so lieb ...«

Signor Ambrogio, bereits von Gewissensbissen zermürbt, war von diesen unter Tränen gesprochenen Worten im Innersten gerührt. Und er beschränkte sich nicht darauf, »Herr! Herr!« zu sagen, diesmal unterbreitete er der Unglücklichen ein äußerst praktisches Hilfsangebot: Alles in allem sicherte er ihr seine gütige Unterstützung zu, die Maria, zunächst ungläubig, dann hoffnungsvoll annahm.

»Du weißt ja«, sagte Signor Ambrogio, »daß auch die Signora in ein paar Tagen entbindet. Wenn es ist wie bei den anderen beiden, wird ihre Milch nicht ausreichend sein, um das Kind zu stillen. Sie hat sich beide Male eine Amme genommen; diesmal könntest du es machen. Du hast bestimmt genügend Milch.«

Errötend bedeckte sich Maria mit den Händen die Brust.

»Ich selbst werde mit Tranquillino sprechen. Ja, wer weiß, wie nahrhaft die Milch in den beiden Gottesgaben ist, die du vor dir herträgst. Da brauchst du gar nicht rot zu werden! Es ist ein Glück; du wirst die Amme meines Kindes sein. Und ihr werdet ein Dach überm Kopf, Minestra und anderes mehr haben; mach dir keine Sorgen.«

Marias Kind, ein hübscher, lebhafter Knabe, kam Anfang Dezember auf dem elterlichen Bauernhof zur Welt, obwohl die Hebamme nicht rechtzeitig eintraf. Signor Ambrogio schickte Bertino, um Mutter und Sohn abzuholen; und er selbst zeigte in der Gemeinde die Geburt des Jungen an, der auf den Familiennamen der Mutter eingetragen wurde.

Ein hübsches Kind, mit einem rötlichen Flaum und klugen Augen, die mit der fünften Woche eine warme nußbraune Farbe angenommen hatten. Maria wurde in einem Zimmerchen hinter der herrschaftlichen Küche untergebracht; die Wand, an der das Bett stand, wurde vom

Herd auf der anderen Seite erwärmt, und so war auch die Matratze, auf der Maria und der kleine Pietro schliefen, nie kalt.

Aus den Brüsten der jungen Mutter, die prall waren wie Melonen, tropfte beständig die Milch; sie stillte ihr Kind häufiger, als es nötig gewesen wäre, und wünschte sich zur Entlastung ihres Busens, daß jenes andere kleine Geschöpf von edlerem Blut endlich gleichfalls das Licht der Welt erblicken möge. Wenn sie beide Säuglinge stillen könnte, so sagte sie sich, wäre ihr wohler; aber aufrichtigen Herzen wünschte sie sich auch, ihren guten Herrn, der es kaum erwarten konnte, erneut Vater zu werden, nicht zu enttäuschen.

Mit großer Rührung vernahm sie deshalb in der Nacht jenes zehnten Dezembers den Schrei des neugeborenen Innocente; und sie beugte sich zu ihrem rötlich blonden Kind hinunter und flüsterte: »Er ist geboren, dein Milchbruder.«

3

In der brütenden Hitze der Nachmittagsstunden war in den staubigen und menschenleeren Straßen des Dorfes ein gedämpftes und rätselhaftes Geräusch zu hören: das feuchte Malmen Tausender winziger Kiefer in nicht enden wollender Bewegung. Jedes Maulvoll Blätter verwandelte sich im nächsten Augenblick in Fleisch, und die Raupen wuchsen und wuchsen. Aus einem punktgroßen Ei, das sich auf der weißen Gaze schwarz abzeichnete, schlüpfte ein winziges Räupchen, das sich rasch zu einem fleischigen Wurm entwickelte. In den Kokon eingesponnen, starb er dann gewinnbringend.

Da in jedem Haus in wenigstens einem Raum Raupen gemästet wurden, vibrierte das ganze Dorf von diesem unablässigen unersättlichen Malmen. Alles, was Männer, Frauen und Kinder in dieser Zeit taten, stand im Dienste dieser winzigen Tyrannen.

Innocente Dago, seit seiner Geburt nur *Cént* genannt, hatte vor kurzem sein Studium abgeschlossen und war mit dem Anwaltsexamen in der Tasche ins Dorf zurückgekehrt. Es fiel ihm nicht leicht, sich in der dörflichen Atmosphäre zurechtzufinden, wo die Leute nicht einmal Zeit für einen kurzen Plausch hatten, sondern ausschließlich mit der Aufzucht der Seidenraupen beschäftigt waren. Cént kam soeben aus Roggetta zurück, wo er sich nach wilden Kaninchen umgesehen hatte, und hatte auf dem Heimweg nur Frauen und Kinder angetroffen, die körbeweise frische Maulbeerblätter nach Hause trugen. Um die Raupen zu mästen, brauchte man tonnenweise Futter. Die kleineren wurden auf die Maulbeerbäume gesetzt, damit sie direkt am Baum ohne Unterlaß fressen konnten.

Cént warf einen Blick in den Hof, wo Pietro, sein Milchbruder, die Stelle des vielseitig begabten alten Schmieds übernommen hatte, dessen Werkstatt inzwischen abgerissen war. Pietro war ein großer und kräftiger Bursche geworden; er trug die entschlossenen Gesichtszüge seiner Mutter Maria, die rotblonde Farbe von Bart und Kopfhaar jedoch war ein Erbe seines Vaters, des Mundharmonikaspielers.

»Jetzt bist du also ein kluger Mann, *sciúr aucàt*!« Mit dem Hammer in der Hand hatte sich Pietro nach ihm umgewandt und sah ihn feixend an. Er beschlug gerade einem Pferd die Hufe, und in der Luft lag der Geruch nach verbranntem Horn.

»Ah, Sie sind's, *sciùr* Cént!« rief eine Nachbarin erleichtert, die den Kopf zum Hoftor hereinstreckte. »Ich dachte, es sei der *bigattée*. Wie bin ich erschrocken!«

Der *bigattée*, der im Auftrag des Padrone die Seidenraupenzucht überwachte, war der Schrecken aller Höfe.

»Er taucht aus heiterem Himmel auf und findet immer etwas zu beanstanden.«

»Nein, nein Giovanna, ich bin's, seien Sie unbesorgt«, erwiderte Innocente.

»Ciao, Péder«, begrüßte Innocente Pietro. »Wie ich höre, bist du so etwas wie ein Volksanführer geworden. Was hast du denn mit dem Streik der Pachtbauern zu tun? Du bist doch Hufschmied, oder nicht? Ich habe gehört, du hast auf der Piazza direkt vor unserem Haus politische Reden geschwungen.«

»Und wenn ich Schmied bin?« meine Pietro leichthin, »was recht ist, ist recht. Mein Großvater Tranquillino ist Pachtbauer; er ist zu alt, um sich Gehör zu verschaffen ... Also habe ich an seiner Stelle gesprochen. Meine Mutter natürlich«, er verzog das Gesicht zu einem Lächeln, »die wollte mich dafür verprügeln ... daß ich es gewagt habe, ihre Dagos anzutasten!«

Die beiden plauderten noch ein Weilchen. Sie sprachen über Turin und über Frauen. Pietro hatte zwar nur drei Jahre die Schule besucht, doch ließ er sich von der Redegewandtheit des anderen nicht einschüchtern.

Innocente, der Jura studieren sollte wie der Vater, hatte in Turin zunächst mit seinem älteren Bruder Paolo zusammengewohnt, der sich auf seine Prüfung zur Aufnahme in die Militärakademie in Modena vorbereitete. Zunächst verwirrt vom freien studentischen Leben, hatten sich die Brüder, die ihre Kindheit im Dorf und ihre Schulzeit wohlbehütet in einem Internat verbracht hatten, schnell an die neue Umgebung angepaßt. Ihr Tagesablauf war geregelt vom Besuch der Vorlesungen, den Mahlzeiten in der Privatpension und von immer kühneren Streifzügen durch die Straßen der Stadt.

Doch hier gingen die beiden Brüder fast immer getrennte Wege, denn Paolo besuchte – in dem von Papa Ambrogio zugestandenen finanziellen Rahmen – regelmäßig Cafés, spielte Karten und gab sich anderen Vergnügungen hin.

Innocente hingegen liebte vor allem die Schönheit des Valentino-Parks, die Baudenkmäler und Bücher und hatte Heimweh nach dem Dorf. Jenen vergnügungssüchtigen Eskapaden, für die Paolo eine solche Schwäche hatte, war er von Natur aus abgeneigt. Und so litt er auch nicht unter dem Alleinsein, als der Bruder nach Modena zog. Dort hielt es Paolo allerdings nur wenige Monate aus, da ihm die strenge Disziplin der Militärschule nicht behagte, und kehrte deshalb viel früher nach Hause zurück als Innocente.

Die Heimkehr seines dritten Sohnes nach erfolgreichem Studienabschluß war für Signor Ambrogio eine große Freude, aber auch eine Genugtuung nach dem Scheitern seines ältesten. Seine Augen strahlten, wenn er ihn vorstellte: »Mein Sohn Innocente: *aucàt*, Anwalt!«

Innocentes jüngerer Bruder Francesco studierte im Priesterseminar in Varesotto. Wie Innocente feststellen mußte, war der Vater sichtlich gealtert. Er litt an ›dickem Blut‹, doch es fehlte ihm an der Entschlußkraft, beim Essen Maß zu halten, und deshalb hatte er bereits mehrere Embolien hinter sich, die jedoch zum Glück glimpflich verlaufen waren. Die Spinnerei suchte Ambrogio inzwischen nur noch selten auf, obwohl es ihm aus tiefstem Herzen widerstrebte, die Leitung der Fabrik Paolo zu überlassen, dem es so offensichtlich an unternehmerischem Geschick mangelte.

Dies war das erste, was der Vater dem Sohn anvertraute.

»Mein lieber Cént«, seufzte Ambrogio in seinem Korbsessel, »dein Bruder ist unfähig, einfach unfähig.«

»Hör mal, Ambrogio«, platzte Santina dazwischen und sah von ihrem Brief auf. »Ich hätte große Lust, mir von Ferraguti ein Ölporträt malen zu lassen.«

»Aber du hast doch schon ein Porträt!« wandte Ambrogio ein, »ich habe doch im Frühjahr extra den Photographen aus Mailand kommen lassen! Sieh mal, Cént, sieh mal, wie schön!«

Der junge Mann wandte träge den Blick. Das schattige Plätzchen unter dem Portikus, die weichen Kissen machten schläfrig. In den Büschen und Blüten summten Hummeln und Bienen; am Ende der Allee, jenseits der Hortensiensträucher, lag das Backsteinmäuerchen mit dem Dienstboteneingang, dahinter erstreckte sich die Kiesgrube auf unbebautem Grund, wo Holunderbüsche und Brennesseln wucherten. Ein tiefer Frieden, eine reglose Luft, die geradezu bedrückten. Teilnahmslos betrachtete Innocente das große sepiafarbene Kartonpapier: Die Photographie hatte zu jener Zeit den Reiz des Neuen bereits verloren. Innocente erkannte den häuslichen Salon mit den Stuckverzierungen. Vor diesem Hintergrund hoben sich feierlich drei Gestalten ab, den Blick starr auf den Betrachter gerichtet: Sein Vater mit weißem Haar, Bart und Schnurrbart saß dunkel gekleidet neben der Mutter an einem runden Tisch; diese hatte die zierlichen Füße auf einen niedrigen Polsterhocker gestützt; sie wirkte klein, aber dennoch gebieterisch mit ihrem noch immer nicht ergrauten, in der Mitte gescheitelten und sorgfältig hinter die Ohren zurückgekämmten Haar. Feierlich-ernst aber wirkte vor allem Maria, die zwischen den beiden hinter dem Tisch stand: eine kräftige Fünfzigerin mit würdevoller Miene, ein ungewohntes weißes Häubchen auf dem Kopf, in der rechten Hand eine silberne Kaffeekanne – auf Zelluloid gebannt in dem Augenblick, in dem sie Kaffee in die gleichfalls silbernen Täßchen des besten Geschirrs goß, das auf dem Tablett bereitstand.

»Schön, wirklich schön«, nickte Innocente. »Und hier – das bin ich, seht her.«

Ehrerbietig reichte er ihnen das rechteckige Photo, das er aus der Brieftasche gezogen hatte: es war das typische Bild, das die Studenten nach bestandenem Examen in einem der berühmten Photostudios anfertigen lassen. Innocente hatte es noch niemandem gezeigt.

Wie alle Turiner Studenten trug er einen Bart; er hatte gerades, nicht sehr kurzes Haar, das durch einen exakt gezogenen Mittelscheitel geteilt war. Die Stirn war breit und hoch, die Augen graublau, der Blick durchdringend wie der seiner Mutter, gewürzt mit einer gehörigen Portion Ironie. Mit dem angedeuteten Lächeln schien er Abstand zu nehmen zu dem Abschlußzeugnis, das er auf einem Kissen aus dunklem Atlas in der feingliedrigen Hand hielt.

»Nicht schlecht«, sagte die Signora Santina, »ich meine nicht dich, Cént, sondern das Photo, es ist wunderschön. Dagegen das unsrige: auch schön, keine Frage, aber grau, farblos. Hast du das Porträt meiner Cousine Bonacossa gesehen, Ambrogio, das Ferraguti gemalt hat? *Der* Maler unserer Zeit lebt in Mailand; das muß ich doch ausnützen. Falls er überhaupt Zeit hat, denn er ist ein sehr gefragter Maler. Ich wünsche es mir zu Weihnachten. Bitte, Ambrogio, bitte!«

»Wir werden sehen«, seufzte der Gatte. Er hatte noch die Zeitung in der Hand und ärgerte sich über Santinas Geschwätz. »Was sagst du zu den Ereignissen in der Welt? Hast du schon die Zeitung gelesen, Cént? Am 27. März haben sie in Paris schon wieder gewütet, diese Halunken, und das Haus eines Richters zerstört. Die Anarchisten. Inzwischen gibt es sie überall, in England, Spanien, ganz zu schweigen von Frankreich, ihrer Brutstätte ... gar nicht weit weg von hier. Die Furcht vor politischem Aufruhr hat sich auf dem Finanzmarkt bereits nachteilig bemerkbar gemacht.«

»Und du meinst, sie haben vollkommen unrecht?« erkundigte sich Innocente in leicht aggressivem Ton. »Nicht, daß ich dafür bin, Häuser mit Dynamit in die Luft zu sprengen, aber etwas frischer Wind kann nicht schaden, scheint mir.«

»Oho. Weißt du denn, wer diese Leute sind? Lauter Kriminelle und Dummköpfe. Wenn Ravachol und Simon am 20. April in Paris zu lebenslanger Zwangsarbeit verurteilt worden sind, gab es gute Gründe dafür: Kriminelle sind das, sonst nichts!«

»Ich spreche nicht von denen«, sagte Innocente und suchte den Blick des Vaters. »Ich meine die Sozialisten. Die kannst du ja auch nicht ausstehen.«

»Wen meinst du? Etwa die aus Genua?«

»Genua, Genua ... Es gibt sie überall. Und sie sind nicht einfach über Nacht wie Pilze aus dem Boden geschossen. In Genua haben sie jetzt ihren Kongreß abgehalten, aber ihre Ideen sind viel älter; in den Städten diskutieren und protestieren die Arbeiter. Provinzler, Hinterwäldler wie wir hören und sehen nichts; oder verschließen Augen und Ohren ...«

»Hör mir gut zu, Cént: Ich bin nicht erst seit gestern auf

der Welt, und ich bin auch kein Hinterwäldler. Ich habe studiert – mehr als du – und ich habe immer Zeitungen gelesen. Die Wahrheit ist, wer herrscht, macht Fehler. Man hat sich eingebildet, man könne wunder was auf die Beine stellen, indem man Krieg führt und die Nation einigt, wie es so schön heißt. Aber seit es das berühmte Parlament gibt, wird nur geredet; die Regierenden machen ein Mordsgetöse – um was eigentlich? Um nichts als Dummheiten. Turin als Hauptstadt? Aber nein, Florenz ist besser, oder nein, besser noch Rom ... was für ein Unsinn! Und jetzt, nach mehr als zwanzig Jahren eines freien Italien, haben wir gemerkt, daß es uns besser ging, als es uns schlechter ging!«

»Ach, Papa, jetzt übertreibst du aber wirklich!« Der Sohn sprang auf und fing an, auf und ab zu gehen.

»Du kannst das alles gar nicht wissen, damals warst du ja noch gar nicht geboren, aber ich, ich habe es miterlebt, und ich weiß, wovon ich spreche. Ich weiß vielleicht nicht mehr, was ich gestern gegessen habe, aber an das, was vor dreißig, vierzig Jahren war, erinnere ich mich haargenau. Ich weiß, was Italien einmal war, und ich sehe, was aus ihm geworden ist. Es stimmt: Guts- und Grundbesitzer hat es immer gegeben. Aber du weißt nicht, welche Ordnung zur Zeit meines Großvaters geherrscht hat, unter Maria Theresia. Damals arbeiteten in Mailand alle, Adel und Bürger, reiche Bürger; auch die Intellektuellen, mit den Österreichern; und der Wirtschaft ging es gut. Die Restauration nach der napoleonischen Katastrophe, *càr el mé Cént,* war in Mailand wie eine Rückkehr zu den zuträglichen und geordneten Gewohnheiten von einst. Nur ein paar Hitzköpfe waren dagegen. Wenn die nicht gewesen wären, diese Handvoll Verschwörer, die ganz Italien rebellisch machten und die Jugend aufhetzten ... ihren größten Erfolg hatten sie ja im Süden, wo alles willkommen ist, was von der schweren Feldarbeit abhält. Wenn diese Leute nicht gewesen wären, alles Adelige und Aristokraten wie dieser Confalonieri, die die Bedürfnisse der Bevölkerung überhaupt nicht kannten – hätten wir nicht einmal gewußt, was das ist, das Risorgimento; von Aufständen und Revolutionen war bei uns keine Rede, denn uns ging es gut.

Geh mir mit diesem Gerede vom Volk, das unterdrückt und entwürdigt ist, mit diesen Märchen. Eins von dreizehn Kindern besuchte die Schule, die Steuern waren nicht hoch, es gab Zeitungen, und zwar nicht wenige. Zu Hause las man das ›Politecnico‹, in dem Carlo Cattaneo seine liberalen Gedanken und die Notwendigkeit der Revolution darlegte ... Das durfte er schreiben! Schwarz auf weiß, denn Zensur gab es nicht. Metternich, der heute verteufelt wird – er wollte ein Bündnis Italiens, ein wirtschaftspolitisches Bündnis mit Österreich, und in Mailand waren alle dafür, auch Cattaneo.«

Innocente hatte mit respektvollem Schweigen zugehört; er saß mit übereinandergeschlagenen Beinen da, und nur sein rechter Fuß wippte – gleichsam widerspenstig – auf und ab. Als Innocente den Mund aufmachte, um zu antworten, fuhr Ambrogio noch leidenschaftlicher fort. »Gewiß, die Regierung mußte die Restauration schützen, die Polizei hatte ihre Befehle. Aber du kannst sicher sein: In Piemont, wo der berühmte Carlo Alberto herrschte, wurde das *moderne* Gedankengut stärker unterdrückt als bei uns. D'Azeglio zog es vor, in Mailand zu leben und zu arbeiten: Besagt das etwa nichts? Und auch Cavour, ein heller Kopf, ließ oft durchblicken, wie erstickend die Atmosphäre in Turin war.«

»Aber Papa!« platzte Innocente heraus, »du willst doch nicht sagen, daß hier alles besser war, als Italien noch nicht geeint und in ein Schachbrettmuster aufgeteilt war!«

»Als du geboren wurdest, zur Zeit der berühmten Einigung, fing der Sieger, Piemont, an, Beamte und Soldaten in die entfernteren Regionen zu schicken. Bedenke, was die in den Dörfern da unten im Stiefelabsatz für Gepflogenheiten hatten; und die Piemonteser belehrten sie, versuchten, sie nach ihren Regeln und Gesetzen umzumodeln ... Kurzum, auf einmal mußten die Neapolitaner nach Turins Pfeife tanzen: das führte zu Unzufriedenheit und Empörung.

Die Aristokraten waren unzufrieden; sie beobachteten

den Aufstieg des Bürgertums und sahen ihre Privilegien schwinden. Sie hatten zwar die Aufstände angezettelt, bekamen aber kein Stück vom Kuchen ab. Am schlimmsten aber war die Lage der Bauern; um sie für den Kampf zu gewinnen, hatte man ihnen vollmundige Versprechungen gemacht: Land, Geld ... Doch als der Krieg zu Ende war, mußten sie erkennen, daß die österreichische Regierung ihre Interessen weitaus besser wahrgenommen hatte als die neue, die sich mit den Herren, den Geschäftsleuten und Großgrundbesitzern gut stellte, weil sie deren finanzielle Unterstützung brauchte; und die Ärmsten hatten das Nachsehen.

Heute frage ich mich, wer eigentlich zufrieden war. Die Katholiken mit Sicherheit nicht: der Freimaurer Cavour hatte sogar die weltlich Gesinnten vor den Kopf gestoßen. Um den Eisenbahnbau voranzubringen, das Heer zu finanzieren und die nach dem Krieg leeren Kassen zu füllen, hatte er die Steuern immens erhöht. Ich erinnere mich, daß D'Azeglio soweit ging vorzuschlagen, der Süden solle erneut vom restlichen Italien abgetrennt werden. Und ich glaube, einen besseren Gedanken hat er nie geäußert.«

Signor Ambrogio brach in Lachen aus; von seinem Redeschwall beflügelt, wirkte er weitaus jünger. Die Flut von Erinnerungen, die jetzt aus ihm herausbrach, war nicht einzudämmen, das fühlte Innocente.

»Alle wußten, daß diese berühmten Volksabstimmungen über die Annexion nur ein geschickter politischer Schachzug der Regierung waren, um die endlosen Diskussionen ein für allemal zu beenden. Im Parlament stritten Cavour und Garibaldi; die Abgeordneten stritten, jeder in seinem Dialekt; ein Chaos, eine babylonische Sprachenverwirrung! Man muß sagen, daß dieser Cavour trotz seiner Fehler anders war. Aber da siehst du, wie grausam das Schicksal ist; mit fünfzig, als er bereit war, die Früchte seiner Mühen zu ernten, patsch! Ein Dreitagefieber – und aus der Traum ... Das was nach ihm kam, war ein klägliches Schauspiel, ein politisches Karussell. Von wegen ›nuovo regno‹. Der arme Mazzini hatte ganz recht, als er sagte, Italien komme ihm vor wie ein Hirngespinst, eine Lüge, ohne Seele und ohne Gott … Das war einundsiebzig, kurz vor seinem Tod.

So ist das eben. Nein, der alte Metternich hatte nicht ganz unrecht, als er sagte, Italien sei ›ein geographischer Begriff‹. Man muß den Gegebenheiten ins Auge sehen. Wir sind nicht das Land, das wir gerne sein möchten, und wer weiß, ob wir es jemals werden. Mag sein, daß ich mich täusche, jedenfalls wird es nicht besser, wenn diese Tölpel Dynamit einsetzen; und was den Sozialismus betrifft: Das scheint mir nur ein neuer Name für die alte Anarchie.«

»Aber Papa!« Innocente hatte sich langsam von seinem Stuhl erhoben und stand jetzt hochaufgerichtet vor seinem Vater. »Ich habe dir bis zum Ende zugehört, auch wenn ich jetzt Kopfweh habe – schlimmer als in einer Universitätsvorlesung. Aber jetzt möchte ich dir auch meine Gedanken darlegen. Nicht nur meine Gedanken, sondern die von bedeutenden, hochgeachteten Persönlichkeiten. In Turin habe ich mehrmals Bersezio und De Amicis gehört; sie waren auch in der Fakultät. Kluge Köpfe, darin wirst du mir wohl zustimmen. Also, die Mißstände sind nicht neu, es gab sie schon immer, gleich, welche Regierung an der Macht war; Menschen, die sich wie Tiere schinden müssen, um sich ein Stück Brot zu verdienen; das haben wir stets gewußt; aber niemand machte sich Gedanken deswegen. Es entsprach scheinbar der natürlichen Ordnung. Jeder Mensch wurde an einen bestimmten Platz geboren, so war es eben. Und damit basta!«

»Wer denn?« unterbrach ihn der Alte mit zitternder Stimme. »Wer ist denn an der Plackerei zugrundegegangen? Habe denn nicht auch ich mein Leben lang gearbeitet, von morgens bis abends? Und mein Vater? Geplagt von Sorgen, die ihm den Schlaf raubten.«

»Ach, Papa, du wirst doch keine Vergleiche ziehen wollen. Laß uns doch ein wenig über den eigenen Tellerrand hinausblicken. Das vergangene Jahrhundert ist nicht ohne Grund mit einem solchen Blutbad zu Ende gegangen. Ich billige durchaus nicht solche Gewalt, doch auf diese Weise hat die Welt wenigstens gesehen, daß gewisse Privilegien ein Wahnwitz sind, daß alle Menschen die gleiche Würde besitzen. Du hast recht, ich wollte es eben sagen: Es hat nichts gebracht. Die Revolution in Frankreich hat nicht den Adel hinweggefegt, sondern nur die Adeligen; und deshalb müssen wir noch einmal von vorne anfangen. Nicht, indem wir rauben und plündern und Häuser in Brand stecken wie die Anarchisten, sondern indem wir neue, vernünftige und weise Gesetze machen, die den Hunger, die Unwissenheit bekämpfen.«

»Meine Leute«, murmelte Signor Ambrogio hartnäckig, »hatten immer einen Teller Minestra auf dem Tisch stehen. Wer arbeitet, muß auch essen, heißt es. Wenn einer nichts zu essen hat, muß es einen Grund dafür geben. Sie setzen Heerscharen von Kindern in die Welt, scheuen aber die Mühe, sie wollen nichts arbeiten, du weißt, von wem ich spreche; wer hat die Pflicht, sich um sie zu kümmern? Es sind Faulenzer. Und was möchte er denn, der Signor De Amicis? Daß ein ehrbarer Mann, der sein Lebtag als Unternehmer gearbeitet und etwas aufs Spiel gesetzt hat, am Ende seines Lebens nach allen Seiten austeilt, was er sich mühevoll erarbeitet hat. Was würden *seine* Kinder dazu sagen?«

»Wo immer De Amicis gesprochen hat, im Kommunalrat, in den Akademien, den Universitäten – überall hat er Anklang gefunden. Und du willst ihn mit ein paar Sätzen niedermachen, ohne ihn zu kennen.«

»Ich kenne ihn; ich lese die Zeitungen, ich verfolge die Diskussionen. Mit seinem *Cuore**, *càr el mé fioeu,* hat dein lieber Edmondo mehr als sechzigtausend Lire verdient; aber das heißt noch lange nicht, daß er mit diesem Geld einen Hilfsfonds für die, sagen wir, armen entrechteten Brüder einrichtet … Ich erinnere mich an eine Predigt Don Ugos – du warst noch im Schoß deiner Mutter: ›Nicht jeder, der sagt: Herr! Herr! wird in das Himmelreich kommen …!‹ Diese Worte klingen mir heute noch im Ohr. Die Soziali-

---

* *Cuore,* 1886 erschienen und seinerzeit vielgelesen, ist ein Erzählband zur Erbauung und Belehrung der Jugend.

sten! Sie glauben, sie hätten das Ei des Kolumbus entdeckt; aber schon Jesus Christus hat das alles gesagt!«

»Hier geht es um Dinge von heute, um Politik, nicht um Dinge von vor zweitausend Jahren. Probleme, die man mit Händen greifen kann, hier, wo die Menschen unterdrückt werden, und ihr, die Herren« – er sagte ›ihr‹ mit ironischer Entschlossenheit – »nur mit dem Finger schnippt, und schon laufen sie. Doch auch die Bauern haben sich Gehör verschafft. Ich erinnere mich noch an dein Gesicht am zehnten Mai neunundachtzig, als sich die vielen Menschen auf der Piazza versammelten, vor unserem Tor. Mienen, die anders waren als gewöhnlich, böse Mienen ...«

»Darüber will ich nicht sprechen«, brummte Ambrogio.

»Das solltest du aber. Gewisse Dinge hätten schon lange besprochen werden sollen. Aber nichts geschah: Unser Land befindet sich noch immer in der Steinzeit! Du hast recht, wenn du sagst, die Freiheit, die Einheit, die mit dem Krieg erkämpft wurden, hätten nicht viel gebracht und seien schlecht genutzt worden.«

»Mein lieber Cént, gewiß gibt es Gründe zu protestieren, das will ich gar nicht bestreiten. Aber diesen Mai werde ich nicht so leicht vergessen.« Er schwieg, fuhr dann aber fort: »Sie haben den richtigen Augenblick gewählt, um sich hinzustellen und die Arme zu verschränken; ich spreche von den Raupenzüchtern. Mai ist der Monat, in dem die Eier ausgebrütet werden! Genau zu diesem Zeitpunkt – was aber nicht ihre Schuld war – begannen die Streiks. Himmel noch mal! Sie hatten doch gar keinen Grund, Gott weiß, daß ich nicht lüge: sie hatten keinen Grund. Wie eine Herde Schafe sind sie hinter den salbadernden finsteren Kerlen vom Fascio Operaio hergelaufen; hinter diesen Sozialisten ... Himmel noch mal! Natürlich gab es und gibt es bis heute in der Mailänder Gegend Grundherren, die die Bauern als Tagelöhner arbeiten lassen, ihnen einen Hungerlohn zahlen und mit den Seidenkokons ihre spekulativen Geschäfte treiben. Dies sind Schikanen, Mißstände, die es hier bei uns nie gab!«

»Und was war dann im März achtundvierzig?«

»Die Leute wollten einfach dabeisein, sie ließen sich anstecken ... überall gab es Erhebungen. Hier war die Hölle los: Schwadronen berittener Carabinieri, Soldaten ... Es kam eine Abordnung aus Mailand. Sie sprachen mit mir, hier im Haus. Die Unruhen machten ihnen ganz schön Kopfzerbrechen.«

»Die Armen, woher nahmen sie bloß den Mut.«

»Einer, der schreiben konnte – bestimmt einer von außerhalb – fertigte Plakate an, die in der Nacht überall angeschlagen wurden: ›Tod den Signori! Weg mit den Naturalienabgaben!‹ Am darauffolgenden Tag versammelten sie sich dann mit Mistgabeln und Sensen ... Aber wir Grundbesitzer haben Ruhe bewahrt, wir sind ihnen entgegengekommen.«

»Notgedrungen! Es gab nur eine Wahl: Entweder es gelang, die Gemüter zu beruhigen, oder die Eier der Seidenraupen gingen kurz vor Ende der Brutzeit kiloweise zum Teufel. Ihr habt nachgeben *müssen*!«

»Nicht müssen! Nein, nein!« rief Ambrogio, »es war Nachsicht, christliches Mitgefühl.«

»Aber es war doch ganz klar, daß die Grundbesitzer im Unrecht waren und ihren Teil zu den Gewalttätigkeiten beitrugen. In *La Stampa* wurden die trostlosen Lebensbedingungen unserer Bauern geschildert, man müsse sich wundern, hieß es dort, wie sie mit ihrem chronischen Hunger so viele Stunden arbeiten konnten.«

»Und die Weber? Sie haben für einen höheren Lohn gestreikt, der – so sagten sie – unter einer Lira lag. Ich dagegen zahlte in meiner Spinnerei den Frauen – wohlgemerkt, den Frauen! – bereits damals eineinhalb Lire. Und keine meiner Arbeiterinnen hat sich diesen Hitzköpfen angeschlossen.«

»Aber die Tagelöhner bekamen nicht mehr als sechzig Centesimi.«

»Bedenke, daß ich nur eine sehr geringe Miete von ihnen verlangt habe und bis heute verlange, und die Naturalienabgaben, die gab es schon immer.«

Santina hatte sich bereits vor geraumer Zeit wutschnaubend zurückgezogen; Ambrogio jedoch hatte keineswegs die Absicht, klein beizugeben.

»Ich wundere mich«, fuhr er gelassen fort, »ja ich bin verblüfft, daß ein Mann wie De Amicis die Universitäten aufsucht und dort seine Ideen verbreitet, unter den jungen Leuten, die von Natur aus leicht beeinflußbar sind. Statt sie zum wissenschaftlichen Studium anzuhalten, verbreitet er sich vor ihnen über die Gesellschaft, einen Bereich, der ihnen noch gänzlich unbekannt ist, und ruft dazu auf, sie zu verändern, sich kopfüber ins Geschehen zu stürzen.«

»Nein, nein, so ist es nicht«, beeilte sich Innocente zu widersprechen. »Ich kann dir Wort für Wort wiederholen, was dieser große Mann gesagt hat: ›Die Verhältnisse der Zeit, in der wir leben ...‹ Warte mal.«

Innocente sprang auf, eilte ins Haus und kam mit einem Blatt Papier in der Hand zurück.

»Ich will nichts Falsches sagen, es sind so elementare Gedanken, hier habe ich es schriftlich: ›Die Verhältnisse der Zeit, in der wir leben, sind so beschaffen, daß die alte Definition des *homo honestus* einer Revision bedarf. Heute genügt es nicht mehr, sich in den vornehmsten privaten Tugenden zu üben, wenn man gleichzeitig Ohr und Herz vor dem Schrei der menschlichen Qualen verschließt; wenn man sich nicht für die Erneuerung seiner Mitmenschen einsetzt, für den Sieg der Gerechtigkeit, wenn man nicht wenigstens einen Teil seiner Aktivität bewußt in den Dienst der Gesellschaft stellt und sich für das Wohl aller Menschen einsetzt. Hört nicht auf jene, die euch abraten und sagen, mit der sozialen Frage könnt ihr euch später beschäftigen‹«, Innocente machte eine Pause und sah seinen Vater forschend an, »›denn die, welche euch jetzt empfehlen, euch auf euer Studium zu konzentrieren, werden euch später sagen, ihr sollt euch auf eure Geschäfte konzentrieren. Millionen eurer Brüder, denen das Schicksal den Luxus, die Ehre eines Studiums und ein behagliches Leben verweigert hat, setzen ihre Hoffnung in die studierende Jugend und erwarten, daß diese sich leidenschaftlich mit ihrer Sache auseinandersetzt!‹«

Er schwieg. Die Stille, die jetzt eintrat, lag einen Augenblick schwer in der Luft.

»Schön«, sagte Ambrogio im Ton ehrlicher Überzeugung. »Aber ...«, und Innocente merkte, daß der Vater keineswegs überzeugt war, »aber mit demselben Anspruch könnte ich die genau gegensätzlichen Ratschläge erteilen. Den Verpflichtungen gegenüber der Allgemeinheit gehen die persönlichen Verpflichtungen voraus. Wenn ein Sohn ein guter Sohn ist, wenn ein Student ein guter Student ist, dann wird er auch ein achtbarer und tugendhafter Bürger sein. Es reicht, wenn man sich an die christlichen Tugenden hält.«

Ambrogio strich seinem Sohn übers Haar. »Du weißt, wer wir sind, du mußt dich dessen nicht schämen. Wir sind demokratische Leute, wir sprechen Dialekt wie alle hier, was wir essen, ist einfach und bescheiden. Wir verachten das Volk nicht, vielmehr bemühen wir uns, ihm entgegenzugehen. Warum können wir uns nicht alle gleichermaßen in Zuneigung begegnen, ohne all diese Komplizierungen? Mein Rat an dich ist deshalb: Bleibe dir selbst treu. Was die Mißstände und das Unglück betrifft, so versuchen wir im Rahmen unserer Möglichkeiten zu helfen. Hab ich nicht recht? Sag, habe ich nicht recht?«

»Ja, ja, Papa, ist schon gut«, antwortete Innocente beschwichtigend.

Jeder hörte nur sich selbst, es war also Zeit, dieser fruchtlosen Diskussion ein Ende zu setzen. »Übrigens, Papa, mach dir keine Sorgen. In Turin habe ich nie an Kundgebungen teilgenommen, und ich habe auch nicht vor, dies jetzt zu tun.«

»Recht so, recht so«, murmelte Ambrogio. »Ich gehe jetzt, ich bin müde geworden; ich lege mich ein bißchen hin, nur zehn Minuten.«

Innocente wünschte ihm eine angenehme Ruhe, steckte das Blatt Papier, das er vorgelesen hatte, sorgfältig in die Tasche, und begab sich in den lichtdurchfluteten Garten.

4

Am Ende des Parks angelangt, blieb Innocente stehen und blickte zur Kiesgrube jenseits des verrosteten Gitters hinüber: aufgeschüttete Erde, Kies, dazwischen grüne Flecken wild wuchernder Pflanzen. Das war der Ort, an dem er als Kind gespielt hatte. Von plötzlicher Wehmut ergriffen, suchte er das Gelände mit den Augen nach dem Versteck ab, das er und Pietro sich auf der einen Seite der Grube gebaut hatten: Spuren einer geheimen Grotte waren noch zu sehen. Ein feuchter und gefährlicher Spielplatz, da die aus Sand gebaute Decke jeden Augenblick auf sie hätte herabstürzen können! Doch Innocente hatte sich nie wieder so sicher und geborgen gefühlt wie in dieser unterirdischen Höhle, in der ihnen eine Holzkiste als Tisch diente und ein Kerzenstummel sein rötliches Licht verstrahlte. Genüßlich hatten sie sich auf alten Kissen ausgestreckt und kleingeschnittene und zu Zigaretten gedrehte Maishaare geraucht. Im Sommer hatten sie mit Schleuder und Blasrohr Eidechsen und Spatzen gejagt, im Winter waren sie auf dem Eis vom Rand der Grube hinuntergeschlittert. Und dann die aufwendigen Schneebauten, mit abgeschürften, rotgeschwollenen Händen …

Eine unbeschwerte Zeit war das gewesen. Ganz ohne soziale Schranken. Paolo, der leibliche Bruder, und Pietro, der Milchbruder, waren in Innocentes Augen ebenbürtig gewesen, beide hatte er gleichermaßen gern gehabt. Wie viele Fußtritte hatte er von diesem rothaarigen Burschen verpaßt bekommen! Anders als seine Brüder war Innocente ein schmächtiges, zartes Kind gewesen; der muskulöse Pietro mit seinem rotblonden Lockenkopf war ihm bei jeder Kraftprobe überlegen und hatte Ansehen und Autorität unter den Gleichaltrigen genossen.

Der kleine Pietro. Innocente konnte sich ein Schmunzeln nicht verkneifen. Er zögerte nicht, mich einen Dummkopf zu nennen oder mir Ohrfeigen zu geben, dachte er. Heute, erwachsen geworden, plauderten sie freundschaftlich miteinander: Innocente hatte Pietro gern und wünschte, es möge ihm gut gehen. Und dennoch hatte sich zwischen ihnen ein Unbehagen eingeschlichen – er hatte es an diesem Vormittag in der Werkstatt gespürt –, die vage Empfindung, daß der eine der Herr und der andere der Knecht war. Ein mit Wohltaten bedachtes Findelkind, das die Pflicht hatte, sich fügsam und gefällig zu zeigen – ob sich Pietro tatsächlich so fühlte? Vielleicht – hoffentlich – täuschte sich Innocente. Würde er katzbuckeln wie die anderen, hätte er Angst, mich zu vergrätzen, so wäre die alte Frische dahin, und es wäre keine echte Freundschaft mehr, dachte er.

Mit großen Schritten machte er sich auf den Weg zur Spinnerei. Als er die Halle betrat, drehten sich viele Mädchen nach ihm um, stießen sich an und kicherten. Von dem großen länglichen Becken auf dem Vorplatz drang Gelächter und Gesang an sein Ohr. Für die Jüngeren, die zehn-, elfjährigen Mädchen, war die Arbeit noch ein Spiel. Sie mußten die länglich geformten, gelblichen Kokons, in die sich die Raupen eingesponnen hatten, aus der Besenheide herauslösen. Mit geröteten Händen und Armen schwenkten die Kleinen die Büschel in lauwarmem Wasser und fuhren mit einer groben Holzbürste durch die Reiser. Die abgelösten Kokons verteilte die älteste Arbeiterin dann an die *filère*, die Mädchen an den Wannen, die die Kokons aufweichten und abhaspelten.

Schon als Kind hatte sich Innocente gerne in der Spinnerei aufgehalten. Wie sein Vater kannte er die Arbeiterinnen namentlich; mit den Jüngeren hatte er gespielt und sie von ihrer Arbeit abgelenkt. Die älteren Frauen hatten ihn gern in ihrer Nähe, um ihm verschmitzt Fragen zu stellen und über seine Antworten zu lachen. Innocente fühlte sich wohl unter diesen Frauen.

Plötzlich fesselte ein Blondschopf mit Löckchen seine Aufmerksamkeit, die sich widerspenstig aus dem Haarknoten gelöst hatten.

Innocente trat näher heran. »Bist du nicht Antonietta?«

»Ja, *sciùr* Cént«, flüsterte das Mädchen. Sie war verlegen, doch ihre blauen Augen lachten.

Heiliger Himmel, in kaum mehr als einem Jahr oder zwei. Was für eine Verwandlung! Er wußte noch, wie sie die Heidekrautbüschel in dem *batòs* schwenkte, die Haare zu einem langen Zopf geflochten, mit dünnen Beinen und Holzpantoffeln. Sie mußte jetzt achtzehn sein. Das dunkle Bändchen, das sie kokett um den schlanken Hals trug, bildete einen Kontrast zu dem ärmlichen Arbeitskleid, in dem sie sich von den anderen nicht unterschied: ein dunkler Baumwollrock und eine weiße Bluse mit Rundausschnitt. Aber sie hat eine schlanke Taille, dachte Innocente, die man bestimmt mit beiden Händen umfassen konnte, und er verspürte den Impuls, es auszuprobieren.

»Tja, nun bist du also erwachsen geworden, Antonia«, sagte er, als er sich verabschiedete.

Mit ihrem liebreizenden Lächeln verwirrte sie ihn nur noch mehr.

Innocente war keiner, der regelmäßig mit Frauen verkehrte. Sein Bruder hatte ihn in Turin in gewisse Etablissements eingeführt, wo er seine männliche Unschuld verloren hatte; es waren vereinzelte Erfahrungen gewesen, ganz im Gegensatz zu Paolo. Innocente hatte keine Liebesaffären hinter sich, doch verspürte er bisweilen eine Bangigkeit, ein Unbehagen der Gefühle; wie einer, der sein Geld im Verborgenen hortet: ein brachliegender Schatz, der keinen Gewinn einbringt. Und so hatte sich in seinem jugendlichen Herzen eine natürliche Energie aufgestaut, die danach verlangte herauszubrechen.

Wenn Innocente morgens aufwachte, hatte er jetzt oft ein Bild vor Augen, das vielleicht aus dem Traum herüberstrahlte: das Bild eines Mädchens mit blauen Augen, Korkenzieherlöckchen und einem freundlichen Lächeln auf den Lippen. Mit aller Macht zog es ihn in die Spinnerei, und das zarte Persönchen Antonietta erschütterte – ohne sich dessen bewußt zu sein – sein Inneres, und weckte Sehnsüchte in ihm, deren er kaum Herr zu werden vermochte.

Nach elf bis zwölf Stunden Arbeit kehrten die Frauen bei Einbruch der Dunkelheit müde und erschöpft nach Hause zurück. Vom Tor der Piazza aus beobachtete Innocente, wie Antonia rasch und ohne sich umzusehen, Richtung Contrada Vecchia davonlief, wo sie wohnte.

Er wußte sehr wohl, wie viele Verpflichtungen nach einem Tag in der Spinnerei zu Hause noch auf sie warteten. Und voller Zorn dachte er an die Mädchen mit rüschenbesetzten Kleidern, die in einem mit Teppichen und Gemälden geschmückten Raum an straminbespannten Rahmen ihrer Nadelarbeit nachgingen, die Füße auf einen gepolsterten Schemel gestützt, während eine Dienstmagd ihnen Schokolade und Kekse brachte.

Er malte sich in Gedanken aus, wie Antonia nach Hause kam. In dem Raum, der als Küche diente, befand sich, durch einen Vorhang abgetrennt, auch ein Bett. Die Wände waren rußgeschwärzt, ein Schälchen Honig stand auf dem schmucklosen Tisch, um die eine oder andere der Fliegen anzulocken, die aus dem Kuh- und Hühnerstall scharenweise hereingeflogen kamen. Im Sommer gab es gestockte Milch, um Brot darin einzutauchen, und im Winter dampfte auf dem Tisch die mit eingeweichten Kastanien und ausgelassenem Schweinespeck verfeinerte Brotsuppe.

Abends, wenn Innocente zwischen seiner älteren Schwester Ismene und Paolo mit den Eltern bei Tisch saß und Maria die Suppe, Fleisch und Wurst auftrug, hatte er noch immer Antonietta vor Augen: wie sie ihre jüngeren Geschwister nacheinander im gußeisernen Zuber wusch, sie auf einen Stuhl stellte und abtrocknete, sie dabei kitzelte und scherzte; wie sie dann mit dem Abwasser noch den Hof abschwenkte, bevor sie die Außentreppe hinaufstieg zu den Schlafzimmern und sich schon im Hinaufgehen die Schürze aufknotete, die Bluse aufknüpfte und die Bänder ihres Unterrocks löste. Und wie sie sich schließlich schlafen legte und das weiche, mit Seidenabfall gefüllte Kissen umschlang.

Innocente strich Butter auf sein Brot und wünschte sich, den Platz dieses Kissens einzunehmen.

»Nach dem Essen habe ich mit euch zu reden«, sagte Signor Ambrogio und riß damit Innocente aus seinen Träumereien. In der Stimme des Vaters glaubte er einen kritischen Unterton zu hören. Ob er seine Gedanken erraten hatte?

Die Familie hatte sich im Arbeitszimmer versammelt und wartete mit respektvollem Schweigen, bis das Familienoberhaupt seine Papiere auf dem Schreibtisch geordnet hatte. Schließlich rückte sich Ambrogio, sichtlich nervös, die Brille zurecht und begann: »Eure Schwester Ismene wird kommendes Frühjahr Fracanzani heiraten, und ich möchte ihr, wenn ihr einverstanden seid, über die Aussteuer hinaus das Erbteil geben, das ihr zusteht. So kann sie frei darüber verfügen und es mit ihrem Mann nach Gutdünken verwenden, solange sie noch jung ist, und muß nicht erst abwarten, bis ich tot bin. Aber natürlich möchte ich zuvor nach eurer Meinung fragen, da es ein ungewöhnlicher Schritt ist. Deshalb, meine Söhne, habe ich euch hierhergebeten.«

Fast gleichzeitig wandten Innocente und Paolo den Kopf zu Ismene, die sich den Rock glattstrich und den Blick senkte. Voll Verständnis für die Schwester, die nicht mehr jung und gewiß nicht besonders attraktiv war, tauschten die Brüder einen einvernehmlichen Blick.

»Ich habe nichts dagegen«, sagte Innocente.

»Bist du sicher, daß du unsere Meinung hören willst, Papa?« fragte Paolo und deutete ein Lächeln an. »Dieses Aktenbündel da ist nicht rein zufällig die Schenkungsurkunde? Ich glaube, vor ein paar Tagen ist mir hier der Notar Valcamonica über den Weg gelaufen. Jetzt wird mir klar, was er bei uns zu suchen hatte. Hab ich recht?«

»Ja, ja, ganz recht. Aber wenn ihr nicht einverstanden seid ... nichts ist endgültig auf dieser Welt«, gab der Alte zurück, ohne sich aus der Ruhe bringen zu lassen. »Ihr braucht die Urkunde nur zu nehmen und zu zerreißen.« Er reichte seinen Söhnen das Aktenbündel hinüber.

»In der Tat«, sagte Paolo, »hier steht es: ›... vermache ich unwiderruflich und mit sofortiger Wirkung entsprechend Artikel 1050 des Bürgerlichen Gesetzbuches ...‹ Unwiderruflich – wenn ich nicht irre, heißt das: Was geschrieben steht, steht geschrieben, fertig, aus. Wozu diskutieren wir also? Unwiderruflich? Gut: Ich bin einverstanden, ich freue mich. Herzlichen Glückwunsch, Ismene!« Mit diesen Worten stand er auf und eilte zur Freitreppe, die in den oberen Stock hinaufführte.

»Warum so eine Aufregung!« rief ihm die Mutter nach. »Und so ungehobelt! Unsere liebe Tochter hat diese Gunst wirklich verdient, denn sie ist eine Perle, und glücklich der, der sie zur Frau nimmt.«

Während Innocente Ismene umarmte, schweiften seine Gedanken aufgeregt ab. Er stellte sich vor, wie sich die Familie in ähnlicher Weise versammeln würde, wenn er dem Vater seinen Entschluß unterbreiten würde, daß er Antonia Paolini zur Frau nehmen wolle und wenn er wie seine Schwester vorab um sein Erbteil bitten würde. Schon bei dem Gedanken daran fing Innocente an zu zittern. Das Erbteil, das er als Sohn traditionsgemäß zu erwarten hatte, war weit größer als das von Ismene. Laut notarieller Beglaubigung waren ihr zweieinhalb Hektar Weinberge mit einem Ertrag von hundertsiebzig Lire zugesprochen worden; dazu sechs Ar Kastanienwald, der zwei Lire und neunzehn Centesimi erbrachte. Insgesamt Besitz im Wert von zehntausend Lire, zu denen die zweitausend Lire in bar kamen, die sie als Mitgift erhielt. Läppisch im Vergleich zu dem, was den drei Söhnen zustand. Über all dies grübelte Innocente nach, während er sich in sein Zimmer zurückzog.

Ambrogio indes blieb noch in seinem Arbeitszimmer. Er holte das schwere, in marmoriertes Papier grauschwarz eingeschlagene Aktenbündel aus der Schublade. Das ausgebleichte Etikett auf der Vorderseite trug die Aufschrift: »Mailand, vierzehnter Oktober achtzehnhundertneunundvierzig. Schätzung und Aufteilung des Landgutes Dago, Eigentum des Sohnes des verstorbenen Giovanni Guido Dago.«

Signor Ambrogio betrachtete das dicke Buch vor sich auf dem Tisch: hundertfünfzig Seiten eng beschriebenes Papier, mit Verzeichnis und Beschreibung der ländlichen Besitzungen der Dago, unter anderem der Güter Selvàdiga, Rovèdiga, Vigna Grande.

Auf großen ausfaltbaren Karten waren in unterschiedlichen Grüntönen Wälder und Heideland eingezeichnet, umgrenzt mit roten Linien. In etwas größerer Schrift waren die Namen der einzelnen Höfe, in kleiner Schrift und mit Tusche die Anzahl der Parzellen verzeichnet, die in Hektar bemessene Größe mit ausführlicher Beschreibung jedes einzelnen Hofes, die Namen der Pächter und der Anbaupflanzen unter Berücksichtigung der Qualität der Äcker. Jedes Bauernhaus war detailliert beschrieben: sämtliche Räume von der Küche bis zu den Schlafzimmern einschließlich der Getreidespeicher, Ställe und Vorbauten. Es folgte ein Verzeichnis der Gebäude im Dorf, in denen Pächter und Mieter wohnten, der Werkstätten, des Backofenhäuschens und der Scheune mit der Weinkelter.

Sodann kam die Beschreibung des eigentlichen Familienanwesens: des großen Parks in der Dorfmitte mit dem Haus Dago, der angrenzenden Gebäude und des Gartens sowie der Spinnerei mit den Lagern, dem Schornstein und dem Wasserkessel. Verzeichnet war auch, auf welche Weise die Dagos in den Besitz des Anwesens gelangt waren: Wie der erste Dago ins Dorf gekommen war und der alteingesessenen Adelsfamilie das Anwesen abgekauft hatte, die aus finanzieller Not ihren Besitz hatte abtreten müssen.

Die Kaufsumme war gigantisch, doch jener aufstrebende Giovanni Guido Dago hatte den Kaufvertrag begeistert unterschrieben. Es wurde ihm zugesichert, »... zum Martinstag, dem elften November, die vornehme Villa gegenüber der Kirche als rechtmäßiger Besitzer beziehen zu können«. Der arme Graf mußte das Haus räumen, die Möbel und die gesamte Einrichtung abtransportieren lassen – bis auf einige wenige Stücke, die er gegen teures Geld dem neuen Herrn überließ, beispielsweise den schönen Kamin aus Sandstein und die wertvollen Tapeten im Salon – Blümchen für Blümchen handbemalt.

Signor Ambrogio hatte zwei Schwestern. Von den väterlichen Besitzungen war selbstverständlich ihm der Löwenanteil zugefallen. Der Ingenieur, ein Österreicher, hatte alle Güter gewissenhaft taxiert, auch war er mit der Aufgabe betraut worden, in dem weiträumigen Park die Spinnerei zu errichten. Ambrogio hatte die Fabrik und alles übrige geerbt, die Schwestern waren mit ein paar Feldern und Bauernhäusern zufriedengestellt worden.

Signor Ambrogio sah auf die Pendeluhr: Es war spät geworden. Er klappte das Buch zu und steckte seine Brille ins Etui. Mit schwermütiger Klarsichtigkeit grübelte er darüber nach, daß nun auch für ihn die Zeit gekommen war, den Besitz aufzuteilen. Seine Hoffnung, daß der Familienname erhalten blieb, stützte sich in erster Linie auf Innocente. Paolo schien wenig geneigt, eine Familie zu gründen, und Francesco, der Jüngste, hatte den Priesterstand gewählt. Ambrogio wußte nur allzu gut, daß Santina schon seit geraumer Zeit Pläne für Innocentes Zukunft schmiedete. Innocente war genau im richtigen Alter, um zu heiraten – vielleicht eine Boselli aus Legnano, eine entfernte Verwandte, oder die hübsche Lampini aus Parabiago, Tochter einer reichen Familie. Ambrogio hatte seine Frau zurechtgewiesen; er mißbilligte solche Phantasien. Doch jetzt machte er sich selbst seine Gedanken. Eine bessere Partie war die Lampini. Die Heirat unter Verwandten, wie es bei wohlhabenden Familien üblich war, erwies sich letztlich eher als Schaden. Da das Blut nicht erneuert wurde, waren die späteren Generationen oft kränklich und schwach.

Die Lampini war zweifellos die bessere Wahl. Er legte die wertvollen Dokumente behutsam an ihren Platz zurück und nahm sich vor, seinen Besitz baldmöglichst zu gleichen Teilen unter seine drei Söhne aufzuteilen. Ismene war ja zum Glück schon ausbezahlt worden.

5

»Antonietta, sag, gehst du mit jemandem?«

Innocente hatte die Frage ganz unvermittelt und ohne Umschweife gestellt. Allzu sehr brannte ihm die Ungewißheit auf dem Herzen, ob sie nicht doch vielleicht schon jemandem versprochen war. Aber das Mädchen hatte verwirrt den Kopf geschüttelt. Er war erleichtert: In jener Nacht hatte ihn die Befürchtung gepeinigt, zu spät gekommen zu sein.

Die letzten Augusttage schleppten sich in brütender Hitze dahin; in den Gassen des Dorfes war das Quietschen der Karren zu hören, die in den Höfen ihre Fracht gelber Maiskolben abluden. In der Luft wirbelten kleine Mücken und die rostbraunen Fäden der Maiskolben, und der durchdringende Geruch von Stallmist war allgegenwärtig.

»Hör mal, Netta, hast du am kommenden Sonntagnachmittag Zeit?«

Eine Frau zu erobern war für Innocente keine alltägliche Übung wie für seinen Bruder Paolo, sondern etwas gänzlich Neues, das ihm sichtlich schwerfiel. Ärgerlich wischte er sich über die mit Schweißperlen bedeckte Stirn – er schwitzte nicht wegen der Hitze. Aber er war fest entschlossen, sein Vorhaben umzusetzen.

»Ich gehe Futter holen für die Kaninchen.« Obwohl noch jung und ohne Erfahrung, ließ sich Antonietta Zeit mit der Antwort. Sie wog ihre Worte sorgfältig ab und war sich dessen, was sie tat, sehr genau bewußt. ›Futter holen‹ – das hieß soviel wie: »Ich bin draußen auf den Feldern, allein. Wenn du mich sehen willst …«

Antonietta wußte, daß es dem widersprach, was ihr die Mutter eingeschärft hatte. Aber sie hatte es absichtlich so gesagt, denn sie verspürte ein großes Verlangen. Und nicht nur, weil er der Padrone war. Nein, es waren seine weißen, zarten Hände, sein Geruch nach Lavendelseife, die glatt über die Stirn gestrichenen Haare, die so makellos und glänzend waren, daß man Lust hatte, sie zu streicheln, um zu sehen, ob sie tatsächlich so weich waren, wie sie aussahen.

»Aha, Futterholen. Und mit wem?« lächelte er.

»Wer weiß? Vielleicht mit Lucia, meiner kleinen Schwester.« Antonietta ging auf das Spiel ein, sie lächelte ganz ohne Arglist. Nie hätte Innocente geglaubt, daß ihm derart albernes Wortgeplänkel solche Freude machen würde. Schließlich gelang es ihm, Antonietta die Verabredung abzuringen, an der ihm so viel gelegen war: am Sonntag um die und die Uhrzeit an dem und dem Weg. Er war stolz auf sich, mehr als nach dem bestandenen Universitätsexamen.

Er war zu früh da. Endlich tauchte sie aus einem Feldweg auf, tat, als sei sie eifrig damit beschäftigt, Gras zu rupfen und in die Schürze zu sammeln. Doch sobald sie ihn entdeckt hatte, ließ sie das Grünzeug zu Boden fallen. Innocente nahm sie bei der Hand. In unmittelbarer Nähe befand sich einer jener Schuppen, in denen die Bauern ihre Arbeitsgeräte unterstellten. Antonietta folgte ihm ruhig. Der Boden bestand aus trockenem Erdreich, als Dach dienten Äste und Zweige, an denen Kürbisranken mit ihren großen spitzen Blättern hinaufkletterten.

Im Halbdunkel des Raumes, der nach Erde und Heu roch, umspielten dünne Streifen der spätnachmittäglichen Sonne Antoniettas Haar. Sanft hingebettet im Heu, kämpfte sie mit der Scham, mit diesem behutsamen, aber entschlossenen Mann hier zu liegen, dem sie sich jetzt nicht mehr zu verweigern wagte. Doch zugleich empfand sie ein nie gekanntes Glück. Plötzlich konnte sie sich ganz neuer Gesten und Wörter bedienen, die sie bis dahin nie erprobt hatte. Und – was noch unglaublicher war – sie verspürte wenig oder gar keine Befangenheit. Als hätten sich ihrer beider Herzen in demselben Verlangen nach Wonne und Lust gefunden – glücklich, einander Glück zu schenken.

Innocente, der sie mit immer weniger Zurückhaltung küßte und sich bewußt war, daß er derjenige war, der sie einweihte, verglich sie im Geist mit gewissen Damen, die er in Turin kennengelernt hatte – Dämchen, die Klavier spielten, kandierte Veilchen knabberten und Gedichte rezitierten. Und er entschied, daß keine es mit der Schönheit derjenigen aufnehmen konnte, die mit kindlichem Vertrauen in seinen Armen lag. Er küßte sie, und in dieser stickigen Hütte, beim Zirpen der Grillen und Zikaden, empfanden sie eine Lust, die dem vollzogenen Akt in nichts nachstand. Erst viel später schliefen sie miteinander, obgleich Antonietta es ersehnte – genau wie er – und keine Angst davor hatte. Da war es bereits Ende Oktober, Herbstfröste suchten das nebelverhangene Land heim. Sie trafen sich wie gewöhnlich, und Innocente hätte Antonietta wie sonst umarmt, liebkost und geküßt. Furcht und Respekt hätten ihm Einhalt geboten, einen Schritt weiter zu gehen, wenn diese spätherbstliche Landschaft ihm nicht den trüben Gedanken eingeflößt hätte, daß sie jetzt bald keinen Ort mehr haben würden, sich zu treffen.

Tief bewegt von Antoniettas sanfter Hingabe, grub Innocente seine Hände in das feuchte Erdreich, bis seine Fingernägel an den Rändern schwarz waren. In den Wonnen der Erfüllung schwelgend, fühlte er sich eins mit den Pflanzen, ja dem ganzen Sein der Erde. In seinem Stöhnen mit dem Keuchen und dann dem lustvoll erlösten Lachen der Frau vereint, schoß ihm der Gedanke durch den Kopf, daß in der Harmonie der freien Natur jedes Geschöpf – vielleicht auch die Bäume – eine Seele besäßen. Und erneut liebte er sie, überzeugt, nichts Unrechtes zu tun.

6

Das Glücksspiel in Mailand verschaffte Paolo die Mittel für seinen nicht gerade untadeligen Lebenswandel, und so brauchte er von zu Hause nicht mehr zu verlangen, als ihm zustand. Gewöhnlich schlief er lange, doch an jenem Morgen Mitte Dezember erklärte er sich bereit, zusammen mit Innocente den Vater in die Stadt zu begleiten. Signor Ambrogio hatte den Wunsch geäußert, die Mastrinderausstellung zu besuchen. Daheim wurden keine Rinder für die Schlachtung gezüchtet, die Ochsen dienten als Zugtiere, und wurden die alten Tiere dann schließlich doch geschlachtet, war ihr Fleisch zäh wie Leder. »Ich bin wirklich gespannt auf die Rinder«, meinte Ambrogio, der einen ganz bestimmten Hintergedanken hatte: Wenn sich sein Sohn Paolo schon so wenig für die Spinnerei interessierte, würde ihm vielleicht der Beruf des Viehzüchters besser gefallen.

Am Viehmarkt drängten sich mehrere hundert Besucher zwischen den in Reihen aufgestellten riesigen Tieren. Obgleich die Veranstalter reichlich für Grünpflanzen gesorgt hatten und dienstbare Geister mit Kehrblech und Besen bei jedem Platsch herbeieilten, stieg einem nicht gerade ein Rosenduft in die Nase.

Die beiden jungen Männer, die ihrem Vater ohne große Begeisterung folgten, waren mit ihren eigenen Gedanken beschäftigt. Innocente dachte natürlich an sein Verhältnis mit Netta, von dem niemand etwas ahnte. Ständig war er in Versuchung, darüber zu sprechen, fürchtete aber andererseits die Nüchternheit und Kälte, die ein solches Gespräch mit sich bringen würde, und kam sich feige vor. Doch der Beschluß war gefaßt, es mußte nur noch der richtige Augenblick dafür gefunden werden.

»Recht haben sie, die Landwirtschaftsverbände, wenn sie zur Mastviehzucht auffordern!« rief Signor Ambrogio begeistert. »Das sind wirklich prachtvolle Tiere!«

Ambrogio tätschelte die eindrucksvollsten der zweihundert ausgestellten mächtigen Ochsen und drückte seine Wertschätzung aus – und die Söhne pflichteten ihm bei.

Auf der Rückfahrt verbreitete sich Ambrogio über Pläne für Viehzucht und Futterpflanzenanbau. »Erinnert ihr euch noch an die Hungersnot vor genau zehn Jahren, im Jahre achtzig? Und zweiundachtzig war das Getreide im September immer noch nicht reif, und es hörte gar nicht mehr auf zu regnen. Was waren das für Jahre: Überall herrschte ein furchtbarer Hunger. Und dann bestand die Gefahr, daß der Samen nicht keimen würde. Die ganze Lombardei, das ganze Venetien – ein einziges Elend. Deshalb sage ich: Die Viehzucht wäre in solchen Fällen eine Alternative. Die Methoden sind fortschrittlich. Ihr habt es selbst gesehen, prachtvolle Tiere! Davon abgesehen hat Mailand inzwischen fast eine Million Einwohner, die sich alle auf das Weihnachtsfest vorbereiten. Das Sprichwort sagt: *Zu Weihnachten sollst du hören drei Messen und Panettone-Kuchen für drei essen.* Aber vor dem Panettone ein saftiges Stück Rindfleisch ...«

Auf den vereisten Straßen wurden die Reisenden in ihrer Kutsche kräftig durchgeschüttelt, und die Köpfe der beiden jungen Männer schienen gehorsam zu nicken. Bedeckt mit frisch gefallenem Schnee, der bläulich schimmerte wie eine Altardecke, wirkten selbst die niedrigen Bauernhäuschen heiterer, die von der Dago-Villa, der Kirche und dem Rathaus überragt wurden.

Wieder einmal bewunderte Signora Santina ihr von Ferraguti angefertigtes Porträt über dem Kamin. Es zeigte sie dunkel gekleidet vor tiefschwarzem Hintergrund. Auf dem mit Otternfell gesäumten Umhang wirkten ihre schneeweißen Hände so lebendig. Ihr Gesicht unter der schwarzen Samthaube, die von einem unter dem Kinn gebundenen Atlasband gehalten wurde, hatte einen sanften, ganz und gar ungewohnten Ausdruck. Von Kopf bis Fuß eine Erscheinung von Anmut und Würde, eine wirkliche Dame. Das Bild gefiel ihr ungemein und erfüllte sie mit berechtigtem Stolz. Noch nie in ihrem Leben hatte sie dreitausendfünfhundert Lire so gut angelegt.

Paolo eilte die Treppe hinunter und verlangte mit lauter Stimme nach der Kutsche. Er hatte sich mächtig in Schale geworfen, mit einer schwarzen Krawatte aus feinstem Atlas und einem Mantel mit breitem Fuchspelzkragen. Er trug einen schwarzen Vollbart mit gezwirbeltem Schnauzer und gab sich Mühe – soweit seine massige Figur es zuließ –, den Dandy zu verkörpern, der er gern gewesen wäre. Wegen solcher Bärte und Schnauzbärte, die man ›türkisch‹ nannte, hatte es in vielen Mailänder Familien Streit gegeben. Auf einmal, um die Mitte des Jahrhunderts, hatten sich die jungen Männer nicht mehr rasieren wollen. Massenhaft hatten sie sich Bärte wachsen lassen und so für Empörung bei den

Vätern gesorgt, von denen einige ihre Söhne sogar aus dem Haus geworfen hatten. Ja, manche öffentlichen Stellen durften nicht mit bärtigen Jünglingen besetzt werden. Der Bartkrieg währte eine ganze Weile. Schließlich hatte sich die Aufregung wieder gelegt, und nun wurden sogar Wettbewerbe um den schönsten Bart veranstaltet. Anfang des Jahrhunderts schmückte sich jeder junge Mann mit einem Schnauzbart; der Vollbart dagegen blieb eine Frage des persönlichen Geschmacks.

»Wieder einmal in großem Aufzug?« kommentierte Signor Ambrogio ironisch, der vor dem Kaminfeuer saß. »Ach ja, es ist Karneval. Ich habe Ernestino auf dem Marktplatz im Kleid seiner Mutter gesehen. Wie muß es dann erst in Mailand hoch hergehen.«

»Ja, es wird spät werden. Macht euch keine Sorgen, ich übernachte in der Stadt.« Lächelnd hauchte Paolo seiner Mutter einen Kuß auf die Wange. Santina, die ihm bis zum Tor gefolgt war, überhäufte ihn mit guten Ratschlägen.

»Er hätte sich besser Verdi anhören sollen«, sagte nach einer Weile der Alte. »Santina, wärst du nicht auch gern mit mir in die Scala gegangen? *Falstaff*: dieser Verdi ist wirklich ein Phänomen! Mit achtzig Jahren, es ist kaum zu glauben!«

»Ach was, da unten ist dichter Nebel. Wir haben es hier so gemütlich, Ambrogio. Draußen ist es kalt.«

»Schon, aber glaub mir, Santina: der heutige Abend, der neunte Februar zweiundneunzig, ist ein ganz besonderer Abend an der Scala. Ein historisches Datum! Verdi hat sich vorgenommen, diesen Franzosen, die sich für die einzigen guten Komponisten halten, zu zeigen, was er kann. Ich sehe ihn genau vor mir, die Begeisterung in den Logen und im Parkett: ein Fest für uns Italiener. Erinnerst du dich, Santina, an *I Puritani* im Jahre dreiundsechzig? War das nicht wunderbar? Und dann die kleinen, mit rotem Samt ausgeschlagenen Logen. Ja, heute abend wäre ich wirklich gern dabei.«

Während er sprach, warf er einen besorgten Blick auf Innocente, der sehr unruhig, ja ernst wirkte. Er hatte lustlos an seinem Abendbrot herumgekaut, schweigsam und mit finsterer Miene. Ambrogio betrachtete seinen Sohn mit einem Anflug von Zufriedenheit und Stolz. Kein Karnevalstrubel und ähnliche Albernheiten. Auf Innocente war Verlaß.

»Cént«, Maria sprach ihn mit seinem Kosenamen an, »iß doch einen Krapfen, es ist schließlich Karneval. Ich hab' sie frisch gebacken.« Ganz gegen seine Art wies er sie unwirsch ab: »Laß mich in Ruhe, Mariéta.«

Unschlüssig blieb Maria mit dem Teller voll duftender Krapfen auf der Türschwelle stehen und sah Innocente an, der seinen Vater bat, ihm ins Arbeitszimmer zu folgen. Die Bewegungen und der Tonfall der beiden ließ Maria nichts Gutes ahnen.

Tatsächlich drangen durch die geschlossene Tür im nächsten Augenblick erregte Stimmen, und schließlich der gebieterische Ruf: »Santina, Santina!«

Maria zog sich taktvoll hinter ihre Kochtöpfe zurück und dachte über die Ereignisse der letzten Wochen nach. Schon lange merkte sie, daß die Dinge sich allmählich zuspitzten. Mit seiner Liebschaft erinnerte Innocente sie an ihre eigene Erfahrung. Auch sie hatte einst solche heimlichen Stelldicheins gehabt. Und wie sie jetzt dasaß, gelang es ihr nicht einmal mehr, sich an dieses ferne Glück zu erinnern. Vielleicht wollte sie es auch aus ihrem Gedächtnis tilgen. Als wäre Pietro auf die Welt gekommen durch, nein, nicht durch den heiligen Geist, das hieße Gott lästern, aber wie durch ein Wunder, ohne irgend jemandes Zutun. Maria glaubte an die gütige Vorsehung, die ihr beigestanden hatte. Der Not war abgeholfen worden, die Erinnerung an jenen merkwürdigen jungen Mann mit rotem Haarschopf war verblichen, ohne Wunden zu hinterlassen. Hinterlassen hatte er nur seinen Sprößling, wie eine gesunde Raupe ihre Seide.

Und jetzt wiederholte sich die Geschichte bei Antonietta, der jungen Spinnerin. Immer – und darüber mußte Maria lächeln – erfuhren es die Eltern zuletzt. Sie hoffte nur, daß Cént sich anständig verhalten hatte. Die Stimmen aus dem Arbeitszimmer wurden immer lauter. Maria lauschte und stellte sich den dröhnenden Zorn von Signor Ambrogio und die kalte Wut ihrer Herrin vor; und Cént, das arme Lamm, stand zur Schlachtung bereit …

Genauso war es. Gerade weil er so große Hoffnungen in diesen Sohn gesetzt hatte, war Signor Ambrogio jetzt über alle Maßen enttäuscht und erbost.

»Das sind die verdammten Flausen aus der Stadt, die du im Kopf hast; noch nie ist in unserer Familie so etwas vorgekommen! Du bist schließlich schon einiges über zwanzig und weißt genau, was passiert, wenn man gewisse Schweinereien macht …«

Schweigend versuchte der Sohn, dem väterlichen Zorn standzuhalten. Er hatte natürlich mit Widerstand gerechnet, aber nicht mit einer derartig unduldsamen und heftigen Reaktion.

»Hast du das gehört, Santina? Unser Anwalt: Vergnügt sich mit den schönen Spinnerinnen im Heu, und wenn er Schwierigkeiten bekommt, sollen ihm seine dummen Eltern aus der Patsche helfen.«

»Beruhige dich, Ambrogio!« flüsterte Santina. Der Gefühlsausbruch ihres Mannes verwirrte sie. Ambrogio war derart außer sich, daß er nur mit Mühe die Tränen zurückhalten konnte. Als er schwieg, entschloß sich Innocente zu sprechen.

Der Kern seiner respektvoll, aber entschieden vorgetragenen Rede war klar: Antonia sei ein braves Mädchen, ihr Zustand ausschließlich auf eine unverantwortliche Handlung seinerseits zurückzuführen, die zu bedauern er sich jedoch gegenwärtig außerstande sehe. Sein größter Wunsch sei folglich, sie nicht zu strafen und aus dem werdenden Geschöpf kein vaterloses Kind zu machen, sondern ihr zu helfen, zu beiderseitiger Zufriedenheit.

»Außerdem«, fügte er hinzu, durch das Schweigen der Eltern ermutigt, »außerdem möchte ich keine andere zur Frau als sie, die ihr ja seit ihrer Kindheit gut kennt. Sie ist so hübsch geworden und hat einen guten Charakter; das wißt ihr doch selbst, oder? Wichtige Eigenschaften für eine Ehefrau! Ich gebe zu, das Kind wäre besser zu einem anderen Zeitpunkt gekommen, aber es ist nun einmal passiert.

Ich bin kein Abenteurer, und ich bin mir meiner Pflichten voll bewußt. Nur über eine gewisse Summe möchte ich verfügen können. Ich verlange gar nicht alles, was mir zusteht, das werde ich bekommen, wenn es soweit ist, nur genug, um eine Familie gründen und für Frau und Kind sorgen zu können; ich werde noch ernsthafter arbeiten als bisher. Wenn euch diese Forderung ...«

»Nichts.« Scharf und entschieden schnitt ihm sein Vater das Wort ab. »Keine Lira, wenn du auf diesem Märchen von Familie und Ehe bestehst.«

Ambrogio schien seine Gutmütigkeit verloren zu haben. »Nichts: weder Häuser noch Ländereien noch Geld.«

Schockiert und atemlos, mit offenem Mund starrte ihn sein Sohn an. Er schnappte nach Luft und stotterte schließlich: »Ach, so ist das also?« Die Wut würgte ihm fast die Stimme ab. »Und die christlichen Tugenden? Dein Nächster, die Barmherzigkeit und ... das Büchlein, das du immer bei dir trägst, Mama? Steht da etwa drin, daß man die Gefühle anderer kritisieren soll? Und den, der uns liebt, verachten soll, wenn er nicht unseresgleichen ist? Ich habe einen Fehler gemacht. Warum soll Antonietta dafür büßen? Ach ja, für euch ist sie ein Nichts, sie zählt nicht. Mein Gott ...«

Er biß sich auf die Lippen; dann drehte er sich um und schlug die Tür hinter sich zu. »So eine Schande!« hörten sie ihn draußen im Garten brüllen.

Unter den bläulich schimmernden Sternen, die auf einen tiefschwarzen Himmel geheftet waren, schleppte sich Innocente bis an das Tor, das auf die Kiesgrube hinausging, und brach dort in ein herzzerreißendes Schluchzen aus.

7

Innocentes Entschluß, Antonia nicht im Stich zu lassen, war unwiderruflich. Sie war kein Straßenmädchen aus Turin, das sich gegen geringes Entgelt von einem Studenten mit aufs Zimmer nehmen ließ. Sie war seine Netta, seine stets lächelnde und heitere Netta, bei der er Zärtlichkeit und Frieden fand. Alle Zukunftspläne hatte Innocente auf sein wenigstens zum Teil im voraus ausbezahltes Erbe gebaut. Damit hätte er sich eine ordentliche Hochzeit ohne Prunk und ein zurückgezogenes Eheleben leisten können. Antonia hatte er schon zu seiner Frau machen wollen, als er von ihrer Schwangerschaft noch gar nichts wußte.

Aber jetzt, nachdem die tragende Säule seines Traums zusammengebrochen war, stürzte das ganze Gebäude ein, denn aus eigener Tasche konnte er keines seiner Vorhaben verwirklichen.

In den folgenden Tagen war er verzweifelt. Im Geist sagte er zu Antonia: »Laß uns verschwinden! Ich werde meinen Onkel aus Varese bitten, mir Arbeit zu geben. Er besitzt einen Betrieb zur Lederverarbeitung ...«

Aber dann hatte er nicht den Mut dazu. Im gleichen Augenblick, in dem er sich einen Plan ausdachte – mehr, um sein Gewissen zu beruhigen als aus Überzeugung –, überkamen ihn schon Bedenken und Zweifel. Leder? Davon hatte er keine Ahnung. Mit seiner schwangeren Frau den Onkel um Aufnahme zu bitten, der sich auf diese Weise auch noch die Feindschaft seines Schwagers Ambrogio zugezogen hätte – war das vielleicht ein durchführbares Vorhaben?

Innocente verbrachte schlaflose Nächte. Erst der Vater sorgte einige Tage später auf seine Weise dafür, die Fäden ein wenig zu entwirren.

»Glaub bloß nicht, ich hätte kein Verständnis für deine Bedrängnis«, sagte Ambrogio. Dann begann er behutsam seinen Plan zu erläutern – etwas, das aus der Sicht des Sohnes leichter gesagt als getan war. Doch Ambrogio sah keine andere Lösung, wenn er sowohl für Antonia sorgen als auch seinem Sohn die Möglichkeit einer standesgemäßen ehelichen Verbindung offenhalten wollte.

»Es wird ihr an nichts fehlen, wir werden uns um alles kümmern. Allerdings nicht hier natürlich, sondern in der Stadt; eine hübsche kleine Unterkunft, eine angemessene Summe jeden Monat, ab und zu ein Besuch in aller Verschwiegenheit … Das ist doch nicht schlecht, oder? Für die Tochter eines Habenichts, die dazu bestimmt ist, mit dreißig alt zu werden wie die Frauen hier im Dorf, die die Hände den ganzen Tag im Wasser haben. Wäre das nicht ein großes Glück für sie? Denk mal darüber nach, mein lieber Sohn. Ich sehe keinen anderen Ausweg, es sei denn, du willst nackt und bloß, so wie du bist, das Haus verlassen. Bleibst du stur, dann wird es genau darauf hinauslaufen. Ich bin fest entschlossen, mach dir da keine Illusionen.«

Im Hause Dago wurde, wie in jeder Familie im Dorf, die Autorität uneingeschränkt vom Vater ausgeübt. Innocente wollte daher Zeit gewinnen. Kein Einwand, kein Aufbegehren war denkbar, ohne daß ein endgültiges Zerwürfnis die Folge gewesen wäre. Tagelang zermarterte er sich den Kopf auf der Suche nach einer Lösung, die allen gerecht wurde. »Wer soll mich daran hindern, Netta zu heiraten, wenn sie und das Kind erst einmal in Mailand untergebracht sind? Und womöglich auch selbst in der Stadt zu leben; schließlich habe ich mein Diplom.«

In bester Absicht erwog er dieses, verwarf jenes, und immer weniger schändlich erschien ihm dabei der Plan seines Vaters. An der Aufrichtigkeit seiner Gefühle für Antonia gab es keinen Zweifel; aber die Vernunft hinderte ihn, sich einzubilden, er könne ohne väterliche Unterstützung irgendeine Tätigkeit oder Unternehmung beginnen. Antonia gegenüber gab er sich große Mühe, seine Entscheidung, dem Vater nachzugeben, in möglichst wohlklingende Worte zu kleiden: »Laß nur erst das Kleine zur Welt kommen, das wird sie umstimmen. Es ist schließlich ihr erstes Enkelkind. Das soll sie nicht rühren? Du wirst sehen, dann können wir heiraten.«

Antonietta hatte sich bisher nur ihrer Mutter Ersilia anvertraut, einer verbrauchten Frau, die ihr Leben lang Opfer gebracht und sich der Vorsehung ergeben hatte. Jetzt versprach Ersilia, alles in ihrer Kraft Stehende zu tun, um den vorhersehbaren Wutausbruch des Vaters zu mildern. Aber als die Sache herauskam, gelang es ihr natürlich nicht, zu verhindern, daß sich der Zorn ihres Mannes in Form von Schlägen an der Tochter entlud.

In einer Bauernfamilie fehlt jedoch die Zeit, sich lange bei irgend etwas aufzuhalten. Der Frühling stand vor der Tür, jeder Tag brachte neue Pflichten, gewohnte mühevolle Tätigkeiten mußten wiederaufgenommen werden, so daß abends nach der Suppe kaum noch Kraft blieb zum Verschnaufen. Beim Rosenkranz vor dem Essen beruhigten sich die Gemüter. Ersilia, die Hausherrin, rief die Familie zusammen und überwachte die Jüngsten aufmerksam. Beim Essen betrachtete Antonietta ihre Finger, die wieder schlank und rosa aussahen, seitdem sie nicht mehr den ganzen Tag im warmen Wasser waren. Ihr Blick blieb an ihrem nackten linken Ringfinger hängen. In Gedanken hatten Innocente und sie bereits die Ringe getauscht; es war nicht wichtig, daß es nur der Stiel einer Margerite gewesen war. Wertvolles Metall und ein Priester bedeuteten nichts. Mehr als alles andere zählte das kleine Leben in ihrem Schoß, wichtig war allein das zärtliche Gefühl, das sie überkam bei dem Gedanken, mit ihrem Körper einem Mann ein solches Vergnügen bereitet zu haben.

8

Gegenüber dem Rathaus im sogenannten kommunalen Viertel, dem Zentrum des Ortes, stand ein Gebäude mit harmonischen Proportionen. Es war nicht so groß wie die Villa Dago, vielleicht aber vornehmer. Ein schöner, nicht sehr großer Garten gehörte dazu, der zu einem Viertel von den Flügeln des hufeisenförmigen Hauses umschlossen wurde. Dort wohnte ein Ingenieur im Ruhestand mit seiner Frau, einer Dame aus der Stadt, die, so hieß es, schon als kleines Mädchen Ballettunterricht genommen hatte und als junge Frau sogar an der Scala aufgetreten war. Nach der Eheschließung gezwungen, auf dem Land zu leben, war sie kinderlos geblieben und verbrachte ihre

Jahre zwischen quälender Sehnsucht und Trübsinn – bis das kleine Mädchen auftauchte.

Eines Tages hörte sie auf dem Heimweg aus einem Hof im Dorf klägliches Weinen, und als sie näherkam, erblickte sie ein Mädchen, das mit den Füßen im stinkenden Matsch des Hühnerstalls stand und vergeblich versuchte, sich zu befreien. Der Anblick rührte die Gattin des Ingenieurs so sehr, daß sie beherzt mit ihren Damenschuhen in den Schmutz stieg, die Kleine auf den Arm nahm und in ihre Villa trug.

Die Kleine – sie hieß Vera – mit duftender Seife zu waschen und ihr die schulterlangen Haare zu kämmen, war für die Dame eine unterhaltsame Abwechslung, und als das Mädchen, das inzwischen hübsch und sauber war, ihr die mageren Ärmchen um den Hals schlang und sie zutraulich ansah, war sie zutiefst gerührt. Sie zögerte nicht lange. Die Bedenken des Ehemanns waren schnell zerstreut, und die Kleine, das dreizehnte Kind einer bettelarmen Familie, wurde von dem Ingenieur offiziell adoptiert. Groß geworden sah sie aus wie ein Mädchen aus der Stadt. Nichts an ihr verriet die ländliche Abstammung, die Herkunft aus einer robusten Bauernfamilie. Die grazile, blonde Vera war zwar dankbar und gehorsam, zugleich aber bleich und energielos. Da es ihr an Schwung und Lebenskraft fehlte, vermochte sie nicht das Haus mit Heiterkeit zu erfüllen, wie es ihre Adoptiveltern ersehnt hatten.

An nichts hatte es ihr gefehlt: Sie ging aufs Kolleg, bis sie fünfzehn war, lernte Klavier spielen und Französisch und besuchte Salongesellschaften. Auch ein Ehemann stellte sich ein: ein junger Apotheker aus guter Familie, der zu ihr ins Dorf zog – in Räumlichkeiten, die die Adoptiveltern eigens hergerichtet hatten.

Erst mit der Geburt des Enkelsohns im Jahre 1870 kam Leben ins Haus. Der Kleine wuchs heran, umhegt von den schwärmerischen Großeltern und seiner immer bleicher werdenden Mutter. Diese konnte die vollständige Entwicklung des Knaben nicht miterleben. Sie starb, als er sechs Jahre alt war. Jetzt fühlte sich der Vater, der sich auch vorher selten zu Hause aufgehalten hatte, dort noch weniger wohl. Also bot sich den Großeltern erneut die Gelegenheit, ein Kind aufzuziehen, ein munteres und gesundes Kind, das alle Schatten aus den dunklen hohen Räumen verbannte.

So war Alcide Caroni aufgewachsen, verwöhnt wie selten ein junger Mann, aber freundlich und von einnehmendem Wesen. Nach Studium und Handelsdiplom empfand er zwar das Leben im Dorf als bedrückend, mußte sich aber damit abfinden, solange er von den Großeltern unterstützt wurde. Die Freundschaft mit Paolo und Innocente Dago bot eine willkommene Ablenkung.

Charakteristisch für Alcide war, daß er sich mit großem Ernst auf lustige Unternehmungen stürzte, bei denen ihm seine Freunde begeistert folgten. Viele kamen eigens aus Mailand angereist, um den Musikabenden beizuwohnen, bei denen jeder ein Instrument spielen und, falls er nichts von Musik verstand, sich mit Töpfen, Deckeln, Waschbrettern und sonstigem behelfen mußte.

Sie verlebten diese Stunden in gelöster Heiterkeit und jugendlicher Sorglosigkeit. Innocente, der nicht die blühende Phantasie Alcides besaß, hatte sich auf alle Fälle ein Büchlein mit Zaubertricks und Gesellschaftsspielen besorgt, das vor allem an Wintertagen gute Dienste leistete, wenn sie gezwungen waren, im Haus zu bleiben. Gewärmt von den Flammen des Kaminfeuers, saßen sie dann im großen Salon der Caroni und vertrieben sich die Zeit.

Innocente führte gern einen Trick daraus vor, der zuweilen mißlang, der aber, wenn alles klappte, Heiterkeit und Bewunderung hervorrief.

Im Hause Caroni gehörte Innocente zur Familie. Mit Alcide war er vertraut wie mit einem Bruder. Allerdings gab sich Innocente nicht so offen und mitteilsam wie der Freund und zögerte eine Weile, ehe er ihm seine Liebesgeschichten anvertraute. Alcide, der geglaubt hatte, alle Einzelheiten aus dem Leben des Freundes zu kennen, war verblüfft, als er von dessen Liebschaft mit Antonia erfuhr. Innocente hatte die Auseinandersetzung mit Signor Ambrogio eben hinter sich und war außer sich vor Kummer und Sorge.

Alcide stimmte zu: Es mußte so schnell wie möglich eine Unterkunft weit weg vom Dorf gefunden werden, wo Antonia in Ruhe ihre Schwangerschaft verleben und sich auf die Geburt ihres Kindes vorbereiten konnte. Was die Zeit danach anging, konnte man sich nur die Haare raufen.

Antonia hatte zum Glück eingesehen, daß es im Augenblick keine andere Möglichkeit gab. Nachdem Zorn und Scham der ersten Stunde verflogen waren, bemühte sich auch Ersilia, ihre Tochter zu trösten: Die wohlhabenden Großeltern würden, wenn sie das Enkelkind erst vor Augen hätten, sich bestimmt erweichen lassen und in die Eheschließung des Sohnes einwilligen, ohne ihn zu enterben.

Von dieser Hoffnung erfüllt, hielt sich Antonia im Hause auf, nicht zuletzt, weil ihr die Begegnung mit den anderen Spinnerinnen peinlich war. Ihre Stimmung schwankte von Tag zu Tag: Einmal war sie besorgt angesichts ihrer Lage, dann wieder heiter, voller Appetit und Energie. Sie war plötzlich eine Frau geworden. Selbst ihre Mutter, die jetzt schon unter dem bevorstehenden Abschied von der Tochter litt, wunderte sich darüber.

Tief bewegt von der Liebesgeschichte seines Freundes, gab sich Alcide alle Mühe bei der Suche nach einer Wohnung. Nach heimlichen Unterredungen mit Tosoni, dem ältesten aus dem Freundeskreis, würde man sie in Mailand wohl ausfindig machen. Da aber die Zeit drängte und Nettas Bauch sich rundete, beriefen die Paolini eine Art Familienrat ein und beschlossen, das Mädchen als Gast ins Kloster nach Saronno zu schicken, denn eine der Nonnen dort war mit ihnen verwandt.

Innocente, der Antonia eine zurückgezogene und ruhige Schwangerschaft ermöglichen wollte, stimmte zu, stellte für die Reise seinen Landauer zur Verfügung und bot in jeder Weise seine Dienste an, als wollte er sich dafür entschuldigen, nicht selbst eine Lösung gefunden zu haben. So entfernte sich Netta zum ersten Mal von ihrem Elternhaus.

Sie war ängstlich, doch auch von kindlicher Neugier und Abenteuerlust erfüllt. Am Ende war sie es, die dem niedergeschlagenen Innocente Mut zusprechen mußte, wenngleich der Gedanke, so lange von ihm getrennt zu sein, ihr beim Abschied die Tränen in die Augen trieb.

9

Nachdem Antonia abgereist war, hatte Innocente immer mehr Verständnis für den Standpunkt seines Vaters. Jetzt, da der Zauber der aquamarinblauen Augen ein wenig in seiner Erinnerung verblaßte, sah er auch die Haltlosigkeit der eigenen Vorstellungen ein.

Ein unvermutetes Ereignis sorgte in diesen Tagen für weitere Aufregung in der Familie Dago. Ende Mai kam der jüngere Sohn Francesco, der Novize, wie gewöhnlich für die wenigen Wochen Familienaufenthalt, die seine Oberen ihm zugestanden, nach Hause. Endlich zu Hause angekommen, sprang Francesco aus dem Wagen, durchquerte mit einem Satz den Vorgarten, stürzte in den Salon und rief aus vollem Halse: »Maria! Maria!« Seine Mutter packte er mit beiden Händen an der Taille und hob sie hoch wie einen Strohhalm. Er begrüßte die Familienmitglieder und jeden anderen, der ihm begegnete, aufs herzlichste und zeigte ohne Scham sein gefühlsbetontes Temperament.

Auch diesmal hatte Francesco in gewohnter Weise seinen Auftritt inszeniert und nur halb bekleidet, betrat er jetzt den Laubengang zum Garten, auf der Suche nach seinem Vater. Plötzlich spürte er, wie der wohlwollende Blick einer Dame mit braunem Haar auf ihm ruhte, und hielt errötend inne.

»Da bist du ja, mein lieber Sohn!« grüßte ihn Ambrogio und schmunzelte unter seinem graumelierten Schnurrbart. Die Dame blieb sitzen und lächelte ihm zu. Sie war eine außergewöhnliche Frau und trug ein sehr elegantes Kleid aus geblümtem Batist mit kleinem Ausschnitt. Ihre wohlgeformten Schultern steckten in weiten Ärmeln, die unter den Ellbogen gerafft waren, und die schlanke Taille umgab ein Band aus schwarzem Atlas, unter dem der weite Rock aus demselben Stoff raschelnd hervorquoll.

Besonders das, was von dieser himmlischen Kreatur durch Kleider verborgen war, erregte Francesco, der der Versuchung nicht widerstehen konnte, sich Waden, Knie und Schenkel vorzustellen.

Inzwischen hatte sich ein kleines Mädchen, das er bisher nicht bemerkt hatte, an seiner staubigen Kutte festgeklammert und fragte mit lästiger Hartnäckigkeit, warum dieser Herr denn einen Rock trage?

»Erkennst du denn deine Cousine Rosa nicht wieder?« ließ sich Signora Santina hören. Sie freute sich, ihren jüngsten Sohn vorzeigen zu können: groß und blond, zweifellos der attraktivste in der Familie. »Sie wird einige Tage bei uns bleiben; das ist ihr Töchterchen Betta. Sie hat gerade ihren Mann – du erinnerst dich doch an deinen Vetter Battista di Cantù – wegen einer kleinen Operation ins Krankenhaus gebracht. Es wird hoffentlich nicht lange dauern. Nicht, daß wir dich nicht gern bei uns hätten, liebste Rosa – sondern seinetwegen, damit er nicht zu sehr leiden muß.«

Nach dem Essen ergingen sich Innocente und Francesco in der frischen Luft der Kiesgrube hinter dem Garten. Mit der einem Ordensgeistlichen gegenüber gebotenen Zurückhaltung faßte Innocente die wichtigsten Punkte seiner Liebesaffäre zusammen und schloß mit den Worten: »Und du?«

»Ach, Cént: Stell dich nicht dumm!« wich der Bruder aus und betrachtete seine weißen Füße und die noch weißeren, seltsam dünnen Arme unter der dichten blonden Behaarung. »Wieso ich? Wir dürfen nicht, das weißt du doch. Wir sind zwar noch nicht ordiniert, aber wir haben die gleichen Regeln wie die Priester im Seminar. Wir müssen sie auswendig wissen: Augen niederschlagen vor den Frauen, ihnen nie ins Angesicht blicken, nur in unvermeidlichen Fällen das Wort an sie richten. Wenn eine besonders Freche uns berührt, bestimmte Stoßgebete sprechen. Auch mit den

Ordensschwestern sind uns keine Vertraulichkeiten erlaubt.«

»Von wegen Augen niederschlagen: Rosa hast du angeschaut, und wie!« belustigte sich der Bruder. Er lag auf dem Rücken im Gras und fühlte sich das erste Mal seit Monaten unbeschwert, frei von Ängsten und Sorgen – das verdankte er seinem unschuldigen kleinen Bruder, den er von Herzen mochte. Netta kam ihm in den Sinn; er verspürte plötzlich Sehnsucht nach ihr, aber ohne Wehmut.

Nach dem Abendessen spielten sie Dame. Rosa hatte Signor Ambrogio im Nu besiegt und forderte nun Francesco zu einer Partie heraus. Die beiden spielten verbissen und ausdauernd. Die Nacht war inzwischen hereingebrochen und abgesehen von Signora Santina, die mit ihrer Stickerei im Schoß auf dem Sessel eingeschlafen war, waren sie allein. Draußen schien, eingerahmt in einen Bogen des Laubengangs, der Vollmond. Er war umgeben von einem rötlich schimmernden Hof, wohl ein Zeichen für die zu dieser Jahreszeit ungewöhnliche Hitze.

Nachdem er endlich ins Bett geschlüpft war, stellte er mit Schrecken fest, daß ihn der Mond an das Gesicht Rosas erinnerte, die dunklen Stellen des Gestirns an ihre schwarzglänzenden Pupillen, die ihn umgebenden rötlichen Strahlen an ihre Zöpfe.

Francesco bedeckte sich die Augen und erschauerte vor Scham: Daß er sich an jede Einzelheit dieses Gesichts so genau erinnerte, konnte nur bedeuten, daß er es zu lange angeschaut hatte – genau wie Cént gesagt hatte. Ja, so war es gewesen: Fast berührt hatten sich ihre Köpfe über dem Damespielbrett, einem Verbindungsglied, durch das ohne ihr Wissen unsichtbare und unerhörte Energien geströmt waren. Energieströme, die noch jetzt in der Stille seines Zimmers seinen Körper erschütterten und Zonen erregten, denen er, von wenigen nächtlichen Erfahrungen abgesehen, nie Aufmerksamkeit geschenkt hatte, schon gar nicht auf so heftige und bewußte Weise. Krampfhaft versuchte er, sich auf die guten Ratschläge seines Schutzheiligen, San Francesco di Sales, zu besinnen. Er warf sich auf die Knie, hob die Augen auf zum Kruzifix, schlug sie aber sofort wieder nieder, als er die Vorwürfe in den leidvollen, unerträglich lebendigen Pupillen unter der Dornenkrone verspürte.

Nach dem ersten Gewitter klang die Hitzewelle ab. Der Juni hatte gerade erst begonnen, Battista sollte zur großen Erleichterung der ganzen Familie aus dem Krankenhaus entlassen werden, alle fanden Rosa – weniger die kleine Betta – sehr nett, alle außer Francesco, der ausweglos in den feurigen Abgrund fleischlicher Sünde gestürzt war.

Trotz eiskalter Bäder, die ihm sein Büchlein empfahl, trotz inbrünstiger Gebete waren seine Triebe erwacht, so heftig, daß er es nicht einmal wagte, die schöne Cousine bei den unvermeidbaren Begegnungen auch nur flüchtig anzuschauen. Rosa, die offenherzig und an städtische Umgangsformen gewöhnt war, benahm sich vollkommen ungezwungen. Sie hatte keine Hemmungen, einen Mann anzufassen, um ihm den Krawattenknoten zurechtzurücken oder die widerspenstigen Barthaare glattzustreichen. Einmal nahm sie Francescos Hand und tat, als bemerke sie sein Zittern nicht. Lächelnd beugte sie sich dann über seine Finger, hauchte ihm ihren frischen Atem darauf und erklärte ihm die Linien des Lebens, des Glücks und der Liebe, während der junge Mann der Ohnmacht nahe zu sein schien.

Verstohlen betrachtete Innocente die Szene und fragte sich, ob Rosa sich tatsächlich der Wirkung ihrer Reize nicht bewußt war. Genoß sie nicht vielmehr mit weiblicher Heimtücke die Verwirrung Francescos? Eine Verwirrung, die sich so deutlich zeigte, daß sie eher peinlich berührte als belustigte.

Nachdem sie sich am Abend zuvor bedankt und verabschiedet hatte, setzte sich Rosa eines Sonntags frühmorgens mit ihrem schlafenden Töchterchen auf dem Arm in die Kutsche und fuhr nach Mailand. Der trockene Hufschlag auf dem Pflaster des Vorplatzes drang Francesco bis tief ins Herz. Um nichts zu hören, preßte er sein Gesicht in die Kissen und die Finger in die Ohren – aber dennoch hämmerte das Geräusch dieser Abfahrt in seinem

Innersten. Die Reisende war nicht nur das Ziel all seiner Gedanken gewesen, mit jeder Pore seiner Haut hatte er sie in sich aufgenommen. Diese Leidenschaft ließ ihn abmagern, und mit schwarz umränderten Augen irrte er tagelang wie ein Gespenst durchs Haus. Keiner nahm sich seiner an, denn angesichts seiner Kutte war jedes Mitleid ausgeschlossen.

Eines Nachts hinderten Innocente wirklich schwere Sorgen am Einschlafen. Er saß aufrecht am Fenster, um den Blütenduft einzuatmen, der vom Garten herüberwehte, als er einen flüchtigen Schatten den leuchtenden Kiesweg überqueren und die frisch gemähte, vom Mond taghell erleuchtete Wiese betreten sah. Dann verschwand die Figur im Schatten des riesigen Magnolienbaumes, dessen weiße Blütenpracht den starken Duft verströmte. Innocente lehnte sich aus dem Fenster, und spähte angestrengt in die Nacht: Aus dem Dunkel unter dem Baum tönten gedämpfte Laute, die wie Spatenstiche klangen. Wer grub dort um zwei Uhr nachts ein Loch? Verblüfft fragte er sich gerade, ob er die Flinte nehmen oder seinen Vater verständigen solle, als der Unbekannte wieder ins Licht trat und er seinen Bruder Francesco erkannte. Erst wollte er ihn rufen, ging dann aber, da es sich nicht um einen Dieb handelte und er die anderen nicht wecken wollte, ins Bett zurück. Innocente platze fast vor Neugier und konnte den nächsten Morgen kaum erwarten, um gleich nach dem Aufstehen seinen Bruder in den Garten zu rufen und ihn nach seinen nächtlichen Unternehmungen zu fragen. Der jedoch schien erst nicht antworten zu wollen; die Drohung jedoch, er werde einen Mann beauftragen, im Beisein aller unter dem Magnolienbaum nachzugraben, brachte Francesco zum Sprechen. Verstört und bedrückt gestand er, unter der Pflanze seine Mönchskutte vergraben zu haben.

»Ja, mir langt's ein für allemal!« schrie er auf dem Höhepunkt seines Leids. Innocente erschrak, behielt die Geschichte aber den Rest der Ferien für sich. Francesco allerdings weigerte sich, Mitte August ins Seminar zurückzukehren.

In der Familie Dago machte diese Geschichte des vergrabenen Priestergewands die Runde. Bei allen Zusammenkünften, auch entfernter Verwandter, wurde sie erzählt.

Obgleich Francesco unter seinen Geschwistern nicht der scharfsinnigste war, gelang es ihm mit ungeahnter Entschiedenheit, seine Eltern von der neuen Situation zu überzeugen. Längst war ihm klar, daß ihm die hinreißende Rosa nur geholfen hatte, seine eigentliche Bestimmung zu erkennen, der er sich jetzt widmen wollte.

Ohne Aufschub wurde ihm die Aufgabe anvertraut, sich um günstige Geschäftskontakte zu bemühen. Francesco stellte sich dabei gar nicht ungeschickt an, worüber sich besonders Signor Ambrogio freute, denn Innocente, den er für den perfekten Erben und Nachfolger gehalten hatte, hatte ihn bitter enttäuscht.

Jetzt war auch Francesco im Haus, nicht gerade ein Ausbund an Intelligenz, aber ausgebildet und charakterfest. Seit er seinen Talar vergraben hatte, war er fröhlich und munter. Als Braut wählte er genau diejenige, die Ambrogio und Santina heimlich Innocente zugedacht hatten: Adelaide, eine weit entfernte Verwandte der Maggiolini.

10

Es war ein friedlicher Nachmittag im Juli. Signora Santina gab sich ganz den Gedanken an die für das nächste Frühjahr geplante Hochzeit hin. Da feststand, daß sich Francesco um die Spinnerei kümmerte, sollten die Brautleute im Hause Dago wohnen, wo man die Räumlichkeiten im Ostflügel renovieren wollte. Die Wände mußten frisch getüncht, die Lampen geputzt werden, vielleicht war auch ein neuer Abtritt fällig.

Santina saß zusammen mit Innocente und Ambrogio im Laubengang vor dem Salon, als Maria hereinstürzte und ihr etwas ins Ohr flüsterte. Erschrocken sprang sie auf, die Brille und das Nadelkissen fielen ihr zu Boden und das

Nähkästchen kippte um. Ängstlich wartete Maria auf Anordnungen.

»Es ist ihr Bruder«, teilte Santina hastig Gatten und Sohn mit. Sie bückte sich zunächst, um ihre Sachen vom Boden aufzuheben, richtete sich dann aber sofort wieder auf, um die nötigen Anweisungen zu erteilen: »Schnell Innocente, du gehst nach oben. Ambrogio, du bleibst sitzen. Tu so, als ob du schliefest. Laß mich reden.«

Sich ihren entschiedenen Weisungen zu widersetzen, kam gar nicht in Betracht. Schon als Kind hatte Santina ein gebieterisches Wesen an den Tag gelegt, das sie später als Hausherrin nie verleugnete. Besonders in schwierigen Augenblicken wie diesem bewies sie klaren Verstand und eiserne Nerven. »Maria«, sagte sie, »führ ihn herein.«

Die eigene Feigheit verfluchend, hatte Innocente den Raum verlassen; Ambrogio ruhte mit geschlossenen Augen in seinem Sessel. Furchtlos und mit unerschütterlicher Miene ging Santina dem Gast entgegen. Der junge Mann hatte den Salon durchquert und erschien jetzt auf der Schwelle der großen Glastür, die auf den Garten hinausging; er hatte die kurzgeschorenen Haare eines Rekruten und war mit der Uniform eines Carabiniere bekleidet. Ängstlich darauf bedacht, an keinen Stuhl zu stoßen oder gar auf die in der Sonne ausgestreckte Katze zu treten, näherte er sich dem Laubengang. Auf den Armen trug er ein kleines, kostbares Bündel mit der Verlegenheit desjenigen, der es nicht gewohnt ist, mit einem Neugeborenen umzugehen, einer Neugeborenen vielmehr: der Tochter seiner Schwester Antonia.

»Sehen Sie«, sagte er mit fester Stimme, »dies ist die Tochter von Antonia, Ihr Enkelkind.«

»Setzen Sie sich, setzen Sie sich«, forderte ihn Santina höflich auf. »Legen Sie die Kleine hier in den Sessel aufs Kissen. Was für ein hübsches Kleidchen! Und wie brav sie schläft … Maria! Bring etwas zu trinken. Ein Glas Limonade trinken Sie doch bei der Hitze, nicht wahr?«

Ambrogio beobachtete sie voller Bewunderung verstohlen blinzelnd. Santinas Tonfall, ihr sanftes Flöten, ihr fester

Blick, der nichts Bestimmtes erfaßte und dem dennoch nichts entging, verunsicherten den jungen Mann, der zuerst zögerte, das kleine Wesen auf dem Spitzenkissen abzulegen, sich dann aber doch dazu entschloß, um stocksteif den weiteren Lauf der Dinge abzuwarten.

»Nun, ist alles gut gegangen? Hat das Mädchen sehr gelitten? Sie ist ja noch so jung ... es sind eben ganz natürliche Schmerzen, die bald vergessen sind.«

»Ja, dank der gütigen Vorsehung ist Antonia wohlauf«, erwiderte der junge Mann mit wiedergewonnener Selbstsicherheit, »aber uns Angehörigen ist gar nicht wohl. Uns schmerzt es zu sehen, wie sie sich niedergeschlagen und verzweifelt ins Haus zurückgezogen hat. Meine Eltern wissen keinen Rat mehr. Da muß Abhilfe geschaffen werden. Meine Schwester ist so lieb und brav: Sie wollte nicht, daß ich zu Ihnen komme. Aber so geht es einfach nicht, mein Gott!« Ohne sich dessen bewußt zu werden, erhob er die Stimme: »Es muß sofort geheiratet werden! In der Kirche! In der Kirche!«

»Beruhigen Sie sich, beruhigen Sie sich, junger Freund.« Endlich ergriff Signor Ambrogio das Wort. »Innocente ist zwar nicht zu Hause, aber ich kann auch in seinem Namen sprechen, denn wir haben schon vor geraumer Zeit die Vorgehensweise abgestimmt. Sicherlich ist es auch Antonia mitgeteilt worden, und gewiß ist sie einverstanden, denn sie ist nicht nur ein tüchtiges Mädchen, sondern auch vernünftig, und weiß, wo ihre Interessen liegen. Sie hat gefehlt, genau wie mein Sohn. Aber die Sache läßt sich bereinigen, zur Zufriedenheit aller.«

»Aber wie denn nur?« fragte der junge Mann mit verhaltenem Zorn.

»Das Mädchen ... es ist doch ein Mädchen, nicht wahr?« Der Alte wandte sich um und betrachtete die Kleine. Sie hatte inzwischen die Augen geöffnet und bewegte friedlich ihre Händchen in der Luft. »Das Mädchen wird in der Kirche und in der Gemeinde seinen rechtmäßigen Nachnamen erhalten, unseren Namen, darüber brauchen Sie sich keine Sorgen zu machen. Von Hochzeit zu sprechen wäre im

Moment jedoch voreilig; gewisse Verpflichtungen müssen wohl erwogen werden. Für Antonia wird gesorgt werden, ich bin sicher, daß mein Sohn ihr das gesagt hat.« Er sprach den jungen Mann mit ›Sie‹ an – unter anderen Umständen hätte er einen sehr viel formloseren, gebieterischen Ton angeschlagen; aber er wollte ihm seine Achtung zeigen und dem Gespräch einen feierlichen Klang verleihen. »Um ihre Schwester brauchen Sie sich keine Sorgen zu machen; wäre ich rechtzeitig eingeweiht worden, hätte man ihr auch die Aufregungen der letzten Tage ersparen können. Von jetzt an wird sie in aller Ruhe das kleine Wesen aufziehen können, in einer ordentlichen, behaglichen Unterkunft außerhalb des Dorfes, ohne das mindeste dafür zu bezahlen. Die Kleine ist unser Fleisch und Blut, ich zögere nicht, das anzuerkennen. Es wird ihr an nichts fehlen, ihr Leben lang.«

Der offizielle, aber gleichzeitig respektvoll väterliche Ton seines Herrn verfehlte nicht seine Wirkung auf den Ärmsten, der plötzlich nicht mehr wußte, was er sagen sollte. Dem Verdatterten wurde die Kleine wieder auf den Arm gelegt, und Maria führte ihn unverzüglich zur Tür, noch ehe er seine Limonade getrunken hatte. Vom Eingangstor aus blickte Maria in alle Richtungen, denn sie wußte sehr wohl, daß durch die Spalten der angelehnten Fenster und Türen, die auf das sonnenerhitzte Pflaster des Platzes gingen, viele aufmerksame und neugierige Augen herausspähten.

Durch die Schlitze eines Fensterladens im ersten Stock betrachtete Innocente das Bündel, das der Bursche ungeschickt in Händen hielt. Ein Häuflein rosiges Fleisch, das in eine Hand paßte; unter einem weißen Spitzenhäubchen ein strahlend gesundes Oval und zwei erhobene Händchen, wie von einem Hauch bewegte rosa Geranienblüten.

Mit der Aufregung eines Kindes, das die Erstkommunion empfängt und der Scham, sich wie ein Dieb versteckt zu haben, sah Innocente zum ersten Mal seine Tochter Angelica.

11

Alcide hatte sich als treuer Freund erwiesen und ohne viel Aufhebens mit Hilfe von Tosoni, der in Mailand lebte, eine Wohnung gefunden. Sie lag in einem neu erbauten Mietshaus unweit der Kirche Santa Maria delle Grazie am Corso Magenta, jener breiten geraden Straße, die nach Novara und Vercelli führte. Fast täglich mußte Innocente für seine Besuche bei seiner kleinen Familie diese Strecke zurücklegen: eine Fahrt durch eine abwechslungsreiche Landschaft mit verstreut liegenden Bauernhäusern, schattigen Brunnen, Eichen und Robinien.

Damit sie ihr in seiner Abwesenheit Gesellschaft leistete und ihr half, die behagliche kleine Wohnung einzurichten, hatte Netta ihre Schwester Luigina mitgebracht, die nun endlich die Wunder Mailands aus der Nähe betrachten konnte.

Antonietta war reichlich Milch eingeschossen, und Angelica, die selig saugte, gedieh prächtig. Obwohl ihre Mutter sie darauf hingewiesen hatte, die Kleine nicht zu häufig zu stillen, um Verdauungsstörungen, Blähungen, Koliken und Milchschorf zu vermeiden, brachte Antonietta es nicht übers Herz, Angelica weinen zu lassen.

Im übrigen hatte sie dank der Erfahrungen mit zahlreichen Geschwistern bei der Säuglingspflege keine Schwierigkeiten; das ständige Waschen der Babykleidung und Windeln schreckte sie nicht, sie vermißte allerdings den Hof, denn die im Freien in der Sonne getrocknete Wäsche hatte wunderbar geduftet.

Schon nach kurzer Zeit fühlte sich Antonietta wieder bei Kräften, und mit frischem Mut packte sie ihre Aufgaben an. Angst und Schrecken jagten ihr eher die Beziehungen zu den seltsamen Wesen ein, die mit ihr das Haus bewohnten, die Nachbarn. Hier half ihr jedoch die Gewißheit, hübsch zu sein – ungebildet vielleicht, aber ohne Zweifel hübsch.

Antonietta war wieder aufgeblüht. Dank des Korsetts, in das ihre Schwester sie schnürte, wirkte sie zierlich in ihren langen engen Kleidern, die sie jetzt anstelle der weiten

Röcke trug. Jeden Morgen bereitete sie sich auch hier in der Stadt Frischkäse zu und befeuchtete dann das Gesicht mit der dabei übrig gebliebenen Molke. Wie ein Jahr zuvor erstrahlte die Haut ihres hübschen Gesichts weiß auf Stirn und Hals und rosa auf den Wangen. Die von der Sommersonne aufgehellten Locken umrankten Hals und Ohren. Der Gesichtsausdruck dagegen war verändert: Ernst und Sanftmut lagen in ihren Zügen und ihren nachdenklichen Augen.

Im September wurde endlich die Genehmigung zur Taufe Angelicas in der Kirche Santa Maria delle Grazie erteilt; viel Zeit war seit der Geburt verstrichen, und Antonietta machte sich bereits Sorgen. Am Tag der Taufe jedoch hatte sie ihre Zuversicht wiedergewonnen und traf, unterstützt von Luigina, mit Sorgfalt die letzten Vorbereitungen auf das große Ereignis.

Innocente, der plötzlich Lust hatte, sie wie eine Dame aus der Stadt aufgeputzt zu sehen, hatte Tosoni beauftragt, für Netta einen modischen Hut statt des bei den Frauen im Dorf üblichen Kopftuches zu besorgen. Es war ein wirklich raffiniertes Modell aus gekreppter altrosa Seide mit einem schwarzen Band und schwarzen Federn, die ihr bis auf den Hals herabfielen.

Mitzuerleben, wie Antonietta unter Gelächter und Ausrufen der Bewunderung vor dem Spiegel versuchte, das Hütchen möglichst vorteilhaft aufzusetzen, entschädigte Innocente für die Unmenge Geld, die Tosoni in einem bekannten Hutgeschäft ausgegeben hatte.

»Schließlich ist es ein Modell von Nellie Melba und gerade aus Paris eingetroffen ...«, hatte jener sich verteidigt.

Wie geblendet betrachtete Luigina die Schwester: Der Kopfschmuck paßte wirklich ausgezeichnet zu dem mattrosa Kleid, dessen eng anliegendes Oberteil ein kleiner Schal aus feiner Spitze zierte – ein Geschenk der Tante aus dem Kloster.

Die wie eine Prinzessin herausgeputzte kleine Angelica schlief friedlich auf ihrem Taufkissen, von dem ebenfalls fast ein Meter feinster Spitze herabhing; durch die durchbrochene Stickerei ihres Häubchens schimmerten ihre weichen, hellbraunen Haare, die erst kürzlich auf dem wohlgeformten Köpfchen gewachsen waren. Sie trug das seit eh und je in der Familie Dago verwendete Taufkleid. An jenem Morgen, als Innocente in elegantem hellem Anzug und mit Hut bereits auf dem Kutschbock saß und im Begriff war, loszufahren, hatte Mama Santina ihm im letzten Moment schweigend das Bündel mit dem Taufkleidchen überreicht. Erstaunt und gerührt hatte er sich hinabgebeugt, um das ernste Gesicht der Mutter zu küssen – aus dem Impuls heraus, ihr trotz allem zu verzeihen.

Anfangs war er mit dem Leben, zu dem ihn die Hartnäckigkeit seiner Eltern zwang, nicht gut zurechtgekommen; aber das wunderbare Gefühl, Vater zu sein, hatte bald alles andere in den Hintergrund gerückt. Die Liebe zu seinem Kind und der Frau, die es geboren hatte, waren seine tiefsten Empfindungen. Er erlebte ein nie zuvor gekanntes Glück.

In ihrem Stadtviertel galt Innocente als vielbeschäftigter Ehemann, und Antonia, die junge Frau mit den leuchtenden Augen, erweckte allgemein Sympathie. Mit der Zeit legte sich Innocentes Groll gegen die Eltern, und der Vorsatz, seiner Verbindung eine rechtskräftige Grundlage zu geben, rückte allmählich in immer weitere Ferne. Im Augenblick war die Situation keineswegs unbequem.

Als sie am späten Vormittag aus dem Haus gingen, zeigte sich Signora Lucina am Fenster, wünschte der Kleinen Glück und machte der strahlend eleganten Antonietta Komplimente. Ihr folgten Luigina mit dem Kind auf dem Arm, Innocente, Tosoni und Alcide, den eine brünette junge Dame, eine gewisse Rachele, begleitete.

Lucina und Carlo wohnten auf derselben Etage wie Antonia und hatten sofort Wohlwollen und Anteilnahme gezeigt. Lucina war groß, schlank und wenig älter, aber unvergleichlich gebildeter und reifer als Netta, – so kam es dieser jedenfalls vor. Da sie keinen Neid kannte, war Antonia recht froh, eine Nachbarin, ja inzwischen fast eine Freundin, zu haben, die sie um Rat fragen konnte.

In der geschmückten Kirche stand der Pfarrer schon am Taufbecken bereit. Während der Zeremonie verpflichtete er Alcide, der sich als Taufpate um die richtigen Antworten bemühte, über die christliche Erziehung der Kleinen zu wachen. Innocente stand im Hintergrund und starrte wie gebannt auf seine Frau. Die Gedanken, die ihm durch den Kopf gingen, paßten nicht so ganz zu dem heiligen Ort. Nie hatte er sie so sehr als die seine empfunden. Wie sehr er ihre Eleganz, ihren bescheidenen Stolz, ihre goldenen Locken liebte!

Antonia hatte sich liebevoll über ihr Kind gebeugt und versuchte es zu trösten, denn Angelica verzog den Mund, der mit Salz betupft worden war. Ein Plärren schreckte Innocente aus seinen Gedanken auf. Angelica protestierte gegen die unbequeme Haltung, in die sie der Pfarrer gebracht hatte, um ihr Köpfchen ins Weihwasser zu tauchen.

Kaum hatte ihre Tochter das Taufsakrament empfangen, nahm Antonia sie eilig an sich, aus Angst, der Pfarrer könnte sie fallen lassen. Innocente holte das Geld hervor, das er dem Pfarrer als Spende überreichte.

Draußen auf dem kleinen Platz erschien ihnen das Tageslicht nach dem Halbdunkel in der Kirche blendend hell; tatsächlich aber war es nur eine milde Septembersonne. Innocente führte die kleine Gruppe in das Café an der Ecke, ein gut besuchtes Lokal mit einer Drehtür aus glänzendem Mahagoniholz, weichen orientalischen Teppichen, kleinen runden Tischchen und einer langen Glasvitrine mit verschiedenen Kuchen und Gebäckwaren.

Dort saßen sie in geselliger Runde. Luigina wiegte das Kind auf ihren Knien und starrte verstohlen auf die ausgestellten Süßigkeiten. Innocente und Antonietta stießen mit perlendem Muskateller auf das Ereignis an und sahen sich tief in die Augen. Ein Kellner in weißer Jacke brachte ein Tablett mit Gebäck und Konfekt.

Sie mußten jedoch das Lokal bald wieder verlassen. Angelica hatte Hunger und belästigte mit ihrem Geschrei die Gäste. Fröhlich kamen sie nach Hause, mit Brot, Wurst, Eiern, Rotwein und einem halben Meter Knoblauchsalami, der *lugànega*. Nachdem sie die Kleine gestillt hatte, bereitete Antonia in Windeseile das Abendessen.

Auf dem Tisch dampften das Risotto mit Rindermark und die Wurst. Netta, den Schöpflöffel in der Hand, wurde plötzlich von Rührung überwältigt. So ein üppiges Essen gab es bei ihr zu Hause nicht einmal zu Weihnachten. Sie empfand tiefe Dankbarkeit für ihren *Cént*, der ihr dies alles ermöglichte, als wäre es selbstverständlich. Und aus Liebe zu ihr würde er, wie er versprochen hatte, noch weitere, wichtigere Schritte tun, um ihrer glücklichen Verbindung die offizielle Anerkennung zuteil werden zu lassen.

Den dünnen Goldring, den sie am linken Ringfinger trug, damit es kein Gerede gab, würde sie bald gegen einen schönen massiven Ehering austauschen, in den ihre beiden Namen eingraviert waren – wie jede Ehefrau. Sie lächelte. Fürs erste hatte sie diesen wunderschönen Tag genießen dürfen. Fröhlich und lautstark nahmen sie Abschied. In wenigen Stunden, so schien es, war die liebenswürdige und offenherzige Rachele Antonias gute Freundin geworden. Sie umarmte alle und fuhr mit Alcide davon, der mit seiner eigenen Kalesche gekommen war. Innocente mußte also allein den Heimweg antreten. Im Dorf angekommen, sah er, daß die Spitzen der Monte-Rosa-Berge am Horizont bereits weiß waren.

Innocente ordnete Haare und Kleidung, bevor er der Familie entgegentrat. Dieser bedeutsame und heitere Tag, dachte er, hatte ihn ein Vermögen gekostet. Doch schnell verscheuchte er den lästigen Gedanken.

12

Im Alter von drei Monaten hatte sich Angelica regelmäßige Essens- und Schlafenszeiten angewöhnt. Sie wuchs und gedieh prächtig. »Wie die Seidenraupen«, meinte Luigina, die fürchtete, wieder ins Dorf zurückgeschickt zu werden, und jeden Abend zur Muttergottes betete, weiter hierbleiben zu können. Die kleine Wohnung war im Handumdrehen geputzt, und dann blieben Antonietta Stunden der Muße, in denen sie sich voller Unruhe danach sehnte, ihre jugendlichen Kräfte nutzbringend einzusetzen. Sie wollte mit ihrer Hände Arbeit Geld verdienen wie jeder im Dorf, der etwas auf sich hielt. So war sie erzogen worden. Nur ungern ließ sie sich voll und ganz von anderen versorgen.

Während des Aufenthalts bei der Tante im Kloster hatten ihr die guten Nonnen nahezu perfekt das Nähen beigebracht. Sie verzierten die Aussteuer wohlhabender Bräute mit Stickereien, nähten Bettwäsche und Hemden und trugen auf diese Weise zum Unterhalt des Klosters bei.

»Was ist denn so schlimm an Näharbeiten?« bohrte Antonietta bei jeder Begegnung mit Innocente. Er aber wollte nichts davon wissen. Daß sie für fremde Leute arbeitete, war ihm nicht recht.

Sie war trotz allem fest entschlossen und verbreitete unter Nachbarn und in den Geschäften die Nachricht, sie sei bereit, zu niedrigen Preisen – jedenfalls zu wesentlich günstigeren Bedingungen als die Schneider in der Stadt –, Kleidungsstücke, mit oder ohne Stickereien, anzufertigen.

Für Luigina, die allmählich ins Backfischalter kam, hatte Antonietta hübsche Sachen genäht und war recht stolz, als Signora Lucina ihren guten Geschmack und die gekonnte Ausführung lobte und sogar die Möglichkeit einer Bestellung andeutete.

Antonietta hatte beschlossen, Innocente von alledem nichts zu erzählen. Es fiel ihr leicht, sich Innocente stets von ihrer heiteren und unbekümmerten Seite zu zeigen, denn sie war jung, verliebt und voller Achtung für ihn und hielt es daher für ihre Pflicht, ihn nicht zu enttäuschen.

Da die Kleine gern bei ihrer jungen Tante blieb, unternahm Innocente ausgedehnte Kutschfahrten mit Antonietta. Das Wetter im Oktober war mild, und während der Fahrt legte er gern eine Hand auf ihre Knie, um so auf ihre Schönheit hinzuweisen. Viele Männer schauten sie mit Interesse an, was ihn mit Stolz erfüllte und zugleich verdroß.

Als sie eines Tages in Richtung Porta Venezia unterwegs

waren, wo Tosoni wohnte, bat Antonia Innocente, den Wagen bei der Kirche San Marco anzuhalten. Es war ein herrliches Bauwerk, die Backsteinfassade war mit einer Rosette geschmückt und in drei Nischen über dem Portal standen Heiligenstatuen. Einer plötzlichen Eingebung gehorchend, trat sie ein. Er folgte ihr mit dem Hut in der Hand. Netta ging von einer Kapelle zur anderen, blieb dann aber lange vor einem Kruzifix stehen, das sich nur schwach von dem dunklen Bogen im Hintergrund abhob. Als er merkte, wie sie erschauderte, nahm er sie in den Arm und führte sie Richtung Ausgang. In der letzten Kapelle stand eine schöne, weiße Marmorstatue der Jungfrau Maria.

»Die gefällt mir!« flüsterte sie ihm zu. »Schau, wie schön sie ist und wie sie die Menschen anblickt ... wir wollen uns versprechen, zueinander und zu unserem Kind immer gut zu sein ...«

Innocente, der seine Rührung zu verbergen suchte, kniete neben ihr nieder und murmelte ein Gebet. »Denk dran, an das Versprechen, das wir uns vor der Madonna des Gürtels gegeben haben«, sagte Antonia. Tatsächlich hing von der Hand der Statue ein Gürtel aus weichem Nappaleder herab.

Aber sentimentale Gefühle hielten bei Innocente nicht lange an, und sie hatten kaum wieder im Wagen Platz genommen, als er von einem erst zarten, dann immer dringenderen Begehren übermannt wurde. Jetzt ärgerte es ihn, daß zu Hause, wohin er sie gern eiligst gebracht hätte, um sie dort aufs Bett zu werfen, Luigina mit ihren neugierigen Äuglein wartete. Andererseits war gar nicht daran zu denken, mit dieser ungestillten Begierde ins Dorf zurückzukehren.

In solchen Situationen dachte er wieder an Heirat, an eine für alle sichtbare, rechtmäßige Verbindung mit Netta. Dann schob er es jedoch wieder hinaus: »Vielleicht, ich muß darüber nachdenken.«

Im übrigen verbrachte er häufig die Nacht bei Antonia, um mit ihr zu schlafen. Kehrte er aber am folgenden Tag zu seiner Familie zurück, verspürte er, obgleich er fast dreißig Jahre alt war, das Bedürfnis, seine nächtliche Abwesenheit zu rechtfertigen. Obwohl ihm klar war, daß seine Eltern Bescheid wußten, erfand er Einladungen bei Verwandten, bei Alcide oder sonst irgendwelche Ausreden. Doch niemand schenkte seinen Ausreden Beachtung, zumal – Monate nach Angelicas Geburt – alles weiterging wie bisher.

13

Mit der ihm vom Vater zuerkannten Leibrente konnte Innocente angemessen seinen Lebensunterhalt bestreiten und auch für Antonia sorgen. Aus vielerlei Gründen hatte er nicht die Absicht, seinen Universitätsabschluß im Fach Jura sinnvoll zu nutzen, mußte sich aber dennoch eine Beschäftigung suchen.

Für die Spinnerei war jetzt Francesco zuständig. Signor Ambrogio, von Arthritis und Gicht geplagt, war zwar ein wenig unsicher auf den Beinen und immer mehr ans Haus gebunden, lenkte jedoch mit wachem Geist auch aus der Ferne die Geschicke seines Betriebs und war stets über alle Geschehnisse auf dem laufenden. Paolo hielt an seiner undurchschaubaren und geheimnisvollen Lebensführung fest und besserte seine Leibrente durch Gewinne im Glücksspiel auf. Innocente, der seine Liebe zur Natur entdeckt hatte, begeisterte sich mehr und mehr für die Landwirtschaft und das Landleben. Hier sah er sein zukünftiges Betätigungsfeld. Es machte ihm Freude, die verpachteten Ländereien aufzusuchen, auf denen, wo sich der Boden nicht für den Getreideanbau eignete, runde feste Wirsingköpfe und Stangenbohnen angebaut wurden.

Die Männer begrüßten ihn mit ehrerbietiger Vertraulichkeit und lüfteten den schwarzen Stoffhut, der jahraus, jahrein ihre einzige Kopfbedeckung darstellte. Innocente bereitete es Vergnügen, lange im Schatten eines Maulbeerbaumes oder auf den von Robinien gesäumten Wegen zu verweilen –

nicht, um die Feldarbeit zu kontrollieren, sondern weil ihn die Eleganz beeindruckte, mit denen die Bauern bei der Getreide- oder Lupinenaussaat arbeiteten, oder beim Verstreuen der Herdasche, die als Dünger verwendet wurde. Er bewunderte das Spiel der Farben, wenn der gelbe Raps reif war, der auf der braunen Erde mit dem satten Grün der Lupinen und dem blassen Blau des Himmels einen schönen Kontrast bildete.

»Hart, fast übermenschlich, ihre Anstrengungen«, sinnierte Innocente. »Man sollte ihnen die Arbeit erleichtern, dafür muß es doch Mittel und Wege geben.« Ihm fielen Sätze des berühmten De Amicis ein. »Er hat recht, er hat es ganz klar gesehen«, sagte er sich. »Jeder Mensch hat ein Recht auf ein besseres Geschick als jenes, welches diese Gesellschaft für ihn bereithält; auch der vom Schicksal weniger Begünstigte sollte, bevor er die Augen für immer schließt, die Schönheit der menschlichen Existenz kennenlernen und erfahren, was das Leben lebenswert macht.«

Aufrichtig und tief empfundene, aber flüchtige Gedanken. Während Innocente die Feldwege entlangschritt, mit seinem Stock die scharlachroten Disteln und die gelben Margaretenblumen köpfte und mit seinen Stiefeln die vollen Hirseähren zertrat, schmiedete er einen Plan, der nur sehr langsam Gestalt annahm: dieses gehegte und gepflegte Stück Erde zu einem Lebensraum für Fasane, Rebhühner und Schnepfen, für Wachteln und Hasen umzugestalten. Was ihm vorschwebte, war ein Reservat, wie es Seine Majestät in San Rossore besaß, anscheinend ein wahres Paradies.

Doch vorerst sollte das nur ein Traum bleiben, denn über die Verträge und notariellen Beglaubigungen, die dafür notwendig waren, verfügte er nicht. Aber ein Traum, der sich auf seinen Streifzügen durch die Natur in seinem Kopf festsetzte und dort über die Jahre hinweg genährt wurde, bis er im rechten Augenblick zur wunderbaren Wirklichkeit wurde. Nichts, abgesehen von seiner Tochter, lag Innocente so am Herzen wie das Wildreservat.

14

Antonietta hatte nur wenige Habseligkeiten von zu Hause mitgenommen, aber das Wenige, das sie besaß, war ihr lieb und teuer: unter anderem ein kleines dickes Gebetsbüchlein, darauf eine Darstellung der Jungfrau Maria mit Kind. Im Alter von zwölf Jahren hatte sie es bei einem Katechismuswettbewerb in der Pfarrei gewonnen.

Dieses Büchlein war ihr treuer Begleiter; es enthielt Auszüge der katholischen Glaubenslehre, bezogen auf die Stunden des Tages: von den Morgen- und Abendgebeten über stille Andachten und Betrachtungen der Sonntagsevangelien bis hin zum eigentlichen Katechismus.

Zwischen die Seiten waren die Bildchen der Osterkommunionen der vergangenen Jahre eingelegt. Manchmal schämte sie sich, weil sie in ihrer gegenwärtigen Lebenssituation keine Sakramente empfangen konnte. Dann fand sie Trost darin, die Gebete ihrer Kindheit zu sprechen; das Büchlein verwahrte sie zusammen mit ihren wenigen anderen wertvollen Habseligkeiten in einer Schublade in ihrem Zimmer: neben der strohgelben, mit Spitze eingefaßten Seidensteppdecke, einem Geschenk ihrer Tante aus dem Kloster, und der Wäsche, die ihre Mutter innerhalb weniger Monate für sie zusammengestellt hatte. Gewiß entsprach sie nicht der traditionellen Brautaussteuer, aber immerhin war sie von gutem weißen Leinen und mit einfachem, aber exaktem Hohlsaum eingefaßt.

Auf der Kommode stand neben einer bemalten Figur der Jungfrau Maria ein Photo ihrer Familie in einem Wurzelholzrahmen. Es kamen ihr jedesmal die Tränen, wenn beim Abstauben der grauen Marmorplatte der Kommode ihr Blick darauf fiel.

Den Tag, an dem das Photo entstanden war, hatte sie noch in lebhafter Erinnerung. Es war beim Kirchenpatrozinium gewesen, als ein Wanderphotograph mit seiner Ausrüstung von Hof zu Hof zog, um die Familien des Dorfes im Bild zu verewigen. Auch die Allerkleinsten, die im Sommer barfuß umherliefen, trugen an jenem Tag Holzpantoffeln. Die einzigen, die nebeneinander auf Korbstühlen Platz genommen hatten, waren Vater und Mutter, mit den Kleinsten auf dem Schoß. Alle anderen standen kerzengerade da, die Augen starr auf die Kamera gerichtet. Antonia unterschied sich von ihren Brüdern und Schwestern – allesamt hübsche Kinder – durch ihr luftiges und gelocktes helles Haar.

Antonietta verlor sich in diesen Erinnerungen; immer wieder küßte sie das Bild und murmelte den Namen der Mutter vor sich hin. Doch jedesmal holte sie Angelicas Geplärr rasch wieder in die Wirklichkeit zurück; das Mädchen verlangte ihre Zuwendung von morgens bis abends; der Freiraum, der der jungen Mutter für melancholische Träumereien blieb, war sehr knapp bemessen. Daß sie im übrigen in derart bequemen Umständen lebte, stimmte sie heiter: Makellos weiße Wände waren ebenso ungewohnt für sie wie Wasser im Haus und die Toilette neben dem Schlafzimmer statt im Hof neben dem Hühnerstall, von dessen Blechdach im Winter Eiszapfen herunterwuchsen.

Anfangs hatte sie sich gewundert, daß in dem neuen Haus die Zimmer keinen Kamin hatten. Doch in Mailand war neuerdings eine sogenannte *parisienne* in Gebrauch, eine modernere Art des Eisenofen, der je nach Bedarf von einem Zimmer ins andere geschoben werden konnte. Zwar hinterließ die Kohle beim Verbrennen einen häßlichen Staub, der sich auf der Einrichtung niederschlug, doch Antonia hatte noch gut in Erinnerung, wie wenig die Flammen im häuslichen Kamin in den bitterkalten Wintermonaten gegen die Kälte auszurichten vermocht hatten, wo Schenkel und Wangen vor Hitze glühend rot, Rücken und Schultern jedoch eiskalt waren. Angelica dagegen hatte den Vorteil, sich in einem gleichmäßig lauwarmen Zimmer aufhalten zu können, und mußte nicht ständig Angst haben, sich zu erkälten. Die neugeborenen Kinder im Dorf mußten sich stählen und allen möglichen Widrigkeiten mit aller Kraft trotzen, sonst starben sie früh, was nicht selten der Fall war.

Antonietta mit ihrem praktischen Verstand wußte durchaus die Vorzüge zu schätzen, die ihr die neuen Verhältnisse boten – die angenehme Umgebung, in der sich ihr freundliches Wesen ruhig entfalten konnte, während sie sich gleichzeitig überraschend schnell an ihre Rolle als Mutter, ja Ehefrau gewöhnte.

Ihre Nachbarin, Signora Lucina, war ihr dabei eine große Hilfe. Rasch erahnte sie Antonias bäuerliche Herkunft und brachte ihr bereitwillig gepflegte Umgangsformen bei, durch die ihre natürliche Schönheit aufs Angenehmste ergänzt wurde. Antonia konnte es kaum fassen, eine derart bewunderungswürdige Dame ihre Freundin nennen zu können. Luigina wiederum war sprachlos angesichts des Lebensstils der Nachbarn, der Speisen, Kleidung und Einrichtung; und nicht zuletzt angesichts der Äußerungen von Signor Carlo, der so belesen war.

Lucina, die eine bessere Bildung genossen hatte, als es für ein Mädchen zur damaligen Zeit üblich war, versicherte oft, wie gerne sie den Advokaten- oder Arztberuf ausgeübt hätte, wenn sich nicht zuerst die Eltern und dann der Verlobte dagegen gesträubt hätten. Über die Verblüffung, die Antonietta ins Gesicht geschrieben stand, mußte sie herzlich lachen.

»O ja, ganz gewiß!« meinte Signor Carlo einmal ironisch. »Was fehlt dir denn noch zur Advokatin? Wo du doch über die bedeutendsten Eigenschaften der Frauen verfügst – eine spitze Zunge, Durchtriebenheit, ein mehr als flottes Mundwerk … Wie sagte doch der Pfarrer in der Osterpredigt: Christus ist zuerst den Frauen erschienen, um sicherzugehen, daß die Nachricht von seiner Auferstehung sich wie ein Lauffeuer verbreitete.«

Lucina, die zwar nicht streiten, aber ihren Standpunkt durchaus verteidigen wollte, widersprach mit süßsaurer Miene: »Versuch doch nicht immer, mit solchen Anekdoten die Sache lächerlich zu machen, Carlo! Es ist eine wichtige Frage, die sogar in der Abgeordnetenkammer diskutiert wurde. Ein gewisser Signor Socci hat ausdrücklich für die Frauen das Recht gefordert, den Advokatenberuf ausüben zu dürfen! Ist das nicht wunderbar? Du glaubst es nicht?

Ich zeige dir den Artikel, es stand in der Zeitung ... heute oder gestern ... Selbstverständlich hat sich die Versammlung dagegen ausgesprochen. Das Entscheidende aber ist, daß die Frage nicht mehr nur in Salongesellschaften diskutiert wird. Und trotzdem liest man in den Zeitungen immer wieder, daß die Frau ins Haus gehört, allenfalls vielleicht mit der Kutsche fahren darf ...«

Als sie ihren Mann kichern sah, ereiferte sich Lucina erst recht: »Und somit sollen die Frauen, die keine Kutsche besitzen, ein Leben lang in ihre vier Wände eingesperrt bleiben! Und eine offene Kutsche ziemt sich nicht? Und was ist mit der Trambahn? Und – Gott verzeih mir – erst mit dem Fahrrad?«

Es geschah nicht selten, daß sich Lucina und Carlo in dieser Weise in die Haare bekamen. Manche Begriffe, zum Beispiel ›Fahrrad‹, waren für Antonia neu und geheimnisvoll, manchmal erschreckte sie auch der aggressive Ton der Auseinandersetzung, doch am Ende war zwischen den beiden alles wieder eitel Sonnenschein, als hätte nie ein Wölkchen den Ehehimmel getrübt.

War ihr Mann bei seiner Arbeit in der Bank, kam Lucina häufig zu Antonietta herüber. Während sie ihren Schmerz, selbst keine Kinder zu haben, im allgemeinen verbarg, erzählte sie Antonietta schließlich von den zahlreichen vergeblichen Bemühungen und Kuren – jedoch ohne den geringsten Neid auf die junge Mutter, die so viel schöner war als sie selbst, und voller Freude über das gesunde und lebhafte Neugeborene.

In der Nachbarschaft wurde – wie zu erwarten war – über das merkwürdige Kommen und Gehen von Innocente geklatscht, über die längeren Zeiten seiner Abwesenheit, besonders nachts. Die gemessen-ruhige Art der beiden jungen Leute aber, ihr freundlicher Gruß bei den seltenen Begegnungen mit den Nachbarn auf der Treppe, der aufrichtige Stolz, mit dem Netta oder Luigina den anderen Frauen das Kleine zeigten, bewirkten schließlich, daß der Klatsch verstummte oder zumindest nachließ.

Sie führten ein einfaches Leben. Wenn Luigina aus der

Frühmesse zurückkam, brachte sie Brot, Milch und andere notwendige Dinge mit nach Hause. Gegen Mittag wurde Angelica, eingewickelt in eine Wolldecke, an die frische Luft gebracht. In den heißen Sommermonaten hatte Antonia ihr Töchterchen nicht so fest eingepackt, doch jetzt, da der Winter vor der Tür stand, tat sie es so, wie man es ihr im Dorf beigebracht hatte: der Säugling wurde von den Schultern bis zu den Knien in ein großes Piquétuch eingewickelt, die Ärmchen fest und unbeweglich an den Körper gepreßt, damit er sich mit den Fingernägeln nicht das Gesichtchen zerkratzen konnte.

»Sie ist ja eingeschnürt wie eine Salami!« protestierte Signora Lucina entsetzt. Aber nach anfänglichem Plärren hatte sich auch Angelica in ihr Schicksal fügen müssen. Sie blieb fest verpackt, außer in den Augenblicken, in denen sie gewickelt wurde.

In jeder freien Minute widmete sich Antonia ihren Näharbeiten, die sie gegen Bezahlung ausführte. Sie hatte schnell Aufträge bekommen: Säume nähen, Röcke, Bettücher und andere Kleinigkeiten. Doch da sie flink war und exakt arbeitete, vertrauten ihr die Damen bald auch feinere Stoffe für elegante Blusen und Hemden an. Und auch hierin erwies sich Antonia als tüchtig und zuverlässig.

Anfangs, als alles noch sehr ungewiß war, hatte sie es nicht gewagt, Innocente gegenüber ihre Tätigkeit auch nur zu erwähnen, um ihm keinen unnötigen Ärger zu bereiten. Dann, als sie immer größere Aufträge erhielt, war sie gezwungen, mit ihm über ihre Einkünfte offen zu reden; sie war entschlossen, einen Teil des Geldes, das er ihr regelmäßig zukommen ließ, zurückzugeben und teilte ihm das auch mit.

Innocente war empört und drohte, sie zu Hause einzusperren; da sie aber hartnäckig blieb, ließ er sich mehrere Tage nicht blicken. Aber Netta gab nicht nach und ließ sich nicht beirren. Mit ihrer natürlichen Sanftmut und nachdem sie ihm versichert hatte, ihre Tätigkeit in aller Stille und Zurückhaltung auszuüben, gelang es ihr schließlich, seine Bedenken zu zerstreuen. Überglücklich brachte sie über der

Haustür ein Schild an, das Lucina angefertigt hatte und auf dem zu lesen stand: ›Antonia Paolini, Schneiderei‹.

Natürlich machte sie anfangs viele Fehler. Es war kein leichter Beruf, doch sie freute sich über eine gelungene Stück Näharbeit wie ein Künstler über sein Werk. Ihre Kundinnen wußten die exakten Nähte zu schätzen, die stets doppelt und ausgebügelt waren, den Ärmeleinsatz, die Schulterpassen, die immer mit doppeltem Stoff und großer Sorgfalt gefertigt waren. Und dann die Feinheit in den Details: die Knopflöcher für Knöpfe aus schimmerndem Perlmutt oder für die *trocas* genannten Knöpfe aus kleinen Südseemuscheln; Monogramme aus grauer oder weißer Seide: Antonia wurde mit Komplimenten überschüttet. Und das machte sie glücklich. Ihr Kundenkreis erweiterte sich rasch, und bald häuften sich in ihrem Zimmerchen die Baumwoll- und Seidenstoffe, Leinen, Musselin, Piqué, Bänder, Litzen und Spulen in allen Farben.

Die größte Mühe bestand für sie darin, das fertige Hemd zu bügeln. Die dem Wasser hinzugegebene Stärke, um Kragen, Manschetten und Hemdbrust steif und glatt zu bekommen – sechzig Gramm pro Liter –, führte dazu, daß das Bügeleisen häufig hängenblieb und nicht über den Stoff hinwegglitt. Dann verfärbte sich der Stoff dunkel, Netta verzweifelte, schleuderte unter Tränen das Kleidungsstück zu Boden, und immer wieder war es Lucina, die sie tröstete.

Im Laufe der Zeit und mit wachsender Erfahrung wurden solche Zwischenfälle seltener. Überhaupt ließ sich ihre Zukunft, vor der ihr in den untröstlichen Nächten im Kloster so sehr gebangt hatte, besser an als erwartet. An Weihnachten, wenige Tage nach dem Fest, erlebte Antonia ihre glücklichsten Stunden.

Innocente, der sich hätte zerteilen müssen, um beiden Familien gleichermaßen gerecht zu werden, hatte vor, seiner Antonietta einen ganz besonderen Abend zu bescheren. Er, der durchaus nicht zur Verschwendung neigte, hatte sich diesmal geradezu verausgabt, um die Schönheit seiner Frau ins rechte Licht zu rücken, wie sie es verdiente.

Er ließ Antonia bei Galtrucco im Zentrum einen blaßrosa Seidenstoff besorgen, aus dem sie nach einer Schnittvorlage ein großartiges Kleid fertigte: einen eng anliegenden gefütterten Rock, mit kleinen choux auf Tüll festoniert; ein Oberteil mit großem Dekolleté, das durch schmale Träger aus schwarzem Gagat gehalten wurde; die Schultern blieben nackt, jedoch hatte das Kleid Puffärmeln mit herabhängenden Gagatfäden, die bei jedem Schritt klimperten; dazu weiße Handschuhe, Seidenstrümpfe und schwarze Schuhe. Gegen die abendliche Kälte schützte sie ein Mäntelchen aus schwarzem Samt mit Persianerpelzkragen und passendem Muff.

Innocente hatte sich einen eleganten dunklen, für alle Gelegenheiten passenden Anzug aus Wollstoff zugelegt; diesen Anzug sollte er, ungeachtet der wechselnden Mode, fast sein ganzes Leben lang tragen. Und er trug ihn auch an jenem Abend, statt seiner üblichen Jacke und Hose aus Barchent.

Die beiden jungen Leute, die an jenem Abend der Kutsche der Dagos vor den Stufen des Teatro Manzoni entstiegen, waren ein strahlendes Paar. Es wurde *Die Pariserin* gegeben, eine Komödie in drei Akten von Henri Bèque mit Ida Carloni in der Hauptrolle. Antonia bemühte sich, nicht als die zu erscheinen, die sie war: das ungebildete Mädchen vom Land. Innocente, amüsiert und innerlich gerührt, las in ihrem klaren Blick Erstaunen und Aufregung, Bewunderung angesichts der warmen Atmosphäre im Foyer und der vielen Menschen, der glitzernden Geschmeide vornehmer, geschminkter Damen und der Herren in schwarzen Galaanzügen. Netta trug keinen Schmuck, jedoch – so stellte Innocente zufrieden fest – wog ihre natürliche Anmut und der Glanz ihrer makellosen, alabasterweißen Haut das fehlende Gold auf.

Eine in indische Kaschmirwolle gekleidete Dame mit schwarzer Toque und einer Federboa zog die allgemeine Aufmerksamkeit auf sich. Ihr Begleiter, ein älterer Herr mit graumeliertem Backenbart, empörte sich über die monströsen Hüte einiger Damen. »Und was werden wir von der

Bühne sehen?« donnerte er, an alle und keinen gewandt. »Wenig bis gar nichts! Sieh dir diese Kapotthüte an, mit Krempen wie Gänseflügel – und mit Federn wie Wetterfahnen ...«

Netta kicherte, und das machten ihr zwei junge Damen in enganliegenden, nerzbesetzten Jacken nach. Innocente drückte ihren Ellbogen und führte sie zu der Loge. Netta hatte mit einemmal ihre Schüchternheit überwunden und fühlte sich den anderen schönen Damen ebenbürtig, bewundert wie jene und nicht weniger geachtet.

Innocente, der nicht an derartige Unternehmungen gewöhnt war, hatte an den vorausgehenden Tagen in fieberhafter Hektik für alles gesorgt: Kleidung, Eintrittskarten und das ganze Drumherum. Paolo hatte ihm ans Herz gelegt, nur bloß nicht die Blumen zu vergessen und nur ja auf die richtige Wahl zu achten, da jeder Blume eine besondere Bedeutung zukam.

»Genauso ist es, Signore«, hatte ihm die Blumenverkäuferin in der Via Cordusio bestätigt, »auf keinen Fall ein bunter Nelkenstrauß, denn das bedeutet schroffe Ablehnung. Rote Nelken dagegen bedeuten glühende Leidenschaft. Und bloß keine Orchideen! Diese so schöne wie seltene Blume steht für Untreue und Verrat ...«

Schließlich hatte er sich für fünfzehn leuchtend rote Nelken entschieden, die voll und ganz seine Gefühle widerspiegelten. Antonietta war entzückt gewesen. Und jetzt, im Theater, platzte Innocente vor Stolz auf die Schönheit der Frau an seiner Seite, die beinahe ganz ohne Verlegenheit den Blicken der Männer standhielt; wie eine Dame, die bei den Marcellinerinnen zur Schule gegangen war und nicht bei der Dorflehrerin Assunta, in einem Raum, der Küche und Schlafzimmer zugleich war.

Von der Bühne drangen die Stimmen der Schauspieler immer schwächer und ferner an sein Ohr. Jetzt, da er die Genugtuung gehabt hatte, an der Seite seiner Antonia in der Öffentlichkeit aufzutreten, verspürte er den Wunsch, nach Hause zurückzukehren und den Abend angemessen zu beschließen. Er wünschte sich, Luigina schliefe tief und fest.

Im Laufe der Zeit – nach den unerwartet sich überstürzenden Ereignissen, die ihn immer mehr von Netta entfernten – blieben ihm von der *Pariserin* nur mehr wenige Erinnerungen. Einzig das Gesicht der Hauptdarstellerin, so sagte er später, der Carloni, sei ihm präsent geblieben: ihre eng stehenden Augen und der kurze Hals. Tiefer prägten sich ihm die schamlosen Blicke der Männer ins Gedächtnis ein, und wie Antonietta sie zu genießen schien. So als habe nicht er selbst den Schnitt des Kleides ausgesucht und gebilligt, warf er ihr auf dem Heimweg mit heftigen Worten vor, sie habe schamlos ihren Busen zur Schau gestellt, mit einer Unschuldsmiene, die noch aufreizender wirken mußte.

Nach diesem Theaterabend wälzte er, von Kopfschmerzen geplagt, immer häufiger trübe Gedanken. Zu seinem Unbehagen trug nicht unerheblich die Tatsache bei, daß Netta Kunden empfing, um Maß zu nehmen. Dies war der Anlaß ihres ersten Streits. Hinzu kam die Kränkung, daß sie ihm einen Teil seiner monatlichen Zuwendungen zurückgab, was ihn unter anderen Umständen gefreut hätte. Doch jetzt ärgerte er sich maßlos darüber, war doch mit diesem Geld sein Recht verknüpft, nach Belieben über sie verfügen zu können. Dies abzulehnen erschien ihm als das beunruhigende Anzeichen von Antonias Wunsch, sich zu befreien; gewiß war es nicht der bewußte Vorsatz aufzubegehren, denn sie liebte ihn aus ganzem Herzen, dessen war er sich sicher. Es war vielmehr ein falsch verstandenes Gefühl der eigenen Würde.

Kurzum, in Innocentes Liebe, die reif war wie eine schöne Frucht, hatte sich der nagende Wurm der Eifersucht eingeschlichen. Diese verflixte Schneiderinnentätigkeit schien ihm die Ursache für ihre Veränderung, ihre Verwandlung in eine andere Frau zu sein – und das binnen nur weniger Monate.

Da sie glaubte, ihm damit eine Freude zu machen, berichtete ihm Luigina eines Tages, die Schwester werde im Viertel voller Bewunderung ›die kleine Madonna vom Corso Magenta‹ genannt. Obwohl er wußte, daß er der einzige Mann war, der die Wonnen dieses engelsgleichen Geschöpfes genoß, empfand Innocente Wut und Groll, was Luigina nicht entging.

Der Gedanke, daß sie das Verlangen anderer Männer weckte, die Tatsache, daß er sie Nacht für Nacht allein wußte, verbitterten ihn und erfüllten ihn mit bohrendem Zweifel. Waren die gemeinsamen Stunden zu Ende, überkam ihn eine düstere Traurigkeit. Ein Trübsinn, der auf dem Heimweg, unter dem gleichförmigen Trott des Pferdes, allmählich einem zärtlichen Gefühl wich. Doch gleich darauf trat das Bild ihres Kunden vor sein inneres Auge, eines Mannes ohne Jackett, den er nie gesehen, sich aber oft vorgestellt hatte, den Antonietta berührte und dessen Kleidermaße sie mit ihrer kindlichen Handschrift notierte.

Und so kehrte er oftmals erschöpft von widerstreitenden Gefühlen ins Dorf zurück. Vor dem Haus brachte er die Kutsche abrupt zum Stehen und rief unwirsch, man möge ihm das Tor öffnen.

15

Mit dem ihr eigenen Unternehmungsgeist hatte Signora Santina die Heirat Francescos mit Adelaide organisiert, die im Frühjahr dreiundneunzig mit dem gebotenen Aufwand, aber ohne übertriebenen Pomp stattgefunden hatte, wie es in wohlhabenden Familien der Gegend Brauch war. Die Braut, jung und intelligent, war bewandert in der Kunst der Schmeichelei, mit der sie sich binnen kurzer Zeit den Schwiegervater gewogen machte. Santina, aus härterem Holz geschnitzt, gab sich kühler, mußte aber zumindest anerkennen, daß die Schwiegertochter um gutes Einvernehmen bemüht war.

Die Pflichten einer Schwiegertochter waren fein säuberlich in dem Büchlein aufgelistet, das Santina immer bei sich trug. Und ausführliche Unterweisung, das mußte sie zugeben, hatte das Mädchen gar nicht nötig. Allerdings fiel es

Santina keineswegs leicht, von ihrer angestammten Rolle als alleiniger Herrin des Hauses zu lassen. Sie suchte und fand Zuflucht im Glauben. Christlich erzogen, hatte sie schon als Kind den Wunsch verspürt, den Katechismus zu ergründen; die Worte von Pater Fenoglio aus Como, des Verfassers ihres Büchleins, hatten sie als junge Ehefrau und Mutter begleitet. Doch damals hatten sie keine nachhaltige Wirkung bei ihr hinterlassen, ebensowenig die Morgen- und Abendandacht, die ihr mehr eine Pflichtübung als ein echtes Bedürfnis nach Zwiesprache mit Gott gewesen waren. Jetzt aber, da sie mehr Muße hatte und auch innerlich aufnahmebereiter war, stellte schon das tägliche Rosenkranzgebet eine leidenschaftliche Hinwendung zu ihrem Herrgott dar.

Besonders schwer wurde ihr das Herz, wenn sie an ihren ältesten Sohn Paolo dachte, der von seinen schlechten Gewohnheiten gar nicht mehr lassen zu wollen schien. Dann schlug sie mit glühender Inbrunst ihren Fenoglio auf, gepeinigt von der Vision der Zukunft, die diesem Unglückseligen bevorstand, und betete: »O Herr, der Du den heiligen Augustinus durch die Tränen seiner Mutter, der heiligen Monika, bekehrtest, blicke herab auf die Tränen und Gebete einer verzweifelten Mutter ...«

In aufrichtiger Liebe zu Gott, dem König des Himmels, betrachtete sie es als ihre Schuld, daß es ihr nicht gelungen war, diese Liebe auch ihren Kindern weiterzuvermitteln. Selbst Ambrogio, ein guter, im Glauben erzogener Mensch, brachte nur mühsam das Glaubensbekenntnis zusammen; Innocente und Francesco gingen zwar in die Kirche, folgten aber nur zerstreut und mit halbem Herzen der Meßfeier. Innocente empfing überdies aufgrund seiner nichtehelichen Verbindung schon seit Monaten nicht den Leib des Herrn.

Mit Schaudern las sie weiter: »Wie der zwitschernde Vogel im Gesträuch von der Schlinge des Jägers gefangen wird, so wird auch der Mensch vom Tod überrascht, wenn er es nicht vermutet ...«

Sie erbleichte, las den Passus ein zweitesmal, entschlossen, vorbereitet und nicht unverhofft wie dieser törichte und leichtfertige Vogel die Augen für immer zu schließen. Erleichtert, daß Adelaide wie selbstverständlich die Aufgaben im Haus übernahm, widmete sich Santina mildtätigen Werken. Sie wußte, in welchen Häusern Alte, Gebrechliche und kranke Kinder lebten, besuchte sie regelmäßig und brachte Hühnerbrühe sowie abgelegte, aber noch gut erhaltene Kleider, die mit Kampfer gegen Motten geschützt waren. Dringend gebraucht wurden auch Schuhe mit Ledersohlen und Handschuhe, vor allem aber die tröstenden Worte, die aus dem Munde der Padrona doppelt wohltaten.

16

Schon läuteten die Kirchenglocken zum erstenmal, als Santina Innocente daran erinnerte, daß sie noch vor der Messe bei Santèla vorbeischauen wollten. Santèla, inzwischen schon weit über neunzig Jahr alt, war seit einiger Zeit krank; doch ging die Rede, daß sie sich diesmal nicht wieder aufraffen würde. Für Innocente, so ermahnte ihn die Mutter, sei es eine besondere Pflicht, sich von ihr zu verabschieden, bevor sie die Augen für immer schloß, da seine Geburt von den Gebeten der frommen Frau begleitet gewesen war.

Der Marktplatz belebte sich bereits. Im Dorf wohnten rund zweihundertfünfzig Familien, deren Leben um zwei Pole kreiste: die Religion und die Seidenraupe. Aufgrund der großen Vertrautheit mit dem Allerhöchsten war die Erfüllung der religiösen Pflichten vielleicht zur Routine geworden, oft auch aus opportunistischen Motiven. Doch waren der tägliche Rosenkranz und die Messen an kirchlichen Feiertagen auch Oasen des Friedens und der Erholung von der ununterbrochenen harten Arbeit, denen keiner, der nicht schwerkrank war, fern zu bleiben wagte.

Der Juni war nicht mehr weit, aber von den Alpen im Norden wehte ein scharfer Wind. Santina und Innocente, der gehorsam an ihrer Seite ging, wurden von überallher ehrerbietig gegrüßt. Ein paar Augenblicke am Bett einer sterbenden Alten zu verweilen, war im übrigen kein allzu großes Opfer für Innocente, auch wenn ihm solche pathetischen Situationen von Natur aus widerstrebten.

Die Frau war weit über das Dorf hinaus bekannt; und nicht ohne Grund wurde sie seit unerdenklichen Zeiten Santèla genannt, die kleine Heilige. Man schrieb ihr eine große Weisheit zu – ein Gottesgeschenk, denn sie konnte weder lesen noch schreiben – und die Gabe, direkt mit Gott in Verbindung treten zu können. Deshalb wandten sich die Bedürftigen an sie und holten sich Rat in vielerlei Bedrängnis: bei Krankheiten und in Notfällen, bei Heirat und Geburt; und auch merkwürdig nervöse, möglicherweise vom Teufel besessene Kinder wurden zu ihr gebracht.

Santina und Innocente traten in das ärmliche Haus ein. Die Kranke hatte schlohweißes Haar, das ordentlich gekämmt war; ihr Gesicht war ausgemergelt, mit graublau umränderten tief liegenden Augen, in denen schwarz und den letzten Lebensfunken versprühend, die Pupillen lagen.

»Sie ist blind, sie kann uns nicht mehr sehen«, flüsterte ihm dic Mutter zu. Es war düster im Zimmer; die Fenster mit ihren rostigen Eisengittern hoben sich hell ab. Ein paar Blumentöpfe mit Teresinakraut standen auf dem Fensterbrett, der sauber gefegte Fußboden und der Herd, auf dem kein Stäubchen Asche zu sehen war, bezeugten die Sorgfalt, mit der sich die Nachbarinnen um die Kranke kümmerten.

»Ich bin's, Santina; auch Innocente ist hier, Cént ...«

Die Alte lächelte, hob eine Hand, und Innocente beeilte sich, sie zu ergreifen.

»Um deinen Hals hatte sich etwas gewickelt, Cént; eine Schnur, die dich hätte töten können ...« Santina und Innocente beugten sich vor, um das Murmeln, eine Art Singsang, besser hören zu können. »Aber der Herr hat dich nicht ersticken lassen, das darfst du niemals vergessen. Dafür mußt du ihm dankbar sein. Er wollte, daß du am Leben bleibst ...«

Sie rang nach Luft; dann fuhr sie fort: »Ist er ein guter Sohn, der Cént, *sciùra* Santina?«

»Ja, ja; keine Sorge«, versicherte ihr Santina. Sie zog aus der Handtasche etwas Kleines, Glitzerndes heraus und drückte es der Kranken in die Hände; Santèla führte es schnell an die Lippen und küßte es mehrmals.

Innocente erkannte einen Gegenstand aus dem Schmuckkästchen seiner Mutter, ein goldenes Kruzifix mit einem wertvollen Stein in der Mitte; er wußte den Verzicht seiner Mutter und die Heimlichkeit, mit der sie es verschenkte, zu würdigen. Die knochige Hand der Alten packte mit festem Griff die seine: »Hör zu, Cént: vergiß nicht, immer den Vater um Hilfe anzuflehen, auch wenn du gefehlt hast. Denn Gott ist nicht gerecht, sondern barmherzig. Vergiß nicht: Er ist der Vater, er ist gut ...«

Er spürte mit großer Deutlichkeit die Aura des Friedens, die über der Sterbenden lag. Mit geschlossenen Augen und gerunzelter Stirn bemühte sie sich, eine geheimnisvolle Botschaft zu entziffern; dann sagte sie mit matter, aber feierlicher Stimme: »Weder Böses noch Gutes wird dir widerfahren, mein Sohn. Weder tiefer Schmerz noch überschwengliche Freude ... Aber hab keine Angst: ich werde für dich beten, wie damals, als du geboren wurdest. Ich werde für dich beten, auch wenn ...«

Innocente sah seine Mutter fassungslos an. Aufgeregt und mit weit aufgerissenen Augen flüsterte Santina: »Höre, höre ...« Die Frauen, die sich auf der Türschwelle versammelt hatten, traten ins Zimmer und murmelten ehrfurchtsvoll: »Sie ist in Verzückung, die Santèla ...«

»Ein langes, langes Leben ... Eine Zeit wird kommen, in der du eiserne Wagen sehen wirst, mit eisenbeschlagenen Rädern, die Feuer spucken, dir aber droht keine Gefahr. Und am Himmel Maschinen mit Flügeln wie Vögel, darin Menschen ... Es werden schlechte Zeiten kommen; der Allerhöchste wird verspottet und verhöhnt werden! Aber die Muttergottes, die vor kurzem der Bernadette erschienen ist, wird wiederkommen, um die Welt zu warnen und sie zu beweinen ...«

Dann schwieg sie ermattet. Eine der Frauen stützte ihr den Kopf, und Santina hielt ihr ein Glas Wasser an die Lippen. Auf Zehenspitzen zogen sich Mutter und Sohn sodann zurück und nickten tief bewegt den Anwesenden zu.

Noch ganz im Bann dieser Worte, die so vollkommen jeglicher Logik entbehrten, fragte sich Innocente in der Kirche, ob er tatsächlich eben einem übersinnlichen Vorgang der Prophetie beigewohnt hatte. Es kam ihm vor wie ein Traum, aus dem er nur schwer wieder in die Wirklichkeit zurückfand. Was war das denn anderes als ein Traum, die Phantasien eines erschöpften Geistes in einem ausgemergelten Körper; es lohnte sich nicht, auch nur einen Gedanken daran zu verschwenden! Andererseits hatte er ja zweifellos bei seiner Geburt zwischen Leben und Tod geschwebt, und Santèla hatte vielleicht tatsächlich dank ihrer Verbindungen zum Herzen Jesu seine Rettung bewirkt. Dies war eine Geschichte, die er zig Male immer wieder gehört hatte; als Kind hatte er sie aufgesogen wie ein nach einem Glas Wasser Dürstender; erwachsen geworden, veranlaßte ihn die Vorstellung, daß sich die Nabelschnur durch übersinnlichen Einfluß gelöst habe, zu gutmütigem Schmunzeln.

Seine Weltanschauung war im übrigen durch sein Studium geprägt, durch den Kontakt mit neuen Ideen aus Frankreich, die in und außerhalb der Universität kursierten und ihn zu kritischem, mißtrauischem und nüchternem Denken veranlaßten. Wie jeden Menschen mit klarem Verstand, dachte Innocente.

»*Orate, fratres!*« sprach der Priester und putzte sich in aller Seelenruhe die Brille. Innocente beneidete ihn um sein Alter, um den Frieden seiner sinnlichen Bedürfnisse und seine geistige Abgeklärtheit, die sich so deutlich in seiner ausgeglichenen Physiognomie ausdrückte.

Was habe ich hier eigentlich zu suchen? fragte er sich. Bei diesem Spektakel bei Kerzenschein und Weihrauch, wo ein Ministrant sein Weihrauchfaß gegen einen Mann im Rock schwenkt, der die Hände auf den Kelch legt und so tut, als …

Doch schon im nächsten Augenblick schämte er sich dieser Unbesonnenheit, kniete nieder und verbarg sein Gesicht in den Händen – unter den Blicken seiner Mutter, die entzückt war von seiner, wie sie glaubte, frommen Versenkung.

Während die anderen Familienmitglieder die Kommunion empfingen, blieb Innocente in der Bank knien. Sein ganzes Leben erschien ihm eine vielversprechend begonnene Unternehmung, dessen Ziel ihm immer mehr aus den Augen geriet: ein Universitätsabschluß ohne Beruf, eine Liebe ohne Ehe, eine Vaterschaft, die er nur aus der Ferne genoß; schließlich sein von Zweifeln durchsetzter Glaube. Selbst sein eigener Charakter blieb ihm rätselhaft: Er war offen für alles Schöne und Gute, doch auch voller Mißtrauen und Verschlagenheit, mit einer Neigung zu faulen Kompromissen. Er fühlte sich erbärmlich und klein.

Beim *Tantum ergo*, das durch das Kirchenschiff hallte, klangen ihm die Worte der Sterbenden im Ohr, die in der Zukunft und in den Seelen der Menschen las: »Weder Böses noch Gutes wird dir widerfahren, mein Sohn …« Unbehaglich rutschte er hin und her; am Ende der Bank saß Francesco neben seiner Frau, die kerzengerade dakniete, stolz auf ihre Stellung; beide zufrieden mit sich und der Welt. Dabei hatte er doch eigentlich, dachte Innocente, Priester werden wollen … Peinigt ihn denn kein schlechtes Gewissen? Hat er nicht das Gefühl, untreu geworden zu sein, gefehlt zu haben? … Doch nein, er scheint heiter, gelassen, bereits rundlich geworden von den Annehmlichkeiten des Ehelebens.

»*Ite, missa est*«, verkündete Don Giacomo der Gemeinde. Draußen schien das helle Licht auf das Kopfsteinpflaster des Marktplatzes, eine beinahe rechteckige Anlage, von der aus sich die Straßen nach Mailand, Magenta und Legnano verzweigten.

Am Nachmittag nehme ich die Kalesche und besuche Freunde in Novara oder Abbiategrasso, und nicht Antonia. Der Abwechslung halber; ich lebe ja wie ein alter Mann …, versuchte Innocente sich von seinen quälenden Gedanken zu befreien, während er im Kreis der Familie zu Tisch saß.

Adelaide, die wie die Männer die ›Gazetten‹ las, erzählte: »Mit Vergnügen habe ich gestern abend in der Zeitung gelesen, daß ein russischer Professor namens Virchow oder so ähnlich auf dem Herbstkongreß in Moskau gesagt hat, der Mensch stamme keineswegs vom Affen ab. Gott sei Dank! Erscheint nicht auch euch die Vorstellung absurd, daß die Schädelknochen bestimmter Lebewesen, die man in Afrika und Asien gefunden hat, die Knochen von Menschen sein sollen, die in Urzeiten gelebt haben?«

Die Männer pflichteten ihr murmelnd bei und zeigten damit, daß sie sich für das Problem kaum interessierten; sie besprachen in aller Ausführlichkeit lieber die Steuerreform, die Reformen der Renten- und Unfallkasse, die Giolitti und Rudinì seit Tagen der Abgeordnetenkammer vortrugen.

»... eine Steuerreform zugunsten der ärmeren Schichten; und wir sind entschlossen, alle der Regierung zur Verfügung stehenden Mittel auszuschöpfen ...«, zitierte Francesco aus der Zeitung.

»Oh, dieser Giolitti: ein tüchtiger Mann! Den hat uns wahrhaftig der Himmel geschickt!« meinte Santina.

»Ach was, der Himmel!« Innocente war aus seiner Stummheit erwacht. »Das ist der Sozialismus; sozialistische Ideen ...«

»Schädliches Gedankengut!« fuhr Ambrogio dazwischen und schlug sanft mit der Faust auf den Tisch mit den vollen Weingläsern. »Niemals! Eine sozialistische Regierung, niemals! Dazu darf und wird es in Italien niemals kommen ...«

»Habt ihr von dem neuen Kometen gehört?« wechselte Adelaide das Thema. »Ein gewisser Holmes aus London hat ihn entdeckt, man stelle sich vor, mit bloßem Auge ...« Beim Obst dann ging es um die Fortbewegung mit einem zweirädrigen Verkehrsmittel, das großen Erfolg verbuchte: das Fahrrad.

»Ich möchte zu gerne mal eins sehen!« rief Adelaide.

Wenn jemandem in der Familie Innocentes Wortkargheit aufgefallen war, so ließ er jedenfalls nichts darüber verlauten. Wie qualvoll und zerrissen das Leben des jungen Mannes war, wußten alle, doch mußte er die Verwicklungen, die er selbst gesucht hatte, allein lösen.

Während der Mahlzeit hatte er es sich noch einmal anders überlegt: er würde doch in die Stadt fahren. Sein Töchterchen wartete bereits sehnsüchtig auf ihn und die kleinen Geschenke, die er mitbrachte: ein Stück Kuchen, den Maria gebacken hatte, ein Glöckchen, frische Blumen aus dem Garten.

Antonia würde gewiß auch ohne ihn einen angenehmen Sonntagnachmittag verbringen … mit dieser Lucina, mit der sie ständig zusammensteckte, plauderte und kicherte und mit der sie offensichtlich glücklicher war als mit ihm. Doch die Kleine würde ihren Papa sehr vermissen; Angelica hatte es nicht verdient, alleingelassen zu werden.

Eilig trank Innocente seinen Kaffee, und ohne die Unterhaltung in der schattigen Laube weiter zu stören, befahl er anzuspannen und fuhr davon.

17

Seit dem Tod der Santèla waren viele Monate vergangen, und die Beziehung von Innocente und Antonia hatte sich immer mehr verschlechtert, Innocente wußte kaum selbst zu sagen, weshalb. Schließlich hatte er ganz aufgehört, sie zu besuchen. Durch seinen treuen Freund Tosoni, der Antonia herzlich zugetan war und sich über das Auseinanderleben der beiden sehr bekümmerte, ließ er ihr regelmäßig den vereinbarten Geldbetrag zukommen.

Es war Karneval, ein Volksfest, das in Mailand ausgiebig gefeiert wurde: die letzten Tage der Ausgelassenheit vor der vierzigtägigen strengen Fasten- und Bußzeit. Doch auch hier hatten sich die Zeiten geändert. Selbst während des Karnevals waren jetzt, gegen Ende des Jahrtausends, bestimmte Narrenpossen beim Volk nicht mehr so beliebt. Das Volk – nicht der ›Pöbel‹, wie es früher hieß – fing an, sich seiner Rechte bewußt zu werden. Unter den wohlwollenden Augen des Padrone auf der Piazza zu feiern, Weißbrot in den süßen Wein der Herrschaft zu tunken, all das genügte nicht mehr, um die Menschen verstummen zu lassen, die sich mit Protesten und Forderungen immer mehr Gehör verschafften.

Das Karnevalstreiben war von den Straßen jetzt fast ganz verschwunden, fern und doch nur wenige Jahrzehnte zurück lagen die Zeiten der großen Maskenumzüge, denen auch Innocente und Alcide vom Balkon des Hauses Tosoni auf dem Corso Venezia aus beigewohnt hatten.

Solche öffentlichen Maskenfeste, Jahrmärkte und Konfettiorgien wurden jetzt kaum mehr veranstaltet; es gab nur den volkstümlichen Tanz in den Stadtvierteln zu den schlichten Klängen eines Akkordeons, und nur noch die Kleinsten hatten Spaß daran, sich mit ein paar Stoffetzen dürftig zu verkleiden.

Innocente war kein so begabter Tänzer wie Alcide. Die Ballsäle mit dem schweren Parfümgeruch und den Ausdünstungen der Besucher waren ihm eher ein Greuel. Der berühmte Arzt Paolo Mantegazza führte schon seit geraumer Zeit in den Zeitungen einen erbitterten Feldzug gegen die ›ungesunde Luft in den Sälen‹, gegen das grelle Licht der Gaslaternen, die Kandelaber, die eiskalten Getränke und die ohne Appetit hinuntergeschlungenen Speisen, die die Eingeweiden der in Korsetts eingeschnürten Damen lautlos aufstöhnen ließen.

Wie viele junge Männer um die zwanzig hatten sich auch Alcide und Innocente derartigen Lustbarkeiten nicht entzogen: der eine aus Neigung, der andere mehr aus Experimentierlust und Neugier. Auch die Damen gestatteten sich während des Karnevals gewisse Freiheiten, die erahnen ließen, daß auch in ihren rosigen Körpern Lust und Begehren wohnten. Dies war eine unwiderstehliche Einladung, besonders für junge Männer aus der Provinz, die in solchen Situationen das Zuzwinkern zunächst feurig erwiderten. Am Ende nahmen sie jedoch nicht selten Reißaus, da sie einem solchen Abenteuer nicht standhalten konnten, auch wenn sie es zu Beginn des Abends so heftig ersehnt hatten.

Im Laufe der Jahre reifer geworden, verstanden Alcide und Innocente jetzt, aus solchen Gelegenheiten das Beste für sich zu machen. Und so saßen sie an jenem Karnevalsabend im Landauer Richtung Mailand, in ihre fuchspelzbesetzten Mäntel gehüllt, und trieben die in der kalten Luft schnaubenden Pferde an. An einer Poststation ließen sie sie zurück, um zu Fuß zum Maskenball zu gehen.

Nach Jahren stürzte sich Innocente jetzt erneut ins gesellschaftliche Getümmel. Er hatte eine diffuse Erinnerung an jene alten Zeiten, und in seiner Vorstellung verwischten sich Bälle, Karnevalsabende und Silvesterfeiern zu einem großen Ganzen: einem Meer von Klängen und Farben, Seidengeraschel und betäubenden Düften. Von Jahr zu Jahr wechselte die Mode: Da gab es Japanerinnen mit gelben Gesichtern, fernöstlich geschminkt, Bajaderen mit geheimnisvollen Blicken aus kajalumrandeten Augen, Zirkusleute, mittelalterliche Troubadoure …

Einmal hatte Alcide ihn überredet, in ein geliehenes Clownskostüm zu schlüpfen – eine unglückselige Erfahrung, die er keinesfalls wiederholen wollte. Da war ihm sein dunkler Anzug, den er damals bei der Aufführung der *Pariserin* getragen hatte, weitaus lieber.

18

In dem Jahr, in dem in Mailand der Cavalier Giuseppe Mussi, Vizepräsident der Sparkasse, das Bürgermeisteramt übernahm, wurde auch Innocente einstimmig zum ersten Bürger seines Dorfes gewählt, ein Umstand, der ihn moralisch aufrichtete und ihm eine sinnvolle Tätigkeit verschuf.

Er hatte ein schlimmes Frühjahr hinter sich, eine jener Phasen, in denen man sich nach Sinn und Zweck des Daseins und des menschlichen Handelns im allgemeinen fragt. In der ersten Zeit nach seinem Bruch mit Antonia hatten ihn weder Schmerz noch innere Leere gequält; im Gegenteil, er hatte die Lust verspürt, endlich seine Jugend, seinen Reichtum und seine herausragende soziale Stellung zu genießen, was er in Turin und in seinem Dorf bisher versäumt hatte. Die albernen Spiele im Haus Alcides, die satirischen Verse im Dialekt, die er mit Tosoni und den anderen geschmiedet hatte, sah er jetzt in einem anderen Licht: Das waren Kindereien gewesen, derer man sich schämen mußte. Das Leben in der nahen Stadt mit ihrem Lichterglanz und den vielen interessanten Menschen hielt da schon andere Vergnügungen bereit.

Uneingedenk der väterlichen Standpauken, die der liederliche Bruder Paolo immer wieder zu hören bekommen hatte, las nun auch Innocente die Gesellschaftsspalten der Zeitungen, um sich über die Bälle und andere Festivitäten zu informieren. Er brannte darauf, sich kopfüber ins Vergnügen zu stürzen, fast wie um sich zu betäuben oder zu bestrafen.

Alcide hatte sich ihm bereitwillig, ja begeistert angeschlossen. Seine Liebschaft mit Rachele, der er im Grunde immer noch herzlich zugetan war, ging zu jener Zeit gerade zu Ende, er war also frei wie ein Vogel.

Rachele war das einzige Kind von Wirtsleuten aus Magenta. Die einstige Osteria della Posta, ein alteingesessener Gasthof, befand sich in günstiger Lage genau gegenüber dem neuerbauten Bahnhof. Hatten früher Fuhrleute und Fahrgäste der Postkutsche die Küche von Racheles Großeltern geschätzt, so machten heute Zugreisende Halt in Magenta, um die Küche von Racheles Eltern zu genießen. Und dank der Mutter, einer tüchtigen Köchin, und des Vaters, der gut zu wirtschaften verstand, lief das Geschäft außerordentlich gut.

Rachele war eine anmutige Erscheinung. Keine strahlende Schönheit, doch von außergewöhnlicher Lebensfreude und großer Ausstrahlung. Durch ihre makellose Figur wurden auch die einfachen Kleider aufgewertet, die sie trug. Ihrem Vater bereitete sie Freude und Sorgen zugleich: Wenn er sie mit nackten Armen das Essen auftragen sah, begleitet von anerkennenden Blicken und anzüglichen Bemerkungen der männlichen Gäste, kochte er vor Wut. Doch wußte er auch, welchen Anreiz die Anwesenheit des hübschen Mädchens darstellte: Viele Gäste nahmen eine lange Anreise in Kauf und bevorzugten sein Lokal allein wegen des freigiebigen, alles überstrahlenden Lächelns seiner Tochter.

Rachele und Alcide hatten sich zwischen einem Bohnenrisotto und einer gemischten Fleischschüssel ineinander verliebt. Als aufgewecktes Mädchen, das fünf Jahre lang die Schule besucht hatte und daher gut lesen und schreiben konnte, wußte sie mit dem wohlhabenden jungen Mann mit Diplom, der ihr den Hof machte, geschickt umzugehen. Beide waren sich von ihrem fröhlichen Naturell und ihrer Lebensfreude her sehr ähnlich. Die an sich glückliche Beziehung war nur deswegen vorzeitig gescheitert, weil sich Alcide weigerte, sie nach Hause mitzunehmen und sie dem Vater und dem Großvater vorzustellen.

Beim Abwägen des Für und Wider war Alcide zu dem Schluß gekommen, daß die ungestüme, lebhafte und etwas derbe Rachele seinem Großvater gewiß nicht gefallen würde. Jener, ein Ingenieur, ging inzwischen auf die Hundert zu, und der Enkel legte auf dessen Meinung mehr Wert als auf die seines Vaters, des blutleeren Apothekers, der nur selten zu Hause war.

Rachele hatte ihn vor die Wahl gestellt: Entweder würde er sie mit zu sich nach Hause nehmen, oder sie würde die Beziehung beenden. Doch er hatte die Drohung auf die leichte Schulter genommen. Jetzt war auch seinem Freund Innocente etwas Ähnliches zugestoßen, wenn auch aus ganz anderen Gründen. So hatte sich die Freundschaft der beiden jungen Leute gefestigt, und es waren turbulente Jahre angebrochen, die sie für sich die ›Zeit der Geheimnisse‹ nannten, da im Dorf niemand wußte, was für ein Leben sie außerhalb ihres normalen Tätigkeitskreises führten; Alcide war nämlich immer noch auf der Suche nach einer Anstellung in einer Bank.

Die ersten Schritte in das gesellschaftliche Leben waren

für sie als junge Männer vom Land durchaus nicht einfach gewesen. Innocente hätte zwar auf die Hilfe seines älteren Bruders zählen können, der in diesem Bereich einschlägige Erfahrungen gesammelt hatte. Aber dessen Lebensstil stieß Innocente im Grunde ab, hatte er Paolo doch schon in Turin immer wieder deswegen heftig kritisiert.

»Es besteht keine Veranlassung, ins Bordell zu gehen«, sagte Paolo. »In der Via Tadino gibt es eine Villa … fast wie ein Kloster; ein dreistöckiges Landhaus mit kiesbestreutem Vorplatz und rosengesäumten Gehwegen … Drinnen herrscht eine hochherrschaftliche Atmosphäre, hier verkehren elegante Gäste in Frack und Smoking. Ah, was für unvergeßliche Abende ich in diesem Haus erlebt habe! Musik, Champagner, fremdartige Speisen in einem wunderschönen Salon im ersten Stock. Man muß über die entsprechenden Mittel verfügen, zweifellos: Denn hier werden nicht nur Liebe, Wein und Essen genossen, sondern auch« – und hier hob Paolo vielsagend die Augenbrauen – »… auch gewisse Pülverchen …, die zu probieren ich mich natürlich wohlweislich gehütet habe. Streng verbotene Dinge! Der Hausherr hat mehr als einmal eine Strafe bezahlen müssen, eine atemberaubende Summe Geld, man munkelt von fünfzigtausend Lire. Nur schade, daß die Damen so oft wechseln: alle zwei Wochen. Hin und wieder verliebt sich einer …«

»Wie teuer das wohl sein mag?« wagte Alcide zu fragen, der beileibe kein Krösus war.

»Teuer, die Preise sind immens«, lachte Paolo. »Aber da gibt es ein anderes Etablissement in der Via San Pietro all'Orto, Donnerwetter! Etwas düster, schmale Treppen, kleine Zimmerchen. Aber das, worum es letztendlich geht – ihr wißt schon, was ich meine –, ist überall das gleiche. In der Via Porlezza, fällt mir gerade ein, da gibt es phantastische, ganz außergewöhnliche Mädchen; und auch innen ist das Haus höchst bemerkenswert und sicher. Die Kunden kommen und gehen, ohne gesehen zu werden – außer von der Puffmutter am Eingang, die Regenschirme, Stöcke und Hüte in Empfang nimmt. Und man weiß sofort, woran man ist: An die Wand im Atrium ist eine Frau gemalt, die ein Preisschildchen in der Hand hält.«

Innocente schüttelte den Kopf; er hatte in diesem Bereich nur spärliche Erfahrungen, denn er verabscheute den derben Umgangston, den Geruch nach schlechtem Atem und den Ausdünstungen ungewaschener Körper, was mit dem niedrigen Niveau des Hauses zu tun gehabt haben mochte, das er aufgesucht hatte. Doch am meisten schreckte ihn die Vorstellung, sich jene Geschlechtskrankheit zuzuziehen, gegen die es kein Heilmittel gab.

»Wie ich schon sagte, es besteht kein Grund, ins Bordell zu gehen«, fuhr Paolo fort, dem es sichtlich Spaß machte, die beiden durcheinanderzubringen. »Im Grunde genommen ist es viel amüsanter, die Sträßchen um die Via Torino, Piazzetta Mercanti, Via Meraviglia und San Giovanni sul Muro entlangzuschlendern und sich von einem dieser Püppchen verführen zu lassen, die dort ihrem Gewerbe nachgehen. Fast immer sind sie sehr jung – mit ihrem durchtriebenen Blick, sehr schlank; sie tragen enganliegende Kleider, die Titten und Po zur Schau stellen ... Wunderbar, ihnen zu folgen, während sie mit ihren hochhackigen Schühchen vor einem herschaukeln!«

Paolo verdrehte die Augen zur Decke und küßte seine aneinandergelegten Fingerspitzen.

»Sie sind viel amüsanter und fröhlicher als die Mädchen im Bordell! Sie führen dich in ein angemietetes Zimmerchen im Zentrum. Und es lohnt sich, das versichere ich euch! Wilde Stunden mit Stuten außer Rand und Band, die es verstehen, einen ins Paradies zu befördern ...«

Innocente dankte Paolo für seine Ratschläge, überzeugte Alcide jedoch, sich nach anderen Gelegenheiten umzusehen. Es war besser, die Nachmittage in der Stadt zu nutzen, wo an bestimmten Tagen die Damen ihre Salons für Freunde und Unbekannte öffneten, wenn diese jung und hübsch waren. Die Häuser waren luxuriös, die Büffets gut bestückt; und die Salonlöwen tischten abgedroschene Gesprächsthemen aus den Klatschspalten der Boulevardpresse auf.

Doch alles war neu und aufregend – Gesten, Verhaltensweisen und Jargon –, und so nahmen sie schüchtern auf eleganten Stühlen Platz, schlugen die Beine übereinander, verschränkten die Hände, wie es die neuesten Anstandsregeln erlaubten, und lauschten mehr oder minder herzzerreißenden Kostproben literarischer Werke und musikalischer Sopranromanzen, vorgetragen von Amateuren. Vergnüglich indes der Aufmarsch der Damen mit gepuderten, makellos reinen nackten Armen und in blendender Aufmachung. Die weibliche Koketterie war eine hohe Kunst, und die beiden jungen Leute, die sich elegant und soigniert gaben, hegten weniger edle Sehnsüchte, die sie letztlich jedoch zumeist anderswo stillen mußten, da die Damen nicht das gewährten, was sie verheißungsvoll in Aussicht stellten. Doch an solch anderen Orten bestand kein Mangel; nachdem sie brav und anständig, wenngleich mit aufgeheizten Sinnen, den Salon verließen, brauchten sie sich nur dem *café chantant* zuzuwenden, wo junge und weniger junge Frauen in beinahe obszönem Tanz fröhlich kokettierend und ohne zu erröten auf die gewagtesten Avancen eingingen. Nicht selten wartete Innocente, der das Spiel nicht bis zum äußersten mitspielen wollte, draußen in der Kutsche, bis Alcide sich ausgetobt hatte. Ihn faszinierte diese Welt vor allem aufgrund ihres Glanzes, ihrer Farbenpracht und Ausgelassenheit – mehr um ihres Scheins als ihres Seins willen. Doch zuweilen verließ auch er eines dieser Etablissements mit einem Dämchen am Arm, um mit ihr in einem der sündhaft teuren Zimmer des Albergo De l'Europe auf dem Corso Vittorio Emanuele den Abend zu beschließen; denn die Vorstellung, in einer Schenke auf einer Matratze liegen zu müssen, mißfiel ihm.

Derartige Vorfälle waren deshalb eher eine Seltenheit; und die Erinnerung an solche heimlichen Begegnungen in spiegel- und brokatgeschmückten Hotelzimmern erweckten neben der Reue über das vertane Geld auch ein Gefühl der Demütigung in ihm. Er verhielt sich in diesen Situationen gleichsam widerspenstig, getrieben von einen irrationalen Groll auf die Frau, die das Verlangen in ihm erweckt hatte. Hastig und ohne Umschweife verließ deshalb auch die käufliche Dame den Ort des Geschehens, nachdem sie die vereinbarte Vergütung für ihre Dienste erhalten hatte, oftmals ohne das Hutband zugeknüpft zu haben. Zurück blieb ein erschöpfter, unzufriedener und übellauniger Innocente.

Der letzte Karnevalsabend des Jahres 1899 fiel auf den Februar, doch aufgrund des Heiligen Jahres waren Bälle geächtet, und so verlief der Abend in tödlicher Langeweile mit Geplauder über den Bronchialkatarrh, der grassierenden Krankheit jener Tage, und anderen ähnlich reizvollen Themen. Alcide schlug schließlich vor, lieber ins Theater zu gehen.

Es war ein ungewöhnlicher Karnevalsabend gewesen, der in der gastfreundlichen Wohnung einer emanzipierten Signora und einer nicht minder freizügigen Freundin seinen Abschluß gefunden hatte. Nach einer turbulenten Nacht mit Bettwechsel und verschiedenartigen Experimenten, mit derber Fröhlichkeit und sonstigen schweißtreibenden Aktivitäten traten die beiden Freunde mit geröteten Augen in die kalte Morgenluft hinaus, voll guter Vorsätze absoluter Enthaltsamkeit für die bevorstehende Fastenzeit. Daß sie diese Vorsätze beherzigten, war nicht allein getreuer religiöser Pflichterfüllung zuzuschreiben; denn wenige Tage später suchte Alcide atemlos Innocente auf: »Große Neuigkeiten, Cént! Ich habe Rachele wiedergetroffen, teils zufällig, teils ... Du hättest sie sehen sollen! Sie hat sich wirklich gemacht, eine richtige Dame.« Er hatte glänzende Augen. »Schlank, raffiniert, diese großen Augen. Ich bin verrückt nach ihr, da ist nichts zu machen: wir haben uns verlobt. Ernsthaft.«

Und so kam es, daß Innocente im Monat Mai, als er zum Bürgermeister des Dorfes gewählt wurde, mit der Rückkehr Racheles gleichzeitig den Freund verlor, seine sieben Jahre dauernde Zeit der Ausschweifung beendete und anfing, sich erhabeneren Zielen zuzuwenden.

19

Na dann, fröhliche Weihnachten!« rief die Signora Lucina. »Und ein glückliches neues Jahr!«

Antonia lächelte der Nachbarin zu, die sich freundlich aus dem Fenster lehnte, aber insgeheim graute es ihr vor der bevorstehenden Reise. Von Mailand bis ins Dorf waren es weniger als dreißig Kilometer, aber mit dem Zug, der volkstümlich *Gamba de lègn*, ›Holzbein‹, genannt wurde, war es eine nicht endenwollende Strecke – noch dazu bei dieser Kälte, mit der schläfrigen Kleinen und dem Gepäck.

Antonia hatte sich entschlossen, die Vorweihnachtszeit und die Tage nach dem großen Fest bei ihren Eltern zu verbringen. Rechtzeitig hatte sie sie benachrichtigt und eine braune Ansichtskarte mit einer Abbildung des Doms geschickt: »Wir kommen am 12. Dezember. Küsse, Antonia und Angelica.« Nicht daß Angelica selbst ihre Unterschrift unter den Text gesetzt hätte; sie besuchte keine Schule und konnte weder lesen noch schreiben. Sie war ein hübsches Mädchen, mit fröhlichen graublauen Augen, engständig wie die von Innocente und ganz gewiß ein Erbe von Signora Santina; sie hatte auch deren stechenden ironischen Blick. Die Form des Gesichtchens, die hervortretenden Jochbögen und das kastanienbraune Haar stammten von den Dagos – was diese noch nicht mit eigenen Augen hatten bestätigen können, da sie sich nicht bereit erklärt hatten, die unehelich geborene Kleine in ihr Haus einzuladen.

Bis auf die erste Zeit, als Innocente ihr das Gefühl gegeben hatte, eine Familie zu haben, war Angelica bei ihrer Mutter und ihrer Tante Luigina aufgewachsen, die später wieder ins Dorf zurückgekehrt war. Doch sah Angelica ihren Vater regelmäßig, ein-, zweimal im Monat. Anders kannte sie es nicht, und an die Zeit, da sie alle drei gemeinsam im Doppelbett geschlafen hatten, erinnerte sie sich kaum mehr.

Zu einem festgesetzten Zeitpunkt kam Tosoni mit der Kutsche, um die Kleine abzuholen; aufgeregt und ungeduldig wartete sie bereits draußen auf dem Gehsteig. Bei schönem Wetter ging die Fahrt in die öffentlichen Parkanlagen an der Porta Venezia. Ängstlich fieberte sie der Begegnung mit Innocente entgegen, einem in einfachen Barchent gekleideten Herrn von mittlerer, kräftiger Statur, der sie mit stechendem Blick von Kopf bis Fuß musterte. Sie hätte ihn gern an dem gewohnten Cafétisch sitzend vorgefunden, abgelenkt vom Lärm der Nachbartische; voll Vorfreude auf den berauschenden Duft der heißen Schokolade im Winter und den erfrischenden Duft des Fruchtsorbets im Sommer.

Mit der Kindern eigenen Intuition entdeckte Angelica im Blick dieses Mannes liebevolle Zuneigung, aber auch einen Anflug feindseliger Kritik. Auf freundliche, liebevolle Worte folgte denn auch oftmals scharfer Tadel über ihre Redeweise, über Ausdrücke, die einem gut erzogenen Mädchen nicht anstanden, über ihre Schweigsamkeit oder – je nachdem – ihre übermäßige Schwatzhaftigkeit.

Glücklicherweise erinnerte sich Angelica nicht mehr an jene Vorkommnisse, die Antonia wie Natterngezücht am Busen nährte: die Auseinandersetzungen, Innocentes gehässiger Sarkasmus, der erste heftige Zank, Türenschlagen, Geschrei im Treppenhaus; wie er wütend die Peitsche auf das Pferd niedersausen ließ und mit der Kutsche davonbrauste, während sie dableiben und an ihre Arbeit zurückkehren mußte, die ihr immer wichtiger wurde. Dann füllten sich ihre Augen mit bitteren Tränen, benetzten den weißen Stoff und verdampften unter dem Bügeleisen zu kleinen Wölkchen.

Doch ein geübter Beobachter hätte an Angelica durchaus ein Mißbehagen entdecken können, das sich in abrupten Stimmungsschwankungen, in Unsicherheit, in der ständigen Suche nach Bestätigung bei allem, was sie tat, ja dachte, zum Ausdruck brachte. In den Räumen, in denen Mutter und Tochter in so enger Gemeinschaft lebten, ohne ein anderes Geräusch außer ihren eigenen Stimmen, hatten sie das Gefühl, heiter, ja glücklich zu sein. Für Antonia war die Tochter zugleich ihre liebste Freundin und Vertraute.

Jetzt erkannte Antonia, wie weltfremd sie gelebt hatte. Innocentes Zornesausbrüche waren ihr anfangs als bedeutungslose Ausrutscher erschienen, die sie bisweilen sogar mit Zärtlichkeit erfüllt hatten. Aber seine Eifersucht war gewachsen, stetig und lautlos wie ein Unwetter, das sich über ihren Köpfen zusammenbraute.

Das Fernbleiben Innocentes war für sie wie eine zweite Geburt gewesen, eine Geburt jedoch in eine fahle und düstere Welt der Traurigkeit. Mit einemmal war ihr die Boshaftigkeit, die Schändlichkeit bewußt geworden, die überall, auf den Straßen und in den Herzen der Menschen, lauerte und immer mehr überhand nahm. Seit einiger Zeit trieb auf dem Corso Vercelli eine Bande krimineller Halbwüchsiger ihr Unwesen. Es war nicht ratsam, nach Sonnenuntergang noch aus dem Haus zu gehen, mußte man doch befürchten, überfallen und ausgeraubt zu werden.

Ohne ihr Töchterchen mit Einzelheiten zu ängstigen, hatte Antonia keine Gelegenheit versäumt, sie zur Vorsicht zu mahnen, wenn sie hin und wieder in der näheren Umgebung selbständig kleine Besorgungen machte. Ihre Ermahnungen mündeten jedesmal in bittere Klagen über die Schlechtigkeit der Welt und besonders der Männer, die, wie sie sagte, nahezu alle Egoisten und Verräter seien. Sie meinte es gut, merkte aber nicht, auf welch gefährliche Weise sie das Vertrauen Angelicas in die Welt untergrub.

Es waren dies flüchtig hingeworfene Bemerkungen, die die Kleine zwar ängstigten, aber bald wieder vergessen waren. Auch Antonietta war keine, die Trübsal blies. Sie hatte die Fröhlichkeit ihrer Mutter geerbt, jene praktische bäuerliche Lebensphilosophie, derzufolge man sich nicht lange mit der Klage über erlittenem Schaden aufhalten sollte. Was geschehen war, war nicht mehr rückgängig zu machen, es galt, nach vorne zu blicken und zäh zu arbeiten, ohne ein griesgrämiges Gesicht zu machen. Das fiel Antonia nicht schwer, und ihr offenes herzliches Wesen verschaffte ihr schnell Freunde. Auf diese Weise hatte sie nicht nur die innige Liebe Angelicas gewonnen, sondern auch die Zuneigung der Wohnungsnachbarn, der Händler, bei denen sie einkaufte und anderer Mütter des Viertels. Trotz der Schmach, sozusagen vom Ehemann, für den man Innocente hielt, verlassen worden zu sein, wurde sie ihrer Freundlichkeit, Bescheidenheit und ihrer Tapferkeit wegen allgemein geschätzt und geachtet.

Doch Nacht für Nacht wurde Antonia von Verzweiflung darüber ergriffen, daß sie sich das Liebste, das sie besessen hatte, Innocente, nicht hatte bewahren können. Andere Männer hatte sie nicht gehabt, und niemals würde es für sie einen anderen Mann geben.

Drei Tage dichtes Schneegestöber Anfang des Monats hatten Mailand in einen märchenhaften Ort verwandelt. Die fast zwanzigtausend Einwanderer aus dem Süden Italiens blickten wie gebannt auf die mit einer weißen Schneedecke überzogenen Fialen des Doms und die kleinen Bäume der Piazza Cordusio und des Foro Bonaparte. Doch auch die Mailänder hatten seit Jahren keinen so strengen Winter mehr erlebt.

Antonia hatte keine Angst vor der Kälte; im Dorf kannte man keine Wintermäntel, und in ihrer Kindheit hatte sie im Winter Wollsocken, Holzpantoffeln und dicke Schals getragen. Aber die kleine Angelica war dick eingemummt: Sie sollte es warm haben, aber trotzdem bei ihrer Ankunft im Dorf wie eine kleine Prinzessin aussehen. Zu diesem Zweck hatte Antonia ihrem Töchterchen ein wunderschönes beigefarbenes Mäntelchen genäht, dessen Schnitt sie einer von Lucinas Zeitschriften entnommen hatte.

Was die Großeltern wohl für Augen machen würden, dachte Netta aufgeregt und sah die Kleine von der Seite an. Als sie an der Apotheke des Corso vorbeigingen, lugte hinter dem Fenster der Verkäufer im weißen Kittel hervor, ein bläßlicher Mensch mit trübem Blick, der die Kunden mit unterwürfigem Lächeln bediente. Da Antonia und ihr Töchterchen von robuster Gesundheit waren, benötigten sie nur selten etwas aus der Apotheke, aber der Dottore hatte ihr von Anfang an seine besondere Aufmerksamkeit geschenkt. Angelica hatte er Malz- und Halsbonbons zugesteckt. Mit einem Wort, er hatte Antonia den Hof gemacht.

›Jemandem den Hof machen‹ – das war für Antonietta

ein unbekannter Ausdruck. Im Dorf herrschten auch in den zwischenmenschlichen Beziehungen andere Gepflogenheiten. Bei den jungen Männern, die die Heiratsvermittlerin baten, für sie eine Frau zu suchen, stand an oberster Stelle nicht die Frage, ob sie hübsch, sondern ob sie tüchtig, klug, unbescholten, fleißig und sparsam war.

Als Antonietta neu in die Stadt gekommen war, hatte sie sich gleichsam einem raunenden Gemurmel aus Komplimenten und sanften Schmeicheleien ausgesetzt gefühlt: ihres hübschen Gesichts, ihres Haares und ihrer schlanken Taille wegen; nicht so sehr seitens der Männer, die sich dies in Anwesenheit Innocentes, der sie fast überallhin begleitete, niemals erlaubt hätten, sondern seitens reicher und reifer Damen, denen es Vergnügen bereitete, die Neue zu umschmeicheln und zu umhätscheln.

Kein Wunder, daß das arglose Mädchen daraufhin begonnen hatte, sich öfter im Spiegel zu betrachten, und sich schließlich selbst überzeugt, daß sie hübsch war. Den Rat der Signora Lucina befolgend, widmete Netta jetzt der Pflege ihres Äußeren mehr Zeit als bisher. Lucina war Mitglied eines Frauenzirkels, der in Mailand neugegründet worden war. Dort wurde über alles Mögliche diskutiert: von den anspruchsvollsten Themen bis hin zu typisch weiblichen Fragen der Mode und Schönheitspflege.

Zum großen Vergnügen Angelicas schlossen sich Antonia und Lucina nachmittagelang im Haus ein, um auszuprobieren, was Lucina im Gespräch mit den reichen und illustren Damen in der Pause zwischen den Vorträgen erfahren hatte: Rizinusöl und Rinderknochenmark für weiches glänzendes Haar; Honig und Zitrone, miteinander verquirlt und dann aufs Gesicht aufgetragen, für eine makellos weiße Haut.

Ob Kleidung oder Haartracht – es gab keine Geheimnisse mehr. Lucina nahm alles auf, las, berichtete, und Netta hörte ihr mit offenem Mund zu. Kurz zuvor hatte ein Parfümhersteller die Korallenpaste auf den Markt gebracht, die den Lippen eine zinnoberrote Farbe verlieh; sie kostete die stolze Summe von zwei Lire, fand aber reißenden Absatz. In den Modezeitungen wurden Schnittmodelle veröffentlicht, die Antonia mit großem Talent nachschneiderte. So wurden auch ihre eigenen Kleider immer eleganter, und die Zahl ihrer Aufträge nahm zu.

Innocente hatte sehr wohl bemerkt, welche Veränderung mit ihr vorging. Und Antonia, die sich freute, ihre übergroße Bescheidenheit und Schüchternheit allmählich zu überwinden, erwartete ihn schon sehnsüchtig am Fenster; sie trug das am Abend zuvor erst fertig gewordene neueste Modell und hatte sich das Haar zu einer neuen raffinierten Frisur hochgesteckt. Doch gerade das brachte Innocente zur Weißglut; er geriet außer sich, und Antonia stand da wie vom Donner gerührt.

»Mach dich nicht lächerlich, du bist Antonia, nicht so ein herausgeputztes Äffchen wie deine Freundin Lucina!« verletzte er sie. Im Grunde seines Herzens verachtete Innocente die Frauen in der Stadt und warf Antonia vor, nicht mehr das Mädchen zu sein, in das er sich verliebt und das er einst besessen hatte. Dieses Mädchen hatte er begehrt, nicht die Frau, zu der sie sich jetzt entwickelte und die sich in nichts von all den anderen unterschied.

Wegen einer Lappalie, einer neuen Frisur wegen, kam es eines Tages zu einem fürchterlichen Krach. Antonia präsentierte sich Innocente voller Stolz mit der berühmten *natte*, einem Haarknoten auf der Stirn, der nach französischer Mode Schatten auf die Augen warf und einen geheimnisvollen Blick verlieh. Doch kaum hatte sie die Tür hinter sich geschlossen, als er schon gewaltsam an ihrem Haar riß und anfing zu brüllen. Netta hatte ihm daraufhin zornentbrannt böse Worte an den Kopf geworfen, die sie gar nicht so gemeint hatte.

Später hatten sie sich, wie es stets der Fall war, wieder versöhnt, aber die heiteren Stunden, die sie miteinander verbrachten, wurden immer seltener. Antonietta fiel es gar nicht auf, wie Innocente finsterer wurde, wie gefährlich manche ihrer leichtsinnigen Dummheiten waren, auf die sie im Grunde genommen herzlich wenig Wert legte, die ihn aber zur Weißglut brachten. Mit dem trügerischen Gefühl der

Sicherheit und im Vertrauen auf die himmlische Vorsehung und auf ihre Freundin Lucina ging Netta ihren Weg.

Aber auch wenn sie innehielt und über die Ursachen ihres Streits mit Innocente nachdachte, um nichts auf der Welt hätte sie auf ihre Schneiderarbeiten verzichtet. Es war ein sauberer und einträglicher Beruf, für den sie nicht das Haus verlassen mußte und der es ihr erlaubte, ihr Kind selbst zu beaufsichtigen. Sie konnte nicht begreifen, daß Innocente sich derart dagegen sträubte. Wie sehr hätte sie sich gewünscht, daß er sie – nur ein einzigesmal – lobte, wenn ihr etwas gelungen war. Doch er wollte nur, daß sie müßig dasaß und auf ihn wartete, die Kleine auf dem Schoß und den Tisch gedeckt, damit die Eifersucht ihm nicht noch mehr Herz und Geist verzehrte. Er war eifersüchtig auf Lucina, mehr noch auf die Männer, die zum Maßnehmen und zur Anprobe zu ihr nach Hause kamen; aber auch auf die Verkäufer, die ihr hinter dem Ladentisch freundlich zulächelten. Anfang des zweiten Winters, den sie in Mailand verbrachte, war die Beziehung zwischen ihnen so wechselhaft wie das Aprilwetter geworden – mit immer heftiger werdenden Stürmen und nur kurzen Aufheiterungen dazwischen. Zornesausbrüche, mangelndes Vertrauen, auch körperliche Gewalt erstickten den zarten Keim ihres gemeinsamen Lebens.

Innocente fand keinen Frieden, es gelang ihm nicht, seine düsteren Phantasien zu zügeln. Zuweilen wurde er von einer lähmenden Müdigkeit des Körpers und des Geistes erfaßt. Alles ekelte ihn an, die häufigen Fahrten nach Mailand, die Aufdringlichkeit von Antonias Hausnachbarn, die Trotzigkeit des nervösen und orientierungslosen Kindes und insbesondere die entsetzliche Vorstellung, daß Antonietta versuchte, sich ihm zu entziehen. Der beständige, nagende Zweifel, ob sie sein Vertrauen verdiente oder ob es ratsam sei, die Demütigung auf sich zu nehmen und sie von einem Freund überwachen zu lassen …

Im Frühjahr zog er sich eine schlimme Grippe zu, die ihn wochenlang ans Bett fesselte. Er war mit den Nerven am Ende und verfolgte mit unglücklichem Blick die geschäftig hin- und hereilende Maria, die ihn ihrerseits stumm beobachtete. Das Leben erschien ihm mit einemmal mühevoll und schwer. Als er endlich wieder gesund war, hatte er das Gefühl, um mindestens zehn Jahre verjüngt zu sein. Sein Geist war frei von Sorgen, und er blickte vertrauensvoll in die Zukunft.

Alcide war nach wie vor sein bester Freund. Innocente begann, nach Ausflüchten zu suchen, um nicht nach Mailand fahren zu müssen, auch wenn er seines Töchterchens wegen oft ein schlechtes Gewissen hatte. Er ließ sich von seinem Freund in zahlreiche Unternehmungen verwickeln und knüpfte neue Bekanntschaften: kurzum, es war ein Leben, das ihm angemessener und abwechslungsreicher erschien. Ohne daß es zum eigentlichen Bruch gekommen wäre, besuchte er Antonia immer seltener.

Obwohl Netta nur mit Lucina ihren Kummer teilte, lieferte sie Gesprächsstoff für das ganze Viertel. Als der Apotheker erfuhr, daß die schöne junge Sünderin von ihrem Geliebten verlassen worden war, reifte in ihm der Entschluß, ihr einen ernsthaften Antrag zu machen. Keinen Heiratsantrag – schließlich war da noch das Kind eines anderen, das zwischen ihnen stand –, sondern eine feste Beziehung, die ihr gewisse Garantien bot.

Er war im Begriff, von sehnsuchtsvollen Blicken zur Tat zu schreiten, als Antonia mit Entsetzen gewahrte, was er vorhatte, und – wie ein Igel, der sich zusammenrollt und seine Stacheln zeigt – dem schmachtenden Apotheker nicht mehr unter die Augen trat.

Als sich Netta klar geworden war, daß das Zerwürfnis zwischen ihr und Innocente nicht mehr rückgängig zu machen war, betrachtete sie sich als Witwe oder mehr noch als Nonne; und das wollte sie auch bleiben. Da konnte Lucina ihr zureden, soviel sie wollte: daß es ihre Pflicht sei, sich ein eigenes Leben aufzubauen und ihrer Tochter eine Familie zu geben.

»Mama!« Angelicas kreischende Stimme schreckte sie aus ihren grüblerischen Gedanken. »Schau, der Schneeräumer! Er kommt direkt auf uns zu!«

Sie machten einen Satz zur Seite, während das Ungetüm den schmutzigen Schnee beiderseits der Straße aufwirbelte. Unbefangen raffte sie ihre Röcke hoch, damit sie nicht schmutzig wurden. Seitdem auch die Damen Fahrrad fuhren und ihre Waden zeigten, waren gewisse Schamhaftigkeiten aus der Mode gekommen; ein häßlicher Fleck auf ihrem schlichten Paletot wäre schlimmer gewesen.

Bald gelangten sie zu dem Gebäude mit dem riesigen Tor, in dem nachts der *Gamba de lègn* untergebracht war. Im Jahr 1880 eingeweiht, hatte der Zug schnell großen Erfolg. Dank dieses qualmenden, sich schlängelnden Ungetüms waren die kleineren und größeren Vororte, die vereinzelten Gehöfte und Villen untereinander und mit Mailand verbunden. In den Zugabteilen herrschte eine ausgelassene Fröhlichkeit. Gleich würde der schrille Pfiff ertönen, mit dem der Zug fahrplanmäßig seinen großen schwarzen Bau verließ. Auf dem Bahnsteig standen viele Menschen, die über die Kälte jammerten. Wer keine Handschuhe besaß, versteckte die Hände schützend unter den Achseln oder behauchte seine Finger mit dem warmen Atem. Die Städterinnen schlugen ihre Mäntelkrägen hoch, und die Dorffrauen schlangen ihre dunklen Schals fester um die Schultern.

Netta lauschte den Gesprächen mit großer Neugier. Ein Hauptgesprächsstoff war die Oper; die Mailänder waren begeisterte Opernbesucher. Soeben erzählte ein älterer Herr von der Premiere der Oper *I Lombardi* im Jahr 1843: »Bei klirrender Kälte, genau wie heute, mußte man um Eintrittskarten anstehen; aber wenn es um Verdi geht – da nimmt man einiges in Kauf!«

»Wissen Sie, daß Verdi in seinem Schlafzimmer komponiert?« fragte eine elegante Signora mit Mützenhut dazwischen.

Ein langgezogener schriller Pfiff kündigte die Abfahrt an. Das eiserne Ungeheuer, beladen mit Menschen und Waren, setzte sich in Bewegung. Angelica hatte sich auf eine der Holzbänke gekniet und drückte die Nase am Fenster platt, um ja nichts von der draußen vorbeiziehenden Landschaft zu verpassen. Mit einer Geschwindigkeit, die ihr rasend schnell erschien, hatten sie bald die Stadt hinter sich gelassen und waren in die schneeweiße Winterlandschaft eingetaucht. Die kahlen Umrisse der Pappeln und Robinien zeichneten sich schwarz vor der weißen Pracht ab. Geheimnisvoll und finster erschienen die Häuser der verstreut liegenden Weiler, aus deren Schornsteinen graublauer Rauch aufstieg und erahnen ließ, daß hinter den verrußten Häusermauern Menschen lebten.

Angelica genoß diese großartige Reise; ihr gefiel die Landschaft, aber vor allem gefiel es ihr in dem mit Menschen angefüllten Wagen. Sie litt sehr unter der Einsamkeit, zu der sie verurteilt war. Jetzt freute sie sich auf ihre Großeltern, die sie zwar selten besuchte, die ihr aber in lebhafter Erinnerung geblieben waren – eine Erinnerung an eine anheimelnde freundliche Welt voller Menschen, Tiere, Gerüche und Geräusche.

Auch Netta ließ ihren Erinnerungen freien Lauf. Im Vorbeifahren hatte sie erst das alte Zollhäuschen und dann die Osteria della Pesa entdeckt, und plötzlich war eine Flut von Bildern in ihrem Gedächtnis aufgetaucht: der Tisch mit der karierten Tischdecke, wo sie und Innocente zusammen mit Alcide und Rachele, manchmal auch mit Tosoni, gesessen und gelacht, Maisbrot mit Wurst und Maifischen gegessen und dazu Wein getrunken hatten.

»Mama, sind wir schon da?« Angelicas Stimmchen riß sie aus ihren Grübeleien. Und in der Tat, der Zug verlangsamte sein Tempo. »Wo hast du das Päckchen mit den Geschenken? Halt es fest, Vorsicht!«

Angelica sprang, ohne die Stufen zu benutzen, vom Wagen. Unten hüpfte sie vor Aufregung und, um sich aufzuwärmen, gleich weiter. Draußen, inmitten der mit Eiskristallen überzogenen Wiesen, herrschte eine unwirkliche gespenstische Ruhe. Gedämpft schallte die Kirchturmglocke herüber: Es war Mittagszeit.

»Und wo ist der Opa?« ließ sich Angelica enttäuscht vernehmen und stampfte mit den feuchten Stiefelchen auf der festgefrorenen Erde auf. Antonia sah sich um und erblickte eine kleine dunkle Gestalt, die langsam auf sie zukam, den schwarzen schäbigen Hut tief in die Stirn gezogen und mit einem Mantel aus grobem Wollstoff bekleidet; an den Füßen feuchte, abgenutzte Holzpantoffeln. Wortlos stellte er den Schubkarren ab und lüftete respektvoll den Hut.

»Großvater!« – »Papa!« riefen Netta und Angelica wie aus einem Munde.

Der Mann trat auf die Kleine zu und hob sie mit unerwartet kraftvollem Schwung in die Höhe. »Los, rein mit dir, Angelica. Sieh mal, wie ich den Schubkarren für dich ausgepolstert habe, mit trockenen Maisblättern – das ist sehr bequem. So bringe ich dich nach Hause, wie eine Königin!«

Vor Vergnügen laut aufjauchzend, ließ sich Angelica in dem Haufen trockener und raschelnder gelber Maisblätter nieder; von unten sah sie den Großvater an: helle gutmütige Augen unter schweren Lidern, ein dichter, hie und da von grauen Haaren durchzogener Schnurrbart, der sein weises Lächeln fast verbarg. Der Schubkarren setzte sich in Bewegung und schlitterte über den Schnee. Angelica hatte Lust zu singen. Mit ihrem zarten Stimmchen gab sie alle die Lieder zum besten, die ihr Netta immer vorsang, dazu Lieder, die sie auf der Straße gehört hatte; der Großvater, der die vom Gebrauch glatten glänzenden Holzgriffe des Karrens fest in Händen hielt, summte ab und zu mit. Dann wurde Angelica vom Schlaf überwältigt.

20

Im Salon des Hauses Dago, der im Winter trotz des unablässig prasselnden Kaminfeuers stets kalt war, herrschte an jenem Tag Mitte Dezember eine ungewohnte wohlige Wärme. Ein großes glühendes Holzscheit versprühte Funken wie glitzernde Sternchen und sorgte bei den Gästen, die sich zur Feier von Innocentes Geburtstag versammelt hatten, für eine heitere Stimmung. Der Appetit der Geladenen wurde von den aus der Küche hereinwehenden Düften angeregt, wo Maria schon seit dem frühen Morgen werkelte.

Die Gesundheit der Hausherrin Santina hatte sich in den letzten Jahren sehr verschlechtert. Anfangs, nachdem Innocente die Beziehung zu Antonia abgebrochen hatte, hatte Santina gehofft, ihre alten Fäden weiterspinnen und ihm eine geeignete Ehefrau suchen zu können. Aber alle Bemühungen hatten nichts gefruchtet, und nun, im Alter von dreißig Jahren, war ein zunehmend zur Verbitterung neigender Innocente immer noch Junggeselle.

Als kluge und gerechte Frau wußte Santina sehr wohl, daß sie und ihr Mann Ambrogio an dieser Entwicklung nicht ganz schuldlos waren. Gewiß war es ihr Mann gewesen, der dem Sohn jenes »Kommt nicht in Frage!« entgegengeschleudert hatte, als dieser seine amouröse Torheit eingestand. Aber wenn sie nur gewollt hätte, hätte sie die Wogen glätten und ihren Mann zum Einlenken bringen können, wie es so oft geschehen war.

Aber sie hatte nicht gewollt. Nicht einmal das Baby hatte daran etwas ändern können, obwohl ihr das Bild des auf ein Kissen gebetteten rosigen Neugeborenen im Laubengang immer wieder durch den Kopf ging. Doch die Kleine war weit entfernt in der Stadt aufgewachsen, so als wäre sie nie geboren worden. Zu Hause wurde nie darüber gesprochen. Aber mit zunehmendem religiösem Eifer erfaßte Santina eine Angst, ein Unbehagen, das sie, wäre es ihr bewußt gewesen, Schuld genannt hätte. Ambrogio hatte stets so getan, als sei nichts vorgefallen. Er verließ sich inzwischen voll und ganz auf seinen jüngsten Sohn Francesco. Bei Paolo war auf Nachkommenschaft nicht zu hoffen, und bei Cént konnte man unter den gegebenen Umständen nie wissen; es galt, sich in Geduld zu üben und abzuwarten. Francesco dagegen hatte sich mit glühendem Eifer darangemacht, gesunde und robuste Enkelchen in die Welt zu setzen und im Alter von fünfundzwanzig Jahren mit Adelaide kurz nacheinander bereits zwei Söhne gezeugt. Ein drittes Kind war unterwegs. Giovanni Carlo, der Älteste, war inzwischen vier Jahre alt, Alfredo eineinhalb. Das dritte sollte, so wünschten sich alle, ein Mädchen werden.

Signor Ambrogio war kein Mensch, der der Vergangenheit nachhing, gab es doch schon in der Gegenwart genügend Schwierigkeiten, die zu meistern waren. Zwar hatte er sich von der aktiven Leitung der Spinnerei und der ländlichen Güter zurückgezogen, doch lenkte er nach wie vor die Geschicke seines Betriebs, machte Vorschläge für Investitionen, ermutigte und tadelte. Ambrogio ließ es sich nicht nehmen, am Martinstag, am sechsten November, dem alten Zinstermin, die Pächter für die geleistete Arbeit zu entlohnen, zu der sie verpflichtet waren. Es waren die Pächter, die die Obst- und Gemüsepflanzungen des Padrone pflegten. Jede Familie bearbeitete eine zwei bis drei Hektar große Fläche, und für jeweils sechs Ar hatten sie an den Padrone einen Scheffel Getreide abzuliefern. Die Trauben dagegen wurden zum Keltern direkt zu den Dagos gebracht, und jede Familie erhielt ein Faß Wein. Was die Seidenraupenzucht anbelangte, hatte Ambrogio einen Mann seines Vertrauens, der über die Kokonproduktion peinlich genau Buch führte und dementsprechend abrechnete. Die Bauern vertrauten Ambrogio, und nur selten kam es zu Beschwerden; sie wußten, daß im Falle einer Mißernte oder in einer Notlage der Padrone einsichtig sein und das, was er zu fordern hatte, auch stunden würde. Und wenn einmal ein Bauer zu Hause Fehler oder Unstimmigkeiten bei der Abrechnung feststellte, konnte er ohne Scheu zum Padrone kommen und es ihm vortragen.

Auch die Söhne wiesen Kritik und Ratschläge von ihrem Vater nicht von der Hand, auch wenn sie sie nicht immer befolgten. Der Alte nahm an allem Anteil, er kümmerte sich um alles, um die Frauen in der Spinnerei, um Kranke und Gesunde, um Verheiratete und Ledige oder die Männer auf den Feldern. Manchmal etwas zu viel. Mehrmals bereits fühlte er sich von einem plötzlichen Unwohlsein befallen, das mit einer kurzzeitigen völligen Bewußtlosigkeit einherging; glücklicherweise ohne schwerwiegende Konsequenzen. Schuld war, wie konnte es anders sein, der Bluthochdruck.

Ambrogio hatte sich einer Behandlung mit Blutegeln unterzogen: Der *duturùn* war gekommen, hatte ihn zur Ader gelassen und ihm Schonkost verordnet. »Wenig oder besser überhaupt kein Schweinefleisch! Kein Bratenfett, wenig Rotwein ...« Es fiel ihm schwer, darauf zu verzichten. Ambrogio machte sich zwar jedesmal gute Vorsätze, war aber der erste Schreck vorüber, so verfiel er wieder in seine alten Gewohnheiten.

Keine Enthaltsamkeit an einem Tag wie heute, dachte der Hausherr: Zum Teufel mit dem Blut und alledem!

Die letzten Gäste trafen ein: Alcide in Begleitung Racheles, mit der er inzwischen verlobt war; Paolo, der sich immer seltener im Dorf blicken ließ, war bereits vor ein paar Tagen gekommen und hatte seine große Schwester Ismene samt deren Mann und den beiden Töchtern Rosa und Maria mitgebracht.

Der siebenundzwanzigjährigen Adelaide sah man ihre Schwangerschaft kaum an; sie war immer noch eine anmutige und elegante Erscheinung. Ihr Mann Francesco, von Natur aus kräftig gebaut, hatte seit seiner Heirat an Bauch, Nacken und Schenkeln Fett angesetzt. Wie bei allen männlichen Dagos lichtete sich sein Haar zunehmend, und er unterschied sich beträchtlich von jenem zwanzigjährigen Seminaristen, der sich vor Jahren dem weltlichen Leben und den fleischlichen Genüssen zugewandt hatte. Von eher bescheidener Intelligenz, interessierte sich Francesco außer für seine Fabrik für kaum etwas anderes und gab damit Adelaide nicht selten Anlaß zu Enttäuschung und Überdruß. Sie hatte gehofft, auch als verheiratete Frau ihr bisheriges Leben weiterführen zu können und in den Salongesellschaften der herrschaftlichen Villen interessanten Menschen zu begegnen; doch Francesco verspürte keine Lust, sie zu begleiten, und hatte stets eine Ausrede parat. Außerdem kannte Adelaide ihre Pflichten, und die Schwangerschaften hätten schließlich jeder Frau die Flausen im Kopf vertrieben. Obwohl sie ein einfaches Leben führten, wenig Bedienstete und selten Gäste hatten, nahm das große Haus Adelaides ganze Kraft in Anspruch. Die Geburtstagsfeier ihres Schwagers Innocente bot ihr also eine willkommene Abwechslung; sie hatte das Fest geplant bis in alle Einzelheiten und nur unter Mithilfe der treuen Maria.

Adelaide warf einen Blick auf die Pendeluhr und bat Maria, Cént zu holen, damit er ihr helfe, Signora Santina hinunterzutragen. Im April war ihre Schwiegermutter von einer plötzlichen Lähmung befallen worden. An jenem Frühlingsmorgen hatte sie ihren Pelzmantel aus der Kommode geholt, um ihn zu bürsten und zur Abwehr der Motten Kampfer und Pfeffer zwischen die Härchen zu streuen, als sie plötzlich auf dem Granitboden des Laubengangs nach hinten umfiel und kein Wort mehr sprechen konnte.

Aus einer mehrtägigen Bewußtlosigkeit erwacht, war Signora Santina nicht mehr dieselbe wie früher. Sie war eine kluge und umsichtige Frau gewesen, selbstsicher, manchmal aber auch von nagenden Zweifeln geplagt, hin- und hergerissen zwischen Gott und den eigenen Neigungen. Doch dieser Anfall hatte eine innere Leere in ihr zurückgelassen; sie war jetzt heiter und ruhig wie ein Kind.

Und wie ein Kind war sie jetzt launenhaft und starrköpfig; alle Naselang wollte sie gefüttert werden. Die Mahlzeiten waren zu ihrer fixen Idee geworden. Sie hätte ihr Essen ohne Mühe selbst zu sich nehmen können – mit der rechten Hand, denn nur der linke Arm war gelähmt; doch bestand sie darauf, gefüttert zu werden, und wehe, wenn das Brot nicht in mundgerechte Stücke geschnitten, die Suppe nicht auf die gewünschte Temperatur abgekühlt war und der Griesbrei nicht die richtige Konsistenz hatte. Dann fing sie an zu weinen und zu krakeelen – unter den verblüfften Blicken der Enkel; doch sie konnte auch lachen und sich über eine winzige Kleinigkeit köstlich amüsieren. Sie liebte es, sich auf ihrem Korbstuhl hinuntertragen zu lassen, und war so leicht, daß selbst Maria es ohne Mühe schaffte; im Winter saß sie vor dem Kaminfeuer, im Sommer im Laubengang, starr wie eine Puppe oder eine Nippesfigur. Verhätschelt wie ein Säugling, kannte sie keine Traurigkeit mehr und freute sie sich über den blauen Himmel, den Gesang der Vögel, die vorbeiziehenden Wolken. Sie schien glücklicher als je zuvor.

Maria, die eine eiserne Gesundheit hatte, ging ganz in ihrer Arbeit für die Dagos und in der Hingabe an ihre geliebte Padrona Santina auf. Anläßlich des Geburtstags Innocentes, dessen Amme sie gewesen war, hatte sie zwei große Kuchen mit Äpfeln und Rosinen gebacken. Sie liebte ihren Cént leidenschaftlich; wie ihren eigenen Sohn Pietro hatte sie ihn monatelang gestillt.

Pietro saß am Küchentisch und stibitzte, unbeeindruckt von den Ermahnungen seiner Mutter, immer wieder etwas von den Gerichten auf den Platten. Innocente hatte ihn eingeladen, mit den anderen am Tisch im Salon Platz zu nehmen, aber Pietro hatte abgelehnt. Nicht aus Unwillen, sondern aus Schüchternheit in Anbetracht des großen Aufwands: der Tischdecke aus flandrischem Leinen, der Teller aus alter Lodi-Keramik mit zartem Blümchenmuster, des Silberbestecks und der glitzernden Kristallgläser.

Das Mittagsläuten war eben vorbei, als auch schon aufgetragen wurde: als Vorspeise veilchenblaue dampfende Blutwurst, behutsam gekocht, damit die Füllung aus Schweineblut, Fett und Gewürzen nicht zu hart wurde; dazu heiße Salzkartoffeln. In die Mitte des Tisches wurde eine riesige Polenta gestellt, eingeschlagen in ein blütenreines Tuch. Maria brachte aus der Küche die gußeiserne Pfanne mit gerösteter Schweineleber und dünngeschnittenen, goldgelben Zwiebelscheiben, deren Duft die Luft erfüllte, als sie in die Vertiefung der goldgelben Polenta gegeben wurden.

Die Gäste hielten sich zurück, wußten sie doch, daß anschließend das größte Huhn aus dem Hühnerstall und eine aus der goldgelben Brühe bereitete Suppe aufgetragen wurde, auf der dicke Fettaugen schwammen. Zum gekochten Hühnerfleisch gab es Röstbrot mit in Essig eingelegtem Gemüse.

Unter dem stetigen Geräusch eifrig malmender Kinnladen erhob Ambrogio sein Glas, darüber klagend, daß dies der letzte Wein aus dem eigenen Keller sei. Denn, wie er mit einer gewissen Rührung feststellte, die Reblaus, die vor einiger Zeit die Weinpflanzungen befallen hatte, hatte dem

Weinanbau der Region den Todesstoß versetzt. Es war immerhin ein Wein mit einer gewissen Tradition gewesen, der in dem Gebiet zwischen Biassono, Busto Garolfo und Parabiago angebaut worden war. Gerührt erinnerte er an die große Kelter, die nun nicht mehr in Betrieb war und die inzwischen bereits Risse bekommen hatte, da das Holz zu trocken geworden war.

»Na, na«, mischte sich der Pfarrer Don Giacomo ein, der rechtzeitig zu Beginn der Mahlzeit eingetroffen war. *»Vinum et mulieres apostatare faciunt sapientes«* heißt es schon im Buch Koheleth. Während er mit gespielter Feierlichkeit, hinter der er ein Lächeln verbarg, den Vers zitierte, schenkte er sich ein Gläschen ein. »Ich bedaure nur, daß wir nun auch den Meßwein von außerhalb bringen lassen müssen. Aber seien wir unbesorgt: Gott nimmt und Gott gibt.«

Mit Keramikschalen voll Äpfeln, Birnen und Nüssen, einem mit süßem Wein getränkten Kuchen und Kaffee ging das Mahl zu Ende. Das Sofa bot nur wenigen Gästen Platz, und wer vom Tisch aufstand, nahm seinen Stuhl und stellte ihn an den Kamin. Ismenes Kinder saßen auf dem Teppich und spielten mit der Katze.

Paolo, den das häufige Zuprosten in eine ausgelassene Stimmung versetzt hatte, beugte sich zu seiner Mutter hinunter: »Na, Mama, wie geht's, wie steht's?«

Die Kranke hob scheinbar verstimmt den gesunden Arm, doch ihr nach unten gezogener Mund schien zu lächeln.

Rachele, die die ganze Zeit bescheiden neben Alcide gesessen hatte, stand als letzte vom Tisch auf. Mit Befriedigung bemerkte sie, daß ein bevorzugt männliches Publikum ihren zu Hause vor dem Spiegel geprobten Auftritt gebührend würdigte. In der Tat drehten sich alle nach ihr um, als sie mit gemessenen Schritten auf den Sessel zusteuerte, den ihr Paolo, der rasch aufgesprungen war, hinschob. Ihre kastanienbraunen Augen funkelten im Schein des Kaminfeuers.

Adelaide, die Racheles schlanke, aber wohlgerundete Figur von oben bis unten gemustert hatte, fand plötzlich ihre eigene kostbare Bluse zu schlicht, ja geradezu ärmlich. Doch dann siegte ihr gesunder Menschenverstand, und sie stellte fest, daß dieser weibliche Gast zum Anlaß eines Geburtstagsessens in einer Villa auf dem Land übertrieben elegant gekleidet war. Rachele trug ein außergewöhnliches Modell, das die anwesenden Damen mit aufmerksamen Blicken begutachteten: der Stoff war beigefarben, seidig weich und glänzend, der nicht sehr weit geschwungene Rock mit Applikationen aus dunklem Samt und einem raffinierten Blumenmuster geschmückt, das sich in der hochgeschlossenen Bluse in einem dunkleren Farbton wiederholte; dazu trug Rachele einen farblich passenden Taftgürtel. Der Effekt war beachtlich.

Mit einstudierter Bescheidenheit dankte sie Paolo, setzte sich aufrecht hin und legte die Hände in den Schoß, zufrieden und amüsiert über die interessierten Blicke der Männer einschließlich Signor Ambrogios.

»Sind wir uns wirklich der Tatsache bewußt, daß wir die letzten Tage eines zu Ende gehenden Jahrhunderts erleben ... eines ganz außergewöhnlichen Jahrhunderts?« eröffnete Don Giacomo die Konversation.

»Und wie durch ein Wunder gerettet!« fügte Adelaide hinzu und bemühte sich, Furcht und Entsetzen in ihrer Stimme mitschwingen zu lassen. »Den Prophezeiungen des Wahrsagers Falb zufolge wird das Ende der Welt durch den Aufprall eines Kometen auf die Erde herbeigeführt, und wenn man bedenkt, daß die Astronomen diesen Kometen tatsächlich vorhergesagt haben ...«

»Ja, ja.« Innocente hob im Widerschein des Kaminfeuers den Arm. »Die Wahrsager sind doch allesamt große Dummköpfe! Wir zerbrechen uns den Kopf über das, was möglicherweise passieren *könnte*, wo wir doch darüber nachdenken sollten, was tatsächlich geschieht: beispielsweise der Erdrutsch in Amalfi.«

»Mein Gott, wie entsetzlich!« rief Ismene. »Genau in dem Küstenabschnitt, in dem wir auf Hochzeitsreise waren!« Sie drückte die Hand ihres Mannes, der schläfrig den Mund zu einem schwachen Lächeln verzog.

»Ein Unglück, das uns nachdenklich gestimmt hat, ihr lieben Christenmenschen!« schaltete sich in besinnlichem Ton erneut der Pfarrer ein. »Mitten im Leben sind wir vom Tod umfangen. Denkt nur an die arme Frau, die ihr Söhnchen aus der Erdspalte herausziehen wollte und dabei selbst hineinstürzte, das Kind im Arm. Meine Lieben, habt ihr jemals darüber nachgedacht, daß auch euch ein solches Unglück treffen könnte? Und könntet ihr dann dem himmlischen Vater reinen Herzens entgegentreten, ohne Zittern und Bangen?«

Eine solche Rede, die vorzeiten Signora Santina hätte versteinern lassen, rief bei ihr, die sie durch ihre kindliche Regression gleichsam von der Außenwelt abgeschirmt war, nur ein müdes Gähnen hervor. Den Kopf an ein Kissen gelehnt, versank sie gleich darauf in einen ruhigen Schlaf, ungestört von dem Stimmengemurmel ringsherum.

»Gewiß, der Erdrutsch kam wie aus heiterem Himmel«, sagte Paolo mit seiner lauten Stimme. Adelaide machte ihm ein Zeichen, daß er auf Santinas Mittagsruhe Rücksicht nehmen solle. »Aber diese Katastrophe war doch keine Gottesstrafe. Sie war von Menschen verursacht! Die Menschen sind schuld an ihrem eigenen Untergang. Der Küstenstreifen wäre heute noch unversehrt, wenn die Schiffe im Meer vor Amalfi nicht vorher tagelange Schießübungen veranstaltet hätten.«

»Tatsächlich? Ist es denn darauf zurückzuführen?« bekundete Francesco, hochrot im Gesicht, sein Interesse.

»Wer kann das wissen«, erwiderte streng Don Giacomo, »die Ursachen sind noch nicht vollständig aufgeklärt. Es war jedenfalls ein Fingerzeig, der uns daran erinnern soll, daß der Tod allgegenwärtig ist. Darüber sollten wir nachdenken. Apropos ...« Mit höflichem Mitgefühl warf er einen Blick auf die sanft schnarchende Signora Santina. »Sie hat sich so sehr auf das Heilige Jahr gefreut, die arme Signora ... Wenn Leo XIII. demnächst das neue Jahrhundert feierlich eröffnet, wird sie nichts davon haben; sie sagte mir, daß sie sogar vorhatte, den Petersdom zu besuchen ...«

»Aber ist das Heilige Jahr denn nicht schon am achten dieses Monats eröffnet worden? Und zwar mit dem größten Pomp?« meinte Alcide.

»An diesem Tag wurde die päpstliche Bulle verkündet«, erklärte der Priester. »Warum nützt ihr nicht die Gelegenheit und fahrt nach der Hochzeit nach Rom?«

»Wir werden sehen«, erwiderte Alcide und warf Rachele einen zärtlichen Blick zu, die ihrerseits schamhaft zu Boden blickte.

Innocente beugte sich zum Feuer hinunter, um Holz nachzulegen. Ismene streckte die Hand aus und tätschelte ihm den Kopf.

»Na, Cént, du hast jetzt bestimmt alle Hände voll zu tun ... als Bürgermeister.«

»Und ob.« Er verzog das Gesicht zu einem Grinsen, wurde aber gleich wieder ernst. »Die Übernahme von Aufgaben in der Gemeinde ist für uns Dagos eine Verpflichtung. Im Augenblick nimmt alles seinen gewohnten Gang. Aber ich habe da eine Idee. Ich habe die Absicht ... ja, die Absicht, hie und da einiges zu verändern.« Er blickte in die Runde, um sich zu vergewissern, daß alle ihm zuhörten. Zufrieden fuhr er sodann fort: »Da ist mir neulich auf der Piazza so eine Geschichte zu Ohren gekommen. Eine Frau kam aus dem Hof der Balboni auf mich zu und erzählte. ›Ich habe meinen Sohn in die Schule gebracht‹, sagte sie, ›weil er zu spät dran war und sich deswegen geschämt hat. Und da sitzt die Lehrerin, die Füße im warmen Wasser, und Michelino, der Michelino von Pasquale, stand schweißgebadet vor ihr und massierte ihr mit aller Kraft Knöchel und Waden ...‹« Unter allgemeinem Gelächter fuhr Innocente fort: »Wir kennen ja alle die Lehrerin Anastasia. Sie ist nicht mehr die Allerjüngste, und sie kommt jeden Tag zu Fuß von Tiracoda hierher; und wenn sie dann im Klassenraum sitzt, sagt sie, tun ihr die Füße weh; sie sind eiskalt und kribbeln; und da erscheint es ihr nicht mehr als recht und billig, daß jeweils ein anderer Schüler aus der Nachbarschaft einen Kessel heißes Wasser bringt, damit das Blut in ihren Adern wieder richtig zirkuliert ...

daher … diese Fußwaschung!« Die heiteren Kommentare vermochten Innocente jedoch von seinen Ausführungen nicht abzulenken: »Findet ihr, daß solche Zustände eines zivilisierten Dorfes würdig sind? Das mag in Afrika angehen. Im Urwald. Ich bin nicht weit herumgekommen, aber ich glaube, daß wir in dieser Hinsicht wirklich arg rückständig sind. Schließlich leben wir nicht im Mittelalter! Und deshalb habe ich mir etwas überlegt. Ich möchte eine richtige Schule eröffnen … vielleicht im Rathaus, dessen einer Flügel halb leersteht. Mal sehen. Mit einer Lehrerin, die hier im Dorf wohnt und nicht morgens müde vom Fußmarsch den Unterricht beginnt. Ohne die arme Anastasia kränken zu wollen: Wenn unsere Kinder die Schulbank gedrückt haben, sind sie kein bißchen klüger als zuvor …«

»Bravo!« rief Signor Ambrogio. »Eine großartige Idee! Nur, daß es nicht leicht sein wird, die, die ein sogenanntes ›Schulrecht‹ haben, zur Teilnahme zu bewegen, denn häufig wollen sie von der Schule nichts wissen. Aber trotzdem … Ja, ja, hier im Dorf läßt es sich noch leben, man kann schalten und walten und die Dinge nach eigenem Gutdünken lenken. In Mailand dagegen stehen die Dinge schlecht. Stimmt das etwa nicht, Paolo? Du bist doch oft dort. In der Stadtverwaltung haben die Leute von der sogenannten ›Union‹ Einzug gehalten: Sozialisten, sogenannte Demokraten. Armes Italien! Armes Mailand! Auch diesen Turati hat man ja jetzt aus dem Gefängnis entlassen.«

»Mein lieber Vater«, erwiderte Innocente lachend. »Erinnerst du dich an jenen Tag im Laubengang, als ich frisch aus Turin zurückgekehrt war? An unsere Diskussion über De Amicis und das neue sozialistische Gedankengut, das bald weite Verbreitung finden würde. Hatte ich dir das damals nicht prophezeit?«

»Ach, hör mir damit auf, um Himmels willen. Mailand hat der Satan in seiner Gewalt, überlassen wir es der göttlichen Vorsehung.«

»Ja, lassen wir das«, sagte Innocente, verärgert über die Unterbrechung. Er hielt einen Augenblick inne, um sich zu sammeln.

»Und dann liegt mir noch etwas am Herzen«, fuhr er fort, »es betrifft unsere Haupterwerbsquelle: die Seidenraupenzucht. Das geht mir schon lange im Kopf herum: ein Gebäude, in dem die Raupen gezüchtet werden, ein zentraler Ort. Ich finde, es muß ein Ende haben, daß in den Häusern ganze Zimmer für die Seidenraupen geräumt werden! Sie lassen die Kinder auf dem Heuboden schlafen, sie tragen den ganzen Hausrat aus der Küche in den Schuppen. Unhaltbare Zustände! Ich denke an eine große, mehrfach unterteilte Halle, in der jede Familie einen Bereich hat, in dem sie ihre Raupen züchten kann. Und das Haus bleibt sauber!«

»Großartig! Genial!« Wer bis dahin vor Müdigkeit nicht eingenickt war, stimmte Innocente begeistert zu. Auf eiligst herbeigebrachten Kissen am Boden liegend schliefen jetzt auch die Kinder. Don Giacomo brach auf zur Nachmittagsandacht. Und Paolo war ohne weitere Erklärungen verschwunden.

»Maria!« rief Adelaide. »Es ist Zeit, bring sie hinauf.«

Auf einmal war Pietro zur Stelle und hob Santina samt Stuhl, Decken und Kissen hoch, als sei sie federleicht. Maria dirigierte ihn zur Treppe, doch bevor er hinaufstieg, drehte er sich noch einmal um und rief den Gästen freundlich zu: »Schönen Tag allerseits.«

21

Am Ende des Jahrhunderts bestand das Dorf aus wenigen Straßen mit zweistöckigen Gebäuden, die sich alle ähnelten. Durch eine mit einem Holzportal verschlossene Einfahrt gelangte man in die Innenhöfe, die von Geräteschuppen und Ställen umgeben waren. Hier verbrachten die Familien den größten Teil des Tages.

Die Paolinis wohnten in wenigen schmucklosen Zimmern. Das größte lag im Erdgeschoß und ging auf den Hof hinaus. Die engen Schlafkammern erreichte man über eine Freitreppe vom Hof aus.

Angelica fühlte sich in diesen Räumlichkeiten ohne Komfort wohl. Die menschliche Wärme und Zuneigung, die sie hier erfuhr, wirkten auf sie wie die Frühlingssonne auf die Knospen. Sie blühte auf. Antonietta, die die behagliche Familienatmosphäre genoß, verschob die Rückkehr in die Stadt von einem Tag auf den anderen. Sie saß am Feuer und stopfte Strümpfe. In diesen Tagen um den Jahreswechsel, an denen außer im Stall nicht gearbeitet wurde, war die Küche immer voller Menschen. Großmutter Ersilia hatte viele Kinder geboren, von denen einige früh gestorben waren. Das jüngste war jetzt etwa zehn Jahre alt. Von allen mochte Angelica am liebsten die zwölfjährige Natalina. Das aufgeweckte, lebhafte Mädchen hatte das Herz der Kleinen im Nu erobert. Sie war dünn und zierlich, schwarze, glatte Haarfransen reichten ihr bis zu den Augen, die fröhlich und neugierig leuchteten. Mit Begeisterung hatte sich Lina ihrer Nichte aus der Stadt angenommen. Sie war zwar bei der ersten Begegnung verblüfft gewesen über Angelicas elegantes Aussehen, hatte dann aber ohne Neid die maßgeschneiderten Kleidchen und am Abend die feine Unterwäsche bewundert. Um ihrerseits Eindruck zu machen, hatte sie sich schließlich erboten, für Angelica eine Puppe zu basteln.

Jetzt war Angelica erstaunt. Die junge Tante Lina war sehr geschickt. Während sie den Faden mit Hilfe von Spucke durchs Nadelöhr fädelte, erklärte sie ihrer Nichte: »Aus diesem festen Stoff machen wir den Körper, in der Taille schnüren wir ihn mit einem Band, dann wird der Kopf befestigt, siehst du? Und jetzt«, sie leckte einen Buntstift an, der einen violetten Fleck auf der Zunge hinterließ, »die Augen, die Augenbrauen, die Nasenlöcher, der Mund …« Angelica war fasziniert. »Soll sie lachen oder weinen?« Nachdem schließlich noch die Haare befestigt waren, Fäden aus gelber Wolle, konnten die beiden ›Mütter‹ das Püppchen loben, schelten, ins Bett bringen, in den Schlaf wiegen und liebevoll füttern. Von nun an folgte Angelica ihrer Tante Lina auf Schritt und Tritt. Sie schlief auch mit ihr in einem Bettchen, das am Fuße des Ehebetts der Großeltern stand.

Netta dagegen brauchte ihren Schlafplatz, der von dem der Brüder durch einen Vorhang getrennt war, mit niemandem zu teilen.

Die aus der Stadt mitgebrachten Kleidchen zog Angelica nicht an. Sie wollte herumlaufen wie die anderen Kinder, mit dicken geflickten Strümpfen, dunklem Wollrock und einer Baumwollschürze darüber. Sie hatte gelernt, den unvermeidlichen Strickschal an- und abzulegen, wenn sie auf den Hof oder die Straße hinausging oder von dort hereinkam.

Im Winter aber hielt man sich überwiegend in dem großen Raum im Erdgeschoß mit dem Kamin auf. Hier reparierten die Männer ihre Werkzeuge, und auch die Frauen hatten viel zu tun. Mitten im Zimmer stand auf den losen Bodenbrettern der große, massive Tisch, in dessen Schublade Löffel und Messer verwahrt wurden. Gabeln wurden bei Tisch nicht benutzt, bis auf die wenigen Male, an denen es gekochtes Fleisch gab. Zehn geflochtene Stühle, eine Ablage über dem Spülstein, auf der Teller und Gläser abtropfen konnten, ein Küchenschrank mit Fächern, in denen weiße Emaillebehälter mit der blauen Aufschrift ›Zucker‹, ›Salz‹ standen; eine Kaffeemühle, ein paar Aluminiumtöpfe für Milch oder Suppe, ein Kerzenhalter aus Messing, ein Mörser mit Stößel – das war der Hausrat der Paolinis und jeder anderen Familie.

In einer Ecke wurden die wertvollen Gegenstände aufbewahrt: das Butterfäßchen, die Laterne, das Thermometer für die Seidenraupenzucht. Im Kamin, der fast eine ganze Wand einnahm, wurde bei Sonnenaufgang Feuer gemacht; nachts hielt sich die Glut unter der Asche. Bei starkem Frost jedoch blieb das Zimmer auch tagsüber kalt, denn eisige Zugluft drang durch die schlecht schließenden Fenster.

Trotzdem – und dafür dankten sie Gott jeden Abend – erfreuten sich alle guter Gesundheit. Jeden Morgen stand Großmutter Ersilia, rund und rosig, als erste auf. Vom Hof aus weckte sie mit kräftiger Stimme ihre Söhne und Enkel. Natalina war für gewöhnlich schon durch das laute Krähen des Hahnes geweckt worden. Angelica dagegen kam als letzte die Treppe herunter. Auf dem Tisch in der Küche standen in einer Reihe Schälchen, von denen sich jeder eines nahm und es mit warmer Milch auffüllte. Für Angelica bereitete Ersilia oft eine besondere Leckerei zu: ein frisches Eigelb, vermischt mit einem Löffel kostbarem Zucker und einer Prise Kaffee. Noch nie hatte die Kleine etwas so Köstliches probiert.

Inzwischen war es Weihnachten geworden. Ersilia hatte ihre Torte ins Backhaus gebracht, und Maria, die Magd der Dagos, die zwei Apfelkuchen vorbereitet hatte, war ihr über den Weg gelaufen. Sie hatte aber Marias Gruß nicht erwidert, denn sie zürnte nicht nur der Herrschaft sondern auch deren Dienstmagd. Warum schenkten sie Antonietta und der reizenden Enkelin, die sogar ihren Namen trug, keine Beachtung? Antonietta gegenüber erwähnte sie die Begegnung nicht. Die Ärmste sollte ein paar ungestörte Tage verleben. Schließlich war Weihnachten ein Fest der Liebe und des Frohsinns, dachte Ersilia.

In jenem Jahr führte Angelica den im Dorf bisher unbekannten Brauch der Weihnachtsgeschenke ein. Voller Eifer hatte sie auf dem Markt des Corso Magenta viele kleine Geschenke gekauft. Signora Lucina war schon lange damit beschäftigt, kleine Überraschungen für Verwandte und Freunde vorzubereiten, und Antonia und Angelica hatten auch Lust darauf bekommen.

Am Morgen des ersten Weihnachtsfeiertages war Angelica schon früh aufgewacht; die weitgeöffneten Augen im lebhaft geröteten Gesichtchen hatten Antonietta gerührt. In der vergangenen Nacht war es kälter geworden, der Urin im Nachttopf unterm Bett war gefroren. Netta zog ihrem Töchterchen die Strümpfe über die Beinchen. Angelica war ungeduldig: »Los Mama, beeil dich! Tante Lina ist schon runtergegangen, ich muß auch ...«

Unten trank sie ihre Milch und schaute dem Jungen zu, der den Kolben im Butterfaß bewegte und so die Sahne verdichtete und von der Molke absonderte. Die gelbe Butter wurde mit den Händen zu Kugeln geformt und in kaltem Wasser aufbewahrt.

»Auf dem Wasser im Brunnen war schon Eis«, verkündete Natalina, die eben mit dem Eimer in der Hand den Raum betrat.

Vor vielen Jahren war in der Mitte des Hofes ein Brunnen gegraben worden. Auch der Abtritt und der Hühnerstall wurden von den vier Familien, die dort wohnten, gemeinsam genutzt. Die Hühner konnte man an bestimmten Erkennungszeichen unterscheiden, so trugen Ersilias Hühner rote Bändchen an den Beinen. Kaum hörten sie die Stimme desjenigen, der das Futter brachte, liefen sie herbei. Angelicas größter Wunsch war es, von den Hühnern beachtet zu werden. Mit der gefüllten Futterschüssel schlich sie sich in den Hühnerstall – die Großmutter war gerade mit den Vorbereitungen des Weihnachtsessens beschäftigt – und versuchte, die Hühner anzulocken. Doch die Tiere scharrten weiter auf dem gefrorenen Boden herum.

Enttäuscht stellte Angelica die Schüssel ab. Dann ging sie zur Kuh der Paolinis und raunte ihr ins Ohr: »Frohe Weihnachten, Bianchina!« Die anderen fünf Rinder im Stall wandten sich ihr träge zu. Bald war Angelica klar, daß Bianchina wirklich zur Familie gehörte, ja, niemand wurde so umsorgt wie sie. Dies geschah natürlich nicht aus vollkommen uneigennützigen Motiven. Die Kinder aber hatten eine instinktive und aufrichtige Zuneigung zu den Tieren. Angelica streichelte das helle Fell am Hals der Kuh und wurde dafür von deren Aufmerksamkeit belohnt.

In der kalten Jahreszeit lebte man viele Stunden des Tages Seite an Seite mit den großen friedlichen Tieren. Morgens ging einer nach dem anderen über den Hof zum Abtritt und schloß sich über dem in die Erde gegrabenen Loch ein. Anschließend flüchtete man sich in die Wärme des Stalls.

Netta hatte vor der großen Jauchegrube neben dem Abtritt großen Respekt. Im Sommer wurde die Grube mit Brettern abgedeckt, aber im Winter blieb sie offen, denn die Kälte verhinderte die Gärung.

»Paß bloß auf!« rief sie hundertmal am Tag Angelica zu. Netta war nämlich selbst als kleines Mädchen hineingefallen. Sie war beinahe ohnmächtig gewesen, als man sie wieder herausfischte. Das furchtbare Erlebnis hatte sich ihr unauslöschlich eingeprägt und tauchte in ihren Alpträumen immer wieder auf. Wenn sich Angelica dort draußen aufhielt, war Antonia stets beunruhigt. Aber in dieser Jahreszeit suchte man sowieso lieber den Stall auf.

Sobald die Polenta fertig war, zog sich die Hofgemeinschaft, jeder mit seiner Schüssel in der Hand, in den Raum neben dem Stall zurück. So konnte man Brennholz sparen und gleichzeitig mit den Nachbarn plaudern. Entlang der mehr schlecht als recht getünchten Wände standen Bänke und Stühle auf der gestampften Erde. Vom Stall drang feuchte, warme Luft herein, die nach Heu und Dung roch. Ab und zu hörte man ein dumpfes Plumpsen; sofort erhob sich einer der Männer, um den Mist zu entfernen.

In der einzigartigen Stallatmosphäre fühlten sich alle wohl. Angelica hatte sich zwar am ersten Tag die Nase zuhalten müssen, benahm sich jetzt aber vollkommen ungezwungen und war begeistert von den vielen wunderschönen neuen Spielmöglichkeiten. Mit einer Tonscherbe zeichneten die Kinder Felder auf den Boden, die die Welt darstellen sollten. Dann mußte man, auf einem Bein hüpfend, einen flachen Stein von einem Feld ins andere schieben. Die Reihenfolge der Felder war festgelegt. »Weiberspiel«, meinten die Jungen verächtlich. An langen Nachmittagen mit schlechtem Wetter nahmen sie jedoch die Herausforderung gern an.

An Weihnachten gab es etwas ganz Besonderes zu essen. Ersilia goß Wasser in den großen Suppenkessel und fügte Salz, ein Lorbeerblatt, Sellerie, Zwiebeln und ein paar weiße Pfefferkörner hinzu. Sobald das Wasser kochte, wurde ein schönes Stück Rindfleisch hinzugegeben. Das Fleisch mußte zwei bis drei Stunden sieden und kam dann mit gekochten Kartoffeln und Brusco auf den Tisch.

Bis es soweit war, sorgten Antonietta und Angelica für angenehme Ablenkung. Aus einem großen Paket fischten sie Geschenke für alle. Mit vor Aufregung gerötetem Gesicht verteilte Angelica die bescheidenen Gaben: eine Büchse mit toskanischen Zigarren für den Opa, ein paar Meter dunkelroten Stoff für Natalina, ein geflochtenes Nähkörbchen für Oma Ersilia, mit Stopfei, Nadeln und Garnspulen in allen Farben. Für jeden ihrer Brüder hatte Antonietta ein Hemd genäht. Und auch für Angelica hatte sie eine Überraschung parat: einen großen, bunten Peitschenkreisel.

Mehr Bewunderung als alles andere erntete jedoch eine Weihnachtskrippe. Die heilige Familie im Stall, darüber der Stern mit dem Schweif, die betenden Hirten, die Schafe, zwei Engel mit bunten Flügeln – ein wunderschöner Anblick. Auch die Nachbarn kamen, um die Krippe zu bewundern; sie brachten Kerzen mit, die vor dem Jesuskind angezündet wurden.

Inzwischen war das Fleisch gar. Spät, aber ohne Eile und in guter Laune wurde gegessen. Zum Schluß wurde noch der lockere, weiche Hefekuchen aufgetragen, den man in Marsala tunkte. Und Carluccio stieg auf seinen Stuhl und sagte die Verse auf, die er in der Schule gelernt hatte: »Lieb Jesulein im Stall ...« So ging dieser besondere Tag zu Ende.

Silvester dagegen verlief wie ein ganz gewöhnlicher Tag. Am Nachmittag jedoch traf Luigina ein, die von ihrem Mann in der Kalesche gebracht wurde. Die frischgebackene Ehefrau hielt einen Säugling auf dem Arm, Rosa, die erst wenige Monate alt und fest in Wolltücher gewickelt war. »Paßt auf, es ist schließlich keine Puppe!« warnte Luigina, als Angelica und Natalina ihr die Kleine abnehmen wollten. Nach dem Kaffee zog sich Netta mit ihrer Schwester in den ersten Stock zurück. Sie hatte noch ein kleines Geschenk für sie und beobachtete jetzt vom Bett aus liebevoll ihre jüngere Schwester, die den schwarzen Samtgürtel mit der silberglänzenden Blumenverzierung angelegt hatte und damit auf- und abstolzierte.

»Nun, bist du zufrieden mit deinem Carletto?« Die beiden Schwestern hatten sich lange nicht gesehen.

»Ja, ich habe wirklich Glück gehabt. Er ist lieb zu mir, seine Eltern achten mich … und du?«

Netta tat, als verstünde sie nicht. »Ich … wieso?«

»Ich meine, ob es wieder einen Mann in deinem Leben gibt. Der Apotheker zum Beispiel …«

»Nein, nein, hör auf, um Gottes willen. Davon habe ich genug, Luigina.«

Antonietta zwang sich zu einem Lächeln, aber die Schwester bemerkte, wie traurig sie war.

»Und Cént? Habt ihr euch dieser Tage gesehen?«

»Nein. Ich habe das Haus fast nicht verlassen. Nur zur Messe, sonst nichts. Und ich habe mit niemandem gesprochen. Aber ich weiß, es geht ihm gut. Er geht seinen eigenen Weg. Tosoni erzählt mir immer ein bißchen über ihn, wenn er mir den Unterhalt bringt.« Ihr stockte der Atem, sie legte das Gesicht in die Hände.

»Du bist so hübsch Nea, du siehst aus wie eine Dame. Und bist noch jung. Warum versuchst du nicht, alles zu vergessen? Mach einen neuen Anfang …«

»Ach, Luigina! Nicht einmal hier bei meiner Familie kann ich mich entspannen, ich komme mir vor wie ein trockenes Stück Holz. Die Kleine ist mir wichtig, für Angelica würde ich alles tun – aber sonst gibt es nichts, was mir etwas bedeutet. Ich habe einfach keinen Mut mehr, nur bei meiner Arbeit fühle ich mich sicher.«

Luigina setzte sich neben ihre Schwester und legte ihr einen Arm um die Schultern.

»Als ich aus der Kirche kam«, fuhr Netta fort, »hatte ich das Gefühl, daß mir jemand von der Dago-Villa aus nachspionierte. Fast wäre ich gestolpert – ich traue niemandem mehr. Außer meiner Familie mag mich ja doch niemand.«

»Ach was!« unterbrach sie Luigina. »Wer sollte dich belauern? Du weißt doch, daß *sciùra* Santina einen Schlaganfall hatte, und Adelaide hat bestimmt keine Zeit, dir nachzuspionieren.«

»Ich weiß, es ist reine Einbildung. Wie ich dir schon sagte, ich kenne mich selbst nicht mehr. Auch fühle ich mich unfrei wegen des Geldes, das ich von *Cént* anzunehmen verpflichtet bin. Es ist schließlich für den Unterhalt der Kleinen und ganz richtig so. Trotzdem ist es mir jedesmal sehr unangenehm, wenn Tosoni mir das Geld bringt. Vor ein paar Jahren bin ich wieder zur Beichte gegangen und durfte die heilige Hostie empfangen. Ich erinnere mich noch, wie gut mir das tat. Vor Freude habe ich sogar gesungen, wie früher, weißt du noch, als wir im Hof die Bohnen enthülst haben. Aber es hat leider nicht lange angehalten, dann spürte ich wieder diese Beklommenheit, die mir die Kehle zuschnürt. Diese Verbindung zu den Dagos, die doch keine echte Bindung ist ...«

Sie weinte, aber dann drang von unten das Geschrei Rosettas zu ihnen. Luigina eilte zur Tür.

»Geh nur«, sagte Netta und trocknete sich die Tränen. »Mach dir keine Sorgen: Ich bin gesund, habe Arbeit, und Angelica ist ein Schatz. Anderen geht es viel schlechter. Jeden Morgen danke ich dem Herrn. Aber laß mich bloß mit den Männern in Ruhe!«

Der letzte Abend im Jahr verlief in den gewohnten Bahnen. Bei Sonnenuntergang begaben sich alle in den Stall. Dort im Warmen saßen sie schweigend und aßen ihre Suppe aus Wirsing, Kartoffeln und Lauch. Der alte Paolini sprach ein Gebet, und da es ein Dienstag war, wurde ausschließlich der bedrückende Rosenkranz gebetet. Die Jüngeren warteten ungeduldig auf das Ende des Gebets, denn anschließend wollte Cecco, der Künstler, eine seiner berühmten Geschichten erzählen. Cecco hatte mit schwarzer Kohle und einer roten Tonscherbe eine Madonna mit dem Jesuskind auf die Mauer der Hofeinfahrt gezeichnet und galt deshalb als Künstler. Das Bild war wunderschön und wurde an den Festtagen mit Blumen und Kerzen geschmückt. ›Künstler‹ nannte man im Dorf auch jemanden, der ständig vor sich hin träumte, sang, ohne betrunken zu sein, bei Nacht die Sterne bewunderte und ihnen Gedichte widmete – kurz, einen Menschen, dem es an praktischer Vernunft fehlte.

Daher fühlte sich Cecco durch diesen Spitznamen durchaus nicht geschmeichelt; heiter und gutmütig wie er war, nahm er ihn aber auch nicht übel. Am frühen Nachmittag hatte es wieder zu schneien begonnen. Jedes Tier im Hof, Huhn und Katze, Maus und Käfer, hatte sich in seinen Unterschlupf zurückgezogen.

Mit hochgeschlagenem Kragen traf Cecco absichtlich verspätet ein, um seinem Auftritt mehr Gewicht zu verleihen. Er grüßte in die Runde, hängte den Mantel an einen Nagel und begann sogleich zu erzählen: Es war die Sage von der schönen Genoveva, der Gräfin von Brabant, von Siegfried, ihrem eifersüchtigen Gatten, und von Golo dem Lügner, der die Gräfin bei ihrem Mann verleumdet.

Die Frauen hörten auf zu stricken, und die Kinder lauschten gebannt. In ihren Augen spiegelten sich Bewunderung, Schrecken und Mitleid mit der frommen Gräfin, die zu Unrecht in den Kerker geworfen worden war, wo sie unter furchtbaren Schmerzen den Sohn des Grafen Siegfried, ihres rechtmäßigen Ehemanns, gebar.

Angelica begriff zwar nur die Hälfte von dieser düsteren Geschichte, die mit Worten wie ein Bild mit Pinselstrichen auf eine Leinwand gemalt wurde. Dennoch genoß sie jede Silbe.

Das Ende der Erzählung wurde mit Beifall und Ausrufen der Begeisterung aufgenommen: Der böse Golo verbüßte seine verdiente Strafe im Turmverlies, und Genoveva wurde gerettet.

Dann verstummte Cecco, und das aufgewühlte Publikum zollte ihm den angemessenen Tribut; einige Frauen hatten Tränen in den Augen. Als bescheidener Mann, der sich seiner Erzählergabe wohl bewußt war, ließ er sich gern zu einem Glas Wein einladen.

Luigina hatte die ganze Zeit Rosetta auf dem Schoß gehalten, bemerkte aber jetzt, daß der Zeitpunkt des Stillens verstrichen war; eilig erhob sie sich, legte sich den Schal um, und ging ins Haus, wo sie, vor zudringlichen Männerblicken geschützt, die Kleine stillen konnte. Danach kam sie, ihr Bündel eng an die Brust gepreßt, in den Stall zurück. Sie erkundigte sich nach ihrem Schlafplatz. Allzu gern hätte sie noch einmal wie als Kind im großen Bett der

Eltern geschlafen; für den Säugling hatte sie bereits ein Körbchen mit warmen Kissen vorbereitet. Doch plötzlich stieß sie einen Schrei aus: »Rosetta, heilige Mutter Gottes, sie ist nicht da, meine Rosetta ist nicht da!«

Auf dem leeren Kissen war der Abdruck des kleinen Körpers noch deutlich zu erkennen. »Bleibt alle stehen und rührt euch nicht vom Fleck, sonst tretet ihr auf mein Kind!« rief sie. Die Kleine mußte auf dem kurzen Weg von der Küche zum Stall vom Kissen gerutscht und lautlos in den weichen Schnee gefallen sein.

Endlich entdeckte Luigina ihr Töchterchen. Ein kleines dunkles Bündel, das bereits mit Schneeflocken bedeckt war, lag neben dem Brunnen. Die Kleine lag friedlich da, wie in ihrem Bettchen – nur die Schneeflocken im Gesicht schienen ihr lästig zu sein.

»Da ist sie, ich habe sie gefunden!« rief Luigina. Schluchzend drückte sie Rosetta an sich und überhäufte sie mit Küssen. »Gott sei Dank«, murmelte Ersilia. Alle waren sehr erleichtert. Die Kleine fing jetzt an, aus vollem Halse zu schreien, auch nieste sie ein paarmal, aber das war alles. Decken und Windeln hatten sie warm gehalten. Im Stall wurde die Laterne gelöscht, Stühle und Bänke wurden wieder an ihren Platz gebracht. Dann verabschiedeten sich die Mitglieder der Hofgemeinschaft voneinander und zogen sich in ihre Häuser zurück. »Stellt euch vor, Rosetta wäre etwas zugestoßen. Aber ihr Schutzengel hat sie nicht im Stich gelassen«, meinte der alte Paolini noch.

So ging dieser Abend zu Ende, für Angelica die erste Silvesternacht im Dorf. Vor wenigen Augenblicken hatte ein neues Jahrhundert begonnen.

22

Im Verlaufe der Silvesternacht trauerte Innocente gewissen Salons nach, die Tosoni – und nicht nur er – ›ausschweifend‹ nannte. Verschrobene Typen wurden dort, nachdem sie zu tief ins Glas geschaut hatten, lustig und ungezwungen, oft vulgär, aber jedenfalls unterhaltsam.

Im wunderschönen Salon der Tosonis herrschte dagegen eher artiger Frohsinn. Mit einem schnellen Seitenblick versuchte Innocente zu erforschen, ob Alcide es ebenso empfand. Er sah ihn etwas gezwungen über eine Bemerkung von Signorina Carlotta lachen, die neben ihm saß, dann blickte sich Alcide wie hilfesuchend um.

Die Geschwister Tosoni, deren Eltern früh gestorben waren, bewohnten seit Jahren unweit des Corso Venezia eine luxuriöse Wohnung in einem der schönsten Häuser Mailands, das auf den spanischen Bastionen erbaut worden war. Von den rückwärtigen Fenstern aus blickte man auf den hinreißend schönen Innenhof des Senatsitzes, ein Gebäude, das auf Initiative des heiligen Karl Borromäus entstanden war. Nicht weit davon erhob sich der Palazzo Rocca. Es war ein wohlhabendes, ruhiges Viertel, das an die ›Corpi Santi‹ angrenzte – eine merkwürdige Mischung aus Siedlungen, Bauernhäusern und Gemüsefeldern, die, obgleich in unmittelbarer Nachbarschaft der Stadt, lange Zeit ihre eigene Gemeindeverwaltung beibehalten hatte.

Oft ließ sich Carlotta Tosoni zu den Höfen und Molkereien fahren und kehrte dann mit frischem Obst und Gemüse, Eiern und Butter zurück.

Im Jahre 1884 wurden mit dem Bebauungsplan von Mailand auch die Corpi Santi eingemeindet. Entlang der Straßen, die strahlenförmig vom Herzen Mailands ausgingen, entstanden hier zu Anfang des neuen Jahrhunderts in fieberhafter Hast neue Wohnsiedlungen.

Oft beklagte sich Tosoni bei seinem guten Freund darüber. Er hatte die Vierzig bereits überschritten und gestattete sich nun auch Kritik am Verhalten Innocentes, der offensichtlich Energie und Geld verschwendete. Als er aber merkte, daß seine ehrlichen Bemühungen nichts fruchteten, zog er sich betrübt zurück.

Mit großer Freude registrierte Tosoni daher den Sinneswandel seines Freundes, der nunmehr als Bürgermeister seines Dorfes mit wichtigen Angelegenheiten beschäftigt war und Ekel empfand für ein gewisses Milieu, in dem er vorher zu schwelgen schien. Jetzt war Cént wieder der anständige Kerl, den er aus seiner Jugend kannte.

Tosoni stammte aus einer wohlhabenden Familie und hatte es wohl aus Trägheit nicht für nötig gehalten, ein Studium abzuschließen. Statt dessen dilettierte er in der Kunst, verfaßte kleine literarische Texte, erlernte einige Musikinstrumente und besuchte Ausstellungen. Wäre er nicht von einer sehr frommen Mutter erzogen worden, hätte er nach dem frühen Tod der Eltern leicht auf Abwege geraten können. Allerdings hatte er darüber hinaus einen angeborenen Hang zur Ehrlichkeit. Seine Schwester Carlotta, auch sie voller Sanftmut und Hingabe, hatte auf einen eigenen Lebensweg verzichtet, um ihrem Bruder zur Seite zu stehen.

Carlotta Tosoni beugte sich über ihren Teller; in ihrem schwarzen, im Nacken straff gebundenen Haar glänzten einige weiße Strähnen. Die großen, dunklen und ausdrucksvollen Augen wirkten irgendwie nackt in ihrem langen, blassen Gesicht. Ihr Lächeln allerdings ließ einen scharfen Verstand und Empfindsamkeit erahnen. Ihr Bruder, der am Kopfende des Tisches saß, eine stattliche Erscheinung mit graumeliertem Bart, warf ihr hin und wieder einen zärtlichen Blick zu.

Die Tafel funkelte von Kristall und Silber. Zwar waren Innocente die Namen der vornehmen Gäste zum größten Teil entfallen, doch sein Interesse galt einem älteren, etwa siebzigjährigen Herrn, mit Tränensäcken unter den traurigen Augen und weißem Haar. Es war Giuseppe Mussi, der amtierende Bürgermeister von Mailand. Innocente kam es so vor, als lasteten die Sorgen der ganzen Stadt auf seinen noch immer kräftigen Schultern.

Bevor er das höchste Amt bekleidete, hatte Mussi, obgleich kein Sozialist, immer volksnahe Gedanken geäußert – ganz im Gegensatz zu Rudinì, der sich auf die Seite der Arbeitgeber geschlagen hatte und Streiks mit Polizeigewalt unterdrückte.

Innocente fühlte sich von der ernsten Miene des Bürgermeisters angezogen und konnte kaum den Blick abwenden.

»Wer ist denn das eigentlich?« fragte ihn schließlich Lorenzo, ein Freund aus alten Tagen, der aufmerksam geworden war.

»Mussi; seine Familie stammt aus unserer Gegend, aus Corbetta. Letztes Jahr ist sein Sohn gestorben, erinnerst du dich? Die Carabinieri haben ihn in Pavia umgebracht ...«

»Ach ja, jetzt fällt es mir wieder ein. Ich war gerade bei meinem Onkel in Foppa zu Besuch.«

»Sprich leise«, raunte Innocente ihm zu, damit er uns nicht hört. »Wer weiß, was er bei dem Gedanken an jene Tage empfindet.«

»Allerdings. Selbst mich schauert es, dabei ist mir gar nichts Schlimmes passiert. Ich habe nur einen tüchtigen Schreck bekommen. Hab' ich dir nie davon erzählt? Also, ich war in jenen bewegten Tagen bei meinem Vetter Filippo zum Geburtstag eingeladen. Es war der sechste März. Beim Abendessen wurde über die Verhaftung eines Mannes gesprochen, der Arbeiter bei Pirelli war. Ich erinnere mich sogar noch an seinen Namen, denn er war ein Verwandter eines unserer Dienstmädchen: Amadio. Damit die Arbeiter Ruhe bewahrten, hatte Turati in Ponte Seveso eine gemäßigte Rede gehalten. Aber die Stadt war ein Pulverfaß, was keiner von uns ahnte. In aller Ruhe gingen wir zu Bett. Im Morgengrauen des siebten März werde ich plötzlich von einem dumpfen Schlag, Scheibenklirren, Hufschlag und Geschrei geweckt. Ich schaue vom Balkon herunter: auf dem Platz jede Menge Bersaglieri, auch in der Via Foppa. Leute trugen Material für den Barrikadenbau herbei: Holz, Schilder, Betten, Balken. Hinter einer Barrikade war eine brüllende Menge mit Stöcken, Steinen und Mistgabeln. Auf die Soldaten, die ihre Gewehre und Bajonette angelegt hatten, regnete es von den Dächern Ziegel, Schutt und Fliesen. Schnell wie der Blitz ziehe ich mich zurück und kann gerade noch rechtzeitig die Läden schließen, bevor ein schwerer Gegenstand auf meinen Balkon kracht.«

»Da hast du Glück gehabt. Du hast nicht das Blut und die Toten gesehen«, bemerkte Innocente. »Von den Vorfällen in Via Foppa wußte ich nichts; aber über den Einsatz von General Bava Beccaris habe ich natürlich in der Zeitung gelesen. Mit Truppen wie an der Front: Kavallerie, Alpinisten, Infanterie und Bersaglieri, Männern, die bestimmt nicht zimperlich sind, hat er den Aufstand niedergeschlagen ...«

»Genau. Ich habe mir die schöne Zeichnung von Ferraguti aufgehoben: Die Truppen, die abends auf der Piazza Duomo lagerten; die mit der Schnauze Richtung Dom aufgestellten Pferde, die wie Korngarben gebündelten Standarten und Gewehre ...«

»Kein Wunder. Es war Rudinìs Politik, Industrie und Kapital mit Soldaten zu verteidigen; den Widerstand zu unterdrücken, statt sich um die Ursachen der Krise zu kümmern, um die Teuerung bei Brot, Petroleum, Salz und Baumwolle.«

»Wenn man bedenkt, daß in den folgenden Tagen Leute mit ihren Visitenkarten in der Quästur und in der Präfektur vorgesprochen und sich für das energische Durchgreifen bedankt haben ... solche Dummköpfe!«

»Wer weiß«, meinte Innocente lächelnd, »vielleicht sind einige von ihnen hier. Man nennt sie ›gemäßigt‹. Die freuen sich natürlich auch über die zwölf Jahre Gefängnis, zu denen Turati verurteilt wurde.«

»Es waren, glaube ich, sogar Katholiken unter den Widerständlern«, warf Lorenzo ein.

»Katholiken von ganz besonderer Art: ausnahmsweise einmal auf der Seite der Bevölkerung. Sie wurden von Don Davide Alberione angeführt, der auch drei Jahre bekommen hat. Aber diese ›gemäßigten‹ Herren«, bemerkte Innocente feixend, »sind sicher gar nicht erfreut darüber, daß Turati schon wieder frei und seit Juni derartig rührig und umtriebig ist, daß er sogar die Gemeindewahlen und den Verwaltungsausschuß beeinflußt hat.«

»Es ist eben die Geschichte, die für Gerechtigkeit sorgt, und nicht die Richter mit ihren Scheuklappen«, stellte Lorenzo fest. Ein wenig verblüfft über diese Schlußfolgerung aus ihrem Gespräch sahen sich die beiden an.

»Die Ereignisse vom März 1898«, fuhr Innocente nach

langem, nachdenklichem Schweigen fort, »waren wirklich unerfreulich, egal, unter welchem Aspekt man sie betrachtet. Oft habe ich gedacht, daß mein Vater ganz recht hatte mit seiner Behauptung, das Risorgimento allein habe aus den Italienern noch keine wirkliche Nation gemacht. Wenn nach vierzig Jahren Einheit unter einem Herrscherhaus sich die Bewohner ein und derselben Stadt in die Haare kriegen, auch wenn sie unterschiedlicher sozialer Herkunft sind, wenn sie einander bekämpfen und Gewalt anwenden, statt in einem gesitteten Gespräch die unterschiedlichen Bedürfnisse und Wünsche zu klären.«

»Was in letzter Zeit im Rathaus passiert ist«, sinnierte Lorenzo und warf Mussi erneut einen Blick zu, »das von den Sozialisten gestützte Programm Bürgermeister Mussis, die Aktivitäten der Herren, die sich unter dem Namen ›Gruppo dell' Unione‹ erfolgreich zur Wahl stellten – kurz, der Sieg derjenigen, die für die Bedürfnisse der Armen Verständnis haben, läßt hoffen, daß das bevorstehende Jahrhundert wirkliche Fortschritte mit sich bringt.«

Innocente nickte ernst und füllte sich den Teller. Denn mittlerweile wurden die ersten, vielversprechenden Genüsse eines erlesenen Mahls serviert. Nach einer Gänse-Fasanenpastete als Vorspeise folgten eine Gemüsesuppe und ein riesiger, mit rohem und gekochtem Gemüse reich garnierter Fisch. Im Anschluß an ein Sorbet, das der Erfrischung diente, kamen noch Truthahn, Kapaun, Fleischbrühe und zu guter Letzt der Panettone auf den Tisch.

Während des ganzen Abendessens ließ Signorina Tosoni, die am anderen Ende des Tisches saß, Innocente nicht aus den Augen. In ihrem Blick lag Zärtlichkeit, ja Mitgefühl, und ihr feines Lächeln verwirrte den Ärmsten derartig, daß er sich verschluckte. »Weiß der Himmel«, dachte er, »welchen Unsinn Tosoni ihr über mich erzählt hat.« In diesem Augenblick erhob Mussi sein Glas, bat um Aufmerksamkeit und sprach ein paar bewegende Worte zur Erinnerung an den großen Maler Segantini, der kurz zuvor jung gestorben war.

Dann wechselte der Bürgermeister abrupt das Thema:

»Wenn das vergangene das Jahrhundert der Aufklärung genannt wurde, welchen Namen werden die Nachkommen dem Jahrhundert geben, in dem wir gelebt haben und das jetzt zu Ende geht?«

Von allen Seiten kamen die unterschiedlichsten Vorschläge: Jahrhundert der Dampfkraft, der Elektrizität?

»Dieses Jahrhundert wird späteren Generationen als das Jahrhundert der größten Erfindungen in Erinnerung bleiben«, stellte Tosoni mit Entschiedenheit fest. »Eine so reiche und fruchtbare Epoche wird es nie wieder geben ...«

Alle durcheinander zählten die Tischgäste jetzt die wichtigsten Erfindungen und Entdeckungen auf: Telegraph, Photographie, Sprengstoff, Glühbirne, Nähmaschine; sogar der Milzbrandbazillus, die Karbolsäure und der Spiritismus als nachweisliche Wissenschaft wurden angeführt. Voller Begeisterung schilderte der Hausherr die Bauarbeiten am Simplontunnel, deren Fortgang er eifrig verfolgt hatte.

Unauffällig berührte ihn Innocente an der Schulter; Tosoni war jedoch so in Fahrt geraten, daß er kaum zu bremsen war.

»Hör mal, ich muß dich sprechen. Das Abendessen ist bald beendet, und ich wollte dich etwas fragen.«

Nun endlich wandte sich Tosoni ihm zu; er war leicht verärgert.

»Wenn du einen Augenblick Zeit für mich hättest, verzeih ...«

»Sprich, Cént, nur zu! Dazu bin ich doch hier. Worum geht's?«

»Wir haben uns seit November nicht gesehen«, begann Innocente zögernd, »ich wollte nur wissen, wie du das mit den Weihnachtsgeschenken für meine Tochter und Netta geregelt hast. Du hast mir freundlicherweise zugesagt, dich persönlich darum zu kümmern. Wie hat sich das denn abgespielt?«

»Entschuldige, ich hätte dir gleich davon erzählen sollen.« Tosoni wirkte verlegen. »Nachdem ich lange hin- und herüberlegt hatte, ohne daß mir etwas Passendes – besonders für die Kleine – eingefallen wäre ... Nicht einmal meine Schwester Carlotta hatte eine Idee. Deshalb habe ich es für richtig gehalten, Signora Antonia selbst zu bitten, mit einem Wort, ich habe zur üblichen Unterhaltszahlung noch Geld dazugelegt – ich wollte dich später um Erstattung bitten – und gesagt: Bitte, das ist für Angelicas Weihnachtsgeschenk ... War das falsch? Ich wußte mir einfach nicht zu helfen.«

»Und Sie?« erkundigte sich Innocente kühl. »Was hat sie gesagt?«

»Nicht viel; ein etwas gezwungenes Lächeln, wie üblich, vielen Dank und so weiter. Tut mir leid, wenn ich einen Fehler gemacht habe ...«

»Nein, nein, mach dir keine Sorgen. Du hast richtig gehandelt. Ich hätte dir diese Verpflichtung nicht aufbürden dürfen.«

Während Innocente auf die Garderobe zusteuerte, um seinen Wintermantel zu holen, bemühte er sich, diesen unangenehmen Gedanken zu verscheuchen. »Ich selbst hätte der Kleinen ein Geschenk kaufen sollen.« Und plötzlich verspürte er so etwas wie Gewissensbisse.

Zu Beginn des Abends hatte man beschlossen, zu Hause zu speisen und später ins Stadtzentrum zu fahren, um dort das neue Jahrhundert zu begrüßen. Etwa zur gleichen Zeit, als im Dorf Rosetta verlorenging, brachen Tosoni und seine Gäste auf. Die mit Wolldecken gegen die Kälte geschützten Pferde warteten geduldig. Tosoni und seine Gäste schritten über den sauber gefegten, schneefreien Gehweg und bestiegen die Kutschen Richtung Dom. Innocente und Alcide fuhren zusammen mit einem freundlichen, aber schüchternen jungen Paar. Bald tauchten die Kutschen ein in den allgemeinen Jubel; überall Girlanden, leuchtende Lampions und Fahnen, Übermut und Heiterkeit kannten keine Grenzen. Aus den erleuchteten Fenstern regnete es Blumen und Konfetti, Trommelschläge, Stimmengewirr, Korkenknallen, und die Klänge einer Musikkapelle erfüllten die Luft.

Schließlich umfing sie der große Platz mit der Kathedrale, der voller Menschen war, die auf das bedeutungsvolle Glockenläuten warteten. Über dem Eingang der von Mengoni erbauten Galerie blinkte in riesigen elektrisch erleuchteten Lettern der Schriftzug: »Hoch lebe das zwanzigste Jahrhundert!« Unter den Klängen des Triumphmarschs aus *Aida*, gespielt von der Stadtkapelle, stieg Mussi mit seiner Frau aus der Kutsche und wurde mit Beifallsstürmen empfangen.

Innocente mußte lächeln bei dem Gedanken, in seiner Eigenschaft als Bürgermeister um Mitternacht auf dem Marktplatz seines Dorfes einzutreffen – bei Dunkelheit und gähnender Leere.

Um Mitternacht brach ein tosender Jubel los, vermischt mit ohrenbetäubendem Glockengeläut. Die Stadt ließ ihren Gefühlen, der Zuversicht und Hoffnung auf eine gute Zukunft freien Lauf. Das junge Paar küßte sich hingebungsvoll; Innocente und Alcide brachten ihre Sektkelche zum Klingen und zwinkerten sich freundschaftlich zu. Die Kapelle spielte die Einleitung zum dritten Akt von *La Traviata*, und alle waren tief bewegt.

Nach und nach leerte sich der Platz. Nachdem sie Tosoni und seine Schwester wiedergefunden hatten, bestiegen auch Innocente und Alcide den Wagen. Als sie um das Denkmal Vittorio Emanueles herumfuhren – er thronte seit einiger Zeit dem Dom direkt gegenüber –, bemerkte Tosoni: »Es sieht aus, als hielte seine Majestät ihr Pferd an, um nicht mit den Trambahnen zusammenzustoßen, die ihn wie ein Karussell umkreisen.«

Der Corso war belebt. Essensgerüche aus den Restaurants vermischten sich mit dem Parfümduft der Damen. In San Babila bogen sie in den Corso Venezia. Nachdem sie ihre beiden Fahrgäste zu Hause abgesetzt hatten, machten sich Innocente und Alcide auf den Weg ins Dorf. Während der Freund in der schaukelnden Kutsche einnickte, überkam Innocente plötzlich eine starke Sehnsucht nach Liebe. Er dachte an seine derzeitige Geliebte, an ihren kräftigen Körper, ihre feine, weiße Haut und ihr sanftes Wesen. Am nächsten Tag würde er sich bei ihr trösten für diese leere Silvesterfeier.

23

Hinter dem Wohnhaus des Pächters, der sich um Gemüsegärten und Tiere des Padrone kümmern mußte, lag der große Hof, um den herum sich der Kuhstall, die Scheune und der Raum mit der Weinkelter gruppierten, die allerdings seit Jahren schon nicht mehr benutzt wurde.

Auf der anderen Seite des Hofes, zu den Gemüsebeeten hin, befanden sich Holzbaracken mit Blechdächern, die als Ställe für Hühner, Kaninchen und Schweine dienten, sowie Käfige für Tauben. Die übelriechende Jauchegrube gleich daneben war für die Düngung der fetten, schwarzen Ackererde von größtem Nutzen.

Hinter dem Bretterzaun des Gartens warteten die Kinder auf den Beginn des Ereignisses. Im Nu hatte sich die Nachricht verbreitet, als Cecco, der Künstler, der für seine Fähigkeiten auf diesem Gebiet bekannt war, sich die hohen Stiefel angezogen und verkündet hatte: »Jetzt schlachte ich das Schwein der Herrschaft!«

Natalina hatte Angelica bei der Hand genommen und die Kinderschar durch die im Winterschlaf liegenden Gärten geführt. Auf dem Schnee hinterließen die Holzschuhe kleine blaue Vertiefungen. Von März bis Oktober war die Erde umgegraben, bepflanzt und bearbeitet worden, und es hatte eine reiche Ernte gegeben: Zichorien und Kopfsalat, Karotten, Rettiche und Bohnen, Zucchini, Petersilie und auch Erdbeeren, Blumen für die Toten sowie auch Kamille und Malve, die bei vielerlei Gebrechen halfen. Jetzt gab sich der Garten der wohlverdienten Ruhe hin. Nur einige wenige Reihen mit festem, rundem Wirsingkohl hoben sich in verschiedenen Grüntönen vom glitzernden Schnee ab; Sie wurden später zusammen mit Schweinekoteletts oder Schlackwurst gekocht, und die Kaninchen würden die übrigbleibenden weißen Strünke knabbern – nichts wurde verschwendet.

Der neue Tag war erst ein paar Stunden alt. Aus dem Dunst tauchte eine blasse Sonne auf und vergoldete den Schnee; gleich schien die Luft milder, aber die Wangen und

Hände der Kinder waren rot, und den Kleinsten gefror der Rotz unter der Nase. Vor Angst riß Angelica die Augen weit auf und umklammerte die Hand ihrer Tante Lina mit aller Kraft: Das Schwein, das im Matsch stand und nach allen Seiten ausschlug, stieß schrille Schreie aus, aber es gelang ihm nicht, sich aus dem festen und unbarmherzigen Griff der Männer zu befreien.

Cecco lachte und strich über die dicke, weiße und schutzlose Kehle des Tieres. Als er den richtigen Punkt gefunden hatte, stieß er mit dem Messer kräftig zu und wandte sich dann ab, um dem heftigen Blutstrahl auszuweichen. Schnell reichte ihm Maria eine große Schüssel, damit kein Tropfen verlorenging. Die dunkelrote Flüssigkeit, von der kleine Dampfwolken aufstiegen, schäumte in mehreren Eimern. Das riesige Schwein zitterte und zuckte in den letzten Zügen.

Aufmerksam und fröhlich wohnten die Kinder dem faszinierenden Vorgang bei. So lernten sie auf natürliche Weise das wichtigste, unvermeidbare Ereignis kennen: den Tod. Ebenso würden sie zum gegebenen Zeitpunkt das Decken der Tiere miterleben, aus dem neues Leben hervorging.

Die spielerische Atmosphäre hatte Angelica beruhigt, und Natalina erklärte ihr kundig, was gerade geschah. Sie war glücklich, der unerfahrenen Kleinen aus der Stadt ihr Wissen mitteilen zu können. Das an einer Leiter aufgehängte Schwein wurde inzwischen mit einem Schnitt von der Kehle bis zum Bauch aufgeschlitzt. Die Innereien quollen hervor und wurden in einem Bottich aufgefangen. In vielen Eimern dampfte kochendheiß das Wasser, in dem die Schwarte gereinigt und von Borsten befreit wurde. Auf einem Arbeitstisch befanden sich Messer verschiedener Größe und bauchige Schüsseln für die Stücke, die durch den Fleischwolf gedreht und zu Wurst verarbeitet wurden.

»Und der Wein? Wo bleibt der Wein?« riefen die Männer und lachten.

»Keine Sorge, hier ist er schon!« Maria goß ihnen ein und reichte den Männern die Gläser, die sofort rote Fingerabdrücke bekamen. Der Geruch von Blut, vermischt mit dem der Exkremente, die aus den Därmen des Schweins hervorgespritzt waren, war süß und ekelerregend. Dann wurden die Därme mit Wasser und Essig gewaschen und mit einer schmackhaften Mischung aus Fleisch, Aromen, Wein und Pfeffer gefüllt. Ab und zu kosteten die Männer davon, lobten oder kritisierten und fügten Gewürze hinzu.

Viele Kinder aus der Schar schluckten hungrig, als sie den frischen Wursteig rochen. Angelica konnte den Blick von der ungewohnten Szene nicht abwenden. Um sich nicht von ihren neuen Freunden zu unterscheiden, trug sie Zöpfe und schlichte Kleidung. Und tatsächlich glich sie den anderen Kindern, bis auf ihre zartere, hellere Haut und den eindringlichen Blick ihrer grauen Augen.

Maria, die Schüssel mit den dampfenden Innereien in Händen, warf einen Blick auf die Kinder, und ohne Angelica je gesehen zu haben, erkannte sie das Mädchen sofort.

»Angelica!« murmelte sie. Ohne auf ihre Stoffpantoffeln zu achten, ging sie durch den Matsch auf die Kleine zu. Wie verzaubert sah das Kind sie an; ohne Angst, aber unschlüssig, überrascht. Auch Maria schwieg und streichelte dem Mädchen vorsichtig die Wange, während sie in seinem Gesicht nach Ähnlichkeiten suchte.

»Nimm das, bring es deiner Oma Ersilia«, sagte sie schließlich mit einem sanften Lächeln. Sie reichte ihr ein Bündel, auf dem rosa Flecken hervortraten. »Sag ihr, es ist Leber von dem frisch geschlachteten Schwein. Sie tut dir gut und schmeckt fein, wenn man sie in der Pfanne brät.«

Kaum hatte sich Maria abgewendet, als Pino Angelica das blutgetränkte Bündelchen aus der Hand riß. Jetzt wurde es hin- und hergeworfen wie ein Ball, Blutstropfen verfärbten den Schnee. Halb lachend und halb weinend lief Angelica hinterher, bis Lina energisch befahl, das Spiel zu beenden.

Ein Lied wurde angestimmt; Ceccos Stimme beherrschte den Chor. Auch die Kinder summten mit, aber aus dem Hof riefen energische Stimmen: »Pino! Lina!«

Hinter Natalina her liefen die Kinder auf der gleichen

Spur zurück, die sie ein paar Stunden früher getreten hatten. Angelica suchte gleich ihre Großmutter und hielt ihr das blutdurchtränkte Bündel hin und sagte: »Das ist vom Schwein; sie hat gesagt, daß man es in der Pfanne braten muß …«

»Was ist das? Wer hat dir das gegeben?« fragte Ersilia argwöhnisch.

»Eine alte Frau mit einem großen Gesicht«, antwortete die Kleine, »sie hat mich eine Weile angeschaut.«

»Maria! Maria!« riefen Pino und die anderen im Chor. »Maria, die Magd von den Dagos.«

Inzwischen hatte Antonietta die Leber aus dem Tuch genommen, in eine Schüssel gelegt und mit einer Kelle Wasser aus dem Eimer geschöpft, um sich die Hände zu waschen. Sie wandte sich wieder ihrer Mutter zu und tauschte einen langen, nachdenklichen Blick mit ihr. Mit undurchdringlichem, versteinertem Gesichtsausdruck ergriff Ersilia wortlos die Schüssel, überquerte mit großen Schritten den Hof und warf den Inhalt in die Jauchegrube.

»Elende Drückeberger«, murmelte sie, »wir wollen eure Reste nicht, ihr seid so gemein.« Unter Tränen stammelte sie Sätze, an denen sie herumkaute und würgte wie an bitteren Kräutern. Als sie wieder eintrat, ließen Schluchzer ihre Schultern erzittern. Antonia lief ihr entgegen, um sie zu umarmen, und nickte stumm, um ihrer Mutter zu zeigen, daß sie ihre Gefühle teilte. Angelica dagegen war noch immer fassungslos, nachdem sie beobachtet hatte, wie ihr Abendessen elendig in der Jauchegrube verschwand.

24

Im Vergleich zum arbeitsreichen Frühjahr waren die Wintertage voller Muße und daher verständlicherweise bei der Landbevölkerung sehr beliebt und geschätzt. Wie sonst selten bot sich jetzt die Gelegenheit zu Ruhepausen, Festen und traulichem Beisammensein.

Oma Ersilia pflegte gelbe stachlige Wolle zu verspinnen; Hirten, die im Herbst mit ihrer Herde ins Tal heruntergekommen waren, hatten sie ihr verkauft. Sie waren nach wenigen Tagen weitergezogen, ständig auf der Suche nach neuen Weidegründen. Die Schafe hatten harten, schwarzen Kot im trockenen Gras zurückgelassen, und die kleinsten Kinder dachten, es seien Lakritzestückchen, steckten sie in den Mund und fanden sie sogar schmackhaft. Wirklichen Schaden richteten jedoch die Zecken an: Die Schafe hatten sie eingeschleppt, und sobald es im Frühling milder wurde, erwachten sie auf den Wiesen zu neuem Leben und befielen sämtliche Hunde des Dorfes.

Da Ersilia zum Spinnen viel Speichel brauchte, legte sie sich eine trockene Kastanie unter die Zunge und bewegte sie ständig hin und her. So hatte sie immer genug Spucke im Mund, um die Finger zu benetzen. Wenn nun das Essen abgeschmeckt werden mußte, legte die Alte die aufgeweichte Kastanie auf den Tisch, von wo sie sogleich in den Mund eines der Kinder wanderte.

»Pfui Teufel!« schrie Angelica.

»Verflixte Rotznasen, wer hat sie mir geklaut?« schimpfte Ersilia, der es jedoch nie gelang, den Dieb ausfindig zu machen. Die Kinder, die viel zu leicht bekleidet waren und ewig feuchte Füße hatten, waren fast alle ›Rotznasen‹.

Am siebzehnten Januar, am Tag des heiligen Antonius des Eremiten, liefen die Kinder der Hofgemeinschaft vom frühen Morgen an von einem Ende des Dorfes zum anderen und wetteiferten miteinander um die Errichtung des höchsten Scheiterhaufens. In der Abenddämmerung würden dann nach altem Brauch auf allen Plätzen, Höfen und Straßen Feuer auflodern.

Die Mühe des Tages wurde reich belohnt. Für Angelica war es das eindrucksvollste Erlebnis ihrer jungen Jahre; noch schöner als das gerade verstrichene Weihnachten und jedes andere Fest. Der Scheiterhaufen der Paolinis wurde angezündet, und sogleich schossen die roten und gelben Flammen in die Höhe. Pino, der Sohn von Cecco, Natalina, Angelica und die anderen klatschten begeistert. Angelica schien es, als brenne jenes Feuer, zu deren Nahrung sie beigetragen hatte, in ihrem Inneren; und als sei sie in Liebe entflammt zu jenem Dorf, den Häusern, Straßen, Höfen und Menschen. Zusammen mit den anderen Kindern tanzte sie um den Scheiterhaufen: gesunde Gesichter, leuchtende Augen, Schimmer rötlichen Lichts auf den Haaren, Holzschuhgeklapper auf dem gefrorenen Schnee, der allmählich schmolz und sich rund um die Feuerstelle dunkel verfärbte.

Aus den Höfen kamen jetzt auch die Eltern und Großeltern, lächelnd, aber auch besorgt, daß die Kinder in ihrem Übermut womöglich nützliche Dinge in die Flammen warfen. Antonia achtete darauf, daß Angelica dem Funkenregen weit genug fernblieb.

Im ganzen Dorf leuchteten die Feuer noch lange; das der Paolinis war nicht das größte. Der Scheiterhaufen der Grattonis – einer Familie mit zahlreichen Jugendlichen – war turmhoch und brannte eindrucksvoll und majestätisch viele Stunden lang. Ihnen wurde am Ende der Preis für das schönste Feuer zuerkannt: eine sieben Kilo schwere, lebende Gans.

Als die Feuer heruntergebrannt waren, kamen die Frauen in ihren dunklen Schals und sammelten die glühende Holzkohle auf Bleche, wobei jede versuchte, soviel wie möglich von den wertvollen Wärmespendern zu ergattern.

Antonia nahm Angelica bei der Hand: »Er ist schon ganz abgebrannt, der Bart des heiligen Antonius. Zeit zum Schlafengehen.« In der Küche richtete Natalina die Polenta an, denn niemand hatte bisher zu Abend gegessen; unwiderstehlich roch es nach geschmortem Wirsing mit gebratenem Speck.

Angelica war beinahe zu müde zum Schlucken und legte ihren Kopf in den Schoß ihrer Mutter; aber im Stall, beim Rosenkranzbeten, wurde sie plötzlich wieder munter. Als sie später ins Haus zurückkehrten, hörten sie in der Dunkelheit des Hofes die gewohnten Geräusche von Toren, die verschlossen wurden, das Muhen von Kühen und das Geschrei von Kindern. Auf einmal wurde Angelica schmerzlich bewußt, daß das Ende dieses herrlichen Tages nahte. Ob nicht vielleicht eines der Feuer wie durch ein Wunder noch immer brannte? Während sich die anderen Familienmitglieder aufs Schlafengehen vorbereiteten und das Herdfeuer mit Asche bedeckt und saubere Tassen für das Frühstück am kommenden Tag auf den Tisch gestellt wurden, gelang es Angelica, unbemerkt in die stockdunkle Hofeinfahrt zu entwischen. Wagemutig schob sie den Riegel im großen Tor zurück, gab acht, daß er nicht quietschte, und ging hinaus. Noch nie hatte sie die Straße zu dieser Tageszeit gesehen. Schon die Nachbarhäuser waren wie durch einen dunklen Schleier verhüllt, und ohne den schwachen Lichtschein der Laterne an der Ecke wäre sie im Dunkeln vollends verloren gewesen. Während sie Ausschau hielt nach einem Feuer, das noch brannte, zog sich Angelica den schwarzen Schal ihrer Großmutter über den Kopf. Zwischen den schemenhaften Häusern sah sie nur den sternenlosen Himmel und eine Gestalt, die wie aus dem Nichts auftauchte. In diesem Moment kehrte Innocente nach Hause zurück. Er hatte den Abend bei Alcide mit Kartenspielen verbracht.

Einmal pro Woche fühlte er sich verpflichtet, den Freund für ein paar Stunden zu besuchen, mehr um ihn aufzumuntern als zum eigenen Vergnügen. Nachdem der Großvater gestorben, die Apotheke verpachtet und der Vater daher zur Familie zurückgekehrt war, herrschte bei den Caronis eine schwermütige Stimmung. Alcide konnte es kaum abwarten zu heiraten; aus Liebe, denn Rachele verstand sich auf die Kunst, Männern begehrenswert zu erscheinen; aber auch, damit ein Funken Leben ins Haus zurückkehrte, das Lächeln einer Frau, das man zu lange entbehrt hatte.

An den Abenden, die Alcide, Innocente, Don Giacomo und der Vater mit Kartenspiel verbrachten, zog sich Tante Gina früh zurück. »Süße Träume, liebe Tante!« rief ihr der Neffe ironisch nach. Zwar mußten sich die Gäste jetzt mit ihm als Bedienung abfinden, der ungeschickt Anislikör und Rosolio servierte. Man mußte die Likörgläschen in der Hand halten, denn das Tablett fehlte, und auch die Kekse waren nicht mehr frisch. Andererseits genossen sie es, allein zu sein, ohne die strenge Miene der ältlichen Tante. So konnten sie sich, mit dem gebotenen Respekt für den Priester, ungezwungen unterhalten.

Eigentlich hätte Don Giacomo den Anweisungen seiner Oberen folgen und diese Art des Zeitvertreibs meiden müssen. Aber er gönnte sich hie und da dennoch ein Spielchen, was er vor Gott damit rechtfertigte, daß er auf diese Weise das heilige Wort unter die Leute brachte, die die Glaubensangelegenheiten eher auf die leichte Schulter nahmen. Tatsächlich aber wurde über Religion kaum gesprochen. Sie unterhielten sich eher über die Jagd – Innocentes große Leidenschaft –, die lästige Bürokratie und natürlich die Frauen.

Auf dem Heimweg in der Nacht jenes siebzehnten Januars also stand plötzlich mitten auf der dunklen Straße Angelica vor ihm, und Innocente wäre beinahe über sie gefallen. Er unterdrückte einen Fluch und packte die Kleine am Arm. Er war überrascht: ein kleines Mädchen zu dieser Stunde?

Mit einem schrillen Schrei gelang es Angelica, sich zu befreien. Sie zog den Schal über dem Kinn straffer, lief aber nicht weg. Vielmehr starrte sie auf das Gesicht unter dem dunklen Filzhut des eingemummten Mannes. Das bartlose Kinn und der spärliche hellbraune Schnurrbart weckten bei ihr eine vage Erinnerung. Bei Innocente dagegen dauerte es eine ganze Weile, bis er sie erkannte.

»Was machst du hier? Wie heißt du? Wer sind deine Eltern?« Sanft schob er den Schal zur Seite, um die Wangen zu entblößen.

»Angelica!«

Das Mädchen schwieg verwirrt. Der scharfe Blick aus den graublauen Augen war ihr wohlbekannt, aber außerhalb der Umgebung, in der sie gewöhnlich ihren Vater traf, kam er ihr merkwürdig fremd vor. Angelica zitterte. Als er sah, wie verstört sie war, bedauerte Innocente ein weiteres Mal, sie nicht aufgesucht zu haben, nachdem er von Maria erfahren hatte, daß sich das Kind im Dorf aufhielt.

Seine Tochter! Eine Weile betrachtete er die feinen, glatten hellblonden Haare, die weitaufgerissenen, leuchtenden Augen in dem blassen Gesichtchen, das dem seiner Mutter Santina so ähnlich war. Dann blieb sein Blick an Angelicas Körper hängen, der in geflickten, nach Stall riechenden Kleidern steckte. Auch die Strümpfe waren gestopft, und an den Füßen trug sie abgenutzte Holzpantoffeln. Seine Tochter! Angezogen wie eine Zigeunerin, wie eine Magd, nein, schlimmer noch! Wie konnte Antonia es wagen, sie so herumlaufen zu lassen! Wut und Empörung blitzten ihm aus den Augen; als er aber bemerkte, daß Angelica von Kopf bis Fuß zitterte, stumm und den Tränen nahe, hielt er seinen Zorn zurück und sagte in sanftem, gewinnendem Tonfall: »Nimm das«, dabei wühlte er in seinen Taschen, »es ist Malzzucker und gut für den Hals. Ist dir kalt?« Er beugte sich zu ihr herunter. »Hast du die vielen Feuer gesehen? Welches war das schönste?« Da strahlte die Kleine und antwortete. Während sie so miteinander sprachen, gelang es ihnen, ein Fünkchen Vertrautheit wiederzufinden. Innocente bemerkte, daß Angelica in ihrer eigenen Welt aus Bildern und Vorlieben lebte, und verspürte den sehnsüchtigen Wunsch, daran teilzuhaben. Als sie sich nach ein paar Minuten verabschiedeten, winkten sie sich liebevoll zu.

Angelica schlich sich nach oben, wo bereits das Öllämpchen brannte. Sie sei auf dem Abtritt gewesen, beschwichtigte sie ihre Mutter. Irgend etwas hinderte sie daran, die Begegnung mit dem Vater zu erwähnen.

Während er ärgerlich auf seiner Zigarre herumbiß, strebte der Bürgermeister mit großen Schritten nach Hause; er hatte die erniedrigende und zerlumpte Erscheinung des Mädchens vor Augen. Vor dem Einschlafen überlegte er hin und her, mit welchen Worten er klar und nachdrücklich seine Meinung und seine Absichten darlegen würde. Und Antonia würde dann, wie immer, seinen Wünschen entsprechen.

25

Aus der Ehe von Giannina und Brogio waren keine Kinder hervorgegangen. Brogio, der Scherenschleifer, hatte sich vor Jahren seine Braut in einem Nachbardorf gesucht; aufgrund seines Berufes zog er häufig in dieser Gegend umher. Er schob seinen Schleifstein mit Pedalantrieb auf Rädern und machte auf einem der wenigen Plätze des Dorfes so lange wie erforderlich Halt. Auf seinen Ruf: »Der Scherenschleifer ist da!« eilten die Frauen mit stumpfen Scheren und Messern und die Männer mit Sensen und anderen Schneidwerkzeugen herbei.

Alle zwei, drei Monate machte sich Brogio mit seiner mobilen Werkstatt auf den Weg zu den Einzelgehöften, die weit verstreut zwischen den Feldern lagen. In jedem Fall verbrachte er einen großen Teil des Tages außer Haus. Für den Winter, wenn Frost und Schneestürme drohten, hatte er sich noch eine zweite Tätigkeit aufgehoben: Kesselschmied. Er reparierte jede Art von Töpfen und Tiegeln aus Kupfer oder Eisen, dichtete sie ab oder befestigte abgebrochene Henkel.

Seine Frau Giannina war zwar nicht so beschäftigt wie die Frauen mit einem Dutzend Kinder, blieb aber auch nicht untätig. Rings um ihr einfaches Haus war kein Strohhalm zu finden, die wenigen Möbel glänzten, und in den Böden der Pfannen konnte man sich spiegeln. Auch der Hof war sauber gefegt.

Aber der Tag war lang; oft nahm Giannina ihren Korbstuhl und die Spindel zum Spinnen und setzte sich draußen auf die Straße. Die Nachbarinnen nahmen sich gern ein halbes Stündchen Zeit, um mit ihr zu plaudern. Während sie mit Fingern und Zunge arbeitete, suchte Giannina häufig mit ihren großen, braunen Augen den Horizont ab. In ihrem Blick lagen Fröhlichkeit, Neugier und verborgene Schläue.

»Da haben wir eine unbefriedigte, unternehmungslustige junge Frau«, dachte Innocente bei sich, nachdem er mehrmals an ihr vorbeigegangen war.

»Einen schönen Tag, Padrone!« Lebhaft und unterwürfig zugleich klang ihm der Gruß der Frau in den Ohren. Wie alle wußte Innocente, daß Brogino immer außer Haus war. »Ist doch ganz klar«, sagte er sich, »daß die Ärmste Trost und Gesellschaft braucht. Ihr fehlt eine empfindsame, tüchtige männliche Hand an gewissen verborgenen, den Frauen aber sehr wohl bewußten Stellen, wo ein zärtliches Streicheln genügt, um in jene Stimmung zu geraten, die allen gefällt – den Männern wie den Frauen.«

Um diese Vermutung zu überprüfen, mußte die Probe aufs Exempel gemacht, mit List ein geeigneter Vorwand und der passende Zeitpunkt gefunden werden. Für Innocente kein schwieriges Unterfangen. Das Ergebnis waren köstliche Momente auf duftenden Bettlaken, wenn Giannina, die mit aufgelösten Zöpfen halb in der Strohmatratze versunken war, ihn scheu und aufreizend zugleich ansah.

Auch am hellichten Tag kamen sie aus Lust und Laune zusammen, was jene Augenblicke noch pikanter machte. Dann kam Innocente leise pfeifend die Straße herunter und inspizierte mit schnellem, aufmerksamen Blick den Hof des Scherenschleifers. Stand der Karren an seinem Platz, ging er weiter und unterdrückte seine Begierde, fehlte die Schleifmaschine aber, so lief er schnell wie ein Wiesel durchs Hoftor, die Außentreppe hinauf ins Schlafzimmer. Ängstlich, aber lächelnd folgte ihm die Frau sofort und zog die Jalousie herunter.

Von alledem hatte niemand im Dorf Wind bekommen. Innocente war in diesen Dingen verschwiegen wie ein Grab; besser gesagt er sprach von der Sünde, aber nicht vom Sünder; und schon gar nicht hätte er sich im Beisein seiner Schwägerin Adelaide irgendeine Andeutung erlaubt.

Im Hause von Francesco und Adelaide Dago herrschte zu jener Zeit eine trübe Stimmung. Immer offensichtlicher wurde der körperliche und geistige Verfall der armen Signora Santina, die unablässig quengelte. Trotzdem bestand Maria hartnäckig darauf, sie überallhin mitzuschleppen, zu sehr litt sie darunter, daß sich ihre alte Herrin tagaus, tagein in ihrem Zimmer aufhalten mußte. Wie jeder andere in der Familie hatte sie jedoch bemerkt, daß das schreckliche und unmenschliche Leiden Santinas allmählich dem Ende zuging. Während man diesem Schicksalsschlag entgegensah, erwartete man die Geburt des dritten Kindes.

Adelaide erfreute sich einer robusten Gesundheit; die Form ihres Bauches ließ auf einen Jungen schließen. Ohne Ängste und Beschwerden führte sie das vornehme Leben einer Dame, verließ allerdings das Haus nicht. Nach städtischem Brauch hatte sie einen Wochentag festgelegt, an dem sie zum Tee lud. Es waren dies bescheidene Zusammenkünfte von Freundinnen aus der Kindheit, die in der Gegend verheiratet waren und älteren Personen ohne Beschäftigung. Eine kleine Abwechslung im Alltagstrott. Meist kam auch Rachele, die gesellschaftliche Veranstaltungen liebte.

Durch die Schwangerschaft träge geworden war, beauftragte Adelaide hin und wieder Rachele, an ihrer Stelle die Gäste zu bedienen. Unterstützt von Maria, erledigte sie diese Aufgabe mit Anmut.

Eines Nachmittags, wenige Tage nach der nächtlichen Begegnung zwischen Innocente und Angelica, gaben Alcide und Rachele den Termin ihrer Hochzeit bekannt. Innocente umarmte den Freund, um ihm zu zeigen, daß er sich mit ihm freute, im Innersten aber bemitleidete er Alcide. Rachele hatte zwar ein anmutiges, aufgewecktes Wesen, besaß auch Geschmack, war aber übermäßig geltungsbedürftig, ehrgeizig und womöglich sogar habgierig.

»Wann kommt eigentlich *Tosca* nach Mailand? In Rom soll die Oper einen Riesenerfolg gehabt haben …«, sagte eine sehr magere Dame, die Innocente nicht kannte.

»Dreizehn Tote!« bemerkte Adelaide, »in der Dynamitfabrik, die vor ein paar Tagen in Avigliana in der Nähe von Turin in die Luft geflogen ist. Und mehr als fünfzig Verletzte.«

Mittlerweile lasen auch die Damen ab und zu die Zeitung.

Auf einmal kam Maria herein, beugte sich zu Innocente

herunter und flüsterte: »Pino vom Hof der Paolinis hat die Nachricht überbracht, daß Antonietta morgen früh mit dem Kind nach Mailand zurückkehrt.«

»Aber ich habe ihr doch ausrichten lassen, daß ich sie vorher sprechen muß!« platzte Innocente heraus. »Na gut«, fügte er schließlich leise hinzu, »laß ihr mitteilen, Maria, daß ich selbst sie morgen mit der Kutsche in die Stadt bringen werde. Sie sollen um neun an der Herz-Jesu-Kapelle auf mich warten. In der Kutsche können wir uns ja dann unterhalten«, murmelte er. Die Damen hatten den kleinen Zwischenfall neugierig beobachtet, setzten aber ihre Plauderei fort, da Innocente offenbar nicht die Absicht hatte, darüber zu sprechen.

»Hübsch hier bei dir, Ade!« Rachele warf einen gespielt oberflächlichen Blick in die Runde. »Aber so aufgeräumt! Zu aufgeräumt, mein Gott! Man braucht Phantasie, um ein Haus einzurichten: elegante kleine Sessel in verschiedenen Stilen, vielleicht in einem Kreis aufgestellt ...«

»Schweig, Rachele!« fiel ihr Alcide ins Wort.

»Das sage ich gerade deinetwegen!« versetzte sie schlagfertig. »Bei uns zu Hause« – sie legte besondere Betonung auf das Wort ›uns‹ – »werde ich Spiegel an alle Wände hängen, ihr wißt schon, solche mit Blumen und Vögeln drum herum ... und neue Gardinen an die Fenster, und überall Pflanzen ... Das gefällt dir doch sicher auch, Alcide, nicht wahr? Jetzt wirkt es ja wie ein Leichenhaus! Ich mag gern Konsolen mit Nippsachen darauf, Photographien in Silber- und Ebenholzrahmen.«

Ruhig lächelnd knabberte Adelaide ihren Keks. Innocente, der noch ganz in Gedanken an die bevorstehende Begegnung vertieft war, befürchtete, daß Rachele übertrieben ehrgeizige Pläne schmiedete. Die Caronis waren nicht sehr reich, die Pachteinnahmen aus der väterlichen Apotheke reichten gerade und wurden aufgebessert durch die Vermietung eines Bauernhauses. Vielleicht rechnete Rachele mehr auf ihre Mitgift, hielt ihr Innocente zugute; ihre wenig vornehme Familie war sicher in der Lage, sie zur Hochzeit reichlich mit klingender Münze zu versorgen, falls die Gerüchte über den Ertrag der Wirtschaft ›Alla Stazione‹ nicht trogen.

»Die Bäder und Toiletten zum Beispiel«, fuhr Rachele fort, die sich offenbar nicht schämte, ein so intimes Thema anzusprechen, »werden auch in den besten Häusern in die dunkelsten und unbequemsten Ecken verbannt und haben keine Fenster. Wir sind schließlich im zwanzigsten Jahrhundert, dem Jahrhundert des Lichts! In unser Haus«, dabei sah sie ihren besorgten Verlobten mit leuchtenden Augen an, »lassen wir ein großes und luftiges Bad einbauen mit einer Marmorschüssel, die eingelassen ist in einen schönen Tisch mit Platz für Parfüms, Cremes, Bürsten. Außerdem ein Platz zum Schminken für mich, mit einem großen ovalen Spiegel. Die gefliesten Wände könnte man kunstvoll verzieren, das habe ich in einer Zeitschrift gesehen, und für den Boden soll es einen neuen Belag geben, der kein Wasser aufnimmt, das Linoleum.«

Fügsam und geduldig stimmte Alcide jedem Vorschlag zu, ohne Angst, sich lächerlich zu machen. Er war fasziniert von Rachele, ja, er schien geradezu stolz zu sein auf soviel Sachkenntnis, Geschmack und Eleganz, stellte Innocente mit Bedauern fest. Von Natur aus träge, genoß es Alcide, jemanden zur Seite zu haben, der Pläne schmiedete; was das Geld betraf, pflegte er zu sagen: »Es ist da, um ausgegeben zu werden.«

Jetzt wurden die schweren Schritte von Signor Ambrogio hörbar, der nach dem Mittagsschläfchen die Treppe herunterkam. Signora Santina war an diesem Tag im Bett geblieben. Da sie von Maria zuverlässig und liebevoll versorgt wurde, beschränkten sich die Familienmitglieder darauf, ab und zu bei ihr hereinzuschauen und der Kranken freundlich zuzuwinken, wie es ihr Ehemann gerade getan hatte.

Fürsorglich ging ihm Adelaide entgegen. Voller Zärtlichkeit ruhte der Blick des Alten auf dem Bauch der schwangeren Schwiegertochter, und ein weiteres Mal fragte er sich, ob er die Geburt des kleinen Dago noch miterleben würde.

26

Neben der kleinen Kapelle standen Antonia und Angelica und warteten voller Ungeduld. Gleich nach dem Aufstehen hatte die Kleine plötzlich den Wunsch verspürt, ihre zufällige Begegnung mit dem Vater doch zu erzählen; Netta versuchte, noch mehr zu erfahren, mußte sich aber mit wenigen Andeutungen zufrieden geben. Der Vater sei plötzlich aus der Dunkelheit aufgetaucht, und sie habe ihn gleich erkannt.

»Die Feuer. Ja genau, er hat mich nur nach den Feuern gefragt, sonst nichts. Er stand einfach da, in seinen Mantel gehüllt ...«

Noch nie hatte sich Antonia Gedanken gemacht über die tieferen Gefühle, die Angelica ihrem Vater gegenüber hegte. Wenn sie ihre Tochter nach einem der regelmäßigen Treffen mit Cént fröhlich aus Tosonis Kutsche steigen sah, dachte sie: »Wie zufrieden sie ist! Sie mag ihren Vater sicher gern.« Und das genügte ihr.

Einige Male jedoch war es vorgekommen, daß Tosoni die Nachricht brachte, Innocente habe keine Zeit; als sie dann bemerkte, daß Angelica weder enttäuscht noch verärgert, sondern beinahe erleichtert war, jedenfalls gelassen und gleichmütig, fragte sie sich, ob es ihm wirklich gelungen war, das Herz seiner Tochter zu erobern.

An jenem Morgen hatte der Rauhreif die Landschaft gleichsam verzaubert: Auf Grashalmen, Büschen und Zweigen waren Wassertröpfchen gefroren, die Natur trug ein glitzerndes Kleid. Die Kiesel schimmerten wie Edelsteine, die harten Erdschollen glänzten wie schwarzer Marmor.

Zur festgesetzten Uhrzeit ertönte Hufgeklapper, bald darauf saßen sie Innocente gegenüber in der Kutsche.

»Ist das kalt!« riefen sie wie aus einem Munde und lachten verlegen. Er beugte sich vor, um Angelicas Knie mit dem Wollplaid zu bedecken; Antonia war so gerührt, daß ihr die Tränen in die Augen traten. Innocente jedoch sagte mit strenger, kalter Stimme: »Ich weiß, es war ein Fehler, die Kleine nicht zu mir kommen zu lassen. Darüber sollten wir jetzt aber besser nicht sprechen. Es hat mich allerdings geärgert, meine Tochter schlecht angezogen und zerlumpt wie eine Bettlerin herumlaufen zu sehen. Sie ist schließlich eine Dago. Wenn das Geld nicht reicht, um die notwendigen Dinge zu kaufen, brauchst du es mich nur wissen zu lassen.«

Netta schüttelte energisch den Kopf; eigentlich wollte sie gegen diese Unterhaltszahlungen protestieren, die sie verschmähte und doch annehmen mußte, aber sie brachte kein Wort heraus.

»Ist schon gut«, fuhr Innocente fort, »es gibt Wichtigeres zu besprechen, wir haben schon zu viel Zeit verloren. Das Mädchen ist bald acht Jahre alt. Wie steht's mit der Schule?«

»Im Herbst, dachte ich ...«, stammelte Antonia und nahm dann all ihren Mut zusammen. »Ich habe schon mit der Lehrerin unseres Viertels gesprochen und Angelica vormerken lassen.«

»Nein, nein, so nicht. Ich würde mir große Sorgen machen, wenn ich wüßte, daß sie jeden Morgen auf der Straße in Gefahr ist. Den Verkehr an der Porta Vercellina kann ich mir gut vorstellen, und dann weiß man nicht, wer neben ihr sitzt und was für eine Lehrerin sie bekommt. Manche sind die reinsten Bestien!«

»Ich kenne sie aber schon. Die Dame läßt bei mir die Wäsche für ihre Familie nähen, sie hat drei oder vier Kinder. Eine sehr nette Dame.«

»Nein, nein, das sehe ich anders!« unterbrach Innocente sie. Das allmählich stärker werdende Tageslicht fiel durch das Wagenfenster auf Antonias besorgtes Gesicht. Ihre blühende Schönheit blieb Innocente nicht verborgen, auch nicht gewisse, erst kürzlich entstandene Schatten unter den Augen, die sie noch anziehender machten. Und doch, Knie an Knie in der Kutsche, regte sich nichts bei ihm. Die zügellose Leidenschaft war vorübergegangen wie eine Krankheit, gegen die er jetzt Abwehrkräfte besaß. Jetzt konnte er sie in aller Ruhe betrachten, wie ein Bild, wie eine anmutige Statue.

»Ich habe lange darüber nachgedacht. Ein Internat ist besser«, erklärte er plötzlich. »Ich habe mich informiert. Außerdem sind die Herz-Jesu-Schwestern bekannt, dir sicher auch. Ihr Haus ist nur wenige Kilometer entfernt. Angelica wird bei den Schwestern aufwachsen, wie es sich gehört. Sie wird Klavierspielen lernen, sie wird …«

»Du bist ja verrückt!« schluchzte Netta. »Angelica ist meine Gefährtin, mein ein und alles, sie soll weggehen und mich allein lassen? Und bin ich einsam, ist es auch sie, die gewohnt ist, Tag und Nacht in meiner Nähe zu sein. Natürlich wird sie zur Schule gehen, wie alle Kinder aus unserem Haus. Ich bringe sie jeden Morgen hin. Im Verkehr fühle ich mich längst sicher. Ich habe doch keine Angst vor der Straßenbahn! Und anziehen werde ich sie wie eine richtige Signorina, sei unbesorgt. Nachts werde ich die Kleidungsstücke für sie nähen, alle werden sie beneiden.«

»Ja, ja, wie eine Signorina. Je nachdem, wie es dir gerade paßt! Neulich abend, am Tag des heiligen Antonins, habe ich gedacht, sie sei eine Zigeunerin!«

»Aber im Dorf, bei meiner Mutter auf dem Hof …«, verteidigte sich Antonia.

»Schluß jetzt damit. Du solltest mir dafür dankbar sein, daß ich ihr andere Möglichkeiten zugedacht habe, als aufzuwachsen wie diese Landpomeranzen. Angelica muß lernen, stets gepflegt auszusehen. Das ist sie sich selbst schuldig und dem Namen, den sie trägt.«

Angelica merkte, daß sie in dem erregten Gespräch mehrfach erwähnt wurde, hörte aber nicht genauer hin. Sie war ganz in ihren Schmerz versunken, vom Dorf Abschied nehmen zu müssen, und Sie versuchte, sich die Küche ihrer Großmutter vorzustellen, das Gelächter von Lina. Tief im Herzen tat ihr der Verlust all dessen sehr weh. Sie klammerte sich fest an ihre Puppe und kümmerte sich nicht um die Streiterei, die bis zur Ankunft in der Stadt andauerte.

Als die Kutsche endlich an der Porta Magenta anhielt, war jeder Widerstand Antonias gebrochen. Der Beschluß war gefaßt: Im Herbst würden sich die Pforten des Internats für Angelica öffnen und hinter ihr wieder schließen.

27

Es ist alles bereit, Angelica! Gleich geht's los!« rief Antonietta. Die Aussicht auf einen längeren Aufenthalt bei den Großeltern auf dem Dorf war für Angelica heilsamer gewesen als jede Arznei. Monate zuvor, im Februar, hatte Netta den Arzt rufen müssen. Das Mädchen hatte nur noch mit schwacher Stimme gesprochen, ein gurgelndes Geräusch in der Kehle war zu hören gewesen, ja sie schien zu ersticken. Lucina war herbeigeeilt und hatte empfohlen: »Hol schnell den Doktor!«

Die Diagnose des Arztes lautete: Diphtherie. Lucina tat es leid für die Freundin, sie zog sich aber gleich zurück, denn sie war endlich selbst schwanger geworden und besorgt um ihre Gesundheit.

Die Verzweiflung über die Erkrankung ihrer Tochter raubte Antonia beinahe den Verstand. »Und nun?« bedrängte sie den Arzt, der zwar noch jung, sich jedoch seiner Sache sicher war. Bei einem Erstickungsanfall Angelicas hatte er unverzüglich eingegriffen, mit den Fingern aus der Kehle der Kleinen Schleim entfernt und ihr so das Atmen ermöglicht. Dabei hatte er über jene leichtsinnigen Mütter geschimpft, die sich weigerten, ihre Sprößlinge impfen zu lassen.

Allerdings war auch der Arzt recht erschrocken gewesen über die schweren Symptome bei dem Mädchen. Für die Genesung mußten bestimmte Regeln sorgsam eingehalten werden, aber das Schlimmste hatte sie überstanden. Im März und April war Antonia sehr damit beschäftigt, sich ausreichend mit Kohlen zu versorgen, denn um Angelica vor schädlicher Kälte zu schützen, heizte sie von morgens bis abends ein. Die Wärmeöfchen, von denen der Arzt abgeraten hatte, weil sie Kohlendioxyd abgaben, verwendete sie nicht mehr; statt dessen heizte sie das Bett der Genesenden mit einer Wärmflasche.

Und Angelica langweilte sich. Während Netta sich ihren Näharbeiten widmete, sprach sie mit der Puppe, die ihr Tante Lina gebastelt hatte. Einigemal schon war Natalina nach Mailand gekommen und hatte sich sehr darüber gefreut, die Puppe auf Angelicas Kopfkissen liegen zu sehen – sie war offenbar ihr Lieblingsspielzeug. Die Besuche der jungen Tante, ihr sprudelndes Geplauder im Dialekt, ihre lebhaften Augen unter den geraden, schwarzen Haarfransen waren die einzige Aufheiterung an jenen endlosen Tagen. Daher freute sich Angelica auf die Reise ins Dorf. Dort würde sie, davon war Netta überzeugt, bald wieder zu Kräften kommen. Als Ende Mai die Natur zu neuem Leben erwachte, war Angelica zwar noch blaß und mager, aber bereits wieder voller Energie. Eines Morgens brachen sie also mit dem Zug ins Dorf auf.

Da Mutter und Tochter ihren Besuch nicht angekündigt hatten, wartete der Großvater diesmal nicht an der Haltestelle. Aber vor ihren begeisterten Augen breitete sich das Land mit seinem Duft und seinen Farben aus. Bei jedem Schritt bückten sie sich, um Margeriten, Trollblumen und Kräuter für die Suppe zu pflücken. Sie zogen sofort ein paar Kleidungsstücke aus, denn die Sonne schien wärmer als in der Stadt. Netta trug ein einfaches, graues Kostüm; Angelica dagegen sah in ihrem eleganten, erdbeerfarbenen Flanellkleidchen aus wie eine kleine Prinzessin.

In einer Tasche hatte Netta Röcke und Blusen für das Mädchen verstaut. Sie hatte Innocentes Tadel gut in Erinnerung, und Angelica hatte ihr versprechen müssen, nie wieder mit geflickten Kitteln, Holzpantoffeln oder gar barfuß herumzulaufen.

Es läutete gerade zu Mittag, als sie im Hof ankamen. Die Zeit der Seidenraupen war angebrochen, und in den Wohnungen hatte man Platz für ihre Aufzucht geschaffen. Im Hof stapelten sich die Einrichtungsgegenstände, die man aus den Zimmern geräumt hatte. Ersilia strich gerade die Polenta aufs Holzbrett, und auf der gegenüberliegenden Seite des Hofes tat Ceccos Frau das gleiche. Angelica und Antonia wurden von allen umringt und freudig begrüßt. Man riß die Kleine aus den Armen ihrer Mutter, streichelte und küßte sie.

Dann setzten sie sich zu den anderen ans Feuer und aßen. Wie sehr genoß Angelica die Anwesenheit der vielen Menschen und Dinge; keine der vortrefflichen Speisen, mit denen die Mutter sie während der Krankheit versorgt hatte, war besser als die Milch mit heißer Polenta aus der Tasse, auf der ein paar kleine Rußpartikel schwammen.

Für Netta gab es zu jener Zeit viel zu tun. Für Hochzeiten mußte die Aussteuer und für den Eintritt der Schülerinnen ins Internat Wäsche und Kleidung vorbereitet werden. Auch Angelica mußte gut ausgestattet werden, aber der Gedanke daran stimmte sie traurig. Was von Innocentes Beitrag nach Bezahlung der Miete übrigblieb, zahlte sie auf ein Sparbuch des Mädchens ein. Für ihren persönlichen Unterhalt wollte Netta nichts davon verwenden. Glücklicherweise fehlte es ihr nicht an Aufträgen. Sie hatte gerade Zeit genug, ein bißchen Landluft zu schnuppern, ein paar Worte mit ihren Angehörigen zu wechseln, und schon am nächsten Tag mußte sie wieder abreisen.

Doch wenigstens diesen Nachmittag wollte sie genießen. Angelica war bereits verschwunden, um die gewohnten Plätze in Stall und Garten wiederzuentdecken. Die Frauen aus der Hofgemeinschaft tauschten Neuigkeiten aus über Geburten, Todesfälle, Hochzeiten. Antonias Bruder Rico, der einst die neugeborene Angelica den alten Dagos gezeigt hatte, wollte heiraten. Ersilia war, wie sie Antonietta anvertraute, besorgt, denn die zukünftige Schwiegertochter stammte nicht aus dem Dorf. Vor zwanzig Jahren war sie in einem Waisenhaus aufgenommen worden, und man wußte nichts über ihre Herkunft. Womöglich war sie die Tochter eines Trinkers, eines Verrückten oder, schlimmer noch, eines Syphiliskranken.

Bis spät in die Nacht hinein besprachen Mutter und Tochter die Angelegenheit und beschlossen am Ende, den Lauf der Dinge dem Schicksal zu überlassen.

Eines Morgens – ihre Mutter war schon seit einigen Tagen abgereist – erschreckte Angelica die Großmutter mit einem leichten Hustenanfall. Eingepackt in warme Decken sollte sie im Bett bleiben, war aber ans Fenster gelaufen, gleich nachdem Ersilia das Zimmer verlassen hatte. Die Stirn an die Scheibe gepreßt, schaute sie auf den Hof hinunter, der in diesem Augenblick verlassen dalag. Plötzlich kam Pino aus der Küche, wo Cecco die Tische mit den Seidenraupen aufgestellt hatte. Angelica sah, wie er sich vorsichtig nach allen Seiten umblickte, während er energisch und befriedigt kaute. Eine gelbliche Flüssigkeit tropfte aus seinem Mundwinkel. Das Mädchen ließ ihn nicht aus den Augen; Pino ging ins Haus zurück und kam gleich darauf mit dem Objekt seiner Begierde in der Hand wieder heraus. Angelica erschauderte: Es war eine dicke, zusammengeringelte Seidenraupe. Voller Wollust steckte Pino sie sich in den Mund.

Entsetzt riß Angelica das Fenster auf: »Oma Ersilia! Teresa!« Die Stalltür ging auf.

»Die Seidenraupen!« schrie Angelica. »Pino ißt sie alle auf!«

Die Geschichte von Pino, der Seidenraupen naschte, machte in allen Höfen die Runde. Schließlich war damit das Rätsel der nicht nur im Hause Ceccos verschwundenen Seidenraupen gelöst.

Da Angelica am nächsten Tag nicht mehr hustete, auch nicht versehentlich, erhielt Natalina die Erlaubnis, sie mit nach draußen zu nehmen. Zusammen mit den anderen Kindern der Hofgemeinschaft wollten sie Gras für die Kaninchen mähen. Sie machten sich auf den Weg zum Stausee. Von den dornigen Robinien hingen Trauben duftender, weißer Blüten herab. Das Gesumm von Insekten und die Rufe der Männer auf den Feldern erfüllten die Luft.

Lina, die wie jedes andere Mädchen in der Spinnerei arbeiten mußte, sobald sie volljährig war, genoß ihren letzten freien Sommer. Sie durchquerten ausgedehnte Flächen bronzefarbenen, reifen Getreides, die mit leuchtendrotem Mohn und zartblauen Kornblumen gesprenkelt waren. Die Jungen machten sich aus Zweigen Stöcke, um damit Schlangen und Kröten zu vertreiben. Angelica war auf der Hut, denn Lina hatte sie gewarnt. Falls eine dieser Bestien auftauchte, die einem mitten ins Gesicht spuckten, um sich zu verteidigen, würde sie sich die Augen zuhalten.

»Was meint ihr, wollen wir ein schönes Feuer machen?« schlug Natalina vor. Sie waren am Stausee angekommen.

Das Dorf lag in einer äußerst trockenen Gegend. In den Höfen waren tiefe Brunnen für die Versorgung der Familien ausgehoben worden, und die Felder mußten so lange, bis endlich die Kanalisation verwirklicht wurde, über Gräben vom Stausee aus bewässert werden.

Die Kinder sammelten dürre Äste und Zweige, schichteten sie auf, und dann zog Lina eine Schachtel Zündhölzer aus der Tasche ihres Kittels: Sofort schlugen die Flammen hoch. »Wie der brennende Bart des heiligen Antonins!« rief Angelica begeistert.

Heimlich wurden einige unreife Maiskolben und ein paar noch kleine Kartoffeln gesammelt, um sie in der heißen Asche zu garen.

»Laßt vor allen Dingen das Feuer nicht ausgehen«, mahnte Natalina. Aber das Brennmaterial hielt nicht lange vor, und ständig mußte zwischen Eichen und Robinien für Nachschub gesorgt werden.

Angelica tränten die Augen; auch frische Zweige waren jetzt ins Feuer gelangt und verbreiteten einen dichten, beißenden Qualm. Das halbgare, halbverkohlte Gemüse verzehrten sie restlos. Seit dem Morgen war die Sonne verhangen, das Licht war trügerisch, und überraschend schnell ging nun der Tag zu Ende.

»Du lieber Gott«, rief Lina, »es ist ja schon furchtbar spät!« Sie rannte los und zerrte Pino am Arm hinter sich her. Die anderen Kinder folgten ihr. »Lauft, so schnell ihr könnt!« keuchte Natalina. Plötzlich hielt sie inne und brachte mit ausgebreitetem Arm die Schar hinter ihr zum Stehen. Zwanzig Schritte vor ihnen auf dem Weg war schemenhaft eine große, massige Gestalt aufgetaucht. Mit zusammengekniffenen Augen konnte Angelica vor dem Bauch des Mannes gegen die dunkle Kleidung seine hellen Hände erkennen, in denen er etwas Undefinierbares hielt. Der Schäfer aus Pappe in der Weinachtskrippe fiel der Kleinen wieder ein; aber im Gegensatz dazu war diese Gestalt ganz schwarz, bis auf die Zähne und die Haut an den unbekleideten Stellen. Er entblößte die Zähne auf unnatürliche Weise, wie ein Hofhund, der eine Katze in die Enge getrieben hat und nun böse zu grinsen scheint.

»Heilige Maria!« stammelte Lina.

»Schau mal!« rief Pino. »Er hat ihn rausgeholt!«

Barsch brachte ihn Natalina zum Schweigen, er aber fuhr ungerührt fort: »Doch, ich habe es genau gesehen. Er hat ihn aus der Hose ...«

»Halt den Mund!« zischte die Ältere, hielt eilig die Hand vor Angelicas weit aufgerissene Augen und murmelte Stoßgebete. Einen Augenblick lang, der ihnen wie eine Ewigkeit erschien, starrte der Mann reglos und mit offenem Mund die Kinder an. Auch Lina hielt sich die Augen zu. Schließlich hörte man einen Hund bellen.

Rasch, wie er aus dem Dunkel der Hecken aufgetaucht war, verschwand der Mann wieder zwischen den Holundersträuchern.

»Gott sei Dank!« seufzte Natalina erleichtert. »Wehe, ihr sagt was!« ermahnte sie die Kinder. »Wenn es die Großen erfahren, dürfen wir nicht mehr allein herumlaufen.«

Auf einmal erschien Fedele, der Hund, vor ihnen und bellte wie rasend das Holunderdickicht an. Hinter ihm stand Ricco und schrie ärgerlich seine Schwester an: »Siehst du denn nicht, wie dunkel es ist? Wo seid ihr bloß gewesen? Du bist doch schon groß und solltest dich schämen!«

Lina senkte den Kopf und schwieg. Sie konnte sich gut vorstellen, welchen Aufruhr ihr Ausbleiben verursacht hatte. Häufig kam es vor, daß Kinder in den Stausee fielen oder von Vipern gebissen wurden.

Als sie schließlich im Hof ankamen, atmete Ersilia erleichtert auf: sie spürte die Last der Verantwortung für Angelica, die sie wie alle anderen von Herzen liebte, ja, vielleicht noch mehr, wegen ihres Familiennamens.

Vor Erschöpfung war Angelica unfähig, auch nur einen Schluck Milch zu trinken, und ging zu Bett. So müde sie war, gelang es ihr jedoch nicht einzuschlafen. Ein ungewisses Grauen bedrückte sie. Obgleich sie nichts anderes hatte erkennen können, als den Schimmer der Augen und Zähne unter dem schwarzen Hut und eine unverständliche Geste, ahnte sie doch, daß sie dem Bösen begegnet war, wogegen man sie zu beten gelehrt hatte: »Erlöse uns Sünder von dem Bösen.«

28

Seit Innocente zum Bürgermeister gewählt worden war, verfolgte er ein Ziel: Die Lehrerin sollte im Dorf wohnen und die Kinder, die ein Anrecht auf Schule hatten, in geeigneten Räumen unterrichten. Schluß mit improvisierten Klassenzimmern, mit der Trennung der Schüler nach Geschlecht, Schluß mit dem ständigen Wechsel schlecht ausgebildeter Lehrkräfte.

Unterstützt hatte ihn in dieser Angelegenheit der Gemeindesekretär, Signor Battista, ein ausgebildeter Buchhalter um die Vierzig, der etwa zu der Zeit, als Innocente auf die Trikolore vereidigt wurde, eingestellt worden war. Im ersten Stock des Rathauses bewohnte er ein paar Zimmer zusammen mit seiner Frau, einer brünetten Dame mit fremd klingendem Akzent. Ihr Kind, so hieß es, sei gestorben, als es noch klein war, und nach Auskunft des Dienstmädchens lebte sie sehr zurückgezogen, vielleicht um zu trauern, und verbrachte viel Zeit auf ihrem Zimmer mit Lesen. Dem Bett gegenüber standen auf einem Tischchen gerahmte Photographien ihres toten Söhnchens und ständig brennende Kerzen.

Bei den Damen im Dorf erregte sie große Neugier; da sie aber der Einladung Adelaides zum Tee selten gefolgt war, konnte man nur Mutmaßungen über sie anstellen. Innocente, der vom Buchhalter Battista zum Essen eingeladen worden war, ließ sich von den ausgezeichneten Kochkünsten der Signora überzeugen. Anschließend führte er sie des öfteren als Musterbeispiel für eine ideale Ehefrau an:

eine ruhige, gebildete Hausfrau, die mit ihrem Wissen keineswegs protzte.

Battista dagegen war von ganz anderem Wesen: Mitteilsam und gutmütig hatte er sich bald als Innocentes geschickter Verbündeter erwiesen, der den Gemeindeausschuß von den Plänen des Bürgermeisters überzeugen konnte. Das Gehalt für eine fest angestellte Lehrerin und die Miete für zwei Zimmer mußten in der Haushaltsbilanz berücksichtigt werden, damit die Lausbuben aus dem Dorf, insbesondere die Schuleschwänzer, einen geregelten Unterricht bekamen und so besser beaufsichtigt werden konnten.

»Stellen Sie sich vor«, hatte Innocente den Gemeinderäten zugerufen, »ich würde einen unserer Meßdiener bitten, hier vor unseren Augen einen beliebigen Satz zu schreiben, zum Beispiel ›Es lebe Italien!‹. Was käme dabei heraus? Ein lächerliches, fehlerhaftes Gekritzel! Ist das nicht eine Schande? Die Frauen führen die Haushaltskasse, lesen im Gebetbuch, überwachen die Hausaufgaben ihrer Kinder, falls diese zur Schule gehen. Kurz, mit den Frauen geht es noch einigermaßen. Aber die Männer sind schlimmer als die Zulu in Afrika.«

Schließlich wurde die Bereitstellung der Mittel gebilligt. In dem Hof, in dem Piero, Innocentes Milchbruder, seine gutgehende Schmiedewerkstatt hatte, wurden zwei Zimmer geräumt. Und schließlich gelang es auch, eine geeignete Lehrerin zu finden – mit Hilfe des Bürgermeisters von Abbiategrasso, der während einer Versammlung zu seinem Kollegen Dago sagte: »Mir liegt die Zukunft eines jungen Mädchens sehr am Herzen. Sie ist fast zwanzig Jahre alt, intelligent, Halbwaise und war so eifrig bei ihrem Studium, daß der Gemeindeausschuß ihr ein Stipendium bewilligt hat. Falls irgendwo eine Lehrerin gebraucht wird, diese hier ist wirklich etwas Besonderes, eine echte Perle.« Und als solche sollte sich Battistina in fast fünfzig Dienstjahren tatsächlich erweisen.

Gleich nachdem sie ihr Examen abgeschlossen hatte, begab sich Innocente zu Battistina, um die notwendigen Vereinbarungen zu treffen. Sie gefiel ihm auf den ersten

Blick: Sie war nicht groß, aber wohlproportioniert, ihre Haare, die in ihren Ausweispapieren als blond bezeichnet wurden, spielten in Wirklichkeit ins Rötliche; blasse Sommersprossen auf Nase und Wangen zierten ihre sehr helle Haut.

Die junge Frau unterbreitete ihre Dokumente. Das Zeugnis, das ihr die Nonnen eines bekannten Internats ausgestellt hatten, bescheinigte ihr eine lebhafte Intelligenz, einen guten Charakter und einen ausgeprägten Hang zur Beschäftigung mit Kindern. Ihre einfache, fast ärmliche, aber saubere und gut gebügelte Kleidung ließ Ordnungsliebe erkennen. Kurzum, auf Innocente machte sie einen guten Eindruck, und Battistina gab mit der für sie charakteristischen Offenheit ihre große Befriedigung darüber zu erkennen, gleichzeitig Arbeit und Wohnung gefunden zu haben.

Innocente war mit seiner Erwerbung sehr zufrieden. Diese klug leuchtenden Augen, diese Fröhlichkeit waren Zeichen für einen hoffnungsvollen Neubeginn im Schulleben des Dorfes, wo seit Jahren eine Lehrerin mürrischer und häßlicher war als die andere.

Leichten Herzens und mit der lebhaften Stimme Battistinas im Ohr, machte sich Innocente auf den Heimweg. In der nach der Hitze des Tages erfrischenden Kühle der Abenddämmerung, fuhr er in der Kalesche durch Abbiategrasso, doch auf dem Kopfsteinpflaster vor der Kirche Santa Maria Nuova brachte er mit einem Ruck an den Zügeln das Pferd zum Stehen. Eben kam in höchster Aufregung der Seelsorger aus der Kirche gelaufen, schrie mit erhobenen Händen: »Mord! Mord!« und forderte den Küster auf, die Glocken zu läuten.

Innocente lehnte sich aus dem Wagen, um einen Dorfbewohner zu befragen, der atemlos herbeigelaufen kam.

»Wie ist das möglich, Signore? Sie haben nichts davon gehört? Der König ist ermordet worden! Ja, ja, Sie haben recht verstanden: unser König ist ermordet worden!«

Innocente band das Pferd fest und mischte sich eilig unter die Leute, die sich in den Bogengängen der Hauptstraße drängten. In einem Café hörte er bestürzt die Einzelheiten des Verbrechens. Das tödliche Attentat war in Monza von einem gewissen Bresci verübt worden, der sich bei seiner Festnahme als ›stolzer Anarchist‹ bezeichnet hatte. Vier Pistolenschüsse ins Herz hatten König Umberto niedergestreckt.

Die Unbeschwertheit war verflogen, Innocente bestieg die Kalesche und fuhr nachdenklich weiter. Schlimm, auf diese Art zu sterben, ohne Zeit zu haben, ein Amen zu flüstern. Zwar hegte Innocente keine besondere Vorliebe für das Königshaus, und König Umbertos Beschränktheit war allgemein bekannt. Dennoch war er empört über diese Tat, die überdies sinnlos war, würde sie doch weder das Haus der Savoyen noch dessen Herrschaft auslöschen. Im Gegenteil: Sie würde der erlauchten Familie die allgemeine Sympathie und ein berechtigtes Mitleid verschaffen, auch das Mitgefühl derjenigen, die in den Salons eine antimonarchische Einstellung vertraten.

Schon jetzt ahnte Innocente, was der Vater bei seiner Rückkehr sagen würde: daß die Abscheu vor den Übeltätern, die jetzt ihr wahres Gesicht zeigten, nur allzu berechtigt war … Innocente nahm sich vor zu schweigen, alles, was der Vater sagen würde, hinzunehmen, ohne zu widersprechen. Er verspürte eine große Wut auf diesen Idioten Bresci, wer immer das war: ein Trottel war er in jedem Fall, ohne einen Funken Verstand, gewiß kein Mitglied einer ernstzunehmenden politischen Gruppierung.

Mit einer nervösen Geste ruckte er an den Lederriemen der Zügel und bemerkte plötzlich die kaffeebraunen Flecken auf seinem Handrücken. »Die Leber«, sagte er vor sich hin. »Langsam komme ich in die Jahre …«

Und auf einmal überfiel ihn ein Gefühl des Verlustes, nicht im physischen, sondern im moralischen Sinn. Die Sicherheiten, die einst für ihn galten, waren verloren, für immer verschwunden. Wehmut erfaßte ihn.

Dennoch, einigen war es gelungen, an den alten Idealen festzuhalten. »Mussi zum Beispiel«, ging es Innocente durch den Kopf. »Er hat nicht kapituliert, er hat dem neuen

Gedanken der Demokratie nicht abgeschworen, auch nicht, nachdem sein Sohn ermordet worden war.«

Und in dem Bemühen, wenigstens eine Spur Ordnung in den Wirrwarr seiner Gedanken zu bringen, ließ er die Zügel locker, und das Pferd trottete gemächlich nach Hause.

29

Es war die Zeit, in der eine große Menge Jauche auf dem staubigen Ackerboden abgeladen und von den Männern mit Reisigbesen verteilt wurde. Schwärme von Insekten stürzten sich auf die stinkende Fläche, und um sie zu vertreiben, warf man schaufelweise Erde darauf, unter der die Gierigsten von ihnen begraben wurden. Mist, Erde, Lehm und Wasser bildeten einen Brei, der, wenn er in der Sonne getrocknet war, aussah wie die schmutziggelbe Tenne eines Bauernhofes.

Auf dem Hof der Paolinis waren wie überall im Dorf die Garben zum Trocknen aufgereiht. Ersilia umklammerte ihren Rosenkranz und flehte: »Herr, mach, daß es nicht regnet!« Und so war es. Das Wetter blieb die erforderliche Zeit lang schön.

Hinter einem an der Wäscheleine befestigten Laken saß Angelica nackt in einer gußeisernen Wanne und wurde von ihrer Großmutter gewaschen. Gegen die neugierigen Blicke des Raupenfressers Pino, der die Leiter hinaufgeklettert war und es sich oben in der Scheune auf dem Heu bequem gemacht hatte, war sie allerdings nicht geschützt.

Im Juni setzte auf den Höfen ein lebhaftes Treiben ein; schon vor der Morgendämmerung waren die Männer auf den Beinen, bearbeiteten die Ähren mit Dreschflegeln, und alle mußten mithelfen. Die Kinder hatten die Aufgabe, das grobe Stroh wegzuräumen. Dann wurde der Rest – Körner, Spreu und feines Stroh – auf die Tenne gebracht und ein zweitesmal gedroschen. Ein vor einen Wagen gespannter Ochse wurde über das sorgfältig ausgebreitete Getreide geführt. Dieser Augenblick wurde von den Kleinsten sehnsüchtig erwartet. Selbst Lina, die schon älter war, wollte unbedingt mit auf den Wagen steigen, der über das Getreidemeer rollte und von dem geduldigen Ochsen solange hin- und hergezogen wurde, bis sich alle Körner sauber herausgelöst hatten.

Auf der Tenne, hinter der Spinnerei Dago, probierte Angelica den Geschmack roher Körner, die die Zähne stumpf machten. Hartnäckig weigerte sie sich, Schuhe und städtische Kleidung anzuziehen, am liebsten waren ihr die geflickten, abgelegten Baumwollkittel von Ersilia. Ihre Haare waren hinter den Ohren zu festen Zöpfen geflochten. Hätte Innocente sie so gesehen, er wäre entsetzt gewesen. Inmitten der Kinderschar, die von den schwer beschäftigten Erwachsenen kaum beachtet wurde, genoß Angelica die schönsten Tage des Sommers. Am Dreschtag spielten die Kinder noch bis lange nach Sonnenuntergang – das Korn war bereits in Jutesäcke abgefüllt worden.

»Laßt uns das Wächterspiel machen!« rief Natalina.

Bei diesem Spiel gab es Paare und einen einzelnen, der sich immer, wenn sich die Paare trennten, einen Partner suchen mußte. Wer allein übrig blieb, mußte natürlich mit einer ›Bestrafung‹ rechnen. Nur aus diesem Grunde spielten die Jungen mit: weil die Mädchen sich dann küssen lassen mußten.

Ein Junge, der den Paolinis gegenüber wohnte, packte Angelica bei den Schultern; Lina stand allein in der Mitte des Feldes und wartete auf einen günstigen Augenblick, um den Wechsel auszurufen. Als sie endlich rief, versuchte Angelica sich freizumachen, um einen neuen Partner zu finden, aber Annibale hielt sie im Schutz der Dunkelheit weiter fest. Angelica spürte seinen Körper an ihrem Rücken. Die Nacht war weich wie ein großes, dunkles Bett, warm wie das in der Sonne ausgebreitete Getreide, das Angelica barfuß betreten hatte. Der Junge bewegte seine Hände auf ihrem Körper; Angelica fand es schön, umarmt, an Bauch und Schenkeln sanft gestreichelt zu werden, so wie die Großmutter beim Waschen zärtlich auch die intimen Stellen berührt. Annibale war nicht ganz so empfindsam. Als er sie in die Brust zwickte, rief sie aus: »Weg mit dir! Wechsel!« Sofort löste sich Annibale von ihr, ein anderer nahm seinen Platz ein und langte grob nach ihren Schultern.

Am schwarzen Himmel waren viele leuchtende Sterne aufgegangen. Angelica sah sich nach Annibale um, konnte ihn aber nicht entdecken. »Es ist spät«, sagte Natalina. Pino, die anderen Kinder von Cecco und Angelica, die vor Müdigkeit kaum noch die Füße heben konnte, folgten ihr nach Haus. Nur einige ältere Jungen, die Halbstarken, blieben zurück.

Der große Magnolienbaum im Park der Dagos beherbergte Hunderte von Spatzen und die eine oder andere Nachtigall, deren kunstvolles Trillern das lärmende Gezwitscher wie die Klänge erlesener Musik durchdrangen. Von der Morgendämmerung bis tief in die Nacht hinein waren die gesungenen Botschaften zu hören. Oft klatschte Signor Ambrogio kräftig in die Hände und rief: »Schluß mit diesem Krach!« Signora Santina dagegen genoß es. Sie saß ruhig da, eingesunken in ihre Kissen, die Füßen auf einen Hocker gestützt. Ihr Gesicht war blaß, die Augen geschlossen, und sie trommelte mit den Fingern im Rhythmus des Vogelgesangs, der ihre Nervosität zu lindern schien.

Mit der Letztgeborenen auf dem Arm kam Adelaide aus dem Laubengang und näherte sich den Stühlen, die unter dem Baum im Kreis angeordnet waren. Innocente, Francesco und Signor Ambrogio lasen die Tageszeitungen.

»Überall in der Welt, wo es italienische Kolonien gibt, finden symbolische Begräbnisse statt«, wandte sich Francesco an seine Frau. Carlotta, das Baby, das von allen nur Lotti genannt wurde, stieß einen Schrei aus.

Gebieterisch hob Santina einen Arm und deutete auf den Magnolienbaum. Alle schwiegen, damit die Kranke das Konzert der Vögel in Ruhe genießen konnte. »Wie trostlos doch ihr Leben geworden ist«, dachte Innocente und stellte sich mit geschlossenen Augen den Garten vor, jeden Winkel, jede Hecke, jeden Busch. Einst hatten die adligen Vorbesitzer diesen Park von fachkundigen Händen raffiniert gestalten lassen, jetzt wuchs alles aufs Geratewohl. Innocente hatte an diesem Spätnachmittag im August noch einen anderen Garten im Sinn, der jedoch bisher nur in seiner Vorstellung existierte. Nicht so groß, aber harmonischer, heimeliger, mit auf verschiedenen Ebenen angelegten Terrassen, die mit von Blumenrabatten gesäumten Steintreppen verbunden waren, und einer großen, freien Rasenfläche in der Mitte.

Er betrachtete das aufgedunsene Gesicht seines Vaters, die blaugeäderte Nase. Zweifellos waren ihm nicht mehr viele Lebensjahre vergönnt. Ohne schlechtes Gewissen konnte er an sein Erbe denken, an die Zukunft und an ein eigenes Haus, wonach er sich so sehr sehnte. Die Begegnungen mit Angelica waren flüchtig, er wußte nicht, was er mit ihr anfangen sollte. Zwei- oder dreimal hatte er die Kleine bei Ersilia abgeholt und war mit ihr nach Magenta zum Café unter den Arkaden gefahren, wo es köstliches Eis gab. Dann beobachtete er, wie sie schweigend ihr Eis löffelte. Sie war frisch gekämmt und gewaschen und mit geheimnisvollen Phantasien beschäftigt, von denen er ausgeschlossen war. Es paßte ihm nicht, daß er für sie nur die Rolle eines Kutschers oder, schlimmer noch, die eines herrschsüchtigen Signore spielte, der sich bemühte, ihr Herz zu erobern.

Mit einem eigenen Haus dagegen würde er der Kleinen einen anheimelnden Platz bieten, wo sie familiäre Gefühle entwickeln konnte. Im Hause Dago war sie nie empfangen worden; Innocente hatte aus Rücksicht auf seine Eltern auch nicht darauf bestanden. Jetzt, da seine Tochter allmählich größer wurde, fürchtete er, deswegen von ihr verurteilt zu werden. Mit sechsunddreißig Jahren verspürte er das Bedürfnis, seine Vaterpflichten sorgfältiger als bisher zu erfüllen.

»Das war ein gerechtes Urteil!« rief Francesco aus. »Es kommt leider selten vor, aber manchmal ...« Aus dem *Corriere* vom neunten August las er vor: »Einstimmig hat gestern der Gerichtshof von Mailand Bresci zu lebenslanger Haft verurteilt.«

»Richtig so, Gott sei Dank«, murmelte Signor Ambrogio.

Schweigend dachte Innocente über dieses Urteil nach. Hiermit war ein seit Monaten heiß diskutiertes Thema, abgeschlossen, das zweifellos eine kluge Entscheidung erfordert hatte. Schließlich kam die Idee zum Königsmord ja nicht aus heiterem Himmel; viele brillante Köpfe hatten in den Zeitungen, in Cafés und Salons mögliche Motive erörtert. Jener Bresci war zwar wie jeder Verschwörer ein Fanatiker, aber verrückt war er keineswegs. War er etwa von amerikanischen Anarchisten beauftragt worden?

Zweifellos nahmen in der italienischen Bevölkerung die Unruhen seit wenigstens zehn Jahren ständig zu. Es gärte wie in einem Brotteig. Ein Anzeichen dafür war die Erhebung 1889 auf dem Land gewesen. Eine Seifenblase, die zur Erleichterung der Großgrundbesitzer sofort geplatzt war. In den wichtigsten Städten jedoch folgten zahlreiche, bedrohliche Gewaltausbrüche – so wie ein Korken nach dem anderen knallt, wenn es im Weinkeller zu warm ist. Und in Italien herrschte wirklich ein überhitztes Klima. Innocente fiel die Orientierung immer schwerer. Mit dem Vater über Politik zu sprechen, war zwecklos. Zwar hatte er nicht den Verstand verloren, wirkte aber erschöpft und dumpf. Und Francesco interessierte sich nur für die handfesten Probleme des Alltags – Politik lag ihm fern.

Innocente dagegen las die Zeitungen. General Pelloux, der die Nachfolge Rudinìs in der Regierung angetreten hatte, war ein Konservativer mit liberalem Gedankengut. Der oppositionellen gemäßigten parlamentarischen Linken gegenüber zeigte er wenig Toleranz, von der extremen Linken ganz zu schweigen. Es war für ihn nicht leicht, sich durchzulavieren. Entscheidungen wie etwa die aufwendige und teure italienische Expedition nach China erregten den Zorn derjenigen, denen es zu Hause am Notwendigsten mangelte. Und das Parlament war die Bühne, auf der die Gegensätze der Nation ausgetragen wurden. Eine Regierungssitzung wirkte wie eine Komödie: im Mai hatten die

Abgeordneten der Linken einen ganzen Tag und eine ganze Nacht hindurch Reden gehalten, um für die Verabschiedung eines Dekrets zu plädieren. Die lange und geistreiche Rede des Abgeordneten Pantano war mit großem Beifall aufgenommen worden, auch von D'Annunzio, der sich sogar von seinem Platz erhoben hatte. Dies war eine unerhörte Geste, die überall diskutiert worden war und vielleicht die Wahlen im Juni beeinflußt hatte, bei der die vereinten Volksparteien ein gutes Ergebnis erzielt hatten. In der Mitte des Monats hatte Ministerpräsident Pelloux sein Amt niedergelegt.

Gespannt und von widerstreitenden Interessen hin- und hergerissen hatte Innocente diese Vorkommnisse verfolgt. Einerseits konnte er befriedigt feststellen: »Das war höchste Zeit. Ich hatte es immer schon gesagt!« Andererseits verspürte er die unvermeidliche Wehmut, die eine Beerdigung hervorruft. Eine Epoche ging zu Ende.

Nur wer in Erinnerungen lebte wie sein Vater oder sich wie Francesco auf die Sinnesfreuden von Tafel und Bett beschränkte, konnte von den Ereignissen unberührt bleiben. Innocente war sehr wohl bewußt, daß die unveränderte Atmosphäre im Dorf, wo sich die Leute ehrerbietig und gehorsam vor den hochgestellten Persönlichkeiten – Grund- und Fabrikbesitzern, Priestern, Ärzten – verneigten, nicht über die berechtigten Gefühle der Masse hinwegtäuschen konnte. Schließlich waren vor Gott alle Menschen gleich. Zweifellos handelte es sich um einen Krieg, der zwar nicht erklärt worden war und im Verborgenen geführt wurde, aber dennoch: es herrschte der Kriegszustand.

König Umberto hatte von alledem keine Notiz genommen. Für ihn zählte nur das Leben auf dem Schloß und die Jagd; wurde der Aufruhr allzu offensichtlich, beschränkte sich die königliche Initiative auf eine Demonstration seiner Macht. So hatte er in Sizilien die sofortige Auflösung der Arbeiterbünde befohlen. »Weg mit dem Pack!« war, so hieß es, der Kommentar der Königin Margherita gewesen. Diese Ansicht wurde von den Konservativen geteilt, die entsetzt waren über die Untaten der Volksbewegung.

»Maria!« rief Adelaide und überreichte der Magd das schlafende Kind. »Und dann deck den Tisch!« Nachdem sie das Bündel aus der Hand gegeben hatte, seufzte sie erleichtert auf, streckte sich auf einem Korbsessel aus und versenkte sich in ihre Zeitschrift *Natur und Kunst*.

»Hilf mir, Francesco, ich will aufstehen.« Ambrogio war in letzter Zeit korpulent geworden und wirkte kränklich. Man ließ sich bei Tisch nieder; Ambrogio werde ein Stückchen kalten Kapaun vorgelegt; Signora Santina hatte mit Marias Hilfe allein gegessen. Einige besonders freche Spatzen pickten die Krümel zwischen Santinas Füßen auf. Das Konzert im dichten Laub des Baumes dauerte an und übertönte fast das Tischgespräch.

30

An einem regnerischen Tag Ende September begleitete Antonia ihre Tochter ins Internat. Die beiden waren sehr früh aufgestanden, das Gepäck stand bereit, und jetzt blickten sie aus dem Fenster hinaus auf den Corso Magenta, der vom Regen reingewaschen war. Sie warteten auf Innocente. Angelica war überzeugt, daß er selbst kommen würde, um ihr an diesem bedeutenden Tag nahe zu sein. Sie wollte dem Vater zeigen, wie folgsam und tapfer sie war. Bestimmt würde er stolz auf sie sein.

Als dann der Einspänner kam, saß auf dem Kutschbock nur ein völlig durchnäßter Giuseppe. Antonia bot ihm eine Tasse heiße Milch an, mit einem großzügigen Schuß Wein darin. Giuseppe bemerkte sofort, wie enttäuscht Angelica war; sie fühlte sich verraten und hielt nur mit Mühe die Tränen zurück.

»Ein Unglück ist geschehen. Morgen wird es auch in der Zeitung stehen«, sagte er. »Bernardo il Biondo: tot, dahingestreckt, ermordet!« Aufgeregt und im Dialekt schilderte er alsdann das abscheuliche Geschehen, das Innocente Dago hinderte, an diesem Morgen zu kommen.

Es hatte sich am Abend zuvor in der Osteria ereignet, wo die Männer sich nach getaner Arbeit ein Gläschen genehmigten. Aus nichtigem Anlaß war es zwischen zwei Gästen zu einem Streit gekommen, der alsbald in Gewalttätigkeit ausartete.

Einer alten Gewohnheit folgend, hatten die Stammgäste ihre mit Zeichen markierten Becher an der Wand hinter dem Ausschank hängen. Als Bernardo il Biondo die Schenke betrat, nahm er – ob im Scherz oder aus Versehen – den Becher des Holzschuhmachers Cilappa von der Wand. Der sah zunächst wortlos zu, wie der andere sich den fremden Becher drei Fingerbreit mit Rotwein vollschenken ließ; dann stürzte er sich auf ihn und beschwerte sich. Il Biondo, ›der Blonde‹, war Albino von Geburt; weiß war jedes Härchen seines Körpers; er hatte wimpernlose Augen mit milchig weißen, rotumrandeten Pupillen. Er mied das Tageslicht und verließ erst in der Abenddämmerung das Haus, um frische Luft zu schnappen und in der Osteria ein wenig zu plaudern. Diese seltsame Lebensweise war seinem Charakter abträglich und machte ihn zu einem rauf- und streitsüchtigen Gesellen.

An jenem Abend reagierte er auf Cilappas Vorhaltungen mit höhnischem Gelächter und spuckte dazu noch vor ihm aus. Der verwechselte Becher löste so einen wohl seit langem schwelenden Streit aus. Nachdem sich ältere Gäste eingeschaltet hatten, um den Streit zu schlichten, schienen sich die beiden zu beruhigen; der Holzschuhmacher hängte seinen gewaschenen Becher behutsam an den Haken zurück, verzichtete auf seine übliche Partie Karten und verließ früher als sonst die Schenke.

Il Biondo wohnte allein in einer armseligen Hütte am Rand des Dorfes. Und allein, wie er gelebt hatte, starb er auch: Der Scherenschleifer, der im Morgengrauen mit seiner Karre zu den Höfen unterwegs war, entdeckte ihn mitten auf dem Weg. Erstochen; er hatte nicht stark geblutet, und der Mörder hatte sich nicht einmal die Mühe gemacht, die spitze Schusterahle aus dem Körper des Toten zu ziehen.

Es läutete bereits zur Morgenmesse. Wie ein Lauffeuer verbreitete sich die Nachricht im Dorf und überraschte Bürgermeister Dago noch im Schlummer. Während er seinen Kaffee schlürfte, erteilte Innocente rasch die nötigen Anweisungen und kleidete sich eiligst an. Aufrichtig bedauerte er, daß er Angelica nicht begleiten konnte, doch seine öffentlichen Verpflichtungen hatten Vorrang.

Rasch war der Holzschuhmacher gefunden, der sich in einem Buchenwäldchen versteckt hielt und unverständliche Flüche vor sich hinmurmelte. Die Gendarmen führten ihn ab und meinten, der Unglückliche werde wohl den Rest seiner Tage in einer Nervenheilanstalt zubringen müssen.

Deshalb, so schloß Giuseppe seine Erzählung, habe der Bürgermeister nicht kommen können; er lasse sich vielmals entschuldigen. Fröstelnd hüllte er sich sodann in seinen Mantel und begann, sich über weitere Einzelheiten des schrecklichen Verbrechens auszulassen.

Aber Antonietta und Angelica hörten ihm nicht mehr zu; im Sturm, der ihre Regenschirme verbog, stiegen sie in den Einspänner. Zwar hatte Angelica ihre Enttäuschung noch immer nicht ganz verwunden, bekam aber durch diese Geschichte den Eindruck, daß ihr Vater eine wahrhaft bedeutende Persönlichkeit sei – enorm wichtig und daher unabkömmlich –, und sie zeigte daher Verständnis für sein Ausbleiben.

Vor dem Internat brachte Giuseppe die Kutsche zum Stehen. Das dreistöckige, ockergelb gestrichene Gebäude mit den großen Fenstern, die im untersten Stock vergittert waren, stammte aus dem 18. Jahrhundert. Doch der Eingang mit seiner imposanten, mit Intarsien verzierten Tür aus Nußbaumholz und der breiten Freitreppe wurde kaum benutzt. Man betrat den Konvent vielmehr durch den Dienstboteneingang und gelangte dann in einen schmalen Vorraum; man zog an einer Schnur, die ein Glöckchen in Bewegung setzte, und wartete, daß das prüfende Auge hinter dem Guckloch verschwand.

Mutter und Tochter hörten das Bimmeln des Glöckchens

und bald darauf, wie ein Schlüssel im Schloß umgedreht wurde. Die Pförtnerin ließ sie in eine Art Warteraum eintreten, in dem sich ein in die Wand eingelassenes hölzernes Sprechgitter befand. Die Nonne war alt und klein; sie trug die Ordenstracht, ein ziemlich verschlissenes Kleid. Angelica betrachtete sie mißtrauisch.

Die Herz-Jesu-Schwestern waren ganz in Schwarz gekleidet. Die düstere Strenge des Schleiers wurde nicht einmal – wie beispielsweise bei den Vinzentinerinnen – durch ein weißes Häubchen gemildert. Ein langer Rosenkranz mit dicken schwarzen Perlen schwang ihr bei jedem Schritt um die Hüfte.

Angelica drückte ängstlich die Hand ihrer Mutter, aber auch Antonia fühlte sich unbehaglich. Schließlich kam eine junge Schwester auf sie zu, zu der Angelica sofort Zutrauen faßte. Sie war sehr hübsch: Ihr gleichmäßig geformtes ovales Gesicht, das von dem dunklen Schleier eingerahmt wurde, war hell und freundlich, und sie blickte Angelica aus großen Augen gütig an. Wenn sie den Mund öffnete, war ein feines, fast kindliches Stimmchen zu hören, das tröstende Worte sprach.

Schwester Maria, so hieß sie, zeigte ihnen das Kloster: ein Labyrinth, so kam es Angelica vor, geheimnisvoll und bedrohlich zugleich. Den Kern des Konvents bildete ein schöner quadratischer Innenhof, der ringsum von einem Arkadengang mit hohen Doppelsäulen aus grauem Granit umgeben war. Im Erdgeschoß befanden sich die Kapelle, die Nähstube, die Küche und das Refektorium, ein kleines Theater mit einer richtigen Bühne, außerdem ein kleiner Hof, auf dem sich die Schülerinnen in den Mußestunden erholen konnten. Sie stiegen die breite Treppe in den oberen Stock hinauf. Schwester Marias feines Stimmchen verlor sich in dem hohen Gewölbe, während sie die wichtigsten Stationen aus dem Leben der seligen Mutter Teresa Verzeri, der Ordensgründerin, wiedergab.

Im ersten Stock befanden sich die Schul- und Schlafräume der Zöglinge, im zweiten die Zimmer der Klosterschwestern.

»Und das hier … das ist dein Zimmer! Du bekommst eine Mitbewohnerin. Du wirst sie mögen, und ihr werdet euch bestimmt gut verstehen, dann wirst du dich nicht einsam fühlen.«

Angelica blieb auf der Türschwelle stehen, doch Antonietta schob sie mit sanftem Druck vorwärts. Das frisch getünchte Zimmer war sehr geräumig; durch die hohen Wände war es im Sommer gewiß angenehm kühl. Aber jetzt, Ende September, war es schon kalt, und durch das undichte Fenster, das die halbe Wand einnahm, zog es.

»Brrr!« machte die Nonne. »Dieser Regen hört ja gar nicht mehr auf!« Sie stieß die Fensterläden auf, und sofort rannen breite Rinnsale die Scheiben hinunter. »Aber Gott sei Dank!« rief sie. »Anderswo, in Ligurien zum Beispiel, hat dieser Regen großen Schaden angerichtet. Hier sind wir geschützt.«

Antonietta sah zu Angelica, die zusammengesunken auf dem Bett neben ihrem Gepäck saß und ein betrübtes Gesicht machte, aber nicht weinte.

Antonia wäre es lieber gewesen, wenn ihre Tochter in Tränen ausgebrochen wäre, dann hätte sie sie tröstend in die Arme schließen können. Aber jetzt fand sie keine Worte, um dieses beinahe feindselige Schweigen zu brechen, das jedes Mitgefühl verweigerte. So drückte sie ihr nur stumm die Hand, während sie mit der Nonne die Treppe hinuntergingen.

An diesem Tag hatten ausnahmsweise Fremde Zugang zum Refektorium; die Eltern, die ihre Töchter hergebracht hatten, wurden bewirtet. Einige Zöglinge, die bereits ein paar Tage hier waren, saßen unbefangen lächelnd auf ihren Plätzen; andere schienen den Tränen nahe; sie hatten neben ihren Eltern Platz genommen, die sie flüsternd zu trösten versuchten.

Am Kopfende der beiden langen Tische mit blütenweißen Baumwolltischdecken und schlichtem weißem Porzellan stand der Tisch der Mutter Oberin, der mit flandrischem Leinen und feinem Kristall gedeckt war. Gemessenen Schritts trat sie als letzte ein und nahm in einem großen Armsessel Platz. Angelica konnte den Blick nicht von ihr wenden: eine magere Person von ungesunder Blässe und unbestimmtem Alter; das Gesicht mit dunklen Ringen unter den Augen erinnerte Angelica sogleich an den Totenschädel, der an die Wand der Friedhofskapelle des Dorfes gemalt war. Ein Schaudern durchfuhr sie.

In das dunkle Gewand gehüllt und über den Teller gebeugt, sah die Alte aus, als ob sie schliefe. Doch plötzlich erhob sich aus dem Schweigen ihre Stimme: »*Benedicite, Domine* ...«

Eine Nonne fing an, Suppe zu schöpfen. Aus dem Gesang der Nonnen war Schwester Maria deutlich herauszuhören. Der klare, süße Klang ihrer Stimme hielt Angelica davon ab zu rufen: »Ich will gehen, Mama!«

Genau in diesem Augenblick lächelte Schwester Maria sie strahlend an, als habe sie ihre Gedanken erraten, und endlich kullerte Angelica die erste Träne über die Wange. Antonia beugte sich zu ihr und flüsterte ihr ins Ohr: »Siehst du die vielen vornehmen Mädchen? Die reichsten aus der ganzen Umgebung ...«

Verstohlen musterte Angelica ihre Mitzöglinge, um an ihnen ein Zeichen der Vornehmheit zu entdecken. Doch ihr Bemühen blieb fruchtlos, und so zwang sie sich, an etwas Erfreuliches zu denken. Da fiel ihr die Schultasche aus Leder ein, mit all den Heften, Zeichenmappen, Buntstiften, dem Mäppchen mit den glänzenden Federn, den beiden Federhaltern, einem verzierten Holzetui und der Abc-Fibel.

Während die Nonne mit der Suppe hinter ihr stehenblieb, nahm sich Angelica vor, sich alle Mühe zu geben – um ihren Vater nicht zu enttäuschen, ihrer Mutter eine Freude zu machen und später der Großmutter, Tante Lina und Pino, Ceccos Sohn, von ihren Erfolgen berichten zu können.

Zögernd führte sie einen Löffel Reis zum Mund – er schmeckte nach nichts. Mit Wehmut dachte sie an das mit Speckschwarten gewürzte Gemüse, das ihre Großmutter in diesem Augenblick auf den Tisch stellte.

»Iß! So iß doch!« forderte Antonia sie auf.

Angelica schluckte. Mit Tränen gewürzt, hatte der Reis zumindest ein klein wenig Geschmack.

31

Mitte August hatte Innocente persönlich die neue Lehrerin samt ihrem Gepäck abgeholt. Nachdem ihre Bündel auf dem Rücksitz der Kutsche verstaut waren, bat Battistina, neben ihm auf dem Kutschbock sitzen zu dürfen, und kaum war das Pferd losgaloppiert, genoß sie ungeniert den Wind, der ihr das Haar zerzauste.

Zu seiner eigenen Überraschung verspürte Innocente den unwiderstehlichen Drang, etwas zu tun, womit er bei dem Mädchen Eindruck machte. Battistina saß keineswegs gezwungen und stumm da, sondern fing an, mit ihm zu plaudern und voller Begeisterung ihre – noch dazu ganz vernünftige – Meinung über die Ursachen des verheerenden Analphabetismus darzulegen und gleichzeitig Vorschläge zur Behebung dieses Mißstands zu machen.

Innocente warf einen verstohlenen Blick auf ihre schmalen Fesseln, die unter dem windgeblähten Rock zu sehen waren; er fragte sich, ob Battistina etwa zu jenen berüchtigten Sufragetten gehörte, die nach englischem Vorbild ungesunde Ideen verbreiteten. Er nahm sich vor, der Sache nachzugehen und im Falle eines Falles das junge Pflänzchen geradezubiegen.

Die angemieteten, sauber geputzten Zimmer machten auf Battistina gleichwohl den Eindruck von schmuckloser, trister Armut: ein geräumiger, aber kahler Raum im Erdgeschoß mit einem kleinen Fenster und dem Eingang zum Hof hin, darüber das Schlafzimmer, in das man über eine Außentreppe gelangte. Ungleichmäßige Steine bildeten den Backsteinfußboden, der um den Kamin und unter dem Tisch stark abgenutzt war, die Wände waren notdürftig gekalkt. In einem Schränkchen war Platz für das Geschirr, und von der Decke hing ein über und über mit Insekten bedeckter Fliegenfänger – die einzige Hinterlassenschaft der Vormieter.

Durch Battistinas Offenheit ermuntert, leisteten die Nachbarinnen der neuen Bewohnerin jede nur erdenkliche Hilfe: Die eine brachte ihr einen Teller Suppe, die andere überzog ihr das Bett. Sie zeigten ihr, wie man Feuer machte, ohne daß es qualmte, und den Fußboden fegte, ohne viel Staub aufzuwirbeln, indem man ihn nämlich zuerst mit Wasser bespritzte.

In den ersten Tagen verfolgte Pietro von seiner Werkstatt aus neugierig das Treiben im Haus von Battistina, die wie er selbst rote Haare hatte. Ihm fiel auf, wie oft Innocente zu Besuch kam; breit lächelnd und mit einem flüchtigen Gruß ging er an ihm vorbei, um zielstrebig auf das Haus der Lehrerin zuzusteuern.

In der Tat, seit ihrer Ankunft zog es Innocente zu Battistina hin. Jeder Vorwand kam ihm gelegen: der bevorstehende Schuljahrsbeginn, der Wunsch, sich in seiner Eigenschaft als Bürgermeister eingehend mit dem Lernstoff zu befassen. Er brauchte ihr nur ein Stichwort zu geben, und schon sprudelte sie los und schlug ihn in ihren Bann.

Pietro bewohnte schon seit Jahren das Gebäude neben seiner Werkstatt, unweit der herrschaftlichen Villa. Versorgt wurde er von Maria, die jeden Tag um die Mittagszeit mit dem dampfenden Kochtopf herüberkam und einmal pro Woche seine Wäsche wusch.

Rasch erkannte Battistina die Verhältnisse des jungen Mannes; auch sie war ohne Vater aufgewachsen, und sie empfand Mitleid mit Maria, mehr aber noch mit deren Sohn, und hatte sich erboten, ihm – soweit es in ihren Kräften stand – zu helfen. Marias Suppe schmeckte Pietro, noch schmackhafter aber fand er die oft schlecht zubereiteten Speisen Battistinas, besonders wenn sie ihn mit ihren spöttischen, aber auch tröstenden Augen ansah, während er aß. Auf diese Weise war zwischen ihnen ein vertrauensvolles gutnachbarliches Verhältnis entstanden.

In wenigen Tagen begann die Schule, und Battistina

empfand eine große Verantwortung. Der Bürgermeister hatte sie immer wieder ins Rathaus gerufen, häufig kam er aber auch selbst vorbei. Er hatte sich von ihrer Natürlichkeit und Aufrichtigkeit überzeugt; es lag ihr nicht, sich aufzuspielen, ja sie hatte von den Sufragetten noch nicht einmal gehört. Und die weiblichen Reize, die die Natur ihr verliehen hatte, setzte sie beileibe nicht gezielt ein. Aber sie war eine Frau, zweifellos, und bestimmt wußte sie einen Mann und seine Vorzüge zu schätzen. In ihrer Gegenwart fühlte sich Innocente angeregt, herausgefordert, sich zu beweisen – anders, als wenn er mit Giannina zusammen war, an die er nur dachte, wenn sie ihn im wohlig warmen Bett erwartete.

Wenn Battistina seine Schritte hörte, eilte sie zur Tür und lud ihn fröhlich und respektvoll ein, näher zu treten. Die Küche war frisch und schattig, geschützt vor der spätsommerlichen Wärme. Sie schenkte ihm Kaffee aus der blauen Emailkanne ein, setzte sich ihm gegenüber an den Tisch und sah ihm, während er trank, mit einer Vergnügtheit zu, die ihn in Verwirrung stürzte.

Bald hielt es Innocente für an der Zeit, einen kühnen Vorstoß zu wagen, und er tüftelte einen Plan aus. Es galt, seine Position zu nutzen, ihr die Vorteile schmackhaft zu machen, die damit verbunden waren, den Schutz des Bürgermeisters zu genießen und eine sichere Arbeit zu haben. Und so nahm er sich vor, alle ihm zur Verfügung stehenden Waffen einzusetzen, verdeckt und unaufdringlich.

Er tat es eines Nachmittags, als sie sich wie gewöhnlich am Tisch gegenübersaßen, indem er sagte, wie anziehend er sie fand, von welch erstaunlicher Intelligenz; er beklagte sich über die schreckliche Einsamkeit, die ihn frühzeitig altern lasse; über den Verdruß, inmitten von Dummköpfen und Ignoranten leben zu müssen; und er versicherte ihr, wie glücklich ihn die Unterhaltungen mit ihr machten ... Sie saß aufmerksam da und besah sich ihre Fingernägel. Das Abendrot beschien ihr zu einem Knoten zusammengebundenes Haar. Sie sagte nichts, aber er war sicher, daß sie ihn verstanden hatte. Er mußte ihr Zeit lassen. Doch gab er ihr auch zu verstehen, daß er ein Zeichen von ihr erwartete, eine Antwort oder zumindest eine Ermunterung.

Als er über den Hof ging, war es fast dunkel. Er warf einen Blick durch Pietros Fenster, der am Tisch saß, sein Abendessen verzehrte und ihn ansah, ohne zu lächeln.

Mehrere Tage lang sah und hörte Innocente nichts von Battistina, und schließlich beschloß er, zum Angriff überzugehen. Kaum aber war er im Begriff, den Hof zu betreten, als ihn jemand mit einem Griff fest wie ein Schraubstock am Arm packte. Es war Pietro, der ihn in seine Werkstatt zerrte und die Tür hinter sich schloß. In der Luft lag der Geruch nach verbrannten Pferdehufen und Eisenspänen. Schroff wies Pietro auf einen Stuhl; im gleichen Augenblick war es Innocente klar, daß Battistina sich ihm anvertraut hatte. Resignierend nahm er seinen Hut ab und erwartete einen Wutausbruch.

»Ich kenne dich, seit du auf der Welt bist«, begann Pietro. »Du glaubst, daß du dir nehmen kannst, was du willst. Das hast du dir schon einmal geleistet, stimmt's? Aber diesmal wird es nicht so weit kommen. Wenn du ihr klar und deutlich eine ehrenhafte Beziehung angeboten hättest. Aber so sag ich dir eins: Battistina kriegst du nicht. Nicht so sehr deshalb, weil ich sie für mich will – das meine ich ehrlich, hör gut zu! –, sondern weil sie keine von diesem Schlag ist. Wenn du Bedürfnisse hast, dann befriedige sie bei Giannina. Und versuche bloß nicht, ein Mädchen zu erpressen, das gezwungen ist zu arbeiten und Geld zu verdienen. Du wirst es nicht wagen, ein so junges Mädchen, eine Waise, unglücklich zu machen. Vor ihr liegt ein gerader Weg: eine Familie und Kinder, die Befriedigung durch ehrbare Arbeit!«

»Jetzt reicht es aber!« unterbrach ihn Innocente. Er ärgerte sich, daß Pietro sich einbildete, in seiner Seele lesen zu können; und so versuchte er, sich auf seine Weise herauszureden. »Ich habe verstanden: Dich hat es endlich auch einmal erwischt, du hast dich verliebt! Das ist doch der langen Rede kurzer Sinn. Deshalb hältst du mir ja diese Gardinenpredigt! … Aber ich will dir beweisen, daß du mich schlecht kennst: Denn ich möchte dir meinen Glückwunsch aussprechen. Es freut mich! Wirklich, es freut mich! Und ich sehe dir deinen rüden Ton nach. Wir werden an derselben Brust gesäugt; du weißt, wie gern ich dich habe. Du hast eine gute Wahl getroffen. Es stimmt, Battistina gefällt auch mir, ich habe schon immer einen guten Geschmack gehabt ... Aber ich habe sie nicht einmal mit dem Finger angetippt. Das versichere ich dir! Wir haben uns unterhalten; ich habe sie für die Gemeinde engagiert, und da ist es nur folgerichtig, daß ich daran interessiert bin, daß sie gute Arbeit leistet. Es ist eine Frau mit Grips, die einen Mann glücklich machen kann. Vielleicht sogar einen solchen Esel wie dich, wenn du ein bißchen mehr Sorgfalt auf dich verwendest und diesen roten Wuschelkopf in Ordnung bringst.«

»Dummes Geschwätz ...«, murmelte Pietro vor sich hin, der von Innocentes raschem Rückzieher ehrlich verblüfft war. »Unsinn: Bart, Schnurrbart ... darauf kommt es doch bei einem Mann nicht an.«

»Hauptsache, der Rest ist in Ordnung«, lachte Innocente. Pietro lachte ebenfalls. Noch lange unterhielten sie sich im gelblichen Schein der Lampe, und als sich Innocente auf den Heimweg machte, war es stockdunkle Nacht. Unerklärlicherweise fühlte er sich wie von einer Last befreit. Diese Wendung der Dinge war die wirksamste Abschreckung gegen die Versuchung zu sündigen. Denn da Pietro ein Auge auf Battistina geworfen hatte, war sie für ihn unantastbar.

Nun erfuhr also sein Milchbruder jenes Glück, das er selbst zehn Jahre früher kennengelernt hatte: das unsägliche Glück der ersten Liebe. Dieser Gedanke löste eine tiefe Gelassenheit, ja Wohlwollen und Mitgefühl in ihm aus, das noch anhielt, als er ins Bett schlüpfte. Er war erstaunt. Wenn ihm der Verzicht so leicht fiel, dann muß es sich doch wohl um ein eingebildetes Verlangen gehandelt haben; vielleicht nur um eine flüchtige Phantasie, um der Langeweile zu entfliehen. Oder verfügte er etwa über eine solch starke Willenskraft, um den inneren Aufruhr der Leidenschaft zu überwinden. Wer weiß. Jedenfalls würde er von nun ab für Battistina wie ein Vater sein und sich nichts anderes wünschen, als daß sie sich als Lehrerin bewährte.

Und das tat sie. Für den neuen Klassenraum hatte sie eine Liste mit dem Nötigsten zusammengestellt; in der Gemeindeversammlung hatte sie mit glühendem Eifer ihre Wünsche vorgetragen und alles genehmigt bekommt. Außerdem forderte Battistina, der Dorfpolizist solle die regelmäßige Teilnahme der Schüler am Unterricht kontrollieren. Im Schularchiv hatte sie den zehn Jahre alten Bericht eines Schulinspektors ausgekramt, in dem sämtliche Mängel im Schulsystem aufgelistet waren: Das Gesetz wurde mißachtet, der Unterricht fing erst Anfang Oktober an, ein Großteil der Schüler kam nicht regelmäßig in die Schule – was darauf hindeutete, daß sie keine Strafen zu befürchten hatten. Schließlich wurden die Schüler ohne Prüfung in die nächsthöhere Klasse versetzt.

Das alles werde sich grundlegend ändern, das hatte Battistina den Gemeinderäten angekündigt. Und dieses Versprechen sollte sie auch halten.

Von Neugier getrieben, kamen am ersten Schultag viele Schüler, und vor Staunen blieb ihnen der Mund offen stehen. Die halbe Wand nahm eine Landkarte Italiens ein, die mit ihren bunten Farben die Blicke auf sich zog. Im Schrank standen schwarze Akten, Stapel von Heften für die Reinschrift, Tintenfässer, Schachteln mit Schreibfedern, Kreide und Bleistifte, neben der Tafel dann der Tisch der Lehrerin mit einer blauen Hortensie in einem Glas Wasser.

Dem Schulanfang war eine großangelegte Werbekampagne vorausgegangen. Gedrängt vom Bürgermeister und von der neuen Lehrerin hatte Don Giacomo monatelang bei jeder Sonntagsmesse von der Kanzel herab verkündet, daß es laut staatlichem Gesetz eine Schulpflicht gebe, die gegenüber jeglicher – ›jeglicher‹, wiederholte er nachdrücklich – anderen familiären Verpflichtung Vorrang habe.

Von dem ersten Jahr des neuen Milleniums an wurde alles besser. Battistina hatte eine große Klasse mit rund sechzig Schülern, die am ersten Schultag frisch gewaschen und mit Schuhen an den Füßen kamen. Um der Läuse Herr zu werden, wurden ihnen die Haare geschoren, gebürstet und mit Petroleumöl eingerieben.

Allen ohne Ausnahme brachte Battistina ihr Wohlwollen und ihre Freundlichkeit entgegen. Von dem Wunsch erfüllt, in ihrem Bemühen geschätzt zu werden – um ihrer selbst willen und um des Bürgermeisters willen, der sie empfohlen hatte –, legte sie die ganze Leidenschaft ihrer jungen Jahre in ihren Unterricht.

32

Gänzlich ungezwungen trug Antonia den voluminösen Hut mit der langen Feder; Lucina hatte einen kleineren, der mit Seidenblumen geschmückt war. In der Stadt ging keine Frau, nicht die einfachste und nicht die vornehmste, ohne Kopfbedeckung aus dem Haus.

Der Mode entsprechend, trugen Antonia und Lucina Kostüme. Sie hielten sich kerzengerade und waren sich ihrer Eleganz sehr wohl bewußt.

Lucina, hochgewachsen und mager, beinahe ausgezehrt, mit großen dunklen Augen, die jedoch vor Energie und Leben sprühten, hatte sich bei der Freundin untergehakt, an der anderen Hand hielt sie das Töchterchen, das an ihrem Arm zerrte und ungeduldig von einem Bein aufs andere trat. Matilde, das langersehnte, von den Eltern verwöhnte Kind, hatte die großen und neugierigen Augen der Mutter. Sie konnte besser lesen und schreiben als Netta; äußerst lebhaft und häufig unerträglich naseweis, hatte sie dennoch ›ein sanftes Gemüt‹, wie Antonia versicherte, die die Kleine gern hatte.

Matilde zog die Mutter ungeduldig am Rockzipfel, denn die beiden Frauen blieben vor jedem Schaufenster stehen. Antonia, inzwischen fast fünfunddreißig Jahre alt, war noch so schön wie früher; die leicht gewellten Haare waren unter dem Hut zu einem Knoten gebunden, doch einzelne blonde Strähnen fielen ihr in die Stirn und seitlich herab und lenkten die Blicke auf ihr Gesicht. Auch war sie noch immer so schlank und beweglich wie in ihrer Jugend.

Netta mochte das Viertel Magenta, in dem sie wohnte. Zwar führte die Tram hindurch, aber es war noch verhältnismäßig ruhig hier. An die Hektik im Zentrum hätte sie sich niemals gewöhnen können: das Hin und Her der Fußgänger, Fahrräder, Autos und Trambahnen, der tosende Lärm, die Hupen, das Glockengebimmel, die Schreie des Wachtmeisters.

»Sprich lauter: Was hast du gesagt?« schrie Netta.

»Ich wollte …«

»Gehen wir endlich weiter!« quengelte Matilde.

»Mein Gott! Dieser Lärm … Das ist das zwanzigste Jahrhundert!« rief Lucina lachend und blickte voller Stolz um sich, als sei das alles ihr Werk. »Was für ein Glück, daß wir in solchen aufregenden Zeiten leben. Sieh dich um, Netta: Das ist das Leben … das pulsierende Herz … das Zentrum unserer Stadt.«

In diesem Augenblick überholte sie eine Blumenverkäuferin mit zwei großen Körben voller Veilchen.

»Was für eine Blütenpracht jetzt auf dem Land herrscht«, seufzte Antonia. Aber Lucina fuhr in ihrem Schwärmen unbeirrt fort, während sie mit ihrer Freundin, gedrängt von Matilde, in die Via Dante einbog.

»Und wir Frauen – sag, stimmt es etwa nicht? – sind die Seele, die Stütze dieses Jahrhunderts. Die Sufragetten in England sind stark, und ihre Zahl wächst ständig: adelige Damen, Literatinnen, Künstlerinnen. Sie können sich gut ausdrücken, tauschen sich mit den Männern von gleich zu gleich aus; sie halten ihre Versammlungen in der Londoner Innenstadt ab, ziehen durch die Straßen. Neulich haben sie sogar den Westminster-Palast gestürmt! Kannst du dir das vorstellen, Netta? Im Handgemenge mit der Polizei. Viele von ihnen wurden verletzt, andere verhaftet: aber anscheinend lassen sie sich durch nichts einschüchtern.«

Doch Antonia interessierte sich weit mehr für die Auslagen der Schaufenster, die mit den Neuheiten des Herbstes bestückt waren.

»Seht mal hier!« kreischte Matilde und hüpfte aufgeregt von einem Bein aufs andere. In einem Schaufenster schritt ein Automatenmann in Gehrock und Zylinder und mit einer Wachsblume im Knopfloch auf und ab und schlug in regelmäßigen Abständen mit seinem Stöckchen an die Scheibe. Dann drehte er sich einmal um sich selbst und zeigte den Schaulustigen, die sich um das Fenster drängten, ein Schild mit dem Namen eines Magenbitters.

Die Hände vor dem Mund, mußte Antonietta losprusten, aber das Mädchen war inzwischen auf eine weitere Attraktion auf dem gegenüberliegenden Bürgersteig aufmerksam geworden. Dort lockte ein Mann aus Fleisch und Blut, eine exakte Kopie des Automatenmannes im Gehrock, mit dem Ruf »Psst! Psst!« die Passanten herbei. Er ging mit großen Schritten auf und ab, drehte sich immer wieder um sich selbst und zeigte mit seinem Stock auf das Schild auf seinem Rücken, auf dem der Name desselben Magenbitters geschrieben stand. Vielleicht weil er sich schämte, trug der Mann eine Brille mit dunklen Gläsern.

»Der Ärmste!« meinte Netta mitleidig. »Was sie mit ihm angestellt haben.«

»Ja, wirklich, und ich freue mich!« gab die andere giftig zurück. »Endlich einmal ein Mann, der erniedrigt und ausgebeutet wird.«

»Wenn es mein Vater wäre, würde ich mich schämen«, meinte Matilde.

Sie gingen weiter; auf dem Bürgersteig drängten sich die Menschen. Antonietta erschien es plötzlich, als ob die Passanten alle gleich aussahen, Männer und Frauen: alles Automatenmenschen, die mit kleinen Schritten vorwärtstrippelten, mit erbarmungslosem Blick und ungeduldigen Mienen. Sie drückte der Kleinen die Hand und sah sie an, wie sie unschuldig lächelte.

»Wann kommt eigentlich Angelica?« fragte Matilde.

Trotz ihres Altersunterschieds waren die beiden Mädchen gute Freundinnen; die Kleinere, ein aufgewecktes und frühreifes Kind, riß die andere in ihrer Begeisterung mit, die eher ein sensibler und intuitiver Charakter war. Nur von ihrer Mutter wurde Angelica wie eine erwachsene Freundin behandelt. Für die Verwandten im Dorf und besonders für ihren Vater, der sie immer nur herumkommandierte, war sie noch ein Kind.

Die Unruhe, die das Mädchen empfand, war nicht leicht zu erahnen. Angelica lebte in einer beständigen Sehnsucht: War sie bei ihrem Vater in der Villa, sehnte sie sich nach der heiteren Nähe Antoniettas. In der Stadt, eingesperrt in die enge Wohnung auf dem Corso Magenta, sehnte sie sich nach dem Leben in der freien Natur, und im Internat fehlte ihr die Zuneigung der Menschen, die ihr nahestanden.

»Es wird nicht mehr lange dauern; das Schuljahr ist ja bald zu Ende«, sagte Antonia lächelnd. Auch aus der Ferne war sie mit ihrer Tochter eng verbunden. Waren die Schule und die Ferien im Dorf zu Ende und kehrte die Tochter nach Mailand zurück, verstanden sich Mutter und Tochter auf Anhieb so, als wären sie nie voneinander getrennt gewesen.

Der Besuch bei ihrem Vater bedeutete für Angelica dagegen jedesmal eine Umstellung: Dort herrschten strenge Sitten; sie mußte sich auf Schritt und Tritt in acht nehmen, und voller Scheu begegnete sie den Onkeln, Tanten, Cousinen und Cousins, die sie nach dem Tod der Großeltern endlich, wenn auch nur oberflächlich, kennengelernt hatte.

Befangen in den Gewohnheiten eines eingefleischten Junggesellenlebens, hatte Innocente durchaus kein Gespür dafür, wie unbehaglich sich seine Tochter fühlte. Er war glücklich, Angelica endlich bei sich zu Hause aufnehmen zu können. Dank einer Reihe sich überstürzender Ereignisse war er nun endlich Herr in einem eigenen Haus. Das Schicksal hatte ihm die Villa der Caronis zugespielt; die Spuren des alten Ingenieurs, des einstigen Hausherrn, und seiner Frau, die – selbst kinderlos – in das blasse Mädchen, Alcides Mutter, vernarrt war, waren nahezu ausgelöscht.

Alcide und Rachele hatten im Jahr der Ermordung König

Umbertos geheiratet: eine prunkvolle Hochzeit, die in ihrem übertriebenen Aufwand ganz dem Charakter der Braut entsprach. Noch nie zuvor hatte man in dieser Gegend ein ähnliches Brautkleid gesehen: weiß, mit einem Schleier aus wertvoller Spitze, einer meterlangen Schleppe und einem tiefen Ausschnitt, der Racheles üppigen Busen zur Geltung brachte. Der elegante und sympathische Alcide schien sich von seiner Braut vollständig vereinnahmen zu lassen: von ihrem herzlichen und ausgelassenem Lachen, den Empfängen und der Freude an ausgelassenen Festen zu allen erdenklichen Anlässen, bei denen es immer hoch her ging.

Nachdem Alcides Großvater gestorben war und der Vater die Räume über der Apotheke in Magenta als Wohnung angemietet hatte, hatten die Frischvermählten das Haus ganz für sich allein. Sofort hatte Alcide den Verkauf eines bescheidenen Stück Lands verfügt, um die Aufwendungen für das Hochzeitsfest und die Einrichtung des Hauses bezahlen zu können, die Rachele – anders als es üblich war – nach ihrem Gutdünken ausgesucht hatte.

Schon anläßlich der ersten Einladungen bei den Caronis waren Adelaide gewisse ›wenig geschmackvolle‹ Details aufgefallen: die vielen, mit gemalten Blumengirlanden verzierten Spiegel; die allzu protzige Vergoldung der Konsolen, die verschnörkelten Blumenständer. Racheles Bemerkung über die strenge und wuchtige Möblierung des Salons im Hause Dago hatte sie weder vergessen noch verwunden.

Anfangs hatte Innocente die Salongesellschaften der Freunde noch begeistert besucht – als willkommene Abwechslung zu dem eintönigen Dorfleben – und die fröhlichen Plaudereien sowie das gute Essen geschätzt. Rachele liebte es, auf unterhaltsame Weise andere zu imitieren, bissige Bemerkungen über die Scheinheiligkeit der Frauen ihrer Umgebung zu machen, zu spötteln und geistreiche Witze zu reißen. Selbst die engsten Freunde wurden nicht geschont, wenn Rachele sich sicher sein konnte, daß die Zuhörer verschwiegen und diskret waren. Eine ihrer besten und berühmtesten Nummern war es, Adelaide Dago nachzuäffen, die beim Gehen die Füße leicht auswärts drehte. Rachele ahmte sie so hinreißend komisch nach, daß sie damit sogar Signora Corinna, die Frau des Gemeindesekretärs, zum Lachen brachte.

Frauen wie diese gab es im Dorf sonst nicht, und deshalb wollte Rachele sie gern bei sich zu Gast haben: gewissermaßen als exotische Zierde ihrer Nachmittagsgesellschaften, als Attraktion und Objekt der Bewunderung ihrer lärmenden Gäste. Schließlich nahm Corinna die Einladung an und zwang sich, aus der Isolation ihres Schmerzes herauszutreten. Anfangs beschränkte sie sich aufs Zuhören, die Tasse Schokolade in Händen, die im Schoß ihres dunklen, pflaumenfarbenen Satinrocks ruhten, während die Damen sich alle Mühe gaben, beiläufig zu plaudern, obwohl sie durch den aufmerksam forschenden Blick aus Corinnas dunklen Augen durchaus ein wenig eingeschüchtert waren.

Doch nach ein paar Monaten gelang es Corinna, sogar eine Viertelstunde lang zu sprechen, und Rachele hing an ihren Lippen. Doch das, was sie mit ihrem ungewöhnlichen Akzent zu sagen hatte, interessierte die Zuhörerinnen im Grunde genommen herzlich wenig: Dichtung, Kunst und Politik – all das war den anderen Frauen unverständlich, als spräche sie chinesisch. Sie wurde zwar nicht Teil der Gruppe, aber mit der Zeit entstand so etwas wie Vertrauen. Im Rahmen ihrer Möglichkeiten öffnete sich Signora Corinna und gewann an Lebendigkeit und Farbe. Was wiederum ihren Mann Battista freute, der sich Innocente gegenüber eines Abends im Gemeinderat entsprechend äußerte.

»Sie hat einen Orden verdient, die Signora Caroni«, sagte er, »denn sie hat es geschafft, die Bärin aus ihrem Bau zu locken …«

»Ja, Rachele ist eine brillante Frau«, nickte Innocente. »Aber apropos Ihre Frau, *sciùr secretari*: haben Sie nie daran gedacht, noch ein Kind zu bekommen?«

Der Gemeindesekretär schien betroffen; nachdenklich

paffte er seine Zigarre. Später an jenem Abend ging Innocente noch einmal Signor Battistas Lob für Rachele durch den Kopf, das er ganz und gar nicht teilte. Eine brillante Frau, hatte er selbst sie genannt; das war eine durchaus schillernde Beschreibung. Viele Eigenschaften von Alcides Frau gefielen ihm überhaupt nicht. Diese Putzsucht, der ganze Tand und Flitter. Am liebsten würde sie auch die Pferde ihres Zweispänners mit Goldglimmer ausstaffieren.

In Racheles Haus verkehrten jede Menge schrulliger Leute, Freunde aus alten Zeiten: witzige Typen, die über alles Neue auf dem laufenden waren und vor gewagten und doppeldeutigen Bemerkungen, die die Damen erröten ließen, nicht zurückschreckten. Rachele war jedesmal anders herausgeputzt. Sie liebte Dekolletés, die ein paar Zentimeter mehr sehen ließen, als erlaubt war. Und sie war süchtig nach Komplimenten.

Sie bestellte Torten in der Konditorei und verschmähte die Kuchen aus dem Gemeindeofen. Auch im Winter war ihr Haus ein einziges Blumenmeer. Zu Hause rechneten die Damen nach, was der Empfang gekostet hatte; auch Innocente, der sich um Alcides Finanzen Sorgen machte.

Manche Bemerkungen Racheles ließen ihn erschaudern: So verkündete sie sorglos und unbeschwert, wie wichtig es sei, nicht am Personal zu sparen, da Hausarbeiten wie Boden kehren, wischen oder Essen kochen die Hände ruinierten; daß eine echte Dame lange und tief schlafen müsse, um rosig, fröhlich und lebendig zu bleiben – so wie es die Marchesa di Riva in ihrer berühmten Zeitungskolumne empfahl.

Im Sommer fuhren die Caronis mit Sack und Pack in die Sommerfrische, die gerade en vogue war: nach Viareggio oder Forte dei Marmi. Sie blieben mindestens drei Wochen und stiegen in den besten Hotels ab. Alcide, dem das schöne Leben durchaus behagte, war, ungehindert von Terminen und sonstigen Verpfichtungen, stets bereit zum Aufbruch. Seinen Vorsatz, sich endlich eine Arbeit zu suchen, schob er Jahr um Jahr hinaus.

Die Vorstellung, Pflichten und Verantwortung übernehmen und den Tag mit einer eintönigen Tätigkeit verbringen zu müssen, war ihm ein Greuel. Er besaß noch verschiedene Parzellen Land, deren Verkauf ihm ohne viel Mühe genügend Bargeld einbrachte. Auf diese Weise gelang es ihm, in den ersten Jahren der Ehe die wachsenden finanziellen Ansprüche der Familie zu befriedigen.

Mit der Geburt des ersten Kindes – das auf Wunsch Racheles relativ spät kam – entschloß sich Alcide jedoch, eine Stelle bei der Bank Credito Ambrosiano anzunehmen. Seine Freunde, besonders Tosoni und Innocente, hatten ihn zu diesem Schritt gedrängt, und nach ein paar Wochen mußte er zugeben, daß es ihm gar nicht übel gefiel. Bald sah auch Alcide seine Frau in einem anderen Licht. Nach der Geburt der Tochter fiel es ihm wie Schuppen von den Augen, daß er Rachele gar nicht liebte. Und so übertrug er sein ganze Zärtlichkeit auf sein hübsches Töchterchen Lucietta.

Frühmorgens stand er auf, fuhr mit dem Zug zur Arbeit und war schon müde, als er hinter dem Schalter seinen Dienst antrat. Erschöpft kehrte er abends nach Hause zurück, und nur der Anblick seiner Tochter richtete ihn auf. Denn Rachele wartete nur darauf, ihm ihr Leid zu klagen: die Mühe, ein Kind aufzuziehen, das ihrer Ansicht nach kränkelte, bockig war und greinte. Und jedesmal endete ihr Gejammer damit, daß sie ein Kinderfräulein brauche. Und das bei den wachsenden Schulden und einem Personal, das seit Monaten auf seinen Lohn wartete. Doch Rachele bestand darauf, beim Schneider Kleider in Auftrag zu geben, sogar für die Kleine. Das Hausmädchen mußte mit weißen Handschuhen das Essen auftragen.

Sie war üppig gebaut und von so dunklem Teint, daß es den Spitznamen ›die Negerin‹ trug. Und so tat sich Alcide, der sein Bedürfnis nach Befriedigung der fleischlichen Gelüste durch seine Tätigkeit in der Bank durchaus nicht eingebüßt hatte, seit einiger Zeit bei dem Dienstmädchen gütlich. ›Romilda mit den vielen Vorzügen‹ nannte er sie bei seinen Freunden mit dem Augenzwinkern des Mannes von Welt. Der gewitzten Rachele war dieses Verhältnis nicht entgangen; aber die Vorstellung, eine gute Dienstmagd zu verlieren, beunruhigte sie mehr als Alcides Seitensprung. Schien doch der Commendator Quaranta, ein in mehrfacher Hinsicht interessanter Unternehmer, der vor kurzem ins Dorf gekommen war, Racheles Reizen durchaus nicht abgeneigt.

Nach der Geburt des zweiten Kindes – diesmal auf Drängen Racheles, die besessen war von der Vorstellung, ein Sohn sei in besseren Familien ein unabdingbares Muß – begannen sich die Ereignisse zu überstürzen. Alcide, der inzwischen seinen gesunden Menschenverstand wiedergewonnen hatte, mußte mit Entsetzen feststellen, daß er die Situation zu spät erkannt hatte. Racheles Eltern, von der finanziellen Notlage des Schwiegersohns gerührt und von der Tochter bedrängt, die sich des niedrigen Berufs ihrer Eltern schämte, hatten ihr Gasthaus verkauft. Das Geld der Schwiegereltern, die es bis an ihr Lebensende bereuten, eine Goldgrube derart verschleudert zu haben, reichte zwar, um hie und da finanzielle Lücken zu stopfen, aber um die Familie zu sanieren, bedurfte es eines weit größeren Kapitals.

Im Jahr 1906 entschloß sich deshalb Alcide, die Villa zu verkaufen. Um zu retten, was zu retten war und sich in der Stadt eine bescheidene Wohnung zu kaufen, damit Lucietta und Tonino wenigstens ein Dach über dem Kopf hatten.

Sie fanden – Ironie des Schicksals – eine Wohnung in eben dem Haus, in dem Antonia, Lucina und Carlo wohnten, an der Porta Vercellina. Antonia hatte, diskret und klug wie sie war, der Freundin die vielen Klatschgeschichten verschwiegen, die über die Caronis in Umlauf waren.

Für Lucina und Carlo waren die Caronis deshalb ein respektables junges und elegantes Paar mit zwei Kindern, die so blaß und mager waren, daß man nie vermutet hätte, sie seien auf dem Dorf aufgewachsen. Die Mutter dagegen war von blühender Gesundheit. Lucina fand Rachele offen und sympathisch, und Alcide, den Ehemann, nervös. Er hatte schütteres Haar, war gebildet, und gewiß alles andere als frisch verliebt in seine Frau.

33

Innocente hatte den Kaufpreis für die Villa nicht ohne eine gewisse Verlegenheit ausgehandelt, zumal Alcide ihm sein volles Vertrauen ausgesprochen hatte. Ein gutes Geschäft hatte Innocente mit Sicherheit nicht gemacht, aber die Villa hatte ihm immer schon gefallen. Sie befand sich am Anfang einer der großen Straßen des Dorfes in der Mitte zwischen der Piazza und dem Rathaus. Und Innocente hätte es leid getan, wenn das Haus, mit dem er so viele Jugenderinnerungen verband, an einen x-beliebigen Käufer gegangen wäre.

Der Kaufvertrag zwischen Innocente und Alcide war in einer schwierigen Zeit abgeschlossen worden – schwierig nicht nur für Alcide mit seinen finanziellen Nöten, sondern auch für Innocente: Kurz nacheinander waren Signor Ambrogio und Signora Santina gestorben.

Signor Ambrogio hinterließ geordnete Verhältnisse. Noch vor der Geburt Angelicas hatte er den Ingenieur Antonio Giardini damit beauftragt, den gesamten Besitz zu inventarisieren und einen »Plan zur Aufteilung der ruhenden Güter« zu erstellen, »die die Eheleute Dago Ambrogio und Tani Santina nach ihrem Ableben hinterlassen«.

Mit Einverständnis der Brüder machte sich Innocente in seiner Eigenschaft als Anwalt daran, diesen ›Plan‹ in die Tat umzusetzen. Ismene war bereits bei ihrer Heirat ausbezahlt worden, demnach wurden die Liegenschaften unter den drei Söhnen aufgeteilt. Und Innocente wußte, daß er mit einem beträchtlichen Vermögen rechnen konnte.

Es war im Frühling jenes Jahres, in dem die Weltausstellung in Mailand stattfand, als eines Nachts der alte Dago für immer die Augen schloß. Adelaide hatte anläßlich des Geburtstags ihrer Tochter Lotti zu einem festlichen Abendessen geladen.

»Na, woher hat dich denn der Storch gebracht?« murmelte Maria ganz ohne Hintergedanken und wiegte die Kleine in den Armen. Denn sie wußte sehr wohl, daß Carlottina Francescos Tochter war. Obwohl ... wenn die Kleine

eine Weile später zur Welt gekommen wäre, Zweifel daran durchaus angebracht gewesen wären. Maria waren die glühenden und zudringlichen Blicke des Commendator Quaranta keineswegs entgangen, die er ihrer Herrin zugeworfen hatte. Auch Innocente hatte während des Abendessens allen Grund, Verdacht zu schöpfen. Diese Geburtstagsfeier ging ihm noch Jahre später immer wieder durch den Kopf.

Zu den Verwandten hatten sich weitere Gäste gesellt, darunter auch besagter Quaranta, Racheles alter Verehrer. Seit einiger Zeit hatte er im Dorf gut achtzig Webstühle für die Baumwollverarbeitung aufgestellt. Das war jedoch durchaus keine Konkurrenz für die Dagos, deren Spinnerei ausschließlich Seide verarbeitete. Er wohnte in der Nähe der Weberei am Rande des Dorfes in einem modernisierten Hof. Die Mädchen, die Quaranta in seinem Haus in schnellem Wechsel als Bedienstete einstellte, stammten meist nicht aus dem Dorf, und es wurde gemunkelt, daß sie für Lohn, Kost und Logis nicht nur die Hausarbeit übernahmen. Der vierzigjährige Junggeselle Cesarino Quaranta war ein gutaussehender Mann. Stämmig, aber nicht dick, mit kantigem Gesicht und braunen freundlichen Augen. Optimist von seinem lombardischen Naturell her, jovial und autoritär, wußte er auch noch die abgegriffensten Gesprächsthemen – Arbeit, Jagd, Frauen – so darzustellen, als seien sie neu. Er war ein gern gesehener Gast in Racheles Salon gewesen; in seiner Anwesenheit war Rachele völlig außer Rand und Band geraten und hatte sich selbst in schlagfertigen Bemerkungen und verführerischen Lachsalven überboten. Jetzt, nach dem Wegzug der Caronis, fühlte sich auch die vornehme Adelaide Dago von diesem freundlich lächelnden Mann, der so selbstsicher auftrat, auf unerklärliche Weise angezogen.

Da die Jagdzeit erst vor kurzem zu Ende gegangen war und Ambrogio auf dieses unbezahlbare Vergnügen hatte verzichten müssen, hatte er seine Schwiegertochter mit weinerlichem Nachdruck gebeten, einige seiner alten Jagdgenossen einzuladen. »Um wenigstens ein bißchen plaudern zu können!« Quaranta, dessen Familie, wie er versicherte, seit Generationen die Jagdtradition pflegte, erwies sich auch hier als adäquater Gesprächspartner Signor Ambrogios, der sich an großartige Jagdpartien in allen Einzelheiten erinnerte, an Erlebnisse, die mittlerweile Legende geworden waren.

Mit gespieltem Interesse hörte Innocente zu, während er Kochsalami und fleischige Alsen in Salzlake aß. Sein Vater hatte ihm einst die Grundbegriffe der Jagd beigebracht. Ein ordentliches Gewehr und eine gute Ortskenntnis erachtete er als das Allerwichtigste.

An jenem Abend war Santina in ihrem Zimmer geblieben, denn Adelaide wollte nicht, daß die Gäste durch ihr weinerliches Getue gestört wurden. Carolina, das neue Hausmädchen, half in der Küche und beim Servieren. Im Verlauf des Abendessens kam Maria, die Santina versorgte, immer wieder herunter, um in der Küche nach dem rechten zu sehen. Zusammen mit Adelaide hatte sie das Essen vorbereitet: Es gab Spargel in dreierlei Gerichten – als Omelett, gedünstet und als Risotto, der mit erhitzter Salbeibutter übergossen worden war.

»Gibt's noch mehr davon?« fragte Francesco und wischte sich den Teller mit Brot aus.

»Nein, Carolina, es reicht!« fuhr Adelaide dazwischen, enthielt sich aber aus Höflichkeit hinzuzufügen: Du bist dick genug! Das Mädchen war jedoch schon davongeeilt und kam mit dem Kochtopf wieder, aus dem der Hausherr sich dankbar bediente.

Als dann der weiche, mit Puderzucker bestäubte Hefekuchen serviert wurde, hob Ambrogio sein Glas aus feinstem Kristall und rief:

»Und nun ein Toast auf unsere kleine Carlotta, bevor sie womöglich einschläft! Herzlichen Glückwunsch und noch viele schöne und glückliche Jahre!«

Die Augen auf den Kuchenteller gerichtet, von dem sie heimlich Zitronat und Rosinen klaubte, nahm das Mädchen einen Schluck Sekt; dann ließ sie sich von ihrem Großvater in die Arme nehmen. Der ältere Sohn, dem seine Mama etwas zugeflüstert hatte, verkündete, errötend und sich vor lauter Eifer mehrmals verhaspelnd: »Carlotta Dago singt jetzt von Francesco Paolo Tosti das Lied: Rondine al nido.«

Lotti stieg auf einen Stuhl und fing ganz ohne Aufregung an zu singen. Verzückt lauschte Maria am Treppengeländer.

Es war ein heiterer, unbeschwerter Gesang, vorgetragen mit einem zarten Stimmchen, mit großer Schlichtheit, Natürlichkeit und ohne jede Anstrengung. Die hohen Töne der ersten Strophe und des Schlusses erklomm sie ohne jede Unsicherheit, mit einem schönen ausdrucksstarken Vibrato.

Von dem Beifallssturm, den Komplimenten, Küssen und Umarmungen ließ sie sich nicht weiter beirren und wandte sich rasch wieder ihrem Kuchen zu.

»Die Kleine ist ja ein Phänomen!« rief Quaranta aus. »Hat sie etwa Gesangsunterricht genommen? So jung ... von wem hat sie denn diese musikalische Veranlagung geerbt? Bestimmt von Ihnen, Signora Adelaide, Sie haben ja eine solch harmonische Stimme.«

Die strahlenden Eltern Francesco und Adelaide wehrten geschmeichelt ab, doch die lobenden Kommentare und Bemerkungen über diese beeindruckende Darbietung dauerten an, als die Kinder schon zu Bett gegangen waren. Ambrogio, müde und zu Tränen gerührt, sagte, er wolle sich ebenfalls schlafen legen. Auch seine alten Jagdfreunde, die er noch zur Tür begleitete, verabschiedeten sich. Dann half Innocente seinem Vater hinauf ins Zimmer; an der Türschwelle von Santinas Zimmer blieben sie einen Augenblick stehen. Sie schlief so fest, daß man ihr die Bettdecke hätte wegziehen können, ohne daß sie es gemerkt hätte.

»*Ciau, donna, ciau,* schlaf gut«, flüsterte Ambrogio. Seine Beine waren müde. Der Sohn führte ihn den Flur entlang und stützte seinen Arm. In seinem Zimmer setzte sich Ambrogio in den Armsessel am Fußende des Betts, und Innocente beugte sich hinunter, um ihm die Schuhe auszuziehen. Mit einer sanften Handbewegung strich ihm der Vater über den Kopf, eine kaum angedeutete Liebkosung, fast so etwas wie ein Abschied. »Geh, geh nur wieder hinunter; ich bleibe hier noch einen Augenblick am Feuer sitzen.«

Er streckte die Beine aus, die eingeschlafen waren, und dachte über den schönen Abend nach. Vor allem das Mädchen bereitete ihm Freude, gleichsam als sei ihre ungewöhnliche Begabung der Beweis dafür, daß das Geschlecht der Dagos Gutes hervorbrachte. Vielleicht war es richtig, was Quaranta gesagt hatte: man sollte sie Musik studieren lassen und diese Gottesgabe weiterentwickeln ... Er streckte den Arm aus, um die Schnürsenkel aufzuziehen, doch ein stechender Schmerz ließ ihn in der Bewegung innehalten. Jetzt bereute er, sich nicht von seinem Sohn die Schuhe hatte ausziehen lassen. Zu viel Risotto hatte er gegessen an diesem Abend; oder war es der Wein ...

Plötzlich wuchs das Feuer im Kamin ins Unermeßliche; als stürzte die Flamme, größer und heller werdend, auf ihn zu, kröche in ihn hinein und durchströmte wie flüssiges Feuer seine Adern. Er wollte aufspringen und um Hilfe rufen, aber es war ihm nicht möglich. Ein bleiernes Gewicht hielt ihn am Stuhl fest, seine Hände umklammerten die samtbezogene Stuhllehne. Endlich schien sich die unerträgliche Hitze zu mildern. Er spürte, wie sie zurückflutete, aus seinem Körper entwich, durch Arme und Beine, und auch seine Angst mit fortnahm. Auf die Sessellehne gestützt, geistig und körperlich endlich frei, kehrte eine innere Ruhe ein; und Lottis gefälliges Stimmchen klang ihm in den Ohren.

Er begriff, daß es nicht ein Gesunden war, sondern daß er zum Eigentlichen, zum Kern gekommen war. Er dachte an seine Santina, die in ihrem Zimmer lag und schlief; nun ging sie ihm also doch nicht voraus. Im Paradies würde er als erster ankommen.

»*Ciau, donna*«, flüsterte er noch einmal. »*Se védum prèst*, bis bald.«

Wie ein Blitz durchfuhr ihn das Bild seines Schreibtischs: die Papiere, die notariellen Urkunden, die Pachtverträge, die Aufteilung des Besitzes. Alles war in Ordnung, alles an seinem Platz.

Er hatte noch Zeit, ein Gebet zu murmeln, ehe er von einem mächtigen Schlummer überwältigt wurde. So fanden sie ihn am folgenden Tag: vor dem verlöschenden Kaminfeuer in seinen Sessel gesunken; als ob er schliefe.

Innocente, der ihn zuletzt lebend gesehen hatte, mußte immer wieder erzählen, was sein Vater in den letzten Augenblicken seines Lebens gesagt und getan hatte. Und er hatte ein schlechtes Gewissen, daß er vielleicht auf bestimmte Anzeichen nicht genügend geachtet hatte – die schweren Beine, der trübe Blick –, die ihn hätten erahnen lassen können, was bevorstand. Auch Don Giacomo bedauerte in aller Öffentlichkeit, daß er mit den anderen bei Tisch sitzen geblieben war und Wein und Speisen im Übermaß zu sich genommen hatte, während Ambrogio Dago ganz allein und ohne die Letzte Ölung dahingeschieden war. »Aber«, fügte der Priester hinzu, »ich erinnere mich noch gut an den Trinkspruch, den er ausgebracht und in dem er Gott angerufen hatte.« Das war für ihn ein gewisser Trost.

Natürlich sagte man der Signora Santina nichts. Ende Mai nach kaum vierzig Tagen waren die beiden für immer vereint.

34

Innocente oblag es, sich um die Formalitäten zu kümmern, das Begräbnis und die Erbangelegenheiten zu regeln. Den Sommer verbrachte er damit, seine Ruhe und sein inneres Gleichgewicht wiederzufinden. Das Gefühl einer unbändigen Freiheit, für das er sich beinahe schämte, überkam ihn, als wäre er lange Zeit in einem geschlossenen Raum eingesperrt gewesen. Vor ihm lag ein neuer Lebensabschnitt.

Es blieb die Trauer um den Vater, der gut und gern noch ein paar Jahre länger hätte leben können; der Tod der Mutter – die seit ihrem Sturz nur noch dahingedämmert war – hatte ihn weniger tief berührt. Ambrogio, der bis zur letzten Stunde bei klarem Verstand gewesen war, verdiente

Mitleid und Trauer, aber weder er noch Francesco konnten beim Begräbnis weinen.

Ismene dagegen vergoß Ströme von Tränen. Ganz in Schwarz gehüllt, das Taschentuch vor den Mund gepreßt und von ihren beiden Töchtern gestützt, folgte sie dem Sarg. Ismenes Töchter, die jung und hübsch waren, sich aber nur selten im Dorf sehen ließen, wurden von den Dorfbewohnern, die von der Piazza aus dem Trauerzug folgten, neugierig angestarrt. Ismenes Mann, der mit wenig oder nichts angefangen hatte, hatte sich zu einer bescheidenen Position in der Handelsbranche hochgearbeitet, wodurch er imstande war, seine kleine Familie zu ernähren.

Die Brüder Dago, bis auf Paolo, gingen direkt hinter dem Sarg her. Paolos Kutsche war wegen eines Radschadens vor dem Dorf liegengeblieben, und obwohl Paolo zu Fuß aufgebrochen war und sich beeilt hatte – das versicherte er wenigstens –, traf er erst ein, als alles schon vorbei war. Durch ein seltsames Mißgeschick konnte er auch am Begräbnis der Mutter nicht teilnehmen: Ein plötzliches Fieber fesselte ihn ans Bett. Dem Sarg Signor Ambrogios, des Padrone der Spinnerei, der mehrmals das Bürgermeisteramt innegehabt hatte, folgte eine große Menschenmenge. Die gesamte Gemeindeverwaltung war gekommen, es spielte die Musikkapelle, die dem Verstorbenen lieb und teuer gewesen war. Innocente, bereits seit geraumer Zeit Bürgermeister, bedankte sich in aller Form beim Dirigenten für den Marsch, dessen klagender Rhythmus einen tiefen Eindruck hinterließ.

Bei der Leichenrede des Pfarrers blieb kein Auge trocken, und nach der Totenmesse setzte der Zug seinen Weg durch das Dorf Richtung Friedhof fort. An der Seite Innocentes ging Angelica, blaß und mit gesenktem Blick, ganz von dem Bemühen in Anspruch genommen, sich inmitten all der Onkeln, Tanten, Vettern und Cousinen nichts von ihrer Verlegenheit anmerken zu lassen; eine Anstrengung, die ihr bestimmt mehr zu schaffen machte als der Tod des Großvaters.

Der Anblick Angelicas am Arm ihres Vaters rief bei den

Dorfbewohnern Überraschung und Rührung hervor. Mit aufgerissenen Augen verfolgten sie die beiden, stießen sich mit den Ellbogen an und tuschelten. Und erst die Paolinis: Antonietta und ihre Eltern blickten sich mit hoch erhobenem Kopf stolz nach allen Seiten um. Endlich war Angelica akzeptiert, wie es ihr rechtmäßig zustand. Die schändliche Tatsache, daß die Ehe zwischen Netta und Innocente Dago nicht zustande gekommen war, konnte nunmehr als eine unbedeutende Nebensächlichkeit betrachtet werden.

In Antonias Augen waren die Dago-Großeltern gehässige alte Leute, von denen ihre Mutter Ersilia nicht sprach, es sei denn in Form von heftigen Vorwürfen oder Verwünschungen, für die sie anschließend Gott gleich wieder um Verzeihung bat.

Der Erbteilungsplan, den der Ingenieur Giardini ausgearbeitet hatte, sah vor, daß das Elternhaus im Wert von rund zweihunderttausend Lire Francesco zufiel, dazu die Spinnerei, die seidenverarbeitenden Anlagen samt allen Nebengebäuden und Gütern: dem Park, den Anbauten und den Gemüsepflanzungen.

Die zweite und dritte ›tragende Säule‹ stellten die Ländereien dar, die Bauernhäuser mit ihren Feldern und ihrem Viehbestand, die Gebäude im Dorf mit den Wohnungen der Bauern, die Höfe und Stallungen sowie das Gebäude, in dem sich die Dorfschenke befand.

Innocente hatte sich von den ihm zugefallenen Besitzungen eine große Karte anfertigen lassen. Eine solide Arbeit, für die er eigens einen jungen Mann aus einem Nachbarort eingestellt hatte, einen Vermessungstechniker und Architekten, der eben seine Ausbildung abgeschlossen hatte. Innocente hatte ihn in die Gemeinde vorgeladen, es sich aber vorbehalten, ihn sofort zu entlassen, falls er nicht seinen Vorstellungen entsprach. Es handelte sich um eine Privatangelegenheit, und das Amtszimmer des Bürgermeisters war möglicherweise nicht gerade der geeignete Ort für eine solche Unterredung. Aber Innocente unterschied grundsätzlich nicht zwischen privaten und öffentlichen Belangen:

Dinge, die das Rathaus und das Dorf betrafen, waren seine Angelegenheiten, und die Dinge, die seine Person betrafen, waren auch für das Rathaus und das Dorf von Interesse. Das war seine feste Überzeugung.

Luigi Colombo fand sich umgehend bei ihm ein, und Innocentes erster Eindruck war positiv. Nicht schüchtern, aber auch nicht vorlaut, verstand er witzige Bemerkungen auf Anhieb, wurde aber ernst, wenn der Ton des Gesprächs es verlangte. Er kannte sich aus mit den Gesetzen, die die Rechte der Grundbesitzer und der Bauern regelten. Bei sich trug er das Diplom, das seine fachliche Kompetenz bewies.

Es vergingen mehrere Monate, bis das Dokument fertiggestellt war, das den ›Besitz des Signor Dago Innocente im Maßstab eins zu zweitausend‹ verzeichnete; doch die Mühe hatte sich gelohnt. Auf der riesigen Karte waren in hellem Gelb sämtliche Grundstücke eingezeichnet, die sich in Innocentes Besitz befanden.

Sein Leben lang verwahrte Innocente diese Unterlagen auf dem Tisch des Ingenieurs Caroni. Es war dies eine Art Stehpult, groß und schwarz, das der Aufbewahrung von Skizzen und Zeichnungen diente. Vernachlässigt hatte es im Arbeitszimmer neben dem Eingang gestanden – zusammen mit den Instrumenten und Notizbüchern, in die der alte Ingenieur Zahlen gekritzelt hatte. Voller Rührung hatte Innocente diese Gegenstände betrachtet und es Alcide übelgenommen, daß er tausenderlei Krimskrams in die Stadt mitgenommen, jedoch die persönlichen Kostbarkeiten eines Mannes, der auch ihm lieb und teuer gewesen war, zurückgelassen hatte. Innocente hatte Maria gebeten, alles behutsam zu reinigen und blankzupolieren: lange dünne Latten zur Landvermessung, haselnußgroße Holzkugeln zum Zählen der Maulbeerbäume und der Rebstöcke, optische Instrumente aus Messing, das im Laufe der Jahre oxidiert war. Und er freute sich, als schließlich das schwarze Stehpult, glänzend poliert und wie neu, in dem Arbeitszimmer neben seinem Schlafzimmer einen Platz fand: etwas von dem alten Ingenieur hatte schließlich doch noch überlebt.

Er legte die Karte darauf. Sie vor dem Schlafengehen zu betrachten, sich in den Stunden der Muße in sie zu versenken, verschaffte ihm ein Gefühl der Sicherheit und des Stolzes: die Gewißheit einer gesicherten Existenz, in der es keine Überraschungen mehr gab; das Bewußtsein, Zweifel und Bedrohungen überwunden zu haben und endlich an ein Ziel gelangt zu sein – ohne die Ängste, die ihn in seiner Jugend gepeinigt hatten. Von jetzt ab würden die Dinge ihren ruhigen, natürlichen Verlauf nehmen.

Im Sommer, der auf dieses betrübliche Frühjahr folgte, fühlte sich Innocente von der Aussicht beschwingt, ein eigenes Haus zu beziehen. Er stellte sich vor, daß Angelica ihn besuchte, daß er in einer anderen und vertraulicheren Umgebung mit ihr zusammen wäre. Da er wußte, daß Alcide nach Racheles Pfeife tanzte und in kürzester Zeit ein ganzes Vermögen durchgebracht hatte, bezog er ohne Unbehagen oder schlechtes Gewissen als neuer Besitzer das Haus seines Freundes.

Gewissermaßen auf Heller und Pfennig und ohne jeden Preisabschlag hatte er die gesamte Verkaufssumme bezahlt: im Namen der alten und engen Freundschaft und der Kindheitserinnerungen, die ihn mit Alcide verbanden. Im Oktober, kurz vor dem ersten Frost, begann er mit den wenigen, aber notwendigen Umbauarbeiten.

Eine neue helle Tünche, Zwischenwände, die eingezogen werden mußten; nur wenige Eingriffe genügten. Innocente persönlich sah zwei-, dreimal täglich nach dem rechten. Manchmal verließ er urplötzlich seinen Schreibtisch in der Gemeinde und begab sich zur Baustelle, um die Arbeiter zu kontrollieren.

Mit dem Ergebnis war er hochzufrieden. Seine Vorstellungen waren voll und ganz umgesetzt worden, nicht so sehr, was die Aufteilung der Räume betraf, an denen kaum etwas geändert worden war, sondern vielmehr im Garten, den er vollständig neugestaltet hatte.

Innocentes neues Haus also war eine traditionelle Villa, ein rechteckiger Block, der im Erdgeschoß durch die Zufahrt zweigeteilt wurde: rechts lagen Küche und ein kleines

Wohnzimmer sowie das Atrium, von dem aus die Treppe in den oberen Stock hinaufführte; links das Arbeitszimmer des verstorbenen Ingenieurs und daneben der geräumige Salon, Schauplatz von Racheles berühmten Empfängen.

Jeder Raum hatte einen Zugang zum Eingangsportikus, dessen Gewölbe mit Putten und Girlanden bemalt war. Nur von hier aus gelangte man in den Salon, die Küche und das kleine Wohnzimmer. Innocente erinnerte sich noch an die mit dampfenden Schüsseln hin- und hereilenden Bediensteten anläßlich der festlichen Abendessen der Caronis im Winter; wie sie, vom eisigen Luftzug erschaudernd, immer wieder den zugigen Portikus durchqueren mußten, bevor sie endlich das Obst auftragen konnten.

Ein Nachteil, den man nach Ansicht Innocentes in Kauf nehmen konnte – bei einem Haus, das ihm ansonsten gut gefiel. Hinter dem Salon gelangte man in einen leeren Raum, den Rachele aus einer Laune heraus zu einem Bad hatte umbauen lassen. Kein einfacher Waschraum mit Toilette im herkömmlichen Sinn, sondern mit einer riesigen Badewanne aus grauem und rötlichem Granit, einem Waschbecken aus Porzellan und Konsolen. Das Lächerliche bestand in der Tatsache, daß bis zum Auszug der Caronis dieses Badezimmer niemals je benutzt worden war. Alcide hatte sich trotz des Drängens seiner Frau nie dazu aufraffen können, eine Wasserleitung legen zu lassen. Und schließlich hatte sich Rachele damit begnügt, wenn Gäste anwesend waren, die Tür aufzumachen und ihnen dieses prächtige Zimmer zu zeigen, um sie dann rasch wieder zu schließen, damit die grundlegenden Mängel nicht entdeckt wurden. Obwohl Innocente sich vornahm, diese zu beheben, ließ auch er Jahre vergehen, bevor er die Sache in Angriff nahm; und als schließlich Wasser aus den Hähnen floß, wurde dieser Raum dennoch selten benutzt – er wirkte allzu einschüchternd.

Die Küche jedoch war ganz traditionell: rechteckig und dunkel; die beiden hochgelegenen Fenster auf der Straßenseite waren mit einem dichten Eisendrahtgitter gegen Ratten und Insekten versehen. Der mit Schamotte verkleidete

Herd hatte auch ein eingebautes sogenanntes Wasserschiff zum Erwärmen von Wasser und ein Ofenrohr mit einem Knick.

Die Umgestaltung des Gartens nahm Innocente mit aller Entschiedenheit vor. Alcide und Rachele hatten sich mit einer unordentlich mit Sträuchern und Blumen bepflanzten Grünfläche begnügt; den durch den Garten führenden Weg säumten Pfirsich- und Kirschbäume. Doch Innocente schwebte etwas ganz anderes vor: Er unternahm sogar eigens Reisen, um die Parks der Villen am Kanal und an den Seen zu studieren. Schließlich beauftragte er einen bekannten Architekten vom Lago Maggiore, einen Garten zu entwerfen, der völlig seinen Vorstellungen entsprach. Über die Möglichkeiten der Bepflanzung machte er sich keine Illusionen. Kamelien, Rhododendronsträucher und duftende Gardenienbüsche, wie sie an den Seen gediehen, würden im rauhen Klima seines Dorfes niemals gedeihen. Hier war es lange Monate hindurch kalt und neblig, ja eisig, und der Boden aufgrund des niedrigen Grundwasserspiegels trocken. Viele der von dem Gartenarchitekten vorgeschlagenen Pflanzen schlugen keine Wurzeln; dennoch gab es einige Sorten, die sich eigneten, und Innocente ließ nicht locker. Um das flache Terrain aufzuschütten, ließ er ganze Ladungen Erde herbeikarren. Auf diese Weise entstanden sanfte Erhebungen und Mulden, wodurch ein kleiner Hügel zur Geltung kam, auf dem eine riesige uralte Steineiche ihre Äste ausbreitete. Er ließ robuste immergrüne Pflanzen setzen. Die Obstbäume wurden aus diesem künstlich angelegten Garten heraus versetzt, die besten davon in den Obstgarten.

Dem Haus gegenüber und von diesem durch einen Kiesweg getrennt, öffnete sich eine sehr gepflegte Wiese – für die zwischen eingetopften Zitronenbäumchen sitzenden Gäste gleichsam eine Bühne, auf der Darsteller auf- und wieder abtraten. Deren Kulisse bildeten dunkle Nadelbäume, runde Buchsbaum- und Ligusterbüsche, kleine Gruppen von Weiden und Birken mit ihren gefleckten Stämmen.

Es war genau so, wie es sich Innocente erträumt hatte: ein kleiner, harmonischer, gepflegter Park, der wie ein Kunstwerk in allen Details vollendet war.

Obwohl ihm Francesco die Wahl gelassen hatte, hatte Innocente nur wenige Gegenstände aus dem Elternhaus mitgenommen. Darunter ein Ölgemälde von Daniele Crespi, das er über seinem Bett aufhängte. Das Gemälde stammte aus einer Privatkapelle, die Verwandten der Signora Santina gehörte. Schon als Kind hatte Innocente dieses Bild sehr gemocht, und er freute sich, daß es nun in seinen Besitz übergegangen war. Die Gewißheit, daß es über seinem Kopf hing, wenn er sich schlafen legte, war ihm ein beruhigendes Gefühl.

35

Angelica war zu einem jungen Mädchen herangewachsen und besuchte mittlerweile das Lehrerinnenseminar. Nur wenige Fächer machten ihr Spaß: Zeichnen, Französisch, Aufsatz in der Muttersprache. Bei Philosophie und Pädagogik dagegen fühlte sie sich überfordert wie ein Hinkender, der einen verschneiten Berggipfel erklimmen soll.

Diese Fächer unterrichtete die Mater Direktorin, und es schien Angelica, als würde sie unter dem kalten Blick der Vorgesetzten in ein widerliches Insekt verwandelt, das im nächsten Augenblick zertreten werden könnte.

Über die adelige Herkunft der Mater Direktorin waren allerlei Gerüchte in Umlauf, die Schwester Maria geschickt zu zerstreuen suchte. Beim Ballspiel in der Freizeit wurde sie von den Mädchen bestürmt: »Schwester Maria, stimmt es, daß die Direktorin eine Contessa ist? Schwester Maria, stimmt es, daß sie einen Marchese hatte heiraten sollen? Daß die Ehe nicht zustande kam und sie deshalb den Schleier nehmen mußte? ...«

»Los, los, ihr Mädchen! Bitte!«

»Und Sie, Sie sind doch so hübsch, Schwester Maria.

Wieso sind Sie eigentlich ins Kloster gegangen? Sagen Sie es uns doch, bitte ...«

Gelächter, Radau. Fröhliche Stimmen hallten im Innenhof wider und wurden von den dicken grauen Mauern zurückgeworfen. Klatschgeschichten, Vertrauliches und Boshaftes tauschten die Mädchen auch im Refektorium, in den Schlafräumen oder auf dem Weg durch den Kreuzgang in die Kapelle aus.

Das Leben im Internat war eintönig für die Zöglinge. Der Tag begann mit der Morgenmesse, nach dem Frühstück fing der Unterricht an, dann folgten Mittagessen, nach einer kurzen Erholungspause die Hausaufgaben, und an bestimmten Nachmittagen stand noch Nähen und Sticken auf dem Stundenplan. Sonntags kamen die Eltern zu Besuch, die ihre Kinder manchmal zu einem Ausflug mitnahmen.

Am späten Samstagnachmittag wurde gebadet. Dann setzten sich die Mädchen bis zu den Hüften in riesige gußeiserne Zuber, ohne die Unterwäsche auszuziehen. Die Neuen schleppten dampfende Eimer herbei, denn nach drei Bädern wurde das Wasser gewechselt. Nachdem die Mädchen mit geröteter Haut und glänzenden Augen aus der Wanne gestiegen waren, hüllten sie sich in große Tücher und zogen sich die tropfnasse Unterwäsche aus; dann kam Mani- und Pediküre an die Reihe. Das Bad und die Aussicht auf den Feiertag sorgten für eine fröhliche Stimmung. Beim Abendessen rochen dann alle nach Veilchenpuder, und Schwester Maria hatte alle Hände voll zu tun, die Mädchen zu bändigen.

Natürlich entgingen Angelica nicht die Veränderungen, die mit ihrem Körper vorgingen; aber sie fühlte sich immer noch als Kind. Eines Nachmittags im November wurde sie sich mit einemmal ihrer selbst bewußt.

Die Zöglinge hielten sich im Handarbeitszimmer auf, wo die Jüngsten Taschentücher einfaßten und die Älteren mit bunten Seidenfäden Stramin bestickten – Arbeiten mit figürlichen Darstellungen und Blumenmustern –, die zu Hause gebührend bewundert, anschließend gerahmt und im elterlichen Salon aufgehängt wurden. Nebel und Kälte machten das wohlig warme Arbeitszimmer zu einem angenehmen Aufenthaltsort. Angelica hatte den Stickrahmen auf dem Schoß, als die Mutter Oberin hereinkam. Sie beugte sich über die Arbeiten der Mädchen und murmelte etwas, was als Ermunterung gemeint war.

Solche Besuche der Mutter Oberin waren nicht selten, aber diesmal kam sie Angelica so nah wie nie zuvor. Erschrocken spürte sie das runzelige Gesicht der Alten ganz nah an ihrer Schulter. Später dann, als sich die Nonne entfernt hatte, durchflutete sie ein nie gekanntes Gefühl: das erregende Bewußtsein der eigenen Jugend. Es war ein atemberaubendes Glücksgefühl. Auf das Kreuzzeichen, das die Mutter Oberin mit dem Kruzifix ihres Rosenkranzes in die Luft zeichnete, antwortete Angelica »Amen!« im Chor mit den anderen Mädchen. Doch ihre Gedanken waren bei ihrer eigenen glatten, makellosen Haut, den Händen ohne Runzeln, den flinken Fingern ... Und sie dankte Gott für ihre Jugend.

Allein im Zimmer, betrachtete sie sich lange und aufmerksam in dem kleinen Spiegel über dem Waschbecken und war entzückt über ihre strahlenden Augen. Sie strich sich die Haare aus der Stirn, im Verlangen danach, sich von Kopf bis Fuß betrachten zu können; aber der Spiegel hing zu hoch. In den Weihnachtsferien wollte sie das nachholen, bei Tante Adelaide, die auf dem Schrankaufsatz einen mannshohen Spiegel stehen hatte.

Diese Wertschätzung ihrer selbst und ihrer eigenen Anmut war für Angelica seit diesem Tag Ermunterung und Trost, mußte sie sich doch eingestehen, daß sie nicht gerade ein brillanter Kopf war. Die naturwissenschaftlichen Fächer waren ihr nach wie vor ein Buch mit sieben Siegeln. Aufsätze schreiben fiel ihr leichter, doch auch hier hatte sie sich beim letztenmal nicht eben hervorgetan. Das Aufsatzthema war denkbar einfach gewesen: »Beschreibe deine Familie.« An Worten mangelte es ihr nicht; ihre Familie, das war die Mutter. Sie wußte aber, daß eine normale, vollständige Familie gemeint war. Und was konnte sie über ihren Vater schreiben?

Ein erster Versuch war gewesen: »Mein Vater ist Rechtsanwalt, aber er übt seinen Beruf nicht aus.« Beim Lesen strich sie den Satz wütend durch. Wieder diese Floskel, die man ihr schon als Kind vorgesagt hatte! Sie erinnerte sich an den Salon von Signora Lucina; und Neid stieg in ihr auf, Neid auf die kleine Matilde, die ein richtiges Zuhause hatte und von Vater und Mutter umsorgt wurde. Die Schulkameradinnen schrieben munter drauflos. Angelica schämte sich; eine halbe Stunde saß sie bereits da und kaute an ihrem Federhalter. Und plötzlich liefen ihr dicke Tränen die Wangen hinab, tropften auf das Blatt Papier und ließen die Tinte in häßlichen Flecken zerlaufen.

Die Schwester war herbeigelaufen, ohne zu verstehen, was in Angelica vorging. »Los, los, Dago! Wenn du Ruhe bewahrst, wirst du einen guten Aufsatz schreiben; in Italienisch hast du doch schon gute Noten! Du solltest dir mehr über Arithmetik den Kopf zerbrechen, du Eselchen!«

Angelica verstand nicht, weshalb sie von einer solchen Angst, oder mehr noch, von solch verzweifelter Einsamkeit bedrückt wurde.

Wenn sie in dem neuen Haus ihres Vaters zu Gast war, tröstete und ermunterte sie die Anwesenheit Marias. Die alte Magd behandelte sie mit Achtung und Respekt, ließ sie aber auch eine fast großmütterliche Zuneigung spüren. Zwar spielte Angelica wie früher mit den anderen Kindern im Hof, betete zusammen mit ihnen den Rosenkranz in der Kirche und tollte mit ihnen im knisternden Heu herum, aber sie wußte, daß man sie als ›andersartig‹ betrachtete, seit sie auch in Innocente Dagos Villa ein- und ausging.

Dadurch gewann der Aufenthalt im Dorf noch einen größeren Reiz. Oft träumte sie davon, an stürmischen Tagen im Dorf draußen auf der Gasse zu sein, wenn der Wind Staubwolken aufwirbelte, die so intensiv nach Robinienblüten dufteten, daß sogar die Ausdünstungen der Misthaufen erstickt wurden. Oder sie träumte vom winterlichen Dorf, wenn auf den vereisten Gassen Feuerchen brannten, die aussahen wie riesige Blumen mit purpurroten, sich wiegenden Blütenblättern. Aus solchen Träumen erwachend, war sie nicht glücklich.

Doch ein innerer Friede durchströmte sie an den Nachmittagen im Internat, an denen Schwester Maria das *Ave Maria* von Schubert anstimmte, das ihr half, mit all den Unannehmlichkeiten fertigzuwerden.

Auch ihre Zimmergenossin machte Angelica das Leben schwer. Zu Beginn der höheren Jahrgangsstufe war ihr Desolata als Mitbewohnerin zugeteilt worden: ein kräftiges, robustes Mädchen, dessen einziger Vorzug ihre großen braunen Augen und langen Wimpern waren. Mit eisernem Willen absolvierte sie die Lehrerinnenausbildung, um nicht wie ihre Eltern den Karren zum Markt ziehen und Zwiebeln und Wirsing verkaufen zu müssen. Sie war entschlossen und rechthaberisch, und wehe, man zog sich ihren Unmut zu. Angelica bemühte sich redlich, ihre Gunst zu erlangen, doch Desolata machte es häufig Spaß, ihr in den Erholungspausen Streiche zu spielen und sie zu demütigen. Beliebt in der Freizeit war ein Mannschaftsspiel, bei dem die Mitspielerinnen von der Anführerin einer Mannschaft ausgewählt wurden. Da Desolata mit Kraft und Treffsicherheit den Ball warf, fiel stets ihr das Vorrecht zu, die Reihe der Mädchen abzuschreiten und mit gebieterischem Zeigefinger die Glücklichen für ihre Mannschaft auszuwählen. Oft ging sie an Angelica vorbei und tat so, als sähe sie nicht, wie diese sie mit bittendem Blick ansah; und aus reiner Bosheit wählte sie das magere, schwächliche Mädchen aus, das neben ihr stand. In solchen Augenblicken haßte Angelica ihre Zimmergenossin, aber aufgrund mangelnder Selbstsicherheit gab sie die Schuld am Ende immer sich selbst: »Sie hat ja recht, ich spiele nicht gut; ich treffe nie, bin eine lahme Ente.«

Auf diese Weise herabgewürdigt, war sie überzeugt, daß sie niemals Freundinnen haben würde: Wenn sie nicht einmal derjenigen vertrauen durfte, die neben ihr schlief, die mit ihr die Gebete sprach und bis spät in die Nacht im Dunkeln albernes Zeug flüsterte.

In jenen Jahren entwickelte sie ein wachsendes Mißtrauen gegenüber ihren Mitmenschen, das sie ihr Leben lang beibehielt. Ein Argwohn, der durch ihren Charakter, aber auch durch ihre Erfahrungen genährt wurde.

Alles fing ganz banal an: Eines Morgens entdeckten die Schülerinnen, daß der Betstuhl der Mater Direktorin in der Kapelle und auch ihr Stuhl im Refektorium leer waren. Am Tag darauf brodelte jedoch die Gerüchteküche bereits derart, daß sich die Oberin genötigt sah, die Mädchen zusammenzurufen. Vornübergebeugt und mit finsterer Miene sprach sie langsam und sah den Mädchen dabei eindringlich in die Augen: »Ihr fragt nach dem Grund für die überraschende Abreise unserer Direktorin. Ich weiß, wie sehr sie euch liebt und an euch hängt. Es war ein ernster Grund, der sie bewogen hat, euch zu verlassen. Die schwere Krankheit eines Familienmitglieds hat sie mitten in der Nacht abberufen. Aber macht euch keine Sorgen: Bald werdet ihr Nachricht von ihr erhalten. In der Zwischenzeit aber bitte ich euch ... nein, ich erteile euch mit allem Wohlwollen den Befehl ...« – Sie hielt inne, und ihre gemessenen Worte klangen in der Stille feierlich und zugleich bedrohlich nach –, »... den Befehl, für die Seele dieses ... dieses ihres kranken Verwandten zu beten, zu beten und nochmals zu beten. Denn Gott liebt und erhört das Gebet derer, die reinen Herzens sind.«

Der schöne silberne Christuskorpus blitzte auf, als die Oberin wie gewöhnlich damit ein Kreuzzeichen beschrieb und dann, gestützt auf eine junge Nonne, mit schleppenden Schritten den Raum verließ.

Ihre Ausführungen waren wenig überzeugend, ja, sie nährten noch das Getuschel unter den Zöglingen, bis endlich die Wahrheit in ihrem ganzen schrecklichen Ausmaß ans Licht kam: Zu nächtlicher Stunde war die Direktorin im Gebüsch des klösterlichen Gartens gesehen worden, der an der Einfassungsmauer im Schutze jahrhundertealter Kastanienbäume lag; sie war nicht allein, und was sie tat, schickte sich weder für eine Nonne noch für einen gottesfürchtigen Christenmenschen.

Angelica kamen immer nur vage Äußerungen über diese ganze Geschichte zu Ohren, und sie tappte im dunkeln, bis schließlich Desolata ungeduldig herausplatzte: »Mit einer Frau, mit einer Frau! Verstehst du? Sie hat sich am Boden gewälzt, in der Umarmung einer Frau!«

»Einer Frau?« Für Angelica ergab dies überhaupt keinen Sinn.

»Aber ja, du Dummkopf!« Desolata erheiterte diese Einfalt. »Rinotta heißt sie, und sie wohnt im Hof neben dem Kloster und putzt hier im Internat; du hast sie bestimmt schon gesehen: lang und spindeldürr, mit behaarten Armen, die ihr bis zu den Knien reichen.«

Am folgenden Sonntag erzählte Angelica ihrer Mutter die seltsame Geschichte, über die alle lachten; und wie Desolata die vornehme Art der Direktorin nachäffte und flüsterte: »Ach, schönste Rinotta, gib mir einen Kuß.« Um nicht als Dummkopf dazustehen, hatte Angelica auch so getan, als fände sie das komisch. Doch Antonietta wies sie zurecht: »Wie gemein sie doch sind, deine Mitschülerinnen. Nicht, daß ich gutheiße, was geschehen ist, aber macht denn nicht jeder Mensch Fehler? Besser, man schweigt. Wie Jesus sagt: Wer ohne Sünde ist … Wer seid ihr denn, daß ihr Steine werfen könnt? Versprich mir – mach das Kreuzzeichen! –, nicht mehr an diese häßliche Geschichte zu denken!«

Dieser Vorfall verstärkte Angelicas Eindruck, daß fast niemand so war, wie er sich nach außen hin gab. Mit Skepsis betrachtete sie die neue Mater Direktorin, die jung und fröhlich war und sich anstrengte, ihre Autorität herauszukehren. Ihre Vorreden zur Gewissenserforschung waren weitschweifig und ausufernd, und mehr als einmal sehnte sich Angelica zurück nach der brillanten, scharfgestochenen und ironischen Redekunst der verwerflichen Mater Direktorin und rief sich deren eindrucksvolle Miene in Erinnerung, die in solch krassem Gegensatz zu den durchschnittlichen Gesichtszügen der neuen Direktorin stand.

Auch der Sonntag war für Angelica unerfreulich, ja zuweilen schmerzlich. Die Kameradinnen bekamen Besuch von der ganzen Familie, sie wurden von den Eltern in die Mitte genommen, mit Küssen buchstäblich erdrückt und mit Pralinen überhäuft; Angelica hörte sie unablässig »Papa! Mama!« rufen. Zu ihr dagegen kam entweder der Vater oder die Mutter. Noch nie hatte jemand zu fragen gewagt, weshalb dies so war. Aber ein paarmal – anläßlich der jährlichen Theateraufführung, bei der Angelica die stumme Rolle des Engels hatte spielen müssen – waren Innocente und Antonietta gemeinsam gekommen. Aufgeregt war sie, die Eltern an den Händen fassend, den Arkadengang auf- und abspaziert; zwar hatte sie auf deren Fragen geantwortet, vor allem aber hatte sie stolz forschende Blicke nach allen Seiten geworfen, in der Hoffnung, daß die anderen für bare Münze nahmen, was sie sich so sehr erträumte.

Angelica war kein ängstliches Mädchen: Selbst furchtbare Naturereignisse beunruhigten sie nicht besonders. Eine Frau zu werden, zu beobachten, wie der Körper sich rundete und die Blutungen einsetzen, hatte Desolata regelrecht in Panik versetzt. Angelica, die im Hof auf dem Dorf eine Hündin gesehen hatte, die am Bauch und zwischen den Beinen blutrot gefärbt war, erinnerte sich noch genau an die Erklärung von Tante Lina, die am Ende noch hinzugefügt hatte: »Bei dir kommt das auch, und du brauchst keine Angst davor zu haben!« Und so war es auch gewesen.

Sie hatte weder Angst vor der Dunkelheit, vor Gewitter noch vor Ratten. Nur vor Spinnen fürchtete sie sich; und vor Reptilien. Als sie knapp vierzehn war, wachte sie eines Nachts schweißgebadet auf, von Alpträumen gepeinigt, und murmelte vor sich hin. Desolata war aus dem Schlaf aufgeschreckt und schimpfte. Noch ganz unter dem Eindruck dieses Erlebnisses erzählte sie Netta, daß sie aus dem Schlüsselloch den gelblichen Kopf einer Schlange habe hervorlugen sehen, die zuerst dünn gewesen, dann immer dicker geworden sei.

Angelica war zu Beginn des neuen Milleniums ins Internat gekommen. Die Nonnen hatten zusammen mit den

Mädchen für die bevorstehende Mutterschaft der jungen Königin eine Novene gebetet. Und als im November die Prinzessin Giovanna geboren wurde, jubelten die Mädchen vor Freude und meinten, auch sie hätten zu diesem glücklichen Ereignis ihren Teil beigetragen. Acht Jahre später verließ Angelica das Internat und die Schule. Sie stand vor ihrem sechzehnten Lebensjahr und war ein schwermütiges Mädchen ohne hochfliegende Hoffnungen.

36

Innocente begab sich eigens zu dem berühmten Photographen Canzini nach Mailand und folgte damit dem althergebrachten Ritual, entscheidende Abschnitte seines Lebens bildhaft festzuhalten. Alle drei, vier Jahre ließen sich die Dagos – wie viele andere – porträtieren, um der Nachwelt ein sichtbares Zeugnis ihrer Existenz zu hinterlassen. Die Signora Santina hatte sich zwar einmal aus einer Laune heraus von Ferraguti malen lassen, doch das stellte eine Ausnahme dar.

Die schönsten dieser Photos hatte Innocente gerahmt auf der Konsole im Wohnzimmer unter dem zur Gartenseite liegenden Fenster aufbewahrt. Zuweilen drängte es ihn, die alten Bilder aus den verschiedenen Etappen seines Lebens zu betrachten. Auf dem berühmten Universitätsabschlußphoto war er als noch nicht Dreißigjähriger zu sehen, mit durchscheinendem magerem Gesicht, mit hohen Jochbögen und einem feinen hintergründigen Lächeln auf den schmalen Lippen.

Daneben stand das Photo von seinem letzten Geburtstag. Merkwürdig, dachte Innocente, jetzt, als Vierzigjähriger, da er es geschafft hatte, seine Leidenschaften zu beherrschen und sich strenge Lebensregeln aufzuerlegen, hatte sein Gesicht einen eher groben und sinnlichen Ausdruck; gleichwohl hatte er sich seinen durchdringenden Blick und sein geistvolles Lächeln bewahrt. Ein paar Fettpolster hatten genügt, um dem Gesicht Fülle zu verleihen und das glattrasierte Kinn zu runden. Doch obwohl sich sein Haar lichtete und der gepflegte Schnurrbart allmählich graue Strähnen aufwies, hatte er noch immer das gefällige Gesicht eines Mannes von Charakter. Stärker als bisher waren in seinen Augen jetzt Entschlossenheit und Weitsicht zu lesen.

»Ein richtiger Bürgermeisterblick«, meinte Maria ernst. Und in der Tat, Innocente war von seiner Aufgabe in der Kommune ganz in Anspruch genommen. Wenngleich er mit bescheidenen Sicherheiten ausgestattet war, waren dies leidenschaftliche Jahre für ihn. Die ihm angeborene Neigung, sich um andere zu kümmern, hatte sich mit der Zeit noch verstärkt. Hatte er sich als junger Mann mit dem Zustand der Gesellschaft ganz allgemein beschäftigt und abstrakte Betrachtungen über das soziale Ungleichgewicht angestellt, die zu Meinungsverschiedenheiten mit dem Vater und den sogenannten Wohlanständigen geführt hatten, so erschienen ihm heute bestimmte Ideale als reine Utopie – verdienstvoll, aber in weit entrückter Ferne.

Bekleidet mit einem öffentlichen Amt und vertraut mit den Mißständen in seiner Gemeinde, war ihm bald schon klar geworden, daß bestimmte Ideale nicht einfach nur durch guten Willen zu verwirklichen waren. Von seinen anfänglichen Plänen mußte er bald schon Abstriche machen und sich mit wenigen Verbesserungen begnügen: einer Schule, die allen Kindern zugänglich war; Rückhalt für die Bauern, damit sie die neuen Mittel zur Bekämpfung der zahlreichen, für Menschen, Tiere und Pflanzen verhängnisvollen Seuchen kennen- und anwenden lernten.

Innocente war froh, daß sich seine Pächter im Dorf so willig regieren ließen; dankbar und gefügig waren sie, wie ihre Väter, ohne Flausen im Kopf, wenngleich überzeugt von der Notwendigkeit des Zusammenhalts unter den Arbeitern. Genossenschaften und Vereinigungen von Arbeitern und Tagelöhnern entstanden überall und wurden sogar vom Papst ermuntert; die berühmte Enzyklika *Rerum novarum* Leos XIII., die Anfang des neuen Jahrhunderts wie ein Blitz eingeschlagen hatte, besaß inzwischen den Rang eines Dokuments von anerkannter Gültigkeit mit unantastbaren und gerechten Ideen.

Aber Innocente war dennoch etwas beunruhigt, als ein Mann ins Dorf kam, der, wie man ihm sofort zutrug, gleich am ersten Abend in der Schenke als Wortführer auftrat und die Leute für eine Organisation namens ›Federterra‹ zu gewinnen suchte. Es war dies eine vor wenigen Jahren gegründete Organisation für die Durchsetzung der Interessen der Tagelöhner. Die Leute hatten diesem Mann aufmerksam und höflich zugehört, ihm aber keine Gefolgschaft geleistet. ›Federterra‹, wie er fortan hieß, blieb jedoch hartnäckig und gründete mit großem Pomp eine Gewerkschaftsgruppe, der es im Augenblick jedoch noch an Mitgliedern fehlte.

Als Garant für Gerechtigkeit und Inbegriff von Autorität bürgte Innocente den Bauern, die er fast als seine Anverwandten betrachtete, mit seiner Person. Auf ein Glas Wein war er in jedem Haus stets willkommen, er stattete Besuche ab, wenn ein Kind zur Welt kam, und kümmerte sich um die Seidenraupenzucht. Stets war er auf dem laufenden über die Vorgänge in den Höfen und Bauernhäusern. Für ihn gab es keine Geheimnisse. Die Stadt besuchte er nur noch selten und beinahe widerwillig, wenn er offizielle Angelegenheiten zu erledigen hatte – die Zeiten, da die Stadt ihn gleichsam magisch anzog, waren vorbei. Und was die Politik betraf, so fühlte er sich schon seit einiger Zeit orientierungslos und verwirrt.

Die Unruhen in Mailand im Jahr 1898, als die neuen Demokraten in die Stadtverwaltung eingezogen waren, und seine Begeisterung für Filippo Turati in der Amtszeit von Bürgermeister Mussi lagen in weiter Ferne.

Nach den Aufständen in den Fabriken hatte sich auch die Klasse der Bauern zusehends empört. Grundbesitzer, Unternehmer landwirtschaftlicher Betriebe und Viehzüchter hatten sich untereinander verständigt und eine Art Verband der Besitzenden gegründet. Großzügige Spenden bildete den Grundstock einer finanziellen Absicherung gegen die durch Streiks entstandenen Schäden. Die Dagos waren zwar wiederholt unter Druck gesetzt worden, hatten sich aber gehütet, dieser Vereinigung beizutreten. Denn Innocente betrachtete sich gleichsam als Vater seiner Bauern; überzeugt, wie er immer wieder betonte, daß es genügte, die Menschen aus der Nähe zu kennen, sie nach Möglichkeit zufriedenzustellen, ihnen aber auch, wenn sie allzu sehr aufbegehrten, symbolisch einen Denkzettel zu verpassen, damit sie spurten. Genau wie man es mit Kindern machte. Deshalb erachtete er den Zusammenschluß der Grundherren auch als lächerliche Maßnahme – fast als ein Eingeständnis des Unvermögens. In der Stadt mochten die Verhältnisse anders sein; dort verfügten die Arbeiter über eine größere Macht. Die Stadt, nur ein paar Dutzend Kilometer entfernt gelegen, war eine andere Welt.

Innocente hielt sich an jenem Tag des Jahres 1904, als es zum großen Krawall kam, in Mailand auf. Er war einer Einladung seines Freundes Lorenzo gefolgt, dessen Nichte bei einem musikalischen Nachmittag in einem Mädcheninternat auftrat. Auf dem Programm standen Werke von Bach, Schubert, Rubinstein und Grieg: ein außergewöhnliches Ereignis, nicht zuletzt aufgrund des eleganten Rahmens, das Innocente nicht verpassen wollte.

In der Stadt angekommen, fiel ihm eine fiebrige Unruhe in den Straßen auf. Auf den Gesichtern zeichneten sich Unmut und Verdruß ab. Der arme Giolitti war durchaus nicht zu beneiden, dachte sich Innocente, während er seinen Weg fortsetzte; inner- und außerhalb des Parlaments hatte er alle Hände voll zu tun, die Gemüter zu beruhigen.

Am 21. September war eine große Versammlung abgehalten und ein Streik beschlossen worden, der so weit um sich griff, daß man die Unzufriedenheit eines Teils der Bevölkerung wohl oder übel endlich zur Kenntnis nehmen mußte. »Die Dinge«, grübelte Innocente, während er die Piazza Cordusio überquerte, »sind also noch nicht wieder im Lot.« Der Platz war von Menschen überflutet, und die Soldaten waren zahlreicher als die Zivilisten.

»Ein ganz schöner Tumult«, murmelte Innocente, der

den Lärm der Stadt schon in normalen Zeiten nicht ertrug. Aber Lorenzos Haus war nicht mehr weit.

Wenige Stunden später tauchte er ein in die idyllische Atmosphäre des Mädcheninternats und ließ sich vom verlockenden Duft der Vanillekrapfen einhüllen. Das Konzert hatte ihn beeindruckt. Nach den erlesenen Genüssen des anschließenden Empfangs inmitten der festlich herausgeputzten Mädchen und deren eleganter Mütter brach Innocente – nach vielfachen Komplimenten für Lorenzos Nichte – auf, um den Heimweg anzutreten. Er sehnte sich nach den ländlichen Straßen und beobachtete unterwegs die Menschenaufläufe, das Hin und Her von berittenen Gendarmen und Wachen zu Fuß. Aus Seitenstraßen ertönten Rufe und Beschimpfungen; auf einmal stürmten Menschen wild durcheinander, die ihn umzurennen drohten. Bis zur Poststation, wo er die Kutsche abgestellt hatte, war es nicht mehr weit. Plötzlich jedoch befand sich Innocente inmitten eines Menschenauflaufs vor der Birreria Casanova. Polizisten waren zu sehen, und weißgekleidete Sanitäter trugen aus der Schenke eine mit blutigen Tüchern bedeckte Bahre heraus, unter der sich die Umrisse eines Menschen abzeichneten. Der Gruppe folgte ein Mann in Ketten, mit dem Blick eines Irren, der von Gendarmen vorwärtsgestoßen wurde. Beschimpfungen und Drohungen waren zu hören: »Mörder! Er hat Gandòla umgebracht …«

»Wen? Den *dutùr* Giovanni?«

»Ja, den Doktor Giovanni Gandòla. Er wollte ein Bier trinken, hier an der Theke.«

Wie immer kannte der eine oder andere bereits die ganze Geschichte – noch vor den Vernehmungsbeamten im Polizeipräsidium. Der im ganzen Viertel beliebte Arzt, ein herzensguter Mensch und stadtbekannter Pazifist, war von zwei Messerstichen im Bauch getroffen worden. Er war zusammengebrochen, und das Bier aus seinem Glas hatte sich über ihn ergossen. Der rasende Täter war ein Sozialist. Die Gewerkschaftler beeilten sich, ihn als Anarchisten zu bezeichnen. Doch das Bild von dieser Bahre, die roten Flecken auf der Decke prägten sich Innocente wie ein Brandmal in sein Gedächtnis ein. Während er mit lockeren Zügeln die Pferdekutsche nach Hause lenkte, gelangte er mehr und mehr zu der Überzeugung, daß er instinktiv und absolut jene Verhaltensweise ablehnte, deren Zeuge er soeben geworden war – ganz gleich, im Namen welcher Ideen eine solche Tat begangen wurde. Und in den folgenden Tagen faßte er den Vorsatz, nicht hinzusehen, nichts wissen zu wollen und sich nicht zu interessieren. Stand es doch nicht in seiner Macht, die vielen drängenden Probleme zu lösen, die die gegenwärtige Krise der Werte zur Folge hatte.

Institutionen, die bislang als unumstößlich gegolten hatten – Banken, Börse, Fabriken –, waren zerrüttet; ein Großteil der Arbeiter in den verschiedenen Industriezweigen unzufrieden. In jenen zehn Jahre nach der Jahrhundertwende wurden die alten Verhältnisse radikal aus den Angeln gehoben.

Auch nachdem Ruhe eingekehrt war, schwelte unter der Asche der Brand weiter, der dann im Jahr 1907 auch tatsächlich ausbrach.

Als Innocente in die Stadt kam – er hatte auf der Präfektur zu tun –, standen wegen Streiks alle Straßenbahnen still. Pferdeomnibusse wurden wieder eingesetzt – ein merkwürdiges Unterfangen, so sehr hatten sich die Menschen bereits an die Neuerungen gewöhnt. Es war wie die Rückkehr in eine ferne Vergangenheit, die in Wirklichkeit jedoch erst wenige Jahre zurücklag. An der Porta Vigentina erfuhr er, war es zu schlimmen Auseinandersetzungen zwischen Tausenden von Arbeitern und Dutzenden von Carabinieri gekommen. Steine waren geworfen und Schüsse in die Luft abgefeuert worden.

Wenige Monate vor diesen Ereignissen hatte Mailand noch ein ganz anderes Bild abgegeben: In einer fröhliche Atmosphäre hatten sich Hoffnungen entfaltet wie Fahnen im Wind … Es war das Jahr 1906 gewesen, das Jahr der großen und der ersten wahrhaft internationalen Weltausstellung. In Mailand wurde von nichts anderem mehr gesprochen. Geöffnet von April bis November, war es eine großartige

Schau exotischer Neuheiten, eine Demonstration des menschlichen Fortschritts.

Mailand, dessen Bürger schon immer mit dem schlechten Zustand der Straßen und einiger Viertel unzufrieden gewesen waren, hatte sich auf dieses Ereignis gut vorbereitet. Die Häuser im Zentrum erstrahlten in neuem Glanz, nicht zuletzt, weil die städtischen Beamten Gesimse, Verputz und Fensterläden genau inspizierten und jede kleinste Unregelmäßigkeit beanstandeten, jeden noch so geringen Verstoß gegen ästhetische Kriterien oder hygienische Vorschriften – seien es verwahrloste Hausgänge, übelriechende Treppen, Dachtraufen, die herabzustürzen drohten. Mit anderen Worten: Mailand trug sein Festgewand. Die Gassen und Gäßchen abseits der Hauptstraßen und der großen Plätze allerdings waren nach wie vor in schlechtem Zustand.

Viele Mieter mußten in Wohnungen außerhalb der Stadt umziehen und mit der Bahn nach Mailand zur Arbeit fahren, denn die Mieten schnellten sprunghaft in die Höhe. In manchen düsteren und ruhigen Stadtvierteln blinkten zu nächtlicher Stunde die Leuchtreklamen der Werbung, die die Augen blendeten, die Wohnungen in helles Licht tauchten und die Schlafenden störten. Vielfarbige Plakate überfluteten die Stadt.

Aber aufs Ganze gesehen waren dies relativ bedeutungslose Unannehmlichkeiten, verglichen mit den großen Vorteilen, die die Ausstellung mit sich brachte. Wer sich den Luxus einer Scala-Aufführung, den Besuch in den einschlägigen Konditoreien in der Via Dante oder in den Teesalons in der Galleria Vittorio Emanuele, der großangelegten Einkaufspassage, nicht leisten konnte, durfte sich jetzt endlich vergnügen, ohne Geld auszugeben: bei zahlreichen Aufführungen und improvisierten Bällen.

Am 28. April 1906 nahm Innocente – dem Anlaß entsprechend mit Bürgermeisterschärpe und gestärktem Hemdkragen, der ihm fast die Kehle zuschnürte – an der feierlichen Eröffnung der Weltausstellung teil; eine einmalige Gelegenheit, die Potentaten Italiens aus der Nähe zu sehen, die Prinzessin Letizia sowie die offiziellen Vertreter von Regierung und Senat.

Obwohl einige Pavillons noch nicht fertig waren, machte die Ausstellung als ganze doch einen tiefen Eindruck auf Innocente: Fünfundzwanzig Nationen waren mit insgesamt fünfunddreißigtausend Ausstellern vertreten, Zahlen, die nur mit der Weltausstellung in Paris sechs Jahre zuvor vergleichbar waren.

Innocente hatte Dutzende von Kilometern zwischen den Pavillons zurückgelegt und kehrte nun mit seinen Brüdern in der Kutsche ins Dorf zurück. »Ich bin erledigt«, seufzte Francesco, und in Anbetracht seines Leibesumfangs glaubte man es ihm aufs Wort. Doch er war auch zufrieden, denn die Mühe hatte sich gelohnt. Großartig war der Pavillon, der den vor kurzem eingeweihten Simplontunnel vorstellte; oder der Pavillon der Schönen Künste; die erstaunlichen Anlagen zur Präsentation der Seidenraupenzucht, für die sich auch Paolo Dago interessierte – dank der liebreizend lächelnden Spinnerinnen im Brianza-Kostüm, die die Erzeugnisse präsentierten. An jeder Ecke gab es Vorführungen, die man sich keinesfalls entgehen lassen durfte. Voller Staunen fanden sich die Dago-Brüder plötzlich in einem Stadtviertel von Kairo, das mit wunderbarer Detailgenauigkeit aufgebaut worden war: geheimnisvolle Gassen mit weißen Terrassen, niedrigen Torbögen, Stoffgeschäften, verschleierten Frauen mit entblößtem Bauchnabel, wiederkäuenden Kamelen …

Auch die Automobilabteilung hatten sich die Dagos nicht entgehen lassen. Wurden Anfang des Jahrhunderts dreihundert Automobile produziert, so waren es gegenwärtig bereits neunzehntausend, hergestellt von Lanza und Fiat in Turin und Prinetti & Stucchi in Mailand. Die erstaunlichen Fahrzeuge, die im Frühjahr das Autorennen Targa Florio in Brescia gewonnen hatten, machten etwas her mit ihrer funkelnden Maschinerie und den blitzblanken Fensterscheiben.

Nach langem Hin und Her hatte Innocente Francesco und Paolo überzeugen können, daß Pferdewagen im Augenblick noch das angemessene Verkehrsmittel auf dem Land waren.

»Man sieht«, wandte Paolo ein, »daß euch der Sinn für die moderne Lebensweise abgeht. Hättet ihr wie ich im April den Start des Radrennens vom Domplatz aus miterlebt: ein Konvoi von ratternden Automobilen, die hinter den Radfahrern herbrausten. Ihr seid rückständige Landbewohner ... Schaut zum Himmel: der Mensch fliegt! Wer hätte sich das vorstellen können! Nur Leonardo hatte diesen Weitblick!«

Als Innocente im Jahr darauf inmitten der wutentbrannten und gequälten streikenden Menschen stand, kam ihm die glückliche und prosperierende Zeit Mailands noch wenige Monate zuvor in Erinnerung. Jetzt aber standen die Trambahnen still, und die Lokomotive auf der Eisenbahnbrücke der Via Pietrasanta war heiß umkämpft. Selbst der Eifer und die Begeisterung des Vorjahres hatten die schweren Probleme nicht mildern können, die Wirtschaftsfachleuten wie auch der einfachen Bevölkerung zu schaffen machten. An erster Stelle stand das Problem der Auswanderung. Tag für Tag stieg die Zahl der Ärmsten, die in den Ländern jenseits des Atlantik Brot und Arbeit suchten. Die Spitzenstellung hielt Kalabrien, wo Jahr für Jahr dreißig von hundert Menschen nach Amerika aufbrachen. Piemont und die Lombardei blieben bisher noch verschont. Aus diesen Regionen waren nur wenige ausgewandert, und diese vielleicht mehr aus Abenteuerlust als aus echter Not. Ihre spärlichen und unbeholfenen Briefe wurden in den Schenken oder von den Frauen vor der Kirche gelesen und kommentiert. Sie erhielten nur dürftige Auskünfte; teils um die Verwandten nicht unnötig zu ängstigen, teils aus Unfähigkeit, sich verständlich machen zu können. Keiner dieser Briefeschreiber erzählte von den Unannehmlichkeiten der Überfahrt, von den Widrigkeiten des Klimas, von der Mühsal auf den riesigen Plantagen, auf denen unbekannte Pflanzen angebaut wurden, oder, schlimmer noch, in den stickigen Fabriken.

Besorgt über die Probleme seines Landes, sagte sich Innocente, daß dies vielleicht nicht einmal sinnlose Aufstände waren: Es würde den unglücklichen Auswanderern zugute kommen, wenn die dringendsten Probleme Italiens wenigstens zum Teil gelöst würden. Sie könnten zurückkehren, eine Arbeit finden …

Doch dieser Krawall war beängstigend, und Innocente war froh, als er die Stadt hinter sich gelassen hatte. Die Bauern schienen doch ruhigere und vernünftigere Menschen zu sein. Stets wußten sie sich zu bescheiden. Ohne große Veränderungen ging auch die Arbeit in der Spinnerei Dago ihren gewohnten Gang. Innocente konnte sich also getrost weiterhin seinen eigenen Interessen widmen: dem neuen Haus, den Gemeindeangelegenheiten, der Jagd, dem landwirtschaftlichen Anbau und seiner Tochter Angelica. Hin und wieder hatte er auch eine Geliebte, eine Frau, die er einem anderen abspenstig machte: Es war fast wie ein Spiel, bei dem er nicht einmal besondere Vorsicht walten ließ. Denn im Dorf war schließlich immer noch er, Innocente Dago, der Padrone.

37

Antonia schob das hölzerne Stopfei in den Strumpf. Es ging schon auf die Mittagszeit zu, und allmählich erwärmte sich die Luft, die am Morgen noch recht frisch gewesen war. Es war ein warmer Tag Anfang September. Netta führte die Nadel mit dem schwarzen Faden auf und nieder. Der Lärm im Hof störte sie kaum: Tierlaute, Kindergeschrei, Geplätscher von Wasser, das in Schwällen über die gestampfte Erde des Hofs und den Steinboden des Vorbaus gekippt wurde, ehe man mit dem Reisigbesen sauberkehrte. Weit lästiger waren ihr die Geräusche in der Stadt; selbst nach all den Jahren hatte sie sich nicht an das Kreischen und Rattern der Trambahnen gewöhnt, die zwischen den hohen Häusermauern hindurchbrausten. Sich aufs Land zurückzuziehen, bedeutete jedesmal eine ungeheure Wohltat für sie.

Für Angelica nicht anders. Im Dorf blühte sie geradezu auf. Die Fürsorge ihrer Großmutter Ersilia tat ihr gut, doch diese so offenkundige Bevorzugung Angelicas führte nicht selten zu Vorhaltungen seitens der anderen Kinder. Waren ihr denn nicht alle Enkelkinder gleich lieb? Luigina lebte mit ihrem Mann und den Kindern in Magenta, und sie kamen nur selten zu Besuch. Nettas Bruder, der Wasserleitungen verlegte, hatte ebenfalls geheiratet – eine Frau, die als Findelkind aufgewachsen war und eigenartige Verhaltensweisen an den Tag legte. Jetzt, im fünften Monat ihrer Schwangerschaft, weigerte sie sich, im Garten zu arbeiten, Eimer zu schleppen oder den Karren zu schieben. In den frühen Morgenstunden sah man sie seelenruhig über die Wiesen spazieren und gravitätisch einherschreitend frische Luft schöpfen. Es sei ihr durchaus zuzutrauen, hieß es, daß sie sich morgens hinsetzte und las!

Da jedoch ihr Mann zufrieden schien und schwieg, wollte auch Ersilia sich nicht einmischen und böses Blut schaffen. Das Enkelkind, das unterwegs war, wollte sie aufnehmen wie die anderen auch; und so strickte und nähte sie und kämmte Wolle für die Matratze der Wiege. Gewiß, es war unübersehbar, daß sie Angelica mit besonderer Aufmerksamkeit zugetan war und ihr immer etwas zusteckte: Morgens bekam sie ein geschlagenes Ei mit Marsala, auch durfte sie in einem weicheren Bett schlafen ... Aufgrund der besonderen Umstände von Angelicas Geburt und Kindheit meinten die alten Paolinis, sie müßten Antonia als Entschädigung für das, was sie durchgemacht hatte, etwas Gutes tun. Im übrigen war das Haus jetzt zunehmend leerer. Was früher unter vielen hungrigen Mäulern hatte aufgeteilt werden müssen, war nunmehr reichlich vorhanden. Das Leben war leichter geworden, sinnierte Antonietta, über die zerrissene Socke gebeugt, deren Fersenloch mit jedem Stich kleiner wurde.

Da hörte sie, wie von draußen jemand ihren Namen rief. Mit vorsichtiger Neugier öffnete sie die Tür zur Straße hin – und vor ihr stand Lucina mit Mann und Kind. Vor Überraschung blieb Antonia der Mund offen. Doch Lucina lächelte sie mit ihrem bezauberndsten Lächeln an und meinte: »Letzten Winter hast du dich so in Sehnsucht nach deinem Dorf verzehrt, daß ich Lust bekam, es einmal selbst zu sehen! Und da sind wir!«

Sie umarmten sich. Angelica kam herbeigelaufen, die Großmutter, Ceccos Kinder lugten um die Ecke. Signor Carlo sah sich in dem reinlich gefegten und zur Kühlung mit Wasser besprenkelten Hof um und nickte anerkennend mit dem Kopf: Alles war ordentlich und sauber. Matilde eilte in den Stall, um die Tiere anzuschauen, von denen ihr Angelica schon so viel erzählt hatte.

Der Großvater trat aus dem Stall und wischte sich die Hände an der Schürze ab; mit einem strahlenden Lächeln unter dem silbergrauen Schnurrbart empfing er die Fremden. So gebot es die Gastfreundschaft: Fremde wurden stets mit Respekt behandelt, und wenn man Mißtrauen hegte, so verbarg man es hinter einer freundlichen Miene. Die Großmutter zeigte Matilde auch gleich die Gluckhenne, die ihre Eier ausbrütete, und den Verschlag mit den neugeborenen Kaninchen. Aus dem Stall drang ein scharfer Geruch; Matilde wich zurück und hielt sich die Nase zu. Aber dann siegte doch ihre Neugier; waren doch die kleinen Kaninchen mit ihrem weichen, zarten Fell so niedlich.

»Die gefallen dir, hm?« meinte Angelica. »Schau, ich nehme eins auf den Arm, sie sind ja so lieb.« Matilde hätte es ihr gern gleichgetan, aber sie traute sich nicht. Hier auf dem Land gab Angelica den Ton an, und sie, Matilde, war ihre gefügige Schülerin.

Lucina, elegant und ganz nach der neuesten Mode gekleidet, trug ein weißes Gewand mit feiner Durchbruchstickerei – stilisierte Blumengirlanden, weiß auf weißem Grund, ein Muster des Jugendstils, der nun alle Bereiche der Kunst und des Kunsthandwerks beeinflußte. Lucina wies auf den Korb, den sie am Arm trug: »Ich dachte, wir könnten ein Picknick im Freien machen, was meinst du, Nettuccia? Im Grünen, wie wir es uns im stinkenden Mailand immer erträumt haben. Zwar waren wir zwischen Juli und August ein paar Wochen bei Carlos Eltern in der Emilia … Aber in der Stadt ist es immer noch so schrecklich heiß!«

»Ja, darüber haben wir gesprochen, im letzten Winter«, nickte Antonietta. Wie oft hatte sie, über ihre Näharbeit gebeugt, zugehört, wie Lucina von einem Picknick *›en plein air‹* geschwärmt hatte, umflattert von Schmetterlingen, dem Gesang der Bauern lauschend, die die Felder bestellen, von sauberer, frischer Luft … Sie hatte nicht daran geglaubt. Und jetzt stand ihre Freundin tatsächlich hier vor ihr.

»Es kommt mir alles ganz unwirklich vor!« rief Antonia begeistert. Ersilia trat mit einem Korb aus dem Haus, über den ein weißes Tuch gebreitet war. Carlo, der den Geräteschuppen und den Gemüsegarten begutachtete, um sich, wie er sagte, »eine genauere Vorstellung von der arbeitssamen bäuerlichen Welt zu verschaffen«, wurde gerufen.

Sie spazierten ein Stück weit aus dem Dorf hinaus. Auf demselben Weg waren Angelica und Lina einst dem furchterregenden schwarzen Mann begegnet. Dann ließen sie sich im Schatten einer großen Robinie auf einer Wiese nieder, die nach einem Regenschauer vor wenigen Tagen saftig grün geworden war. Es war kurz nach Mittag.

Antonia breitete auf einer Tischdecke aus, was sie mitgebracht hatte: Wasser, Wein, frisch gepflückte Trauben, in Essig eingelegtes Gemüse. Und Lucina holte aus ihrem Korb Brot, Salami und ein gekochtes, zerteiltes Huhn. Die Sonne warf Sprenkel aus Licht und Schatten auf den Weg. Auf der mit Kleeblättern übersäten und mit Maulbeerbäumen, Robinien, Eichen und Steineichen bestandenen Wiese sahen die hellen Kleider der Frauen aus wie Glockenblumen.

»Am liebsten würde ich jetzt ein Mittagsschläfchen halten!« seufzte Carlo und ließ sich nach hinten ins Gras fallen. Lucina fing an, die Neuigkeiten aus dem Haus in Mailand zu erzählen: wer in die Sommerfrische gefahren war, wer sich verlobt, wer wen betrogen und wo es Ehezank gegeben hatte … Netta war im Juli aufs Land gefahren, nachdem die meisten Kunden ebenfalls in ihre Ferienorte aufgebrochen waren, doch hatte sie sich aufwendige feine Näh- und Stickarbeiten mitgenommen. Bald würde sie nach Mailand zurückkehren müssen, denn dann begannen die Vorbereitungen für die Ausstattung der Bräute, die im Frühjahr heiraten wollten. Bei diesem Gedanken entrang sich ihr ein tiefer Seufzer.

Lucina dagegen freute sich auf Antonias Rückkehr in die Stadt: »Denkst du eigentlich gar nicht an mich? Wer leistet mir Gesellschaft, wenn nicht meine Netta?«

Gegen eine heftige Müdigkeit ankämpfend, mischte sich Carlo in das Gespräch ein. Er erzählte, daß sich für den ersten Marathonlauf auch in Italien bereits dreißig Läufer angemeldet hätten. Aber angesichts des geringen Interesses der Damen an seinen Ausführungen überließ er sich lieber seiner Trägheit. Die Bienen summten, und nach dem Essen schläfrig geworden, bedeckte er sich das Gesicht mit seinem Panamahut und döste.

Inzwischen hatte Lucina das Thema gewechselt und plauderte jetzt von der umstrittenen Liebesaffäre des Abruzzen-Herzogs mit dieser Amerikanerin … Lady Elkins, ja, so hieß sie. Gewiß würde er sie am Ende doch noch heiraten, trotz aller Hindernisse. Lucina schüttelte Tischtuch und Servietten aus. Sie war glücklich in der Gesellschaft Nettas, die wie immer jedes Wort von ihr begierig aufsog. Sie mochte diese treue und arglose junge Frau vom Land, die schön war wie ein Gemälde von Mosé Bianchi. Und sie fühlte sich ein bißchen wie ihre geistige Wegweiserin, ihre Beschützerin und Erzieherin.

»Ja, du wirst sehen, die Königinmutter wird sich mit ihren Einwänden nicht durchsetzen können, und die Hochzeit findet statt, wie es sich gehört.« Antonietta nickte. Matilde sprang auf.

»Komm!« wandte sie sich an Angelica und lief los. »Sehen wir nach, was dort drüben ist, hinter dem Weinberg.«

»Gebt acht!« rief Lucina besorgt.

»Hab keine Angst!« beschwichtigte sie Antonietta. »Hinter dem Damm liegt die Straße; aber es ist ungefährlich, vor allem am Sonntag. Sie sollen sich ruhig austoben, die Kinder.«

»Von wegen Kinder; Angelica hat einen ganz schönen Schuß gemacht«, erwiderte Lucina. »Zu Weihnachten war sie noch so blaß und schmächtig. Ich bin wirklich beeindruckt, Carlo auch: Sie ist eine richtige junge Dame geworden! So hübsch und sympathisch, und sie strotzt vor Gesundheit. Wie die Mutter.«

Antonietta, die mehr geschmeichelt war, als sie zugeben wollte, lachte: »Die Schönheit des Esels ... Aber die Luft hier tut gut, das stimmt. Und sie hat rundere Formen bekommen, schließlich ist sie schon sechzehn. Aber sie ist noch ein richtiger Wildfang, sieh doch, wie sie mit Matilde herumtobt.«

Skeptisch drehte sich Lucina um. Die Mädchen wirbelten über die Wiese, und Pino war sich nicht zu schade, ihnen auf dem Fuß zu folgen wie ein Lakai. Matildes schroffe Rufe drangen herüber: »Pino, los, fang uns eine Heuschrecke! Einen Frosch!« Und Angelica rief: »Pino, zeig uns, wie man auf einem Grashalm bläst!«

Jenseits der Holunder- und Farnbüsche verlief das helle Band der Straße, von den bebauten Feldern durch zwei seichte Gräben getrennt, in denen träge das Wasser floß. Sofort zog Matilde Schuhe und Strümpfe aus und stieg, schrille Schreie ausstoßend, bis zu den Knien ins eiskalte Naß; Angelica machte es zögernd nach.

»Vorsicht, Matilde, da sind Glassplitter!« rief sie ihrer Freundin zu. Das weiche Gras umspielte ihre Füße; sie traten auf spitze Steine, gerieten ins Wanken und hoben die Röcke fast bis zu den Hüften.

Auf einmal unterbrach Pferdegetrappel aus der Ferne die nachmittägliche Stille. Sie blickten auf. In der nächsten Wegbiegung war eine Kutsche aufgetaucht, die feine Staubwölkchen aufwirbelten. Sie fuhr schnell, kam aber vor ihnen plötzlich mit einem Ruck zum Stehen und blieb zur Seite geneigt liegen. Das scheu gewordene Pferd bäumte sich in dem Geschirr auf und versuchte, die Kutsche weiterzuziehen. Das eine Wagenrad war abgefallen, und die Kutsche lag mit der Radnabe auf dem Boden auf. Der Mann, der die Zügel geführt hatte, war gegen den zum Glück weich mit Gras gepolsterten Damm geschleudert worden und stand jetzt auf. Er besah sich die Hufe des Pferdes. »Gott sei Dank, das Pferd ist unverletzt!« rief er.

Angelica und Matilde standen mit offenem Mund da, die Füße im kalten Wasser und die Röcke noch immer hochgehoben. Aber Pino war schon auf die Kutsche zugelaufen, um sich den Schaden aus der Nähe zu besehen. Sachkundig befreite er das Pferd und hielt es an den Zügeln.

»Danke, mein Junge«, lächelte der Fremde und strich sich über die Stirn. Er war selbst noch jung, vielleicht zwanzig Jahre alt. »Was machst du hier so ganz allein?«

»Wieso allein? Bin ich doch gar nicht, sehen Sie nicht, dort?« Pino konnte es gar nicht begreifen, daß der Fremde die beiden Mädchen nicht bemerkt hatten, die in solch auffälliger Pose fast unmittelbar vor ihm standen.

»Ah … ja: zwei junge Damen!« rief der Fremde erstaunt.

Matilde spitzte die Ohren; und auch Angelica hatte es deutlich gehört: »… junge Damen.« Plötzlich wurde sie sich ihres kläglichen Aussehens bewußt, sie ließ die Röcke fallen, sprang aus dem Wasser. Sie sah an ihrem himmelblauen Kleid herunter, das voller Grasflecken, verschwitzt und fleckig vom gelben Blütenstaub war. Entsetzt strich sie sich über das zerzauste Haar.

Der junge Mann lächelte immer noch unter seinem dünnen, fast blonden Schnurrbart und sah sie unverwandt an. Doch Angelica hielt dem Blick nicht stand und schlug, halb bange, halb erfreut, die Augen nieder.

Undeutliche und nie gekannte Gefühle durchströmten sie. Aber schon im nächsten Augenblick war sie wieder ganz die alte Angelica.

Matilde zupfte sie am Ärmel. »Wer ist das? Kennst du ihn? Hast du deine Zunge verschluckt?«

Der Fremde, der Matilde nicht die geringste Aufmerksamkeit schenkte, fuhr fort: »Sehen Sie doch, Signorina, was für ein Unglück! Das Rad ist kaputt, und ich muß unbedingt nach Robecco. Ich brauche Hilfe ...«

Angelica blieb reglos stehen, den Blick gesenkt und stumm.

»So sag doch was, dumme Gans«, zischte Matilde. »Ich kenne niemanden hier, aber du ...«

»Verzeihung, Signorina. Darf ich mich vorstellen, ich bin Attilio Ripalta aus Robecco; Robecco am Kanal, Sie wissen schon. Ich komme eben aus Legnano, wo meine Großeltern wohnen. Und – Sie?«

Endlich und zur großen Erleichterung der Kleineren wandte er sich auch Matilde zu, die flink und ohne zu erröten, antwortete: »Ich bin Matilde Sacchetti; und sie heißt Angelica Dago.«

»Schön, schön, sehr erfreut. Auch wenn ich eine Begegnung unter weniger ... turbulenten Umständen vorgezogen hätte.« Der junge Mann warf einen Blick auf seine umgekippte Kutsche. »Sie versperrt den Weg«, murmelte er. »Wir müssen sie zur Seite ziehen. He, Junge!«

Doch Pino war schon auf den Damm gestiegen und rief, so laut er konnte: »Netta! Netta!« Schon im nächsten Augenblick tauchten die drei auf, Lucina kam im Laufschritt herbeigeeilt. »Was ist passiert? Matilde?« Als sie ihr Töchterchen gesund und munter da stehen sah, atmete sie erleichtert auf.

»Gott sei Dank«, sagte Attilio und ging ihnen entgegen. Rasch hatte er erklärt, was vorgefallen war.

»Lauf ins Dorf, Pino!« rief Antonietta. »Geh zu Pietro und sag ihm, ich habe dich geschickt. Wir brauchen seine Hilfe ... und er soll sein Werkzeug mitbringen!« rief sie dem Jungen nach, der schon losgebraust war. »Er ist ein tüchtiger Mann, Schmied von Beruf, und er arbeitet auch am Sonntag.«

Unterdessen setzten sich alle auf dem Damm nieder. Carlo, aus dem Schlaf geschreckt, war noch ganz benommen. Doch nachdem er sich mit kühlen Wasser erfrischt hatte, kam er schnell zu sich. Mit aller gebotenen Zurückhaltung begann er, den jungen Mann auszufragen. Gelangweilt zog Matilde Angelica an der Hand: »Los, komm mit! Sieh mal, die Schmetterlinge dort!«

»Laß mich! Hör auf!« flüsterte Angelica, aber so entschlossen und mit einem so festen Blick, daß Matilde ihre Hand losließ und sie fassungslos und mißtrauisch anstarrte. Dann zuckte sie die Schultern und lief ein paar silberglänzenden Libellen nach, die bald dicht über die Wasseroberfläche hinwegstreiften.

Angelica, die sich die hellen Lederschühchen ausgezogen hatte, saß neben ihrer Mutter, die Knie unter dem himmelblauen Rock ihres Kleides angezogen. Sie war sich ihrer strahlend blauen Augen wohl bewußt und spitzte die Ohren, damit ihr nur ja kein Wort entging. Die Unterhaltung plätscherte jedoch vage und oberflächlich dahin, wie es eben so ist bei Leuten, die sich die Zeit vertreiben wollen.

Carlo stand auf und streichelte dem Pferd den Kopf.

»Ein schönes Tier!« sagte er. »Meine Eltern lebten in der Emilia auf einem Bauernhof, mitten im Grünen, und sie hatten Tiere, darunter auch ein Pferd. Tiere haben mir in Mailand immer gefehlt.«

»Man muß sich eben entscheiden. Die Stadt hat andere Vorteile«, mischte sich Lucina ein.

»Und Sie, in Ihrem Dorf, haben Sie Grundbesitz? Felder? Ist Robecco groß? Oder so klein wie das Dorf der Signora Antonia?«

Attilio seufzte tief; dann fing er an, als wolle er zu einer langen Geschichte ausholen: »Wir Ripalta ...«, dabei sah er sich um, und da er die Neugier in den Blicken der Zuhörer las, fuhr er fort: »Bis vor zehn Jahren hatten wir Ländereien, soweit das Auge reicht. Ihr in der Stadt kennt natürlich unseren Namen nicht einmal vom Hörensagen; aber in der Umgebung des Kanals waren die Ripalta einst sehr bekannt.« Er lächelte mit gutmütiger Ironie, ohne Bitterkeit. Angelica hing an seinen Lippen; trotz des unbeschwerten Tons in seiner Stimme glaubte sie eine Schwermut wahrzunehmen, die in ihr den zarten Wunsch wachrief, ihn zu trösten.

»Wie andere mehr oder weniger adelige Familien mußten auch wir nach und nach unsere Liegenschaften verkaufen und zu Kapital machen; denn meine Großeltern und Urgroßeltern und selbst noch mein Vater wußten nicht, was es heißt, von ihrer Hände Arbeit zu leben. Sie waren es nicht gewohnt. Doch die heutigen gesellschaftlichen Verhältnisse lassen es nicht mehr zu, daß man von den Erträgen seines ererbten Besitzes lebt.«

Er machte ein nachdenkliches Gesicht. Stumm und erwartungsvoll sahen ihn die Zuhörer an.

»Mein Vater ist ein großer Jäger. Zum Glück hatte er vor Jahren den Einfall, aus dieser seiner Fähigkeit etwas zu machen. Er gestaltete den Park der Ripalta, wo er gewöhnlich allein oder mit Freunden jagte, in ein Jagdreservat um, das er zahlungskräftigen Jägern zur Verfügung stellte. In dem weiträumigen Gelände leben viele Wildtiere, es gibt verschiedene Zonen mit allen möglichen Arten von Wild, Enten und Bläßhühnern. Die Jäger zahlen jährlich einen Mitgliedsbeitrag und zusätzlich noch etwas für jeden Abschuß. Die Ripalta haben nach wie vor große Finanzprobleme.«

Unbeschwert vertraute er sich den Fremden an, wie es in außergewöhnlichen Situationen geschieht, wenn man glaubt, die Leute, die einem gegenüberstehen, nie mehr wiederzusehen. Mit der flachen Hand wischte er sich über die Stirn: »Jetzt fällt es mir wieder ein, wo ich den Namen Dago schon einmal gehört habe. Einmal kam ein Mann dieses Namens zu uns ins Reservat. Einer unserer Jäger, ein gewisser Panigati, glaube ich, aus Magenta, hatte ihn mitgebracht. War das Ihr Mann, Signora?« wandte er sich freundlich an Antonia. »Ein guter Jäger, wie ich gehört habe ...«

Antonia errötete bis in die Haarwurzeln; sie neigte den Kopf und sah Angelica an, die den Kopf auf die Knie und das Gesicht zwischen die Arme geschmiegt hatte: Sie schien nichts gehört zu haben. Antonia erwiderte vage mit einer Bewegung des Kopfes, die ›ja‹ oder auch ›nein‹ bedeuten konnte. Sie verspürte einen stechenden Schmerz in Herz und Magen.

»Ich liebe natürlich ebenfalls die Jagd«, fuhr Attilio fort, ohne weiter nachzuhaken, »habe aber andere Pläne als mein Vater; ich besitze ein Diplom als Agronom. Feldbau und Landwirtschaft, das ist mein Fach. Die Grundbesitzer heute wollen mehr aus ihren Feldern herausholen; sie betreiben Fruchtwechsel, verwenden Schädlingsbekämpfungsmittel … ich glaube, das hat Zukunft, und an Aufgaben fehlt es nicht; ich habe auch schon Angebote bekommen. Die Tätigkeit an der frischen Luft, die Gespräche mit den Bauern – das gefällt mir.«

»Bravo! Bravo!« riefen Carlo und Lucina immer wieder. Antonia und Angelica beschränkten sich darauf, schweigend zuzuhören.

»Und die Signorina: Sie geht zur Schule, wenn ich richtig vermute«, wandte sich Attilio mit spontaner Neugier an Angelica. »Die Ferien gehen ja jetzt zu Ende, schade, nicht wahr? Oder freuen Sie sich, zu den Freundinnen und den Lehrern zurückzukehren?«

Die Ankunft Pietros entband Angelica – zu ihrer großen Erleichterung – davon, antworten zu müssen. Der Schmied, die Werkzeugkiste neben sich, machte sich sofort daran, die Kutsche zu begutachten; noch ganz außer Atem fing er an, den Schaden zu reparieren, Nägel einzuschlagen, zu feilen und zu hämmern.

»Das ist rein provisorisch«, meinte Pietro schließlich. »Mehr kann ich im Augenblick nicht tun. Bis nach Hause, glaube ich, werden Sie es schaffen; aber schön langsam, ohne zu rasen …«

Voller Stolz, daß es ihre Idee gewesen war, den Schmied zu rufen, hatte Antonia ihr Selbstbewußtsein wiedergewonnen. Höflich wandte sich Attilio ihr zu: »Wenn ich die Damen ins Dorf begleiten dürfte«, und nahm die Zügel in die Hand.

»Tausend Dank«, erwiderte Netta; und Lucina fügte hinzu: »Wir haben dort drüben unseren Picknickkorb …«

»Wir sind eigens zu Fuß gekommen, um uns ein bißchen die Beine zu vertreten«, sagte Signor Carlo.

»Dann begleiten Sie mich doch, Pietro. Ich lasse Sie aussteigen, wo Sie wollen.«

Angelica sah zu, wie die beiden den Kutschbock bestiegen. Ohne Scheu betrachtete sie Attilio noch einmal eindringlich, wie um sich seine Gestalt genau einzuprägen. Dann schwenkte er seinen Hut, und die Kutsche fuhr davon.

Nur die Mutter bemerkte ihren nachdenklichen, enttäuschten Blick; und wieder fühlte sie einen Schmerz in der Brust. Sie kehrten ins Dorf zurück. Angelica hatte die Lust daran verloren, Frösche zu fangen. Plötzlich fiel ihr der Mann mit dem schwarzen Mantel wieder ein, der ihr vor Jahren fast an der gleichen Stelle begegnet war: ein Dämon, der in ihren bösen Träumen immer wieder aufgetaucht war und sie geängstigt hatte. Heute jedoch war ein anderes Bild an dessen Stelle getreten: Das Bild eines Engels, eines Cherubs in karierter Jacke, war ihr erschienen auf dieser Straße, die seither für sie die ›Straße der Erscheinungen‹ war.

38

Die Zubereitung von Wildbret war eine Kunst, die Maria perfekt beherrschte. Die Signora Santina hatte sie ihr beigebracht, als sie, noch ein junges Mädchen, erst seit kurzem bei den Dagos wohnte und Innocente sowie Pietro stillte. Sie schaffte es spielend, sechzig Gäste zu bewirten, wenn nötig, auch mehr, falls Signor Ambrogio nach einer besonders erfolgreichen Jagdpartie seine Freunde zum Essen einlud.

Ihre Herrschaft sei stets zufrieden mit ihr gewesen, pflegte die alte Maria zu sagen. Aber unter dem neuen Padrone waren die Zeiten der großen Tafelrunden vorbei. Innocente war zwar ein tüchtiger Jäger, doch kam er nie mit prall gefüllter Jagdtasche nach Hause; für ihn war die Jagd im heimischen Revier eher ein Liebesdienst an Mutter Natur, die richtige – und die einzige Art und Weise –, sich in das Pflanzen- und Tierreich zu versenken. Innocente, der gerne mit gesichertem, aber schußbereitem Gewehr die

Umgebung des Dorfes durchstreifte, erlegte nur selten ein Tier. Wurde er aber zu einer Jagdpartie in ein Revier außerhalb des Dorfes eingeladen, so war das etwas anderes: Dann schoß er schnell, viel und zielsicher.

An einem Sonntag Mitte September kehrte Innocente von einem Jagdausflug in ein Revier namens ›La Fagiana‹ zurück, zu dem ihn sein Freund Panigati eingeladen hatte. Dieses Revier war bekannt für seine Vielfalt an Wildtieren, und obwohl der Graf Ripalta verarmt war, pflegte er sein Jagdrevier mit wirklichem Sachverstand.

»Sieh mal hier!« rief Innocente und breitete seine Schätze zu Füßen Marias aus: Feldhasen mit graubeige schimmerndem Fell, Fasane mit grünblau glänzendem Federkleid und deren weibliches Gegenstück mit bescheidenerer bräunlicher Färbung. Auch kleinere Vögel hatte er erlegt, vor allem jede Menge Drosseln.

»Die bereitest du für kommenden Sonntag zu, Maria, was meinst du? Hast du Zeit und Lust?« Maria gegenüber, die ihm lieb und teuer war, legte Innocente nie ein herrisches Verhalten an den Tag. »Ein leckeres Mahl. Wir werden ihnen zeigen, wie man Wild zubereitet ...«

An besagtem Sonntag stand Maria zeitig auf. Sie mußte Gemüse aus dem Garten holen. In wenigen Jahren waren die Bäume im Park der Villa zwar kräftig gewachsen, aber immer noch nicht sehr groß. »Gar nicht zu vergleichen«, dachte Maria oft, »mit dem Park der alten Herrschaft.« Dies hier erschien ihr eher wie ein Spielzeuggarten, so klein und verschwiegen. Im Herbst, im Winter und im Frühjahr, wenn Angelica im Internat war, bot er ein trauriges Bild; aber jetzt war das Mädchen im Dorf, und der Garten lebte. Maria sah es gerne, wenn Angelica sich mit dem Vater zusammen um die Bienenstöcke kümmerte oder wenn sie in ihrem schönsten Kleid, eben aus dem Internat in die Ferien gekommen, zwischen den dornigen Hecken herumtollte und sich über die süßen tiefroten Himbeeren hermachte. »Dein Kleid! Paß auf, die Flecken lassen sich nicht auswaschen ...«

Morgens und abends hielt sich Angelica im Haus ihrer

Großmutter Ersilia auf, von der sie wie eine Prinzessin verwöhnt wurde. Und nicht einmal Lina protestierte dagegen. »Die Ärmste! Die vielen schwierigen Dinge, die sie im Kopf behalten muß!«

Gegen zwei Uhr nachmittags begab sich Angelica dann zur Villa. Maria wußte, daß das Mädchen als erstes Sandrone, dem Käuzchen, einen Besuch abstattete. Sein Käfig befand sich in einer schattigen Nische zwischen den Lorbeersträuchern. Hier zwischen den dicht belaubten Büschen saß Angelica in den warmen Stunden des Tages gern auf einer Bank, las ein Buch oder stickte an einer Handarbeit, die nie zu Ende ging. Oft zupfte sie auch auf der Mandoline, die zu spielen Innocente ihr beibrachte.

Für gewöhnlich aß sie dann mit ihrem Vater zu Abend und kehrte noch vor Sonnenuntergang zu ihren Großeltern zurück, um zu Tante Lina ins Bett zu schlüpfen, der sie flüsternd ihre kleinen nachmittäglichen Abenteuer erzählte – die arg zerfetzte Puppe im Arm, ein Relikt aus der Kindheit, die sie allmählich hinter sich ließ. So ging es schon seit Jahren: Hin- und hergerissen zwischen zwei, ja drei verschiedenen Häusern, wuchs ihr Unbehagen von Sommer zu Sommer.

An jenem Sonntag ließ sie sich von ihrer Großmutter die Haare schneiden und machte sich dann auf ins Hochamt. Innocente hätte nichts an ihr auszusetzen gehabt. Sie trug das Kleid, das für den Abend in der Villa eigens angefertigt worden war: Es war aus blauer Seide, mit Volants aus feiner Valencienne-Spitze am Hals und an den Handgelenken, der knöchellange Rock bis zum Knie fächerartig gefältelt. Die Haare hatte sie mit einem blauen Band im Nacken zusammengebunden. Eine kindliche Frisur, hatte sie beim Ankleiden gemurmelt – wo sie sich doch seit einiger Zeit schon so erwachsen fühlte, so erwachsen wie Tante Lina, die ihr von der Figur her ähnlich war, aber dunkle Augen und schwarzes Haar hatte.

Gleich nach dem Segen eilte Angelica hinaus auf den Kirchplatz, wo ihr Antonia entgegenkam, um ihr das Taschentuch zu bringen, das sie zu Hause vergessen hatte.

»Ach, das wäre nicht nötig gewesen«, wollte sie sagen; aber die Worte erstarben ihr auf den Lippen: Nicht weit weg stand Attilio, lächelnd, die Zügel seines Pferdes in der Hand, und schien auf sie zu warten. Sie blickte ihn wie verzaubert an. Antonietta dagegen begrüßte ihn ganz ohne Scheu. Bereits seit geraumer Zeit sah sie mit Bangen dem Augenblick entgegen, in dem auch ihr Töchterchen den beängstigenden Weg der Liebe einschlug. Es galt, bereit zu sein und Angelica eine bessere Hilfestellung zu geben, als sie selbst sie erhalten hatte: Sie hatte mit allem alleine fertig werden müssen.

Attilios Lächeln zeugte weder von Schüchternheit noch von Unverfrorenheit.

»Darf ich Ihnen einen schönen Tag wünschen?« rief er Antonia zu und deutete eine Verbeugung an. Antonia blickte schüchtern um sich. Die auf dem Kirchplatz in Grüppchen zusammenstehenden Frauen zerrissen sich bestimmt die Mäuler: »Seht euch Ersilias Tochter an, wie eine feine Dame wird sie begrüßt!« Sie straffte die Schultern: »Guten Tag auch Ihnen … Angelica«, wandte er sich dann an die Tochter, die stumm dastand.

»Tag«, murmelte das Mädchen und machte einen Knicks, wie man es ihr beigebracht hatte. »Sind Sie denn noch gut nach Hause gekommen, mit dem kaputten Rad?«

»Ja, ja, natürlich. Dank diesem tüchtigen Schmied. Ich habe die Speichen verstärken lassen, und jetzt besteht keine Gefahr mehr.«

Sie gingen alle drei langsam die Straße hinunter, gefolgt von dem Pferd, das Attilio am Zügel führte.

»Wir sind da«, sagte Antonia entschlossen. Während dieses kurzen Wegs war sie zwischen zweierlei Verhaltensweisen hin- und hergerissen gewesen: Sie konnte sich entweder kühl von dem jungen Mann verabschieden, ohne weitere Erklärungen abzugeben, oder sie konnte klarstellen, in welchen Verhältnissen sie lebte, ihn einladen, in den Hof einzutreten, der sauber war, aber die Armut der Familie Paolini verriet. Doch dann streckte sie entschlossen Attilio die Hand entgegen, an der kein Ehering prangte. Er sah den beiden, die im Haus verschwanden, verblüfft nach. Dann hörte er die schrille Stimme einer Frau, die die Küken herbeilockte.

»Die Dagos wohnen sicher nicht in einem Bauernhaus«, grübelte Attilio. »Ich habe aber doch richtig gehört: Dago … Weiß der Himmel: Vielleicht machen sie einen Krankenbesuch oder haben sonst etwas zu erledigen …« Dann drehte er sich auf dem Absatz um und bestieg sein Pferd.

Kaum hatten sie die Türschwelle überschritten, als sich Angelica mit flammendem Blick der Mutter zuwandte: »Mama!« Ihre bebende Stimme drückte die ganze Verzweiflung ihres Herzens aus. »Was für ein Verhalten! Was muß dieser Herr von uns gedacht haben? Ihn einfach so auf der Straße stehenzulassen. Er hat doch genau gesehen, wo wir wohnen: der Stall, der Misthaufen …«

Schluchzend lief sie die Außentreppe hinauf in ihr Zimmer. Verwirrt, aber entschlossen ging ihr Antonia nach. Sie beugte sich über das Mädchen, das sich aufs Bett geworfen hatte. Mit sanfter Stimme erklärte sie, daß es richtig sei, eine wichtige Freundschaft ohne Betrug und Heimlichtuerei zu beginnen.

»Er weiß sehr wohl, wer du bist: er hat ja gehört, wie du heißt, an jenem Nachmittag. Er kennt deinen Vater, er ist ihm im Jagdrevier begegnet, weißt du nicht mehr? Attilio weiß es sehr wohl, mach dir keine Sorgen.«

Sie umarmte ihre Tochter, wiegte sie fast in ihrem Schoß und strich ihr übers Haar: »Mein Kleines … mein Mädchen, meine hübsche kleine Angelica …« Wie immer fühlte sich Angelica durch die Worte ihrer Mutter getröstet. Ein Gedanke schoß ihr durch den Kopf: »Er ist meinetwegen gekommen, ich weiß es genau; ich fühle es. Er ist gekommen, um mich zu sehen.« Sie blickte die Mutter mit Tränen in den Augen an: Und Antonia lächelte nachsichtig, aufmunternd und verbarg die Angst, die ihr das Herz bedrückte.

Eine wichtige Freundschaft, hatte ihre Mutter gesagt. Sie

würde dafür kämpfen, daß es so war, daß sie nicht schon im Entstehen starb. Angelica schniefte und tupfte sich mit dem Taschentuch das Gesicht ab.

»Du hast recht«, flüsterte sie. »Wenn es ihm nicht paßt, wenn er nichts mehr mit uns zu tun haben will, dann kann man nichts machen.«

»Putt putt putt ...«, drang vom Hof die eintönige Stimme Linas herauf. Angelica sprang auf und strich sich den Rock glatt; dann ging sie mit störrischer Miene die Treppe hinunter. »Eine echte Dago«, dachte ihre Mutter, während sie ihr nachblickte.

39

Inzwischen bereitete Maria nach allen Regeln der Kochkunst den Wildhasen vor, der am Abend Innocentes Gästen aufgetischt werden sollte. Sie kannte alle Kniffe, die nötig waren, um den Eigengeschmack von Wildbret zur Geltung zu bringen. Für eine Tischgesellschaft von zwanzig Personen zu kochen, schreckte sie nicht. Entscheidend kam es darauf an, daß das Fleisch richtig abgehangen war: »Der Fasan wird erst dann in den Topf gegeben, wenn sich das Fleisch von alleine vom Knochen löst«, hatte sie Signora Santina immer wieder belehrt. Nicht minder wichtig war die Beize, in die der Hase gelegt wurde, und die Füllung der Drosseln. Alles Vorbereitungen, die viel Zeit in Anspruch nahmen. Die Vögel mußten kühl aufbewahrt werden, bevor sie mit altem Brot, Wurstbrät und Kräutern gefüllt, in Butter angebraten und in Weißwein geschmort wurden. Auf diese Weise erhielt man die braune würzige Sauce, mit der anschließend die Polenta aromatisiert wurde.

Das Fleisch lag schon seit dreißig Stunden in der Beize, und als sie es jetzt herausnahm, schillerte es blauviolett. In der Beize, die einen starken würzigen Duft verströmte, fehlte keines der wichtigen Gewürze, weder Selleriestangen noch kreuzweise eingeschnittene Zwiebeln, Karotten oder ganze Pfefferkörner, Muskatnuß und Nelken. Auch von einer Zimtstange hatte Maria ein Stückchen abgebrochen und hinzugegeben – nicht zu viel, damit das Gewürz nicht zu stark vorschmeckte.

Maria hatte alle Hände voll zu tun, sie öffnete das gußeiserne Herdtürchen, um Holz nachzulegen, und rüttelte die Glut mit dem Schüreisen auf. Hier und da würzte sie beim Probieren mit etwas Salz nach. Behutsam ließ sie den großen Topf mit Sauce köcheln, darauf achtend, daß nichts anbrannte. Dazwischen zerkleinerte sie auf dem Schneidbrett die Hasenleber, die sie sorgfältig beiseite gelegt hatte, um sie im letzten Augenblick dem bei der Schlachtung des Hasen aufgefangenen Blut hinzuzugeben: der letzte und entscheidende Handgriff zur Verfeinerung einer Wildsauce.

Maria, die mittlerweile die fünfundsechzig überschritten hatte, führte den Haushalt praktisch allein, nur eine Spülmagd ging ihr zur Hand. Allerdings behielt es sich Maria vor, den oberen Stock zu putzen, von dem lediglich zwei Zimmer benutzt wurden: Innocentes Schlafzimmer und das angrenzende Arbeitszimmer.

Doch an diesem Morgen hatte Maria mit den Vorbereitungen des Essens und dem Tischdecken im Salon so viel zu tun, daß sie an das ungemachte Bett Innocentes keinen Gedanken verschwendete. Innocente war längst aufgestanden und zeigte Bastiano verschiedene Aufgaben im Garten, die dieser noch zu erledigen hatte.

Bastiano war der Sohn eines von Innocentes Pächtern, des Dorfgastwirts, und der Bruder von Domenico, der Natalina, Angelicas Tante, den Hof machte. Innocente hatte ihn vor Jahren für kleinere Arbeiten im Garten herangezogen, hatte damit aber auch die Absicht verfolgt, ihn zu seiner Vertrauensperson zu machen. Inzwischen war er zwanzig Jahre alt und hatte sich für Innocente als gute Investition erwiesen; er war ein aufgeweckter, flinker und williger Bursche und kümmerte sich um tausend Dinge auch im Haus.

An den Mauern der Bauernhäuser, die sich zu beiden Seiten an die Villa anschlossen, blühten schon seit Ende Mai die Rosen – gelbe und in Büscheln blühende rote Rosen. Innocente verbrachte viele Stunden in der Hofeinfahrt, wo es am Nachmittag kühl und luftig war. Im Halbschatten sah man kaum die süß lächelnden Engelchen, mit denen das Gewölbe ausgemalt war, und zur Gartenseite hin öffnete sich eine großartige Bühne in allen Schattierungen von Grün, durchsetzt mit bunten Zinnien und Astern. Die Kulisse bildeten Magnolienbäume und niedrige, gestutzte Büsche, dahinter erstreckte sich eine Hecke aus raschelndem Schilf, in dem Spatzen und Amseln ihre Nester hatten.

Hier würde Innocente seine Gäste in Empfang nehmen, auf dem Kies vor der Wiese, wo zwischen eingetopften Zitronenbäumchen die Korbstühle und das gußeiserne Tischchen mit der bestickten Decke schon bereitstanden. Bastiano würde das Tor öffnen, damit die Gäste mit ihren Kutschen hereinfahren konnten.

Je näher diese Stunde rückte, umso emsiger lief Maria zwischen Küche und Salon hin und her. Ein würziger Duft aus der Küche zog hinter ihr her durchs ganze Haus. Der Tisch im Speisesaal war bereits gedeckt. Das wertvolle Eßservice aus Lodi-Majolika mit zartem Blumenmuster war tags zuvor bereits gespült worden. Auf der blütenweißen Leinentischdecke glitzerten die Gläser aus hauchdünnem, fein mit Girlanden verziertem Kristall sowie das schwere Silberbesteck und die Karaffen für Wasser und Wein.

Maria war in der Küche damit beschäftigt, die Hasensauce zu verfeinern, als Innocente den Kopf zur Tür hereinstreckte. »Und die dunkle Schokolade?« rief er. »Meine Mutter hat am Schluß immer noch ein paar Rippchen hinzugefügt.«

»Niemals!« Maria hob drohend den Kochlöffel. »Sie wollen mich wohl ärgern, *sciùr* Cént! Keine Schweinereien in meiner Wildsauce. Sehen Sie mal, wie sämig und würzig sie ist. Wie Samt! Um Himmels willen, bloß keine Schokolade!«

Die Signora Santina hatte ihr zwar erklärt, wie sie die Sauce wünschte, aber Maria wußte schon selbst, welche Art der Zubereitung sich für Hasenbraten am besten eignete. Ihrem Vater Tranquillino war im Winter häufig ein Hase über den Weg gelaufen; mit aufgestellten Ohren und weit aufgerissenen Augen hatte das Tier jedesmal wie gelähmt im Eis vor ihm gestanden, und wenn niemand in der Nähe war, hatte er keinen Augenblick gezögert, es flink an den Löffeln zu packen … Nicht daß sie hätten Hunger leiden müssen in der Vigna Grande; ganz im Gegenteil, sie hatten bestimmt mehr zu essen gehabt als im Dorf, wo Fleisch nicht öfter als drei-, viermal im Jahr auf den Tisch kam. Bis auf wenige Ausnahmen: das Haus des Padrone, der Pfarrer, der sich bei Taufen und Hochzeiten gütlich tun konnte – und Battistina, die Lehrerin, der Eier, Kaninchen und Hühner als Geschenk ins Haus gebracht wurden; und schließlich wurde auch die Hebamme mit Naturalien entlohnt.

»Hier, am Kopf des Tisches, sitzt der Padrone«, murmelte Maria vor sich hin, während sie die Stühle zurechtrückte. »Gegenüber der Pfarrer, Angelica rechts neben dem Vater, seine Schwägerin Adelaide links neben ihm. Es gefällt ihm, meinem *balòss*, zwischen den Frauen …«

»Maria!« rief Bastiano von der anderen Seite des Portikus. »Du mußt die Polenta aufsetzen. Sie braucht ihre Zeit. Meine Mutter rührt sie über eine Stunde.«

»Schweig, *pivèll;* dreh lieber den Spieß, damit die Vögel nicht nur auf einer Seite braun werden.«

Als dann die Gäste eintrafen, war alles bereit.

Über die Jahre hin hatte sich Carlotta Tosoni, inzwischen fünfzig, kaum verändert: ihr schmales Gesicht war blaß, ihre Augen tiefschwarz. Als sie in ihrem strengen, etwas altmodischen, aber feinen Kleid und dem Gesichtsschleier aus der Kutsche stieg, schlugen ihr Respekt und Bewunderung entgegen. Ihr Bruder und Beschützer, korpulent und schwer schnaufend, führte sie in den Saal, in dem die Öllampen brannten. Innocente sprang freudig auf und zeigte ihnen ihren Platz am Tisch.

Tosoni war mächtig stolz auf seine Schwester und rühmte gerne ihre Tugenden, obwohl sie dagegen protestierte.

»Aber sei still jetzt, schweig«, murmelte Carlotta, während sie sich den Hut abnahm. Doch er ließ sich nicht beirren: »Ich weiß nicht, woher sie die Zeit für alles nimmt: Die neunhundert Insassen des Hospiz Pio Albergo Trivulzio – sie ist Mitglied im Beratungsgremium – beten sie an. Jeden Tag opfert sie viele Stunden, um diesen Ärmsten das Leben zu erleichtern.«

»Nein, nein, lassen Sie Ihren Bruder nur ausreden«, mischte sich Don Luigi ein. »Die Mildtätigkeit verträgt sich ganz ausgezeichnet mit dem Duft von Marias Wildragout.«

Allgemeines Gelächter; der neue Pfarrer war immer für eine Überraschung gut. Innocente war sehr von ihm angetan, von seiner großen Leidenschaft für die Jagd, aber auch von seinen witzigen und schlagfertigen Bemerkungen. Don Luigi lachte – glücklich wie ein Kind, das ein schönes Spielzeug herzeigt. Er war jung und von kräftiger Statur, doch trotz seines fröhlichen Naturells war er von tiefer Gläubigkeit – eine reine Seele ohne Falsch.

»In Mailand«, fuhr Tosoni fort, doch er unterbrach sich, um sich bei Maria zu bedanken, die einen Teller mit einem Hasenschlegel vor ihn auf den Tisch gestellt hatte, »in Mailand gibt es über zweihundert soziale Einrichtungen. Seitdem ich im städtischen Wohlfahrtsausschuß tätig bin, habe ich mich umgehört: Pro Jahr werden in Mailand mehr als sechzehn Millionen für wohltätige Zwecke ausgegeben.«

»Nicht schlecht«, meinte Don Luigi, »für eine Stadt, in deren leitenden Gremien so viele Sozialisten sitzen.«

»Man muß sich das einmal vorstellen«, fuhr Tosoni fort, während sich die übrigen Gäste über ihre Teller beugten, »in den Volksküchen werden pro Tag durchschnittlich an die tausend Essen verteilt! Hinzu kommt kostenlos Brot für alle Bedürftigen. Auch diese Aufgabe ruht zum Teil auf den Schultern meiner Schwester. Man braucht sich nicht einmal auszuweisen. Allerdings muß man an Ort und Stelle essen, das ist die einzige Bedingung. Auf diese Weise will man verhindern, daß das Essen weiterverkauft wird. An hohen Feiertagen kommen dann noch private Essensspenden hinzu: Salami, Käse, kaltes Fleisch. Carlotta ...«

»Jetzt reicht es aber wirklich!« mischte sich Carlotta ärgerlich ein. »Deine rechte Hand soll nicht wissen, was deine linke tut ...«

Quaranta beugte sich hinüber zu Carlotta, die neben ihm saß. Von dunkler Hautfarbe, mit der markanten Nase, dem borstigen braunen Haar, das hie und da von Silberfäden durchzogen war, gehörte Quaranta zu jenen Männern, die schon durch ihre äußere Erscheinung Respekt einflößen. Jetzt aber war sein Ton gefügig, ja ehrerbietig: »Demnach, Signorina, manifestiert sich in Ihrem Verhalten tatsächlich echter Glaube.«

Verwirrt durch die plötzliche körperliche Nähe des Mannes, schreckte Carlotta zunächst zurück, doch schließlich murmelte sie zaghaft: »Ja, ich habe das Glück, an Gott zu glauben. Und Sie? Sind Sie etwa kein Christ?«

Quaranta zögerte; dann antwortete er mit unsicherer Stimme – sei es, weil er schon einiges getrunken hatte, sei es, weil er durch die Frage tatsächlich irritiert war: »Selbstverständlich bin auch ich getauft. Aber der Glaube ... Ich meine, jene kristallklare Sicherheit ... von keinerlei Zweifel angekränkelt ...« Als er bemerkte, daß Don Luigi die Ohren spitzte, beeilte er sich hinzuzufügen: »Verzeihen Sie, Herr Pfarrer, ich drücke mich schlecht aus. Nominell sind zwar alle gläubige Christen. Aber heißt es nicht: Gerechtfertigt durch die Werke, nicht durch den Glauben? Christen, die gute Werke tun und aus freien Stücken ihre Zeit opfern ... ich sehe hier nur die Signora Carlotta, die das tut, bei allem Respekt für die Anwesenden. Und mir scheint, nur sie ist erfüllt von wahrem Glauben – außer Ihnen natürlich, Herr Pfarrer.«

»Aber was reden Sie denn da!« widersprach Carlotta. »Ich habe einfach das Glück, über meine Zeit frei verfügen zu können. Statt zu Hause zu sitzen und zu sticken – nichts gegen die, die das tun –, bin ich lieber unter Menschen und tue das wenige, was mir möglich ist.«

»Aber der Glaube, der Glaube …« Quaranta ließ nicht locker.

»Es ist meinem vielleicht etwas kindlichen Charakter zuzuschreiben, daß ich eine Führung brauche, jemanden, dem ich mich ganz anvertrauen kann. Verzeihen Sie, Don Luigi: Ich habe keine Ahnung von Theologie … Aber es ist mir ein so starkes Bedürfnis! Wenn ich unter Menschen bin, die mich nicht kennen und auch weiter kein Interesse an mir haben, würde ich mich allein und verloren fühlen, wenn ich nicht wüßte, daß jemand mich bis in mein Innerstes erforscht hat – mit liebendem Blick, wie es nur der vermag, der uns erschaffen hat. Jedes Geschöpf, glaube ich, braucht jemanden, der seine innersten Geheimnisse kennt, seine geheimsten Gedanken. Wir müssen nur dem Weg folgen, den der Vater uns gezeigt hat. Das ist nicht schwer …« Auf einmal wurde sie gewahr, daß alle ihr zuhörten, und sie murmelte: »Heiliger Himmel, was rede ich denn da!«

»Nun denn!« brach Paolo das Schweigen nach Carlottas Ausführungen. »Erheben wir unsere Gläser auf unser Mailand, auf die unbescholtene, fleißige und mildtätige Stadt, und auf die Signorina Carlotta, die diese Stadt so vortrefflich repräsentiert. Aber auch auf die tüchtigen Jäger, die dafür gesorgt haben, daß wir einen solch fröhlichen Abend verbringen können.«

In diesem Augenblick kam Maria herein, die Platte mit den am Spieß gebratenen Vögeln in der Hand, und sie wurde mit lebhaftem Beifall empfangen; hinter ihr betrat Bastiano mit der dampfend heißen, in ein weißes Leinentuch eingeschlagenen Polenta den Raum. Innocente wechselte den Platz und setzte sich zu Panigati und zu seinen Jagdgefährten aus dem Ripalta-Revier. Auch die beiden anderen Dago-Brüder sowie Tosoni und Don Luigi schlossen sich der Gruppe an, die in Jagdabenteuern zu schwelgen begann.

Der Gemeindesekretär, der in Begleitung seiner Frau Corinna gekommen war, brach plötzlich in schallendes Gelächter aus. »Oh, das ist zu schön! Ich bitte um Ruhe; Herr Bürgermeister, erzählen Sie doch noch einmal von Anfang an, damit sich alle amüsieren können!«

»Also«, begann Innocente, »ich erzählte gerade von einem gewissen Panzerini aus Trecate, der sich selbst für einen großen Jäger hält. Er ist aber ein Einfaltspinsel, ein gutgläubiger Trottel ... Einmal waren wir auf Entenjagd am Fluß Ticino, der Bürgermeister von Arluno und ich. Wir hatten unverschämtes Glück, denn vor uns auf dem zugefrorenen Wasser war eine riesige Entenschar. Zu zweit war es unmöglich, sie einzukreisen, und deshalb schossen wir einfach drauflos. Und wir erwischten viele, mehr als ein Dutzend jeder von uns. Auf dem Rückweg begegnet uns besagter Panzerini. ›Donnerwetter!‹ rief er. ›Ich bin schon seit dem frühen Morgen unterwegs, und bisher ist mir keine einzige Ente untergekommen. Wo habt ihr die her, darf man das erfahren? Wo ihr doch schon so viele geschossen habt ...‹ Ich sehe meinen Gefährten an, wir verständigen uns kurz, und ich antworte: ›Dort drüben, im niedrigen Schilf. Dort sind jede Menge Enten. Sie sind zwar weggeflogen, als wir geschossen haben, aber dann sind sie zurückgekehrt.‹ Und ich zeige ihm die Richtung, genau entgegengesetzt von da, wo wir gejagt haben. Das Gewehr im Anschlag, lief er los, bevor er sich noch richtig bedankt hatte, und wir gingen weiter, um noch ein paar Hasen oder Kaninchen zu erlegen. Ein paar Stunden vergingen. Wir wollten eben den Wagen besteigen, da fiel uns ein: Was treibt eigentlich dieser Panzerini? Auf leisen Sohlen schlichen wir uns zum Schilf, und da saß er, der Dummkopf. Vom Rauhreif weiß überzogen von Kopf bis Fuß, zitternd vor Kälte. Aber wir hatten kein Mitleid und überließen ihn seinem Schicksal: der arme Panzerini! Wirklich: ein großer Jäger!«

Höflich stimmten auch die Damen in das allgemeine

Gelächter ein. Und sogar die Frau des Sekretärs, die seit der Geburt ihrer Kinder ihre frühere Wehmut überwunden zu haben schien, war guter Laune.

»Und nun«, rief Innocente und erhob sein Glas, »Weißwein, um auf meine Tochter anzustoßen! Im Juli hatte sie Geburtstag, und ich möchte sie in dieser Runde hochleben lassen!«

Angelica, die bei der Nennung des Namens ›Ripalta‹ in träumerische Gedanken versunken war, stand errötend auf. Sie stieß mit ihrem Vater an und lächelte. Auch Tante Adelaide, die ihrer Halbnichte sonst wenig Beachtung schenkte, überwand sich, stand auf und umarmte Angelica. Seit der Ankunft der ersten Gäste hatte das Mädchen im Mittelpunkt der Aufmerksamkeit gestanden.

»Wie denn, Cént? Eine so anmutige Tochter? Und schon so groß? Wo hattest du die denn bisher versteckt?« Höfliche Scherze, doch zum Glück verlagerte sich das Interesse der Gäste bald auf anderes.

»Und nun« – Innocente strich sich über den Schnurrbart – »und nun wird meine Angelica ...« – er suchte ihren Blick, den sie erschrocken erwiderte – »... ein Gedicht vortragen.«

»Nein, nein, bitte ...«

Aber der Vater fuhr fort: »Und zwar das Gedicht ...« Er hielt die Hand an sein Ohr. Nun mußte sie sich blitzschnell etwas einfallen lassen. Sie kramte in ihrer Erinnerung, Verse kamen ihr in den Sinn. *»La cigale et la fourmi«*, flüsterte sie mit zitternder Stimme.

»Bravo. Ein französisches Gedicht. Ich bitte um Ruhe!«

In das tiefe Schweigen hinein begann Angelica zu rezitieren: *»La cigale, ayant chanté tout l'été ...«* und brachte, ohne zu wissen, wie, das Gedicht zu Ende. Tosender Beifall folgte.

Dann setzte sie sich wieder, erschöpft, aber auch erstaunt, daß sie nicht einen einzigen Fehler gemacht hatte, und trank ihr Glas in einem Zug leer.

»Langsam! Langsam!« mahnte Innocente hochzufrieden.

Einen Augenblick sah sie ihren Vater von der Seite an.

Sie fühlte sich gekränkt, verletzt, daß er sie gezwungen hatte, sich so zur Schau zu stellen! Wie sehr sehnte sie sich nach der Sanftheit ihrer Mutter, und zugleich wuchs ihr Widerwille gegen den Vater.

»Als Angelica zur Welt kam«, erzählte Innocente, dem der Wein die Zunge gelöst hatte, »schrieben wir den Monat Juli 1892. Ein denkwürdiges Jahr ...« Er hielt inne. Vor seinem inneren Auge sah er plötzlich den sonnenbeschienenen Platz vor der elterlichen Villa, und sich selbst, wie er heimlich durch die Fensterläden hinausspähte. Das Mädchen, mit rotem Gesichtchen, ein kleines Bündel, lag in den Armen dieses Jungen, der tapfer und mit hocherhobenem Haupt, aber innerlich bebend, vor dem Tor stand.

»Und was weiter? Träumst du?« schreckte ihn Tosoni aus seinen Gedanken auf.

»Ach, ja«, fuhr er fort. »Im Juli zweiundneunzig, da war der große Vulkanausbruch des Ätna ...«

»Ja, ich erinnere mich noch sehr genau«, nickte die Signora Corinna. »Ich war frisch verheiratet. Es erscheint mir wie vor einer halben Ewigkeit. Damals war ich noch ein richtiges Modepüppchen, Sie werden es nicht glauben; anders als nach dem Unglück ... Damals trug man noch den Hutschleier, der später dann aus der Mode kam: weiße Brüsseler Spitze, mit Blümchen- oder Pünktchenmuster.«

»Ich weiß noch«, mischte sich Carlotta ein, »wie fürchterlich man sich damals in eng geschnürte Korsetts zwängte ... und dann die sogenannten ›russischen‹ Gürtel, hochgeschlossen wie ein Mieder, und eng anliegend.«

Die beiden Frauen lachten. Corinna seufzte tief: »Schade, daß Sie so weit entfernt wohnen!« Das Abendessen ging langsam seinem Ende entgegen. Draußen vor den Glastüren zeichneten sich im Licht des Vollmonds die Silhouetten der Bäume ab. In sanften und weichen Schwällen stieg die Hitze des Tages aus der Erde auf.

Die Geister waren erhitzt, die Stimmung lebhaft, die Unterhaltung angeregt. Nach dem letzten Gang wurden die Gespräche noch munterer, und auch Maria wurde in die Scherze einbezogen.

»Na, Maria, wie wär's, wenn du dem *sciùr* Cént noch ein Stück Parmesan bringen würdest, zum krönenden Abschluß?«

Innocentes Abneigung gegen diesen Käse war allgemein bekannt; eine Eigenart, die bei den Dagos von Generation zu Generation weitergegeben wurde. Noch als Innocente in den Windeln lag, hielt ihm der Signor Ambrogio ein Stück Parmesan an die Nase, und als daraufhin der Neugeborene zu weinen und zu strampeln anfing, rief er zufrieden aus: »Ein echter Dago! Niemand wird je behaupten können, daß das nicht mein Sohn ist!«

Deshalb erhob sich Innocente vom Tisch, während die Gäste von Stracchino, Taleggio und Parmesan kosteten, und begab sich in den Garten, um sich dort von einigen seiner Gäste zu verabschieden. Maria begann unterdessen ohne viel Rücksicht auf die Anwesenden, den Tisch abzuräumen. Innocente lächelte ihr zu: »Du bist müde, hm? Aber gut hast du's gemacht; das Wild war ausgezeichnet.«

»Danke. Ich habe getan, was ich konnte.« Maria verlieh ihrer Zufriedenheit gemessen und verhalten Ausdruck; auch ohne Lob und Komplimente hätte sie Innocente weiter mit demselben Eifer umsorgt.

Bastiano führte die Pferde heraus, um denen, die mit der Kutsche gekommen waren, beim Anspannen zu helfen, andere machten sich zu Fuß auf den Heimweg. Tosoni verweilte noch einen Augenblick bei Innocente am Tor.

»Wie du ja weißt«, sagte er, »werden Carlotta und ich eine kleine Reise machen! Sie hat es sich wirklich verdient! Vielleicht nach Rom, zu den Jubiläumsfeierlichkeiten zum Papst Pius' X.«

»Wir müssen uns frühzeitig darum kümmern«, mischte sich Carlotta ein. »Es heißt, die Betten sind bereits ausgebucht. Aber ich würde mich freuen, daraus mache ich keinen Hehl ...«

Innocente sah jetzt wirklich müde aus, und er konnte es gar nicht erwarten, sich in sein Zimmer zurückzuziehen und in sein – ungemachtes – Bett zu legen. »Wie bitte?« fragte er.

»Ich wollte dir vorschlagen mitzukommen«, fuhr Tosoni fort, »vielleicht zusammen mit deiner Angelica. Nicht so sehr wegen der Messe zum goldenen Priesterjubiläum, die Carlotta so sehr am Herzen liegt, sondern wegen der nächsten Station der Reise, Taormina. Denk mal: hier eisige Winterkälte, dort Frühling. Reizt dich das nicht? Die Überfahrt durch die Meerenge von Messina, die sizilianische Küste … Hm, Angelica, was sagst du dazu?«

Angelica, die nur darauf wartete, sich von ihrem Vater verabschieden zu können, war viel zu müde, um darauf antworten zu können. Aber Innocente sicherte Tosoni zu, es sich durch den Kopf gehen zu lassen.

»Aber vorher«, fügte er mit gutmütigem Stirnrunzeln hinzu, »müssen wir an die Schule denken, nicht wahr?«

Später, als Angelica ihrer Mutter von dem Abend erzählte, erinnerte sie sich auch an die Einladung Tosonis: »Die Schule, immer geht es um die Schule …« Die Schule kam ihr wie ein Gefängnis vor.

40

Wenige Tage vor Weihnachten aß Angelica erneut in der Villa zu Abend. Maria hatte in Butter gebratenes Hühnerklein zubereitet – Hahnenkamm, Leber, Nierchen – angerichtet in einer duftende Pfanne mit Risotto. Sogar die braunen knusprigen Reiskörner am Boden der Pfanne hatte Angelica zusammengekratzt. Doch dann hatte sie es plötzlich sehr eilig zu gehen, und nur knapp und widerwillig beantwortete sie Innocentes Fragen.

»Wie geht's in der Schule?« Der Vater hatte es sich vor dem Feuer bequem gemacht, hatte sich die Pfeife angezündet und die Brille auf die Stirn geschoben, um sie eindringlich zu mustern.

»Und der *caulàt*?« fragte Maria und stellte zwei Schüsselchen mit Eierschaumcreme auf den Tisch. »Iß, 'Ngelica, damit etwas aus dir wird.«

»Wie steht es mit deinem Französisch? Mit der Literatur? Und der Arithmetik?«

Bei jeder Frage hob und senkte Angelica den Kopf, löffelte ihre Creme und murmelte widerstrebend eine Antwort.

»Sag mir einen Vers auf, den du auswendig gelernt hast«, drängte der Vater.

»Lassen Sie sie doch in Ruhe!« platzte es aus Maria heraus.

»Sei du still. Ich bestehe darauf. Gedächtnistraining ist äußerst wichtig. Als ich in ihrem Alter war, konnte ich die ganze *Aeneis* auswendig, auf Latein, wohlgemerkt ... Ein paar Zeilen wirst du dir doch gemerkt haben, Donnerwetter noch mal!«

»Schwälbchen, Zugvogel,
du läßt dich auf dem Balkon nieder
und singst jeden Morgen
dein wehmütiges Lied.
Was willst du mir sagen mit deinem Gesang?
Schwälbchen, Zugvogel.«

Nur um ihn zufriedenzustellen, sprach Angelica hastig den Vers, verschluckte und verstümmelte dabei aber die Worte.

»Bravo, bravo«, lobte Innocente. »Ihr lernt also auch Gedichte von De Amicis? Wenn man bedenkt ...« Er seufzte, schlürfte sein Glas leer und strich sich über den Schnurrbart, »wenn man bedenkt, daß er schon seit fast einem Jahr tot ist. Ein großer Verlust.«

Angelica lächelte und beobachtete die gelbe Katze, die ihr um die Beine strich. Gekränkt sah Innocente seine Tochter an. Er wollte eben ansetzen, ihr zum x-ten Mal die Verdienste dieses, wie er sagte, großen Meisters, darzulegen, doch als er ihre Miene sah, schwieg er. Angelica saß offenbar auf heißen Kohlen. Gereizt beschloß Innocente, sie jetzt erst recht dazubehalten, sie zu zwingen, ihm zuzuhören. »Es heißt immer, De Amicis sei ein melancholischer, rührseliger Mensch gewesen. Das ist Unsinn! Er war fröhlich und geistreich. Er reiste gern, traf Leute und bewahrte in seinem großen Geist die Landschaften der Regionen, die er bereist hatte, um sie später auf seine Weise zu beschreiben.«

Ohne ein Wort zu erwidern, spielte Angelica mit der Katze. Maria kam mit der Pfanne herein, die sie mit Sand blankgescheuert hatte. Innocente verstummte und sank tiefer in seinen alten Lehnstuhl.

»Warum siehst du denn ständig auf die Uhr?« fragte Maria und spülte das Geschirr in der Wanne aus, die sie mit Warmwasser aus der Küche gefüllt hatte.

»Ich möchte zurück auf den Hof, die anderen sind schon alle im Stall ...«

Neugierig spitzte Innocente die Ohren.

»Cecco hat versprochen, heute abend die Geschichte vom roten Bein zu erzählen«, fuhr Angelica fort.

Innocente schüttelte den Kopf und machte ein wehmütiges Gesicht. Nur wegen dem dummen Geschwätz eines ungeschliffenen Bauerntölpels wollte sie ihn alleinlassen!

»Ach, *die* Geschichte!« Auch Maria kannte sie: eine witzige Erzählung von Geistern, Gespenstern und Teufeln; von einer Frau, die ihren Liebhaber, einen Stallburschen, damit beauftragt, ihren Ehemann umzubringen. Doch als die beiden Sünder dann im Heu liegen, tritt aus den Deckenbalken ein rotglühendes Bein hervor, mit einem Ziegenfuß ...

»Ja. Ich erinnere mich nicht mehr genau, und möchte sie gerne noch einmal hören.« Damit sprang sie auf, verabschiedete sich eilends von ihrem Vater und lief davon.

Maria brachte ihrem Herrn eine Tasse heißen Kamillentee. Sie wußte, daß er jetzt verdrossen sein würde, bis er hinaufging und sich zu Bett legte. Und Innocente spürte, daß das, was er noch vor wenigen Monaten in greifbarer Nähe sah, immer unwahrscheinlicher wurde: eine echte Gemeinschaft mit seiner Tochter.

Das Weihnachtsfest feierte Innocente im Haus seines Bruders Francesco. Wie immer sang Lotti am Ende ein Lied, aber diesmal, ohne auf den Stuhl zu steigen. Sie war groß geworden, ein hübsches Mädchen. Adelaide hatte bei ihrer Heirat darauf bestanden, ihr altes Klavier mitzunehmen, auf dem sie schon als Kind gespielt hatte. Doch sie spielte kein einzigesmal. Statt dessen tönte Lottis Gesang durchs Haus, der immer voller und sicherer wurde: Romanzen, auch Lieder, die gerade Mode waren und deren Noten Onkel Paolo ihr mitbrachte.

Innocente aber war verdrießlicher Stimmung, er konnte es gar nicht erwarten, daß diese unwirtliche Zeit endlich vorüber war, in der jede Art der Tätigkeit ruhte. Die Menschen, die sich in den Ställen eingeschlossen zu haben schienen, brauchten ihn, den Bürgermeister, offenbar überhaupt nicht. Im Rathaus unterhielt er sich mit dem Sekretär, der vor dem leeren Schreibtisch saß. Oder er war allein in der Villa und grübelte über Angelica nach, über Antonia, die das Mädchen ausschließlich für sich beanspruchte, und über die Großeltern Paolini, die gewiß nicht auf seiner Seite standen.

Er sah Mutter und Tochter auch bei der Weihnachtsmette in der Kirche. Natürlich hatte er seinen Platz in der Bank der Familie Dago. Antonia und Angelica hatten, wie ihm nicht entgangen war, in den hinteren Bänken Platz genommen. Er deutete einen Gruß an, als er mit seinen Verwandten und anderen angesehenen Persönlichkeiten des Dorfes an ihnen vorbei zum Kommunionempfang schritt. Innocente war bei Don Luigi zur Beichte gewesen und nicht, wie er es sonst immer getan hatte, in San Fedele in Mailand, wo er frei und offen über seine Verfehlungen sprechen konnte. Aber da er seit Anfang November enthaltsam wie ein Asket gelebt hatte, hatte er diesmal bei seinem Jagd- und Tischgenossen gebeichtet.

Mitte Oktober war es plötzlich derart kalt geworden, daß der Scherenschleifer nicht mehr aus dem Haus ging, weshalb Innocente auch Giannina nicht mehr gesehen hatte. Bastianos Mutter, die Gastwirtsfrau, war in diesem Herbst verwelkt wie eine Blume und fast von einem Tag auf den anderen derart unansehnlich geworden und gealtert, daß er keine Lust mehr verspürte, sich zu ihr zu legen. Und die Frauen in der Stadt widerten ihn seit einiger Zeit nur noch an. Die einst vornehmen und gemütlichen Etablissements waren im Niveau gesunken. Hier verkehrten nun streitsüchtige Kerle ohne Manieren, die ausspuckten, wo sie gingen und standen, besonders auf der Treppe. Die schädlichen Keime blieben im Staub hängen, wurden vom Besen oder vom Wind aufgewirbelt und erfüllten die Luft … Und die Tuberkulose forderte weitere Opfer.

Er lebte also enthaltsam und keusch – schon seit mehreren Wochen, ja Monaten. Und deshalb konnte er getrost bei Don Luigi zur Beichte gehen. Aber er war und blieb schlechter Laune. Auf dem Kirchplatz beobachtete er, wie Angelica und Antonietta vergnügt auf einen gut gekleideten, vornehm aussehenden jungen Mann zueilten. Ach ja, der junge Ripalta? Was hatte er im Dorf zu tun? Und was verband ihn mit den beiden? Er dachte lange darüber nach, doch schon wenige Tage nach dem Fest bot sich ihm eine Gelegenheit, mehr darüber zu erfahren.

Er war frühmorgens aus dem Haus gegangen, um in aller Ruhe Tabak zu kaufen; unterwegs sah er vor sich auf den Wagenspuren, in denen das Eis gefroren war, eine Frau in Holzpantoffeln mehr rutschen als gehen. Das Glockenläuten zur Frühmesse erstarb. Obwohl die Frau in dunkle Tücher eingehüllt war, erkannte er sie sofort: Es war Antonia. Zu gut kannte er ihren Körper und die blonden Haarsträhnen, die ihr in die Stirn fielen.

Entschlossen, sie nach diesem jungen Mann zu fragen, beschleunigte er seinen Schritt. Aber da auch andere Frauen auf den Kirchplatz zustrebten, verzichtete er lieber auf sein Vorhaben und ging seiner Wege. Mürrisch wies er zu Hause Maria an, ihm Brot mit Speck und eine Birne einzupacken.

»Ich werde ein paar Stunden draußen verbringen«, murmelte er und zog sich die Wollhandschuhe an. »Ich will den Entenflug beobachten. Mach dir keine Sorgen, vor Einbruch der Dunkelheit bin ich wieder da.« Er steckte sein Essenspaket in die hintere Tasche seiner Jagdjacke und holte die Kalesche. Das Gewehr nahm er nicht mit. Er wollte nur zuschauen, ganz in Ruhe. In den fast zugefrorenen Sümpfen um Castelletto wurde in den warmen Stunden des Tages die Eisschicht dünner, und die Vögel, müde vom langen Flug, versammelten sich dann zu Hunderten, ruhten sich aus und suchten in dem aufgeweichten Morast nach Futter.

Es war entspannend, ihnen hinter einem Schilfdickicht verborgen zuzusehen – und auf diese Weise ein paar Stunden dieser unheilvollen Zeit totzuschlagen, sagte sich Innocente und bewegte die Zehen in seinen Gummistiefeln. Zu oft verspürte er Neid auf gewisse Dinge: auf den reichgedeckten Tisch im Haus von Francesco und Adelaide, die im Kreis ihrer krakeelenden Söhne und der Tochter Lotti versammelt waren, die so schön singen konnte; oder auf Pietros und Battistinas kleine Familie, ihren Kleinen, ihr armseliges, aber fröhliches und blitzblank sauberes Häuschen. Kraß war der Gegensatz zu seinen leeren Zimmern; zu der Stille, die nur von der geschäftig rumorenden Maria unterbrochen wurde ... sein einsames Bett und die kurzen Besuche einer zerstreuten Angelica, von der er so wenig wußte und die ihm nichts anvertrauen wollte. Ihn fröstelte; er bestieg seine Kalesche und beschloß, unter den blaßgelb getünchten Arkaden von Magenta Halt zu machen und einen Kaffee zu trinken.

Dort saß er, als plötzlich die aufgeregte Stimme des Zeitungsjungen an sein Ohr drang. Die wenigen Passanten blieben stehen, die Zeitung in der Hand, tauschten Meinungen aus oder riefen sich erstaunt etwas zu. Da hörte er den Zeitungsjungen: »Ein schreckliches Erdbeben hat ganz Messina zerstört! Angst und Schrecken in Sizilien! Lesen Sie es nach im *Secolo*!«

Nervös kramte Innocente nach einer Geldmünze; er faltete die Zeitung auf, ohne darauf zu achten, daß es leicht zu schneien begonnen hatte. »Messina? Messina? Mein Gott, genau in diesen Tagen sind sie doch dort! Tosoni und Carlotta ...« Mit wachsender Angst überflog er die Zeilen: »Die Zerstörung ist verheerend ... Tote ... Ganz

Italien trauert.« Wie versteinert stand er da, die Zeitung in der Hand, auf die sich sanfte Schneeflocken herabsenkten. Er sann nach und wünschte sich, daß seine Freunde von diesem Unglück verschont geblieben waren.

41

Leider habe ich recht gehabt. Manche Dinge spürt man einfach ..., dachte Innocente. Zutiefst betrübt saß er Tosoni gegenüber, der kraftlos auf seinen Sessel gesunken war; schon vor einer halben Stunde waren sie von der Beerdigung zurückgekehrt, doch sie hatten sich noch nicht einmal die Mäntel ausgezogen. Die wenigen Verwandten aus Venetien und die zahlreichen Freunde aus Mailand hatten sich verabschiedet, und Innocente war mit seinem Freund allein.

An Carlottas Begräbnis hatten auch die Alten aus dem Hospiz teilgenommen, die wenigen, die noch gehen konnten und sich gegenseitig stützten, während sie das Totengebet stammelten. Um diese Ärmsten hatte sich Carlotta liebevoll gekümmert, und die Tränen auf den runzligen Wangen sprachen von ihrer tiefen Trauer. Die feinen Damen mit aufwendig geschmückten Hüten, von denen dichte, dunkle Schleier herabfielen, und die Herren in pelzkragenbesetzten Paletots oder in Uniformen betrachteten voller Verwunderung das erbärmliche Grüppchen. Nicht alle wußten von den wohltätigen Bemühungen Carlottas.

Schon sehr früh am Morgen war Innocente in die Stadt gekommen und seither nicht mehr von Tosonis Seite gewichen. Auch er war bei der Begräbnisfeier in San Babila zu Tränen gerührt. Der Freund wirkte geistesabwesend und sein Gesicht so ausdruckslos, als ob er kaum trauerte. Diesen Eindruck gewannen jedenfalls die Leute aus dem Viertel, die ihre geliebte Signorina Carlotta auf der letzten Reise begleiteten. In sich zusammengesunken, hatte Tosoni die Kondolenz der Trauergäste entgegengenommen, und viele hatten ihm tröstend auf die Schulter geklopft. Doch er hatte keine Träne vergossen.

Jetzt, da das Haus still und verlassen war, versuchte Innocente das Eis zu brechen: »Die armen Alten in ihrem Kummer! Sie haben sie sicher sehr gern gehabt ... Wie die wohl zum Friedhof gekommen sind?«

»Ich habe ihnen eine Kutsche geschickt«, seufzte Tosoni und streckte seinen massigen Körper im Sessel aus. Im Kamin brannte ein Feuer, die Pendeluhr schlug.

»Ich lasse dir von Cesira eine Bouillon kochen.« Innocente stand auf.

»Nein, nein«, widersprach der Freund, »ich würde nicht einmal einen Schluck Wasser herunterbekommen ... Aber du hast noch nichts gegessen.«

Schließlich stellte Cesira doch zwei Tassen mit kräftiger Bouillon auf den Tisch. Lustlos aß Tosoni ein paar Löffel davon und trank auch den Kaffee. Aus Anstand mußte Innocente seinen Appetit zügeln – das frühzeitige Aufstehen, die frische Morgenluft und das Herumlaufen auf dem Friedhof hatten ihn hungrig gemacht. Er nagte nur ein wenig an einem Hühnerbein, legte es dann verschämt zurück, als er sich plötzlich daran erinnerte, wie oft er Carlotta beim Kauf von Hühnern, Eiern und Butter bei den Bauern hinter den Bastionen begleitet hatte.

»Ach, die Ärmste!« rief er. Jetzt endlich brach Tosoni haltlos in Tränen aus, wie ein Kind.

»Wein dich nur aus.« Innocente stand hinter ihm und strich ihm über die Schultern. Er wollte den Freund ermutigen, seinen Schmerz auszudrücken, um ihn leichter zu überwinden.

»Gebe Gott«, schluchzte Tosoni, »daß sie sofort tot war, ohne viel leiden zu müssen. Hoffentlich hatte sie die glücklichen Tage in Rom vor Augen. Das war wirklich eine schöne Zeit, Cént. Als Pius X. die Messe auf dem Petersplatz las, war sie so begeistert! Unterwegs nach Taormina haben wir uns noch einmal an alle Einzelheiten der Zeremonie erinnert. Seit Jahren hatte es auf dem Petersplatz keine derartige Feierlichkeit mehr gegeben. Selbst für die Römer war es ein außergewöhnliches Ereignis.«

»Am letzten Abend in Rom«, fuhr Tosoni nach einer Pause fort, bemüht, seine Niedergeschlagenheit zu unterdrücken, »schlenderten wir durch die Straßen und waren entzückt, wie Kinder im Zirkus: Alles war zum Jubiläum erleuchtet, phantastische Lichter überall, mit Sternen übersäte Kuppeln, Säulengänge, die Silhouetten der Gebäude gegen das nächtliche Firmament. Und dann der Lichtstrahl des großen Scheinwerfers auf der Kuppel der Peterskirche, das Glitzern der bengalischen Feuer, wie Fontänen am Himmel.«

Angeregt durch diese Erinnerungen, bekam Tosoni allmählich wieder Farbe im Gesicht und Leben kehrte in ihn zurück.

»Was für ein unglückseliger Zufall«, sagte Innocente, »daß ihr ausgerechnet in jenen Tagen in Messina wart ...«

»Am Abend des siebenundzwanzigsten liefen wir im Hafen ein«, berichtete der Freund in schicksalsergebenem Ton. »Wir standen an Deck, wie alle anderen. Das milde Klima, die ruhige See stimmten uns erwartungsvoll und heiter. In Taormina erwarteten uns Freunde. Wir wollten in Messina übernachten und am nächsten Morgen die Reise dorthin fortsetzen. Sehnsüchtig hatte Carlotta auf diesen Urlaub gewartet. Seit Jahren hatte sie Mailand nicht verlassen, von Ausflügen in die Umgebung abgesehen.«

»Und auch das ist selten genug vorgekommen«, murmelte Innocente.

»Ich erinnere mich«, fuhr Tosoni fort, »wie betriebsam der Hafen von Messina war: Dampfer, Segelschiffe, Frachter. Auch auf der Straße zum Hotel war erstaunlich viel Verkehr. Die Stadt wirkte einladend und belebt. Es duftete nach Orangen. In der Via Garibaldi, einer Parallelstraße zur Uferpromenade, lag das Hotel Flora. Es hatte einen schönen englischen Garten voll tropischer Pflanzen. Bevor Carlotta aufs Zimmer ging, verweilte sie dort eine halbe Stunde, schnupperte an den verschiedenen Blumen, erkundigte sich nach ihren Namen. Wir tranken noch einen letzten Kaffee auf meinem Zimmer und schwelgten in Erinnerungen an die Tage in Rom. Dann zog sie sich zurück – es war vielleicht zehn Uhr. Auch ich ging zu Bett, glücklich wie schon lange nicht mehr, und schlief sofort ein. Gegen Morgen, etwa um halb sechs, werde ich mit einem Schlag wach. Ich sehe die Kristallklunker des Kronleuchters aneinanderschlagen, die Möbel bewegen sich, das Bett schwankt ... In der Dunkelheit brüllt das Meer wie ein wildes Tier. Ich laufe ans Fenster und sehe im ersten Tageslicht, wie die gegenüberliegenden Häuser erzittern, sich schütteln, wie die oberen Stockwerke von den unteren verschlungen werden; auf der Straße tun sich tiefe Spalten auf ... So wie ich bin, stürze ich hinaus in den Flur, rufe Carlottas Namen, aber die Schreie, der Krach der einstürzenden Gebäude und das Meer übertönen meine Stimme. Ihr Zimmer, das ich am Abend zuvor nur flüchtig gesehen hatte, lag am anderen Ende des Flurs; aber nach zehn Schritten öffnete sich vor meinen Augen ein Abgrund – es fehlte einfach der Boden unter meinen Füßen. Es war im dritten Stock, wenn man hinunterschaute, wurde einem schwindlig. Mit Entsetzen bemerkte ich, daß das Parkett unter meinen Füßen knarrte; vor Carlottas Zimmer war es bereits restlos abgestürzt ... Ich glaube« – Tosoni sah seinem Freund ernst in die Augen –, »ich glaube wirklich, das Totenreich gesehen zu haben, das Jenseits. Ich hatte nicht das Gefühl, noch am Leben zu sein. Als ich über den rauchenden Schlund gebeugt war, glaubte ich, bereits hinübergetreten zu sein und durch eine Geisterwelt zu streifen, auf der Suche nach meiner Schwester. Vielleicht verlor ich das Bewußtsein, ich erinnere mich nicht. Später erfuhr ich, daß man mich, kurz bevor der dritte Stock einstürzte, dort weggeholt hatte. Doch obwohl ich verletzt war, riß ich mich von meinen Helfern los und lief barfuß, mit einem blutendem Bein, über die Trümmer. Die scharfkantigen Scherben, die Metallsplitter und das zerbrochene Glas verursachten mir keine Schmerzen. Ich wollte nur eins: sie finden, die Erde aufkratzen, aufwühlen und nach ihr suchen. Viele flohen –

sinnloserweise, denn Gefahr drohte überall. Einige fingen an zu laufen, nachdem sie stundenlang regungslos unter den Trümmern gelegen hatten. Andere hingen an Balkons, Mauerresten oder Fensterbänken – unter und hinter ihnen gähnende Leere – und kämpften gegen Erschöpfung und Angst. Es war zum Verrücktwerden, Cént …«

Ein Blick in seine weit aufgerissenen Augen verdeutlichte Innocente die Schrecken, die der Freund erlebt hatte.

»Während ich Lalotte suchte«, er sprach den Kosenamen der Schwester mit unendlicher Zärtlichkeit aus, »sah ich einen Mann, dessen Fuß unter einem Eisenträger eingeklemmt war; er hatte solch' fürchterliche Schmerzen, daß er die herbeigeeilten Helfer anflehte, ihm das Bein abzusägen!«

»Wie entsetzlich!« murmelte Innocente. »Und die arme Carlotta?«

»Gott sei Dank habe ich sie selbst gefunden. Ihr Gesichtsausdruck war heiter, fast als schliefe sie, und sie lag noch immer auf ihrer Matratze, die bis in den Keller gefallen war. Ihr Körper war mit weißem Kalk bedeckt und sah aus wie eine schöne Statue. Vielleicht ist sie direkt aus dem Schlaf ins Jenseits hinübergegangen … Ins Paradies, da bin ich sicher. Wie gern wäre ich an ihrer Seite geblieben, gemeinsam mit ihr gestorben.«

»Jetzt ist es aber genug!« rief Innocente, packte ihn an den Schultern und schüttelte ihn ein wenig. »Du darfst dich nicht so gehen lassen, du bist doch ein Mann mit Verstand! Es war ganz richtig, sich auszuweinen, und du wirst Carlotta gewiß sehr vermissen. Aber jetzt gilt es zu handeln … Denk zum Beispiel«, fügte er zögernd hinzu, da ihm der Vergleich doch etwas gewagt schien, »denk an den Zeppelin, er ist schon ein paarmal abgestürzt. Doch am Ende wird er sicherlich fliegen. Wo ein Wille ist …«

Nachdem Tosoni die letzten Nächte in Angst und Schrecken verbracht hatte, wagte es Innocente an diesem Abend nicht, ihn allein zu lassen. Und er beschloß, bei ihm zu übernachten.

42

Anfang Oktober hatte Angelica ihre Studien ohne jede Begeisterung wieder aufgenommen, und nach den Weihnachtsferien war sie verzweifelt, als sie ins Kolleg zurückkehren mußte. Sie haßte die Schulkleidung, den ewigen grauen Kittel, und nicht einmal Schwester Maria gelang es, sie aufzuheitern. Angelica hatte das Gefühl, ihre Zeit zu verschwenden. Das Französisch würde sie nie brauchen; die Mathematik und ihre komplizierten Gesetze, Dinge, die sich vor tausend Jahren ereignet hatten – was sollte sie damit anfangen?

Nur in den Sommerferien hatte sie neue und vielversprechende Erfahrungen gemacht. Dank der rauhen, aber ehrlichen Zuwendung Bastianos hatte sie ihren Körper entdeckt, und Attilio, der auf der dunklen Tenne aufgetaucht war, hatte sie überrascht und vollkommen verwirrt. Auf einmal kümmerte sie sich um Kleinigkeiten, denen sie bisher keine Beachtung geschenkt hatte: ihre Stimme, ihren Gang, ihre Frisur. Sie prüfte den Umfang ihrer Taille, färbte sich die Wimpern schwarz und die Lippen rot mit dem Saft roter Rüben.

Diese Anstrengungen zeitigten wunderbarerweise sofort ein eindeutiges Ergebnis: Sie weckten das Interesse des anderen Geschlechts. Meistens taten die Männer gelangweilt und brachten so zum Ausdruck, daß es an Gelegenheit nicht fehlte, ihre Bedürfnisse zu befriedigen. Und doch hatten auch hochgestellte Persönlichkeiten, die sie in Gesellschaft ihres Vaters kennengelernt hatte, angesichts der jugendlichen Schönheit des Mädchens ihr zynisches Verhalten aufgegeben und versucht, ihr zu schmeicheln. Das machte sie verlegen, versetzte sie aber auch in eine seltsame Hochstimmung, als würde sie neu geboren. Zu den honigsüßen Worten jener Herren kamen dann noch die freimütigen Bemerkungen Bastianos, der ohne Umschweife ihre Haare streichelte, deren Glanz lobte und nach den Händchen mit den roten Fingernägeln griff.

In jenem Sommer war sie glücklich gewesen und hatte keine Alpträume von Schlangen oder schwarzen Männern gehabt. Lächelnd erwachte sie, drehte und wendete mit der Zunge in ihrem Mund ein Wort, als wäre es ein Bonbon: Attilio.

Wenige – vielleicht beabsichtigte – Begegnungen hatten bei ihr jenes Gefühl geweckt, das die Schülerinnen bei ihren vertraulichen Zusammenkünften im Kolleg so erregte, wenn sie flüsterten, kicherten und sich zuzwinkerten. Auch sie hatte jetzt verstanden und verfolgte nur noch ein Ziel: Sie wollte glücklich sein. Sie war davon überzeugt, daß das Glück eine Verpflichtung für jeden Menschen, ja für jedes Lebewesen sei. Wer wie ihre Mutter sich mit seinem Unglück abfand, die Angebote des Lebens ablehnte, machte einen großen Fehler. Gewiß, Antonietta wirkte heiter und ausgeglichen, aber nicht glücklich. Angelica ärgerte sich darüber, daß Netta kostbare Zeit vergeudete. Aber sie äußerte diese Gedanken nie, auch nicht am Sonntag, wenn sie in liebevoller Zweisamkeit durch den Säulengang spazierten oder in der Kapelle saßen.

»Was ist?« fragte Antonia lächelnd. »Warum siehst du mich so an?«

Angelica gab ihr einen Kuß. Mit Bedauern bemerkte sie einige weiße Haare zwischen den blonden Locken, Fältchen auf Hals und Kinn …

»Was für ein Verbrechen, auf die eigenen Möglichkeiten zu verzichten, auf die Freude, hofiert und geliebt zu werden!« hätte sie ihr am liebsten zugerufen.

Netta spürte, daß Angelica ihr etwas anvertrauen wollte und ermutigte sie dazu. »Also – du weißt schon, von wem ich spreche – denkst du immer noch an ihn?« forschte sie. Wie verliebt Angelica war, hätte auch ein Blinder bemerkt. Antonia machte sich Sorgen: es handelte sich schließlich um die erste Liebe, die stark war und unvernünftig wie keine andere.

Sie sprachen oft über ›ihn‹, sein Auftreten, das vornehm, doch weder kühl noch arrogant war. Mit weiblicher Klugheit erteilte Netta ihrer Tochter kleine Ratschläge. Den Männern gegenüber solle sie feinfühlig und bescheiden sein. »Denn Anmut zählt mehr als Schönheit und hat ein Leben lang Bestand«, mahnte Antonia. »Rote Wangen und gebräunte Haut sind beliebt bei kleinen Leuten. Paß auf, daß du keine Sonne auf die Nase bekommst.«

»Sonne? Hier drin?« platzte Angelica heraus. »Bis zum nächsten Sommer bin ich hier eingesperrt. Solange wird Attilio wohl kaum warten. Wer weiß, wie viele andere er inzwischen kennenlernt; vielleicht verlobt er sich ...«

»Wer nicht wartet, liebt nicht. Wer dich nicht liebt, verdient dich nicht«, erwiderte Antonietta.

Am zweiten Sonntag im Januar kam Antonia mit ernster Miene in den Sprechsaal. »Dein Vater möchte, daß du Signor Tosoni persönlich dein Beileid aussprichst. Du weißt schon, wegen seiner Schwester Carlotta. Nimm deinen Mantel, ich habe schon mit der Nonne gesprochen; die Kutsche mit Bastiano wartet draußen.«

Die traurige Verpflichtung, an jenem Sonntag Tosoni zu besuchen, verschaffte Angelica die Gelegenheit zu einem Ausflug, was sie bei aller Betroffenheit sehr genoß. Bastiano half ihr beim Einsteigen, ohne wie üblich Witze zu machen. Während der Fahrt bemühte sich Antonia, ihr für diese Gelegenheit passende Wendungen nahezulegen. Angelica jedoch war in Gedanken bei einem Plan, mit dessen Ausarbeitung sie sich seit langem herumschlug. Vielleicht war ihr die Idee dazu auf dem Kirchplatz gekommen, als Attilio ihre Hand gehalten und die bevorstehende Trennung beklagt hatte. In jener Nacht hatte Angelica lange unter ihrer Bettdecke geweint. Hilflos stand sie dem Lauf der Ereignisse gegenüber. Was konnte sie tun, um Attilio nicht zu verlieren? Sie würde die Schule aufgeben müssen, aber wenn sie in der Stadt wohnte, wie könnte sie ihn sehen?

Nacht für Nacht dachte Angelica über einen Ausweg nach: auf jeden Fall das Internat verlassen, bei den Großeltern im Dorf wohnen. Doch am Tag kam es ihr grausam vor, ihre Mutter zu verlassen. Es brach ihr das Herz und schwächte ihre Gesundheit. Antonia fand sie an jenem Sonntag elend, blaß und mager. Lächelnd bemerkte sie: »Ja, ja, die Liebe!«

43

Das letzte Zusammensein mit Angelica war schmerzhaft für Innocente gewesen. Verzweifelt hatte er sich bemüht, eine Beziehung zu seiner Tochter herzustellen, aber Angelica schien sich mehr für seine Katze zu interessieren als für ihn selbst. In ihren kalten, abwesenden Augen war er nicht mehr als ein langweiliger Alter, der über De Amicis faselte.

Um Angelica kennenzulernen wie ein Vater seine Tochter, wollte er sie gern in seiner Nähe haben. Er mußte eine Lösung finden. Bald würde sie die Schule abschließen, auch wenn sie nicht besonders begabt war, dann würde sie wieder von der Stadt verschluckt werden und noch weiter von ihm entfernt sein. Wenn aber Antonia ein Haus im Dorf besäße … Angelica liebte das Landleben … Und so entwickelte Innocente einen Plan. Ohne Antonietta auch nur nach ihrer Meinung zu fragen, setzte er ihn in die Tat um.

Das Gelände hinter dem Garten der alten Villa Dago schien ihm geeignet. In der Kiesgrube hatte er in seiner Jugend mit Pietro, Paolo, Francesco und den Bauernjungen gespielt.

Francesco hatte keine Einwände, als Innocente bat, ihm das ungenutzte Grundstück zu überlassen. Sobald der Frost nachließ, wollte Innocente mit den Bauarbeiten beginnen. Dem Architekten Luigi beschrieb er das Projekt, das er klar vor Augen hatte: Es sollte ein einfaches, solides Haus werden, vier oder fünf Zimmer mit großen Fenstern auf zwei Stockwerken, die durch eine Treppe im Innern miteinander verbunden waren. Auch ein Bad – ein außergewöhnlicher Luxus – sollte nicht fehlen.

Als der Augenblick gekommen war, die Sache mit Antonia zu besprechen, fühlte sich Innocente ängstlich und unsicher. Dann wieder kam er sich lächerlich vor. Schließlich handelte es sich um ein Geschenk. Sie würde fast wie eine Herrin in ihren eigenen vier Wänden wohnen, noch dazu in ihrem Heimatdorf. Das konnte sie doch gar nicht ablehnen. Trotzdem zögerte Innocente; er kannte ihren Stolz.

An jenem Sonntag Mitte Januar hatte Bastiano Angelica und Netta in die Stadt gebracht und kehrte am frühen Nachmittag zur Villa zurück. Innocente ging ihm entgegen und ließ ihn gar nicht erst vom Wagen steigen: »Los, Bastiano, wir fahren gleich weiter. Ich muß nach Mailand.«

»Aber Signor Cént«, beschwerte sich der Junge, »einen Bissen Brot wenigstens. Ich habe noch gar nichts gegessen ...«

Innocente ließ ihm von Maria Brot, Salami und Wein bringen. »Aber mit Wasser!« befahl er.

Während Bastiano sich oben auf dem Kutschbock stärkte, nahm er Innocentes ungeduldigen Blick mit Gelassenheit hin. Eine halbe Stunde später hielt er leise fluchend von neuem die Zügel und sah sich ab und zu nach Innocente um, der mit finsterer Miene über ein Papier voller Entwürfe gebeugt war. Offenbar handelte es sich um etwas äußerst Wichtiges, und es tröstete Bastiano, einem bedeutenden Ereignis beizuwohnen. Vielleicht würde er auch Angelica wiedersehen, die ihn an jenem Morgen fast nicht beachtet hatte. Nachdem sie Tosonis Wohnung an der Porta Venezia verlassen hatten, hatte er Mutter und Tochter zum Corso Magenta gebracht. Angelica hatte geschluchzt.

»Ist das möglich?« hatte sich Bastiano gefragt. »Weint sie wirklich wegen der Signorina Carlotta? Sie mochte sie gern, gewiß ... aber da muß es noch etwas anderes geben.« Jedenfalls hatte er keine Freude an Angelica gehabt. Sonst zog sie ihn an Bart und Haaren, er tat dann so, als wolle er sie mit der Peitsche schlagen und hätte doch allzugern ihre weißen Händchen ergriffen.

Sie hielten vor dem Haus, in dem Antonietta wohnte.

Innocente befahl Bastiano, ihm zu folgen. Er wollte nicht mit Antonietta allein sein, und Bastiano war immer noch besser als niemand. Er klopfte.

Angelica blickte ihrer Mutter über die Schulter. Antonietta drehte das mit rätselhaften Zeichnungen angefüllte Blatt in den Händen hin und her. Ungeduldig sagte Innocente: »Das ist doch ganz einfach! Es ist ein Plan eures zukünftigen Hauses. Hier ist der Eingang, hier das Wohnzimmer, die Treppe und oben zwei, drei Schlafzimmer. Eine richtige kleine Villa«, schloß er befriedigt und hatte den Eindruck, sie nach mehreren erfolglosen Versuchen fast überzeugt zu haben.

Als er auf Angelicas und Antonias Umzug zu sprechen kam, hatte er natürlich mit Nettas Verwunderung und Widerspruch gerechnet, aber ungerührt die Erläuterung seines Planes fortgesetzt. Er kannte Antonietta und wußte, daß er alles erreichen konnte, wenn er ihr lange genug gut zuredete. Statt also auf seinem Recht als Vater zu beharren, die Tochter in seiner Nähe zu haben, sprach er von der Schwindsucht, die in der Stadt grassierte, und von der Ansteckungsgefahr besonders für Antonia, wenn sie ihre Kunden besuchte.

Um seinem Vorschlag zusätzlich Nachdruck zu verleihen, verwies er auf die Großeltern Paolini: »Welch ein Glück für die armen Alten: In ihren letzten Lebensjahren die älteste Tochter und die geliebte Enkelin in der Nähe zu haben ...«

Antonia schüttelte den Kopf. Sie konnte sich nicht vorstellen, daß Innocente ihre alten Eltern so am Herzen lagen, mußte aber doch lächeln.

Was er nicht sagte und sich selbst auch nicht eingestand, war die Tatsache, daß er nicht nur seine Tochter, sondern auch, ja, vor allem, Antonia öfter sehen wollte. In jenem Sommer hatte er häufig an sie gedacht, abends, wenn die jungen Arbeiterinnen aus der Spinnerei ausschwärmten. Im Licht der Dämmerung hatte er Netta plötzlich als junges Mädchen vor Augen, so wie er sie vor mehr als fünfzehn

Jahren gesehen und sogleich begehrt hatte. Als erster und vielleicht einziger Mann. Dieser Gedanke, der einzige gewesen zu sein – und alles deutete daraufhin – , der sie in der Kunst des Liebens unterrichtet hatte, brachte nach so langer Zeit erneut sein Blut in Wallung.

Der Hinweis auf die gesunde Luft schien Antonietta zu überzeugen. Erst kürzlich hatte sie mit Lucina über die große Zahl Särge gesprochen, die täglich in die Kirche Santa Maria delle Grazie gebracht wurden. Offenbar war die Pest wieder ausgebrochen. Sie bemühte sich also, die Baupläne zu verstehen, stellte in aller Ruhe Fragen, ohne irgend etwas zu versprechen. Schließlich sagte sie: »Es ist schon dunkel draußen, Maria wird sich Sorgen machen.« Dann fügte sie hinzu: »Ich werde dir meine Entscheidung mitteilen.« Innocente sah ein, daß er nicht mehr verlangen konnte, und rüttelte Bastiano wach, der am Ofen eingeschlafen war.

»Beeil dich aber«, sagte er Antonia zugewandt, »sobald es anfängt zu tauen, möchte ich mit den Arbeiten beginnen.«

Noch bevor das Echo der Kutsche auf dem Pflaster der Straße erstarb, ging Angelica wie ein kleines Raubtier auf ihre Mutter los: »Worauf willst du eigentlich noch warten, ehe du dich entscheidest? Du willst doch wohl hoffentlich nicht ablehnen? Mehr als alles andere wünsche ich mir, dort zu leben ... und du weißt, wie schön das wäre!«

Nicht zum erstenmal an diesem Tag brach Angelica in Tränen aus. Ihr Gesicht war gerötet, sie stampfte mit den Füßen auf. Besorgt befühlte ihr Netta die Stirn. Sie glühte. War das Mädchen etwa krank? Wenn es Liebeskummer war, brauchte man kein Chinin, sie mußte sie vielmehr in den Arm nehmen, mit ihr sprechen, sich um sie kümmern wie einst um das kleine Kind.

Angelica ließ sich ins Bett bringen und freute sich über ihre Puppe. Sie spürte den Körper der Mutter an ihrer Seite, hielt ihre Hand und sprach mit ihr das Gebet. Zum erstenmal, dachte Angelica, kurz bevor sie einschlief, fühle und denke ich wie mein Vater.

44

Am Karfreitag, dem zehnten April 1909, ging Angelica um drei Uhr nachmittags in die Kirche, um die Wunden des Herrn Jesu zu küssen. Am Morgen war sie in bester Laune im Bett ihrer Großmutter erwacht.

Angelica hielt sich nämlich zur Genesung im Dorf auf. Nach Innocentes letztem Besuch am Corso Magenta zeigte sich, daß Angelicas Nervenkrise auch körperliche Ursachen hatte. In der Nacht war das Fieber auf neununddreißig Grad gestiegen. Ohne sich aus der Ruhe bringen zu lassen, wartete Antonia den nächsten Morgen ab und läutete dann ein paar Häuser weiter beim Doktor.

»Ist es schlimm?«

»Aber nein«, antwortete der Arzt. »In dem Alter sind die jungen Damen empfindlich. Die schlechte Luft, der Staub, zu wenig Sonne. Ein kleiner Landaufenthalt täte ihr gut ...«

Antonia erschrak. Wörtlich dasselbe hatte auch Innocente gesagt! Als Angelica die Diagnose und den Therapievorschlag hörte, wirkte sie schon fast geheilt. Antonietta versprach dem Arzt, noch am gleichen Tag die Abreise vorzubereiten. Dann allerdings fieberte Angelica noch mehr und konnte nicht aufstehen. Überdies herrschte draußen ein schreckliches Schneetreiben.

»Eine ausgewachsene Bronchitis«, stellte diesmal der Doktor fest. Sorgfältig horchte er sie ab. »Angesichts der allgemeinen Gefährdung junger Leute durch den Kochschen Bazillus ist es mithin ratsam, gut aufzupassen.«

Erschrocken notierte sich Antonia in ihrer kindlichen Handschrift die Ratschläge und Verschreibungen des Arztes: die Luft ständig feucht halten, die Kranke mit kräftiger Bouillon stärken und ihre Stirn mit feuchten Umschlägen kühlen.

»Stellen Sie die Hühnerbrühe nachts auf die Fensterbank und nehmen Sie morgens die gelbe Fettschicht ab, dann haben sie eine gute, magere Bouillon. Außerdem gekochten Reis, frisch gepreßte Zitrone, eventuell mit etwas Zucker, und genug Obst, wenn ich bitten darf.«

Antonia verrichtete in jenen Tagen vor allem Bügelarbeiten. Die aus der feuchten Wäsche aufsteigenden Dampfwolken taten Angelicas kranken Bronchien gut.

Mehrfach kam Innocente zu Besuch. Er verhehlte nicht seine Genugtuung darüber, daß seine Argumente so prompt durch Tatsachen untermauert wurden.

»Verdammte Stadt!« rief er. Antonietta sah ein, daß er sich wirklich um Angelica sorgte. Als Innocente erneut auf seinen Plan zu sprechen kam, blieb ihr nichts anderes übrig, als zuzustimmen. Innocente, der seiner Tochter gerade den verschriebenen roten Sirup einflößte, bemerkte, wie ihre Augen aufleuchteten.

»So ist's recht. Du wirst sehen, wie gut es euch geht ... im eigenen Haus, umgeben von lieben Menschen, die ihr kennt. Das ist doch ein ganz anderes Leben.« Antonias Einwand: »Und meine Arbeit?« überhörte er geflissentlich.

Kaum war er aus dem Haus, als Angelica die Bettdecken von sich schleuderte: »Hurra! Hurra!«

»Du hast geschwitzt, deck dich zu! Bist du verrückt?« rief Antonia und fragte sich gleichzeitig, welch dunkle Beweggründe Innocente für diesen unerwarteten Plan haben mochte. Es war sicherlich nicht nur die Sorge um ihre Gesundheit ... Gerade hatte sie sich eine angenehme Existenz aufgebaut, schon brachte dieser Mann eigenmächtig wieder alles durcheinander. Gönnte er ihr denn kein ruhiges, friedliches Leben?

»Ich muß es Angelicas wegen tun«, sagte sie sich. Wenn es nur eine Laune Innocentes war, so kam sie ihn jedenfalls teuer zu stehen.

Dennoch ließ ihr die Frage nach seinen Motiven keine Ruhe. Daß er sich nach so langer Zeit besinnen und erneut zärtliche Zuneigung zu ihr fassen könne, wagte sie nicht zu denken. Zuneigung zur Tochter ja, zweifellos. Komplizierte Gedankengänge waren jedoch noch nie etwas für sie gewesen; und außerdem war sie nun einmal sanft und schicksalsergeben, daran konnte sie im Alter von sechsunddreißig Jahren auch nichts mehr ändern. Vor allen Dingen wollte sie in Angelicas Nähe bleiben. Sie freute sich auch darauf, jeden Morgen beim Blick aus dem Fenster das Grün der Bäume zu sehen und endlich wieder einen Garten und Blumen vor dem Haus zu haben.

Als Angelica fast genesen war und eher aus Gewohnheit noch ein wenig hustete, war sie mit ärztlicher Erlaubnis aufgestanden, um frische Luft zu schnappen. Am Arm ihrer Mutter spazierte sie Richtung Corso Sempione und genoß den Duft der Pflanzen, die bereits voller Knospen waren.

In der Wohnung stapelten sich Kisten und Kartons. Der Umzug stand unmittelbar bevor, als Innocente eines Nachmittags auftauchte und mit grünen Karten winkte. »Das sind Eintrittsbillets für die Scala! Wir feiern die Genesung der jungen Dame; ist das etwa keine gute Idee?« Er behielt Netta im Auge, da er insgeheim ihre Ablehnung befürchtete. »Paolo hat die Karten besorgt. Er kommt auch mit. Am Sonnabend in einer Woche. Das wird ein großartiger Abend. Natürlich braucht ihr elegante Kleidung. Geschickt wie du bist, Antonia, wirst du sicher dafür sorgen.«

Dieses kleine Kompliment gab den Ausschlag. Antonia sagte zu. Sie würde ihm schon zeigen, wie geschickt sie war!

Vor Freude geriet Angelica ganz aus dem Häuschen.

»Stell dir vor, ich in meinem Alter war noch nie in der Scala!« sagte Antonia. »Weißt du eigentlich, was für ein Glückskind du bist? Du hast wirklich alles!«

Nein, ich habe nie mit Vater und Mutter zusammen in einem Haus gewohnt, dachte Angelica. Aber einen Abend lang würde sie nun beide an ihrer Seite haben.

Ein paar Tage später konnte sie ihr neues Kleid schon anprobieren. »Nicht den Rock anfassen, Matilde!« rief Lucina. »Du hast Tinte an den Fingern.«

Geduldig stand Angelica auf dem Stuhl. Antonia steckte den Saum des Faltenrocks aus schwerer, elfenbeinfarbener Seide ab. Das Kleid war schlicht. Sein ganzer Reiz bestand aus einem raffiniert gearbeiteten Oberteil aus schwarzweiß gestreiftem Samt.

»Wunderschön!« stellte Matilde feierlich fest. »Ich wär so gern dabei ...«

Endlich war der ersehnte Samstagabend gekommen. Von draußen hörten sie Hufgeklapper: Bastiano fuhr zur Feier des Tages zweispännig. Er blieb auf dem Kutschbock sitzen, und Innocente klopfte an die Tür. Als Angelica ihm öffnete, war er freudig überrascht. Auch Antonias Kleid schien aus einem Luxusatelier zu kommen, war aber, wie sie sofort betonte, selbstgenäht. »Das von Angelica ebenfalls, ich habe alles ganz allein gemacht ...« Sie brüstete sich wie ein kleines Kind. Innocente erging sich in kuriosen Betrachtungen über die vollkommene Ausführung der Arbeiten. Wie eine Dürstende trank Antonia jedes seiner Worte. Sie glaubt aber auch alles! dachte Innocente bei sich. Als käme es mir auf die verdeckten Nähte und die Qualität der Verarbeitung an ... Dabei sehe ich doch nur, wie gut ihr schöner Busen in diesem Kleid zur Geltung kommt, ihr gerader Rücken, ihr rundes Hinterteil, das selbst einen Heiligen aus der Fassung bringen würde ...

Als er ihr beim Einsteigen half, mußte er sich beherrschen, um diese Rundungen nicht zu tätscheln. »So ein elegantes Kleid, so gut genäht, und diese feinen Knöpfchen ...«, sagte er statt dessen. Während sie die Kutsche ins Zentrum brachte, lebten bei Antonia alte, längst vergessene Gefühle wieder auf. Selbst das Kleid war dasselbe wie das, was sie einst an jenem denkwürdigen Abend vor fünfzehn Jahren im Theater getragen hatte. Natürlich hatte sie es der neusten Mode angepaßt, den Rock enger und den Ausschnitt kleiner gemacht, da es sich inzwischen nicht mehr gehörte, schamlos den Busen zu zeigen. Sie genoß es, erneut das Kleid zu tragen, in dem sie einmal sehr glücklich gewesen war. Weder an den Titel der Komödie noch an die Handlung oder die Schauspieler, ja nicht einmal an den Namen des Theaters, in das Innocente sie geführt hatte, erinnerte sie sich. Die Nacht nach der Vorstellung jedoch war ihr unauslöschlich im Gedächtnis geblieben: ein Ausblick auf ein nie gesehenes Paradies. Und jetzt fühlte sie sich plötzlich wieder jung und lebendig. Unter der Statue Leonardo da Vincis warteten Paolo und seine Begleiterin. Auf dem Platz wimmelte es von Kutschen, und einige Autos versuchten, sich durch Hupen einen Weg zu bahnen. Die Dame an Paolos Seite war höchst originell gekleidet. Unter dem Mantel aus schwarzem Samt war ein großes, rundes Dekolleté zu erkennen, ganz gegen die neueste Mode, und auf ihrem Kopf thronte ein heller Samthut in Form einer Taube.

Antonia und Angelica trugen schlichte Schals und Hüte. Sie grüßten scheu, während die Dame, die ihr strahlendes Lächeln nach allen Seiten verschenkte, sie kaum eines Blicks würdigte. Aber auch ohne Schmuck und Juwelen lenkte Angelica die Blicke auf sich. Sie war von einer natürlichen Schönheit und frei von jener kapriziösen Eitelkeit, die die vielen schönen Damen zur Schau trugen.

Als sie in der dichtgedrängten Menge unter den Arkaden Piermarini standen, fragte Paolo: »Hast du je für Theaterkarten angestanden, Cént? Ich schon. Diesmal habe ich sie auf anderen Wegen besorgt, aber sonst ist es wirklich ein Erlebnis, sage ich dir, sogar ein Vergnügen, wenn man keine eiskalten Füße bekommt und die Geduld nicht verliert. Da sieht man die verrücktesten Vögel – leidenschaftliche Opernliebhaber, die sich jede neue Inszenierung an der Scala ansehen. Von der Morgendämmerung bis zum Sonnenuntergang sind sie auf den Beinen, bei Frost und Nebel.«

Die Männer in der Menge waren sehr unterschiedlich gekleidet. Manche trugen Gehröcke, andere Umhänge, Regen- oder sogar Pelzmäntel. Dazu verschiedene Hutmodelle, vom steifen Zylinder bis zur ›Sozialistenmütze‹. »Das sind die von den billigen Plätzen im Olymp«, meinte Paolo. Seine Begleiterin verzog ihr blasses Gesicht zu einer verächtlichen Miene.

Sie gaben ihre Mäntel an der Garderobe ab. Netta

bemerkte, daß Innocentes Anzug zu eng und schlecht gebügelt war. Trug er etwa den gleichen Anzug wie vor fünfzehn Jahren? Ein Gefühl von Mitleid, Ironie und Zärtlichkeit überkam sie. Da sieht man, wie sich seine vielen Frauen um ihn kümmern, dachte sie.

Nach der Uraufführung in Dresden war nun das letzte Stück von Richard Strauss nach Mailand gekommen: *Elektra*. Innocente wußte nichts darüber – er las keine Musikkritiken; Antonia und Angelica natürlich erst recht nicht. Vom ersten Takt an waren jedoch auch die größten Laien fasziniert und verzaubert von der Wucht und dem Schwung der Orchesterklänge. Obwohl keiner eine Silbe verstehen konnte, starrten alle wie gebannt auf die Gestalt in weitem Umhang auf der Bühne, die hinter Mykenes Mauern höhnisch lachte oder in Tränen ausbrach.

»Das ist Klytämnestra«, flüsterte Paolo, der das Libretto in der Hand hielt.

Chrysothemis und Iphigenie, Orest und Elektra, Ägisth und der Geist des Agamemnon waren die Personen der antiken Tragödie voller Blut und Intrigen. Auch Netta und Angelica waren hingerissen von der Musik.

Innocente schloß die Augen. »Eineinhalb Stunden von diesem Gedudel können einem mächtig auf die Nerven gehen«, fand er. Verstohlen betrachtete er Antonia. Im schwachen Lichtschein wirkte ihr Gesicht so jung und schön wie das von Angelica. Mit der einen verband ihn eine natürliche Vaterliebe, die andere weckte sein Begehren. »Das ist doch lächerlich«, sagte er sich im stillen, »in meinem Alter … sie derart anzustarren.« Er zwang sich, der Musik zuzuhören. Aus dem Halbdunkel flüsterte ihm Paolo den weiteren Handlungsverlauf zu. Innocente nickte müde.

Am Ende des Stücks brach tosender Applaus los. Vier oder fünf Vorhänge gab es für den Dirigenten Vitale, ebenso viele für den russischen Sopran, eine gewisse Salome Krusceniski. Auch der italienische Tenor Gaudenzi wurde gefeiert. Aber niemand erhob sich von seinem Platz.

»Sie warten auf den Komponisten«, sagte Paolo. Schon hörte man Stimmen: »Strauss! Strauss!«

Doch der ließ sich nicht blicken. »Das sind die rätselhaften Launen großer Geister«, erläuterte Paolo. »Dabei ist er bestimmt hier in Mailand. Die Zeitungen haben davon berichtet.« In der Galerie bildeten sich Gruppen, die über die Musik diskutierten. Besonders die jungen Leute äußerten scharfe Kritik: »Diese Musik will neue Maßstäbe setzen, aber sie ist verdreht, schwierig und ohne Glanz. Er sollte lieber von den großen Komponisten lernen, dieser Deutsche ...«

»Wir sollten nicht vergessen«, widersprach ein Herr mit weißem Bart, offenbar ein Kenner, »daß seinerzeit, ich erinnere mich gut, auch Wagner das Publikum mit seinen neuartigen Melodien verwirrte. Glauben Sie mir, das ist die Musik der Zukunft.«

Sie kamen am Biffi vorbei. Im Inneren des Restaurants flogen Gläser gegen die Spiegel – eine richtige Rauferei zwischen Gegnern und Befürwortern: »Dieser elende Deutsche hat an der Scala nichts zu suchen!«

»Er ist ein Genie, und seine Musik göttlich, ihr Esel!«

»Man darf ein schönes Libretto nicht derartig verunstalten.«

Wie verzaubert blieb Angelica stehen. Netta mußte sie am Arm fassen und mit sich ziehen.

Als sie nebeneinander in der Kutsche saßen, verspürte Antonietta eine gewisse Erregung bei Innocente, was sie befriedigte.

»Für den Umzug schicke ich euch Bastiano«, sagte Innocente beim Abschied.

Als sie später unter der Bettdecke die Hand ihrer Mutter suchte, flüsterte Angelica: »Man muß versuchen, so glücklich wie möglich zu werden, Mama.« Aber Antonietta hielt es für Traumgefasel ihrer Tochter.

45

Als der Zeitpunkt des Abschiednehmens gekommen war, merkte Antonia, wie sehr sie ihr Viertel liebgewonnen hatte. Eigentlich war es wie ein großes Dorf. Gern blieb sie an der Ecke beim Gefängnis San Vittore stehen, um mit der Frau, die dort an einem Stand Polenta mit Erbsen verkaufte, ein Schwätzchen zu halten. Auf dem Corso schaute sie dann durch die Fenster zu Mafalda, der Büglerin, hinein. Mafalda lächelte ihr zu. Antonia kannte auch die schlagfertigen Waschfrauen; von ihrer Wohnung aus konnte sie beobachten, wie sie mit ihrem Karren die Schmutzwäsche bei den vornehmen Leuten abholten; zwischen prallen Wäschesäcken sitzend, versuchten sie, auf dem schwankenden Pferdewagen das Gleichgewicht zu halten.

Vor allem aber tat es ihr leid, Signora Lucina zu verlassen. Eine so kluge und verläßliche Freundin würde sie im Dorf nicht finden. Auch Matilde weinte, als sie vom Umzug Angelicas erfuhr. Während Angelica krank war, hatte sie ihr jeden Tag Gesellschaft geleistet. Antonia stimmte es traurig, das Haus zu verlassen, in dem sie sich ein selbständiges Gewerbe aufgebaut hatte. Noch war das neue Haus allerdings nicht fertig, es konnte noch Monate dauern.

Auf dem Grundstück hinter dem Garten waren Nuß-, Aprikosen- und Pfirsichbäume gepflanzt worden. Die Mauern schossen schnell in die Höhe, und im Schatten eines Khakibaums war eine steinerne Gartenbank aufgestellt worden. Alles geschah auf Innocentes Anordnungen hin, der mit den Maurern sprach und ohne Rücksicht auf den armen Architekten Luigi Änderungen vornahm. In wenigen Tagen konnte das Dach gedeckt werden. Dann würde man nach altem Brauch einen Zweig oder einen Besen am Dachstuhl befestigen und Maurer, Polier, Architekt und Bauherr würden Richtfest feiern – mit Polenta und Risotto, heißen Würsten und Wein im Überfluß.

Als Angelica im März ins Dorf kam – ihre Mutter war noch in Mailand geblieben –, war das Haus noch nicht ganz fertig. Es fehlten noch Scharniere und Schlösser, und die Wände mußten noch getüncht werden. »Im Herbst«, sagte Innocente, »im Herbst ist es soweit.« Ohne mit ihrem Vater darüber gesprochen zu haben, war Angelica entschlossen, die Schule im Herbst abzubrechen. Allein der Gedanke, ein Schulbuch aufzuschlagen, war ihr nach der langen Krankheit zuwider. Die Klassenkameradinnen waren im Stoff fortgeschritten, und die Schulleiterin ließ Krankheit und andere Entschuldigungen nicht gelten: Wer nichts gelernt hatte, wurde nicht versetzt und damit basta.

Angelicas Entschluß war gereift, als sie schwach und von allen verwöhnt im Bett lag und sich langweilte. Sie war fast wieder in ein kindliches Stadium zurückgefallen, und Attilio hatte sich in ihrer Erinnerung in einen fernen Märchenprinzen verwandelt.

Als sie aus dem Fenster der Kutsche den Kirchturm des Dorfes erblickte, flammte die Liebe zu Attilio plötzlich wieder auf. Im Geist bat sie den Geliebten für das vorübergehende Nachlassen der Glut um Vergebung, und die Angst, er könne sie vielleicht vergessen haben, quälte sie. Sie brannte darauf, ihn wiederzusehen und suchte verzweifelt nach einem Vorwand, um ihn wissen zu lassen, daß sie im Dorf war.

Während Angelica die Beziehung zu Tante Lina und den Nachbarn der Hofgemeinschaft wieder aufnahm und sich teils im Hause der Großeltern, teils in der Villa ihres Vaters aufhielt, dachte sie mit leidenschaftlicher Sehnsucht an ihre heimliche Liebe.

Als sie an jenem Karfreitag aus der Kirche zurückkam, verspürte sie das dringende Bedürfnis, sich jemandem mitzuteilen. Sie entschloß sich, bei Pietro und Battistina hereinzuschauen, denn sie unterhielt sich gern mit Battistina und auch die Schmiede mochte sie, den Geruch nach Eisen und die Werkzeuge. Die Lehrerin, fand sie, eignete sich am besten für ein erstes Gespräch über ihr Vorhaben.

»Was?« fragte jene verblüfft. »Du willst die Schule abbrechen? Und dein Abschluß?« Offensichtlich war Battistina anderer Meinung. Da sie es nicht wagte, der Lehrerin in die Augen zu schauen, sah Angelica Pietro bei der Arbeit zu und suchte mühsam nach geeigneten Worten für eine Erklärung. Als Battistina sie stammeln hörte, empfand sie Mitleid mit dem Mädchen. Vielleicht hatte Angelica ja gar nicht so unrecht.

»Die Abschlußprüfung – dein Vater legt, glaube ich, Wert darauf«, meinte sie nachdenklich. Angelica hatte das jüngste Kind auf ihre Knie gesetzt und reichte ihm auf der Spitze des Kaffeelöffels den in der Tasse verbliebenen Zuckerrest. »Nehmen wir an«, fuhr Battistina fort, »du würdest früher oder später dein Diplom machen, und dann? Den Beruf einer Lehrerin würdest du ja doch nie ausüben; zu deinem Glück bist du nicht darauf angewiesen und dein Vater würde es auch nicht zulassen. Er weiß, wie hart ein solches Leben ist …«

»So mühselig«, erwiderte Angelica, »kommt mir dein Leben gar nicht vor.«

»Ich hatte ein besonders gütiges Schicksal und muß vor allem deinem Vater dankbar sein: Gleich zu Anfang habe ich eine feste Anstellung, eine Wohnung, einen ehrlichen, gutwilligen Bürgermeister und einen lieben Mann gefunden«, sagte Battistina mit sanfter Stimme. »Aber das passiert selten! Von meinen ehemaligen Klassenkameradinnen habe ich Schlimmes gehört. Man braucht viel Mut für diese Laufbahn. Schon mit sechzehn, siebzehn Jahren muß man weit vom Heimatort entfernt leben und im Unterricht ganz allein mit diesen Flegeln und Dummköpfen fertig werden – ich weiß, sie können nichts dafür. Und man hält sich in unzureichenden, schmutzigen und kalten Räumen auf; ein Bürgermeister, der für eine schöne, saubere Schule wie die unsrige sorgt, ist selten!«

Angelica lächelte. Das hörte sie gern. In letzter Zeit empfand sie Dankbarkeit ihrem Vater gegenüber.

»Und wenn die Ärmsten eine furchtbare Arbeitssituation vorfinden, unterrichten sie natürlich ohne Begeisterung und Liebe. Sie sind müde und nervös, bereuen ihre Berufswahl und warten nur auf das Monatsende und das magere Gehalt, von dem sie die Hälfte den Eltern schicken, zum Dank für die Opfer, die jene während der Ausbildung hatten bringen müssen. Von den Kämpfen, die es kostet, den regelmäßigen Schulbesuch der Kinder erst einmal durchzusetzen, ganz zu schweigen.«

Überraschte starrte Angelica sie an. »Eigentlich hast du recht«, fuhr Battistina fort, »Wenn du nicht dazu gezwungen bist, läßt du es wirklich besser sein.«

Jetzt strahlte Angelica.

Battistina warf ihr einen wohlwollenden Blick zu: »Verwöhnt wie du bist, wäre es doch kein Leben für dich ...«

»Um so besser. Dann mußt du mir einen großen Gefallen tun, Battistina, und mit meinem Vater reden. Ich traue mich nämlich nicht. Du kannst ihm meine Gründe viel besser erklären. Mit meiner Mutter kann ich selber sprechen. Er hat eine so hohe Meinung von dir und Pietro – also? Wirst du mir helfen?«

»Hmm, ich weiß nicht, was ich sagen soll«, antwortete Battistina. Erleichtert verabschiedete sich Angelica.

Am darauffolgenden Ostersamstag, einem klaren, milden Tag, ging sie zur Villa ihres Vaters und suchte Bastiano.

»Nimm die Kutsche!« befahl sie ihm. Sie war an jenem Morgen mit einer Vorahnung, einer Art Traumbotschaft, erwacht.

»Los, zum Friedhof, und zwar sofort! Ich möchte frische Luft schnappen«, befahl sie dem Ärmsten, der seinem Herrn – oder wenigstens Maria – Bescheid geben wollte.

Wie durch ein Wunder begegneten sie ihm tatsächlich. Attilio war mit seiner Kalesche auf dem Weg ins Dorf, und Angelica erkannte ihn sofort. »Halt an, Bastiano!« rief sie, und als die Kutschen auf gleicher Höhe waren, schenkte Angelica dem jungen Ripalta ein zauberhaftes Lächeln.

Erst im letzten Augenblick begriff Attilio und riß derart an den Zügeln, daß sich das Pferd wiehernd aufbäumte.

Angelica lächelte. »Vorsicht, fast wäre die Kutsche umgekippt …«

»Was für ein glücklicher Zufall!« rief Attilio und stieg vom Kutschbock. Er strahlte von einem Ohr bis zum anderen. »Ich hatte es gehofft, wissen Sie? Daß Sie zu Ostern ins Dorf kommen würden …«

Bastiano, der das Pferd hielt, fluchte leise. Angelica berichtete über die Ereignisse der vergangenen Wochen.

»Sie waren lange krank und haben den Unterricht versäumt? Das tut mir aber leid! Darf ich Sie in meiner Kutsche nach Hause bringen? Dann könnten Sie mir alles ein wenig genauer erzählen …«

»Danke, gern«, sagte Angelica, ohne zu zögern. »Fahr ruhig schon nach Hause zurück, Bastiano.« Sie legte ihren Zeigefinger über die Lippen.

»Ich denke ja gar nicht daran«, gab jener empört zurück. »Es war schon ein starkes Stück, die Kutsche zu nehmen, ohne Signor Cént zu fragen. Jetzt werde ich doch nicht mitten auf freiem Land seine Tochter dem Erstbesten ausliefern.«

»Ihr Kutscher hat recht«, meinte Attilio. »Lassen Sie uns hier in aller Öffentlichkeit ein paar Schritte gehen – das wird ja wohl möglich sein.«

Nachdem er Bastiano einen herausfordernden Blick zugeworfen hatte, griff er Angelica am Arm und führte sie auf eine Wiese, die von Pappeln und Eichen gesäumt war. Maiglöckchen dufteten. Allzugern hätte sich Attilio mit Angelica ins Gras gesetzt, doch er beschränkte sich darauf, ihr zuzuflüstern: »Darf ich Sie um eine etwas vertraulichere Begegnung am Ostermontag bitten? An der Kapelle Sacro Cuore zum Beispiel, oder wo es Ihnen am liebsten ist …«

Seine Schüchternheit rührte Angelica, und sie antwortete leise: »An der Kapelle also, um fünf.« Und dann, mit lauter Stimme: »Und viele Grüße an Ihre Eltern und eine angenehme Heimfahrt.«

Sie stieg wieder in die Kutsche und nahm neben dem wütenden Bastiano Platz.

»Laß dir gesagt sein, daß es sich nicht um den ›Erstbesten‹ handelt, sondern um den Grafen Attilio Ripalta. Mein Vater und auch meine Mutter kennen ihn. Du redest einfach drauflos und hast keine Ahnung!« Ohne auf die gereizten Proteste Bastianos zu achten, tauchte sie innerlich ein in ein Meer der Seligkeit.

46

Am Ostermontag frühnachmittags ging Angelica auf ihr Zimmer, um sich herzurichten. Sie bürstete sich mit großem Eifer die langen, glatten Haare und legte sich Kleider, Strümpfe und Blusen zurecht. Das bisher schöne Wetter drohte umzuschlagen, es sah nach Regen aus.

»Lieber Gott, mach, daß es nicht regnet!« murmelte sie, die Haarspangen im Mund. Die Arme taten ihr schon weh, so viele verschiedene Frisuren hatte sie ausprobiert; schließlich band sie sich mit einem bordeauxfarbenen Samtband einen Pferdeschwanz. Sie entschied sich für das weiße Kleid, das ihr die Mutter für die Ostermesse genäht hatte. »Eine richtige junge Dame«, hatte ihre Großmutter festgestellt. »Ein solches Kleid«, sagte sich Angelica nervös, »paßt eigentlich nur zu einem sonnigen Tag.« Sie wollte es aber auf jeden Fall anziehen, denn das neue Kleid würde ihr ein wenig Selbstsicherheit geben.

Immer aufs neue betrachtete sie sich im Spiegel – ein blasses Gesichtchen voll banger Fragen. Dann wieder stürzte sie ans Fenster, um die dicken, dunklen Wolken am Horizont zu beobachten. Es war die reinste Tortur. Vielleicht machte sie sich in derart übertriebener Weise Sorgen um das Wetter, um nicht an diesen schrecklichen Augenblick denken zu müssen, in dem sie mit ihm allein sein würde – mit einem Mann! Sie überlegte sogar, ob sie nicht lieber Pino mit einem Briefchen schicken sollte: »Ich kann leider nicht kommen, bitte um Entschuldigung …«

Vor Beklemmung rang sie die Hände, und da sie niemanden hatte, mit dem sie darüber sprechen konnte, versuchte sie sich vorzustellen, was Matilde gesagt hätte: »Angelica, du Dummerchen!« Sie glaubte, ihre entschlossene Stimme zu hören. »Seit tausend Jahren hast du auf diesen Tag gewartet, also geh hin. Er wird schon kein Ungeheuer sein, dieser Attilio!«

Genau das hätte Matilde gesagt. Noch einmal schaute Angelica aus dem Fenster. Ohne Sonne fiel ihr die zeitliche Orientierung schwer, aber es hatte schon vor einer Weile vier Uhr geläutet. Auf Zehenspitzen schlich sie die Außentreppe hinunter und flehte innerlich, daß die Hühner nicht zu gackern anfingen. Auf der Straße schwankten zwei betrunkene Männer lallend hin und her, ohne sich um sie zu kümmern. Eilig machte sie sich auf den Weg zur Kapelle. Als sie die letzten Häuser hinter sich gelassen hatte und von Robinien und Holundersträuchern geschützt war, beruhigte sich Angelica. Wenig später erblickte sie in der Ferne die Kutsche.

Auch Attilio hatte ihre schlanke, helle Gestalt im dunklen Grün entdeckt. Er sprang vom Wagen.

So ungezwungen Attilio bei der letzten Begegnung Angelica im Beisein ihrer Mutter auf dem Dorfplatz voller Menschen angesprochen hatte, so verlegen war er jetzt, da er mit ihr allein war. Angelica, bemüht, ihr Herzklopfen unter Kontrolle zu bringen, war auf die Spitzen ihrer weißen Schühchen fixiert. Das merkwürdige Verhalten des jungen Mannes, dessen Adamsapfel sich nervös hin- und herbewegte, fiel ihr daher nicht gleich auf. Als sie endlich aufblickte, bemerkte sie den flehenden Ausdruck in seinem Gesicht und war zutiefst gerührt. Sie hatte jetzt nicht mehr das Gefühl, wie an jenem fernen Nachmittag im September ein hilfloses kleines Schulmädchen zu sein, das vor dem Lehrer steht. Jetzt war er der Gehemmte, und sie mußte das Schweigen brechen. Sie tat es mit höflichen Floskeln und Gemeinplätzen – wie man es sie gelehrt hatte. Gleichzeitig beobachtete sie ihn genau. Attilio sah ganz verängstigt aus. In natürlicherem Tonfall sagte sie: »Ihr Bart sieht irgendwie anders aus, habe ich recht?«

»Ja, das ist richtig. Ich möchte ihn wachsen lassen«, antwortete Attilio eilig – froh, seine Sprache wiedererlangt zu haben. »Natürlich keinen Rauschebart. Eher einen Spitzbart wie bei den Musketieren, wissen Sie? Aber vielleicht gefallen Ihnen bärtige Männer nicht? In diesem Fall würde ich mich sofort rasieren, glatt wie eine Billardkugel …«

Angelica mußte lachen. Sie spürte, wie das Blut in ihren Adern wieder zirkulierte und sich ihr Magen entkrampfte. Ihre Augen blitzten. »Oh, das ist unwichtig. Bärtig oder nicht, ein Mann ist ein Mann.«

Wie oft hatte sie im Traum seine Wangen und Lippen gestreichelt. Aber jetzt, da sie den wirklichen Attilio aus Fleisch und Blut neben sich hatte, schämte sie sich in Grund und Boden. Sie bat Gott, der sie offenbar nicht aus den Augen ließ, um Verzeihung. Doch von dem jungen Mann ging so ein feiner Duft aus … Wie konnte sie sich von ihm fernhalten?

»Welches Parfüm verwenden Sie?« fragte sie schüchtern.

»Eau de Cologne. Einen Tropfen jeden Morgen …«

Mittlerweile hatte Attilio an Selbstsicherheit gewonnen. Trotz seiner Unerfahrenheit war ihm klar, daß er von einem so liebenswürdigen Mädchen nichts Schlimmes zu befürchten hatte. Er sah sie eindringlich an und sagte: »Sie dagegen brauchen keine künstlichen Aromen. Ihr Duft entströmt ihrer Haut, ihren Haaren …«

Als er sie erröten sah, entschuldigte er sich eilig. Insgeheim schalt er sich einen Dummkopf. Er ahnte jedoch nicht, welches Glücksgefühl Angelica erfaßt hatte, weit über alle Verlegenheit hinaus. Ein ganz und gar neues und unbekanntes Gefühl. Ihr Gesicht und ihr Herz glühten, das mußte das Glück sein, das wahre Glück.

Um sich wieder zu fassen, hob sie die Nase in die Luft. »Es sieht nach Regen aus, wer weiß.«

»Kein Problem«, sagte der junge Mann. »Dann steigen wir eben in die Kutsche und klappen das Dach hoch. Eigentlich«, fügte er hinzu, »sollten wir lieber gleich einsteigen. Es ist dumm, hier herumzustehen, und auf dem Gras würde ihr wunderschönes Kleid Schaden nehmen. Los! Ich helfe Ihnen.«

Angelica freute sich, daß ihr Äußeres die gewünschte Wirkung erzielt hatte. Sie nahm auf dem rauhen rissigen Leder Platz. Offenbar hatte die Kalesche ihre besten Zeiten hinter sich. Das Pferd wandte sich um, als wolle es ihr zulächeln. Attilio saß ihr gegenüber, ruhig und gesittet. Er zog ein Taschentuch hervor und putzte sich die Nase. Angelica fiel wieder ein, was ihre Mutter über die falschen und grausamen Männer gesagt hatte. War es möglich? Attilios Augen leuchteten fröhlich, und auf den Lippen hatte er ein freundliches Lächeln.

Angelica erzählte ihm von ihrer Bronchitis, ihrer langen Abwesenheit vom Kolleg und dem Vorhaben, nicht wieder dorthin zurückzukehren. Um zu unterstreichen, wie klug diese Entscheidung sei, berichtete sie auch gleich noch, was Battistina über den Beruf der Lehrerin gesagt hatte.

»Und was meint Ihr Vater dazu?« erkundigte sich Attilio.

Angelica errötete leicht und wollte ihm gerade alles erklären, als ihr Blick auf die Uhrkette des jungen Mannes fiel: »Mein Gott! Wie spät wird es sein? Ich habe keine Ahnung ...«

»Es ist noch Zeit ...«, beruhigte er sie. Nachdem sich ihre Zunge nun einmal gelöst hatte, hätte Attilio gern mehr über ihr ungewöhnliches Familienleben erfahren. Im Winter wohnte sie mit ihrer Mutter in der Stadt und Signor Dago allein auf dem Dorf, im Sommer lebte sie bei ihren Großeltern, aß aber täglich mit ihrem Vater zu Abend, wie sie berichtet hatte. »Wir wollen noch ein wenig hierbleiben.«

Später würde er sich genauer erkundigen. Jetzt wollte er den Zauber ihrer Gegenwart genießen, die roten Lippen, die keinen Augenblick stillstanden, die leuchtenden Augen, die Bewegungen ihres schlanken Körpers mit den weiblichen Formen, die ihn unbewußt erregten.

Er setzte sich neben Angelica. Um sich ihrer Gegenwart zu versichern, berührte er vorsichtig ihre Fingerspitzen. Dann sang er mit komischer Intonation ein Kinderlied:

»Glatzkopf macht Nudeln, gibt nichts seinen Brüdern. Der Bruder backt Nußzopf, gibt nichts davon Glatzkopf!« Er faßte schließlich ihren kleinen Finger; sie lachte – ein warmes, tiefes Lachen aus der Kehle. Attilio blickte sich nach allen Seiten um und klappte dann plötzlich das Dach auf.

»Vielleicht«, rechtfertigte er sich, »regnet es wirklich bald.«

Nichtsahnend entgegnete Angelica: »Ganz im Gegenteil. Gott sei Dank. Regen wäre mit diesem Kleid ein schönes Malheur ...«

Attilio verspürte den unwiderstehlichen Drang, sie zu umarmen, sie an sich zu drücken, vielleicht sogar zu küssen? Er sah ihr tief in die graublauen Augen. »Sie ist unschuldig«, dachte er, »wie ein Kind.« Eine der Situation vielleicht unangemessene aber, wie er irritiert feststellte, zutreffende Beobachtung. Er beschränkte sich darauf, ihr einen Kuß auf die Finger zu hauchen. Bald werde ich einen Silberring über dieses zarte Fingerchen schieben, dachte er zu seinem eigenen Erstaunen.

Angelica fand ihn hinreißend, wie er so dasaß, mit verträumtem Gesichtsausdruck. Sie entdeckte ständig neue angenehme Seiten an ihm. Gut, daß sie nicht Pino mit dem Briefchen geschickt hatte! Mit einer lockeren, freundschaftlichen Geste strich sie ihm eine Locke glatt. Aus der Nähe entdeckte sie blonde Strähnen in seinen Haaren.

»Wir wollen uns noch ein wenig unterhalten«, schlug Attilio lächelnd vor. Aber Angelica wurde plötzlich bewußt, daß sie zurückkehren mußte.

»Mein Vater macht mir die Hölle heiß, wenn ich nicht bis sechs Uhr da bin.«

Vorher mußte sie sich auch noch umziehen. Ihren Vater hätte es verblüfft, hätte sie sich nur für ein Abendessen mit ihm so in Schale geworfen. Hoffentlich würden ihr die Mutter und die Großmutter nicht so viele Fragen stellen. Dann würde sie eben behaupten, sie habe Battistina ihr neues Kleid zeigen wollen ... oder würde sonst irgend etwas erfinden. Beim Abschied wirkte Attilio sehr traurig. Hoch und heilig versprachen sie sich ein Wiedersehen.

Immer wieder sah sich Angelica nach Attilio um, der jedesmal begeistert winkte. Er war zutiefst gerührt von der natürlichen Unschuld, mit der Angelica ihm ohne jede Scham oder Berechnung zeigte, wie unsterblich verliebt sie war.

47

An einem der ersten warmen Junitage wartete Angelica am Zaun entlang der Bahnlinie auf Bastiano, der die Kutsche hier abgestellt hatte. Er kehrte in Begleitung von Tante Luigina zurück, die seit ihrer Hochzeit in Magenta wohnte.

»Meine liebe Angelichina!« rief sie überrascht. »Bist du aber gewachsen! Eine richtige junge Dame ...«

Sie umarmten sich. Obgleich sie nur wenige Kilometer voneinander entfernt wohnten, hatten sie selten Gelegenheit, einander zu sehen. Angelica erkundigte sich nach ihren Vettern und Kusinen.

»Ach, die warten aufs Essen. Ich muß leider sofort nach Hause gehen. Mach's gut, Angelica!«

In Magenta wurde an jenem Tag der fünfzigste Jahrestag jener Schlacht gefeiert, die dort 1859 stattgefunden hatte. Innocente war unter den Prominenten und hatte Angelica mitgenommen, damit sie etwas über die junge Geschichte des italienischen Staates erfuhr, da sie nur selten Bücher oder Zeitungen las. In Magenta befand sich die dreistöckige Villa des Advokaten Giovanni Giacobbe, deren Fassade von Kanonen- und Gewehreinschüssen schwer lädiert war – ein Zeugnis der heftigen Schlacht, die dort zwischen den von den Italienern unterstützten Zuaven des französischen Generals MacMahon und den in der Villa verschanzten Österreichern stattgefunden hatte.

Die Leute drängten sich bereits auf dem Platz, wo in einem pyramidenförmigen Gebäude die Gebeine der Gefallenen aufbewahrt wurden.

Lorbeerkränze mit weißen und roten Nelken wurden niedergelegt. Fahnen und Wimpel der örtlichen Vereine, Banner mit dem Wappen der Savoyen oder den französischen Farben waren zu sehen. Eine Gruppe schwarz gekleideter, verschleierter Frauen stach hervor, Töchter und Witwen der Gefallenen. Angelica vergnügte sich damit, die wenigen Strohhüte zu zählen und Bastiano darauf hinzuweisen. Fast alle waren noch winterlich gekleidet. Auf den ersten Blick konnte man die Männer aus dem Dorf, die die gestärkten, weißen Hemdkragen nur mit Mühe ertrugen, von den vornehmen Auswärtigen unterscheiden. Diese waren in grauen Filz gekleidet, trugen eine Fliege und führten ihre Damen am Arm, die ausladenden Hutschmuck trugen. Die Magentinerinnen dagegen waren barhäuptig und hatten einfache Baumwollschürzen umgebunden.

»Bleib hier bei mir, Angelica, sonst treten sie dir noch auf die Füße. Es wäre schade um die schönen neuen Schühchen«, riet Bastiano mit der gewohnten, derben Vertraulichkeit. Angelica pflegte ihn prompt zurechtzuweisen: das stehe ihm nicht zu, was er sich eigentlich erlaube …

Sie sahen die kleine Prozession näherkommen, die sich ihren Weg durch die Menge bahnte und vom Probst, der das Weihrauchfaß schwenkte, angeführt wurde. Die Männer nahmen ihre Kopfbedeckung ab. Angelica versuchte, in der Gruppe der Bürgermeister ihren Vater zu entdecken. Plötzlich wirkte sie wie elektrisiert. »Sieh mal, Bastiano!« Sie schüttelte ihn am Arm. »Da, neben der Pflanze, das ist er doch!«

»Wer, er? Ach was, du siehst Gespenster.« Bastiano tat, als hätte er nicht verstanden.

»Ich bin sicher, daß er es ist.« Angelica war wie verwandelt. »Geh hin zu ihm, aber unauffällig, und sag ihm, daß ich hier bin. Es darf keiner sehen – mein Vater hat scharfe Augen.«

»Du bist wohl nicht ganz bei Trost!« rief Bastiano. »Das ist nicht meine Aufgabe. Such dir einen anderen Boten … und jetzt sei still, der Gottesdienst beginnt.«

Trotz ihrer guten Vorsätze war es Angelica und Attilio seit Ostern nicht mehr gelungen, sich unter vier Augen zu treffen. Antonia war sehr beunruhigt gewesen, als sie ihre Tochter nach Hause kommen und in höchster Eile die Kleidung wechseln sah. Sie hatte jedoch nichts von ihr erfahren können. Seitdem war mehr als ein Monat vergangen. Angelica bebte vor Erregung.

Dicke Wolken entströmten dem Weihrauchfaß des Probstes. Eine leichte Brise vermischte die Schwaden mit dem Rauch aus den Schornsteinen der Häuser und verteilte sie über die Anwesenden.

»Was für ein Geruch!« rief Angelica aufgeregt, ohne Attilio aus den Augen zu lassen. Irgendwie mußte Sie seine Aufmerksamkeit erregen.

»Geh doch, ich bitte dich!« drängte sie Bastiano, aber ohne Hoffnung. Sie wußte, wie dickköpfig er war.

Er lachte: »Liegt dir wirklich so viel an diesem Hanswurst? Geh lieber wieder nach Hause und spiel mit deinen Puppen!«

»Na gut, dann gehe ich eben selbst.«

Ehe er sie zurückhalten konnte, verschwand Angelica in der betenden Menge. In ihrem verwirrten Köpfchen suchte sie nach einer gewandten Formulierung, nach einer Begrüßung, die sie nicht allzu schamlos erscheinen ließ.

»Brüder und Schwestern im Herrn«, begann der Probst seine Predigt, »wir haben uns hier auf dem ehemaligen Schlachtfeld versammelt. Mit Hochachtung erinnern wir uns an die jungen Männer, die hier ihr Leben geopfert haben. Jetzt aber wollen wir den Herrn um Frieden bitten, denn noch immer gehen Gerüchte um von ungelösten, schwelenden Konflikten … Laßt uns in Frieden leben! Nur im Frieden kann der Mensch glücklich sein …«

»Glücklich, genau«, wiederholte Angelica halblaut. Sie hatte nur diesen einen Satz begriffen, zu sehr war sie von ihren eigenen Angelegenheiten in Anspruch genommen. Attilio stand im Schatten einer Linde und hörte aufmerksam zu. Angelica betrachtete ihn. Mit gesammeltem Gesichtsausdruck lehnte er am Stamm, den Strohhut in der Hand. Er erinnerte sie an ein Bildnis des heiligen Sebastian, das in der Kapelle des Internats hing. Angelica hatte sich darüber gewundert, daß die Oberin dieses Bild nicht hatte abhängen lassen. Der schöne, nackte, durchbohrte Körper des jungen Mannes, die halb geöffneten Lippen, die sie am liebsten geküßt hätte, um ihn zu trösten. Ihr Attilio ähnelte diesem Heiligen, war aber männlicher. Seine mageren Wangen und seine ernsten Lippen übten den gleichen Reiz auf sie aus. Sie hüstelte, öffnete und schloß ihr weißes Schirmchen. Die Freude des jungen Mannes über ihren Anblick ließ ihr das Herz in der Brust tanzen. Diesmal war es Attilio, der sie mit Worten überschüttete. Als hätte er in seinem Herzen Vertraulichkeiten gesammelt, von denen er sich jetzt trennen wollte. Wie froh er sei, sich am Morgen entschlossen zu haben, auf diese Feier in Magenta zu gehen, wie er sich freue, sie wiederzusehen, wie schön sie sei in ihrem leichten Sommerkleid …

Hingerissen hörte Angelica ihm zu. Viele Menschen in der Menge bereiteten sich auf den Empfang der Kommunion vor. Angelica wollte wegen ihrer – wie sie sich eingestand – im Augenblick nicht gerade keuschen Gedanken lieber nicht zur Kommunion gehen. Neben dem Probst entdeckte sie ihren Vater und kam plötzlich wieder zur Besinnung.

»Ich muß jetzt gehen, sobald die Messe zu Ende ist, wird mich mein Vater suchen. Ich habe mich so gefreut …«

»Benedico vos …«, rief der Priester mit mächtiger Stimme. Aber nach dem ›Ite, missa est!‹ blieb jeder an seinem Platz.

»Aber wohin gehen Sie denn?« Attilio faßte sie am Arm, um sie zurückzuhalten. »Sehen Sie nicht, daß jetzt erst die Redner die Bühne betreten? Und dann spielt noch die Kapelle …«

Angelica errötete vor Vergnügen und Scham. Aus den Augenwinkeln sah sie Bastiano, der sie genau beobachtete. So ein vorlauter Flegel! dachte sie. Er tut, als gehöre er zur Familie. Sie sagte: »Es ist heiß hier!« und zog ihn in den

Schatten einiger Zypressen, außer Reichweite für Bastianos neugierigen Blick.

Attilio erklärte Angelica Rang und Dienstgrad der anwesenden Soldaten, deren Uniformen mit Auszeichnungen dekoriert waren.

Dann erklang mit Pauken und Trompeten die Musik. Der Triumphmarsch wurde von mehren Kapellen aus verschiedenen Orten gemeinsam gespielt und von der Menge begeistert aufgenommen. Unter großem Applaus ließ man schließlich die Tauben fliegen. Eine kleine Gruppe von Honoratioren machte sich auf, um den Ort des historischen Geschehens zu besuchen. Innocente war auch dabei und machte ihnen ein Zeichen, worauf Angelica und Attilio ihm folgten.

Giovanni Giacobbe, der an der Schlacht von 1876 als Garibaldiner teilgenommen hatte, und seine Nachkommen hatten im Erdgeschoß der Villa eine Dokumentation mit Gemälden und Gegenständen aus dem Kampf erstellt. Dorthin zogen sich die vornehmen Herren zurück.

Angelica und Attilio blieben jedoch bei dem schönen Wetter draußen im Garten. Als Innocente endlich wieder aus der Villa herauskam, blickte er sich suchend nach allen Seiten um.

»Hier bin ich!« rief Angelica und schwenkte ihr weißes Schirmchen.

48

Zum Mittagessen wurde Bastiano in die Bahnhofsschenke geschickt. Denn Innocentes und Angelicas Aufenthalt in Magenta zog sich länger hin als vorgesehen, waren sie doch von Bürgermeister Brocca noch zu einem Empfang eingeladen.

Der Herr des Hauses begrüßte Innocente herzlich, ja überschwenglich. »Kommen Sie, setzen Sie sich, Herr Advokat Dago …«

Als Innocente sich im Garten des Hauses Giacobbe Attilio gegenübergesehen hatte, war er zwar verblüfft gewesen, doch war ihm nichts anderes übriggeblieben, als die beiden mitzunehmen. So behielt er jetzt den jungen Mann im Auge und konstatierte zugleich zufrieden, daß dieser sich nunmehr selbst überzeugen konnte, welch großen Respekt ihm der Cavalier Brocca entgegenbrachte. Die Ripaltas waren von Adel, schön und gut; doch auch er, ein Dago, war schließlich nicht irgendwer.

Wie andere vornehme Familien verfügten auch die Broccas nicht über große Geldmittel, doch im Salon standen schwere Massivholzmöbel, und wertvolle Gemälde hingen an den Wänden.

Doch das riesige Haus wies bereits deutliche Anzeichen des Verfalls auf. Im Wandverputz waren feine Risse zu erkennen, und die Dachtraufe war an mehreren Stellen locker. Attilio sah es sofort. Dies war derselbe Verfallsprozeß, der auch in seinem Elternhaus zu beobachten war: Der gemessene Rhythmus eines ruhigen Lebens, das als sicher und unzerstörbar gegolten hatte, war dahin, und die Zukunft war voller Unwägbarkeiten. Attilio seufzte, doch der Anblick Angelicas riß ihn aus seinen trüben Gedanken.

Hinter der Villa erstreckte sich ein Park, soweit das Auge reichte. Einst waren Scharen von Gärtnern damit beschäftigt gewesen, die Hecken zu stutzen, die die Fußwege säumten, die Rosenbeete, den Blumen- und Gemüsegarten zu pflegen. Jetzt aber waren die Bäume schon lange nicht mehr gestutzt worden, sie wuchsen ungebändigt in die Höhe und Breite und beschatteten die von Quecken überwucherte Gehwege und die Beete, in denen Brennesseln und wilde Brombeersträucher die schönen Azaleen und Kamelien zu ersticken drohten. Aber wie in alter Zeit lag der harzige Duft der Nadelbäume und der Kastanien in der Luft.

Während die Signora Brocca Karaffen mit Tamarinden- und Pfefferminzsaft herumreichte und das Hausmädchen selbstgebackene Kekse anbot, dachte Innocente über den jungen Ripalta nach, der ihm derzeit auf Schritt und Tritt über den Weg lief. Es bedurfte keineswegs machiavellistischen Scharfsinns, um zu begreifen, was dahintersteckte: Der junge Mann hatte es auf Angelica abgesehen. Als er ihn mit seinem Pferd auf dem Kirchplatz gesehen hatte, war seine erste Reaktion gewesen, ihn als einen harmlosen albernen Gecken abzutun. Doch dann hatte er in den Augen des jungen Mannes jenes Interesse aufblitzen sehen, das er selbst, ein Mann mit vielerlei Schwächen, nur allzu gut kannte. Er hatte sich an einer empfindlichen Stelle getroffen gefühlt, und seither war er auf der Hut. Was erlaubte sich dieser Ripalta eigentlich, ein Mädchen – seine Tochter – derart anzusehen! Alles in ihm begehrte auf.

Während er weiter darüber nachgrübelte, mußte er dennoch einräumen, daß die Blicke des jungen Ripalta, dessen Familie er ja kannte, vielleicht doch jener Lüsternheit entbehrten – trotzdem, es waren süße Winke, die für die junge und unerfahrene Angelica möglicherweise eine verderbliche Falle darstellten. Und in Angelicas Augen erstrahlte ein verdächtiger Glanz …

Er wechselte mit Attilio ein paar belanglose Sätze, studierte ihn dabei aber ganz genau. Es war möglich, daß der Hungerleider, wie er ihn bei sich nannte, vielleicht doch nicht seinem Vater nachgeschlagen war, dem Grafen Ripalta, der nur Flausen im Kopf hatte. Vielleicht hatte er doch mehr von der Mutter, die ihm eine vernünftige Person mit gesunden Prinzipien erschien.

Selbstverständlich war das Gesprächsthema der neue Sport, die Luftfahrt. Die Unternehmungen des Grafen Zeppelin, die Libelle von Santos-Dumont, die Wright des Leutnants Calderara, die sogar der große Dichter D'Annunzio bestiegen hatte.

Broccas Kinder, die bisher auf ihren Stühlen hatten stillsitzen müssen, wurden zunehmend unruhig.

»Dürfen wir nachsehen, ob das Kälbchen schon geboren ist?« fragte wohlerzogen der Älteste. Und als er die Erlaubnis erhielt, lief er Richtung Stallungen davon, hinter ihm ein ganzer Rattenschwanz von Kindern. Attilio beugte sich zu Innocente: »Gestatten Sie? Ich möchte auch Angelica das Kälbchen zeigen …«

Derart überrumpelt, blieb Innocente nichts anderes übrig, als zuzustimmen. Freudestrahlend folgte Angelica Attilio, dem Innocente gerade noch zuraunen konnte: »Aber ich bitte darum, bleibt bei den anderen, entfernt euch nicht!«

Unter dem Laubengang plätscherte unterdessen das Gespräch belanglos und träge dahin. Gelangweilt von der Unterhaltung, machte sich Innocente Vorwürfe, daß er es dem Hungerleider gestattet hatte, Angelica mit fortzunehmen.

»Ist es weit bis zum Kuhstall?« fragte er leise.

»Ziemlich weit«, antwortete Brocca, erleichtert, daß das Gespräch weiter seinen Gang nahm.

Linkisch und ungelenk, mit riesigen Augen suchte das neugeborene Kälbchen die milchtriefenden Euter seiner aufs Stroh gebetteten Mutter. Cipriano, der Knecht, hatte in einer kleinen Kammer neben dem Stall ein Strohlager hergerichtet, damit die anderen Kühe durch das Gebrüll nicht erschreckt würden. Das Stroh war urin- und blutgetränkt. Hinter dem fensterlosen Gitter kauernd, feuerten die Kinder das Kälbchen an, sich seine Nahrungsquelle zu suchen, und jubelten, als das Neugeborene seine ersten ungelenken Trinkversuche machte. Angelica hatte sich auf die Zehenspitzen gestellt, um besser sehen zu können.

Mit der Mistgabel raffte Cipriano das nasse Stroh zusammen.

»Wie ich sehe«, wandte sich Attilio an ihn, »haben Sie ihr das übliche Kleiefutter gegeben, damit sie leichter kalbt.«

»Ja, Padrone«, nickte der Mann freundlich, »Artischockenblätter ohne die Stacheln, bitteren Salat, Kamille und ein bißchen Zucker, alles zusammen aufgekocht und mit Kleie vermischt. Sie hätten sehen sollen, wie sie es hinuntergeschlungen hat; als ob sie gewußt hätte, wie gut es ihr tut. Ich habe sie heute morgen hergeführt, und es hat mehrere Stunden gedauert, bis es soweit war. Machen Sie es bei sich zu Hause im Stall ebenso?«

»Wir haben zu Hause keine Ställe. Nur Wildtiere, und die brauchen beim Werfen keine Hilfe.«

Von der Türschwelle ließ sich Angelicas Stimme vernehmen: »Wunderbar«, rief sie entzückt aus, »wie das Gemälde in einer Illustrierten, die uns Schwester Maria gezeigt hat ... das Bild eines Malers, der in den Bergen lebte.«

»Ja, natürlich, Segantini.« Attilio drehte sich nach ihr um, ganz erfreut über ihre Feinfühligkeit. »Ich war auch beeindruckt von seinen merkwürdigen Kompositionen: Frauen mit Kindern im Arm, die im Halbschatten des Stalls sitzen, von unten beleuchtet, mit dickem Pinselstrich gemalt ... Bravo, Angelica, Sie haben ein gutes Auge ...«

Geschmeichelt lächelte sie und streckte die Hand nach ihm aus: »Jetzt gehen wir aber. Ich möchte gerne noch den Obstgarten sehen.«

»Sicher ist sie sich der Kühnheit ihres Vorschlags gar nicht bewußt«, überlegte Attilio, »nur einen kleinen Rundgang, dann bringe ich sie zu ihrem Vater zurück.« Fröhlich beschwingt liefen sie nebeneinander her und unterhielten sich gemessen wie alte Bekannte. Attilio hatte sich für die Taktik der kleinen Schritte entschieden.

»Werden Sie mit Ihrer Mutter nach Mailand zurückkehren, wenn der Sommer vorbei ist?«

»Wie, das wissen Sie nicht? Das neue Haus für meine Mutter und mich hier im Dorf ist beinahe fertig. Habe ich es Ihnen denn an jenem Tag in Sacro Cuore nicht angedeutet? Daß ich nicht ins Internat zurückkehren werde?«

Attilio spürte, wie seine Aufregung wuchs. Wenn dem so war, eröffneten sich ihm ganz neue Horizonte: die realistische Aussicht, Angelica häufiger sehen zu können. Und es schwand seine Angst, daß Angelica, hübsch wie sie war, nach ihrer Rückkehr in die Stadt neue Liebschaften beginnen konnte. Im Augenblick allerdings durfte er sich keinen gewagten Schritt leisten, obgleich das Mädchen in seinem Herz und in seinem Denken einen großen Platz einnahm. Wenn sie also im Herbst nicht abreisen würde, hätte er Zeit, die Dinge gelassen weiterzuverfolgen.

»Ich stehe mit Pedretti in Verhandlungen«, sagte er sehr ernst, »dem Besitzer des Guts Martinella. Kennst du ihn?« Das ›du‹ kam ihm wie von selbst über die Lippen. »Ein kluger Mann mit modernen Ideen, der seinen landwirtschaftlichen Betrieb modernisieren und neu strukturieren möchte.«

Angelica bemerkte den vertraulichen, privaten Ton in seiner Stimme. »Ich kenne den Signor Pedretti vom Sehen«, erwiderte sie. »Sein Gut ist beinahe so groß ist wie ein ganzes Dorf, mit zwei, drei Dreschplätzen ... und mit so vielen Bauernfamilien ...«

»Ja, genau. Und dieser Pedretti, der auch meinen Vater gut kennt, sucht einen Agronomen. Genaugenommen« – er errötete leicht – »habe ich ja keinen akademischen Abschluß, obwohl ich ein paar Jahre die Universität besucht habe, aber ich habe die Landwirtschaftsschule mit guten Ergebnissen abgeschlossen und ihm das Zeugnis vorgelegt. Ich kenne mich aus mit dem Feldbau, ich kenne die Beschaffenheit unseres Bodens, und ich liebe die Tiere. Meine Kenntnisse von Chemie sind ausreichend. Ich mag sie wirklich, diese Arbeit, und glaube, ich habe bei Signor Pedretti einen guten Eindruck hinterlassen.«

Eine Anstellung würde Attilio nicht nur ein regelmäßiges Einkommen sichern, er hätte zudem häufig Gelegenheit, auf der Durchfahrt das Dorf zu besuchen, in dem Angelica wohnte. Das sagte er zwar nicht ausdrücklich, aber sie verstand die Anspielung sofort. Als Attilio es wagte, sie anzusehen, entdeckte er im strahlenden Blau ihrer Augen dasselbe Empfinden, das sein Herz erfüllte. Wortlos teilten sie sich einander mit. Er jauchzte innerlich auf vor Freude. Und er wünschte sich so sehr, ihr ein Geschenk machen zu können, sie zum Lachen zu bringen. Von der Himbeerhecke, an der sie eben vorbeigingen, pflückte er zwei Beeren und reichte sie Angelica in der hohlen Hand. Dabei sah er ihr in die Augen. Sie nahm die Beeren mit zwei Fingern und führte sie an den Mund. Obwohl er sich sehnlichst etwas anderes gewünscht hätte, hielt sich Attilio zurück. Ein Kuß hätte dem Zauber dieses

Augenblicks nichts hinzugefügt, ihn vielleicht sogar zerstört.

Sie blieben stehen und sahen sich an. Der Obstgarten lag etwas abseits inmitten einer Wiese. Die Zweige der Aprikosenbäumchen mit ihren noch unreifen Früchten waren mit Eisendraht an der Mauer befestigt. Einige knorrige Bäume hingen voll mit kleinen Pfalzgrafenbirnen. Scharen von Spatzen pickten die letzten verschrumpelten Früchte von den Kirschbäumen. In den großen Blättern der ausladenden Feigenbäume versteckten sich die kleinen grünen und violetten Früchte. Jede Obstart schien hier ungeduldig die satten Strahlen der Sommersonne herbeizusehnen, damit die Früchte die letzte Reife erlangten. Nur in den Himbeersträuchern mit ihren reifen Beeren summten emsig die Insekten.

»Angelica!« Die gestrenge Stimme Innocentes schreckte die Spatzen im Kirschbaum auf. Nicht im mindesten verwirrt, schritt Attilio auf Innocente zu. »Angelica hat sich von den Himbeeren verführen lassen«, entschuldigte er sich heiter. »Ich bin im Stall geblieben, bei dem Kälbchen. Haben Sie es gesehen? Dann bin ich sie suchen gegangen …«

»Möchtest du, Papa?« Fassungslos sah der Vater seine Tochter an, die ihm die Hand mit den Beeren entgegenstreckte. Sie schien ruhig, friedlich und unschuldig. Innocente fuchtelte mit seinem Spazierstock in der Luft herum, aber kraftlos, entwaffnet.

»Haben Sie denn keine Uhr, junger Mann? Die Gäste sind schon dabei, sich zu verabschieden, zum Teufel! Ist denn das eine Art?«

»Ich bitte nochmals um Verzeihung, Signor Advokat. Natürlich habe ich eine Uhr, sehen Sie«, und er hielt ihm das Gehäuse seiner Taschenuhr vor die Nase. Innocente war beeindruckt: Es war eine wunderbare Uhr aus Silber, mit feinziselierten winzigen Blumen und Blättern, und sie hing an einer massiven Kette. Äußerst vornehm, dachte er.

»Los, jetzt aber schnell. Wenigstens von den Gastgebern werdet ihr euch doch verabschieden wollen.«

Sie kehrten zur Villa zurück, vorbei an den Weinreben, deren Beeren sich bereits blau zu verfärben begannen. Wenige Schritte hinter dem Vater erwiderte Angelica den heimlichen Händedruck Attilios. So verharrten sie einen langen Augenblick. »Morgen bin ich im Dorf, auf dem Weg zu Pedretti«, flüsterte ihr Attilio noch zu.

Angelica nickte ernst. Diese einfache Mitteilung erschien ihr als eine geheimnisvolle Botschaft, bedeutungsvoll und vielversprechend.

49

Trotz der brütenden Hitze Ende Juni gingen die Arbeiten am neuen Haus zügig weiter, die Arbeiter schwitzten, und Innocente machte täglich sehr früh am Morgen, wenn es noch kühl war, seinen Kontrollgang.

Für den Rest des Tages verschanzte er sich in seiner Villa und aß unter dem auch im Sommer angenehm kühlen, bemalten Portikus zu Mittag. Nach dem Ave-Maria-Läuten, wenn die Sonne untergegangen war, leistete ihm Angelica beim Abendessen Gesellschaft. »Sie leidet wohl sehr unter der Hitze«, sagte sich der Vater. »Ganz blaß ist das Kind, ganz abgemagert.«

Maria, die für das Mädchen leckere Gerichte zubereitete, war in letzter Zeit geizig geworden, fast als müsse sie von dem geben, was sie besaß. Sie knauserte mit allem, vor allem mit Wein und Gewürzen, brachte halb verfaulte Beeren auf den Tisch, die sie zuvor gekocht hatte, und dicke Suppen mit altbackenem Brot darin. Aber Innocente schien es zufrieden. Er war in seinen Ansprüchen bescheidener geworden, zumindest was das Essen betraf. Doch gewisse Dinge, die er sich in bezug auf Antonia zusammenphantasierte, ließen ihn nicht los. Zuweilen fiel es ihm sogar schwer, das Schäferstündchen mit Giannina zu genießen. Giannina war eine, wie ihm schien, bedauernswerte Frau mit kohlschwarzen Strubbelhaaren, die sich fast obsessiv im Bett austobte. Dann stellte er sich den weichen, ruhigen, wohltuend passiven Körper Nettas vor. Stellte sich vor, wie er ihr über die Wange strich, und machte sich vage Hoffnungen, daß es mit Antonia, wäre sie erst in das neue Haus eingezogen, wieder so werden könnte wie früher. Ein zartes Lächeln, das neuerdings ihren Mund umspielte und sie noch jünger machte, schien voller Versprechungen. »Man wird ja sehen«, murmelte Innocente leise vor sich hin.

Wie jeden Morgen begab sich der alte Paolini auch an diesem Tag in aller Frühe aufs Feld hinaus. Auf seinen Schubkarren hatte er die Geräte geladen, die er zum Arbeiten brauchte. Alle schliefen noch, außer Ersilia, die ihrem Mann wie üblich mit einer stummen Geste der Zärtlichkeit den schwarzen Hut aufsetzte.

»Ciau, donna«, sagte er im Gehen, und das waren die letzten Worte, die sie von ihm hörte. Kurz vor Mittag kam atemlos keuchend ein Hilfsarbeiter herbeigeeilt, und als Antonia seine aufgeregte Schilderung hörte, fiel ihr die Schüssel aus der Hand, in der sie das Gemüse und die roten Bohnen wusch. Als habe sie nicht zugehört, bückte sich Ersilia und hob mechanisch die Schüssel auf. Dann richtete sie sich auf, nahm stumm das schwarze Tuch vom Haken und band es sich auf den Kopf.

»Mama, Mama«, schluchzte Antonia. »Warte auf mich!« Jeder Schritt wirbelte feinen weißen, zum Husten reizenden Staub auf. Die Alte lief schnell, ohne Zeit zu verlieren, und die vor sich hin weinende Antonia hatte Mühe, ihr zu folgen.

Sie hatten den alten Paolini, der mager war und klein wie ein verschrumpeltes Kind, in den Schatten eines großen Maulbeerbaumes gelegt. Durch einen hellen Strich war das von der Sonne verbrannte dunkle Gesicht fein säuberlich von dem durch den Hut geschützten Stirnansatz getrennt.

Laut aufschluchzend hatte Ersilia ihre streng gewahrte Fassung aufgegeben und war auf die Knie gesunken. Sie ergriff die Hand ihres Mannes, bedeckte sie mit Küssen und netzte sie mit Tränen. Worte des Trostes kamen ihr über die Lippen: »Bleib ruhig liegen und ruh dich aus, hier ist es schön kühl. Laß die Arbeit. Ruh du nur aus … nur ein bißchen …«

Aus Ehrfurcht gegenüber dem Toten hatten die Männer ihre Hüte abgenommen und standen schniefend da. Einer ließ ohne Scham seinen Tränen freien Lauf. Jetzt oblag es Antonia, sich zusammenzunehmen und an das Notwendige zu denken. Sie polsterte den Wagen mit Heu aus; zusammen mit der Mutter, die fremde Hilfe ablehnte, bettete sie den noch warmen Körper des Toten darauf. Einer der Männer trieb das Pferd an, und der Wagen setzte sich schaukelnd in Bewegung.

›Sonnenstich‹ schrieb der Arzt auf den Totenschein. Er saß bei den Paolinis am Küchentisch. »In letzter Zeit hatte ich viele solche Fälle.« Er schüttelte bitter den Kopf. »Wegen dem bißchen Heu riskieren sie ihr Leben, diese Unglücklichen. Wenn Gott eine solche Hitze schickt … will er vielleicht nicht, daß so viel gearbeitet wird.«

Vom Kirchturm läuteten die Glocken: ein langgezogener trauriger und gleichförmiger Ton. Im Haus kümmerten sich ein paar Frauen um den Toten, wuschen und kämmten ihn, zogen ihm seinen guten Anzug mit dem Hemdkragen an. Den ganzen Nachmittag lag er aufgebahrt auf dem mit einem schwarzen Tuch überzogenen Küchentisch. Jeden Augenblick mußten die Männer mit dem Sarg eintreffen, denn bei dieser Hitze durfte man nicht zu lange warten.

Durch die offene Haustür kamen und gingen die Leute. Neben dem erloschenen Herd saßen junge und alte Frauen und beteten die drei Rosenkränze. Ersilia, erschöpft und wie betäubt, brachte kaum ein Wort heraus.

Tante Lina dagegen kochte für die Gäste Zichorienkaffee und hatte, bevor der Priester zur Aussegnung kam, noch alle Hände voll zu tun. Die Hühner mußten eingesperrt, der Hof mit Wasser bespritzt und gefegt werden.

Am Begräbnis nahmen auch zahlreiche Mitglieder der religiösen Bruderschaft teil, der die Paolinis seit undenklichen Zeiten angehörten. Auch aus anderen Dörfern waren sie gekommen und folgten hinter Ersilia und den anderen Familienangehörigen dem Sarg; eindrucksvoll in ihren weißen Kutten und den flammend roten Mänteln, die Kette mit einer großen glänzenden Medaille auf der Brust. Sie trugen Kreuze und Prozessionsfahnen mit dem Bildnis der Jungfrau Maria, sie stimmten die Totenklage an und sangen nach der Totenmesse die lateinischen Psalmen.

Auch Angelica, die mit den anderen Frauen der Familie dem Trauerzug folgte, war ganz in Schwarz gekleidet.

Nachdem der Sarg hinabgesenkt und mit Erde zugeschüttet worden war, standen die Paolinis noch lange am Grab. Die Menschenmenge hatte sich inzwischen wieder zerstreut. Schließlich machte Ersilia ein Zeichen, daß es Zeit sei zu gehen. Luigina begab sich auf den Heimweg nach Magenta, und Natalina eilte voraus, um die Tiere zu versorgen. Das Leben, das mit grausamer Dringlichkeit seinen Tribut forderte, kehrte schnell wieder zu seinem gewohnten Gleichmaß zurück.

50

Als der Sommer zu Ende war, fuhr Antonia, immer noch in Trauerkleidern, wieder in die Stadt. Sie mußte Angelica versprechen, sich zu melden, sobald sie alles gepackt hatte. Innocente erklärte sich bereit, Bastiano mit dem Wagen zu schicken, wenn es soweit wäre, um Möbel und Kisten aufzuladen. Ungeduldig hielt Angelica Ausschau nach dem Briefträger, der alle drei, vier Tage ins Dorf kam. Doch die Tage vergingen, und von ihrer Mutter kam keine Nachricht. Das neue Haus war fertig: Worauf wartete sie denn noch?

Fast täglich fuhr Attilio mit seiner Kalesche durchs Dorf. Er hatte die Stelle bei Pedretti erhalten und war glücklich und zufrieden.

Hinter den Fensterläden lauschte Angelica zu bestimmten Zeiten des Tages dem Trott des Pferdes. Wenn sie schon umgezogen wären, so könnte sie ihn in einem schönen Kleid am Tor begrüßen, ihn einladen zu einer Tasse Kaffee, einem Glas Wasser mit Himbeer- oder Tamarindensaft … Statt dessen mußte sie sich damit begnügen, sich aus dem Fenster zu lehnen, ihn scheu anzulächeln und ihm zuzuwinken. Wie kläglich das war!

Es war jedoch gänzlich unmöglich, ihn in diesem ärmlichen Hof, geschweige denn im Haus zu empfangen. Nach den Feierlichkeiten zur Fünfhundertjahrfeier Magentas im Juli hatte Innocente mit väterlicher Strenge gewettert, daß sich »gewisse junge Männer zu viele Freiheiten erlauben«, und Angelica hatte ihm versprechen müssen, sich mit Attilio niemals heimlich zu treffen.

Wütend und gekränkt hatte Angelica den Kopf gesenkt und gedacht: »Das wirst du schon sehen!« Und tatsächlich war es ihr gelungen, sich dennoch ab und zu mit Attilio zu verabreden – nicht zuletzt dank der Hilfe Natalinas, der immer ein Vorwand einfiel, um sich vom Haus zu entfernen.

Da sich Natalina ganz in der Nähe aufhielt, konnten die beiden sich nur schmachtend in die Augen sehen. Doch da Attilio sehr erzählfreudig war, hatte Angelica ihn bei diesen kurzen Begegnungen schon recht gut kennengelernt. Attilio war nicht nur ein hübscher junger Mann, er besaß nach Angelicas Meinung auch einen außergewöhnlich scharfen Verstand. So kannte er beispielsweise die Namen fast aller Pflanzen auf lateinisch. Sein Stolz, mit dem er die Arten benannte, erfüllte ihr Herz mit Zärtlichkeit, die sie jedoch nur mit einem Blick zum Ausdruck zu bringen wußte. Attilio kannte auch viele Gedichte auswendig. Und gern erzählte er von seiner Arbeit auf dem Gut Martinella.

In jenen Spätsommertagen lebte Angelica in einem Widerstreit der Gefühle: Da war der nicht verwundene Schmerz über den plötzlichen Tod ihres Großvaters, doch da war auch das Glück ihrer Liebe, der zarten Beziehung, die ihr mittlerweile gleichsam lebensnotwendig erschien. Wie alle Liebenden hätte sie sich gern öfter mit Attilio getroffen, doch Tante Lina, die einzige, die Angelica ins Vertrauen gezogen hatte, war auch mit ihren eigenen Liebeshändeln beschäftigt.

Lina war mittlerweile zwanzig Jahre alt und zu einer Frau aufgeblüht. Mit ihren breiten Jochbögen und der etwas großen Nase war sie zwar keine Schönheit, aber in ihren lebhaften Augen lag ein strahlender Glanz, und sie hatte volle rote Lippen. Ihr Körper war wohlgeformt und gesund. Domenica, Bastianos Bruder, hatte schon seit einiger Zeit ein Auge auf sie geworfen und ging mit ihr. Jetzt, nach dem Tod des alten Paolini, wäre ihm nichts lieber gewesen, als die Heirat rasch voranzutreiben. In der Gastwirtschaft wurden junge zupackende Hände gebraucht. Zwar wurde die Schenke von den Eltern geführt, doch die waren inzwischen alt und schafften es nicht mehr allein, so daß Domenico den Großteil der Arbeit verrichtete. Auch liefen die Geschäfte nicht mehr so gut wie früher. Das Haus gehörte dem Bürgermeister Dago, der zwar nur eine geringfügige Miete verlangte, die aber dennoch aufgebracht werden mußte. Überdies hatten Fremde im Dorf ein anderes Lokal eröffnet, dem jetzt die Leute, froh über jede Abwechslung, nur so zuströmten, und sei es, um sonntags im Freien auf dem Waagplatz zu sitzen und die berühmte Granita, zerstoßenes Eis mit Mokka- oder Zitronengeschmack, oder ein Glas Wein zu trinken.

Doch Domenico fehlte es nicht an Ideen: Er hatte vor, auch fertige Speisen anzubieten, Polenta zum Beispiel, warme Suppe, marinierte Sardellen, frische und abgehangene Würste oder auch Zitronensorbet aus eigener Produktion. Er trug sich mit dem Plan, das Lokal zu erweitern und einen Billardtisch aufzustellen.

Doch zu alldem bedurfte er die Hilfe einer Frau, und so drängte er Lina, sich zu entscheiden. Ersilia würde anderswo Unterkunft finden. Nicht in der Gastwirtschaft, daran war nicht zu denken, solange seine Eltern noch lebten, die die Miete für das Lokal und das angegliederte Wohnhaus aufbrachten.

Natalina erklärte sich einverstanden. Domenico gefiel ihr, er war hochgewachsen und kräftig und hatte gesunde Zähne. Und schließlich sagte ihr auch die Vorstellung zu, hinter dem Tresen zu stehen und die Gäste zu bedienen. Sie sprühte vor Energie und Begeisterung. Ersilia, ihre Mutter, würde gewiß auch gerne bei ihrer ältesten Tochter Antonia und bei Angelica, ihrer Lieblingsenkelin, wohnen. Daher wartete auch Natalina ungeduldig auf eine Nachricht von der Schwester.

Die mörderische Hitze war vorbei, der September verregnet, was für die Felder ein Segen war. Dazwischen gab es immer wieder heitere Vormittage und warme Nachmittage, die der bevorstehenden Maisernte gut bekamen. Die Tage wurden allmählich kürzer, und abends zogen sich die Menschen schon früh in ihre Häuser zurück. Oft fand Angelica die Küche dunkel, wenn sie aus dem Dorf zurückkam. Die Großmutter war dann schon schlafen gegangen. Vielleicht hatte sie keine Lust gehabt, mit den anderen im Stall zu sitzen, betete lieber allein ihren Rosenkranz und dachte dabei an ihren verstorbenen Mann. Aus dem Gemurmel, das hin und wieder durch die schweigende Nacht drang, schloß Angelica, daß sich Natalina mit Domenico im Hof unterhielt. Später beobachtete Angelica vom Zimmer aus, wie die beiden Verliebten langsam Richtung Dorfplatz schlenderten, nah beieinander, aber ohne sich zu berühren, wie es Anstand und Sitte verlangten. Aber hinter dem Holzhaufen, vor fremden Blicken geschützt, berührten, umarmten und küßten sie sich ganz gewiß.

Sie mußte dagegen ankämpfen, nicht Attilio an die Stelle Domenicos und sich selbst an die Stelle Natalinas zu setzen. Und so verriegelte sie die Fensterläden und unterdrückte den Ärger auf die Mutter, die in der Stadt wie von Zauberhand berührt schien und offenbar vergessen hatte, daß sie doch eine Nachricht senden wollte.

In Wirklichkeit hatte Antonietta schon alles vorbereitet und die Kristallgläser, Teller, Besteck und Wäsche sorgfältig verpackt. Doch allzu gut war ihr noch die Kränkung durch Innocente in Erinnerung und die tiefe Verwundung, über die sie längst hinweg zu sein glaubte. Sie war mißtrauisch und skeptisch. Vor allem aber blutete ihr das Herz, auf ihre Arbeit verzichten zu müssen, mit deren sauer verdientem Geld sie für Angelica eine beachtliche Aussteuer zusammengestellt hatte. Und dann verbanden sie so wertvolle Erinnerungen mit diesem Haus. Hier hatte sie qualvolle Stunden der Verlassenheit verbracht, besonders im Winter, wenn Angelica weit weg im Internat war und es früh dunkel wurde. In solchen Augenblicken hatte sie ihre Zuflucht zur Jungfrau Maria genommen, das Gebetbüchlein aufgeschlagen oder einen Rosenkranz gebetet.

Im Dorf würde es solch trübe Stunden nicht mehr geben. Und auch Angelica würde endlich glücklich sein … Aber wie sollte das gehen? Netta wußte sehr wohl, daß in alten Adelsfamilien – und Attilio war ein Ripalta – gewisse Traditionen gewahrt wurden, etwa das Prinzip der Heirat mit blaublütigen Verwandten oder zumindest mit dem Sproß hochangesehener Familie, deren finanzielles Potential die mangelnde noble Abstammung aufwog.

Immerhin, ihre Angelica war eine Dago, und dieser Name zählte etwas. Aber ihre Familienverhältnisse waren ungeordnet, für den Grafen Ripalta zweifellos eine Schande. Antonia erbebte innerlich, sie sah Schwierigkeiten, ja Unheil voraus, wenn sich Angelica nicht die Flausen aus dem Kopf schlug.

Wie immer stand Lucina ihr zur Seite, um sie zu trösten oder ihr Ratschläge zu geben. Eines Tages hörte Matilde ein solches Gespräch mit an; sie stampfte mit den Füßen auf und nannte Angelica gemein und verräterisch. Doch Lucina nahm Antoniettas Hände in die ihren und sagte: »Meine Liebe, du weißt, wie sehr du mir fehlen wirst. Du bist meine Freundin, und ich hab dich sehr gern. Aber eben deshalb möchte ich dir etwas sagen. In all den Jahren bist du keine Städterin geworden, und du wirst es niemals werden. Zum Glück hast du dir deinen ländlichen Charakter bewahrt, und das meine ich ganz und gar nicht verächtlich! Du wirst Angelica großziehen, dich um deine Mutter kümmern: mit ruhigem Gewissen. Die Zweifel, die du hegst … und ich weiß, was dir sonst noch alles das Herz schwer macht, von dem ich nicht zu sprechen wage. Ich sage nur: Wenn es auch nur den Schimmer einer Hoffnung gibt – du verstehst, was ich meine –, warum dann nicht?« Antonia wußte genau, worauf Lucina anspielte. Nach jenem Abend in der Scala hatte sich Antonia der Freundin anvertraut, die sehr wohl verstand, wie sehr die Ärmste von der überraschenden Aufmerksamkeit beeindruckt und geschmeichelt war, mit der Innocente sie bedacht hatte. Lucina war zu klug, um alles auszusprechen. Obgleich sie von Innocentes Angebot an Antonia, für sie eine Villa zu bauen, und sei sie noch so bescheiden, tief beeindruckt war.

»Du könntest auch noch drei Monate lang die Miete hier in Mailand bezahlen und unterdessen ausprobieren, ob du tatsächlich im Dorf leben kannst. Wenn du es bereust, kannst du zurückkehren, vielleicht zusammen mit deiner Mutter.«

Antonia hatte Lucina beigepflichtet, im stillen aber gedacht: »Mamma Ersilia in der Stadt! Wenn ich mir vorstelle, wie sie mit ihrem schwarzen Kopftuch zwischen den hupenden Autos den Corso überquert, und dann die Trambahnen, die Fahrräder …«

Doch noch am selben Tag faßte sie ihren Entschluß. In ihrer schwerfälligen Handschrift schrieb sie eine Karte an Angelica: »Sag deinem Vater, er soll den Wagen schikken …« Jetzt, da sie sich entschieden hatte, fühlte sie sich ein wenig erleichtert.

51

Einen Großteil des auf das Erdbeben folgenden Frühjahrs hatte Tosoni auf dem Friedhof verbracht. Auf einem zusammenklappbaren Hocker saß er zwischen den Marmorplatten der Familiengruft, in der auch seine Eltern die letzte Ruhe gefunden hatten: halb erfroren, ganz benommen vom Duft der frischen Blumen und tief in schmerzlichen Erinnerungen und Melancholie versunken. Manchmal las er eins der von Carlotta so geliebten Poesiebändchen – halblaut und unter Tränen.

Von Freunden gedrängt, hatte er sich entschlossen, im Juni in ein Sommerhäuschen zu Verwandten nach Livorno aufbrechen. Aber wie er Innocente gestand, war ihm allein der Gedanke daran zuwider.

»Ein junges Paar mit kleinen Kindern. Was soll ich bei denen, ich alter trübsinniger Kerl?«

Aber schließlich fuhr er doch. Nach einiger Zeit erhielt Innocente eine Postkarte mit der Zeile: »Die Erinnerung bleibt.« Was Innocente vermuten ließ, daß der Freund seinen Kreuzweg immer wieder durchlebte. Auf einer zweiten Karte gegen Ende der Ferien dagegen schrieb er: »Mir geht es gut. Bis bald.«

Als er Innocente im Dorf besuchte, schien er tatsächlich wie verwandelt. Er trug einen neuen Leinenanzug, sein Gesicht, oder das, was der graumelierte Bart nicht überwucherte, war sonnengebräunt. »Ich hätte es nicht für möglich gehalten, mein lieber Cént: aber die Natur ist eine großartige Medizin. Das hat schon Leopardi gesagt. Dieses Meer mit seinen schillernden Farben, das flüstert und dann wieder brüllt wie ein wildes Tier ... um dann mit einemmal wieder gefügig zu sein, und eine Oberfläche bildet, die glatt ist wie die Haut eines Säuglings ... das hat meinen Gedanken Flügel verliehen. Lach nicht, Dummkopf! Du tust nicht gut daran, das Reisen zu mißachten: Du verpaßt eine Menge, vor allem das Meer. Alle anständigen Leute fahren heutzutage in die Sommerfrische; nur du verschanzt dich wie ein Bär in seiner Höhle in deinem öden Dorf.«

»Wieso? Ich bin doch hier in der Sommerfrische ...«, grinste Innocente gelassen. »Erzähl lieber von dir: Es scheint dir gut zu gehen, das freut mich.«

»Ich danke dir, daß du darauf bestanden hast, ich solle fahren.« Tosoni räkelte sich auf seinem Korbstuhl. »Livorno hat mich anfangs ein bißchen gestört, es ist so voll und laut; dann aber hat es mich abgelenkt und in seinen Bann gezogen. Diese Eleganz, die blumenübersäte Strandpromenade. Die schönen Damen auf der Aussichtsterrasse des Pancaldi ... Stell dir vor, ich hatte sogar das Glück, Tina Di Lorenzo ganz aus der Nähe zu sehen!«

»Nein wirklich?« Innocente verdrehte die Augen. »Und? Ist sie tatsächlich so ...?«

»Phantastisch, zauberhaft. Die schönste Frau der Welt, glaub mir. Und dazu noch so sympathisch und bescheiden.«

»Und was weiter«, stachelte ihn Innocente an.

»Nein, nein, nichts weiter. Sie hatte gerade eine triumphale Tournee in Südamerika hinter sich. Mit ihrem Mann, der ebenfalls Schauspieler ist, und dem sechs- oder siebenjährigen Söhnchen. Sie ist elegant, gut gebaut mit all den Rundungen ... doch die ganze Aufmerksamkeit galt ihrem Wagen, einem Auto der Firma Bianchi mit fünfundzwanzig PS.«

»Und sonst?«

Trotz der alten Vertrautheit zwischen den Freunden erschien es Tosoni, der noch immer Trauer trug, unangebracht, von dem zu erzählen, an das in diesem Augenblick beide dachten. Und so hielt er sich in seinen Ausführungen nur sehr allgemein und deutete nur ganz bescheiden etwas an von einem blutjungen Zimmermädchen, das sehr hübsch war, wie er betonte, aber vor allem sehr sauber.

»Sauberkeit, mein Lieber: das ist das A und O! Eins sag ich dir: Achte stets darauf, daß die Frau nicht blaß ist, keine dunklen Ringe unter den Augen hat und nicht hustet ... Schlimm, diese Schwindsucht. Man kann sie sich so einfach holen, und dann gibt es keine Rettung.«

Innocente erschauderte. Daß gerade er solche Reden führte! Er wechselte schnell das Thema und kam auf die Einladung des Pfarrers zu sprechen. Auch andere Honoratioren seien ins Pfarrhaus geladen worden. »Um wichtige Themen zu diskutieren.«

»Ich werde ihm einen Wildvogel mitbringen, was meinst du? Komm doch mit mir auf die Jagd, wie in alten Zeiten. Was hältst du davon?«

Tosoni sagte zu. Und so verabredeten sie sich für eine Jagdpartie wenige Tage später. So würde er die Gelegenheit haben, frische Bergluft zu schnappen.

In aller Frühe fuhren sie in der geschlossenen Kutsche los – denn in den Bergen mußte man sich auf plötzliche Regengüsse gefaßt machen. Sie überquerten den Fluß Ticino, danach ging es vorsichtig bergauf, eine steile und gewundene Straße den Fluß Lys entlang in das schöne Aostatal, bis sie am Dorf des Barons Peccoz angelangten.

Es war bereits Mittag. Sie ließen Bastiano im Dorf zurück und gingen zu Fuß weiter, einem plätschernden Wasserlauf folgend. In einer Hütte unmittelbar vor den steilen Gipfeln des Liskamm und des Dufour machten sie zum erstenmal Rast und nahmen einen Imbiß ein: dünn geschnittenes Dörrfleisch und duftenden Fontina-Käse, dazu Schwarzbrot und einen unterwegs gekauften Carema-Wein. Dann setzten sie ihren Weg fort.

Bald waren sie auf zweitausend Meter Höhe angelangt, wo der Bergfasan mit dem gegabelten Schwanz brütet, auf den sie es abgesehen hatten. Schwer beladen mit Gewehren und Taschen, in denen sie alles Nötige verstaut hatten, folgten sie dem Lauf des Flusses Lys, vor sich den monumentalen rosarot leuchtenden Gipfel des Monte Rosa mit seinem ewigen Schnee.

»Großartig! Wunderbar!« keuchten die Jäger, ganz außer Atem. Nach jeder Wegbiegung eröffnete sich ihnen ein neues atemberaubendes Landschaftspanorama. Schließlich gelangten sie auf das weite Plateau, auf dem das Wasser sich verlief und das gelbliche Gras mit einer dünnen durchscheinenden Eisschicht überzog. Das Erika blühte in einer Farbenpracht von Zartrosa bis Scharlachrot. Sie atmeten tief ein, mit ausgebreiteten Armen. Auf einmal flüsterte Innocente: »Sieh mal, dort, auf dem großen Felsen …«

Dort saßen zwei prachtvolle Fasanenmännchen.

»Das hätte ich nicht erwartet«, flüsterte Tosoni. »Im Frühjahr ist es leichter, wenn die Fasane mit dem Balzen beschäftigt sind. Cént, hast du sie schon einmal dabei beobachtet: ihre Gebärden, mit denen sie die Weibchen erobern? Richtig prahlerisch, der Tanz, den sie aufführen. Sie sind geradezu verliebt … hast du das nie gesehen? Ich schon, einmal. Sie sind blind, blind vor Liebe.«

»Sei doch still, Tosoni. Verdammt noch mal!«

Wie jeder Jäger in dem Augenblick, da er das ersehnte Objekt vor sich hat, war Innocente aufs äußerste gespannt und konzentriert. Hunde hatten sie nicht dabei, das wäre auf diesem abschüssigen Gelände viel zu beschwerlich gewesen.

Innocente hob den Gewehrlauf. Doch einen Sekundenbruchteil, bevor Innocente abdrücken konnte, schwirrten die beiden großartigen Exemplare auf und flogen lautlos Richtung Tal davon.

»Verfl …!« Innocente biß sich auf die Lippen. »Das wäre zu schön gewesen«, lachte Tosoni. »Gleich beim ersten Versuch, das ist wirklich zuviel verlangt!«

Doch der Anblick der Fasane hatte sie zuversichtlich gemacht. Sie befanden sich also am rechten Ort. Das niedrige Gestrüpp, die geduckten Latschenkiefern waren genau der richtige Lebensraum für diese Tiere. Überdies hatten sie im Gras und im Gestrüpp ihre Fährte und ihre Exkremente entdeckt, die fein waren wie weiße Pinselstriche. Bei der Jagd mußte man, wie beim Fischen, Geduld haben. Und sie waren bereit auszuharren, wenn nötig, bis zum Einbruch der Nacht.

»Es waren alte Tiere«, meinte Tosoni, um den Freund zu trösten. »Ihr Fleisch ist zäh und schmeckt harzig …«

»Glaub bloß nicht, daß ich mich ärgere«, erwiderte Innocente und setzte sich auf eine grasüberwachsene Erderhebung. »Wenn wir nichts erlegen, bringe ich dem Pfarrer eben etwas anderes ... Sieh dir an, wie wunderbar, diese Landschaft. Das allein lohnt doch die Mühe des Aufstiegs, nicht wahr?«

Während die Sonne in einer Phantasmagorie aus Licht unterging, verzehrten sie ihre Essensvorräte. In der letzten halben Stunde bei Tageslicht hatten sie drei junge männliche Fasane erlegt. Unbeschwert stiegen sie in der geheimnisvollen Stille der abendlichen Bergwelt ins Tal hinab. Auch der Bach, in dessen Wasser die letzten Strahlen der Sonne blitzten, mäßigte sein Rauschen.

»Es wurde höchste Zeit!« rief Bastiano, der ausgehungert und zitternd vor Kälte und Verzweiflung wartete. Sie mußten sich im Dorf ein Nachtquartier suchen. Mit großem Appetit aßen sie in dem einzigen Wirtshaus Polenta mit Butter und Käse und legten sich alle in einem Zimmer schlafen, gewärmt von dicken Federbetten. Aber es war derart kalt, daß sie sich angekleidet ins Bett legten und immer wieder dem ausgezeichneten, im Dorf gebrannten Traubenschnaps zusprachen, den sie mit aufs Zimmer genommen hatten.

52

Nachdem Don Luigi seine Stelle als Pfarrer angetreten hatte, holte er seine Mutter als Haushälterin zu sich. Das erschien ihm eine bessere Lösung als die Pfarrhaushälterinnen, meist alte Jungfern, auf die selten Verlaß war. Aber Don Luigis verwitwete Mutter ähnelte selbst einer alten Jungfer. Dünn und hager, stets grundlos mürrisch, trug sie auch an diesem Abend das Essen auf – mit verdrießlicher, beinahe verächtlicher Miene. Ihre Speisen waren schlecht zubereitet und sahen wenig appetitlich aus. Der Reis war klebrig wie Gummi, das Fleisch fasrig, das Brot angeschimmelt. Innocente, der bei Tisch durchaus genügsam war, lehnte den Pudding ab, der zum Kaffee serviert wurde, und stand als erster auf.

Als Don Luigi sein griesgrämiges Gesicht sah, meinte er in zerknirschtem und zugleich ironischem Ton: »Verzeihen Sie das karge Mahl. Der Advokat Dago hat mir kostbares Wild geschickt, aber statt es auf den Tisch zu bringen, habe ich es als Entreebillet für die Kurie benutzt. Hochgestellte Persönlichkeiten darf man nicht mit leeren Händen aufsuchen, das sagt auch Manzoni. Ich war dort wegen der Angelegenheiten, die wir hier zu diskutieren haben.«

»Aber um Himmels willen, ich bitte Sie«, protestierte Innocente.

Doch insgeheim freute ihn die Tatsache, daß er zum Glück nur zwei Fasane ins Pfarrhaus hatte bringen lassen, und beneidete zugleich Tosoni, der sich womöglich in eben diesem Augenblick den anderen, fein im Schmortopf gegarten Wildvogel schmecken ließ.

Auch die anderen Gäste nahmen jetzt auf den unbequemen und wackeligen Stühlen am Kamin Platz, in dem dicke Holzscheite glühten.

»Sehen Sie sich um«, forderte sie der Pfarrer auf. »Kann man das hier als Pfarrhaus bezeichnen? Ein Loch ist es, eine Bruchbude ...«

Die Gäste – der Commendator Quaranta, Francesco Dago, der Gemeindesekretär, der Gemeindearzt, *duturùn* genannt, Pedretti und ein gewisser Calizzani, der im Dorf Grundbesitz hatte, aber außerhalb wohnte, stimmten kopfnickend zu.

»Mein Haus ist jedoch, so möchte ich sagen, ein Symbol für all das, was ich bei meinen Besuchen in der Gemeinde gesehen habe. Ich war beschämt ... hier« – dabei wedelte er mit einem Heft in der Luft –, »das schrieb der Kardinal Ferrari nach seinem Besuch: ›... eine sehr arme Pfarrei, dürftig und unzureichend ausgestattet.‹ Hier bitte, lesen Sie selbst!«

Das in schwarzes Maroquinleder gebundene Heft wurde herumgereicht. Hier stand es schwarz auf weiß.

»Es ist eine ländliche Pfarrei. Was kann man da mehr verlangen?« murmelte Francesco.

»Für alles läßt sich Abhilfe schaffen«, erwiderte Don Luigi ohne Bitterkeit. »Der Pfarrer wohnt in brüchigem, feuchtem Gemäuer, nun gut. Aber eine ältere Frau? Immer in der Angst, sich auf dem unebenen Steinfußboden die Knochen zu brechen. Ich wundere mich bloß«, fuhr er in das Schweigen hinein fort, »wie es mein Vorgänger so lange ausgehalten hat ... bis zum Alter von über siebzig Jahren!«

»Worauf wollen Sie eigentlich hinaus?« fragte Innocente ungeduldig.

»Ich komme gleich auf den Punkt. Tatsache ist, daß entgegen dem Urteil des Kardinals dies ganz und gar kein armes Dorf ist. Die Männer arbeiten auf den Feldern und verdienen, und auch die Frauen arbeiten. Der alten Spinnerei und auch der neuen Fabrik geht es ausgezeichnet. Kann nicht wenigstens ein Schimmer der hier produzierten Reichtümer auf das elende, kurze und von Krankheiten gezeichnete Leben der arbeitenden Dorfbevölkerung fallen und es erleichtern? Sind denn die Menschen, die arm und unterprivilegiert geboren sind, dazu verurteilt, ihr Leben lang nur zu schuften und sich abzurackern?«

»Oho, oho!« lachte der Signor Battista. »Ein Sozialist im Priesterrock!«

»Laßt ihn ausreden«, fuhr Innocente mit ernster Miene dazwischen.

»Nichts gegen den Sozialismus«, setzte der Priester seine Ausführungen fort, »wenn er den Menschen und sein Elend in den Mittelpunkt stellt, das Verhalten der sogenannten guten Christenmenschen.«

»Don Luigi, mir scheint, Sie schießen übers Ziel hinaus«, unterbrach ihn Francesco. »Wir sind doch hier nicht in der Kirche bei der Sonntagspredigt. Es wird langsam Nacht ...«

»Sie haben recht, ich bitte um Entschuldigung«, nickte der Pfarrer. »Wie gesagt, ich war im bischöflichen Ordinariat, um die Sache darzulegen. Hier liegt einiges im argen, und ich meine, man könnte mit dem Bau einer neuen Kirche beginnen. Die alte ist zu klein geworden. Und eine große Summe Geld ist nötig, um ein neues Gotteshaus und ein anständiges Pfarrhaus zu bauen. Ich habe also bei meinen Vorgesetzten angefragt« – dabei blickte er forschend in die Runde –, »ob es nicht möglich wäre, die alte Kirche zu verkaufen. Mit dem Gewinn, mit großzügigen Spendengeldern sowie mit Hilfe der göttlichen Vorsehung könnte auch dieses Dorf in ein paar Jahren das Lob des Herrn in einem angemessenen Gotteshaus singen.«

Keiner der Anwesenden sprach ein Wort, alle schienen in tiefes Nachdenken versunken.

»Mir scheint das eine gute Idee«, ergriff schließlich Quaranta das Wort. »Ja, und ich mache auch gleich ein Kaufangebot. Ich bin bereit«, wandte er sich an den Pfarrer, »die Summe vorzustrecken. Natürlich überlasse ich die Kirche bis zur Fertigstellung des neuen Gotteshauses der Kirchengemeinde für die Gottesdienste.«

»Hat man so etwas schon gehört: eine Kirche verkaufen? Sind sie sich denn sicher, Don Luigi?« fragte Francesco verwundert.

»Aber, meine Herren. Wenn Sie mir nicht glauben, wenden Sie sich an den Sekretär seiner Eminenz, an das erzbischöfliche Ordinariat. Ihr Angebot, Signor Commendatore, muß ich mir durch den Kopf gehen lassen. Für ihre spontane Bereitwilligkeit bedanke ich mich sehr. Aber ich muß mich selbstverständlich zuerst über den materiellen Wert des Kirchleins informieren ...«

»Gleich morgen unterbreite ich Ihnen mein Angebot: in verschlossenem Umschlag. Der Preis ist für mich kein Thema.« Quaranta hatte einen etwas hochmütigen Ton angeschlagen. »Ich will woanders wohnen. Der Krach in der Weberei, der Tag und Nacht nicht aufhört, raubt mir den Schlaf und geht mir auf die Nerven. Nennen Sie mir den Kaufpreis, Don Luigi?«

»Mama«, rief der Pfarrer hocherfreut. »Bring doch bitte deinen Nußlikör.«

In fingerhutgroßen Gläschen, die sie nicht einmal vollschenkte, goß die Signora den duftenden, dickflüssigen Likör ein.

»Eins möchte ich noch klarstellen«, sagte Don Luigi, »ich bin nicht um mein Wohl besorgt; wir Priester haben Armut gelobt. Doch diese Spelunke hier« – dabei machte er eine weit ausladende Geste – »spiegelt die allgemeine Misere.«

»Mein Gott«, dachte Innocente. »Schon wieder eine Predigt.« Der Pfarrer gefiel ihm, das mußte er schon sagen.

»In der Stadt gibt es jede Menge karitativer Einrichtungen für Arme und Bedürftige. In den ländlichen Regionen dagegen herrschen Zustände wie im Mittelalter ...«

»Was konkret meinen Sie?« mischte sich Calizzante ärgerlich ein.

»Er hat gar nicht so unrecht«, nickte der Arzt. »Die hygienischen Zustände hier sind alles andere als rosig. Statt Mittel gegen Darminfektion zu verabreichen, hängt man den Kindern, die von Würmern befallen sind, noch heute einen Knoblauchzopf um.«

Alle lachten. »Nein, nein«, fuhr der Arzt fort, »ich habe mit eigenen Augen gesehen, wie ein wenige Tage alter Säugling von einer schweren Infektion befallen wurde, weil man nach der Geburt auf die Wunde am Nabel eine Silbermünze gelegt hat. Wie soll man denen begreiflich machen, daß sie statt dessen ein alkoholgetränktes Tuch nehmen sollen ...«

Schließlich verabschiedete der Pfarrer seine Gäste und begleitete sie noch bis auf den Kirchplatz. Diese ganze Diskussion – das mußte ihnen doch klar geworden sein – lief doch darauf hinaus, daß die Herren Geld locker zu machen hatten. Auch der Herr Bürgermeister würde ein hübsches Sümmchen springen lassen müssen.

Am Himmel stand der Mond, groß wie ein Mühlrad, und er hatte einen blutroten Hof.

»Das bringt Unglück«, meinte Innocente, nach oben blickend. »Er hat einen roten Hof ...«

»Tja, wir leben in schwierigen Zeiten, das braucht uns nicht erst der Mond zu sagen«, seufzte der Arzt. »aber wissen Sie, Cént, daß ich schon mehrmals zu Fällen von Schwindsucht gerufen worden bin? Hier, auf dem Land! Und wir meinen immer, diese Krankheit gäbe es nur in der Stadt.«

»Wie?« rief Innocente erschrocken aus. »Hier, bei uns?«

Der Tuberkelbazillus jagte ihm einen größeren Schrecken ein als die Syphilis.

»Aber im Augenblick besteht kein Grund zur Panik. Es handelt sich nur um Einzelfälle ...«

Eilends ging Innocente nach Hause, beinahe als wollte er den schrecklichen Bildern entfliehen, die in seinem Kopf herumspukten: die Schwindsucht brachte er mit der Vorstellung einer bis aufs Skelett abgemagerten Frau in Verbindung, die gleichwohl einen üppigen Busen hatte und sich ein blutgetränktes Taschentuch auf den Mund preßte.

53

Weihnachten rückte näher. Am Mauerwerk suchte Angelica jenes samtig-dicke intensiv grüne Moos, das zur Auskleidung der Krippe am besten geeignet war. Für die Krippe hatten sie echte Gipsfiguren: sogar einen Mann mit einem Kohlebecken zum Rösten von Kastanien, eine Wäscherin, einen Eremiten, eine Frau mit einer Amphore; und viele Schafe, die im Stroh um die heilige Familie herum gruppiert wurden.

Don Luigi kam mit dem Ministranten, um die Krippe zu segnen. Er ließ sich ein Gläschen Rosolio-Likör anbieten, neugierig darauf, jene Frau kennenzulernen, die einst die Geliebte des Bürgermeisters gewesen war und mit ihm in Sünde ein Kind gezeugt hatte. Nachdem er mit Antonia ein paar Sätze gewechselt hatte, mußte er eingestehen, daß sie auf ihn einen guten Eindruck machte: eine anständige und reumütige Frau, die mit dem Herrn ihren Frieden gemacht hatte.

Die Heiligabendnacht war sternenklar. Als Angelica die

Großmutter durch die dünne, mit Lehm und Stroh gefüllte Wand leise schnarchen hörte, setzte sie sich in ihrem Bett auf. Durch die Fensterläden drang ein schwacher Lichtschein ins Zimmer. Sie tastete mit der Hand unter das Kissen, zog ein mit weißem Atlasstoff verkleidetes Schächtelchen hervor und öffnete es. Auf Samt gebettet, lagen zwei kleine Perlenohrringe darin, die sie sich an die Ohrläppchen hielt und dann seufzend küßte. Behutsam legte sie sie dann wieder in das Schächtelchen zurück.

Wie oft bedauerte sie, daß sie sich derart hatte überraschen lassen. Auch sie hätte an ein hübsches kleines Geschenk für Attilio denken können, ein besticktes Futteral für die Pfeife zum Beispiel oder ein samtenes für die Uhr … Statt dessen war sie wie ein Einfaltspinsel dagestanden, als er in dem Augenblick, als sich Antonia umdrehte, um Kaffee einzugießen, das Päckchen aus der Tasche gezogen und ihr zugeflüstert hatte: »Du hast bestimmt schönere …«

Angelica war stumm und verlegen, weil sie kein Gegengeschenk für ihn hatte, gleichzeitig aber war sie glücklich und außer sich vor Freude über Attilios Zartgefühl, die Schüchternheit, mit der er ihr die Ohrringe überreicht hatte.

Später hatte Antonia sie getröstet: Es sei ja noch Zeit bis Weihnachten. Sie würde ein schönes Hemd für Attilio nähen und in Seide sein Monogramm darauf sticken. Attilio würde sich freuen … Doch gleichzeitig ärgerte sie sich über Attilios Geschenk an ihre Tochter. Was hatte es zu bedeuten?

Mit ihrer Mutter und Angelica war Antonia im Spätherbst in das neue Haus eingezogen. Sie hatten alle Hände voll zu tun, um Ordnung zu schaffen und ihr Leben neu zu organisieren. Doch Ersilia beklagte sich über Müßiggang. Einmal, als Netta in Domenicos Schenke zufällig Innocente traf, erzählte sie ihm besorgt davon. Er schätzte das Vertrauen, das Netta in ihn zu setzen schien. Im Frühjahr, so beruhigte er sie, würde er der Alten ein Stück Land verschaffen, auf dem sie Gemüse anbauen könnte, und einen Hühnerstall, den sie dann zu versorgen hätte. Er würde Francesco bitten, ihm einen Acker abzutreten, und dann würde Ersilia bald von ihrer Schwermut geheilt sein.

Netta dankte ihm und schenkte ihm ein strahlendes Lächeln, sonst nichts. Nicht einmal einen Händedruck oder sonst ein Zeichen ihrer Zuneigung. Wie sehr ersehnte er sich eine andere Art der Beziehung mit ihr, eine vertrautere, intime … Und mit diesen Gedanken im Kopf suchte Cént eines Morgens das Häuschen auf.

Es war kalt; das Weihnachtsfest stand unmittelbar bevor. Nachdem er wiederholt den Bronzering an die Tür geschlagen hatte, hörte er das Schlurfen von Pantoffeln. Dann lugte hinter der halbgeöffneten Tür Ersilias Kopf hervor. In ihrem Gesicht spiegelte sich zunächst Verwunderung und dann finsterer Unwille.

»Was suchen Sie hier?« herrschte sie ihn an. »Angelica ist nicht da.«

»Ich suche nicht das Mädchen«, erwiderte Innocente versöhnlich. »Ich bin gekommen, um guten Tag zu sagen, Mamma Ersilia. Und um Ihnen ein schönes Weihnachtsfest zu wünschen – soweit dies während der Zeit der Trauer möglich ist. Und um Ihnen zum Tod Ihres Mannes mein verspätetes Beileid auszusprechen.«

»Ach so? Dann waren Sie also nicht bei der Beerdigung«, warf ihm verächtlich die Frau entgegen. »Ah, Sie waren da? Warum sind Sie nicht dort auf mich zugegangen? Dazu fehlte Ihnen wohl der Mut?«

»Beruhigen Sie sich doch«, versuchte Innocente sie zu beschwichtigen. »Langsam gewöhnen Sie sich ein im neuen Haus, nicht wahr?«

»Wenn Sie es genau wissen wollen: nein, ich fühle mich hier nicht wohl. Ich schlafe schlecht, die Matratze ist zu weich, und von den weißen Wänden tun mir die Augen weh. Ich vermisse mein altes Haus …«

»Wollen Sie mich denn hier auf der Türschwelle stehen lassen?« lächelte Innocente und schob die Frau sanft zur Seite. Er kannte sich aus hier drin. Schließlich hatte er persönlich dieses verdammte Haus bauen lassen! Die Möbel hatte er selbst in Cantù bestellt und dafür tief in die Tasche gegriffen. Ärgerlich setzte er sich aufs Sofa. Antonia kam bekümmert die Treppe herunter. »Er ist mit Gewalt hier eingedrungen!« polterte die Mutter. »Und hat mich einfach beiseite geschoben ...«

Innocente nahm den Hut ab; aber noch bevor er etwas antworten konnte, pflanzte sich die Alte vor ihm auf, stemmte die Arme in die Hüfte und rief, hochrot im Gesicht: »Hören Sie mir gut zu, *càr el mé sciùr!* Sie haben für Angelica Geld ausgegeben, das ist nicht mehr als recht und billig. Sie haben dieses Haus bauen lassen, gut. Aber deshalb können Sie noch lange nicht hier ein- und ausgehen, als ob Sie der Herr im Haus wären, und mich behandeln wie Dreck! Da irren Sie sich, da irren Sie sich aber gewaltig!«

Innocente saß wie versteinert da. Antonia konnte nur stammeln: »Sei doch still, Mama, was fällt dir ein!« Und an Innocente gewandt, sagte sie: »Es ist das erstemal, daß ich sie einen solchen Unsinn reden höre.«

»Weil ich jetzt einmal reden und mir Luft machen möchte, bevor ich sterbe«, unterbrach sie Ersilia mit kreischender Stimme. »Wenn er nicht hierhergekommen wäre und mich nicht behandelt hätte, als sei ich nicht ganz richtig im Kopf, hätte ich vielleicht geschwiegen. Ich habe so lange den Mund gehalten. Aber jetzt möchte ich das sagen, was mir in all den Jahren durch den Kopf gegangen ist: Haben Sie Ihren Spaß gehabt mit meiner Netta? Sie haben ihr Leben zerstört ... Sie wollten nicht für den Schaden aufkommen, den Sie verursacht haben, wie es ein Ehrenmann getan hätte. Was soll ich sagen, als Mutter? Sie sind ein großer Lump, auch wenn Sie Bürgermeister sind, auch wenn alle vor Ihnen den Hut ziehen. Meine Netta ...«, und Tränen traten ihr in die Augen, »meine Netta war das brävste und unbescholtenste Mädchen, das man sich denken kann. Sie fühlen sich mit Ihrem Gewissen im reinen, weil Angelica Ihren Namen trägt. In meinen Augen aber haben Sie nicht genug getan. Meine Antonia mußte ihre Tochter allein aufziehen, Sie haben sie gezwungen, weit weg zu gehen. Ich spucke darauf!«

Ersilia holte tief Luft und schwieg, wie von einer Last befreit. Mehrmals hatte Antonia versucht einzugreifen und ihre Mutter zu unterbrechen. Aber obwohl sie eine strenge mißbilligende Miene aufsetzte, war sie ihr dankbar dafür, daß sie nicht hinter dem Berg hielt. Und nach einer Pause fuhr Ersilia fort, wie herzlos und überheblich die alten Dagos gewesen seien, wie liederlich der *sciùr* Paolo sei. Ein feiner Herr! Und daß die Signora Adelaide ihrem Mann Hörner aufgesetzt habe, was alle im Dorf wüßten … Und wie sie dennoch alle jeden Sonntag die heilige Hostie empfingen – als unbescholtene und ehrbare Menschen!

Jetzt ertrug es auch Antonia nicht länger, sie hielt ihrer Mutter den Mund zu und flüsterte ihr Drohungen ins Ohr. Innocente war aufgestanden und stand schon mit einem Fuß auf der Straße, als Antonia ihn erreichte.

»Du mußt es ihr nachsehen. Ich habe dir ja schon gesagt, sie kennt sich selbst nicht mehr … Ich bin beschämt, was soll ich sagen …«

Innocente antwortete nicht. Er schien weniger wütend als niedergeschlagen. Antonia unterdrückte einen Schluchzer.

»Es geht ihr nicht gut, sie hat nicht genug zu tun …«, stammelte sie.

»Ja, das scheint mir auch so.« Innocente war verunsichert, bewahrte aber die Fassung. Er fragte sich, was Antonia von den Vorwürfen halten mochte, die ihm ihre Mutter an den Kopf geworfen hatte und die im Grunde ja doch auch ein Fünkchen Wahrheit enthielten. »Es ist das Alter … sie ist geistig verwirrt … es tut mir leid. Ich war gekommen, um mit ihr über den Hühnerstall zu sprechen und ihr ein frohes Weihnachtsfest zu wünschen. Wir reden später.«

Er verspürte den starken Impuls, sie am Arm zu packen und ihr zu sagen: Wenn wir uns nicht hier treffen können, weil deine Mutter mich nicht sehen will, verabreden wir uns doch irgendwo anders. Er suchte nach den richtigen Worten. Doch da er in ihrem Gesicht kein Zeichen der Ermunterung entdecken konnte, ließ er es bleiben. Er drehte sich um und ging in Richtung Piazza davon, unruhig und verdrießlich. Wie jedes Jahr würde er auch diesmal das Festessen bei seinem Bruder einnehmen.

54

Feinen weißen Staub aufwirbelnd, durchfuhr die Kutsche die Ebene und näherte sich der Brücke über den Fluß Ticino. Die schöne Konstruktion mit weitgeschwungenen, auf Backsteinpfeilern sitzenden Bögen war im Jahr 1828 eingeweiht worden. Die Pappeln am Ufer neigten ihre hellgefleckten Stämme mit einem eigenartigen Schwung in Richtung Wasser, der Klee glänzte zart und in wunderbarem Kontrast zum Ockergelb der bereits abgeernteten Getreidefelder. Zwischen den Stoppeln taumelten weiße und blaue Schmetterlinge. Am Horizont glänzten braunrot die umgepflügten Schollen, bereit, den neuen Samen aufzunehmen.

Das Tal war ein einziger, von plätscherndem Wasser durchzogener Garten.

»Du wirst sehen, Merlo wird dir gefallen, Angelica«, meinte Innocente, der in diesem Jahr den Geburtstag seiner Tochter einmal anders feiern und zeigen wollte, wie viel Angelica ihm bedeutete, auch wenn er nicht viel Aufhebens davon machte. Der Gedanke, Mutter und Tochter in die Osteria Merlo am Fluß Ticino zum Essen auszuführen, hatte ihm gefallen, denn die Ärmsten kannten ja nichts anderes als immer nur das Dorf.

Antonia genoß sichtlich den warmen Wind, der ihr übers Gesicht strich. Innocente warf ihr einen flüchtigen Blick zu und wälzte wieder die Gedanken, die ihm unablässig durch den Kopf gingen. Ob er ihr einen Heiratsantrag machen sollte? Aber sofort hatte er tausend Einwände parat.

Seit langem schon hatte er sich mit seiner Lage abgefunden: Er liebte die Einsamkeit, sein kuscheliges Bett, die Unordnung, die bei ihm herrschte. Die magere Kost, die ihm Maria vorsetzte, bekam seiner Gesundheit gut. Und er fürchtete das Eindringen des Fremden in das feingesponnene Netz seiner ihm lieb gewordenen Gewohnheiten. Auch wenn es ein so angenehmer Mensch wie Netta war. Aber Ersilia, was würden sie mit ihr machen?

Innocente seufzte angesichts der Vorstellung, Ersilia und Maria würden unter einem Dach wohnen: Es wäre die Hölle. Die beiden waren sich schon seit Jahren nicht grün.

Was Antonietta betraf, so mußte er zugeben, daß er mehr als zehn Jahre zufrieden und glücklich gelebt hatte, ohne einen Gedanken an sie zu verschwenden. Und jetzt plötzlich dieser drängende Impuls. Er war sich selbst gegenüber aufrichtig genug, um die – seichte – Tiefe seines Gefühls ermessen zu können. Doch auf einmal war diese Lust zurückgekehrt, diesmal ohne Illusionen. Ein süßes Schaudern. Eine jugendliche Verträumtheit.

War es denn wirklich nötig, in seinem Alter noch zu heiraten und ihrer beider Leben ganz auf den Kopf zu stellen? Wenn er sie als Geliebte akzeptierte, sagte sich Innocente, wäre es auch für sie von Vorteil. Der Vater ihres Kindes stände zur Verfügung, sie hätte einen Mann fürs Bett und bräuchte sich keine materiellen Sorgen zu machen. Außerdem würde sie sich keinerlei Verpflichtungen auferlegen, ihn zu umsorgen und zu bedienen. Wie er Netta einschätzte, würde es jedoch so nicht funktionieren.

Die Straße verengte sich jetzt zu einem gewundenen Pfad, der in den Wald hineinführte. Innocente brachte die Kutsche zum Stehen, man stieg aus. Unter einer riesigen Weinlaube standen rustikal gedeckte Tische und Holzbänke. An Feiertagen drängten sich hier die Gäste: Liebespaare kuschelten sich in schattige Nischen aneinander, Familien mit Kindern aßen in fröhlicher und ausgelassener Stimmung ihr Mahl.

Signor Merlo kam ehrerbietig und dienstbeflissen auf sie zu. Angelica sah ihn neugierig an.

»Ah, *aucàt* Dago! Bitte sehr, nehmen Sie Platz. Und die beiden Damen – Schwestern, wie ich annehme – bitteschön, hier.« Der Wirt behandelte seine Gäste mit weltläufigen Manieren, was einen durchschlagend komischen Effekt hatte. »Ja klar, Schwestern!« lachte Antonia. In der Tat sah sie an diesem Tag noch jünger aus als sonst. Ihr leichtes pastellfarbenes Kleid bedeckte die Arme bis zu den Ellbogen, und ihr eleganter neuer weißer Sonnenschirm war mit englischer Spitze besetzt und mit Durchbruchstickerei verziert. Angelica trug Attilios zierliche Perlen im Ohr.

Zufrieden nahm Innocente zwischen den beiden Damen Platz. Während sich der Wirt entfernte, sagte er: »Alle nennen ihn einfach nur Merlo, aber eigentlich ist das sein Familienname.«

Schon im nächsten Augenblick kam er mit einer weiß-rot karierten Tischdecke über dem Arm und einem Tablett mit Gläsern zurück. Aus der Ferne war leise das Rauschen des Bachs zu vernehmen. Stechmücken und Bremsfliegen belästigten die Ausflügler, und über den aufgeschnittenen Melonen summten die Wespen.

»Na, *aucàt*, wie geht's? Gut, will mir scheinen, sehr gut ...«, rief der Wirt und zwinkerte mit den Augen. Er war wohlbeleibt. Die fettigen schwarzen Haare fielen ihm in den fleischigen Nacken. Aber unter dicht behaarten schwarzen Brauen funkelten freundliche Augen.

»Er sieht aus wie das Ungeheuer in der Geschichte vom Däumling«, flüsterte Angelica, und Antonia kicherte leise.

»Setzen Sie sich doch einen Augenblick zu uns, Merlo«, lud Innocente den Wirt ein. »Was gibt's Neues seit dem vergangenen Winter. Immer noch fleißig am Werk?«

Innocente spielte auf die Lieblingsbeschäftigung des Gastwirts an, der seit Jahren an einem Romanepos arbeitete, aus dem er in der Vergangenheit seiner Familie vorgelesen hatte. Als seine Kinder älter wurden, rebellierten sie jedoch gegen diese Rolle als stumme Zuhörer, und deshalb wandte sich Merlo neuerdings Gästen ›mit Sachverstand‹ zu, etwa dem Advokat Dago, deren Meinung zu hören er begierig war.

Ernst und feierlich erwiderte Merlo: »Immerzu. Vielleicht könnte ich ... bevor das Essen kommt ...«

»Aber ja! Das war ganz meine Absicht ... Gehen Sie nur und holen Sie Ihr Manuskript«, ermunterte ihn Innocente. »Er ist besessen!« wandte er sich an seine Begleiterinnen, während der Wirt ins Haus eilte, so schnell sein Körpergewicht ihm dies erlaubte. »Er bildet sich ein, ein zweiter Dumas zu sein ... oder Marco Praga. Der Ärmste! Aber wenn er anfängt, ist er besser als Ferravilla, zum Totlachen. Aber ich bitte euch, ernst zu bleiben, denn er ist verteufelt schlau und merkt sofort, wenn man sich über ihn lustig macht. Da kommt er schon ...«

Schweißperlen tropften dem Wirt von der Stirn über Wangen und Doppelkinn, während er sich mit einem einnehmenden Lächeln seines runden Gesichts hinsetzte und einen Stapel handschriftlich beschriebener Blätter auf den Tisch legte. »Sie, *sciùr aucàt*, kennen schon die Handlung.« Dann wandte er sich an die Damen: »Das Werk heißt *Meschina, die Unglückliche*, und ist die Geschichte einer armen Mutter fürstlichen Blutes, die durch die Schuld ihres Gatten in Not geraten ist. Der Fürst hat sie verstoßen, weil er glaubt, ihr neugeborenes Kind sei nicht das seine – diesen Teil lese ich nicht, weil ihn *sciùr* Dago bereits kennt. Ich beginne hier: ›Die arme Unglückliche vergoß bittere Tränen, während sich in ihre nackten Füße die spitzen Dornen des Waldes bohrten. Sie hatte Angst und zitterte, doch nicht um ihrer selbst willen, sondern wegen ihres Knäbleins, das vor Hunger weinte und schrie. Aber es gab nichts in diesem Wald, nur wilde Tiere, die sie nicht zu fangen verstand. Sie mußte sich von rohen Pilzen und Beeren ernähren, aber auf diese Weise versiegte die Muttermilch in ihrer Brust ...‹«

Angelica und Antonia bissen sich auf die Lippen, um ernst und gefaßt zu bleiben. Die langen, leidenschaftlich vorgetragenen Sätze verursachten dem Verfasser Schweißausbrüche, und von Zeit zu Zeit wischte er sich mit einem Taschentuch über das Gesicht. Er hatte bereits ein gutes Stück vorgetragen – das Knäblein war mittlerweile sechs

Monate alt –, als Angelica hervorstieß: »Aber das ist doch die Genoveva-Geschichte! Aber ja, Papa: Genoveva von Brabant …«

»Sei still«, flüsterte Innocente ihr zu. Zum Glück hatte Merlo diesen Einwurf im Eifer seines Vortrags überhört. Dann aber unterbrach er sich, weil ein Gast Wein verlangte.

»Bravo! Bravo!« Innocente klatschte in die Hände. »Ein großer Roman, in der Tat.«

»Ach, es dauert noch ein Weilchen, bis er fertig ist. Ich habe nur im Winter Zeit zum Schreiben.« Bescheiden, sich aber seiner Qualitäten sehr wohl bewußt, bedankte sich der Wirt und stand auf.

Das Essen wurde aufgetragen: kleine marinierte Flußfische, weich gekochter Risotto sowie ein großer, am Stück gebratener Fisch mit grünen Bohnen.

Als sie fertig waren, kam der Wirt, unterhielt sich ein Weilchen mit Innocente über die Jagd und stand dann auf, um von einem Bäumchen ein paar Pfirsiche zu pflükken.

»Für die reizende Signorina, die noch kein Wort gesagt hat!« Damit reichte er Antonia lächelnd einen Pfirsich. »Regt die Verdauung an. Probieren Sie, zusammen mit einem Schluck Wein …«

Merlo machte dem Kellner ein Zeichen, der gleich darauf mit einer Flasche im Eiskübel herbeigeeilt kam.

»Den hat ein Freund für mich gemacht«, sagte er stolz, »der selbst Weinberge besitzt. Ein junger, prickelnder Wein … Darf ich Ihnen ein Gläschen anbieten! Trinken wir auf die Jugend!«

Lachend stießen sie an. »Vorzüglich!« meinte Innocente. »Mein lieber Merlo, es war alles wunderbar, ganz ausgezeichnet!«

Anschließend tranken sie noch Kaffee, und zum Bezahlen setzte Innocente seine Brille auf. Merlo war nicht nur ein Dichter, er hatte auch anständige Preise.

»Auf ein baldiges Wiedersehen, Herr Advokat. Und alles Gute den entzückenden Damen …«

Während sie alle drei einen Spaziergang durch den Wald machten, dachte Innocente darüber nach, ob der Wirt auch verstanden hatte, daß diese beiden anders waren als jene, die er in früheren Zeiten zuweilen hierhergebracht hatte. Angelica sah ihm doch auch ähnlich. Und daß Netta eine anständige Frau war, merkte man auf den ersten Blick. Sie überquerten eine steinerne Brücke über einen schmalen Seitenarm des Flusses, dessen spärlich von Wasser durchflossenes Bett mit Kieselsteinchen in Farbschattierungen von Weiß bis Dunkelgrau angefüllt war. Angelica war vorausgeeilt und hatte sich Schuhe und Strümpfe ausgezogen. Antonia zögerte einen Augenblick, das Brückchen zu überqueren, da sie durch ihren engen Rock in der Bewegung eingeschränkt war. Sie balancierte mit ihrem Schirm und bewegte sich mit unsicheren Trippelschritten. Innocente pochte das Blut in den Schläfen, er trat auf sie zu. Er streckte die Arme aus, um sie in den Hüften zu umfassen und an sich zu ziehen. Doch wie von der Tarantel gestochen, zuckte Netta zurück. Einen Augenblick blieb sie reglos stehen, dann raffte sie den Rock hoch und ging an ihm vorbei, ohne ihn eines Blickes zu würdigen.

Innocente stand wie erstarrt. Er war bis ins Innerste gedemütigt. Alt fühlte er sich mit einemmal, müde und am Ende. Er ging die paar Schritte zum Flußufer hinunter und setzte sich ermattet unter eine Gruppe von Weidenbäumen.

55

Seit jenem Weihnachtsfest hatte sich Ersilia sehr verändert. Sie war nicht nur abgemagert, sie hatte ihr Lachen und ihre ganze Lebensfreude verloren. Wie ein Gespenst lief sie herum, machte sich hie und da ziellos zu schaffen oder saß stundenlang stumm und unbeweglich vor dem Kaminfeuer.

Eines Morgens Ende Februar kehrte Antonia von der Piazza zurück, wo sie auf dem San-Fermo-Markt Hühner und Kaninchen gekauft hatte. Pietro trug ihr die Kiste mit den Tieren. Sie blieben an einem Stand stehen, vor dem eine Gruppe von Buben mit wäßrigem Mund einen Mann beobachtete, der unablässig die bräunliche Zuckermasse im Kessel rührte. Zu einem sämigen Strang eingedickt, der die Farbe von getrockneten Aprikosen hatte, wurde die Masse dann auf ein Brett gestrichen, wo sie augenblicklich erstarrte.

Zu Hause angelangt, holte Antonia zwei in blaues Papier eingewickelte Stück Zucker und ein Tütchen Mentholbonbons für Ersilia aus der Tasche. Für sich und Pietro goß sie Wasser ein, fügte einen Spritzer Zitrone und ein Stück Zucker hinzu. Battistina hatte ihren Mann gebeten, Netta zu helfen, die die beiden Kaninchen, die beiden Flugenten, die Zwerghühner, Tauben und das Dutzend Küken unmöglich allein nach Hause hätte tragen können.

Battistina, die Lehrerin, war Nettas Freundin geworden, wie es zuvor Lucina gewesen war. Mit ihren klugen und vernünftigen Ratschlägen hatte sie zahlreiche eingefahrene Gewohnheiten im Dorf verändert. Bisher hatte man den Neugeborenen die Fingernägel wachsen lassen, um ihnen, wie man glaubte, nicht die Kraft zu rauben. Sie überzeugte die Frauen, wie wichtig Sauberkeit sei; sie sollten Vertrauen in den Arzt haben und ihn schnell rufen, wenn die Kleinen etwa ständig husteten; denn das mit warmem Talg getränkte Papier auf der Brust half kaum.

Mit der neuen Aufgabe, sich um die Tiere zu kümmern, schien Ersilia aufzuleben und allmählich ihr altes Gleichgewicht wiederzufinden. Antonia atmete auf, in der Hoffnung, das Schlimmste sei überstanden, und so blickten sie und Angelica dem herannahenden Frühjahr mit neuer Zuversicht entgegen.

Auch Attilio schien zufrieden. Nachdem er nach der Winterpause seine Arbeit auf dem Gut Martinella wieder aufgenommen hatte, vertraute er Angelica an, daß Pedretti ihn auf vielerlei Weise zu schätzen schien und dies dem Grafen Ripalta gegenüber bei einer Jagdpartie auch selbst zum Ausdruck gebracht hatte: »Sie haben einen tüchtigen Sohn, der wirklich geniale Ideen hat, um den Ertrag des Bodens zu verbessern. Als Dünger für die Obstbäume hat er eine Mischung aus Klärschlamm, Geflügelfedern, Stofffetzen und Kehricht hergestellt. Er möchte auch bestimmte Flächen für den Anbau von Reis nutzen: Ich will es mir ernsthaft überlegen.«

Und da Ripalta nur stumm gelächelt hatte, fügte er noch hinzu: »Er ist wirklich mit ganzem Herzen bei der Arbeit, es macht ihm Spaß, das sieht man. Und dann gäben er und die kleine Angelica wirklich ein hübsches Paar. Sie verstehen sich gut.«

Der Graf lächelte erneut, erwiderte aber nichts. In Wirklichkeit wünschte er sich nichts sehnlicher, als dieses Thema weiter zu vertiefen, aber dann hätte er zugeben müssen, daß er keine Ahnung hatte: weder von Attilios Arbeit im einzelnen noch von dessen amourösen Beziehungen. Am selben Abend sprach er mit seiner Frau darüber.

»Wer?« Donna Mercedes hielt im Haarebürsten inne.

»Angelica, die Tochter dieses Advokaten, der manchmal zum Jagen hierherkommt. Dago heißt er.«

»Hast du sie gesehen? Kennst du sie?«

»Wen? Das Mädchen? Nein, nein; auch ihn habe ich nur ein paarmal gesehen. Er ist kein Jagdgenosse. Er kommt mit Freunden hierher, mit Freunden aus Magenta, glaube ich, die Jagdgenossen sind.«

Der Graf gähnte, und wenig später war er schon eingeschlafen.

Mit gut vierzig Jahren war Donna Mercedes durchaus noch eine schöne Frau. Sie pflegte ihr Äußeres mit Pedanterie, eine Eigenschaft, die sie auch in anderen Dingen bewies. Ihr langes glänzendes Haar, das ihr schmales ovales Gesicht umrahmte, trug sie in der Mitte gescheitelt, und ihre dunklen Augen blickten nachdenklich. Obwohl ihr Mann bereits tief schlummerte, zog sie sich wie gewohnt hinter dem mit Lackmalerei bemalten Wandschirm aus. Angelica, dachte sie. Das ist also der Grund dafür, daß Attilio seit einiger Zeit eine solch sprühende Energie zeigte.

Morgens stand er früh auf, ohne zu murren, und fuhr los, als gälte es, den Heiligen Gral zu gewinnen. Abends beim Essen sprach er von nichts anderem als vom Feldbau und von der Saat. Eine Frau steckte also dahinter, vielmehr ein Mädchen. Nicht eine dieser scham- und zügellosen verheirateten Frauen, die so oft die jungen Männer ihrer Unschuld berauben. Diese Unschuld war ein wertvolles Geschenk, wie die Contessa meinte, für einen Mann nicht weniger als für eine Frau.

Ein Mädchen also. Und während sie neben ihrem Mann ins Bett schlüpfte, nahm sie sich vor, schon am nächsten Tag vorsichtige, aber aufschlußreiche Erkundigungen einzuholen.

Mit einem Weidenkorb in der Hand schritt sie den schmalen, von Steineichen gesäumten Pfad entlang. Am Wegrand wuchsen Farn, Golddisteln und Holundersträucher. Sie achtete nicht darauf, daß ihr Rocksaum vom Morgentau ganz naß wurde. Im übrigen trug sie ein ländliches Kleid, das einem Besuch bei der Familie des Jagdaufsehers angemessen war. Das Häuschen, zu dem sie unterwegs war, lag auf einer Lichtung inmitten von Bäumen und war von einem schönen Gemüsegarten umgeben, dessen Erträge zwischen der Familie des Aufsehers und der des Grafen aufgeteilt wurden. Es war März, schon wuchsen die ersten Chicoree-Pflänzchen, und auch die Petersilie sprießte hervor. Mercedes hatte noch immer keine geeignete Ausrede gefunden, um mit Ciona ins Gespräch zu kommen.

Ciona empfing den Besuch am Hauseingang. »Padrona!« grüßte sie freundlich. An ihrem Rockzipfel hingen die beiden Kleinsten, und hinten in der Küche tummelten sich in gestaffelter Größe die übrigen Kinder – ein sprechender Beweis dafür, wie wenig anderen Zeitvertreib man an den Winterabenden hatte, wenn die Arbeit draußen stillstand und man mit Einbruch der Dunkelheit zu Bett ging, aber noch nicht müde genug war, um sofort einzuschlafen.

Ciona ließ die Signora eintreten und führte sie in das

rustikal eingerichtete Wohnzimmer neben der Küche. An den Wänden hingen ausgestopfte Jagdtiere, ein Uhu mit schönen bernsteinfarbenen Glasaugen, ein paar Rebhühner, ein Fasan mit einem prächtigen Schwanz.

»Ich bin wegen Gemüse gekommen. Was gibt's denn im Garten, Ciona?« fragte Mercedes leichthin. »Ich weiß, es ist noch früh, aber vielleicht ein wenig Chicoree, Wirsing …«

»Viel noch nicht, in der Tat. Der Schnee ist ja erst verschwunden, hier im Wald bleibt er länger liegen als im Dorf. Doch mein Mann hat früh Salat gesät und die Pflänzchen abgedeckt; man kann ihn schon ernten. Ich gehe gleich.«

Sie machte Anstalten, nach draußen zu gehen, doch Mercedes hielt sie zurück.

»Ich hab's nicht eilig, bleib ein wenig bei mir sitzen, Ciona. Bestimmt bist du müde, bei all den vielen Kindern.«

Bruna, die Älteste, brachte warme Milch herein, in großen Henkeltassen, aus denen auch der Wein getrunken wurde.

»Ich möchte dich etwas fragen, Ciona«, begann Mercedes. »Erinnerst du dich an den Herrn, der manchmal mit den Jagdgenossen aus Magenta ins Reservat kommt? Dago heißt er, glaube ich; er ist Anwalt von Beruf …«

Sie fühlte sich nicht verpflichtet, den Grund für ihre Frage zu nennen. Ciona runzelte nachdenklich die Stirn. Aber Mercedes wunderte sich insbesondere über die Reaktion der Tochter. Sie sah sie genauer an: ein attraktives Mädchen mit dunkler Haut und dunklen Haaren, das bei der Nennung des Namens Dago bis in die Haarwurzeln errötet war. Ciona schlug sich an die Stirn: »Ja, natürlich, ich erinnere mich! Nicht besonders groß, von schlechtem Appetit … Er erzählte lustige Geschichten und brachte alle zum Lachen. Nicht wahr, Bruna, ein allzu fröhlicher Kerl?«

Während Ciona mahnend den Zeigefinger hob, kicherte das Mädchen unsicher.

»Warum allzu fröhlich?« fragte Mercedes. »Was hat er denn gemacht?«

»Gemacht hat er nichts«, erwiderte Ciona. »Denn Bruna

ist ein viel zu braves Mädchen, ehrbar und gottesfürchtig. Aber wenn es nach ihm gegangen wäre … Tut mir leid, es zu sagen, wenn Sie ihn gut kennen, Padrona. Aber …«

»Hab keine Scheu, sprich nur. Ich bin dir sogar dankbar dafür.«

»Wenn die Männer Wein getrunken haben, werden sie wie die Tiere. Und sie gehen gerne auf die Jagd, nicht nur auf die Jagd nach Hasen. Aber wann war es, Bruna, vor zwei Jahren vielleicht?«

Durch die aufmunternden Worte der Padrona ermutigt, erwiderte Bruna: »Ja, vor zwei Jahren, ich weiß es noch genau. Es waren die ersten Tage meiner Regel, die ich vor kurzem bekommen hatte. Ich fühlte mich wie angeschwollen. Er sagte, ich hätte schöne Brüste.« Sie errötete. »Er ging mir in den Holzschuppen nach. Ganz rot im Gesicht war er, und sein Blick machte mir wirklich Angst. An das, was er sagte, erinnere ich mich nicht mehr genau! Aber den ganzen Nachmittag griff er mir immer wieder unter den Rock, wenn ich an ihm vorbei mußte, um die Männer zu bedienen … Ich schämte mich, etwas zu sagen; die anderen, die ebenfalls getrunken hatten, taten so, als hätten sie nichts bemerkt … Und dann kam er mir in den Schuppen nach. Zum Glück ging er schwankend, auf unsicheren Beinen. Und da bin ich schnell weggelaufen. Beim Ave-Maria-Läuten sind dann alle aufgebrochen. Und er tat so, als sei nichts gewesen. Wie aus einem Traum erwacht, grüßte er mich beim Gehen sogar sehr respektvoll … Aber ich hatte eine Heidenangst, den ganzen Nachmittag!«

»Woher habt ihr diesen ausgezeichneten Käse?« fragte Mercedes beiläufig.

»Aus …« Bruna nannte den Namen des Dorfes.

»Tüchtig warst du, meine Tochter«, meinte die Padrona beim Abschied. »Du warst tapfer, und Gott wird es dir lohnen. Verhalte dich immer ehrenhaft.«

Beeindruckt von dieser Ermahnung, dankte Bruna und beugte sich hinunter, der Padrona die Hand zu küssen. In diesem Augenblick kam Ciona mit einem Bündel Zichorien und einem mageren Wirsingkopf aus dem Garten herein.

»Das ist alles«, meinte sie bedauernd.

»Leb wohl, Ciona. Danke für die Milch, Bruna, und für alles andere«, sagte sie und gab jedem der Kinder eine Zuckerpastille.

Auf dem Heimweg ließ sie sich das Gehörte durch den Kopf gehen. Sicher, der Wein war die Ursache für dieses ungebührliche Verhalten gewesen. Aber dennoch, einem Mädchen nachzustellen, das noch nicht einmal fünfzehn Jahre alt war! Schamlos und in aller Öffentlichkeit! Das war vulgär! Unverzeihlich! Man mußte dringend mehr in Erfahrung bringen über dieses Individuum, den Vater des Mädchen, auf das ihr Sohn – ihr Sohn! – ein Auge geworfen hatte.

Sie zerbrach sich den Kopf über den Namen einer Bekannten, die in dieser Gegend Ländereien besaß. Die Calizzani! Sie hatte sie bei einem Exerzitienkurs bei den Oblaten kennengelernt. Eine diskrete, kluge Frau. Sie würde ihr schreiben, um mehr über diese Dagos zu erfahren. Und sie würde ihr ganz offen darlegen, weshalb.

Ohne sich die Überschuhe auszuziehen, setzte sie sich zu Hause sofort an den Schreibtisch. In den folgenden Tagen erwartete sie voller Ungeduld die Antwort, die auch postwendend kam. Sachlich und ohne Umschweife: ein wirklich objektiver Brief. Und was Mercedes da erfuhr, beunruhigte sie sehr.

56

Diesmal kleidete sich Mercedes sehr sorgfältig: Sogar die Handschuhe aus Ekrüseide zog sie an, ließ den Hutschleier herab und spannte den Sonnenschirm auf. Es herrschte eine drückende Schwüle. Einerseits war es unvorsichtig, bei dieser Hitze schon am frühen Nachmittag aus dem Haus zu gehen. Andererseits versammelten sich die Schwestern gewöhnlich beim Ave Maria zum Gebet in der

Kirche. Um im Kloster vorgelassen zu werden, mußte sie demnach rechtzeitig da sein.

Das kleine, aber hübsche Dorf lag am Kanal, dem Naviglio Grande. Ganz aus alter Gewohnheit ging sie die Villa Archinto entlang, deren Garten zum Wasser hin abfiel. Sie überquerte den Kanal, lief die Stufen einer schmalen Brücke hinab und vergegenwärtigte sich noch einmal, weshalb sie gekommen war, um sich von Mutter Vincenza, der Oberin der Barmherzigen Schwestern, einen Rat zu erbitten.

Selbstverständlich war der Grund ihres Besuches Attilio. Jetzt saß sie also im schattig kühlen Empfangszimmer, das schlicht und sparsam möbliert war, und las zum soundsovielten Mal das Schild an der Wand, das über den Orden aufklärte: Wenig später führte sie eine Nonne in das angrenzende kleine Büro.

Vor ihrem Entschluß, sich an Schwester Vincenza zu wenden, hatte Mercedes sich natürlich mit ihrem Mann besprochen und darauf bestanden, daß dieser am Morgen darauf Attilio zur Rede stellte.

Sie saßen beim Frühstück: Es gab Kaffee, Milch, Obst und Brot mit Butter und Honig. Mercedes legte großen Wert auf dieses tägliche kleine Ritual, durch das sich ihre Familie von allen anderen im Dorf unterschied. Die Ripaltas saßen am tischtuchgedeckten Tisch, tranken ihren Kaffee aus feinen, wenn auch ungleichen Porzellantassen, aßen von Albissola-Keramiktellern und mit Silberlöffeln.

Der Graf überraschte also Attilio mit der Frage: »Dürften wir erfahren, wo du hingehst, mein Sohn? Die Felder ruhen, die Sonne brennt. Was zum Teufel treibst du da eigentlich auf dem Pedretti-Gut? Stapfst du etwa über die trockenen Ackerschollen, oder – ich bitte dich, sei ehrlich – hast du andere Verpflichtungen außerhalb deiner Arbeit?«

Gespannt erwartete Donna Mercedes die Antwort. Ihr Sohn war inzwischen weitgehend selbständig, verdiente sich seinen Lebensunterhalt durch eigener Hände Arbeit.

Pedretti zahlte mit klingender Münze, die es Attilio durchaus erlaubte – und Mercedes zitterte bei dem Gedanken –, mit dem unehelich geborenen Mädchen ein Techtelmechtel zu haben.

Ohne den Vater zu bestätigen, aber auch ohne ihn zu dementieren, erwiderte Attilio: »Auf dem Gut Martinella geht es nicht nur um den Feldbau, Papa. Der Besitzer möchte neue Stallungen errichten; die Maurer und der Architekt sind schon am Werk. Und Pedretti legt in dieser Sache auch auf meine Meinung Wert. Kühe sind eine gute Investition … Kurz und gut … wenn ich hingehe, dann, weil ich dort zu tun habe.«

»Dann …«, die Stimme des Grafen bebte leicht vor Wut, »dann bin ich wohl falsch informiert, und es stimmt nicht, daß du dich mit einem Mädchen aus einem Dorf unweit von Martinella triffst, mit Angelica Dago.«

Attilio errötete und murmelte: »Ja, also …« Ärgerlich schlug der Vater mit der Faust auf den Tisch und herrschte den Sohn an, er solle aufhören, sich dumm zu stellen. Er und die Mutter möchten endlich wissen, woran sie seien. »Ich habe nicht geglaubt«, gab Attilio verwirrt zurück, »daß euch das so wichtig wäre. Ja, ab und zu sehe ich dieses Mädchen. Sie wohnt an der Straße, die nach Martinella führt. Ich erinnere mich sogar noch ganz genau, daß ich euch davon erzählt habe: Ich habe sie und ihre Mutter kennengelernt, als die Kutsche kaputtging, damals. Es sind anständige, sehr freundliche Leute. Ein hübsches Mädchen …«

Er unterbrach sich und sah die Eltern an, trotzig und mit hochgerecktem Kinn. »Ist das etwa unschicklich? Vielleicht hat man euch das gesagt?« In seiner Stimme lag ein leiser Vorwurf.

Dieses Gespräch schoß Mercedes jetzt durch den Kopf, als sie der Mutter Oberin gegenübersaß. »Ich bin gekommen, Mutter Oberin, um mir von Ihnen einen wertvollen Rat zu erbitten.«

Ernst und aufmerksam, die Hände im Schoß verschränkt,

hörte die Nonne den Ausführungen ihrer Besucherin zu. »Und obwohl er zum Bürgermeister gewählt worden ist«, schloß Mercedes, »ist er ein Mensch ohne Moral. Er führt ein ungeregeltes liederliches Leben, trinkt, trifft sich mit Frauen und lauert sogar blutjungen Mädchen auf wie der armen Bruna. Im übrigen war die Spinnerin, von der ich eben erzählte, auch noch keine zwanzig. Ein unwissendes, leichtgläubiges Ding, mit der er leichtes Spiel hatte. Ich kann mich nicht damit abfinden, in unserer Familie ...« Über die Art und Weise, wie sie ›in unserer Familie‹ gesagt hatte, schien sie sich nicht in klaren zu sein. Doch die Nonne lächelte: »Nur ruhig, Donna Mercedes. Ruhe und Geduld ...«

Die Contessa holte tief Luft.

»Ich weiß, daß das Mädchen in einem guten Internat erzogen worden ist. Aber sie hat die Schule nicht abgeschlossen: ein deutliches Zeichen für Charakterschwäche, für Faulheit und womöglich auch nicht gerade für eine hohe Intelligenz. Die Großeltern mütterlicherseits sind Bauern, mit Sicherheit Analphabeten ... Es stimmt, auch mein Sohn Attilio hat die Universität abgebrochen. Aber ich werde ihn dazu anhalten, das Studium zu Ende zu bringen. Was selbstverständlich schwieriger sein wird, wenn er sich derartig verfrüht durch solche Flausen den Kopf verdrehen ließe!«

Schwester Vincenza streckte die Arme aus und ergriff Mercedes' Hände. Die sah sie flehentlich an: »Bin ich böse, Mutter Oberin? Ich möchte niemandem Unrecht tun. Aber ich muß doch an die Zukunft meines einzigen Sohnes denken. Er ist noch so unerfahren und unwissend in derartigen Angelegenheiten. Hätte er doch die Universität abgeschlossen! In diesem Milieu hätte er doch viel leichter die Schwester oder Cousine eines Kommilitonen kennengelernt, ein Mädchen, das ihm entspricht und auch bestimmte Voraussetzungen und Fähigkeiten besitzt ...«

Die Nonne hörte schweigend zu.

»Ich meine nicht die adelige Herkunft, das Blut. In der heutigen Zeit hat das Blut überall die gleiche Farbe. Aber eine angemessene Ausdrucksweise; geordnete Familienverhältnisse, eine nicht bäuerliche Erziehung ... Sie verstehen, was ich meine, nicht wahr?«

»Meine liebe Donna Mercedes.« Mit leiser Stimme wägte die Oberin jedes ihrer Worte genau ab. »Unser Orden ist den Regeln der Nächstenliebe und Barmherzigkeit verpflichtet. In der Zeit nach der Ordensgründung entstanden überall auf der Welt Laienbruderschaften im Geist des heiligen Vinzenz. Damit will ich sagen, daß alle gerufen sind, sich in den christlichen Tugenden zu üben, nicht nur diejenigen, die ein Gelübde abgelegt haben. Es gilt, Barmherzigkeit in allen Bereichen des Lebens zu üben. Verständnis zu zeigen und Toleranz gegenüber den Fehlern der Mitmenschen ... Ja, auch das ist christliche Nächstenliebe.«

Donna Mercedes mußte einsehen, daß das Gespräch nicht zu dem führte, was sie sich erhofft hatte.

»Mag sein – vielmehr, es ist sicher: Dieser Mann hat gefehlt. Und er verhält sich womöglich auch jetzt nicht so, wie es sich ziemt. Aber nur in den Texten des Alten Testaments heißt es, daß die Verfehlungen der Väter auf die Kinder übergehen! ›Die Väter essen saure Trauben, und den Söhnen werden die Zähne stumpf.‹ Mit solchen Irrtümern hat Jesus aufgeräumt! Ist denn dieses Mädchen eine Sünderin? Verhält sie sich ungebührlich? Allein darauf, scheint mir, kommt es an. Verzeihen Sie, meine Liebe«, dabei neigte sie sich zur Contessa und strich ihr über die tränennassen Wangen. »Aber das mußte ich Ihnen einfach sagen. Glauben Sie nicht«, fügte sie hinzu, »daß mir Ihre Sorgen als Mutter nicht nahegehen. Ich würde Ihnen folgenden Rat erteilen: Sie kennen Ihren Sohn, dringen Sie in ihn und versuchen Sie, von ihm selbst zu erfahren, wie weit er sich in dieser Sache vorgewagt hat. Vielleicht ...«, und dabei lächelte sie ihr strahlendes liebreizendes Lächeln, »machen Sie aus der Mücke einen Elefanten ... Wenn dieses Mädchen, wie Sie sagen, noch so jung ist, vielleicht handelt es sich wirklich nur um eine oberflächliche Sympathie, der man keine allzu große Bedeutung beimessen sollte ...«

Die Oberin stand auf, streckte ihrem Gast die Arme entgegen und führte sie hinaus. Unter dem sonnenbeschienenen Portikus des Klosters flüsterte sie ihr zu: »Ich bin überzeugt, daß Sie der heilige Geist erleuchten und Ihnen eingeben wird, die Dinge in klarerem Licht zu sehen.«

Gemeinsam gingen sie in die Kapelle, wo sie mit den anderen Schwestern den Rosenkranz beteten. Danach fühlte sich Mercedes gestärkt und bereit.

Doch schon auf dem Heimweg beschlichen sie wieder die alten Zweifel, und alle guten Vorsätze gerieten ins Wanken: »Man darf sich nicht täuschen: ein Bauernmädchen, die Tochter einer Seidenspinnerin. Gutmütig, mag sein, aber einfältig und ungebildet. Schwester Vincenza hat leicht reden. Nächstenliebe um jeden Preis! Das kann nur ein Heiliger vollbringen! Sagt nicht Jesus auch: ›Wer will, folge mir nach‹? Wer will und wer kann; er verpflichtet niemanden …«

Am Tor ihres Hauses angelangt, nahm sie sich vor, erst einmal nichts zu unternehmen. Sie würde ruhig abwarten, was geschah, jedoch auch wachsam bleiben und bereit zur Abwehr.

57

Der Geburtstagsausflug ging dem Ende entgegen. Angelica war glücklich, mit Vater und Mutter gemeinsam soviel Zeit verbracht zu haben. In der Kutsche fuhren sie nach Hause zurück.

Während Angelica die schönen glatten Kieselsteinchen betrachtete, die sie im Flußbett gesammelt hatte, wunderte sie sich, daß sie den ganzen Tag über fast keinen Gedanken an Attilio verschwendet hatte. Dafür wollte sie jetzt umso intensiver an ihn denken. Sie versuchte, sich ihn bei sich zu Hause vorzustellen. Er wußte, daß der Sonntag für ihn fast ein heiliger Tag war, den er gewöhnlich mit seiner Mutter verbrachte. Angelica war neugierig, sie kennenzulernen, denn die Mutter übte auf die Gedanken und Gefühle ihres Sohnes einen starken Einfluß aus. Er sprach ja unablässig von ihr.

Durch solche Gedanken abgelenkt, fiel ihr weder auf, daß ihre Mutter stumm und ihr Vater mit verdrießlicher Miene dasaß. Netta hatte einen Strauß Margeritenblumen gepflückt und war allein durch die Gegend gestreift. Wodurch fühlte sie sich denn eigentlich gekränkt? Daß ein Mann sich für eine Frau interessiert, sei für die Frau das schönste Kompliment, hatte Lucina immer behauptet. Netta runzelte die Stirn. Wenn Innocente wenigstens ein bißchen Verständnis und Zuneigung gezeigt hätte. So wie früher. Dann hätte sie vielleicht anders reagiert.

Sie hatte sich überhaupt nicht verändert. Auch jetzt, mit fast vierzig Jahren, sehnte sie sich wie mit achtzehn nach Respekt und Zärtlichkeit. Aber als sie an jenem Nachmittag mit ihrem weißgelben Blumenstrauß in der Hand zurückkehrte und Innocente unter den Weiden eingenickt fand, fragte sie sich zerknirscht und besorgt, ob sie mit ihrer dummen kleinen Flucht nicht die Möglichkeit einer Beziehung zwischen ihnen vereitelt hatte.

Doch sie ließ sich diese Gedanken und Befürchtungen nicht anmerken. Innocente hatte sich geschüttelt und sie schlaftrunken angesehen. Es war die gewohnte Netta, weit weg und gleichgültig, unfähig, sich ihm anzuvertrauen. In der Kutsche warf er ihr nur ab und zu einen verstohlen schüchternen Blick zu, während er auf dem Kutschbock saß und die Zügel in der Hand hielt. Nachdem er die beiden vor dem Haus abgesetzt hatte, fuhr er mit einem kurzen Winken los, während Angelica fröhlich und mit von der Sonne gerötetem Gesicht die Mutter ins Haus zog und rief, sie habe großen Hunger. Netta fühlte sich todmüde.

Attilio hatte sich auf dem Gut Martinella bewährt und sich allen Situationen gewachsen gezeigt – was er nicht zuletzt einem im Jahr 1860, also noch vor der Einheit Italiens, erschienenen agrarwissenschaftlichen Standardwerk zu verdanken hatte, das er immer wieder konsultierte. Pedretti war also sehr zufrieden mit ihm und knauserte daher nicht mit dem Gehalt. Und so konnte Attilio mit der Zeit ein hübsches Sümmchen beiseite legen, wovon seine Eltern wenig oder nichts wußten.

Dieses Geld stärkte sein Selbstbewußtsein – auch in seiner Beziehung zu Angelica; ihre Begegnungen beschränkten sich allerdings auf wenige unbefriedigende Male: ein Glas Saft bei Angelica zu Hause, in Anwesenheit der Mutter und nicht selten auch der Großmutter. Wenn es ihnen – was selten genug der Fall war – gelang, sich alleine zu sehen, legte Angelica nicht mehr jene wunderbare vertrauensvolle Spontaneität an den Tag wie damals, als sie ihn an der Hand gefaßt und dadurch sein Herz für sie geöffnet hatte. Angelica befürchtete ständig, daß jemand dem Vater Bericht erstattete, auch wenn sich Attilio bemühte, ihr diese Angst zu nehmen. Er liebte es, wenn sie den Kopf in den Nacken warf und lachte; wenn sie ganz blaß wurde, während er ihr die Finger und die hohle Hand küßte. Und obgleich er von weit stärkerem Verlangen gepeinigt wurde, widerstand er der Versuchung und beschränkte sich darauf, mit den Lippen ihre Wange zu streifen.

Zu Angelicas Geburtstag hatten sie einen Plan ausgeheckt, um sich ein paar Stunden zu sehen. Beim Abendessen hatte sie ihren Vater gebeten, am nächsten Tag die Kutsche benutzen zu dürfen. »Überlaß mir morgen nachmittag Bastiano. Ich möchte Schwester Maria besuchen, der ich schon im Herbst versprochen hatte zu kommen. Ich möchte sie so gern wiedersehen!«

Selbstverständlich hatte er ihr diese Bitte nicht abgeschlagen.

Außerhalb des Dorfes wollte Bastiano den Weg zum Internat einschlagen, doch Angelica faßte ihn am Arm und sagte: »Nein, nein, fahr geradeaus. Richtung Friedhof. Ich sage dir, wo du anhalten sollst.«

Da war es dem Ärmsten klar, daß er an der Nase herumgeführt wurde. Aber da Angelica nicht umzustimmen war, versuchte er, die Friedhofsummauerung zu umfahren und dann das Pferd im Galopp nach Hause zu lenken.

»Ich springe! Glaub mir, ich springe!« schrie Angelica. »Halt! Halt!« rief sie dem Pferd zu, ohne auf Bastianos Flüche zu achten. Inzwischen war Attilio aufgetaucht und stellte sich mitten auf die Straße, was den Kutscher zwang, die Zügel anzuziehen und das Gefährt zum Stehen zu bringen. Angelica sprang mit einem Satz herunter. »Hier, Bastiano, an dieser Stelle, in drei Stunden«, rief sie gebieterisch. »Hörst du? Jetzt schlagen die Glocken zwei Uhr. Gegen fünf fahren wir zurück.«

»Aber 'Ngelica, um Himmels willen! Und was mache ich in der Zwischenzeit?« stöhnte er und warf dem lachenden Attilio giftige Blicke zu.

»Fahr nach Martinella«, schlug der junge Ripalta vor, »und schau dir den neuen Stall an, er ist fast fertig ... da kannst du sogar noch etwas lernen.«

Bastiano machte eine Handbewegung, als wolle er sagen: »Geht zum Teufel«, trieb das Pferd an und verschwand in einer Staubwolke.

Attilio hatte Zeit gehabt, diesen Nachmittag genau zu planen. Er half Angelica in seine Kutsche, und los ging's den Kanal entlang.

»Hast du schon einmal das Boot gesehen?« fragte Attilio. Angelica schüttelte den Kopf. Sie machte ein merkwürdig ernstes Gesicht. Beide wußten sie nur zu gut, daß sie ein ungewöhnliches Spiel spielten. Oberflächliches Geplauder und Scherze schienen fehl am Platz. Aber um das Schweigen zu überbrücken, fuhr Attilio fort. »Es nahm seinen Ausgangspunkt von der Zollstelle an der Porta Ticinese; gezogen wurde es von großen Pferden mit Satteldecken und Federbüschen. Ich bin eigens gekommen, es mir anzusehen. Rechts und links saßen Leute im Boot, in der Mitte befand sich eine hölzerne Kabine. Der Mann am Heck rief, als es durch die Dörfer ging: ›Das Boot! Das Boot kommt!‹ Von Pavia aus wurden die Leute dann nach Mailand zurückgebracht. Die Menschen am Straßenrand schwenkten ihre Hüte und machten scherzhafte Bemerkungen über die Damen aus der Stadt, über ihre Strohhüte und die Spazierstöcke der Herren. Und dann trieb der Bootsführer die Pferde noch mehr an, damit sich die Reisenden derartige Zudringlichkeiten nicht noch länger anhören mußten. Im Führerhäuschen stand der Kapitän und lenkte das Steuerrad feierlich wie Kolumbus bei der Entdeckung Amerikas.«

Angelica mußte lachen. So gefiel es Attilio, wenn sie fröhlich und ausgelassen war. Sie verließen die Hauptstraße und bogen in einen schmalen Weg ein. Nach wenigen Minuten hielt Attilio die Kutsche an und sprang herunter. Vor ihnen lag eine kleine Schlucht, die aber nicht sehr tief war und leicht zugänglich.

»Hier wurden früher Sand und Kies abgebaut. Heute ist die Grube stillgelegt.« Angelica beugte sich vor. »Sie hat sich im Laufe der Zeit mit Wasser gefüllt. Vor Jahren kam ich hierher, um Frösche, Würmer und Schmetterlinge zu fangen.« Attilio machte einen Schritt weiter Richtung Böschung; das Geröll gab nach und bröckelte ab.

»Los, komm!« rief er ihr zu, nachdem er wieder sicheren Boden unter den Füßen hatte.

»Bist du von Sinnen?« protestierte Angelica, gleichzeitig bereit zu tun, was er sagte. Was ihr am meisten Sorgen machte, waren ihre hübschen hellen Schühchen. Sie trug dasselbe Kleid wie bei ihrer ersten Begegnung; es sollte ihr Glück bringen.

Attilio sah sie wie verzaubert an, während sie ihm mit ihrem hellen, im Wind flatternden Haar engelsgleich den Abhang hinunter entgegenkam, die Arme wie Flügel ausgebreitet.

Angelica ließ sich von Attilios sicherer Hand führen, und das Herz schlug ihr bis zum Hals. Sie fühlte sich gleichsam weltentrückt. In dieser verlassenen Grube herrschte eine geradezu feierliche Stille, dazwischen Vogelgezwitscher und leichtes Laubrascheln, kleine Tierchen huschten raschelnd durch Gestrüpp, Frösche platschten ins Wasser, blaue und grüne Libellen flirrten über die Wasseroberfläche.

Attilio breitete die alte Decke aus, die er in der Kutsche immer dabei hatte. Er forderte Angelica auf, neben ihm Platz zu nehmen. Sie gehorchte ernst und steif, die Hände im Schoß verschränkt. In diesem Augenblick schoß ihr den Gedanke durch den Kopf, was wäre, wenn Bastiano ihrem Vater alles ausplaudern würde. Attilio begann zu reden. Er wußte, daß er mit seiner sanften, gewinnenden Stimme leicht das Gespräch in Gang bringen konnte.

Er pflückte eine seltene Blume mit einer feinen Blüte.

»Schau, diese Blume, das bist du.« Sie sah ihn überrascht an. »Ja, sie heißt Angelica, Engelwurz. Kennst du sie nicht? Sieh mal, wie schön …« Sie lachte. »Das hat mich zuerst an dir beeindruckt. Ein Duft, so frisch und natürlich.«

Er schwieg. Denn er wollte nichts überstürzen, ihr Zeit lassen, sich zu entspannen und Vertrauen zu schöpfen.

»Sieh mal«, und er hielt ihr eine blaßgoldene Blume vors Gesicht, deren wunderbar symmetrische dünne Strahlen in einer winzigen weißlichen, ins Gelb spielenden Krone zusammentrafen. »Die Botaniker nennen sie Angelica archangelica, und sie kann sehr groß werden, fast so groß wie ein Mensch. Diese hier ist klein und anmutig, so wie du … Sie ist ein Heilmittel für viele Krankheiten, für Verdauungsstörungen, Herzklopfen …« Er setzte eine ernste Miene auf. »Siehst du, wieviel ich weiß? Glaubst du jetzt, daß ich klug bin. Sag Herr Lehrer zu mir, mit allem Respekt, bitteschön!«

»O ja, sicher, du weißt alles!« antwortete Angelica scherzhaft, aber im Grunde davon überzeugt, daß die Welt in der Tat für Attilio wenig Geheimnisse barg.

»Machen wir ein Spiel«, schlug Attilio vor. »Wir zählen einander das an uns auf, was uns am besten gefällt. Ich fange an: deine Nasenlöcher …«

»Warte, ich will die Blume in mein Taschentuch einwickeln, damit sie nicht kaputtgeht«, sagte sie und sah ihn ernst und nachdenklich an. »Das Muttermal hinter deinem Ohr.«

»Jetzt bin ich dran, also: dein linker kleiner Zeh.«

Ein paar Minuten vergingen, dann mußten sie beide lachen. Attilio ließ sich, die Arme im Nacken verschränkt, nach hinten fallen. Beim Anblick seines blassen Halses – Attilio trug keinen Kragen – war Angelica innerlich ganz aufgewühlt. Ein zärtliches, beinahe mütterliches Gefühl durchströmte sie, wenn sie ihm so nahe war wie in diesem Augenblick. Attilio schlug die Augen auf und blinzelte in die Wolken. »Der Himmel hat die gleiche blaue Farbe wie dein Kleid.« Er sah sie fest an. »Auch damals dachte ich: es steht ihr gut, wie ein Stückchen Himmel, getragen von einem hübschen kleinen Mädchen …«

»Einem kleinen Mädchen?« Angelica tat empört und versteckte die Freude darüber, daß auch er sich noch so genau an ihre erste Begegnung erinnern konnte. »Ich glaube, du verwechselst mich mit Matilde …«

»Mit wem? Mit dieser kleine Göre?« lachte Attilio. »Nein: Ich spreche von einem hübschen kleinen Mädchen namens Angelica, das inzwischen größer und noch schöner geworden ist.«

Dann holte er ein Schächtelchen aus der Tasche und sagte mit veränderter Stimme: »Ich glaube, der Zeitpunkt ist gekommen, dir mein Geschenk zu überreichen. Alles Gute zum Geburtstag.« Angelica war keineswegs überrascht, auf dem blauen Atlasstoff einen Ring zu entdecken; ein schmales Ringlein mit einer kleinen, wie auf einer Knospe sitzenden Perle darauf.

»Oh, Attilio!« hauchte sie.

»Nach und nach bekommst du auch die anderen Teile des Schmucksets: Halskette, Armband, Steckkamm, alle mit Perlen wie dieser geschmückt. Mit weißen, unschuldigen Perlen für das liebste Mädchen auf der Welt, die eines Tages meine Frau sein wird.«

Übersprudelnd vor Rührung schlang Angelica ihm die Arme um den Hals und drückte ihr Gesicht an seine Brust. Wie ein Kätzchen stupste sie ihre Nase an seine Wange. Er versuchte ernst zu bleiben und sagte: »Also: Mir gefallen deine Wimpern; mir gefällt deine Oberlippe; die Unterlippe ist nicht berauschend, aber die Oberlippe ist großartig …«

»Hör doch auf mit diesem dummen Spiel!« protestierte Angelica schmollend. Attilio setzte sich auf und verschloß ihr mit seinem Mund – die Lippen fest zusammengepreßt – den ihren. Das war für Angelica das höchste Glück. Endlich! Der Kuß, den sie sich so oft und auf tausenderlei Art und Weise ausgemalt hatte … Und doch, die Wirklichkeit war anders als der Traum: noch viel schöner.

Dann spürte sie, wie er versuchte, ihre Lippen auseinanderzuzwingen, und sie zuckte erschrocken zurück. Attilio sprang auf und drückte sie ungestüm an sich, während sie wie eine Puppe unbeweglich vor ihm stand. Mit der einen Hand faßte er ihr ins Haar, ihren Nacken, mit der anderen umfaßte er ihre Taille. Und während sie den Mund öffnete, um sich zu beschweren, küßte er sie ganz ohne Unsicherheit tief und lange.

Angelica hatte das Gefühl zu ersticken und packte ihn am Arm, um ihn abzuschütteln, doch schon im nächsten Augenblick ergab sie sich und genoß den innigen Kuß. Mit Erstaunen nahm sie wahr, daß sie diese Kunst beherrschte, und Attilio drückte sie immer fester an sich.

Er war entzückt. Er hatte gedacht, er müßte lange kämpfen, und daß sie so ergeben in seinen Armen lag, erfüllte ihn mit Freude. Aber auch mit Furcht. Er machte sich von ihr los, im Gefühl der Sicherheit, sie haben zu können, wann immer er wollte. Sie sahen einander an, ihre Augen glänzten, ihre Gesichter waren hochrot.

»Ich hab dich gern«, flüsterte Attilio. Und sie setzten sich auf die Decke, heiter und ruhig. Ihre leuchtenden Augen unterstrichen ihre Antwort, als sie sagte: »Ich dich auch.«

Der Nachmittag verstrich allzu schnell. Hinter dem Friedhof entdeckten sie die leere Kutsche, das Pferd graste lustlos. Aus dem Wäldchen tauchte Bastiano auf. »Höchste Zeit!« brummte er. Doch die beiden jungen Leute ließen sich davon nicht einschüchtern. Sie verabschiedeten sich, flüsterten einander Worte der Zärtlichkeit ins Ohr und kicherten.

»Eine Schande ist das!« meinte Bastiano halblaut, als Angelica in der Kutsche saß. »Du hast mich dazu gebracht, daß ich die Geschäfte eines Kupplers erledige.«

»Fahr mich in die Villa, es ist Zeit zum Abendessen«, bat ihn Angelica und schenkte ihm, halb scheu, halb herausfordernd, ein Lächeln. Bei Tisch fand sie plausible Antworten auf Innocentes Fragen und schlang hastig hinunter, was Maria ihr vorsetzte. Freundlich zündete sie ihrem Vater die Pfeife an, der in seinem Korbsessel saß und im Licht der untergehenden Sonne auf seinen geliebten Garten hinausblickte. Als er eingenickt war, eilte sie nach Hause und legte sich mit der Entschuldigung, sie sei todmüde, früh zu Bett, wo sie in aller Ruhe über diesen göttlichen Nachmittag nachdenken konnte.

Doch sie träumte nicht von Attilio, wie sie es sich gewünscht hatte, sondern hatte einen Alptraum. Sie sah sich selbst im Garten des Internats, als die Frau, die die Mater Direktorin umarmte. Diese Szene hatte in der Vergangenheit ihre Phantasie beschäftigt. Im Traum jedoch verwandelte sich die Nonne immer wieder in eine andere Person, einmal in einen Mann (mit Attilios Gesicht), dann wieder in eine Frau. Es waren zunehmend beängstigende Bilder, die in der Vorstellung von dem monströsen Mann mit dem dunklen Mantel gipfelten, der am Weg so böse geseufzt und so obszöne, weiß blitzende Zähne gehabt hatte.

Am nächsten Morgen ging sie in die Küche hinunter und sah Antonietta im Gärtchen unter dem Khakibäumchen sitzen. Und dann erzählte sie ihr alles: von dem Ausflug mit Attilio in die Kiesgrube bis zum ersten Kuß. Und sie zeigte ihr auch den Ring mit der Perle.

Netta war gerührt, gleichzeitig aber zutiefst beunruhigt: »Ich denke«, sagte sie mit unsicherer Stimme, »daß du als erstes die faustdicke Lüge beichten solltest. Manche Dinge darf man nicht denken, geschweige denn tun. Attilio, der älter ist als du, hätte es besser wissen müssen. Warum hat er denn nicht mit deinem Vater gesprochen?« Sie sagte nicht ›mit mir‹, dafür erachtete sie sich als viel zu unbedeutend. »Und warum hat er dich nicht mit zu sich nach Hause genommen?«

Angelica machte ein langes Gesicht und zuckte die Schultern.

»Und dieser Ring?« Antonia sah der Tochter in die Augen. »Was bedeutet er? Ist es ein Versprechen?«

»Ich weiß nicht.« Angelica runzelte die Stirn. »Er hat gesagt, daß er mir ein ganzes Perlenschmuckset kaufen will. Und er hat auch gesagt: ›Eines Tages wirst du meine Frau sein‹ ... Von Versprechen, von Einladungen nach Hause und ähnlichem war keine Rede. Aber ...«, dabei erwiderte sie kühn den ernsten und besorgten Blick der Mutter, »du kannst sicher sein, daß es auf ewig ist. Auf ewig.«

58

Innocente war schlechter Laune. In jenen Tagen kamen ihm immer wieder Santèlas Worte in den Sinn: daß er niemals im Zentrum der Dinge, im Herzen der Ereignisse, sondern eher am Rande stehen würde, ohne große Schmerzen, aber auch, ohne je richtig zufrieden zu sein.

So fühlte er sich in der Tat: Als flösse der Strom des Lebens an ihm vorüber, ohne daß es ihm gelänge, auch nur die Fußspitze hineinzutauchen. Sein Engagement als Bürgermeister hatte nicht die erhoffte Wirkung gezeitigt; das war jedenfalls sein Gefühl. Vielleicht funktionierte die Schule besser als früher, nicht zuletzt dank Battistina. Aber sonst hatte sich nicht viel verändert. Weder hier noch anderswo, weder für die Kleinpächter und Tagelöhner noch für die Seidenraupenzüchter, die Bewohner seines Dorfes.

Wie vor undenklichen Zeiten wurden den Familien die Raupeneier nach der Anzahl der Maulbeerbäume zugeteilt. Am Ende konnte der Pächter, der die Last der Aufzucht trug, Anspruch auf die Hälfte der reifen Kokons erheben. Der Verkauf wurde zu den Bedingungen der Besitzenden abgewickelt, und selbstverständlich lag der Verkaufspreis weit unter dem durchschnittlichen Marktwert.

Auch die düsteren Prognosen des *duturùn* an jenem Abend beim Pfarrer schienen sich zu bestätigen. Der verfluchte Bazillus verbreitete sich außerhalb der Stadt und suchte sich auch unter der Landbevölkerung seine Opfer. Innocente erschauderte bei dem bloßen Gedanken, daß jemand ihm berichtete, den und den hätten sie fortgebracht, weil er Blut spuckte ... Das durfte einfach nicht passieren.

Diese Dinge gingen Innocente an jenem Spätnachmittag Ende August durch den Kopf. Die schwüle Hitze wich allmählich einer frischen Brise, die von den Gipfeln des Monte Rosa herunterwehte. Er mußte sich genauer mit der Seidenraupenzucht auseinandersetzen und sie in industriellem Maßstab organisieren. Eine große überdachte Halle schwebte ihm vor, die in einzelne, jeweils einer Familie zugeordnete Bereiche unterteilt war. Auf diese Weise mußten die Wohnungen nicht mehr jedesmal auf den Kopf gestellt werden, und auch die Überwachung der Zucht wäre einfacher.

»Ciao, Papa.« Angelicas Stimme riß ihn aus tiefen Gedanken. Sie ist ja ausgesprochen guter Dinge, dachte Innocente. In letzter Zeit konnte er die Unbeschwertheit anderer, insbesondere die der eigenen Tochter, nicht ertragen. Sie erinnerte ihn an die abscheuliche Episode an jenem Tag im Juli, als er so töricht gewesen war, sich zu Avancen gegenüber Antonia hinreißen zu lassen, und er gedemütigt und zurückgewiesen worden war. Seit damals hatten sie sich nur flüchtig gesehen, und immer nur zufällig. Netta sollte begreifen, welche Rolle Frauen in seinem Leben spielten; wer hier das Sagen hatte und das Geschehen lenkte!

»Wir könnten vor dem Abendessen doch noch zu den Bienen hinausgehen«, schlug Angelica vor, bestrebt, ihren Vater aufzuheitern.

»Das machen wir!« nickte Innocente und stand auf. Im

Garten betastete er die kleinen Pfalzgrafenbirnen, die schwer an den Zweigen hingen, aber sie waren noch hart. Angelica warf den Kaninchen Fallobst hin, das sie vom Boden aufklaubten, und kam damit Maria zuvor, die die Früchte bestimmt ausgeschnitten und zum Nachtisch serviert hätte.

»Papa, ich muß dir etwas sagen.« Angelica hatte sich einen Ruck gegeben. »Ich wollte dich fragen, ob ... ich ... ich möchte dir einen Herrn vorstellen, vielmehr einen jungen Mann.«

»Und das wäre?«

»Den Grafen«, erwiderte Angelica mit der zufriedenen Miene desjenigen, der eine wertvolle Ware anzubieten hat, »den Grafen Attilio Ripalta.«

»Diesen Blondschopf, den wir damals in Magenta getroffen haben? Den Sohn des alten Ripalta, den ich ja kenne. Bist du von allen guten Geistern verlassen?«

»Du weißt immer alles ganz genau«, murmelte Angelica finster. »Ich möchte ihn dir vorstellen, habe ich gesagt, das heißt, daß wir zusammensitzen und plaudern. In Magenta habt ihr euch ja nur flüchtig kennengelernt. Ich möchte aber, daß er die Villa sieht, den Garten ...« Ihre Stimme zitterte.

Versöhnlich gestimmt hob Innocente die Hand. »Schon gut«, meinte er nachgiebig. »Ich bin doch kein Unmensch. Gegen einen ehrbaren Besuch habe ich nichts einzuwenden. Du solltest mit Maria sprechen, du weißt ja, wie eigen sie geworden ist. Sprich dich mit ihr ab, damit sie etwas anzubieten hat.«

Hocherfreut überschüttete Angelica ihren Vater mit Dankesworten und lief in die Küche. Sie war geradezu euphorischer Stimmung. Innocente hörte sie mit der Alten eifrig diskutieren. Plötzlich empfand er eine Eifersucht, die ihn selbst überraschte! Seine Tochter ... zum erstenmal in Herzensangelegenheiten verwickelt. In seinem Alter – er war mittlerweile fast fünfzig – noch eine solche Unruhe in sich zu spüren!

An einem Sonntag Ende August kam Attilio zu Besuch. Der Sonntag war gewöhnlich der Tag, an dem er sich seiner Mutter widmete. Mit ihr und dem Vater gemeinsam besuchte er die Messe; nach dem Mittagessen ging es dann zum Friedhof – ein seit Jahren eingespieltes Ritual, bei glühender Hitze wie bei eisiger Kälte. Deshalb waren Mercedes wie auch ihr Mann nicht wenig überrascht, als Attilio verkündete: »Ich bitte um Erlaubnis, Papa ...« Der Form halber wandte er sich an den Vater, obwohl er wußte, daß stets die Mutter das letzte Wort hatte, »mich am nächsten Sonntag nach dem Mittagessen zu entschuldigen.«

Mercedes zwang sich, den Verdacht zu unterdrücken, der in ihr aufstieg: »Wie das? Eine derart dringende Verpflichtung?«

»Dringend würde ich nicht sagen«, erwiderte Attilio und zwang sich zur Ruhe. »Aber einigermaßen wichtig schon.« Er hielt dem Blick der Eltern stand. »Ich bin von Bürgermeister Dago in seine Villa eingeladen und habe zugesagt, da ich mit ihm über persönliche Angelegenheiten zu sprechen habe. Aber selbstverständlich nicht, ohne mich vorher mit euch abzustimmen.« Er hielt inne und befeuchtete sich die trockenen Lippen. »Wir ihr wißt, habe ich im vergangenen Jahr Angelica kennengelernt, die Tochter dieses Signor Dago. Sie ist jung, vor einem Monat ist sie achtzehn Jahre alt geworden ... Ich habe eigens gewartet, bis sie achtzehn wurde, bevor ich euch einweihen würde. Und ich wollte mir auch sicher sein, daß die Zuneigung, die wir füreinander empfinden ... echt ist, versteht ihr. Im vergangenen Sommer habe ich sie immer wieder getroffen, was ihr ja auch mitbekommen habt – verzeiht, wenn ich die Dinge auf meine Art zu regeln gedachte ... Jedenfalls haben wir unsere Bekanntschaft vertieft – immer in Anwesenheit ihrer Mutter, immer! Und ich bin zu dem Schluß gekommen, daß sie die Richtige für mich ist.«

»Ach so?« hauchte die Mutter so leise, daß es Attilio nicht hörte. »Und daher«, fuhr er fort, »werdet ihr verstehen daß ich endlich auch ihrem Vater vorgestellt werden möchte, ich meine, ganz offiziell, flüchtig kenne ich ihn ja schon. Ich habe nicht die Absicht, gleich um Angelicas Hand anhalten, sondern eine ernsthafte Grundlage für eine Beziehung schaffen, die mir sehr am Herzen liegt … sehr«, wiederholte er. Dann schwieg er, erleichtert, endlich die Karten auf den Tisch gelegt zu haben.

Der Graf saß da, die Ellbogen auf den Tisch gestützt, und wartete darauf, wie seine Frau reagierte. Er blickte seinen Sohn an, der heiter und gelassen schien. »Er hat keine Ahnung, was ihn erwartet«, dachte er und empfand Mitleid mit ihm.

Und in der Tat, die Contessa holte weit aus. Sie benannte die Vorfahren der Ripaltas mehrere Generationen zurück, allem voran einen Onkel, der im Ruche der Heiligkeit stand. Ohne feindseligen Unterton begann sie sodann, die unbestreitbaren Familienverhältnisse Angelicas darzulegen: die neureichen Dagos, die uneheliche Geburt des Mädchens, die eingefleischten unmoralischen Gewohnheiten des Advokaten. Dann aber auch das rätselhafte Leben von Angelicas Mutter, einer ungebildeten Seidenspinnerin, die so viele Jahre ohne Ehemann in der Stadt gelebt hatte. Mercedes sprach ruhig, ganz ohne Drohungen. Der Graf nickte, ohne es zu wagen, sich einzumischen. Und Attilio hörte kreidebleich den Ausführungen zu.

Schließlich ergriff er das Wort: »Der langen Rede kurzer Sinn ist, daß wir Ripaltas uns als etwas Besseres dünken!« Mit ironischem Blick sah er auf die zahlreichen Risse an den Wänden und auf die Schuhe seines Vaters, die eine Neubesohlung dringend benötigten. »Wir leben im Jahr 1910, Mama!« murmelte er bitter. »Niemand«, fuhr er sodann mit Respekt fort, »und ich am allerwenigsten, möchte mir anmaßen, deine Prinzipien zu verurteilen. Im Gegenteil, ich achte sie. Folge du ihnen, aber du kannst sie nicht anderen Menschen aufzwingen wollen. Vielleicht ist der Advokat Dago … leichtfertig und skrupellos; ich kenne ihn nur oberflächlich. Aber die Mutter ist ganz gewiß nicht der Typ Frau, wie du vermutest. Im Gegenteil, mir kam sie wie ein Engel vor: zart und gut. Und Angelica ist gebildet, von gutem Charakter und wirklich hübsch. Sie paßt in jede

Umgebung. Gibt es für einen Agrartechniker eine bessere Ehefrau? Abgesehen von dem blauen Blut unserer Vorfahren bin ich ein Mann, der sich auf Felder und Stallungen versteht, der auf dem Land unter Tieren lebt und kein Vermögen besitzt. Das ist alles, Mama, mach dir das klar. Was sollte ich deiner Meinung nach tun? Die Beziehung zu Angelica abbrechen? Zu ihr gehen und sagen: Nein, ich habe es mir noch einmal überlegt, ich möchte deinen Vater doch nicht kennenlernen und auch mit dir nichts mehr zu schaffen haben. Warum eigentlich? Warum?«

»Zwinge mich nicht, noch unangenehmere Dinge zu sagen.« Die Contessa gab sich nicht so schnell geschlagen. Sie war bleich wie eine Statue aus der Familiengruft im Friedhof. »Du kannst machen, was du willst, aber ich sage dir eins: Geh keine Verpflichtungen ein! Denn wenn du in Ruhe nachdenkst und weißt, daß ich dieses armselige Mädchen in meinem Haus niemals dulden werde, wirst auch du deine Meinung ändern. Falls du dich für sie entscheidest, wirst du dieses Haus verlassen müssen, in dem du geboren bist und das du liebst, und auch wir werden dir unsere Zuneigung entziehen.« Sie warf ihrem Mann einen drohenden Blick zu, falls er es wagen sollte zu widersprechen. Und in diesem Augenblick verachtete Attilio seinen Vater, der beharrlich schwieg, aus tiefstem Herzen. »Mach, was du willst. Aber überleg es dir gut. Du bist gerade zwanzig Jahre alt; du hast uns schon einmal einen großen Kummer bereitet, als du dein Studium abgebrochen hast. Noch wäre Zeit, es nachzuholen … neben deiner jetzigen Tätigkeit, die dir ein regelmäßiges Einkommen sichert. Doch das geht nur, wenn du frei bist, ohne Verpflichtungen. Nicht, wenn du einem Mädchenrock, schlimmer noch, einer solchen Familie nachläufst …«

In seinem Zimmer biß sich Attilio auf die Lippen und rang die Hände, während er auf- und ablief. Er fühlte den hochmütigen, dann wieder flehenden und ironischen Blick seiner Mutter auf sich lasten wie eine unerträgliche Bürde.

59

Noch vor Sonnenuntergang verließ Innocente das Haus, um die Rebhuhnnester zu inspizieren, von denen ihm die Bauern erzählt hatten. Es war Dienstag in der letzten Augustwoche. Zwischen den staubigen Maispflanzen von Rovediga fand er, was er suchte. Seine Weste war über und über mit Kletten und mit feinem weißem Staub bedeckt.

Auf dem Heimweg kehrte er noch bei Lina ein, um sich die durstige Kehle zu befeuchten, wie er zu sagen pflegte. Natalina schonte sich nicht. Vom Morgengrauen bis zum Schlafengehen hatte sie alle Hände voll zu tun. Domenico war stolz auf sie, und mit der echten Zuneigung einer zärtlichen Beziehung nannte er sie *»la mia donna«*, »meine Frau«.

Unter der neuen Leitung hatte das Lokal ein grundlegend neues Gesicht bekommen. Im Winter waren die heißen Suppen, im Sommer das Zitronensorbet und die Granita ein wahrer Kassenschlager. Jeden Samstagabend fand ein Kartenspielrennen statt, das ebenfalls großen Zulauf hatte.

Als Innocente eintrat, war das Lokal fast leer; nur zwei Männer genehmigten sich ein Gläschen Wein vor dem Abendessen.

»Guten Abend allerseits«, grüßte er und nahm den Hut ab. Er blieb stehen und stützte sich auf die Theke. Natalina hatte sich die Ärmel hochgekrempelt und bereitete das Gemüse für die Suppe am nächsten Tag.

»Na, gibt's was Neues?« fragte Innocente mit verschmitztem Lächeln.

Natalina errötete und schüttelte den Kopf. »Nein, nein, noch nichts.«

»Wirklich? Wie schade. Woran könnte es liegen? Entweder ist der Brunnen zu tief oder das Seil zu kurz ...«

Die Männer am Tisch lachten. Das war ein alter Scherz, mit dem man frischverheiratete Frauen neckte, wenn sie nicht gleich schwanger wurden.

Lina errötete noch mehr, aber ihre Augen lachten. Dunkle Schatten zeichneten sich unter den Augenlidern ab – ein Zeichen für ein leidenschaftliches Temperament, dachte Innocente. Die sogenannten ›Tintenfischringe‹ stürmischer Liebesnächte. Plötzlich betrachtete er sie mit größerer Aufmerksamkeit.

Ich bin wirklich ungezogen, warf er sich im stillen vor. Er leerte das Glas Wasser in einem Zug, grüßte und ging. Aber noch lange spukte ihm das Bild Linas mit den entblößten Armen und den dunklen Ringen unter den Augen im Kopf herum.

Es war noch früh am Morgen, als er tags darauf erneut das Gasthaus betrat. Er sah sich um, zufrieden, daß niemand da war. Domenico war wie gewöhnlich in aller Frühe nach Magenta gefahren, um die Eisblöcke und anderes einzukaufen; Natalinas Schwiegermutter war in der Morgenmesse. Als er am Zaun entlanggegangen war, hatte er Domenicos alten Vater gesehen, der sich im Garten zu schaffen machte. Er hatte die Flasche mit dem verdünnten Wein dabei, was dafür sprach, daß er für mehrere Stunden draußen bleiben würde. Viel war zu tun, um die letzten Früchte der Erde zu ernten.

Natalina war also allein. Sie hatte die Stühle kopfüber auf die langen Tische gestellt und schrubbte auf Knien den Fußboden. Ihre kräftigen Waden waren unter dem hochgebundenen Rock zu sehen.

»Oh, *sciùr* Cént! Zu dieser frühen Stunde?« rief sie und stand rasch auf, um sich den Rock glattzustreichen.

»Sperr die Tür ab«, befahl er in barschem Ton, »und schieb auch den Riegel vor die Hintertür.«

Da Natalina sich, starr vor Schreck, nicht vom Fleck rührte, tat er es selbst. Noch immer ruhig, aber mit einem entschlossenen Gesichtsausdruck drehte sich Innocente um und musterte die stumm und ängstlich dastehende Lina von oben bis unten. Dann packte er sie am Arm und zog sie mit Gewalt auf die Ottomane. Sie wagte nicht zu schreien, wie sie es gerne getan hätte, aber sie versetzte ihm Fußtritte und stieß zwischen den zusammengebissenen Zähnen derbe Flüche hervor. Doch Innocente drückte sie mit erstaunlicher Kraft mit seinem Knie nach unten und riß ihr den Rock hoch, dann knöpfte er sich die Hose auf. Mit angstgeweiteten Augen starrte Lina ihn an, ohne fassen zu können, was da vor sich ging. »Aber *sciùr* Cént, was machen Sie da! Sind Sie verrückt geworden?« Dann stürzte er sich auf sie, schnell und gewaltsam. Anschließend stand er auf und strich sich die Kleidung zurecht.

»Das war noch gar nichts, das hat mir nicht besonders gefallen. Morgen machen wir's besser. Ich komme wieder, sobald es zur Morgenmesse läutet. Halte dich bereit!«

»Nein, nein und nochmals nein!« Natalina schrie jetzt fast. »Ich werde es meinem Domenico erzählen, was glauben Sie denn ...«

»Du Dummchen.« Innocente war kalt wie ein Fisch. »Besser, du hältst den Mund, sonst schmeiß ich euch hier raus, alle miteinander. Du weißt ja, daß das alles mir gehört. Halt lieber still, wie ich dir sage.«

Mit dem Stock und dem Hut in der Hand drehte er sich im Gehen noch einmal nach ihr um: »Wenn du Dummheiten machst, fliegt ihr hier raus.«

Natalina, die sehr genau wußte, wie wahr diese Drohung werden könnte, brach in Tränen aus.

»Aber wenn du brav bist«, dabei drehte er den Schlüssel im Schloß um, »werde ich die Miete noch weiter senken.« Seine Stimme klang jetzt beinahe freundschaftlich, ja väterlich. »Sind wir uns einig? Dann also bis morgen.«

Er begab sich schnurstracks ins Rathaus, wo er wie gewöhnlich den Vormittag verbrachte, ohne noch einen Gedanken daran zu verschwenden, wie er den Tag begonnen hatte, ohne Gewissensbisse wegen der Drohungen und auch ohne Gefühl für die körperliche Lust, die er genossen hatte.

Und er kam am darauffolgenden Morgen wieder. Die Ottomane ächzte, die langen wurmstichigen Holzbretter bogen sich. In dem Raum, der nach außen zur Straße wie auch nach innen zum Hof hin isoliert lag, erklang ein Stöhnen, das nicht nur das Stöhnen Innocentes war. Im Verlaufe von wenigen Minuten hatte sich Natalina von einer gottesfürchtigen und keuschen jungen Ehefrau zu einer treulosen Sünderin verwandelt. Sie hielt sich nicht lange bei Feinheiten auf. Wie das Schicksal es fügte, sagte sie sich, war schließlich Innocente der Padrone. Einst hatte ihm Antonia gefallen, jetzt wollte er sie. Fast so etwas wie Stolz erfüllte sie, während Innocente gleichgültig seine Kleider ordnete.

60

Das Unwetter kündigte sich mit Blitz und Donnergrollen an. Innocente zog sich unter den Portikus zurück und blickte zum Himmel hinauf. Beim Quietschen des Gartentors drehte er sich um und ging Attilio und Angelica entgegen, müde, denn er hatte in der vergangenen Nacht wenig und schlecht geschlafen. Es hatte ihm schließlich gedämmert, daß er Natalina ein großes Unrecht angetan hatte. Doch die Schuld gab er einem bösen Geist, der von seinem Körper Besitz ergriffen, nach ein paar Tagen jedoch wieder verschwunden und ihn zum Nachdenken über begangenes Unrecht gebracht hatte. Die ganze Nacht hatte er sein Gewissen erforscht. Für eine Feindseligkeit gegenüber Attilio beispielsweise gab es keinen plausiblen Grund. Jeder Vater, hatte er sich gesagt, wäre glücklich, seine Tochter diesem jungen Mann anzuvertrauen, der so eifrig und entschlossen das Leben anpackte und nicht so fatalistisch und untüchtig war wie sein Vater, der alte Graf Ripalta.

Und so ging er den beiden jungen Leuten wohlwollend, wenn auch erschöpft, entgegen. Attilio schlug die Hacken zusammen, Angelica grüßte mit einem unsicheren Lächeln und hob den Arm, um sich gegen den Windstoß zu schützen, der ihr Staub und welke Blätter ins Gesicht wehte. »Hier unter dem Portikus zieht es immer ein wenig«, meinte Innocente.

»Schön«, meinte Attilio und bewunderte im Salon die Kommode aus Nußbaumwurzelholz, die gegenüber dem Tisch an der Wand stand. »So anmutig und leicht. Bei mir zu Hause sind die Möbel uralt. Massiv und schwer!«

Die beiden jungen Leute setzten sich auf das kleine Empire-Sofa, Innocente nahm auf dem Sessel mit den Löwenpfoten Platz. Attilio schien seine alte Sicherheit verloren zu haben. Obwohl er der Mutter keck Widerpart geboten hatte, hatte ihn das Gespräch doch tief verstört und zermürbt. Zu seiner Mutter hatte er schon immer eine enge Beziehung gehabt. Attilio konnte mit ihr über alles sprechen, so war es wenigstens bis zu diesem Zeitpunkt gewesen. Auch in schwierigen Phasen seines Lebens hatte er sich ihrer Unterstützung und ihres Verständnisses stets sicher sein können, auch als er das Studium abgebrochen hatte.

Doch diesmal setzte sie ihm ihren klaren Widerstand entgegen. Er konnte nicht leichten Herzens einfach das Band durchschneiden, das ihn an seine Mutter knüpfte. Diesen Schmerz würde sie nicht überleben. Während er so neben Angelica saß, fühlte er sich mit ungeheurer Leidenschaft zu ihr hingezogen. Er zwang sich, mit dem Hausherrn Konversation zu machen, und da er wußte, daß Innocente ein begeisterter Jäger war, sagte er: »Ich habe bei Dubois interessante Dinge gelesen. Sie kennen ihn, nicht wahr? Carlo Dubois, eine Kapazität auf seinem Gebiet. Er behauptet, daß die kleinen Vögel auf dem Land, die die schädlichen Larven vernichten, das Gemüse, die Obstbäume und die Ernte befallen, besser geschützt werden müßten.«

»Das habe ich immer gesagt«, bestätigte Innocente. »Wehe, wer den Spatzen etwas zuleide tut! Ein guter Freund von mir, Signor Tosoni, der weitgereist ist, hat mir erzählt, daß König Leopold in den königlichen Gärten in Brüssel alle möglichen Arten von Vögeln hält, die sich nach Belieben ihre Nester bauen können. Und es scheint tatsächlich, daß in diesem Park sämtliche Insekten verschwunden sind.«

»Man kann natürlich nicht abstreiten, daß manche von ihnen wirklich allzu gefräßig und schädlich sind«, gab Attilio zurück. »Ich habe für das Gut Martinella Vogelscheuchen aufstellen lassen, die die Spatzen vom Weizen und von den Kirschen abhalten ...«

»Schon«, nickte Innocente, »aber ich würde sagen, auch wenn ein geringer Teil der Ernte im Bauch der Spatzen landet, ist es nicht so schlimm; das dient den geheimnisvollen Zwecken im harmonischen Reich der Natur ...«

»Oh, Papa!« Angelica klatschte in die Hände. »Das hast du aber schön gesagt! Stimmt's, Attilio?«

Innocente war jetzt ganz in seinem Element. »Maria!« rief er, »na, was ist denn?«

Er stand auf. Aus der Küche drang das Klappern von Geschirr herein. Attilio drückte Angelica, die neben ihm auf den Sofa saß, die Hände. Es war plötzlich dunkel geworden, und gleich darauf fielen die ersten Regentropfen.

»Wie schade!« meinte Angelica bedauernd. »Ich wollte dir doch den Garten zeigen, die Bienen, den kleinen Hügel ...«

»Es ist nur ein Sommergewitter.«

»Der Sommer ist schon fast vorbei«, seufzte sie. »In der zweiten Augusthälfte nimmt das erste Gewitter immer die schöne Jahreszeit mit fort.« Während sie dies sagte, betrachtete sie Attilio, verwundert, weshalb dieser so sicher und entschlossen wirkende junge Mann nicht den Mut fand, das zu sagen, weshalb er schließlich hergekommen war. Beinahe um ihn daran zu erinnern, drehte sie den Ring mit der Perle am Finger. Innocente kam wieder herein.

Schließlich begann Attilio: »Herr Advokat Dago, ich habe Ihnen in bezug auf Ihre Tochter etwas zu sagen. In letzter Zeit habe ich sie häufiger getroffen, wie Sie vielleicht wissen. In allen Ehren, wie Sie mir glauben können. Aber ich möchte dennoch auch um Ihre Erlaubnis bitten, nachdem ich bereits das Einverständnis der liebenswürdigen Signora Antonia erhalten habe. Deshalb bin ich hier ...«

Er schwieg verlegen. Angelica konnte sich des unbehaglichen Eindrucks nicht erwehren, daß dem so trockenen und knappen Vorstoß Attilios wesentliche Elemente fehlten. Zitternd erwartete sie die Antwort des Vaters.

»Die Erlaubnis? Wozu? Euch zu sehen? Aber das habt ihr doch sowieso schon getan?« erwiderte Innocente sanft.

»Es lag mir daran, Sie persönlich davon in Kenntnis zu setzen«, beharrte Attilio. »Ich würde gerne wissen, ob ich akzeptiert bin, ob unsere Freundschaft nicht unerwünscht ist.«

Als er das Wort ›Freundschaft‹ hörte, rümpfte Innocente die Nase und runzelte die Stirn. Aber vielleicht war dies in Adelskreisen so üblich.

»Sie können Angelica treffen, wann immer Sie wollen, falls Sie das meinen«, erwiderte er außergewöhnlich zahm nach den in der Nacht gereiften Entschlüssen. »Hier oder bei ihrer Mutter, ich habe nichts dagegen.«

Aber er wagte es nicht hinzuzufügen: »Und Ihre Eltern? Möchten sie denn nicht auch meine Tochter kennenlernen? Sie zu sich einladen?« Er wollte ja nicht voreilig erscheinen und den Eindruck erwecken, als wolle er seine Tochter unter die Haube bringen, um jeden Preis.

Es regnete immer noch, aber zwischen den Wolken spitzte schon die Sonne hervor und ließ die fleischigen Magnolienblätter aufglänzen. Maria kam mit einer Karaffe rubinroter Flüssigkeit herein. Trotz des heftigen Regens war sie zu Domenicos Gastwirtschaft geeilt und hatte zerstoßenes Eis geholt. »Das ist für Angelica und ihren Verlobten«, hatte sie erklärt. »Der *sciùr* Bürgermeister möchte einen guten Eindruck machen.«

Jetzt schwamm das Eis auf dem Himbeersirup, den Maria aufwendig zubereitet hatte. Das Rezept, auf das sie sehr stolz war, hatte sie von ihrer Urgroßmutter, die es wiederum von einem durchreisenden Schweizer erhalten hatte.

Auch Attilio lobte das Getränk über alle Maßen. »Ausgezeichnet! Wirklich köstlich. Wenn Sie mir das Rezept für meine Frau Mutter geben könnten …«

Während Maria davonschlurfte, murmelte sie, daß kein schriftliches Rezept existierte; sie habe alles im Kopf. Die zufällige Erwähnung seiner Mutter brachte Attilio ins Grübeln. Doch die Sonne hatte sich inzwischen durch die Wolken gekämpft, und der Nachmittag war mit einemmal wieder klar und schön.

Angelica raffte ihren Rock, nahm Attilio an der Hand und zog ihn mit fort. Von der Wiese stieg ein würzig-herber Duft auf. Innocente folgte den beiden, zufrieden, daß der junge Mann die Parkanlage mit den verschiedenartigen Bäumen und Sträuchern zu würdigen wußte. Zwischen den Lorbeerbäumen saß das Käuzchen auf seinem Stängchen, den Kopf zwischen die Flügel geduckt. Sie neckten den Vogel mit einem Zweig.

Von der Wiese her rief Innocente, er gehe hinüber zu den Bienenstöcken. Die Rolle des Anstandswauwaus liegt mir nicht, sagte er sich.

Angelica und Attilio setzten sich auf die Steinbank; einen Augenblick sah das Käuzchen sie mit seinem runden gelben Augen an. Sie mußten lachen.

»Sandrone, hast du Angst gehabt bei dem Gewitter«, rief sie ihm lachend zu. Doch im Innersten war sie erregt und zitterte. Attilio legte ihr zärtlich den Arm um die Hüfte, nahm ihr Gesicht in seine Hände und drückte ihr einen keuschen Kuß auf die Lippen. Doch schon hörten sie die befehlsgewohnte Stimme des Vaters. Nervös sprang Attilio auf, so daß sogar Sandrone zusammenfuhr. Dann eilten sie zu Innocente, ohne es zu wagen, sich an den Händen zu fassen.

Noch vor dem Abendläuten brach Attilio auf. Es wurde früh dunkel, und er wollte zum Abendessen zu Hause sein. Dort angelangt, schirrte er das Pferd aus und führte es am Zaum zur Futterkrippe. Im Vorbeigehen warf er einen Blick durch die erleuchteten Fenster in das Arbeitszimmer seiner Mutter. Er blieb wie versteinert stehen.

Mercedes kniete auf dem blanken Fußboden vor dem Kruzifix und schlug sich weinend an die Brust. Da er sie als gefühlskalt und kontrolliert, als würdevoll und aristokratisch überlegen kannte, schnürte es ihm bei diesem Anblick das Herz zu. Nicht einen Augenblick zweifelte er daran, daß er selbst die Ursache war für diesen Schmerz seiner Mutter.

Er schlich sich ins Haus, vorbei am Arbeitszimmer des Vaters, und ging hinauf in sein Zimmer. Trotz seiner furchtbaren Angst aß er, auf dem Bettrand sitzend, ein Stück Brot und Käse. Und in diesem kindlichen Gemütszustand, geängstigt und wehrlos, fand er Zuflucht in einem unruhigen Schlaf.

61

Mit dem Ende des Sommers verließen auch Ersilia alle Wärme und Kraft. Ihre Wangen fielen ein, sie ging auf zunehmend unsicheren Beinen. War schon der körperliche Verfall gravierend, so vollzog sich der geistige Niedergang ab Mitte September rapide.

Per Brief, den Angelica schrieb und in den dafür vorgesehenen Kasten auf der Piazza einwarf, wurde der Arzt gerufen. Er müsse den Arteriendruck feststellen, meinte der *duturùn*, doch dafür müsse Ersilia in seine Praxis kommen, wo die dafür nötige Apparatur bereitstünde. Auf alle Fälle aber wolle er ihr Blutegel ansetzen und sie zur Ader lassen. Aber Ersilia blieb auch danach geistig abwesend und gewann ihre alte Kraft nicht wieder zurück.

Mehr als Antonia litt Angelica unter diesem Verfall ihrer Großmutter, der sie tief erschütterte. Ersilia war seit jeher ihre Zuflucht gewesen, denn sie zeigte Verständnis auch ohne viel Worte, war aufrichtig und großzügig. Sie in diesem kläglichen Zustand zu sehen, erschütterte Angelicas Vertrauen in das Leben.

Nach einer überraschend schweren Venenentzündung konnte Ersilia nicht einmal mehr die Treppe hinaufsteigen. Antonia richtete ihr deshalb das Bett auf der Ottomane im

Wohnzimmer her, wo auch nachts die Kohlenglut noch Wärme ausstrahlte. Der Arzt riet, sie nicht mehr allein zu lassen. Es war nicht auszudenken, was passierte, wenn sie stürzte und sich etwas brach.

Zum Glück vermittelte Lucina ihrer Freundin immer neue Schneidereiaufträge: Stickereien für die Brautaussteuer, Blusen und Hemden. Zwar konnte man Kleidung inzwischen auch von der Stange kaufen, aber die feinen Damen und Herren bevorzugten weiterhin die handgearbeiteten Kleider aus der Schneiderwerkstatt. An Arbeit fehlte es Antonia also nicht, und da die Preise gestiegen waren, verdiente sie auch mehr.

Außer dem wenigen, was sie zum Leben brauchten, kaufte sie von dem Geld feinstes Leinen, denn Angelica sollte eine Aussteuer bekommen, die einer Prinzessin würdig gewesen wäre.

Um die Kranke kümmerte sich hauptsächlich Angelica. Antonia hatte neben ihren Schneiderarbeiten auch noch die Tiere zu versorgen – in der widersinnigen Hoffnung, wenn Ersilia eines Tages wieder gesund wäre, sollte sie den Stall in bester Ordnung vorfinden. Aber der Zustand der Alten verschlechterte sich von Tag zu Tag.

Daher traf sich Angelica mit Attilio immer zu Hause und immer in Anwesenheit Ersilias, die meist vor sich hindöste, ab und zu aber wirre Sätze redete. Der Herbst war schön gewesen, so daß sie ab und zu im Garten spazierengehen und sich hinter den großen Hortensienbüschen einen flüchtigen Kuß geben konnten.

Manchmal aßen sie mit Innocente in der Villa zusammen zu Abend. Attilio war sich bewußt, daß seine Beziehung zu Angelicas Vater nicht besonders weit gediehen war. Selbstverständlich siezten sie sich, sie unterhielten sich über die Jagd, den Feldbau und andere unpersönliche und belanglose Themen, die sie meist aus der Zeitung bezogen. Innocente redete, nur um etwas zu sagen, hatte aber das deutliche Gefühl, daß auch Attilio nur oberflächlich Konversation machte, was wiederum Innocente die Lust nahm, mit ihm eine engere, auf die zukünftige Verbindung des jungen

Mannes mit seiner Tochter gerichtete Beziehung zu knüpfen. Das belastete und ärgerte ihn, doch er wußte nicht, wie er dies zum Ausdruck bringen konnte.

Wie jedes Jahr, so kamen auch diesmal zum Rosenkranzfest am ersten Sonntag im Oktober die Gaukler ins Dorf. Mitten auf der Piazza gegenüber dem Haus Francescos und Adelaides stand der große Zirkuswagen. Der alte ausgemergelte Gaul war an einem Laternenpfahl festgebunden und döste vor sich hin. Bei Einbruch der Dunkelheit wurde die Laterne angezündet. Es war immer die gleiche bescheidene Vorstellung: ein Balanceakt und ein paar Kraftübungen, ausgeführt von der wandernden Zirkustruppe, bestehend aus einem Mann mit eng anliegender Hose, einem schmächtigen Jungen und einer Frau, die mit einem Hut in der Hand unter den Zuschauern herumging und Geld sammelte.

Die ersten Kinder liefen herbei; sie waren gut gewaschen und hatten ein Stück Brot in der Hand. Auch Angelica und Attilio besuchten die Vorstellung. Der Mann trat auf, den Oberkörper entblößt; er fletschte die Zähne, ballte die Fäuste und sprengte schließlich die Ketten, die seine Brust einschnürten. Tosender Beifall brach aus, der sich noch steigerte, als der Junge einen Korbstuhl in den Lichtkegel stellte.

»Jetzt kommt es! Jetzt!« jubelten die Allerkleinsten.

»Was denn?« fragte Attilio.

»Vielleicht das mit der Biene«, flüsterte Angelica erwartungsvoll.

Der Junge setzte sich feierlich. Aus dem Schatten trat der Vater und bewegte die Arme wie Flügel in der Luft, schneller und immer schneller. Die Kinder, außer sich vor Freude, riefen schon im voraus die Sätze, die der Junge gleich sprechen würde: »Biene, gib mir den Honig! Biene, gib mir den Honig!«

Summend und mit aufgeblasenen Backen zog der Mann den Kreis immer enger. Mehrmals befahl ihm der Junge: »Biene, gib mir den Honig!«

Und endlich, nach einer erneuten Aufforderung, prustete der Mann mit aller Kraft, und das Wasser, das er bis dahin im Mund gehalten hatte, ergoß sich über den Ärmsten, der schicksalsergeben auf dem Stuhl saß. Wieder erhob sich rauschender Beifall. Die Frau ging mit dem Hut herum, und Attilio warf ein paar Centesimi hinein. Auch der Pfarrer, der eben aus dem alten Kirchlein getreten war, steuerte eine Münze bei.

»Und hier kommt Tobia, der kluge Hund!« rief der Gaukler und präsentierte ein Hündchen mit lockigem Fell, das in einem weiß-rot gestreiften Kleidchen steckte.

»Gehen wir«, sagte Attilio. Ohne Aufsehen zu erregen, standen sie auf. Außerhalb des Lichtkreises herrschte stockdunkle Nacht. Zum Schutz gegen die Kälte, die für diese Jahreszeit ungewöhnlich war, trug Angelica einen taillierten Wollmantel. Am Himmel blinkten die Sterne, und der Mond trat immer wieder hinter die Wolken. Inmitten der Felder stand ein Geräteschuppen ähnlich dem, der für Antonietta so entscheidend für ihr weiteres Schicksal gewesen war. Überwältigt von Gefühlen, drückte Attilio Angelica an sich. Er strahlte eine Hitze aus, die Angelica durch den Stoff hindurch spürte. Ungeduldig schob Attilio den Mantel zur Seite. Das Blut pulsierte ihm in den Adern. Angelica stellte sich auf die Zehenspitzen und preßte ihre Lippen auf seine Wange. Es folgte ein langer und süßer Kuß, den Angelica zärtlich zu erwidern wußte. Ein ungekanntes Glücksgefühl durchströmte sie, eng an Attilio geschmiegt, ein Herz und eine Seele. Leidenschaftlich, wie damals in der Kiesgrube. Und obwohl sie ihr Gefühl nicht zum Ausdruck zu bringen wagte, spürte sie mit Gewißheit, daß sie die Seine war.

Von der Piazza her drangen Lachen und Händeklatschen, die Angelica jedoch nicht aus ihren träumerischen Gedanken zu reißen vermochten. Sie küßten sich wieder und wieder, lange und intensiv, aber auch kurz und scherzhaft. Doch plötzlich – während Angelica trunken vor Glück in seinen Armen lag – riß sich Attilio von ihr los. Er holte die Taschenuhr heraus: »Zum Teufel. Es ist schon spät!«

Da sie selbst bereit war, für ein so süßes und wohltuendes Gefühl den väterlichen Zorn zu ertragen, wunderte sich Angelica, daß Attilio bei dieser Dunkelheit den Zeiger der Uhr hatte sehen können. Aber dann mußte sie seine Klugheit bewundern und zugeben, daß es an der Zeit war zu gehen. Attilio hielt ihre Hand bis zum Eingang der Villa – so fest, daß sie am liebsten geweint hätte. Innocente erwartete sie auf der Türschwelle, er merkte nicht, daß sie aus der falschen Richtung kamen. Attilio nahm sein Pferd am Zaum, grüßte und verschwand. Angelica küßte den Vater und ging dann rasch nach Hause. »Die Großmutter schläft«, beruhigte sie Antonia. Das Mädchen warf sich auf ihr Bett und betastete die kleinen Perlenohrringe, die so hell und klar schimmerten wie ihre Gedanken.

62

Battistinas ältere Schwester lebte in einem Weiler am Kanal, unweit des Jagdreservats La Fagiana der Ripaltas. Seit Battistina in dem Dorf wohnte, in dem ihr Innocente die Stelle als Lehrerin verschafft hatte, besuchte sie gemeinsam mit ihren fünf Kindern die Schwester einmal im Jahr um die Osterzeit. Im Winter erwiderte dann Battistina den Besuch und machte unterwegs auch bei der Mutter halt, die alleine in Abbiategrasso wohnte und sich beharrlich weigerte, ihre paar Zimmer aufzugeben und zu einem ihrer Kinder zu ziehen.

Dieses Jahr überredete Battistina Pietro, kurz nach dem Martinstag am sechsten November zur Schwester zu fahren. Sie liehen sich von Domenico Wagen und Esel, dafür versprach Pietro ihm ein Dutzend Beschläge. Mit ein paar Säcken Maisblätter polsterten sie den Wagen weich aus, und los ging es.

Die Kinder schliefen die ganze Fahrt hindurch und stiegen munter und hungrig vom Wagen ab. Bis Mittag war es noch eine Weile hin, trotzdem begannen sofort die

Vorbereitungen für die Hauptmahlzeit. Battistina hob einen Topf mit Fleisch und Kartoffeln vom Wagen, ein Eintopfgericht, das sie tags zuvor gekocht hatte; dazu gab es drei rohe Leberwürste. Regina hatte die Polenta schon fertig, auch der Wein und das in Essig eingelegte Gemüse standen bereit. Die Kinder machten einen Höllenlärm. Pietro schlang ein paar Bissen hinunter und ging nach draußen. Dort hockte er sich an den Kanal und sah aufs Wasser.

Bei Tisch hatte er vergeblich versucht, gegen das Kindergeschrei anzukämpfen und mit dem Schwager ein Gespräch zu führen. Pietro fehlte es nicht an Themen und Ideen, die ihm am Herzen lagen, doch selten gelang es ihm, sich darüber auszutauschen, weder mit seiner Frau, die mit ihrer Arbeit und den Kindern voll ausgelastet war, noch in der Osteria, wo sich niemand besonders dafür interessierte. Bis auf den Fremden, der ›Federterra‹ genannt wurde und immer ein altes Exemplar des ›Avanti!‹ unterm Arm hatte. Über manches, das sich Pietro schon vor den Aufständen der Bauern im Jahr 1889 hatte durch den Kopf gehen lassen, konnte man sich mit dem ›Federterra‹ durchaus verständigen. Damals gingen viele Bauern auf die Straße, heute schien das alles vergessen.

Seitdem sie sich zur Begrüßung in die Arme gefallen waren, hatten die beiden Schwestern nicht mehr aufgehört zu plaudern. Sie hatten immerhin sechs ereignisreiche Monate aufzuholen. Battistina gab Anekdoten aus ihrem Unterricht zum besten. Sie erzählte von einem Schüler, der in Erdkunde nach dem Namen für die Meerenge zwischen England und Frankreich befragt wurde. Hilfesuchend blickte er zu seinem Banknachbarn, der sich unablässig am Ärmel zupfte. Schließlich sagte er triumphierend: »Das Jackenmeer!«

Regina bog sich vor Lachen. Sie erzählte den neuesten Klatsch aus dem Dorf und erwähnte beiläufig auch den Grafen Ripalta. Battistina spitzte die Ohren: Diesen Namen hatte sie erst neulich gehört, und nicht von ihrer Schwester.

Sie kramte in ihrer Erinnerung: Angelica hatte sich ihr anvertraut. Was Battistina jetzt von ihrer Schwester erfuhr, beunruhigte sie sehr.

Nach ihrer Rückkehr ins Dorf erhielt Battistina Besuch von ihrer Schwiegermutter Maria, der Magd der Dagos. Wie so oft brachte sie den Kindern süße Krapfen. Battistina bot ihr einen Kaffee an und begann zögernd zu erzählen: »Gestern, bei meiner Schwester, habe ich Dinge gehört … ja, es ist besser, daß Ihr es erfahrt. Es betrifft Angelica.«

»Meine Schwester Regina«, begann Battistina, »ist mit einer gewissen Ciona befreundet …« Und sie fuhr fort, ihr die ganze Geschichte zu erzählen.

Diese Ciona, die den Gemüsegarten des Ripaltaschen Jagdhauses pflegte, belieferte nicht nur die Padroni mit allem, was sie benötigten, sondern verkaufte heimlich auch ein paar Kilo Kartoffeln, Zucchini und Tomaten, um ein bißchen Geld für Medikamente, Kleidung und all das übrigzuhaben, was der Boden nicht hergab. Donna Mercedes, die dies wußte, drückte aus christlicher Nächstenliebe ein Auge zu. Regina suchte also Ciona auf, um bei ihr Kartoffeln zu kaufen, und dort erfuhr sie einiges über das Haus Ripalta. Das Dienstmädchen der Ripaltas erzählte von den hysterischen Anfällen der Donna Mercedes, die es nicht ertrug, daß sich ihr Sohn mit einem fremden Mädchen namens Angelica traf; von den Auseinandersetzungen zwischen Mutter und Sohn; den Tränen, Beschwörungen und Drohungen. »Kurzum, bei den Ripaltas hängt der Haussegen schief. Ganz abgesehen von dem armen Attilio, der sich zwischen zwei widerstreitenden Gefühlen der Zuneigung – einerseits der Liebe zu seiner Mutter und andererseits der frischen ungestümen ersten Liebe – durchlavieren muß. Alle im Dorf bedauern ihn, und nervlich ist er fast am Ende.«

Maria hatte schweigend zugehört, jetzt stand sie auf: »Dieses Engelsgesicht«, zischte sie zwischen den Zähnen. »Also verheimlicht er uns doch etwas. Meine Angelica! Meine Angelica!« wiederholte die Alte auf dem ganzen Nachhauseweg und bis vor das Zimmer des Padrone.

»Was ist denn los?« brüllte Innocente von drinnen.

»Verzeihung, aber ich muß Sie unbedingt sprechen.« Sie hielt dies für eine Angelegenheit, über die Angelicas Vater unverzüglich in Kenntnis gesetzt werden mußte. Während Innocente ihr die Tür öffnete, murmelte Maria mit halblauter Stimme: »Darum also kann sich der Signor Attilio nicht entscheiden … darum!«

»Mit einem Nervenleiden ist nicht zu spaßen«, hatte der Arzt gesagt. Außer Gelée royale, dem Futtersaft der Königinbienen, und frischer Sahne, die sie ihrem Sohn einflößte, und außer der Anrufung Gottes und aller Heiligen im Himmel wußte Donna Mercedes nicht, was sie tun sollte. Nacht für Nacht stand Attilio auf, ging hinunter in die Bibliothek, nahm ein Buch aus dem Regal und las zwei Zeilen, ohne ein Wort zu verstehen. Er preßte die Stirn gegen das vereiste Fenster, und die Gedanken brodelten in seinem Kopf. War der Mond zu sehen, betrachtete er ihn eine Weile. Die Mutter spionierte ihm von der Treppe aus nach. Attilio spürte ihren Blick in seinem Rücken, tat aber, als merke er nichts. Vor Kälte starr, schlüpfte er danach wieder in sein Bett, die Augen zur Decke gerichtet. Er magerte ab, denn er brachte keinen Bissen hinunter. Um seine Blässe im Spiegel nicht betrachten zu müssen, ließ er sich einen Bart wachsen, der sein Gesicht entstellte.

Da das Projekt auf dem Gut Martinella fast abgeschlossen war, brauchte ihn Pedretti im Augenblick nicht. Im übrigen hatte der Winter das Land in seine Gewalt genommen. Der Graf Ripalta, den Attilio beneidete, zog sich jeden Tag die kniehohen Stiefel an und machte sich bei Eis und Frost in sein Jagdreservat auf, um die Spuren des Wildes zu verfolgen. Er war froh, auf diese Weise der düsteren häuslichen Atmosphäre entfliehen zu können.

Attilio war also ganz der Mutter ausgeliefert, die selbst eine trübe Miene zur Schau stellte. Ihre Augen waren rotgeweint, ihr Gesicht schien ausgemergelt, und dieser Anblick verstärkte noch Attilios Kraftlosigkeit und schränkte sein Denkvermögen derart ein, daß es ihm oft sogar schwerfiel, die Kutsche anzuspannen. Und doch wußte er, daß allein Angelica Licht in sein trostloses Leben brachte. Er fand Trost in ihrem heiteren Lachen, ihren ahnungslosen und bewundernden Blicken. Doch zuweilen fühlte er sich auch verletzt von der Unbeschwertheit des Mädchens, dem nichts etwas anhaben zu können schien.

Ersilia mußte inzwischen rund um die Uhr betreut werden, was große Geduld erforderte. Doch sobald Attilio da war, fing Angelica an, heiter zu plaudern. Sie zupfte ihn an seinem Bart, der von Tag zu Tag länger wurde, und servierte ihm Kaffee mit Keksen, die sie eigens für ihn gebacken hatte.

Ihre Freude und Heiterkeit erschienen ihm oft aber auch fehl am Platz, ja er empfand sie als Mißachtung seiner Person. Angelica wurde ungeduldig, sie verstand nichts und schmollte. Dann sprang er abrupt auf und beendete vorzeitig den Besuch. In der Kutsche, auf dem Heimweg, bereute er seinen Schritt. Er biß sich auf die Lippen und verfluchte sich.

Innocente hörte sich an, wie Maria ihrem Ärger Luft machte, ja, er freute sich über ihre Anteilnahme. Doch ihre Empörung war nichts im Vergleich zu der seinen. »Die Contessa Ripalta!« stieß er verächtlich hervor. »Contessa! Daß ich nicht lache! Sie schätzt sich nicht glücklich, daß ihr Sohn mit meiner Angelica geht! Nein, sie hintertreibt es! Die alte Hure! … Deshalb also, deshalb …«

Er hatte sich nach Attilios Besuch in der Villa einen Gegenbesuch bei den Ripaltas erwartet, aber nichts dergleichen geschah. Nicht einmal eine Andeutung. Nicht im Sommer und nicht im Herbst. Jetzt kannte oder zumindest ahnte er den Grund dafür, aber er konnte es nicht glauben. Niemand, auch nicht, wenn ein Hektoliter blauen Bluts in seinen Adern floß, konnte es abschlagen, sich mit einem Mädchen zu verbinden, das den Namen Dago trug! Dieser

Name war eine Garantie für Reichtum und Ansehen – und vor allem für Unbescholtenheit!

In Marias Ausführungen schien ihm eine Andeutung, ein Vorwurf seines freizügigen Lebenswandels enthalten. Aber wie konnte die Tatsache, daß er Frauenröcken nachlief, die Unbescholtenheit einer ganzen Familie in Frage stellen? Gewiß, sein Bruder Paolo wie auch er selbst waren Männer im ganzen Sinn des Wortes. Bestimmt hatten die Erkundigungen der Contessa bei dieser Ciona und das Geständnis dieser Hure von Tochter dieses Mißtrauen geweckt. Sollte sie sich doch ins Kloster einsperren lassen, wenn sie sich von solchen Kleinigkeiten derart gestört fühlte! Und dieser verfluchte junge Graf. Im Geist zählte er sich alles auf, weshalb dieser aufgeblasene Kerl und seine abgeschmackten Eltern sich alle zehn Finger lecken sollten nach einem Mädchen wie Angelica: ein so gesundes, hübsches Mädchen, von fröhlichem Wesen, mit einem gesicherten Vermögen, dazu noch gebildet. Doch bei all den Vorzügen vergaß er vollkommen die Nachteile, die insbesondere in der familiären Situation Angelicas begründet lagen. Aber daran wollte er nicht denken.

Eines Sonntags vor Weihnachten kam Attilio wie gewöhnlich ins Dorf. Er war in die Villa eingeladen. Innocente persönlich öffnete ihm die Tür.

Ohne mit Angelica darüber zu sprechen, hatte der Vater auf diesen Augenblick gewartet. Sein Entschluß stand fest. Angelica kauerte am brennenden Kamin, umsorgt von Maria, die ihr mit noch größerer Zärtlichkeit zugetan war als gewöhnlich, denn sie ahnte, was bevorstand. Angelica hatte Attilios Ankunft zum Mittagessen ungeduldig erwartet, denn sie hatte großen Hunger. Sie war völlig unvorbereitet und deshalb überrascht über Innocentes schroffen Ton. Ungläubig hörte sie die Sätze, die zwischen Innocente und Attilio in der Luft wie Schlangengezisch hin- und herflogen: die herausfordernden Fragen Innocentes und Attilios hilfloses Gestammel.

Von Innocentes drängenden Fragen bestürmt, errötete Attilio und stotterte wie ein Kind, das man beim Naschen in der Vorratskammer überrascht hat.

»Zum Teufel noch mal! Sie sind doch kein Kind mehr, Sie können doch nicht so tun, als wüßten Sie nicht, daß man sich in gewissen Situationen wie ein Mann zu benehmen hat …«

Innocente biß sich auf die Lippen. Einen Augenblick fürchtete er sich vor der Antwort, die Attilio ihm entgegenschleudern könnte: »Und Sie? Haben Sie sich denn wie ein Mann verhalten, als Angelica von ihrer armen Mutter entbunden wurde?« Aber Attilio sagte nichts dergleichen, er war zu gut erzogen und zu sehr auf Vorsicht bedacht.

»Ich hätte es schon getan«, stammelte er deshalb, »wenn es mir gelungen wäre, meine Frau Mutter zu überzeugen. Bald schon wollte ich sie ihr vorstellen. Und ich bin sicher, sie würde sie mögen. Einen solchen Engel!«

Bei diesen Worten brach Angelica in Tränen aus. Attilio drückte ihr die Hand, die sie zurückzuziehen versuchte. Er fuhr fort: »Sie ist kein böser Mensch, das kann ich versichern«, dabei zitterte seine Stimme. »Ihr Leben lang hat sie sich für mich aufgeopfert. Ich habe sie oft enttäuscht, zum Beispiel, als ich das Studium abgebrochen habe. Und jetzt … mit diesem meinem … unserem Vorhaben, befürchtet sie, daß ich nie mehr die Universität besuchen werde; darauf hofft sie nämlich noch immer. Eine Heirat, eine Familie – das alles hindert mich ihrer Meinung nach daran, das Hochschuldiplom zu machen. Das ist alles, Herr Advokat, ich versichere es Ihnen.«

Innocente grinste höhnisch.

»Geschichten! Der Grund ist ein anderer, halten Sie mich bloß nicht zum Narren. Ich bin nicht von gestern, und ich kenne diese sogenannten Leute von Rang: Sie sind das Nichtstun gewöhnt, und sie halten sich die Nase zu, um die Schweißausdünstungen derjenigen nicht zu riechen, die gezwungen sind, für ihren Lebensunterhalt zu schuften. Und sie dünken sich auch jetzt, da sie vollkommen mittellos dastehen, immer noch als etwas Besseres und rümpfen über andere die Nase.«

Attilio rutschte auf seinem Stuhl unruhig hin und her, rang die Hände und schüttelte vehement den Kopf. Ungeachtet Angelica, die tief bekümmert immer wieder murmelte: »Es ist genug, genug«, fuhr Innocente noch eine Weile in diesem Ton fort. Dann entließ er brüsk den jungen Mann.

Maria tröstete das Mädchen, das am ganzen Körper zitterte. Obwohl sie im Innersten dasselbe fühlte wie Innocente, sagte sie mitleidsvoll: »Aber so kann man das doch nicht machen …«

Es schlug Mittag. Innocente kam herein, nachdem er Attilio hinausgebracht hatte und brüllte: »Und du, 'Ngelica«, dabei ließ er sich ermattet auf den Stuhl fallen, »wehe, wenn du dich noch einmal mit ihm triffst. Man hat dich mißachtet, gedemütigt und betrogen; und mich auch. Verhalte dich dementsprechend! Du findest Tausende, die besser sind als der. Das garantiere, nein, das verspreche ich dir. In zwei Monaten wirst du ihm keine Träne mehr nachweinen; und vor der Tür werden sie Schlange stehen und um deine Hand anhalten!«

63

Tosoni wurde gebeten, an der von Don Carlo Sammartino, einem Mailänder Priester und Bewunderer Carlottas, organisierten Wohltätigkeitsveranstaltung teilzunehmen, und er lud auch Innocente dazu ein. Es ging um das geistige und materielle Klima, in dem zahlreiche verwahrloste und an den Rand gedrängte Menschen lebten, und um jene Verhältnisse, in denen Kriminalität und Krankheiten gediehen, die inzwischen auch das flache Land erreicht hatten.

Innocente war enttäuscht. Selbst in einer so fortschrittlichen Stadt wie Mailand unternahmen die öffentlichen

Einrichtungen so gut wie nichts, und wenn überhaupt, dann waren allein private Initiativen erfolgreich. »Die Regierung«, wetterte Don Carlo in seinem Referat, »erfüllt lediglich die Aufgabe eines Gefängniswärters und oftmals auch die eines Totengräbers. Tausende und Abertausende – letzten Schätzungen zufolge mehr als siebzigtausend – sitzen in den Gefängnissen ein; die Rede ist von Kindern, wohlgemerkt!«

Aus dem Publikum war murmelnde Zustimmung zu hören. »Wie viele von ihnen treiben sich in den öffentlichen Parks herum ... es ist eine Schande ...«

»Und was tut die Gesellschaft für sie?« rief der Priester empört. »Man steckt sie ins Gefängnis, wenn sie ein Stück Brot klauen. Ins Gefängnis oder in die Besserungsanstalten. Oder – was noch schlimmer ist – man schickt sie zu ihren Eltern zurück, die schließlich eine Mitschuld tragen an der miserablen Lage, in die diese Kinder geraten sind ... Siebzig Prozent von ihnen werden kriminell ... Und wir alle wollen nichts davon wissen, und wenn wir davon wissen, bleiben wir untätig und rühren keinen Finger.«

Neben dem Redner auf dem Podium saß ein bekannter Vertreter der sozialistischen Partei Mailands. Innocente beobachtete ihn aufmerksam und fragte sich, mit welchen Gefühlen er wohl dieser anklagenden Rede folgen mochte.

»Und diese blutjungen Mädchen, die vor den Luxuslokalen ihre Blumen verkaufen ... wie oft fallen sie niederträchtigen schändlichen Männern in die Hände und verkaufen mit ihren Blumen auch ihre Unschuld. In Mailand«, so der Priester weiter, »geschieht dies tagtäglich.«

Er machte eine Pause, trank einen Schluck und fuhr dann fort: »Wir unsererseits können nur gut der Hälfte dieser Elenden Hilfe anbieten.« Don Carlo beschrieb alsdann sein privates und großzügiges Hilfswerk, das sich in Mailand großen Ansehens erfreute. Dann übergab er dem sozialistischen Stadtrat das Wort. Innocente, der sich von der Stadtverwaltung konkrete praktische Hilfsmaßnahmen erwartet hatte, bekam eine düstere Auflistung all der bekannten Übel dieser Stadt zu hören, vorgetragen ohne den geringsten Hoffnungsschimmer.

»Überall, wo ich diesen kleinen Vagabunden begegnet bin«, sagte der Stadtrat, »ob in Mailand, Rom, Neapel, Ferrara, in Paris oder in London ... überall mußte ich feststellen, daß der verhängnisvolle Weg der Korruption und des Verbrechens, auf den diese Kinder geraten waren, keineswegs den Erbanlagen zuzuschreiben war, wie manche meinen, sondern der Tatsache, daß sie im Stich gelassen wurden von einer Gesellschaft, die das elektrische Licht, Telegraph und Telephon, Kino, Eisenbahn und das Automobil erfunden hat ... Unsere Kultur«, dabei betonte er nachdrücklich jede Silbe, »die für die Jugend Marathonläufe organisiert, der die Verbesserung der Pferderassen ein Anliegen ist, macht sich schuldig, weil sie die Hauptursache unserer sozialen Übel außer acht läßt: die vernachlässigten armen Kinder. Italien braucht engagierte Menschen, die sehen, hören und handeln!«

Als der Redner mit seinen Ausführungen fertig war, brach ein minutenlanger Beifallssturm los. Die Zuhörer zückten ihr Portemonnaie. Carlo war zufrieden mit der gespendeten Geldsumme und bedankte sich von der Bühne herab, und viele der Damen waren zu Tränen gerührt.

»Und nun?« Innocente schüttelte den Kopf, während er mit dem Freund dem Ausgang zustrebte. »Auch die Sozialisten sind bravourös , wenn es darum geht, Gesellschaftskritik zu üben – wie alle. Aber ein wirkliches Hilfskonzept haben auch sie nicht. Wenn sie beispielsweise sagen würden: Wir stellen eine bestimmte Geldsumme zur Verfügung und bauen ein Kinderheim. Die Sozialisten haben doch mittlerweile Stadträte in vielen wichtigen Städten. Bei den Wahlen in Turin haben sie im Juli sechzehntausend Stimmen bekommen. Und was haben sie getan, um die Verhältnisse zu ändern? Auch sie haben nur falsche Versprechungen gemacht! Wir alle sind enttäuscht ... der arme Giolitti tut zwar, was er kann. Aber es bewegt sich nichts.«

»Leider«, stimmte Tosoni zu. »Aber nicht der Sozialismus als Idee ist zu tadeln, sondern es sind die Sozialisten, die versagt haben. Sie reiben sich im Wahlkampf auf. Wenn sie gewonnen haben, sind sie derart erschöpft, daß ihnen die Kraft fehlt zu realisieren, was sie in ihrem Programm versprochen haben ... Wie alle anderen Politiker auch.«

Sie verabschiedeten sich am Castello, der eine ging Richtung Dom zu den Bastioni di Porta Venezia weiter, der andere zur Piazza Sempione.

Doch die Veranstaltung in der Oper blieb Innocente noch lange im Gedächtnis. In den folgenden Tagen las er in der Zeitung von einer französischen Vereinigung, die es sich zum Ziel gesetzt hatte, Krankheiten wie Rachitis, Tuberkulose und Malaria bei Kindern zu bekämpfen, die schon im frühen Alter hatten arbeiten müssen.

Vor Innocentes geistiges Auge traten die Verhältnisse in seinem Dorf: die jungen Mädchen, die in der Spinnerei die Seide entwirrten und dabei die Hände ständig im Wasser hatten. Die Gefahr, dadurch Rheuma zu bekommen, war groß. Und die unglücklichen Knaben, deren körperliche Entwicklung von der schweren Arbeit als Maurer oder Handlanger behindert wurde. Don Sammartinos Worte im Ohr, nahm sich Innocente vor, eine Art Sommerkolonie auf die Beine zu stellen, damit die ausgezehrten Gesichter der Mädchen in der Spinnerei rund, voll und rosig würden. Als Sommerfrische für jene Heranwachsenden wäre ein Bauernhof geeignet, an dem nur wenige Veränderungen vorgenommen werden müßten. Sonne, Sonne und nochmals Sonne. Das wurde allgemein als Mittel gegen die Tuberkulose empfohlen, eine Geißel, die hier nichts zu suchen hat, dachte er entschlossen, ... jedenfalls hier im Dorf nicht, wo ich das Sagen habe.

64

Seit seiner ersten Begegnung mit Natalina hatte sich Innocente gut ein Dutzendmal mit ihr getroffen, besser vereinigt. Immer in größter Hast und auf der Ottomane in der hinteren Stube. Nach dem dritten, vierten Mal konnte jedoch von einer Opferrolle Natalinas keine Rede mehr sein. Zwar zierte sie sich immer ein bißchen, doch schien es ihr durchaus zu gefallen.

Wenngleich erfreut von Linas wachsender Fügsamkeit, kehrte Innocente nach jeder Begegnung unzufriedener mit sich selbst und im Bewußtsein des Unrechts, das er dem armen Domenico antat, nach Hause zurück. Seine Besuche wurden daher immer seltener. War ihr Mann anwesend, verhielt sich Natalina Innocente gegenüber, als sei er ein alter Onkel. Innocente grinste in sich hinein. Und doch lag ihm daran, daß sich die beiden gut verstanden und miteinander glücklich waren.

Natalina schien allerdings unter Innocentes Fernbleiben zu leiden. Die dunklen Schatten unter ihren Augen wurden tiefer, so daß sich Innocente entschloß, sie darauf anzusprechen. Eines Tages suchte er sie fast noch im Morgengrauen auf, wie früher. Domenico war bereits unterwegs beim Einkaufen. Als Natalina ihn kommen sah, lief sie, um Türen und Fenster zu verriegeln. Aber Innocente machte ihr ein Zeichen, sich zu setzen.

»Lina«, begann er und schlug den Ton an, in dem er gewöhnlich lobend oder tadelnd zu Angelica sprach. »Linetta, du siehst so schlecht aus, was ist los?«

»Wieso?« verteidigte sie sich. »Es geht mir gut, was soll denn sein? Nichts.«

»Doch … und es ist meine Schuld, Natalina, allein meine Schuld.« Innocente machte ein zerknirschtes Gesicht. »Ich bin ein unverschämter zudringlicher Kerl, Natalina; ein alter gewalttätiger Lüstling. Aber was soll ich machen? Wie in jedem Mann steckt auch ein Tier in mir; und du«, log er, »du bist so hübsch. Ich konnte einfach nicht widerstehen.« Verblüfft und mißtrauisch stand

Natalina stumm da und wartete auf das, was kommen würde. »Aber ich habe eine fürchterliche Dummheit begangen, die ich jetzt bereue. Ab jetzt lasse ich dich in Frieden.«

»Nein, nein«, murmelte sie. »Ich … ich mag Sie, *sciùr* Cént …«, stieß sie unter Schluchzern hervor. »Auch Domenico mag ich, ich schwöre es, aber das ist etwas anderes. Das zwischen uns ist wie ein Traum, und in Träumen gibt es keinen Schuldigen … Ich«, wiederholte sie leise, kaum hörbar, »ich mag Sie wirklich, ich … ich mache es gern …«

»Dann besitzt du wirklich keinen Funken Verstand«, erwiderte er streng. »Aber ich habe immerhin ein Urteilsvermögen. Domenico hat es nicht verdient, so behandelt zu werden. Wir müssen es wiedergutmachen, solange es noch nicht zu spät ist. Du bist eine tüchtige Frau, Natalina; in dieser Situation geht es dir nicht gut, du leidest. Betrachtest du dich nicht im Spiegel? Du bist schmal geworden … Du weißt nicht«, log er erneut, »was es mich kostet zu verzichten … aber es wird höchste Zeit, daß du dein Leben änderst. Geh zur Beichte in die Kirche San Fedele oder in den Dom. Ich habe mir einen Vorwand ausgedacht, die Miete für die Schenke ganz zu streichen, dann wird es leichter sein für euch.«

Er blieb noch eine Weile, um Natalina zu trösten – und empfand dabei sogar ein bißchen Stolz, sie so traurig zu sehen. Aber die Zeit war vorangeschritten, die Glocken läuteten zur Wandlung, dann zum Segen. Die ersten Frauen in schwarzen Schals kehrten aus der Frühmesse zurück. Bald würde auch Domenicos Mutter heimkommen. Natalina stand auf der Türschwelle und grüßte freundlich Bekannte, die vorbeigingen.

Innocente, der das Gefühl hatte, von einer schweren Last befreit zu sein, nahm Stock und Hut und schritt Richtung Piazza davon. Wieder dachte er wehmütig an Antonietta, die die Hauptursache war für diese verdammte Kurzschlußhandlung.

Antonia schüttelte sich beim Eintreten die Nässe aus den Kleidern. Es war ein regnerischer grauer Herbsttag. Sie setzte sich auf denselben Stuhl, auf dem Lina wenige Wochen zuvor Innocentes Worten gelauscht hatte, als er das Ende ihres Techtelmechtels angekündigt hatte. Lina war unschlüssig, ob sie es bereuen oder stolz darauf sein sollte, träumte aber immer noch davon und verbrachte die Tage in sehnsuchtsvoller Erinnerung.

»Wenn du wüßtest, Natalina«, seufzte Netta, »wie es Angelica geht! Sie ist verliebt, die Ärmste. Und es ist schrecklich, daß man nichts tun kann, um ihr zu helfen!«

»Sie kann sich wohl nicht damit abfinden?« erwiderte mitleidig Natalina. Sie wußte von dem unerwarteten Ende der Beziehung Attilios zu Angelica, Innocente hatte es ihr bereits angedeutet. Seine Tochter sei, so sagte er, einer Falle entkommen, einer Familie, die ein Mädchen wie sie nicht verdient hatte, einem Mann, der ein Schwächling und ein Lügner sei …

»Sie ist doch noch jung«, versuchte sie die Schwester zu beschwichtigen. »Und dann: Ist es denn wirklich aus? Man weiß ja nie …«

»Dieser Dago ist unser Ruin!« erwiderte Netta wütend. »War es denn nötig, dem armen Attilio eine solche Szene zu machen? Ihn aus dem Haus zu jagen wie einen Hund! Er hätte es langsam angehen können, er hätte versuchen können, die Dinge in Ordnung zu bringen … Aber er war immer so, ich erinnere mich gut. Ich habe es am eigenen Leib verspürt: Er ist wie rasend, ja, rasend und böse, wenn etwas nicht nach seinem Kopf geht. Dann fängt er an zu schreien und muß sich austoben. Wehe denen, die sich dann in seiner Nähe befinden! Kurz, man muß Angelica helfen, sonst wird sie mir noch krank!«

»Sag ihr doch, sie soll zu mir in die Schenke kommen«, schlug Natalina vor. »Sie kann kommen, wann immer sie Lust hat, morgens oder nachmittags. Hier ist immer etwas los, sie könnte mir eine Hilfe sein, und für sie wäre es eine Abwechslung, statt immer nur zu Hause bei Mamma Ersilia zu sitzen. Du wirst sehen, mir wird Angelica ihr Herz ausschütten, und es wird ihr besser gehen. Wir haben ja früher sehr viel Zeit zusammen verbracht.«

»Ja, zu Hause, das ist ein Trauerspiel«, nickte Antonia. »Ich weiß gar nicht mehr, wo mir der Kopf steht, die eine ist närrisch, die andere schwermütig und will nicht aufstehen, ißt nicht und spricht nicht ... Ich habe mir schon überlegt, selbst Attilio aufzusuchen oder mit seiner Mutter zu sprechen. Aber dazu fehlt mir der Mut.«

So gut sie es vermochte, tröstete Lina ihre Schwester, die sich die Tränen trocknete und schließlich so traurig, wie sie gekommen war, nach Hause ging. Lina dankte Gott für das Schicksal, das ihr zugedacht war. Die kurze Verirrung vom rechten Weg lag für sie mittlerweile in ferner Erinnerung. Während sie das Gemüse für die Suppe putzte und ihr beim Zwiebelschälen die Tränen kamen, dachte sie flüchtig daran, daß ihr Monatszyklus schon mehrere Tage überfällig war.

65

Seit einiger Zeit gab es im Dorf ein Postamt, einen kleinen Raum mit einem Tisch voller Papiere, Stempel und Tintenfässer, hinter dem ein dunkler, südländisch aussehender Mann saß, Sisti mit Namen, der auch die Post austrug.

Er überbrachte Angelica den Brief. Auf dem Umschlag eine ihr unbekannte Schrift: »Hochverehrte Signorina Angelica Dago ...«; sie fing an zu zittern. Sie öffnete und zog ein handgeschriebenes gelbliches Blatt Papier heraus; in der linken Ecke befand sich ein Emblem, ein Wappenschild mit Efeu- oder Weinblättern, dazu in Kursivschrift der Name Ripalta. Atemlos begann sie zu lesen: »Angelica, Angebetete, tausendmal habe ich mir gewünscht, vor Dir zu erscheinen, zu Recht gedemütigt von Deinem Herrn Vater und unfähig, mich zu verteidigen. Mit vielem, was er sagte, hatte er recht, aber nicht mit allem. Meine Gewißheit und meine Verteidigung besteht darin, daß ich Dich liebe. Hin- und hergerissen zwischen der Liebe zu Dir, die du alles verdienst, und dem Respekt gegenüber meiner Mutter, die ich nicht verleugnen kann, lebe ich in einem Dilemma, das mir derart zu schaffen macht, daß ich mich kaum auf den Beinen halten kann, ich schwöre es Dir. Dein Herr Vater hat Dir verboten, mich zu sehen; aber ich möchte gerne wissen, ob dies auch Dein Wunsch ist und ob Dir dieses Verbot menschlich erscheint. Mir erscheint es zutiefst unmenschlich und grausam. Ich sehne mich nach Dir, ich möchte Dich sehen, mit Dir sprechen, Deine geliebte Stimme hören. Dann könnte ich Dir alles erklären; und wir könnten auch einen Plan austüfteln. Tag, Stunde und Ort auszusuchen überlasse ich Dir. Schreib mir. Ich teile Dir unten die Adresse meiner Amme mit, einer guten Frau, die mir herzlich zugetan ist und der ich vertrauen kann. Geliebte Angelica, ich erwarte voller Sehnsucht unsere Begegnung. Vertraue auf mich, trotz aller Hindernisse, Dein Dich innigst liebender Attilio.«

Wie vom Blitz getroffen, stand sie da, den Brief in der Hand. Es schien ihr, als hätte sich der trübe, nebelverhangene Morgen mit einemmal in einen strahlenden Tag verwandelt.

»Oma! Oma!« Angelica beugte sich zu der geistesabwesenden Alten hinunter und gab ihr einen schmatzenden Kuß auf die Wange.

»Ich habe Hunger!« murmelte Ersilia. »Ist denn das Essen nicht fertig? Du bist ja ganz zerzaust und ungekämmt. Wo ist Netta?«

»Oma, er hat mir geschrieben! Sieh mal! Er hat mir geschrieben!« rief Angelica und tanzte durchs Zimmer.

»Was ist denn hier los?« Antonia hatte noch nicht einmal die Tür hinter sich geschlossen, als Angelica ihr schon den Brief in die Hand drückte. Als sie zu Ende gelesen hatte, umarmte sie ihre Tochter mit Tränen in den Augen.

»Siehst du! Die Vorsehung! Die heilige Jungfrau Maria … Was habe ich gelitten! Aber ich habe es dir immer gesagt!«

Lachend und weinend zugleich, riß sich Angelica aus ihren Armen los; sie durchstöberte die Tischschublade nach Tintenfaß und Feder und breitete ein Blatt Papier auf dem Tisch aus. »Hast du den Brief gelesen? Ich muß ihm antworten, und zwar sofort.« Aber dann hielt sie inne, die Feder in der Luft. »Wie soll ich anfangen, Mama?«

»Zuallererst«, sagte Antonia nachdenklich, »... bist du dir wirklich sicher, daß du ihm verziehen hast? Denn eigentlich hat er sich nicht so verhalten, wie er sollte, meinst du nicht? Der Ring und alles andere; er hat dich glauben machen wollen, ihr wärt einander versprochen, während seine Familie durchaus nicht dieser Meinung ist und womöglich überhaupt nichts davon wußte!«

»Er ist so gut«, widersprach Angelica entschieden. »Ja, so lieb und respektvoll. Er wollte seinen Eltern keine Unannehmlichkeiten bereiten, wo er doch das einzige Kind ist ...«

Sie tauchte die Schreibfeder ein; auf einem Notizzettel entwarf sie den Brief, hundertmal strich sie durch, was sie geschrieben hatte. Heraus kam schließlich ein Brief, der sie zufriedenstellte: »Mein lieber Attilio, ich will nicht, daß Du Dich gedemütigt fühlst oder fortgejagt. Ich verstehe und respektiere die Handlungsweise meines Vaters, aber ich entschuldige sie weder noch teile ich sie. Er hätte nicht so schroff und unerbittlich sein dürfen. Du aber zweifle nicht an meinen Gefühlen für Dich, die stärker sind als die Gehorsamkeit gegenüber meinem Vater. Deshalb erwarte ich Dich mit großer Sehnsucht und Bangen an Allerheiligen, wenn auf dem Friedhof die Lichter angezündet werden; und zwar an der gleichen Stelle, an der wir im Juli Bastiano auf uns hatten warten lassen. Erinnerst Du Dich noch an diesen Nachmittag? Ich schon, und zwar, als wäre es gestern gewesen. Ich habe schreckliche Tage verbracht, in denen ich nichts von Dir gehört habe. Ich habe so viel gebetet. Verbinde Dein Gebet mit meinem, damit uns die Freude zuteil wird, miteinander glücklich zu leben. Ich weiß, daß Deine Frau Mutter tief mit der Kirche verbunden ist, und glaube daher, sie kann uns unmöglich böse sein. In der Hoffnung, Dich bald zu sehen und in inniger Liebe, Angelica.«

»Schreib nicht ›böse‹«, riet Antonia, die ihr über die Schulter blickte.

»Und das Übrige? Wie findest du es?«

»Wunderbar!«

Angelica überlegte einen Augenblick, ließ aber das Wörtchen ›böse‹ schließlich doch stehen. In ihrer schönsten Handschrift schrieb sie dann den Brief ins reine.

66

Anfang Herbst, sobald die ersten Blätter fielen, gingen Tosoni und Innocente auf Schnepfenjagd, die jedesmal so aufregend war wie beim erstenmal. Das eigentliche Jagdvergnügen bestand jedoch nicht darin, einfach draufloszuschießen, sondern umfaßte ein ganzes Ritual: das Eintauchen in die Schönheit der Natur, der winterliche Frost, der Blätter und Grashalme überzog, die vollkommene Stille, in der man atemlos jedem Rascheln, jedem Bewegungsgeräusch und jedem Flügelschlagen lauschte.

»Neulich«, murmelte Tosoni und wischte sich die Brotbrösel vom Bart, »hat mich der Advokat Bianchi, ein Sozialist, zum Abendessen eingeladen.« Innocente, der ihm zerstreut zuhörte, zischte ab und zu »Psst!«, aber noch waren keine Schnepfen zu sehen.

»Eine schöne Runde; es wurde viel diskutiert«, fing Tosoni wieder an. »Und da war auch ein merkwürdige Typ zu Gast. Ein sozialistischer Abgeordneter aus der Romagna.«

»Wer?« Innocente zeigte nur mäßiges Interesse. Für Politik hatte er schon seit geraumer Zeit nichts mehr übrig.

»Wie gesagt, ein eigenartiger Kerl. Ein bißchen verrückt, und wenn er redete, dann in einem Ton wie Gottvater, als er die Zehn Gebote verkündete.«

»Er hat dich doch nicht nur deswegen beeindruckt.«

»Na ja«, fuhr Tosoni fort. »Er soll beim Kongreß kein Blatt vor den Mund genommen und seinen sozialistischen Genossen tüchtig den Marsch geblasen haben. Besonders den Reformisten mit ihrer Taktiererei. Es muß ein ganz schönes Theater gewesen sein, hat mir Bianchi bei Tisch erzählt. Übrigens war auch das Essen nicht schlecht: Es gab gebratenen Fisch aus dem Kanal, Reis mit Kochsalami, gekochte Kalbszunge und Kalbskopf ... Jetzt habe ich den Faden verloren. Was wollte ich eigentlich erzählen?«

»Von diesem Abgeordneten«, gähnte Innocente. »Er scheint dich schwer beeindruckt zu haben. Aber die Königin des Waldes zeigt sich immer noch nicht ...«

»Er hätte auch dich beeindruckt, das garantiere ich dir. Ein hochinteressantes und effektives Gespräch. Er hat mir von diesem Prozeß in Barcelona erzählt, bei dem ein linker Professor, Francisco Ferrer, wegen Hochverrats zum Tode verurteilt wurde. Ich habe dir die Abschrift der Rede mitgebracht, die dieser romagnolische Abgeordnete bei einer Protestveranstaltung in Forlì gegen diesen schändlichen Prozeß gehalten hat.«

»Wem? Mir?« fragte Innocente verwundert.

»Und weißt du, warum? Als ich ihn so reden hörte, erinnerte er mich an dich und an die Sätze, die du als junger Mann im Munde führtest, nachdem du aus Turin zurückgekommen warst ... damals, als dich dein De Amicis zu den sogenannten ›humanitären‹ Idealen bekehrte.«

In diesem Augenblick war ein ohrenbetäubendes Rauschen zu hören und gleich darauf eine große Schnepfe zu sehen, die sich aus dem Unterholz befreit hatte und nun zum Flug ansetzte. Die beiden sprangen auf, die Gewehre im Anschlag. Als sie einen flüchtigen Schatten vorbeihuschen sahen, schossen sie ungeduldig los, allein ihrem Instinkt vertrauend. Die beiden Hunde, Innocentes alter Bracke und Tosonis junger Setter, beschnüffelten die Erde und wedelten mit dem Schwanz; ein paar einzelne Federn segelten zu Boden, ein Zeichen, daß der Vogel getroffen war.

Tosonis Setter spürte ihn auf. Die Schnepfe versuchte verzweifelt, sich ins Gebüsch zu schlagen. Innocente legte an, um ihr den Gnadenstoß zu geben, als sie mit letzter Kraft aufflog. Die Hunde kläfften, und schließlich war es Tosoni, der schoß.

»Kein Wunder, daß man sie die Königin nennt«, meinte Innocente anerkennend, »ein wunderbarer Vogel, so ganz anders als die anderen ... er meidet den Schwarm ... schläft am Tag und frißt in der Nacht; meidet die Sonne und erhebt sich wie der Phönix aus der Asche!«

Sie kehrten zu ihrer Kutsche zurück. Innocente setzte den Fuß auf den eisernen Tritt und knüpfte an das Gespräch von vorhin an: »Dieser Romagnole, wie heißt er eigentlich?«

Tosoni reichte dem Pferd eine Handvoll Gras und erwiderte: »Mussolini. Benito Mussolini.«

67

Die Frau machte einen leicht vertrottelten Eindruck und war doch erst sechzig Jahre alt. Sechs Kinder hatte sie zur Welt gebracht, aber an ihrem Lebensabend stand sie doch ganz allein da. Keines der Kinder konnte – oder wollte – sie zu sich nehmen, sie war krumm und buckelig und zu nichts mehr nütze. Sie bewohnte ein Zimmer, das ihr die Ripaltas bereitgestellt hatten, in dem sie kochte und schlief und in dem sie sich auch ein paar Hühner und eine Ziege hielt. Sie war Attilios Amme gewesen und erledigte aus einem Gefühl der demütigen und übertrieben Dankbarkeit heraus kleine Gefälligkeiten für Donna Mercedes.

An einem der letzten Oktobertage hielt der Briefträger vor ihrer Haustür.

»Für Sie«, sagte er verwundert und reichte ihr den Umschlag. Auf dem feinen Papier entzifferte die Alte tatsächlich ihren Namen: Attilio hatte ihr bereits angekündigt, daß ein Brief ankommen würde. Darin steckte ein kleineres Kuvert mit Attilio Ripalta als Empfänger.

Attilios umstrittene Liebesgeschichte hatte schon seit längerer Zeit auch im Dorf die Runde gemacht, wenn auch verzerrt und mit zahlreichen Einzelheiten angereichert. Nachdenklich kehrte die Amme ins Haus zurück. Selbst ihr war die Bedeutung dieses Briefs klar: Es war der Versuch von Attilios Liebster, die Bande wieder enger zu knüpfen. Lange saß die Alte da und grübelte. Die Contessa gewährte ihr großzügig alles, was sie zum Leben benötigte, und deshalb fühlte sie sich ihr gegenüber in großer Schuld. Ihr verdankte sie praktisch ihre Existenz.

Die Mittagsglocken läuteten. Es war Samstag und Markttag. Die Alte wollte gerade eine Handvoll Maismehl ins kochende Wasser werfen, als sie die Stimme der Contessa hörte: »Guten Tag, Amme.«

Donna Mercedes, die über den Tiergestank die Nase rümpfte, trat ein.

»Guten Tag, Donna Mercedes.« Die Alte deutete eine Verbeugung an. Gleichsam einem Impuls folgend, nahm sie den Brief vom Tisch und ging damit auf den hohen Gast zu. »Eben kam der Briefträger mit einen Brief für den *sciùr* Conte Attilio, er hat ihn hiergelassen, weil er in Eile war. Ich gebe ihn Ihnen …«

Sie stieß einen tiefen Seufzer aus, als sei ihr eine schwere Last von den Schultern genommen. Verblüfft nahm Donna Mercedes den Umschlag entgegen und las den Namen ihres Sohnes. Es fehlte jedoch die Adresse. Einen Augenblick sah sie der unsicheren und unglücklichen Alten ins Gesicht, doch dann verzichtete sie darauf, Fragen zu stellen. Gebieterisch, aber freundlich sagte sie: »Ich danke dir. Und falls mein Sohn sich nach diesem Brief erkundigen sollte: Du weißt von nichts.«

Sie ließ ihr ein Säckchen mit Nüssen da und ging. Dann machte sie noch einmal kehrt und wiederholte: »Von nichts!« und schwenkte drohend den Zeigefinger.

Zu Hause angekommen, betrachtete Donna Mercedes den Brief genauer. Auf dem Umschlag war zwar kein Absender verzeichnet, aber der Stempel gab das Dorf an, aus dem er stammte. Sie hielt den Umschlag über den Topf mit kochendem Wasser, der auf dem Feuer stand, und öffnete ihn vorsichtig. Sie las ihn einmal und noch einmal. Seufzend hob sie die Augen zum Himmel. »Es dient dem Wohle meines Sohnes«, murmelte sie. Dann hörte sie Geräusche am Eingang, das Poltern von Stiefeln, die in eine Ecke geworfen wurden. Ihr Mann kehrte nach Hause zurück. Schnell versteckte sie den Brief in ihrem Kleidausschnitt, hob den zu Boden gefallenen Umschlag auf, steckte ihn ebenfalls ein und ging dem Grafen entgegen, als ob nichts wäre. Sie entschuldigte sich für die Verspätung, mit der sie heute das Mittagessen zubereitete.

Schließlich war der zweite November da. Als Angelica morgens aufstand, hatte sie das Gefühl, Fieber zu haben; sie zitterte am ganzen Körper und klapperte mit den Zähnen. »Auch wenn ich sterbenskrank wäre, ich würde trotzdem gehen«, dachte sie mit eiserner Entschlossenheit. Die letzten Oktobertage hatten den Winter gebracht. Die Luft war frostig und kristallklar.

Am Nachmittag kam Battistina, um bei Ersilia zu bleiben; Pietro würde mit den Kindern den Friedhof besuchen. Wie in Trance zog sich Antonia den Mantel an. Auch Angelica machte einen verwirrten Eindruck. Arm in Arm, mit einem Körbchen voller Grablichter, machten sie sich auf den Weg.

Der Friedhof war voller Menschen. Mit zittrigen Fingern ritzte Angelica das Streichholz, um die Kerze anzuzünden. Es gelang ihr nicht einmal, die Totenlitanei mitzubeten. »Geh jetzt, es ist Zeit«, flüsterte ihr Antonia zu und umarmte die Tochter.

Den Pelzkragen ihres Mantels hochgeschlagen, strich Angelica die Kirchhofmauer entlang und fing an zu laufen, als sie sicher war, daß niemand sie sehen konnte. Sie stellte sich in einen schützenden Mauervorsprung unweit der verabredeten Stelle und wandte den Blick nicht von der Straße, auf der, wie sie wußte, Attilios Kutsche kommen mußte. Dabei rief sie sich jenen Julinachmittag ins Gedächtnis zurück, als sie sich in lauer Luft und bei strahlendem Sonnenschein mit Attilio getroffen hatte.

Sie richtete sich den Haarknoten und strich sich die Strähnen glatt, die ihr in die Stirn fielen. Attilio sollte sie schön finden. Es war noch nicht dunkel, aber der Himmel hatte sich mit düsteren Wolken überzogen und hing wie eine schwere Decke über der kahlen Landschaft. Angelica versuchte sich vorzustellen, wie es sein würde, wenn er käme: Sie würde sich zunächst weigern, ihn zur Begrüßung zu küssen, als Strafe gewissermaßen. Aber er würde nicht nachgeben, sondern sie überreden, und sie würde dahinschmelzen. Und dann ... Schon wieder ein schlechter Gedanke! Wie schon so oft, lieber Gott. Bitte, bestrafe mich nicht. Ich werde es beichten, das verspreche ich. Und diesmal werde ich es ihm nicht erlauben, mich zu umarmen ... Wir werden uns aussprechen, er wird mir alles erklären. Hier im Dunkeln fällt es ihm bestimmt leichter. Er wird mir von seiner Mutter erzählen und ich werde Verständnis zeigen. Es reicht mir schon, seine Stimme zu hören ... Wir sind jung, werde ich ihm sagen, wir können noch warten, wenn sie es möchte. Du wirst arbeiten, reich werden. Und dann können wir tun, was wir wollen; dann soll die *sciùra* Contessa zur Hölle fahren ...

Angelica biß sich auf die Lippen. Wieder war ich schlecht. Wie kann Jesus mit mir zufrieden sein? Er wird mich bestrafen. Und sie faltete die Hände und betete: »O mein Jesus, verzeih mir, wenn ich dich beleidigt habe ...«

Wie so oft tauchte das Bild ihres Vaters vor ihr auf, entstellt von rasendem Zorn, während er Attilio ausschimpfte und mitleidslos aus dem Haus jagte.

»Ich hasse dich«, murmelte sie, und dabei schnürte es ihr die Kehle zu. »Wenn er nicht kommt, bist allein du dafür verantwortlich. Und ich werde dich hassen dein Leben lang!«

Jetzt hämmerten der Puls in ihren Schläfen; bei jedem Rascheln zuckte sie zusammen. Der Kopf drehte sich ihr. Er wird kommen; er muß kommen, dachte sie, er liebt mich, sein Brief sagte das klar und deutlich. Aber wenn er kommt, wird er etwas zu hören bekommen; mich hier stehenzulassen!

Er würde nicht kommen. Angelica war sich dessen jetzt ganz sicher. Weder an diesem Abend noch ein andermal. Die unbekannte übermächtige Mutter, die Contessa, hatte gewonnen. Ihre Macht war so viel größer als ihre eigene, wie hatte sie sich darüber täuschen können! Angelica stand gegen die Mauer gedrückt da und atmete gepreßt, den Blick von Tränen verschleiert. Der erste Stern ging auf; dann zwei, drei, hundert. Nun war es beinahe taghell. Doch die Menschen waren vom Friedhof verschwunden, und niemand, dachte Angelica, würde sehen, wie sie weinte.

Kaum hatte sie das Haus betreten, erlitt sie einen Schwächeanfall. Antonia führte sie zu einem Stuhl und legte ihr die Beine hoch. Sie zog ihr die Stiefeletten aus und massierte ihr die eiskalten Füße, dann begleitete sie sie nach oben in ihr Zimmer. Angelica schlief sofort ein, doch sie wurde von bösen Träumen heimgesucht, zitterte am ganzen Körper und phantasierte. Antonia wußte sofort, daß es ein heftiger Fieberkrampf war. Sie kühlte ihr die Stirn mit kalten Tüchern, setzte sich zu ihr ans Bett und fing an zu beten: »Hilf, o Herr, daß es bloß keine Lungenentzündung ist!«

68

Natalina hatte das instinktive Gefühl, das Kind, das sie unter ihrem Herzen trug, sei in dem außerehelichen Liebesakt mit Innocente gezeugt worden. Das Sakrament der Buße hatte ihre Seele von Sünden reingewaschen, und sie hatte sich seither als treue Ehefrau erwiesen. Daher beschloß sie, so zu tun, als sei das Kind, das sie zur Welt bringen würde, Domenicos legitimer Sproß.

»Unser erstes!« verkündete er voller Stolz und Freude in

der Schenke und stieß mit den Gästen an, während Natalina, rot im Gesicht, die Augen über dem Wäschezuber niederschlug.

Ihr entging nicht der flüchtige Blick Innocentes, den sie nicht erwiderte. Auch später, als das Kind größer war, gestand sie ihm nicht, was sie mit Sicherheit wußte: daß dieses Wesen die Frucht ihrer Liebe war. Sie behielt das Geheimnis für sich.

Wie in alten Zeiten waren Lina und Angelica ein Herz und eine Seele. Angelica war beeindruckt von den klaren und teils etwas ungestümen Ansichten der Tante und beherzigte deren Ratschläge und Ermahnungen. Lina ermunterte sie, etwas zu unternehmen: »Geh und such ihn auf! Nimm die Kutsche, laß dich von Bastiano zur Villa deines Liebsten fahren; verlange Erklärungen von ihm, es ist dein gutes Recht …«

Doch dazu brachte Angelica den Mut nicht auf. Sie schloß sich in ihrem Schmerz ein wie ein verwundetes Tier. Antonia brachte ihr Eierschaumcreme mit Marsala und Kekse ans Bett und fütterte sie wie ein kleines Kind. Angelica wollte, daß die Fensterläden auch tagsüber geschlossen blieben. Aber eines Tages mußte sie aufstehen. Innocente, der wegen Ersilia nicht das Haus betreten wollte, erwartete sie unten vor der Tür.

Sie vermied es, ihn anzusehen. »Was ist denn los mit dir, Angelica?« fragte er leise. »Du bist ja leichenblaß! Sieh mal, das schöne Wetter, Sonne, mitten im Dezember! Du mußt raus an die frische Luft! Mach eine Rundfahrt mit der Kutsche! Bastiano! Bastiano!«

Doch noch bevor sie widersprechen konnte, hatte Angelica schon den Mantel an und saß neben dem Kutscher, der seine Peitsche schwang.

»Wohin soll's gehen?« Er drehte sich um und blickte sie an. Sie ist anmutig wie nie zuvor, dachte er.

»Fahr mich zum Kloster«, erwiderte sie kurz entschlossen.

Angelica schluckte die Tränen hinunter. Die Erinnerung an den vorgetäuschten Besuch im Kloster kehrte wieder: Es war dies der schönste Tag ihres Lebens gewesen, von dem sie nur noch eine zwischen den Seiten ihres Meßbuchs gepreßte Blume aufbewahrte.

»Ich möchte die Nonnen besuchen«, erklärte sie Bastiano, als er ihr beim Aussteigen half.

Eben war die Messe zu Ende. Angelica sah Schwester Maria die Kapelle verlassen und eilte auf sie zu.

»Meine Liebe!« Die Nonne umarmte sie herzlich und führte sie ins Empfangszimmer. »Seit wann ...«

Sie sprach den Satz nicht zu Ende. Das Gesicht in dem schwarzen Schleier verborgen, war Angelica in Tränen ausgebrochen. Die freundliche Begrüßung der Nonne hatten den Fluß der Tränen nur noch verstärkt. Nach einiger Zeit beruhigte sie sich jedoch, und es gelang ihr, die Gedanken zu ordnen und ihrer Zuhörerin darzulegen, die immer wieder nachfragte und Angelica unterbrach.

»Ärmste, ach du Ärmste«, schüttelte Schwester Maria schließlich den Kopf. »Wie kann eine Nonne deinen tiefen Schmerz nachempfinden? Ich stelle mir aber vor, daß es sehr weh tut. Manche sagen, wen Gott lieb hat, den züchtigt er ... Aber ich möchte hinzufügen, Gott schickt auch die Kraft, diesen Schmerz zu ertragen.«

Aus der Tasche ihres Gewandes zog sie ein Büchlein hervor, öffnete es an einer mit einem Lesebändchen markierten Stelle und las: »›Alles hat seine Stunde. Für jedes Geschehen unter dem Himmel gibt es eine bestimmte Zeit ... eine Zeit zum Weinen, eine Zeit für die Klage und eine Zeit für den Tanz; eine Zeit zum Umarmen und eine Zeit, die Umarmung zu lösen, eine Zeit zum Suchen und eine Zeit zum Verlieren ...‹ Das ist aus dem Buch Kohelet, Angelica, das Wort Gottes. Und auch für dich werden andere Zeiten kommen, es wird dir gegeben sein, wieder glücklich zu sein, ganz gewiß. Wir müssen stets das Glück suchen, das letztlich der Frieden der Seele ist. Der himmlische Vater hat uns geschaffen, damit wir uns freuen und glücklich sind.«

Angelica schluchzte erneut bei diesen letzten Worten, denn sie dachte an ihren eigenen brennenden Wunsch, an das, was sie sich in diesen Mauern geschworen hatte: das Glück zu wählen, trotz der Fallstricke des Schicksals.

»Sieh mal«, fuhr die Schwester fort, »wir müssen lernen, unser Kreuz anzunehmen, wie Christus, und wir müssen es mit Freude tragen. Dafür werden wir reichlich belohnt.«

»Haben denn auch Sie Kummer, Schwester Maria?«

Angelica blickte einen Moment lang forschend in das schöne, sichtlich betrübte Gesicht der Schwester.

»Ja, es ist wohl so; auch der, dem man es nicht ansieht, hat sein Kreuz zu tragen ...«, nickte die Schwester traurig. »Es gibt jedoch ein wunderbares Geheimnis, Angelica, das ich dir anvertrauen will: Wir dürfen uns nicht darauf beschränken, den Schmerz mit einem Gefühl der Bitterkeit zu ertragen, sondern wir müssen unser Leiden Gott aufopfern. Wenn wir schon leiden müssen, warum sollen wir daraus keinen Vorteil ziehen? Er macht uns zu Schafen nach seinem Beispiel ...«

Schwester Maria bekreuzigte sich. Angelica strich mit dem Finger über den schwarzen Lederumschlag des Büchleins.

»Schafe ... Mein Vater sagt immer, daß im Wald nur das stärkste Tier überlebt. Es gibt zu viele Wölfe, die die Schafe reißen ...«

»Und dennoch werden am Ende die Schwächsten siegen. Und dann ... Angelica, denk doch einmal nach: Wer sind die Wölfe? Und wer die Schafe? Viele, die nach außen hin untadelig erscheinen, verbergen finstere Abgründe in ihrem Innern. Und wir, die wir uns oft für so gute Menschen halten, wie oft verhalten wir uns wie reißende Wölfe. Wenn wir gleichgültig und hochmütig sind und kein Mitleid haben mit denen, die mehr leiden müssen als wir ...

Gott stehe dir bei mit seiner Gnade«, sagte die Schwester und erhob sich. »Und stehe auch du deinem armen Vater bei. Ja, auch ihm, denn er ist so allein. Du hast den Trost deiner Mutter und deiner Großmutter, und sei sie auch krank. Aber er? Wer kümmert sich um ihn? Jeder Mensch, auch der größte Sünder, hat das Recht auf Liebe.«

Von diesem letzten Satz im Innersten getroffen, stand auch Angelica auf, um Schwester Maria zum Abschied zu umarmen.

Vor der Tür wartete Bastiano, der auf dem Kutschbock saß, vor sich hinträllerte und das ungeduldige Pferd fest am Zügel hielt. Auf dem Nachhauseweg sagte ihr Bastiano, der Padrone erwarte sie zum Abendessen in der Villa. Die Nennung des Namens ihres Vaters trübte die Ruhe und Gelassenheit, die Angelica gefunden hatte. Sie dachte an die Worte Mitgefühl und Liebe ... Und sie nickte.

69

Der Architekt Luigi Colombo stürmte in den Garten von Innocentes Villa.

»*Aucàt! Sciùr* Dago!« rief er immer wieder. Maria eilte heraus.

»Ich muß ihn dringend sprechen!«

»Er ist unterwegs, außer Haus.«

Da entdeckte Luigi Angelica, die zwischen den Lorbeerbäumen neben dem Käfig mit dem Käuzchen saß.

»Ah, Signorina Angelica ...« Er wußte von ihrem Kummer. Während der letzten Monate, in denen er sie nicht gesehen hatte, schien sie ihm reifer geworden zu sein, weniger kindlich, ihr Blick war beinahe herausfordernd. Aber, so mußte er anerkennen, sie hatte nichts von ihrer Anmut eingebüßt, ganz im Gegenteil.

»Ich suche Ihren Herrn Vater. Ciao, Sandrone!« Uneingedenk des Grundes, weshalb er gekommen war, trat er mit einem schüchternen Lächeln näher an Angelica heran. Er war noch jung, hatte aber nach dem frühen Tod des Vaters schon bald die Rolle des Familienoberhauptes übernehmen und hart arbeiten müssen, ohne sich am Sonntag eine Verschnaufpause gönnen zu können. So fehlte es ihm Frauen gegenüber an jeglicher Erfahrung.

Angelica rückte den Schal auf ihrem Schultern zurecht

und grüßte ihn mit kühler Höflichkeit. Erbarmungslos fixierte sie einen Augenblick zu lange seine Nase, die aus seinem mageren Gesicht herausragte. Luigi, sich seiner geringen Attraktivität sehr wohl bewußt, lächelte trotzdem tapfer. Wenigstens hatte er gesunde und schöne Zähne.

»Ist es Ihnen nicht kalt hier zwischen den Bäumen?« wagte er zu fragen. »Wir haben ja noch Februar; und ich rieche Schneeluft, wenn mich nicht alles täuscht. Ich hoffe aber nicht, daß es schneit, wegen der Angelegenheit, die ich mit Ihrem Vater besprechen möchte.«

In diesem Augenblick trat Innocente ins Haus. Die Langeweile, eine ihm bis dahin unbekannte Krankheit, hatte Besitz von ihm ergriffen, obwohl er nichts anderes tat als das Gewohnte. Er hatte angefangen, die Rede zu lesen, die Tosoni ihm geschickt hatte, und war in der Tat überrascht, wie vertraut ihm die Denkweise des jungen romagnolischen Politikers war und wie sehr sie mit seinen Ansichten von einst übereinstimmte. »Da hat einer verstanden, was das ist, der Sozialismus«, hatte er sich gesagt.

Hätte er in der Stadt gelebt, wäre vielleicht sein Interesse an der Politik neu entflammt. Aber hier im Dorf mußte sich Innocente damit begnügen, die politischen Ereignisse aus der Zeitung zu verfolgen. Der Artikel des Redners von Forlì hatte ihn nicht zuletzt deshalb beeindruckt, weil hier ein zweifelsohne intelligenter Kopf den demokratischen und humanitären Geist von De Amicis gelobt und die gegenwärtige Regierung mit ihrer schwächlichen Demokratie und ihren falschen Werten zu Recht kritisiert hatte.

Nach der langen Zeit der Knechtschaft stand die Rettung Italiens noch bevor: das war einleuchtend. Luigi Einaudi, ein junger, aber bereits bekannter Gelehrter, hatte geschrieben, zehn Jahre nach Beginn des neuen Jahrhunderts warteten alle auf einen wahren politischen Führer – Innocente stellte sich einen neuen Cavour vor, einen Bismarck –, der die träge Masse der Italiener zu einem Volk zusammenführte.

Er überlegte sich, ob in seinem Dorf, wenn nicht sogar auf der ganzen Halbinsel, der eine oder andere seiner alten

Träume realisiert werden könnte: größere Gerechtigkeit bei der Verteilung der Gewinne; Nahrung und Arbeit für alle und vor allem die Verteidigung der menschlichen Würde.

Innocente war noch tief in Gedanken versunken, als der Vermessungstechniker auf ihn zutrat. In der Hand schwenkte er einen kleinen, runden und flachen, schmutzverkrusteten Gegenstand. Er sprach atemlos und aufgeregt.

»Langsam, langsam! Ich habe kein Wort verstanden«, unterbrach ihn Innocente ärgerlich.

»Bei den Grabungen von Rovediga ist ein Arbeiter mit der Schaufel auf etwas gestoßen, ein Gefäß, einen Teller, was weiß ich. Es ist leider zerbrochen. Aber in unmittelbarer Nähe, fünf Fingerbreit unter der Erde, habe ich viele davon gefunden, mindestens zehn. Es sind Geldmünzen, glaube ich; die hier habe ich mitgebracht, um sie Ihnen zu zeigen.«

Innocente rieb die kleine Scheibe an seinem Jackenärmel sauber. »Lies du, Angelica, du hast bessere Augen als ich.«

Sie las: »Imp.Caes.Vesp.Aug.Pm.Trp.Cons. VIII.«

»Da sieh an«, murmelte Innocente. »Tüchtig, Luigi, daß du es mir gebracht hast, es ist ein seltener Fund.« Er versuchte sich die römische Geschichte aus der Schulzeit in Erinnerung zu rufen, aber vergeblich. »Wir werden die Münze jemandem zeigen, der etwas davon versteht. Vielleicht gibt es noch weitere Schätze, Terrakotta, die die Arbeiter beschädigen könnten.«

»Da habe ich schon vorgesorgt«, erwiderte Luigi stolz. »Ich habe Peloso als Wache aufgestellt.«

»Dann gehen wir«, sagte Innocente. »Komm du doch auch mit, Angelica. Es ist bestimmt interessant; jedenfalls besser, als dazusitzen und das Käuzchen anzustarren.«

Sie bestiegen den Wagen des Vermessungstechnikers und gelangten bald schon zu Rovediga, ein von wilden Brombeersträuchern überwuchertes Stück Land, das kürzlich gerodet worden war – an der Stelle, wo Innocente das Haus errichten lassen wollte.

Peloso übergab Innocente einen Lappen, in den die mit Erde verkrusteten Münzen eingeschlagen waren. Auf Knien schürfte Luigi in der Erde, Angelica kniete sich neben ihn und bearbeitete mit einem Stück Holz das harte Erdreich. Luigi entgingen nicht ihre geröteten Wangen und ihr leuchtender Blick. Doch was sie fanden, waren hauptsächlich leere Schneckenschalen und Gesteinsbrocken.

»Die glückliche Jugend«, dachte Innocente. Vielleicht war für Angelica endlich der Augenblick gekommen, Attilio zu vergessen. Der zurückliegende Winter war schlimm gewesen für alle. Das Mädchen hatte sich zunächst geweigert, ihn zu besuchen, selbst zu Weihnachten. Er hatte sie in der Kirche gesehen, mager und mit eingefallenen Wangen, an ihrer Mutter hängend wie ein Küken an der Glucke.

Und doch war sich Innocente sicher, das Richtige getan zu haben. Früher oder später würde es Angelica schon einsehen. Er hatte befürchtet, daß sich Attilio um die Feiertage herum melden würde; er an seiner Stelle hätte das bestimmt getan, wenn er in Attilios Alter gewesen wäre.

Am achten Dezember, dem Tag der Unbefleckten Empfängnis, hatte sich Angelica, aus dem Kloster zurückgekehrt, entschlossen, mit ihm zu Abend zu essen. Aber sie war sehr ernst, ja geradezu versteinert. Kein Lächeln, kein Wort bei Tisch. Und Maria hatte gar nicht genug tun können, sie zu bedienen. In den letzten Tagen des zu Ende gegangenen Jahres hatte er ihr dann ins Gewissen geredet: »Hast du den Verstand verloren, dich wegen dieses Kerls zu ruinieren!«

Es war eine schlimme Zeit gewesen. Jetzt sah er sie an, wie sie neben dem jungen Luigi kniete, wie die beiden die Köpfe zusammensteckten, ihre Hände berührten sich beinahe. Vielleicht könnte sich Angelica neu verlieben, schoß es ihm durch den Kopf. Warum nicht in diesen jungen Mann ... Doch der war der Sohn eines Hungerleiders und mußte für Mutter und Geschwister sorgen ... Aber vielleicht würde sie dadurch abgelenkt, und ihr Lächeln kehrte zurück.

»Ich gehe zu Fuß heim«, verkündete er. »Die Münzen nehme ich mit. Luigi, ich bitte darum, daß Angelica gegen Mittag wieder zu Hause ist.«

Innocente hatte die ersten Häuser auf Sichtweite erreicht, als Luigi hinter ihm herangebraust kam; er zog die Zügel an und sprang herunter. »Und das hier, was sagen Sie dazu, *sciùr* Dago?« Seine Augen glänzten. Er hielt Innocente einen grünlichen, wenige Zentimeter langen Gegenstand hin, der aussah wie ein Flakon.

»Offenbar Glas«, murmelte Innocente und wog es in der Hand. »Was könnte es sein? Vielleicht das Parfümfläschchen einer Matrone ...«

In der ganzen Umgebung gab es keine Ruinen oder sonstige Spuren aus römischer Zeit, aber die Römer waren schließlich überall gewesen. Wochenlang durchsuchte Luigi das Erdreich mit Sieb und Schaufel; und Angelica blieb neugierig an seiner Seite. Ihrer verwundeten Seele tat diese neue Gesellschaft gut. Die respektvolle, aber unverhohlene Bewunderung, die ihr Luigi entgegenbrachte, ließ sie von Tag zu Tag mehr von ihrer alten Selbstsicherheit zurückgewinnen.

Mitte März standen auf dem Regal im ehemaligen Arbeitszimmer des verstorbenen Ingenieurs zwei Terrakottateller, die glatt waren wie Seide; einer davon war noch intakt, der andere in drei leicht zusammensetzbare Scherben zerbrochen; außerdem das geheimnisvolle grüne Flakon; die Münzen, die in einem Stoffsäckchen aufbewahrt wurden; eine dünnhalsige kleine biskuitfarbene Amphore aus feiner Terrakotta mit einem durch Abschürfung entstandenen kleinen Loch in der bauchigen Ausbuchtung.

Angelica hatte ihre Schulbücher herausgekramt, Luigi hatte alle möglichen Nachschlagewerke herbeigebracht, und gemeinsam verglichen sie die Gegenstände mit den Abbildungen. »Ich lasse jemanden kommen, der sich auskennt«, meinte Innocente.

Ende Mai förderten sie die letzten Gegenstände zutage: undefinierbare Bronzefragmente von Gebrauchsgegenständen und eine kleine Graburne. Rovediga war inzwischen mit einem Gitterwerk aus Schilf abgeschirmt worden, und nur die Buben beobachteten beim Sammeln der Maulbeerbaumblätter Luigis und Angelicas geschäftiges Treiben.

Nachdem jedes Krümelchen Erde durchgesiebt war, beschloß Innocente, endlich die Bauarbeiten wiederaufzunehmen, und Luigi war jetzt nicht mehr länger Archäologe, sondern beaufsichtigte die Bauarbeiter. Doch er fand Gelegenheit, Angelica zu sehen, zu der er eine heftige Zuneigung gefaßt hatte.

Noch nie in seinem Leben hatte sich ein Frühling für ihn in solcher Pracht entfaltet und war er so voller Hoffnungen gewesen. Er und Angelica hatten verblüffende Gemeinsamkeiten: eine Schlichtheit der Gefühle und der Seele sowie den Wunsch, sich von Unglück nicht unterkriegen zu lassen – Luigi nicht von den finanziellen Schwierigkeiten und familiären Problemen, Angelica nicht von der schweren Enttäuschung und der tiefen Demütigung, die sie erlitten hatte, und von der Zerrissenheit ihrer Familie.

Auf diese gefühlsmäßigen Gemeinsamkeiten gründete Luigi seine Hoffnungen, die er jedoch nicht zu bekennen wagte, ja die er sich nicht einmal selbst eingestand. Er wußte, daß er die Achtung von Advokat Dago genoß, solange er sich als sein Angestellter verhielt. Aber was, wenn er sich trauen würde, seinen Blick auf die schöne Angelica zu richten? Er wagte nicht, es sich auszumalen, sondern genoß die Stunden und Tage, die er bei den Ausgrabungen mit ihr verbringen durfte, in vollen Zügen. Und er freute sich über die Rückkehr des Frühlings, über den sich in seiner Phantasie das zarte und strahlende Bild Angelicas legte.

70

Für diesen Empfang hatte sich Adelaide große Mühe gegeben, um ihren Schwager Innocente zufriedenzustellen und das Gerücht Lügen zu strafen, der Lebensstandard im Hause Dago sei nicht mehr das, was er einmal war. Francesco, kein Freund von Einladungen und ein schlechter Gastgeber, hatte Einwände erhoben. Wenn sein Bruder diesen Mailänder sprechen wollte, hätte er doch Maria beauftragen können, ein Essen in seiner eigenen Villa vorzubereiten, anstatt Adelaide damit zu belästigen.

»Bei mir ist es zu trist«, hatte Innocente sich gerechtfertigt. »Nach dem Essen können wir ja bei mir Kaffee trinken. Der Garten ist wunderschön. Dann kann ich Signor Marangoni gleich die Funde zeigen.«

Das war nämlich der Grund für die Einladung. Marangoni war mit der Familie Tosoni befreundet und hatte sich bereit erklärt, die bei Rovediga ausgegrabenen Objekte zu begutachten. Seine leitende Stellung an der Kunstakademie Brera wies ihn als Fachmann aus – das jedenfalls hoffte Innocente.

Anfang Juni war Carlotta Dago, genannt Lotti, aus dem Mädcheninternat in Venegono zurückgekehrt, wo sie ihre Schulausbildung abgeschlossen hatte. Die beiden Söhne von Adelaide und Francesco dagegen hatten vorzeitig die Schule verlassen und leiteten nun die Spinnerei. Der Ältere war groß und stämmig und ähnelte seinem Vater; der andere, ein schmächtiger, aufgeweckter junger Mann, war eher seiner Großmutter Santina nachgeschlagen.

Angelica war erleichtert, daß auch Luigi eingeladen war. Mit der schmeichelhaften Aufmerksamkeit des jungen Mannes bedacht, würde sie sich wohler fühlen in Adelaides Haus, wo sie gewöhnlich den Eindruck hatte, fehl am Platz zu sein.

Ihre Cousine Lotti mochte sie dagegen gern: Von sanftem und heiterem Gemüt sang sie und spielte Klavier. Auch als Heranwachsende hatte ihre Stimme nicht an Schönheit verloren, sondern war sogar noch wärmer und sicherer geworden. Nach dem Essen trug sie eine Romanze vor. »Eine wunderschöne Stimme! Ein klassischer Sopran!« stellte Marangoni begeistert fest. Er hielt sich jedoch zurück, um nicht mißverstanden zu werden; die blonde Carlotta war nämlich ein sehr hübsches Mädchen. Marangoni hatte vor kurzem seinen siebenundzwanzigsten Geburtstag gefeiert, wirkte aber – vielleicht seines gepflegten, braunen Spitzbarts und seiner nachdenklichen, braunen Augen wegen – reif für sein Alter. »Kein gutaussehender, aber ein netter junger Mann«, pflegte seine Mutter, eine gute Freundin der armen Carlotta Tosoni, über ihn zu sagen.

Mit geschlossenen Augen lauschte Don Luigi dem Gesang. Am Ende ihres Vortrags schwang sich Lottis Stimme noch einmal kunstvoll und sicher in die Höhe. Dann nahm sie mit bescheidenem Lächeln den lebhaften Applaus entgegen.

»Und sie haben dieses Naturtalent nie gefördert?« rief Marangoni verblüfft. »Das ist doch geradezu ein Verbrechen!«

Adelaide nahm sich vor, über diese offen geäußerte Bemerkung nachzudenken. Man stieß auf die Sängerin an und ging dann gemeinsam über die Piazza hinüber zu Innocentes Villa, wo Maria die Ankunft der Gäste bereits mit Bangen erwartete. Der Kaffee war fertig, und im Garten waren die Korbstühle aufgestellt.

Stolz auf sein kleines Paradies zeigte Innocente seinem Gast aus Mailand zuerst die Bienen, und alle gemeinsam folgten ihm in den Gemüsegarten. Offensichtlich verwirrt von Lottis Anmut hielt sich Signor Marangoni an Innocentes Seite. Angelica stützte sich auf Luigis Arm. Wenig später betrat auch Adelaide am Arm des Commendator Quaranta den Garten. Francesco war inzwischen auf einem Sessel im Schatten eingeschlafen. Mit ihren fünfunddreißig Jahren war Adelaide immer noch schlank und beweglich, doch ihr angespanntes Gesicht konnte ihr tatsächliches Alter nicht verleugnen. Ihre harten, kalten Augen bekamen nur beim Anblick ihrer Kinder und – seit einiger Zeit – bei den Begegnungen mit Quaranta einen sanften Ausdruck. Seit über einem Jahr war er ihr Geliebter, was den Hausfrieden nicht störte: Die Kinder ahnten nichts davon, und falls der Ehemann Wind von der Sache bekommen hatte, ließ er sich nichts anmerken. Quaranta hatte alle amourösen Abenteuer mit jungen Dienstmägden und Arbeiterinnen aufgegeben und hegte nun tiefe und leidenschaftliche Gefühle für die schöne Signora Dago; ja, obgleich die Lebensumstände Adelaides sowie ihr Alter dagegen sprachen, wünschte er sich sogar ein Kind von ihr. Innocente bemitleidete ihn. Adelaide spielte die schmachtende Geliebte, und Quaranta hofierte sie hingebungsvoll. Niemals darf man sich zum Sklaven weiblicher Anmut machen! dachte Innocente. Ein Mann sollte stets nur so tun, als gehöre er mit Leib und Seele seiner Frau!

Der Nachmittag war schwül, und daher nahmen die Gäste erleichtert im Schatten hinter der Villa Platz. Innocente holte seine Schätze aus dem Arbeitszimmer, um sie Marangoni zu zeigen, und nach eingehender Untersuchung erklärte dieser: »Was das Geschirr betrifft, kann ich auf Anhieb nichts Genaues sagen, außer, daß es sich um römische Terrakotta handelt. Dies hier dagegen«, er deutete auf ein kleines, grünes Gefäß, »ist zweifellos ein Tränenkrug. In die Gräber bedeutender Persönlichkeiten wurden in der Antike neben Gegenständen des täglichen Lebens diese kleinen Behälter gestellt, die Mütter, Schwestern und Töchter bei der Beerdigung mit ihren Tränen füllten, vermutlich als Symbol für die Trauer um den Verstorbenen.«

Marangoni, der mit seinen Erläuterungen bei den Anwesenden Erstaunen und Verwunderung auslöste, fuhr fort: »Als Liebhaber und Experte der Numismatik jedoch kann ich vielleicht mit Hilfe dieser Münzen die Epoche bestimmen, aus der die Funde stammen. Die Inschrift lautete: ›Pontifex Maximus Cäsar Vespasianus Augustus – Tribunicia potestas – Achter Konsul.‹ Da Vespasian, wie allgemein bekannt, etwa im Jahre siebzig nach Christus Konsul war, liegt die Vermutung nahe, daß zu jener Zeit hier auf dem Weg durch die Alpen eine römische Befestigung, ein castrum romanum gelegen hatte. Die Männer waren offenbar so lange hier stationiert, daß es auch zu Begräbnissen kam, wie die Urne und der Tränenkrug zeigen. Ich glaube«, fügte er nachdenklich hinzu, »bei genauerer Nachforschung würde man auf einen ganzen Friedhof stoßen …«

»Siebzig nach Christus!« rief Innocente aus. »Wer hätte gedacht, daß dieses gottverlassene Fleckchen Erde derart illustre Bewohner hatte …«

Maria servierte den Kaffee, und Innocente bat um Applaus für Luigi, den er ›mein Fachmann‹ nannte. Errötend stand Luigi auf und verneigte sich steif nach allen Seiten.

»Und ich«, raunte Angelica ihm zu, »war ich etwa keine wertvolle Hilfe?«

»Unersetzlich!« bestätigte der junge Mann. Er war sehr zufrieden. »Aber jetzt bin ich verzweifelt«, vertraute er ihr flüsternd an. »Denn jetzt werde ich nur noch selten Gelegenheit haben, Sie zu treffen. Welche Ausrede könnte ich erfinden, um Sie, wie im Frühling, jeden Tag zu sehen?«

»Warum wollen Sie mich denn so häufig sehen?«

»Das wissen Sie doch ganz genau, Angelica«, raunte ihr Luigi ins Ohr und war beinahe versucht, mit den Lippen einen Kuß nachzuahmen, als er die Kaffeetasse berührte.

Nachdem Marangoni seinen Auftrag als Sachverständiger für archäologische Fund erledigt hatte, geriet er, angeregt durch das wohlwollende Interesse der Gäste, ins Plaudern. In angenehmer, heiterer Atmosphäre ging der Nachmittag zu Ende. Angelica hätte ihre wiedererlangte Ausgeglichenheit mehr genossen, hätte sie nicht an ihre Mutter denken müssen, die in diesem Augenblick über ihre neue Singer-Nähmaschine gebeugt war und nebenbei auch Großmutter Ersilia versorgen mußte.

71

Zum Schulbeginn im Herbst erhielt Battistina ein Rundschreiben des Ministeriums, das den Schülern, wie aus dem Begleitbrief hervorging, in der Klasse vorgelesen werden sollte. Langsam und deutlich trug Battistina den Text vor: »Ihr fragt euch vielleicht nach den Gründen für den vor kurzem ausgebrochenen Konflikt in Libyen, wohin viele eurer Brüder geschickt wurden. Erfahrt nun also, daß das italienische Volk aus Treue, Kraft und Willen beschlossen hat, einem gottverlassenen und unterdrückten Land die Zivilisation zu bringen, einem Land, dessen Bewohner wie die Tiere leben. Ja, ihr jungen Leute, dies ist kein Eroberungskrieg, dies ist ein Krieg im Dienste hehrer humaner Ideale, ein Krieg im Dienste der Zivilisation.

Wir bringen einem Volk von Sklaven die Fackel des Fortschritts. Handel, Industrie, Wissen und Freiheit soll sie von Trägheit, Unwissenheit und Elend befreien und zur edlen Tugend der Arbeit erziehen.

Auf diplomatischem Wege haben wir es vergeblich versucht, deswegen mußten wir zum Mittel des Krieges greifen. Würden wir uns dieses Mittels nicht bedienen, hielte uns Europa, ja die ganze Welt für ein Volk ohne Ideale und ohne Zukunft.

War es nicht unser Recht und unsere Pflicht zur Wahrung der Interessen des Vaterlandes, jenen unwirtlichen und barbarischen Küstenstreifen zu besetzen? Gewiß! Auch wenn es schmerzliche Opfer verlangt; mit glühenden Herzen und Hingabe an unser ruhmreiches Banner, vor dem ihr euch ehrfurchtsvoll verneigen und beten sollt.«

Battistina verteilte die beigefügten Kopien, damit sie – wie vom Ministerium vorgeschrieben – zu Hause in den Familien gelesen wurden. Damit wollte die Regierung Giolitti, die nach zwei Jahren erneut an die Macht gekommen war, die koloniale Unternehmung rechtfertigen. Zwar ermahnte Battistina ihre Schüler, das Schreiben den Eltern klar und verständlich vorzulesen, aber sie schüttelte zugleich bestürzt den Kopf: Die Nationalisten zu unterstützen – dies schien ihr der eigentliche Beweggrund für das koloniale Abenteuer – und vor allem, den Reichtum der einflußreichen Unternehmern zu vergrößern. Um ihre Meinung würde sich die Regierung allerdings kaum kümmern …

Der Libyenkrieg 1911 war denn auch die Ursache dafür, daß Angelica, die vor allem dank Luigi allmählich zu einer gewissen Heiterkeit zurückgefunden hatte, nicht einmal Zeit blieb, sich über ihre Gefühle für den jungen Mann klar zu werden. Schon Anfang Oktober nämlich erhielt Luigi den Einberufungsbefehl – zur allgemeinen Verwunderung, denn er war Halbwaise und ohne Vater aufgewachsen. Mit Tränen in den Augen und dem Schreiben des Ministeriums in der Hand, kam seine Mutter ins Rathaus. Voller Verständnis für ihre Klagen konnten ihr jedoch weder der Bürgermeister noch der Gemeindesekretär helfen. »Auf jeden

Fall muß ihr Sohn sich melden, liebe Frau, sonst gibt es ernste Unannehmlichkeiten; er könnte als Deserteur betrachtet werden. Wir werden uns inzwischen um den Vorgang kümmern, seien Sie unbesorgt, und die nötigen Unterlagen beifügen: den Totenschein ihres armen Mannes, die Familienstandsbescheinigung. Bestimmt schickt man ihren Sohn bald nach Haus zurück ...«

Von allen jungen Männern seines Alters waren außer ihm aus dem Dorf nur noch drei weitere einberufen worden. »Es ist wirklich eine Schande!« rief Innocente empört, als sich Luigi mit trauriger Miene von ihm verabschiedete.

Das Häuschen in der Gemarkung Rovediga war fertig, dieser Tage sollte das Richtfest gefeiert werden. Bei dem Gedanken, das Bankett zu verpassen, kochte Luigi vor Zorn. Noch wütender machte es ihn, Angelica ausgerechnet jetzt, da sie von Tag zu Tag sanfter und bereitwilliger wurde, verlassen zu müssen.

Am dritten Oktober reiste er ab. Ein paar Wochen später wurde auch Bastiano einberufen, sehr zum Ärger von Innocente, der dem jungen Mann in letzter Zeit viele Aufgaben übertragen hatte. Aber das italienische Afrikaabenteuer würde nach allgemeiner Überzeugung und nach Ansicht der Zeitungen nur wenige Monate dauern. Die wenigen Gegner – unter ihnen der romagnolische Sozialist, den Tosoni kennengelernt hatte – demonstrierten auf den Plätzen.

Innocente bedauerte, daß diese Angelegenheit ihm Bastiano und Angelica Luigi entführte. Sollte der Vermessungstechniker mit seiner Tochter ernste Absichten verfolgen, so hätte er sich natürlich nicht damit abgefunden. Zweifellos jedoch hatte ihr Luigi in den letzten Monaten geholfen, ihre Lebensfreude wiederzufinden.

Auf seine Bitte hin hatte ihm Innocente gestattet, Angelica von der Front aus zu schreiben. Luigis erster Brief verriet Humor und einen natürlichen Hang zur Ironie. Er ging von Hand zu Hand. Außer Angelica lasen ihn Innocente, Battistina und Antonia: »... Wir waren wenigstens achttausend Mann, die in Neapel auf die Abreise nach Tripolis warteten. Jeder sprach einen anderen Dialekt – wie beim Turmbau zu

Babel! Die neapolitanischen Soldaten weinten beim Abschied von ihren Angehörigen, die am Kai Taschentücher schwenkten und brüllten, wir sollten Mohammed den Bart abreißen und die Haut abziehen! Vom sechsten bis zum zehnten Oktober waren wir auf dem Meer. In Tobruk, das von Admiral Aubry Augusto besetzt wurde, gingen wir an Land. Jetzt warten wir hier auf weitere Befehle. Es heißt, unser Ziel sei Bengasi. Inzwischen bauen wir die Zelte auf und putzen die Gewehre. Das Essen ist recht gut, das Wasser knapp und von schlechter Qualität.« Es folgten einige an Angelica gerichtete Sätze voller Respekt und Zartgefühl.

Ohne diese Zeilen und ohne die Abwesenheit Bastianos hätte man im Dorf den Krieg in diesen fernen Gefilden kaum bemerkt. Das Leben verlief wie üblich im Rhythmus der Jahreszeiten.

Der im Sommer geborene Sohn Natalinas wuchs und gedieh. Der Kleine, der nach einem ersten liebevollen Klaps aus vollem Halse schrie, war ohne Komplikationen zur Welt gekommen. Frisch gewickelt und gestillt, lag er zufrieden neben Natalina im Bett, als Antonia sie besuchte und den Knaben zum erstenmal sah. Wie vom Donner gerührt, starrte sie ihn an: diese leicht aufgedunsenen, vagen Gesichtszüge, die geröteten Wangen, die hohen Backenknochen, die Schlitzaugen, die schmalen Lippen … genau wie ihre Angelica gleich nach der Geburt. Die Ähnlichkeit war verblüffend!

Natalina, die sich über den guten Verlauf der Geburt freute, ärgerte sich über das Schweigen ihrer Schwester. Ob sie an ihrem Prachtjungen etwas auszusetzen habe? Der aggressive Ton verblüffte Antonia erst recht, denn sie war durchaus geneigt, das Ganze für Einbildung zu halten und im Augenblick nicht weiter darüber nachzudenken. So überhäufte sie Natalina mit Komplimenten und Küssen, wie es ihrem liebenswürdigen Wesen entsprach.

Angelica dagegen ließ sich vom Liebreiz des Säuglings sofort bezaubern und verbrachte ganze Nachmittage bei ihm. Zwischen ihnen, ging es Netta immer wieder durch den Kopf, herrschte eine ungewöhnliche Zuneigung. Er wurde auf den Namen Giorgio getauft, und Innocente stellte sich auf Drängen Domenicos als Patenonkel zur Verfügung. Auch ihm waren die typisch Dagoschen Züge auf dem Gesicht des Kleinen nicht entgangen, und der Grund dafür war ihm augenblicklich klar. Aber sonst bemerkte niemand etwas, weder Domenico noch die Großeltern väterlicherseits, auch nicht Bastiano, der in rauhem Ton, aber mit unüberhörbarer Zärtlichkeit feststellte: »Ist der häßlich! Der sieht ja aus wie eine Kröte!«

Der erste Eindruck ließ Antonia nicht los, und nach und nach tauchten Bruchstücke aus der Erinnerung auf. Der Geburtstag Angelicas im Juli vor einem Jahr fiel ihr wieder ein, der Fluß und Innocentes Annäherungsversuche auf der kleinen Brücke, wie sie ihn zurückgewiesen hatte ... Sie wußte genau, daß sie ihn verletzt hatte, ahnte aber nicht, wie sehr. Seit jenem Tag herrschte zwischen ihnen eine Eiseskälte, und sie begegneten sich jetzt nur noch zufällig.

Gegen Ende des Sommers, so erinnerte sich Antonia, hatte sie Innocente fast täglich im Wirtshaus bei Natalina gesehen. Jede Ausrede war ihm recht gewesen, um bei Natalina zu sitzen, während sie Geschirr spülte und kochte. Schließlich war es Herbst geworden ... Von Oktober bis Juni: Das waren genau neun Monate, und dann war Giorgino geboren ...

Für Netta gab es jetzt keine Zweifel mehr. Die Fakten bestätigten nur noch, was sie längst instinktiv erspürt hatte. Ihre Empörung war grenzenlos. Innocentes Schwäche für das weibliche Geschlecht war allgemein bekannt; aber daß er sich ausgerechnet an ihre Schwester Natalina herangemacht hatte! Diesen ungeheuerlichen Übergriff würde sie ihm ihr ganzes Leben lang nicht verzeihen, schwor sie sich feierlich und unter Tränen.

Für das Kind empfand Antonia große Zärtlichkeit, schroffe Ablehnung jedoch für seinen leiblichen Vater. Auch ein ungezwungenes Verhältnis zu Natalina fiel ihr schwer. Aber da Angelica wieder aufgeblüht war, dank der Aufmerksamkeit von Signor Luigi und des Mienenspiels von Giorgino, vergaß sie ihren Groll.

Trotz wiederholter Eingaben seiner Mutter und regelmäßiger Anfragen des Rathauses bei den zuständigen Behörden war Luigi im November noch nicht zurückgekehrt. Der *Corriere*, aus dem Innocente abends vorlas, war umgeschwenkt. Die Beharrlichkeit der Türken und der Fanatismus der Araber machten den italienischen Soldaten das Leben schwer. Kurz, es wurde wirklich gekämpft.

»Hör mal, Angelica, was Barzini schreibt: ›Unsere Soldaten sind einfach großartig. Trotz ihrer Unerfahrenheit im Krieg haben sie keine Angst. Sie sind wahre Helden!‹«

Mit geschlossenen Augen stellte sich Angelica Afrika vor, ohne sich auf die Ausführungen ihres Vaters sonderlich zu konzentrieren. Mit Antonia sprach sie nie über Krieg oder Politik.

72

Nachdem er im April 1912 aus Afrika zurückgekehrt war, stattete Luigi am Sonntag nach Ostern Innocente einen Besuch ab – vor allem um sich, wie er sagte, für die Unterstützung zu bedanken, die Advokat Dago seiner armen Mutter gewährt hatte, und um die Beziehung zu seinem Auftraggeber wieder aufzunehmen. Mager und mit gelichtetem Haar, sah Luigi aus, als habe ihn die afrikanische Hitze versengt, und auch seine große Nase war puterrot.

Als Angelica wie üblich zum Abendessen in die väterliche Villa kam und den Kriegsheimkehrer sah, brach sie in rückhaltloses Gelächter aus.

Obwohl sie sich freute und erleichtert war, daß Luigi wieder zu Hause war, hegte Angelica ihm gegenüber eher schwesterliche Gefühle. Sie hatte seine Rückkehr nicht sehnsüchtig wie eine Liebende erwartet und wußte jetzt, daß sie gut ohne ihn auskam.

Das bemerkte auch Luigi, er verbarg jedoch seine Enttäuschung, da der Grund seines Besuches vor allem darin lag, sich der Gunst des Advokaten Dago zu vergewissern.

Sie saßen in der milden Sonne; die Glyzinien dufteten. Luigi war ein gewandter Gesprächspartner. Er habe, sagte er, in jenen sieben Monaten einiges erlebt und so viele Geschichten auf Lager, daß er einen ganzen Roman schreiben könne.

»Erzählen Sie doch«, ermutigte ihn Angelica. Der junge Mann, der gewiß mehr als eine freundliche Miene erwartet hatte, tat ihr leid.

»Maria, stell für den Herrn Landvermesser noch einen Teller auf den Tisch!« rief Innocente.

»Nach der Schlacht bei Sciara-Sciàt«, begann Luigi zu erzählen und bewies dabei ein erstaunliches Gedächtnis, »hörte ein Neapolitaner namens Nunzio Gianpetaglio auf dem Weg zum Feldlazarett eine feine Stimme hinter einer Mauer. Er sah nach und entdeckte ein splitternacktes, kleines Mädchen, das im Garten saß und aus Leibeskräften schrie. Es war vielleicht vier Jahre alt und von seinen Eltern auf der Flucht zurückgelassen worden. Er brachte die Kleine mit ins Lazarett, und bald wurde sie die Tochter von uns allen. Sie konnte nur ihren Namen sagen: Fatma. Sie aß mit uns und schlief mit uns unter einem Dach. Besonders an Nunzio hing sie wie an einem Vater. Im November schließlich kam die Anordnung, die Kleine zum Roten Kreuz zu bringen. Es tat uns allen sehr leid, sie hing an Nunzios Hals und weinte verzweifelt. An Bord des Schiffes Memfi nahm sie die Herzogin von Aosta persönlich in Empfang. Später hörten wir, daß die kleine Schwarze nach Palermo gebracht worden war. Die Herzogin hatte sie Natalia getauft und ihr zweihundertfünzig Lire geschenkt.«

»Das ist wirklich eine schöne Geschichte!« rief Angelica.

Sie setzten sich zu Tisch. Maria, der der Gast verspätet angekündigt worden war, hatte sich zusätzlich zum üblichen Abendbrot etwas einfallen lassen und aus frischem Radicchio, gekochten Eiern und Sardinen einen Salat gemacht.

Nach dem Essen gingen Angelica und Luigi in den Garten, um das Käuzchen zu begrüßen, während Innocente sitzen blieb und an seiner Grappa nippte.

Als Maria zum Kaffee rief, kehrten die beiden ins Haus zurück.

»Und wann kam der Rückführungsbefehl?« fragte Innocente.

»Ende März. Die Araber und die Türken machten uns mit einem fürchterlichen Guerillakrieg das Leben schwer. Wir hatten den Befehl erhalten, Anfang April die Halbinsel Macabez zu besetzen. Jene Gegend an der Küste war das Zentrum des Schmuggels. Es war kein leichtes Unterfangen, zwölftausend Mann samt Waffen, Kleidung, medizinischer Versorgung und allem, was dazugehört, auf Flößen zu transportieren, ohne das Gelände zu kennen, ständig dem türkischen Hinterhalt ausgesetzt ... Aber dann erhielt ich meinen Entlassungsschein; das war am zweiten April. Ich weiß nicht, ob ich Gott danken soll oder dem Bürgermeister und meiner Mutter ... vielleicht allen zusammen. Auf der Rückreise mit der Garibaldi dachte ich an meine Kameraden. Wer weiß, wie es ausgegangen ist in Macabez; in den Zeitungen hier habe ich nichts darüber gefunden.«

Mit Runzeln auf der Stirn und Falten in den Mundwinkeln wirkte Luigi müde und vorzeitig gealtert.

»Ich bitte um Entschuldigung«, sagte er und erhob sich schwankend. »Ja, *sciùr* Cént, die Grappa! Ich vertrage eben keinen Alkohol. Jetzt gehe ich besser. Und das Häuschen in Rovediga? Wie ist es geworden?«

»Wunderschön und sehr gemütlich.« Innocente klopfte ihm ermunternd auf die Schulter. »Und was die Arbeit betrifft, Luigino, mach dir keine Sorgen, daran wird es nicht fehlen. Ich habe schon einige Projekte im Sinn ... habe aber auf dich gewartet.«

»Herzlichen Dank, das hatte ich gehofft.« Beruhigt verabschiedete sich der junge Mann, und Angelica begleitete ihn noch bis zum Portikus.

»Melden Sie sich gelegentlich bei meinem Vater wegen der Arbeit, sonst vergißt er es womöglich. Dann sehen wir uns auch wieder.«

»Selbstverständlich«, antwortete Luigi mit rührselig zitternder Stimme. »Ich hatte so große Sehnsucht nach Ihnen, Angelica, wenn Sie wüßten ...«

»Ich auch, und danke für die schönen Briefe.« Das ist wirklich ein herzensguter Mann, dachte Angelica. So ist es leider nun einmal; die Braven reizen einen weniger als die Draufgänger ... Aber welche Draufgänger habe ich eigentlich schon kennengelernt? Von der Tür aus winkte sie Luigi noch einmal.

Dann machte auch sie sich auf den Heimweg.

»Der Vermessungstechniker Colombo ist zurückgekehrt«, sagte sie, als sie eintrat. Antonia kniete am Fußende der Ottomane und rieb mit einem feuchten Tuch Ersilias Beine ab.

»Hallo, Angelichina«, grüßte die Alte gut gelaunt.

»Ich mach dir die Zöpfe, Oma.« Angelica löste ihr den festen Knoten im Nacken und parfümierte das lange, weiße Haar mit Kölnisch Wasser.

»Sie duftet ja wie eine Königin!« rief Netta. Sanft hob sie die Beine ihrer Mutter und legte sie auf die frisch bezogene Ottomane. Unter der bis zum Kinn hochgezogenen Bettdecke seufzte Ersilia zufrieden und betrachtete Tochter und Enkelin, die plaudernd an ihrer Seite saßen und darauf warteten, daß sie einschlief.

73

Eigentümer der alten Kirche war jetzt Commendator Quaranta. Wenige Schritte weiter beherrschte das neue, viel größere Gotteshaus die Piazza. Im Juli 1914 wurde es feierlich eingeweiht. Zu diesem Anlaß kam Kardinal Ferrari persönlich ins Dorf. Nach der Messe auf dem Kirchplatz lobte der Kardinal das gelungene Bauwerk. Voller Bescheidenheit wies Quaranta auf die Verdienste Don Luigis hin, der seinerseits an den entscheidenden finanziellen Beitrag des Bürgermeisters erinnerte. Innocente schmunzelte unter seinem Schnurrbart, wußte er doch, daß sich der Unternehmer mit dem Bau der neuen Kirche so beliebt gemacht hatte, daß er im Juni zum Bürgermeister gewählt worden war.

Geschmückt mit der dreifarbigen Schärpe, konnte er jetzt die Früchte seiner beachtlichen Investition genießen.

Da dringende Geschäfte in der Stadt auf ihn warteten, reiste der Kardinal gleich wieder ab. Die Honoratioren entledigten sich der eleganten, aber unbequemen Kleidungsstücke – der steifen Krägen, Westen und Hosenträger – und atmeten wieder frei. Zum Mittagsläuten fuhren sie mit ihren Kaleschen an den Fluß, um dort das Ereignis mit einem Bankett zu feiern. Innocente, Francesco und Pietro, der Schmied, die Herren Pedretti und Calizzani, die Gemeinderäte und der Bürgermeister Quaranta sowie die Priester aus den umliegenden Dörfern gehörten zur Festgesellschaft. Weiterhin Tosoni und sogar Paolo Dago, der bekanntermaßen kein Kirchgänger war, sowie Giacinto, der ehemalige Wirt der Osteria und Vater von Domenico und Bastiano. Während sie auf die Vorspeisen warteten, schlug Tosoni den *Corriere* auf und las vor: »Die in Sarajewo ermordeten königlichen Hoheiten an der Donau begraben!«

»Laß mal sehen.« Innocente nahm ihm das Blatt aus der Hand. Schweigend überflog er den Artikel und las dann die herzzerreißende Geschichte laut vor: Der Erzherzog hatte nicht standesgemäß geheiratet und damit auf sein Recht verzichtet, in der Kapuzinergruft in Wien beigesetzt zu werden. Daher hatte er ein bescheideneres Grab für sich und seine angebetete Gemahlin Sofia auf einem abgelegenen Fleckchen Erde nahe der Donau anlegen lassen. Wegen des Attentats sollte dieses Grab nun vorzeitig seiner Bestimmung zugeführt werden. Die Särge waren mit dem Zug bis zum Fluß transportiert und ohne weitere Zeremonien auf einen Kahn geladen worden. Plötzlich war jedoch ein Unwetter aufgekommen, und der Frachtkahn mit den Särgen hatte schleunigst zu dem kleinen Bahnhof zurückkehren müssen. Während es blitzte und donnerte, wurden die Särge zwischen Kisten und Koffern in der Gepäckaufbewahrung abgeladen. Erst im Morgengrauen konnte die letzte Reise der hohen Herrschaften auf dem Kahn fortgesetzt werden.

»Was für ein Schicksal!« rief Innocente und schüttelte den Kopf. »Warum sie wohl ermordet worden sind?«

»Du hast offenbar in den vergangenen Tagen keine Zeitungen gelesen«, entgegnete Tosoni, »und weißt nicht, was dort für ein Aufruhr ist? Bestimmt gab es gute Gründe für den Mord! Der Anführer des Jungen Bosniens, ein gewisser Princip, scheint durchaus kein Verrückter zu sein. Da ist hohe Politik im Spiel, mein Lieber ... Ich erinnere mich gut an die Unruhen in Montenegro im Sommer 1909. Wir sollten uns darüber klar werden, daß sich hier, im Herzen Europas, ein Pulverfaß befindet, und wehe, da fällt ein Streichholz hinein! Dann kracht es! Man kann auch nicht ewig die Rechte der Schwächsten mit Füßen treten; die slawischen Minderheiten, Bosnien und Herzegowina waren seit langem unzufrieden ...«

»Franz Josef ist ein alter Dummkopf, aber jetzt tut er einem beinahe leid«, meinte Quaranta. »Sein Leben war voller Katastrophen: Erst begeht sein Sohn, Kronprinz Rudolf zusammen mit der Baronesse Mary Vetsera Selbstmord in Mayerling, dann wird seine Gemahlin Sissi in der Schweiz ermordet und sein Bruder Maximilian in Mexiko erschossen, und jetzt sein Neffe Franz Ferdinand: wer würde da nicht den Verstand verlieren!«

»Er soll schon so vertrottelt sein, daß er nichts mehr mitbekommt«, meinte Paolo. »Wie alt er wohl sein mag? Achtzig, Neunzig? Und auf jede Nachricht, die ihm hinterbracht wird, sei sie gut oder schlecht, soll er mit dem immer gleichen Satz antworten: ›Gut, gut! Wie bin ich froh!‹ Er seit nur noch ein Schatten seiner selbst.«

»Das kann ich gar nicht glauben«, widersprach Innocente. »Das sind doch abgehärtete Naturen, teutonische Militärs, die stehen unerschütterlich wie eine Eiche im Sturm. Und wißt ihr auch, warum? Sie haben den Vorzug – oder den Mangel – kein Herz zu haben und sind vollkommen abgestumpft. Daher kann ihnen nichts etwas anhaben.«

»Wir leben wahrhaft in bewegten Zeiten«, rief Don Luigi, »und Signor Tosoni hat recht. Dieses Pulverfaß ist gefährlich, es ist eine Pestbeule, die sich immer weiter ausbreitet.

Ich meine die österreichisch-ungarische Monarchie. Noch heute ist sie, wie Manzoni richtig festgestellt hat, ein Gemisch von Völkern, die sich gegenseitig bekämpfen. Die Habsburger geben vor, unterschiedliche Nationalitäten miteinander in Einklang zu bringen. Aber in Wahrheit und gemäß der alten Maxime *divide et impera* – hetzen sie sie geschickt gegeneinander auf: Kroaten gegen Italiener, Ungarn gegen Serben, Böhmen gegen Ruthenen ... Bis aus diesem Gewirr ein Höllenspektakel losbricht.«

»Das ist richtig. Ich war gerade in Triest, als es dort eine Revolte für die Errichtung einer italienischen Universität gab«, warf Pedretti ein. »Die österreichische Haushaltskommission lehnte den vernünftigen Vorschlag einer Schule für die Italiener ab. Wie im Mittelalter, und doch ist es nur vier oder fünf Jahre her.«

»Kein Zweifel, in Grenzgebieten sind die Italiener immer schlecht behandelt worden«, brummte Calizzani. »Trient, Triest, Zara. Ich war während meines Militärdienstes dort. Es ist immer noch wie vor zwanzig Jahren; ein atavistischer Haß herrscht zwischen uns und den verdammten Kroaten.«

»Und wir waren so dumm, uns dem Dreibund anzuschließen!« rief der Seelsorger. »Als arme Mäuse haben wir die Gesellschaft von Katzen gesucht! Und entsprechend sind wir von unseren sogenannten Bündnisgenossen behandelt worden! Als ob sich die Italiener je mit diesen Germanenvölkern vertragen könnten. Hinzu kommt die Sache mit den Kolonien!«

Die Schwiegertöchter Merlos hatten mittlerweile in Essig eingelegtes Gemüse sowie gebratene und marinierte Sardinen serviert. An der Festtafel in der Weinlaube waren die Meinungen so verschieden wie im ganzen Land: War es richtig gewesen, fremde Territorien zu erobern, oder war es eine große Dummheit?

»Wir müssen doch auch an das Prestige denken!« rief Quaranta mit gerötetem Gesicht. »Tripolitanien, die Kyrenaika, Eritrea und Somalia, ist das vielleicht nichts? Zwei Millionen Quadratkilometer! Um diesem Landstrich die

Zivilisation zu bringen und sich zugleich ihren Lebensunterhalt zu verdienen, sind Tausende Italiener aufgebrochen. Was sagt ihr dazu?«

»Unsinn!« wies ihn Paolo zurecht. »Es ist zwar eine beträchtliche Fläche, aber eben nur trockenes Land! Frankreich dagegen besitzt tatsächlich ein koloniales Imperium, das von Tunesien bis zum Kongo, vom Mittelmeer bis zum Golf von Guinea, vom Atlantik bis zum Nil reicht, mit märchenhaften Städten wie Algier und Oran – ich bin dort gewesen. Aber seit Generationen bemühen sich die Franzosen um den Aufbau.«

»Was soll man machen? Unser Schicksal ist es nun einmal, zwischen den Großmächten zerrieben zu werden, zerquetscht wie die Salami zwischen zwei Scheiben Brot«, meinte Tosoni. »Wir müssen lernen, uns selbst zu helfen, sonst werden wir immer übervorteilt. Die Engländer kennen keinen Altruismus. Sie sind stark, weil sie nach der Maxime handeln: Erst ich, dann nochmals ich, dann mein Hund, dann mein Nachbar. Ich persönlich habe die Engländer allerdings nie leiden können.«

»Aber wenn wir von Besitzungen sprechen«, warf Pedretti ein, »was ist mit den russischen Zaren? Die haben fruchtbare Ländereien, Bergwerke und Fabriken an sich gerissen, mit Millionen Arbeitskräften, die fast umsonst arbeiten. Und trotzdem sind sie nicht zufrieden und strecken ihre Hände nach dem Baltikum und nach China aus ...«

»Ist er eigentlich nach Italien gekommen, dieser berühmte Zar?« fragte Pietro, der zwar von Natur aus schweigsam war, aber das Gespräch aufmerksam verfolgte.

»Der Regierung zum Trotz, die ihn eingeladen hatte, um freundschaftliche Beziehungen zu knüpfen, wollten ihn die Sozialisten mit faulen Tomaten bewerfen ...«

»Wie soll man sich da noch auf dem laufenden halten? In letzter Zeit ist einfach zuviel passiert«, gab Innocente zurück. Wie immer, wenn er trank, war er melancholisch geworden. Andererseits mußte man das Wild schon angemessen mit einem guten, schweren Rotwein hinunterspülen. Und es wäre geradezu ein Verbrechen gewesen, die von Merlo zubereitete Ente mit schmackhafter Füllung nicht zu probieren.

»Der Krieg in Libyen ist dazwischengekommen, mein lieber Pietro«, fuhr Innocente fort. »Alles hat sich verändert, die Welt ist in Aufruhr; auch hier ist nichts mehr wie früher.«

»Was fehlt«, stellte Don Luigi fest, »ist ein gemeinsames Gefühl, das die Italiener verbindet. Wir sind mittlerweile fünfunddreißig Millionen Seelen, aber das macht uns noch lange nicht zu einem wirklichen Volk. Vor fünfzig Jahren waren die Hoffnungen groß. Aber wie man sieht, ist viel Zeit vonnöten und vor allem guter Wille.«

»Oder«, warf Paolo mit ironischem Lächeln ein, »ein außergewöhnliches Ereignis, das alle, von Nord bis Süd, zu gemeinsamem Handeln veranlaßt. Ein Krieg, zum Beispiel.«

»Noch einer? Bloß das nicht!« knurrte Francesco. »Es reicht wirklich, danke vielmals. Achtundvierzig, neunundfünfzig, Libyen ... Ich glaube übrigens nicht an die erzieherische Wirkung des Kriegs. Wir bezahlen eigens Diplomaten und Minister, die den Krieg vermeiden sollen und doch den lieben langen Tag nichts tun als schwatzen!«

»Da hast du recht!« schmeichelte ihm Paolo. »Du darfst aber nicht vergessen, daß es manchmal gerade die Regierungen und die Diplomaten sind, die Konflikte erst heraufbeschwören: Damit die Bürger angesichts einer äußeren Katastrophe ihr eigenes Unglück vergessen. Und hier in Italien, mein lieber Francesco, gibt es jede Menge Probleme: Pellagra und Malaria, Mafia, Camorra und Banditentum. Ganz zu schweigen von der allgemeinen Ignoranz, dem Analphabetentum ...«

»Immer langsam, liebe Freunde«, mischte sich Don Luigi ein. »Hier werden wieder einmal, typisch für unsere Mentalität, nur die negativen Seiten unseres Vaterlandes betont. Wir vergessen die Fortschritte, die wir der Regierung Giolitti zu verdanken haben. Glaubt mir, wir werden Dronero, den alten Fuchs noch vermissen, der seit mehr als zehn Jahren die Geschicke dieses Landes lenkt und es lehrt, die richtigen Schritte zu tun. Wenn er nur den gottlosen Roten gegenüber nicht so nachgiebig wäre!«

»Na, na«, murmelte Pietro leise, »der spricht von den Roten, als wären es Teufel in Menschengestalt!«

»Die Gesetze, die Giolitti zugunsten der Arbeiter erlassen hat, sind meiner Meinung nach gut«, fuhr der Seelsorger unbeirrt fort, »und sie werden den sozialen Fortschritt bringen – ohne Demonstrationen und Aufruhr wie bei der ›roten Woche‹ in der Romagna: kopflose Leute, die Dörfer verwüsten, Gewalt anwenden, brandschatzen ... Selbst im Namen angeblicher Ideale darf man so etwas nicht tun!«

»Ich habe gesehen«, flüsterte Tosoni Innocente zu, »daß auch unser Freund – du weißt schon, wen ich meine – ganz erheblich an dieser berühmten ›roten Woche‹ in Romagna mitgewirkt hat.«

»Der hat Temperament!« meinte Innocente lachend. »Wie seine Landsleute. Hier, bei uns, hätte er kein so leichtes Spiel gehabt. Wie die Sozialisten behandelt wurden, als sie auf der Piazza eine Rednerbühne aufbauen wollten, wissen wir. Haben Sie denn, Don Luigi«, er wandte sich in ironischem Ton an den Priester, »eigentlich nichts von den jungen Leuten gehört, die mit Topfdeckeln klapperten, als die Sozialisten letztes Jahr öffentlich reden wollten?«

»Warum fragen Sie mich, *aucàt*?« erwiderte der Seelsorger freimütig. »Unsere Leute verhalten sich ganz richtig: Sie verlangen angemessene Unterstützung und Bezahlung und vertrauen auf Gott, nicht auf die Gottlosen. Die vertreiben sie mit ihren Topfdeckeln ...«

»Teufel noch mal, der geht mir wirklich auf die Nerven«, brummte Pietro, wagte es aber nicht, dem Priester zu widersprechen.

»Ja, er ist ein richtiger Hitzkopf«, setzten Innocente und Tosoni ihr Gespräch fort. »Und seit er in Mailand Chefredakteur des *Avanti* ist, hat er noch mehr Einfluß. Auf dem letzten Kongreß soll er sogar die Ausweisung der Freimaurer aus der Partei verlangt haben; als wäre nicht Turati der Chef, sondern er, der gerade mal dreißig Jahre alt ist.«

»Ich weiß nicht, von wem ihr redet«, unterbrach Don

Luigi, »aber wer auch immer es ist, er hat recht. Unter dem Deckmantel der Menschenfreundlichkeit sind die Freimaurerlogen in der Tat eine böse, dämonische Macht.«

»Ich wundere mich«, entgegnete Paolo verärgert, »über die Entschiedenheit Ihrer Äußerungen, Don Luigi. Wenn ich mich nicht irre, gab es unter den Freimaurern Persönlichkeiten, die über jeden moralischen Zweifel erhaben waren, Mazzini und Garibaldi beispielsweise.«

»Ach ja, euer geliebter Garibaldi! Seine moralischen Tugenden«, antwortete der Seelsorger gutmütig, »lassen wir das lieber. Nicht aus Geldgier, wohl aber aus Fleischeslust hat er sich so einiges geleistet; aber er ist ein Held, also darf er nicht angetastet werden. Übrigens glaube ich, daß viele Freimaurer die hinterlistigen und niederträchtigen Ziele der Loge nicht wirklich kennen.«

Paolo setzte an, um die hohen Ideale der Freimaurer zu verteidigen, schüttelte dann aber nur verächtlich den Kopf und schob den Teller von sich, auf dem jedoch nur noch ein paar abgenagte Knochen lagen.

»Ich weiß nicht, worauf das zurückzuführen ist«, mischte sich Pedretti ein, »aber auch der österreichische Koloß steht mittlerweile auf tönernen Füßen. Auch die Monarchie ist fragwürdig geworden! Vielleicht ist der alte Franz Josef gar nicht mehr so mächtig ...«

»Wieso fragwürdig! Mit unserem König würde ich gern tauschen!« rief Calizzani lachend. »Na ja, Franz Josef ist nicht ganz so mickrig wie der Savoyer. Ich mache nur Spaß! Mickrig ist er ja, aber er soll einen guten Charakter haben und erst recht die Königin. Da fällt mir ein merkwürdiges Erlebnis ein, das ich vor einiger Zeit hatte.«

»Mit der Königin? Sagen Sie bloß!« Er wurde mit witzigen Bemerkungen überhäuft.

»Nein, im Ernst: eine merkwürdige Episode. Wir waren in der Galerie in Mailand; meine Frau wollte ein Paar Handschuhe kaufen, und wir sind zu Brigatti gegangen. Am Tresen stand eine hochgewachsene, dunkel gekleidete Kundin. Der Verkäufer zeigte ihr ein Paar Handschuhe nach dem anderen, aber die einen waren zu groß, bei den anderen stimmte die Farbe nicht, bei den dritten war das Leder zu dick oder zu dünn ... Der Verkäufer, der ohne viel Respekt die Länge der Finger gemessen hatte, verlor langsam die Geduld. Auch meine Frau stöhnte. Als sie endlich gefunden hatte, was sie suchte, dankte die Dame und wandte sich dem Ausgang zu. Im selben Augenblick kam der Ladenbesitzer zur Tür herein und wäre beinahe auf die Kundin geprallt. Er fuhr zusammen, wurde puterrot, verbeugte sich mehrfach und versuchte der Dame nachzulaufen. ›Ihr habt sie einfach so weggehen lassen?‹ rief er. ›Weißt du, wer das war, du Trottel?‹ Der Verkäufer war bestürzt. ›Weißt du wenigstens, wem du die Handschuhe – mein Gott, womöglich hat er auch noch Geld dafür genommen! – verkauft hast? Seiner Majestät! Seiner Majestät, der Königin Elena!‹ Meine Frau und ich waren platt. Wir hatte sie nicht erkannt. Sie sah aus wie eine x-beliebige Dame, elegant, aber unauffällig.«

»Na klar, die Zeiten des Sonnenkönigs sind vorüber«, sagte Innocente. »Der König und die Königin sind Menschen wie du und ich, nicht wahr, Don Luigi? Aber sie führen nicht unser Leben, denn sie brauchen den lieben langen Tag nicht zu arbeiten! Und doch, trotz seiner Position als König – oder vielmehr, gerade deswegen –, hat er bestimmt keinen ruhigen Schlaf. Als das Erdbeben in Messina war, zum Beispiel, oder bei anderen nationalen Katastrophen. Nicht wahr, lieber Quaranta?« fuhr Innocente fort, »auch der Bürgermeister eines kleinen Dorfes schläft schlecht, wenn die Ernte verhagelt oder eine schlimme Seuche ausgebrochen ist. Erst recht das Oberhaupt einer ganzen Nation, wenn es kein allzu dickes Fell hat.«

»So ist es, Innocente«, meinte Tosoni nachdenklich. »Auch das Dorf hat seine Schwierigkeiten, aber von den wirklich großen Problemen des Landes merken wir hier nichts. Die Landbevölkerung nimmt nur wahr, was sich direkt vor ihrer Nase befindet – alles andere ist ihr egal.«

»Was willst du damit sagen?« protestierte Innocente. »Die Leute sind doch nicht dumm, und sie können nichts dafür, daß sie Analphabeten sind. Und ohne lesen zu können, ist es schwer, sich über die Ereignisse in der Welt auf dem laufenden zu halten.«

»Reg dich doch nicht so auf! Wir wissen, wie sehr du deine Leute und diese Gegend liebst. Das ist das Schöne auf dem Land, daß man weit entfernt ist von allen Unruhen. Aber, um ehrlich zu sein, es ist auch ein Nachteil. Wie auf einer Insel im Ozean, wo nach Jahrzehnten eine Flaschenpost aus der Zivilisation ankommt! Dabei sind wir nur wenige Kilometer von der Stadt entfernt!«

»Du hast ganz recht«, stimmte Paolo zu. »Aus diesem Grund habe ich kürzlich in Mailand eine Wohnung gekauft. Den Sommer werde ich nach wie vor auf dem Land verbringen, aber den größten Teil meiner Zeit möchte ich in der Stadt leben. Ich habe eine schöne Wohnung in der Via Mazzini, im ersten Stock. Nicht sehr groß – ich habe nicht die Absicht, eine Familie zu gründen –, aber sehr bequem und vor allem: Man ist schnell im Theater, in der Galerie, im Café ... Das ist doch ein ganz anderes Leben ...«

»Eine Wohnung in der Stadt?« entgegnete sein Bruder Innocente. »Das ist sicher eine gute Investition ...«

74

Die Großmutter fütterte gerade Giorgino, als Antonietta in die Schenke kam. Wieder einmal wunderte sie sich darüber, daß die feinen Gesichtszüge des Kindes im Laufe der vergangenen drei Jahre niemanden veranlaßt hatten zu fragen: »Wem sieht er eigentlich ähnlich?«

Giorgino saß auf seinem Stühlchen und war gar nicht begeistert von dem faden Grießbrei, den ihm die Großmutter hartnäckig verabreichte.

»Es schmeckt ihm nicht, Oma«, bemerkte Antonia. »Natalina, ich wollte ein bißchen Brühe holen. Mach mir doch den Topf hier voll, ich muß gleich wieder gehen.«

Der aromatische Duft der Bouillon erfüllte das Lokal; Lina nahm die Kelle und wiegte dabei die neugeborene

Giovanna. Sie hatte einen runden Kopf, Domenicos breite Stirn, robuste Handgelenke und Knochen, genau wie ihr Vater. Ganz anders als Giorgino, dachte Netta und streichelte die Kleine unter dem Kinn. Im Hinterzimmer lag auf einem Tisch ein großes Stück Parmesan. Einer plötzlichen Eingebung folgend, nahm Netta ein kleines Stückchen, kehrte in die Gaststube zurück und legte es Giorgino auf die Zunge: Rot vor Zorn fing dieser an zu husten, zu spucken und empört mit den Händchen abzuwehren, um dann den Mund fest zusammenzupressen, entschlossen, sich nichts mehr hineinstopfen zu lassen.

»Siehst du?« Die Großmutter fing an, den restlichen Brei selbst zu löffeln. »Dieses Kind ist ein schlechter Esser.«

»Schon gut, mein Kleiner«, flüsterte Antonietta mit einem traurigen Lächeln, »ich wußte, daß dir der Käse nicht schmecken würde.« Und ohne daß es jemand hören konnte, fuhr sie fort: »Du bist sein Sohn, es gibt keinen Zweifel mehr …«

Sie warf einen letzten Blick auf Natalina, die ihr die Brühe reichte und den Säugling an die nackte Brust preßte, um ihn zu stillen. Nie war sie ihr so glücklich und gesund erschienen. Von welcher teuflischen Leidenschaft sie auch besessen gewesen war, jetzt war offensichtlich alles vorüber. Gott sei Dank war nie im Dorf darüber getuschelt worden, so daß es für immer ein Geheimnis bleiben konnte. Mit Tränen in den Augen beschloß Netta, das Glück von Lina und Domenico, der seine Frau auf Händen trug, niemals zu stören. Sie war im Gegenteil froh, daß das Kind mit soviel Liebe umgeben wurde. Auch Angelicas Zuneigung zu ihrem Stiefbruder wuchs ständig. Von dem Tag an, an dem Giorgino den Käse verweigert hatte, bemühte sich Netta, jeden Gedanken an diese traurige Angelegenheit schon im Keim zu ersticken.

Für Bastiano hatte der Krieg in Tripolitanien nur wenige Wochen gedauert. Er hatte ein Bein verloren und war als Kriegsversehrter heimgekehrt. Beinahe froh über die Gelegenheit, das gottverlassene Nest hinter sich zu lassen und die Welt kennenzulernen, hatte er begeistert vom Schiff aus das Meer bestaunt, und als am Horizont ein schneeweißer Streifen Land auftauchte, hatte er, seine Mütze schwenkend, mit den anderen »Viva l'Italia!« gebrüllt. Anfangs war es nur ein Spiel gewesen. Die Überfahrt auf der Garibaldi, die Landung, die ersten verwirrenden Eindrücke von Afrika; die Eroberung der verlassen vorgefundenen Festungen von Hamidié und Sultanié. Aber die Leichen der türkischen Artilleristen zwischen den Ruinen zeugten von der Brutalität eines wirklichen Krieges. Übermütig hatte sich Bastiano gedacht: Ohne einen einzigen Schuß abzugeben, haben wir Tripolitanien erobert! Um den Sieg zu feiern, wurden vom Schiff aus einundzwanzig Kanonensalven abgefeuert. Bastiano und die anderen Soldaten waren überzeugt, in wenigen Tagen nach Hause zurückkehren zu können. Aber dann hatte sich voller süßlicher Gerüche die warme afrikanische Nacht herabgesenkt, und sie hatten sich nicht mehr so sicher gefühlt. In der Morgendämmerung kündigte sich durch merkwürdige Geräusche und huschende Bewegungen die feindliche Attacke an. Wie Heuschreckenschwärme brachen die Türken aus Sanddünen und stachligen Büschen hervor. Die Italiener feuerten mitten hinein und liefen von einem Ende des Schützengrabens zum anderen. In diesem Gewirr wußte Bastiano nicht, ob es eine türkische oder italienische Kugel war, die sein Knie zerschmetterte. Keine achtundvierzig Stunden waren seit der triumphalen Landung vergangen, und Bastiano war nicht wiederzuerkennen: Seine Heiterkeit war verschwunden, und von Natur aus eher schweigsam, brachte er jetzt tagelang kein Wort über die Lippen.

Innocente hatte ihn wieder in Dienst genommen, vertraute ihm jedoch weder den Garten noch die Seidenraupenzucht an. Bemitleidet wollte Bastiano jedoch nicht werden. Er mied es, sich in der Öffentlichkeit zu zeigen und zog sich selbst vor den Dagos zurück. Am liebsten hielt er sich im Stall auf, bei den Pferden, oder im Garten bei den Kaninchen, den Hühnern und Bienenstöcken.

Mit der Zeit lernte er, sich zu bewegen, und, auf ein Holzbein gestützt, machte er sich mit seinen starken Armen nützlich, wo es ging.

An jenem Morgen legte er Wassermelonen zur Kühlung in den Brunnen. Maria, die trotz ihrer siebzig Jahre noch recht rüstig war, hatte gekochtes Huhn mit Petersiliensoße vorbereitet, das kalt gegessen wurde. Der Tisch war im Freien gedeckt worden, es hatte seit langem nicht geregnet, und die Erde war trocken und staubig.

Noch vor Mittag traf Pietro mit Battistina und den Kindern ein. Die Jüngste, Libera, war bereits im Backfischalter.

Innocente und Angelica erwarteten die Gäste auf der Schwelle des Häuschens zum traditionellen Wassermelonenschmaus.

»Guten Tag, allerseits!« rief Luigi und sprang aus der Kutsche. »Eine unerträgliche Hitze heute!«

Schon längst machte er sich keine Hoffnungen mehr auf Angelica, doch er wußte, daß sie seine Gesellschaft schätzte. Fröhlich reichte sie ihm die Hand. Zwar drehten sich Luigis Gespräche allzu oft um die Abenteuer in Libyen, aber er war wenigstens jung, höflich und wohlerzogen.

»Wirklich unangenehm heiß heute«, keuchte Innocente und wies Maria an, das Essen zu servieren. Als erster wurde Bastiano versorgt, der sich hinter dem Haus versteckt hielt. »Es hat keinen Sinn, ihn zu rufen«, sagte Innocente.

Während sie in eine Essiggurke biß, dachte Angelica: Vor einem Monat bin ich zweiundzwanzig Jahre alt geworden. Vielleicht war es der Essig, der ihr die Tränen in die Augen trieb. Geräuschvoll nahmen die Kinder von Pietro und Battistina auf den Holzbänken Platz. Innocente verteilte das feste weiße Hühnerfleisch. Zweiundzwanzig, dachte Angelica und ließ den Blick über das trockene, gelbe Gras schweifen, zweiundzwanzig und die Aussicht, den Rest meines Lebens jeden Sonntag auf diese Weise zu verbringen.

In der alten Dago-Villa sagte im gleichen Augenblick Lotti: »Papa, das Eis schmilzt ...«

Adelaide beugte sich in ihrem weißen Pikeekleid vor, um Quaranta das Sorbet zu servieren. Als sie seinen Blick auf ihrem üppigen Busen bemerkte, verharrte sie einen Augenblick zufrieden.

»Ach ja.« Francesco zog sich die Zeitung vom Gesicht, lächelte Lotti zu und murmelte mit schlaftrunkener Stimme: »Gut, schön kühl!«

Hingebungsvoll betrachtete er seine Tochter. Sie war fröhlich und aufgeweckt und so ganz anders als er selbst. Lotti hatte den anspruchsvollen Geschmack ihrer Mutter, aber ein warmherziges Wesen.

Wie immer am Sonntag waren die Dagos nach dem Mittagessen unter dem großen Magnolienbaum versammelt. Die Spatzen und Schwalben zwitscherten, und auf dem Tisch lagen noch ein paar Brotkrumen. Giovanni Carlo, der jüngere Sohn, schlug ganz nach Adelaides Familie. Er war groß und hellhäutig und hatte den undurchdringlichen Blick seiner Mutter, mit dem er seinen Vater einschüchterte. Mehr noch fürchtete Francesco den Blick Adelaides, wenn sie ihn von Kopf bis Fuß musterte. Aber nie hatte er je den Mut aufgebracht, sie nach dem Grund für ihren skeptischen Ausdruck zu fragen. Mit ihrer Ehe war es nicht zum Besten bestellt, aber Francesco tat, als bemerke er nichts. Um nicht daran denken zu müssen, trank er oft ein Gläschen zuviel.

Der andere Sohn dagegen war sein Ebenbild, und Francesco, dem die eigenen Schwächen durchaus bekannt waren, wußte nicht, ob er sich darüber freuen oder sich Sorgen machen sollte. In letzter Zeit hatte er hin und wieder seinem Priestergewand nachgetrauert. Wie er selbst in jenem Alter, interessierte sich Alfredo ausschließlich für das, was eßbar war – ein schönes Stück Fleisch – oder das, was man berühren konnte – das weiche Hinterteil einer jungen Dienstmagd. Nachdem er den letzten Rest Zitroneneis gegessen hatte, streckte sich Francesco seufzend; Lotti verscheuchte die Mücken von seinem Gesicht. Sie empfand Zärtlichkeit für ihren schwerfällig plumpen Vater und hatte stets das Bedürfnis, ihn zu schützen.

Seit Marangoni seine Zuneigung zu Lotti und seine ernsthaften Absichten offen zeigte, fühlte sie sich als erwachsene Frau. Ihre äußere Erscheinung war ebenso schön und gepflegt wie ihre Stimme. Und um ihre Gesangsausbildung kümmerte sich Maragoni mit großem Engagement.

»Komm und deck den Tisch ab«, befahl Adelaide der Küchenhilfe. »Ich fürchte, es gibt ein Gewitter.«

»Das glaube ich nicht.« Quaranta unterbrach sein Gespräch mit Giovanni Carlo, um die Hausherrin zu beruhigen. »Bei dem strahlenden Sonnenschein.« Doch die Unterhaltung mit dem jungen Mann interessierte ihn: Es ging darum, daß Krieg ausgebrochen war, an dem fünf europäische Staaten beteiligt waren.

»Gott sei Dank hat die Regierung Salandra klar und deutlich die Neutralität Italiens erklärt. Die anderen«, fügte Quaranta hinzu, »sollen sich nur austoben!«

Am selben Sonntag nachmittag strich Domenico die Eingangstür und Fensterflügel der Schenke mit grüner Farbe. Giorgino, der keine Minute ruhig bleiben konnte, sprang um ihn herum.

»Das wird das schönste Haus im ganzen Dorf, stimmt's, Giorgino?« Der Kleine wollte auch anstreichen, tauchte einen abgebrochenen Zweig in den Farbtopf und kleckste große grüne Flecken auf seine Hose.

»Lina, komm her, der Kleine macht Unsinn!« schrie Domenico.

Natalina eilte hinzu, Giovanna auf dem Arm.

»Wunderschön!« stellte sie begeistert fest. Als Domenico ihr den Arm um die Hüfte legte, entwand sie sich lachend.

»Die Kleine!« protestierte sie. »Merkst du nicht, daß du ihr weh tust?«

»Die Kleine, die Kleine!« Domenico tat verärgert. »Auch ich hab' meine Rechte!« Er versenkte sein Gesicht zwischen ihre vor Milch prallen Brüste.

»Ich habe Hunger!« jammerte er, halb ernst, halb scherzhaft und, nachdem er das Kleid heruntergestreift hatte, saugte er wie ein Kind an einer Brustwarze. Lina strich ihm mütterlich durchs Haar: »Hoffentlich sieht uns niemand ...«, flüsterte sie zärtlich.

Sie achtete ihren Mann, liebte ihn vielleicht sogar. Nie hatte sie Vergleiche angestellt, in den Nächten, in denen er sie umarmte. Sie war glücklich, ihn befriedigen zu können, und hoffte nur, daß Giorgino, dessen Bettchen im selben Zimmer stand, nicht im Schlaf gestört wurde.

Innocente war für sie wie ein weit hinten in einer Schublade versteckter Edelstein oder wie die Bilder, die – im Traum lebhaft und real – beim Erwachen bis zur Unkenntlichkeit verblassen.

»Fertig!« rief Domenico zufrieden und begutachtete sein Werk.

Antonia streckte den Kopf aus der Haustür, um einen Blick auf die Berge zu werfen, die aber wegen der stickigen, staubigen Luft nicht zu sehen waren. Sie fröstelte, trotz der Hitze.

»Netta! Netta!« schrie ihre Mutter.

»Bin ja schon wieder da!« Sie setzte sich zu ihr. »Komm, hilf mir den Salat putzen, während wir den Rosenkranz beten.«

»Erst das Vieh, Netta. Hast du die Tiere gefüttert?«

»Ja, ja, Mama, keine Sorge. Alles in Ordnung.«

Fragen und Antworten, die im Laufe eines Tages wohl zehn- oder zwanzigmal gestellt und gegeben wurden.

»Es gibt keine Therapie für dieses seltsame Leiden, sie muß sich daran gewöhnen«, hatte der Arzt erklärt. Obgleich der Stall längst leer war, hatte die Alte über ein von Gegacker unterbrochenes Pfeifen in den Ohren geklagt, das ihr schrecklich auf die Nerven ging.

Vorsichtig, damit Ersilia nichts merkte, hatte Antonia nach und nach den größten Teil des Federviehs geschlachtet und der Eier wegen nur ein paar Hühner übriggelassen. Ein Taubenpaar, an dem Angelica hing, bewohnte noch das Vogelhäuschen. Wenn die Alte gewußt hätte, woher das weiße Fleisch kam, das sie mit Genuß verzehrte …

»Netta, hast du die Tiere gefüttert?« fragte sie zum x-ten Mal. Antonia seufzte. Es war erst früher Nachmittag.

Gegen drei Uhr zogen am Himmel kohlrabenschwarze

Wolken auf. Es blitzte, und vom Wind getrieben, türmten sich Wolkenmassen, die von den Alpen und vom Apennin her kamen, über der Kirchturmspitze. Es donnerte, die Tiere erschraken, und Hunde und Katzen flüchteten unter Tische und in Scheunen.

Mitten auf der Piazza, zwischen der Kirche und der Dago- Villa erhob sich eine gewaltige Luftsäule, die Staub, Steine, Blätter und Zweige aufwirbelte und nußgroße Hagelkörner, Dachpfannen und Ziegelsteine um sich schleuderte.

Selbst festverschlossene Holztore wurden aufgestoßen. Als wütete ein böser Zauber, wurden Robinien, Pappeln, Maulbeerbäume und uralte Eichen verwüstet. Die eisigen Hagelkörner türmten sich zu hohen Haufen. Nur wenige Minuten genügten, um das Dorf vollkommen zu verändern.

»Mama, du bleibst ruhig hier sitzen.« Netta mußte schreien, denn der plötzliche Gewittersturm übertönte ihre Stimme. »Ich geh' rauf und mach die Fenster zu.«

Voller Sorge dachte sie daran, daß Angelica in Rovediga war. Sie eilte die Stufen hinauf, froh über die Treppe im Innern des Hauses. Die Frauen in den Höfen mußten gegen den Wind ankämpfen, wenn sie die Außentreppe hochsteigen und Türen und Fenster schließen wollten.

Ersilia hörte mit eindringlicher Deutlichkeit das flehende Gepiepe ihrer Zwerghühner. Im Zimmer war es stockdunkel geworden. Mühsam erhob sich die Alte von der Ottomane, durchquerte mit schleppenden Schritten das Zimmer und öffnete die Haustür. Auf der Schwelle erfaßte sie der eisige Wind. Entschlossen zog sie sich den Schal fester um den Kopf und ging ein paar Schritte ins Freie hinaus.

Während Antonia sich bemühte, die Fensterläden zu schließen, entdeckte sie ihre Mutter im Garten, die sich als dunkler Fleck von der mit weißen Hagelkörnern bedeckten Erde abhob. Antonia eilte die Treppe hinunter. Durch die weit geöffnete Tür wurden Hagelkörner, Erde und Blätter in den Raum gefegt. Im selben Augenblick hörte Netta ein fürchterliches Bersten. Ein Ast war vom Khakibaum abgebrochen und hatte Ersilia gestreift.

Mit Schrecken sah Antonia, wie ihre Mutter, schwankend und mit erhobenen Armen, das Gleichgewicht verlor und mit dem Kopf auf die Steinbank schlug. Sie sank unter dem Baum zusammen und blieb reglos liegen.

Weinend beugte sich Antonia über sie und rüttelte sie, ohne sich um die Hagelkörner, die ihr auf Gesicht und Kopf hämmerten, zu kümmern. Zähneklappernd versuchte sie, ihre Mutter hochzuheben, die nur mehr das Gewicht eines Kindes hatte, sie nahm sie in die Arme und trug sie ins Haus.

Sie legte Ersilia auf die Ottomane und horchte an ihrer Brust, doch in dem zerbrechlichen Oberkörper der Frau vernahm sie nichts als eine vollkommene Stille.

»Mama, o Mama!« schluchzte sie und raufte sich die Haare. Sie weinte und klagte, bis sie heiser war. Dann streichelte sie ihr sanft über die Wangen: »Siehst du? Jetzt hörst du es nicht mehr, dieses schreckliche Geräusch in deinem Kopf ...« Sie legte sich neben sie aufs Sofa, schloß die Augen und hielt sich die Ohren zu. Im oberen Stockwerk schlugen die Läden im Takt zu der infernalischen Musik des Sturms.

Auch Innocente und seine Gäste, die in der Jagdhütte Pernice hinter verriegelten Türen und Fenstern Zuflucht gesucht hatten, vernahmen zitternd das Toben der Elemente. »So war es auch im Jahre vierundsechzig«, murmelte Maria, »das Jahr, in dem er kam und sofort wieder verschwand.«

Im Flackern der Blitze hatte Piero den Blick seiner Mutter gesucht. Seine Neugier war geweckt, denn von seinem Vater war selten gesprochen worden, und gern hätte er etwas über die näheren Umstände seiner Geburt erfahren.

»Was hast du gesagt?« schrie er der Alten ins Ohr.

»Ja, ich erinnere mich: Als er wegging, lagen die Weinreben am Boden, die Pflanzen waren zerstört und der Mais wie niedergemäht ... Diesmal wird es noch schlimmer sein.«

Aus ihren Gedanken aufgerüttelt, griff Maria nach dem Rosenkranz in der Tasche ihres Kittels und begann mit lauter Stimme zu beten.

Die anderen schlossen sich an.

Dem, der es nach dem Unwetter wagte, die Nase herauszustrecken, bot sich ein erschütterndes Bild. Die Temperatur war von dreißig auf zehn Grad gesunken, den Boden bedeckte eine dicke Eisschicht, aus der ein dichter Dampf aufstieg. Häuser waren abgedeckt, Bäume verstümmelt, Gärten verwüstet. Wie von Riesenhänden entwurzelte mächtige Baumstämme versperrten die Wege. Die Fensterscheiben waren eingedrückt und keine Vase, kein Gefäß, das draußen gestanden hatte, war heil geblieben. Besonders erschütternd aber war der Anblick der liebevoll gepflegten Gärten von Innocente, Francesco und Paolo Dago. Die Dorfbevölkerung beklagte die Schäden an Dächern und Hausrat – sie waren jedoch nicht irreparabel. Mit Gottes Hilfe und der Unterstützung ihrer Herrschaft würde sich alles richten lassen.

Aber es würde Jahre dauern, bis sich die Pflanzen in den Gärten und auf den Feldern von den Verwüstungen erholt hatten. Im Oktober würde es keine Ernte geben, weder Weizen noch Mais, die Maulbeerbäume würden keine Blätter hervorbringen, und auch das Obst hatte der Sturm von den Bäumen gerissen.

Don Luigi versuchte, die Bauern zu beruhigen: Dies sei keine Strafe Gottes. Der zweifellos vernachlässigte und beleidigte himmlische Vater hätte sich niemals auf diese Weise gerächt. Man müsse weiterhin auf die göttliche Vorsehung vertrauen. »Die Besitzenden«, verkündete er feierlich, »haben ihre Hilfe bei der Instandsetzung der Häuser zugesagt. Die Bürgermeister der umliegenden Gemeinden gestatten uns mit dem Einverständnis der Gutsbesitzer, die Maulbeerblätter außerhalb unseres Gebietes zu ernten, und die landwirtschaftliche Genossenschaft wird den Familien das unentbehrliche Mehl zur Verfügung stellen. Danken wir Gott, daß wir außer unserer armen Schwester Ersilia

Paolini keine Opfer zu beklagen haben. Laßt uns den Himmel um Hilfe bitten, aber helfen wir uns auch selbst, einer dem anderen: nur Mut, meine Brüder!«

Schwarzgekleidete Frauen begleiteten Ersilia zu ihrer letzten Ruhestätte. In fliegender Hast reparierten die Männer die zerstörten Dächer. Als der Sarg vorbeikam, entblößten sie ihr Haupt und murmelten ein Amen. Hinter dem von zwei weißen Ochsen gezogenen Wagen gingen Arm in Arm Antonia und Angelica. Wie stets in der Vergangenheit war die Nähe der einen der anderen ein Trost.

Auch Luigina folgte dem Sarg ihrer Mutter, begleitet von ihrem Mann und der ältesten Tochter. Natalina hatte die Schenke abgeschlossen, Giovanna in der Wiege schlafen gelegt und Giorgino seine besten Kleider und neuen Schuhe angezogen. Doch mit ihm an der Hand kam sie nicht voran, und so schickte sie ihn auf halbem Weg zu Domenico zurück. Endlich konnte sie ihren Tränen freien Lauf lassen.

Ersilias Sohn, der Klempner, hatte seine Frau untergehakt und seinen inzwischen zehnjährigen Sohn Eros an die Hand genommen. Mit seiner zierlichen Statur, den feinen Gesichtszügen und den sanften, aber neugierigen und ironisch aufblitzenden Augen war der Junge eher seiner Mutter nachgeschlagen. Mit Leichtigkeit hatte er fehlerlos Lesen und Schreiben gelernt. Oft wurde er damit beauftragt, nach Übersee ausgewanderten Dorfbewohnern Briefe zu schreiben. Stolz verkündete sein Vater in der Schenke, er habe die Absicht, ihn auf eine höhere Schule zu schicken, denn es fehle im einfachen Volk an gebildeten Leuten.

In einigem Abstand folgte Innocente dem Begräbniszug. Er war der armen Alten wegen ihrer Wutausbrüche, ja der Beschimpfungen seiner Person nicht böse und schrieb ihr Verhalten ihrer Krankheit zu. Das Elend, das ihm überall im Dorf durch die scheibenlosen Fenster und die weit geöffneten Türen – Hausrat und Fußböden mußten trocknen – entgegentrat, erschütterte ihn. Die Kinder, um die sich die Erwachsenen in diesen Tagen nicht kümmern konnten, waren barfuß und schmutzig.

Während er nachdenklich dahinschlenderte, fiel ihm der Sommer ein, der schon ein paar Jahre zurücklag, als ein Traum für kurze Zeit Hoffnung in sein Leben gebracht hatte. Dann war der Trauerzug an der Friedhofsmauer angelangt, und plötzlich fiel ihm ein unglückseliger Besuch bei Paolo ein. Es tat ihm jetzt noch leid, die Einladung des Bruders angenommen zu haben.

Er hatte die neue Wohnung sehen wollen, die dem Lebensstil des Bruders so vollkommen entsprach. Sie war bequem und elegant, und der Blick aus den Fenstern auf die belebte Via Mazzini war ein wunderbares Schauspiel. Lange hatten sie gemeinsam hinausgeschaut: Eine Dame in weißer Bluse radelte mit gerafften Röcken und zeigte ungeniert ihre weiß bestrumpften Waden; berittene Carabinieri patrouillierten, zwei- oder vierrädrige Fahrzeuge fuhren vorbei, elegante Paare blieben vor den Schaufenstern stehen, hin und wieder quietschte die Trambahn.

Begeistert wies ihn Paolo auf Einzelheiten der bunten Szenerie hin. Er servierte Cognac aus einer Kristallkaraffe, die er aus einem hochmodernen Jugendstilschränkchen hervorgeholt hatte. Über dem Kamin hing ein in hellen Ölfarben gemaltes Landschaftsbild.

»Ich bewege mich gern in Künstlerkreisen«, sagte Paolo bescheiden, »und unterstütze junge Talente wie diesen Pompeo Mariani, einen Schüler des berühmten Mosé Bianchi.«

Aber da er wußte, daß Innocente sich für solche Themen wenig interessierte, hatte Paolo eine andere Überraschung vorbereitet. »Ich möchte dir meinen Club zeigen.« Im Militärclub in der Via Meravigli führte ihn Paolo in einen verdunkelten Saal mit roten Samtsesseln. Viele Gäste schienen auf irgend etwas oder irgendwen zu warten. Plötzlich ging die elektrische Beleuchtung aus.

Innocente wäre fast geblendet worden von dem gleißenden Licht, das über ihre Köpfe hinweg strahlte und auf der Wand vor ihnen ein weißes Rechteck bildete. Wie benommen las er den flackernden schwarzen Schriftzug: *Fest der*

Liebe. Wie von Zauberhand erschien auf der Fläche das Bild einer Frau in einem Zimmer: Sie bewegte die Lippen, gestikulierte anmutig, aber aus ihrem stark geschminkten Mund drang kein Laut.

Ausgerechnet auf dem Weg zum Friedhof sah Innocente sie wieder vor sich, wie sie damals vor seinen verblüfften Augen erschienen war: In eng anliegender Unterhose und mit aufgeknöpftem Mieder, frech und verführerisch über die runde Schulter blickend, hätte sie einem Todkranken neues Leben eingehaucht. Dann zeigte sie sich von vorn, machte sich mit ihren Händen am Korsett zu schaffen, um schließlich triumphierend zwei schneeweiße Brüste zur Schau zu stellen. Wie alle anderen hatte Innocente gebannt auf die Bilder an der Wand gestarrt, deren Reiz er sich nicht entziehen konnte. Doch gleichzeitig empfand er eine tiefe Abscheu. Als das Licht schließlich wieder anging, warf er Paolo halb im Ernst, halb im Scherz vor, er sei ein lasterhafter Bursche.

»Auch ich bin ein sündiger Mensch«, gab Paolo ironisch zurück. »Hin und wieder suche ich mir eine Frau: aber eine aus Fleisch und Blut. Ich lasse mich nicht mit Bildern abspeisen, mit kranken Illusionen …«

Als er den Friedhof betrat, rüttelte Innocente sich aus seinen Grübeleien wach und bat den himmlischen Vater demütig um Verzeihung. Und um seine Reue zu unterstreichen, gelobte er, einige seiner zerstörten Räumlichkeiten nach der Instandsetzung für die Seidenraupenzucht zur Verfügung zu stellen. Vielleicht blieb auch noch ein Raum übrig, in dem der Arzt seine Patienten untersuchen konnte.

Wie vereinbart stellten in den folgenden Tagen die Besitzenden viele Wagenladungen Ziegeln und Dachpfannen zur Verfügung. Die Männer im Dorf hatten alle Hände voll zu tun, und auch die Jungen kletterten auf die Dächer und halfen mit. In der zurückgekehrten Hitze wurde gehämmert und gesägt. Allmählich wurden auch wieder Lieder gesungen.

Noch lange sprach man von diesem Jahrhundertsturm, auch außerhalb des Dorfes. In der Schenke erinnerten sich die Männer an die lustigen Vorkommnisse. Giannina etwa war, wie Mulitta zur allgemeinen Heiterkeit erzählte, auf der glitschigen Außentreppe ausgerutscht, als sie nach oben lief, um die Fensterläden zu verriegeln, und von Stufe zu Stufe wieder hinuntergekullert. Ein Glück, daß sie sich dank ihres üppig gepolsterten Hinterteils nichts gebrochen hatte. Sie hatte nur ein paar blaue Flecken davongetragen.

75

In den feinen Gesichtszügen Adelaides spiegelte sich ein gewisser Ekel. Sie strich mit dem Zeigefinger über die dicke Staubschicht auf einem Bücherrücken und seufzte. Seit vor wenigen Monaten ihr Vater gestorben war und ihre Mutter wegen eines rätselhaften Gebrechens das Bett nur für kurze Zeit verlassen konnte, verlor das schöne Haus, in dem sie geboren war, immer mehr an Glanz. Sie griff nach einem dicken Band mit Goldprägung und blätterte darin, bis sie gefunden hatte, wonach sie suchte: ›Abtreiben: Vieh von der Hochweide zu Tal treiben.‹ Kein Wunder, dachte sie. Das Nachschlagewerk war Mitte des achtzehnten Jahrhunderts gedruckt worden. In der Bibliothek des Hauses Lampini gab es kein neueres Lexikon.

Während sie den Band ins Regal zurückstellte, fragte sich Adelaide, wie man wohl vor hundert Jahren die Abtreibung eines ungewollten Kindes bezeichnet hätte. Die Pendeluhr schlug; sie mußte gehen. Eilig lief sie die gewundene Marmortreppe hinauf, betrat auf Zehenspitzen das schwülwarme Zimmer, in dem ihre Mutter im Bett lag und küßte sie still aufs Haar.

»Sag meiner Schwägerin«, rief sie der Dienstmagd zu, »daß ich die Medikamente kaufe. Und laß die Signora nicht aus den Augen!«

Dann machte sie sich zu Fuß auf den Weg durch die fast menschenleeren Straßen. Ihr war sehr wohl bewußt, daß sie im Begriff war, ein Verbrechen zu begehen – ein Verbrechen vor Gott und ihrem eigenen Gewissen. Zwei Monate hatte die furchtbare Ungewißheit gedauert, und als schließlich zweifelsfrei feststand, daß sie schwanger war, sah sie nur diesen einen Ausweg. Eines Abends hatte sie mit dem Gedanken gespielt, Francesco dazu zu bringen, mit ihr zu schlafen. Sieben Monate später hätte er geglaubt, noch einmal – wenn auch vor der Zeit – Vater geworden zu sein. Am Ende hatten ihr aber der Mut und die Lust gefehlt, und so hatte sie sich doch für eine Abtreibung entschieden.

In aller Heimlichkeit machte sie sich auf den Weg nach Selvadiga, wo eine kundige Frau wohnte, eine ›Hexe‹.

Vom Hörensagen wußte Adelaide, daß die Frau aus einem Dorf in Süditalien hatte fliehen müssen, weil sie wegen ihrer Tätigkeit mit dem Gesetz in Konflikt geraten war. Viele Frauen nahmen jedoch ihre Hilfe bei Geburten in Anspruch, denn sie war bekannt für die Feinfühligkeit ihrer Hände, mit denen sie, so hieß es, eine Gans hätte rupfen können, ohne daß diese geschrien hätte. Vor allem begnügte sie sich mit einer bescheidenen Vergütung – mit alten Unterröcken aus Baumwolle oder Wolle, mit Töpfen und Geschirr – während die amtlich zugelassene Hebamme auf einer Entlohnung in Bargeld bestand.

Legal oder nicht, die ›Hexe‹ wurde dringend gebraucht: wenn Dreizehnjährige von ihren Brüdern oder betrunkenen Vätern geschwängert wurden, wenn eine Frau, deren Mann keine Arbeit hatte, zum zehnten- oder zwölftenmal in anderen Umständen war, wenn leichtfertige Dienstmägde den falschen Versprechungen ihrer Herren glaubten, die sie dann persönlich nach Selvadiga brachten.

Das Häuschen aus Lehm und unbehauenem Stein war baufällig. Die Frau hatte nichts von einer Hexe: Haut, Haare und Augen waren dunkel, sie war klein, rundlich und hatte einen sanften und heiteren Gesichtsausdruck. Adelaide nahm auf dem abgewetzten Sofa Platz und erschauderte. Seelenruhig lief die Frau zwischen schmutzigem Hausrat umher und blickte sie hin und wieder mitleidig lächelnd an, wobei eine Zahnlücke sichtbar wurde. Adelaide zitterte, nicht aus Besorgnis um ihre Gesundheit –

die ›Hexe‹ hatte, wie man wußte, noch nie Schäden oder gar Todesfälle verursacht – sondern aus Furcht vor dem Gesetz. Würde sie – was Gott verhüten mochte! – entdeckt und zur Verantwortung gezogen werden, müßte sie auf gewisse Fragen antworten, gewissen Blicken begegnen, die Bemerkungen der Carabinieri und der Leute aushalten – nicht auszudenken!

»Weinen Sie etwa, Signora? Haben Sie Angst? Seien Sie unbesorgt …«

Adelaide schüttelte ärgerlich den Kopf. »Beeile dich bitte«, flüsterte sie, ohne den merkwürdigen Singsang der ›Hexe‹ zu verstehen.

»Sofort, es kocht ja schon«, beruhigte sie die Frau. Eine Wolke aus säuerlichem Dampf bildete sich über dem Herd. Die Frau nahm den brodelnden Kräutersud vom Feuer. Mit zitternden Händen führte Adelaide die randvolle Tasse an den Mund und zwang sich zu trinken. Dicke Tränen liefen ihr über die Wangen, Fliegenschwärme schwirrten um die Speisereste auf dem Tisch. Mit trägen Bewegungen versuchte die Frau, sie zu verscheuchen, aber ohne Erfolg. Unter unverständlichem Gemurmel bedeutete die ›Hexe‹ Adelaide sich hinzulegen. Während sie den Rock hochzog, kniff sie die Augen zu, um nicht die Stricknadel sehen zu müssen, die die Frau zuvor mit heißem Wasser und Asche gereinigt hatte.

Es war richtig gewesen, den großen Magnolienbaum, der nach dem Hagelsturm abgestorben schien, nicht zu fällen. Durch die halb geschlossenen Lider konnte Francesco jetzt die ersten zarten Triebe erkennen.

»Gott sei Dank ist der erste Mai bei uns ein Tag wie jeder andere«, sagte Quaranta.

»Überall«, entgegnete Pietro, »überall feiert man inzwischen das internationale Fest der Arbeit, nur hier ist alles noch wie zu Zeiten von Kaiser Franz Josef.«

»Franz Josef?« rief Marangoni. »Dem werden wir's zeigen … Die Zeit ist abgelaufen, die Abmachungen müssen eingehalten werden. Nicht wahr, Advokat?«

»Darüber bin ich mir nicht ganz im klaren«, antwortete Innocente zögernd. »Es ist soviel passiert in den letzten Monaten. Noch im September war die Regierung neutral, und auch ein großer Teil der Bevölkerung. Die Begeisterung für den Krieg in Libyen hat nicht lange angehalten. Selbst wenn alles gut ausgeht, die Leute wollen keinen Krieg.«

»Genau, Cént, das sagen auch die Sozialisten; doch Mussolini, dieser Verräter, hängt sein Fähnchen nach dem Winde: Erst war er dagegen, dann dafür ...« Pietro verzog verächtlich das Gesicht.

Tatsächlich hatte der Wankelmut dieses Mannes aus der Romagna nun auch bei Innocente Zweifel geweckt. Zwar hatte er auf Tosonis Empfehlung seine Schriften gelesen und viele seiner Ansichten geteilt. Aber die Widersprüche, in die er sich jetzt verwickelte ...

»Verräter ist zuviel gesagt«, meinte Innocente. »Er ist zwar ein etwas übereifriger junger Mann, hat aber, finde ich, auch Intelligenz und Charakter bewiesen; denn seine Meinung zu ändern und dazu auch zu stehen, ist ein Zeichen von Klugheit.«

»Ganz recht!« stimmte Marangoni begeistert zu. »Schaut mich an: An meiner sozialistischen Überzeugung kann niemand zweifeln; und trotzdem habe ich nicht gezögert, ihm zu folgen, als er aus der Partei ausgeschlossen wurde. Ja, ich behaupte, daß sich die sozialistischen Abgeordneten blamiert haben. Sie haben recht, Advokat Dago: Den Posten als Chefredakteur einer angesehenen Zeitung aufzugeben und jede finanzielle Entschädigung abzulehnen erfordert Charakterstärke. Das neue Blatt *Il popolo d'Italia* ist einfach phantastisch! Große, klare Überschriften, fett und kursiv Gedrucktes, Karikaturen ... Eine lebendige, vorurteilsfreie, moderne Zeitung!«

Da er im Hause Dago zu Gast war, biß sich Piero auf die Lippen und schwieg. Paolo dagegen stimmte zu: »Krieg? Warum denn nicht? Das Österreich der Habsburger war, ist und bleibt unser Feind. In Trient, in Triest und in Dalmatien führt es ein despotisches Regiment. Wenn wir diesen Zug verpaßten, wäre das von großem Nachteil für Italien.«

»Auch ich bin der Meinung« – Pietro bemühte sich um einen ruhigen, versöhnlichen Ton –, »daß das mit dem Risorgimento begonnene Werk vollendet werden muß: Trient, Triest … Aber ohne Waffengewalt. Dafür ist es noch zu früh. Sie, *sciùr* Paolo, müßten unsere Rekruten doch kennen: Sie sind noch genauso wie zu meiner Militärdienstzeit. Es gibt in Italien kein militärisches Bewußtsein. Der Libyenkrieg war zu kurz, um die Soldaten wirklich zu schulen, Gott sei Dank! Und der Eintritt in diesen Krieg würde das ganze Volk einem Massaker aussetzen.«

Wohlwollend hörte Innocente seinem Milchbruder zu und bewunderte seinen Verstand und seine Beredsamkeit. Pietro schweigt meistens, dachte er, aber wenn er einmal den Mund aufmacht, ist das, was er zu sagen hat, klug und wohldurchdacht. Wer wohl sein Vater ist …

Adelaide murmelte etwas, und Innocente fiel auf, wie blaß seine Schwägerin war.

»Ich bin dagegen«, sagte Quaranta. »Nicht aus politischen Gründen, sondern weil ich von Natur aus Pazifist bin.« Lachend wandte er sich an Adelaide. Fast wäre ihm das Wort im Halse stecken geblieben, so erschreckte ihn ihr angespannter, beinahe finsterer Gesichtsausdruck.

»Ich bin auch dagegen«, meinte Francesco. »Aus einem guten Grund: Ich habe zwei Söhne. Deshalb ist mir schon das Wort Krieg zuwider. Für euch sind das alles rein theoretische Erörterungen …« Ihm versagte die Stimme.

»Du hast recht«, mischte sich leise, aber bestimmt Adelaide ins Gespräch, »sie sind es, unsere Kinder, die die Last des Krieges tragen müssen!« Und sie bekreuzigte sich.

»Nur um euch Provinzlern ein wenig über die Ereignisse in der Stadt aufzuklären«, meinte Marangoni lächelnd, in dem Bemühen, die Atmosphäre aufzulockern. »Man muß nach Mailand fahren, um zu erleben, mit welcher Leidenschaft die Leute in den Cafés über die Neutralität diskutieren. Am frühen Morgen stürzen sie sich auf die Zeitungen. An dem Tag, an dem Mussolini aus der Partei ausgeschlossen wurde …«

»Dieser Verräter«, brummte Pietro.

»Im November«, fuhr Marangoni unbeirrt fort, »als Mussolini vor die Versammlung der Sozialisten trat und der Kongreß vor Wut schäumend auf ihn wartete, um ihn in der Luft zu zerreißen, verkündete er, ohne mit der Wimper zu zucken, kühl und messerscharf: ›... wir werden später kein Erbarmen haben mit denjenigen, die aus Angst, ausgepfiffen zu werden, nicht wagen, ihre Meinung zu sagen‹ ... Er sprach auch von den falschen Hirten, die ihre Schafe nicht wirklich lieben, ja einen schlechten Einfluß auf sie nehmen und sie in den Abgrund treiben ...«

»Auf wen zum Teufel spielt er damit an?« platzte Pietro heraus. »Doch wohl nicht etwa auf Turati! Ihn den Wohltäter der Arbeiter zu nennen wäre noch untertrieben!«

»Ich bin Giolittis Meinung«, warf Francesco ein. »Seit zwanzig Jahren ist er immer wieder an der Macht; er ist ein Fuchs und kennt sich aus. Ihr habt sicher gelesen, was er dem Abgeordneten Peano im Januar geschrieben hat. Lotti, hol doch mal die Zeitung von drinnen!«

»Lies diesen Abschnitt vor«, bat sie der Vater, nachdem er die Zeitung aufgeschlagen und den Artikel gefunden hatte.

»Im Gegensatz zu den Nationalisten«, begann Lotti, »halte ich den Krieg für ein Unglück, dem man sich nur aussetzen sollte, wenn die Ehre oder die vitalen Interessen eines Landes gefährdet sind. Es scheint mir nicht gerechtfertigt, ein Land nur aus Ressentiments anderen Völkern gegenüber in den Krieg zu führen. Aus Gefühlsgründen mag einer sein eigenes Leben wegwerfen, aber nicht das des ganzen Volkes.«

»Genau, ein Unglück, das ist es!« ergänzte Francesco mit Nachdruck.

»Mein armes Kind!« rief Marangoni. »Was zwingen sie dich hier vorzutragen!«

Er nahm ihr das Blatt aus der Hand. Der zukünftige Schwiegervater warf ihm einen bösen Blick zu.

»Dieser Brief von Giolitti ist längst überholt«, meinte Paolo. »Das war im Januar. Inzwischen hat Sonnino einen vernünftigen Vorschlag gemacht: Sie sollen uns das Trentino und die dalmatinischen Inseln geben, Triest soll eine unabhängige Stadt werden, und wir halten uns aus dem Konflikt heraus …«

»Es bleibt auch noch die unbekannte Größe Rußland: Wird es in den Krieg eintreten oder nicht? Falls nicht, wer hilft uns Zwergen dann, unsere Front zu verteidigen? Serbien vielleicht? Montenegro? Aber Rußland zögert; alles scheint von der Zarin Alexandra und ihrem Mönch Rasputin abzuhängen.«

»Wirklich eine prekäre Situation«, stellte Paolo fest. »Der arme Salandra ist nicht zu beneiden; an die Abmachungen gebunden, vom Papst aufgefordert, sich aus dem Konflikt herauszuhalten; und die Abgeordneten streiten sich …«

»Aber meine Herren«, unterbrach ihn Marangoni, dem es dank seines umgänglichen Tons stets gelang, seine Überzeugungen zu äußern, ohne andere vor den Kopf zu stoßen, »wie ich anfangs bereits sagte, haben wir Italiener uns in London in aller Form verpflichtet. Das ist eine Tatsache, und damit ist jede Diskussion überflüssig!«

»Mir scheint, diese Abmachungen sind noch nicht endgültig. In jedem Fall aber sind sie ein Scheißdreck, ich bitte die Damen um Entschuldigung«, wandte Pietro ein. »Ein Pakt mit Frankreich, England und Genossen: Was heißt das? Wir müßten also nicht nur gegen unseren Feind Österreich kämpfen, sondern auch gegen deren Feinde: Deutschland, die Türkei und womöglich auch noch Japan. Dieser Vertrag von London ist der reinste Wahnsinn!«

»Wieviel Zeit wurde uns für eine Entscheidung zugestanden?« fragte Innocente.

»Dreißig Tage«, antwortete Marangoni. »Am sechsundzwanzigsten diesen Monats läuft das Ultimatum aus.«

»Wo bleibt eigentlich Serafina?« schimpfte Adelaide, um dieses beklemmende Gespräch zu unterbrechen. Sie hat abgenommen, dachte Quaranta und folgte ihr ins Haus mit der Ausrede, er habe sein Taschentuch im Mantel vergessen.

»Was ist los? Geht es dir nicht gut?« fragte er besorgt und faßte sie am Arm.

»Ach was!« Nervös riß sich Adelaide los. »Wie kommst du darauf?«

»Weil du keinen Augenblick Zeit mehr für mich hast. Seit mehr als zwei Wochen schon ... ich ... also, wir sind keinen Moment allein!«

Verärgert zuckte sie mit den Achseln. In freundlichem Ton versuchte Quaranta sie versöhnlich zu stimmen: »Warst du bei deinem Bruder? Wie geht es deiner Frau Mutter?«

»Unverändert«, gab sie knapp zurück. In ihrem Verhalten äußerte sich der Groll über das, was sie wegen des leichtfertigen Lustlebens von Quaranta hatte tun müssen. Adelaide war überzeugt, daß er absichtlich so gehandelt hatte. Jetzt empfand sie eine bittere Genugtuung bei dem Gedanken, ihm die Vaterschaft, von der er so oft gesprochen hatte, versagt zu haben.

Sie konnte nicht leugnen, daß sie einst viel für diesen Mann empfunden hatte, vielleicht waren ihre Gefühle auch noch nicht ganz erloschen. Eine Zeitlang war es Leidenschaft gewesen, die Sehnsucht einer vom Ehemann enttäuschten Frau, vielleicht auch mehr. Auch seine Persönlichkeit hatte sie angezogen. Hinter Quarantas Stirn vermutete sie einen scharfsinnigen und entschiedenen Geist. Während sich in der Spinnerei der Dagos seit der Gründung zu Urgroßvaters Zeiten nichts verändert hatte, hatte Quaranta sein Unternehmen auf den neuesten Stand gebracht. Zusätzlich zu den herkömmlichen Webstühlen waren in seiner Fabrik zehn Spezialwebstühle mit der von Jacquard entwickelten Mechanik Tag und Nacht in Betrieb.

Ein Glück, daß Quaranta nur Baumwolle verarbeitet, dachte Adelaide, sonst wäre Francesco arm dran! Seine Trägheit war es gewesen, die Adelaide Quaranta in die Arme getrieben hatte. Sie hatte ihren Ehemann bestrafen wollen; dann jedoch hatte sie sich wirklich verliebt.

»Es geht mir gut, geh zurück in den Garten zu den anderen«, forderte sie ihn auf. »Ich bin nervös. Francesco hat recht. Das Kriegsgerede kann ich nicht vertragen, weil ich zwei Söhne habe. Hast du das vergessen?«

Plötzlich füllten sich ihre Augen mit Tränen. Verblüfft und besorgt schaute er sie an. Er konnte nicht ahnen, daß diese Tränen einem abgelehnten Kind galten: seinem Kind.

76

Gegen Ende des ersten Sonntags nach dem Totensonntag flüchtete Angelica vor heftigen Regenböen ins Haus.

»Maria! Bring mir einen Schal, es ist eiskalt draußen«, rief sie. Die seit schon Jahren taube Magd blieb, Kartoffeln schälend, am Ofen sitzen. Während sie Holz im Kamin nachlegte, beobachtete Angelica durchs Fenster, wie Bastiano das Käuzchen Sandrone behutsam ins Trockene brachte. Der Ärmste bewegte sich trotz seiner Behinderung inzwischen zwanglos, wurde aber immer schrulliger. Mitleidig schüttelte Angelica den Kopf.

»Ich gehe rauf zu Papa.« Maria lächelte ihr zu. Zögernd klopfte sie an Innocentes ›Allerheiligstem‹ an.

»Oh, Angelica, was machst du denn für ein Gesicht!« Ihr Vater schob die Brille hoch, um sie genauer anzuschauen. »Es ist bestimmt nicht nur der Regen. Also, was ist los?«

»Es wird der Herbst sein, der mich traurig macht«, erwiderte Angelica unsicher. »Und die langweiligen, kalten Wintertage, die bevorstehen …«

»Na klar«, meinte Innocente ärgerlich. »Nähen lernen wie deine Mutter willst du nicht, kochen macht dir keinen Spaß, und auch sonst bist du ausgesprochen faul. Es gibt nichts, was dich interessiert!«

»Ich bin nicht gekommen, um mich beleidigen zu lassen, und kann gleich wieder gehen. Eigentlich wollte ich nur ein Buch, das ich mir während des Unwetters anschauen kann.«

»Aber ja, aber ja, beruhige dich.« Kichernd erhob sich Innocente, um im Bücherregal nachzuschauen. »Viel schlimmer als das schlechte Wetter ist der Krieg. Man kann einfach nicht machen, was man will. Im vorigen Jahr im Juli habe ich dir die Ausstellung in Genua gezeigt, das war doch schön, oder? Ich habe dir extra einen Paß ausstellen lassen!«

Angelica nickte mürrisch. Sie verwahrte den Ausweis in ihrem Gesangbuch wie eine Reliquie. Er erinnerte sie daran, daß sie wirklich existierte. In der Kirche schlug sie ihn heimlich auf: »Alter: zweiundzwanzig Jahre. Im ganzen Reich gültiges Ausweispapier für Angelica Dago, Tochter des Grundbesitzers Innocente Dago.«

Innocente reichte ihr ein Buch: »Schau mal, ob dir das gefällt.«

Der Titel des Bändchens war ›Erinnerungen an London‹.

»Es ist eins der letzten Werke von De Amicis.« Innocente öffnete es aufs Geratewohl. »Es sind auch Bilder drin, sieh her.«

Angelica bewunderte den wirklich schönen Stich vom Schloß Windsor. »Es scheint«, sagte sie unschlüssig, »wenigstens kurz zu sein.«

»Sonst dieses hier, es gehörte deiner Tante Ismene.«

»Oh, wie schön. *Giannetto* ... die Geschichte eines jungen Mannes?«

»Ach was, es ist ein Lehrbuch.«

Er öffnete einen dicken Band mit kostbarem, vergilbten Papier, das mit fremdartigen Lettern bedruckt war und las: »*Moralerziehung der Jugend*. Vorwort: ›Allgemein wird der Mangel an Büchern beklagt, die man jungen Leuten bedenkenlos in die Hand geben kann und die jene Leidenschaften, die sich in ihren zarten Herzen regen, in Tugendliebe verwandeln ...‹«

»Genug, genug! Ich habe verstanden: du machst dich über mich lustig.« Angelica öffnete die Tür. »Die zarten Herzen, die sich regenden Leidenschaften ... Vielleicht bin ich dumm, wie du oft und gern betonst, aber ich merke es, wenn man mich auf den Arm nimmt! Ich bin keine hundert Jahre alt, deine verstaubten Bücher interessieren mich nicht. Ich wollte nur etwas zum Zeitvertreib. Aber ich freue mich, daß ich dich amüsiert habe! Mir ist eingefallen, daß ich zu Hause ein Buch habe, das mir Signora Lucina in diesem Sommer zum Geburtstag geschenkt hat.«

»Und du hast es noch nicht gelesen?« rief Innocente hinter ihr her. Wutschnaubend lief sie durchs Dorf nach Hause und warf sich in die Arme ihrer Mutter, die gerade die Suppe verkostete.

»Mama, Mama!« schluchzte sie.

Netta legte den Schöpflöffel aus der Hand. »Du lieber Himmel, 'Ngelichina! Was ist denn los? Du machst mir Sorgen!«

»Ach, Mama!« jammerte Angelica. »Ich bin so … so müde und niedergeschlagen. Ich habe dieses Leben so satt.«

»Jetzt aber Schluß!« Netta setzte eine ernste Miene auf. »Ich schäme mich für dich, wenn ich so etwas höre. Ausgerechnet du mußt dich beschweren! Am liebsten würde ich dir einen ordentlichen Klaps geben, was ich nie fertigbringen würde, auch wenn du zehn davon verdient hättest …«

Angelica ließ sich auf die Ottomane fallen, das Kaminfeuer spiegelte sich in ihren schönen hellen Haaren. Mit einem Seufzer setzte sich Antonia neben sie und legte ihr den Arm um die Schultern. »Nun komm schon, was ist meinem Liebling denn zugestoßen?«

»Es war so langweilig heute in der Villa, so trostlos! Papa war oben, und ich wußte nicht, wie ich die Zeit totschlagen sollte. Dann hat es angefangen zu regnen, und ich bin auch noch ins Grübeln geraten!« Angelica brach in Tränen aus. »Und es tut mir nicht gut nachzudenken, mich zu erinnern …«

»Heilige Jungfrau, noch immer die alte Geschichte?« Antonia vermied es, den Namen Attilio auszusprechen.

»Ich habe mich geirrt, Mama!« Angelica hatte ihr nicht zugehört. »Als wir mit Oma hierhergezogen sind, war ich so froh. Du warst dagegen, aber ich habe alles getan, um dich davon zu überzeugen, die Stadt zu verlassen. Anfangs war ich glücklich. Aber dann …«

Schweigend schaute Angelica auf den dunklen Garten hinaus.

»Denk jetzt nicht mehr daran«, versuchte Antonia sie zu trösten. »Es war kein Fehler hierherzukommen. Und vergiß nicht, während wir hier im Warmen sitzen, das Essen auf dem Tisch, ist dein Vetter an der Front! In jeder Familie fehlt einer. Gestern hat mir Ceccos Frau einen Brief von Pino Raupenfresser vorgelesen: Er klagt über die Kälte, ein Fluß in der Nähe des Lagers ist über die Ufer getreten und hat alles überschwemmt; Wolldecken, Kleidung, Schuhe sind naß ... Die arme Frau hat geweint, und nicht ohne Grund. Deine Tante Adelaide ebenfalls. Auch Giovanni Carlo wurde eingezogen, du solltest sie mal besuchen und dich nach ihm erkundigen.«

»Genau das ist es, was mir auf die Nerven geht!« Angelica errötete vor Zorn. »Tante Adelaide besuchen, Papa Gesellschaft leisten, den lieben Luigi, der mich zu Tode langweilt, freundlich behandeln: So verbringe ich meine Zeit! Aber ich kann natürlich auch in die Schenke zu Tante Lina gehen und den vierjährigen Giorgino spazierenführen! Aber ich ...«, Angelica ergriff die Hände ihrer Mutter, »ich bin dreiundzwanzig! Ich bin weder eine Gesellschaftsdame noch eine Nonne!« Sie streckte sich auf der Ottomane aus und murmelte: »Die Frauen hier sind die reinsten Arbeitstiere, sie können nicht einen Augenblick verschnaufen! Ich habe Angst, das könnte auch mein Schicksal sein ...«

»Also hör mal«, erwiderte Antonietta lächelnd, »schau dir deine Hände an! Sind das die Hände einer Arbeiterin? Erzähl doch keinen Unsinn! Der Krieg – das sagen alle – wird nicht lange dauern. Dann kommen die jungen Männer von der Front zurück ...«

»Und dann? Ich sehe keinen Ausweg, Mama; mein Schicksal sieht düster aus: Die Jungen aus guter Familie würdigen mich keines Blickes, das weißt du sehr gut. In ihren Augen bin ich nicht standesgemäß, weil ... weil es eben so ist. Die jungen Kerle hier aus dem Dorf trauen sich nicht, weil sie mich für anders halten, weil ich diesen Familiennamen trage und weil ich mich immer gut anziehen muß. Nie werde ich auf ein Fest eingeladen! Sie haben nur Respekt für mich übrig, Achtung ... Ich bin weder Fisch noch Fleisch, und keiner will mich! Ich sollte wohl doch besser ins Kloster gehen.«

Netta, die das Leid ihrer Tochter tief nachempfand, gelang es nur mit Mühe, die Tränen zurückzuhalten. Lächelnd sagte sie: »Eine Nonne? Du bist zu hübsch fürs Kloster.«

Sie hatte recht. Angelica war inzwischen eine erwachsene Frau, hatte sich aber einen gewissen knabenhaften Reiz aus der Jugend bewahrt: schlanke Schenkel und Hüften und einen kleinen Busen. Über den hohen Backenknochen spannte sich die feine, glatte Gesichtshaut.

»Wenn wir hier nicht so abgelegen wohnen würden! Wenn wir noch unsere Wohnung in Mailand hätten ... Matilde wäre da, Signora Lucina; ich könnte andere Menschen kennenlernen, und vielleicht gäbe es auch für mich eine Möglichkeit ...«

77

Adelaide wollte mit ihrem alljährlichen Besuch bei dem wundertätigen Bild Corbetta nicht bis Ostern warten. An einem Morgen Anfang Dezember machte sie sich mit der Kutsche auf den Weg zur Kirche San Nicolao, um der ersten Messe beizuwohnen. Sie schritt durchs Portal und, ohne den Schleier zu lüften, kniete sie nieder, das Gesicht in den Händen verborgen. Erst nach einer Weile wagte es Adelaide, den Blick zur Jungfrau mit dem Kind zu erheben.

»Wundertätige Jungfrau Maria, vergib mir!« flüsterte Adelaide. »Du weißt, wie oft ich schon gebeichtet habe, aber das reicht nicht aus, um meine Seele reinzuwaschen. Denn ich Unglückliche habe ein Geschöpf Gottes getötet. Heilige Mutter, sieh auf meine Tränen und meine ehrliche Reue. Ich bin hier, um dich anzuflehen und um Hilfe zu bitten. Verschone mich, Maria, von der schrecklichen Ahnung, von dem immer wiederkehrenden Traum, in dem ich meinen Sohn blutüberströmt und schwerverletzt vor mir sehe. Ich lege ein Gelübde ab: Wenn er unversehrt zurückkommt, werde ich für Francesco und die Kinder das sein, was ich immer hätte sein sollen. Du weißt alles, Maria, dir brauche ich nichts zu erklären. Ich habe schon angefangen, mich zu bessern. Seit langem schon bemühe ich mich, nicht mehr der Sünde zu verfallen. Laß also nicht zu, daß ich so hart bestraft werde. Ich bitte dich auch für meinen Mann, der nicht noch mehr Schmerz verdient hat.« Nachdem sie ihr Herz ausgeschüttet hatte, fühlte sich Adelaide leichter und beinahe von Schuld befreit.

Sie empfing die heilige Kommunion und den priesterlichen Segen, dann kehrte sie nach Hause zurück.

Sie drückte Francesco sanft die Hand und griff zum wiederholten Mal nach dem Brief ihres Sohnes: »... Das nächstliegende Dorf heißt San Mauro. Das Wetter ist schlecht, der Isonzo tritt häufig über die Ufer und reißt die Holzstege fort, ohne die man bis zu den Knien im Schlamm versinkt. Überall ist Morast, ich habe wenigstens das Glück, im Zelt zu schlafen und nicht im Schützengraben. Seit ich angekommen bin, hat kein Kampf stattgefunden. Die Truppen sind müde und mutlos, ich auch. Wir sind schlecht ausgerüstet, und anzugreifen in der Gewißheit zu unterliegen, dazu möchte sich niemand entschließen. Es ist schlimm, einem Mann ein Bajonett in den Bauch stoßen zu müssen, aber es selbst in den Bauch zu bekommen, ist schlimmer.

Wenn sich hin und wieder ein Vorgesetzter oder womöglich General Cadorna persönlich blicken ließe, würde das vielleicht die Stimmung der Soldaten heben. Aber niemand kommt. Die Ärmsten hier verstehen nicht, warum sie in den Krieg gezogen sind. Statt ans Vaterland denken sie an ihre Familien, die im Frühjahr die schwere Feldarbeit ohne ihre Hilfe machen müssen.

Alle glauben, daß sich der Krieg in die Länge ziehen wird. Lieber Vater, man kann die verdammten Deutschen hören, die ihre Lieder singen. Ich hätte Lust, es ihnen zu zeigen und ihnen den Frohsinn zu vertreiben. Aber mach dir keine Sorgen, Mama, wer weiß, wann es soweit ist. Ich bekomme genug zu essen, meine Pullover sind schmutzig, aber warm. Jetzt muß ich schließen, denn das Öl in meiner Laterne geht zur Neige. Ich grüße Euch und die ganze Familie.«

Abgegriffen, vergilbt und tränendurchtränkt, war der Brief inzwischen beinahe unleserlich, aber Adelaide kannte ihn bereits auswendig.

Innocente war bestürzt, als er Alcide erblickte: Er war nur noch ein Schatten des strahlenden und geistreichen jungen Mannes, mit dem er an den glücklichen Tagen ihrer Jugend gescherzt und gelacht hatte.

»Ehrlich gesagt, Cént«, sagte Alcide, »ich wäre nicht gekommen, wenn ich es nicht für unvermeidlich gehalten hätte. Übrigens ist es wirklich schön hier geworden; ein wunderbarer Garten ...«

»Du bist doch hoffentlich nicht krank?« fragte Innocente besorgt.

»Nein, nein. Viel schlimmer. Ich brauche eine gewisse Geldsumme. Kein Darlehen, ich wüßte nicht, wie ich es zurückzahlen sollte. Nein, nein, ich habe meine Arbeit nicht verloren, Gott bewahre. Ich gehe ins Büro wie immer und habe sogar Karriere gemacht. Aber Rachele – in ihren Händen ist die Haushaltskasse wie ein Faß ohne Boden. Wir waren kaum in der neuen Wohnung in der Stadt angekommen, als Rachele unbedingt allen Nachbarn zeigen mußte, was für eine feine Dame sie ist. Anfangs verursachte das auch keine allzu großen Kosten, da sie ja über eine Menge Kleider, Schuhe und Hüte verfügte. Aber die Mode ändert sich, und die Garderobe muß erneuert werden! Und nicht nur ihre: Auch die Kinder sind gekleidet und parfümiert wie die Pagen einer Königin ... Und die Dienstboten: Sollte sie vielleicht persönlich in den Geschäften einkaufen? Auf keinen Fall! Dafür braucht man eine Dienstmagd! Kurzum, nachdem die Summe, die du mir für dieses Haus überwiesen hast, aufgebraucht war, reichte mein Gehalt nicht mehr aus. Jetzt müssen Löcher gestopft werden; es ist sehr peinlich: Schulden für überflüssige, aus Prahlsucht gekaufte Lappalien!«

»Mein lieber Alcide«, entgegnete Innocente und suchte nach seiner Brieftasche, »für solche Fälle hat man schließlich seine Freunde ...«

»Nein, nein. Ich will kein Darlehen.« sagte Alcide mit finsterer Miene. »Ich besitze noch zwei, drei Grundstücke hier im Dorf. Auf dem einen steht die Familienkapelle, die anderen sind frei. Die verkaufe ich. Schade, daß du nicht mehr Bürgermeister bist. Aber vielleicht kannst du Quaranta dafür erwärmen: Er soll mir den Gefallen tun, ohne allzu viel Aufsehen zu erregen.«

»Ich werde mich bemühen«, versprach Innocente ohne große Begeisterung. »Quaranta und ich sind in letzter Zeit einigemal aneinandergeraten: unterschiedliche Auffassungen, zum Beispiel den Krieg betreffend, den ich mittlerweile für richtig und notwendig halte.«

Alcide schien sich nur für seine eigenen Sorgen zu interessieren. »Es ist ein Versuch, eine kleine Hoffnung, meine Familie zu retten ...«, murmelte er.

Sie saßen auf der Steinbank unter dem Lorbeerbaum. »Vor einiger Zeit«, berichtete Alcide, »besuchte mich ein Kollege und brachte einen Bekannten mit, der als Croupier im Kasino Saint-Vincent arbeitet. Ein witziger Typ mit einem großen Repertoire an komischen Geschichten.« Alcide lachte bitter. »Pikante, ja skurrile Begebenheiten, Rachele war ja immer schon verrückt danach. Mit offenem Mund lauschte sie diesem Mann. Ich bin sicher, daß sie sich später wiedergetroffen haben; wo, weiß ich nicht. Er ist jünger als ich und auch als sie, glaube ich; aber Rachele hat sich, das muß ich zugeben, gut gehalten. Kein Wunder, bei den Unsummen, die sie für Kosmetik ausgibt! Bei unseren täglichen Streitereien droht sie mir manchmal damit, ihre eigenen Wege zu gehen. ›Es gibt noch Männer, die mich zu schätzen wissen‹, sagt sie. Das glaube ich gern, denn im Bett ist sie immer noch außer Rand und Band. Diese Äußerungen lassen mich jedenfalls nichts Gutes ahnen, verstehst du, Cént?«

Nachdem der Freund abgereist war, aß Innocente mit Angelica zu Abend. Er dachte über die Vergänglichkeit alles Irdischen nach. Wie schnell war Alcide, einst strahlend, wohlhabend und geistreich, zum Opfer eines widrigen Schicksals geworden! Ein lateinischer Spruch fiel ihm ein:

Carpe diem. Vielleicht sollte er mehr aus seinem Leben machen. Solange er noch gesund war und über Zeit und Geld verfügte, konnte er sich Befriedigung verschaffen, die über die bloße Fleischeslust hinausging.

»Was hast du denn? Ißt du nichts? Du sprichst ja gar nicht?« bemerkte Angelica.

Innocente schüttelte den Kopf und brummte etwas, das sie nicht verstand.

Am nächsten Tag beim Abendessen teilte er seiner Tochter seinen Entschluß mit: »Ich will eine Kur machen, zur Reinigung des Blutes und wegen meiner Darmbeschwerden, und du kommst mit. Freust du dich?«

Die allgemeine Lage war nicht danach, das Leben zu genießen. Es war im März des zweiten Kriegsjahres, und zum erstenmal mußten die Frauen statt ihrer Männer den Grundbesitzern die Pacht bezahlen und die Kosten abrechnen. In der Antoniusnacht waren keine Feuer angezündet worden. Trotz der Bemühungen von Paolo Dago, der gute Beziehungen zum Militär unterhielt, waren zu viele Einberufungsbefehle zugestellt worden. Immerhin hatte er etliche junge Männer vor der Front bewahrt, indem er sie als Köche oder Stallknechte untergebracht hatte. Ironie des Schicksals: Für seinen Neffen Giovanni Carlo hatte er nichts tun können. Noch dazu mußte Adelaides Sohn als junger Offizier an der Front einen Trupp unerfahrener Kerle kommandieren.

Doch deswegen auf sein Vorhaben zu verzichten, hatte keinen Sinn, sagte sich Innocente. Man war verpflichtet, in der Kirche für die Soldaten und die leidgeprüften Angehörigen zu beten, aber er mußte auch an sich selbst denken. Er war nicht mehr jung, und Beschwerden machten ihm hier und da zu schaffen. Deshalb beschloß er, im Juni zu reisen, wenn das Wetter gut war. Netta war ihm dankbar und hoffte, die Reise würde Angelica aufheitern und ablenken.

Sie arbeitete Tag und Nacht, um ihre Tochter standesgemäß einzukleiden, und fuhr sogar mit Domenico nach Magenta, um Knöpfe, Garn und Spitze einzukaufen. Domenico hatte viel freie Zeit, die Männer waren im Krieg, und die Schenke lief schlecht. Oft war Innocente der einzige Kunde, abgesehen von ein paar schweigsamen Alten, die den ganzen Nachmittag dasaßen und fast kein Geld ausgaben.

Auch Maria half beim Kofferpacken und schimpfte unablässig: »Wo gibt's denn so was! Ein Herr, ein Grundbesitzer, der eine Woche verreist und nur den einen Anzug mitnimmt, den er am Leibe trägt!« Innocente lachte und murmelte: »Ich reise gern mit leichtem Gepäck, und wenn mein Anzug im Regen naß wird, dann bleibe ich eben solange im Bett, bis er wieder trocken ist.«

Aber es regnete nicht in San Pellegrino Terme. Die Luft war jedoch deutlich frischer als in der Ebene. Für Angelica war die Reise ein besonderes Ereignis. Zum erstenmal seit dem Internat entfernte sie sich von ihrer Mutter, und zum erstenmal war sie allein mit einem Mann, auch wenn es sich um ihren Vater handelte. Und sie mußte ohne die liebevollen Ratschläge Antoniettas zurechtkommen.

Bald stellte sie zufrieden fest, daß sie gar nicht so hilflos war, wie sie gedacht hatte. Und der gelassene und selbstbewußte Innocente wirkte trotz seines altmodischen, etwas abgetragenen Anzugs wie ein wirklicher Herr. Je mehr Bewunderung sie erntete, um so sicherer fühlte sie sich.

Die Bahnreise war ein reines Vergnügen. Überfüllte Bahnhöfe flogen vor dem Fenster vorbei. Dann sah sie Männer mit Gesichtern, schwarz wie die von Afrikanern, die Kohle in den Schlund der Lokomotive schaufelten oder den Wasserkran über den Tank schwenkten.

Sie bestaunte die Dampfwolken, die den Zug auf seiner Fahrt begleiteten, sah, wie sich die Ebene in Hügellandschaft verwandelte und die Vegetation üppiger wurde. Durch die Kastanienwälder rauschte das Wasser des Brembo über glitzernde Steine und spiegelte, wenn es wieder ruhiger dahinströmte, das Blau des Himmels.

Innocente las den *Corriere*, da *Il Popolo* seit einiger Zeit nicht mehr veröffentlicht wurde, nachdem der Chefredakteur im Krieg war.

Sie stiegen in der luxuriösen Pension ›Acqua chiara‹ ab. In den Pausen zwischen den Kuren besuchten sie auch das Spielkasino, beschränkten sich aber darauf, die prächtigen Räumlichkeiten zu bewundern. Sie verbrachten viel Zeit in den kühlen Gärten der Thermalanlagen, wo sie große Karaffen mit Heilwasser tranken und sich mit den – meist betagten – Gästen unterhielten.

Angelica lauschte den Worten ihres Vaters, der es verstand, mit Würde und Zurückhaltung seine Meinung zu vertreten, wie ein richtiger Gentleman. Wie anders hätte er sich in Linas Schenke Pietro gegenüber geäußert!

Selbstverständlich sprach man über den Krieg. »Was sollen unsere Infanteristen ohne geeignete Ausrüstung machen? Wo bleibt die Artillerie? Warum bringt Cadorna zur falschen Zeit und am falschen Ort die Truppen in Gefahr? Die dritte Schlacht am Isonzo im Herbst war ein einziges Gemetzel!«

Angelica wußte, daß ihr Vetter am Isonzo war. Zu Weihnachten hatten sie ihn ein paar Tage gesehen. Er hatte erschöpft, aber gesund ausgesehen, und Adelaide hatte zu einem Familienfest eingeladen. Kaum hatte Giovanni Carlo sich jedoch an sein weiches Bett und das gute Essen gewöhnt, mußte er unter den Tränen Adelaides schon wieder Abschied nehmen.

Auch in San Pellegrino langweilte sich Angelica ein wenig. Sie haßte den Krieg, die Dörfer und Städte waren trostlos ohne junge Männer. Abends zog sie sich aufs Zimmer zurück, erinnerte sich an kleine Erlebnisse des Tages, und wenn sie nicht einschlafen konnte, betete sie. Manchmal fragte sie sich, ob man auf diese Weise glücklich werden konnte.

78

Nachdem sie erfahren hatte, wie sehr sich Antonia um ihre Tochter sorgte, schickte Lucina im Sommer Matilde ins Dorf. Die Nachfrage nach Nettas Näharbeiten ging immer mehr zurück. Jetzt, da die Männer im Krieg waren, wurden die Hochzeiten aufgeschoben, und auch an Aussteuer wurde vorläufig nicht gedacht. Ehemänner und Söhne trugen Uniformen und hatten keine Verwendung für maßgeschneiderte Hemden. Aber Antonia machte sich deswegen keine Sorgen. Sie brauchte keine Miete zu zahlen, und mit den Hühnern, den Kaninchen und dem Gemüsegarten würden sie nicht verhungern.

Netta nahm also Matilde gern als Gast bei sich auf und war froh, die beiden Mädchen lachen und bis spät in die Nacht plaudern zu hören. Die sechzehnjährige Matilde war größer als Angelica, hübsch und schlank, aber nicht so hager wie ihre Mutter. Besonders schön waren ihre großen, dunklen, neugierigen Augen. Aufgeweckt und nicht auf den Mund gefallen, hatte sie von Anfang an den Tagesablauf bestimmt. Angelica mußte ihr alles zeigen: Innocentes Villa, das Häuschen in Rovediga und die Spinnerei.

Die Zahl der Arbeiterinnen in der Fabrik hatte abgenommen. Die Frauen hatten mit Haus, Garten, Stall und Seidenraupenzucht alle Hände voll zu tun. Die Arbeiterinnen waren müde, ihre Bewegungen langsam, und nur selten ertönte in den Werkhallen Gesang oder Lachen. Zwanglos und ohne Überheblichkeit sprach Matilde mit den Spinnerinnen in ihrem Alter. Häufig besuchten sie auch Natalina; Giorgino folgte ihnen auf dem Weg zur Jagdhütte und klatschte in die Hände, um die Vögel aufzuscheuchen.

Sie verbrachten auch faule Nachmittage in Innocentes Villa; Giorgino lief zwischen den Hecken umher, ärgerte das alte Käuzchen und stöberte in den Bienenstöcken herum. Voller Stolz beobachtete ihn Innocente vom Fenster aus, ging dann in den Garten hinunter, nahm ihn bei der Hand und erklärte ihm dies und das. Er zeigte ihm die Tiere, ließ ihn auf die Obstbäume klettern und sich den Bauch sowie die Taschen mit Früchten füllen. Vom Stall aus ermahnte Domenico den Kleinen. Innocente hatte Domenico Arbeit gegeben und bezahlte ihn gut. Manchmal kam auch Natalina mit Giovanna in die Villa, um Maria im Haushalt zu helfen. Wenn Giorgino in der Nähe war, ließ sich auch Bastiano blicken und zeigte ihm seine

Schnitzarbeiten: Flöten und Spazierstöcke, die das Kind bestaunte.

Da Matilde in Kürze ihre Prüfung am Konservatorium ablegen mußte, übte sie täglich eine Stunde an Lottis Klavier.

Die beiden Mädchen waren sehr verschieden. Lotti sanft und friedlich, die andere, Matilde, aufgedreht, lustig und ständig in Bewegung. Aber schon bei der ersten Begegnung hatten sie ihre gemeinsame Liebe zur Musik entdeckt und waren sofort gute Freundinnen geworden. Manchmal fühlte sich Angelica sogar ein wenig ausgeschlossen, aber meistens tat ihr die Gesellschaft der beiden wohl. Matilde spielte, Lotti sang, und Angelica war das Publikum und klatschte Beifall.

Marangoni beharrte auf der Notwendigkeit, Lotti auf eine Gesangsschule zu schicken, da er ihr eine glänzende Karriere als Opernsängerin prophezeite.

»Wenn Sie Lotti nicht die Möglichkeit geben, in Mailand zu wohnen, zum Beispiel in einem Mädchenpensionat, sehe ich keine andere Lösung für sie, als mich zu heiraten, und zwar sofort. Dann sorge ich dafür, daß sie ordentlich ausgebildet wird. Jede verlorene Minute ist eine Sünde! Auch der Kunst gegenüber gibt es Verpflichtungen!«

Schweigend erhob sich Adelaide daraufhin vom Tisch und ging nach oben; Lotti folgte ihr, um sie zu besänftigen. Die Mutter jedoch ging wie eine Furie auf sie los: »Es ist eine Schande! Wie kann man an Derartiges denken, solange dein Bruder im Krieg ist? Wollen wir ins Gerede kommen, weil wir Hochzeiten veranstalten, während überall getrauert wird?«

Lotti sprach beschwichtigend auf sie ein: »Hör ihm nicht zu, Mama. Mir geht seine Hartnäckigkeit manchmal auch auf die Nerven: die Stimme, die Karriere ... und dann die Übungen, die Proben, nie ist er zufrieden mit dem, was ich eingeübt habe ... Aber man muß ihn auch verstehen: Er hat ein gewisses Alter, ist der einzige Sohn und es gewohnt, alles durchzusetzen. Aber er ist so gut, Mama, und er mag uns alle gern ...«

Auf dem Fußbänkchen von Großmutter Santina sitzend,

streichelte Lotti ihrer Mutter die Hände. Seit ihr Sohn an der Front war, saß Adelaide häufig da und blickte gedankenverloren in die Ferne. Dem Mädchen gelang es immer, sie aufzuheitern, aber von einer Hochzeit wurde nicht mehr gesprochen. Überraschend wurde auch Marangonis Jahrgang einberufen, wodurch seine Begeisterung für den Krieg sichtlich abnahm. Glücklicherweise wurde er zu Verwaltungsaufgaben herangezogen und auch das nur für wenige Monate. Als er heimkehrte, war Giovanni Carlo nicht mehr am Leben. Ein Trauerjahr mußte abgewartet werden, bevor Lotti heiraten konnte. Im Jahre 1919 erkrankte sie unglücklicherweise auch noch an der spanischen Grippe und schwebte in Lebensgefahr. Vor 1921 konnte daher von Heirat keine Rede sein.

79

Wer an einen negativen Einfluß der Zahl siebzehn glaubte, fühlte sich durch jenes dritte Kriegsjahr in seinen Befürchtungen bestätigt. Seine blutige Sense schwenkend, ritt der Tod durch Europa.

Auch im Dorf ließen verschiedene Ereignisse Schlimmes ahnen. Im Januar schlug während eines heftigen, für die Jahreszeit ungewöhnlichen Gewitters ein Blitz in die Herz-Jesu-Kapelle und erschreckte die Gemüter. An der Spitze einer Prozession besprengte Don Luigi das geschändete und bald wieder restaurierte Heiligtum mit Weihwasser.

Dann starb unter tragischen Umständen Mulitta, Ginninas Mann. Durch Innocentes Vermittlung kam sie, die kinderlos geblieben war, im Hause Tosoni unter. Aus Verbundenheit lud Tosoni seinen Freund zu einem Essen in die Osteria ›Dei binari‹ an der Porta Genova ein.

»Ich kann dir gar nicht genug danken, mein lieber Cént«, rief Tosoni. Auch Paolo und der eben von der Front zurückgekehrte Luigi waren mit von der Partie.

»Aha, du bist also zufrieden, was?« sagte Innocente lachend.

»Sie ist wie ein Sonnenstrahl«, erklärte Tosoni. »Als wäre sie fünfzehn und nicht vierzig Jahre alt! Sie kannte nichts: weder Straßenbahnen noch Autos, nicht einmal Fahrräder! Jedesmal, wenn sie die Jalousie öffnet, bestaunt sie den Verkehr, freut sich und lacht ... sie lacht so herzerfrischend ...«

»Und sonst?« Paolo schnalzte mit der Zunge. »Komm schon, Mann, binde uns keinen Bären auf! Ihr beide werdet doch nicht nur zusammen lachen? Kein Grund, sich zu schämen! Nicht wahr, Signor Luigi? Sie sind zwar noch jung, aber es wird Sie nicht verwundern, daß auch ich alter Knabe ...«

»Immer langsam!« unterbrach ihn der Bruder. »Du bist nur wenige Jahre älter als ich und keineswegs alt!«

»... daß auch ein reifer Mann wie ich«, fuhr Paolo lachend fort, »trotz der schlechten Zeiten die Freuden, die das Leben bietet, zu schätzen weiß.«

»Freuden!« brummte Innocente verächtlich, was Paolo erst recht zum Lachen brachte. Luigi, der über das Verhältnis zwischen Tosoni und seiner neuen Magd unterrichtet war, errötete und meinte nur ausweichend: »Das ist wirklich eine hübsche kleine Osteria hier.«

»Ein gut geführtes Haus mit einer langen Tradition«, antwortete Tosoni. »Die beste Kalbshaxe in ganz Mailand. Schauen Sie«, dabei wies er auf eine Gedenktafel an der Wand, »hier hat schon der große Romancier Stendhal gespeist.«

»Wie ist es dir eigentlich ergangen, Luigi?« erkundigte sich Paolo.

»Auch diesmal hat es mich, Gott sei Dank, nicht erwischt. Aber es war doch ganz etwas anderes als in Libyen ...« Das magere Gesicht des Vermessungsingenieurs wirkte mehr denn je grau und gezeichnet. »Naiv zu glauben, sechshunderttausend Bajonette würden genügen ...«

»Die üblichen Märchen der Befehlshaber«, seufzte Innocente.

»Ich hätte nie gedacht, daß ich als Familienoberhaupt nach dem Libyenfeldzug noch einmal eingezogen würde; Aber sie haben alles gerufen, was Beine hat: gerade aus dem Gefängnis entlassene Verbrecher, Dummköpfe, Drückeberger, die von einem Krankenhaus ins andere zogen und unfähige Ärzte, denen es nicht gelang festzustellen, ob es sich um wirkliche Kranke oder um Schwindler handelte. Soldaten, die ihre Kameraden und die armen Bauern ringsum schamlos bestahlen. Oft habe ich mich gefragt, ob neben mir vielleicht ein Mörder sitzt ...«

»So ist es also zu erklären, daß unser Heer trotz der vielen Schlachten größer statt kleiner geworden ist!« meinte Innocente.

»Die Grenze, die verteidigt werden muß, ist sehr lang«, sagte Tosoni. »Als Junge habe ich meine Ferien in der Gegend verbracht. Vom Stilfser Joch bis zum Meer – kahles, hügeliges Land, eiskalt im Winter, drückend heiß im Sommer ...«

»Und dann darf man die Österreicher nicht vergessen«, unterbrach Luigi, »sie sind schlau und gut ausgerüstet mit Minen und Maschinengewehren und verfügen über zahllose Schützengräben und Telephon- sowie Telegraphenleitungen; und wir sind ein armseliger Haufen Hungerleider, mit Pappsohlen an den Schuhen und einfachen Flinten ...«

Der Wirt näherte sich mit einem dampfenden Risotto, auf dem saftige Haxenscheiben mit Markknochen lagen.

»Das sieht ja köstlich aus« rief Tosoni stolz. »Der Risotto ist mit geriebener Zitronenschale aromatisiert: probieren Sie mal, Herr Vermessungsingenieur!«

Von jenem Augenblick an hörte man nur noch Kaugeräusche und das Gluckern des Weins in den Kehlen.

»Tja, so ist es immer, wenn man besonders viel erlitten hat«, fuhr Tosoni fort. »Das haben schon unsere Urgroßeltern während der Pest erlebt. Eine Zeitlang sind die Leute verzweifelt und jammern, aber wenn das Leid kein Ende nimmt, fangen sie an zu essen, zu trinken und zu lieben.«

»Abgesehen vom Appetit sind meine Begierden noch nicht wieder erwacht«, entgegnete Luigi und verzog das

Gesicht. »Die Atmosphäre von Zügellosigkeit und Verschwendung, die ich bei meiner Heimkehr wahrgenommen habe, ekelt mich geradezu an. Im Dorf hat sich gewiß niemand am Krieg bereichert; wir wissen, welche Opfer unsere Leute gebracht haben. Aber in der Stadt ... Seitdem die Unternehmer ihre Betriebe auf Kriegsproduktion umgestellt haben, kennen sie keine moralischen Skrupel mehr. Und die Soldaten liegen in den Gräben und sterben, mehr noch durch die Kälte als durch Schüsse ...«

Niemand wagte zu atmen. Luigi hielt einen Augenblick inne, ehe er fortfuhr: »Ich bin zur Zeit des Karnevals zurückgekehrt – und ich war so erschöpft, daß ich wie ein Greis dicht an der Mauer entlanggeschlurft bin. Angerempelt und beiseitegeschoben haben sie mich, eine Schar aufgedonnerter Prostituierter, sogar weißhaarige, alte Männer mit Trompeten waren dabei ... Kein Wunder, daß mir speiübel wurde.«

»Jetzt sind Sie wieder hier, lieber Luigi«, tröstete ihn Tosoni, »mit einem guten Risotto im Magen. Denken Sie nicht mehr daran. Wir alle versuchen, nicht mehr daran zu denken. Jetzt wollen wir essen. Ein nettes kleines Mahl, das ich meinem Freund Innocente Dago zu Ehren gebe.« Er erhob sein Glas, »... dem ich sehr verbunden bin ...«

Diese Anspielung erinnerte alle vier an Giannina und ihre Reize. Aber Luigi konnte sich nicht zurückhalten: »Das Ärgerlichste«, platzte er heraus, »sind die Zeitungen, die – abgesehen vom *Avanti* – in poetischen Wendungen über den Krieg schreiben. Einen Artikel habe ich aufbewahrt«, er zog eine Zeitungsseite aus der Tasche, »... weil mir der Autor aus der Seele spricht. Er schreibt: ›Wenn eine Granate auf einem Friedhof explodiert, sagt Barzini, daß sich die Kreuze verneigen; daß aber verwesenden Leichname durch die Luft geschleudert werden und mit ihrem Gestank viele Kilometer Schützengräben verpesten, das sagt er nicht. Wo Barzini war, brauchte man keinen Leichengestank zu ertragen. Wo wir waren, konnte man nicht atmen!‹ Recht hat er«, rief Luigi, »zum Verzweifeln war auch das schlechte Wetter. Überall Wasser und Schlamm.

Wir Italiener in der Ebene hatten ständig Angst vor Bergrutsch, die anderen dagegen hockten wie die Geier oben auf den Felsen und feixten. Wißt ihr, wie ein deutscher Wachsoldat ausgerüstet ist? Mit einem Helm, der sogar die Ohren schützt, einer Art flexibler Rüstung von den Schultern bis zum Unterleib und soliden Stiefeln. Wir haben sie sehr beneidet!«

»Die Deutschen sind einfach in allem überlegen«, warf Paolo ein.

»Auch wenn sie vielleicht intelligent sind«, entgegnete Tosoni, »als Franz Josef, dieses Schwein, starb, habe ich mir eine Flasche Wein aufgemacht!«

»Auch an der Front haben wir es gefeiert«, erzählte Luigi, »mit einer doppelten Ration Schokolade. Der Nachschub wurde von Maultieren transportiert. Man müßte ihnen ein Denkmal setzen. Sie kommen auch dort noch voran, wo Pferd oder Lastwagen steckenbleiben. Furchtlos laufen die Tiere durch den Kugelhagel, und sogar ihr toter Körper bietet den Soldaten noch Schutz. Manch rauhen Kerl habe ich um sein schwerverletztes Maultier weinen sehen, das seinen Herrn bis zur letzten Minute mit großen, feuchten Augen anschaute.«

»Sehen Sie, wie menschlich es ist, gelegentlich einen etwas pathetischen Ton anzuschlagen?« bemerkte Paolo gutmütig. »Jedes große Ereignis weckt Gefühle, birgt nie erlebte Situationen und regt den Erfindungsgeist an. Wer macht sich Gedanken über den Krieg? Die Künstler und die Intellektuellen: ein Himmel, durchfurcht von Schwärmen metallischer Vögel höchster Vollendung, Feuermünder, die Geschosse speien … Der Krieg fördert das Denken, Hindernisse werden überwunden und auf diese Weise der Fortschritt beschleunigt, wie mein Freund …« Er biß sich auf die Lippe, um den Namen nicht zu verraten und fuhr eilig fort: »Ihr werdet sehen, Italien geht aus diesem Konflikt geläutert hervor.«

Sein leiser, geradezu prophetischer Tonfall ließ Innocente aufhorchen. Er betrachtete den Ring am Finger seines Bruders. Auf einem Goldplättchen befand sich eine kleine, geometrische Form aus Emaille. Später, zur Zeit der tragischen Ereignisse, denen sein Bruder zum Opfer fallen sollte, würde sich Innocente daran erinnern.

Näherrückende Rollgeräusche und eine große, weiße Wolke kündigten die Durchfahrt eines Konvois auf den Gleisen an. Die Gäste liefen nach draußen, grüßten und winkten mit den Mützen. Tosoni zahlte.

»Und Giovanni Carlo?« fragte Luigi. »Ist er noch am Isonzo?«

»Leider ja«, erwiderte Innocente. »Meiner Schwägerin Adelaide geht es gar nicht gut, sie ist nur noch ein Nervenbündel.«

»Wenn du Söhne hättest, die an der Front sind, würdest du sie verstehen ...«, meinte Paolo.

Diesmal nicht, und ich hoffe, daß mein Giorgino auch in keinen anderen Krieg ziehen muß ..., dachte Innocente.

»Und ... Angelica?« fragte Luigi zögernd.

»Der geht es auch nicht besonders«, antwortete Innocente. »Sie ist abgemagert und in sich gekehrt; ich habe sie nach San Pellegrino mitgenommen, und letzten Sommer hat ihre Freundin Matilde sie im Dorf besucht. Was will sie mehr? Aber ich weiß schon, was sie braucht – wie jede Frau in einem gewissen Alter. Nicht, daß sie mit fünfundzwanzig alt wäre, aber allmählich ... Nun, auch diese schlechten Zeiten werden vorübergehen. Besuchen Sie uns doch mal, lieber Luigi, wer weiß, vielleicht hat Ihre Gesellschaft ...«

»Nichts, was ich lieber täte, Advokat. Aber leider mag mich ihre Tochter nicht besonders. Es ist nicht mehr wie früher ...«

»Mädchen sind launenhaft«, wandte Innocente ein, »man muß sie richtig behandeln: ohne Nachsicht und mit gebieterischer Strenge.«

Sie verabschiedeten sich. Tosoni und Paolo strebten dem Stadtzentrum zu, Innocente und der Vermessungstechniker machten sich auf den Weg ins Dorf. Von den nächtlichen Reisfeldern erklang ein ohrenbetäubendes Froschkonzert.

80

Die wenigen Soldaten, die in jenem Frühling Heimaturlaub bekommen hatten, wurden von der Dorfbevölkerung nach den Kriegsereignissen, nach den Verletzten und Toten ausgefragt. Pino Raupenfresser hatte zehn Tage Urlaub erhalten, denn er war von einem Kugelsplitter gestreift worden, der auf seiner Stirn eine tiefe Narbe hinterlassen hatte.

Pietro, und der ›Federterra‹ nutzten jede Gelegenheit, um hartnäckig auf die Heimkehrer einzureden und sie zu ›bekehren‹. Daher entschloß sich Innocente, dem Milchbruder hierzu seine Meinung zu sagen.

»Ich würde dich verstehen«, sagte er streng, »wenn noch nicht entschieden wäre, ob wir in diesen verdammten Krieg eintreten oder nicht. Ja, ja, es ist eine schlimme Sache, darin stimme ich dir zu. Aber jetzt sind wir nun einmal dabei, es hat keinen Zweck. Was sollen die armen Kerle machen, denen du predigst? Nicht an die Front zurückkehren? Verstehst du denn nicht, daß sie sich vor allem Unerschrockenheit bewahren müssen?«

»Du bist es, der nicht versteht; natürlich sind sie gezwungen, am Krieg teilzunehmen, sie werden ja kommandiert. Aber sie sollen wenigstens wissen, was sie tun. Es ist die Einstellung, die sich ändern muß. Ihre jüngeren Brüder und ihre Söhne sollen einmal klarer sehen, damit sie sich wehren können! Das Volk ist kein Schlachtvieh, ich will verhindern, daß so etwas noch einmal geschieht …«

»Du bist ein Umstürzler, genau das bist du! Auch ich hatte einst, wie du weißt, Sympathien für den sozialistischen Gedanken, aber die Zeiten ändern sich! Jetzt ist der Sieg der einzig mögliche Weg zum Frieden, und wie sollen wir siegen, wenn die Soldaten nicht an das glauben, was sie tun? Beim Federterra kann man ein Auge zudrücken; er ist ein Fremder. Aber du hast einen Ruf zu verlieren, du warst im Gemeinderat und jetzt hältst du defätistische Reden! Denk doch auch einmal an Battistina und deine Kinder! Man lacht dich ja aus!«

Unbeirrt hatte Pietro jedoch seine Predigten fortgesetzt.

Daraufhin ignorierte Innocente ihn einfach und hoffte, er werde keinen allzu großen Schaden anrichten. Aber zum Leidwesen von Maria und Battistina verschlechterten sich ihre Beziehungen zusehends.

In den Hof, in dem Angelica einst mit ihren Großeltern Paolini gewohnt hatte, waren vor kurzem die Pedagnas eingezogen, eine elfköpfige Familie: Großeltern, Eltern, sechs Kinder zwischen drei und fünfzehn Jahren und eine unverheiratete Tante, zusammengepfercht in drei Zimmern.

Gegenüber lag der Hof, in dem Pietro Haus und Werkstatt hatte.

An einem der ersten warmen Tage saß Angelica mit Libera unter dem Vorbau. Als Kind lebhaft und widerspenstig, war Battistinas rotblondes Töchterchen mit zunehmendem Alter ruhiger und sehr hübsch geworden. Nach Angelicas Meinung war der fast allzu gefügige und ruhige Charakter des Mädchens dem Herz-Jesu-Internat zuzuschreiben, wo sie selbst einige nicht sehr glückliche Jahre verbracht hatte. Libera dagegen war sehr glücklich darüber, aufs Internat gehen zu dürfen. Sie wollte wie ihre Mutter die Prüfung als Lehrerin ablegen, was ihr dank ihrer Zielstrebigkeit zweifellos gelingen würde.

Da erschien die jüngste Tochter der Pedagnas im Hof: barfuß und mit stämmigen Beinen, die unter dem kurzen schmutzigen Kleidchen hervorschauten.

»Komm her, dann sag ich dir einen Kinderreim auf«, rief Libera.

»Komm nur, hab keine Angst!« wiederholte Angelica.

Die Kleine trippelte auf sie zu. Nach anfänglichem Mißtrauen ließ sie sich schließlich auf den Schoß nehmen. Lächelnd trug Libera den Reim vor:

»Una la lüna …
Morgens früh um sechs kommt die kleine Hex.
Fröschebein und Krebs und Fisch, hurtig Kinder,
  kommt zu Tisch!
Morgens früh um sieben schabt sie gelbe Rüben.

Morgens früh um acht wird Kaffee gemacht.
Morgens früh um neun geht sie in die Scheun
Morgens früh um zehn holt sie Holz und Spän.
Feuert an um elf, kocht dann bis um zwölf.
Fröschebein und Krebs und Fisch,
hurtig, Kinder, kommt zu Tisch!«

Nach dem letzten Vers sprang Libera auf und warf die Kleine, die vor Angst und Vergnügen kreischte, in die Luft. »Noch einmal!«

»Genug jetzt, ich muß das Gemüse putzen.« Lächelnd setzte Libera sie wieder auf dem Boden ab. »Das Lied hat mir auch meine Oma vorgesungen«, sagte Angelica traurig. »Erinnerst du dich an meine Großmutter Ersilia?« Libera nickte und begann, Erbsen zu enthülsen.

Der frühe Nachmittag war still und drückend. Pietro machte ein Nickerchen im Heu. Battistina war gerade aus der Schule zurückgekehrt und half den neuen Nachbarn auf dem Feld.

Auf einem Steinofen neben dem Stall kochte in einem Kessel mit Asche vermischtes Wasser. Hier wurden stark verschmutzte Kleidung, beim Düngen oder im Stall getragene Kittel, die Windeln Neugeborener oder vergilbte Wäsche ausgekocht. Wenn man sie anschließend im fließenden Wasser des Baches spülte, wurde sie wieder strahlend sauber.

»Fehlt dir deine Oma Ersilia?« fragte Libera sanft mit Blick auf das magere, leidende Gesicht der Freundin.

»Irgend etwas stimmt nicht mit mir«, klagte Angelica. »Wenn ich morgens aufstehe, bin ich schon müde; die Tage kommen mir endlos vor. Meine Mutter sagt, ich soll nähen und bügeln, aber dazu habe ich keine Lust. Sie leidet darunter, was ich bedaure, aber ich kann es nicht ändern. Ich fühle mich … ich fühle mich wie … ich kann es nicht beschreiben.«

»Ach, da sind die beiden ja schon wieder«, schnaubte Libera und beeilte sich, das Hoftor zu schließen. Auch Angelica hatte die Zwillinge bemerkt. So wurden im Dorf die beiden fünfzehnjährigen Söhne des Gemeindesekretärs Battista genannt, die einander glichen wie ein Ei dem anderen. Jeden Sommer kamen sie aus dem Internat in Pallanza nach Hause und vergnügten sich mit den anderen Jugendlichen aus dem Dorf. Sie waren unzertrennlich und wurden von den Familien der Hofgemeinschaft hin und wieder zu einer Scheibe gebratener Polenta oder zu Maisbrot mit Speck eingeladen – Speisen, die sie sonst nie kosteten, da ihre Mutter ihre süditalienischen Kochgewohnheiten beibehielt.

Ohne Rivalitäten oder Streit hatten die Zwillinge entdeckt, daß sie beide in die sehr junge Libera verliebt waren. Friedlich vereint, wie bei jedem anderen Unterfangen, machten sie ihr gemeinsam den Hof. Libera ärgerte sich darüber, und deshalb beeilte sie sich, das Hoftor zu verriegeln.

»Aber es sind doch so hübsche Kerle!« meinte Angelica lächelnd. »Warum regst du dich auf? Du solltest dich freuen!«

Libera zuckte verstimmt mit den Achseln. Sie sieht so lieb aus, aber sie hat auch ihren Dickkopf, dachte Angelica. Jedes der beiden Mädchen hing seinen Gedanken nach. Die kleine Pedagna lief jetzt neugierig einem der Glucke entwischten Küken nach.

Schläfrig blinzelte Pietro, der auf den Glockenschlag vom Kirchturm wartete. Er setzte sich auf, schüttelte träge die Heuhalme ab und schaute hinunter. Die Kleine trippelte auf den Stall zu. Aus dem großen Kessel auf dem Ofen stieg dicker, weißer Dampf und bewegte den rostigen, schlecht schließenden Eisendeckel.

Die Kleine näherte sich dem Herd. Inzwischen hellwach, beugte sich Pietro aus dem Heuschoberfenster. Das Mädchen hatte das Interesse an dem Küken verloren. Angelockt durch das Geräusch des brodelnden Wassers erkletterte es die an der Ofenwand angebrachten steinernen Stufen.

»Runter! Geh runter da!« rief Pietro ihr zu.

Der Schrei rüttelte auch Angelica aus ihren Träumen.

»O mein Gott!« schrie Pietro und hastete die Leiter herunter.

Angelica konnte gerade noch sehen, wie sich die Kleine über den Topf beugte. Im nächsten Augenblick kippte der Deckel, und das Mädchen war in der kochenden Flüssigkeit verschwunden.

Brüllend lief Pietro auf den Ofen zu und tauchte mit der Schaufel ins Wasser.

Angelica stockte der Atem, während sie mit weit aufgerissenen Augen auf ihrem Stuhl sitzen blieb. Im Handumdrehen war der Hof voller Menschen, darunter eine Schwester der Kleinen, die das Mädchen hatte beaufsichtigen sollen und sich nun zähneklappernd die Haare raufte. Angelica bemerkte den Aufruhr nicht, so sehr war sie immer noch mit dem Bild der über den Topf gebeugten Kleinen beschäftigt. Dann fiel ihr der verzauberte Gesichtsausdruck des Mädchens wieder ein, als Libera ihr den Abzählreim aufgesagt hatte.

Der Schreck über das Erlebte ließ Angelica kaum mehr schlafen und schlecht träumen. Sie war niedergeschlagen und bedrückt. Als hätte es das Schicksal letzten Endes nicht auf die Pedagnas abgesehen, die Angelica von Herzen bemitleidete, sondern auf sie.

Zusammen mit einer tief erschütterten Menschenmenge folgte Angelica dem kleinen weißen Sarg zum Friedhof. Der Schmerz der Familie über diesen Schicksalsschlag war unsäglich. Jetzt würde der kleine Engel im Himmel für sie alle beten. Nicht einmal Pietro und Battistina, denen der gefährliche Kessel gehörte, gaben die Pedagnas irgendeine Schuld. Angelica aber fühlte sich lange Zeit mitverantwortlich, weil sie dabei gewesen war und nicht rechtzeitig eingegriffen hatte.

So nahm das Jahr 1917 seinen Verlauf, und das Schlimmste sollte sich erst noch ereignen.

81

Innocente wollte nach Mailand fahren und beauftragte Bastiano anzuspannen.

»Ich fahre selbst, du bleibst hier und paßt auf«, sagte er, aber mehr im Scherz. Anderswo waren Villen, ja sogar Kirchen ausgeraubt worden, aber im Dorf waren böse Überraschungen selten. »Maria liegt krank im Bett, gieße du die

Salat- und Zucchinipflanzen, du weißt, wie sehr ihr der Garten am Herzen liegt!«

Seit dem Sonnenaufgang war es unerträglich heiß. Viele Leute verließen das Dorf in Richtung Busto Piccolo, wo es Gräben und Kanäle mit fließendem Wasser gab. An den Ufern saßen halbnackte Kinder und Frauen mit Säuglingen auf dem Arm, die ihre Füße in das kühle Naß tauchten. Das Getreide war zum Glück bereits geerntet; das Gras wurde im Morgengrauen, beinahe noch in der Dunkelheit gemäht und das Heu nach dem Ave-Maria-Läuten beim Mondenschein eingefahren.

Innocente war seit einer halben Stunde abgefahren, als Angelica das Zimmer betrat, in dem Maria pausenlos jammerte. »Ich habe gekochte Pflaumen mitgebracht!« Die Alte hatte eine Mütze auf und war warm eingepackt, als wäre es Januar. Sie zeigte auf ihre rotgeschwollenen Beine.

»Sie stechen, 'Ngelichina, als wären sie voller Nadeln! Es tut schrecklich weh!«

Die Luft war vom Summen der Fliegen erfüllt, die immer wieder gegen die Scheiben prallten.

»Soll ich das Fenster öffnen?« fragte Angelica schwitzend.

»Nein, nein, ich friere!« protestierte die Alte.

Auf dem Hausaltar stand eine Vase mit Rosen, die – am Abend zuvor noch gelbe Knospen – in einer Nacht verwelkt waren.

»Ich hole frische Blumen!« Sorgenvoll betrat Angelica den Garten. Während sie den Pumpenschwengel in Bewegung setzte, um Wasser aus dem Brunnen zu Tage zu fördern, erblickte sie Bastiano, der mit bloßem Oberkörper auf der Wiese stand und harkte. Lächelnd wandte er sich ihr zu, seine Muskeln glänzten in der Sonne. Angelica war so verblüfft, daß sie Wasser aus der Vase verschüttete.

Ist das wirklich Bastiano, fragte sie sich. In dunklen Hosen, die sein Holzbein verdeckten, und mit einem strahlenden Lächeln auf dem gebräunten Gesicht hatte er durchaus etwas Anziehendes.

»Hallo, Bastiano!«

Lächelnd ging sie ins Haus zurück, gab der Kranken zu trinken, schüttelte die Kissen auf und betete ein paar Rosenkranzverse mit ihr. Sie bemühte sich, die Alte aufzuheitern, bekam aber selbst kaum Luft. Schließlich quengelte Maria: »Schau nach, ob der Garten bewässert worden ist. Ohne Wasser geht alles ein!«

Maria ist vollkommen verändert, dachte Angelica auf dem Weg zum Garten. Sie behandelt mich, als wäre ich fünfzehn. Dabei bin ich letzten Monat fünfundzwanzig geworden. Ihr Geburtstag war fast unbemerkt vorübergegangen: ohne Feierlichkeiten und Geschenke. Es war Krieg … ein Ereignis, das alles überschattete. Im Dorf wurde nicht mehr gelacht oder gesungen. Auch die Kinder hatten sich von der Schwermut ihrer Mütter anstecken lassen. Oft stellte der Postbote den Familien Trauerbriefe zu, in denen ihnen die Regierung mitteilte, daß ein Angehöriger in der Schlacht ums Leben gekommen sei.

Wer wie Pino wieder zu Hause war, schilderte die Stimmungslage der Soldaten in düsteren Farben. Pietro und der ›Federterra‹ konnten sich, was die Moral an der Front betraf, auf Pino als Zeugen berufen. Sie hatte sich noch verschlechtert, seit auch die Arbeiter einberufen worden waren, die als subversiv bekannt waren und in vielen Städten, vor allem Turin, für Aufruhr gesorgt hatten, nachdem aus Rußland die Nachricht von der Revolution eingetroffen war.

Obgleich sie weniger als andere zu erleiden hatte, fühlte sich Angelica in gleicher Weise niedergeschlagen. Lustlos bewässerte sie den Garten und suchte dann Erfrischung im Schatten der dichten Lorbeerhecke neben dem Käfig des Käuzchens. Erschrocken fuhr sie zusammen: Bastiano saß auf der Steinbank und trocknete sich den Schweiß. Auch er war überrascht, sie zu sehen. Hastig tastete er nach dem Holzbein, das er abgelegt hatte. Voller Unbehagen betrachtete Angelica zum erstenmal den geröteten Stumpf. Ohne sie anzuschauen, ließ Bastiano das aufgerollte Hosenbein herab.

»Ach, du bist hier«, stammelte Angelica errötend. Trotz seiner Verwirrung und Erniedrigung zwang sich Bastiano, ihr keck in die Augen zu sehen: »Hast du's gesehen? Gefalle ich dir? Ich brauche jedenfalls kein schlechtes Gewissen zu haben. Ich habe dem Vaterland bereits etwas gegeben: Schau nur!« Er bewegte seinen Stumpf auf eine Weise, die Angelica obszön erschien. Sie wandte sich ab; aber eine Hand faßte sie an der Hüfte. »Bleib noch einen Augenblick, Angelica«, bat Bastiano mit flehender und zugleich gebieterischer Stimme. Angelica wagte nicht, sich ihm zu widersetzen und nahm neben ihm Platz.

»Wie lange schon«, stammelte er.

»Vielleicht hat er getrunken«, dachte sie.

»Wie lange ist es her. Früher war es immer so: Du kamst zur Pumpe, hast mich gegrüßt und ich war hier, wie jetzt, aber ich war anders. Und du hast mir zugelächelt. Du wußtest natürlich nicht, daß ich auf dich gewartet hatte – ich hatte solche Sehnsucht nach deinem Lächeln … aber du erinnerst dich wohl nicht mehr daran.«

Angelica runzelte die Stirn: »Bastiano, bist du verrückt geworden? Wir haben uns als Kinder doch nur gestritten … ich erinnere mich gut, aber du hast offenbar alles vergessen!«

Der junge Mann streckte sich auf der Bank aus und fuhr mit geschlossenen Augen fort: »Es hat mir Spaß gemacht, dich zu ärgern: du warst wie eine Katze, die fauchend die Krallen zeigt, aber niemandem etwas zuleide tun kann, wenn man ihr am Genick ins Fell greift … Ich wollte dich packen wie ein Kater und dir solange übers Fell streichen, bis du mir brav schnurrend die Hand lecktest …«

Angelica schüttelte den Kopf. Das konnte doch nicht wahr sein: Es war Bastiano, der Lahme, der Krüppel, der Stallknecht, der so mit ihr sprach! Aber es gelang ihr nicht, aufzustehen und wegzugehen. Seine leise Stimme fesselte sie wie ein Zauber. Sein in den Halbschatten der Bäume getauchtes mageres Gesicht mit den vollen Lippen hatte etwas Ergreifendes, und Angelica hatte immer noch den Anblick seines muskulösen Oberkörpers vor Augen.

Aber es war vor allem die weiche, vertraute Stimme, die sie – wie die Flöte des Rattenfängers – gefangennahm.

»Jetzt ekelst du dich vor mir«, murmelte er verbittert, »weil ich so zugerichtet bin. Ich habe vorhin genau bemerkt, was für ein Gesicht du gemacht hast. Jetzt habe ich keine Hoffnung mehr. Nicht, daß ich je welche gehabt hätte, auch als ich gesund war … Aber wer weiß, wenn es mir gelungen wäre, reich zu werden …«

»So darfst du nicht reden«, erwiderte Angelica gerührt. »Ich weiß nicht, was für ein Gesicht ich gemacht habe; ja, ich wollte weggehen, aber aus Rücksicht. Das war dumm. Ich schwöre dir, daß es mich nicht anekelt.«

Mit versteinerter Miene griff er nach Angelicas Hand, legte sie auf das versehrte Bein und schob sie bis zum Stummel; dann ließ er ihre Hand wieder los. Angelica aber zog sie nicht zurück, sondern streichelte zärtlich die Narbe. Sie spürte, wie der Mann erschauderte, und hörte ihn seufzen. Dann ließ sie sich von ihm umarmen und kuschelte sich an seine Brust. Überwältigt ließen sie sich im Schutz der Lorbeerhecke auf das dichte, weiche Laub gleiten. Regungslos und mit halb geschlossenen Augen sah ihnen Sandrone, das Käuzchen, zu. Später konnte sich Angelica nur noch verschwommen daran erinnern: wie sie sich hastig zwischen Lorbeer und Käfig hin- und hergewälzt, wie er sie schließlich genommen hatte – Schmerzen hatte sie nicht empfunden, aber auch keine Lust. Sehr befriedigend war für sie das Gefühl gewesen, begehrt zu sein wie ein kostbares Gut; und das Bewußtsein, über die wunderbare Fähigkeit zu verfügen, einen Menschen glücklich zu machen.

Bastiano flüsterte ihr pausenlos ins Ohr. Lächelnd und mit geschlossenen Augen kam sie seinen Wünschen nach. Ab und zu hob sie die Lider, und der Himmel spiegelte sich in ihren Pupillen. Dann träumte sie wieder, an ihn geklammert und mit der Hand in seinen Haaren.

Es war ihnen ergangen wie fünfundzwanzig Jahre zuvor Innocente und Antonietta in dem Schuppen. Nur war Angelica gewiß nicht in Bastiano verliebt, und auch seine Gefühle hatten mit Liebe nicht viel zu tun. Und doch hatten sie miteinander ein wirkliches Liebesfest gefeiert.

Nachdem sie am Abend, um Nettas Fragen auszuweichen, eilig auf ihr Zimmer gegangen war, verharrte Angelica vor dem Spiegel und starrte sich aus weitgeöffneten

Augen ungläubig an. Sie verspürte ein süßes Schmachten und zugleich ein unbekanntes Gefühl, vielleicht Reue oder Sehnsucht. »Mein Gott, was habe ich gemacht!« klagte sie voller Scham. Ihrer Mutter gegenüber, die ihr eine gute Nacht wünschen wollte und froh darüber war, daß Angelicas Gesicht endlich wieder Farbe und Leben bekommen hatte, erwähnte sie nichts.

Später, als sie im Bett lag, belastete es sie, das Geheimnis nicht mit Netta teilen zu können. Die unterdrückten Seufzer verwandelten sich in Tränen, und zu ihrem Zufriedenheit überkam sie eine tiefe Entspannung und Heiterkeit.

Innerlich versuchte sie, sich zu wehren, eigentlich verdiente sie ja keinen Frieden, dann jedoch schlief sie tief und lange.

Auch an der Front herrschte in jenem August eine fürchterliche Hitze. Giovanni Carlo litt mehr unter der drückenden Schwüle als unter den Entbehrungen des langen Aufenthalts im Schützengraben an jenem Fluß, der bereits Schauplatz vieler Schlachten gewesen war.

Zwar hielt der Isonzo die Deutschen auf, doch der Fluß behinderte auch den Vormarsch der eigenen Truppen.

In der Nacht vom neunzehnten auf den zwanzigsten August wurde an den Ufern des Isonzo fieberhaft an Pontons gearbeitet. Giovanni Carlo führte das Kommando. Boote, die miteinander vertäut und im Fluß verankert waren, bildeten das Fundament für den Übergang. Im Morgengrauen würden die Pontons von der feindlichen Artillerie zerstört werden, und zwar nicht zum erstenmal …

Aber als dann in aller Frühe die österreichischen Granaten einschlugen, ertönten die Fanfarenstöße neuer Truppen des Generals Caviglia; die Feinde zogen sich zurück, und die Brücke wurde repariert.

Erschöpft schrieb Giovanni Carlo bei Sonnenuntergang nach Hause, obgleich ihm das ungewisse Schicksal des Briefes bewußt war.

»Morgen werden wir endlich den Isonzo überschreiten, die Brücke ist wackelig und gefährlich. Es ist heiß wie in einem Ofen ... Ich habe hier einen Priester kennengelernt, einen großartigen Mann, der Christus und Vaterland gleichermaßen liebt. Die Truppe verehrt ihn, und wenn wir ihm zuhören, vergessen wir unsere Sorgen. Von ihm habe ich mehr über Religion gelernt als von Don Luigi ...«

Giovanni Carlo verzichtete sogar auf seine Essensration, um den Brief zu beenden, und verstaute ihn dann in seiner Jacke. Dort wurde er am achtundzwanzigsten desselben Monats nach der furchtbaren Schlacht gefunden.

Am Tag seines Todes hatten die italienischen Truppen verzweifelt versucht, den Fluß zu überqueren, aber nach einer aussichtslosen Schlacht gegen die Österreicher hatte Giovanni Carlo den Befehl zum Rückzug gegeben und die mühsam erbaute Brücke zerstören lassen. Wie fast alle anderen Soldaten erlitt er eine tödliche Verwundung.

Daraufhin wurde der junge Oberstleutnant Dago als Held des Krieges mit einer goldenen Medaille geehrt. Sein Leichnam wurde in die Trikolore gehüllt, ins Dorf überführt, und feierlich und unter großer Anteilnahme der Bevölkerung auf dem Friedhof beigesetzt.

Mit bewegter Stimme wandte sich Don Luigi an die Anwesenden. In diesem Moment wurde Adelaide ohnmächtig und brach zusammen. Quaranta mußte sich zurückhalten, um ihr nicht zu Hilfe zu eilen, und Francesco trug sie auf den Armen nach Hause, während Lotti ihren Kopf stützte.

Lange hütete sie das Bett, ohne zu essen oder zu trinken und ohne jemanden zu erkennen. Vielleicht waren diese Ohnmacht und Geistesabwesenheit ihr Glück und bewahrte sie vor dem Schicksal ihrer Schwiegermutter Santina: dem Wahnsinn.

82

Mitten in der Nacht lief Ardito, der Wächter von Paolo Dagos Villa, durch den frischen Schnee hinüber zu Innocentes Villa und klopfte aufgeregt an dessen Tür.

Innocente lehnte sich aus dem Fenster: »Ardito, was ist los?«

»Kommen Sie runter, Herr! So schnell wie möglich!«

Die schwerhörige Maria blieb liegen, und Innocente mußte selbst aufstehen und den Wächter hereinlassen.

»Wie soll ich es sagen?« stammelte Ardito, während er und Innocente ihre Hände der Glut im Kamin entgegenstreckten.

»Ich weiß nicht einmal, ob er wirklich tot ist ...«

»Tot? Mein Gott, Ardito, was faselst du? Bist du verrückt geworden, hast du getrunken?«

Ardito seufzte und ging in die Küche, um ein Glas Wasser zu trinken.

»Hören Sie, *sciùr* Cént. *Sciùr* Paolo ... hatte einen Anfall, Sie müssen rüberkommen und nach ihm sehen. Ich weiß nicht, ob ich den Doktor rufen soll. Aber es muß schnell etwas geschehen ...«

»Einen Anfall?« Innocente war hellwach. »Unsinn! Mein Bruder ist gesund wie ein Fisch im Wasser. Er war noch nie krank ...«

»Doch, doch, glauben Sie mir ...«

In seine Jagdjacke gehüllt, lief Innocente hinter Ardito durch den jungfräulichen Schnee.

Bei seinen kurzen Aufenthalten im Dorf bewohnte Paolo Dago ein einsam gelegenes, von Weinbergen umgebenes Landhaus, das er von auswärtigen Maurern und Malern hatte renovieren lassen. Niemand hatte sich über diese fremden Arbeitskräfte empört. Das Leben von *sciùr* Paolo war ungewöhnlich und voller Geheimnisse, aber da er einen herzlichen Umgang mit seinen Bauern pflegte, war er bei allen beliebt.

Als das Haus fertiggestellt war, trafen bei Sonnenuntergang oder auch später Kutschen ein, aus denen angeregt plaudernde Damen und Herren in Uniform stiegen. Von den Maurern hatte man erfahren, daß im ersten Stock zahlreiche Schlafzimmer eingerichtet worden waren, wie in einem Hotel.

Paolo hatte auch die umliegenden Weinberge erworben. Der gesamte Besitz war Ardito zur Pflege und Bewirtschaftung anvertraut worden, einem tüchtigen fünfunddreißigjährigen Mann, der gleich neben der Villa wohnte. Unter seiner Aufsicht hatte sich das verfallene Bauernhaus in einen luxuriösen, eleganten Wohnsitz verwandelt.

»Nach oben«, drängte Ardito. Seine Frau hatte eine Laterne in der Hand und leuchtete ihnen auf der schön geschwungenen Treppe. Oben angekommen bemerkte Innocente verblüfft eine blasse Dame mit zerzaustem Haar. Mit Tränen in den Augen ging sie ihm entgegen: »Sind Sie es, Herr Anwalt? ... Ich bin eine gute Freundin, zu Gast bei ihrem Bruder Paolo. Ich war zufällig hier, als ...«

»Ja, ja, ich verstehe.« Innocente schob sie rücksichtslos beiseite. »Eine seiner üblichen ... Freundinnen.«

»Teresita«, stammelte sie erschrocken. »Meine Freunde nennen mich Tere.«

Paolo lag quer über dem großen, mit Schnitzereien verzierten Nußbaumbett. Die Decke war auf den Boden gerutscht, und das Laken spannte sich über dem Bauch. Man hatte ihm die merkwürdig fahlen, bläulichen Lider geschlossen.

Hastig legte Innocente sein Ohr auf die Brust des Bruders.

»Ich höre nichts! Verdammt ...«, stieß Innocente zwischen den Zähnen hervor. »Ich höre keinen Herzschlag! Aber ich könnte mich auch irren ... Ardito, lauf und hol den Doktor. Aber sag mir vorher noch schnell: Was ist eigentlich passiert?«

Ardito, ein sonst unerschütterlicher und gewitzter Mann, wirkte verzagt. »Hmm, ich habe unten geschlafen, da ist diese Dame gekommen, vor etwa einer halben Stunde ...«

Mißtrauisch und ärgerlich sah sich Innocente im Zimmer um. Auf dem ovalen Tischchen lag eine Flasche, aus der Wein auf den schönen chinesischen Teppich tropfte, zwei Gläser waren noch halb gefüllt. Auf einem Samtsessel in der Ecke bemerkte er kopfschüttelnd ein Mieder, ein Häufchen feiner seidener Spitzenunterwäsche lag auf dem Boden.

»Jetzt heraus mit der Sprache, Signora«, sagte er barsch. »Was ist passiert? Ich kann es mir schon vorstellen ...«

Die Frau begann zu schluchzen, allerdings ohne Tränen zu vergießen. Die Pendeluhr schlug. Wie von der Tarantel gestochen, sprang Innocente auf und legte erneut sein Ohr an Paolos Brust. Arditos Frau reichte ihm ein ovales Spiegelchen.

Innocente horchte noch eine Weile an Paolos offenem Mund und meinte dann: »Zwecklos, der Doktor. Ardito, zieh ihn an. Und Sie, Teresina, machen Sie sich fertig. Sie werden gleich nach Hause gefahren. In der Zwischenzeit verhalten Sie sich unauffällig. Ich möchte nicht, daß Sie jemand sieht.«

Dann öffnete er die Schubladen der Kommode, die Türen des Eckschranks und des Bücherschranks. Den verschlossenen cremefarbenen Umschlag mit der Aufschrift ›An meine lieben Brüder‹ fand er schließlich in einem Geheimfach des Sekretärs. Ohne zu zögern, brach er das Siegel, las, riß die Augen auf, las noch einmal. Dann stürzte er hinaus und war in wenigen Minuten bei Francesco, um ihn zu wecken.

Er stürmte ins Haus, schilderte seinem verstörten Bruder, was geschehen war, und erzählte ihm auch von der Prostituierten.

»Das ist aber noch nicht einmal das Schlimmste! Schau her ...« Er hielt das von Paolo beschriebene Blatt unters Licht. Auch Francesco zuckte zusammen.

»Lies nur, was ich auch habe lesen müssen.« Innocente überflog noch einmal die wichtigsten der zum Teil rätselhaften Sätze:

»Nach meiner Überzeugung und nach den Anweisungen des Großmeisters der Freimaurerloge, der ich angehöre – freie Männer, die beschlossen haben, am Bau des großen Menschheitstempels zu arbeiten –, wünsche ich, daß mein Körper nach meinem Tode eingeäschert wird.« Es folgten Name und Adresse des Krematoriums. »Meinen letzten Willen in bezug auf mein Hab und Gut habe ich bei meinem Notar hinterlegt ...«

»Vater im Himmel!« stöhnte Francesco. In diesem Augenblick kam Adelaide die Treppe herunter. Sie hatte über sechs

Monate bis auf in Milch eingeweichtes Brot nichts zu sich genommen, doch seit kurzem aß sie wieder feste Nahrung. Francesco begleitete sie zu dem Sessel vor dem Kamin, bedeckte sie ungeschickt mit einem Tuch und berichtete ihr in wenigen Worten von dem tragischen Ereignis.

»So geht es einem«, murmelte Adelaide ohne Bosheit, »wenn man lebt wie ...« Sie biß sich auf die Lippen. Es ist, als würde Gott sich rächen, dachte sie. Ist uns denn unser Liebling genommen worden, um mich zu bestrafen?

Aber angesichts der Verstörung ihres Mannes wollte sie sich nicht von neuem ihrem Schmerz überlassen.

»Du gehst ins Bett zurück!« befahl sie Serafina, die im Nachthemd mit der Kerze in der Hand den Raum betrat. »Geh ins Bett, wir brauchen nichts.«

Dann las sie Paolos Brief. »Entsetzlich, verrückt, unmöglich ...«

»Ja, unmöglich.« Innocente schüttelte energisch den Kopf. »Es tut mir leid, denn es ist sein letzter Wille. Aber wir können ihn nicht einäschern. In der Stadt wäre es vielleicht möglich, aber nicht hier! Das würde einen Skandal auslösen und vielleicht zu seiner Exkommunikation führen ...«

»Freimaurer!« wiederholte Francesco ungläubig. »Ein Atheist ...«

»Jetzt verstehe ich!« meinte Adelaide nachdenklich. »Deshalb ist er nicht zur Beerdigung der Großeltern Dago gekommen. Und immer hat er Don Luigi widersprochen ... Erinnerst du dich, Francesco?«

»Ja, jetzt fällt mir auch eine Szene in Merlos Gasthaus nach der Einweihung der neuen Kirche wieder ein. Da haben wir dieses Thema angeschnitten, und Paolo hat sich echauffiert: Auch Garibaldi und Cavour seien Freimaurer gewesen ... Don Luigi war sehr erstaunt. Erinnerst du dich, Cént?«

Innocente hatte die Szene noch genau vor Augen und dachte an den emaillierten Ring mit den seltsamen Zeichen am Finger des Bruders.

»Gott stellt es uns schließlich frei«, meinte Adelaide, »zu glauben oder nicht. Paolo hat sich nicht gescheut, die Hölle vorzuziehen ...« Sie bekreuzigte sich, die Männer taten es ihr gleich. Die Uhr schlug vier.

»Was sollen wir machen? Wenn er es schriftlich niedergelegt hat, war es ihm offenbar wichtig.« Nervös lief Francesco auf und ab.

»Wir müssen alles genau planen«, schlug Innocente vor. »Heute ist Freitag, das heißt, es ist bereits Samstag. Wir rufen den Priester, um ihn aussegnen zu lassen. Dann bleibt er bis Sonntag aufgebahrt ... Es werden jede Menge Leute kommen. Am Sonntag finden keine Beerdigungen statt. Am Nachmittag wird der Sarg geschlossen; und bis dahin haben wir den Leichnam schon weggebracht.«

»Wie bitte?« Francesco wirkte schockiert. »Moment mal! Der Sarg ist also leer? Aber Paolo wiegt hundert Kilo!«

»Das ist richtig.« Innocente zupfte an seinem Schnurrbart. »Die Freunde, die den Sarg tragen, würden merken, daß er leer ist. Es werden alles Freimaurer sein wie er. Denen könnten wir es ja sagen ...«

»Nein, nein! Auf keinen Fall! Das darf nie jemand erfahren«, widersprach Adelaide und erhob sich. »Die Dagos und die Lampinis waren immer gute Christen; ein schwarzes Schaf darf nicht die ganze Herde verderben. Wir beschweren den Sarg mit Steinen.«

»O Adelaide, ich habe schon immer gesagt, daß du ein heller Kopf bist!« Innocente sprang auf. »Genau, so machen wir es. Wir nehmen ...«

»Psst«, machte die Schwägerin, »ich möchte Lotti, ihren Bruder und die Dienstboten nicht in die Lage bringen, Mitwisser zu sein. Dann müssen nur wir drei die Wahrheit verschweigen.«

»Und Bastiano«, erklärte Innocente. »Das ist unerläßlich. Wo sollen wir bei diesem Schnee Steine ausgraben? Ich werde Bastiano einen Baum fällen lassen, groß und dick wie der arme Paolo.«

»Den Lahmen?« fragte Francesco zweifelnd.

»Zusammen mit Domenico. Denen können wir trauen, sei unbesorgt. Aber ...«, Innocente hielt auf der Schwelle inne, »wohin ihn bringen, den armen Bruder, und wie?«

»Die Adresse steht doch im Brief«, erwiderte Adelaide erregt, »wenn er es so gewollt hat. Einer von euch beiden bringt den Körper im geschlossenen Landauer in die Stadt. Damit er nicht einsam wie ein Hund von den Flammen verzehrt wird, muß jemand dabeibleiben, der anschließend die Urne mit seiner Asche in Empfang nimmt.«

»So machen wir es«, erwiderte Innocente. »Wir haben keine andere Wahl. Du, Adelaide, gehst wieder schlafen. Ich spreche mit Domenico, und du, Francesco, gehst zu Paolos Villa zurück und bringst alles in Ordnung. Sag deinem Dienstboten, er solle die Prostituierte noch vor der Messe wegbringen, damit sie niemand sieht. Und gib Ardito und seiner Frau Geld, damit sie den Mund halten.«

»Und die ... Fremde? Ob Paolo sie schon bezahlt hat?«

»Für gewöhnlich werden diese Frauen vorher bezahlt, von uns jedenfalls bekommt sie keine Lira.«

Innocente ging zu Domenico in die Osteria. Sie hieß nur noch so, war aber seit langem geschlossen. Die übereinander gestapelten Tische und Stühle kündeten von Verlassenheit und Elend. Möglichst unauffällig hatte Innocente stets für Natalina, die Mutter seines Giorgino, Sorge getragen. Nach wie vor – seitdem Domenico Ende 1916 zum Kriegsdienst eingezogen worden war – ließ er ihr eine regelmäßige Geldsumme zukommen und versorgte sie mit Saatgut für den Garten. Auch Eier und Honig stellte er ihr zur Verfügung. Der Vater Domenicos war gestorben, und die Mutter kümmerte sich um Giorgio und Giovanna, wenn sich Lina unter Anleitung ihrer Schwester Antonia Schneiderarbeiten widmete.

Um Bastiano zu wecken, klopfte Innocente an seine Tür.

Als er öffnete, erklärte ihm sein Herr, was geschehen war, und gab ihm die nötigen Anweisungen. »Der Stamm soll die Größe von Signor Paolo haben. Laß dir von Domenico helfen und sag vor allem Lina und deiner Mutter nichts davon.«

Es dämmerte bereits, als er sich aufs Bett warf. Er schlief sofort ein.

83

Paolos Tod hatte für wenigstens zwei Menschen unerwartete Folgen: für Angelica und für Adelaide. Erstere war gezwungen, anläßlich der Beerdigung ihre dumpfe Zurückgezogenheit aufzugeben, letztere mußte ihren Hausfrauenpflichten nachkommen, sich um die Gäste und auch um die eigene äußere Erscheinung kümmern.

Da sie kein vertrautes Verhältnis zu Paolo gehabt hatte, wollte Netta nicht zu seiner Beerdigung gehen.

Am Sonntag vor der Beisetzung wandte sich Angelica, noch im Nachthemd, trübsinnig an ihre Mutter: »Dieses? Das ist zu hell. Und das hier?« – sie warf die Kleider aufs Bett – »Das ist zu lang ...«

Seit Ende August war Angelica vollkommen verändert. Sie hielt sich nur noch im Hause auf und besuchte fast nie ihren Vater, worüber Innocente über alle Maßen verärgert war.

Netta wußte sich nicht mehr zu helfen. Sie ahnte den Kummer ihrer Tochter und machte sich Sorgen, denn zum erstenmal hatte Angelica sie nicht ins Vertrauen gezogen. Kein Sterbenswörtchen hatte Angelica über das verloren, was sie im Garten mit Bastiano erlebt hatte. Sie schämte sich und wollte die Mutter nicht an die Enttäuschungen ihrer eigenen Jugend erinnern.

Warum nur hatte sie das getan? Zu ihrer Rechtfertigung fiel ihr nur die Niedergeschlagenheit und Einsamkeit jenes Sommers ein, woran auch die liebevolle Zuwendung Antonias nichts hatte ändern können.

Im Herbst hatte Angelica ihre Mutter in die Stadt begleitet, und während Antonia ihre Schneiderarbeiten ablieferte, hatte Angelica in San Babila gebeichtet. Der Geistliche hatte ihr die Absolution erteilt und sie zu strenger Keuschheit verpflichtet. Das war ihr allerdings nicht schwer gefallen, denn sie dachte nicht im Traum daran, sich noch einmal Bastiano zu nähern. Allein der Gedanke daran verursachte ihr Ekel und Beklemmung.

So lebhaft das Gefühl auch gewesen war, am nächsten

Morgen war nichts davon übriggeblieben, nur bange Fragen.

Sie war ›entjungfert‹ und für immer verdorben. Das – wie sie im Internat gelernt hatte – kostbarste Gut einer jungen Frau hatte sie vergeudet und nicht einmal aus Liebe, sondern aus purer Dummheit ...

Auch Bastiano war offenbar nur vorübergehend seinen Trieben zum Opfer gefallen, denn seitdem mied er sie nach Möglichkeit.

Es ging Angelica immer schlechter. Nachts konnte sie trotz endloser Vaterunser und Ave Marias nicht einschlafen, und wenn sie der Schlaf endlich übermannte, hatte sie fürchterliche Alpträume.

»Du siehst aus wie ein Gespenst«, klagte Antonia. »Geh an die frische Luft und besuch Tante Lina. Du weißt, wie gut dir der Umgang mit Kindern tut.«

Aber Angelica traute sich nicht auf die Straße. Sie hatte Angst vor Gerede, den Fragen von Lotti und Libera und vor dem Zorn ihres Vaters, falls er etwas erfuhr. Wenn die Tageshitze nachgelassen hatte, ging sie gelegentlich mit Libera, Giorgino und Giovanna in den Weinbergen spazieren.

Giorgino genoß diese Ausflüge. Er kletterte auf die Maulbeerbäume und machte mit der Schleuder Jagd auf Spatzen und Eidechsen. Die Ablenkung durch das Kind tat Angelica gut, konnte aber ihre Gemütskrankheit nicht heilen. Da sich diese Krankheit nicht durch Husten oder Fieber äußerte, nahm sie, abgesehen von ihrer Mutter, niemand zur Kenntnis.

Daher war Antonietta froh, als sie sah, wie ihre Tochter kritisch ihre Garderobe durchforstete.

»Geht es dir ein bißchen besser, Angelica? Ich dachte schon, du würdest heute im Bett bleiben, nachdem du nicht zur Messe gegangen bist. Gott sei Dank! Schließlich mußt du morgen zur Beerdigung deines Onkels ...«

»Es geht mir gar nicht gut«, entgegnete die Tochter verdrossen. »Vielleicht ist das morgen anders ... aber selbst dann wüßte ich nicht, was ich anziehen soll.«

»Du hast recht«, gab Antonia traurig zu, »ich habe dir schon lange nichts Neues mehr genäht. Dein Mantel ist schon alt. Es tut mir leid, 'Ngelichina, aber die Zeiten sind schlecht ... Wenn ich könnte, würde ich dich wie eine Prinzessin ausstaffieren ...«

Sofort bereute Angelica ihre Bemerkung und warf sich ihrer Mutter zu Füßen: »O Mammina«, stammelte sie unter Tränen, »nicht weinen. Ich bin gemein, rede einfach so unbedacht drauflos. Entschuldige, nimm es mir nicht übel!«

Mit den Fingerspitzen schob sie sanft die Mundwinkel ihrer Mutter zu einem Lächeln nach oben. Natürlich war Antonia sofort getröstet und umarmte sie.

Im Hause Dago herrschte seit Tagen Trubel. Während der Plan wie abgesprochen ausgeführt wurde, telegraphierte Adelaide an Ismene, die mit ihrer älteren Tochter anreiste.

Innocente und Francesco weihten sie nicht in den Plan ein und teilten ihr nur Paolos Mitgliedschaft bei den Freimaurern mit. Darüber war Ismene so entsetzt, daß sie während des gesamten Begräbnisses weinte, ohne sich darüber zu wundern, daß sein Leichnam vom Priester in der Kirche mit christlichen Ritualen gesegnet wurde. Aber Ismene war schon immer ein wenig zerstreut gewesen.

Der Tote war in einem schönen, mit schwarzem Samt und Goldbändern geschmückten Mahagonisarg in der Eingangshalle des Hauses aufgebahrt worden. Don Luigi hatte ihn gesegnet, und Ardito hatte die leicht berichtigte Fassung der Ereignisse im Morgengrauen verbreitet; sogleich ging die Nachricht von *sciùr* Paolos Herzanfall von Mund zu Mund.

»Seine arme Seele!« schluchzte Ismene und richtete den Blick auf das Porträt ihrer Mutter Santina. »Was würdest du dazu sagen, wenn du noch unter uns weiltest! Und was sagst du da oben, im Paradies? Wie mag es der Seele unseres Paolone ergehen?«

Mit frischem Mut meisterte dagegen Adelaide die Situation. Selbstbewußt und aufmerksam erfüllte sie ihre Pflichten als Hausherrin. Viele Herren in Uniform waren angereist, die verpflegt und untergebracht werden mußten. Energisch erteilte sie Serafina ihre Anordnungen, und das gute Mädchen freute sich über die plötzliche Rückkehr der Lebensgeister ihrer *padrona*.

Sonntag nacht kam Innocente niedergeschlagen von seiner zermürbenden Reise mit dem toten Bruder aus Mailand zurück.

»Ein Erlebnis, das ich nicht einmal meinem ärgsten Feind wünsche ...«, stöhnte er. In der schwankenden Kutsche hatte sich der Leichnam bewegt, als wäre er zu neuem Leben erwacht. Mühsam war auch die Suche nach dem Krematorium gewesen, zumal Bastiano und Domenico nur über wenig Ortskenntnis verfügten.

Jetzt waren alle erleichtert, die Sache hinter sich zu haben. Noch am Nachmittag hatte Innocente einen beklemmenden Augenblick durchlebt. Nachdem Don Luigi den Leichnam mit Weihwasser besprengt hatte und die letzten Trauergäste gegangen waren, hatten Domenico und Bastiano den Körper des Toten durch den Baumstamm ersetzt.

Gegen drei Uhr erschien Pietro mit seinem Werkzeug.

»Darf ich?« fragte er und machte Anstalten, das Leichentuch zurückzuschlagen. »Ich möchte mich gern von dem armen Paolone verabschieden. Als Kinder waren wir immer zusammen in der Kiesgrube, erinnerst du dich?«

»Nein, nein!« Hastig griff Innocente nach seiner Hand. »Der Ärmste hat sich in wenigen Stunden furchtbar verändert, er ist ganz blau geworden und angeschwollen ... Behalt ihn lieber so in Erinnerung, wie er einst war: den Paolo aus den Tagen unserer Kindheit.« Er schneuzte sich geräuschvoll.

Irgend etwas schien Pietro an der durchaus schlüssigen Erklärung Innocentes nicht zu stimmen. Er sah ihn scharf an, schwieg jedoch.

»Los, mach den Deckel zu und schlag die Nägel ein.« Nervös blickte Innocente umher. Stimmen und Schritte waren zu hören, Geräusche von der Straße. »Schlag ja genug Nägel ein, damit der Sarg morgen bei der Beerdigung nicht wieder aufgeht. Beeil dich!«

Mit einem schweren Hammer trieb Pietro schweigend die langen starken Nägel ins Holz. Auch als er ein durch die Erschütterungen hervorgerufenes Rumpeln im Inneren des Sarges vernahm, das nicht von dem weichen, runden Körper Paolos stammen konnte, wunderte er sich zwar, sagte aber nichts.

Als er fertig war, sprach er ein Gebet, grüßte und ging. In der vom Kerzenschein schwach erleuchteten Eingangshalle blieb Innocente allein zurück, holte Paolos Ring aus der Tasche und betrachtete nachdenklich das in Schwarzweiß ausgeführte Emblem. Über seiner Trauer um den toten Bruder lag ein Schatten der Verachtung.

Dann jedoch fand er, daß die Geschwisterliebe den Ausschlag geben sollte, und betete inständig für Paolos Seele.

Noch lange redeten die Frauen beim Bäcker und auf dem Kirchplatz über diese Beerdigung. Nie hatte man so viele Leute von auswärts, so viele mit fremdartigen Orden geschmückte Uniformen gesehen und einen Leichenzug, der sich vom Friedhofseingang bis zum Dorfplatz erstreckte.

Arm in Arm mit Lotti folgte Angelica dem Sarg. Sie sah und hörte fast nichts, denn aufgrund eines unaufhaltsamen Gefühlsausbruchs, der mit der Beerdigung nichts zu tun hatte, weinte sie heftig.

»So eine schöne Trauerfeier!« meinte später Tante Lina. »Aber wirklich geweint wie damals, als mein Vater und meine Mutter starben, haben nur wenige, stimmt's, Menico?«

Domenico nickte kichernd. Kein Wunder! dachte er. Francesco und Adelaide Dago wußten sehr wohl, daß sie hinter einem Baumstamm hergingen. Mit seinem Bruder Bastiano hatte er vergeblich versucht, den Sinn dieses unglaublichen Täuschungsmanövers zu ergründen.

Angelica, die zunehmend unter der Enge des Dorfes litt, kehrte erschöpft nach Hause zurück, wo sie ihrer Mutter anvertraute, wie sehr sie sich nach einer anderen, anonymen Umgebung sehnte, nach neuen Gesichtern, Geräuschen und Farben – kurzum nach der Stadt, an die sie sich gut erinnerte.

Einige Tage später, es war Januar im Jahre 1918, wurde sie in die Villa zu ihrem Vater gerufen, der ihr eröffnete, daß der Onkel Paolo, von dessen Zuneigung sie kaum je etwas gespürt hatte, ihr seine Wohnung in Mailand mit allen Möbeln und Einrichtungsgegenständen vererbt hatte.

Während er ihr das Testament vorlas, ließ Innocente seine Tochter nicht aus den Augen. Die Reaktion der Erbin erbitterte ihn: Ihre Augen leuchteten, ein glückliches Lächeln breitete sich auf ihren Lippen aus, als hätten sich die Pforten des Paradieses für sie geöffnet.

»Na, jetzt bist du froh, was?« fragte er grob. »So eine Wohnung bringt ein hübsches Sümmchen jeden Monat, wenn man sie vermietet ...«

»Vermieten?« Angelica preßte die Lippen aufeinander. Im Augenblick wollte sie dem Vater nichts von ihren Hoffnungen und Ideen anvertrauen. Erst mußte sie mit Hilfe der Mutter ihre Gedanken ordnen. Sie sagte nur: »Vermieten? Von solchen Dingen verstehe ich nichts, wie du weißt.«

Leichten Herzens kehrte Angelica nach Hause zurück. Als sie Battistinas Hof überquerte, trat ihr mit Schrecken wieder das Bild vor Augen, wie die kleine Pedagna in den Kessel gefallen war. Wie sie es haßte, in diesem Kaff lebendig begraben zu sein, und wie sie die Höfe und die Villa, ja sogar ihren Vater verachtete!

Jetzt würde sich ihr Leben ändern, dachte sie glücklich.

84

Im Dorf hatte am elften November 1918 das Freudengeläut der Kirchenglocken bis zum Sonnenuntergang gedauert. Giorgino, der sich unvorsichtigerweise an das Glockenseil geklammert hatte, wurde zu seinem großen Schrecken in das dunkle Innere des Kirchturms hinaufgezogen.

»Zu Ende ist der Krieg, der alle Kriege beenden wird!« schrieben die Zeitungen, wiederholten Regierungen und

Diplomaten voller Überzeugung. Doch der Vertrag, der am fünften Jahrestag des Mordes von Sarajewo in der Spiegelgalerie von Versailles unterzeichnet wurde, sollte sich als Zeitbombe erweisen.

Die harten Friedensbedingungen für Deutschland allerdings – in diesem Punkt herrschte Einigkeit – waren mehr als gerechtfertigt. Frankreich, das eineinhalb Millionen Kriegstote zu beklagen hatte, hatte darauf bestanden. Obgleich Generalfeldmarschall Foch prophezeite: »Dies ist kein Frieden, sondern ein Waffenstillstand für zwanzig Jahre.« Und Lloyd George meinte in Anspielung auf den Vertrag: »Ich möchte nicht eines Tages für Danzig sterben müssen!«

Auch in Mailand gärte es. Der Krieg hatte Italien sechshunderttausend Tote gekostet. Mussolini tobte wegen der ›Verstümmelung‹ des Friedens und der nicht eingehaltenen Vereinbarungen und gründete in San Sepolcro die faschistischen Kampfverbände. In den Großstädten rebellierten die Menschen gegen die offenkundigen Ungerechtigkeiten.

Ein schwacher Widerhall davon war auch im Dorf zu vernehmen. Einige wenige, wie der ›Federterra‹, Pino Raupenfresser und Pietro der Schmied vertraten hier den sozialistischen Gedanken.

»Das haben wir jetzt davon!« schimpfte Pietro. »Die Menschen bestehen nur noch aus Haut und Knochen und sind leer ausgegangen! Von wegen Sieg! Sie sind empört, und zwar zu Recht! Sie stellen fest, daß ihre Herren gut verdient haben, und sie, die sich an der Front geschunden haben, was bekommen sie?«

»Immer mit der Ruhe! Sie brauchen noch Zeit!« rief Innocente. »Selbst dein Turati hat in der Ratsversammlung in Mailand festgestellt, daß die Massen noch unreif sind! Und auch die Zeitungen warnen vor Übermut!«

»Du kannst wohl nicht lesen!« schrie Pietro wie besessen. »Wenn wir uns auf deren Hilfe verlassen, können wir warten, bis wir schwarz werden! Es geht mir nicht um mich persönlich. Die Kriegsheimkehrer sind arbeitslos. Wer mit achtzehn eingezogen wurde, hat aus dem Schützengraben schlechte Gewohnheiten mitgebracht. Jetzt will man die Soldaten mit einer Handvoll Lire abspeisen. Vielleicht fangen die Männer aus unserem Dorf mit dem Geld etwas Gescheites an und kaufen Saatgut, Seidenraupen und Werkzeuge. Aber was machen die Städter? Die werden das bißchen Geld für irgendwelche Dummheiten ausgeben und dann, wenn sie keine Arbeit finden, werden sie sich aufs Rauben und Stehlen verlegen. Mit dem Revolver können sie inzwischen ja umgehen ...«

»Siehst du, du gibst mir recht!« Innocente grinste. »Diesen Zuständen muß ein Ende gesetzt werden. Und die Regierung – seien wir ehrlich – ist unfähig dazu. Gepriesen sei derjenige, der die Situation in die Hand nimmt!«

Marangoni, der fast täglich seine am spanischen Fieber erkrankte Lotti im Dorf besuchte, berichtete, wie in Mailand dunkle Wucher- und Schwarzmarktgeschäfte mit Hunger und Armut blühten. Aufgebrachte Banden, deren Mitglieder Soldatenuniformen trugen, überfielen Läden. Die Polizisten taten, als bemerkten sie nichts. Von der Regierung in Lumpen gekleidet, lohnte es sich für sie nicht, ihr Leben zu riskieren. Also wurden Raub und Diebstahl fortgesetzt: Autos, Juwelen, Pelzmäntel – alles, was einen Wert besaß. Ganze Eisenbahnwaggons waren aufgebrochen und ausgeräumt worden, erzählte Marangoni schmunzelnd.

»Wer aber ehrlich bleibt, tut sich schwer. Die Preise sind erschreckend: zweihundert Lire für ein Paar Stiefel, Geflügel sechsundzwanzig Lire das Kilo. Auch Eselsfleisch kostet siebzehn Lire, von Kalbfleisch oder Truthahn ganz zu schweigen ... Und das Brot? Zwei Lire!«

Doch die wirtschaftliche Misere war nicht einmal das Schlimmste. Die größte Gefahr – so Marangoni – drohe der Gesellschaft durch das Umstürzlertum. Innocente stimmte zu. Sogar Pedrettis Angestellte faselten davon, Grundbesitzer werden zu wollen. In den Fabriken im Dorf arbeiteten zum Glück fast ausschließlich Frauen, die sich von dem allgemeinen Aufruhr nicht anstecken ließen, weil sie sich für Politik nicht interessierten.

In der Stadt dagegen wagten die Beschäftigten der Unternehmen, aufgewiegelt durch die Betriebsräte, kühne Proteste. Gramsci und Togliatti, zwei junge und gebildete Kampfgenossen, hatten in Turin die Zeitung *L'Ordine Nuovo* gegründet, die die Bildung derartiger Gremien in den Fabriken angeregt hatte. In den äußerst harten Auseinandersetzungen vertrat der ebenfalls neugegründete Verband Confindustria die Interessen der Unternehmer.

Leute von auswärts hatten versucht – das jedenfalls war die Meinung von Innocente und Pedretti –, die Dorfbevölkerung mit wirren Versprechungen zu beeinflussen.

Die Männer diskutierten in der Osteria della Pesa darüber, nachdem Domenico seine Schenke geschlossen und Innocente sie an Luigina, Matildes Tante, verkauft hatte. Allmählich wandelte sich der uralte ländliche Lebensrhythmus. Nach dem Krieg waren kleine Handwerksbetriebe entstanden, da viele Heimkehrer nicht zur Feldarbeit zurückkehren wollten: eine bescheidene Teppichfabrik und eine Schuhfabrik. Der ›Federterra‹ hatte eine Kooperative namens San Pietro gegründet, die auch über ein Warenlager verfügte.

In einem Nachbardorf hatten junge Faschisten einmal eine solche Kooperative überfallen, das Gebäude zerstört und die Waren beschlagnahmt. Aus Sorge um die Kooperative und im Einverständnis mit Pietro beschloß der ›Federterra‹, den in Fässern gelagerten Wein zu verteilen, bevor die Vandalen kamen. Sofort eilte die Dorfbevölkerung mit Eimern und Flaschen herbei, um gratis Wein zu erhalten. In den folgenden Tagen jedoch fand kein Überfall statt. Der ›Federterra‹ war außer sich wegen des Verlustes von so viel gutem Wein und forderte die Familienoberhäupter auf, ihn zu bezahlen. Es gab mächtigen Aufruhr und einigen Widerstand, aber schließlich bezahlte jeder mißmutig seine Schulden.

Innocente hatte darüber gelacht, ohne seine Besorgnis zu zeigen. ›Der rote Schaum des Bolschewismus‹: so nannte er jene Hitzköpfe, die den Frieden seiner kleinen Welt weit mehr bedrohten als die Banden der jungen Faschisten. Die unzufriedenen Gesichter vieler Bauern machten ihm zu schaffen.

Eines Sonntags wurde das lateinische Gemurmel Don Luigis während der Meßfeier unterbrochen. Irgendwelche Heißsporne – sie wurden nie entdeckt – hatten die Kirchentür aufgerissen und »Geh arbeiten, Priester, grab den Acker um!« gebrüllt. Hätte Francesco seinen Bruder nicht festgehalten und zur Ruhe ermahnt, Innocente hätte diese ›gottlosen Roten‹ bis ans Ende der Welt verfolgt.

Es mußten Gegenmaßnahmen ergriffen werden, darin waren sich Innocente und Marangoni einig, der einzige, der das Problem klar erkannt hatte. Dieser stellte ihm Rino Parenti vor. Parenti war ein junger Faschist, der sich in Mailand vor allem der Propaganda widmete. Aber es kam nicht viel dabei heraus, denn die Arbeiterklasse in der Stadt konnte der neuen Bewegung nichts abgewinnen.

Mussolini schuf sich ein Netz aus Vertrauensleuten, auf die er sich voll und ganz verlassen konnte. Er fand sie vor allem in Mailand. Es waren vor allem Mailänder und Lombarden, mit denen er als Chefredakteur von *Avanti!* enge Kontakte geknüpft hatte, denen er die höchsten Ämter anvertraute.

Auch Rino Parenti gehörte zum Kreis der engsten Vertrauten. Er war es, der im Dorf eine neue Epoche einläutete. In der Stille seines Gartens wurde Innocente einem regelrechten Verhör unterzogen. Ob es im Dorf einen sozialistischen Zirkel gebe? Wie viele Männer aus dem Krieg heimgekehrt seien und in welcher Stimmung? Offen, mit einer Spur von Dreistigkeit, erwies sich Parenti als ein interessierter Kenner dörflicher Mentalität. Er erkundigte sich auch nach dem Bürgermeister Quaranta und nach dem Gemeindesekretär. Als Innocente ihn ins Bild gesetzt hatte, meinte er: »Da liegt der Hase im Pfeffer! Wenn wir wirklich etwas verändern wollen, brauchen wir neue Leute. Junge Menschen mit modernen Ideen!«

Innocente, der den Buchhalter Battista gern mochte, widersprach energisch. Noch mehrmals trafen sich Innocente und Parenti. Als schließlich Quaranta auf sein Mandat verzichtete, wurde Innocente mit großer Mehrheit zum Bürgermeister gewählt, und Parenti gratulierte ihm dazu.

Noch nie in seinem Leben hatte der inzwischen fast sechzigjährige Innocente einen solchen Tatendrang verspürt. Langgehegte Pläne zur Verbesserung der Lebensqualität seiner Leute wollte er jetzt verwirklichen. Gleich nach der Wahl ließ er am Balkon des Rathauses die Trikolore hissen. Das allgemeine Desinteresse schmälerte seine Begeisterung nicht. Er kannte seine Pappenheimer und wußte, daß man sie nicht auf einen Schlag, sondern nur mit Geduld und Beharrlichkeit für sich gewinnen konnte.

Leider bestand Parenti darauf, daß Innocente in der Präfektur einen neuen Gemeindesekretär anforderte. Glücklicherweise war Battistas Frau Corinna froh, nach Pallanza umziehen zu können, wo ihre Söhne die Schulausbildung beendet hatten. Und der Buchhalter Battista zog es angesichts des Sinneswandels von Innocente Dago sowie im Hinblick auf die allgemeine Situation vor, in Pension zu gehen.

Der Nachfolger wurde Innocente von Rino Parenti vorgestellt. Er verfügte über die besten Voraussetzungen: Entschlossenheit, Einsatzbereitschaft, Organisationstalent und genaue Kenntnis der höherenorts propagierten Ideologie. Zwar begriff kaum jemand auf dem Land die politischen Ansichten der Regierungsspitze, doch schätzte man die Achtung, ja Zuneigung, die die Faschisten dem Boden und der Landwirtschaft entgegenbrachten. Vor allem in den ersten zehn Jahren unterschied sich der ländliche Faschismus deutlich vom städtischen: Er war dem Volk näher.

Seine ganze Kraft widmete Innocente dieser neuen Gesinnung, ohne allerdings deswegen seine kürzlich begonnene Beziehung zu Signora Luigina zu vernachlässigen.

Nach außen hin änderte sich nicht viel. Wie zuvor gab es Großgrund- und Fabrikbesitzer. Die Arbeitszeiten waren zermürbend und die Löhne niedrig. Und doch schienen sich die Lebensbedingungen zu verbessern: Zur Versorgung der Maschinen mit Energie hatte Quaranta seinen

Betrieb mit Elektrizität ausgerüstet. In der modernisierten und vergrößerten Molkerei Pedrettis hatten viele Familien Arbeit gefunden. Und zum erstenmal wurde in Arbeitsverträgen der Verdienst im voraus festgesetzt.

Während also der Faschismus in der Stadt nur mühsam Fuß fassen konnte, verbreitete er sich im Dorf ohne Schwierigkeiten, ja mit einer gewissen Heiterkeit, denn Innocente genoß bei seinen Leuten hohes Ansehen und Vertrauen. Natürlich wurde er von Rino Parenti, dem Sturmabteilungsmann und späteren Verbandsführer, überwacht.

So begann ohne größere Erschütterungen im Dorf die Epoche des Faschismus. Vereinzelt gab es Expeditionen der jungen Faschisten, um hartnäckigen Widerstand gegen den neuen Kurs zu bestrafen. Ein- oder zweimal lauerten sie nach Sonnenuntergang dem ›Federterra‹ auf und verprügelten ihn. Sie versuchten auch, ihm etwas Rizinusöl einzuflößen, aber er spukte es seinen Angreifern ins Gesicht.

Als Innocente Wind davon bekam, daß Pietro das nächste Opfer sein könnte, ließ er Parenti wissen, daß es die Täter teuer zu stehen kommen würde. Daraufhin ließ sich das mit Stöcken und Sicheln ausgerüstete Gesindel nicht mehr blicken. Als Pietro, den Innocentes Ansichten mit stummer Wut erfüllten, davon erfuhr, bedankte er sich mit keiner Silbe.

Da Maria zu eben dieser Zeit schwer erkrankte, hörten die lebhaften Auseinandersetzungen zwischen dem Bürgermeister und Pietro auf. Ein schlechtes Zeichen! dachte Battistina.

85

Aber mein Lieber!« Innocente schluckte den ersten Bissen der exquisiten Sülze hinunter und setzte das Gespräch in versöhnlichem Ton fort. »Wir wollen uns verständigen, deshalb sind wir doch hier! Aber du sitzt nur stumm da und sagst keinen Ton.«

»Ich bin nicht aufgelegt«, stieß Quaranta zwischen den Zähnen hervor.

Sie saßen an einem Tisch in der Osteria Von Signora Luigina, Lucinas Schwägerin. Es waren nun drei Jahre, daß Angelica ihrem Vater ihre Absicht bestätigt hatte, wieder nach Mailand zu ziehen, und bald darauf hatte Innocente das Anwesen verkauft.

Innocente hatte Angelica ihre Entscheidung übelgenommen und daraus auch keinen Hehl gemacht. Wütend war er auf seine undankbare Tochter losgegangen, die es fertigbrachte, ihn jetzt, an der Schwelle zum Alter, einfach im Stich zu lassen. Als würde sie die Stadt mit einem Schlag von allen ihren Ängsten und Beklemmungen befreien.

Doch da Mutter wie Tochter in ihrem Entschluß unerschütterlich waren, hatte Innocente seinerseits eine Entscheidung getroffen: Er überschrieb das Häuschen, das er für Antonia und Angelica gebaut hatte, Domenico und seiner Familie.

Die Osteria war schon seit Jahren geschlossen, Domenico stand mittlerweile in Innocentes Diensten und hatte dessen Vertrauen gewonnen. Er verdiente eine Belohnung. Nach der Tochter Giovanna hatten Domenico und Natalina keine Kinder mehr bekommen, und Natalina konnte als Näherin etwas Geld zum Lebensunterhalt beisteuern. Innocentes Angebot, in die Villa zu ziehen, hatten sie daher bereitwillig angenommen.

Signora Luigina, seit kurzem verwitwet, kannte durch ihre Schwägerin Lucina die Verhältnisse im Dorf. Sie hatte ihr ererbtes Geld nach dem Rat ihres Bruders Carlo, eines Bankfachmanns, in Immobilien investiert und die alte Dorfschenke gekauft. Signora Luigina stammte nicht aus der Stadt, sondern aus einem Weiler in der Nähe von Monza, und deshalb gefiel ihr die Aussicht, im Dorf zu wohnen.

Sie war etwas über vierzig Jahre alt, hatte sich schnell eingelebt und binnen kurzer Zeit eine vorzügliche Trattoria eröffnet, die zwar nicht besonders groß, aber mit der bäuerlichen Schenke von einst nicht zu vergleichen war. Hier saß man an Tischen, die mit Tischdecken, Servietten und schönem Geschirr gedeckt waren, und trank aus richtigen Gläsern. Und die Signora persönlich bediente die Kunden. Das

Essen bereitete ein junger Kriegsveteran, der im Feld Hilfskoch gewesen war.

»Umberto!« rief Luigina freundlich. »Die Herren warten auf ihren Risotto!«

Im hinteren Teil des Lokals befand sich ein Klavier, auf dem die Signora Luigina gerne herumklimperte. Innocente hatte es sich zur Gewohnheit gemacht, hier täglich ein paar Stunden zu verbringen und bei der Lektüre der Zeitung *Il Secolo* der Einsamkeit zu entfliehen.

Auf der Ottomane gegenüber dem Klavier waren er und die Witwe ein Liebespaar geworden: eine Beziehung zwischen lebenserfahrenen Menschen, der es aber durchaus nicht an Gefühl mangelte.

»Mein Lieber, ich wundere mich wirklich sehr«, sagte Innocente, während Signora Luigina den Risotto auftrug. »Diesem Gesindel hättest du nicht das Feld überlassen dürfen, du hättest sie auf der Stelle wegjagen sollen. Es sind subversive Kerle, Bolschewisten, ihr Element ist die Unordnung. Ich kenne sie ... Ja, wenn ich an das denke, was mir mein Vater gesagt hat! Er hat mich schon als jungen Mann vor den Hitzköpfen gewarnt, die zu jener Zeit ›Anarchisten‹ hießen. Vom Sozialismus, wie ich ihn verstehe, haben diese hier kein Fünkchen. Sie sind besessen vom Leninismus, der aus Rußland stammt, und sie stellen sich gegen den König, das Vaterland, gegen den Sieg. Und du, du hast sie reden lassen. Das wundert mich wirklich sehr ...«

»Nun hör mal, Cént. Versetz dich doch einmal in meine Lage«, widersprach Quaranta. »Da kommen sieben, acht Männer auf einem Lastwagen, pflanzen sich mit einer Knarre vor meiner Fabrik auf und warten, daß die Frauen herauskommen. Sie schreien in solche trichterförmigen Dinger, halten Reden und lenken die allgemeine Aufmerksamkeit auf sich. Und die Leute hören ihnen zu. Ja, ich war dabei, ich habe es selbst beobachtet. Der Älteste von ihnen brüllte: ›Wir haben einen Krieg beendet, in dem wir uns aufgerieben haben. Doch es war nicht unser Krieg. Jetzt aber gilt es, in den Kampf zu ziehen und zu siegen: in unseren Kampf!‹ An dieser Stelle rief einer aus dem Dorf, ich glaube, es war Cremoli: ›Wer hat denn den Krieg geführt? Wo warst du? Ich kenne dich! Schweig, du Drückeberger!‹ Worauf der Redner von seinem Schemel herunterstieg und den Zwischenrufer am Kragen packte. Im Nu kam es zum Handgemenge, die königlichen Wachen eilten herbei. Was hätte ich tun können? Es ist doch nichts Schlimmes passiert. Und ich kann doch nicht kontrollieren, was meine Arbeiter außerhalb der Fabrik treiben.«

»Wer dann, wenn nicht du? Liegt dir denn nichts an diesen Leuten? Nach all dem Unheil, nach fünfzig Toten, dem Krieg mit allen seinen Vermißten und Gefallenen. Die mutlosen, erschöpften Kriegsheimkehrer haben es nicht verdient, von solchen Reden bedrängt zu werden, wie sie im März in Mailand gehalten worden sind. Es ist geradezu kriminell, die Ideen einer falschen Freiheit, einer falschen Verbrüderung nach dem abstoßenden Beispiel der russischen Proletarier unter den Leuten zu verbreiten. Es hat sich gezeigt, daß sich die Revolution nach einer gewissen Zeit gegen sich selbst richtet. Und die Utopien ... das sind doch alles Lügenmärchen.«

»Das interessiert mich alles nicht, verstehst du? Im Gegenteil, wenn die Frauen in meiner Fabrik heute auf mich zukämen und mir vorschlagen würden, Gesellschafter werden zu wollen ... wenn mir eine Kommission anbieten würde, meine Weberei weiterzuführen, ich wäre glücklich. Ich habe es satt, Innocente, ich habe meinen Gewinn gemacht. Und ich bin entschlossen, den Dingen ihren Lauf zu lassen.«

Befremdet von diesem plötzlichen Stimmungswechsel und von der Betrübnis, die in den Äußerungen seines Gegenübers mitschwang, brachte Innocente nicht den Mut auf, weitere Fragen zu stellen. Wie viele im Dorf wußte auch er in groben Zügen, wie es um Quaranta bestellt war.

Seit genau sechs Jahren lud Adelaide ihn nicht mehr in ihr Haus ein. Sie hielt die Fenster, die zur Piazza hinausgingen, stets geschlossen, was Quaranta das Herz brach und seinen Lebenswillen schwächte. Seit früher Jugend hatte er sich mit großem Erfolg in die Arbeit gestürzt und es sogar zum Titel eines Commendatore gebracht. Ein ungeheurer Energieverschleiß auf Kosten der Gefühle. Er war müde.

»Was redest du denn da!« rief Innocente. »Was willst du damit andeuten? Daß du die Fabrik aufgibst? Mach bloß keine Witze! Die Fabrik den Arbeitern überlassen? Lachhaft! Meine Überzeugung war es immer, daß man die Leute hier zwar respektieren muß, aber nie vergessen darf, daß sie eigentlich Kinder sind. Sie wollen an die Hand genommen und geführt, manchmal auch ausgeschimpft und getadelt werden. Das hat *er* sehr wohl verstanden!« Innocente sagte einfach ›er‹, und Quaranta wußte natürlich, daß er damit den Duce meinte.

»Ich habe vor, die Fabrik zu halten, ich will sie nicht verkaufen. Dafür liegt sie mir zu sehr am Herzen. Aber ich will sie an eine Person meines Vertrauens übergeben, ich stehe schon in Verhandlungen mit jemandem, der die Dinge in die Hand nehmen und die Fabrik leiten will, in voller Eigenständigkeit. Mir spukt der Gedanke im Kopf herum, ins Ausland zu gehen; ich habe da einen Cousin in Montevideo …«

»Das würde ich aber sehr bedauern«, erwiderte Innocente. »Ich sehe der Zukunft vertrauensvoll entgegen. Dieser Romagnole hat viel vom italienischen Volk begriffen, insbesondere von den Bauern. Er selbst stammt aus dem Volk und liebt die Scholle. Ich glaube ihm und schätze seine Ideen. Die Gefallenen müssen geehrt werden, und man muß den Mut haben, der Regierung zu widersprechen, wenn sie sich als unfähig erweist. Man muß der Anarchie, der Auflösung der Werte, dem wirtschaftlichen Chaos und der Ideologie der wilden Bolschewiken aus der fernen Steppe Einhalt gebieten …«

»Mir scheint eher«, unterbrach ihn Quaranta, »als würden diese selbsternannten Verteidiger der Ordnung ein großes Chaos anrichten. Sie stecken das Büro des *Avanti!* in Brand, verprügeln streikende Arbeiter …«

»Aber selbstverständlich! Denn das ist doch kein Sozialismus mehr, verdammt noch mal! Auch aus dem *Popolo d'Italia* wurde der Zusatz ›sozialistische Tageszeitung‹ gestrichen. Sozialismus ist heute gleichbedeutend mit verbrecherischem Handeln! Mit nicht endenden Streiks, Krawallen, Auseinandersetzungen mit den Ordnungskräften ... In Mailand haben sie ihre Chance gehabt, die Sozialisten. Mussolini erhielt nur sechstausend Stimmen, während die Sozialisten fast zwei Millionen einheimsten! Aber was haben sie daraus gemacht? Nichts! Sie haben die Gelegenheit vertan.«

Quaranta strich sich über den Schnurrbart. »Das Ganze geht auf meine Rechnung«, sagte er und erhob sich. »Signora Luigina!« Mit aufblitzender Ironie wandte er sich an Innocente: »Irre ich mich, oder ist da etwas zwischen dir und ihr? Du Glücklicher, wie sehr ich dich beneide. Ich dagegen, ich bin am Ende.«

86

Um in Mailand zu leben, benötigte man nicht nur ein Dach über dem Kopf, sondern auch Geld. Damit sich Antonia vor den Nachbarn keine Blöße geben mußte, hatte Lucina, findig wie sie war, auch diesmal eine Lösung parat: Netta würde in der Abgeschiedenheit ihrer Wohnung wie zuvor ihre feinen Blusen, Hemden und Hosen nähen, die auch weiterhin sehr gefragt waren. Sie selbst würde sich um die Aufträge kümmern und die fertigen Kleidungsstücke den Kunden zustellen. Zum Maßnehmen besuchte Antonia die Kunden zu Hause.

Die Stadt war für Angelica eine Wohltat und ein Heilmittel. Ihre Alpträume hörten auf, die schmerzlichen Erinnerungen wurden wie dunkle Wolken vom Sturmwind hinweggefegt, die Melancholie verschwand, und sie war wieder fröhlich, liebenswert und offen. Nachts schlief sie neben ihrer Mutter in dem großen Jugendstilbett.

Beinahe täglich besuchte sie Matilde in der Via Senato unweit von San Babila, wo sie jetzt mit ihren Eltern lebte.

Matilde war, wie schon als Kind, unternehmungslustig und voller Pläne – ganz im Gegensatz zu Angelica, die lieber als Zuschauerin am Rand stand. Stundenlang hörte sie Matilde beim Klavierspielen zu, mit dem sich die Freundin auf ihre Diplomprüfung vorbereitete.

Nach ihrer Heirat mit Marangoni zog Lotti ebenfalls in die Stadt, und sie war es auch, die Angelica und Matilde der Signora Barberini vorstellte. Nach abgeschlossenem Musikdiplom begleitete Matilde im Salon der alten Opernsängerin Lotti häufig am Klavier, und Angelica saß auf dem Sofa und hörte zu.

Bis Angelica eines Tages Costante kennenlernte. Sie hatte zusammen mit ihrer Mutter einen kleinen, jedoch mit Bedarfsartikeln für Schneiderinnen gut bestückten Laden im Zentrum aufgesucht, in dem bei großem Kundenandrang der erfolgreiche Besitzer, eben besagter Signor Costante, bisweilen persönlich auftauchte. An jenem Tag, an dem Angelica mit ihrer Mutter den Laden betrat, stand er hinter der Kasse. Und während Antonia ihre Wünsche am Ladentisch vortrug, streifte Angelicas Blick über die Schränke mit den beschrifteten Schubfächern hinweg.

Der Mann, eindrucksvoll und rätselhaft in jeder Hinsicht, überragte an Größe Personal wie Kundschaft. Angelica hatte sich vor nicht allzu langer Zeit einen neuen kürzeren Haarschnitt zugelegt und suchte unbewußt nach Bestätigung ihres veränderten Aussehens. Die fand sie bei Signor Costante, der sie aufmerksam musterte. Angelica fühlte sich geschmeichelt, beschränkte sich aber auf einen kurzen Austausch von Höflichkeiten.

In den darauffolgenden Tagen kaufte Angelica im selben Laden Knöpfe für ihre Mutter, und sie wählte dafür jene Stunden, in denen sie den Besitzer anzutreffen hoffte. Auf diese Weise vertiefte sich ihre Bekanntschaft.

Angelica zu erobern war denkbar einfach. Es gefiel ihr, am Arm eines wohlhabenden, gutgekleideten Mannes durch die Galerie zu spazieren; vor allem, wenn sie dabei von Hausnachbarn gesehen wurde.

Eines Nachmittags lud Costante auch Netta zu Campari ein. Er bestellte an der Theke das rote Getränk, das die Mailänder so liebten. Später dann, zu Hause, nahm sich Netta den Hut ab und meinte: »Ist er nicht schon ein bißchen zu alt für dich? Wie alt ist er denn? Achtunddreißig, vierzig?«

»Und ich bin achtundzwanzig, Mama! Glaubst du nicht, es wird Zeit, daß ich mir ernsthaft Gedanken mache? Ich muß sehen, wo ich bleibe, ich habe keine Zeit zu verlieren.«

Ein paar Wochen später luden Antonia und Angelica Costante zum Kaffee in ihre Wohnung ein, die voll war mit Teppichen, Bildern, Silber und Porzellan. Costante war beeindruckt und revanchierte sich mit einer Einladung zum Abendessen bei sich zu Hause. Er wohnte in Santa Marta über der Bäckerei, die, wie es hieß, das beste Brot in der Stadt herstellte. Es wurde nicht gerade ein vergnüglicher Abend.

»Glaubst du wirklich, er ist der Richtige für dich?« forschte Antonia, der der bedrohlich durchdringende Blick von Costantes Mutter, einer älteren, ganz in Schwarz gekleideten Dame, Angst eingejagt hatte.

»Aber was redest du da? Sind es denn nicht vornehme Leute ... Und ist er etwa nicht reich? Und auch ein guter Mensch, ich habe es an Kleinigkeiten gemerkt, er hat dem Krüppel vor dem Dom ein Almosen gegeben ...«

Zu Lottis Hochzeit bot Costante an, Angelica und Antonia in seinem Wagen ins Dorf zu begleiten und entband sie damit der Beschwerlichkeit, in Festtagskleidung mit dem Zug fahren und das letzte Stück Weg zu Fuß zurücklegen zu müssen.

In der Dago-Villa wurde den Gästen ein bescheidener Hochzeitsempfang bereitet – nach Wunsch Adelaides in sehr schlichtem Rahmen, was Francesco, ihrem Ehemann, nur recht war. Denn die Geldmittel waren knapp geworden, und die Seidenspinnerei warf nicht mehr so viel Gewinn ab wie in früheren Zeiten.

In Begleitung ihrer beiden Töchter war auch Ismene gekommen. Seit einiger Zeit lebten auch sie im Dorf. Paolo hatte testamentarisch verfügt, daß seine Villa mit allen Nebengebäuden und dem Park auf seine Schwester Ismene übergehen sollte, die schon wenige Wochen nach dem Tod des Bruders Witwe geworden war und zwei unverheiratete Töchter zu versorgen hatte.

Lotti, die Braut, beeindruckte vor allem durch ihre Anmut. Mit ihrem strahlenden Lächeln, dem klaren Blick ihrer schmal geschnittenen Augen, die gelassene Heiterkeit ausstrahlten, glich sie Raffaels Madonnen. Sie trug ihre mahagonifarbenen Haare nicht so kurz wie Angelica und Matilde, was Marangoni freute. »Für die Bühnenrollen, für Carmen, Violetta oder Aida sind die eigenen langen Haare besser als eine Perücke«, meinte er.

Lottis Zukunft lag für ihn in strahlendem Glanz, als habe sie einen Vertrag als Opernsängerin schon in der Tasche.

In der Kirche fand eine feierliche Trauungszeremonie statt. Der namhafte Sänger Bedesini, ein Freund des Bräutigams, sang das *Panis angelicus* von César Franck, von Matilde am Harmonium begleitet.

Matilde, die nicht ans Heiraten dachte, träumte von einer Karriere als Konzertpianistin, doch sie sollte bereits im darauffolgenden Jahr die nächste sein. Angelica dagegen, die ihre Cousine Lotti beneidete, hätte gern so schnell wie möglich geheiratet. Sie stellte sich vor, wie sie an Costantes Seite durch dieses Kirchenportal schritt.

87

Bei hochoffiziellen Anlässen amüsierte sich Innocente nur wenig, doch die Hochzeit seiner Nichte bot ihm den willkommenen Anlaß, endlich seine Tochter wiederzusehen und ihr nahe zu sein.

Seit ihrem Umzug in die Stadt vor einem Jahr hatte sich Angelica im Dorf nicht blicken lassen. In der ersten Zeit hatte sich Innocente beinahe erleichtert gefühlt, das verdrießliche Gesicht seiner Tochter nicht mehr sehen zu müssen. Aber bald schon überkam ihn ein Gefühl der Leere, das immer häufiger wiederkehrte. In den Nächten, in denen ihn die Hunde im Hof nicht schlafen ließen, gaukelte ihm seine Phantasie Bilder vor: Angelica auf Zehenspitzen hinter Maria am Herd, wie sie die Finger in den Kochtopf tauchte; Angelica an seiner Seite, die am liebsten in die Waben gebissen hätte, während er Honig aus den Bienenstöcken holte. Angelica lachend und ernst, geschwätzig und schweigsam.

Mit der Zeit hatte sich ihre Beziehung dann doch ein bißchen entspannt. Zu den großen Festtagen kamen Antonia und Angelica regelmäßig ins Dorf, und auch Netta besuchte Innocente mittlerweile in der Villa. Doch diese Begegnungen verliefen stets oberflächlich wie die zwischen weitläufigen Bekannten.

Sehnsucht und Groll mischten sich in seinem Herzen, während er im Garten seines Elternhauses der Begegnung mit Angelica entgegenfieberte. Doch im Augenblick ließ er sich von dem Trauzeugen des Bräutigams, einem gewissen Parenti, in ein interessantes Gespräch verwickeln, dem sich Signor Boccioni anschloß, der neue Direktor von Quarantas Weberei. Sympathisch und verantwortungsbewußt hatte dieser sich binnen kurzer Zeit die Achtung und den Respekt der Arbeiterinnen erworben.

Der Commendatore war tatsächlich in die weite Welt aufgebrochen, wie er es angekündigt hatte. Wie sein Abschied von Adelaide verlaufen war, die ihn ein letztes Mal empfangen hatte, erfuhr niemand. Er weilte wohl bereits in Montevideo.

Während sich Innocente also mit Parenti und Boccioni unterhielt, wurde Boccionis Aufmerksamkeit von Ismenes jüngerer Tochter abgelenkt, die in diesem Augenblick über die Wiese ging, den Kopf nach oben gereckt, angezogen vielleicht vom Gesang eines Vögels in den Zweigen des Magnolienbaumes.

Boccioni erkundigte sich nach ihrem Namen und brach darauf in Lachen aus. »Ich habe ein merkwürdiges Laster, denken Sie nur. Mich interessieren ausschließlich junge Damen mit dem Namen Rosa. Nicht, daß ich viele Beziehungen gehabt hätte. Aber meine beiden bisherigen Verlobten hießen auch so.«

Die anderen sahen sich an, überzeugt, daß er einen Scherz machte. Doch die nachfolgenden Ereignisse zeigten, daß dem nicht so war. Boccioni lernte Rosa kennen und erwarb sich Ismenes Wohlwollen. Und nach einem Jahr wurde er Rosas Bräutigam.

Plötzlich entdeckte Innocente Angelica, die im Begriff war, sich von Tante und Cousine zu verabschieden und mit Matilde wegzugehen. Innocente lief ihr auf die Piazza nach. »Weshalb habt ihr es denn so eilig? Angelica, du wolltest gehen, ohne mich zu begrüßen?«

Er war bemüht, sich seine Enttäuschung nicht anmerken zu lassen.

»Du warst doch so ins Gespräch vertieft, Papa. Und ein Signore hat uns in seinem Wagen hierhergefahren. Ich wollte nicht, daß er ungeduldig wird, er wartet bei Signora Luigina auf uns …«

»Oh, gut.« Innocente ließ sich nicht aus der Fassung bringen. »Dann verbringen wir doch den schönen Nachmittag bei mir. Ich zeige dem Signore unser Haus …«

Angelica zögerte, konnte jedoch dem Willen des Vaters nichts entgegensetzen. Costante schien richtiggehend erleichtert, sich der etwas aufdringlichen Liebenswürdigkeit Luiginas auf diese Weise entziehen zu können.

Innocente ärgerte sich über den provozierenden Blick Costantes. Er sah in ihm den typischen Vertreter des verhaßten Großstadtdünkels, einen wichtigtuerischen ›Städter‹, der glaubte, etwas Besseres zu sein als der einfache Landmensch.

Und in ihm wuchs der Wunsch, Costante einen Denkzettel zu verpassen. Er schwieg, während sie zur Villa gingen. Battistina und Netta, die sie unterwegs getroffen hatten, schlossen sich ihnen an. Als sie später auf den Korbstühlen saßen, seufzte Innocente: »Immer wenn ich hier im Garten bin, fühle ich mich wie neugeboren … Diese Luft! Nicht zu vergleichen mit der Stadt, nicht wahr?«

Antonia beugte sich über ihre Kaffeetasse und lächelte wohlwollend und verständnisvoll. Angelica warf Costante, der dem Hausherrn kaum Gehör zu schenken schien, einen verstohlen ängstlichen Blick zu.

»Aber was haben Sie denn, *sciùr* Costante? So eine verdrießliche Miene?« Innocente brach in schallendes Gelächter aus. »Seien Sie doch ehrlich, es ärgert Sie zu sehen, wie schön es hier auf dem Land ist, in unseren Villen. Selbst die reichsten Mailänder verfügen nicht über derartiges. Und erst das Stadtzentrum! Dieses Getöse! Der Lärm, der Gestank auf den Straßen ... Gott bewahre uns davor!«

Costantes Miene versteinerte, er legte die Stirn noch mehr in Falten. Er schüttelte den Kopf und lehnte den Kaffee, den ihm Angelica anbot, dankend ab – dieses Gebräu, dachte er. »Ich fühle mich wohl in Mailand«, sagte er schließlich, »... in Santa Marta, wo ich wohne. Die Luft dort ist ausgezeichnet, und meine Mutter und ich erfreuen uns bester Gesundheit.« Costante verweilte mit kritischem Blick auf den Zitronenbäumchen, den Rosenbüschen und den gepflegten Wegen. »Sie haben es wohl verstanden, den Außenraum ... den Außenraum ihres Hauses zu gestalten.«

Als wolle er damit sagen, daß die Innenräume abscheulich sind, dachte Innocente verärgert. Und laut sagte er: »Vielen Dank; dieser Garten ist mein ganzer Stolz ... nach Angelica selbstverständlich. Aber womöglich gefallen Ihnen die Möbel in meinem Haus nicht? Einige davon sind ziemlich wertvoll, wissen Sie. Ich habe sie von meinen Vorfahren ererbt, der Sekretär beispielsweise, den ich Ihnen eben gezeigt habe ... Denn wir sind keine Neureichen. Keiner von uns ist Krämer von Beruf ...«

Wie von der Tarantel gestochen, fuhr Costante auf: »Krämer? Unser Beruf ist ein Eliteberuf. Die neue Aristokratie besteht aus Unternehmern und Kaufleuten; aus hochgebildeten Leuten und nicht aus ungehobelten Grundbesitzern, die der Nation keinen Nutzen bringen und von morgens bis abends Müßiggang treiben ...«

»Wie? Ich bin der Bürgermeister! Der Bürgermeister dieses Dorfes, mein Lieber! Von Müßiggang kann keine Rede sein. Das ist eine ernsthafte Tätigkeit, ich verkaufe keine Nähspulen an Schneiderinnen ...«

Bestürzt durch den gereizten Ton, in dem die Männer miteinander sprachen, sah sich Angelica hilfesuchend um. Die beiden mochten sich nicht leiden, das war mit Händen zu greifen. Lucina hatte Angelicas Blick verstanden und war bemüht, die Dinge wieder ins rechte Lot zu bringen.

Costante zündete sich eine Zigarette an, Innocente hatte sich die Jacke ausgezogen und saß jetzt hemdsärmelig da.

»Ich habe Giorgino gesehen«, sagte Antonietta, an Angelica gewandt, warf jedoch Innocente aus den Augenwinkeln einen maliziösen Blick zu. »Ein hübscher, lebhafter Kerl. Mit seinen schönen Haaren und hellen Augen ...«

Innocente tat, als ginge ihn das nichts an, doch er las aus Antonias Blick, daß sie alles wußte und ihm dies hiermit zu verstehen gab.

»Ich komme!« rief Angelica auf die wiederholte Aufforderung Matildes, die auf den kleinen Hügel im Garten zustrebte. »Ich bitte um Entschuldigung«, sagte sie und drehte sich mit graziöser Eleganz um, glücklich, sich der gespannten Atmosphäre entziehen zu können.

Vielleicht war es nicht auf den verunglückten Nachmittag bei Innocente zurückzuführen, aber seit jenem Tag suchte Costante immer seltener die Nähe Angelicas. Zunächst bemühte sie sich, alle ihre weiblichen Reize ins Spiel zu bringen, aber sie glaubte selbst nicht an den Erfolg. Ihr fehlte das Vertrauen in ihre geistigen Waffen – das Wichtigste bei einem Mann wie Costante –, und bedachte sie es genauer, so war sie nur halbherzig bereit, mit diesem Mann und seiner Mutter zu leben.

Schon nach wenigen Monaten sahen sie sich nicht mehr. Obwohl sich ihr Schmerz in Grenzen hielt und sie in diesen Mann, der ihr so oft Angst eingejagt hatte, durchaus nicht verliebt gewesen war, wuchs ihr Groll auf Innocente, auf dessen Unterstützung in Herzensangelegenheiten sie nie hatte zählen können, der im Gegenteil ihre bescheidenen, emotionalen und legitimen Wünsche als Frau mit Füßen trat und mißachtete.

88

Wirklich ein unsympathischer Kerl, dieser Pasquale! Oder heißt er Costante? Er bildet sich ein, etwas Besonderes zu sein … Und zu Angelica paßt er auch äußerlich überhaupt nicht: er ist groß und sie klein … Hab ich nicht recht, Maria?«

Nachdem die Gäste gegangen waren, war Innocente ans Bett der Kranken geeilt, um ihr sein Herz auszuschütten. Aber Maria vermochte ihn nicht zu trösten.

»Wie schön war es«, seufzte sie, »als Angelica noch hier lebte! Und jetzt muß ich sterben, ohne sie jemals wiederzusehen …«

In seinem Zimmer blickte Innocente aus dem Fenster. Das frisch gemähte Gras verströmte einen würzigen Duft. Gerade stieg strahlend der Mond auf und erhellte die Wiese mit seinem Glanz. Mit dem Blick suchte er den Käfig des Käuzchens zwischen den Lorbeerbäumen. In der warmen Jahreszeit ließ Bastiano den Vogel gewöhnlich draußen.

Doch auch Sandrones Tage waren gezählt. Und Maria … der Gedanke, daß sie bald sterben würde, zerriß ihm das Herz. Um seine Verzweiflung zu mildern, rief er sich das Bild Antonias ins Gedächtnis, wie er sie vom vergangenen Nachmittag in Erinnerung hatte: eine nicht mehr ganz junge Frau, der jedoch die Zeit nichts hatte anhaben können.

Und er, ein Volltrottel, hatte sich die Gelegenheit entgehen lassen. Zornig klappte Innocente die Fensterläden zu. Er hörte Bastiano nach dem Hund rufen. Amabile, seine zukünftige Frau, dachte Innocente, wird hier im Haus an die Stelle Marias treten. Diese Vorstellung erschien ihm unerträglich! Inzwischen hatte er sich das Nachthemd übergestreift. Im Bett liegend, dachte er an Netta und an die körperlichen Vorzüge seiner alten Liebe. Plötzlich durchfuhr ihn ein Gedanke wie ein Blitz: »Und wenn wir schließlich doch heiraten würden?«

Wie vom Donner gerührt, blieb Antonia an der Haustür stehen. Tosoni lächelte: »Lassen Sie mich denn nicht herein, liebe Signora Netta?«

Innocente hatte Tosoni beauftragt, das Terrain zu sondieren, und so hatte sich dieser eines schwülheißen Nachmittags Anfang Juli zu Antonia aufgemacht.

Er trank einen Kaffee und ein Gläschen Rosolio-Likör und kam rasch auf sein Anliegen zu sprechen. »Wir sind keine Kinder mehr«, begann er – eine Binsenweisheit, die Antonia schmunzeln ließ –, »... und können daher offen reden. Innocente hat mich geschickt, da er meinte, es sei so für Sie weniger peinlich, ein derart heikles Thema zu erörtern ...«

Innocente habe keineswegs gesundheitliche Probleme, betonte er, vielmehr leide er unter Einsamkeit. Und obwohl ihn sein Bürgermeisteramt fordere, sehne er sich nach gefühlsmäßiger Wärme, die ihm fehle, seit Angelica ihn verlassen habe. Und deshalb ... hier formulierte Tosoni tapfer und feierlich den Heiratsantrag, wie es ihm Innocente aufgetragen hatte. Äußerlich blieb er ruhig und gelassen, doch sein Herz bebte, als er Antonias leichenblasses Gesicht sah.

Antonia hatte nicht vorhergesehen, worauf Tosoni mit seinen Ausführungen hinauswollte, und jetzt war sie unfähig, ein Wort herauszubringen.

»Nun?« drängte Tosoni nach einer Weile. »Soll ich ihm sagen, Sie wollen es sich überlegen? Das wäre nicht mehr als recht und billig. Ich komme wieder, wenn Sie wollen, meine liebe Netta; und ich wünschte mir so sehr ...«

Antonia ließ ihn nicht ausreden. »Nein, nein! Warten Sie einen Augenblick ... Oder haben Sie es sehr eilig? Haben Sie einen Augenblick Geduld!«

Wie betäubt ging sie ein paar Schritte auf und ab. Nun also, dachte sie, jetzt habe ich noch einmal die Gelegenheit, die ich in jenem Sommer versäumt habe. Seit jenem Tag waren fünfzehn Jahre vergangen, und tausend Dinge waren geschehen. Doch nichts davon war einschneidender gewesen als ihr Umzug in die Stadt.

Antonia stellte sich die Villa vor, sie stellte sich vor, wie sie mit der Handpumpe Wasser aus dem Brunnen schöpfte, wie sie abends die Öllampen anzündete, im Winter den Bettwärmer ins Bett legte. Und Angelica? Ihre oberste Sorge mußte ihrer Tochter gelten. Ob sie allein weiter in der Stadt würde leben wollen? Diese Vorstellung zerriß Antonia das Herz. Der Schmerz, sich von ihr trennen zu müssen, wurde durch nichts aufgewogen, auch nicht durch die Genugtuung, als Herrin in die Villa einzuziehen. Doch das war der größte Reiz dieses Angebots: es den Leuten im Dorf zu zeigen, über Adelaide den Sieg davonzutragen und ihr gleichgestellt zu sein. Am Arm des Bürgermeisters die Messe zu besuchen und in der Kutsche zum Einkaufen in die Stadt zu fahren. Denn von Liebe im eigentlichen Sinn konnte jetzt keine Rede mehr sein. Ihn umsorgen und sich um sein leibliches Wohl zu kümmern, ihn zu pflegen, wenn er krank wurde; ihn vielleicht füttern zu müssen, wie sie einst ihre Mutter Ersilia gefüttert hatte … ihm die Schuhe auszuziehen, ihn zu waschen …

Schließlich setzte sich Netta dem geduldig abwartenden Tosoni gegenüber an den Tisch. Sie steckte sich eine Haarnadel zurecht und sah ihn entschlossen an, während sie nach der richtigen Formulierung suchte. Doch dann kamen nur zwei Worte aus ihrem Mund, hart wie Gewehrschüsse: »Zu spät.«

89

Im Jahr 1923 waren die Denkmäler zur Erinnerung an den Krieg endlich fertig: eine Votivkapelle mit einem kleinen Gedenkpark und eine Marienstatue, die in einer Nische neben dem Altar in der Kirche aufgestellt wurde.

Neben zahlreichen Kriegsveteranen wurden zu den Einweihungsfeierlichkeiten hochrangige Vertreter des Militärs, Prälaten, Pfarrer aus den umliegenden Gemeinden, Bürgermeister und Stadträte erwartet. Innocente hatte auf Gemeindekosten bei Luigina ein festliches Mittagsmahl bestellt. Und da es zu dieser Jahreszeit noch ziemlich kühl war, hatte er sich für eine Cassoela entschieden, einen deftigen Eintopf aus Gemüse und Schweinefleisch, Schweinsfüßen, -schwarte und -würsten.

Die Frauen kehrten schon aus der Frühmesse zurück, als Luigina die Schweinerippchen in die riesige Pfanne legte, in der die feingeschnittenen Zwiebeln in Butter und Griebenschmalz bereits brutzelten. Sie warf der Katze einen Klumpen Fleisch hin. Aus dem kleinen Saal neben der Veranda klangen Matildes Klavierakkorde herüber. Luigina freute sich, sie als Gast bei sich zu haben: »Meine Nichte Matilde: Klavierlehrerin und diplomierte Solistin!« pflegte sie sie vorzustellen. Sie liebte das Mädchen, die Quecksilber im Leib zu haben schien, sie liebte ihre Zwanglosigkeit und natürliche Fröhlichkeit. Und mit diesen Klavierklängen, den schwierigen Stücken, die wie Wassertropfen dahinperlten, verlieh sie dem Lokal eine ganz eigene Atmosphäre.

»Du bist ja schon auf, Matilde!«

»Aber ja! Bei diesen Wohlgerüchen, Tante Gina!«

Luigina fügte die kleingeschnittene Schwarte hinzu, Schweineschwänzchen und -ohren, zwei Tassen Brühe, ein paar Lorbeerblätter, Salz und Pfeffer. In einem anderen Topf kochte sie die Würste und die Schweinsfüße, dann seihte sie den Wirsing ab; eine halbe Stunde, bevor das Fleisch fertig gekocht war, würde sie ihn der Cassoela hinzufügen.

»Muskatnuß, Nelken und sonstige Gewürze haben in meiner Cassoela nichts zu suchen!« pflegte sie zu sagen. Und das Resultat gab ihr recht.

In diesem Augenblick stürmte eines der Kinder herein, die bereits seit dem frühen Morgen die Ankunft der seltenen Gäste erwarteten.

»Das Auto! Das Auto!« rief es.

»Bravo, Felice! Da, nimm!« Luigina belohnte den Kleinen mit ein paar Pfefferminzbonbons.

Bisher hatte man im Dorf noch kaum ein Auto gesehen, und viele glaubten, diese Fahrzeuge ohne Pferdegespann würden von Zauberhand in Bewegung gesetzt.

Luigina trat vor die Tür. »Ist das nicht wunderbar,

Felice? Siehst du, da sitzt ein Signore drin, der dreht das Rad und lenkt so den Wagen dahin, wo er will.«

Dem Wagen entstieg ein blasser feiner Herr in fürstlicher Uniform, vor dem sich Innocente, die Bürgermeisterschärpe umgebunden, tief verneigte. Umberto, die Kochmütze auf dem Kopf, von der er sich nicht einmal nachts trennte, meinte: »Das ist der Herzog von Pistoia.«

Trauben von Menschen verfolgten am Straßenrand, an den Fenstern und an der Haustür ehrfurchtsvoll und mit offenem Mund jede Bewegung seiner königlichen Hoheit. Auch ein Prälat in violettem Gewand stieg aus, dem Don Luigi und die anderen den Ring küßten.

Luigina bedauerte, bei der feierlichen Zeremonie nicht dabeisein zu können.

Adelaide, ganz in Schwarz gekleidet und tief verschleiert wie beim Begräbnis ihres erstgeborenen Sohnes, nahm zusammen mit den anderen Müttern an der Einweihungszeremonie teil. In den seither vergangenen fünf Jahren hatte sie sich sehr verändert. Sie beugte sich zu den Frauen neben sich, denen Tränen über die sonnenverbrannten Wangen liefen, versunken in den gemeinsamen Schmerz, der sie alle gleich machte.

Damals, nachdem ihr Sohn Giovanni Carlo zu Grabe getragen worden war, hatte sie zu Gott gebetet, auch ihr Leben möge zu Ende gehen. Aber die Vorsehung hatte es anders gewollt.

Als sie eines Morgens auf dem Bett der längst verstorbenen Schwiegermutter saß, öffnete sie die Schublade des Nachtkästchens. Santinas Trost- und Gebetbüchlein fiel ihr in die Hände. Beim Blättern fand sie die Seite, in der einer Mutter, die ihren Sohn verloren hatte, geraten wurde, den eigenen Schmerz zu vergessen und sich anderen Menschen zu widmen. Ja, sie mußte sich selbst vergessen und gute Werke tun.

Ihr Schwager war ihr bei der Realisierung dieses Vorhabens eine große Hilfe. In seiner Eigenschaft als Bürgermeister trug sich Innocente seit langem mit dem Plan, ein heliotherapeutisches Kinderheim und einen Kindergarten einzurichten. Adelaide tat alles, was in ihren Kräften stand, dieses Vorhaben in die Tat umzusetzen. Bald war sie im Dorf eine vertraute, ja beliebte Erscheinung, obgleich sie nach wie vor eine Fremde blieb – eben die Padrona der Seidenspinnerei, die früher ihrem Ehemann Hörner aufgesetzt hatte. Doch Innocente schätzte und achtete sie zunehmend. Und Francesco seinerseits war geradezu stolz auf sie.

Wie die anderen Frauen, so trocknete sich auch Adelaide an jenem Maitag des Jahres 1923 vor der zu Ehren der Kriegsgefallenen errichteten Kapelle die Tränen. Die Soldaten salutierten, und die Kleinsten klatschten in die Hände. Doch die schmerzliche Erinnerung trat schließlich zugunsten der glanzvoll-feierlichen Zeremonie der Veranstaltung in den Hintergrund.

»Sie kommen! Sie kommen!« rief Felice und stürmte über den Platz. Luigina band sich die Schürze ab. »Bambina«, befahl sie, »du paßt auf, daß der Eintopf nicht anbrennt. Ich gehe kurz hinüber in die Kirche, nur für einen Augenblick. Und du achtest auf das Essen, ja!«

Innocente hatte sich nie so glänzend gefühlt wie an jenem Tag. Er stand in einem Grüppchen zusammen mit dem Gemeindesekretär, mit Pedretti, der inzwischen Stadtrat geworden war, dem Bezirksarzt, mit Francesco und Marangoni. Während er den Blick über die Dorfbewohner schweifen ließ, erfüllte ihn ein väterliches Gefühl, die Gewißheit, jeden einzelnen von ihnen an der Hand zu nehmen und auf den rechten Weg führen zu können – bis auf ein paar wenige Ausnahmen: Pietro, den ›Federterra‹ und Pino Raupenfresser, die in einem Raum neben Pietros Schmiedewerkstatt den sozialistischen Zirkel gegründet hatten.

Jedenfalls empfing Innocente an jenem Maitag mit glühender Inbrunst die Eucharistie. Nach der Messe fand noch eine andere Zeremonie statt, die ihm ganz besonders am Herzen lag: die Eröffnung der Ortszentrale der Faschistischen Partei.

Er hatte der Partei einen Raum in seiner Villa zur Verfügung gestellt und dafür in die Hausfassade eigens einen Eingang zur Straße hin schlagen lassen. Die Harmonie der Hausfassade wurde dadurch zwar etwas gestört, aber diese Lösung war von praktischem Nutzen. An der Mauer prangte ein Konterfei Mussolinis und daneben ein vergrößertes Photo von Giovanni Carlo Dago, nach dem das Büro benannt worden war.

Don Luigi segnete die Parteisymbole, machte der Menge ein Zeichen zu schweigen und begann zu sprechen: »Ich freue mich über die Einladung, Fahne und Standarte der faschistischen Ortspartei einzuweihen, getreu dem alten römischen Spruch: *ab Jove principium,* mit Gott fängt alles an. Der Segen Gottes läßt die Völker, die Gemeinwesen, die Familien und alle Unternehmungen gedeihen. Das habt ihr verstanden, so wie es auch der erhabene Duce des Faschismus und Regierungschef Benito Mussolini verstanden hat. Meine Lieben, was bedeuten Fahne und Standarte? Diese Banner stehen für Religion und Vaterland, für Ordnung, Disziplin, Arbeit und Gerechtigkeit, für Frieden und Freiheit.« Dann erfolgte die feierliche Einweihung, und die lobenden Worte, die Don Luigi für den Faschismus gefunden hatte, blieben nicht ohne Eindruck bei der Dorfbevölkerung.

Stolzgeschwellt schmetterte zum Abschluß der von Battistina geleitete Schülerchor Puccinis *Sole che sorgi.*

Die Gäste nahmen an der langen, festlich gedeckten Tafel Platz, und Luigina ließ das Essen auftragen. Stolz trugen Umberto und das Mädchen riesige ovale Platten herein: dampfenden, fein gewürzten Wirsing und das gekochte Fleisch. Da Luigina eine schlichte Polenta allzu gewöhnlich und ärmlich erschien, reichte sie knuspriges Weißbrot dazu, das die Nacht zuvor eigens im Dorfofen gebacken worden war: für die Städter ein alltäglicher Genuß, für die Dorfbewohner eine ganz besondere Köstlichkeit.

»Schade, daß der Herzog nicht geblieben ist! Etwas so Feines hat er bestimmt noch nie gegessen«, meinte Don Luigi.

»Liebe Freunde, hochverehrte Gäste!« rief Marangoni und hob sein Glas. »Gestatten Sie mir, an diesem großen offiziellen Tag an ein ganz privates, persönliches Ereignis zu erinnern, an das offizielle Bühnendebüt meiner Frau als Opernsängerin … Sie sang die Gilda aus dem *Rigoletto* an der Oper in Cremona.« Er warf Lotti einen zärtlichen Blick zu. Sie zupfte ihn an der Jacke und errötete. »Später«, fuhr Marangoni fort, »wird sie Ihnen etwas vorsingen; aber erst, nachdem diesem ausgezeichneten Mahl gebührend zugesprochen worden ist …«

»Es war bestimmt ein großer Erfolg«, warf der anwesende Journalist ein.

»O ja«, nickte Adelaide. »Wir waren auch dabei, ihr Vater und ich; das Publikum tobte, und drei Zugaben wurden gespielt …«

»Don Luigi«, versuchte Innocente das Gespräch auf einen anderen Gegenstand zu lenken, »Ihre Ansprache bei der Einweihung des Parteibüros war … großartig, glauben Sie mir!«

»Hören Sie auf, um Himmels willen«, wehrte Don Luigi ab. »Aber ich muß sagen«, fuhr er fort, »meine anfängliche Skepsis hat sich gelegt … obgleich … gewisse Vorfälle …«

»Sie meinen doch nicht etwa die Vorfälle im Klub?« fragte Innocente. »In einem Nachbardorf, wissen Sie«, wandte er sich an den Journalisten. »Ein Lausbubenstreich, mehr nicht. Vier junge Burschen haben Krawall geschlagen und den Roten ein bißchen eingeheizt …«

»Ein Werk der Verwüstung«, erwiderte Don Luigi streng, »so etwas tut man nicht … und es geschieht – oder geschah – allzu oft!«

Eine lebhafte Diskussion entwickelte sich. Doch am meisten interessierte die Tischgäste *er*, der Duce, selbst.

»Die Kollegen bei der Zeitung«, meinte nachdenklich der junge Journalist, »erzählen sich, daß er in Forlimpopoli, wo er das von Carduccis Bruder geleitete Internat besuchte, schon mit fünfzehn die Werke vieler Dichter auswendig hersagen konnte, vor allem die Werke Giosuè Carduccis. Und daß er in einem Alter, in dem man für gewöhnlich die

Abenteuergeschichten von Jules Verne liest, sich mit den Schriften von Cafiero, der Geschichte der Pariser Kommune, mit Zolas und Gorkis naturalistischen Romanen und mit Ardigòs *Positivistischer Moral* beschäftigt hat ...«

»Stimmt genau«, nickte der Parteiabgeordnete. »Einer, der ihn schon als ganz jungen Mann in der Romagna kannte, hat mir erzählt, daß er geradezu ein Phänomen war. Mager, mit glühendem Blick, stahl er sich abends aus dem Internat fort, um Versammlungen in den Schenken abzuhalten. Sie nannten ihn ›den Verrückten‹, aber im bewundernden Sinn. Denn er beging jede Menge Verrücktheiten. Einmal stieg er auf einen einsturzgefährdeten Turm hinauf, um dort ungestört lesen zu können ... Er mißachtete jegliche Autorität, schon immer. Als der berühmte Carducci das Internat besuchte, grub er im Garten die Erde um, obwohl er ein leidenschaftlicher Carduccianer war. Als er in die Klasse gerufen wurde, weil auch Carducci diesen ungewöhnlichen Knaben kennenlernen wollte, war er verschwitzt, ungekämmt, verdreckt, und hatte eine finstere, trotzige Miene. Ich weiß nicht, ob es wahr ist, aber Carducci soll gesagt haben: ›Ich habe das Gefühl, daß dieser junge Mann Italien noch viel Gutes bringen wird!‹«

»Tatsächlich?« Lotti riß die Augen auf. »Solche Vorahnungen hatte Carducci?«

»Ich weiß nicht, meine liebe Signora«, lächelte der Parteiabgeordnete. »Mit solchen Dingen kenne ich mich nicht aus. Interessieren Sie sich etwa dafür?«

»O ja, Lotti besitzt hellseherische Fähigkeiten«, mischte sich Adelaide ein und kam damit der Tochter zuvor. »Schon als Kind sah sie zukünftige Ereignisse voraus. Wenn es sich um etwas Unangenehmes handelte, verschwieg sie es. Ich erinnere mich, daß sie mir einmal sagte, eine unserer Spinnerinnen würde von einer Wespe gestochen werden. Ich lief hinüber in die Spinnerei, und tatsächlich, die Wespe saß schon an ihrem Hals ...«

»Lassen wir das!« unterbrach Marangoni verdrossen. »Meine Frau hat weiß Gott andere Qualitäten!«

»Um auf uns zurückzukommen, Bürgermeister Dago«,

wandte sich der Parteiabgeordnete an Innocente, »sagen Sie mir doch, wie Sie in dieser Gegend den Weizenanbau zu fördern gedenken. Sie wissen ja, wie sehr ihm das am Herzen liegt. Und noch etwas möchte ich Sie fragen: Welches Bild vom Führer machen sich eigentlich diese …« – ›Bauernlümmel‹ lag ihm auf der Zunge, aber er beeilte sich weiterzusprechen –, »… diese tüchtigen Leute hier? Denn leider kann die Masse der Bauern immer noch kaum lesen und schreiben schon gar nicht … und der Kampf gegen den Analphabetismus ist noch lange nicht zu Ende. Nun, ich meine, es ist denen aufgetragen, die Macht und Bildung besitzen – also den Bürgermeistern, den Sekretären, den Lehrern –, das Bild des Führers in den Köpfen der Menschen zu prägen; *ihn* lebendig werden zu lassen, damit er geliebt, aber auch ein bißchen gefürchtet und verehrt wird; vor allem aber, damit man ihm folgt und sich für ihn aufopfert …«

Innocente war von diesem überraschenden Redefluß des Parteiabgeordneten nicht wenig überrascht. Allmählich ging ihm dieser Mensch auf die Nerven. »Hier bei uns«, entgegnete er und sah ihn mit einem durchdringenden Blick an, »ist der Analphabetismus kein Problem mehr. Wir haben hier seit zwanzig Jahren eine Lehrerin, die sich intensiv um die Schüler kümmert …«

»Aber es gibt doch immer noch eine Menge Analphabeten, lieber Cént«, mischte sich Pedretti unpassenderweise ein. »Nehmen wir das Gut Martinella; hier leben zehn Familien, die jede Menge Kinder in die Welt setzen. Der Schulbesuch ist in ihren Augen Zeitverschwendung. Der Pächter, der Halbpächter und der Padrone – sie müssen lesen und schreiben können, denn sie verfolgen die Entwicklung der Preise, müssen die neuen Verordnungen kennen, die Steuern … Aber die Lohnarbeiter schließen mündliche Verträge per Handschlag ab. Die Zeichen der Erde, ja, die können sie gut lesen: mit den Augen, der Nase, den Ohren. Sie lesen die Wolken, die Zeichen der Morgen- und der Abenddämmerung …«

»Auch sie werden es lernen, die geschriebenen Worte zu lesen«, sagte Innocente, »denn sie haben das Beispiel der

Halbpächter vor Augen, die schneller von Begriff sind als die Grundbesitzer. Und die Halbpächter wissen, wie wichtig es ist, ihre Kinder in die Schule zu schicken, auch wenn ihre Häuser weit außerhalb des Dorfes liegen. Sie lassen sich nicht erst durch die Gendarmen zwingen …«

»Haben Sie nur keine Zweifel am Erfolg der Weizenkampagne«, unterbrach ihn Pedretti, an den Parteiabgeordneten gewandt. »Wir Grundbesitzer, nicht wahr, Dago, unterstützen die Direktiven des Faschismus.«

»Wie es sich auch gehört«, rief der Parteiabgeordnete zufrieden aus. »Der Führer versäumt keine Gelegenheit, die Bauernschaft zu loben, bei der der Faschismus so gut Fuß gefaßt hat. Die Stadtmenschen sind eher zerstreut und abgelenkt und lassen sich allzu oft von bolschewistischen Utopien betören. Aber deren Ende ist gekommen! Hättet ihr, wie ich, vergangenen Oktober die dicht gedrängte Menschenmenge vor dem Quirinalspalast gesehen! Und *er*, an der Spitze der Schwarzhemden. Der König zeigte sich auf dem Balkon und grüßte mit erhobenem Arm nach rechts und links. Großartig, wirklich großartig!«

»Sie wissen«, entfuhr es Innocente, »daß auch ein junger Mann aus dieser Gegend beim Marsch auf Rom gefallen ist?«

Er biß sich auf die Zunge und hoffte, daß der Parteifunktionär nicht nach genaueren Einzelheiten fragte; denn der junge Bursche war unweit Orvieto aus dem Zug gefallen, weil sich unglücklicherweise eine Wagentür geöffnet hatte.

»Das waren denkwürdige Tage«, fuhr der Parteiabgeordnete fort. »Ich werde nie vergessen, wie er an uns vorbeigegangen ist, ganz in Schwarz gekleidet, mit Stehkragen, Krawatte und weißen Manschetten. Eindrucksvoll, ein echtes altrömisches Gesicht … Was ich sagen will, mein lieber Dago: Die Leute müssen ihn kennenlernen, seine überragende Persönlichkeit schätzen lernen, sein Bildnis …«

»Ach ja, sein Bildnis«, erwiderte Innocente zögernd. »Darüber muß ich mir noch Gedanken machen. Aber seien Sie unbesorgt: In der Parteizentrale und auch außerhalb werden wir alles gebührend erläutern. Mit dem Gemeindesekretär habe ich besprochen, am Samstag, am faschistischen Samstag, Übungskurse abzuhalten und all jene dazu aufrufen, die das entsprechende Alter haben ...«

»Sie kennen ja die Vorschriften«, erwiderte der Parteiabgeordnete. »Wenn einer einmal fehlt, bekommt er einen Tadel, beim zweitenmal muß er eine Geldstrafe bezahlen. Bei mehr als dreimal sind ein bis zwei Tage Haft vorgesehen.«

»Nur das mit dem Bildnis leuchtet mir nur schwer ein. Bei Bildnis denken wir an die Darstellungen von Jesus, Maria und den Heiligen. Unsere Leute sind doch keine Heiden, die einen Menschen anbeten!«

»Aber was reden Sie denn da! Es geht doch nicht um Religion! Um Anbetung und Kult! Davon kann keine Rede sein. Es geht darum, einen Menschen in seiner Ganzheit und Vollständigkeit kennenzulernen, denn kennen bedeutet lieben, respektieren und – falls nötig – auch fürchten.«

»Das gleiche lehrt auch der Katechismus«, wandte Innocente zweifelnd ein. »Gott kennen, ihn lieben und ihm dienen ... Was ich sagen wollte, ist dies: Es gibt nur einen Glauben. Manche Ideen verwirren die Leute nur.«

»Ich habe größte Hochachtung für die örtlichen Traditionen«, beeilte sich der Parteiabgeordnete zu versichern.

»Traditionen?« brauste Don Luigi auf. »Hier geht es um Glauben, nicht um Traditionen. Geben wir dem Kaiser, was des Kaisers ist, und Gott, was Gottes ist. Einen Bauern, der nicht an Gott glaubt, werden Sie schwerlich finden.«

Der Parteifunktionär kehrte zu seinem Lieblingsthema zurück: »Hier ist jetzt alles ruhig, nicht wahr? Gut, gut! Die Roten mit ihren Forderungen sind verstummt, nicht wahr? Das stärkt mein Vertrauen darauf, daß diese guten Leute, das ganze große italienische Volk unter der göttlichen und der politischen Führung besser, zivilisierter und fortschrittlicher wird; und bald mit den anderen Ländern Europas auf einer Stufe steht.«

»Aber hören Sie«, brummte Innocente. »Zivilisierter, fortschrittlicher ... wir sind doch keine Beduinen! Wilde, denen man die Zivilisation beizubringen hätte!«

Lärm draußen auf der Straße lenkte die allgemeine Aufmerksamkeit ab; aus einer Kalesche, die vor dem Gasthaus mit einem Ruck zum Stehen gekommen war, stieg ein gut gekleideter junger Mann. Matilde riß die Augen auf: »Giacomo!«

Der junge Mann blieb auf der Türschwelle stehen und blickte verblüfft um sich. Doch rasch hatte er seine Unbefangenheit wiedergewonnen, und, an Matilde gewandt, sagte er: »Matilde, weißt du noch? Ich hatte doch versprochen ...«

»Tante Luigina, das ist der Herr, von dem ich dir erzählt hatte; ich habe ihn im *Gamba de lègn* kennengelernt: Giacomo Ciani«, brachte Matilde zaghaft schüchtern hervor.

»Sehr erfreut, Vertreter für orientalische und nichtorientalische Teppiche«, sagte lächelnd der junge Mann. »Ich möchte Matilde zu einem Ausflug an den Fluß einladen ... mit meinen Freunden da draußen in der Kalesche. Es ist ein wunderbarer Tag, darf ich also hoffen, Signora?«

»Auf gar keinen Fall«, erwiderte Luigina entschieden und wandte sich zur Bestätigung an die Tischgäste: »Ein solches Ansinnen an ein junges Mädchen, das mir zur Betreuung anvertraut worden ist ...«

»Aber wir leben doch im Jahr 1923!« rief ungeduldig der Parteifunktionär aus, der sich eben anschickte zu gehen. »Was sollte ihr denn passieren?«

»Daran sieht man«, gab Luigina trocken zurück, »daß Sie keine Töchter haben.«

Es folgte eine leidenschaftliche Diskussion über das Für und Wider gewisser von den jungen Mädchen beanspruchter Freiheiten. Matilde war verschwunden und kam mit Ornella, Eros' Schwester, an der Hand zurück, einem sechzehnjährigen Mädchen mit kastanienbraunem Haar.

»Ich habe ihre Mutter gefragt, ob sie mitkommen darf«, sagte sie hoffnungsvoll. »Nur ein, zwei Stündchen, nicht wahr, Signor Giacomo?«

»Ich verspreche, ich schwöre es. Ich werde die beiden noch vor Sonnenuntergang gesund und unversehrt zurückbringen.«

Nach und nach verabschiedeten sich die Gäste. »Bravo, das Essen war ausgezeichnet! Daran werden sich alle noch lange erinnern«, sagte Innocente zu Luigina.

Und er tätschelte ihr unbefangen den Hintern, was sie ihm nicht übelnahm.

90

Etwas müde von der schweren Cassoela verließ Innocente die Trattoria und machte sich auf den Weg zu dem Haus, in dem einst Antonia gewohnt hatte und das jetzt Natalina und ihrer Familie gehörte. Seine Besuche dort waren ihm ein tägliches Bedürfnis geworden.

Es war die Einsamkeit gewesen, die ihn veranlaßt hatte, sich so überstürzt Antonia zu nähern. Auf ihr schroffes Nein auf seinen Heiratsantrag hin hatte Innocente nach einer anderen Abhilfe suchen müssen. Angelica ließ sich nicht öfter als ein-, zweimal im Jahr bei ihm blicken, und nach Marias Tod ertrug er in seinem Haus nur schwer die ewig schlurfende, unansehnliche Frau Bastianos, ihre grobe Art sowie den Geruch nach Knoblauch und gegorener Milch, der das Haus durchzog. Das zerrte an seinen Nerven und verursachte ihm geradezu körperliche Übelkeit. So hatte er es sich zur Gewohnheit gemacht, nach Feierabend im Rathaus noch bei Domenico vorbeizuschauen.

Er trat ein, ohne zu klopfen, das Tor stand offen wie immer. Giorgino, der immer noch beleidigt war, weil Innocente ihn nicht mit ins Gasthaus genommen hatte, tat, als hörte er ihn nicht.

»Guten Abend, *sciùr* Cént«, beeilte sich Natalina und richtete sich von dem Waschtrog auf, über den sie gebeugt stand. »Ich wasche gerade den ersten Salat aus dem Garten … Soll ich Ihnen Eier braten?«

»Um Himmels willen, nein. Ich bin übersatt. Hat Domenico denn nichts erzählt von dem Essen bei Luigina? Wenn ich jeden Tag so viel essen würde, bekäme ich Gicht und wer weiß, was sonst noch für Krankheiten«, wehrte Innocente ab.

Im allgemeinen ernährte er sich einfach und bescheiden. Meist bereitete ihm Lina sein Essen zu, das er im Sommer auf einer Bank im Garten unter dem Khakibaum, im Winter im Haus vor dem Kaminfeuer zu sich nahm. An Tagen wie diesem aber fühlte er sich unwohl, schwerfällig und war bis zum nächsten Tag verdrießlicher Laune.

»Giorgino!« rief er. »Komm her, aber schnell.«

»Er ist weggegangen«, entschuldigte ihn seine Mutter.

Wenngleich Innocente dem Jungen gegenüber eine große Strenge an den Tag legte, konnte er seine Zärtlichkeit ihm gegenüber nicht verbergen, und er war insgeheim stolz darauf, daß es ein so aufgewecktes, fröhliches und gesundes Kind war.

Innocente drückte ein Auge zu, wenn Giorgino in den Maisfeldern Raubzüge nach Vogelnestern unternahm, um zur Brutzeit die gefleckten kleinen Eier herauszuholen.

»Laß ihn«, rief Innocente, wenn Lina die Hand hob, um ihm eine Ohrfeige zu versetzen. Dann sah sie ihn schweigend an. Innocente und Natalina sprachen kaum miteinander. Mit Domenico jedoch tauschte er sich täglich aus, denn er war sein Vertrauensmann, der die Interessen des Padrone vertrat und in den Bauernhäusern nach dem rechten sah. Deshalb hatte Innocente beschlossen, ihm ein Fahrrad zu kaufen, das erste im ganzen Dorf.

Und bald fuhr Domenico mit dem Rad über die Feldwege. Er war der offizielle Vertreter des Dorfes im Konsortium für Seidenraupenzucht, und er überwachte die vorschriftsmäßige Raupenzucht in den Häusern. Innocente trug sich mit dem Gedanken, Domenico auch die Aufgabe des Jagdaufsehers zu übertragen, nachdem endlich sein Antrag auf Errichtung eines Jagdreservats bewilligt worden war.

Zwischen Giorgino und seiner kleinen Schwester Giovanna bestanden kaum Ähnlichkeiten. Das Mädchen war von kräftigem Wuchs und hatte breite Schultern, während Giorgino schmal, beinahe schmächtig war. Niemand schien auf diese Unterschiede zwischen den Geschwistern weiter zu achten, und auch Domenico hatte sich nie dazu geäußert, nicht einmal im Spaß.

»Was er wohl jetzt wieder anstellt«, seufzte Innocente.

»Wie wäre es mit einem Täßchen Kaffee?« fragte Natalina.

»Ja«, nickte Innocente, »oder besser vielleicht ein wenig Wasser und Tamarinde, zur Verdauung.«

Innocente schätzte die Wärme und Freundlichkeit, die er im Schoß dieser Familie genoß, und er war gerne in Giorginos Nähe. Er hatte sich vorgenommen, das Kind nach der Grundschule in ein Internat zu schicken, vielleicht in das bischöfliche Internat von Saronno.

Mit Domenico hatte er sich deswegen bereits vorsichtig abgesprochen, auch wegen der Kosten. »Wir einigen uns später«, beschwichtigte er ihn. »Lina macht mir ja immer mein Essen.« Domenico, der durchaus Stolz und Würde besaß, war dennoch nicht so dumm, dieses Angebot seines reichen Padrone auszuschlagen, der nicht wußte, wohin mit seinem Geld. Im Herbst würde Innocente alle weiteren Einzelheiten mit Domenico besprechen.

91

Von der Haltestelle aus blickten Angelica und Netta auf den Corso Vercelli, wo sie früher gewohnt hatten. Das Viertel hatte sich verändert, die Apotheke von Nettas einstigem Verehrer hatte einer Konditorei Platz gemacht, das Geschäft der Büglerin, jetzt auch Wäscherei und Färberei, war vergrößert worden. Mit Interesse, aber ohne nostalgische Gefühle, hatte Netta dies alles betrachtet.

Dank ihrer guten Gesundheit und ihrer Zuversicht gelang es ihr, auch widrigen Lebensumständen heiter und ausgeglichen gegenüberzutreten. Diese natürliche Gelassenheit und Ruhe ihrer Mutter tat Angelica wohl.

Ende Februar war die Luft noch kalt. Angelica fröstelte.

Aus ein paar Schritten Entfernung war sie noch immer hübsch, doch aus der Nähe wirkten ihre graublauen Augen wie verschleiert. Die Begeisterung der ersten Monate, in denen die Stadt noch voller Überraschungen steckte, dieses wunderbare Freiheitsgefühl hatte nachgelassen. Sie war es leid, im Laufschritt hinter Matilde herzutraben, und auch die Behaglichkeit von Paolos Wohnung hatte ihren Reiz verloren. Das ersehnte Glück schien ihr immer wieder zu entwischen.

Mit zähem Willen bewältigte Angelica jeden weiteren der immer gleichen Tage, hüllte sich jedoch in bedrücktes Schweigen. Die Feiertage – Weihnachten, Ostern, Mariä Himmelfahrt – wiederholten sich, und sie hatte das Gefühl, ein einziges endloses Jahr zu leben.

Als sie im Jahr 1925 am Corso Vercelli auf den Zug Gamba de légn warteten, hatte Angelica die Dreißig längst überschritten. Sie hatte gelernt, ihren Trübsinn zu verbergen. Gelegentlich sprach sie mit ihrer Mutter darüber, die ohnehin wußte, wie sehr ihrer Tochter ein Mann, eine Familie fehlte.

Eigentlich konnte sich Angelica gar nicht erklären, wie es dazu gekommen war. Nach der Affäre mit Costante aus dem Kurzwarenladen hatten viele Männer um sie geworben. Einen von ihnen, Ermete, einen Nachbarn aus der Via Mazzini, hatte sie auch ihrem Vater vorgestellt. Innocente war wieder einmal mit dem Verehrer nicht einverstanden gewesen und hatte es ihn spüren lassen. Daraufhin löste sich auch diese Verbindung in Luft auf. Wenn sie sich jetzt auf der Treppe begegneten, grüßten sie sich nur flüchtig.

Angelica sah jedoch ein, daß es keinen Sinn hatte, ihrem Vater die Schuld zu geben. Es mußte mit ihr selbst etwas nicht stimmen. Tatsache war, daß sie sich nach der ersten Annäherung – nach einem Eis in der Cremeria in der Via Dante oder einem Abend im Theater – schon auf dem Heimweg in der Kutsche zurückzog und die Stacheln zeigte wie ein Igel. Da sie das Backfischalter längst überschritten hatte, wirkte eine derartige Sprödigkeit lächerlich.

Vielleicht hätte ein Fachmann für Krankheiten der Seele

eine Erklärung gefunden. Daß sie etwa jeden Mann mit einem Ideal verglich, das mit den Jahren engelsgleiche Züge angenommen hatte: mit Attilio, ihrer großen Liebe. Oder daß sie in jedem Mann den geliebten und zugleich verhaßten Vater sah. Vielleicht hatte sie aber nach jenem Nachmittag mit Bastiano auch nur Angst vor der Hochzeitsnacht.

Da ihr grüblerische Selbstzerfleischung jedoch fremd war, meisterte Angelica ihr Leben, so gut es ging. Trübsinn wechselte mit ruhigen Momenten, und noch hatte sie die Hoffnung auf ein außergewöhnliches, wunderbares Ereignis nicht aufgegeben.

Laut quietschend kam der Zug zum Stehen, und Battistina, zwei Jungen im Alter von acht und neun Jahren an der Hand, stieg aus. Hinter ihr erschien Libera mit noch einem Jungen und drei ängstlichen kleinen Mädchen.

»So, da sind wir!« rief Battistina energisch. Inzwischen war sie fast fünfzig, hatte sich aber den jugendlichen Schwung und die Autorität einer begeisterten Lehrerin bewahrt. Der Ausflug mit den Kindern in die Stadt hatte einen besonderen Grund. Zehn ihrer besten Schüler hatten mit ihren Aufsätzen zu dem Thema ›Beschreibt ein Denkmal in eurem Dorf‹ an einem Wettbewerb des *Piccolo Corriere* teilgenommen. Von Innocente erhielt sie bald darauf ein Briefchen: »Die Arbeit des kleinen Costantino Bossi wurde prämiert. Die Preisverleihung findet am sechsundzwanzigsten Februar im Teatro Lirico statt.« Battistina war entzückt.

Seit sie ihren Fuß auf den Großstadtasphalt gesetzt hatte, sprach sie pausenlos auf Netta und Angelica ein. »Das Klassenzimmer ist voller schöner Dinge: Landkarten, Lexika, Hefte und Bleistifte – alles gratis. Die Kinder gehen jetzt viel lieber zur Schule. Am Ende des Schuljahres wird ein Turnfest veranstaltet, die Sommerferien verbringen sie mit Signora Adelaide im Kinderheim, braungebrannt und wohlgenährt kehren sie heim, und man kann sich vorstellen, mit welcher Begeisterung sie dann wieder die Schulbank drücken! Das hier«, dabei gab sie einem mageren, schwarzhaarigen Kerlchen mit traurigem Blick einen Schubs, »ist Costantino, der Preisträger. Er hat als kleiner Junge im Krieg zwei Brüder verloren und über das Denkmal für die Gefallenen geschrieben. Was diese arme Seele über den Tod der Soldaten und den Schmerz der Eltern denkt, rührt einen zu Tränen.«

Battistina schien sich besonders für die Kleidung der Damen zu interessieren. »Diese Mode ist nur was für die, die vorne flach sind wie ein Brett«, meinte sie kopfschüttelnd mit Blick auf ihren stattlichen Busen. »Mit diesen hautengen Röcken, womöglich noch ohne Unterwäsche, sehen sie nicht gerade aus wie anständige Frauen!«

»Genau«, seufzte Netta. »Kein Vergleich zu unseren schönen, weiten Kleidern. Ich bin alt, doch auch Angelica macht die neue Mode nur halbherzig mit. Der Mantel reicht ihr fast bis zu den Fersen, aber die Haare sind kurz.«

»Ich verstehe diese Mode gut«, mischte sich Libera ins Gespräch. »Die Frauen hier haben es eilig. Sie laufen durch die Straßen, steigen in die Tram ... Diese Kleidung ist einfach bequem und praktisch ...«

»O Libera«, rief Antonia voller Bewunderung, »wie gut du dich ausdrückst. Man erkennt die zukünftige Lehrerin! Stimmt es, daß du mit Eros gehst?«

»Immer langsam. Sie hat gerade erst ihr Diplom bestanden. Jetzt muß sie daran denken, sich eine Stelle zu suchen, nicht an Eros!«

»Und deine anderen Kinder?« fragte Angelica.

»Der Große hilft Pietro in der Werkstatt. Pietro repariert jetzt auch Fahrräder. Die andere Tochter will unbedingt Nonne werden. Man stelle sich vor, was ihr Vater davon hält, der mit dem ›Federterra‹ unter einer Decke steckt und für gottlos gehalten wird.«

Sie bestiegen eine Tram. Es wurde eine anstrengende Fahrt; einem der Mädchen wurde übel, und Netta bat darum, das Fenster zu öffnen. Um die vornehmen Fahrgäste zu reizen oder vielleicht einfach aus Spaß, fingen die anderen Kinder an, laute Bemerkungen zu machen.

»Sieh mal die da«, stellte Costantino fest, »die hat ein Ding auf dem Kopf wie ein Flugzeug …«

Die betreffende Dame hatte den Satz sehr wohl verstanden und warf Battistina einen empörten Blick zu.

»Ruhe!« zischte die Lehrerin zwischen den Zähnen. Dann fuhr sie fort, aus dem Dorf zu erzählen: »Die Leute sind jetzt zufriedener. Sie wissen, daß die Regierung die Bauern achtet. Auch der Duce ist ein guter Mann. Kinder, erinnert ihr euch noch an den Text, den wir vor kurzem gelernt haben? ›Liebt das Brot, Freude des heimischen Herdes, Duft der Tafel; achtet das Brot, den Schweiß der Stirn …‹«

Im Chor und aus vollem Halse fuhren die Kinder fort. Manche der Fahrgäste lächelten, andere machten: »Psst, psst!« Der Schaffner rief: »Ruhe! Woher kommen denn diese Wilden …«

Endlich stiegen sie in der Nähe der Oper aus.

»Gleich dahinter«, flüsterte Angelica, »liegt das berühmteste Varieté Mailands. Nackte Frauen posieren auf der Bühne als lebende Statuen. Das habe ich natürlich nur gehört und nicht etwa selbst gesehen …«

»Schaut her, Kinder!« Battistina zeigte auf ein Plakat im Schaufenster eines Buchladens. »Los, lest vor! Zeigt, was ihr könnt!«

Costantino fing an: »*Der Wettkampf um die Vermählung von Chiomadoro,* Komödie in zwei Akten für klein und groß von Angelo Tortoreto. Anschließend das Duell zwischen zwei feurigen Rittern aus der Schar der jüngsten Zuschauer. Die schöne Prinzessin wird den Sieger mit einem Fahrrad belohnen, und für alle anderen gibt es Trostpreise: Spielzeug, Süßigkeiten, Bücher, Wimpel und Fähnchen.«

Einer der Preise war auch die Befreiung von der Rundfunkgebühr für ein Jahr. Darüber würde sich natürlich nur einer der zwanzigtausend Besitzer eines Radios in Italien freuen.

»Gelegenheit zu kulturellem und spirituellem Wachstum«, las der Junge. »Jeden Abend um einundzwanzig Uhr Nachrichten und ein klassisches Konzert.«

»Sehr gut«, lobte Battistina und verteilte Vollkornbrotschnitten mit Speck, Äpfel und Schokolade an die Kinder.

»Heute morgen gab es nur Brot und Milch, und jetzt ist es fast zwei Uhr«, meinte sie.

92

Hier ist ein Junge, der Sie sprechen möchte, *sciùr* Cént!« Bastianos Frau steckte den Kopf in das Arbeitszimmer, wo Innocente am Schreibtisch saß.

»Nun, was gibt's?« fragte der Bürgermeister. Den Hut in der Hand zögerte der Junge und blieb auf der Schwelle stehen, aber seine Augen leuchteten angriffslustig. »Ich möchte wissen, ob es wahr ist, daß Sie, Herr Bürgermeister, mein wirklicher Vater sind.«

Vom durchdringenden Blick des Jungen aus der Fassung gebracht, seufzte Innocente und schob die Brille hoch, um das Gesicht genauer zu betrachten. Das ist einer der Bianchis, dachte er sich.

Grinsend erinnerte er sich an die arme Bianchi. Es konnte sehr gut sein, daß sie eine der während des Krieges allein zurückgebliebenen Frauen war, die er vor dreizehn, vierzehn Jahren getröstet hatte.

Dann setzte er die Brille auf, runzelte die Stirn und fragte streng: »Sag mal, mein Lieber, wie heißt du eigentlich?«

»Bianchi Fedele«, stotterte der Junge.

»Na siehst du. Meinen Nachnamen kennst du, nicht wahr? Ich heiße Dago. Du dagegen heißt Bianchi und bist ein Bianchi wie dein Vater, das steht auch in den Rathausakten. Beruhige dich also und geh wieder.«

Er drückte ihm zehn Lire in die Hand, ermahnte ihn, das Geld seiner Mutter zu bringen, und schob ihn aus dem Zimmer. Lachend schüttelte er den Kopf. Sicher würden ihm die Bianchis keine Schwierigkeiten machen. Der Frechdachs war bestimmt aus eigener Initiative gekommen, ohne Wissen seiner Eltern.

Der Bürgermeister wurde allgemein geschätzt und geachtet, ja geliebt. Diese Wertschätzung hatte er sich mit unermüdlichem Einsatz verdient. In den letzten Jahren war ihm vor lauter öffentlichen Aufgaben kaum Zeit zum Luftholen geblieben. Sogar die Abwesenheit seiner Tochter Angelica machte ihm kaum mehr zu schaffen.

In den Akten auf seinem Schreibtisch ging es jedoch nicht ausschließlich um Gemeindeangelegenheiten. Zum größten Teil waren es Kaufverträge von Ländereien für ein Jagdrevier.

Schriftverkehr und Verhandlungen mit Landbesitzern und Pächtern sowie endlose Notartermine waren, von den Kosten abgesehen, erforderlich gewesen, um die Grundstücke zusammenzulegen. Gemeinsam mit Luigi hatte Innocente über der Landkarte geschwitzt und überlegt, wie man ein einheitliches Gebiet mit klaren, natürlichen Grenzen schaffen konnte, damit das Wild nicht allzu leicht auf benachbartes Gelände überwechseln konnte. Einige Stück Land wurden getauscht, andere gepachtet, und langwierige Verhandlungen mußten mit dem Katasteramt in Mailand geführt werden. Um bei Grundstückskäufen nicht persönlich in Erscheinung treten zu müssen, hatte Innocente oft Domenico vorgeschickt, der durch kluges Vorgehen gelegentlich günstige Preise erzielt hatte.

Es war ein großer Tag, an dem der Verein zur Ausübung der Jagd offiziell gegründet wurde. Acht Mitglieder wurden im Vertrag erwähnt, darunter Innocente und sein Bruder Francesco. Innocente wurde zum Vorsitzenden ernannt, er war für die Beaufsichtigung des Personals zuständig und mußte über die Einhaltung der Jagdvorschriften wachen.

Im Laufe weniger Jahre wurde das Revier schöner, als selbst er es sich erträumt hatte. Innocente wußte noch genau, wie ihm als frisch gebackener Anwalt mit dem Diplom in der Tasche diese Idee gekommen war. In Gummistiefeln war er über die feuchte Wiese gegangen und hatte beobachtet, wie die Männer den frischen Dung verteilten und die Kinder Küken herbeibrachten, damit sie Würmer und Larven picken konnten. Da hatte er sich vorgestellt, wie gut Hasen, Rehe und Rebhühner in dieses Bild passen würden. Jetzt war der Traum Wirklichkeit geworden.

Nachdem der junge Bianchi das Arbeitszimmer verlassen hatte, versuchte Innocente, sich erneut in seine Akten zu versenken, doch es langeweilte ihn. Er setzte seine Brille ab und erhob sich. Im Licht der Abendsonne warfen die Robinien lange Schatten auf die Wege im Jagdrevier, während sich auf den noch vergoldeten Wipfeln Drosseln, Lerchen und Finken zu einem letzten, ohrenbetäubenden Konzert versammelten.

Auf seinem Weg durch das Wäldchen erblickte Innocente Domenico, der auf dem Geländer der Brücke über den zu dieser Jahreszeit fast ausgetrockneten Bach saß.

»Hallo, Menico«, rief er, »ich habe dich schon gesucht.«

Für Domenico war das Revier nicht nur eine Tätigkeit, es war ihm Berufung. Er wurde zwar gut bezahlt, arbeitete aber nicht des Geldes wegen, und auch seiner alten Osteria weinte er keine Träne nach. Aufgrund dieser gemeinsamen Leidenschaft fühlte sich Innocente ihm mehr verbunden als einem Bruder.

»Pasquale hat mir erzählt«, sagte er und setzte sich neben ihn, »er habe auf seinem Maisfeld zwei Nester gefunden. Ich möchte dir zeigen, wo.«

Aber Domenico zündete sich seine Pfeife an und rührte sich nicht.

»Tut mir leid, *sciur* Cént, aber ich kann nicht mitkommen. Ich muß den Kerl hier unten bewachen. Solange dieser Lump nicht rauskommt, geh ich hier nicht weg.«

»Wer denn? Welcher Lump?«

»Seit drei Stunden warte ich, daß er sich blicken läßt. Er hat sich unter der Brücke versteckt und weiß genau, daß ich ihm auflauere. Der Hühnerdieb, der Fallensteller, Sie wissen schon.«

Innocente brach in dröhnendes Gelächter aus. Der Hühnerdieb! Er konnte sich den Burschen in dem dunklen, stinkenden Durchschlupf unter der Brücke gut vorstellen. Er antwortete mit lauter Stimme, um gut verstanden zu werden: »Das sind Gauner, die Wilderer, die gehören ins Gefängnis. Denen ist es ganz egal, ob es womöglich brütende Weibchen sind, die ihnen in die Falle gehen. Wenn ich so einen erwische, bringe ich ihn sofort zu den Carabinieri!«

Fast meinte man, das Zähneklappern des Ärmsten zu hören. Innocente und Domenico amüsierten sich köstlich. Aber es dämmerte bereits, und dem Spaß mußte ein Ende bereitet werden. Mit einer Rute bewaffnet, trieb der Jagdaufseher den vollkommen verdreckten Wilderer unter der Brücke hervor. Domenico packte ihn beim Ohr, und gemeinsam schleppten sie ihn ins Dorf.

»Um Gottes willen; bitte keine Carabinieri!« jammerte der Wilddieb, eigentlich noch ein richtiger Junge. Bei ihm zu Hause beschlagnahmte Innocente Schlingen, Fallen und Lockvögel. Domenico begnügte sich damit, ihn mit einem mächtigen Tritt in den Hintern über die Schwelle seines Hauses zu befördern.

Mit Domenico als Jagdaufseher brauchte sich Innocente wirklich keine Sorgen um das Revier zu machen. Die strengen Vorschriften waren allen Bauern bekannt, und bei der Ernte mußten die Schnitter darauf achten, die Halme rings um die Nester von Rebhühnern oder Fasanen stehenzulassen – Schutzinseln für die brütenden Hennen. Im Winter kümmerte sich Domenico um die Wildfütterung. Den Tieren in Innocentes Revier mangelte es im Gegensatz zu den Menschen im Dorf an nichts. Sie wuchsen und vermehrten sich in aller Ruhe.

93

Ende August war es schwül in der Stadt. Eine angenehme Kühle umfing Antonia und Angelica im Innern des Doms, wo das Fest des heiligen Nagels zelebriert wurde. Der Kardinal und der Erzbischof fuhren mit einer Art Aufzug (einem hölzernen Gefährt, das fälschlich Leonardo da Vinci zugeschrieben wurde) hinter dem Hauptaltar hinauf, um eine Reliquie zu holen, einen Nagel, der der Überlieferung zufolge vom Kreuze Christi stammte. Begleitet von Kettengerassel und Räderquietschen kamen sie wieder herunter, und der Kardinal legte den Reliquienbehälter aus Bergkristall in die entsprechende Nische des mächtigen Kreuzes von Federico Borromeo.

Als Antonia und Angelica wieder hinaus auf den Kirchplatz traten, umfing sie eine glühende Hitze, die sogar die Tauben in die Flucht geschlagen hatte. Netta wollte sofort nach Hause, um das Mittagessen zuzubereiten und riet Angelica, bei ihrem Schaufensterbummel das weiße Hütchen aufzubehalten.

Auf dem Weg durch die Galerie holte sie aus ihrem Handtäschchen den Fächer aus blaßblauem Chiffon, demselben Stoff, aus dem auch das Kleid gemacht war. Als sie dann ihr Spiegelbild im Schaufenster von Savinelli betrachtete, bemerkte sie den großen, schlanken Mann, der die ausgestellten Pfeifen und Tabakdosen begutachtete. Obgleich sie ihn nur von hinten sehen konnte, durchfuhr es sie bei seinem Anblick wie ein Blitz. Der Glanz der kastanienbraunen Haare im Nacken, die Hand auf dem Gehstock …

Der Mann drückte auf die Türklinke des Ladens: Er war geschlossen. Verärgert wandte er sich um, und Angelica fing einen empfindsamen und schutzlosen Blick auf.

»Attilio!« stammelte sie.

Sein Bart war graumeliert, seine Haltung nicht mehr kerzengerade, aber er war es, ohne jeden Zweifel. Angelica bereute es schon, ihn mit Namen angesprochen zu haben, hatte Angst, nicht erkannt zu werden. Aber nachdem er sich die Brille aufgesetzt hatte, rief Attilio: »Angelica!«

Schweigend machten sie sich auf den Weg zu Campari. Angelica war dankbar für die vielen Menschen, die ihrer Begegnung das Intime nahmen, und hoffte, daß die Jahre mit ihrer einst strahlenden Erscheinung milde umgegangen waren.

Als Attilio lächelte, wurden Falten in seinen Mundwinkeln sichtbar. »Was trinkst du?« fragte er und fuhr leise fort: »So ein Zufall, auch heute trägst du ein blaues Kleid … Erinnerst du dich, Angelica?«

Diese wenigen Worte genügten, um Angelicas Seele zu erschüttern. Sie versuchte jedoch, sich zu beherrschen, denn der Ehering an seiner Hand war ihr nicht entgangen. Er hatte ihren Blick bemerkt: »Ja, ich habe geheiratet.«

Von Adelaide hatte Angelica damals die Nachricht erhalten. Seine Frau stammte aus einer schwerreichen Familie, war den Dagos bekannt und hatte einige Mal auf ihrem Rasen Boccia gespielt. Angelica tat überrascht: »Ach ja?«

»Meine arme Mama hat alles eingefädelt. Aber es konnte ja nur schiefgehen. Wir haben auch keine Kinder … Aber ich will dich nicht mit meinen Problemen langweilen.«

»Du wohnst also in Mailand?«

»Nein, in Legnano. Ich arbeite dort bei der landwirtschaftlichen Genossenschaft. Nach dem Universitätsexamen wurde ich sofort eingestellt. Bald darauf starb meine Mutter. Sie hat nicht lange gelebt, die Ärmste …«

Lange genug, um mein Leben zu zerstören, dachte Angelica.

»Nach ihrem Tod haben wir zum Kummer meines Vaters das Revier und die Villa verkauft. Er wohnt jetzt bei uns, und ich wollte ihm gerade zum Geburtstag eine Pfeife bei Savinelli kaufen …«

»Mein Vater hat jetzt ein sehr schönes Jagdrevier«, berichtete Angelica, »und er ist Bürgermeister. Diese beiden Aufgaben sind sein Lebensinhalt.«

»Abgesehen natürlich von seiner Angelica«, meinte Attilio.

»Ach, ich weiß nicht. Wir sehen uns drei-, viermal im Jahr. Ich wohne jetzt hier.« Mit einer eleganten Geste zeigte sie auf das Gebäude in der Via Mazzini.

»Hier?« staunte Attilio.

Lächelnd erzählte ihm Angelica von der Erbschaft, dem Umzug und ihrem neuen Leben.

Plaudernd entspannten sie sich allmählich und sahen sich über die Gläser mit dem rubinroten Aperitif hinweg offen an.

»Da hast du also eine passende Stelle bei der Genossenschaft gefunden?«

»Von wegen.« Attilio schüttelte den Kopf. »Martinella hat zu mir gepaßt. Das Leben auf dem Land unter freiem Himmel ... Jetzt arbeite ich in einem Büro. Natürlich mißt die Regierung der landwirtschaftlichen Genossenschaft große Bedeutung bei, und ich habe eine einflußreiche Position, aber es gibt nichts als Ärger. Martinella war der geeignete Platz für mich, bei dir, Angelica ...«

Sie verspürte eine große Freude und war glücklich, daß er das gesagt hatte. Um ihre Erregung zu verbergen, suchte sie nach einer leichten, weltläufigen Antwort: »Ach, die erste Liebe ... für eine Frau, noch dazu! Das Schicksal, das Leben; was ist mir nicht alles passiert ... Jetzt will ich eine Familie gründen. In Kürze heirate ich ... einen Postdirektor«, log sie.

»Es wundert mich«, gab Attilio freimütig zurück, »daß dich nicht schon vor vielen Jahren irgendein Prinz geraubt hat. Du warst ein solches Juwel und bist es noch«, fügte er eilig hinzu.

Attilio wollte nicht mitkommen, und so machte sich Angelica allein auf den Weg nach Hause. Sie schwamm in einem Meer der Gefühle. Überrascht hatte sie ihre eigene Lüge mit der Hochzeit, die wie ein innerer Aufschrei aus ihr herausgebrochen war. Ihr war klar, daß irgendwo in ihrem Herzen diese Hoffnung nistete.

Seit jenem Tag tat ihr Attilio beinahe leid, wenn sie an ihn dachte. Vor allem aber war sie jetzt entschlossen, sich früher oder später einen Ehemann zu suchen.

94

In Cordusio stiegen Lotti und Angelica in die Tram. Die Jüngere plauderte pausenlos, und Angelica hörte ihr zerstreut zu. Wie üblich, hatte es ihr Freude bereitet, sich für den Salon der Barberinis hübsch zurechtzumachen. Die ungewöhnlichen Menschen, denen sie dort begegnete, betrachtete sie als gute Bekannte, nicht als Freunde. Lotti dagegen war eine liebe Freundin so wie Matilde, die ebenfalls mittwochs zu Tee, Gebäck und Gesellschaftsspielen bei den Barberinis erschien. Seit einiger Zeit jedoch mußte sie sich um das Töchterchen aus ihrer Ehe mit Giacomo Ciani kümmern und kam nur noch selten.

»Was, die Rambaldi ist tot?« rief Lotti. »Dann hat die Ärmste da oben ihren Baß wiedergefunden … Wer weiß, ob sie noch immer im Duett singen?« Einige Fahrgäste schmunzelten.

Sie verstand es, sich beliebt zu machen – eine für ihre Laufbahn wertvolle Gabe. Nach einer harten, von Marangoni beaufsichtigten Ausbildung war sie zunächst in Provinztheatern, später auch in der Stadt aufgetreten. Ihr Repertoire umfaßte *Rigoletto, Aida* und *Carmen.*

»Oh, Angelica, wie wunderbar! Jetzt habe ich eine Weile frei! Bis September will ich nicht mehr an meine Arbeit denken.« Strahlend stieg Lotti aus.

Tatsächlich drehte sich ihr Leben um den Gesang. Ihre Ehe war auch nach sieben Jahren kinderlos geblieben. Anfangs hatte Marangoni Lottis Karriere wegen keine Kinder gewollt. Später, als sich alles aufs Erfreulichste entwickelt hatte und sie mit Angeboten überhäuft wurde, erwiesen sich ihre Bemühungen, ein Kind zu zeugen, als vergeblich.

Aber sie machten kein Drama daraus. Lotti widmete sich ihrer Musik mit noch mehr Liebe, verspürte aber das Bedürfnis, die ihr angeborene Warmherzigkeit Verwandten und Freunden gegenüber auch auf andere Weise zum Ausdruck zu bringen. Seit einiger Zeit zermarterte sie sich das Hirn bei dem Versuch, eine Lösung für die Situation ihrer Cousine Angelica zu finden. Eines Abends bei einem Künstlertreff nach dem Theater bot sich ihr eine Gelegenheit.

Gelangweilt hatte sich Marangoni bereits aufs Zimmer zurückgezogen, Lotti war im Speisesaal geblieben, um sich mit einem jungen Tenor namens Ziliani zu unterhalten. Dieser war sehr besorgt um einen Jugendfreund.

»Fredo hatte eine wunderbare Stimme. Alfredo Manenti, du hast sicher schon von ihm gehört.«

An Zilianis Tonfall erkannte Lotti, daß jener Alfredo kein Konkurrent mehr für ihn war. »Nachdem wir unser Studium am Konservatorium in Parma beendet hatten, sind wir zusammen nach Mailand gegangen, wo wir gemeinsam Unterricht bei einem sehr tüchtigen Maestro genommen haben.«

»Ich habe bei der Barberini gelernt«, sagte Lotti.

»Dieser Mann hat uns wirklich für die Musik begeistert. Er hat uns auf die Feinheiten aufmerksam gemacht und für die Nuancen der Gesangstechnik sensibilisiert. Seine zahlreichen Schüler träumten alle von der Scala, von der Metropolitan Opera und von Covent Garden ... Aber es war schon ein Glück, wenn man hin und wieder in Busto Arsizio oder Lugo di Romagna singen durfte. Fredo hatte eine große Stimme, die noch weicher war als meine. Und du kennst ja meine Stimme.«

Diese Künstler! dachte Lotti schmunzelnd. Bescheidenheit ist nicht gerade ihre Stärke.

»›Ein natürlicher, ungekünstelter Stimmansatz, eine tiefe und lebhafte Stimme von schöner Klangfarbe‹ – so lautete das Urteil des Maestro. ›Sie werden es noch zu etwas bringen, mit ihrer goldenen Kehle!‹ Tja, wenn das Unglück nicht passiert wäre ...«

»Also hör mal«, platzte Lotti heraus, »spann mich nicht auf die Folter. Was ist denn mit ihm passiert?«

»Geduld, Geduld! Bist du etwa schon müde? Du kannst morgen schlafen! Aber jetzt komme ich zur Sache. Also: Wie alle anderen, so suchten auch wir häufig die Treffpunkte der Opernmusiker auf, denn in unserem Metier reicht Begabung allein nicht aus, man muß auch eine Strategie verfolgen und die Ellbogen gebrauchen ... Bei einer dieser Begegnungen erhielt Fredo sein erstes gut bezahltes Engagement: vier Liederabende in vornehmen Häusern zur Karnevalszeit. Er kam gut an, hatte Erfolg und schloß sich einem Ensemble an, das mit dem *Troubadour* auf Tournee ging. Ich habe ihn sehr beneidet. Alfredo, ein ausgesprochen gewissenhafter Sänger, hatte mit dem Maestro die Oper sorgfältig einstudiert, und die Tournee wurde ein großer Erfolg, besonders für Fredo.«

»Ziliani, ich bitte dich! Komm endlich zur Sache, sonst denkt mein Mann noch, ich übernachte hier unten ...«

»Ja, also, ich wollte sagen: An jenem Abend strahlte Fredo vor Freude. Die Tournee mit dem *Troubadour* hatte ihm ein weiteres phantastisches Engagement eingebracht: einen Monat in Japan mit demselben Ensemble. Daraufhin habe ich den Impresario bearbeitet und auch eine zweitrangige Rolle bei einigen Inszenierungen erhalten. Ich war im siebten Himmel! Eines Abends im September vor drei Jahren stachen wir in See. Das Meer war ruhig, nachts konnten wir ohne Probleme schlafen. Am folgenden Morgen, es war der erste von vierzig schrecklichen Tagen, bemerkten wir beim Frühstück, daß sich die Meeresoberfläche kräuselte. Es schwankte auch ein wenig, aber wir lachten nur darüber. Genau wie ich war Fredo noch nie auf einem Schiff gewesen. Doch offenbar ist mein Magen stabil und gut im Bauch verankert, seiner dagegen rollte wie eine zur Kühlung ins Wasser gelegte Melone hin und her. Als das Stampfen immer heftiger wurde, lachte er nicht mehr und wurde immer blasser, beinahe grün. Kurzum, wie ein Toter lag Fredo in seiner Koje, aus der er alle halbe Stunde herausgeschossen kam, um sich zu übergeben. Einen Tag und eine Nacht lang ging das so. Man legte ihm Getreidekörner in den Mund, ließ ihn eine Zitrone lutschen, empfahl ihm, mit dem Kopf nach unten oder nach oben oder aber quer in der Koje zu liegen: nichts half. Noch dazu war es furchtbar schwül, wie im August. Der arme Fredo lief mit seinen durchnäßten Kleidern aus der Kabine hinaus und holte sich eine schwere Erkältung. Das Meer beruhigte sich wieder, und er hörte auf, sich zu übergeben; doch er hatte Fieber und Halsschmerzen. Das Schlimmste stand ihm allerdings noch bevor: Als die Erkältung abgeheilt war, begab er sich schwankend in die Offiziersmesse, wo wir täglich probten. Am Klavier saß Bergamini – den kennst du ja, oder? –, ein freundlicher, geduldiger Mann, und sagte: ›Sing dich erst mal mit zwei, drei Tonleitern ein ...‹ Fredo lockerte das Halstuch, holte Luft und sang mit einem zittrigen Stimmchen, wie ein Kastrat. Er räusperte sich, trank einen Schluck Wasser, gurgelte und machte einen weiteren Versuch: schlimmer als zuvor. Bestürzt stahlen wir uns einer nach dem anderen aus dem Raum. Noch wenigstens eine Stunde lang probte Fredo mit dem Maestro. Ich wartete draußen, an die Reling gelehnt. Die Sonne schien, Delphine und Möwen begleiteten unser Schiff. Sollte es möglich sein, fragte ich mich, daß ...? So war es: Alfredo Manenti hatte seine Stimme verloren. Jung und übermütig war er an Bord gegangen, als gebrochener Mann sollte er das Schiff verlassen. Es war nichts mehr zu machen. Natürlich versuchte der Arzt alles Erdenkliche, doch die schöne Tenorstimme war unwiederbringlich verloren. Später suchte Fredo dann noch einen Facharzt in Mailand auf. Vergeblich.«

Zu Tränen gerührt, hörte Lotti das Ende der Geschichte: wie der junge Künstler sich um eine Stelle in dem ihm vertrauten Bereich bemüht hatte, andererseits aber vollkommen ungeeignet war für eine Tätigkeit in der Verwaltung oder als Tänzer.

»Zur Zeit hält er sich als Künstleragent über Wasser.«

Nachdenklich war Lotti auf ihr Zimmer gegangen. Sie hatte einen Plan: Sie wollte dem armen Manenti etwas Gutes tun und gleichzeitig ihrer lieben Cousine Angelica helfen.

Sie dachte dabei an das Treffen im Hause Barberini an jenem milden Nachmittag, an dem auf den Straßen Mailands die Akazien, Platanen und Magnolienbäume blühten.

Mit Ziliani hatte Lotti verabredet, daß er Alfredo zum Mittwochssalon bei der Barberini mitnehmen würde. Wie aus heiterem Himmel würde sie ihm dann ihre Cousine vorstellen. Der Ex-Tenor war vielleicht dreißig Jahre alt und sah gut aus, und Angelica wirkte jugendlich für ihre sechsunddreißig Jahre. Im Grunde spielte der Altersunterschied keine Rolle. Nervös sah Lotti sich um, als sie das Empfangszimmer betrat, und atmete erleichtert auf: Dort, an den Flügel gelehnt, stand er.

Hocherfreut sprang die Barberini auf: »Lotti! Meine Tochter!« Sie umarmten sich. Die Barberini trug eine Art Schleppe, einen langen, mit Pailletten besetzten Rock – es war drei Uhr nachmittags! – den sie zwischen Sofas, Tischchen, Konsolen, Vasen und Skulpturen aus den verschiedensten Epochen und Stilrichtungen nur mit Mühe nachschleifte. Sie hob ihre mit goldglitzernden Armreifen und dicken Ringen geschmückten Hände, und voller Stolz stellte sie ihren Gästen ›die große Lotti Marangoni!‹ vor, die ohnehin jeder kannte.

Lotti warf dem mit Manenti plaudernden Ziliani einen Blick zu. Nachdem sie wieder am Flügel Platz genommen hatte, griff die Barberini in die Tasten.

»Die arme Matilde«, meinte Angelica, »ihr Wirbelwind von Tochter hält sie derart in Atem, daß sie ihr Klavier genausogut verkaufen könnte. An Konzerte gar nicht zu denken! Überdies mag auch der Ehemann keine Musik. Kein Wunder, daß sie die Lust verloren hat.«

»Ist denn ein Kind«, entgegnete Lotti, »nicht viel wichtiger?«

Die Barberini begleitete Ziliani zu *Nessun dorma,* und mit Leidenschaft und reiner Stimme trug dieser diese Puccini-Arie vor. Er war schlank und aufrecht, seine Gestik gemessen, und wie er da neben dem Flügel stand, bot er einen reizvollen Anblick. Und doch würde ihn, dachte Lotti, der Erfolg verändern wie alle anderen: Wichtigtuerisch und dick würde er werden, hinter falscher Gutmütigkeit Neid und Bosheit verstecken.

Alfredo applaudierte stürmisch. Er kannte keinen Neid. Auch jetzt, da er ihnen nicht mehr nacheifern konnte, hatte er nicht aufgehört, die Großen zu bewundern und die Musik zu lieben.

Lotti zog Angelica hinter sich her ans Klavier. Ängstlich und erwartungsvoll richtete Manenti, der in den Plan eingeweiht war, seinen Blick auf das lächelnde Gesicht Angelicas. »Immerhin«, dachte er erfreut, »ist sie eine schöne Frau.«

Mit seinem eindrucksvollen, mächtigen Körper, der

Schutz und Halt versprach, und seinem strahlenden, offenen Blick war sich Fredo seiner Wirkung auf Frauen wohl bewußt.

»Alfredo Manenti, Impresario«, stellte ihn Ziliani vor. Angelica reichte ihm die Hand und bemerkte das charmante Lächeln des Mannes.

»Als Premiere für unsere Freunde«, kündigte die Barberini an, »hören wir jetzt anläßlich des bevorstehenden Debüts des großen Tenors Armando Ziliani *Che gelida manina* aus *La Bohème.*«

»Haben Sie schon einmal gehört, wie Pertile das singt?« flüsterte Alfredo Angelica zu. »Unvergleichlich. Aber auch von Armando gesungen, klingt es nicht schlecht.«

Aufgrund seiner Verwicklung in die Intrige verspürte er ein leichtes Unbehagen. Aber, so beruhigte er sich, er tat damit ja niemandem etwas zuleide. Es handle sich um eine gute Tat, hatte Lotti ihn überzeugt, zugunsten eines lieben und allzu einsamen Wesens, einer Erbin noch dazu, was schließlich nicht schaden könne.

Ahnungslos und heiter genoß Angelica diesen Nachmittag. Die Bemerkungen Manentis über die seltsame, prunkvoll überladene Einrichtung des Salons amüsierten sie.

Doch schien ihr Manenti eher ein schweigsamer, ja schüchterner Mensch zu sein. Darin unterschied er sich von seinen ehemaligen Kollegen. Um so mehr fühlte sie sich durch seine Aufmerksamkeit geschmeichelt. Als Ziliani das Lied beendet hatte, spendete sie ihm lebhaften Beifall.

Dann geleitete Manenti Angelica zurück zu dem kleinen Sofa und unterhielt sich mit ihr über Opernmusik und Gesang.

»Sie sind also Impresario«, sagte Angelica, »und wie mir scheint, verstehen Sie eine Menge von Musik.«

»Ach«, meinte Manenti verlegen, »wenn Sie wüßten ... Ich erzähle Ihnen meine Abenteuer das nächstemal. Denn ich hoffe, wir sehen uns wieder, allerdings in einer anderen Umgebung.« Er hatte seine Selbstsicherheit zurückgewonnen. »Wissen Sie, es kommt mir so vor, als würde ich Sie schon lange kennen. Wie Sie an meinem Akzent bemerkt haben werden, bin ich nicht aus Mailand. Abgesehen von den Gästen in meiner Pension kenne ich in dieser Stadt kaum jemanden, denn es fällt mir nicht leicht, Freundschaften zu schließen. Beim nächstenmal haben wir uns sicher viel zu erzählen, wenn ich mir erlauben darf, Sie um eine weitere Begegnung zu bitten ...«

Angelica errötete vor Freude. Erwartungsvoll und ängstlich zugleich warf sie Manenti einen raschen Blick zu. Sie schätzte sein Alter auf fünfunddreißig und nahm sich vor, Lotti danach zu fragen.

»Jetzt laßt uns einen Kreis bilden, meine Lieben!« rief die Barberini. Ihr grell geschminktes Gesicht wirkte geradezu grotesk. »Wir wollen das Hochzeitsspiel machen.«

Dieses Gesellschaftsspiel wurde stets zu Ehren eines neuen Gastes inszeniert. Ohne Umschweife wurde Manenti vom Sofa gezerrt und mußte sich mitten im Salon auf den dicken Orientteppich kauern. Die halb lachende, halb widerstrebende Angelica mußte neben ihm Platz nehmen. Dann umwickelte man die beiden mit einem großen Schal, bis sie nichts mehr sehen konnten. Manenti schimpfte: »Was soll der Unsinn? Hier unten ist es furchtbar staubig! Ich ersticke noch ...«

Er hustete. Angelica, die das einfältige Spielchen kannte, tröstete ihn: »Es dauert nicht lange, haben Sie Geduld. Tun Sie der Gastgeberin den Gefallen.«

Darauf streckte sie ihre rechte Hand unter dem Schal hervor, in die ein Spazierstock gelegt wurde.

»Nun«, hörten sie die Stimme der Barberini, »werdet ihr beide, die Brautleute, ein wenig geschlagen. Erschrecken Sie nicht, lieber Manenti, wir werden sanft zuschlagen! Der Bräutigam muß bei jedem Schlag erraten, wer ihn ausgeführt hat. Je häufiger er einen richtigen Namen nennt, um so mehr Punkte erhält er. Unser Ziliani hier macht den Punktrichter. Los geht's mit dem ersten Schlag!«

Manenti, dem der Hieb keineswegs sanft erschien, rief einen Namen.

»Falsch!« brüllten alle im Chor.

Ein Schlag folgte auf den anderen, und Alfredo fing an,

die Geduld zu verlieren. Vielleicht, kam ihm plötzlich in den Sinn, war auch dies Teil der Strategie, ein Trick, um ihn Angelica näher zu bringen. Jetzt bemerkte er das unterdrückte Gekicher seiner Partnerin sowie ein Zucken ihres Körpers bei jedem Schlag und durchschaute augenblicklich das ganze Spiel.

Nachdem er alle Namen genannt hatte, rief er: »Wie ist es möglich, daß ich nicht ein einziges Mal richtig geraten habe!«

Unter tosendem Gelächter wurde der Schal entfernt und die Barberini rief: »Oh, du Ärmster. Deine Braut hat dich geschlagen! Deine liebe Ehefrau ...«

Mit gerötetem Gesicht und zerwühltem Haar versuchte Angelica sich wieder herzurichten. Inzwischen verkündete Ziliani feierlich die Strafe: ein Kuß, nach Belieben auszuführen. Alfredo faßte Angelica bei der Hand und küßte sie sanft auf die Stirn. Beifall und Gelächter begleiteten seine Geste. Erleichtert lachte auch Angelica. Das Spiel war zu Ende.

Es liegt alles in Gottes Hand, dachte Manenti. Doch jene Frau gefiel ihm wirklich gut. Beim Abschied versprachen sie einander, sich wiederzusehen. Von der Tür aus zwinkerte Ziliani lächelnd Lotti zu, als wolle er sagen: Es hat geklappt.

95

Aufgeregt und vor der Zeit war Angelica zu der Verabredung gekommen. Alle fünf Sekunden warf sie einen Blick auf die Uhr des Carminati.

Fast ein Jahr war seit ihrer zufälligen Begegnung mit Attilio vor dem Schaufenster Savinellis vergangen. Es hatte sie erschüttert, wie sehr er gealtert war. Von allen Seiten hatte sie sich daraufhin im Spiegel betrachtet und sich voller Angst gefragt, wie lange sie noch jung und attraktiv aussehen würde.

Natürlich hatte Netta sie getröstet, sie sei immer noch die

Schönste. Sie habe eben Pech gehabt, aber es bleibe ihr noch so viel Zeit … sie diese Worte sprechen zu hören war eine Wohltat, eine Medizin.

Doch auch in den Augenblicken der ärgsten Selbstzweifel gab Angelica ihren seit der Kindheit gehegten Vorsatz nicht auf: Sie wollte glücklich sein. Natürlich waren ihre Vorstellungen vom Glück mittlerweile bescheidener geworden, doch der Wunsch nach einer Familie, einem Mann und einem Kind war ihr geblieben.

Dann hatte sie bei der Barberini Manenti kennengelernt, auf den sie jetzt so ungeduldig und ängstlich unter dem Carminati wartete. Sorgfältig hatte sie sich für die Verabredung zurechtgemacht und betrachtete zufrieden ihr Spiegelbild im Schaufenster: eine elegante Dame in einem leichten, hellen Kostüm.

Auf dem Weg zum Treffpunkt war sie überzeugt gewesen, daß er nicht kommen würde, und beinahe war sie erleichtert darüber. Hatte sie seiner Bitte nicht allzu bereitwillig entsprochen? Was wohl Alfredo über sie dachte? Hielt er sie etwa für ein Flittchen? Das würde sie schnell herausbekommen. Dann würde er sie vermutlich in eins dieser dunklen Cafés mit schweren Vorhängen und Séparées führen, die sie natürlich nur vom Hörensagen kannte.

Genau zum verabredeten Zeitpunkt entdeckte sie ihn in der Menge und lächelte ihm zu. Er trug einen eleganten, perlgrauen Zweireiher und einen weichen, hellen Hut. Seine Haut war rosa, über den Augen mit den lebhaften Pupillen wölbten sich ungewöhnlich bewegliche Augenbrauen. Sie verliehen dem Gesicht einen leicht diabolischen Ausdruck, der allerdings von dem jungenhaften Lächeln der vollen Lippen widerlegt wurde. Er war glattrasiert. Wie vieles andere hatte der Krieg auch die Mode des Barttragens hinweggefegt.

Eine angenehme Erscheinung, dachte Angelica.

»Darf ich Sie zu einer Tasse Schokolade einladen?« Alfredo reichte ihr den Arm und, ohne ihre Antwort abzuwarten, geleitete er sie ins Café Samarani in der Via Orefici.

Angelica war erleichtert. Dieses helle und vornehme Lokal hatte mit einer Nachtbar nichts gemein. Er betrachtet mich also mit Respekt, dachte sie freudig, und ist bemüht, einen guten Eindruck zu machen. Sie waren fast die einzigen Gäste. Manentis Augen bekamen einen sentimentalen Ausdruck; er wollte etwas sagen, brachte es aber nicht über die Lippen.

Wie schüchtern er ist! wunderte sich Angelica.

Sie verließen das Café. Es war erst Mai, aber die Luft war warm wie im Sommer. Angelica zog ihr Jäckchen aus und spannte das Schirmchen auf. Lachend beugte er seinen Kopf herunter und steckte ihn ebenfalls unter den Schirm. Als Angelica den feinen Duft seines Rasierwassers roch, schlug sie verlegen die Augen nieder.

Manenti führte sie in die Galerie. »Dies ist ein Treffpunkt der Opernsänger«, sagte er. »Sie können sie leicht erkennen, denn sie tragen zu jeder Jahreszeit ein Halstuch ... Der dort«, erklärte er mit verhaltener Stimme, »ist Bonci, ein Tenor. Abends könnte ich ihnen hier viele berühmte Leute zeigen! Vor ein paar Tagen war Tina Di Lorenzo zum Aperitif bei Campari. Auch Talli, den Schauspieler, habe ich hier schon gesehen.«

Nach diesem ersten Rendezvous zwischen Via Orefici und San Babila war Angelica Feuer und Flamme wie ein verliebtes junges Mädchen. Angestrengt hatte sich Alfredo um Gesprächsthemen von gemeinsamem Interesse bemüht, und offenbar lag ihm daran, sie bald wiederzusehen. Sie hatte sich nicht lange bitten lassen.

Bei ihrem nächsten Treffen mietete Alfredo eine Pferdedroschke. Es war ein frischer, aber sonniger Tag.

»Wohin geht's?« forschte der Kutscher.

Fragend sah Alfredo Angelica an.

»Nun ... vielleicht nach Monforte«, schlug sie vor.

In leichtem Trab überquerte die Kutsche die Piazza Fontana und bog nach San Babila ein. Hier begann der Corso Monforte. In Santa Sofia gab es noch offene Kanalabschnitte neben der Straße, auf denen Kähne und Boote verkehrten. Versunken in die zerschlissenen schwarzen Lederpolster, atmeten sie den Modergeruch des Kanals ein, aus einem Kloster hörten sie den Chor der Mönche in Klausur, von den Frachtkähnen ertönte das Gelächter der Kohlenhändler; Spatzen zwitscherten munter auf den Zweigen uralter Bäume in den Gärten zwischen Via Senato und Santa Sofia.

Als sie in den Viale Fratelli Bronzetti einbogen, waren sie schon beinahe auf dem offenen Land.

»Gefällt es Ihnen hier?« fragte Angelica. Ermuntert durch die freundliche und wohlwollende Art ihres Begleiters, wurde sie allmählich gesprächig. Doch von den Enttäuschungen und Sorgen in ihrem Leben erzählte sie nichts.

Als sie am Waisenhaus vorbeifuhren, rief Alfredo: »Die Ärmsten!«

Männer mit weichem Herzen sind selten, dachte sie überrascht, Kinder scheint er zu mögen.

Am Ende der Allee spielten ein paar Jungen Fußball, und der Kutscher brachte die Droschke zum Stehen und sah ihnen einen Augenblick zu. Dann gelangten sie in die Nähe der Bastion, auf der die Eisenbahnstrecke verlief, und schließlich nach Acqua Bella. Dies war ein wasserreiches und grünes Gebiet mit von Ulmenhainen umgebenen, hinter Weiden versteckten Landgasthöfen. Hier wurden kalte Platten mit Aufschnitt sowie Salat, Bohnen und Hackfleischbällchen serviert, dazu ein einfacher, offener Wein.

Manenti lud den Kutscher ein, mit ihnen einen Happen zu essen, doch der wollte sich lieber im Freien mit Brot, Speck, Wurst und Wein stärken. Also nahmen sie allein am Tisch Platz. Angelica war guter Dinge und pries die Schönheit der Landschaft. Alfredo jedoch wirkte nachdenklich. Er ist kurz davor, dachte Angelica, ein ernstes Gespräch zu beginnen, traut sich aber nicht. Als der Wirt auf sich warten ließ, begann Alfredo, von seinem Mißgeschick zu erzählen.

Mit wenigen Sätzen faßte er alles zusammen: das Engagement, die Abreise, den Sturm, die Folgen – alles ohne zu übertreiben. »Wer weiß«, sagte er, »vielleicht war es besser so. Ich habe jetzt eine recht befriedigende, angesehene Arbeit. Im Grunde wird ein Opernsänger doch immer als eine Art Jahrmarktsfigur betrachtet, und oft sind diese Künstler tatsächlich recht egoistisch und menschenfeindlich ... Wirkliche Freundschaft gibt es nicht in diesem Metier, Ziliani und Lotti ausgenommen. Wer weiß, ob ich wirklich großen Erfolg gehabt hätte! Diese oft vergebliche Anstrengung, sein Talent zu entwickeln. Ich war allerdings bereits auf dem besten Wege ...«

Diese auf fast kindliche Weise vorgetragenen vertraulichen Mitteilungen erregten Angelicas Mitleid. Vielleicht verliebte sie sich genau in diesem Moment: als sie von Manentis trauriger Odyssee erfuhr.

Nie wieder sprachen sie von jener unglücklichen Reise. Angelica hatte verstanden, wieviel Leid, Wut und Erniedrigung er empfand, wenn er sich an all das erinnerte. Obgleich sie gern mehr über seine Vergangenheit erfahren hätte, fragte sie ihn nicht danach. Ohnehin war er ein eher schweigsamer Typ, der seine Offenheit im Lokal in Acqua Bella bereits für übertrieben hielt. Auch ein paar Lügen waren ihm herausgerutscht, über seine gegenwärtigen Einkünfte zum Beispiel, die in Wirklichkeit sehr bescheiden waren. Die Kosten für die einfache Mahlzeit und die Droschke hatten fast seine gesamte Barschaft verschlungen.

Anderes hatte er verschwiegen, vor allem sein Verhältnis zu Nives, einer Krankenschwester, die er in der Klinik kennengelernt hatte. Alfredo hatte sich verliebt, gleichzeitig aber erkannt, daß Nives keine Lira von ihrem mageren Gehalt erübrigen konnte. Angesichts der spärlichen eigenen Einkünfte hatte er Zilianis Vorschlag in Betracht gezogen und mit der Krankenschwester sogar offen darüber gesprochen.

Da ihm Angelica, als er sie im Hause Barberini kennenlernte, trotz ihres Alters recht attraktiv erschien, hatte Alfredo alles daran gesetzt, ihr den Hof zu machen, um sein Vorhaben zu verwirklichen.

96

Anfang Juni kam Giorgino von einem Inspektionsgang durch das Jagdreservat mit Innocente zähneklappernd und völlig durchnäßt nach Hause zurück. Sie waren von einem Gewittersturm überrascht worden.

»Mein Gott, hoffentlich bekommt er keine Lungenentzündung!« rief Natalina verzweifelt.

Doch dank kalter Umschläge und Chinintabletten fiel das Fieber innerhalb von wenigen Tagen. Als Giorgino vom Bett aufstand, hatte er, sowieso schon spindeldürr, einen kräftigen Schuß gemacht und ging krumm und bucklig.

»Halt dich doch gerade!« herrschte ihn Innocente an. Er machte sich ernsthaft Sorgen um den Jungen.

Dieses Kind brauchte dringend Luftveränderung. Innocente überzeugte schließlich Domenico, Giorgino zusammen mit Antonia und Angelica ans Meer zu schicken, in einen Badeort am Küstenstreifen zwischen Cesenatico und Rimini, den auch der Duce gerne aufsuchte.

Im Hotel Manzoni in Igea Marina reservierte Innocente Zimmer für drei Personen, ohne Angelica zu fragen, ob sie überhaupt mitkommen wolle. Aber wie immer gelang es ihm, ihr seinen Willen aufzuzwingen.

Antonia schnürte es die Kehle zu, als sie ihren Neffen so sah: mit schmalen Lippen und kühlem Blick – genau wie Innocente, als er jung gewesen war. Sie war innerlich aufgewühlt, aber es tat ihr nicht weh. Im Gegenteil, sie mochte den Sohn ihrer Schwester, der sie längst verziehen hatte.

Wehmütig nahm Angelica Abschied von Mailand. Die Begegnungen mit Manenti hatten zwischen ihnen ein festes Band geknüpft. Ja, Angelica war verliebt. Sie spürte, daß es diesmal anders war, und Lotti hatte sie mit ihren Vorahnungen bestärkt: Diesmal würde es gutgehen.

Sie verbrachten drei Wochen in dem kleinen Ferienort Igea Marina, in einem sauberen kleinen Hotel mit ausgezeichneter einheimischer Küche und einem hübschen Garten mit Orangenbäumen und Palmen, Strohstühlen und

-tischchen, an denen man abends saß und mit den anderen Gästen, meist Familien mit Kindern, plauderte.

Netta, die das Meer noch nie gesehen hatte, genoß es, die feine Dame zu spielen, und blühte geradezu auf. Jeden Tag nach dem Mittagessen zog sie sich zu einem Mittagsschläfchen ins Zimmer zurück. Einmal nutzte Angelica diese Zeit, um Manenti zu schreiben und ihm die von Palmen gesäumte Strandpromenade zu schildern, die Schönheit der Burg von San Marino, wohin sie einen Ausflug unternommen hatten. Am liebsten hätte sie ihren schwärmerischen Gefühlen Ausdruck verliehen, die sie vor allem bei Sonnenuntergang und nachts überkamen, wenn sie allein auf dem Balkon stand und versonnen dem Brausen der Wellen lauschte.

Aber dann zerriß sie den Brief und beschloß, ihm nur eine Ansichtskarte vom Strand zu schicken.

Mitte Juli kehrten sie alle drei wie verwandelt aus der Sommerfrische zurück. Auch Giorgino hatte sich erholt, hatte neue Kräfte gesammelt und war erwachsener geworden.

Enttäuscht, Manenti nicht in Mailand anzutreffen, erfuhr sie von Lotti, daß er für ein paar Tage zu seiner Familie gefahren und anschließend in der Mailänder Umgebung unterwegs war, um für Künstler, die er zu vertreten hatte, Verträge abzuschließen.

Für Angelica war es ein qualvoller Sommer. Es wäre unerträglich gewesen, wenn sich ihre Geschichte auch diesmal in nichts aufgelöst hätte. Die Vorstellung, sich ganz auf diesen Mann einzulassen, ängstigte sie nicht, denn sie spürte sein Verständnis und seine Nachsicht; als wäre er durch schmerzliche Erfahrungen weise und gut geworden.

Mitte September kehrte Alfredo Manenti nach Mailand zurück. Angelica erfuhr bald davon. Sie zitterte und bangte, und kalter Schweiß brach ihr aus: Würde er sich bei ihr melden? Vielleicht hatte er inzwischen eine andere Beziehung geknüpft? Ob er sie vergessen hatte?

Doch ihre Zweifel erwiesen sich als unbegründet. Eines frühen Nachmittags stand Manenti vor der Tür, einen großen Strauß roter Rosen in der Hand.

»Störe ich denn auch wirklich nicht?« fragte er wiederholt voller Besorgnis.

Er erzählte von den Geschäften, die er abgeschlossen hatte, bat Netta darum, sie Signora Antonia nennen zu dürfen und bot Angelica das Du an. So verbrachten sie den Nachmittag in zwanglosem Gespräch. Gutgelaunt verabschiedete er sich und versprach, in wenigen Tagen wiederzukommen. In jener Nacht hörte Antonia ihre Tochter im Bett schluchzen, den Kopf ins Kissen vergraben. Sie weinte vor Freude.

Den ganzen Herbst hindurch sahen sie sich regelmäßig. Manenti schien Geld im Überfluß zu haben. Sie speisten im *Orologio*, verbrachten dann und wann einen Abend im *Diana*, in dem Sänger aus dem Süden des Landes auftraten, die in Mailand großen Erfolg hatten.

Im Januar lud Manenti Angelica und ihre Mutter in die Scala ein, zur Oper *Il re* von Umberto Giordano.

»Da wirst du die Toti singen hören«, hatte Lotti zu Angelica gesagt. »Sie hat eine Stimme wie eine Nachtigall.«

In der Oper herrschte die angeregte Atmosphäre eines bedeutenden Ereignisses. Das Orchester mit dem Dirigenten Arturo Toscanini begann zu spielen, der Vorhang hob sich. Es war ein eher unbekanntes Werk, und schon bald schweiften Angelicas Gedanken ab, während Manenti wie gebannt lauschte, um keinen Takt zu versäumen. Antonia wiederum saß still und scheinbar konzentriert da. Diese Art von Musik war ihr vollkommen fremd, und so beobachtete sie Angelica und Alfredo und rief alle Heiligen im Himmel an, daß sich das Rad des Glücks diesmal zugunsten ihrer Tochter drehen möge.

Als sich Angelica einmal auf die samtüberzogene Balustrade stützte, riß sich Manenti vom Bühnengeschehen los und sah auf ihre weißen schmalen Hände. Im Laufe des vergangenen Sommers waren alle seine Zweifel, Vorbehalte und Gewissensbisse verschwunden. Sein Herz war bereit.

Im August hatte er nach einem Kurzbesuch bei seiner

Familie in dem abgelegenen Dorf Misano unweit von Cattolica mit Nives ein paar Urlaubstage verbracht. Es hatte ihnen so gut gefallen, daß sie länger als geplant blieben. Aus dem einzigen Brunnen schöpften die wenigen Fischerfamilien ihr Wasser. Eine von ihnen hatte ihnen für ein paar Lire ihr Haus überlassen, eine Hütte, die jedoch nur wenige Schritte vom Meer entfernt lag. Am frühen Morgen, wenn die Fischer mit ihren Booten zum Fischfang aufs Meer hinausfuhren, herrschte geschäftiges Treiben, danach war es den ganzen Tag menschenleer. Sie hätten sich am Strand, in der Sonne, lieben können.

Alfredo hatte sich von Nives, die nackt im Haus umherlief, ihn bekochte und bediente und ihn liebte, becircen lassen. Und er hatte sich gefragt, ob er wirklich den Mut aufbrachte, seinem Leben die entscheidende Wendung zu geben, sobald er wieder in Mailand war.

Doch dann hatte er sich siegreich aus der Schlinge gezogen. Diese Frauen! hatte er sich gesagt. Sie können einen wirklich mit ihrer Liebesschwärmerei anstecken. Sogar Nives hatte angefangen, sich eine Zukunft mit ihm auszumalen.

Am vorletzten Tag teilte er ihr mit, was er vorhatte. Und ihre Reaktion überraschte ihn: Sie brach in Tränen aus und schmetterte in ihrer Verzweiflung sogar zwei Tonkrüge zu Boden, für die die Fischersfrau fünf Lire zusätzlich verlangte. Und sie hatten sich im Streit getrennt.

Manenti, immer noch in die Betrachtung von Angelicas Händen versunken, strich sich über die Schläfe, wo noch das rote Mal zu sehen war: ein tiefer Kratzer, den ihm Nives zugefügt hatte, das blonde Haar zerzaust und tobend wie eine Furie ... Sie war in diesem Augenblick sehr schön gewesen. Er lächelte. Dann legte er mit betonter Feierlichkeit seine Hand auf Angelicas Hand und sah ihr ernst und verliebt ins Gesicht. Sie zuckte leicht zurück.

Seit jenem Abend überstürzten sich die Ereignisse. Noch bevor die Sache offiziell wurde, sprach sich unter den Freunden herum, daß die beiden vorhatten zu heiraten. Als Innocente davon erfuhr, war er geradezu erleichtert. Er kannte Manenti zwar nicht, aber er hätte jeden akzeptiert, der bereit war, Angelica zur Frau zu nehmen.

Später, als Angelica sich zu erinnern suchte, wann Manenti ihr eigentlich seine Liebe erklärt hatte, gelang es ihr kaum. Es war genau so, wie sie es in der Zeitschriftenkolumne der Marchesa Riva gelesen hatte: Wann die Liebe beginnt, weiß man nicht, doch der Augenblick, in dem sie vergeht, ist ein Moment schrecklicher Klarheit.

Doch diese Überlegungen stellte Angelica erst später an, Jahre nach der Heirat. Und dann war sie sich sicher, daß zumindest für Manenti von Liebe nie die Rede gewesen war.

97

Gut sichtbar hatte Innocente auf seinem Schreibtisch im Rathaus ein gerahmtes Exemplar jenes Rundschreibens liegen, das Mussolini im Jahr 1927 an alle Präfekten verschickt hatte, die er als die Keimzelle einer guten und redlichen faschistischen Politik betrachtete.

Der Verbandsführer Parenti hatte Lena mit einer Medaille aus feinstem Gold dafür ausgezeichnet, daß sie fünfzehn Kinder zur Welt gebracht hatte. Tage nach der Feierlichkeit auf der Piazza hatte das ganze Dorf die aus Mailand gesandte Photographie bewundern können, auf der Lena inmitten ihre Familie zu sehen war und die den Zusatz trug: Die kinderreiche, aus neununddreißig Personen bestehende patriarchalische Familie der Bäuerin Elena Piccione.

In der Schule waren die Klassen mittlerweile in zwei Gruppen aufgeteilt, und Battistina hatte eine junge Kollegin an die Seite bekommen. Die beiden Lehrerinnen fühlten sich von der Regierung unterstützt, die viel für die Erziehung der Kinder tat, und überboten sich gegenseitig darin, den ›Mann der Vorsehung‹, wie ihn Seine Exzellenz der Erzbischof genannt hatte, zu loben.

Pietro aber war verzweifelt. Nichts ging mehr nach seinem Kopf. Der Gemeindesekretär machte Libera, die Eros so gut wie versprochen war, in aufdringlicher Art und Weise den Hof und schämte sich nicht einmal, sie auf der Straße anzusprechen.

»Zwei Schmachtlappen, der eine schlimmer als der andere! Faschisten, die so schwarz sind wie ihre Seele, womit habe ich das bloß verdient!«

Auch Battistina war in Wahrheit alles andere als zufrieden. Sie empfand Mitleid mit ihrer Tochter, die vor dem Sekretär regelrecht Angst hatte. Doch dessen Mißfallen zu erregen konnte schreckliche Folgen haben.

Innocente wiederum, der das neue Regime bedingungslos unterstützte, sah in dem Kommunalsekretär die weniger angenehme Seite des Faschismus verkörpert. Er betrachtete ihn als kalt und berechnend, ja als niederträchtig und gemein. Wachsam wie einstmals die Österreicher, entging ihm auch nicht der kleinste Verstoß gegen die Parteivorschriften, den er sofort ahndete.

Andererseits war Innocente auf ihn angewiesen. Er selbst war zwar durch den Willen der Bevölkerung Bürgermeister geworden, hatte aber in den oberen Politchargen keinerlei Unterstützung. Der Gemeindesekretär dagegen war von Parenti empfohlen und hierhergeschickt worden, den Buchhalter Battista abzulösen und die neuen Vorschriften der Partei durchzusetzen. Doch er, Innocente, würde ihn schon hinhalten können, diesen Kerl. Und die Dorfbewohner wußten ebenfalls, wie sie mit so einem umzugehen hatten. Innocente hatte bald Gelegenheit, sich davon zu überzeugen.

Eines Samstags ließ der Sekretär die jungen Männer des Dorfes wie gewöhnlich zum Appell antreten. Bei der Nennung des Namens Galetti Pietro rief er streng: »Hat die beiden vergangenen Samstage gefehlt. Er soll vortreten und sich rechtfertigen!«

Die Augen auf die glänzenden Schaftstiefel des Sekretärs gerichtet, machte Pietro einen Schritt nach vorne und rief: »Ich bin der mit der schwarzen Henne!«

Um dem Sekretär nicht ins Gesicht lachen zu müssen,

hatte sich Innocente rasch umgedreht. Die in Reih und Glied aufgestellten Männer warfen sich einvernehmliche Blicke zu.

Im Eifer des Gefechts hatte der Sekretär ganz vergessen, daß Pierino zwanzig Tage vorher in seinem Büro vorgesprochen und darum gebeten hatte, aufgrund dringender Feldarbeiten von der Anwesenheitspflicht am faschistischen Samstag entbunden zu werden. Es erscheine ihm absurd, hatte er gesagt, so wertvolle Stunden zu verplempern, während sich seine alten Eltern auf den Feldern abrackerten.

»Verplempern?« hatte ihn der Sekretär angeherrscht.

Pierino entschuldigte sich für diesen Fehler und versuchte, den Schaden wiedergutzumachen, indem er dem Sekretär frischen Salat aus dem Garten, ein Bündchen Kräuter und vor allem eine fette schwarze Henne brachte, der den Kopf umzudrehen eine Sünde war. Um sich großzügig zu zeigen, hatte der Parteisekretär dem Fernbleiben Pietros an den beiden nachfolgenden Samstagen zugestimmt. Und die Sache rasch wieder vergessen.

Jetzt aber in dieser Weise in aller Öffentlichkeit daran erinnert zu werden, brachte ihn fast zur Weißglut. Er brüllte den jungen Mann an zurückzutreten. Und Pierino gehorchte mit Unschuldsmiene, den Blick nach wie vor auf die polierten Stiefel des Sekretärs gerichtet. Was für eine Machtdemonstration, dachte Innocente bei sich.

Don Luigi stimmte mit der Lehrerin überein, daß er, der Duce, von der göttlichen Vorsehung geschickt war. Anders ließen sich bestimmte Dinge gar nicht erklären: die Tatsache etwa, daß der Große Rat die Unvereinbarkeit zwischen dem Regime und der Freimaurerei, den Feinden der Kirche, erklärt hatte. Und daß er dem Anschlag dieser verrückten Engländerin namens Gibson auf geheimnisvolle Weise entgangen und nur eine Streifwunde an der Nase davongetragen hatte.

Doch im Märzreferendum desselben Jahres, in dem man nur zwischen zwei Alternativen hatte wählen können, hatten neben einer überwältigenden zustimmenden Mehrheit vier Dorfbewohner mit Nein gestimmt, von denen zwei eindeutig identifiziert werden konnten, Pietro und der Federterra.

Am nächsten Tag ließ Boccioni ein Radiogerät in der Parteizentrale installieren und einen riesigen Lautsprecher auf dem Fensterbrett anbringen. Die Mitglieder der faschistischen Jugendorganisation unter Führung von Eros wurden frühmorgens ausgeschickt, die Leute zu einer festgesetzten Stunde zusammenzurufen. Viele kamen, Frauen und Männer, die sich bei den ersten krächzend-schrillen Sätzen schüchtern den Hut vom Kopf nahmen. Doch dann stabilisierte sich der Ton, und die Stimme des Duce dröhnte hart und mächtig über den Platz.

Derartige Ansprachen des Duce wurden allmählich zu einem Ritual. Und das dörfliche Leben nahm weiter seinen gewohnten Gang. In jenem Jahr fand die Krönung einer Epoche des Friedens statt, und nahezu sechzig Nationen unterzeichneten einen Vertrag zur Sicherung des Weltfriedens.

Doch eine böse Ahnung, etwas Bedrohliches lag in der Luft.

98

Der schnelle Wagen brauste mit fünfzig Stundenkilometer Geschwindigkeit über die ungepflasterte Straße. An Bord der achtzylindrigen Isotta Fraschini erzählte Ziliani, der den Wagen chauffierte, Angelica, Alfredo und der Signora Antonia von seinem neuesten Erfolg mit *La Bohème* im Dal Verme.

Angelicas Gedanken waren jedoch mit anderem beschäftigt. Ein Jahr lang hatte sie sich geduldet; die Beziehung zu Alfredo erschien ihr als eine aufrichtige Bindung zwischen erwachsenen Menschen, die aus ihren Erfahrungen gelernt hatten. Dann hatte sie beschlossen, Manenti ihrem Vater vorzustellen.

Sie genoß die Autofahrt. Feiner weißer Staub drückte

von den Wagenfenstern herein und drang trotz der schützenden Schals aus feinem Tüll in Mund und Nase. Schon so früh am Morgen war es zu dieser Jahreszeit im August brütend heiß.

Das Dorf war jetzt nicht mehr weit. Draußen zog die Landschaft vorbei: Weinberge und die dank der Kanalisation neu angelegten, in der Sonne glitzernden Reisfelder. Auch Angelica und Antonietta, die das nicht zum erstenmal sahen, waren von der spiegelglatten Wasseroberfläche bezaubert.

Das Dorf der Dagos lag auf einer trockenen Erhebung, und man mußte schon tief graben, um auf eine wasserführende Schicht zu stoßen. Es erforderte daher weit mehr Mühe, dieses Land zu bebauen, als im flachen Gelände.

»Ich werde nicht aufhören, bevor ich nicht das Paradox gelöst habe, daß ein Teil der Lombardei, der wasserreichsten Region Italiens, von Dürre heimgesucht wird«, hatte der Ingenieur Eugenio Villoresi immer wieder verkündet. Und er hatte sich die übermenschliche Aufgabe gestellt, das Wasser aus den Seen von Lugano, Varese und dem Lago Maggiore umzuleiten.

»Vor der Kolonisierung Afrikas steht die Kolonisierung Italiens«, pflegte er zu sagen.

Auch im Dorf gab es also jetzt kleinere Reisfelder, die eine Familie ohne fremde Hilfe bestellen konnte. Natürlich nicht zu vergleichen mit den riesigen Reisfeldern in der Gegend um Vercelli.

Angelica und Antonia traten durch den kühlen Portikus; Ziliani und Alfredo blieben unter ihm stehen und bewunderten das bemalte Gewölbe. Die Villa sah verlassen aus.

»Amabile! Bastiano!« rief Angelica.

Auch die beiden Männer traten näher heran. Seit langem unbewohnt, rostete der Käfig des Käuzchens still vor sich hin. Sandrone war zu Füßen des Hügels unter einer der zwölf Sandsteinstatuen begraben worden, die über den gesamten Garten verteilt waren.

»Niemand da.« Angelica war bis in den Nutzgarten vorgedrungen. Bienen umsummten sie.

»Sie sind alle im Rathaus«, ertönte eine Stimme am Fenster des Nachbarhauses.

»Oh, Giacinta, danke«, erwiderte Angelica lächelnd.

Jetzt erinnerte sich Angelica, daß dies der Tag war, an dem Innocente alle diejenigen eingeladen hatte, die ihm behilflich gewesen waren, sein Jagdreservat aufzubauen. Daß er sie für ihre Dienste belohnen wollte, hatte er schon an Weihnachten begeistert erzählt.

Sie trafen ihn in der Gemeindehalle an, wo bereits viele Männer und junge Burschen versammelt waren. Auf einem Tisch lagen Umschläge, die die Aufmerksamkeit der Anwesenden auf sich zogen. Innocente rief jeweils einen Namen und nahm einen Umschlag in die Hand. Ein junger Mann eilte herbei.

»Zum Dank dafür, daß du auf sieben Rebhuhnnester aufmerksam gemacht hast!« Feierlich überreichte ihm der Bürgermeister die Belohnung.

Ziliani und Manenti ließen amüsiert den Blick über die Versammlung schweifen: Alle Männer trugen kragenlose weiße Hemden, dunkle Hosen und Hosenträger. Ihre Gesichter waren sonnengebräunt, doch da sie sich bei der Arbeit auf den Feldern gewöhnlich den Kopf bedeckten, verlief auf ihrer Stirn ein heller Streifen.

Innocente trug seinen Sommeranzug, einen breitkrempigen Panamahut mit einem dunkelgrünen Band, ein weißes Hemd mit Kragen und eine Schleife.

»Oh, wer beehrt mich denn da mit seinem Besuch!«

Seine Stimme hatte wie immer einen ironischen Unterton. Trotz der sommerlichen Schwüle fröstelte Angelica. »Darf ich vorstellen ...«, sagte sie.

Aber Manenti hatte freudestrahlend bereits Innocentes Hände ergriffen. »Wunderbar! Großartig!« rief er in ehrlicher Begeisterung aus. »Hundertachtzig Rebhühner, fünfzehn Fasane, sechs Wachteln! Das ist ja ein richtiges Naturreservat! Angelica hatte mir nie in dieser Weise davon erzählt. Sie wissen ja, den Frauen fehlt es an Begeisterung für die Jagd. Aber ich bin schon als Kind mit meinem Vater unterwegs gewesen, der ein guter Schütze ist. Und ich erinnere mich noch an die ersten Treffer auf die Stare, die sich über die Trauben hermachten. Aber dann hinderten mich das Studium und sonstige Verpflichtungen, diese Jagdleidenschaft weiter zu pflegen ...«

Von diesem Redefluß aufs angenehmste überrascht, fing Innocente an, Alfredo sein Jagdreservat in den glühendsten Farben zu schildern. Auch Ziliani hörte interessiert zu.

»Oh, Bastiano«, riefen Angelica und ihre Mutter wie aus einem Mund. Bastiano reichte Brothäppchen mit Salami, seine Frau schenkte den Gästen Wein aus einer großen Flasche ein.

»Ciao, Bastiano«, begrüßte ihn Angelica noch einmal.

Doch Bastiano hob nur eine Hand und lächelte flüchtig. Einen Augenblick blieb sein Blick an Manentis fülligem Gesicht haften. Amabile kam mit einem Tablett sauberer Gläser herein. Innocente hob sein Glas, und man prostete sich zu. Alfredo flüsterte Ziliani etwas ins Ohr, der daraufhin schwungvoll auf einen Stuhl stieg und zur allgemeinen Verblüffung in die plötzliche Stille hinein mit ausgebreiteten Armen und schallender Stimme das Weinlied *Viva il vino ch'è sincero* anstimmte.

Durch diese Darbietung ermuntert, stimmten einige Männer ihrerseits ein volkstümliches Lied der Gegend an.

Mit seinen Gästen kehrte Innocente bald darauf in die Villa zurück. Wegen der großen Hitze und der Salamihäppchen hatte niemand so recht Hunger. Und so begnügte man sich mit kaltem Fleisch und Salat.

»Liegt wenigstens die Wassermelone auf Eis?« fragte Innocente Amabile bitter. Diese ungehobelte Frau konnte er einfach nicht ertragen. Er saß mit seinen Gästen auf den Korbstühlen hinter dem Haus, und das Herz ging ihm auf, blickte er auf seinen Garten, den Bastiano hegte und pflegte. Über dem kurzgestutzten, häufig bewässerten Rasen lagen die Schatten der Magnolienbäume, deren große weiße Blüten von Insekten umsummt wurden. Schmetterlinge torkelten über den saftigen grünen Rasen.

Amabile servierte die frische Wassermelone, die Bastiano in weiser Voraussicht im Brunnen gekühlt hatte. Die Oper lieferte ausreichend Gesprächsstoff, und Manenti stellte sich als musikalischer Impresario vor, ohne daß Innocente nach weiteren Einzelheiten seines Berufs gefragt hätte.

So ging der Nachmittag dahin; die Wespen umschwirrten die Melonenschalen, und eine allgemeine Schläfrigkeit breitete sich aus. Doch Innocente raffte sich auf und rief: »Wie denn? Wo glaubt ihr denn, wo ihr seid? Wir haben jetzt das Kino hier, meine Lieben!« grinste er. »Wie in Mailand! Was für ein Fortschritt! Also los, gehen wir!«

Seit einiger Zeit wurden tatsächlich im Dorf Filme gezeigt. Ein Fremder war ins Dorf gekommen, hatte zwei Räume im Erdgeschoß eines Hauses angemietet, die Zwischenwände herausgerissen und den so entstandenen großen Raum mit Stuhlreihen bestückt. Vorstellungen fanden an Feiertagen spätnachmittags statt.

Diese Neuheit, noch weit spektakulärer als das Radio, lockte zahlreiche Zuschauer an, denn auch der Eintrittspreis war erschwinglich. Durchschlagenden Erfolg hatte bereits der erste Film gehabt, *Cabiria*, die Geschichte der unglücklichen römischen Sklavin Cabiria, die dem bösen Gott Moloch geopfert werden soll, dann aber von dem guten Riesen Maciste gerettet wird. Die Handlung erinnerte an jene Geschichten, die früher im Winter im Stall erzählt worden waren, und war bei den Zuschauern gut angekommen. Kinder und Frauen hatten Tränen vergossen.

Innocente ging einen Schritt voraus; die Stuhlreihen waren in einen Männer- und in einen Frauenbereich aufgeteilt, und auch die Kinder mußten sich nach Geschlechtern getrennt setzen, wie in der Kirche. Antonia und Angelica steuerten auf Battistina zu, die mit Libera und Giovanna, Natalinas Tochter, bereits auf ihren Plätzen saßen. Innocente begab sich mit seinen Gästen auf die andere Seite und nahm neben Giorgino Platz.

Angelica umarmte Libera: »Was gibt's Neues? Immer noch zwei Verehrer?« scherzte sie. »Eines Tages wirst du dich doch für einen von beiden entscheiden?«

Libera schüttelte den Kopf, ihr duftiges Haar wippte auf und ab.

Der Kinobesitzer löschte das Licht. Schon seit einiger Zeit gab es elektrischen Strom im Dorf.

»Ruhe!« rief der Kinobesitzer. »Wir fangen an!«

Auf der Leinwand erschien knisternd und flackernd der Schriftzug ›*Sofonisba. Ein antikes Drama*‹.

Es folgten die Namen der Schauspieler mit der großen italienischen Diva Italia Almirante Manzini an der Spitze. Der Film, mehr als fünfzehn Jahre alt, war unscharf und verschwommen, und das Publikum protestierte empört. »Ruhe!« rief der Kinobesitzer erneut.

Daraufhin brach der Krawall erst richtig los. Im tosenden Lärm von Schreien und Protestrufen stampften die Kinder mit ihren Holzpantoffeln auf den gefliesten Boden auf, von den Vätern nur halbherzig zurückgehalten, die ein Viertel Rot- oder Weißwein und mit Stracchino-Käse oder Sardellen belegtes, in kräftiges blaues Packpapier eingeschlagenes Weißbrot mitgebracht hatten.

Das Publikum schien sich lediglich von der apokalyptischen Szene des Brandes erschüttern zu lassen, und eine plötzliche, kurzzeitige Ruhe trat ein.

Schließlich war der Film zu Ende. Alle drängten hinaus an die frische Luft.

Eros, ein glühender Anhänger der Kinematographie, diskutierte mit anderen jungen Leuten, ohne den Gemeindesekretär und Libera aus den Augen zu lassen, die sich bei Antonia untergehakt hatte. Innocente war offen für alles Neue, ja, für neue Erfindungen hegte er eine wahre Leidenschaft. Er hatte sich schon vor zehn Jahren ein einfaches Gerät zum Abspielen von Musikaufnahmen angeschafft, bei dem eine Nadel auf eine rotierende Wachswalze Schallrillen schnitt, und mittlerweile besaß er einen wunderbaren Phonographen mit Trichter. Aber dieses Kino erschien ihm als blanker Unfug.

Nach anfänglicher Neugier teilten im Dorf bald alle seine Meinung, und schon nach wenigen Monaten wurden die Filmvorführungen mangels Publikumsinteresse wieder eingestellt.

Innocente schlug den Männern vor, zu einem Gläschen

Wein bei Luigina einzukehren, und die Frauen schlenderten, gemeinsame Erinnerungen austauschend, zu Natalinas Haus.

»Und du, Angelica!« wandte sich Battistina eifrig an die Freundin. »Du sagst ja gar nichts. Erzähl doch, bist du glücklich?«

»Ja«, nickte Angelica sanft. »Stimmt's, Mama, Alfredo ist ein guter Mensch. Er stammt nicht von hier, sondern aus der Gegend um Parma.«

»Und seine Familie? Hast du sie kennengelernt?«

»Er hat nur noch eine Mutter und Geschwister ... Sie haben ein Landgut, ich weiß nicht, ob es ihnen gehört oder ob es gepachtet ist. Er jedenfalls arbeitet in der Musikbranche. Bei ihm zu Hause war ich noch nicht. Einmal wird seine Mutter nach Mailand kommen.«

»Ein gutaussehender Mann, dein Alfredo; groß, stattlich und sympathisch«, versicherte Battistina. Angelica lächelte bescheiden. »Schade, Tante Lina, daß du nicht da warst und ihn kennengelernt hast.«

»Ich hatte zu nähen und die Hemden zu besticken. Jetzt, wo Giovanna aus der Spinnerei entlassen wurde und nur noch Domenico arbeitet ...«

»Dann geht es der Spinnerei also nicht so gut?«

»Viele Frauen wurden entlassen«, erwiderte Natalina. »Und auch viele Männer sind ohne Arbeit. Zum Glück floriert Quarantas Weberei; Boccioni braucht ständig Arbeitskräfte für die neuen Webstühle.«

»Sie zahlen auch Arbeitslosengeld, aber nur ein paar Lire«, sagte Domenico. »Einmal im Monat muß man nach Busto Piccolo ins Arbeitsvermittlungsbüro, um sich einen Stempel geben zu lassen. Wenn einer das Parteibuch hat und das Parteiabzeichen an der Jacke trägt, findet er manchmal sogar eine Stelle.«

Aus seinen Worten sprach Verbitterung. Ohne es laut zu sagen, empfanden es viele im Dorf als Ungerechtigkeit, das Parteibuch vorzeigen zu müssen, um in den Genuß von Zuwendungen jeglicher Art zu gelangen. Das war ein Machtmonopol, dessen unnachgiebiger Sachwalter der Gemeindesekretär war.

»Und die Hochzeit?« fragte Battistina, um das Gespräch wieder in fröhlichere Bahnen zu lenken. »Wann soll die Hochzeit stattfinden? Und wo werdet ihr wohnen?«

Angelica errötete kaum merklich. Über ihre zukünftige Bleibe hatte sich Manenti noch nicht geäußert. Sie saßen in dem kleinen Gärtchen, und hinter dem Khakibaum war inzwischen der Mond aufgegangen.

Giorgino erschien am Fenster: »Wie soll ich denn schlafen können, wenn ihr hier draußen ununterbrochen redet?« jammerte er. »Ich bin todmüde.«

Lachend standen sie auf. Netta umarmte und küßte Angelica, als müßten sie für eine lange Zeit Abschied nehmen. Natalina richtete für ihre Schwester das Bett auf der Ottomane her, auf der einst Mamma Ersilia geschlafen hatte.

»Ich begleite dich noch ein Stück«. Battistina nahm sanft Angelicas Arm. Sie brachten zuerst Libera nach Hause, die inzwischen eingeschlafen war, und setzten dann ohne Eile ihren Weg zur Villa fort. Männer kamen ihnen entgegen, die von der sonntäglichen Sauferei betrunken nach Hause torkelten.

»Paßt nur auf, zu Hause setzt es Schläge!« scherzte Battistina. Sie sah Angelica an und sagte ehrlich überzeugt: »Es freut mich so sehr, daß endlich auch du glücklich bist.« Und nach einer Weile fügte sie hinzu: »Und ... dein Vater?«

Angelica schüttelte den Kopf. »Diesmal habe ich allein entschieden, Battistina. Er kann sagen, was er will ...« Sie unterdrückte ein Kichern. »Trotzdem krampfte sich bei der Ankunft in mir alles zusammen, ich hatte Angst wie sonst auch. Du kennst ihn ja, meinen Vater, wenn er die Leute auf den Arm nimmt. Aber du wirst es nicht glauben: Er und Alfredo haben sich auf Anhieb verstanden ... Und erst beim Mittagessen ... lieber Manenti hier, lieber Manenti dort ... ich war wirklich verblüfft.«

Auch Battistina kicherte. »Dann ist ja alles bestens. Wenn ihm jemand von Anfang an sympathisch ist, dann bleibt es auch so. Wenn aber nicht ... Aber man sieht schon, daß dein Alfredo ein tüchtiger junger Mann ist. Ich will nicht sagen, schlau, das wäre zu negativ, aber jedenfalls doch von gesundem Menschenverstand, umgänglich und offen ...«

Gutgelaunt verabschiedeten sie sich vor der Tür. Angelica richtete sich ihr Bett auf dem Sofa in dem kleinen Wohnzimmer. Für die Gäste aus der Stadt hatte Amabile ein Zimmer im ersten Stock hergerichtet und die Betten frisch überzogen. Auch die Katze hatte sie nach oben gebracht, damit sie auf Mäusejagd ging.

Ziliani und Alfredo waren mit Innocente frühzeitig nach Hause aufgebrochen. Als Manenti unter die Decke geschlüpft war, ließ er seinen Blick noch einmal durchs Zimmer schweifen: über die wertvollen Möbel, auf denen fingerdick der Staub lag. Seine Verlobte, dachte er, hätte doch wahrhaftig das Zimmer in Augenschein nehmen und Staub wischen können ...

Er seufzte tief. Die dicken Mauern schirmten zwar die Hitze ab, aber die weiße Piquédecke war lästig. Mit einem Fußtritt stieß er sie weg. Er hatte festgestellt, daß Angelicas hausfrauliche Fähigkeiten sehr zu wünschen übrig ließen; kochen jedenfalls konnte sie nicht.

Ziliani stand inzwischen vor dem offenen Fenster und pfiff *Parlami d'amore, Mariù*.

»Sieh dir das an!« rief er aus und drehte sich zu Manenti um. »Dieser Garten! Und das Haus ... renovierungsbedürftig, aber immerhin solide gebaut, mit dickem Mauerwerk.«

Zikaden- und Grillengezirp erfüllten die nächtliche Stille.

»Und hier ... die Glühwürmchen!« rief er aus.

»Geh endlich ins Bett, du Dummkopf«, murmelte Alfredo, »ich bin todmüde.«

Der Mond schien durch die Fensterläden herein, und Angelica fand keinen Schlaf. Aufgeregt hielt sie sich immer wieder ihre Ankunft im Dorf vor Augen – ihre Genugtuung, als Verlobte am Arm Manentis durch das Dorf gegangen zu sein. Endlich war auch sie auserwählt, vor anderen bevorzugt, hofiert worden, ja geliebt ... geliebt – bei diesem Gedanken spürte sie in ihrem Herzen ein leichtes Stocken, eine beunruhigende Unsicherheit.

99

Wenn es der Spinnerei Dago Anfang der dreißiger Jahre zunehmend schlechter ging, so lag das nicht zuletzt an den neuen Zwirn- und Garnarten, die auf den Markt drängten, Kunstprodukte, die preisgünstiger waren als Seide.

Im Dorf wollte es zuerst niemand wahrhaben. Doch nach den ersten Entlassungen taten sich auch die Männer – Ehemänner, Väter oder Brüder der Arbeiterinnen – zum Protest zusammen. Anderswo, so erfuhr man, kam es zu regelrechten Aufständen, doch im Dorf waren Streiks kläglich mißlungen. Das Ergebnis waren hundertfünfzig Entlassungen und ein unbezahlter Arbeitsmonat. Zum erstenmal wurde der Name Francesco Dago verflucht, beleidigt und auf der Piazza verspottet. Doch der Padrone ließ sich nicht davon abhalten, allabendlich auf einer Steinbank vor der Kirche zu sitzen – mit dem guten Gewissen eines Mannes, der sein Möglichstes getan hatte. Baumwolle, Leinen und die neumodischen Garne waren zunehmend gefragt, die von Boccioni geführte, gutgehende Weberei bezeugte es. Seide dagegen hatte keine Konjunktur. War das denn seine Schuld?

Francesco rauchte, und sein Blick ging ins Leere; er fühlte sich alt, ohnmächtig. Sein Sohn arbeitete schon seit geraumer Zeit in der Lederwarenindustrie bei Lampini, einem Verwandten seiner Frau, und aus praktischen Gründen war er ganz dorthingezogen. Ein verschlossener, einzelgängerischer junger Mann, genau wie er es gewesen war. Obwohl schon über dreißig Jahre alt, machte er noch immer keine Anstalten, eine Familie gründen zu wollen.

Vielleicht war es vom Schicksal vorherbestimmt, daß der Name Dago aussterben sollte … Doch Francescos Bitterkeit wurde durch den Gedanken an Adelaide sofort gemildert. Die Zärtlichkeit und das Wohlwollen seiner Frau waren ihm ein Trost. Alles andere würde kommen, wie Gott es wollte. Aus seiner Versunkenheit riß ihn der Sprechgesang einer Gruppe von Männern auf der anderen Seite der Piazza, der zunächst leise war, dann zunehmend anschwoll. Sie skandierten einen Vers, den er als leise Bedrohung empfand:

Die Spinnerei, die ist
viel schlimmer als Gefängnis ...

Wirklich bedrohlich! dachte er und zog sich eilig zurück. Seither verzichtete er darauf, abends hier draußen eine Zigarre zu rauchen. Und binnen eines Monats schloß er die Spinnerei und züchtete Hühner auf dem Gelände.

Quarantas Weberei dagegen florierte weiter. Zweihundert Arbeiterinnen und Arbeiter waren inzwischen dort beschäftigt; etwa zwanzig Mädchen, Frauen und weniger als zehn Männer arbeiteten rund um die Uhr an den Webstühlen, die auf das Jacquardsystem eingestellt waren. Von den Webstühlen liefen Meter um Meter weiße oder gefärbte Baumwolle, Popeline und andere Stoffarten, die auch ins Ausland exportiert wurden.

Angelica und Alfredo wurden im März von Don Luigi getraut, in einer unspektakulären, schlichten Zeremonie. Trauzeugen waren Ziliani und Lotti, die in der Kirche Schuberts *Ave Maria* sang.

Mit der Vorbereitung des Festessens betraute Innocente Luigina und Umberto, die im Salon den langen Tisch aufstellten und es an nichts fehlen ließen; sogar an ein kleines Väschen mit rosa und weißen Kamelien hatte Luigina gedacht. Nur die bei Dorfhochzeiten übliche ausgelassene Fröhlichkeit mochte sich nicht einstellen.

Auch Tosoni war gekommen, mit grauer Löwenmähne und strahlendem Blick. Bei der Erwähnung Gianninas, der sicheren Ursache seiner Verjüngung, errötete er wie ein Kind.

Marangoni hob sein Glas und brachte einen Trinkspruch aus: »Knüpfen wir an die herzlichsten Glückwünsche für unsere lieben Freunde unseren aufrichtigen Wunsch für die eheliche Verbindung Eddas, der ältesten Tochter des Duce, mit dem Grafen Galeazzo Ciano!«

Weitere Trinksprüche folgten: auf Lottis Karriere, auf Luiginas Gasthaus und auf die Gesundheit aller Anwesenden.

Am Ende des Festmahls brach ein heftiger Gewittersturm los. Nach der Torte verabschiedeten sich deshalb die Gäste, sobald sich das Unwetter gelegt hatte. Schließlich saß Angelica mit Alfredos Mutter allein am Tisch. Ziliani hatte sie aus der Emilia mit seinem Wagen abgeholt, und er brachte sie auch wieder nach Hause zurück. Alfredos Mutter, eine kleine und schmächtige Frau, hatte seit ihrer Ankunft kein Wort gesprochen, und ihr Mund hatte sich kein einzigesmal zu einem Lächeln verzogen. Angelica beschränkte sich daher auf ein paar oberflächliche Liebenswürdigkeiten und tröstete sich mit dem Gedanken, daß sie sie niemals wiedersehen würde – was auch der Fall war.

In der Wohnung in der Via Mazzini hatte sich nach Angelicas Hochzeit nicht viel verändert. Antonia hatte das große Bett dem Paar überlassen und schlief jetzt in Paolos Arbeitszimmer. Alfredos Vorsatz, eine Wohnung zu suchen, war ein leeres Versprechen geblieben. »Hier ist doch genug Platz!« hatte Netta protestiert, die befürchtete, dadurch würde sich die Heirat nur noch weiter hinauszögern. Und Angelica war damit einverstanden gewesen, zumal es ihr schwergefallen wäre, sich von ihrer Mutter zu trennen.

Antonia fehlte es auch weiterhin nicht an Aufträgen, und sie hatte daher alle Hände voll zu tun. Seit Jahrzehnten nähte und bestickte sie für Angelica feinstes Leinen; Unterwäsche, lange und kurze Hemden und spitzenbesetzte Taftbüstenhalter. Über diese Aussteuer, in Kisten verwahrt und ab und zu ausgelüftet, hatte Angelica zwar häufig gespottet – »Sieh mal, das hier ist ein Stück für den Trödler« –, weggeworfen hatte sie aber nichts davon, um ihre Mutter nicht zu kränken.

Netta war nach der Hochzeit im Dorf geblieben, damit die Frischvermählten ihr Glück erst einmal ungestört genießen konnten.

Während Angelica sich in der Rolle der Hausfrau unwohl fühlte, hatte Alfredo keinerlei Berührungsängste mit dem Herd. Unbeschwert kochte er eine Fleischsauce für die Nudeln und drohte mit dem Zeigefinger: »Iß, denn das ist das allerletztemal! Bei uns muß die Frau kochen, der Mann ist der Herr im Haus!« Aber er sprach in sanftem, scherzhaftem Ton.

Daß er ein Mann war, mußte er in jener Nacht – nach dem Essen – unter Beweis stellen.

Angelica hatte dafür gesorgt, daß nicht einmal ein Streifen Licht von draußen ins Zimmer drang. Stockdunkel sollte es sein, wenn ihre Liebesnacht begann.

Bis auf die verschwommene Erinnerung an Bastianos beklemmende Art, sie an sich zu drücken, was ihr stets widerstrebt hatte, verfügte Angelica über keine nennenswerte Erfahrungen in diesem Bereich.

Und so lastete sie sich ihre übertriebene und dumme Reserviertheit selbst an und bedauerte, ihre legitimen Wünsche und Bedürfnisse nicht zum Ausdruck bringen zu können. Aber Alfredo hatte sich bereits mit einem zufriedenen Seufzer von ihr gelöst. Als sie sein rosiges volles Gesicht betrachtete und seinen regelmäßigen Atem hörte, sagte sie sich zum Trost, daß noch viele weitere Nächte folgen würden.

Im Augenblick jedenfalls war sie erleichtert darüber, daß Alfredo offenbar nicht bemerkt hatte, daß sie keine Jungfrau mehr war. Und als sie ins Bad ging, um sich im Spiegel zu betrachten, sang sie leise vor sich hin.

Als Netta ein paar Tage später nach Hause kam, las sie im Gesicht ihrer nunmehr fast vierzigjährigen Tochter nur einen leichten Ausdruck der Unsicherheit. Alfredo stand voll und ganz in der Gunst seiner Schwiegermutter: aufmerksam und bereit, sich den Gewohnheiten der beiden Frauen anzupassen und alles mitzumachen, bis auf den abendlichen Rosenkranz, den mitzubeten er, wie er sagte, als Heuchelei empfunden hätte.

Später sollte sich Angelica an diesen Satz erinnern, der aus dem Mund eines Mannes wie Manenti absurd war …

Nach jener ersten Nacht vergingen zwei Wochen, bevor sich Manenti ihr eifrig, ja aufdringlich wieder näherte. Angelica verdrängte den Gedanken an etwas Affektiertes und Gezwungenes in seinem Benehmen. An der Seite dieses stattlichen Mannes spazierenzugehen, bewundert von anderen Frauen, verschaffte ihr eine Genugtuung, durch die alle Zweifel verscheucht wurden. In einem bestimmten Alter war eheliche Harmonie schließlich wichtiger als eine kurzlebige Leidenschaft. Als sie aus den Heiratsunterlagen erfuhr, daß Manenti weitaus jünger war, als sie vermutet hatte – zweiunddreißig –, war sie etwas verunsichert. Doch auch Alfredo war über ihr Alter erstaunt gewesen, sah sie doch aus wie ein junges Mädchen!

100

Von der großen Versammlung auf der Piazza Venezia las Innocente in der Zeitung. Die Einzelheiten erfuhr er vier Tage später, als die begeisterten Teilnehmerinnen zurückkehrten. Die Journalisten schrieben das Übliche: »... Mussolini löste einen Begeisterungstaumel aus. Er ist die Seele, die Stimme und das Gewissen unseres Volkes ...« Und im *Popolo d'Italia* war zu lesen: »Mussolini spricht uns allen aus dem Herzen, deshalb applaudieren ihm die Massen. Man kann nur darüber lächeln, wenn einer, womöglich aus dem Ausland, von faschistischer Tyrannei spricht.«

Obgleich er mit dem Verfasser des Artikels einer Meinung war, übersprang Innocente viele Zeilen, um zur detaillierten Berichterstattung jenes großen Tages zu kommen. Er stellte sich seine Schäfchen vor, verloren in der riesigen Herde unter dem Balkon des Palazzo Venezia.

»Auf der Versammlung der Frauen des faschistischen Italiens wurden nicht nur einzelne Bäuerinnen mit Geldpreisen ausgezeichnet, sondern auch ganze Arbeitskolonnen. Wie immer, wenn er vor dem einfachen Volk steht, strahlte der Regierungschef vor Freude. Ich sah eine schöne, schwerkranke Sechzehnjährige, die den Duce anbetete wie Gott im Himmel. ›Ich habe starke Schmerzen‹, sagte die Kleine, ›aber um den Duce zu hören, leide ich gern.‹ Ein anderer aus der Menge nannte den Duce ›Vater‹.«

Innocente schnaubte ärgerlich. Derartige Übertreibungen haßte er. Er übersprang einen großen Absatz.

»... in jeder Gesellschaft gibt es Unrecht und Kränkung. Doch für das italienische Volk verkörpert Mussolini ein antikes Gerechtigkeitsideal: Er würde jedes Unrecht wieder gutmachen, wenn er nur davon wüßte, und alle Tränen trocknen. Keine seiner Gesten ist den Massen entgangen. Eine Rose, die ihm von einem Mädchen geschenkt wurde, steckte er in den Gürtel, und von Zeit zu Zeit nahm er sie behutsam in die Hand, um daran zu schnuppern. Mit energischer Entschlossenheit verteilte er die Preise ... Die Menge war hingerissen ...«

Innocente legte die Zeitung wieder zusammen. Einen derart schwülstigen Stil mochte er nicht. Auch die Berichte auf den folgenden Seiten über die wachsende Wirtschaftskrise, die seit dem vorigen Jahr vor allem in Amerika Opfer forderte, wollte er nicht lesen. Er konnte nicht verstehen, daß sich jemand von einem Wolkenkratzer stürzte, bloß weil er finanziell ruiniert war. Man mußte die kleinen Freuden des Lebens genießen! Mit Ungeduld erwartete er die Rückkehr der Dorfbewohnerinnen und seines frisch verheirateten Töchterchens aus der ewigen Stadt.

Bei einer heißen Schokolade waren alle auf Signora Luiginas Veranda versammelt.

»Erzähl mal, Libera, wie war's?«

Die junge Lehrerin errötete und schüttelte den Kopf: »Nein, sprich du, Mama.«

Battistina stellte die Tasse ab. »Es war wunderschön, *sciùr* Bürgermeister. Im Zug bekamen wir ein Freßpaket mit einem Viertel Hähnchen, zwei Brötchen, Käse, Schokolade und einem Apfel. Vor der Ankunft sind wir eine nach der anderen auf die Toilette gegangen – es gab sogar eine Toilette im Zug –, um uns anständig zurechtzumachen. Der rote Rock und die weiße Bluse standen uns Landfrauen wirklich gut ... Dazu bekamen wir noch ein Halstuch mit der Aufschrift ›Duce, die Frauen lieben dich‹.«

»Aber wir Mädchen waren noch schicker«, unterbrach

sie Giovanna, »in unserem schwarzen Faltenrock und weißer Piquébluse ...«

»Am besten sahen die Gruppenführerinnen aus, in gut geschnittener blauer Uniform und blauem Filzhut ...«

»Wir wurden mit Bussen zum Übernachten in eine Kaserne gebracht. Am ersten Abend waren wir todmüde und sind sofort ins Bett gegangen. Es war sauber, manche ekelte es vor den Wolldecken, aber ich habe geschlafen wie ein Murmeltier ...«

»Battistina, faß dich doch ein bißchen kürzer«, drängte Innocente, »und halte dich nicht mit Nebensächlichkeiten auf ...«

»Es ist so viel passiert, ich weiß nicht, womit ich beginnen soll! Am Morgen haben sie uns einen Blechbecher mit Kaffee gegeben, wie den Soldaten. Giovanna hatte sich verspätet, und als sie endlich kam, reichte ihr ein Soldat einen Becher und sie ... platsch! kippt sich ihn über die weiße Bluse! Sie lief wieder nach oben, um sich umzuziehen, aber der Lastwagen wollte jeden Moment abfahren, wir saßen bereits auf unseren Plätzen, und der Motor lief. Wir konnten den Fahrer überreden, zu warten bis sie, keuchend und mit offener Bluse, endlich herbeigeeilt kam ...«

»Was erzählst du da für Albernheiten, Battistina! Und *er*? Habt ihr ihn aus der Nähe gesehen?«

»Aber ja, *sciùr* Cént: Ein schöner Mann! Es wird viel über seine Liebschaften getratscht. Ob etwas Wahres dran ist, weiß ich nicht. Doch welche Frau würde nicht mit *ihm* sündigen wollen?« Gelächter ertönte, dann redeten alle durcheinander.

»Ruhe! Eine nach der anderen!« rief Innocente und nahm eine von Mussolinis Posen ein. »Und die Rede?«

»Na ja, große Worte: die Erde, die Bauern, wir Landfrauen, Mütter und Kinder«, antwortete Battistina eilig. Offenbar hatte sie sich nicht sonderlich für die Rede interessiert.

»Libera, erzähl du doch mal«, ermunterte Giovanna die Freundin.

Aus dem Gekicher schloß Innocente, daß es etwas zu erzählen gab.

»Vor dem Abendessen hatten wir freien Ausgang. ›Gebt acht! Laßt euch mit niemandem ein, ich bin für euch verantwortlich!‹ hatte uns unsere Gruppenführerin ermahnt. Wir sind in den nahegelegenen Park gegangen. Dort waren viele Flieger …«

»Und alle haben Libera nachgeschaut«, sagte Giovanna ohne jeden Neid.

»Halt den Mund«, unterbrach sie Libera verärgert. »Jedenfalls waren wir, ebenso wie die jungen Männer, gerade dabei, frische Luft zu schnappen, als die Gruppenführerin vorbeikam und mißtrauisch fragte: ›Was macht ihr denn hier? Und wer sind diese jungen Männer?‹ Einer der Flieger, der unsere Verlegenheit erkannt hatte, trat vor: ›Ich begleite die jungen Damen. Das hier ist meine Verlobte.‹ Er reichte mir den Arm. ›Ich leiste meinen Militärdienst in Rom ab.‹ Wir wären fast gestorben vor Lachen. Doch er blieb ernst. Immer noch verärgert, entgegnete die Gruppenführerin: ›Ach ja? Dann bringen Sie die jungen Mädchen in ihr Quartier zurück, es wird bereits dunkel!‹«

»Und den ganzen Weg bis zur Kaserne hat er sie untergehakt«, fügte Giovanna hinzu.

»Gut so«, meinte Innocente amüsiert. »Unsere Libera ist schön wie eine Rose, kein Wunder, daß ihr alle Männer nachschauen …«

»Am nächsten Tag«, fuhr Battistina fort, »waren wir beim Papst. So viele Frauen wie auf dem Petersplatz habe ich noch nie auf einmal erlebt.«

»Habt ihr den Papst aus der Nähe gesehen?«

»Wir konnten ihn gut erkennen. Er hat die Frauen gesegnet, die in der ersten Reihe knieten. Dieser Segen galt für uns alle. Dann hat er sich die Füße küssen lassen. Mir kommen jetzt noch die Tränen, wenn ich daran denke. Das war wirklich ein großer Augenblick, nicht wahr, Libera?«

»Ach, übrigens«, fuhr Innocente dazwischen, »wir müssen die Gruppenführerin hier im Dorf ernennen. Libera, wie wär's mit dir, du hast doch die höhere Schule besucht …«

»Um Gottes willen!« protestierte Battistina. »Meinen

armen Pietro würde der Schlag treffen. Nichts für ungut, *sciùr* Cént ...«

Das Amt wurde schließlich der aufgeweckten Ornella anvertraut. Auf dem Nachhauseweg fragte Innocente Battistina nach Angelica.

»Wir haben uns nur zweimal gesehen. Angelica wohnte in einem schönen Hotel, wir wußten zwar, in welchem, aber in der kurzen Zeit konnten wir sie nicht besuchen. Doch als wir zum Papst gegangen sind, haben wir auch Angelica und Signor Manenti gesehen.«

»Und wie geht es ihr?« fragte Innocente ungeduldig. »War sie glücklich? Und ihr Mann?«

Battistina, die sich die Sorge eines Vaters um die späte Heirat der einzigen Tochter gut vorstellen konnte, machte nur vage Andeutungen.

»Er scheint ein anständiger, bedächtiger und gutmütiger Mann zu sein. Mit Angelica habe ich nur kurz gesprochen: Das Hotel sei gut, das Essen schmackhaft ... Was soll ich Ihnen sonst noch sagen? Es waren furchtbar anstrengende Tage! Aber, *sciùr* Cént«, wandte sie sich an Innocente mit der in vielen Jahren gewachsenen Vertraulichkeit, »ist denn etwas nicht in Ordnung? Haben Sie Grund zur Sorge?«

»Nein, nein«, beruhigte er sie eilig. »Ich wollte es nur wissen. Angelica ist immer so verschlossen, von ihr erfahre ich nichts ...«

101

Zum Patronatsfest im Juni kamen auch Angelica und ihr Mann. Wie immer befanden sich Marktstände mit Süßigkeiten auf der Piazza, und Muskelmänner traten auf. Das ›weise Äffchen‹ hatte einen Kasten mit bunten Zetteln vor sich, die den Käufern eine glückliche Zukunft prophezeiten.

Im Laufe des Vormittags trafen die Gäste in Innocentes Villa ein: Lotti und Marangoni, Matilde mit ihrem Mann Giacomo, Adelaide und Francesco. Ganz unbefangen stützte sich Antonia auf den Arm ihres Schwiegersohns, von dem sie sich, vielleicht mehr als Angelica, beschützt fühlte. Adelaide behandelte Antonia jetzt mit wohlwollender Vertrautheit, und auch gegenüber Angelica legte sie jetzt eine große Freundlichkeit an den Tag.

Das Frühjahr war kühl gewesen, und Innocente trug wie üblich seinen dunklen Anzug. Alfredo machte ein Gruppenphoto bei den Rosen: die Männer stehend hinter den anmutig im zartgrünen Gras kauernden Damen.

Später saß man im Freien und plauderte angeregt über den Architekten Luigi.

Nach vierzig in Einsamkeit verbrachten Jahren geschah eines Morgens etwas, das sein Leben vollkommen veränderte. Luigi war gerade dabei, Grundstücke hinter der Weberei zu vermessen. Er hatte Hut und Jacke auf einen Ast am Rand des Grabens gehängt und spannte die erforderlichen Fäden, als plötzlich eine Gestalt durchs hohe Gras huschte. Mit großer Geschicklichkeit fischte sie die Brieftasche aus seinem Jackett. Doch der Junge mit der Meßlatte, Luigis Helfer, hatte es beobachtet und rief Luigi herbei. Der lief los, und schon nach wenigen Metern hatte er den Dieb erwischt. Es war eine Frau. »Du gemeine Diebin!« rief er. Und nachdem er sie von Kopf bis Fuß betrachtet hatte, fügte er hinzu: »Dreckig bist du auch noch! Wäscht du dich denn nie?«

Unter dem Gelächter seines Gehilfen tauchte er ihren Kopf in das Wasser des Grabens, um den Schmutz in ihrem Gesicht und den Staub in ihren langen, geringelten Haaren abzuwaschen.

Sie hatte rote Wangen, schwarze, wütend blickende Augen und blendend weiße Zähne … Eine wunderschöne junge Frau. Wild wie ein Tiger und sanft wie eine Hauskatze, dachte er.

Um nicht für verschiedene Diebstähle in der Umgebung verantwortlich gemacht zu werden, waren ihre Eltern mit dem Eselskarren verschwunden.

Die Carabinieri rieten Luigi, sich mit der Kutsche auf die Suche nach der Familie der Zigeunerin zu machen. Vergeblich hatte Luigi mit dem Mädchen an seiner Seite Straßen und Wege abgesucht. Dann war ihm nichts anderes übriggeblieben, als sie über Nacht zu seiner Schwester zu bringen, mit der Absicht, sie am nächsten Tag im Heim für gefallene Mädchen abzugeben.

Aus geheimnisvollen Gründen war es dazu nicht gekommen. Vielmehr hatte Luigi außerhalb des Dorfes zwei Zimmer gemietet, lebte seit einigen Monaten mit der kleinen Vagabundin zusammen wie Mann und Frau und war offenbar sehr glücklich.

Auch er, schloß Innocente, sei froh, daß sein Schützling, den er vor zwanzig Jahren in die Arbeitswelt eingeführt hatte, nun endlich anfange, das Leben zu genießen.

Mittags lud Innocente seine Gäste bei Luigina zum Essen ein.

Signora Luigina, die höchstpersönlich für das Wohl der Gäste sorgte, war in die Farben des Regimes gekleidet: Weiß und Schwarz. An den Wänden der Gastwirtschaft hingen Photos des Duce: in Galauniform, bei der Arbeit am Schreibtisch und das inzwischen legendäre Bild von ihm als Erntehelfer mit nacktem Oberkörper. Die Wirtin war stolz darauf. In ihrem Lokal verkehrten hohe Parteifunktionäre. Rino Parenti, der eine einflußreiche Position in Mailand hatte, pflegte Luiginas Wirtschaft zu empfehlen.

Bei Tisch wurden die Photos von dem Romaufenthalt herumgereicht. Auch Angelica war darauf zu sehen, mit einem undurchdringlichen Lächeln. Obgleich in Gesellschaft, wirkte sie einsam, gar nicht wie auf einer Hochzeitsreise, dachte Innocente traurig.

Sie kehrten zur Villa zurück. Manenti und Marangoni zogen bald wieder los, um sich auf der Kirmes im Dorf zu amüsieren, die anderen ruhten sich auf den Korbsesseln im Schatten des Gartens aus. Wilde Petunien verströmten ihren betäubenden Duft.

»Nun?« fragte Innocente mürrisch.

»Was … nun?« Angelica fühlte sich sofort angegriffen.

»Ich meine: Ist alles in Ordnung?«

»Weiß ich nicht«, antwortete Angelica ausweichend und mit zweideutigem Lächeln. Was wollte ihr Vater wissen? Ob Manenti ein guter Ehemann war? Was zeichnete denn einen guten Ehemann aus? Freundlichkeit? Nachgiebigkeit? Hilfsbereitschaft? Ausgeglichenheit? Alle diese Tugenden besaß Manenti zweifellos. Leidenschaft, Hingabe und Arbeitseinsatz beim Erwirtschaften des Lebensunterhalts dagegen ließ er vermissen. In dieser Hinsicht war er gewiß kein guter Ehemann.

Vor der Reise nach Rom hatte sich Angelica vorgenommen, ihn fern der gewohnten Umgebung richtig kennenzulernen. So sehr war sie darauf bedacht, sein Herz zu ergründen, daß sie der Stadt und ihrem Treiben sowie den zahlreichen Sehenswürdigkeiten kaum Aufmerksamkeit schenkte. Mit Verspätung waren sie auf der Versammlung faschistischer Frauen erschienen, hatten die sinnlose Suche nach den Freundinnen aufgegeben und nicht einmal die Rede des Duce abgewartet.

Nach einem kurzen Blick in sein Adreßbuch war Manenti dann mit ihr zu einem befreundeten Bariton gefahren, der in einer Pension wohnte und in den darauffolgenden Tagen nicht von ihrer Seite wich. Angelica gewann den Eindruck, als fürchte sich Manenti davor, mit ihr allein zu sein.

Der Freund führte sie zum Essen aus. Es gab Lamm vom Grill mit fritierten Artischocken. Anschließend fuhren sie zu den Hügeln vor der Stadt, um einen seit der Antike geschätzten Weißwein zu verkosten.

Angelica ärgerte sich über den aufdringlichen Bariton und sein unablässiges Geplauder mit Alfredo und fühlte sich ausgeschlossen und überflüssig. Erst wenn die großartigen Sonnenuntergänge, die den antiken Steinen Farbe und Leben verliehen, den Tag beendeten, waren sie allein.

Matildes Ratschläge beherzigend, posierte Angelica in ihrem feinen Seidenpyjama vor dem Fenster und tat, als betrachte sie den Tiber und die Spiegelung der Großstadtlichter auf seiner dunklen Oberfläche. Sie wartete auf den Moment, an dem sich sein Herz für intimste Vertraulichkeiten öffnen würde, um sich ihrerseits frei und ohne jede Verlegenheit ihm zuwenden zu können.

Doch die Worte, die sie austauschten, blieben nichtssagend, und wenn Alfredo sich ausnahmsweise einmal nicht mit der Zeitung ins Bett zurückzog, waren ihre Intimitäten schnell erledigt – wie schon in der Hochzeitsnacht.

Zweimal war es passiert: einige wenige Liebkosungen, ein Griff nach dem Lichtschalter über dem Bett, dann der eher gewaltsame Liebesakt im Dunkeln, bei dem ihn die reglos daliegende Angelica mit den Zähnen knirschen hörte, und schon war er auf seinem Kopfkissen eingeschlafen.

Und dieser Akt, fand Angelica, stand in keinerlei Zusammenhang mit dem Tagesablauf, der jede Andeutung einer zärtlichen Verbundenheit vermissen ließ.

Vielleicht sind sie einfach so, die Männer ..., versuchte Angelica sich zu trösten. Jedenfalls hat Fredo mich geheiratet. Durchaus achtbare Männer verhalten sich oft noch schlimmer. Mein allseits geschätzter Vater hat meine Mutter nicht geheiratet, obwohl er eine Tochter mit ihr gezeugt hat ...

Eines Nachts hatte sie einen Alptraum: Sie war eine alte Frau und auf dem Weg zur Kiesgrube, als sich plötzlich ein mit schwarzem Schlamm bedeckter Riese grinsend aus dem Staub erhob. Tante Lina, die im Gegensatz zu ihr jung geblieben war, rief: »Wir wollen zu unserem Herrgott beten, daß er uns hilft!« Atemlos hatte sich Angelica auf dem fremden Hotelbett sitzend wiedergefunden und in der Umarmung ihres Ehemannes Schutz gesucht.

»Es ist doch nur ein Traum, du Ärmste, beruhige dich wieder, komm schon ...«

Er streichelte ihre Wangen und versuchte, sie mit liebevollen kleinen Stupsern zu trösten. Leise lachend schmiegte sich Angelica an seine Brust. Dankbar und unter Tränen sagte sie sich, daß schließlich doch noch alles gut werden und Alfredo sie lieben würde. Die Heirat war also kein Fehler gewesen.

Im Verlauf des Tages jedoch, wenn er im Gespräch mit

dem Freund die offenbar glücklichen alten Zeiten ohne sie wieder aufleben ließ, zweifelte sie erneut an sich, an ihm, an allem. In diesem Auf und Ab der Gefühle war die Woche in Rom vergangen, an deren Ende ihr nur eines klar war: Seine Arbeit, die Theateragentur oder was auch immer es sein mochte, existierte nur in seiner Phantasie. Nie hatte sie ihn mit dem Freund über Geschäftliches reden hören, und er hatte auch keineswegs, wie zuvor angekündigt, die Gelegenheit genutzt, um Kontakte zu Musikerkreisen zu knüpfen und seine Kunden zu empfehlen. Schließlich fehlten ihm sogar die Mittel, um die Hotelrechnung zu bezahlen ... Gott sei Dank verfügte sie über den erforderlichen Betrag in bar, aber auf der Heimreise wurde ihr schmerzlich bewußt, daß ihr Mann ein Habenichts war.

All das verschwieg sie ihrem Vater, der offenbar darauf brannte, von ihr zu hören, ihre Ehe sei glücklich. Ihre Antwort »Ich weiß nicht« ärgerte ihn. »Was heißt: ›Ich weiß nicht‹? Entweder es klappt, oder es klappt nicht. Du bist ja wohl alt genug, um das zu beurteilen ...!«

»Wie kann man von einer Sache behaupten, sie sei ganz weiß oder ganz schwarz? Warte ab und mach dir keine Sorgen, Papa, beruhige dich. Schade ist nur ...« Angelica unterbrach sich. Auch darüber hatte sie eigentlich nicht mit ihrem Vater sprechen wollen. Doch er ließ nicht locker. »Ich bedaure nur, daß ich noch nicht schwanger bin. Es wäre so schön ... Die Zeit drängt. Wenn ich vierzig bin, ist es zu spät ...«

Bestürzt nahm Innocente in der Stimme seiner Tochter einen tiefen Schmerz wahr. Er blickte ihr schweigend in die Augen: »Aber nein«, stammelte er, »warum sagst du so etwas? Du hast noch Zeit ...«

Doch Angelica schenkte seinen ungeschickten Tröstungsversuchen keine Beachtung; und ihm fiel nichts Besseres ein, als sie aufzufordern, mit ihm nach den Bienen zu sehen.

102

Im Herbst 1930 erhitzten zwei Begebenheiten die Gemüter im Dorf. Die eine betraf Battistinas Familie, die andere Domenico und seine Angehörigen.

An einem Sonntag Mitte September kam der Verbandsführer Rino Parenti auf seinem schweren Motorrad ins Dorf. Jemand hatte ihn informiert, und alle verdächtigten dieselbe Person. Der Verbandsführer machte sich zunächst auf die Suche nach dem Bürgermeister, dem Gemeindesekretär und dem Jugendgruppenführer Eros, dann befahl er, die Mitglieder der Jugendorganisationen Lupetti und Balilla zu versammeln.

»Unser Duce«, begann der Verbandsführer, »schenkt der Jugend große Beachtung. Sie ist die Zukunft des Vaterlandes und unsere Hoffnung ...« In diesem Ton fuhr er noch eine Zeitlang fort. Dann kam er zu dem Punkt, den er schon mit Innocente und Boccioni besprochen hatte: »Mir ist zu Ohren gekommen, daß der Gruppenführer dieser jungen Faschisten seine Pflicht nicht immer ordnungsgemäß erfüllt« – er deutete tadelnd auf die nackten Füße eines munteren Kerlchens in der ersten Reihe –, »... daß er vielmehr schuldhaft überholte Verhaltensweisen duldet und Ignoranz nicht bekämpft. Das werden wir jetzt überprüfen.« Zu Innocentes Bestürzung folgte eine Art Verhör: einfache, aber präzise Fragen zum Reich und seinen Eroberungen sowie zur Entstehung des glorreichen Regimes. Eros, der den Sinn und Zweck dieser unvermuteten Prüfung ahnte, wurde unbehaglich zumute. Obgleich vollkommen unvorbereitet, waren die Kleinen keineswegs erschrocken oder aufgeregt, sie betrachteten das Ganze vielmehr als ein Spiel und hatten ihren Spaß daran.

»Du da«, Parenti zeigte auf einen kleinen Jungen, »sag mal: Wie heißt der Regierungschef?«

Der Gemeindesekretär gab sich keine Mühe, seine Genugtuung zu verbergen. Eros, dieser eingebildete Trottel und schlechte Faschist, wollte um Liberas Hand anhalten? Er wagte es, ihm in die Quere zu kommen? Das würde ihn teuer zu stehen kommen … Amüsiert betrachtete er den jungen Gruppenführer, der ein verzweifeltes Gesicht machte. Doch die Blicke aller Erwachsenen, die vom Eingang aus das Schauspiel verfolgten, ruhten auf ihm selbst. Auch Innocente warf dem Gemeindesekretär einen fassungslosen Blick zu.

»Nun, gib Antwort! Der Chef der Regierung ist …«

»Der Papst«, rief der Kleine triumphierend.

Nur mühsam gelang es Innocente, ernst zu bleiben.

Verärgert brüllte Parenti: » Du Dummkopf, Italien wird vom Duce regiert! Hast du denn noch nicht einmal seinen Namen gehört?«

Beschwichtigend klopfte ihm Innocente auf die Schulter. »Die Kinder sind verstört«, raunte er ihm zu, »seien Sie nachsichtig mit ihnen.«

Nachdem sie ins Parteibüro zurückgekehrt waren, erklärte der Verbandsführer: »Bürgermeister und leitende Faschisten des Ortes! Den hier anwesenden Eros Paolini enthebe ich offiziell seines Amtes und beauftrage euch damit, den Posten neu zu besetzen. Faschistische Grüße!«

Diese Episode hatte einige bezeichnende Begebenheiten zur Folge. Aus Wut auf den Verräter und wegen der Erniedrigung des armen Eros in aller Öffentlichkeit beschloß Libera, sich mit dem abgesetzten jungen Mann zu verloben. Und eines Morgens nach der Messe auf dem Kirchplatz zerrissen sie vor Boccionis Augen und in aller Öffentlichkeit ihren Parteiausweis. Darüber freute sich Pietro derart, daß er eine hübsche Summe springen ließ. Der Vermählung der beiden stand demnach nichts mehr im Wege, zumal Libera bereits in der Schule eines Nachbardorfes unterrichtete und Eros seit geraumer Zeit eine Stelle als Buchhalter in einer Bank in Magenta innehatte.

Manch anderer war empört über das Verhalten des Gemeindesekretärs und hätte ihm gern einen Denkzettel verpaßt, aber nur einer entschloß sich tatsächlich dazu: Jener Bianchi, der sich für den Sohn des Bürgermeisters hielt, zerriß ebenfalls seinen Parteiausweis und schloß sich dem ›Federterra‹, Pietro und den wenigen übriggebliebenen Sozialisten an.

Zu dieser Zeit mußte die Spinnerei Dago ihre Tore schließen. Eine Ära ging zu Ende, und Innocente empfand tiefen Schmerz darüber.

Doch viel schlimmer war das Elend der Familien, die jetzt kein regelmäßiges Einkommen mehr hatten. Die Angst vor der Zukunft veränderte die Menschen. Nicht, daß man die Schuld der Partei gegeben hätte, die sich im Gegenteil bemühte, die Not mit Spenden zu lindern. Aber die allgemeine Unzufriedenheit entlud sich in Kritik an der Obrigkeit.

Die Probleme in der Familie Domenicos dagegen waren rein privater Natur und begannen an dem Tag, an dem sie einem jungen Mann aus Martinella einen Bettplatz vermieteten. Natalina hatte sich erweichen – oder bezaubern – lassen. Der ungewöhnlich attraktive junge Mann war für sie anfangs wie ein zweiter Sohn und für Giorgino wie ein Bruder.

Der Winter war vorüber. Primo, den Pedretti als Stallknecht angestellt hatte, machte sich frühmorgens mit dem Fahrrad auf den Weg und kehrte bei Einbruch der Dunkelheit zurück. Als dann die ersten Knospen aufplatzten, erwachten auch bei Giovanna Frühlingsgefühle. Sobald Primo heimkehrte, lief sie lächelnd im Haus umher, brachte ihm ein Handtuch und warmes Wasser und servierte ihm die Suppe. Dabei schob sie den Busen nach vorn und setzte sich derart in Pose, daß ihre Eltern nur mühsam die Fassung wahrten.

Zwar hatten sie an dem jungen Mann nichts auszusetzen, befürchteten aber, daß ihre unerfahrene Tochter sich zu irgendeiner gefährlichen Dummheit hinreißen lassen könnte. Mit einem weinenden und einem lachenden Auge setzten sie daher Primo vor die Tür, und das Leben nahm wieder seinen gewohnten Lauf. Giovanna allerdings wurde nervös und unzufrieden und gab einsilbige, unfreundliche Antworten.

»Das geht vorüber«, sagten sich ihre Eltern. Tatsächlich schien sich Giovanna nach der Romreise mit den Landfrauen beruhigt zu haben. Wunderbarerweise überwand sie auch ihre Schweigsamkeit und erzählte ihrer Mutter von der Zugfahrt und der Hauptstadt, die diese vermutlich nie sehen würde.

Wie alle anderen Frauen im Dorf hatte auch Giovanna ihre Arbeit in der Spinnerei Dago verloren, doch es fehlte ihr nicht an Gelegenheit, ihre jugendlichen Kräfte einzusetzen. Sie schob schwere Karren, schleppte Steine und jätete Unkraut im Garten. »In einem Haus«, meinte Natalina, »gibt es immer was zu tun.«

Domenico ließ seine Tochter nicht aus den Augen, aber Giovanna wirkte ruhig und heiter. Na also, sagte sich ihre Mutter, es hat also doch etwas genützt, sie von Don Luigi mit Weihwasser segnen zu lassen!

Die Ärmste ahnte nicht, was viele im Dorf wußten: Das Mädchen traf sich noch immer mit Primo, bei den Holunderbüschen am Kanalufer oder hinter der Herz-Jesu-Kirche im Schutz der Robinienbäume. Domenico und Natalina fielen daher aus allen Wolken, als ihnen Giovanna im Herbst verkündete, sie wolle Primo heiraten.

»Du bist noch nicht einmal achtzehn!« brüllte ihr Vater außer sich. »Übers Heiraten reden wir später!«

So kam es zu dem zweiten Skandal, der im Dorf lange für Gesprächsstoff sorgte. An einem Sonntag im Oktober verschwand plötzlich Giovanna, und der von allen geachtete Domenico verließ aus lauter Scham sein Haus nicht mehr.

Als Giovanna am darauffolgenden Dienstag wieder auftauchte, war klar, daß das Paar nunmehr schleunigst getraut werden mußte. Und so geschah es auch – an einem Novembertag in der Frühmesse, ohne Gäste und ohne Hochzeitsessen, wie in solchen Fällen üblich. An jenem Tag hatte sich ein dichter Nebel herabgesenkt, und die Zeremonie kam den Verwandten wie ein Begräbnis vor. Doch Giovanna war glücklich.

Auf dem Kirchplatz sprach Innocente ein paar ernste Worte mit Natalina, die herzzerreißend weinte. »Was gibt's denn da zu weinen? Was ist denn schon Schlimmes passiert? Das Töchterchen hat geheiratet, und einen prächtigen

Mann noch dazu! Einen kräftigen, fleißigen Blondschopf! Komm schon, ich lade euch alle zu einem guten Mittagessen bei Luigina ein!«

Die Tischrunde, deren bedrückte Stimmung bald einer ausgelassenen Fröhlichkeit wich, erwies sich als ein guter Anfang für die Ehe. Nachdem er von Natalina aus dem Haus geworfen worden war, hatte Primo Pedrettis Angebot angenommen, auf dem Bauernhof zu wohnen. Anfangs kam er sich wie in einem Gefängnis vor, doch zusammen mit seiner jungen Frau würde er sich dort bald einleben. Primo, fünf Jahre älter als Giovanna, wirkte noch sehr jungenhaft, war sich seiner Verantwortung als Familienoberhaupt aber durchaus bewußt.

Der Bauernhof war eigentlich ein eigenes kleines Dorf. Die ihnen zugeteilte Wohnung war im Sommer frisch getüncht und renoviert worden. In der Mitte des Hauptplatzes befand sich ein Brunnen, aus dem alle Familien ihr Wasser schöpften. Nur die Herrschaft hatte Wasser im Haus. In den kleinen Höfen zwischen den Wohnhäusern lagen die Ställe für Schweine, Kaninchen und Federvieh sowie die Bienenstöcke. Seit Attilio die Viehzucht modernisiert hatte, war das Gut Martinella ein Musterbetrieb, in dem jeder seine Aufgabe hatte.

Für den harten Arbeitseinsatz sicherten die neuen Verträge den Beschäftigten nicht nur ein regelmäßiges Einkommen zu, sondern darüber hinaus eine Unfall- und Krankenversicherung, ja sogar eine Entschädigung für den Fall der Kündigung. Auch die Pflichten der Landarbeiter wurden schriftlich fixiert, wobei man es mit einigen, dem Römischen Gruß zum Beispiel, nicht besonders genau nahm. Bei anderen wie Fleiß und Gehorsam wurde jedoch keine Nachlässigkeit geduldet. Wer seine Pflicht nicht erfüllte, mußte eine Strafe zahlen, in manchen Fällen sogar den Hof verlassen.

Wie jeder Gutsbesitzer zog Pedretti die Liste des örtlichen Parteisekretärs zu Rate, wenn er neue Arbeitskräfte brauchte. Nachdem Boccioni Primo verhört und für vertrauenswürdig befunden hatte, hatte er ihn auf seine Liste gesetzt. Primo war daraufhin eingestellt worden und hatte das kostbare Arbeitsbuch erhalten. Zum erstenmal in ihrem Leben kamen die Landarbeiter und also auch Primo in diesem Jahr in den Genuß eines bezahlten Urlaubs: drei Tage. Jeden Monat brachte Primo gutes Geld nach Hause. Er und Giovanna verfügten außerdem über hundert Quadratmeter Garten mit einem Hühnerstall und ein eigenes Schwein und bekamen pro Jahr über dreizehn Doppelzentner Mais, einen Doppelzentner Weizen und zwei Doppelzentner Reis zugeteilt. Die kräftige Giovanna schleppte die Säcke in die Vorratskammer, und im Schuppen stapelte sie das Holz, das ihnen zum Kochen und Heizen zugestanden wurde.

Und als die Eltern mit Giorgino zu Besuch kamen, zeigte ihnen Giovanna, sanft wie nie zuvor, ihre Schätze. Auf der Kredenz standen die Glasschalen für das Obst, die jedem faschistischen Brautpaar von der Partei geschenkt wurden, in der Tischschublade glänzte das Besteck aus rostfreiem Stahl, ein Geschenk des Bürgermeisters, und die Speisekammer füllten Butter, Milch, Käse, Eier und Mehl.

Zufrieden kehrten Domenico und Lina ins Dorf zurück. Ihre Tochter war gesund, fröhlich und voller Tatendrang, und an Arbeit mangelte es wahrlich nicht.

Zweimal im Jahr, im Frühling und im Herbst kam ein reisender Händler mit seinem Wagen auf den Hof. Da Giovanna mit allem ausgestattet war, was sie brauchte, bestellte sie beim Händler nur einige Meter Piquéstoff und weiche weiße Wolle, denn sie erwartete das erste von den acht Kindern, die sie zur Welt bringen sollte.

Nun durfte sie sich nicht mehr allzu sehr plagen. Bis zum siebten Monat allerdings arbeitete sie wie die anderen auf den Reisfeldern. Mit Rücksicht auf ihren Gesundheitszustand, auf im Haus anfallende Arbeiten sowie Lust und Laune wechselten sich die Frauen auf den Reisfeldern ab. Am schlimmsten war die Ernte im Herbst. So schön die aus dem Wasser hervorsprießenden kleinen grünen Pflänzchen anzusehen waren, ihre scharfkantigen Blätter rissen die Haut an Armen und Beinen auf. Die Sichel war groß und schwer, und nur die kräftigsten Frauen konnten sie handhaben. Dann luden die Männer die Reisgarben auf die Wagen, und anschließend wurde den ganzen Nachmittag bis tief in die Nacht hinein gedroschen.

Der aufgeweckte, gutmütige Primo hatte bald Pedrettis Sympathien gewonnen und war trotz seiner Jugend zum Leiter des Fuhrparks befördert worden: ein sehr begehrter Posten, der es ihm gestattete, den Hof häufig zu verlassen und etwas von der Welt zu sehen. Die Lieferungen an die Kunden seines Herrn führten ihn bis nach Mailand, und am Ende des Jahres transportierte er eine Ladung Wein ins Oltrepò.

Wenn der gutaussehende muskulöse Primo sich auf den Feldern zeigte, grüßten ihn die Mädchen und riefen ihm scherzhafte Bemerkungen zu. Als dies Giovanna zu Ohren kam, wurde sie eifersüchtig. Lachend versuchte ihr Primo klarzumachen, daß es die Höflichkeit gebiete, auf einen Gruß zu antworten. Doch sie bedrängte ihn mit Fragen: »Wer hat dich denn gegrüßt? Vielleicht die Blonde, die Barbaglia? Oder die kleine Magere von den Radices?«

Primo schüttelte sich vor Lachen, und nachts tröstete er Giovanna auf seine Weise.

103

Der allgemein verbreitete Hang zur Sommerfrische ließ in der Brianza Wochenendhäuser entstehen, die die Wohnhäuser in der Stadt manchmal an Schönheit und Prunk übertrafen. Zwischen den sanft geschwungenen Hügeln, Wiesen und Wäldern und am Flußlauf der Adda schossen Villen wie Pilze aus dem Boden.

Auch die Vorfahren Marangonis hatten sich einst eine Sommerresidenz bauen lassen. Villa Marangoni lag auf einer winzigen, mandelförmigen Insel im Lago di Pusiano, gegenüber von Pusiano. Versorgt von sieben Dienstboten, pflegten die Urgroßeltern dort mehr als sechs Monate des Jahres zu verbringen. Lotti dagegen kam nur ein paar

Wochen im Sommer, und ein älteres Ehepaar kümmerte sich um Haus und Garten.

1820 erlangte der See eine besondere Berühmtheit, weil hier das erste italienische Dampfschiff verkehrte. Doch die Marangonis, Angelica und Netta setzten auf althergebrachte Weise mit dem Segelboot über. Bis Pusiano waren sie mit dem Zug gefahren.

Es war ein strahlend schöner Tag im Juli 1934. An der Anlegestelle warteten die beiden Alten, die sich freuten, ihre Herrschaft wiederzusehen. Besonders Marangoni liebten sie wie einen Sohn.

»Hallo, Cecchina! Grüß dich, Rico!« Marangoni und Lotti umarmten die beiden herzlich.

Auf einer steilen Treppe gelangten sie direkt ins Haus. Ein dampfender Fischrisotto stand auf der Terrasse bereit, und in der weißen Tischdecke spiegelten sich die Lichtreflexe der Wasseroberfläche.

»Ach, geht's mir gut!« rief Marangoni nach dem Essen. Im Frühling hatte er Probleme mit dem Herzen gehabt, ohne Lotti davon zu erzählen. Jetzt streckte er sich auf dem Liegestuhl aus und schloß die Augen. Aber im Grunde war ihm die Einsamkeit und Stille dieses Ortes zuwider. Nicht einmal seiner Lotti zuliebe war er bereit, dieses langweilige Fleckchen längere Zeit zu ertragen. Seine Leidenschaft galt den Cafés, dem Billard, den Gesprächen über Politik. Mit dem Segen seiner verständnisvollen Ehefrau reiste er daher schon am nächsten Morgen wieder ab. Die drei Frauen aber genossen die ungewöhnliche Ruhe. Als Netta am Abend eines drückend heißen Tages in Mailand blaß und nach Luft ringend auf die Knie gesunken war, hatte sich Angelica entschlossen, die Einladung ihrer Cousine anzunehmen. Der Arzt hatte zu Luftveränderung geraten, und als Lotti einen Aufenthalt am See vorschlug, zögerte Angelica nicht lange.

»Du wirst sehen, das Klima dort ist heilsam!«

Lotti freute sich über Gesellschaft. Die Opernsaison hatte sie erschöpft, sie mußte sich dringend erholen, hatte aber keine Lust, allein auf der Insel zu bleiben.

»Kaum vorstellbar, daß der See manche Menschen melancholisch macht!« rief sie und stellte ihre Espressotasse auf die Balustrade. Mit ihren hochgesteckten Haaren und in einen leichten Morgenrock gekleidet, zeichnete sich ihre Figur zierlich und elegant im Gegenlicht ab.

Angelica lag ausgestreckt auf einer Chaiselongue und murmelte mit geschlossenen Augen: »Du kommst mir vor wie Madame Butterfly höchstpersönlich ... Es ist wunderschön hier, ich bin froh, daß ich mitgekommen bin. Ach Lotti, setz dich doch ein wenig zu mir!«

Lange saßen die beiden schweigend nebeneinander und lauschten dem Plätschern des Wassers am Ufer. Hinter der Villa erhoben sich wenige Häuser mit rotbraunen Dächern, feine Rauchschwaden entströmten den Schornsteinen und stiegen in die lichte Weite des Himmels auf.

»Ein Platz fernab vom Lärm der Welt«, sagte Lotti. »Die Menschen hier sind gut und fromm. Ich habe mehrmals an ihren Prozessionen zur Madonna del Bosco teilgenommen.«

Nicht zum erstenmal bemerkte Lotti an Angelica einen für eine junge Braut ungewöhnlichen bitteren Zug um den Mund. »Ihre Rituale sind schlicht, stimmen einen aber so friedlich, verstehst du, was ich meine?« fuhr sie fort. »Zur Wallfahrtskirche muß man mehr als hundert Stufen hinaufsteigen. Im Mai ist die Prozession sehr lang. Der Platz ist wunderschön, mit vielen großen Kastanienbäumen und einem achteckigen Kirchlein in der Mitte.«

»Ich komme ganz bestimmt mit«, versicherte Angelica. Sie hörte jedoch nur mit einem Ohr zu. Hinter ihrer gerunzelten Stirn häuften sich Fragen und Zweifel an Alfredo. Eifersucht quälte sie, und nicht ohne Grund.

In den folgenden Tagen, als sich die friedliche Stimmung am See auch auf sie übertrug, war Angelica mehrmals nahe daran, sich ihrer Freundin anzuvertrauen. Niemand hätte ihr besser helfen können als die sanfte Lotti, doch Angelica schwieg. Nicht aus Mißtrauen, sondern aus Zuneigung.

Von ihren Angehörigen geliebt und von der Muse geküßt, lebte Lotti in einem Gleichgewicht, das sie mit ihrem Kummer nicht stören wollte. Außerdem wußte sie, daß die Cousine zusammen mit Ziliani am Zustandekommen der Ehe mitgewirkt hatte.

Lotti gehörte zu den Menschen, die nicht an das Schlechte glauben. Ihrer Überzeugung nach konnte sich jeder eine gewisse Heiterkeit im Herzen bewahren. Auch ihre leidgeprüften Eltern, die nun auch noch die finanzielle Misere erdulden mußten, ließen sich davon nicht aus der Ruhe bringen.

Eines Nachmittags, als Antonietta schlief, machten die beiden Cousinen einen Spaziergang auf den schmalen, schattigen Wegen des Inselchens. Der See und die Zypressen dufteten, Schwärme silberner Fische ließen die Wasseroberfläche erzittern.

Wie immer war Angelica nicht sehr gesprächig. Lotti breitete ihre Wolldecke auf einer kleinen Lichtung aus, die an das Schilfdickicht grenzte und bemerkte lachend: »Weißt du, wie du bist, Angelica? Wie eine Zwiebel! Warte, ich erkläre es dir. Man schält die erste Haut ab, dann die zweite, die dritte ... man findet immer noch eine weitere. Auch bei dir dringt man nie bis zum Kern, bis in dein Herz vor. Aber so warst du schon als junges Mädchen ...«

Mit erhobener Hand wehrte sie Angelicas Proteste ab. »Ich mache dir das nicht zum Vorwurf. Aber wenn du dich mir anvertrauen würdest, könnte ich dir vielleicht helfen. Jeder hat eben seinen Charakter. Ich mag dich jedenfalls so, wie du bist.«

»Ich dich etwa nicht?« erwiderte Angelica. »Was glaubst du denn, was ich zu beichten habe? Wenn es darum geht, daß Manenti nicht mitgekommen ist, habe ich dir doch schon gesagt, daß er in Mailand zu tun hat. Und in ihrem Gesundheitszustand wollte meine Mutter nicht auf ihn warten. Hast du gesehen, wie gut sie sich erholt hat? Sie ißt mit Appetit und plaudert mit Cecchina ... Ich weiß gar nicht, wie ich dir danken soll, Lotti.«

Sie schwieg schuldbewußt. Aber hätte sie denn vor der glückstrahlenden Cousine zugeben sollen, daß ihr Mann keinem Beruf nachging? Das war der erste Stachel in ihrem

Herzen. Dank Innocentes Hilfe kamen sie trotzdem finanziell zurecht. Doch ein weiterer Stachel schmerzte sie.

Kurz vor der Hochzeit hatte Innocente in Gegenwart seiner Tochter den zukünftigen Schwiegersohn beiseite genommen, froh darüber, endlich jemandem seine väterliche Zuneigung zeigen zu können: »Du weißt, daß Angelica meine einzige Erbin ist. Aber ich möchte nicht warten, bis ich die Radieschen von unten betrachte, ich möchte euch jetzt schon etwas zukommen lassen. Ich werde euch monatlich einen Betrag auf euer Konto überweisen, den ich der Inflation anpassen werde. Einverstanden? Ich weiß nicht recht, mein Lieber, was du beruflich machst, aber ein zusätzliches Geldsümmchen kommt doch immer gelegen, nicht wahr?«

Wohlgemeinte Worte und ein Angebot, auf das Manenti zu Angelicas Genugtuung mit würdevoller Nonchalance reagiert hatte.

Jetzt, vier Jahre nach der Hochzeit, erwies sich dieses Geld als ein Geschenk des Himmels. Von Netta, die die sechzig überschritten hatte, konnte man nicht verlangen, daß sie sich mit dem gleichen Eifer wie früher ihren Näharbeiten widmete, zumal ihr der Wechsel der Jahreszeiten und das Rheuma zusetzten.

Innocentes Zahlungen auf das Konto, das auf ihrer beider Namen lautete, trafen regelmäßig ein. Doch seit einiger Zeit bemerkte Angelica zusätzliche Abhebungen, wagte es aber nicht, ihren Mann danach zu fragen. Sie hatte seine Vorliebe fürs Kartenspiel in Verdacht.

Manenti verbrachte die Nachmittage und Abende gern in der ›Tartaruga‹, einem Lokal, in dem Billard und Karten gespielt wurde. Nicht selten verließ er das Haus mit wenigen Lire in der Tasche und zeigte bei der Heimkehr voller Freude seinen Gewinn vor. Vielleicht hat er eine Pechsträhne gehabt, sagte sich Angelica beim Blick auf den Kontoauszug.

So weit, ihm Liebesabenteuer zu unterstellen, mochte Angelica nicht gehen. Alfredo war kein junger Mann mehr, und in der Umgebung, in der er gelebt hatte, hatte er zweifellos Zeit und Gelegenheit genug gehabt, sich die Hörner abzustoßen. Doch wenige Tage vor ihrer Abreise wurde ihr Vertrauen Lügen gestraft. Nur zufällig hatte sie die schlimme Entdeckung gemacht. Ausgerechnet hinter dem in Silber gerahmten Porträt Angelicas hatte er die Photographie von Nives versteckt.

Angelica hatte sich ausnahmsweise einmal die Mühe gemacht, den Rahmen zu zerlegen, um ihn gründlich zu putzen, ohne das Glas zu beflecken. Bei dieser Gelegenheit war das Photo herausgerutscht. Mit zitternden Händen hatte sie es aufgehoben und betrachtet. Tiefschwarze Augen, ein verächtliches Lächeln auf den vollen, stark geschminkten Lippen, hellblondes Haar, ein weiches, makelloses Gesicht mit einem energischen Kinn. Instinktiv hatte sich Angelica daraufhin im Spiegel betrachtet und versucht, die Runzeln glattzustreichen, die Fältchen in den Mundwinkeln und an den Schläfen. Schließlich hatte sie sich haltlos schluchzend aufs Bett fallen lassen.

»Von Nives, für ihren Liebsten.« Auch Netta hatte die quer über das Photo geschriebene Widmung gelesen. Nachdem Angelica mehrmals darauf gespuckt hatte, wollte sie das Bild in tausend Stücke zerreißen. Doch dann besann sie sich und stellte es behutsam auf den Nachttisch in Paolos Arbeitszimmer, dem Schlafzimmer ihrer Mutter, in dem von nun an ihr Mann schlafen würde.

Wütend bezog Angelica die Betten, und Netta schlief nun wieder bei ihr im Ehebett. Als Manenti wie üblich gegen Mitternacht nach Hause kam, deutete Angelica mit einem entschiedenen Blick auf die Tür des Arbeitszimmers. »Du schläfst dort. Das Bett habe ich frisch bezogen.«

Er würde das Photo auf dem Nachttisch sehen, das würde alles erklären. Sie fragte Alfredo nicht nach dem Mädchen und wieviel sie ihm bedeutete. Kampflos gab sie sich geschlagen.

Alfredo war traurig wie bei einem Begräbnis, ohne jedoch die Fassung zu verlieren. Die wenigen Stunden, die er zu Hause verbrachte, schloß er sich in sein Zimmer ein. Die Mahlzeiten mit Angelica und Antonia suchte er zu vermeiden. Schließlich waren die beiden Frauen zum See aufgebrochen, um Antonias Beschwerden zu lindern.

Über dies alles wollte Angelica nicht sprechen. Nur ihrer Mutter gegenüber konnte sie ihre Enttäuschung zugeben, denn Netta genügten ein Blick oder ein Händedruck, um sie zu verstehen.

Lotti dagegen war davon überzeugt, daß es heilsam sei, sich einem befreundeten Menschen anzuvertrauen und beschloß, Angelica mit gutem Beispiel voranzugehen.

»Er tut mir so leid«, seufzte sie, die Hände im Nacken verschränkt und den Blick auf die Zypressenwipfel im tiefblauen Himmel gerichtet. »... mein Bruder. Der Ärmste ist nicht wiederzuerkennen. Als Kind war er so fröhlich, aber seit Giovanni Carlo tot ist ... Selbst meine Eltern haben den Schicksalsschlag verwunden, mein Bruder dagegen ist verkümmert, und vegetiert nur noch dahin. Als schämte er sich, am Leben zu sein. Einmal sagte er mir, er bedaure, damals nicht auch an der Front gewesen zu sein. Gemeinsam hätten sie sich vielleicht retten können, Giovanni Carlo und er ... eine fixe Idee. Vielleicht haben ihn die endlosen Lobeshymnen auf Giovanni Carlos Heldenhaftigkeit, seine Fähigkeiten, seine Intelligenz niedergeschmettert ... Jedenfalls läuft er mit betrübter Miene umher, statt Gott dafür zu danken, daß er noch am Leben ist!«

Auf dem Rücken liegend, hörte Angelica der Freundin zu. Dann gingen sie zu weniger ernsten Themen über. »Matilde? Die sehe ich selten. Giacomo ist zwar lieb und nett, aber wie Manenti kein besonders häuslicher Mensch. Kein Wunder, das Töchterchen ist wirklich unausstehlich. Aber auch im Geschäft hält er sich kaum auf. Die arme Matilde muß tagelang allein hinter dem Ladentisch stehen ...«

Giacomo Ciani hatte vor ein paar Jahren ein Geschäft mit Orientteppichen eröffnet. Da sich Teppiche nicht wie Brötchen verkaufen, kamen nur selten Kunden, und Matilde langweilte sich.

»Denk nur an ihre leidenschaftliche Liebe zur Musik! Aber Matilde wird sich schon etwas einfallen lassen, sie ist nicht der Typ, der resigniert«, meinte Lotti, enttäuscht, daß ihr Kunstgriff nicht funktioniert hatte.

»Begabt wie sie ist, muß auch Matilde leiden. Schon als Mädchen war mir klar, daß es im Leben anders kommt, als man denkt. Aber man darf die Hoffnung nie aufgeben ...«, murmelte Angelica und wechselte plötzlich den Tonfall. »Du hast Glück mit einem Mann, der älter ist als du! Du brauchst dir keine Sorgen zu machen, wenn du Runzeln bekommst. Neben Marangoni mit seinem grauen Bart wirkst du wie ein junges Mädchen ...«

»Aber Angelica!« rief Lotti lächelnd. »Dir sieht man dein Alter doch auch nicht an. Worüber beschwerst du dich? Du warst immer eine schöne Frau, ebenso wie deine Mutter, die noch immer gut aussieht!«

»Ja, aber Manenti ...« Angelica blickte ihrer Cousine in die Augen. »Sag mal, wußtest du eigentlich, daß Manenti sechs Jahre jünger ist als ich?«

»Keine Ahnung!« rief Lotti. »Ich habe ihn durch Ziliani kennengelernt. Er schien mir ein anständiger Kerl zu sein und ein solcher Pechvogel ... Nach seinem Alter habe ich ihn natürlich nicht gefragt. Ist er tatsächlich so viel jünger? Das würde niemand für möglich halten. Fredo sieht aus, als wäre er um die Vierzig.«

Lotti erhob sich. War es das, was Angelica bedrückte? Hatte sie jemand mit einer bösen Bemerkung über den Altersunterschied zwischen ihr und ihrem Mann verletzt?

»Komm, wir gehen nach Hause. Du mußt meine Schönheitscreme ausprobieren. Sie ist zwar sehr teuer, wirkt aber Wunder. Eine Mischung aus Walfischtran und einer Paste aus afrikanischen Schmetterlingen ...«

Fröhlich plaudernd machten sie sich auf den Weg zurück zur Villa. Im Innenhof des Hauses neben dem Taubenschlag waren Netta und Cecchina wie alte Freundinnen ins Gespräch vertieft.

»Komm, ich zeige dir erst noch das ganze Haus.«

In ausgelassener Stimmung durchstöberten sie das schöne Gebäude vom Keller bis zum Dachboden und gelangten schließlich in das Zimmer der Herrschaft. »Das ist unser Schlafzimmer!« verkündete Lotti mit berechtigtem Stolz. Der helle, große Raum wurde von einem breiten Himmelbett beherrscht, und durch die offene Balkontür wehte eine leichte Brise vom See herüber.

Aus einer Truhe zog Lotti ein bordeauxfarbenes Köfferchen und eine graue Schachtel, der sie einen weichen rotbraunen Gegenstand entnahm.

»Sieh mal, Angelica«, sagte sie lächelnd, »was für ein ungewöhnliches Täschchen! Es sieht aus wie ein Rebhuhn und hat sicher Marangonis Urgroßmutter gehört. Ich schenke es dir zur Erinnerung an diesen Tag!«

Die weiche Wolle des Täschchens erinnerte Angelica an Tante Linas Stoffpuppe.

»Sie ist wirklich wunderschön, ganz außergewöhnlich. Ich danke dir von Herzen, liebe Lotti!« Gerührt umarmte sie ihre Cousine.

Lotti öffnete nun langsam und feierlich den Deckel des Köfferchens und sprach dabei die Worte: »Sesam, Sesam, öffne dich! Erinnerst du dich an die Geschichten von Ali Baba?« Vor den Augen Angelicas funkelten Gold und Edelsteine, Schmuck mit riesigen wertvollen Steinen, schwere Goldketten.

Lotti lachte und warf sich aufs Bett. »Die sehen echt aus, nicht wahr? Ach was, wenn die echt wären, würden sie ein Vermögen kosten!«

Schmunzelnd ließ Angelica die Schmuckstücke durch ihre Finger gleiten.

»Das sind die Juwelen der Prinzessin. Ich lege sie an, wenn ich *Aida* singe. Dies hier ist ein Collier nach ägyptischer Art mit Skarabäen aus Jade, keine echte Jade natürlich!« Der Theaterschmuck war meisterhaft gefertigt.

Lotti setzte Angelica ein Krönchen aus antikgoldenen Lorbeerblättern auf den Kopf und schmückte sie mit Ohrringen, Armbändern und Ketten.

»Die wiegen mindestens drei Kilo!« rief Angelica, als sie die Arme hob.

In dieser Haltung sah sie Netta, die eben die Treppe heraufgekommen war, und staunte. Angelica trug an diesem

Tag ein schlichtes weißes Baumwollkleid, das sich für die Verkleidung als Prinzessin vom Nil hervorragend eignete.

Netta setzte sich zu ihnen und bewunderte die Schmuckstücke, die Angelica eins nach dem anderen wieder ablegte. Die Abenddämmerung war hereingebrochen, und Lotti, die das Köfferchen wieder zurückstellte, sagte: »Diese Juwelen sind mein Eigentum. Falls ich vor dir sterbe, Angelica, sollen sie dir gehören. Mir liegt daran, daß sie nicht verlorengehen, auch wenn du sie wohl kaum anlegen wirst!«

»Was redest du da für einen Unsinn!« widersprach Angelica. »Du bist die Jüngere von uns beiden, wirst also auch nach mir sterben …«

»Ich habe das Gefühl«, erklärte Lotti, während sie zum Abendessen hinuntergingen, »daß ich vor dir abberufen werde. Im Alter von achtzig Jahren, hoffe ich …« Angelica, die um die hellseherische Begabung ihrer Cousine wußte, erschauderte.

»Bitte, sprich nicht mehr davon«, bat Antonia freundlich, »du strotzt doch vor Gesundheit!«

Aus der Küche war das Schlagen einer Gabel in einer Schüssel zu hören. Wie jeden Freitag bereitete Cecchina die Eier für das Omelett vor.

»Vorher gibt es Risotto mit Petersilie. Ich habe eben den Reis in die Bouillon gegeben. Geht solange nach drüben, ich rufe euch, wenn alles fertig ist.«

Sie setzten sich in die Bibliothek, deren Einrichtung noch aus der Zeit der Urgroßeltern stammte: schlichte dunkle Möbel aus massivem Nußholz. Die bis zur Decke reichenden Regale waren angefüllt mit Büchern, bis auf wenige zu medizinischen Themen. Urgroßvater Marangoni war Arzt gewesen, seine Enkel und Urenkel hatten dem Bestand fast nichts hinzugefügt.

»Der Reis braucht zwanzig Minuten«, sagte Angelica, »komm, Lotti, sing uns etwas vor.«

»Du lieber Himmel!« wehrte Lotti ab. »Eigentlich bin ich ja hier, um die Singerei eine Zeitlang zu vergessen … In Mailand läßt mir Marangoni nämlich keine Ruhe. Auch außerhalb der Saison muß ich jeden Tag üben! Er ist ein richtiger Tyrann ...«

Angelica errötete. Aus Lottis Beschwerde war ihre Liebe deutlich herauszuhören. Betrübt senkte sie den Kopf. Netta ahnte, was in ihr vorging, und um sie abzulenken, bat sie: »Ach Lotti, sing uns doch etwas!«

Im Licht der letzten Sonnenstrahlen setzte sich Lotti ans Klavier, ließ die Finger über die Tasten gleiten und sanft die Melodie erklingen:

»*... di quell' amor, di quell' amor*
ch' è palpito!«
»... von jener Liebe,
die das Weltall bewegt!«

Schließlich sang sie mit geschlossenen Augen und voller Stimme:

»Von jener Liebe, die das Weltall bewegt,
das ganze Universum,
das geheimnisvolle, erhabene,
dem Herzen Schmerz und Wonne zugleich.«

Gerührt sah Angelica ihre Cousine an. Die Musik versetzte sie in eine andere Welt, eine Welt voller Schönheit und Wahrheit, Gerechtigkeit und Liebe.

»... das ganze Universum,
das geheimnisvolle, erhabene,
dem Herzen Schmerz und Wonne zugleich ...«

Obgleich sanft und verhalten, füllte Lottis Stimme doch den Raum und drang hinaus zu den bläulichen Nebelschwaden, die über dem See hingen. Rico, der die Stühle von der unteren Terrasse räumte, hob den Kopf und hörte schweigend zu.

Die Hände auf den Tasten und mit geschlossenen Augenlidern verharrte Lotti regungslos, als die Arie zu Ende war. Angelica konnte die Tränen der Rührung nicht zurückhalten. Eine wunderbare Stille herrschte im Zimmer, ein wirklicher Frieden. Das Gefühl des Trostes, das über Angelica gekommen war, prägte sich tief in sie ein und verließ sie nicht mehr.

Nach dem kleinen Konzert schien es ihr plötzlich trotz allem möglich, Schmerz, Wut und Angst zu überwinden. Auf wunderbare Weise fühlte sich Angelica von einer inneren Kraft erfüllt. Sie hatte jetzt keine Angst mehr heimzukehren, und machte Pläne für die Zukunft. Wie auch immer Alfredo sich herausreden oder entschuldigen würde, das Vertrauensverhältnis war zerstört. Wichtig aber war es, mit Würde vor ihrem Vater und den Dorfbewohnern den Schein zu wahren. Sie würde die glückliche Ehefrau Signor Manentis bleiben, auch wenn sie sich die bange Frage stellte, was hinter der Fassade ihrer Ehe tatsächlich geschehen würde.

104

Noch bevor Eros und Libera Paolini auf der Piazza ihr faschistisches Parteibuch zerrissen und wegzogen, um anderswo eine Familie zu gründen, kam zur Unterstützung Battistinas eine blutjunge, noch nicht einmal zwanzigjährige Lehrerin ins Dorf.

Savina, die Haare zu Zöpfen geflochten und über den Ohren hochgesteckt, den zierlichen Körper in unförmige Kleider gehüllt, hatte sich durch den strahlenden Glanz ihrer blauen Augen allgemeine Sympathie erworben. Jeden Morgen, bei Wind und Wetter, kam sie mit dem Rad aus Rho. Auch der Gemeindesekretär begrüßte sie mit einem liebenswürdigen Lächeln, wenn er ihr begegnete, und erkundigte sich nach Neuigkeiten aus ihrer Klasse.

Am 28. Oktober 1935 besuchte sie mit ihren Schülern das Denkmal der Kriegsgefallenen. Statt ihrer schwarzen Schürze trug sie einen ausgewaschenen Wollpullover, der ihr um die Brust zu eng war. Diese Eigentümlichkeit war es, die die Aufmerksamkeit Giorginos erregte.

Der Junge, der mittlerweile zwanzig Jahre alt war, bestand darauf, von nun an Giorgio genannt zu werden. Seine Statur wie sein Alter rechtfertigten nicht mehr die, wie er fand, lächerliche Koseform seines Namens. Doch er blieb für alle im Dorf weiterhin Giorgino. Er war ein stattlicher junger Mann und hatte von den Dagos ganz zweifellos eine Schwäche für das weibliche Geschlecht geerbt.

An jenem Tag im Spätherbst stand er also mit vielen anderen Dorfbewohnern vor dem Kriegerdenkmal. Das verdienstvollste Mitglied der paramilitärischen faschistischen Jugendorganisation Balilla trat auf den Marmorsockel und sprach den Schwur: »Im Namen Gottes und Italiens schwöre ich, die Befehle des Duce stets treu auszuführen und der faschistischen Revolution mit allen meinen Kräften und wenn nötig, unter Einsatz meines Lebens, zu dienen ...«

In diesem Moment begegneten Giorginos Augen dem strahlenden Blick Savinas, und er verspürte den drängenden Wunsch, sie zu erobern. Es fehlte ihm nicht an der Dreistigkeit, einen raffinierten Plan auszuklügeln, und er zögerte auch nicht, sich in der Fabrik krank zu melden, um sein Ziel leichter zu erreichen.

Nachdem Giorgino mit Innocentes tatkräftiger finanzieller Unterstützung die Schule beendet hatte, hatte er zunächst eine Anstellung als Assistent des Buchhalters einer Seidenraupenzucht in Magenta gefunden. Die Krise der Seidenindustrie in den dreißiger Jahren führte jedoch dazu, daß sich Giorgino nach einer anderen Arbeit umsehen mußte. Wieder griff Innocente vermittelnd ein und verschaffte ihm eine Stelle in der Rechnungsabteilung der Streichholzfabrik Saffa. Giorgino bemühte sich, soviel wie möglich zu lernen. Er arbeitete gern, meldete sich aber hin und wieder krank, wie im Oktober.

Wie Innocente hielt er sich nämlich lieber an der frischen Luft auf als in stickigen Büroräumen. Nachdem Eros das Dorf verlassen hatte, hatte Boccioni ihm den Posten als Jugendleiter der Faschistischen Partei angeboten. Doch Giorgino hatte diese Ehre abgelehnt, nicht zuletzt deshalb, weil

Innocente befürchtete, der arglistige Kommunalsekretär wolle ihn damit in eine Falle locken.

In seiner Freizeit ging Giorgino auf die Jagd nach Wachteln, Hasen und Kaninchen. Mit Innocentes Einverständnis war er der einzige, der auch außerhalb der Saison im Jagdreservat freies Spiel hatte.

»Ein guter Schütze!« meinte Innocente stolz, als selbst Domenico sich einmal über das Gemetzel beklagte, das sein eigener Sohn im Wildreservat anrichtete.

Doch dieses Jahr, während sich der Winter wie eine schwere Decke auf das Dorf herabsenkte, hatte Giorgino anderes im Sinn. Savina hatte seinen Verführungskünsten keinen großen Widerstand entgegengesetzt.

Innocente jedoch machte sich ernsthafte Gedanken, als er davon erfuhr. Die Eltern des Mädchens waren unbescholtene Leute, und auch die Zurückhaltung, den Fleiß und den Anstand des Mädchens wußte er zu schätzen. Daher spielte er mit dem Gedanken, falls sich die Sache zwischen Savina und Giorgino gut weiterentwickelte, deutlich sein Einverständnis zu signalisieren und den beiden bei aller gebotener Diskretion mit klingender Münze den Weg zur Heirat zu ebnen.

Im darauffolgenden August kamen wie gewöhnlich Angelica, ihr Mann und ihre Mutter für ein paar Wochen ins Dorf. Ohne es sich anmerken zu lassen, erwartete Innocente ihr Kommen voller Ungeduld. Er wollte sich von seiner besten Seite zeigen und spornte auch Amabile an, sich beim Kochen mehr Mühe zu geben. Auch hatte er vor, seine Gäste samt Giorgino zu einer Theatervorstellung einzuladen, die er in Luiginas Lokal von Gästen hatte loben hören.

Von weitem sah die Wanderbühne in Legnano aus wie ein kleiner Zirkus. Neben dem Zelt standen zwei Wohnwagen, die Unterkünfte der Schauspieler, und die mit Sand ausgestreute Zirkusmanege diente als Bühne.

Eine Horde Kinder lärmte vor der Holzbaracke am Eingang, der von einer trüben Laterne erleuchtet wurde. Ein

Schild kündigte an, welches Stück an jenem Abend gespielt wurde: *Hamlet*.

Während Innocente die Karten kaufte, deutete Netta lachend auf ein paar Männer, die mit Weinflaschen in der Hand zur Vorstellung kamen. Netta war immer guter Laune, wenn sie im Dorf war, und in Innocentes Villa zu wohnen, machte ihr mittlerweile gar nichts mehr aus. Sie und Innocente waren nicht mehr die jüngsten, was den Umgang miteinander einfacher machte.

Sie nahmen auf einer mit schmutzigen Kissen ausgelegten Bank in der ersten Reihe Platz. Dies waren die teuren Plätze. Weiter hinten lärmte und krakeelte das gewöhnliche Volk.

Manenti beugte sich zu Angelica hinüber und erklärte ihr, wovon das Stück handelte. Sein Gesicht berührte beinahe das ihre, was sie gleichmütig ertrug. Nach ihrer Rückkehr vom See im Jahr zuvor hatte Angelica ihre Vorsätze in die Tat umgesetzt. Sie war entschlossen, die Fassade ihrer Ehe aufrechtzuerhalten, doch Zuneigung und Liebe empfand sie nur noch ihrer Mutter gegenüber.

Nach Angelicas Rückkehr hatte sich Alfredo, der allein in Mailand geblieben war, soweit gefaßt, daß er es wagte, ihr seine Ausflüchte vorzutragen. Es handle sich um ein Photo aus vergangenen Zeiten, um eine Erinnerung; es sei ein Fehler gewesen, es nicht zu zerstören. Und war denn, so fragte er, die Tatsache, daß er es vergessen hatte, nicht der Beweis dafür, daß er an dieser alten Geschichte kein Interesse mehr hatte? Um ein derart schwerwiegendes Vergehen, meinte er noch, handle es sich ja nun auch wieder nicht ... Schließlich hatte er Nives lange vor seiner Heirat zum letztenmal gesehen: das müsse Angelica ihm schon glauben; und so weiter und so fort.

Angelica hatte ihm schweigend zugehört, und am Ende beschränkte sie sich auf die kühle Bemerkung: »Wir werden sehen!«

Ihre Betten blieben jedoch getrennt, Angelica schlief weiterhin bei ihrer Mutter, was Alfredo letztlich entgegenkam. Tapfer hatte sich Angelica der Tatsache gestellt, daß ihre

Ehe, die nach außen hin in ruhigen Bahnen verlief, im Grunde gescheitert war.

»Eis! Zitronensorbet!« rief ein Mann, der sich mit einem Kasten vor dem Bauch seinen Weg zwischen den Zuschauerreihen hindurch bahnte. Das Licht wurde ausgeknipst, und die Bühne mit einem Scheinwerfer spärlich erleuchtet. Eine bemalte Kiste, ein Teppich und zwei Stühle waren die einzigen Requisiten. Die Schauspieler traten auf: Soldaten, Horatio, schließlich Ophelia. Die Männer leerten ihre mitgebrachten Weinflaschen, während Hamlet inbrünstig seinen Monolog sprach. Netta, die nur mit Mühe dem Text folgen konnte, fächelte sich Luft zu und beugte sich dann und wann zu Angelica hinüber, um ihr etwas ins Ohr zu flüstern. Manenti dagegen verfolgte die Handlung mit gespannter Aufmerksamkeit und richtete lobende oder mißbilligende Bemerkungen an Innocente, der seinerseits etwas murmelte, um den Schwiegersohn zufriedenzustellen.

Tosender Beifall folgte dem berühmten Hamlet-Monolog, in dem der Schauspieler sich selbst übertroffen hatte.

Nach der Pause überstürzte sich die Handlung, denn die Schauspieler spürten die wachsende Unruhe, die sich im Publikum breitmachte. Der Schlußapplaus brachte die Erleichterung der kleinen und großen Zuschauer darüber zum Ausdruck, daß alles überstanden war. Die Toten wurden wieder lebendig und kehrten auf die Bühne zurück. Verfolgt von Giorginos begehrlichen Blicken, ging Ophelia mit einem Tablett unter den Zuschauern umher und sammelte Geld, ehe sie noch einmal die Bühne betrat. Der nun folgende Schwank wurde von allen bereits sehnlichst erwartet.

Giorgino traute seinen Augen nicht: Ophelia hatte ihre blonde Perücke abgelegt und war mit ihrem üppig wallenden tiefschwarzen Haar auf die Bühne getreten, das ihren hellen Teint noch besser zur Geltung brachte. Von dem Schwank bekam er nicht viel mit, so fasziniert war er von der Schönheit dieses Mädchens.

Das ist doch eine dieser Satiren, die wir als junge Leute

bei den Caronis im Garten rezitiert haben, dachte Innocente bei sich. Die Leute amüsieren sich doch letztlich immer über dasselbe: Frauen, Liebhaber, böse Schwiegermütter, Bauchgrimmen und körperliche Bedürfnisse ...

»Und wenn's euch gefallen hat, so sagt es weiter.« Der Theaterdirektor verbeugte sich und schwenkte dabei seinen Zylinderhut. »Wir sind noch eine Zeitlang hier und spielen für das geneigte Publikum!«

Die Leute verließen das Zelt. Beim Hinausgehen beobachtete Innocente ein paar Jungen, die sich eilends davonmachten. Durch die Schlitze in den Zeltbahnen hatten sie das Stück von draußen verfolgt. Der Theaterdirektor rief ihnen Beschimpfungen und Drohungen nach.

Auch in der Nacht kühlte es nicht ab. Doch heißer als die Luft war die glühende Flamme des Verlangens, die in Giorginos Herz brannte.

105

Ohne zu klopfen, trat Innocente ein, wie häufig, wenn er Natalina und Domenico besuchte. Und oft kam er schon zur Mittagszeit, seit er das Bürgermeisteramt abgegeben hatte. Eines Morgens war er aufgewacht und hatte gespürt, daß ihm das Interesse für diese Aufgabe, die ihn bis dahin ausgefüllt hatte, abhanden gekommen war.

Bis 1930 war das Amt des Bürgermeisters eine vorwiegend repräsentative Aufgabe gewesen, für Innocente jedenfalls. Er hatte die Befehlsgewalt über das Dorf gehabt, er allein hatte die Entscheidungen getroffen. Er war gewissermaßen das Ohr der Regierung gewesen, hatte sich die Beschwerden der Leute angehört und Abhilfe geschaffen, wo immer es möglich war. Doch für alle hatte er und er allein das Sagen gehabt und für das Wohl aller gesorgt.

Doch in letzter Zeit hatte der Verwaltungsapparat enorm an Bedeutung gewonnen. Die lokalen Beamten waren der verlängerte Arm der Hauptstadt, die sich auch in die nebensächlichsten Belange der Kommunen einmischte und ihnen neue Regeln auferlegte.

Im Rathaus stapelten sich dicke Aktenbündel, Dekrete, Rundschreiben, Verfügungen, Memoranda, auf die rasch und schriftlich zu antworten war. Es wurden Listen und immer wieder Listen angefordert: Listen mit den Mitgliedern der Faschistischen Partei samt einer Buchführung über deren Teilnahme an den Parteiversammlungen; ja sogar Angaben über die Maße der Uniformen, die die Partei zu einem ›politischen‹ Preis lieferte.

»Bald werden sie wissen wollen, wie oft sie es mit ihren Frauen treiben«, meinte Innocente sarkastisch.

Die heliotherapeutische Kolonie beispielsweise hatte Innocente vor vielen Jahren ins Leben gerufen – mit dem vorrangigen Ziel, die Tuberkulose zu bekämpfen. Jetzt reklamierte das Regime die Initiative für sich, und mittlerweile gab es in jedem Dorf eine Sommerkolonie.

Und so trat er von dem Bürgermeisteramt zurück, ohne die Hintergründe für seinen Entschluß darzulegen, die ihm wohl selbst nicht so klar waren. Daß jedoch das Land politisch in guten Händen war, daran zweifelte er nicht.

Im Jahr 1932 war ihm ein gebundenes Heft zugegangen, dessen Lektüre allen Angestellten des öffentlichen Dienstes, den Parteiverantwortlichen, leitenden Mitarbeitern und Sekretären, wärmstens empfohlen wurde, praktisch aber verpflichtend war. Die Schrift trug den Titel: ›Die politische und soziale Lehre des Faschismus, für die Italienische Enzyklopädie erarbeitet von seiner Exzellenz Benito Mussolini‹.

Innocente teilte voll und ganz die Ausführungen des Duce: »Der Faschismus ist keiner theoretisch ausgearbeiteten Lehre verpflichtet. Er entspringt vielmehr dem Bedürfnis zu handeln und war selbst Aktion; nicht Partei, sondern in den beiden ersten Jahren gegen das Parteiwesen gerichtet …«

Das Verdienst des Fascio, räsonierte Innocente, bestand in der Tat darin, Menschen aller Schichten an die Hand genommen und ihnen praktische Erkenntnisse vermittelt zu haben.

Auf diesem Weg sollte es weitergehen, dachte Innocente. Doch die Ansprüche des Fascio hatten sich gewandelt. Weshalb benötigte die Bewegung eine breitere ideologische und geistige Grundlage? Damit fingen die Komplikationen an …

»Der Faschismus hat heute nicht nur als Regime, sondern auch als Lehre eine eigene Prägung. Was die Zukunft und die Menschheitsentwicklung betrifft, glaubt der Faschismus weder an die Möglichkeit noch an den Nutzen eines ewigen Friedens. Daher lehnt er den Pazifismus strikt ab … Allein der Krieg bündelt alle menschlichen Kräfte und drückt den Völkern, die sich ihm stellen, das Siegel des Adels auf. Alle anderen Prüfungen sind nur ein schwacher Ersatz, der den Menschen niemals mit sich selbst, dem Tod und dem Leben konfrontiert … Diesen antipazifistischen Geist trägt der Faschismus auch in das Leben des einzelnen Menschen. Das stolze Motto der faschistischen Sturmabteilungen, ›Wir lassen uns nicht beeindrucken‹, ist ein philosophischer Akt … Es ist die Erziehung zum Kampf, die Übernahme der mit dem Kampf verbundenen Risiken; es ist ein neuer Stil des italienischen Lebens.«

Innocente blieb vor Staunen der Mund offenstehen. Wieder und wieder überflog er die Zeilen, und was er las, gefiel ihm immer weniger. Hätte er diesen Romagnolen leibhaftig vor sich gehabt, er hätte ihm, gelinde gesagt, die Ohren langgezogen: »Was redest du denn da?« hätte er ihn zurechtgewiesen. »Was für einen Unsinn. Wo der Friede doch das ein und alles ist!«

Aus der Lektüre dieser Schrift war Innocentes Entschluß gereift, in dem er durch den Umstand bestärkt wurde, daß dieser deutsche Rädelsführer Hitler sich die faschistischen Methoden angeeignet und in Deutschland die Macht an sich gerissen hatte. Und den nannte Mussolini seinen Freund, Kameraden und Bruder.

Wie kann das sein? fragte sich Innocente, die Deutschen sind und bleiben, was sie waren, sie haben sich nicht geändert, wie mein Vater zu sagen pflegte. Mit ihnen kann es niemals zu einer Verständigung kommen.

Doch so wenig er mit der theoretischen Schrift Mussolinis einverstanden war: Der Grund für seinen Rücktritt vom Amt des Bürgermeisters hatte nicht das Geringste zu tun mit einer irgendwie gearteten Verstimmung gegenüber den Direktiven von Partei und Regime. Ganz im Gegenteil. Innocente war überzeugt davon, daß alles bestens lief, daß man auch ohne ihn zurechtkam.

Trotz seiner salbadernden Tiraden irrte der Duce nie, davon war Innocente felsenfest überzeugt. Wie er in der ›Getreideschlacht‹ bewies, in der er sich seit zehn Jahren, seit Juli 1925, höchstpersönlich als Erntehelfer engagierte.

Sommer für Sommer war in den Zeitungen zu sehen, wie er mähte, drosch, Getreidebündel zusammenband, Bauern und Bauernmädchen küßte. Aber das war nur der äußere Schein. In der Praxis hatte er noch mehr geleistet: Er hatte die bedeutendsten Agrarexperten zusammengerufen und ihnen Kampfgeist eingeimpft.

Und so konnte Mussolini im November 1933 in der Hauptstadt verkünden: »Die Getreideernte des Italienischen Imperiums betrug im elften Jahr des faschistischen Regimes 81993200 Doppelzentner, eine Zahl, die den Sieg der Getreideschlacht dokumentiert.«

Das waren Taten, die die Leute für ihn einnahmen und ihnen das Gefühl gaben, in guten Händen zu sein. Ja, dachte Innocente, während er am Sonntagmorgen durchs Dorf ging, den Leuten geht es besser als noch vor zehn Jahren. Das ist unbestreitbar. Der Geruch von Sonntagsbraten lag in der Luft, auf der Türschwelle saßen frischgewaschene Kinder in sauberen Kleidern, Tassen mit geschlagenem Ei, Zucker und Marsala in der Hand.

Langsam, aber stetig hatte sich der Lebenstandard verbessert. Und was lag näher, als diesen Fortschritt mit der veränderten politischen Situation in Verbindung zu bringen, mit den modernen Techniken, die die Partei mittels ihrer zahlreichen Konsortien überall propagierte.

So war das Ansehen des Duce kontinuierlich gestiegen. Auch wenn der lombardische Bauer das Heilige und das Profane nicht miteinander vermischte und der Kult im eigentlichen Sinn – der offiziellen Propaganda zum Trotz – nach wie vor dem Herrgott vorbehalten war. Viele, ja beinahe alle waren überzeugt, daß der Duce auf der Seite der Armen stand. Und daß man gleichsam als Gegenleistung der Partei beitreten, deren Abzeichen im Knopfloch tragen und den Arm zu jenem etwas lächerlichen Römischen Gruß heben müsse. Was war denn schon dabei?

Und Innocente war stolz darauf, dem Verbandsführer Rino Parenti anhand der Liste demonstrieren zu können, daß neunundneunzig Prozent der Dorfbewohner Parteimitglieder waren wie Millionen und Abermillionen andere Italiener auch. Dies war ein greifbares Zeichen des Erfolgs und des Konsens.

Innocente hatte daher seinen Bürgermeisterposten ohne schlechtes Gewissen abgegeben. Boccioni als sein Nachfolger war der Richtige, ein Mann von eisernem Willen und praktischem Verstand. Für die bürokratischen Aufgaben hatte er ja den Kommunalsekretär, von dem sich Innocente erleichtert verabschiedete, da er ihn nie besonders gemocht hatte. Jetzt hatte er endlich Zeit, sich ausschließlich seinem Steckenpferd zu widmen: dem Jagdreservat.

106

Innocente fühlte sich kerngesund und strotzte vor Energie. Morgens, wenn Domenico ihn mit Kieselsteinchen weckte, die er ans Schlafzimmerfenster warf, stand er auf, spannte an und fuhr mit der Kutsche hinter dem auf seinem Fahrrad strampelnden Jagdaufseher her über die Felder. Im Sommer waren die Wege trocken und staubig, im Winter morastig oder gefroren, und die tief in die Erde gegrabenen Räderspuren mit glitzernden Eisschichten überzogen. Für gewöhnlich spazierte er durch das vom Rauhreif knirschende Gras und beobachtete den Flug der Ringeltauben.

Im Herbst dann der Geruch der frisch gepflügten Erde – ein unvergleichlicher Duft.

Innocente war von morgens bis abends unermüdlich unterwegs. Nur beim Anblick der Reisfelder erfaßte ihn ein gewisses Unbehagen. Bis Ende Mai waren sie vollständig überschwemmt, ein Feuchtraum, den die Rebhühner zu meiden suchten.

Oft riefen ihm von den Feldern her Bauern zu, daß sie ein Nest mit brütenden Vögeln entdeckt hätten. Und unablässig ersann er Pläne zur Verbesserung seines Reviers, indem er neue Tierarten einführte und im Winter eine größere Quote zum Abschuß freigab.

In der Saison begleitete er häufig die Jäger bei der Treibjagd. Während der Jagdmonate wohnte Amabile auf Anweisung des Padrone in Rovediga, um den Jagdgenossen Essen zu kochen. In dem Topf über dem Kamin blubberte dann die Polenta, und mit dem ersten fernen Gebell trug Amabile den Hunden, die vor Erschöpfung kaum schlürfen und schlucken konnten, eine leichte warme Suppe hinaus.

Auch wenn Bastianos Frau nicht besonders tüchtig war, so hatte sie doch für die Jäger stets ein Gericht mit frisch gesammelten Pilzen bereit, Würste und Speckschwarte, geschmorte Bohnen und anderes, dem die hungrigen Jäger beherzt zusprachen.

An jenem Morgen betrat Innocente also ohne zu klopfen Natalinas Haus und ging in den kleinen Garten, wo er sich im Schatten des Khakibaumes niedersetzte. Er dachte über das bevorstehende ›Nesterfest‹ nach, das im Dorf mittlerweile zu einer festen Institution geworden war. Plötzlich fiel ihm etwas ein. »Hey, Lina«, rief er Natalina zu, die im Garten Bohnen pflückte, »wo ist eigentlich Giorgino?«

Es war merkwürdig, daß der Junge, der jetzt, Mitte August, wo die Firma Saffa geschlossen hatte, nicht kam, um ihn zu begrüßen.

»Er wird zu Savina gefahren sein.« Lina trat auf ihn zu, die Schürze voller dunkelroter Schoten. Sie setzte sich neben ihn und fing an, sie zu entkernen.

»Wie?« fragte Innocente ungeduldig nach. »Bist du sicher, daß er nach Rho gefahren ist?«

»Woher soll ich das wissen? Mir sagt doch keiner etwas. Menico geht frühmorgens aus dem Haus und kommt spätabends zurück. Und Giorgino kommt und geht, ohne Bescheid zu sagen … jetzt, wo er ein Fahrrad hat.«

»Aber Natalina, warum so ärgerlich! Du solltest Gott danken, daß du eine Familie hast. Deine Männer sind gesund und tüchtig, tragen ihren Lohn nach Hause und lassen sich nichts zuschulden kommen. Was würdest du sagen, wenn sie betrunken heimkämen wie Celso oder irgendwelche Schweinereien machten …«

Er sagte ›Schweinereien‹ und sah plötzlich Giorgino vor sich, wie er mit gierigem Blick die junge Schauspielerin im Zirkustheater betrachtet hatte. Wenn das nicht die pure Wollust war, dann weiß ich nicht, dachte er.

Er sprang auf. »Sobald er kommt, schickst du ihn zu mir in die Villa. Ich muß mit ihm sprechen. Hast du mich verstanden, Natalina?«

Tief in Gedanken versunken, kehrte er nach Hause zurück. Er setzte sich in seinen Korbstuhl zwischen die Zitronenbäumchen und grübelte. Ihn beunruhigte die Vorstellung, daß Giorgino einen unseligen Hang zum weiblichen Geschlecht hatte, was er, Innocente, bis dahin nicht hatte wahrhaben wollen. Und er empfand Mitleid mit der hübschen Savina.

Andererseits: Er wußte doch gar nicht, wie es sich tatsächlich verhielt. Er mußte sich Gewißheit verschaffen. Vielleicht war Giorgino in diesem Augenblick tatsächlich bei Savina und besuchte deren Familie, ohne daß die beiden etwas miteinander hatten.

Gegen Abend hörte er das Quietschen des Gartentürchens. Ohne sich umzudrehen, rief er: »Giorgino? Komm rein, ich bin im Garten.«

Etwa zur gleichen Zeit verabschiedete sich Angelica von Battistina, mit der sie eine Weile geplaudert hatte. Sie streckte den Kopf in Pietros Werkstatt: »Wie geht's?«

Filippo, der ältere Sohn, der gerade eine Fahrradkette ölte, lächelte ihr zu. »Oh, Angelica! Gut geht's«, rief der alte

Hufschmied. »An Arbeit fehlt es nicht. Pferde müssen beschlagen werden, und auch sonst gibt es alle Hände voll zu tun.«

»Ich habe die gute Nachricht über Libera gehört«, sagte Angelica.

»Ja, endlich einmal etwas Erfreuliches!« nickte Pietro und strahlte übers ganze Gesicht: »Das war ein richtiger Schritt von meiner Libera, Eros zu heiraten. Eros hat denen von der Gemeinde und vom Fascio gründlich die Meinung gesagt. Und ebenso richtig war es, aus diesem Dorf wegzuziehen, das aus lauter Feiglingen besteht ...«

Angelica lachte. Pietro tat so, als wisse er nicht, daß Bürgermeister Innocente, ihr Vater, bis vor kurzem die unumstrittene Autorität im Dorf gewesen war. Aber Angelica mißfiel es ganz und gar nicht, daß hier jemand nicht unterwürfig den Hut zog.

»Ich freue mich für sie. Es ist bestimmt ein hübsches Kind!«

»Er hat feuerrote Haare«, erwiderte Pietro in gespielt klagendem Ton. Sein eigener roter Haarschopf war mit dem Alter ergraut.

»Aber kerngesund und munter!« rief Battistina hinter Angelicas Schultern.

»Salüdi, sciùra 'Ngelica!« verneigten sich die Männer und zogen den Hut, während Angelica durchs Dorf nach Hause ging. Und die Frauen zogen sich das Kopftuch aus dem Gesicht und lächelten ihr zu.

Die Tatsache, daß sich Angelica mit Ehemann und Mutter auf Dauer im Dorf niedergelassen hatte, machte sie in den Augen der Leute zur rechtmäßigen Erbin Innocente Dagos. Und so war sie nunmehr als Dago anerkannt, mit allen damit verbundenen Rechten. Anders für die noch immer unverheiratete Netta, die für alle die Paolini blieb, die als junge Seidenspinnerin einen Fehltritt begangen hatte, mochte sie es auch später bereut haben.

Als sie um die Hausecke bog, wäre sie beinahe mit Giorgino zusammengestoßen, der im Laufschritt aus der Villa gestürmt kam, mit gesenktem Kopf und verstörtem Blick.

»Woher kommst du denn so eilig, Giorgino?«

Der junge Mann blieb vor ihr stehen. »Aus der Villa«, schluchzte er. Verwundert sah Angelica, daß er rotverweinte Augen hatte und vor Wut die Zähne aufeinanderbiß.

»Aber was ist denn passiert? Hat dich ein Hund gebissen?«

»Ja, genau!« knurrte Giorgino. »Ein Hund!« Aber dann lenkte er rasch ein: »Entschuldige, es ist wegen deines Vaters! Er hat mich angebrüllt, als sei ich ein x-beliebiger Rotzbengel. So wütend habe ich ihn noch nie erlebt, nicht einmal, als ich im September auf die Rebhühner geschossen habe ...«

»Aber was hast du denn angestellt? Wenn es nicht wegen der Jagd ist ...«

»Na ja, von Jagd kann man irgendwie schon sprechen ...«, grinste Giorgino mit roter Nase und verweinten Augen. »Es ist wegen einer Signorina, einer Schauspielerin, die die Ophelia gespielt hat, erinnerst du dich?«

Giorgino hatte sie nach der Hamlet-Vorstellung besucht. »Und am Sonntag sind wir tanzen gegangen ... Einer hat auf der Ziehharmonika das Lied gespielt: *Solo per te, Lucia.*«

Angelica bemerkte den verträumten Gesichtsausdruck ihres Vetters, und Tränen traten ihr in die Augen. Sie stellte sich das hübsche Mädchen vor, wie es in seinen Armen lag, beide bebend in jenem Gefühl, das die ganze Existenz erschüttern kann. So wie es ihr gegangen war, vor langer langer Zeit. Und auch Giorgino, ging es ihr durch den Kopf, würde die Erinnerung an dieses Lied sein Leben lang bewahren, so wie sie den Engelwurz getrocknet zwischen den Seiten eines Buches aufbewahrte.

»Nein, ich kenne das Lied nicht«, murmelte sie. »Aber wie hat Papa denn davon erfahren?«

»Keine Ahnung. Vielleicht durch Savina. Sie ist furchtbar böse auf mich. Wie auch immer, *sciùr* Cént hat es jedenfalls spitzgekriegt. Und ich habe es nicht fertiggebracht, es zu leugnen, ich Dummkopf!«

»Ja, ja, er kennt kein Pardon, der Papa. Man kann ihm

schwer etwas entgegensetzen. Aber … was ist mit der armen Savina?«

»Jetzt fang du bloß nicht auch noch an! Ich geh nach Hause und leg mich ins Bett, ohne etwas zu essen. Meine Mutter wartet bestimmt schon auf mich. Todsicher hat *sciùr* Cént ihr alles erzählt …«

Er unterdrückte seine Wut und ging davon. Nachdenklich öffnete Angelica das Eingangstor zur Villa.

»Das Essen ist fertig!« rief ihr Amabile entgegen. »Sagen Sie ihm, die Suppe ist schon geschöpft. Wenn sie kalt wird, läßt er sie mir stehen.«

»Ja, ja, ich geh' ihn holen. Und du, Amabile, rufst inzwischen den *sciùr* Manenti.«

Sie stieg leise die Treppe hinauf und fand Innocentes Zimmertür angelehnt. Er saß zwischen seinen in schönem Durcheinander aufgehäuften Katastern, Büchern und Karten und schien in deren Lektüre vertieft.

»Wirklich eine wunderbare Abhandlung, und so gut geschrieben.« Er hob den Kopf: die Brille rutschte ihm von der Nase. »Eine Neuerscheinung: *Die Rebhuhnjagd* von Armando Ascari; fünfzehn Lire. Eine wirklich gute Investition. Sieh mal: Es enthält auch Rezepte, Anweisungen für die Zubereitung von Wild. Wenn diese vermaledeite Amabile wenigsten lesen könnte, von Schreiben will ich gar nicht reden …«

Angelica blieb auf der Türschwelle stehen und sah ihn an, überrascht von der Ruhe, die er ausstrahlte.

»Ich habe unterwegs Giorgino getroffen«, sagte sie. Und sie spürte, wie Wut in ihr aufstieg. »Er schien ganz außer sich … als ob er geweint hätte.«

Da sie darauf wartete, daß er wie gewohnt im nächsten Augenblick aufbrauste, schwieg sie. Doch statt dessen legte er das Buch beiseite und sah sie sanft an.

»Ja, ich mußte ihn ausschimpfen. Besser, ein Ende mit Schrecken als ein Schrecken ohne Ende. Sich als Heranwachsender danebenzubenehmen ist das eine, sich als Erwachsener bis auf die Knochen zu blamieren etwas anderes … Das lasse ich keinesfalls zu!«

Angelicas schluckte ihren Ärger hinunter. »Was meinst du mit blamieren?«

»Du kennst doch Savina. Ich weiß, daß Giorgino ihr den Hof gemacht hat, ohne sich festlegen zu wollen. Aber heute scheint es ja erlaubt, ein Mädchen auf der Straße anzusprechen, ohne sich zu irgend etwas verpflichtet zu fühlen. Aber er war bei ihr zu Hause in Rho. Ich kenne Savinas Eltern persönlich, es sind Leute, die man nicht an der Nase herumführt.«

»Und?«

»Er hat sich grob danebenbenommen. Dieser verfluchte Theaterbesuch, du erinnerst dich. Diese Gauklerin, die die Rolle der Ophelia gespielt hat.«

»Schauspielerin, nicht Gauklerin«, verbesserte ihn Angelica kühl. »Und eine gute obendrein: das hat sogar Manenti gesagt.«

»Gut oder schlecht, darum geht es doch nicht. So eine ist doch nichts für Giorgino, so eine darf er nicht einmal eines Blickes würdigen! Leute ohne Wurzeln, ohne Moral ...«

»Und, was hast du eigentlich Giorgino vorzuwerfen? Er hat sie eines Blickes gewürdigt – na und?«

Gekränkt durch den ironischen Ton seiner Tochter, verfinsterte sich Innocentes Miene. »Was geht dich das Ganze überhaupt an? Und in welchem Ton erlaubst du dir, mit mir zu sprechen?«

»Es geht mich sehr wohl etwas an.« Angelicas Widerspruchsgeist war geweckt. »Giorgino ist mein Vetter, und du bist mein Vater. Und ich frage dich: Von welcher Kanzel herab predigst du eigentlich. Ausgerechnet du, der seinerzeit ... Wie hast du dich denn verhalten? ... der Frau gegenüber, die mir das Liebste auf der Welt ist! Es reicht, ich will nicht vom Thema abschweifen ...«

Nie zuvor hatte Angelica auf die Tragik im Leben ihrer Mutter angespielt, die ihre Tochter allein hatte großziehen müssen.

»Zum Teufel! Was kramst du denn da für altes Zeug hervor. Willst du mir etwa beibringen, wie man leben soll? Ausgerechnet du!« Sein Hohn traf sie schmerzlich wie eine scharfe Klinge. »Ich will dir etwas sagen, das du vielleicht nicht weißt: Ich habe deiner Mutter die Heirat angeboten, vor langer Zeit – Tosoni kann es bezeugen –, aber sie hat nicht gewollt! Ja, sie hat es abgelehnt, hat mich verschmäht! So steht die Sache. Und deshalb habe ich ein reines Gewissen!«

Kreidebleich machte Angelica einen Schritt auf ihn zu. Jedes Wort ausdrücklich betonend, rief sie: »Ich weiß davon. Meine Mutter verheimlicht mir nichts. Ich weiß von deinem Heiratsantrag, den Tosoni ihr überbracht hat, weil du selbst nicht den Mut dazu hattest. Und ich kenne ihre Antwort. Du kannst dir nicht vorstellen, was ich empfunden habe, als ich davon erfuhr: Was für eine Freude, was für eine Befriedigung! ›Es ist zu spät!‹ Das hat sie dir ausrichten lassen, nicht wahr? Was für eine Frau, meine Mama! Dir eine solche Antwort ins Dorf zu schicken, ohne einen Augenblick zu zögern. Und du: Welches Wagnis bist du denn eingegangen? Jetzt, wo du alt bist und unzufrieden. Deine neue Haushälterin ist nicht so tüchtig wie Maria, du brauchtest eine bessere ... Es ist zu spät! Du sollst dich verzehren nach dieser Frau, die eine echte Signora ist. Nicht wie die Dirnen, die du immer aufgesucht hast! Sie hätte deine Ehefrau sein können ... Und ich hätte das gehabt, was ich mir jahrelang ersehnt hatte: eine Familie ...«

Erschöpft schlug Angelica die Hände vors Gesicht. Tränen strömten ihr über die Wangen.

Innocente blickte sie fassungslos an: »Du haßt mich, mein Gott ... du haßt mich ja. Das hätte ich nicht gedacht ...«, stammelte er.

Es war fast dunkel im Zimmer. Durch die angelehnten Fensterläden sickerte das rote Licht des Sonnenuntergangs herein. Von den Magnolienbäumen war das Gezwitscher der Spatzen zu hören. Angelica gab sich einen Ruck, steckte ihr Taschentuch ein und sagte: »Nein, ich hasse dich nicht. Du bist sympathisch, du bist intelligent, tust Gutes. Dich kann man nicht hassen, glaub mir. Ich ... ich respektiere dich. Aber eigentlich wollten wir von Giorgino sprechen, nicht wahr? Ich weiß nicht, warum ich abgeschweift bin. Entschuldige! Ich mag Giorgino, und daher hat es mir weh getan, ihn in diesem Zustand zu sehen. Mag sein, er hat einen Fehler begangen. Aber er ist groß genug, seinen eigenen Weg zu gehen. Vielleicht …«, und dabei gelang es ihr nicht, ihre Bitterkeit zu verbergen, »ist Giorgino für dich der Sohn, den du niemals hattest, und es gefällt dir, ihn nach deinem Willen zu formen.«

»Dann bin ich also ein Bösewicht!« Innocente sprang auf, rot vor Zorn. »Ich, der ich ihm eine Ausbildung ermöglicht, eine Stelle besorgt habe?«

»Schrei nicht!« murmelte Angelica. »Damit kannst du mir keine Angst einjagen, die Zeiten sind vorbei. Natürlich hast du ihm auch Gutes getan. Aber gib ihm jetzt die Luft zum Atmen! Du hast kein Recht, in gewisse Angelegenheiten deine Nase zu stecken, verstehst du! Wenn du dich über die beruflichen Neigungen eines Menschen hinwegsetzt, kann man es dir noch durchgehen lassen. Ich denke, Giorgino würde lieber eine Tätigkeit an der frischen Luft ausüben, statt den ganzen Tag in ein Büro eingesperrt zu sein. Aber wenn du versuchst, auf die Gefühle eines Menschen Einfluß zu nehmen, ist das unentschuldbar. Schau doch mich an …« Angelica verzog spöttisch das Gesicht. »Du hast dich in meinem Fall immer geirrt. Die Männer, die mir gefielen, haben dir nicht gepaßt. Der eine oder andere von denen, die du nicht mochtest – ganz zu schweigen vom ersten – wäre vielleicht ein guter Ehemann für mich gewesen. Manenti dagegen hat dir auf Anhieb gefallen …«

Innocente sah sie mißtrauisch an. »Wieso? Was ist denn passiert? Ist Alfredo etwa kein guter Ehemann? Und wenn dem nicht so wäre, ist denn das meine Schuld?«

Er sprach in trotzig-herausforderndem Ton. Doch offensichtlich ahnte er etwas. Mit leiser Stimme forderte er sie auf: »Was meinst du denn? Hat Manenti sich etwas zuschulden kommen lassen?«

»Genug, genug«, murmelte Angelica. Sie fühlte sich innerlich wie leergepumpt.

Niemals hätte sie ihrem Vater gegenüber eine Niederlage eingestanden. »Nur das eine noch: Laß Giorgino in Ruhe. Er wird seinen Weg allein finden. Vielleicht ist Savina gar nicht die Frau seines Lebens! Die Schauspielerin Pirenea …« Sie brach in ein nervöses Lachen aus. »Was für ein Name! Sie wird bald aufbrechen, noch ehe der Sommer zu Ende ist … Wer weiß, wohin.«

Innocente sagte nichts. Sein ungewöhnliches Schweigen flößte ihr ein schlechtes Gewissen ein. Während Angelica die Treppe hinunterging, fragte sie sich, ob auch ihr Vater Gewissensbisse empfand. Eins wußte sie jedoch: Im Fall von Attilio war er sich keiner Schuld bewußt. Sie zuckte die Schultern. »Müßige Gedanken«, murmelte sie.

»Kommt er denn nicht herunter, der *sciùr* Cént?« empfing sie Amabile, als sie ins Wohnzimmer trat. »Das Essen ist kalt, er läßt mir bestimmt wieder den Teller stehen. Ich gehe es aufwärmen.«

107

Seit einiger Zeit senkte sich abends über das Dorf ein Nebel herab, der am nächsten Morgen wie ein grauer Vorhang in der Luft hing. Gegen Mittag, im Licht einer müden und kraftlosen Sonne, löste er sich dann allmählich auf. Es war Ende Oktober.

»Unser letzter Sonntag hier: Freust du dich? Oder bedauerst du, daß wir wegfahren?« fragte Angelica ihre Mutter auf dem Weg zur Kirche. Im Schlafzimmer der Villa war es bitterkalt, und Abend für Abend mußte man die mit glühender Kohle gefüllte Wärmepfanne unter die eiskalte Bettdecke schieben. Manenti, der in seinem Zimmer als letzter an der Reihe war, beklagte sich ständig. Vom frühen Morgen an saß er, heiße Milch trinkend und unablässig niesend, vor dem knisternden Kaminfeuer. Nur Amabile hörte ihm zu, und auch sie nicht mit großer Aufmerksamkeit. Innocente stand wie immer in aller Frühe auf, während

Angelica sich unter ihrer dicken Steppdecke gerne noch wohlig räkelte. Auch Netta kam spät herunter.

So verließ Manenti zumeist das Haus, ohne überhaupt noch jemanden gesehen zu haben, und verbrachte den Tag im Jagdhaus. Nicht selten leistete ihm Domenico Gesellschaft und der Junge, der ihm als Jagdgehilfe zur Seite stand. Es wurde Karten gespielt, während das Holz im Kamin knisterte, die Polenta im Topf köchelte, und auch an Wein fehlte es nicht.

Seit jener Auseinandersetzung mit Angelica, von der Manenti nichts ahnte, sah Innocente seinen Schwiegersohn mit anderen Augen: mißtrauisch und argwöhnisch, doch er sagte nichts. Manenti konnte es gar nicht erwarten, wieder in die Stadt zurückzukehren.

An jenem letzten Sonntag im Oktober schien Don Luigi während der Meßfeier emphatischer als sonst. Die Mühe, die es ihm bereitete, die Stufen zur Kanzel hinaufzusteigen, zeigte, daß auch an ihm die Zeit nicht spurlos vorübergegangen war. Vor dreißig Jahren hatte er die Pfarrei übernommen. Damals war er jung gewesen und voll glühender Leidenschaft für den Dienst des Herrn – und für die Jagd. In den letzten zehn Jahren hatte sich ihm ein drittes Interessensgebiet aufgetan: die Politik. Es schien, als hätte Don Luigi mit sich selbst eine Wette abgeschlossen, indem er das faschistische Regime bedingungslos unterstützte. Er unterstützte es und betrachtete es als Garant für das Wohlergehen seiner geliebten Schäflein. Die Kirchenwände waren mit Maximen in riesigen Lettern gepflastert. Jede Gelegenheit war ihm günstig, Standarten und Wimpel, von den Faschisten angelegte Getreidefelder und Viehställe sowie die vorbildlichen faschistischen Familien mit Weihwasser zu besprengen.

Doch empfing man ihn in den Höfen zunehmend mit verlegenem Lächeln: Die Leute störten sich an seiner übertriebenen Begeisterung für das Regime. Daß er etwa die Kinder ein ellenlanges Gebet ›für unseren geliebten Duce‹ lehrte, war wirklich des Guten zu viel.

Überdies verteilte er Kärtchen mit dem Duce, der kriegerisch dreinblickte, das Kinn hochgereckt, als seien es Heiligenbildchen. Darunter stand der Satz: »Gut zu bleiben ein Leben lang: dies ist wahre Seelengröße. Mussolini.«

Vor zehn Jahren hatte die Reserviertheit des Pfarrers dem Faschismus gegenüber die Leute erst recht zum neuen Regime hingezogen. Jetzt aber trat der gegenteilige Effekt ein: Die ungezügelte Begeisterung des Priesters löste Befremden aus und ließ die Dorfbewohner auf Distanz gehen.

An jenem Sonntag im Oktober verkündete Don Luigi von der Kanzel herab: »Geliebte Brüder, in diesem Augenblick versammeln wir uns zum glühenden Gebet, um gemeinsam Gott zu bitten, das großartige Abessinien-Unternehmen zu segnen. Es wird dem italienischen Volk Arbeit und Brot bringen. Dieses Land jenseits des Meeres wird für uns und die Eingeborenen ein Segen sein. In gemeinsamer Anstrengung, mit Schweiß und Mühen werden sie die Erde fruchtbar machen und neue Dörfer und Städte bauen! In Zukunft werden die Kinder heller Hautfarbe und die Mohren Seite an Seite stehen, im Spiel, im Studium und in der Arbeit, und gemeinsam werden sie eine brüderliche christliche Kultur erschaffen.«

Die Leute wußten, daß der Duce dem italienischen Volk ›einen Platz an der Sonne‹ Afrikas versprochen hatte. Doch man war sich einig, daß es sich in Wahrheit um eine kriegerische Unternehmung handelte.

Nach der Messe blieb Innocente noch auf dem Kirchplatz stehen, um mit Pedretti ein paar Worte zu wechseln. »Die Zeiten der Breitsaat, als man das Saatgut mit der Hand ausbrachte, sind vorbei«, meinte Pedretti, der ein eifriger Verfechter moderner Agrartechnologie war. »Heute wird in zwei parallelen Reihen gesät, im Abstand von acht Zentimeter, und mit jeweils zwei Zentimeter Abstand zwischen zwei Reihen. Das optimale System; es erleichtert das Hacken und läßt mehr Luft durch.«

»Aha, keine Breitsaat mehr, sagst du?«

»Genau, mein lieber Cént. Man muß mit der Zeit gehen. Ich spiele mit dem Gedanken, mir einen Traktor zuzulegen, mit dem ich pflügen und dreschen kann. Ich warte auf das kommende Frühjahr. Wenn man die Felder nach wissenschaftlichen Methoden bestellt, bringen sie den doppelten Ertrag.«

Die ruhig dahinfließende Unterhaltung wurde von einem aufgeregten Disput vor dem Kirchenportal unterbrochen, einem Streit zwischen dem Pfarrer und Pietro.

»*Sciùr curadu.*« Pietro hielt ehrerbietig den Hut in der Hand, aber seine Stimme klang entschlossen. Don Luigi schien verdutzt. »Meinen Sie nicht, daß Ihre Predigt heute ... ich sage nicht falsch war, das würde ich nicht wagen, aber ich finde es nicht richtig ...«

»So sei doch still.« Verzweifelt versuchte Battistina, ihren Mann fortzuziehen. Pietro versäumte zwar keine Sonntagsmesse, spielte aber den ewigen Nörgler.

»Mein lieber Pietro«, lächelte der Pfarrer gutmütig. »Sag mir, wo ich mich unklar ausgedrückt habe, und ich will es erklären ...«

»Nein, nein, klar war es, sogar sehr klar: Sie, Herr Pfarrer, unterstützen den Krieg und die, die ihn führen wollen. Und genau das erscheint mir nicht richtig. Ich erinnere mich noch an den letzten Krieg. Als Sie sich in Ihrer Predigt dagegen aussprachen und sagten: ›Beten wir, daß die Regierenden Einsicht haben und Frieden schließen.‹ Wissen Sie das noch?«

»Um Himmels willen, Pietro, sei still!« Battistina wäre vor Scham am liebsten in den Erdboden versunken. Aber viele Männer, die näher gekommen waren, nickten zustimmend.

»Das hier ist kein Krieg im eigentlichen Sinn, mein lieber Pietro. Aber lassen wir die Vergleiche. Der Duce hat es gesagt: Es ist schlicht und einfach eine Expedition. Wir bringen den Menschen dort den Fortschritt ...«

»Eine Expedition also! Und warum? Haben uns die Afrikaner etwa eingeladen? Auch die Österreicher haben in Mailand seinerzeit Verdienstvolles geleistet, wie der selige *sciùr* Ambrogio Dago gesagt hat. Aber war das richtig? Die Leute haben aufbegehrt, jeder will Herr im eigenen Haus sein. Sie sagen, es wird keine Kämpfe geben? Nicht einmal eine Schießerei, eine Auseinandersetzung ... nichts?«

»Gott gebe mir Geduld!« Don Luigi blickte in die Runde der verstohlen grinsenden Männer. »Wie kann man über eine derart wichtige Sache auf der Straße diskutieren ...«

»Und mit einem Bauernlümmel wie mir, hm? Sagen Sie es ruhig, Don Luigi, ich ärgere mich nicht. Ich weiß nicht viel, aber das Wenige, was ich weiß, sage ich offen heraus: Krieg ist Krieg, Don Luigi. Sie sollten nicht wie eine kaputte Schallplatte wiederholen, was der Duce vorsagt. Das ist eine Schande. Verzeihen Sie, aber ich mußte das einfach loswerden. Guten Tag.«

Nachdem sich die Menge zerstreut hatte, ging Innocente, gefolgt von Pedretti, auf den Pfarrer zu.

»Der gute alte Pietro. Sie kennen ihn doch, Don Luigi. Er kann einfach nicht den Mund halten und klein beigeben! Und heute hat er die Gelegenheit beim Schopf gepackt, um ein bißchen Wirbel zu machen. Das werden Sie doch nicht ernstnehmen, Don Luigi?«

Ohne zu antworten, drehte sich der Pfarrer um und verschwand mit kummervoller Miene und gesenktem Haupt im Pfarrhaus. Innocente schüttelte den Kopf: »Der Ärmste ist beleidigt. Aber das vergeht bald wieder ... Komm mit zu mir nach Hause, Pedretti, und begrüße meine Tochter, die morgen mit ihrer Familie nach Mailand zurückkehrt. Und dann möchte ich dir meine neuesten Schallplatten vorspielen. Du wirst sehen, für Neuheiten bin auch ich aufgeschlossen.«

Es ging bereits auf Mittag zu, aber keine Essensdüfte durchströmten das Haus. Innocente seufzte. Es war doch wahrhaftig keine große Mühe, eine Henne zu kochen. Aber so war Amabile eben.

Stolzgeschwellt führte Innocente seinem Gast das Abspielgerät vor: einen mit einer Kurbel betriebenen Phonographen der Firma Voce del Padrone, der schwarz und massig wie ein Koffer in einer Ecke des Wohnzimmers auf seinem Schreibtisch thronte.

Während der Herr des Hauses eine neue Grammophonnadel auf dem Plattenarm befestigte, bemerkte Pedretti: »Ein hübsches Gerät! Bestimmt nicht billig, hm?« Er selbst besaß noch ein altes Modell mit Schalltrichter.

»Etwas mehr als zweihundert Lire«, erwiderte Innocente.

»*Voglio vivere così*«, trällerte gleich darauf die klare Stimme Ferruccio Tagliavinis, »*col sole in fronte ...*«

108

Nach einem letzten Friedhofsbesuch kehrten sie in die Stadt zurück. Es wurde für Angelica einer der schlimmsten Winter, die sie je erlebte. Knapp über vierzig Jahre alt, war sie zwar noch relativ jung, litt aber unter der Demütigung, nicht mehr begehrt zu werden. Auch vertraute sie ihrer Mutter nicht mehr ihre Schwermut und ihre Ängste an, um es sich nicht selbst eingestehen zu müssen: Sie war eine zurückgewiesene Frau ohne Zukunftsperspektive, die eine Vernunftehe führte.

Manenti bemühte sich zwar um sie, war aber in gleicher Weise zu seiner Schwiegermutter Netta charmant.

In jenem traurigen Abschnitt ihres Lebens begann Angelica damit, kurze Notizen in ein geheimes Tagebuch zu schreiben »20. November: M. spät heimgekommen. Zehn Lire noch unangetastet in der Jackentasche.« – »10. Dezember. Es schneit. M. beharrt darauf, noch vor Weihnachten seine Mutter besuchen zu wollen. Eine Ausrede, um sich mit N. zu treffen?«

Nach außen spielte sie die Rolle der glücklichen Ehefrau, die ein ausgefülltes Leben führt. Doch sie begnügte sich mit dem Zipfelchen Heiterkeit, den ihr das Schicksal zugedacht hatte, und verzichtete auf den Traum vom großen Glück, den sie einst geträumt hatte.

Im Frühjahr traf ein Telegramm Innocentes ein: »Tosoni gestorben. Beerdigung Freitag, Treffpunkt Porta Venezia.« Ein plötzlicher Tod, hieß es. Doch Angelica und Netta mußten sofort an das Ende von Paolo Dago denken, dessen Lebenswandel trotz der Bemühungen der Familie, dies zu vertuschen, ein offenes Geheimnis gewesen war. Tosoni war zwar ein ganz anderer Typ, sittsam und christlich, aber seine Bedienstete, diese Giannina ...

Während sie sich zum Begräbnis ankleidete, erinnerte sich Netta, wie oft der junge Tosoni sie auf dem Corso Magenta besucht hatte: mit Päckchen im Arm, die das rosa Kleid fürs Theater und den Hut enthielten. An die Ausflüge, die sie zusammen mit Rachele und Alcide unternommen hatten. Ereignisse neueren Datums dagegen waren ihr nicht so deutlich präsent. Doch die kurze Zeit ihres gemeinsamen Lebens mit Innocente war ihr in allen Einzelheiten ins Gedächtnis eingeprägt.

Sie wollten gerade aufbrechen, als Manenti aus seinem Zimmer trat, im zweireihigen Anzug und mit frischpolierten Schuhen. Er wolle sie begleiten, sagte er. Obwohl ihn Angelica nicht darum gebeten hatte, freute sie sich doch und schenkte ihm ein flüchtiges anerkennendes Lächeln. Arm in Arm stiegen sie die Treppe hinunter.

Die Familie Tosoni war seit Generationen in der Stadt und außerhalb Mailands bekannt, daher folgten viele Menschen dem Sarg des Verstorbenen.

»Siebenundzwanzig Jahre ist es her«, murmelte Innocente Marangoni zu. »Siebenundzwanzig Jahre, daß Carlotta gestorben ist.« Er blickte sich um. Auf dem Bürgersteig blieben nur wenige Passanten stehen und zogen ehrerbietig den Hut. »Aber was für ein Unterschied ... Ein Trauerzug in Mailand gilt heute gar nichts mehr. Ich weiß noch genau, als Carlotta Tosoni zu Grabe getragen wurde: Die Ladenbesitzer weinten, die Bewohner des Viertels knieten betroffen nieder. Natürlich, Carlotta war eine Wohltäterin. Aber Tosoni stand ihr keineswegs nach, auch er hat der Pfarrei und den Armen viel Gutes getan. Aber was soll man sagen: Die Welt hat sich verändert, und den Höherstehenden wird kein Respekt mehr entgegengebracht ...«

»Das scheint mir ein gutes Zeichen zu sein«, flüsterte Marangoni zurück. »Die Italiener müssen lernen, stolz zu sein; es sind keine demütigen Bettler mehr. Das ist das Ergebnis der Politik des Duce, die ich voll unterstütze.«

»Da muß ich entschieden widersprechen«, gab Innocente

zurück. Der gemessene Schritt des Begräbniszuges begünstigte die Unterhaltung. »In Rom machen sie durchaus auch Fehler, mein Lieber. Sieh dir an, was im Dorf geschehen ist: Don Luigi hat manch dummes Geschwätz allzu wörtlich genommen, und am Ende ist er haßerfüllt und verbittert gegangen. Seine Predigt zugunsten der Kolonien hat ihn viel Sympathien gekostet. Was mir leid tut, denn ich mochte ihn. Wie viele schöne Stunden haben wir zusammen verbracht ...«

»Was hat er denn getan?« fragte Marangoni, der Don Luigis Parteinahme für das Regime sehr zu schätzen wußte.

»Nichts Gravierendes. Es gab nur ein paar verbale Auseinandersetzungen ... Und eines Tages ist er verschwunden. Er wußte, daß man unzufrieden mit ihm war. Die Eltern schickten ihre Kinder nicht mehr in die Betstunde, und bei seinem Rundgang zum Segnen der Häuser an Weihnachten mußte er sich so manche Unverschämtheit gefallen lassen. Als dann der neue Pfarrer kam, erhielt ich von Don Luigi einen Brief, in dem er mir persönlich die Gründe für seinen Weggang darlegte.«

Jemand machte »Psst!« Innocente faßte sich und stimmte in das Gebet für den Verstorbenen ein.

»Ein guter Mensch«, flüsterte er seinem Nachbarn zu. Marangoni nickte. »Der Herrgott hätte ihn ruhig noch ein Weilchen am Leben lassen können. Er war gesund und kräftig, er hatte eine bessere Konstitution als ich ... Aber als junger Mann war Tosoni anders als wir, ich meine, ich, Alcide und die anderen aus unserer Clique. Sie nannten ihn den heiligen Luigi, stellen Sie sich das vor! Vielleicht weil er unter dem Einfluß seiner frommen Schwester stand ... Und dann ist er auf einmal aufgewacht, diese prachtvolle junge Frau vor Augen, und die Natur behauptete ihr Recht.«

Die beiden Männer warfen einen Blick auf Giannina, die vor ihnen ging, hinter Tosonis Verwandten und rechtmäßigen Erben, die unmittelbar dem Sarg folgten. Ihre rotgeweinten Augen verrieten den Schmerz der vergangenen Tage und Nächte. »Man muß schon sagen«, flüsterte Innocente seinem Nebenmann zu, »sie hat alles, was eine Frau braucht, um selbst in einem Mönch die Fleischeslust zu wecken.«

In seiner Begeisterung war ihm der letzte Satz nur so herausgerutscht. Marangoni verbarg hinter seinem Handschuh ein amüsiertes Grinsen. »Sie war noch jung, als ihr Mann starb, und dann begab sie sich in Tosonis Dienste, nicht wahr?«

»In der Blüte ihrer Jahre. Doch das war zu viel für ihn ... denn Giannina ist keine Frau wie jede andere, die sich schnell zufriedenstellen läßt. Verstehen Sie? Wenn es beim erstenmal nicht genug ist, dann eben ein zweitesmal. Für einen Mann natürlich eine Herausforderung und ein doppelter Genuß.«

Er wurde des überraschten Gesichtsausdrucks Marangonis gewahr. »Schluß damit, was erzähle ich denn da für einen Unsinn! Und in einem solchen Augenblick!«

Später kam Marangoni auf den Pfarrer zurück. »Don Luigi ist also weggegangen! Na, so etwas! Da bin ich wirklich überrascht ...«

»Vielleicht war es besser so. Der neue Pfarrer ist mir übrigens gar nicht unsympathisch ... temperamentvoll und voller guter Vorsätze. Er war Feldkaplan gewesen. Von der Kanzel herab hat er jedoch niemals vom Krieg oder ähnlichem gesprochen.«

»Haben Sie nicht auch manchmal Ihre Zweifel«, forschte Marangoni, »ob diese Entscheidung richtig war. Italien hat die Pflicht, seinen glorreichen Weg weiterzugehen, seine Kultur weiterzutragen ...«

»Ja, ja, ich weiß, was Sie meinen, aber trotzdem«, unterbrach ihn Innocente. »Ich kann nicht sagen, warum, aber ich verspüre ein tiefes Unbehagen. Sie wissen vielleicht, daß man uns außer Uniformen und dem ganzen Krempel auch ein Dutzend Gewehre ins Dorf geschickt hat. Wenn ich mir die Kinder so ansehe, in Reih und Glied, mit den Karabinern hantierend und salutierend wie Marionetten ... Das ist kein Spiel mehr. Dieses ständige Kriegsgefasel, ich kann es nicht mehr hören; als sei es etwas Normales, ja Verdienstvolles. Manches erscheint mir des Faschismus ganz und gar unwürdig zu sein … so mancher Unsinn, die Umbenennung von Straßennamen in Mailand beispielsweise. Der Bürgermeister hat sich widersetzt, so gut er konnte.«

»Genau wie Sie sagen, *sciùr* Cént, das sind Dummheiten, Flausen«, beruhigte ihn Marangoni. »Der Duce kann sich nicht um alles kümmern. Die Leute, die er um sich hat, sind gewiß wertvolle Persönlichkeiten, aber wer ist schon vollkommen. Auch der Duce hat nur einen Kopf, auch wenn er hundert Köpfe wert ist. Lassen Sie sich von den Gewehren nicht weiter irritieren, lieber Dago. Die ganze Welt beneidet uns um ihn. Und wir müssen ihm dankbar sein, daß er ein Imperium geschaffen hat!«

»Um Himmels willen, nichts gegen den Romagnolen, so nannten ihn Tosoni und ich immer. Wissen Sie denn, Marangoni, daß Tosoni ihn als einer der ersten kennengelernt hatte, damals, als er nach Mailand kam und noch ein Niemand war? Aber Tosoni erahnte damals schon, was in ihm steckt. Einmal bei einem Jagdausflug hat er mir von ihm erzählt.«

Überwältigt von Trauer, schwieg er. Vor seinem inneren Auge tauchte der Freund und Gefährte glücklicher Stunden auf, der stets aufs Ganze ging, der mit vollen Backen kaute und lauthals lachte.

Nach der Trauerfeier blieben Freunde und Angehörige des Verstorbenen noch auf dem Kirchplatz stehen. Matilde hakte sich bei Angelica unter: »Machen wir einen Bummel durch die Galerie? Signor Alfredo wird mir bestimmt einen Aperitif bei Campari spendieren.«

Sie gab sich heiter, trotz ihres Unglücks. Ihr Ehemann versuchte sich unablässig in immer neuen Unternehmungen wie etwa dem Teppichhandel, die hoffnungsvoll begannen, am Ende aber scheiterten. Matilde und Giacomo wohnten mit ihrer Tochter in einem hübschen Appartement in der Via De Amicis, dessen Miete Matildes Eltern Lucina und Carlo bezahlten.

»Ich kann es gar nicht glauben, daß du so ruhig zu

Hause sitzt und nichts tust. Wenigstens ab und zu spielst du doch Klavier, oder?«

»Ich mache einen Kurs als Rot-Kreuz-Schwester«, gab Matilde zurück. »Wer weiß, wozu das noch nützlich sein kann.«

Während sich die beiden Frauen unterhielten, betrachtete Manenti die Schaufenster von Brigatti. Angelica beobachtete, wie er mit der Verkäuferin hinter dem Ladentisch einen Blick wechselte. Das ist die Nives, dachte Angelica. Unter dem Vorwand, die Preise der rautengemusterten Pullover zu studieren, starrte Manenti in den Laden. Bestimmt verfolgte er das Mädchen, das mit wiegendem Schritt umherging.

Und plötzlich fing Angelica an zu zittern. Manenti bemerkte ihre Blässe: »Was hast du, ist dir schlecht?« meinte er besorgt. »Du frierst ja. Komm, wir gehen etwas Warmes trinken.«

Angelica zuckte zurück. Ja, mit meinem Geld! dachte sie wütend. Haßerfüllt sah sie ihn an. Sie verabscheute Manenti, mehr aber haßte sie sich selbst dafür, daß sie sich wieder von ihm hatte kränken lassen. Sie war schwach, schwächer als sie dachte.

Alfredo hakte sich bei den beiden Frauen unter und führte sie ins Café. Als Angelica einen letzten verstohlenen Blick in den Laden warf, sah sie, daß die Verkäuferin sich umgedreht hatte. Es war nicht die Nives. Sie hatte zwar blondes Haar, fleischige Lippen und ein gewinnendes Lächeln. Aber es war nicht die Nives. Vielleicht hatte sich Manenti wirklich nur für den Pullover interessiert …

Aber für Angelica war der Tag verdorben, alle Freude war dahin.

Innocente und Alcide, die mit den Verwandten und den engsten Freunden dem Sarg bis zum Friedhof gefolgt waren, kehrten nach der Begräbnisfeier zur Porta Venezia zurück. Tosonis Neffen und Nichten, die Erben der Wohnung, hatten den beiden angeboten, sich zur Erinnerung an den Toten ein kleines Andenken auszusuchen.

Innocente hatte Alcide seit zehn Jahren nicht gesehen und freute sich sehr, den alten Jugendfreund bei so guter Gesundheit zu sehen. Sie gingen Arm in Arm den Bürgersteig entlang.

»Ja, es geht mir gut jetzt, mein lieber Cént. Aber wenn du wüßtest, was ich durchgemacht habe. Nachdem Rachel mit diesem … diesem Croupier durchgebrannt ist – ich habe dir davon erzählt, nicht wahr –, begann eine harte Zeit. Aber alles geht vorüber. Die Kinder sind jetzt groß, das Mädchen hat geheiratet, und ich lebe bei ihr. Ich gebe ihr meine ganze Pension, aber sie ist klug und umsichtig. Knausrig will ich nicht sagen, aber jedenfalls nicht so wie ihre Mutter, die das Geld mit vollen Händen zum Fenster hinausgeworfen hat. Ich bin zufrieden, wirklich.«

»Tosoni und ich haben mehr als einmal davon gesprochen«, wechselte Innocente das Thema. »Eine Zeitlang spielte er mit dem Gedanken, sein Testament zu ändern und Giannina das Haus zu vermachen. Er hatte sogar das Gefühl, richtig verliebt zu sein … Ein unerhörter Schritt wäre das gewesen, das war ihm selbst auch bewußt. Ich habe ihm geraten, sich Giannina gegenüber auf andere Weise erkenntlich zu zeigen. Er hat ihr eine kleine Wohnung auf dem Corso Garibaldi vermacht, ebenerdig, mit wenigen Zimmern. Sie hat es ja auch wirklich verdient. Eine gute Haushälterin ist etwas wert. Ich kann ein Lied davon singen, denn die meine, Amabile – du kennst sie nicht – ist ein Drachen.«

Sie waren an Tosonis Haus angelangt, und eine der Nichten öffnete die Tür. In dem weiträumigen Appartement war der Kamin sauber gefegt, kein Feuer brannte, die Möbel waren mit weißen Tüchern bedeckt, es herrschte eine kalte und ungemütliche Atmosphäre. »Nehmen Sie nur, nehmen Sie alles«, ermunterte das Mädchen Innocente, der im Arbeitszimmer ein paar Bücher aus dem Regal genommen hatte. »Er war ein arbeitsamer Mensch«, meinte Innocente wehmütig. Er und Alcide setzten sich die Brille auf. »Er konnte nicht untätig sein«, sagte Alcide. »In letzter Zeit, als ihn die Arthritis plagte und er nicht mehr auf die

Jagd gehen konnte, hat er sich vorgenommen, die Geschichte seines Stadtviertels, der Bastionen, zu schreiben. Und er war mit einem solchen Eifer bei der Sache. Schade, daß er es nicht zu Ende bringen konnte.«

Laut las er: »Die Bastionen. Von der Zeit Ferrante Gonzagas bis in unsere Tage …

Nachdem der Kanal zugeschüttet worden war«, fuhr er fort, »veränderte sich das Gesicht Mailands grundlegend. Und damit waren auch die Bastionen in Gefahr, ebenso wie der noch ältere Mauerring, dessen Wassergräben die Stadt vor den angreifenden Barbaren schützten. Vierhundert Jahre ist es her, daß Don Ferrante Gonzaga den Bau der Bastionen anordnete. Es war im Jahr 1549 – ein Unternehmen, das neun Jahre dauerte …«

»Tosoni hatte recht«, unterbrach Alcide seine Lektüre. »Wir, die wir das alte Mailand noch kennen, müssen Zeugnis ablegen. Nimm zum Beispiel das Viertel Baracca …«

»Hör auf, Alcide, die Herrschaften haben es eilig«, unterbrach ihn Innocente. Und da er draußen im Flur Schritte hörte, fügte er mit lauter Stimme hinzu: »Dieses Manuskript würde ich gerne mitnehmen …« Er streckte den Kopf durch die Tür. Tosonis Nichte war damit beschäftigt, Wäsche und Kleider zu inventarisieren, neben ihr Giannina, die ihr demütig und respektvoll zur Hand ging.

»Nehmen Sie, was Sie wollen. Im Arbeitszimmer ist nichts, was uns interessiert.«

»Jungfrau Maria, was für eine unsympathische Person!« meinte Innocente.

Alcide antwortete nicht auf diese Bemerkung, er war ganz in die Lektüre des Manuskripts vertieft.

»Wie wunderbar. Gleich kommen mir die Tränen«, rief er. »Kannst du dir vorstellen, was das für eine Mühe gemacht hat! Der Ärmste, wenigstens diese Genugtuung hätte er noch haben sollen …«

»Ja, ja, lies du es zuerst, dann bringst du es mir. Das ist wenigstens ein Grund, uns zu sehen. Hast du gehört, was die Nichte gesagt hat?« Innocente machte eine wegwerfende Geste: »Da sieht man, was wir nach unserem Tod wert sind. ›Es interessiert sie nicht!‹ Die letzten Zeilen, die ihr armer Onkel geschrieben hat, sind ihnen gleichgültig ... Übrigens«, wandte er sich an den Freund, »hast du es mit deinem Großvater genauso gemacht. Wie die Packesel habt ihr euch abgeschleppt, du und Rachele. Und was ihr im Arbeitszimmer zurückgelassen habt, waren seine Gerätschaften, seine Karten, die Bücher! Jetzt bin ich es endlich losgeworden, es brannte mir auf der Seele, dir das einmal zu sagen.«

»Sei still, Cént, um Himmels willen«, brummte Alcide ärgerlich. »An allem war Rachele schuld. Zu meiner Verteidigung muß ich sagen, daß ich mich damals selbst nicht mehr kannte. Ich war ein schlechter Mensch, ich schäme mich nicht, das einzugestehen. Und du weißt auch, warum. Mein Töchterchen war mein einziger Trost ... Wie hätte ich mich da um die Instrumente meines Onkels kümmern können? Jetzt ist das etwas anderes. Ich erinnere mich noch, an das blankpolierte Messing, das rote Mahagoniholz ...«

»Daran hat sich nichts geändert«, erwiderte Innocente besänftigend. »Ich hüte sie wie meinen Augapfel, ich putze sie eigenhändig, und in dem Schreibtisch mit den vielen Fächern bewahre ich meine Kataster auf.«

Innocente schichtete ein Dutzend Bücher, die er sich ausgesucht hatte, in eine Holzkiste, schrieb auf ein Blatt Papier: »Diese Bücher sind Eigentum von Advokat Dago« und legte den Zettel auf die Kiste.

»Ich schicke jemanden vorbei wegen der Bücher«, sagte er zu Tosonis Nichte und bedankte sich. Er verabschiedete sich auch von Giannina, und Alcide wählte im letzten Augenblick einen bronzenen Briefbeschwerer in Form einer Hand, den er sich als Erinnerungsstück behalten wollte.

Beim Hinuntergehen hörten sie hinter sich Gianninas Stimme: »*Sciùr* Cént, gehen Sie nach Hause?«

Als Innocente nickte, fuhr sie zögernd fort: »Die Herrschaften haben mir einen Koffer des Padrone gegeben«, und sie zeigte auf den schönen, an den Ecken mit Messing verstärkten Lederkoffer, »ich muß sofort raus hier, denn sie reisen schon heute ab und nehmen die Schlüssel mit.«

»Wirst du in der Via Garibaldi wohnen, Giannina? Wenn du Möbel brauchst, kann ich dir welche beschaffen …«

»Nein, nein. Ich möchte in meinem Dorf sterben und begraben werden.«

Wenn man sie aus der Nähe betrachtete, ohne den schwarzen Schleier, sah sie durchaus nicht mehr so jung aus: Und Innocente, der sie in jugendlich blühender Frische gekannt hatte, dachte wehmütig, wie alt er selbst geworden war.

109

Das Gebäude in Pontenuovo, Magenta, in dem sich einst die österreichische Zollstation befand, war im 19. Jahrhundert von einem klugen Unternehmer gekauft worden, der dort die Maschinen für seine Streichholzfabrik aufgestellt hatte. Im Laufe der Zeit modernisiert und renoviert, gab diese Fabrik Tausenden von Menschen Lohn und Brot. Noch bevor es gesetzlich vorgeschrieben war, waren Arbeiter und Angestellte hier gegen Unfälle am Arbeitsplatz versichert. Auf dem Fabrikgelände befanden sich Einrichtungen für die Beschäftigten, darunter ein beheizter Aufenthaltsraum und eine Musikschule. Ja sogar ein Musikkorps war gegründet worden, das binnen kurzer Zeit bekannt geworden war. Und neben einem Kindergarten gab es sogar ein Kirchlein im Stil der lombardischen Gotik.

Die Anstellung bei Saffa war für Giorgino ein großes Glück gewesen. Vom ersten Tag an hatte er sich um das Vertrauen und die Sympathie seiner Vorgesetzten bemüht, und bald war er ins ›Büro für Auslandskorrespondenz‹ aufgestiegen.

Marta hatte in einer Klosterschule in Mailand Fremdsprachen gelernt und ihr Diplom gemacht. Sie hatte viele Freundinnen in der Stadt und gab sich gern als emanzipierte Frau, wenn auch mehr aus Trotz und Widerspruchsgeist als aus natürlicher Neigung. Als einzige Tochter einer wohlhabenden Familie hatte sie einen Großteil ihres Gehalts zur eigenen Verfügung und konnte sich daher elegante Kleider, Handschuhe, Schals und feine Taschen kaufen. »Am Sonntag gehe ich zum Skifahren«, verkündete sie mit berechnender Unschuldsmiene in der viertelstündigen Pause vor dem Verkaufsstand. Giorgino, der sich auch nicht für den Allerrückständigsten hielt – immerhin besaß er ein Fahrrad und war schon einmal am Meer gewesen –, war wie vom Donner gerührt. Marta war für ihn anders als andere Frauen, die er kannte, und er hätte sich nicht weiter für sie interessiert, wäre da nicht ihr liebreizendes herzförmiges Gesichtchen gewesen, ihre dunklen mandelförmigen Augen und ihre schwarze Bubikopffrisur.

Einem plötzlichen Impuls folgend, sprang er an einem Wintermorgen noch in der Dämmerung aus dem Bett. Er fuhr mit dem Rad nach Magenta und postierte sich hinter einer Hausecke der Piazza, von der aus der Bus des Touring Club mit den Ausflüglern ins Aostatal abfuhr. Und da entdeckte er sie: in einer grauen Flanellhose, einem kurzen blauen Jäckchen mit großen goldenen Knöpfen, Handschuhen und einer Mütze aus hellblauer Mohairwolle. Sie war wunderschön.

Giorgino ärgerte sich, daß er nicht zu jenen schlagfertigen jungen Leuten in Skianzügen gehörte. Der Bus fuhr davon und hinterließ nur eine triste braune Pfütze auf dem spärlichen Schnee der Piazza. Wehmütig trank Giorgino einen Kaffee in der einzigen Osteria, die zu dieser Tageszeit geöffnet war. Er war entschlossen, sich einen Platz in Martas Leben zu erobern. Ja, bald würde sie ihn anflehen, daß er sie liebte!

Im eisigen Schneegestöber radelte er nach Hause zurück und fragte sich zweifelnd, ob er sich nicht zu viel vorgenommen hatte. Wenn er es sich ruhig überlegte, erschien es ihm als ein geradezu aussichtsloses Unterfangen.

Doch Giorgino ließ sich nicht so schnell entmutigen. Der Erfolg seines Liebeswerbens bei Pirenea hatte ihn in seinem männlichen Selbstwertgefühl bestärkt und ermuntert.

Es kam genau so, wie er es sich erhofft hatte. Und bereits Ende Juni desselben Jahres wurde die Verlobung bekanntgegeben. Giorgino hatte es Angelica und Netta selbst gesagt, als sie zum Petrifest ins Dorf kamen. Innocente jedoch war durch diese Nachricht alles andere als beruhigt.

Er war kein Ewiggestriger, ganz im Gegenteil, seine Aufgeschlossenheit für alle technischen Innovationen und modernen Entdeckungen konnte jedermann bezeugen. Aber dieser Typ Frau jagte ihm Angst ein ... diese Frauen, die alles besser wußten, hochnäsig waren und herausfordernd. Frauen wie Lucina, die glaubten, sie hätten alles im Griff, behagten ihm ganz und gar nicht, ja sie waren ihm in tiefster Seele verhaßt.

Doch Angelica hielt ihm entschlossen Widerpart: »Marta raucht? Sie geht skifahren und trägt Hosen? Warum denn nicht? Wir leben immerhin im Jahr 1937. In Mailand ist das alles gang und gäbe.« Dabei hob sie die Stimme, entschlossen, ihrem Vater einmal tüchtig den Kopf zu waschen. Sie hatte eine gewisse Macht über ihn errungen. Jetzt, da er die Siebzig überschritten hatte, war er öfters versöhnlich und nachgiebig gestimmt. Klug vermied er jede Auseinandersetzung, nur um sich nicht aufzuregen; das ruhige Leben war seiner Gesundheit zuträglich. Deshalb hatte er sich auch gehütet, Angelica von den Gerüchten über Manenti zu erzählen, die ihm zu Ohren gekommen waren.

In Zusammenhang mit Lotti Marangonis Auftritt im Carcano-Theater war Luigina auf Alfredo Manenti zu sprechen gekommen, einem einst vielversprechenden Tenor, dessen Karriere, wie sie sagte, ein jähes Ende gefunden hatte. Innocente saß wie versteinert da, noch nie hatte ihm jemand derartiges über seinen Schwiegersohn erzählt. Luigina plauderte über zahlreiche Details, die sie von ihrer Nichte Matilde erfahren hatte: über Manentis Reise in den Orient, das Unglück, und Innocente machte Zwischenbemerkungen, um den Anschein zu erwecken, er über alles auf dem laufenden.

»Er wäre ein erfolgreicher Sänger geworden, so tüchtig und gebildet, wie er ist, ein echter Gentleman.«

»Ja, ja, der Ärmste«, seufzte Innocente und nickte. Aber die Sache ging ihm tagelang nach. Er war außer sich vor

Wut über diesen Speichellecker und über Angelica dazu, diese Lügnerin, die nichts im Kopf hatte.

Sich so einen zum Mann zu nehmen, der sich nur ins gemachte Nest setzen wollte! Von wegen Theateragentur … Und er war so dumm gewesen, ihn freundlich aufzunehmen, lieber Alfredo hier, lieber Alfredo da … Die vertraulichen Gespräche, die er mit ihm wie mit einem Sohn geführt hatte: über die Jagd, über Gewehre und Hunde. Aber der Schaden war nicht mehr gutzumachen. Um sich zu schonen, hatte er Vorwürfe vermieden, was sowieso keinen Sinn gehabt hätte. Als er einige Zeit darauf Manenti wieder traf, warf er ihm einen derart verächtlichen Blick zu, daß dieser gestorben wäre, wenn Blicke töten könnten.

Mitte Juli sprach Domenico mit Innocente über Giorgino und Marta. Am letzten Sonntag des Monats würde das Mädchen mit ihren Eltern kommen, um die Familie ihres Verlobten kennenzulernen. Natalina und er legten großen Wert darauf, Innocente dabeizuhaben. Seine Frau, vertraute er ihm an, sei schon jetzt in heller Aufregung.

Am festgesetzten Tag stand Natalina schon frühmorgens auf. Sie hatte die ganze Nacht kein Auge zugetan und lief wie aufgescheucht herum. Gabeln und Löffel fielen ihr aus den zitternden Händen. Natalina war stolz auf die Sauberkeit im Haus: Der Fußboden glänzte, der Kupferkessel blinkte, gutgenährte Hühner liefen im Stall herum. Viel Geld hatten sie nicht, und mit ihren Näharbeiten verdiente Natalina nur ein geringes Zubrot. Obwohl Innocente Giorginos Ausbildung bezahlt hatte, mußte viel Geld für Kleidung, Reisekosten, Bücher und tausend andere Kleinigkeiten aufgewendet werden, die der Junge benötigte. Denn auch nach seiner Rückkehr ins Elternhaus wollte Giorgino auf gewisse Annehmlichkeiten nicht verzichten: auf Fleisch, guten Wein und ordentliche Kleider.

Dennoch: Alle waren stolz auf den Jungen, auf den Innocente stets ein wachsames Auge gehabt hatte. Innocente war alt und etwas kleiner geworden, und so stachen gewisse Ähnlichkeiten zwischen ihm und Giorgino nicht mehr so ins Auge, bis auf die Kopfform und die rasche Auffassungsgabe. Innocente hatte ihm vieles anvertraut, was das Jagdreservat betraf, dessen weiterer Ausbau wegen des Beitritts zusätzlicher Mitglieder frische geistige und körperliche Energien forderte.

Marta und ihre Eltern konnten jeden Augenblick eintreffen. Es war ein wunderbarer Tag, strahlend hell und doch nicht zu heiß. Im Hof gegenüber ließen sich die Frauen beim Wasserpumpen Zeit. Sie wollten sich den Anblick der Braut nicht entgehen lassen, von der das ganze Dorf sprach.

Innocentes Skepsis gegenüber dieser Verlobung war schon bald in lebhafte Anteilnahme umgeschlagen, war dieses Ereignis doch ein bedeutender Schritt im Leben Giorginos. Der Gedanke, daß er, Innocente Dago, dabei nicht auch ein Wörtchen mitzureden hatte, war ihm unerträglich. Daher war er rasch umgeschwenkt und hatte sich zum Befürworter und Förderer dieser Verbindung aufgeschwungen.

Zur großen Erleichterung Natalinas. Als Innocente von dem bevorstehenden Besuch erfuhr, kümmerte er sich persönlich um zahlreiche Einzelheiten: Große Hortensiensträuße in Töpfen ließ er von seiner Villa herbeiholen. Mit Stilleben des Malers Falchetti ließ er die Wände schmükken. Aus der Dago-Villa war auch eine gelbe Seidendecke mit Fransen gebracht worden, die sich auf der Ottomane gut machte, sowie das vierundzwanzigteilige Service mit Gläsern aus feingeschliffenem Kristall, die Amabile einzeln verpacken mußte. Auch den Speisezettel hatte Innocente höchstpersönlich zusammengestellt: Es gab Nudeln mit Tomaten-Wurstsauce, gemischtes Geflügel und gedünsteten Fisch. Innocente selbst hatte den riesigen Wolfsbarsch besorgt, für dessen Zubereitung Amabile den Kupfertopf hatte blankscheuern müssen, der seit Marias Tod nicht mehr verwendet worden war. Für den Fisch war Innocente nach Mailand zu Spadari gefahren – mit dem Überlandbus, der neuerdings zwischen Dorf und Stadt verkehrte.

110

Auch Angelica und die anderen – Netta, Manenti, Lotti, Marangoni sowie Matilde mit ihrem Töchterchen – fuhren an jenem letzten Julisonntag mit diesem Bus, denn auch sie waren eingeladen, Martas Bekanntschaft zu machen.

Der Omnibus brauchte eineinhalb Stunden gegenüber den drei bis vier Stunden Zugfahrt mit dem *Gamba de légn.*

Es war ein dunkelblaues riesiges Ding mit einer breiten Schnauze und ausladenden Kotflügeln, dessen Fenster von den ungepflasterten Straßen staubverklebt waren.

Widerstrebend hievte Manenti den großen Koffer die steilen Stufen hinauf. Es paßte ihm gar nicht, daß er für zwei Monate die Stadt verlassen mußte. Um sich zu trösten, richtete er seine Gedanken auf die Jagdhütte im Wald.

Der Gestank im Wageninnern raubte einem den Atem. Netta fing gleich zu husten an, ihr wurde übel, und sie mußte sich das Taschentuch vor den Mund halten. Das Gemisch aus verschiedenen scharfen Gerüchen – Treibstoff, Öl und Rauch – hatte sich in den mit rotem Samt gepolsterten Sitzen festgesetzt. Beim ersten Halt außerhalb der Stadt stürmte Manenti hinaus, um ein Zweiglein Minze zu pflücken, das er mit einem freundlichen Lächeln seiner Schwiegermutter reichte. Diese kleine Geste tröstete Antonietta, und für die restliche Reise hielt sie das Zweiglein an die Nase gedrückt.

Auf dem Weg zur Dago-Villa kam Lotti und Marangoni Adelaide entgegen, die wie immer ganz in Weiß gekleidet war. Hinter ihr her eine Schar Kinder aus der heliotherapeutischen Kolonie, die sich paarweise an den Händen gefaßt hatten.

»Dein Vater ist im Garten«, rief Adelaide ihrer Tochter zu. »Er erwartet euch zum Essen, alles ist schon bereit.« Und schon stürmte sie weiter, von missionarischem Eifer beseelt. Angelica begab sich mit ihrem Mann und ihrer Mutter zu Tante Natalinas Haus.

Martas Eltern waren in der Tat ›feine‹ Leute. Diesen Eindruck machten sie auf alle, die mit ihnen zu Mittag aßen, wie Battistina, oder die sie auch nur aus der Kutsche aussteigen und in Domenicos Haus eintreten sahen wie die Frauen vom Nachbarhof.

Über die zukünftige Braut hielten sich die Nachbarinnen mit ihrem Urteil zurück, die Mittagsgäste dagegen waren bald hellauf begeistert. Signora Alma machte lobende Bemerkungen über die Kristallgläser, das Silberbesteck und über die schöne blütenweiße Tischdecke aus flandrischem Leinen, die sich Innocente auf Anraten Carlotta Tosonis damals beim Umzug in seine eigene Villa zugelegt hatte.

Bevor die Gäste eintrafen, hatte Innocente Natalina streng ermahnt: »Vergiß nicht, du bist die Hausherrin! Benimm dich nicht wie eine Dienstmagd.«

Unnütze Worte. Jetzt, da alle am Tisch saßen, gelang es Natalina nicht, die Rolle der Hausherrin zu spielen. Mit der Ausrede, am Herd nach dem rechten sehen zu müssen, flüchtete sie sich in die Küche, nicht zuletzt, um sich den Blicken der zukünftigen Schwiegereltern zu entziehen. Doch die waren alles andere als einschüchternd. Giovannas Kinder jedenfalls schienen von den fremden Herrschaften ganz und gar nicht beeindruckt. Sie waren außer Rand und Band, quengelten und wollten ständig etwas haben. »Los, haut ab!« brüllte Giovanna grobschlächtig.

Dieses pöbelhafte Durcheinander störte Giorgino sehr. Nicht, daß er sich seiner Familie geschämt hätte. Aber wenn er sich fragte, welchen Eindruck seine zukünftigen Schwiegereltern von den Seinen hatten, war er sich der Antwort gar nicht sicher. Insbesondere wenn er Natalina ansah, die statt dem üblichen langen dunklen Rock und der ewigen schwarzen, kleingemusterten Schürze auf Anraten Battistinas ein helles geblümtes Kleid trug. Aber darunter trug sie, wie alle Frauen im Dorf, diese merkwürdigen Unterhosen mit einer Öffnung in der Mitte, um im Garten hinter den Hortensienbüschen schnell ihr Geschäft verrichten zu können.

Giorgino liebte seine Mutter. Doch es war unverkennbar,

daß sie nach Giovannas Geburt geistig abgestumpft und schwerfällig geworden war. Mit nunmehr fast fünfzig Jahren, von frühmorgens bis abends ständig in Bewegung, ähnelte sie mehr einem Lastentier als einer Signora und Hausherrin, als die sie Innocente und Giorgino gern gesehen hätten.

Marta und ihre Eltern dagegen wirkten wie feine Leute, so daß Giorgino bei dem Gedanken erschauderte, er und seine Familie könnten von ihnen als nicht gleichwertig angesehen werden.

Doch wunderbarerweise schien alles gutzugehen. Die Gäste fanden für alles lobende Worte. Martas Mutter gefielen besonders die Stilleben, sie erkundigte sich nach dem Maler und stand sogar vom Tisch auf, um die Gemälde aus der Nähe zu betrachten.

Unter allgemeinen Lobesrufen trug Natalina den Fisch herein, auf einer ovalen Servierplatte und auf Salat gebettet, garniert mit dampfenden Kartoffeln.

Die Signora Alma bediente sich zweimal und sparte auch nicht mit Komplimenten für die Köchin. Natalina war zu Tränen gerührt und wischte sich nervös die Hände an ihrem Kleid ab, ohne daran zu denken, daß sie nicht wie gewöhnlich ihre schmutzige Schürze trug. In dem gebieterischen Ton des Hausherrn sagte ihr Domenico, sie solle sich endlich setzen. Unsicher nahm sie Platz. Schon den Geruch von Fisch konnte sie nicht ertragen, und so nahm sie sich zaghaft nur ein paar Kartoffeln.

»Käse schließt den Magen«, verkündete Domenico zum Abschluß des Mahls und stellte einen riesigen Teller mit Kuhmilchkäse auf den Tisch: glänzenden zerbröckelten Parmesan, einen weichen weißen Frischkäse und strohfarbenen duftenden Taleggio.

Innocente hielt sich die Nase zu, Giorgino tat es ihm gleich und wedelte mit der Hand vor der Nase. Angelica, die ein Stück Parmesan auf ihre Gabel aufgespießt hatte, sah die beiden verblüfft an.

Wie in einem offenen Buch las Netta im Gesicht ihrer Tochter. Aus den Augenwinkeln warf sie ihr einen Blick zu, den Angelica erwiderte, fragend und verblüfft.

Schweigend verstanden sie sich und klärten so die Angelegenheit ein für allemal.

Auch Marta lehnte dankend ab: »Nein, keinen Käse; das ist das einzige, was ich nicht mag. Entschuldigen Sie, Signora Lina, aber ich habe so viel und gut gegessen!«

Diese Ablehnung galt viel in den Augen Innocentes, vielleicht mehr als alle anderen Tugenden des Mädchens. Das ist die richtige Frau für meinen Giorgino, dachte er glücklich.

Der Spumante, in zerstoßenem Eis kühlgehalten, und die süßen Kuchenteilchen, die Angelica aus der Konditorei Passerini in Mailand mitgebracht hatte, trugen ebenfalls dazu bei, die Stimmung zu heben.

Während sie nachdenklich ein mit Ricotta gefülltes Teigröllchen zerteilte, betrachtete Angelica Giorgino mit anderen Augen: War er wirklich ihr Vetter? Oder war er ihr Bruder? Die Antwort auf diese Frage verschob sie auf später. Doch tief in ihrem Innern kannte sie bereits die Wahrheit.

»Cin! Cin!« prostete man sich zu. Marta und Giorgino sahen sich zärtlich in die Augen und stießen unter allgemeinem Jubel und Glückwünschen an: eine richtige Verlobungsfeier. Schließlich begab sich die ganze Gesellschaft in den Garten. Der Khakibaum, der mit seinen Ästen fast das Haus berührte, spendete wohltuend Schatten, und zwischen den Blättern blitzten immer wieder die Sonnenstrahlen durch.

Es herrschte eine heitere, freundliche Atmosphäre. Battistina hatte die geblümten Überzüge der Sitzkissen gewaschen und die Füllung aus Seidenabfall gelockert. Über die Steinbank war eine Spitzendecke gebreitet, auf der Täßchen mit Untertellern und die silberne Zuckerdose für den Kaffee bereitstanden.

Innocente saß wie gewöhnlich auf seinem Korbsessel und bestätigte sich den angenehmen Eindruck, den Marta auf ihn gemacht hatte. Aufgeweckt, dachte er, intelligent und dabei auch noch hübsch.

Nach anfänglicher Scheu und Zurückhaltung fühlte sich Marta bald in ihrem Element und erfaßte intuitiv die hervorstechenden Charaktereigenschaften der Verwandten und Freunde. Jedem wandte sie sich in der ihm angemessenen Art zu: Höflich und ehrerbietig, mit einem Hauch weiblichen Charmes verhielt sie sich Innocente gegenüber, dessen Dominanz ihr gleich aufgefallen war; leicht maliziös Manenti gegenüber, indem sie zugleich Angelica ihre Anerkennung zum Ausdruck brachte, einen so vortrefflichen Ehemann zu haben; mit hausfraulicher Einfachheit der zukünftigen Schwiegermutter Natalina gegenüber, um ihr die Verlegenheit zu nehmen, wofür diese sehr dankbar war. Battistina, der altgedienten Lehrerin gegenüber, wußte Marta dagegen ihre Bildung herauszukehren und zu zeigen, wie kinderlieb sie war. Es gelang ihr auch, den außer Rand und Band geratenen Nachwuchs Giovannas in Schach zu halten. Während Natalina mit der Kaffeekanne herauskam, rief Giovanna ihre Kinder und trat den Heimweg an.

»Ihr geht schon?« Der bedauernde Ton Linas verbarg nur schlecht ihre Erleichterung: Endlich würde wieder Ruhe einkehren, und die Gäste würden ungestört weiterplaudern können.

»Was für ein gutaussehender Mann«, bemerkte Marta, als sie das Gartentürchen hinter sich geschlossen hatten.

»Oho, oho!« machte Giorgino drohend, freute sich aber insgeheim, daß das Mädchen jene Offenheit an den Tag legte, die ihn so sehr für sie einnahm.

Unbestreitbar war Primo, Giovannas Ehemann, der attraktivste Mann der ganzen Gegend. Er war stets gutgelaunt und herzlich, hatte markante Gesichtszüge, blondes, gelocktes Haar und war überaus zuvorkommend und feinfühlig auch gegenüber seiner eher plumpen, ewig eifersüchtigen Ehefrau.

Innocente, der seit einiger Zeit mehr über die Vergangenheit als über die Gegenwart zu plaudern liebte, meinte: »Wer wie ich – und ich bin leider hier der einzige – am Ball Excelsior teilgenommen hat, muß feststellen, daß sich die Welt grundlegend verändert hat. Wenn es die Photographie nicht gäbe, wüßte unsere Jugend nicht einmal mehr, wie es in der Stadt und auch auf dem Land früher einmal ausgesehen hat. Übrigens, Battistina, ich werde dir ein Manuskript meines Freundes Tosoni über die alten Bastionen Mailands zu lesen geben. Es wird dir gefallen.«

»Oh, der Ball Excelsior!« rief die Signora Alma aus.

»Viele Neuerungen sind gar nicht so schlecht, der Überlandbus zum Beispiel ...«

»Man kann sich heute gar nicht mehr vorstellen, wie man noch vor dreißig Jahren ohne elektrisches Licht ausgekommen ist«, bemerkte Martas Vater.

»Man kam wunderbar ohne aus! Obwohl mit Strom natürlich alles viel einfacher ist. Aber wenn ich nicht irre, leben auch Sie auf dem Land, und da müßten Sie eigentlich noch wissen, wie es mit Petroleumlampen war.«

»Ja, wir leben in Robecco, Robecco am Kanal«, nickte die Signora Alma.

Bei der Nennung dieses Namens zuckte Angelica zusammen; sie warf dem Vater einen herausfordernden Blick zu und fragte: »Robecco? Dort gibt es doch eine Villa und ein Jagdreservat, die einer adeligen Familie gehören.«

»Davon habe ich gehört«, nickte eifrig die Signora in der offenkundigen Absicht, Giorginos Familie entgegenzukommen. »Wir zogen dorthin, weil mein Mann Direktor der dortigen Landwirtschaftsbank wurde. Marta ist in der Stadt geboren. Aber als wir nach Robecco kamen, wohnte keiner der Ripaltas – so heißt die Familie – mehr dort. Ich habe vom Apotheker und vom Pfarrer von ihnen gehört. Oder vielmehr nein, die Mutter Superiorin, die die Contessa gut kannte, hat öfters von ihnen gesprochen. Die Villa wurde seinerzeit von der Gemeinde gekauft und beherbergt heute das Rathaus. Von dem Jagdreservat weiß ich nichts ...«

»Es trägt nach wie vor den Namen ›La Fagiana‹. Bewirtschaftet wird es von Jägern, die sich zu einem Verein zusammengeschlossen haben.« Innocente wandte sich Angelica zu: »Alles verändert sich, habe ich das nicht eben gesagt? Alles: die Landschaften und die Menschen. Und wer klug ist, paßt sich an.«

Angelica schwieg und schloß die Augen. Sie wollte sich

den schönen Tag nicht durch trübsinnige Erinnerungen verderben lassen. Es gefiel ihr hier in dem Gärtchen unter Menschen, deren Zuneigung sie sich sicher sein konnte. Und sie genoß es, geschätzt, anerkannt und mit Aufmerksamkeit bedacht zu werden. Und vor allem lag ihr daran, daß sie Manenti zeigen konnte, wer sie eigentlich war.

Dann brachte Domenico das Gespräch auf die Jagd, von der auch Martas Vater viel verstand: Es ging um Lockvögel, die gesetzlich erlaubt und dann wieder verboten wurden, Vorstehhunde und Gewehre ... Auch Giorgino, der mit Marta scherzte, schaltete sich ins Gespräch ein.

»Haben Sie schon erfahren, *sciùr* Cént, daß durch das Unwetter die Verbotsschilder umgekippt sind?« fragte er. »Sie müssen wieder aufgestellt werden; damit klar ist, daß das Betreten des Jagdreservats Unbefugten streng verboten ist. Luigi« – so hieß der neue Jagdaufseher – »hat zwei Männer beobachtet: der eine stocherte mit einem Stock im Unterholz herum, in dem Kaninchen Unterschlupf gefunden hatten, der andere wartete darauf, daß eins herauskam, um es mit der Hacke zu erschlagen. Er hat sie zur Rede gestellt, und sie rechtfertigten sich, sie hätten hier zu tun. Das muß man sich vorstellen!«

»Ja, ja, kümmere du dich um die Schilder.« Innocente schüttelte den Kopf. »Aber glaub mir, mein Junge, Wilderer lassen sich von Schildern nicht abschrecken. Allenfalls von jemandem, der bereit ist, ihnen mit der Knarre eins überzubraten. Sie locken die Hasen mit Futter aus dem Reservat heraus und lauern ihnen dort auf. Das war schon immer so.«

»Mit Futter und mit Lockvögeln«, bestätigte Domenico. »Wissen Sie denn, *sciùr* Cént, daß ich neulich mit einem Lockvogel einen Marder gefangen habe?« Er deutete in Richtung Hühnerstall: »Dort drüben habe ich das Fell zum Trocknen aufgehängt. Noch den einen oder anderen, dann springt ein hübscher Pelzkragen für Lina dabei heraus.«

»Und Sie, Signor Manenti, gehen Sie auch auf die Jagd? Und sind Sie auch ein so guter Schütze wie Giorgino?«

fragte Battistina, um Angelicas Mann, der noch kaum ein Wort gesagt hatte, in das Gespräch miteinzubeziehen.

Sie erhielt keine Antwort. »Signor Alfredo? Ich sagte eben ...«

»Hörst du nicht?« Angelica zupfte ihren Mann ungeduldig am Ärmel.

Der fuhr zusammen und meinte nur: »Hm? Wie bitte?«

»Man sieht, daß ihn unsere Gespräche nicht interessieren«, meinte Innocente abschätzig. »Oder wird er wirklich langsam taub, wie Angelica meint.«

»Stimmt schon.« Manenti errötete. »Ich habe eine Ohrenentzündung, deren Ursache lange Zeit zurückliegt. Inzwischen ist sie chronisch geworden.«

»Ah, ja, dieses berühmte Unglück.« Wie von der Tarantel gestochen, richtete sich Innocente auf. Seine Augen blitzten.

Angelica zuckte zusammen, als sie ihren Vater das Unglück erwähnen hörte. Verlegen senkte sie die Augen und rätselte, wie ihr Vater von dieser Geschichte hatte erfahren können. Manenti, dem nie daran gelegen hatte, dem Schwiegervater Einzelheiten aus seiner Vergangenheit zu erzählen, hielt sich bedeckt. »Das Unglück? Ja, daher kommt es wohl.«

»Na, dann erzählen Sie uns doch davon.« Innocente sprach seinen Schwiegersohn demonstrativ mit Sie an. »Erzählen Sie doch, was Ihnen damals zugestoßen ist. Ein Mann mit einer solch außergewöhnlichen Stimme, wie es heißt ...«

Innocente war jetzt richtig in Fahrt. Und Marta und ihre Eltern warteten gespannt auf das, was folgen würde. Doch im nächsten Augenblick biß sich Innocente auf die Lippen. Dinge auszubreiten, die niemandem Ehre machten, würde Angelicas Ansehen schaden und auf die Gäste einen schlechten Eindruck machen. Daher wechselte er schnell den Ton: »Aber lassen wir die Vergangenheit ruhen. Trösten Sie sich! Hauptsache, es geht Ihnen bald besser und Sie werden wieder gesund. Taubheit in Ihrem Alter! Waren Sie denn schon bei einem Spezialisten?«

Die Unterhaltung schien in ruhigere Bahnen gelenkt.

Angelica atmete erleichtert auf, bat um Entschuldigung und stand auf, angezogen vom Gurren der Tauben, die vor ihrem Verschlag turtelten.

Mit leisen Rufen lockte sie sie an. Marta war ihr gefolgt und versuchte, es nachzumachen. Aufgeschreckt verschwanden die Tauben in ihrem Verschlag.

»Wie schade! Kommt doch raus!«

»Ich hatte für Tiere nie besonders viel übrig«, sagte Angelica, »für Tauben allerdings schon, bereits als kleines Mädchen. Wir haben zu Hause welche gezüchtet. Ich habe eine Weile hier gewohnt, wissen Sie? Hier in diesem Haus. Giorgino war damals noch nicht auf der Welt.«

»Aber warum sagen Sie Sie zu mir!« protestierte Marta. In einer spontanen Geste der Zuneigung ergriff sie Angelicas Hand.

»Du hast recht, du könntest ja meine Tochter sein«, lächelte sie freundlich. »So jung, wie du bist.«

»Ich werde in diesen Monat einundzwanzig.«

»Dann bist du also auch im Juli geboren?« Angelica empfand für das Mädchen eine tiefe Sympathie.

»Genau wie ich.« Und aus einem plötzlichen Impuls heraus nahm sie sich die Perlenohrringe ab. »Wie wäre es mit einem kleinen Geburtstagsgeschenk für die hübsche junge Dame …«

Innerlich gerührt streckte sie ihr die Hand mit den Ohrringen entgegen.

Marta wich betroffen zurück und schüttelte den Kopf.

»Bitte.« Angelica gab nicht nach. »Ich würde mich freuen, wenn eine junge Braut sie tragen würde.«

Und da Marta unsicher weiter den Kopf schüttelte, steckte sie ihr Angelica mit sanfter Entschlossenheit an die Ohrläppchen.

»Sie passen nicht mehr zu mir«, meinte sie entschieden. »Ich habe sie vor langer Zeit von einem lieben Menschen geschenkt bekommen, und ich hoffe, daß du sie oft trägst, wenn du in diese Familie einheiratest. Dann habe ich Gelegenheit, sie immer wieder zu sehen. Sie stehen dir wirklich gut, liebe Marta. Marta. Marta.«

Sie wiederholte den Namen, fast wie um die Vertrautheit zwischen ihnen zu beschwören. Dann strich sie ihr über die Wange. »Tüchtig, mein Giorgino, er hat wirklich die andere Hälfte seines Apfels gefunden. Liebst du ihn denn? Oh, entschuldige! Es steht mir nicht zu Aber ich bin ihm sehr verbunden, er ist ein so tüchtiger Junge.«

Marta lachte verlegen. Mit den Fingerspitzen berührte sie die Perlen, die so gut zu ihrem schwarzen Haar paßten. Sie murmelte: »O ja, Giorgio ist ... ich ... ich weiß nicht, wie ich sagen soll, ich schäme mich«, lachte sie. »Aber seien Sie sich meiner Gefühle für Giorgio gewiß, liebe Signora Angelica. Wenn Ihr Vetter – er ist doch Ihr Vetter? – seine Absichten wahrmacht, bin ich bereit. Und wenn ich mich auf etwas einlasse, dann deshalb, weil ich davon überzeugt bin. Ich habe keine Erfahrungen, aber ich weiß, wann man spielen darf und wann nicht.«

»Meine Liebe, du brauchst mir keine Erklärungen abzugeben. Verzeih.« Angelica drückte ihr voller Rührung die Hände. »Ich habe keine Befugnisse. Giorgino hat seinen Vater und seine Mutter. Es ist nur, weil ich weiß, was es heißt, in diesem Alter aus Liebe zu leiden. Es ist schrecklich, furchtbar ... Aber ihr werdet heiraten und glücklich miteinander sein.«

Sie lachte laut. Marta tat es ihr nach. Battistina drehte sich nach den beiden um, die Arm in Arm an den Tisch zurückkehrten. Voller Stolz zeigte Marta ihre Ohrringe, die zu dem eleganten passierten Kleid gut paßten.

Antonietta erkannte die Perlen und warf ihrer Tochter einen verwundenen Blick zu. Und Angelica erriet die Gedanken ihrer Mutter, die zu sagen schien: »Wie? Die einzige Erinnerung an Attilio gibst du weg?« Lächelnd machte sie eine beschwichtigende Geste. »Wie gut sie dir stehen«, wandte sie sich an Marta. »Wie für dich gemacht.«

111

Innocente machte sich leichte Vorwürfe, daß er für seinen Ausflug zum Gut Martinella unbedingt mit dem Fahrrad hatte fahren müssen. Der abgenutzte Leinenhut, den er seit Jahrzehnten im Sommer trug, schützte ihn nur unzureichend vor der Sonne, die ihm in den Nacken brannte, während er über die menschenleeren Feldwege fuhr.

»Mit fünfundsiebzig Jahren«, murmelte er zu sich selbst, »solltest du nicht so tun, als wärest du zwanzig.«

Das Getreide auf den Feldern war schon reif, und die Bauern beteten zum heiligen Antonius, daß es nicht regnete. Jetzt näherte er sich bereits dem Gutshof und bog in eine breitere, von Steinen und Gestrüpp gesäuberte Straße ein. Nur wegen der neuen Maschine, dachte Innocente.

Und tatsächlich hörte er im nächsten Augenblick hinter sich ein stotterndes Geräusch. Er stieg vom Rad. Und dann sah er die Dreschmaschine. Wie Offizianten einer alten heidnischen Religion liefen die Bauern hinter ihr her, Schaufeln und Gabeln in der Hand. Jemand rief einem Jungen zu, er solle ›schön kühlen‹ Wein holen. Innocente seufzte wehmütig. Die Zeiten waren vorbei, als man mit Dreschflegeln auf der Tenne drosch. Während der Erntezeit war er gern von Dreschplatz zu Dreschplatz gezogen, hatte getanzt und mit den Bauern getrunken. Doch dafür war er heute zu alt.

Das Gut Martinella ging mit der Zeit. Nach mehreren Herzattacken war der alte Pedretti ans Haus gefesselt, doch er hatte immer noch das Sagen. Darin erinnerte er Innocente an seinen Vater Ambrogio, der bis zu seinem Tod die Spinnerei über alles andere gestellt hatte.

»Darf ich?« Innocente streckte den Kopf in den kühlen Innenhof des Herrschaftshauses. Freundlich führte ihn Pedrettis älteste Tochter die Freitreppe hinauf.

»Was für eine Dummheit, die Schlafzimmer in den oberen Stock zu legen«, murmelte Pedretti lächelnd.

»Ich habe die Maschine gesehen«, sagte Innocente und sah sich nach einem Stuhl um, um sich zu setzen.

»Na, und was sagst du dazu? Ganz schön was los auf der Tenne, nicht wahr?«

Innocente schob die Gardine ein Stück zurück. Durch die halbgeschlossenen Fensterläden drangen Geräusche und Gerüche herein, die Pedretti begierig aufsog. Die Männer räumten soeben den Boden neben der Tenne, damit die Maschine auf glattem Untergrund stand. Innocente sah Giovanna mit Weinkaraffen und Gläsern hin- und hereilen. Primo, der den Ablauf der Arbeit koordinierte, gab mit lauter Stimme die Anweisung, den Transmissionsriemen zu kontrollieren.

Mit weit aufgerissenem Mund standen die Kinder da, an den Händen gehalten von ihren Müttern, die das krachmachende Ungetüm ängstlich anstarrten. »Fertig?« Alle sahen auf die Öffnung, die gleich die Garben verschlingen würde. Ein durchdringendes Pfeifen, und schon im nächsten Augenblick spuckte die Maschine Körner aus, die sauber und glatt waren wie geschliffenes Metall.

Ein Schrei der Begeisterung ging durch die Menge.

Pedretti ließ sich in seinen Sessel zurücksinken und atmete zufrieden auf.

»Das Wetter wird noch eine Weile halten«, meinte Innocente mit einem Blick auf den klaren Himmel. »Jedenfalls solange, bis die Ernte eingeholt ist.«

»Der Traktor ist nagelneu«, sagte Pedretti. »Wir haben ihn noch nicht zum Pflügen verwendet, aber im Oktober spannen wir die Ochsen nicht mehr an.«

»Ja, ja, das sind die Segnungen der modernen Zivilisation. Obwohl man manchmal versucht ist, all diesen Fortschritt skeptisch zu beurteilen. Manchmal habe ich das Gefühl, da liegt etwas in der Luft ...«

»Ach wo«, widersprach der alte Landwirt, »die Zeiten waren nie so günstig. Bis auf die Krankheit kann ich nicht klagen. Ja, ich muß sagen, ich bin ein zufriedener Italiener.«

»Was die Krankheiten betrifft, da bewirkt der Fortschritt wahre Wunder.« Innocente beugte sich zu dem Freund hinüber. »Heilmittel gibt es, Wundermittel. Neulich habe ich gelesen, daß jetzt sogar Herzoperationen durchgeführt werden. Sie schneiden die Rippen auf, stecken die Hände rein, schneiden und nähen … mit Röhrchen wird das Blut abgesaugt. Diese Chirurgen! Fast wie der Allmächtige im Himmel …«

»Ach, ich lasse nicht einmal mehr den Arzt kommen. Wenn es soweit ist, dann ist es soweit. Ich bin schon zweimal vorgewarnt worden, beim drittenmal werde ich abberufen. Aber ich bin bereit … und ich habe meine Vorbereitungen getroffen. Don Siro war ein paarmal hier, um mir die Beichte abzunehmen und die Kommunion zu bringen.«

Innocente hatte das dringende Bedürfnis, das Thema zu wechseln. »Ich stehe mit Don Siro nicht auf so vertrautem Fuß wie mit Don Luigi, aber er ist ein guter Seelsorger, das muß ich zugeben. Er fährt mit dem Fahrrad zu den Kranken, sogar bis nach Rho und nach Magenta ins Krankenhaus.«

»Und in seinen Predigten erwähnt dieser Pfarrer nie den Duce?«

»Weder ihn noch die Geschicke des Vaterlands oder sonst etwas. Im Gegenteil, neulich nach der Messe hat er seine Skepsis zum Ausdruck gebracht. Er hat den Krieg hautnah miterlebt und weiß, wovon er spricht.«

»Zum Glück kann ich noch die Zeitungen lesen, wenn auch mit Verspätung. Darin ist von Krieg die Rede, von militärischer Aufrüstung …«

»Auch Mussolini war an der Front, und er war sogar verwundet. Er müßte es eigentlich besser wissen«, erwiderte Innocente. »Deshalb hoffen alle, daß es nur leere Worte sind …«

»Von wegen leere Worte. Erinnerst du dich denn nicht mehr, Cént? Ich bin nur ein einfacher Bauer und verstehe nichts von Politik. Aber ich frage mich, ob es richtig war, so viele Italiener nach Spanien zu schicken, um für diesen … wie heißt er noch gleich … zu kämpfen. Viertausend von ihnen sind nicht mehr zurückgekommen!«

»Das waren Freiwillige. Und sie zogen für Franco in den Kampf, so heißt der neue Chef der spanischen Regierung. Der Duce wollte ihm helfen, weil er ihn als seinen

Schüler betrachtet, er ist ein Anhänger des Faschismus«, erwiderte Innocente. »Aber ich gebe dir völlig recht, in der heutigen Zeit werden schwierige Entscheidungen auf die leichte Schulter genommen.« Nachdenklich kratzte sich Innocente am Kopf. »Italien kommt mir vor wie eine Arme-Leute-Familie, die plötzlich durch einen Lottogewinn zu Reichtum gekommen ist. Und dann wird drauflos gelebt: Es wird gegessen und getrunken und das Geld mit vollen Händen ausgegeben. Ich sage, für Italien war der Faschismus ein Glück, ein Lottogewinn. Aber wenn man eine Zeitlang gefeiert hat, muß man wieder vernünftig werden und sich nach seiner Decke strecken. Wir haben eben einfach nur begrenzte Ressourcen. Die Nachkriegszeit mit allen ihren Schwierigkeiten, die kolonialen Abenteuer, die Sanktionen ...«

»Die Sanktionen sind eine unselige Sache, sie bringen mehr Schaden als Nutzen, auch für den, der sie erläßt«, erwiderte Pedretti. Er nahm einen Schluck gelbes Wasser aus einem Glas und bot auch Innocente von dem Getränk an. »Das ist Limonade.«

Innocente ließ sich ein halbes Glas einschenken, rührte es aber nicht an. »Die Autarkie-Wirtschaft ist schön und gut, aber für Italien ist sie schädlich. Um bei dem Vergleich mit der Familie zu bleiben: Wir haben seit einer Generation angefangen, Geld zu verdienen, und bis heute haben wir wenig gespart. Wenn wir wenig ausgäben, dann würden die nachfolgenden Generationen davon profitieren. Aber wenn schon die erste Generation verschwenderisch lebt, dann ist jede Hoffnung für die nachfolgenden verloren. Und das, scheint mir, geschieht gerade in Italien ...«

»He, he, Cént, paß nur auf, daß dich Parenti nicht hört! Defätisten sind ihm ein Dorn im Auge!«

»Ich weiß, ich weiß. Ich sag's ja nur zu dir, ganz im Vertrauen. Mir steigt das Blut zu Kopf, wenn ich diese ganzen Aufmärsche und Spiele in den Stadien sehe, die aus feinstem Marmor gebaut sind. Es kommt mir vor, als ob man den Leuten Sand in die Augen streut, damit sie die Mängel, die Schulden nicht sehen.«

Verwundert, keine Antwort zu erhalten, sah Innocente den Kranken an. »Pedretti! Pedretti!« Der Alte zuckte zusammen und hob die schweren Augenlider. Innocente wunderte sich, daß ihm nicht schon bei seiner Ankunft Pedrettis wachsbleiche Haut und sein ausgezehrtes Gesicht aufgefallen war. Er fühlte Beklommenheit in sich aufsteigen.

»Ach ja, mein Freund«, flüsterte Pedretti schlaftrunken. »Hörst du sie? Die Maschine. Am Geräusch der Ähren erkenne ich, daß der Weizen gut ist dieses Jahr ...«

Er lächelte zufrieden. Gegen die Tränen ankämpfend, erhob sich Innocente von seinem Stuhl.

»Du gehst schon?« protestierte Pedretti, der auf einmal wieder hellwach war. »Nein, das erlaube ich nicht. Du hast mir noch gar nicht gesagt, wie es Francesco und deiner Tochter geht. Erzähl mir ein bißchen vom Dorf, ich bitte dich, lieber Cént.«

»Francesco ist gesund und munter, finanziell geht es ihm weniger gut.« Geduldig nahm Innocente wieder Platz. »Er ist ein tüchtiger Kerl, unbescholten und fleißig. Aber er ist geistig träge, um nicht zu sagen schwerfällig. Bei aller Liebe muß ich das leider sagen. Im übrigen ist er ein Mann, der es seiner Frau gestattet ...« Er wollte sagen, ihm Hörner aufzusetzen, aber er besann sich gerade noch, denn dies war eine uralte Geschichte, die Außenstehende im übrigen nichts anging. »... ein Mann, der es seiner Frau gestattet, das Regiment zu führen, entweder aus Verliebtheit oder aus Dummheit.«

»Aus Verliebtheit, meinst du nicht? Adelaide ist eine so tüchtige und sie war eine so schöne Frau ...«

»O ja, gewiß.« Innocente zog die Augenbrauen hoch.

»Auch jetzt noch, in ihrem Alter ... Aber sie übertreibt es mit der Frömmigkeit. Immer hängt sie am Rockzipfel des Pfarrers, sei es in der Kirche, bei den Wallfahrten nach Caravaggio oder weiß der Himmel wo sonst. Schlimmer als meine Schwester Ismene, die geradezu bigott ist. Um sie nicht sehen zu müssen, besuche ich am Sonntag nicht einmal mehr das Hochamt, ich gehe in die Frühmesse, da brauche ich mich wenigstens nicht zu schämen. Ismene hat einen religiösen Wahn, das scheint öfter so zu sein bei älteren Frauen. Sie trägt nur noch Schwarz und ist auseinandergegangen wie ein Pfannkuchen. Mitten im Gottesdienst wirft sie sich vor dem Altar auf die Knie, breitet die Arme aus und fängt an, laut zu beten. Eine Schande! Es schaudert einen geradezu, wenn man das sieht. Ich könnte mich ausschütten vor Lachen, wenn es nicht meine Schwester wäre.«

»Ach, die Ärmste«, meinte Pedretti mitleidsvoll. »Und Rosa?«

Rosa, Ismenes jüngere Tochter, lebte schon fünfzehn Jahre in dem Haus, zu dem Quaranta die ehemalige Dorfkirche umgebaut hatte. Sie hatte Boccioni, den Sekretär des Fascio, geheiratet, der später Bürgermeister geworden war. Er war Direktor und – nach Übertragung aller Vollmachten durch Quaranta – beinahe auch der Besitzer der Weberei, die prosperierte und nach dem Zusammenbruch der Spinnerei Dago der wichtigste Arbeitgeber des Dorfes geworden war. Die Verbindung war nicht durch Kinder gesegnet und wurde Boccioni bald langweilig und für Rosa, die vernachlässigte Ehefrau, eine Qual. Deshalb verbrachte sie auch fast den ganzen Tag in der Villa, wo Ismene mit ihrer anderen Tochter lebte. Bereits seit mehreren Jahren war eine adrette und aufgeweckte Arbeiterin namens Rosa Boccionis Geliebte.

Ob Rosa dies wußte? fragte sich Innocente. Aber natürlich hatte er nicht die Absicht, Pedretti diese Geschichte auf die Nase zu binden.

»Rosa? Wie üblich: Sie kümmert sich um ihren Garten – oder vielmehr um den Garten ihrer Mutter – und züchtet Rosen. Und Adelaide kommandiert die Kinder von der Ferienkolonie herum. Sie ist glücklich. Ismene rutscht auf den Knien durchs Kirchenschiff und ist ebenfalls glücklich. Die Welt ist schön, weil sie so bunt ist, mein Lieber.«

Und damit erhob er sich von seinem Stuhl, entschlossen, diesmal wirklich zu gehen. An der Tür warf er seinem Freund, der erneut eingenickt war, einen letzten Blick zu.

Er verabschiedete sich von Pedrettis Tochter und trat hinaus ins gleißende Sonnenlicht. Mit raschen Schritten steuerte er auf Giovannas Haus zu. Im Hof herrschte geschäftiges Treiben. Primo hob grüßend den Arm.

Seit zwei Jahren wohnten Domenico und Natalina jetzt schon bei ihrer Tochter auf dem Bauernhof, seit 1937, dem Jahr, in dem Giorgino Marta geheiratet hatte. Die jungen Leute wohnten in der Villa, die Innocente im Jahr 1914 für Netta und Antonia gebaut hatte. Nach der Verlobungsfeier hatte Innocente bis auf die beiden Stilleben von Falchetti die geliehenen Sachen wieder an sich genommen. »Den Rest hole ich später«, hatte er gesagt, um seine Großzügigkeit nicht allzu offen zur Schau zu stellen. Vor allem der Braut, die sich gern mit schönen Dingen umgab, hatte er damit eine große Freude gemacht. Dank Marta hatte sich das Gesicht der Villa in kurzer Zeit grundlegend verändert. Ihre Eltern hatten ihr erlaubt, das Haus in Robecco zu plündern, und so verschönerten jetzt Spiegel, Teppiche und Blumentöpfe die Zimmer.

Giorgino, der stolz war auf Martas zupackendes und entschlossenes Wesen, zeigte sich stets nachgiebig und willfährig. Daß man ihn als unterwürfig bezeichnete, davor hatte er keine Angst. Denn er regelte die Familienangelegenheiten auf seine Weise mit großer Ruhe und Gelassenheit.

Natalina lebte auf dem Bauernhof ein bescheidenes, in festen Bahnen verlaufendes Leben, das ihr wohlbekam. Sie ging Innocente entgegen: »Oh, *sciùr* Cént! Sie haben den Padrone besucht?«

»Ja«, seufzte Innocente, und auf seinem Gesicht spiegelte sich eine große Traurigkeit. »Und er gefällt mir gar nicht.«

»Aber er sieht doch jetzt schon viel besser aus«, beeilte sich Natalina zu versichern. »Wo Domenico wohl wieder steckt? Sicher ist er mit dem Fahrrad irgendwo unterwegs.«

Sie bot ihm ein Glas frisches Wasser aus dem Brunnen an. Die Spreu und der Staub, die in der Luft umherwirbelten, trockneten die Kehle aus und krochen in Nase und Ohren. Innocente flüchtete sich in die Küche. Giovanna führte den Allerkleinsten herein, der wenige Monate nach Giorginos Verlobungsfeier geboren worden war.

»Sag schön hallo zu *sciùr* Cént, Milietto!« forderte sie in ihrer ruppigen Art den Kleinen auf.

»Ein hübsches Kind! Tüchtig, tüchtig, Giovanna!«

Er plauderte ein Viertelstündchen mit den beiden Frauen. Dann begleitete ihn Natalina zum Tor. Auf dem Fahrradsattel sitzend, einen Fuß am Boden abgestützt, verweilte Innocente noch einen Augenblick und sah den Frauen und Männern zu, die sich um die Dreschmaschine herum zu schaffen machten.

»Natalina, sag, wer hätte das gedacht? Als man noch das Stroh aus dem Stall auf der Tenne ausbreitete, um darauf das Getreide zu trocknen …«

»Ja, wenn mein Vater noch lebte, er würde das alles gar nicht glauben.«

Bevor er losfuhr, erkundigte sich Innocente noch, wie es für sie war, mit Tochter und Schwiegersohn unter einem Dach zu wohnen. »Sie sind gut zu uns Alten, keine Sorge, *sciùr* Cént«, erwiderte Natalina. Dabei bückte sie sich, um an seinen Hosenbeinen die hölzernen Wäscheklammern zu befestigen.

Nachdenklich radelte Innocente los, zwischen abgeernteten Feldern, die sich in endloser Weite bis zum Horizont erstreckten. Er bemühte sich, seine Gedanken abzulenken, die um Krankheit und Tod kreisten.

Und er zwang sich, an das Jagdrevier zu denken, seinem immer noch liebsten Zeitvertreib. Abends würde Domenico mit der Tagesabrechnung zu ihm in die Villa kommen. Die Angaben für das bevorstehende ›Nesterfest‹ mußten zusammengestellt werden. Innerlich gestärkt atmete Innocente tief ein und richtete sich auf. Von den Reisfeldern stieg Feuchtigkeit auf. Ein Duft nach verwelktem Gras und stehendem Wasser erfüllte die Luft. Vor sich sah er plötzlich wieder Pedrettis bleiches, welkes Gesicht. Er erschauderte. Und dann gab er sich keine Mühe mehr, den Gedanken an den Tod zu verdrängen. Er dachte nicht an den nahen Tod Pedrettis, sondern an den

Tod im allgemeinen: an das Ende, das allen Menschen unausweichlich bevorstand, auch ihm, Innocente Dago. Und er versuchte, sich in dieses Schicksal zu fügen.

112

Angelica verstaute das lederne Reisenecessaire im Koffer. Ihrem Mann schlug sie vor, auch den Photoapparat mitzunehmen. »Du weißt doch, daß ich den Selbstauslöser nicht gut bedienen kann. Und schließlich fahre ich doch zur Kur, Angelica!«

Und so packte Angelica die zusammenklappbare Voigtländer Prominent ein, um sie zum See mitzunehmen, wohin sie von Lotti eingeladen war. Es war die letzte Augustwoche des Jahres 1939. Alfredos Taubheit, die sich in letzter Zeit erschreckend verschlimmert hatte, hatte ihn gezwungen, einen Ohrenspezialisten aufzusuchen, der mangels sicherer Erkenntnisse über die Ursache der Hörschwäche zu Inhalationen und Dampfbädern aus den Schwefelquellen von Tabiano unweit Salsomaggiore geraten hatte.

Zu diesem Zweck mußte eine beträchtliche Geldsumme vom Bankkonto abgehoben werden. Manenti hatte sich darauf versteift, daß Angelica ihn begleiten solle: Eine Woche Erholung vom Alltagstrott würde ihr bestimmt guttun. Aber Netta litt unter der drückenden Hitze, und daher wollte Angelica sie nicht alleine lassen.

Schließlich war Manenti ohne Begleitung mit dem Zug gefahren. Mit seinem leicht in die Stirn gezogenem Hut war er eine stattliche Erscheinung. Er hoffte darauf, daß seine lästigen und hinderlichen Beschwerden wenigstens ein bißchen gelindert würden.

Netta und Angelica dagegen fuhren zum ›Zypresseninselchen‹.

»Dieser kleine Photoapparat macht immer noch großartige Aufnahmen«, meinte Angelica, während sie ihrer

Mutter half, die schmale moosbewachsene Treppe zu Lottis Haus hinaufzusteigen.

Lotti erwartete sie bereits auf der Terrasse, neben ihr der hagere Pfarrer der Insel in seinem tiefschwarzen Gewand.

»Kann ich servieren?« rief Cecchina aus der Küche.

Sie setzten sich zu Tisch. Als letzte kamen Adelaide und Francesco aus ihren Zimmern. Dieses eine Mal hatten sie sich zu dieser Reise aufgemacht, um das Töchterchen in der Villa auf der Insel zu besuchen. Lotti verbrachte inzwischen den Großteil des Jahres hier, mit Ausnahme der Zeit, in der sie auf Tournee war.

Es war kurz nach ein Uhr, und es herrschte eine drückende Mittagsschwüle. Ein großer gestreifter Sonnenschirm hielt die sengende Sonne von der Terrasse ab. Cecchina kam mit einer Platte mit dampfendem gelbem Reis und Fleischklößchen, die einen unwiderstehlichen Duft verströmten. Der Priester häufte sich mit einem entschuldigenden Lächeln den Teller voll.

»Erklären Sie mir, wie Sie es schaffen, nicht dick zu werden, Don Celestino«, meinte Angelica lachend. Und sie senkte die Augen auf ihren kräftigen Busen und die Speckfalten am Bauch.

Ihre einst schlanke Figur hatte sich sehr verändert. Langsam und schleichend hatte sich Fettpolster um Fettpolster angesetzt, die sie anfänglich nicht weiter beachtet hatte. »Ein bißchen mehr Fleisch auf den Knochen wird dir gut stehen«, hatte ihre Mutter sie beschwichtigt. »Ab einem bestimmten Alter sieht man dann die Falten nicht mehr so.«

Netta dagegen aß schon immer wie ein Vögelchen. Wäre nicht der ständige Schmerz im Nacken gewesen, der sie dazu zwang, den Kopf leicht schiefzuhalten, hätte sie mit ihren siebzig Jahren noch wie ein junges Mädchen ausgesehen. Sie hatte einen ruhigen erquickenden Schlaf, der die unangenehmen Erinnerungen des jeweils vergangenen Tages auszulöschen schien, so daß sie morgens glücklich wie ein Kind aus dem Bett sprang.

Wenn sie gefragt wurde, wie es ihr ging, versicherte sie:

»Mehr als gut: ich esse, trinke und muß nicht arbeiten, wie sollte es mir da nicht gutgehen.«

Die Nackenprobleme jedoch machten ihr zu schaffen, und von den Näharbeiten waren ihre Finger zerstochen und ihre Augen schlecht geworden.

Dennoch war sie auch jetzt im Alter heiter gestimmt, wurde sie doch von Angelica geliebt und gehegt.

Lotti und ihre Gäste saßen auf bequemen Strohstühlen mit Blick auf den See und genossen in der feierlichen Ruhe des Frühnachmittags den Kaffee.

»Und die Kinder in der Ferienkolonie, Tante Adelaide?« fragte Angelica. »Was machen sie ohne dich?«

»Ornella ist da.« Adelaide, die wußte, wie wenig Francesco ihr Engagement in der Pfarrei und in der Gemeinde schätzte, warf ihm einen flüchtigen Blick zu. »Nach dem Gewittersturm der vergangenen Woche werden wir die Kolonie für dieses Jahr bald schließen.«

»Erzähl uns doch ein bißchen von deiner Tournee, liebe Lotti«, schaltete sich Netta ein. »Wie war's? Wo hast du gesungen?«

Anstelle seiner Frau ergriff Marangoni das Wort: Er erzählte von den Opernbühnen, auf denen Lotti aufgetreten war, und streute amüsante Anekdoten ein.

Lotti hatte in der Tat den Höhepunkt ihrer künstlerischen Reife erreicht. Sie trat auf Provinzbühnen in jenen Opernaufführungen auf, die die Scala in der Saison zuvor gezeigt hatte – zur Freude aller Opernfreunde, die in Mailand die großen Interpreten nicht hatten hören können. Im Winter und im Frühjahr hatte sie in Novara, in Bergamo und in kleineren Orten in *Aida* und *La Bohème* gesungen, die Gina Cigna, Ebe Stignani und Beniamino Gigli in der vorausgehenden Wintersaison in einer triumphalen Tournee von München bis Berlin geboten hatten.

Marangoni begleitete seine Frau auf allen Tourneen und stand hinter den Kulissen stets für sie bereit. Wieder in der Stadt, führte er seine Frau in die Scala, für die sie ein Abonnement hatten.

»Man kann immer noch dazulernen«, ergänzte Lotti die

Ausführungen Marangonis. »Obwohl ich von der neuen Musik, von Respighi und Bartók, offen gesagt, wenig verstehe. Ich mag lieber die Klassiker. Oder die Russen, zum Beispiel *Sadko* von Rimski-Korsakow, das wir im Frühjahr gesehen haben. Die russische Seele ... welch ein Gefühlsüberschwang!«

»Wirklich eine bemerkenswerte Aufführung«, stimmte Marangoni zu. »Kennt ihr die Handlung? Es geht um einen alten Wanderdichter und seine Abenteuer in den Häusern der reichen Aristokraten, in denen er auftritt ... Aber großartig war insbesondere das Bühnenbild: der Hafen von Nowgorod mit den am Pier vertäuten Schiffen ... Und im letzten Bild eine Traumlandschaft: luftig, mit einem weiten strahlenden Himmel und Bäumchen mit Blättern an den Zweigen. Und dann die Sopranistin: Margherita Carosio, eine wirkliche Künstlerin.«

»Sie hat eine zauberhafte Stimme«, nickte Lotti. Die Bescheidenheit, mit der sie sich lobend über das Können anderer aussprach, zeugte von der Größe ihres Charakters. Mit Händen zu greifen war zudem das liebende Einverständnis mit ihrem Gatten, das alle Anwesenden mit Rührung erfüllte.

»Ihr Glücklichen«, seufzte Adelaide. »Ihr lebt in der Stadt. Wir sind auf dem Land gleichsam lebendig begraben, wir wissen nichts, haben keine Ahnung ... Denkt mal«, und dabei sah sie stirnrunzelnd auf ihren Gatten, der den Kopf zu einem Nickerchen auf die Stuhllehne gebettet hatte, »ich war noch nicht einmal im Kino ...«

»Das ist der einzige Punkt, in dem wir uns nicht einig sind, mein Mann und ich«, rief Lotti. »Marangoni könnte nirgendwo anders leben als in Mailand. Ich dagegen flüchte mich hierher, so oft ich kann. Die Stadt stößt mich ab, diese hastenden Menschen ... Und überall Reklameschilder, auch für die allerintimsten Dinge – für Unterwäsche zum Beispiel ... man schämt sich geradezu hinzusehen. Und die Läden! Statt feiner Seide und Leinen werden überall nur diese fürchterlichen Gewebe verkauft, die Juckreiz verursachen. Was ist das für Zeug? Die Seide, die mein Großvater und mein Vater produzierten, war ein weiches, feines Gewebe. Ja, mein lieber Marangoni, zieh nur keine Grimassen. Diese hochgepriesene Autarkie-Wirtschaft behagt mir ganz und gar nicht.«

Marangoni fing an – zu lachen. »Bravo, bravo! Dann habe ich also eine oppositionelle Ehefrau!«

»Und was kann man beispielsweise über die Mailänder sagen, die scharenweise in die Vorstellungen gewisser ... gewisser Damen strömen – ich sage nicht Künstlerinnen, aus Achtung vor denen, die es wirklich sind. Wie diese Blondine, die nicht einmal besonders hübsch war, wie hieß sie noch ... Osiris, wie die altägyptische Gottheit. Vulgär bis zum Gehtnichtmehr!«

»Falsch!« unterbrach sie Marangoni. »Wanda Osiris ist eine vortreffliche und geistreiche Frau. Und auch ihre Vorstellungen zeugen von gutem Geschmack. Das ist eben eine andere Kunstrichtung, jedenfalls ist es keine leichte Muse. Es erfordert Grips, und Grips hat sie.«

»Das wäre gar nicht der Rede wert«, fuhr Lotti unversöhnlich fort, »wenn nicht gleichzeitig ein Niedergang des Glaubens festzustellen wäre. Ich habe am zwanzigsten Januar in San Sebastiano das Hochamt besucht. So viele leere Bänke!«

»Liebe Lotti«, lächelte der Pfarrer, »so sind eben die Zeiten. Hinzu kommt die beklagenswerte Indoktrination von oben, durch die der Kampfgeist gestärkt werden soll, die Bereitschaft zum Blutvergießen ... ein barbarischer Hymnus auf die körperliche Tüchtigkeit.«

»Als intelligenter Mensch, der Sie ja sind, Don Celestino«, erwiderte Marangoni in beschwichtigendem Ton, »wissen Sie gut genug, daß die Regierung diese Maßnahmen ergreift, um wie ein kluger Lehrer oder eine gute Mutter tief verwurzelte oder im Laufe der Geschichte erworbene Fehler unseres Volkes auszumerzen. Wie eine Mutter, die ihren faulen Kindern zuruft: ›Wacht auf! Wacht auf!‹ Im übrigen ist ganz Europa in einer tiefen Umwälzung begriffen ...«

»Nein, mein lieber Marangoni«, schüttelte der Pfarrer den Kopf, »täuschen Sie sich nicht. Hier wird das Fundament für ein geheimnisvolles Unternehmen gelegt, das wir, die kleinen Leute, nicht durchschauen. Italien ist ein Sandkörnchen, das zwischen riesigen Mahlsteinen zermalmt wird, trotz aller hochtönenden Worte aus Rom. Da sind große, undurchschaubare Interessen im Spiel. Nehmen Sie nur die kürzlich zwischen Rußland und Deutschland abgeschlossene Vereinbarung. Wie ist so etwas möglich? Die Deutschen, erklärte Feinde des Kommunismus! Wir alle haben voller Verwunderung die Bilder von Ribbentrop bei der Unterzeichnung des Nichtangriffspakts in Moskau gesehen. Und den unter seinem Schnurrbart schmunzelnden Stalin ... Was soll das bedeuten? Kommt da nicht der Verdacht auf, daß die Wölfe gemeinsame Sache machen, um Polen unter sich aufzuteilen? Rätselhafte Vorgänge, die vielleicht nicht einmal der Duce richtig zu deuten in der Lage ist.«

»Gewiß, die hohe Politik übersteigt unser Vorstellungsvermögen«, erwiderte Marangoni leicht betroffen. »Doch weshalb sollen sich Grundeinstellungen nicht ändern können? Die Situation Danzigs hat in Italien eine Welle der Sympathie für Deutschland ausgelöst. Der Führer verfolgt in dieser Sache diplomatische Strategien. Und die Tragweite historischer Ereignisse kann niemand ermessen. Der Versailler Vertrag, der damals als die gerechte Bestrafung der Bösewichter, der Verlierer, erschien, erweist sich heute als großer Fehler.«

»O mein Gott«, seufzte Angelica, die angesichts der Wendung, die die Unterhaltung genommen hatte, langsam die Geduld verlor. Sie wandte sich Lotti und Antonietta zu, die von anderem zu sprechen begannen.

»Wir, die wir uns mit der Geschichte beschäftigt haben, wissen sehr wohl, was schon Friedrich der Große sagte: ›Wer die Mündung der Weichsel und die Stadt Danzig beherrscht, ist Herr über Polen, mehr als der König des Landes.‹ Heute ist dieser freie Korridor für Deutschland lebenswichtig. Aber was geht das uns an? Mussolini wird uns aus allen Stürmen heraus halten. Dafür lege ich meine Hand ins Feuer.«

»Ihr Wort in Gottes Ohr!« murmelte der Priester.

Francesco, nach dem Essen müde geworden, stieß von Zeit zu Zeit undefinierbare Laute aus, und es war unklar, ob er seinem Schwiegersohn oder dem Pfarrer recht gab.

»Übrigens«, schaltete sich Adelaide ins Gespräch ein und wies auf die Zeitung, die sie las. »Heute spricht der Papst im Radio. Wie spät ist es?«

Diese Ankündigung stieß auf lebhaftes Interesse. Die Übertragung sollte am frühen Abend stattfinden, und man verabredete sich dazu in der Bibliothek.

Kurz nach sechs Uhr wurde das Gerät eingeschaltet. Cecchina kam mit einem Korb Bohnen herein, die sie zu entkernen begann.

Dann ertönte klar und deutlich die Stimme des Rundfunksprechers: »Seine Heiligkeit Papst Pius XII. richtet sich mit einem Aufruf an die Weltöffentlichkeit.«

»Psst, psst«, flüsterte der Pfarrer. Im Radio knisterte und knackte es.

Der Papst sprach in aristokratischem Ton von der allgemeinen Lage und streifte verschiedene Themen. Doch auf einmal veränderte sich sein Ton, und er fuhr mit brüchiger Stimme fort: »... ich ergreife das Wort für die Niedrigen, die arbeiten und nicht wissen ...«

»Genau, genau«, flüsterte Don Celestino mit Tränen in den Augen.

Der Heilige Vater sprach über das Schicksal der Massen, gleich welcher Nationalität, die alle seine Kinder seien, die einen wie die anderen, und die sich in einem Konflikt gegenüberstünden, der schreckliche Ausmaße anzunehmen drohe: »Die Regime, die nicht auf Gerechtigkeit gegründet sind, sind von Gott nicht gesegnet! Nichts ist verloren im Frieden, alles ist verloren im Krieg!« Nach einer Pause verlieh der Papst seiner Hoffnung Ausdruck, das Herz der Menschen erreicht zu haben. Es folgte der feierliche Segen.

Lotti, Angelica und Cecchina fielen auf die Knie; Netta hatte sich zu spät besonnen und bekreuzigte sich daher im Sitzen. Auch die Männer machten ein flüchtiges Kreuzzeichen, während Don Celestino mit der Hand den Segen in die Luft zeichnete.

»Ein großartiger Appell«, unterbrach Don Celestino das bedrückende Schweigen. »Danken wir Gott dafür, daß ein heiliger Mann auf dem Papstthron sitzt. Dieser neue Papst ist seines Vorgängers würdig. Ein asketischer Mann. Im übrigen hat der Kardinal Pacelli als Diplomat überall großes Ansehen genossen; er ist ein kluger Kopf. Und daher macht mir das, was er gesagt hat, um so mehr Sorgen: Es ist, als sähe er die Katastrophe unausweichlich kommen ...«

Beinahe ärgerlich wandte sich der Priester an Marangoni: »Also, lieber Freund, sind Ihnen nicht auch Zweifel gekommen?«

»Der Papst hat sehr gut gesprochen.« Marangoni sann einen Augenblick über seine Antwort nach, die mehr einem Pflichtgefühl denn seiner tiefen Überzeugung entsprungen schien.

»Aber auch der Duce ... Nein, er weiß genau, was er tut.«

»Ich bin ganz wehmütig.« Angelica betrat Lottis Zimmer und stellte die Handtasche auf der Kommode ab. »Weißt du noch, als du sie mir geschenkt hast ...«

»Auch damals warst du sehr traurig.« Lotti runzelte die Stirn. Angelica setzte sich vor die Frisierkommode und suchte Lottis Blick im Spiegel.

Nach dem Abendessen war ein Sturm aufgekommen, ein heftiger Regen fegte über den Balkon hinweg. Netta half Cecchina in der Küche beim Aufräumen, und die Männer tranken in der Bibliothek ein letztes Gläschen Grappa.

»Sieh mal«, jammerte Angelica und betastete ihre Wange.

»Was denn? Die Fältchen?« Lotti fing an zu lachen. »Wir alle werden nicht jünger, meine Liebe.«

»Bei dir ist das nicht so schlimm, denn dein Mann ist ... älter als du. Wieviel älter, fünfzehn, zwanzig Jahre? Ich dagegen ...«

Der Regen peitschte an die Fensterscheiben. Lotti lief hin und schloß die Fensterläden. »Cecchina«, rief sie vom Treppenhaus hinunter, »mach die Fensterläden zu, es regnet stark!«

»Was hast du eben gesagt, Angelica?« fragte sie sanft. »Du weißt, daß Manenti ein Mann in den besten Jahren ist ...«

»Aber das ist doch eine fixe Idee!« Lotti setzte sich neben sie. »Hast du einen Grund, dich über ihn zu beklagen? Sag es mir doch! Schließlich hast du ihn durch mich kennengelernt.«

»Eigentlich ...«, begann Angelica zögernd, »eigentlich kann ich ihm nichts vorwerfen, nicht in letzter Zeit ...«

»Und das, was man nachts im Bett macht? Entschuldige, aber wir sind so gute Freundinnen, nicht nur Cousinen! Glaube mir, ich frage nicht aus Neugier.«

Angelica errötete. »Na ja, was soll ich dir sagen; hin und wieder passiert es, nicht besonders oft. Ich habe Beschwerden, und der Arzt meint ...«

»Das ist aber gar nicht gut.« Lotti schüttelte streng den Kopf. »Die Männer legen Wert auf diese Dinge. Du hast dich doch bestimmt untersuchen lassen. Kann es sein, daß ...«

»Ich werde einfach nicht damit fertig«, gab Angelica zu. »Als ich damals das Photo entdeckte ...«

Sie biß sich auf die Lippen. Diesen Vorfall hatte sie sich selbst gegenüber kaum je eingestanden, geschweige denn weitererzählt. Aber sie verspürte den heftigen Wunsch, Lotti ihr Herz auszuschütten: »Ja, es war in dem Jahr, in dem wir hierher in die Villa kamen, als du mir das Täschchen geschenkt hast. Beim Abstauben rutschte das Photo aus dem Rahmen: eine Frau, eine Blondine. Mit einer an Manenti gerichteten Widmung: ›Für meinen geliebten Alfredo‹, dazu die Unterschrift. Stell dir vor ... Er hat es abgestritten, sagte, es sei eine alte Geschichte, die längst zu Ende sei. Ich weiß nicht, ob es stimmt. Für mich jedenfalls war es ein solcher Schlag, daß ich mich seither wie tot fühle.«

»Aber warum hast du mir nicht gleich davon erzählt!« Lotti rang die Hände. »Ich habe gemerkt, daß dich etwas bekümmert, aber du hast beharrlich geschwiegen. Er hat dir also gesagt, es sei eine Verflossene. Dann ist doch alles gut. Schnee von gestern.«

»Wenn ich das nur glauben könnte! Warum hat er dann noch ihr Photo? Und ausgerechnet hinter meinem Bild. Stell dir vor!« Angelica sprach in bitterem Ton. »Wie kann ich ihm glauben, Lotti. Vielleicht habe ich es auch nicht wahrhaben wollen. Ich wollte einfach betrogen werden ... Diese ganzen Märchen. Die Geschichte mit der Arbeit, von wegen Theateragentur! Er war pleite. Und dieser Schritt ... mir die Ehe anzutragen ... muß ihn viel gekostet haben. Ach, ich will gar nicht daran denken. Nur, um dir zu erklären, warum wir in getrennten Betten schlafen. Es hat sich ein Alltagstrott eingeschlichen; du weißt ja, wie wir leben, im Winter in Mailand, im Sommer im Dorf. Jetzt hat Manenti seine Leidenschaft für die Jagd entdeckt. Er kann nicht schießen, er kann nicht einmal ein Gewehr halten, aber der Wald, die Tiere ... Er hält sich den ganzen Tag in der Jagdhütte auf, fast könnte man sagen, er lebt dort. Abends kehrt er ins Dorf zurück, ißt mit meinem Vater und mit meiner Mutter zu Abend, dann kommt Domenico mit der Tagesabrechnung ... Alles verläuft in einem gleichförmigen Trott. Ein ruhiges Leben.«

»Siehst du? Alles regelt sich von allein. Komm schon, Angelica, sei nicht traurig. Dein Mann ist auch nicht anders als die anderen, so ist das Leben, das wir führen, in unserem Alter.«

»Und wenn wir Mitte Oktober nach Mailand zurückkehren, sehe ich ihn kaum mehr. Beinahe jeden Nachmittag geht er ins Café, zum Kartenspielen. Ich kann ihn doch zu Hause nicht einsperren ... Manchmal gehen wir zusammen ins Kino, und er lädt immer auch meine Mutter ein mitzukommen. Oder wir gehen in die Galerie, etwas trinken.«

»Genau wie wir, wenn wir in Mailand sind«, erwiderte Lotti. »Marangoni spielt zwar nicht Karten, dafür aber Billard. Diese Männer! Sie amüsieren sich, und das müssen wir auch lernen, glaub mir.«

»Aber im allgemeinen bin ich ja fröhlich«, widersprach Angelica. »Nur heute abend fühle ich mich ... das macht bestimmt der See. Aber versetz dich in meine Lage: ein gebranntes Kind ... Ich kann den Gedanken einfach nicht verdrängen. Aber jetzt genug davon! Ich komme hierher und jammere dir mit meinen alten Geschichten die Ohren voll ...«

»Aber ich will sie doch hören, deine Geschichten. Ich empfinde eine gewisse Verantwortung, euch beiden gegenüber.«

Als später Marangoni ins Schlafzimmer kam, flüsterte Lotti im Dunkeln: »Mein Gott, was habe ich mir da für eine Verantwortung aufgehalst.«

»Wovon sprichst du, Lotti? Träumst du?«

»Nein, nein, mir geht das Gespräch mit Angelica nicht mehr aus dem Kopf.« Und sie erzählte ihrem Mann davon.

»Jetzt schlaf aber«, murmelte Marangoni.

»Ich finde keine Ruhe.« Bekümmert nahm Lotti seine Hand. »Diese Blondine auf dem Photo. Ich spüre förmlich, daß da etwas in der Luft liegt. Daß diese Blondine aus Alfredos Leben nicht verschwunden ist. Gebe Gott, daß ich mich irre.«

»Du lieber Himmel!« Marangoni schaltete das Nachttischlämpchen ein und setzte sich im Bett auf. »Hör mal, Lotti. Hör auf, dir über Alfredo und diese Blondine den Kopf zu zerbrechen. Es gibt ernstere Dinge auf der Welt. Die Manentis sollen selbst sehen, wie sie zurechtkommen. Gute Nacht!«

»Von wegen! Es erschien mir so genial ... die Idee, für sie einen Mann zu finden und damit auch ihn zu versorgen, den Ärmsten, nach diesem Pech, das er hatte ... Gebe Gott, daß ich mich irre.«

Am Tag darauf lud Lotti nach dem Mittagessen Angelica zu einem Spaziergang an den See ein. Sie nahmen eine Decke, Strohhüte, eine Feldflasche mit frischem Wasser und den Fächer mit und machten sich auf den hinter der Villa leicht abschüssigen Weg.

Am Ufer angelangt, kam Lotti gleich auf den Punkt: »Sei mir nicht böse, wenn ich noch einmal auf unser gestriges Gespräch zurückkomme. Mir liegt sehr daran, daß ihr beide glücklich seid. Daher scheint es mir wichtig, die eheliche Intimität nicht auf die leichte Schulter zu nehmen.«

»Uff!« Angelica strich die Decke glatt. »Ruh dich aus, Lotti! Es wird geschehen, wie Gott es will.«

»Aber so hör doch! Du bist eine Frau in der Blüte ihrer Jahre und Alfredo im besten Mannesalter, wie du sagst. Zu einer guten Ehe gehört auch, daß man sich körperlich versteht. Und außerdem ...«, sie zog ein Büchlein aus der Tasche, »ist das alles andere als ein schmutziges Thema. Hör zu, dies hier ist die *Anleitung zum frommen Leben,* geschrieben vor über dreihundert Jahren. Und was darin gesagt wird, ist noch heute aktuell: Zum Beispiel das Kapitel ›Weisungen für Eheleute‹: ›Liebe und Treue, miteinander verbunden, erzeugen stets die Vertraulichkeit und das Vertrauen. Deshalb liebkosten verheiratete Heilige einander gern in liebevoller, aber keuscher Weise, zärtlich, doch ohne Falsch. So konnten Isaak und Rebekka, das keuscheste Ehepaar der alten Zeit, am Fenster gesehen werden, wie sie einander in allen Ehren innig liebkosten.‹« Lotti unterbrach sich und sah Angelica an, die aufmerksam zuhörte. Dann fuhr sie fort: »›Ebenso in Ordnung ist die rechtmäßige gegenseitige Befriedigung der Gatten in der Ehe, die der heilige Paulus eine Pflicht nennt, und zwar eine so ernste Pflicht, daß er die Enthaltsamkeit eines Gatten ohne freie und gern gewährte Zustimmung des anderen nicht billigt, nicht einmal, um Übungen der Frömmigkeit zu obliegen. Ebenso soll auch die eheliche Pflicht treu und ungezwungen geleistet werden und so, als sei Nachkommenschaft zu erwarten, auch wenn diese Möglichkeit aus irgendeinem Grund nicht besteht.‹«

Lotti schwieg einen Augenblick, dann lächelte sie. »Das sind Ratschläge des heiligen Franz von Sales. Sind sie nicht wie für dich geschrieben? Verstehst du, Angelica, nicht nur aus Gewohnheit soll man das tun, was die Ehe vorschreibt, es ist Gottes Gebot.«

»Aber die Nonnen«, widersprach Angelica verwirrt, »haben uns etwas anderes beigebracht! Ich weiß noch, wie die älteren Schülerinnen, die das Internat verließen und heirateten, uns abends die Ermahnungen der Schwestern mitteilten. Die Männer müssen ihre Fleischeslust befriedigen, und ihr müßt es um der Liebe Christi willen stillschweigend ertragen … Ich erinnere mich noch gut.«

»Dummes Zeug! Was ist mehr wert, das Geschwätz irgendeiner Nonne oder die Lehre des heiligen Franz von Sales? Er lehrt, daß auch die Frauen glücklich sein und Zärtlichkeiten mit ihrem Mann austauschen sollen. Was unsere Nonnen und Priester uns beibringen, ist so armselig, so voller Aberglauben: daß die Frau sich dem Mann unterwerfen soll. Was für ein Unsinn!«

Angelica hörte ihr halbherzig zu, den Kopf in wehmütiger Aufmerksamkeit zur Seite geneigt. »Auf, meine Liebe, Kopf hoch!«

Lotti schlug das Büchlein an einer durch ein blaues Lesebändchen bezeichneten Stelle auf. »Das ist das Kapitel ›von der Traurigkeit‹, das ich immer wieder lese: ›Die Traurigkeit tötet viele, und es ist kein Nutzen in ihr. Der böse Feind bedient sich der Traurigkeit, um die Guten zu versuchen … Sollte es dir jemals zustoßen, von dieser schlechten Traurigkeit befallen zu werden, dann wende folgende Heilmittel an: Wer traurig ist, der bete … singe fromme Lieder … Es ist auch gut, sich mit körperlichen Arbeiten zu beschäftigen, und zwar mit verschiedenartigen …‹«

Angelica nickte zustimmend. Als Lotti fertig war, klappte sie das Büchlein zu, fing an zu lachen und löste so die Spannung. Während sie zur Villa zurückkehrten, sangen sie alte Lieder, die die Seidenspinnerinnen immer gesungen hatten. Cechina wartete bereits auf sie. »Die Granita steht bereit!« lud sie lächelnd ein.

113

Netta und Angelica beschlossen, sich Marangoni anzuschließen, der wie gewöhnlich nach ein paar Tagen am See des geruhsamen Lebens in der Natur überdrüssig war und nach Mailand zurückfuhr. Lotti würde mit Adelaide und Francesco in der Villa bleiben. Am Abend vor der Abreise hatte sie Angelica aufgefordert, sich im Spiegel zu betrachten: »Schau, sag mir, ob das dasselbe Gesicht ist wie bei deiner Ankunft. Haben dir die Urlaubstage nicht gutgetan? Du siehst zehn Jahre jünger aus.«

Lottis Begeisterung war so ansteckend, daß sich Angelica tatsächlich in einem anderen Licht sah, strahlend lächelnd, so wie früher.

Am Landungssteg beim Abschied hatte ihr Lotti das Büchlein des heiligen Franz von Sales zugesteckt, das sie nun nach Mailand begleiten würde.

Und so kehrten Angelica und ihre Mutter erholt und entspannt in die Via Mazzini zurück.

Noch vor Einbruch der Dunkelheit kam auch Manenti nach Hause; sie hörten seine Schritte auf der Treppe. »Es ist offen!« rief Angelica nach draußen. Dann stand er hinter ihr, und Angelica roch einen starken Blumenduft. Sie drehte sich um: Sein Gesicht war von einem Fliederstrauß verdeckt.

»Direkt aus Tabiano!«

Alfredos Augen leuchteten. Angelica stellte die Blumen in eine Vase, und liebenswürdig erkundigte sie sich: »Und? Wie war die Kur?«

»Probier's mal aus!« Aufgeregt zog er Mantel, Jacke und Krawatte aus und wiederholte: »Probier's mal aus, sag irgendeinen Satz; mit leiser Stimme. Dann wirst du sehen!«

Netta eilte herbei, um ihrem Schwiegersohn den Mantel abzunehmen. Sie freute sich über seine Fröhlichkeit. Angelica machte das Experiment: Es schien tatsächlich, als habe sich Alfredos Gehör verbessert!

Bei Tisch dann erzählte Manenti von den Schönheiten Tabianos, den berühmten Thermen, der malerischen, siebenhundert Jahre alten Burg.

»Und das Hotel?«

»Ausgezeichnet! Wunderbares Essen, sauberes und hilfsbereites Personal.«

Und hübsche Kellnerinnen …, wollte Angelica hinzufügen, aber sie biß sich auf die Lippen.

»Und du?« Alfredo hob den Blick vom Teller und sah sie an. »Hast du eine Schönheitskur gemacht? Gut, ich weiß, daß das nicht der Fall ist. Aber du siehst großartig aus, das ist kein leeres Kompliment. Nicht wahr, Signora Antonia? Unsere Angelica sieht wirklich aus wie ein junges Mädchen!«

Angelica verzog keine Miene, aber das Kompliment war ihr süßer als Nettas Rosolio-Likör, der das Abendessen abrundete. »Überall wurde von Politik gesprochen, in den Thermen und im Zug.«

»Ja, auch am See.« Angelica zog ihr Nachthemd an. »Wir haben eine Rede des Papstes im Rundfunk gehört. Ergreifend. Don Celestino hätte beinahe geweint … Hast du den Papst denn nicht gehört? Gab es im Hotel kein Radio?«

»Wenn ich es gewußt hätte.« Das Handtuch vor dem Gesicht, lugte Alfredo aus dem Badezimmer hervor. »Ein sklavischer Tagesablauf, von morgens bis abends diese Kuren. Inhalationen, Bäder, warme und kalte Fangopackungen, Spülungen, Gurgeln … Alles mit diesem stinkenden Wasser … Oh, verzeih! Ich bin dir ja so dankbar! Meiner lieben Ehefrau habe ich es zu verdanken, daß ich nicht schon stocktaub bin. Sie hat mich gedrängt, diese Kur zu machen.«

Antonia lag bereits im Bett, den Rosenkranz in der Hand, und wartete auf Angelica, um mit ihr gemeinsam zu beten. Vom Flur her rief sie ihrer Mutter zu, sie komme gleich, als Manenti aus seinem Zimmer herausschaute.

»Psst! Psst!« flüsterte er im Dunkeln und zog Angelica zu sich heran. »Darf ich diese reizende Signora zu einem kleinen Tête-à-tête einladen? Damit sie wenigstens für einen kurzen Augenblick die Einsamkeit eines armen Mannes versüßt?«

Sie entwand sich ihm, doch fast ohne sich dessen gewahr zu werden, befand sie sich auf einmal in Manentis Zimmer auf dem Bett.

Dies war im Laufe all der Jahre schon mehrmals geschehen, wenngleich eher selten. Doch in dieser Nacht war es anders. Im Dunkeln wiederholte sich Angelica mit zusammengekniffenen Augen: »Gerne und in liebevoller Weise!« Und wie Rebekka, die am Fenster ihren Geliebten liebkoste, so verhielt sich auch Angelica, bemüht, sich von der Befangenheit zu befreien, die sie lähmte.

Und wie ein unerwartetes Geschenk spürte sie auf einmal, wie sie sich entspannen konnte. Die rhythmischen erregten Bewegungen des Mannes erhielten plötzlich einen Sinn. Und entzückt spürte sie, wie Manenti ihre runden weichen Brüste wohltuend berührte. Angelicas Körper gewann Leben, und auf einmal verspürte sie Befriedigung – im Gleichklang mit dem Geliebten. Sie wäre bis zum Morgen bei ihm geblieben, wie Manenti gebeten hatte, hätte sie nicht an ihre Mutter gedacht, die alleine im Bett lag und sich fragen mochte, wo ihre Tochter blieb.

Netta schlief, den Rücken auf das Kissen gestützt. Behutsam nahm Angelica ihr den Rosenkranz aus den Händen und bettete sie flach. Sie zögerte einen Augenblick und überlegte, ob sie nicht wieder zu Alfredo zurückkehren sollte. Aber dann schämte sie sich dafür, daß ihre Sehnsucht noch immer nicht gestillt war, und schlüpfte unter die Decke. Bevor sie in die Welt der Träume eintauchte, dachte sie dankbar an Lotti und an die Anleitung des heiligen Franz von Sales.

114

Am Ende dieses Sommers überstürzten sich die Ereignisse. Eines Morgens im Herbst klingelte der Briefträger. Diesen Augenblick würde Angelica ihr Leben lang nicht vergessen. Sie waren erst vor wenigen Tagen in die Stadt zurückgekehrt, und ihr Aufenthalt in der Villa war von einem tragischen Unglück auf dem Gut Martinella überschattet worden.

Nach der Kur in Tabiano und der denkwürdigen Nacht

waren alle drei wieder ins Dorf aufgebrochen. Es war noch immer heiß, und daher war es in der Villa sehr viel erträglicher als im staubigen Mailand mit seinen vielen Menschen.

In jenen Tagen betrachtete Angelica die Welt mit dem verklärten Blick erneuter Hoffnung: Eine heitere und harmonische Ehe erschien ihr auf einmal nicht mehr unmöglich. Für Innnocente war es eine Freude, lachende Gesichter um sich zu sehen, und auch über seinen Schwiegersohn hatte er sich nicht genug wundern können, der sich jetzt auch im Haus und im Garten zu schaffen machte und sich von seiner besten Seite zeigte.

Das dörfliche Leben verlief in den gewohnten Bahnen, doch in der letzten Septemberwoche stellte Boccioni auf dem Balkon der faschistischen Parteizentrale den Radioapparat auf. Die Faschistische Partei hatte ihren Sitz inzwischen auf der Piazza, da nach der Proklamation des Imperiums ein repräsentativerer Ort als die Räumlichkeiten in Innocentes Villa gefragt war. Am geeignetsten schien ein Gebäude, das zum Komplex der Dago-Villa gehörte und das zu verkaufen sich Francesco bereiterklärte. Andere Besitztümer, darunter Gemälde und Teppiche, hatten bereits dasselbe Schicksal erfahren. Denn das durch den Verkauf der Spinnerei zur Verfügung stehende Geld war bald aufgebraucht, und obwohl Innocente seinem Bruder einen Fonds mit entsprechenden Einnahmen überlassen hatte, waren Francesco und Adelaide materiell nicht gut gestellt. Deshalb hatten sie den Gebäudeteil auch verkauft. Aber sie beklagten sich nicht, sondern waren nur verbittert darüber, wie ihr Sohn sie behandelte. Nicht nur machte er keine Anstalten, sich eine Frau zu suchen und zu heiraten, sondern löste auch immer mehr die Bindung an seine Eltern. Er ging auf in seiner Arbeit in der Schuhfabrik in Parabiago und ließ sich im Dorf kaum mehr blicken. Nur Lotti besuchte ihre Eltern regelmäßig.

An jenem Tag, dem 23. September, sollte der Duce eine Rede halten. Die versammelte Menge verstummte, als die Worte des Duce messerscharf die schwüle Luft durchschnitten. Die Leute hörten zwar aufmerksam zu, doch entging den meisten Bauern der Sinn des Gesagten. Deshalb befürwortete Innocente Boccionis Entschluß, am bevorstehenden Samstag eine Versammlung abzuhalten, bei der der Verbandsführer Parenti die Dinge noch einmal erläutern wollte.

An diesem Samstag war es nicht so heiß wie an den vorhergehenden Tagen. Bereits am späten Vormittag stellten die Frauen die Strohstühle vor die Haustür. Angelica und Antonietta setzten sich zu Battistina, die sehr aufgeregt war. Ihr jüngster Sohn, im Jahr 1920 geboren, war erst vor kurzem aus dem Äthiopienkrieg zurückgekehrt, und es bestand die Gefahr, daß er jetzt wieder eingezogen würde.

Parenti erschien. Das alte Motorrad hatte er mittlerweile gegen ein repräsentativeres funkelndes Automobil eingetauscht. Daß er gute Beziehungen zu den Spitzen der politischen Führung hatte, war allgemein bekannt. Innocente hatte mit eigenen Augen ein Schreiben gesehen, das Parenti selbst gerne vorzeigte und aus dem hervorging, wie sehr man ihn schätzte: »Operativer Befehl Nr. 7521 vom 2. Juni des 16. Jahres. Betreff: Teilnahme am Ball. Die Signora Lavinia Parenti muß« – dieses Wörtchen war zweimal unterstrichen – »an dem Ball im Continentale und in der Canottieri teilnehmen. Unterzeichnet: Badoglio.«

Parenti, der sich bewußt war, daß dieser Brief, wenn auch in sehr bescheidenem Maße, ein Stück Geschichte darstellte, verwahrte ihn eifersüchtig in seiner Brieftasche. Er war eine stattliche Erscheinung, und als sich die Piazza gefüllt hatte, begann er, mit einfachen Worten die Rede des Duce zu erläutern. »Nach siebzehn Jahren der Herrschaft ist dies eine Stunde grundlegender Umwälzungen, die uns verbundene Nationen erfaßt hat. Und es ist schwer, mit kaltem Blut untätig dazustehen und zuzusehen. Ich weiß, wie schwer das auch euch fällt ...«

Innocente, der bemerkte, wie sich viele verdutzt ansahen, wandte sich grinsend an den Bürgermeister: »Ja, natürlich. Die Leute können es gar nicht erwarten, die Waffe in die Hand zu nehmen und an die Front aufzubrechen!«

»Der Duce«, skandierte Parenti und hielt sich die Hand vor die Augen, um sich gegen die Sonne zu schützen, »verlangt unser bedingungsloses Vertrauen. Er will nicht, daß wir uns fragen, wie, warum und wann. Erinnert euch, Kameraden, es gab nur zwölf Apostel, und selbst unter ihnen gab es einen Verräter! Wir sind Millionen und Abermillionen, und darunter gibt es viele unwürdige und heimtückische Verräter. Deshalb sage ich euch: Vorsicht vor den Defätisten! Ihr, einfache und treue Gefolgsleute dessen, der euch Wohltaten erwiesen hat, tut, was er befiehlt! Er hat gesagt: ›Es bedarf der Wachsamkeit und der Säuberungen!‹ Er sieht die Zukunft klar und deutlich, während sie für uns ein Buch mit sieben Siegeln ist. Ob der Frieden bald wieder in die Welt zurückkehrt – was wir hoffen – oder ob der menschliche Wahnwitz den Funken ins Pulverfaß wirft, der auch unser Vaterland entzündet: Wir müssen bereit sein! Die technischen Mittel sind mobilisiert, noch wichtiger aber ist die geistige Bereitschaft. Wir dürfen nicht in untätiger Neutralität verharren – versteht ihr, was ich sage: Wir dürfen nicht dastehen und Maulaffen feilhalten. Wachsamkeit ist geboten! Und daher sind alle jene gefährlich, die Zweifel säen, und sie werden nicht geschont! Jede persönliche Freundschaft muß heute in ihrem Wert abgewogen werden, ich meine, überprüft und erforscht, ist das klar? Und jene Faschisten sind verdienstvoll, die ungeachtet persönlicher Bindungen die feigen Defätisten entlarven!«

Während Parenti sich erschöpft den Schweiß abwischte und ein Glas Wasser leerte, zerstreute sich die Menschenmenge. Ratlose Gesichter, skeptische Kommentare. »Ich habe weniger verstanden als letzte Woche«, meinte einer.

»Es geht doch darum: Krieg, ja oder nein!«

»Mehr ja als nein, soviel war klar. Der Himmel bewahre uns …«

»Und wer zum Teufel sollen diese Defätisten sein? Wir vielleicht, weil wir keinen Krieg wollen?«

Allen gemeinsam war ein tiefes Mißtrauen und eine große Ratlosigkeit. Pietro hatte Gelegenheit, alle seine alten

Argumente darzulegen. »Und jetzt soll einer hingehen und mich als Defätisten und Verräter denunzieren!«

Sein Sohn Costantino, der aus Äthiopien zurückgekehrt war, wies ihn scharf zurecht. Er gehörte zu denen, die die Waffe in die Hand nehmen und kämpfen wollten. Pietro verzweifelte an ihm. Er hatte ihm den Namen Costantino gegeben zu Ehren eines von ihm bewunderten Sozialisten namens Lazzari, der zur Zeit des großen Kriegs dazu aufgerufen hatte, »weder mitzumachen noch Sabotage zu üben« – ein Pazifist, der den wahren Sozialismus verkörperte.

Auf dem Nachhauseweg schlossen sich Antonia und ihre Tochter Marta an, die ihr Neugeborenes auf dem Arm trug. Obwohl auch die Frauen durch das eben Gehörte beunruhigt waren, überließen sie es den Männern, die Dinge zu diskutieren. Sie kehrten in die Schenke ein, um eine Brauselimonade zu trinken. Die einstig so glanzvolle Trattoria Della Vittoria war in andere Hände übergegangen und sehr heruntergekommen. Es war jetzt praktisch ein Ausschank wie zu der Zeit, als Domenico und Natalina das Lokal führten.

Luiginas Hilfskoch Umberto hatte das Lokal übernommen. Doch nachdem Luigina nicht mehr da war, waren bald auch die Stammgäste ausgeblieben. Die jetzige Kundschaft waren Arbeiter wie einst, die zu bestimmten Stunden des Tages hereinströmten und beim Kartenspiel ein Viertel Rotwein tranken. Und zum Essen gab es Omeletts, Bohnensuppe, Kutteln oder Eintopf – je nach Saison und Fähigkeiten von Umbertos aus Magenta stammender jungen Frau Ernesta. Signora Luigina dagegen hatte sich ihren Traum erfüllt und lebte jetzt in einem hübschen kleinen Haus mit Garten, das nach den Plänen des Ingenieurs Colombo erbaut worden war. Innocente hatte sich darum gekümmert, ihn ausfindig zu machen. Er war inzwischen fünfzig Jahre alt und glücklich mit der Zigeunerin verheiratet, die er aus Mitleid bei sich aufgenommen hatte und die eine bildhübsche Frau geworden war.

Angelica bestellte die Limonade, Ernesta brachte die Gläser nach draußen an den Tisch. Marta lachte über die Grimassen ihres Söhnchens Luciano, der mißtrauisch die Zunge in die prickelnde Flüssigkeit tauchte. Als einer der jungen Landarbeiter des Gutes Martinella keuchend angeradelt kam, verfolgten ihn alle mit neugierigen Blicken. Er überquerte die Piazza, ließ das Rad vor der Tür des Pfarrhauses fallen und stürmte hinein. Dann kam der Mesner heraus, und kurz darauf läutete das Totenglöckchen.

»Was ist denn passiert?« rief ihm Battistina zu, als der Kirchendiener durch die Tür des Glockenturms heraustrat.

»Der Sohn von Primo und Giovanna, vom Gut Martinella ...« Da entdeckte er Netta und Angelica. Rasch nahm er den Hut vom Kopf und stammelte: »Es ist euer Verwandter, tut mir leid. Es heißt, er sei bei einem Unfall ums Leben gekommen.«

»Aber welcher von den Söhnen?« rief Antonia außer sich. »Meine Nichte Giovanna hat sechs Kinder, welcher ist es? Und wie ist es passiert?«

»Bleib ruhig, Mama, um Himmels willen!« Angelica warf dem Mesner vorwurfsvolle Blicke zu, doch der Ärmste konnte sich nicht mehr herauswinden. »Der Jüngste, soweit ich weiß. Er ist unter den Traktor gekommen, der Ärmste ...«

Binnen einer Viertelstunde hatte sich die Nachricht in all ihren schrecklichen Details im ganzen Dorf verbreitet. Und das Schlimmste war, daß Primo, der Vater, sein Söhnchen überfahren hatte, ohne es zu wollen, ausgerechnet der Vater.

Angelica und Netta ließen sich von Bastiano in der Kutsche hinausfahren, sie vergossen bittere Tränen um das arme Kind, aber auch um den unglücklichen Vater.

Doch Primo war verschwunden. Die Leute von Martinella läuteten die Glocken, um ihn zu suchen. Giovanna, die neben dem Küchentisch saß, auf den man, mit einem weißen Tuch zugedeckt, den toten Körper des kleinen Emilio gelegt hatte, brachte kein Wort heraus. Von draußen lugten Kinder durchs Fenster herein, die Spielkameraden des Kleinen.

Natalina saß auf einem Stuhl und hörte gar nicht mehr auf zu erzählen. Angelica und Netta traten zaghaft ein.

»Hier saß er, auf diesem Stuhl unter dem Laubengang«, sagte Natalina. »Ich hatte ihn auf meinem Schoß sitzen. Die Männer waren fast alle im Dorf, um die Rede des Verbandsführers zu hören. Milietto saß gern auf meinem Schoß, und ich erzählte ihm Geschichten … heute morgen den Abzählreim, den du auch so gerne mochtest, Angelica: *Una, la lüna …*«

»Wie sagst du, Tante Lina? Du hast ihm den Abzählreim vorgesagt?«

Angelica erschauderte und wurde kreidebleich. Auf einmal sah sie klar und deutlich das Gesichtchen der kleinen Pedagna vor sich. Wie Libera sie in den Armen wiegte und dabei die Worte sprach: »*Una, la lüna* … Morgens früh um sechs …« Die Kleine war wenig später an den Verbrennungen gestorben, die sie sich durch den heißen Wasserkessel zugezogen hatte.

»Ja, den Abzählreim«, bestätigte Natalina mit weinerlicher Stimme. »Ich weiß es noch ganz genau, und Miletto wiederholte die Worte, er wollte sie lernen. Er war ja so klug …«

Die Alte brach in heftiges Schluchzen aus und raufte sich die Haare. Netta eilte hinzu und schloß sie weinend in die Arme. Angelica stand wie versteinert da. Wie betäubt klang in ihrem Kopf der Singsang der ihr so gut bekannten Verse nach, bedrohlich und finster.

Lina hatte wieder angefangen zu reden: wie das Kind seinen Vater auf dem Traktor hatte sitzen und sich von ihr losriß, um ihm entgegenzueilen. Primo fuhr schnell. Er sah das Kind nicht. Natalina, die die Gefahr ahnte, stand von ihrem Stuhl auf. Sie wäre beinahe gestolpert, als sie Emilio mit aller Kraft zurief, er solle dableiben. Doch der Lärm des Traktors übertönte ihre Stimme. Nur noch wenige Schritte, dann hätte sie das Kind packen und es dem Ungetüm von Traktor entreißen können …

Primo hatte inzwischen den Rückwärtsgang eingelegt und fuhr den Traktor an seinen Platz. Er sprang herunter und streifte sich das durchgeschwitzte Hemd ab, als er die Schwiegermutter am Boden kauern sah, laut weinend und sinnlose Worte stammelnd.

»Bist du verrückt geworden?« fragte Primo noch. Dann sah er die nackten Füßchen des Kleinen unter der Schürze der Alten. Wie von Sinnen rannte er herbei, ahnend, daß etwas Schreckliches geschehen war. Dann sah er sein Kind, zermalmt von den Rädern, blutüberströmt. Man mußte ihn nicht erst berühren, um zu wissen, daß er tot war.

Primo war davongelaufen und hatte Natalina mit dem toten Kind alleingelassen. Sie hatte Emilio ins Haus getragen, während Primo hinter den Pappeln, die das Gut begrenzten, verschwand.

Jetzt, auf dem Küchentisch liegend, sah der Kleine aus, als schliefe er. Die Frauen murmelten Gebete, Kerzen brannten.

Giovanna, die es sich nicht hatte nehmen lassen, ihr Kind zu waschen und anzuziehen, saß seit Stunden reglos da, sie hatte keine Tränen mehr. Ihre anderen Kinder saßen kleinlaut und stumm draußen auf der Treppe. Wie betäubt von dem geschäftigen Hin und Her, den ernsten Mienen der Besucher und den mitleidsvollen Bemerkungen, wurde ihnen das ganze Ausmaß des Unglücks gar nicht bewußt.

Mit Einbruch der Dunkelheit kehrte Primo nach Hause zurück. Beim Begräbnis waren aller Augen, mitleidsvoll oder anklagend, auf ihn gerichtet. »Meine Schuld! Es ist allein meine Schuld!« hatte er dem Maresciallo gesagt und ihm die Hände hingestreckt. »Bringt mich fort, ich habe mein Kind getötet!« Der Maresciallo hatte versucht, ihn zu beruhigen. Es sei Schicksal, und er solle sich keine Vorwürfe machen, er sei jung und habe noch fünf Kinder zu ernähren. »Sehen Sie sich Ihre Frau an, die Ärmste. Seien Sie doch ein Mann! Und stehen Sie ihr bei …«

Doch keiner brauchte dringender Hilfe als Primo. Getröstet werden aber wollte er nicht. Nach diesem Schicksalsschlag schien er wie verwandelt. In den Tagen nach dem Begräbnis hatte Giovanna alle ihre Kräfte zusammennehmen müssen, um die täglich anfallende Arbeit erledigen und sich um die Kinder kümmern zu können. Primo aber verkroch sich, oft schlief er nachts nicht einmal in seinem Bett.

Ein paar Wochen lang zeigte der Padrone Geduld. Der Schwiegersohn des alten Pedretti war ein verständnisvoller Mann. Der alte Pedretti, schon mehr tot als lebendig, ließ Primo zu sich kommen und weinte vor dessen Augen. Primo stand geistesabwesend vor ihm. Ein solches Unglück erschien dem Alten schlimmer als sein bevorstehender eigener Tod.

Als Primo zu Giovanna zurückkehrte, hatte er sich gefaßt. Doch er war um zehn Jahre gealtert. Und da er es nicht mehr aushielt, an diesem Ort zu leben und zu arbeiten, packte er eines Tages den Wagen, lud Giovanna und die Kinder auf und verließ das Gut Martinella. Auf dem Hof in der Nähe von Gorgonzola, auf dem er eine Anstellung fand, wurden die Felder noch mit Ochsen bearbeitet. Primo hatte sich vorab erkundigt: Mit Traktoren wollte er nichts mehr zu tun haben.

Natalina schloß sich Giovanna und ihrer Familie nicht an. »In meinem Alter das Dorf verlassen!« rechtfertigte sie sich. Mit ihren fünfzig Jahren betrachtete sie sich schon als alt. Doch Giorgino hatte Marta nicht lange überzeugen müssen, seine Eltern zu sich zu nehmen. Und so wohnten Domenico und Lina wieder im Dorf.

115

Dies alles geschah im September. Nach dem Begräbnis des kleinen Milietto, am letzten Tag des Monats, beschloß Angelica, mit ihrer Mutter und ihrem Mann nach Mailand zurückzukehren. Die Sommerhitze war vorbei, und oft standen schwarze Wolken am Himmel. Angelica war nicht gerade bester Laune.

Der Kehrreim aus ihrer Kinderzeit ging ihr nicht mehr aus dem Kopf, es war wie in einem Alptraum. Doch sie wagte es nicht, ihn laut auszusprechen. Manenti bemühte sich, sie aufzumuntern, und schien die unbeschwerte eheliche Gemeinsamkeit zu schätzen, die sie in den letzten Monaten genossen hatten.

So waren sie Anfang Oktober wieder in Mailand. An jenem Morgen rasierte sich Manenti im Bad und summte dabei die Arie *Recondite armonie* vor sich hin. Er war zufrieden, denn sein Gehör hatte sich in der Tat entscheidend verbessert. Doch dies war durchaus nicht der einzige sichtbare Nutzen, den ihm seine Kur gebracht hatte. Mit größerer Entschlossenheit fing er an, Miniera zu singen, ein wunderschönes, gefühlvolles Lied: »*Cielo di stelle, cielo color del mare …* Himmel voller Sterne, meerblauer Himmel …« Und so hörte er weder das Türklingeln noch Angelicas kurzes Gespräch mit dem Briefträger.

»Unterschreiben Sie bitte hier, Signora«, forderte sie der Postbote auf. Angelica reichte ihm die Fünfzig-Centesimi-Münze und nahm das Päckchen entgegen.

»Was ist das?« Netta sah fragend von ihrer Häkelarbeit auf.

»Ich habe meine Brille nicht auf. Hier …« Mittlerweile hatte sie das Päckchen aufgerissen und den Briefumschlag aufgehoben, der zu Boden gefallen war. Sie drehte ihn um und las den Absender: »Albergo Rivoli-Terme, Tabiano.« Sie stutzte. »O Gott! Das ist ja gar nicht für mich … Es ist für Alfredo.«

Dennoch war es allzu verlockend, den Brief zu lesen. Sie zog ihn heraus und las ihn halblaut vor, nicht ohne sich vergewissert zu haben, daß Alfredo noch immer im Bad war. »Sehr geehrter Herr Manenti«, lautete der Text, »die Hoteldirektion entschuldigt sich vielmals, Ihnen beiliegenden Gegenstand erst so spät schicken zu können. Er war in Ihrem Zimmer liegengeblieben und vom Zimmerpersonal gefunden worden. Die Halskette gehört vermutlich Ihrer Frau, mit der zusammen Sie ja bei uns logierten. Mit freundlichen Grüßen … die Direktion.«

Netta, die den Sinn des Briefes nicht verstand, warf Angelica einen fragenden Blick zu. Diese jedoch, rot im

Gesicht und schnaubend vor Wut, riß den Karton auf: »Ich will doch sehen, was das ist … von wegen Signora? Seine Signora! Welche Signora, verdammt noch mal!«

In ihrer Hand lag ein Kettchen mit einem Herzchen daran. Mit stockendem Atem entzifferte Angelica den eingravierten Schriftzug: Nives und Alfredo, beide Namen in einem Knoten verschlungen. Netta war aufgesprungen.

Immer noch singend, trat in diesem Augenblick Manenti aus dem Bad und tupfte sich mit einem Handtuch das Kinn ab. Da entdeckte er Angelica, die das Kettchen in ihrer Hand entgeistert anstarrte. Stumm reichte ihm Netta den Brief.

Alfredo ließ sich aufs Sofa fallen. Mit zusammengepreßten Lippen stieß er in seinem Dialekt derbe Flüche hervor. Dann schloß er die Augen und seufzte resigniert.

Auch Angelica sprach im Dialekt, aber sie brüllte wie eine Besessene: »Du Schwein! Du verdammtes Schwein! Raus hier! Sofort raus aus meiner Wohnung!«

Sie eilte zur Tür und riß sie sperrangelweit auf. »Raus hier!« wiederholte sie mit einer Stimme, als wolle sie einen Straßenköter verscheuchen.

Manenti, der noch gar nicht fassen konnte, was geschah, stand nicht sofort auf. Als er aber sah, mit welcher Vehemenz Angelica ihm die Tür wies, mußte er sich geschlagen geben.

»Kann ich …«, murmelte er und zeigte auf seine Schuhe. Er trug noch die Hauspantoffeln.

»Raus hier, aber auf der Stelle!« schrie Angelica außer sich. Und während Manenti mit gesenktem Kopf die Treppe hinunterschlich, trat Angelica auf die Türschwelle hinaus und warf ihm die Schuhe nach. Dann ging sie in die Wohnung zurück, holte das Kettchen und machte Anstalten, es ihm ebenfalls hinterherzuschleudern. Doch dann besann sie sich eines besseren und kehrte in die Wohnung zurück, die Kette fest in die Faust gepreßt.

»Die gehört mir!« schluchzte sie bitter. »Mir. Gekauft mit meinem Geld, für diese Hure, diese Schlampe …«

Ihre Mutter nahm sie in die Arme und tröstete sie, und Angelica vergoß bittere Tränen.

Später, als sie den Kamillentee trank, den Antonietta für sie zubereitet hatte, schluchzte sie: »Ich habe es gespürt, ja ich habe es gewußt. Als das Unglück mit dem kleinen Milietto geschehen ist, habe ich geahnt, daß auch mir etwas Schreckliches zustoßen würde ...«

So war ein Abschnitt in ihrem Leben jäh zu Ende gegangen, in dem sie glücklich gewesen war und sich von ihrem Mann geliebt gefühlt hatte.

Dieses Glück hatte nur wenige Wochen Bestand gehabt. Jetzt schien es ihr, als sei alles nur ein Traum gewesen. Nach zwei Tagen kam Manenti zurück. Er klingelte, und Angelica ließ ihn herein. Es hatte sie geärgert, daß die Nachbarn sich nach ihrem Mann erkundigt hatten, der bei allen im Haus sehr beliebt gewesen war. Sie hatte nachgedacht und einen Entschluß gefaßt.

Ihre Rollen waren perfekt verteilt: sie die reife und begüterte Ehefrau, die älter war als er; er der gutaussehende, etwas oberflächliche, aber gutmütige Ehemann; ein ehemaliger Sänger, der ungeniert seine Frau betrog, die er aus bloßem Zweckdenken geheiratet hatte.

Nachdem ihr Zorn abgeklungen war, sah Angelica klarer. Sie beschloß, dieselbe Taktik anzuwenden wie nach der Entdeckung des Photos: so zu tun, als wisse sie nichts; eine normale Ehe vorzutäuschen und nach außen hin die glatte Fassade aufrechtzuerhalten. Auf keinen Fall wollte sie Mitleid und geheuchelte Anteilnahme erwecken.

Weder fragte sie, wo Manenti gewesen war, noch bei oder mit wem er geschlafen hatte. Er wiederum fügte sich kleinlaut in das Leben mit den beiden Frauen. Angelica hatte sich geschworen, jeder Form ehelicher Intimität ein für allemal abzuschwören. Zuhause wurde Manenti wie ein Fremder, wie ein Pensionsgast behandelt, in der Öffentlichkeit aber ging man mit ausgesuchter Höflichkeit mit ihm um.

Angelica verwahrte alle ihre Gefühle in dem begrenzten Raum der Zweisamkeit mit ihrer Mutter. Die Opernsaison hatte soeben begonnen, und Lotti war sehr beschäftigt. Auch Matilde ließ sich selten blicken, da sie mit dem Laden und in letzter Zeit auch mit dem Kurs für Funkerinnen, den die Faschistische Partei in ihrem Viertel organisierte, alle Hände voll zu tun hatte.

Aber eines Morgens klingelte Angelica bei der Freundin in der Via De Amicis. Es war Montag, und da die Läden geschlossen waren, war Matilde bestimmt zu Hause.

»Ich muß mit meinem Vater telephonieren«, sagte sie, nachdem sie Matilde freundschaftlich begrüßt hatten.

Giacomo hatte im Flur zwischen Küche und Wohnzimmer vor ein paar Jahren ein Telephon installieren lassen.

Innocente war tatsächlich da, wo sie vermutet hatte. Vielleicht hatte ihn ein Unwetter daran gehindert, seinen täglichen Rundgang fortzusetzen. Er besuchte Giorgino nicht mehr so häufig, nicht weil Marta nicht liebenswürdig zu ihm gewesen wäre, sondern weil er zu diesem für ihn neuen Typ Frau wenig Vertrauen hatte. Lieber besuchte er Luigina, die ihn freundlich empfing.

Da Luigina alleine wohnte, hatte auch sie sich ein Telephon zugelegt. Damit besaß sie das erste private Telephon im Dorf überhaupt; weitere gab es im Rathaus und in der Weberei.

An jenem Montagmorgen waren neben Innocente auch Martas Eltern zu Besuch gekommen. Luigina servierte Kaffee im Garten, und Signora Alma ermunterte ihren Mann, von der Reise nach Pompeji zu erzählen.

Martas Vater ließ sich nicht lange bitten. »Kürzlich war ich in Neapel und habe dort einen Freund besucht. Ich kannte Pompeji noch nicht und wollte es mir natürlich nicht entgehen lassen. Alma wollte nicht mitfahren wegen der Hitze. Doch ich muß sagen, es war ein eindrucksvolles Erlebnis. Nicht nur wegen der Ruinen, die wirklich faszinierend sind. Nach Sonnenuntergang wurden Hunderte von Lichtern entzündet, elektrische Lämpchen, die die Stadtverwaltung installiert hatte: ein zauberhafter, phantastischer Anblick. Im Halbdunkel hatte man den Eindruck, die Häuser seien nicht verfallen, sondern es sei eine lebendige Stadt, deren Bewohner sich schlafen gelegt hatten ...

wirklich ein großartiges Bild. Doch plötzlich kam ein Wächter herbeigeeilt. Er machte uns darauf aufmerksam, daß in Kürze die Luftschutzübung beginne. Hinter den Carabinieri her begaben wir uns zur Porta Marina, als urplötzlich die Beleuchtung erlosch. Es wurde stockdunkel! Pompeji hatte sich wieder in eine tote, verlassene Stadt verwandelt. Wir setzten uns auf die Stufen des Apollo-Tempels und lauschten dem Hundegebell. Düstere Gedanken gingen mir durch den Kopf. Eine Luftschutzübung? Mein lieber Advokat, was sagen Sie dazu?«

»Zunächst beneide ich Sie natürlich um Ihren Ausflug nach Pompeji«, erwiderte Innocente. »Ich würde diese antike Stätte auch gern sehen, aber ich bin faul und reiseunlustig. Im übrigen sieht die Zukunft ganz und gar nicht rosig aus. Wer auch nur einen Funken Verstand hat, muß unruhig werden. Doch immer wieder lesen wir, auch in ernstzunehmenden Blättern, daß keine Gefahr drohe. Man verspricht uns, daß wir nicht in den Krieg hineingezogen werden ...«

»Wer möchte die Erfahrung von 1915 wiederholen! Das können doch nur Verrückte wollen!« rief Signora Luigina erschrocken aus.

»Wie auch immer, so manchem scheint das Kriegsspiel zu gefallen«, warf Signor Remo ein. »Wir alle haben beobachtet, was sich vor unseren Augen abgespielt hat, und ich muß sagen, es war ein Fehler, daß wir uns darüber nicht weiter Gedanken gemacht haben: die Kinder, die in Reih und Glied antreten müssen, die jungen Burschen, die den Umgang mit der Waffe lernen ... und dieser steife Paradeschritt, der eher lächerlich ist als bedrohlich! Sehen Sie, ich bin ein guter Faschist, aber ich muß sagen: Das Ganze ist einfach lächerlich. Seit ein paar Jahren ist man von dem Wahn besessen, Italiener in Uniform in die Welt hinauszuschicken: nach Äthiopien, Spanien, Albanien. Womöglich, um es dem unseligen Führer der Deutschen nachzumachen, der ohne viel Aufhebens in die Tschechoslowakei einmarschiert ist. Hat es der Duce satt, ewig nur Zuschauer zu sein?«

In diesem Augenblick läutete das Telefon.

»Hallo! Hallo!« schrie Luigina in den Hörer. »Es ist für Sie, *sciùr* Cént«, rief sie in den Garten hinaus.

Die Signora Luigina hatte Innocente eine Zeitlang geduzt, aber jetzt, da sie nicht mehr intim miteinander waren und sich nur noch als gute Freunde begegneten, waren sie wieder zum formalen ›Sie‹ übergegangen. Obwohl Innocente die alte Beziehung gerne wieder aufgefrischt hätte – wohl mehr, um sich zu beweisen, daß er mit fünfundsiebzig noch ein ganzer Mann war, als aus wirklichem Verlangen.

Angelica lugte vom Flur aus ins Wohnzimmer, wo Matilde mit ihrer Tochter saß. Ihr Gesicht war blaß: »Es interessiert mich keineswegs, Papa, ob es Krieg geben wird oder nicht. Ich habe andere Sorgen. Hör zu: Du mußt nach Mailand kommen und mit mir auf die Bank gehen. Ich möchte das Konto auflösen, das auf mich und auf Alfredo lautet. Aber ich traue mich nicht, allein hinzugeben ... außerdem hast du das erste Geld eingezahlt. Ich ... es tut mir leid, dir derartige Umstände zu machen, aber mir liegt sehr daran. Laß dich doch von Bastiano herfahren und komm nicht mit dem Bus. Das ist weniger anstrengend für dich.«

Sie erhielt keine Antwort.

»Hallo?« rief sie nervös. »Hörst du mich denn nicht, Papa? Papa? Hast du verstanden?«

»Einen Pappenstiel habe ich verstanden!« hörte Angelica die Stimme am anderen Ende der Leitung. Sie spürte seinen wachsenden Unmut. »Darf man fragen, was vorgefallen ist? Vor ein paar Tagen war doch noch alles eitel Sonnenschein.«

»Ja, gut, es ist etwas geschehen. Aber du willst doch nicht«, Angelica senkte die Stimme und schielte nach Matilde und Giulietta, »daß ich hier ... am Telefon ... Ich bin bei Matilde.«

»Was ist denn passiert? Hat Alfredo etwas angestellt? Heraus mit der Sprache!« brüllte Innocente in den Hörer. »Er soll sich bloß noch einmal hier blicken lassen, dann werde ich ihm die Leviten lesen! Jetzt sag schon!«

In knappen Sätzen schilderte Angelica ihrem Vater, was vorgefallen war. »Verstehst du? Er hat sie als seine Frau ausgegeben! Und selbstverständlich hat er auch das Hotel für sie bezahlt, die Mahlzeiten, weiß Gott, was für rauschende Feste und Bälle. Mit meinem Geld!«

»Ach was!« versuchte Innocente sie zu beruhigen. »Tabiano ist ein verschlafenes Nest; festliche Diners, Bälle, so etwas gibt es dort nicht!«

»Gleichwohl: mit dem Geld anderer, dieser Unmensch! Aber ich habe gesagt: Es reicht, Schluß damit! Er soll kein Geld mehr haben. Weder meines noch unseres – das Geld der Dagos, meine ich. Dieser Hungerleider, dieses Schwein!«

Aufmerksam geworden durch Angelicas erregtes Gemurmel, hatte Matilde ein paar Brocken des Gesprächs aufgeschnappt: »Soll er sich meinetwegen eine Mätresse halten: Aber mit meinem Geld, das ist der Gipfel, der Gipfel …« Angelica kam mit tränennassen Augen ins Wohnzimmer zurück.

»Ich erzähle es dir später, Matilde«, entschuldigte sie sich beim Gehen. »Es ist mir sehr unangenehm, darüber sprechen zu müssen.«

»Du wirst sehen, alles wird wieder gut«, tröstete sie die Freundin.

Doch nichts wurde wieder gut. In den Monaten, die folgten, durchlitt Angelica erneut jene düstere und unglückselige Zeit nach dem Ende der Beziehung zu Attilio.

Der Winter wollte gar nicht aufhören. Nur selten verließen sie Mailand. Antonia reiste nicht gern bei dieser Kälte. An Allerheiligen besuchten sie das Dorf und weinten am Grab des kleinen Milietto.

Doch mit niemandem im Dorf konnte Angelica ihren Schmerz teilen, der dadurch nur noch schwerer auf ihr lastete. Voller Ungeduld erwartete sie die Begegnung mit Lotti, der einzigen, der sie ihr Herz ausschütten konnte.

Innocente hatte in der Bank alles so geregelt, wie Angelica es gewünscht hatte. Doch er empfand dem Schwiegersohn gegenüber nicht die gebotene Verachtung. Nach seiner Überzeugung wog für einen Mann die fleischliche Sünde weniger schwer als beispielsweise Diebstahl. Und im übrigen hatte sich Manenti ihm gegenüber stets respektvoll und wohlerzogen verhalten.

Da Manenti wenigstens für einen gelegentlichen Aperitif und für die Zeitung ein bißchen Geld brauchte, wandte er sich an Ziliani um Hilfe. Und so führte er in diesem Winter im Auftrag von Künstleragenturen Verhandlungen mit Künstlern, und in einigen Fällen gelang es ihm sogar, junge Sänger unter Vertrag zu nehmen. Ende Mai 1940 kehrte er ins Dorf zurück und verbrachte wie ehedem seine Tage von morgens bis abends in der Jagdhütte. Angelica dagegen litt sehr. Zwar gelang es ihr, die Eifersucht auf Manenti und seine Geliebte zu unterdrücken, doch konnte sie den Verdacht nicht loswerden, daß sich in der Jagdhütte unschickliche Dinge abspielten.

Ein niederschmetternder Zustand, zumal sie, wenn sie das Haus verließ, eine freundliche Miene machen und liebenswürdig nach allen Seiten grüßen mußte, damit niemand Verdacht schöpfte.

Dann fand sie Trost in dem Büchlein, das ihr Lotti geschenkt hatte und das sie immer häufiger zur Hand nahm: »Die Unruhe ist nach der Sünde das größte Übel, das eine Seele treffen kann. Wie Bürgerkriege und Aufstände einen Staat ruinieren und so schwächen, daß er einem Feind von außen keinen Widerstand mehr zu leisten vermag, so verliert auch die Seele durch Verwirrung und Unruhe die Kraft, bereits erworbene Tugenden zu bewahren, und damit auch die Fähigkeit, den Versuchungen des Feindes zu widerstehen, der dann sehr eifrig bemüht ist, in diesen aufgewühlten Wassern zu fischen … Prüfe dich täglich mehrmals, wenigstens am Morgen und am Abend, ob du deine Seele in der Hand hast oder ob irgendeine Leidenschaft oder Unruhe sie deiner Kontrolle entzogen hat … Führe dein Herz ganz behutsam in die Gegenwart Gottes zurück!«

Sie blickte auf: Es stimmt, dachte sie, ich habe die Kontrolle über mich, über mein Herz verloren, und ich vergesse auch unseren Herrn. Über all diesen guten Vorsätzen schlief sie ein.

Doch die guten Ratschläge, und seien es die eines Franz von Sales, waren für die praktisch denkende Angelica letztlich nur ein schwacher Trost. Obwohl sie mit größerem Eifer als bisher die Messe besuchte und die Sakramente empfing, fühlte sie sich weiterhin wie ein schwankendes Schiff, das von den Wellen hin und her geworfen wird. Tag und Nacht war sie auf der Hut, kontrollierte sich und bewahrte die Fassung. So daß sie Mitte Juni 1940 kaum bemerkte, daß Italien tatsächlich in den Krieg eingetreten war.

116

Ende April des Jahres 1943 erfüllte sich ein langgehegter Traum Marangonis: Lotti sang in der Scala den Sopranpart der Minnie. Schon Monate vorher hing der Programmzettel aus. Und jedesmal wenn Lotti und Marangoni dort vorbeigingen, blieben sie unauffällig stehen und betrachteten das Plakat: *La fanciulla del West, Das Mädchen aus dem goldenen Westen* von Giacomo Puccini, und der Name der Sopranistin war besonders hervorgehoben.

Nur widerstrebend hatte sich Marangoni dazu entschlossen, seine Beziehungen spielen zu lassen, wie in Mailand gang und gäbe. Seine Mitgliedschaft in der Partei betrachtete er als rein idealistisch. Und doch war er aus Liebe zu Lotti von seinen Prinzipien abgewichen. Lotti, inzwischen vierzig Jahre alt, war zwar eine begabte Künstlerin, trat dennoch aber nur auf Provinzbühnen auf, was ihr Ehemann und Manager als himmelschreiende Ungerechtigkeit und Herabwürdigung empfand. Daher hatte sich Marangoni zu diesem Schritt entschlossen: Er besuchte seinen einflußreichen Freund Parenti. Und er sollte es nicht bereuen, denn siehe da: Plötzlich tauchte Lottis Name auf den Plakaten der Scala auf. Ihr verriet er natürlich nicht, wie das Wunder zustande gekommen war, und auch den Namen des Verbandsführers erwähnte er nicht. Das Künstlerkomitee, so erklärte er ihr, habe ihn vorgeladen und ihm ein Angebot gemacht. Und Lottis sprühende Begeisterung hatte ihm die Demütigung tausendfach vergolten.

Trotz ihres Alters hatte es Lotti geschafft, die Reinheit und jugendliche Energie des amerikanischen Mädchens, die sich in einen Banditen verliebt, auf der Bühne glaubwürdig darzustellen. Am Tag nach der Premiere schrieb ein Kritiker von der ›jungen Sopranistin Lotti Dago Marangoni‹; ein anderer verglich sie mit der Poli Randaccio, die im Jahr 1911 die Rolle des Mädchens aus dem Westen beispielhaft verkörpert hatte.

Lotti feierte ihren Erfolg im Bagutta im engsten Freundeskreis, zu dem selbstverständlich auch Angelica und Manenti gehörten. Und obwohl kriegsbedingt die Beleuchtung spärlich, Fenster und Türen verdunkelt und die berühmte toskanische Küche des Lokals auf feine Grundzutaten wie Chianina-Rindfleisch und frisch gepreßtes Olivenöl verzichten mußte, tat dies der Stimmung und Fröhlichkeit keinen Abbruch.

Es gab Bohnen-Schwarzkohlsuppe, Kartoffel-Thunfischsalat und Brottorte mit Trauben und Mandeln. Die Lebensmittelrationierung in Mailand erlaubte keine ausschweifenden Genüsse. Und am Ende wurde natürlich gesungen.

Manenti, der seit jenem Unglückstag Zurückhaltung und Demut an den Tag legte, klopfte mit den Fingern den Takt auf die Tischplatte. Angelica spürte, wie er sich danach sehnte, in den Gesang der vom Glück begünstigteren Freunde einzustimmen. Statt dessen mußte er sich aber damit begnügen, halblaut mitzusingen.

Für Lotti und Marangoni war dies einer der schönsten Tage ihres Lebens. Sie gingen zu Fuß nach Hause zurück, durch das Viertel San Babila und das Zentrum. Manenti und Ziliani unterhielten sich gedämpft über das Kino und über den Schauspielerberuf. Zilianis großartige Karriere in Deutschland als Übersetzer italienischer Musikfilme war durch seine Repatriierung jäh unterbrochen worden. Seit ein paar Jahren fristete er sein Leben mit spärlichen Aufträgen der italienischen Filmindustrie Cinecittà.

Wachposten des nationalen Luftschutzvereins Unpa

durchstreiften als düstere Gestalten die Stadt und stellten sicher, daß aus den Häusern und den wenigen Cafés, die zu dieser Stunde noch geöffnet hatten, kein Licht nach außen drang. Die Straßen waren stockfinster. Aber auf dem Domplatz leuchtete der Mond am bestirnten Firmament und brachte die Silhouetten der zahllosen Spitztürmchen des Doms eindrucksvoll zur Geltung.

Hätte es die an die Häuserwände gemalten Hinweiszeichen auf die Luftschutzkeller nicht gegeben, die Richtungspfeile, die an den Kreuzungen installierten Sirenen – der Krieg wäre in jener Nacht so weit entfernt und so irreal gewesen wie nie.

Die laue Luft ließ den bevorstehenden Sommer erahnen, und die Reise ins Dorf für Ende Juni, das Patronatsfest, war fest eingeplant.

Als es soweit war, packte Angelica ihre Koffer, und sie packte viel ein, vor allem Kleider. Seit ein paar Jahren achtete sie mit größerer Sorgfalt auf ihre äußere Erscheinung – eine Gewohnheit, die auf die kurze Zeit der ehelichen Harmonie mit Manenti zurückging: Sie zupfte sich die Augenbrauen, färbte sich die Haare, die sie sich zu einem Pagenkopf hatte schneiden lassen, mahagonibraun, malte sich die Lippen rot an und lackierte sich die Fingernägel. Auch nachdem sie entdeckt hatte, daß sie von ihrem Mann hintergangen worden war, machte sie täglich vor dem Frisiertischchen mechanisch die gewohnte Toilette.

Während sich Netta mit Bastiano auf dem Treppenabsatz unterhielt, blieb Angelica noch einen Augenblick an der Tür stehen, bevor sie absperrte. Über Sessel und Sofa hatten sie weiße Tücher gebreitet; die Möbel und Regale waren leer, denn das feine Porzellan und das Silberbesteck Paolos hatten sie im Büffet, die Teppiche, die Wäsche und die Winterkleider zwischen Lavendel und Kampfer im Schrank aufbewahrt.

Das bißchen Goldschmuck, das Angelica besaß, nahm sie mit, wenn sie ins Dorf fuhr. Vasen, Gefäße und Statuen, das silberne Tee- und Kaffeeservice waren in einer großen Kiste verstaut und wurde nur zu bestimmten Gelegenheiten herausgeholt. Plötzlich fiel Angelica etwas ein.

»Bastiano! Komm doch bitte einen Augenblick herauf«, rief sie nach unten.

Trotz seiner Prothese hatte Bastiano keine großen Schwierigkeiten, sich zu bewegen, doch er zog sichtlich das Bein nach, einmal mehr, einmal weniger, je nach Jahreszeit, Luftfeuchtigkeit und Allgemeinbefinden.

»Diese Kiste … kannst du sie tragen? Sie ist schwer. Ich möchte sie gerne in den Keller stellen.«

Es erschien ihr eine gute Idee, die wertvollen Sachen im Holzverschlag im Keller aufzubewahren. Sie in der Wohnung zu lassen, erschien ihr allzu gewagt: Es war das dritte Kriegsjahr. In Mailand wimmelte es von Dieben und Räubern, die vor allem im Sommer ihr Unwesen trieben. Dann kehrte sie noch einmal in die Wohnung zurück und holte ihren weißen Sonnenschirm. In der Villa würde sie ihn gut gebrauchen können. Sie steckte den Schlüssel ins Schloß und sperrte die Tür ab, nachdem sie mit einem letzten Blick die Wohnung inspiziert hatte.

117

Mit dem herannahenden Sommer besserte sich auch Innocentes Laune. Endlich kam Leben in sein Haus. Doch wußte er auch, daß Netta einen Großteil ihrer Zeit bei Natalina verbringen würde, deren Schwiegertochter Marta eine Tochter zur Welt gebracht hatte. Sofia war Giorgino wie aus dem Gesicht geschnitten; wie ihr Vater war sie ein unruhiges Kind, das seinen Willen zu behaupten verstand, und im Alter von zehn Monaten machte sie schon die ersten Schritte. Angelica, die morgens gern noch ein wenig länger schlief, stand auf, wenn Innocente längst zu seinem Rundgang ins Dorf und in sein Jagdrevier aufgebrochen war.

Manenti brach ebenfalls früh mit dem Fahrrad auf und

verbrachte den ganzen Tag, bei schönen wie bei schlechtem Wetter, in der Jagdhütte. Zuweilen fragte sich Angelica, was zum Teufel er denn da trieb. Und sie notierte in ihr Tagebuch: »M. gestern abend bei Einbruch der Dunkelheit zurückgekehrt. In äußerst fröhlicher Stimmung. Hat er Besuch gehabt?«

Zweifel nagten an ihrem Herzen, obwohl ihr diese Möglichkeit als etwas ungeheuer Infames erschienen wäre, das ihr letztlich unvorstellbar war. Es sprach sich aber herum – was weder Angelica noch die anderen Bewohner der Villa erfuhren –, daß Manenti eine Ladung trockenes Brennholz an eine geheime Adresse in Mailand hatte schaffen lassen. Doch wer konnte sicher sein, daß diese Geschichte nicht erfunden war? Auch Bastiano, der Angelicas Ehemann gern in ein schlechtes Licht stellte, wäre in der Lage gewesen, so skrupellos zu lügen.

An Bastiano waren die vergangenen Jahre nicht spurlos vorübergegangen: Äußerlich und vor allem charakterlich hatte er sich stark verändert, und schuld daran war nicht zuletzt die Tatsache, daß er gerne dem Alkohol zusprach. Angelica fand ihn zuweilen unerträglich. Die Feindseligkeit Bastianos gegenüber Manenti hatte sie anfangs amüsiert, zumal er ihr gegenüber eine unterwürfige und respektvolle Haltung an den Tag legte. Doch das war seit einiger Zeit anders. Fast schien es, als wisse er um das unwürdige Verhalten ihres Mannes und fühle sich befugt, ihr auf seine derbe Art Trost zuzusprechen: indem er ihr zuzwinkerte und geheimnisvolle Zeichen des Einverständnisses machte, ja sogar ihre Schultern oder ihren Arm berührte.

Angelica hatte ihn schroff zurechtweisen müssen. Seither ließ er sich bei Signora Luigina über Manenti aus, wenn er ihr beim Rasenmähen oder im Garten half.

Aus all diesen Gründen war die Villa die meiste Zeit über öd und leer. Zu den Essenszeiten versammelten sich dann alle Bewohner um den Tisch. Amabiles Kochkünste hatten sich weiter verschlechtert, nachdem ihr der Arzt im Hinblick auf Innocente empfohlen hatte: »'Mabile, sei sparsam mit der Butter! Kein Schweinefleisch und keine

Gans mehr … und auch keine Wurst!« Und so bereitete sie Nudeln mit faden Soßen, dünne Suppen und verkochtes Gemüse.

Innocente hatte sich damit abgefunden, desgleichen Angelica und Antonietta. Für Manenti allerdings war das kärgliche Essen schlechtweg ein Graus. Wenigstens zu Mittag kochte er sich am Herd in der Jagdhütte eine Fleischsauce, wie man sie in seiner Heimat zu machen pflegte, und er sehnte sich nach den dicken breiten Bandnudeln, die seine Mutter mindestens zweimal pro Woche frisch zubereitete. Angelica konnte nicht einmal ein Ei braten – und Nives war im übrigen auch keine Kochkünstlerin. Seine Beziehung zu ihr hatte Manenti nie abgebrochen. Im Winter traf er sich mit ihr in Mailand, im Sommer besuchte sie ihn in der Jagdhütte. Nives, die im Laufe der Jahre ein paar Kilo zugelegt hatte, fuhr mit dem Überlandbus, darauf achtend, nicht erkannt zu werden. Mit gesenktem Kopf, das Kopftuch, das ihr blondes Haar verbarg, tief ins Gesicht gezogen, gab sie sich den Anschein einer gewöhnlichen Bäuerin. Im Jahr 1939 hatte sie ihr Porträtphoto für einem Wettbewerb einer bekannten Zahnpastamarke eingeschickt, mit dem Erfolg, daß ihr Gesicht bald darauf im ›Tempo‹ veröffentlicht worden war. Stolz riskierte es Manenti, den Zeitungsausschnitt mit Nives im Futter einer alten Tasche aufzubewahren, die er immer mit sich herumtrug, um Butter, Wurst, Eier und andere Köstlichkeiten von den Bauern zu kaufen und bei seiner Rückkehr in die Stadt mitzunehmen.

Nives stieg nicht im Dorf aus, sondern erst an der darauffolgenden Haltestelle, und ging zügig, aber umsichtig auf den Feld- und Waldwegen zur Hütte. Den flinken Augen der Bauern entging sie nicht, aber niemand konnte je sagen, er hätte sie in flagranti ertappt und sie die Jagdhütte betreten sehen. Nachdem Türen und Fenster verriegelt waren, begann Nives wie ein Täubchen zu gurren: »Fredo! Fredo!« – was genügte, um Manenti auf Touren zu bringen. Und die Zeit verging wie im Flug. In Anwesenheit der Nives konnte Alfredo sogar auf das Essen verzichten … Doch bald schon wurde es dunkel, und die Nives mußte aufbrechen, um den letzten Bus in die Stadt zu erreichen. Im Gehen rief sie ihm nach, wann sie wiederkäme.

Nach einer dieser Zusammenkünfte radelte Manenti wie üblich ins Dorf zurück und traf unterwegs mit seiner Schwiegermutter und Angelica zusammen, die eben aus Martas Haus traten. Angelica konnte sich diesmal nicht beherrschen: »Jetzt erst kommst du aus dem Wald nach Hause? Was zum Teufel treibst du da eigentlich den ganzen Tag allein?«

Schlagfertig gab Alfredo zurück: »Ich habe jedes Zeitgefühl verloren, so vertieft war ich in die Lektüre ...« Und er nahm das Buch vom Gepäckträger, das er tatsächlich gerade las: »Ich lese gern etwas zu meiner Weiterbildung, während ich an der frischen Luft bin. Ist doch besser als in der Osteria zu sitzen und dummes Zeug zu schwätzen, oder etwa nicht?«

Angelica fixierte ihn skeptisch, doch Manenti hielt dem Blick stand. Da nahm sie sich vor, in Zukunft nicht mehr so mißtrauisch zu sein. Und gemeinsam setzten sie ihren Weg zur Villa fort.

Auch in diesem Jahr meldete sich der Sommer mit Macht zurück. Doch das Dorf schien durch die äußeren Ereignisse wie in Lethargie verfallen zu sein. Zwar gab es hier keine Luftangriffe wie in der Stadt, doch das Dorf war von Männern entvölkert. Wie im letzten Krieg, den man den ›großen‹ nannte.

Die Männer, die nicht an die Front mußten, hatten doppelt so viel zu tun wie zuvor. Es gab wenig zu essen, und Lebensmittel waren nur auf Karten zu haben. Man mußte mit dem Fahrrad nach Cerano fahren, um von den Bauern Reis, Mehl und Wurst zu kaufen. Eier und Butter dagegen waren im Dorf reichlich vorhanden. In den Gärten baute man Gemüse und vor allem Kartoffeln an. Der Reisanbau war bereits vor Jahren aufgegeben worden, da der trockene Boden die Mühe nicht lohnte.

Im dritten Kriegsjahr schwand die Bereitschaft der Frauen, diese Entbehrungen weiter zu ertragen. Battistina und andere Frauen ihres Alters erinnerten daran, daß im Jahr 1915 die Frauen ihr Schicksal tapfer und ergeben ertrugen: die Seidenraupenzucht und die Arbeit in der Spinnerei, die Aussaat des Getreides und dann die Ernte ... Die Kräftigeren hatten das Heu auf den Wagen geladen und die Pferde gelenkt. Jetzt waren die Frauen zu solchen Opfern nicht mehr bereit, nicht für Gott und noch viel weniger für das Regime. Und doch waren es dieselben Frauen, die im Dezember 1939 an der Kampagne ›Gold fürs Vaterland‹ teilnahmen und vor dem Altar in der Kirche Schlange standen, um ihren Trauring in einen Korb zu werfen – klaglos, wenigstens nach außen.

Mehr als fünf Jahre später scheuten sich dieselben Frauen nicht, dem Regime ihre Loyalität aufzukündigen. Am öffentlichen Waschplatz tauschten sie bittere Bemerkungen aus, und nicht selten wünschten sie *ihm*, er solle zur Hölle fahren.

Abends in der Osteria fanden die Reden von Pino Raupenfresser, von dessen Sohn und auch von Eros, der mit Libera und seinen drei Kindern bisweilen ins Dorf kam, um die Schwiegereltern zu besuchen, großen Anklang. Der ›Federterra‹ war gestorben, und Pietro war zu alt, um noch wie einst mit seinen, wie Innocente sagte, respektlosen und boshaften Reden die Gemüter zu erhitzen.

Ende Juli brach eine Hitzewelle über das Land herein. Von der Mittagszeit bis zum Abend waren die Straßen im Dorf wie leergefegt. Innocente saß dann unter seinem kühlen Portikus, während die Frauen sich in ihre Zimmer zurückzogen und Manenti sich wie üblich im Wald aufhielt.

Eines Tages erscholl auf der Piazza ein fast unmenschliches Gebrüll. Einer aus dem Dorf, der in Mailand arbeitete, sprang vom Fahrrad und rief: »Der Duce ist abgesetzt! Sie haben ihn ins Gefängnis gesteckt!«

Zuerst streckten die wenigen Alten die Köpfe aus der Osteria. Boccioni, der nach Feierabend im Freizeitwerk Karten spielte, hastete herbei, noch bevor sich eine größere Menschenmenge auf der Piazza versammelt hatte. Mit gerunzelter Stirn lauschte er, was der Arbeiter atemlos zu berichten hatte. Die unglaubliche Nachricht hatte er in seiner Firma im Radio gehört: Der Duce des Faschismus war von Carabinieri in Gewahrsam genommen und in eine Kaserne in der Hauptstadt abgeführt worden.

Als Bürgermeister und politischer Sekretär lief Boccioni zum Rathaus, um Befehle zu erteilen, die Menschenansammlungen verhinderten. Alle öffentlichen Gebäude des Dorfes, auch Bäckereien, Lebensmittelgeschäfte und staatliche Monopolbetriebe sollten geschlossen werden. Verunsichert blieb den Ladeninhabern nichts anderes übrig, als diesem Befehl Folge zu leisten. Aber inzwischen hatten sich auf der Piazza viele Menschen versammelt. Und es wurden immer mehr. Die Nachricht verbreitete sich wie ein Lauffeuer.

Agostino, Pinos Sohn, holte einen Stuhl aus der Kirche und stellte sich darauf, mitten auf dem Kirchplatz. Mit den Armen fuchtelnd, bat er um Ruhe.

»Freunde! Dorfbewohner!« Zunächst mußte er noch brüllen, um sich Gehör zu verschaffen, doch bald konnte er mit normaler Stimme weitersprechen: »Seht ihr? Man hat die Schenken und die Läden geschlossen: Das ist die Freiheit, die man uns zugesteht! Wo wir doch so viele Möglichkeiten zur Entspannung und Zerstreuung haben!« Jemand lachte.

Agostino fuhr fort: »Genossen, da gibt es nichts zu lachen! So viele Jahre habt ihr alles gegeben, sogar euer Leben. Und für wen? Was hat uns der Faschismus gebracht? Nichts! Eine Handvoll Kalk, um die Häuserwände zu tünchen, mehr nicht. Die Kinder müssen im Narrenkostüm in Reih und Glied marschieren, *sciùra* Adelaide macht mit ihnen Turnübungen im Freien! Aber es gibt keinen Duce mehr! Der Faschismus ist erledigt! Jetzt aber wird endlich dieser schmutzige Krieg ein Ende haben, an dem er allein die Schuld trägt. Genossen, auf ins Rathaus! Ins Rathaus!«

Boccioni hatte im Rathaus Türen und Fenster verriegeln lassen, doch als er die Menschenmenge kommen sah, erschien es ihm sinnlos und dumm, Widerstand zu leisten. Daher fügte er sich und unterzeichnete die Rücknahme der verfügten Befehle.

Das Blatt mit Boccionis Unterschrift schwenkend, führte Agostino die aufgeregte Menge an, die die Osterien stürmte und Gläser, Karaffen und Tassen mit Wein füllte. In wirrem Jubelgetöse wurde ausgelassen getrunken und gegrölt.

Mussolinis Bild in der faschistischen Parteisektion wurde heruntergerissen und auf die Straße geworfen, die Räume des Fascio wurden gestürmt, Regale umgestoßen, Stühle, Uniformen, Bücher und Akten aus dem Fenster geschleudert. Nur das Radio, damals noch ein wertvolles und seltenes Objekt, blieb verschont. Aus der Schublade eines Schreibtisches verschwand Boccionis geladene Pistole, und auch den Kohlensack schleppte man fort.

In den folgenden Tagen, in denen Innocente für Ruhe und Ordnung sorgte, wurden die Waffe und auch der Kohlensack sichergestellt, der dem von Nonnen geleiteten Kindergarten zum Geschenk gemacht wurde. Doch konnte Innocente nicht verhindern, daß Boccioni auf der Flucht nach Legnano aufgegriffen und gefangengenommen wurde.

Der Sekretär der Faschistischen Partei war kein junger Mann mehr, und auch in Anbetracht der Tatsache, daß er als Direktor der Weberei vielen Dorfbewohnern Arbeit gab, wurde er lediglich in einem Schulraum gesperrt, den ein junger Bursche bewachte. Außer seiner politischen Überzeugung und seiner Schwäche für Frauen mit dem Namen Rosa hatte man ihm nichts vorzuwerfen.

Innocente besprach sich am Abend lange mit Domenico, der den ganzen Tag das Haus nicht verlassen hatte, und mit Giorgino, der früher als sonst aus dem Büro zurückgekehrt war, verstört und überrascht von dem, was er über das Schicksal des Duce gehört hatte.

»Dummköpfe! Einfaltspinsel!« murmelte Innocente angewidert. Und in der Tat verlief die Sache nicht so glatt, wie die von Agostino aufgewiegelte Menge geglaubt hatte. Der Gemeindesekretär hatte die Carabinieri rufen lassen, ihnen seine Version der Ereignisse vorgetragen und die Unruhestifter als Anarchisten und Kriminelle bezeichnet, von denen wenigstens acht oder neun verhaftet werden sollten. Und er nannte Namen.

Die Carabinieri gingen von Haus zu Haus, um die Rädelsführer aufzugreifen. Das Grüppchen wurde auf der Piazza zusammengeführt, und der Maresciallo ließ sie auf einen Karren laden. In diesem Augenblick kam Innocente hinzu und grüßte, ohne sich den weißen Leinenhut vom Kopf zu nehmen. »Meine Hochachtung! Was ist denn das für eine Geschichte? Was geht hier vor? Diese Männer« – dabei zeigte er auf jeden einzelnen und nannte dessen Vor- und Familiennamen – »kenne ich allesamt persönlich. Was haben sie getan?«

»*Signò.*« Der Maresciallo betupfte sich ungeduldig die Stirn. »Lassen Sie mich meine Arbeit tun und halten Sie mich nicht auf. Es sind unselige Tage, wir müßten überall gleichzeitig sein. Ein Unglück!«

»Einen Augenblick!« Ohne den Ton zu wechseln, legte Innocente die Autorität eines Mannes in seine Stimme, der gewohnt ist, daß man ihm gehorcht. »Diese Männer hier sind doch keine Schweine oder Hühner, die man auf einen Karren verlädt. Sie kennen mich, Maresciallo, Sie wissen, wer ich bin. Ich war fünfzehn Jahre lang Bürgermeister dieses Dorfes, ich bin ein Freund des Verbandsführers Parenti … Ich weiß, was ich tue, und ich stehe dafür ein. Und ich ersuche Sie, diese Leute auf freien Fuß zu setzen. Sie wissen, wie viele Männer aus dem Dorf an der Front sind. Wollen wir dem Dorf denn noch mehr Arbeitskräfte entziehen? Und weshalb? Wegen ein paar zerschlagener Möbelstücke? Die Hitze, der Wein, deshalb kam es zu diesen Ausschreitungen … Und im übrigen: Kennen Sie denn Augenzeugen, die bereit sind, die Erklärungen des Kommunalsekretärs zu bestätigen?«

Natürlich gab sich der Maresciallo nicht sofort geschlagen. Es folgte eine langwierige Debatte, ein Hin und Her, und bald hatte sich ein Grüppchen von Zuhörern versammelt: Verwandte der Beschuldigten oder einfach Schaulustige.

Niemand schien sich von dem Regen stören zu lassen, der plötzlich einsetzte. Nach der brütenden Hitze war es eine Wohltat, das frische Naß auf dem Gesicht zu spüren. Als Innocente, vom Streit erhitzt, sich den feuchten Hut vom Kopf nahm, lief eine Frau ins Haus und holte einen Regenschirm, den sie schützend über den alten Bürgermeister hielt.

Am Ende schüttelte der Maresciallo seufzend den Kopf und gab nach. In seinem südlichen Dialekt fluchend und schimpfend, stieg aufs Fahrrad. Sein Trupp verschwand mit ihm. Die Verhafteten konnten aufatmen.

Dann brach ein stürmischer Beifall los. Eltern und Brüder der Verhafteten eilten herbei, um ihre Lieben in die Arme zu schließen. Innocente wurde mit Dank und Lob überschüttet, und manche Frauen wischten sich Tränen aus den Augen. Cecco, der seinen Enkel Agostino nach Hause brachte, murmelte ein Dankeschön zwischen den Zähnen. Innocente machte ein finsteres Gesicht.

»Flegel! Dummköpfe!« schimpfte er. »Das habe ich nur für eure bedauernswerten Familien getan! Nicht für euch!«

Zu Hause erwarteten ihn Angelica und Netta voller Sorge. Auch Giorgino war da, der ihm aufgeregt entgegenkam.

»Später, später«, murmelte Innocente. Und während er die Treppe hinaufging, rief er nach Amabile, ihm zu helfen, sich umzuziehen. Er fühlte sich naß bis auf die Knochen, und in seinem erschöpften Zustand war er nicht einmal mehr fähig, sich die Jacke aufzuknöpfen.

118

Juli 1943 glaubten viele Italiener, darunter auch Agostino und andere Dorfbewohner, daß der Faschismus am Ende sei und nach dem Votum im Großen Rat auch das Ende des Kriegs unmittelbar bevorstünde. Doch mit ungeheurer Wahnwitzigkeit ging statt dessen alles seinen gewohnten Gang.

In jener Zeit wurde Matilde die Bedienung des Funkpeilers übertragen – eine schwierige und verantwortungsvolle Aufgabe, die Konzentration, Ruhe und innere Stärke erforderte. Das hochempfindliche und komplizierte Gerät war in einer Baracke abseits der Flugpisten untergebracht und diente dazu, den Flugzeugen bei Nacht und Nebel Landungsanweisungen zu geben.

Matilde hatte keinen einzigen freien Tag mehr, weder Sonntage noch Urlaub. Häufig war sie zum Nachtdienst eingeteilt. Zum Glück waren Anfang August ihre Eltern Carlo und Lucina mit Giulia ins Dorf gereist. Sie wohnten bei Tante Luigina, die glücklich war, sie als Gäste bei sich aufnehmen zu dürfen. Allein in Mailand, konnte Matilde wieder aufatmen; zumindest aber war sie beruhigt, was ihre Familie betraf.

Auch in jener Nacht hatte sie Dienst.

»Alles ruhig?« fragte sie die Kollegin. Am nächtlichen Augusthimmel blinkten tausend Sterne; so richtig zum Träumen, dachte Matilde. Schweren Herzens betrat sie den Stahlbunker, in dem die Luft erstickend lastete.

»Möchtest du?« Matilde bot ihrer Kollegin einen Apfel an. In diesem Augenblick ertönten die Sirenen.

»Sie kommen«, flüsterte Matilde. Die andere nickte schläfrig.

Doch bald wurde klar, daß es sich hier nicht um eines der üblichen kleinen Scharmützel handelte. Von der Türschwelle aus betrachteten die beiden Frauen mit vor Schreck weit aufgerissenen Augen das Inferno, das über Mailand hereinbrach. Über der Stadt sahen sie eine Lichtkuppel, die von Raketenblitzen durchzuckt wurde, von surrenden viermotorigen Flugzeugen und den Flugbahnen der Bomben. Ein dumpfer ohrenbetäubender Lärm schien aus dem Innern der Erde aufzusteigen.

Gegenüber diesem massiven Luftangriff erschien die italienische Flugabwehrartillerie wie ein Kinderspielzeug. Schon waren die ersten Brandherde in der Stadt auszumachen. Matilde trat mit einer Fliegerdecke auf dem Kopf heraus und lief zu den Funkgeräten. Der Funkraum mit seinen großen Fenstern bebte und zuckte. Durch die Luft sirrende Bombensplitter zertrümmerten Fensterscheiben, Regale und Lampen.

Im tosenden Lärm über das Gerät gebeugt, übermittelte Matilde die Funksignale. Sie verspürte das dringende Bedürfnis, auf die Toilette zu gehen, blieb aber wie erstarrt auf ihrem Platz sitzen. Im Morgengrauen ließen die Luftangriffe nach, eine dichte Gas- und Staubwolke stand am Himmel. Jetzt erst wagte sie es, einen Augenblick das Funkgerät zu verlassen. Sie trat nach draußen und blickte, starr vor Schreck, auf die Stadt. Auch viele Flieger standen schweigend da. Ein Militärtransporter brachte die neuesten Nachrichten: Die Stadt war stark zerstört, der Bahnhof hatte bereits nach der ersten Angriffswelle in Flammen gestanden. In ganz Mailand war kein Stein auf dem anderen geblieben …

»Du wirst am Telefon verlangt«, rief jemand Matilde zu. Es war Giacomo. Er schluchzte hemmungslos. »Ja, ja, mir geht es gut. Ich weiß nicht … unser Haus, wie kann ich es erfahren? Ja, ich weiß, Gigia ist dort … Ich glaube, jetzt kann ich los. Sei beruhigt, hier ist nichts passiert. Sag im Dorf Bescheid, daß alles in Ordnung ist. Sie sollen sich bloß keine Sorgen machen. Ich komme!«

Auf dem Nachhauseweg befiel Matilde Furcht vor dem Anblick, der sich ihr bieten würde, gleichzeitig aber empfand sie Haß angesichts der hellen Staubwolken, die über dem Horizont hingen.

»Diese Schweine! Diese verdammten Schweine!« preßte sie zwischen den Zähnen hervor. Sie radelte, so schnell sie konnte, und kaum spürte sie die Anstrengung.

An der Porta Vittoria bot sich ihr der verheerende Anblick des zerstörten Mailands. Sanitätswagen fuhren mit Sirenengeheul an ihr vorbei, Verwundete wurden weggeschafft, die Menschen liefen aufgeregt durcheinander, andere waren stumm und wie gelähmt.

Matilde stieg vom Fahrrad, das sie vorsichtig anhob, um die Reifen nicht zu beschädigen. Sie kam nur langsam vorwärts, doch sie fand nicht den Mut stehenzubleiben und zu fragen: »Und das Zentrum? Die Via De Amicis?«

Schließlich gelangte sie an ihr Ziel. Die Stadtlandschaft war derart verändert, daß sie Mühe hatte, ihr Haus zu finden. Es war rußgeschwärzt, doch es stand noch. Ihr Blick irrte umher auf der Suche nach bekannten Gesichtern. »Gigia! Gigia!« schrie sie mit aller Kraft.

Bis auf die Feuerwehrleute, die alle Hände voll zu tun hatten, schien das Viertel menschenleer. Im Haus kam sie nur bis zur dritten Treppenstufe. Balken, Geländer, Stein- und Geröllhaufen versperrten den Aufgang. Verzweifelt blickte sie um sich.

»Matildina!« drang plötzlich die Stimme ihrer alten Hausangestellten an ihr Ohr. Gigia lugte aus der Portiersloge des gegenüberliegenden Hauses, das unversehrt war. Sie umarmten sich. »Wie gut, daß du hier bist, daß du am Leben bist!« schluchzte Matilde. Dann fuhr sie in nüchternem Ton fort: »Hast du den Koffer mitgenommen? Und ein paar Kopfkissenbezüge. Tüchtig! Du bist ein Schatz, Gigia!«

Die Alte ließ jetzt ihren Tränen freien Lauf. Während der sich überstürzenden Ereignisse der vergangenen Nacht war Gigia überzeugt gewesen, Matilde befände sich noch im Haus. Außer sich vor Angst, hatte sie immer wieder ihren Namen gerufen. Nun konnte sie es kaum glauben, daß sie am Leben war und hier vor ihr stand.

»Jetzt komm schon, Gigia, ich bin am Leben! Los, zwick mich in den Arm!«

Matilde sah hinauf, um den Zustand des Hauses genauer in Augenschein zu nehmen. Auf dem Dach schwelte ein Brand, im dritten Stock, wo sich ihre Wohnung befand, waren die Fensterscheiben zwar zerbrochen, das Gemäuer schien aber noch intakt.

»Du bleibst schön hier stehen«, befahl sie der Alten.

Dann ging sie auf den Mann zu, der den Feuerwehrleuten Anweisungen zu erteilen schien. Gigia sah sie gestikulieren und auf die Fenster ihrer Wohnung zeigen. Zunächst schüttelte der Kommandant den Kopf, dann aber gab er widerstrebend nach und rief einen Trupp herbei.

Eine lange Feuerwehrleiter wurde herbeigeschafft, und Matilde kletterte hinter den Feuerwehrmännern hinauf bis zu einer Terrasse, von der aus man durch ein Fenster in die Wohnung einsteigen konnte. Während ein Feuerwehrmann einen Wasserstrahl auf die schwelende Hauswand richtete, kletterte ein anderer durch das Fenster in die Wohnung.

Schon im nächsten Augenblick regnete es Gegenstände aus dem Fenster.

»Gigia! Gigia!« rief Matilde. Ohne den Koffer abzustellen, lief die Alte herbei und brachte Kissen, Kleider, Mäntel, Wäsche in Sicherheit. Beinahe wäre sie von einer schweren Matratze getroffen worden.

Plötzlich ertönte ein Schrei: »Das Haus stürzt ein!« Im allerletzten Augenblick stieg der Feuerwehrmann aus dem Fenster nach draußen. Dann ein Donnern. Matilde schrie auf. Doch die Feuerwehrleute hatten sich flink in Sicherheit gebracht. Wie ein Kartenhaus stürzte das Gebäude in sich zusammen. »Gigia, hast du die Sachen?«

Die Alte zeigte auf die prall gefüllten Kissenbezüge. Erschöpft dankte Matilde den Feuerwehrleuten und schüttelte ihnen die Hände. »Das werde ich euch nie vergessen«, murmelte sie mit Tränen in den Augen. »Ich kann euch gar nicht genug danken. Ihr seid wahre, wahre … Helden!« Tief bewegt nahm der Kommandant dieses Lob entgegen.

Matilde ließ die kraftlose Gigia, den Koffer in der Hand, sich auf den Fahrradsattel setzen. Die Bündel mit den wenigen geretteten Habseligkeiten schnürte sie auf dem Gepäckträger fest.

Matilde war seit zwei Tagen auf den Beinen, doch trotz der enormen Anspannung verspürte sie keine Müdigkeit. Mit einer Hand hielt sie die Alte fest, mit der anderen schob sie das Fahrrad. Da Gigia unablässig jammerte, beschloß sie, einen Augenblick Rast zu machen. Sie waren inzwischen bei der Porta Vercellina angelangt. Matilde nahm die Alte an der Hand und führte sie wie ein kleines Kind zu einer grasbewachsenen leeren Fläche. Auch sie ließ sich erschöpft ins Gras fallen.

Das trübe Licht des Spätnachmittags wurde von dem

Staub verdunkelt, der wie ein feiner Nebelschleier in der Luft hing. Inmitten des geschäftigen Treibens blieb ein Mann in Uniform stehen und betrachtete mitleidsvoll die beiden Frauen.

»Ein hübscher Scherz, nicht wahr?« sagte er und blickte um sich. »*El nost Milàn* ..., unser Mailand.«

Matilde war zu erschöpft, um zu antworten oder zumindest eine verständnisvolle Geste zu machen. Sie zwang sich aufzustehen. »Los, Gigia, wir müssen weiter, bald wird es Nacht.«

Als sie in der Corso Vercelli einbogen, kam ihnen – welch ein Wunder! – die Trambahn entgegen. In diesem Augenblick blieb sie stehen und nahm wartende Fahrgäste auf. Als Matilde sah, daß sich der *Gamba de légn* erneut in Bewegung setzte, rief sie: »Halt! Stehenbleiben!«

Doch der Fahrer konnte sowieso nur mit stark gedrosselter Geschwindigkeit weiterfahren. An den Türen hingen Trauben von Menschen, sogar auf dem Dach hatten Leute Platz genommen.

»Der Zug ist voll, es gibt keinen Platz mehr«, rief ihr ein Fahrgast in feindseligem Ton zu.

»Wenigstens für diese arme Alte! Nehmt sie mit ... aus christlicher Nächstenliebe«, flehte Matilde. Die Tränen, die ihr über die Wangen strömten, hinterließen auf ihren schmutz- und rußverschmierten Wangen helle Rinnsale. Ihr Bitten half. Man packte Gigia um die Hüfte und lud sie ein, und schwerfällig setzte der Zug seinen Weg fort. Eine Weile fuhr Matilde mit dem Fahrrad nebenher und rief der Alten zu: »Steig an der gewohnten Haltestelle aus, ich werde dort sein und dich abholen. Dann gehen wir zu Tante Luigina, und du wirst in einem sauberen Bett schlafen. In Ordnung, Gigia?«

Schließlich ging jene Reise zu Ende, die Matilde als die unglaublichste ihres ganzen Lebens in Erinnerung behielt, und sie gelangten ins Dorf: Matilde, ihr Fahrrad neben dem Bauern herschiebend, den sie überredet hatte, die erschöpfte Gigia auf seinen Schubkarren zu verfrachten. Dieser karrte seine leichte Fracht vorwärts und bestürmte

Matilde mit neugierigen Fragen nach dem ›Feuerwerk‹, das in der Nacht am Himmel über Mailand zu sehen gewesen war. Gigia, den Koffer auf den Bauch gepreßt, hockte wie eine Elster im Schubkarren.

Inzwischen war es Nacht geworden. Sie waren angekommen, und der Bauer lud die Alte vor dem Haus Signora Luiginas ab. Unterwegs waren sie keiner Menschenseele begegnet. Auch im Haus rührte sich nichts. Luigina, ihr Bruder Carlo und ihre Schwägerin saßen nach den Abendessen im Garten und plauderten; Netta und Angelica waren zu Besuch gekommen, und Giulia war in der Laube und betrachtete den Mond. Etwas abseits saß Giacomo auf einem Liegestuhl und rauchte.

In diese Idylle brach Matilde ein wie ein Gespenst und machte ihrem Zorn und ihrer Erschöpfung Luft: »Da sitzt ihr, gemütlich, als ob nichts geschehen wäre! Ihr Feiglinge!«

Hocherfreut, sie zu sehen, sprangen Lucina und Giacomo auf und liefen ihr entgegen, stutzten aber, als sie sie in diesem Zustand sahen.

»Mama, was ist denn los?« Jetzt war auch Giulia aufgesprungen und sah sie fragend an: »Jetzt sag schon. Wir haben das Feuer, die Lichter gesehen ...«

Auch Angelica kam ängstlich näher. »Und mein Haus? Steht es noch?« Auf diese kaum hörbar gestellte Frage achtete Matilde nicht weiter.

»Ein hübsches Schauspiel, nicht? Habt ihr euch auch gut amüsiert?« rief Matilde außer sich. »Ein Feuerwerk, nicht wahr? Ein Inferno ...«

Erschöpft brach sie zusammen. Ohnmächtig sank sie ins Bett und fiel augenblicklich in einen tiefen bewußtlosen Schlaf.

Doch für Mailand sollte es noch schlimmer kommen. In jener Nacht wurden erneut alle Dorfbewohner aus dem Schlaf geschreckt. Sie liefen ans Fenster und auf den Balkon, um dem zweiten Akt der Tragödie beizuwohnen. Wieder loderte Feuer über der Stadt, und wieder fielen Bomben.

Giacomo strich Matilde übers Gesicht und flüsterte: »Geh einen Augenblick hinaus in den Garten; du wirst sehen, von hier aus ist es ein unglaubliches Schauspiel …«

»Ich habe genug gesehen«, murmelte sie, ohne die Augen zu öffnen. Der Ruß verklebte ihr die Augen. »Ich will für alle Ewigkeit hier liegen bleiben.«

Am nächsten Tag war sie jedoch schon in aller Frühe wieder auf den Beinen. Innocente, Battistina und die anderen erhielten knappe Auskünfte über den Bombenangriff, aber über die Wohnung in der Via Mazzini wußte Matilde Angelica nichts zu berichten.

»Heute abend. Wenn ich zurückkomme, weiß ich mehr.«

»Bist du von allen guten Geistern verlassen!« Doch da Giacomo merkte, daß der Entschluß seiner Frau unerschütterlich feststand, fügte er sich und begleitete sie. Sie stiegen auf den Wagen und setzten sich neben den Pferdekutscher, der sich bereit erklärt hatte, sie in die Stadt zu bringen.

»Mein Gott, so sieht also das Inferno aus …«, stammelte dieser, als sie am Ziel waren. Er hatte am Ersten Weltkrieg teilgenommen, doch eine derartige Verwüstung übertraf, wie er sagte, seine schlimmsten Erinnerungen. Sie mußten absteigen, denn das Pferd scheute angesichts des blendenden Feuerscheins, der Sirenen und des chaotischen Treibens. Um das Tier zu beruhigen, dessen Augen ängstlich umherirrten, legte der Kutscher seine Wange an dessen Kopf. Der Karren setzte sich erneut in Bewegung.

Gegen Mittag wurde die Hitze unerträglich, das Straßenpflaster glühte, Asche und Staub drangen in Nase und Mund und machten die Kehle trocken. Das beißende Gas, das aus den zerstörten Leitungen austrat, reizte die Augen. Der Pferdekutscher hustete und spuckte aus: »Heilige Jungfrau Maria!« rief er und trieb sein Pferd an. Seine Reisebegleiter bat er, rasch alles Nötige zu erledigen. Er drängte darauf, so schnell wie möglich wieder ins Dorf zurückzufahren.

Die Matratzen, Decken, Kissen und Bücher in der Via De Amicis lagen noch dort, wohin man sie geworfen hatte. Das Haus selbst jedoch existierte nicht mehr. Zu ihrem Bedauern mußte Matilde feststellen, daß alles vor Schmutz starrte und von Dreck und Asche überzogen war. Trotzdem luden sie ihr Hab und Gut auf den Wagen.

Giacomo bahnte sich seinen Weg durch Schutt und Trümmer und entdeckte die Treppe, die in den Keller hinunterführte. Mehr als die Wäsche interessierte ihn der ansehnliche Kohlenhaufen, den er hier gehortet hatte.

»Komm runter!« rief er dem Pferdekutscher zu. Matilde zeigte auf eine kleine, aus den Angeln gehobene Tür und den Raum, in dem das wertvolle Brenngut lagerte. Auf der ersten Stufe blieb der Mann wie versteinert stehen. »Eine Bombe!« schrie er. Auf halber Treppe lag inmitten des hellen Schutts tatsächlich ein schwärzlicher Gegenstand. Auch Giacomo und Matilde bemerkten ihn. Der Kutscher machte einen Sprung nach rückwärts, die Augen vor Schreck weit aufgerissen.

»Adieu, Padrona!« Er lüpfte den Hut. »Ich verschwinde, weil mir mein Leben lieb ist!«

Matilde und Giacomo liefen hinter ihm her, riefen ihm nach, er solle zurückkehren, es sei ungefährlich. Aber der Kutscher war mit seinem Karren bereits am Ende der Straße angelangt, und er trieb sein Pferd an.

Sie ließen die Kohle liegen, wo sie war, und gingen zu Fuß Richtung Dom.

Ein kurzer Blick genügte, um festzustellen, wie groß der Schaden war, den der Bombenangriff in der Via Mazzini angerichtet hatte. Das Haus, in dem sich Angelicas Wohnung befunden hatte, war in sich zusammengestürzt.

119

Schon seit Tagen trafen in Pusiano keine Zeitungen mehr ein, aber die Nachricht von der Bombardierung Mailands hatte sich wie ein Lauffeuer verbreitet. Marangoni hatte Lotti überzeugt, auf der Insel zu bleiben, und war gleich mit dem ersten Zug nach Mailand aufgebrochen. Ihn quälte die Frage, was aus dem geliebten Haus Marangoni auf der Piazza Borromeo geworden war.

Im gleichförmigen Rattern des Eisenbahnwagens erinnerte er sich an die Stadt, in der er geboren und aufgewachsen war; an die elegante Piazza mit ihren hohen Häusern, deren obere Stockwerke von der Sonne erleuchtet wurden, an die Kirchenkuppel, in der die Spatzen tschirpten.

So viele Menschen hatten ihren ganzen Besitz verloren, warum sollte Marangoni davon verschont geblieben sein? Der Mittelpunkt seines Lebens jedenfalls, das Haus auf der Insel, war unbeschadet. Mit erzwungener Gemütsruhe machte sich Marangoni vom Bahnhof aus zu Fuß ins Zentrum auf.

Tische, Betten, Matratzen und Bettzeug lagen in buntem Durcheinander auf den Straßen, verdreckt, aber bewacht von Kindern und alten Leuten. Die Menschen zogen Karren, die mit dem beladen waren, was mit einemmal wertvollster Besitz geworden war: Brennholz, Kohle und Mehlsäcke. Von der Piazza Cavour aus, dessen faschistischer Monumentalbau, der Sitz der Zeitungsagenturen, intakt geblieben war, bog Marangoni in die Via Manzoni ein.

Erst in diesem Augenblick fragte er sich angsterfüllt, welches Schicksal wohl der Scala beschieden war. Er beschleunigte seinen Schritt in der Hoffnung, daß wenigstens das historische Zentrum von den feindlichen Luftangriffen verschont geblieben war. Doch dann erinnerte er sich wieder an Gerüchte, die er im Zug gehört hatte, von Bomben unweit des Doms, und er fing an zu laufen.

Atemlos blieb er vor einem unversehrt gebliebenen Gebäude stehen und blickte nach oben: Die Fassade des Piermarini war heil geblieben. Er ging ein Stück weiter und überquerte die Straße. Während der Zugfahrt hatte sich Marangoni innerlich auf das Schlimmste vorbereitet. Doch als er durch den Portikus ins Atrium der Oper trat, bot sich ihm ein Bild des Grauens, das seine schlimmsten Erwartungen übertraf.

Ein greller Schmerz durchzuckte seine Brust, eine tiefe

Übelkeit überkam ihn. Er schwankte, die Kräfte verließen ihn, und er brach zusammen. Ein Mann lief herbei, der die Ruinen bewachte. Ihm gelang es, Marangoni wieder auf die Beine zu bringen. Als er wieder zu sich kam, blickte er sich erneut um: Aus dem einstmals eindrucksvollen Zuschauerraum stieg schwelender Rauch auf. Am Boden lagen die Trümmer der eingestürzten Decke. Die mächtigen Balken waren wie Streichhölzer eingeknickt, die Balkonbrüstungen abgebröckelt, die Spiegel in tausend Scherben zersplittert, die Kandelaber zerschmettert.

Gestützt auf den Wächter, ging Marangoni ein paar Schritte vorwärts. »Geht es Ihnen schon ein wenig besser?« Von dem tiefen Schmerz des vornehmen Besuchers innerlich ergriffen, erklärte der Wächter: »Es geschah um fünf Minuten vor ein Uhr, Signore. Die Bombe hat zuerst die linke Seite des zweiten Rangs zerstört, dadurch kam es zu einer Implosion ...«

Marangoni setzte sich ermattet auf einen Säulenstumpf.

»Vorsicht! Weg hier!« rief der Wächter. »Das ist gefährlich! Sehen Sie die Risse in der Mauer. Ja, es tut in der Seele weh!«

Er brachte seinen Satz nicht zu Ende. Denn mit einem Satz sprang Marangoni auf und knirschte mit den Zähnen. »Diese Schweine! Wer hat das getan, welche Bestien? Was sind das für Menschen, die grundlos Kunstwerke zerstören, abgesehen davon, daß sie wehrlose Menschen töten ... Ist das etwa ein Industriegebiet? Nein, dies ist das Zentrum der Stadt. Und das wußten sie ganz genau, diese Schweinehunde! Diese Barbaren!«

Marangoni verstummte, schloß die Augen und schüttelte den Kopf. Der Wächter fuhr fort: »Gleich nach der ersten Bombe sind wir herbeigeeilt, ich und meine Kollegen, um zu retten, was zu retten war. Aber es war ein Ding der Unmöglichkeit, die Hitze, der Gasgeruch. Die zweite Bombe war eine Brandbombe. Im Nu hatte das ganze Haus Feuer gefangen ... das gesamte Kostümdepot ist verbrannt ...«

»Was für ein Unglück! Was für ein furchtbares Unglück!« murmelte Marangoni immer wieder vor sich hin.

»Sehen Sie, wie das Schicksal spielt, Signore«, fuhr der Wächter fort. »Um das Allerwertvollste zu retten, hatte man kurz zuvor eine Reihe von Gegenständen in das Depot der Scala verlagert. Beispielsweise den Kronleuchter mit seinen fünfhundert Lämpchen aus böhmischem Kristall ... eine gute Idee, würde man meinen, aber das war es keineswegs. Denn heute nacht wurde auch das Lager in Bovisa bombardiert. Alles ist zerstört. Ich könnte weinen ...«

Marangoni bemerkte, daß der Mann tatsächlich feuchte Augen hatte.

»Dann halten Sie also seit gestern hier Wache?« erkundigte er sich. »Sie sollten sich ein wenig ausruhen. Und wozu eigentlich bewachen Sie diesen Trümmerhaufen? Was sollte man da noch wegtragen?« Und unsicher fügte er hinzu: »Ihr Haus ... ich meine ... es ist doch nicht ...?«

»Nein, nein, mein Haus steht noch«, erwiderte der Mann mit bitterem Grinsen. »Hätten sie doch statt der Scala meine armselige Hütte getroffen, in der nichts und niemand ist ...«

Marangoni mußte gleichwohl weiter, um seinen Erkundungsgang fortzusetzen. Er war todmüde, und es schien ihm, als sei er schon stundenlang unterwegs. Doch endlich konnte er aufatmen. Die Piazza Borromeo war unzerstört. Er empfand Erleichterung bei dem Gedanken, sich zu Hause in seinen Kleidern aufs Bett werfen zu können. Doch es gelang ihm nicht, sich zu entspannen, denn jener Schmerz auf der Brust, den er im Anblick der Zerstörung der Scala verspürt hatte, verschlimmerte sich zunehmend.

Zuerst spürte er nur einen lästigen Druck auf der Höhe des Brustbeins, der sich über die Arme bis zu den Fingerspitzen ausbreitete. Auf dem Rücken liegend, massierte sich Marangoni den Bauch. Dieses verdammte Brötchen mit Salami und Essiggurken, das ihm Lotti gegen seinen Willen in die Tasche gesteckt hatte. Und er, dieser Dummkopf, hatte es während der Zugfahrt verschlungen. Jetzt lag es ihm schwer im Magen. Später erleichterte er sich im Bad, und sofort fühlte er sich ein bißchen besser. Durch die Fensterläden sah er nach draußen; die Abenddämmerung brach bereits herein. Er mußte Lotti Bescheid geben, sie beruhigen. Er nahm sich vor, bei Don Celestino im Pfarrhaus anzurufen. Aber seine Beine trugen ihn nicht. Er ließ sich aufs Bett sinken und fiel in einen unruhigen Schlaf. Seine Brust verkrampfte sich. Fast ohnmächtig zog er sich die Kleider aus, schwankte, fiel auf den Bettvorleger und blieb dort liegen, bis ihn am folgenden Morgen Giulia, die Hausgehilfin fand, die das angelehnte Fenster bemerkt hatte und gekommen war, um nach dem Rechten zu sehen.

Sie verständigte Lotti, die sofort nach Mailand fuhr und vor lauter Kummer um ihren Mann für die verwüstete Stadt keinen Blick hatte. Überwältigt von der Freude, seine Frau bei sich zu haben, flüsterte Marangoni ihr als erstes zu: »Hast du die Scala gesehen? Alles zerstört, alles ...«

Es war nicht leicht, einen Arzt aufzutreiben. Ärzte wurden gebraucht, die vielen Verwundeten zu versorgen, und die Krankenhäuser waren überfüllt. Schließlich gelang es Giulia, einen jungen unbekannten Arzt ausfindig zu machen, der sofort kam.

»Haben Sie schon einmal eine ähnliche Attacke gehabt?« fragte er unsicher, nachdem er den Patienten ausführlich untersucht hatte. »Es handelt sich möglicherweise um Angina pectoris ...«

Er tappt ja völlig im Dunkeln, dachte Lotti. Panische Angst ergriff sie. Am liebsten hätte sie den Arzt am Arm gepackt und ihm gesagt, er solle doch endlich etwas tun!

»Geben Sie ihm Digitalis.« Er schrieb ein Rezept. »Falls Sie eine Apotheke finden, die geöffnet hat; andernfalls rufen Sie mich an, dann besorge ich es Ihnen.«

Ein freundlicher, anständiger junger Mann, dachte Lotti, als er mit seinem nagelneuen Arztkoffer die Wohnung verließ. Aber ich bin mutterseelenallein und ich weiß nicht, an wen ich mich wenden soll. Offenbar haben alle unsere Freunde Mailand verlassen.

Marangonis Zustand verschlechterte sich nicht. Er ruhte im frisch bezogenen Bett in dem riesigen Schlafzimmer mit der hohen Decke, umsorgt von seiner Frau. Seine Gesichtszüge entspannten sich, wenn sie ihm sanft den Bart kämmte, seinen Kopf stützte und ihm Liebigs Fleischextrakt einflößte wie einem Kind. »Es geht mir gut«, murmelte er dann. »Sehr gut. Du bist da …«

»Sobald du kannst«, tröstete ihn Lotti, »fahren wir ins Dorf. Dort gibt es Hühner, Eier, Milch. Du wirst sehen, im Nu bist du wieder auf den Beinen.«

Der Arzt kam noch zweimal. Der 22. August war ein schwülheißer Tag, und die Fensterläden mußten geschlossen bleiben.

»Mach ein bißchen auf«, bat Marangoni.

»Es stinkt fürchterlich draußen … aber wenn du willst.«

Sie nahm seine Hand und küßte seine Finger. »Ich bin bei dir …«, flüsterte sie.

»Ich bin so froh«, murmelte der Kranke, »daß wir es geschafft haben … weißt du noch? Es ist schon eine Ewigkeit her … im Garten deines Onkel Cént: Da habe ich dir in die Augen gesehen, in deine Kinderaugen … und schon damals, an jenem Nachmittag, habe ich mir geschworen: Du bringst sie nach oben. Und wir haben es geschafft, du hast in der Scala gesungen, Lotti. Wie wunderbar! Was ich mir für dich vorgenommen hatte, habe ich erreicht. Ich bin glücklich, sehr glücklich …«

Die Stimme versagte ihm. Er schloß die Augen, und Lottis Hände in den seinen schlief er ein. Ein Lächeln umspielte seinen Mund. Später legte sich Lotti neben ihn.

In der Nacht bekam Marangoni erneut eine Herzattacke. Sie war kurz und heftig, und er hatte nicht einmal mehr die Zeit, seine geliebte Frau zu berühren. Lotti merkte nichts. Am nächsten Tag wachte sie als Witwe auf. Sie rief ihn, schüttelte ihn. Verzweifelt schrie sie seinen Namen. Sie kniete sich neben das Bett, von Weinkrämpfen geschüttelt. Die Seele ihres Mannes stand bestimmt vor den Toren des Paradieses, und von dort aus lächelte ihr Marangoni mit jenem unvergleichlich zärtlichen, liebevollen Lächeln zu. Doch dieser Trost reichte nicht aus, um den Abgrund des Schmerzes zu füllen, in den sie gestürzt war. Es war ein sonniger Tag, und, allein in der Wohnung, ließ sie ihrem Kummer freien Lauf. Sie verfluchte die Scala, das Opernhaus, dessen Zerstörung ihrem geliebten Mann den Todesstoß versetzt hatte, davon war sie überzeugt.

Neben dem Bett des Toten tat sie still und feierlich den Schwur, nie wieder eine Bühne zu betreten. Nie wieder würde sie singen, jetzt, da er nicht hinter den Kulissen stand und ihr lauschte. Und sie empfand dabei weder Unbehagen noch Schmerz.

120

Besser, er könnte den Schleim abhusten, wie letzte Woche«, meinte der Arzt.

Im Juli, während der langwierigen Debatte mit den Carabinieri auf der Piazza, als er sich für diese Dummköpfe eingesetzt hatte, war Innocente vom Regen klatschnaß geworden und hatte sich erkältet. Hohes Fieber, anfallartiges Niesen und ständiges Husten hatten ihn über eine Woche lang geplagt. Jetzt lag er kraftlos im Bett und war von dem hartnäckigen Husten innerlich ausgezehrt. Er atmete schwer, und über den Jochbeinen und auf der Stirn war die Haut wächsern und trocken.

»Wie die arme Mama Santina«, murmelte Adelaide.

Innocente, inzwischen stark abgemagert, glich jetzt tatsächlich seiner Mutter, wie schon als Kind.

Der *duturùn* lebte schon lange nicht mehr, und aufgrund der politischen Verhältnisse, der bürokratischen Umstände und der Einberufung vieler junger Absolventen der Medizin war der Posten des Bezirksarztes noch immer vakant.

Der Arzt, der an Innocentes Bett stand, diagnostizierte die schwere Form einer von den Bronchien ausgehenden Lungenentzündung. Im Dorf nannte man den jungen Mann *duturùn*. Er hatte sich weniger aus Angst vor einem erneuten Luftangriff, als vielmehr aus privaten Gründen aus Mailand hierher zurückgezogen. Er hatte eine Kommilitonin kennengelernt, und da die Verbindung den Eltern nicht genehm war, war er mit ihr geflohen, und sie hatten heimlich geheiratet. Die beiden wohnten jetzt im Dorf, in drei Zimmern des Anwesens der Dagos gegenüber der Kirche, die sie für wenig Geld angemietet hatten. Mit ihrer Singer-Nähmaschine hatte Netta der jungen Frau geholfen, Vorhänge zu nähen. Vom ersten Tag an verkündete ein Schild vor der Tür: ›Dr. Giuliano Freni, Innere Medizin, Chirurgie, Frauenheilkunde, Zahnmedizin.‹

Was, wie Battista erklärte, nichts anderes hieß, als daß der *duturùn* in allem bewandert war: Er war Geburtshelfer, zog Zähne, nähte Wunden und heilte Verletzungen, renkte verstauchte Gliedmaßen wieder ein und vieles andere mehr. Womöglich vor allem aus Neugier zogen ihn viele Dorfbewohner zu Rate, und der junge Arzt akzeptierte die Bezahlung in Naturalien, in Form von Eiern, Gemüse und Geflügel.

Innocentes Krankheit kam für alle überraschend. Bis dahin war er, wenn überhaupt, nie mehr als ein paar Tage lang ans Bett gefesselt gewesen. In der Villa sah man sich an, ohne sich eingestehen zu wollen, daß schließlich auch Innocente Dago sterblich war. Auch diesmal würde er wieder auf die Beine kommen, meinte Bastiano zuversichtlich, und Amabile stimmte ihm zu, allerdings nicht ohne hinzuzufügen, daß Lungenentzündung keine leichte Sache sei.

Angelica, die einzige, die außer Innocente in diesem Haus den Namen Dago trug, spürte auf sich die Verantwortung lasten, dem Vater alle nur denkbare Hilfe zuteil werden zu lassen. Im schlimmsten aller Fälle sollte niemand sagen können, daß sie nicht alles Menschenmögliche getan hatte.

Zu all dem kam noch der schwierige Charakter des Kranken hinzu. Störrisch und despotisch beharrte er auf seinem Willen: keinen Sirup und keine Tabletten aus der Apotheke, nur lauwarme Milch mit Honig oder Malventee. Wehe, wenn es jemand wagte, ihm die Kleider zu wechseln – er war doch kein Kind mehr …

Er schlürfte mit sichtlicher Anstrengung seine Milch, als der *duturùn* ins Zimmer trat.

»Das da, mein lieber Advokat!« rief der Arzt, als er das Fläschchen mit der Arznei ungeöffnet auf dem Tisch stehen sah, »hilft vielleicht bei Erkältung … aber nicht bei einer Bronchopneumonie! Wissen Sie, was das heißt?«

Innocente wußte es. Es ging um Leben und Tod. Aber erneut wischte er den zaghaft geäußerten Vorschlag vom Tisch, ins Krankenhaus eingeliefert zu werden.

»Wenn es soweit ist, will ich hier sterben, hier in meinem Bett und in meinem Haus!«

Innocente lag schon viele Wochen im Bett, als Anfang September der Arzt Angelica beiseite nahm: Daß der Kranke nicht mehr hustete und die Körpertemperatur niedriger war als normal, verhieße nichts Gutes, meinte er betrübt. Ja, es deute darauf hin, daß der Tod nahe sei.

Don Siro wurde geholt, und Innocente empfing ihn freundlich, obwohl er mit dem neuen Pfarrer wenig gemeinsam hatte, der im Unterschied zu Don Luigi die Jagd als Gewalttätigkeit gegen Lebewesen zutiefst verabscheute und den Gebrauch von Waffen grundsätzlich ablehnte.

Seit Kriegsbeginn konnten gezwungenermaßen keine Jagdpartien mehr veranstaltet werden. Der entsprechende Erlaß war auch vom Pfarrer freudig begrüßt worden. Welche Infamie! Wo doch Innocente eine Jagdausrüstung besaß, auf die er ungeheuer stolz war. Mehrere seiner Gewehre waren auf Bestellung eigens für ihn angefertigt worden.

Die Reinigung der Gewehrkolben, der Innocente sich stundenlang mit großer Hingabe widmete, erforderte große Erfahrung, damit Maserung und Farbe des Nußbaumwurzelholzes gebührend zur Geltung kamen. Innocente verwendete dazu eine Paste, die er nach einer alten Rezeptur aus Walnußöl, Leinsamenöl, Schellack, Bimssand und Alkohol zubereiten ließ.

War die Jagdsaison zu Ende, so reinigte er die Gewehre sehr gründlich. Nach jedem Jagdausflug dagegen begnügte er sich damit, sie mit einem Lappen zu putzen. Ein wunderschönes Gestell aus Walnußholz mit zahlreichen Fächern, das gut sichtbar an der Wand seines Arbeitszimmers angebracht war, diente zur Aufbewahrung der Gewehre.

Als der Krieg begann, machte er sich daher ernste Sorgen um den weiteren Verbleib seiner Waffen. Würde er sie abgeben müssen? Jeder, auch die Carabinieri, wußte um seine gut bestückte Jagdausrüstung. Auf die eine oder andere Art würde er sich fügen müssen. Gesetz war schließlich Gesetz. Innocente beriet sich mit Domenico und Giorgino, und sie heckten einen Plan aus. Ein paar Gewehre würden geopfert werden müssen. Sie wählten zwei der ältesten Schrotflinten aus, die schon etwas beschädigt waren, und selbst die händigte Innocente nur widerstrebend dem Gemeindediener aus. Die restlichen Waffen mußten an einem geheimen Ort versteckt werden. Innocente ließ sich vom Schlosser Kupferrohre auf eine bestimmte Länge zuschneiden. In der Nacht wurden dann die Gewehre sorgfältig zerlegt. Giorgino ölte Schaft und Kolben ein, anschließend wurden die Einzelteile in Wolltücher gewickelt und behutsam in die Rohre gelegt, die an beiden Enden mit Papier und Leintüchern abgedichtet wurden.

Dann verpackten sie die Rohre in vier stabile Holzkisten, die sie vernagelten. Noch im Morgengrauen schleppten Domenico und Giorgino die Kisten in den Garten, wo Bastiano hinter dem Hügel in aller Heimlichkeit einen langen Graben ausgehoben hatte. Da hinein wurden die Kisten gelegt, die Erde darauf festgestampft, wild wuchernder Efeu darüber gebreitet, und bald waren alle Spuren verwischt. Innocente grinste zufrieden unter seinem Schnurrbart und ermahnte seine Helfershelfer, insbesondere Bastiano mit seiner dümmlichen Frau, sich nur ja zu keiner Bemerkung über den Verbleib der Gewehre hinreißen zu lassen.

Dies war einer der glücklichsten Momente in Innocentes letzten Lebensjahren. Tief enttäuscht von dem Entschluß des Duce, in den Krieg einzutreten und sich trotz aller gegenteiliger Beteuerungen mit den rohen und verabscheuungswürdigen Deutschen zusammenzutun, wuchs seine Verbitterung, als immer mehr Männer aus dem Dorf zum Kriegsdienst eingezogen wurden. Er erinnerte sich noch gut an den letzten Krieg, an den Kummer der Familien und ihre Trauer um Tote und Verwundete. Niemals mehr wollte er etwas Derartiges erleben. Doch dann war es erneut soweit gekommen. Die politische Führung, an die er mit allen Fasern seines Wesens geglaubt hatte, hatte sich als vertrauensunwürdig erwiesen und sich grobe Fehler zuschulden kommen lassen. Konnte er sich denn in seiner Einschätzung derart getäuscht haben? Doch darüber sprach er mit niemandem. Tief verstört und teilnahmslos schleppte er sich dahin, ohne sich seinen Abscheu einzugestehen.

Nachdem Natalia und Domenico ins Dorf zurückgekehrt waren, hatte Innocente seine Besuche bei Giorgino wiederaufgenommen. Wie früher setzte er sich gern unter den großen Khakibaum im Garten und genoß die wohltuende Sonnenwärme in seinen alten Knochen. Seine Zeit teilte er auf zwischen Lina, die ihn stets fürsorglich und höflich behandelte, und der Signora Luigina, die es nicht verdiente, mißachtet zu werden.

Sein Hauptinteresse jedoch galt Giorginos Familie. Nicht selten ertappte er sich dabei, wie er Marta und die Kinder neugierig beobachtete. Das ist die neue Generation, dachte er dann: Die Kinder sind von rascher Auffassungsgabe, großer Unbekümmertheit und Schlagfertigkeit. Innocente freute sich darüber. Giorgino war ein guter Vater und ein beinahe untadeliger Ehemann, und er war auch in seinem Beruf erfolgreich. Wegen der Kinder, die kurz nacheinander zur Welt kamen, hatte Marta klaglos darauf verzichtet, ihre Arbeit im Büro wieder aufzunehmen.

Die Bedrohung durch den Krieg begann sich bereits abzuzeichnen, als Giorgino eine blendende Idee hatte. Er hatte den wachsenden Erfolg von Zigarren, Zigaretten und Pfeifen bei den Konsumenten beobachtet und begann, eine Vorrichtung auszutüfteln, die Rauchern die Möglichkeit bot, stets Feuer bei der Hand zu haben. Tag und Nacht zeichnete er Modelle und fertigte Skizzen an. Zusammen mit einem Freund, der als Techniker arbeitete, stellte er schließlich den Prototyp eines automatischen, mit Benzin betriebenen Feuerzeugs her, das mit einem einfachen Fingerdruck betätigt werden konnte. Es war elegant und paßte in jede Hosen- oder Handtasche. Als er seine Erfindung schließlich mit klopfendem Herzen in seiner Firma vorzustellen wagte, begriffen seine Vorgesetzten sofort, daß es sich hierbei um eine geniale Idee handelte. Eine begrenzte Zahl dieser Feuerzeuge wurde hergestellt, die reißenden Absatz fanden. Dafür, daß Giorgino sein Patent der Firma überließ, erhielt er eine beträchtliche Geldsumme – ein Ereignis, das in der Familie gebührend gefeiert wurde.

Inzwischen war jedoch der Krieg ausgebrochen. Innocente, der ahnte, daß dieser Krieg nicht schnell zu Ende gehen würde, sah schwere Zeiten kommen. Giorgino hatte eine Familie zu ernähren, und abgesehen von dem spärlichen Verdienst seines Vaters Domenico war Giorgino der einzige, der Geld nach Hause brachte. Und wenn er an die Front müßte? Über all das machte sich Innocente seine Gedanken.

Und er verspürte den drängenden Wunsch, Giorgino, den er als seinen Sohn niemals offiziell anerkannt hatte, und seiner Familie wenigstens wirtschaftlich unter die Arme zu greifen.

Gold behält immer seinen Wert, hatte er sich gesagt. Und so fand er sich eines Sonntags mit seinen Napoleondors bei Giorgino ein. Er nahm ihn beiseite und öffnete den Metallzylinder, in dem er die glänzenden Münzen aus massivem Gold aufbewahrte.

»Das sind Napoleondors. Ich habe Angst, sie weiterhin bei mir im Haus zu behalten«, sagte er. Giorgino nickte. Überall schlichen Gauner herum, und die Diebstähle nahmen in erschreckendem Maße zu. »Ich möchte dich daher bitten, sie hier bei dir aufzubewahren. Dann wäre ich ruhiger. Wenn das ganze Chaos vorbei ist, hole ich sie mir wieder ab.«

Sie vergruben die Münzen im Garten zwischen den Hortensienbüschen, und Innocente kehrte erleichtert nach Hause zurück. Er hatte nicht die Absicht, die Münzen wieder an sich zu nehmen. Zu gegebener Zeit würde Giorgino erfahren, daß das Gold ihm gehörte und daß er es nach eigenem Gutdünken verwenden konnte.

Und so war es. Nachdem er an Lungenentzündung erkrankt war, hielt Innocente den Augenblick für gekommen: Er ließ Giorgino ans Krankenbett rufen und sagte ihm, er könne, falls es nötig sei, die eine oder andere Goldmünze verkaufen; sie gehörten ihm, so habe er es beschlossen. »Aber erkundige dich genau und paß auf, daß man dich nicht übers Ohr haut!« fügte er in seinem üblichen leicht gereizten Ton hinzu.

Tief bewegt bedankte sich Giorgino, und bei seinem nächsten Besuch brachte er Marta und die Kinder mit. Doch erst in den Wirren der Nachkriegszeit, als Innocente bereits unter der Erde lag, tastete Giorgino den kleinen vergrabenen Schatz an. In einer Zeit, in der Geld ständig an Wert verlor, konnte er mit dem Verkauf des Goldes den Lebensunterhalt seiner Familie bestreiten und sogar Lucianos Ausbildung finanzieren.

Jetzt aber lag Innocente darnieder und kämpfte mit dem Tod. Don Siro beugte sich hinunter, um die schwache Stimme des Kranken besser hören zu können. Auf die Kommode gestützt, preßte sich Angelica das Taschentuch aufs Gesicht. Aber Innocente machte mit zitternder Hand eine gebieterische Geste. Sie verließ den Raum.

Unten im Wohnzimmer saßen die Frauen vor dem Kaminfeuer und beteten einen Rosenkranz nach dem anderen. Angelica ging jedoch nicht hinunter, um sich zu ihnen zu setzen. Schluchzend blieb sie auf der Treppe vor der Tür stehen. Im Angesicht des Todes schwand ihr ganzer Groll und Haß. Ihr übermächtiger Vater, der sich an ihrer Mutter schuldig gemacht hatte, stand im Begriff, seine Seele Gott zu überantworten. Dicke Tränen rollten ihr über die Wangen, während sie ihm im stillen verzieh.

Don Siro trat auf Zehenspitzen aus dem Zimmer. »Er hat die Beichte abgelegt«, sagte er, während sie die Treppe hinuntergingen. »Jetzt möchte ich kurz mit Ihrer Mutter sprechen, Signora Angelica.«

Sie traten ins Wohnzimmer. Manenti, der an jenem Vormittag zu Hause geblieben war, stand mit dem Rücken vor dem brennenden Kamin, um sich zu wärmen. Inmitten des unaufhörlichen Rosenkranzgemurmels fühlte er ein leichtes Unbehagen. Wie sehr sehnte er sich nach der Einsamkeit der Jagdhütte im Wald. Aber ehrerbietig lächelnd ging er dem Priester entgegen. Angelica gefiel es, wie Manenti die Rolle des Hausherrn und Ehemanns spielte. Mit ernster Miene nahm Don Siro im Armsessel Platz. Angelica flüsterte Battistina etwas ins Ohr, die sich verabschiedete und mit ihrer Tochter aufbrach. Auch Amabile verschwand in der Küche.

Netta blieb gegenüber dem Priester sitzen, der sich an Angelica und Manenti wandte: »Ihr beiden bleibt bitte«, sagte er. »Ihr werdet in diesem schweren Augenblick der Signora Antonia eine Stütze sein.«

Während er sprach, sah er die beiden Frauen eindringlich an. Er holte ein wenig aus, bevor er auf den entscheidenden Punkt zu sprechen kam: »Der Advokat Dago ist sich seines kritischen Zustands sehr wohl bewußt. Und er hat mich gebeten, sie, Signora Antonia, zu fragen, ob Sie bereit wären, den heiligen Bund der Ehe mit ihm einzugehen; hier und jetzt, *in articulo mortis,* wie man sagt. Ich bin tief bewegt von dem aufrichtigen Wunsch des Sünders zur Reue. Über die Einzelheiten bin ich selbstverständlich nicht auf dem laufenden. Aber ich weiß, daß Sie beide einst durch ein starkes Gefühl miteinander verbunden waren, das Früchte trug.« Der Priester richtete seinen Blick auf Angelica, die errötete. Manenti legte ihr den Arm um die Schulter und runzelte die Stirn. Netta erstickte einen Schluchzer in ihrem Taschentuch.

Don Siro verwies auf die Reue und auf den festen Entschluß des Kranken, begangenes Unrecht wieder gutzumachen. Aufmerksam beobachtete er die Reaktion der beiden Frauen, während er sprach.

Bestürzt und verängstigt barg Netta ihr Gesicht in den Händen. Sie sah Tosoni vor sich stehen, dann hörte sie sich sagen: »Zu spät!« Und erneut empfand sie die Befriedigung darüber, daß sie, die sich als Schneiderin ihren Lebensunterhalt sauer verdiente, sie, die einstige Seidenspinnerin, die kaum lesen und schreiben konnte, den Heiratsantrag eines Dago ausgeschlagen hatte.

Antonia nahm die Hände vom Gesicht, das trotz seiner Blässe noch immer harmonische Züge trug. Sie mußte eine Entscheidung treffen, Don Siro zeigte bereits eine leichte Ungeduld. Seit jenem fernen Tag im Juli 1943 hatte sich alles verändert: Die Wohnung in Mailand war bei dem Bombardement zu Schutt und Asche geworden, die Kiste mit dem Silber war zwar gerettet, lag aber nutzlos unter Angelicas Bett. Ihr bisheriger Status als vorübergehende Gäste in der Villa hatte sich seit einem Monat ebenfalls verändert. Wohin hätten sie gehen können, nach der Bombardierung der Stadt? Sie hatte mit Innocente nicht darüber gesprochen. Und in welcher Eigenschaft konnte sie, Netta, in diesem Haus eine dauerhafte Bleibe beanspruchen?

Wenn sie rechtmäßig den Namen Dago trüge, wäre ihre Situation endlich klar definiert – und zwar vor aller Augen. Angelica würde die Villa erben, und sie, ihre Mutter – und dann ihrerseits Padrona – könnte mit Fug und Recht ebenfalls in diesem großen Haus leben.

Don Siro, der Nettas Unschlüssigkeit bemerkte, zitierte den heiligen Paulus und dessen Lob der Barmherzigkeit und der christlichen Nächstenliebe. Ob sie, so fragte er, die Verantwortung dafür übernehmen wolle, daß eine arme reumütige Seele den Weg in den Schoß des himmlischen Vaters verfehle.

»Nie und nimmer!« war Antonias erschrockene Antwort. Und Angelica beteuerte, daß ihnen allein das Seelenheil Innocentes am Herzen liege. Im Innersten tief bewegt, sahen sich Mutter und Tochter eine Weile mit beredtem Schweigen an. Und sie waren sich einig. Beinahe gleichzeitig wandten sie sich an den Pfarrer: »Morgen, Don Siro. Morgen am späteren Vormittag, wenn es Ihnen recht ist.«

121

Schon in aller Frühe stand Angelica auf. Ihre Mutter hatte sich die ganze Nacht unruhig im Bett hin- und hergewälzt, und so weckte sie sie nicht. Sie ging hinunter in die Küche mit dem starken Bedürfnis nach einer Tasse Kaffee. Da die Speisekammer fast leer war, schickte sie Amabile zum Einkaufen. Doch trotz aller Aufregung, die dieser besondere Tag bringen würde, versäumte es Angelica nicht, nach Amabiles Rückkehr die Preise zu kontrollieren: drei Lire kostete ein Pfund Zucker, vier fünfzig die Butter, die beim Bauern billiger gewesen wäre, aber dafür war jetzt keine Zeit. Leider gab es keinen Kaffee, nur Kaffee-Ersatz.

»In der Bäckerei habe ich erfahren«, erzählte Amabile aufgeregt, »daß seit dem achten September, also seit vergangener Woche, als der Waffenstillstand unterzeichnet worden ist, der Krieg zu Ende ist!«

Scheinbar ungerührt stellte Angelica die blaue Kaffeekanne aufs Feuer. Zu einem anderen Zeitpunkt hätte diese Nachricht ihre größte Aufmerksamkeit erregt, aber jetzt hatte sie anderes im Kopf.

»Der Krieg ist also zu Ende?« murmelte sie und richtete den Blick auf ihre Mutter, die in diesem Augenblick ins Wohnzimmer trat. Eine richtige Signora, dachte sie voller Stolz. Anders als Luigina. Ihre Mutter war eine vornehme, aristokratische Erscheinung. Wer würde denken, daß sie Spinnerin war?

Netta trug noch den Morgenrock. Die Pendeluhr schlug die volle Stunde.

»Willst du dich nicht anziehen, Mama?«

Aber die Ärmste war so aufgeregt, und ihre Hände zitterten so stark, daß sie nicht einmal in der Lage war, ihr Haar zu einem verschlungenen Knoten hochzustecken. Angelica half ihr. Es erschien ihr merkwürdig, daß sie sich diesmal um ihre Mutter zu kümmern hatte. Sie ging mit ihr ins Zimmer hinauf und half ihr, das blaue Kleid aus Crêpe Georgette anzuziehen, das sie aus einer plötzlichen Eingebung heraus noch im letzten Moment vor der Abreise aus

Mailand in den Koffer gepackt hatte. Es paßte ihr wie angegossen; dazu zog sie ihre schwarzen, blankpolierten Schnürstiefel an.

Antonietta holte aus einer Schublade den schwarzen Schleier aus wertvoller Valencienne-Spitze hervor, mit dem sie sich im gegebenen Augenblick den Kopf bedecken wollte. Der Priester konnte kommen. Manenti, der eben die Treppe herunterkam, beklagte den Verlust seines blauen Zweireihers, der für diese schon etwas kühlere Jahreszeit bestens geeignet gewesen wäre. Noch jetzt, am späten Vormittag dieses Septembertags, drang kein einziger Sonnenstrahl durch die Wolken.

Die Herbst- und Winterkleidung aus der Wohnung in Mailand war unwiederbringlich verloren. Doch Angelica blieb der Trost, wenigstens die Kiste mit dem Tafelsilber gerettet zu haben. In dem zerstörten Haus in Mailand war der Zugang zu den Kellern mit den Kohlevorräten freigelegt worden, und Manenti war hinuntergeklettert und hatte die Tür zu ihrem Kellerverschlag gefunden. Triumphierend war er alsbald mit der Kiste unter dem Arm heraufgekommen.

»Da ist sie ja«, jubelte Angelica. Vorsichtig öffneten sie sie. Nur der schwarze Onyxhenkel einer Kaffeekanne war zerbrochen. Das englische Silberservice war noch intakt, ebenso der Rest: zwölf kleine Teller sowie der große, mit Girlanden verzierte Servierteller, die Kerzenständer, das Zuckerzängchen …

Manenti war also gezwungen, an diesem Tag die alte Barchentjacke anzuziehen, die er gewöhnlich in der Jagdhütte trug. Innocente lag in seinem Bett und schlief. Sie würden ihn erst im letzten Moment wecken, in dem Augenblick, in der er sein Jawort zu geben hatte. Und im Anschluß daran würde der Kranke – dies war der Vorschlag des Priesters – die Letzte Ölung erhalten.

Don Siro klingelte. Netta zuckte zusammen, und um ein Haar hätte sie sich den Kaffee aufs Kleid gegossen. Aufgeregt lief sie dem Pfarrer entgegen, der in Begleitung eines Ministranten ins Haus trat. Der Junge, in ein weißes, spitzenbesetztes Gewand gekleidet, trug die Gefäße mit Öl und Chrisam.

Innocentes Zimmer lag im Halbdunkel. Der Dampf aus dem kochenden Wasserkessel, der dem Kranken das Atmen erleichtern sollte, hatte die Fensterscheiben beschlagen. Am Kopfende des Bettes hing das große Gemälde von Daniele Crespi mit der Vermählung der Jungfrau Maria.

Für eine Eheschließung unter diesen Umständen wäre kein Trauzeuge erforderlich gewesen, doch der Priester übertrug Manenti diese Aufgabe, damit auch er ein Recht hatte, an der Zeremonie teilzunehmen. Es bedurfte keines besonderen Scharfblicks, um zu sehen, daß der Ärmste von der Familie ausgeschlossen wurde. An Scharfblick jedoch mangelte es Don Siro keineswegs.

Antonietta näherte sich zögernd dem Bett des Kranken, und Angelica beugte sich zu ihm hinunter, um ihm die Kissen zu richten. Als sie ihn unter den Schultern faßte, schlug Innocente die Augen auf. Sein Blick, zunächst getrübt, wurde mit einemmal wach und lebendig: »Was ist? Ich bin bereit.«

Am Abend zuvor hatte Manenti dafür gesorgt, daß der Kranke rasiert und gekämmt wurde. Innocente trug ein frisches gestreiftes Nachthemd. Angelica hatte ihm die Finger mit Eau de cologne eingerieben und die Nägel geschnitten. Eigens zu diesem Anlaß hatte sie die selten benutzte Bettdecke aus gelbem Atlas herausgeholt, die die gleiche Farbe hatte wie der Mantel des heiligen Josef auf Crespis Gemälde.

An die Kissen gelehnt, murmelte der Kranke mit schwacher Stimme: »Beeilen Sie sich, *sciùr curadu*! Ich glaube, es bleibt nicht mehr viel Zeit!«

Ironie blitzte in seinem Blick auf, dann Zärtlichkeit, als er Antonietta ansah, die der Priester aufgefordert hatte, näher heranzutreten. Sie wagte es nicht, die Augen auf Innocente zu richten, dessen blutleeres Gesicht sie mit Schmerz erfüllte. Und wie schon als junges Mädchen spürte sie die gebieterische Strenge, die seine hellen Augen ausstrahlten.

Der Priester sprach leise die lateinischen Formeln. Das

abgekürzte Zeremoniell sah nur wenige kurze Fragen und nur eine einzige Antwort vor: Ja.

Doch plötzlich nahm Innocente Antoniettas Hände in die seinen – eine spontane und kraftvoll entschlossene Geste, die alle Anwesenden tief bewegte. Beim Anblick der ineinandergefalteten Hände ihrer Eltern kullerten Angelica Tränen des Schmerzes und der Freude die Wangen hinab.

Don Siro hatte am Fußende des Bettes zwei Kerzen angezündet. Welche innere Regung hatte ihren Vater zu diesem Schritt veranlaßt? In diese Gedanken versunken, hätte sie beinahe den entscheidenden Augenblick verpaßt: das Kopfnicken ihres Vaters, sein gehauchtes Ja und das helle und entschlossene Ja ihrer Mutter.

Manenti klatschte in die Hände, doch Don Siro winkte lächelnd ab. Angelica umarmte Innocente, und Netta nahm ihre Tochter in den einen Arm, während sie mit dem anderen den Mann umfaßte, der nunmehr ihr Gatte war. Einen Augenblick verharrten sie stumm in dieser Geste. Innocentes Wangen hatten ein bißchen Farbe bekommen, und auch seine Hände waren nicht mehr so kalt.

»Machen Sie schon, Don Siro«, murmelte er, »ich weiß sehr wohl, was mich jetzt erwartet. Und ich freue mich darüber. Mein armer Vater war schon tot, als er die Krankensalbung empfing, und meine Mutter war zuletzt nicht mehr bei sich. Mein Bruder … aber lassen wir das. Geben Sie wenigstens einem der Dagos die letzte Wegzehrung. Ich bin bereit, ich fürchte mich nicht.«

Innocente richtete sich im Bett auf.

»Im Dezember sind – wären – es neunundsiebzig Jahre; ich kann froh sein. Was ich gehabt habe, habe ich gehabt …«

Den letzten Satz stieß er flüsternd hervor. Angelica und Antonia umarmten sich schluchzend. Auch Manenti trocknete sich die Tränen. Nur der Ministrant verfolgte zerstreut den Flug einer Hornisse, die durch einen Fensterspalt hereingekommen war.

»Mach den Fensterladen zu, 'Ngelica; du weißt, daß ich kein Licht vertrage«, befahl Innocente matt.

Der Priester sprach die Worte der Krankensalbung. Er tauchte zwei Finger in das Gefäß mit Öl und zeichnete dem Sterbenden ein Kreuz auf Stirn, Augen und Mund. »*Miserere mei, Deus – secundum magnam misericordiam tuam.*«

»Ich habe keine Angst«, murmelte Innocente. Mit Beklemmung hörte ihn Angelica diese Worte sprechen. Er ist also bei klarem Bewußtsein, dachte sie. Und Stolz erfüllte sie: Ihr Vater war ein tapferer Mann.

»*Asperge me hyssopo et mundabor – lavabis me ...*«

Ein paar Tropfen Weihwasser besprengten auch die Hände des Kranken. Der Priester sprach den fünfzigsten Psalm und begann anschließend das *De profundis,* in das Antonia und Angelica kaum hörbar einstimmten.

»*Exaudi, Domine*«, wiederholte der Kranke, schloß die Augen und neigte den Kopf zur Seite.

Don Siro unterbrach den Vers, beugte sich hinunter und lauschte dem kaum hörbaren Atem Innocentes. Dann richtete er sich auf und atmete erleichtert aus: »Nein, nein, er schläft. Lassen wir ihn ruhen.«

122

Don Siro erkundigte sich jeden Tag über den Verlauf der Krankheit. Zwei Wochen, nachdem er dem Advokat Dago die Sakramente erteilt hatte, besuchte er ihn erneut am Krankenbett. Er erkannte, daß sich der Alte fest an diese grausame Welt klammerte, die er ohne Furcht und in Seelenfrieden hatte verlassen wollen. Eine halbe Stunde blieb er bei ihm. Dann ging er hinunter und ließ sich vor dem Kamin eine Tasse Kaffee anbieten.

»Manchmal geschehen Zeichen und Wunder, liebe Signora Antonia«, sagte er. »Ich bin überrascht, das kann ich nicht leugnen. Aber zuweilen geschieht es so. Das vom Bischof geweihte Öl – reinstes Olivenöl – ist keineswegs nur eine Formalität, eine abergläubische Gepflogenheit, an die so viele brave Leute glauben. Erinnern sie sich, wie es in der Lehre der Kirche heißt: ›Es ist ein Sakrament, das die Seele des Kranken tröstet, die Sünden auslöscht und dem Körper die Gesundheit zurückbringt.‹«

»Ein Wundermittel also!« rief Angelica aus.

»Es bewirkt etwas, kann etwas bewirken und dem Körper auf wunderbare Weise seine Heilkräfte zurückgeben. Ich will es so erklären: Bevor er die Letzte Ölung bekam, hat der Advokat eine Beichte abgelegt, die ich, ohne Einzelheiten preiszugeben, als vorbildlich bezeichnen kann. Verstärkt durch den Trost eines reines Gewissens, hat dieses Sakrament mit Sicherheit auch dem Körper gutgetan.«

»Aber warum ruft man den Priester dann immer erst im allerletzten Moment?« fragte Netta zögernd. »Das ist doch dumm. Wenn es so guttut!«

»Dumm ist es, ja. Aber wie kann man das den Leuten verständlich machen. Fälschlicherweise herrscht die Furcht, daß der Empfang der Krankensalbung gleichbedeutend ist mit dem nahen Tod ...«

»Und ... wenn es nicht gelingt, den Priester rechtzeitig zu holen?« fragte Manenti nachdenklich.

»Die Krankensalbung ist kein absolut notwendiges und unerläßliches Sakrament. Wer gut und verdienstvoll gelebt hat, geht dennoch in den Schoß des Vaters ein. Nur jene Menschen, die ihn bewußt vernachlässigen und mißachten, begehen eine schwere Sünde. So besagt es die christliche Lehre.« Don Siro verabschiedete sich, glücklich über Innocentes unerklärliche Besserung.

Ob es nun das Verdienst des wertvollen Öles war, Innocente jedenfalls ging es von Tag zu Tag besser; ein paar Schluck Orangensaft, zwei Löffel Kraftbrühe. Sein Gesicht bekam wieder Farbe und Leben. Natürlich besuchte ihn regelmäßig auch der junge Arzt, der ihm die Brust abhorchte, die ein hohles und kratzendes Geräusch hören ließ. Die Bronchien und Lungenbläschen waren immer noch verschleimt. Doch mit der Zeit stellte er fest, daß Innocentes Atmung kräftiger wurde. In seiner bisherigen kurzen beruflichen Laufbahn hatte er etwas Derartiges noch nie erlebt.

Innocente erholte sich von der Krankheit. In jenem Winter fing es früh an zu schneien, dann wurde es plötzlich wieder wärmer, und auf den Straßen des Dorfes bildeten sich riesige Wasserpfützen, die dann zur Freude der Kinder zu Eis gefroren.

Zum Ambrosius-Fest schneite es drei Tage und Nächte. Die Nebelschleier lösten sich auf, und das Dorf verwandelte sich in eine Märchenlandschaft. Die schadhaften Dächer, die Misthaufen, die kahlen Gärten, alles verschwand unter einer wunderbar weißen Decke.

Auch die Gärten Innocentes und seiner Brüder boten einen märchenhaften Anblick. Im Kamin im Wohnzimmer knisterte das knorrige trockene Holz des Maulbeerbaums. Bei hereinbrechender Abenddämmerung saß Netta am Fenster und nähte. Angelica saß im Sessel und lauschte träge dem Geräusch der Bäume, die unter der Last des Schnees zu seufzen schienen. Sie sah den Amseln zu, die unter den immergrünen Lorbeerbäumen und den Magnolien ihre Nester bauten.

Amabile ging vor die Tür und warf ihnen Brotkrümel und Küchenabfälle hin. Ohne Scheu kamen die Vögel näher und pickten. Auch die Katze hatte bemerkt, daß es etwas zu fressen gab. Sie schlich sich vom Treibhaus heran und scheuchte die Amseln auf. Ein Schwirren durchschnitt die glasklare Luft.

Angelica lachte. Sie verbrachte gern die Zeit in trägem Müßiggang.

»Dann habe ich also wieder verloren, verdammt noch mal!« rief Manenti.

Innocente sammelte die Steine des Damespiels ein und schüttelte den Kopf: »Mein Lieber, du kannst einfach nicht spielen! Aber mit der Zeit wirst du es schon noch lernen.«

Innocente hatte seit ein paar Tagen das Bett verlassen. Er spielte wie zuvor mit seinem Schwiegersohn Dame und wie gewöhnlich gewann er.

»Gleich ist das Essen fertig«, rief Amabile aus der Küche.

»Es wird aber auch Zeit!« rief Innocente. Er freute sich

schon auf das Gericht, das er bei seiner sparsamen Köchin bestellt hatte: Kartoffelpüree mit Fleischklößchen in Soße.

Nachdem er den Fängen des Todes entwischt und ins Leben zurückgekehrt war, hatte er begonnen, auch die kleinsten Alltäglichkeiten zu schätzen und zu genießen wie nie zuvor. Vom Aufstehen bis zum Schlafengehen begeisterte er sich wie ein Kind, das gerade die Welt entdeckt. Schon die Vorstellung von Fleischklößchen etwa ließ ihm das Wasser im Mund zusammenlaufen; und das prasselnde Kaminfeuer erfüllte sein Herz mit Fröhlichkeit.

Morgens, wenn Angelica und Antonia in sein Zimmer kamen, um Feuer zu machen, tat er, als schliefe er. Doch unter den geschlossenen Augenlidern verfolgte er jede ihrer Bewegungen: wenn sie in die fast erloschene Glut bliesen und vorsichtig trockene Zweige darauflegten, ohne die Asche zu verstreuen. Immer wieder betrachtete er das Profil der vor dem Kamin knienden Netta; er erkannte sie an der Beugung ihres Nackens und an dem festen Haarknoten, der im Widerschein des aufflammenden Feuers rotblond leuchtete.

Früher hätte es ihn gestört, wenn sich jemand in seinem Zimmer zu schaffen machte, während er, gerade aufgewacht, noch im Bett lag. Jetzt genoß er es. Unter die warme Decke gekuschelt, wartete er auf die leise Frage: »Cént? Papa? Bist du wach?«

Sie verwöhnten ihn mit warmer Milch und Honig, mit entfetteter Hühnerbrühe, gekocht mit Gemüse, und mit frisch gebackenen Keksen.

Er kostete es aus. Und er merkte, wie sehr ihm solche Aufmerksamkeiten bisher gefehlt hatten. Insbesondere liebte er Nachmittage wie diesen, die er in dem wohligwarmen kleinen Salon verbrachte, in den die Wohlgerüche aus der Küche hereinzogen. Diskret, ohne Amabile zu nahe zu treten, sorgte Netta dafür, daß die Speisen ordentlich zubereitet wurden. Netta hatte sie gern, ja sie liebte sie fast wie ihre eigene Tochter Angelica.

Die Liebe und Freundlichkeit der Villenbewohner war für Innocente wie ein lebenspendendes Bad, das ihm half zu genesen. Der Krieg war noch nicht zu Ende, kein Zweifel, es waren schlechte Zeiten. Obwohl die Häuser intakt waren, litt jede Familie auf die eine oder andere Art unter den Kriegsfolgen. Auch der jüngste Sohn Pietros und Battistinas war an der Front. Doch in Innocentes Haus drang nur ein schwacher Nachhall all dieser Schrecknisse. Man lebte abgeschieden wie auf einer Insel, in einer selbstbezogenen Einsamkeit. Doch sogar der Arzt hatte Innocente verboten, die Zeitung zu lesen. »Sie enthält schlechte Nachrichten, die Sie nur unnötig aufregen würden, Signor Innocente.«

Und Innocente hatte weder nach Zeitungen verlangt noch hatte er Besucher um Nachrichten gebeten.

Er fühlte sich glücklich. Auf ihre scheue und spröde Art zeigte ihm Netta ihre Achtung und ihre Zuneigung. Sie opferte sich ganz für ihn auf, und als Herrin des Hauses hatte sie ständig zu tun. Sie wußte stets, was zu tun und zu sagen war, ohne sich jemals im Ton zu vergreifen. Jedermann gehorchte ihr gerne. Und Innocente war stolz auf sie.

In dieser geruhsamen häuslichen Atmosphäre wurde Angelica mit Schrecken gewahr, in welchen Groll auf ihren Vater sie sich in der Vergangenheit hineingesteigert hatte. Sie hatte ihren Vater gehaßt, weil er ihr als Kind nicht das gegeben hatte, was für alle anderen selbstverständlich war: eine Familie.

Jetzt stiegen aus ihrer Erinnerung immer wieder Bilder aus der Kindheit in Mailand auf, als ihr Vater und ihre Mutter sich geliebt hatten und sie in dem großen Ehebett glücklich zwischen ihnen geschlafen hatte, von ihrem unbeschwerten Geplauder in den Schlaf gewiegt. Diese Jahre waren so schnell vergangen, daß sie geglaubt hatte, sie wären auf ewig verloren, verschwunden in unwiederbringlicher Ferne. Doch auf zauberhafte Weise war diese Zeit wiedergekehrt und mit Händen greifbar. Sie konnte noch immer nicht glauben, was sie mit eigenen Augen sah.

Bitterkeit und Groll fielen von ihr ab, und zärtliche Gefühle ihren Eltern gegenüber traten an deren Stelle.

123

Nachdem er die kritische Phase der Krankheit überwunden hatte, begann Innocente wieder vermehrt Besucher zu empfangen. Einer der ersten war der Kommunalsekretär. In den vergangenen zwanzig Jahren hatte er sich stark verändert, was nicht nur auf das Alter zurückzuführen war. Ein verwelkter Mann, dachte Innocente, ein Mann, der keine Ähnlichkeit mehr mit dem jugendlichen Draufgänger hat. Damals hatte er den armen Signor Battista aus dem Rathaus verdrängt, der sich der Lauheit gegenüber dem Regime schuldig gemacht hatte. Die Ereignisse der letzten Zeit mußten ihm schwer zugesetzt haben, trotzdem trug er gegenüber Innocente seine alte Selbstsicherheit zur Schau.

»Ich wollte Sie schon letzten Sommer aufsuchen, Advokat«, begann er ohne Umschweife, »… um von Ihnen eine Erklärung für Ihr Verhalten gegenüber den Verrätern zu verlangen, die im Juli den Sitz der faschistischen Parteizentrale verwüstet und das Bildnis unseres Duce in vulgärer Weise geschmäht haben. Da ich mich von Ihrer Loyalität persönlich überzeugen konnte, muß ich Ihnen gestehen: Ich war ehrlich verblüfft, als ich erfuhr, daß ausgerechnet Sie verhindert haben, daß diese armen Teufel ihre gerechte Strafe bekommen. Aber dann kam Ihre Erkrankung dazwischen und …«

»Das haben Sie richtig gesagt, *sciùr secretari*: arme Teufel«, unterbrach ihn Innocente. Seine Stimme war noch sehr schwach. »Arme Teufel, andererseits aber auch Familienväter: Filippo, Pietros Sohn, hat zwei Kinder, und Agostino, der Sohn von Pino Raupenfresser, drei, das vierte ist unterwegs.«

Als er sah, daß der andere mißbilligend den Kopf schüttelte, fuhr Innocente fort: »Sehen Sie, mein Lieber, ich habe sie vor dem Gefängnis bewahrt, aber in meinem Haus habe ich sie trotzdem nicht empfangen. Sie kamen, wohl um sich zu bedanken, aber ich habe sie nicht hereingelassen. Denn ich teile keineswegs ihre … Dummheit, ihr skandalöses

Verhalten, nennen Sie es, wie Sie wollen … Schon fast zwanzig Jahre sind sie hier, aber diese Menschen sind für Sie noch immer nur eine Nummer auf dem Papier oder auf der Lebensmittelkarte. Für mich ist das anders. Alle, alle hier kenne ich seit ihrer Geburt. Ich kenne ihre Lebensgeschichte, ihr Glück und ihr Unglück … Manch einer von ihnen ist vielleicht ein Hitzkopf, ein störrischer, unfolgsamer Kerl. Aber für mich ist er dennoch wie ein Sohn.«

Innocente kam es vor, als wäre er dem Kommunalsekretär zu weit entgegengekommen. Von Anfang an hatte er gemerkt, daß der Sekretär die schlimmste Ausprägung eines Faschisten verkörperte. Der strahlende Lack der Jugend war abgeblättert, er war ergraut und machte sich Sorgen um seine Söhne, von denen einer an der Front war. Im Grunde tat ihm der Mann leid. Beinahe als habe er Innocentes Bedauern erahnt, verzog der Sekretär das Gesicht zu einer wütenden Fratze.

»Täuschen Sie sich nur ja nicht.« Dabei stand er auf, um sich zu verabschieden. »Am achten September haben viele geglaubt, daß alles zu Ende sei! Haben sie in der Zeitung gelesen, wie der Duce auf dem Gran Sasso befreit worden ist? Das sind unsere Verbündeten, die tapferen deutschen Kameraden! Er ist frei und wird die verstreute Herde sammeln …«

»Niemals.« Innocente schüttelte den Kopf. »Ich meine, ich habe seit letztem Sommer nie mehr Zeitung gelesen. Ich bedaure, was unser Vaterland alles zu erdulden hat, aber jetzt muß ich an meine Gesundheit denken. Meinen Sie nicht auch? Und seien Sie überzeugt«, fuhr er fort, während er seinen Gast zur Tür begleitete, »die Tatsache, daß diese vier Hungerleider auf freiem Fuß sind, stellt für unser Regime absolut keine Gefahr dar.«

Der Sekretär hob die Hand zum Römischen Gruß und wartete, daß Innocente zurückgrüßte. Aber der gab ihm eine letzte rätselhafte Bemerkung mit auf den Weg: »Denken Sie einmal nach. Vielleicht ist der größte Feind Mussolinis Mussolini selbst, der dabei ist, sich seinen eigenen Untergang zu bereiten …«

Sprachlos und nachdenklich ging der Sekretär nach Hause. Der Ärmste, dachte Innocente. Er lebte schon lange isoliert, in einem Klima des Argwohns. In der Gemeinde ging es drunter und drüber wie überall in Italien. Und nach dem Schrecken im Juli hatte sich Boccioni nur noch selten an seinem Schreibtisch im Rathaus blicken lassen.

Es waren verworrene Zeiten für die Staatsbeamten. Ende 1943 hatten die Präfekturen angefangen, Rundschreiben zu veröffentlichen, die sich häufig widersprachen. Insbesondere eine Aufforderung hatte Tausenden von Bürgermeistern schlaflose Nächte bereitet: der Befehl, sich umgehend in der Präfektur einzufinden und den Eid auf den neuen republikanisch-faschistischen Staat, die Repubblica Sociale Italiana, zu leisten.

Als einzige Möglichkeit, diesen Zwiespalt zu lösen, hatte Boccioni seine Abdankung als Bürgermeister betrachtet. Denn er war überzeugt, daß es das beste sei, nicht für die neue Regierung Norditaliens zu votieren.

Der empörte Sekretär war gezwungen, die Zähne zusammenzubeißen und allein weiterzumachen, um seinen Ruf als Faschist der ersten Stunde nicht aufs Spiel zu setzen.

Doch nicht alle Gemeinden hatten das Pech einer solchen Verwaltung. Viele Kommunalsekretäre, die notgedrungen Parteimitglieder geworden waren, hatten als Studenten andere politische Ideale gehabt, waren Anhänger der Volkspartei Don Sturzos oder Sozialisten gewesen. Sie drückten gern ein Auge zu und denunzierten auch jene nicht, die sich der Einberufung zu entziehen suchten.

Nach dem achten September waren von mutigen Gemeindebeamten Hunderte von Pässen mit gefälschten Daten ausgestellt worden. Dazu wurden an die Fahnenflüchtigen Lebensmittelcoupons und Bons verteilt, und man verschaffte ihnen Arbeit bei Bauern, die bereit waren, sie aufzunehmen.

Innocente kannte keine Langeweile. Er freute sich auf den angenehmen Besuch Domenicos und Giorginos, mit denen er sich über das Jagdreservat unterhielt. Nach dem

Inkrafttreten des Jagdverbots konnten sich die Wildtiere in aller Ruhe vermehren.

Sie sprachen auch über das Leben im Dorf. Giorgino war ein aufmerksamer Beobachter des Geschehens, und Innocente ließ sich von ihm gern auf dem laufenden halten. Nach der Bombardierung Mailands im August waren zahlreiche Familien hierhergeflohen und hatten in den Höfen und Bauernhäusern Unterschlupf gefunden.

Vor allem die jungen Frauen aus der Stadt hatten Aufsehen erregt, so daß die Dorfmädchen und -frauen neuerdings ebenfalls anfingen, kürzere Röcke und helle ärmellose Blusen zu tragen. Manche ließen sich sogar in Magenta oder Legnano Dauerwellen machen. Aber ihren Rivalinnen aus der Stadt standen, wie Giorgino zu berichten wußte, weit raffiniertere Waffen zur Verfügung: Selbstgefällig stolzierten sie die Straße entlang, sie gingen einkaufen und besuchten die Meßfeiern in der Kirche. Unergründliche, rätselhafte Frauen. Unter ihren Blusen aus Rayon, Kunst- oder Bembergseide, die mit Schulterpolstern ausgekleidet waren, zeichnete sich schamlos der Busen ab, und sie trugen aufreizende moderne Wäsche. Ihre kurzen, eng anliegenden Röckchen wippten bei jedem staksenden Schritt mit ihren eleganten Sandalen.

Als Alcide von Innocentes Krankheit erfuhr, kündigte er seinen Besuch an. Mitte März, am Fest des heiligen Josef, einem milden, sonnigen Tag, war es endlich soweit.

Am frühen Nachmittag jenes Tages saß Innocente mit seinen Gästen im Garten. Die Wiese war erst seit kurzem von der dicken Schneedecke befreit und das Gras noch gelb. Eingepackt in einen von Netta eigenhändig gestrickten Schal, ließ Innocente den Blick wie ein weiser und zufriedener Patriarch schweifen. Giorgino und Marta hatten außer ihren Kindern auch die Schwiegereltern mitgebracht, und auch Matilde, ihre Tante Luigina, Battistina und deren Sohn Filippo waren gekommen, um ihnen Gesellschaft zu leisten.

Auch der Pfarrer hatte die Einladung angenommen.

Nachdem sie sich gleichsam an der Schwelle zum Jenseits kennengelernt hatten, hatte sich zwischen Innocente und Don Siro eine Freundschaft entwickelt, und häufig kamen sie auf Innocentes unerwartete Genesung zu sprechen. »Der Tod ist vor mir zurückgewichen, ich muß ihm einen tüchtigen Schreck eingejagt haben«, meinte Innocente im Scherz.

Die Frauen bereiteten unterdessen in der Küche die Krapfen zu, die eigens zum Josefstag gebacken wurden.

»Paß genau auf, Amabile, es ist ganz einfach«, sagte Netta und nahm den Topf mit Butter, Salz und heißem Wasser vom Herd. »Jetzt schnell!« sagte sie. Amabile gab das Mehl hinein, das sie in einer Schüssel vorbereitet hatte, und Netta rührte die Masse mit einem Holzlöffel glatt.

»Siehst du? Der Teig muß fest sein und sich wie ein Ball vom Topfboden lösen ...«

Amabile legte dürre Zweige in den Ofen. Sofort flammte das Feuer auf und leckte nach der Kasserolle mit dem Öl, das im Nu heiß wurde. Dem abgekühlten Teig fügte Netta noch sechs Eigelb sowie das geschlagene Eiweiß hinzu.

»Ist das Öl heiß genug? Dann fangen wir an.«

Mit dem Löffel stach sie ein Stück Teig ab und schob es mit dem Finger ins Öl. Ein dumpfer Plop, und der Teigklumpen sank ins Öl, um wenig später wieder aufzutauchen, um das Doppelte vergrößert und von verlockend goldgelber Farbe. Mit einem Schaumlöffel holte Amabile die Krapfen heraus, legte sie auf hellblaues Papier und bestäubte sie mit Zucker, nachdem sie etwas abgekühlt waren. Sie verströmten einen so unwiderstehlichen Wohlgeruch, daß Luciano vor Appetit große Augen machte.

Er bekam einen Krapfen, noch bevor Netta das Tablett zu den Gästen hinaustrug. Angelica verteilte das heiße duftende Gebäck, und Luciano lief mit vollem Mund blitzschnell über die Wiese. Ein mageres Kind, groß für sein Alter, und mit seinen dunklen Augen ähnelte er Marta. Don Siro lobte den Wein und das Gebäck. Aus den Augenwinkeln sah er, daß Filippo mißmutig kaute. Leichthin wandte er sich an ihn: »Ich sehe, sie sind ganz wiederhergestellt, mein lieber Filippo. Das Abenteuer in Afrika scheint ja zum Glück glimpflich verlaufen zu sein.«

Battistinas Sohn verzog das Gesicht. Er sprach nur ungern von seinem kurzen Kriegseinsatz. Ende 1941 war er an die nordafrikanische Front eingezogen worden und bereits nach einem Jahr zurückgekehrt, offiziell, weil er verwundet, in Wirklichkeit, weil er desertiert war.

Aber Battistina flüsterte ihm ins Ohr, er brauche sich in diesem Kreis nicht zu verstellen. Im übrigen war die Geschichte zu schön und die Versuchung, sie zum besten zu geben, allzu groß.

»Ja, in der Tat«, antwortete Filippo. »Ich habe das Gefühl, ein Stück Geschichte hautnah miterlebt zu haben. Ich meine den Anschlag im Hafen von Alexandria. Ich weiß nicht, ob ihr davon gehört habt.«

»Ich lese schon lange keine Zeitung mehr«, murmelte der Herr des Hauses.

»Erzählen Sie doch!« ermunterte ihn der Pfarrer.

»Schon kurz nach meiner Ankunft in Afrika geriet unsere Truppe in Gefangenschaft. Die Australier, Mordskerle mit Mützen schräg auf dem Kopf, die sie noch größer erscheinen ließen, wußten nicht, wohin mit uns. Wir waren mehr als zwanzigtausend.«

»Das italienische Afrika, unser Imperium, adieu, auf Nimmerwiedersehen!« meinte Giorgino bitter.

»Schließlich reichten sie uns an die Engländer weiter, die sehr gut ausgerüstet waren. Ich wurde einer Abteilung im Sanitätsdienst im ägyptischen Alexandrien zugeteilt. Unsere Kaserne lag in einem italienischen Gymnasium, das zum Krankenhaus umfunktioniert worden war. Ich wurde einem Offizier zugewiesen, Dan Follet hieß er, ich erinnere mich noch gut an ihn, ein tüchtiger Kerl. Da ich Auto fahren konnte, mußte ich ihn mit einem Militärtransporter herumkutschieren. Jeden Morgen besorgten wir Obst, Gemüse und alles mögliche auf dem Markt und luden es auf. Aus der Apotheke holten wir die Arzneimittel ... es gefiel mir ganz gut, dieses Leben ...«

»Aber besser ist es doch hier, zu Hause«, sagte Battistina lächelnd.

»Es war der neunzehnte November. In jener Nacht brach im Hafen von Alexandria die Hölle los. Wir wachten auf, ohne zu begreifen, was los war. Hinter meinem Offizier her lief ich zur Mole hinunter. Ein englischer Öltanker, die *Sagona*, brannte und war schon halb versunken. Neben ihr lag ein nagelneues Panzerschiff vor Anker, die *Valiant*, auf die die Engländer mächtig stolz waren, und ein Admiralsschiff, die *Queen Elizabeth*. Die Engländer drängten sich an der Mole. Das Gerücht ging, es handle sich um Sabotage. Gegen fünf Uhr morgens hörten wir dann eine gewaltige Explosion. Die *Valiant* war an einer Seite auseinandergebrochen und hatte einen Riß von mindestens fünfzehn Metern. Die Besatzung jedoch befand sich in Sicherheit, die Rettungsboote legten gerade an. Die allgemeine Verwirrung war groß. Doch obwohl ich inzwischen ein bißchen Englisch konnte, verstand ich kein Wort in diesem Durcheinander. Aber wenige Tage später erfuhr ich, was geschehen war.«

»Wie gefährlich, heilige Maria!« rief Battistina aus, sichtlich zufrieden, daß ihr Sohn gesund und munter neben ihr saß.

»So schlimm war es auch wieder nicht«, gab Filippo bescheiden zurück. »Am Tag darauf wurden wir Italiener nach Palästina verfrachtet, in die Nähe von Jericho, zehn Kilometer von Tel Aviv entfernt. Das Lager bestand aus nur vier Baracken und stand unter dem Befehl von zwei englischen Offizieren, die den ganzen Tag friedlich rauchten und tranken. Das Krankenhaus, zwei alte Zelte mit rund einem Dutzend Feldbetten, war leer, aber an jenem ersten Abend trafen vier Verwundete ein: zwei Deutsche und zwei Italiener. Die beiden Italiener wurden von den Engländern mit großem Respekt behandelt; der eine war groß und blond und sah vornehm aus. Er stellte sich ganz umstandslos vor, als sei er einer von uns, der Marineleutnant Luigi Durand De La Penne von der Königlich Italienischen Marine. Der andere war ein Marinesoldat, Emilio

Bianchi hieß er, und er war an der Schulter schlimm verwundet. Jedenfalls stellte sich bald heraus, daß sie die heroischen Attentäter auf den Hafen von Alexandria gewesen waren. Natürlich wollten wir begierig alle Einzelheiten wissen, und was wir sie erzählen hörten, steigerte unseren Kampfgeist: Sogar die Engländer bewunderten ihre Tapferkeit.«

»Aber wie sind sie den englischen Schiffen so nahe gekommen?« erkundigte sich Giorgino. »Gab es eine Lücke in der Hafenabsperrung?«

»Ach, woher. Sie drangen mit drei Spezialtorpedos in den Hafen ein, die jeweils mit zwei Mann besetzt waren. Leutnant De La Penne und der Marinesoldat Bianchi hatten den Auftrag, die *Valiant* zu torpedieren. Der Leutnant erzählte uns, daß das Meer pechschwarz gewesen war und man keinen Zentimeter weit sehen konnte. Es war kalt, und seine Finger waren steif; seine Maske hatte sich mit Wasser gefüllt, das er trinken mußte, um weiteratmen zu können!«

»Wenn er davongekommen wäre, wäre er an Typhus gestorben ...«, murmelte Innocente grinsend.

»Sie hatten die Sprengkörper angebracht und tauchten eben auf, als ein Wachposten auf sie aufmerksam wurde. Er schoß und traf Bianchi an der Schulter. So wurden sie gefangengenommen. Aber sie hatten die Sprengkörper und auch die Zünder bereits montiert. An Bord schwiegen sie und verrieten weder, wo die Sprengkörper angebracht waren, noch wann sie explodieren sollten. Der englische Offizier versuchte mit allen Mitteln, sein Schiff zu retten. Er ließ die beiden Italiener im Kielraum des Schiffes anketten und drohte, sie zurückzulassen, wenn sie sich nicht entschlössen zu reden. Als der Öltanker mit einem dumpfen Knall explodierte – und ich stand an der Mole und sah zu –, schickte der Kapitän sämtliche Soldaten und Offiziere an Land. Die Gefangenen weigerten sich bis zum allerletzten Augenblick, ihr Geheimnis preiszugeben. Fünf Minuten vor der voraussichtlichen Explosion packte der Leutnant dann aus. Morgan gab den Befehl, ins Rettungsboot zu steigen, und der Offizier band die beiden Italiener los. Kurz darauf explodierte die *Valiant* mit einem mordsmäßigen Getöse, aber keiner starb.«

»Mein Gott, was für ein Mut!« meinte Innocente.

»In unserem Lager allerdings, als Gefangener, wurde der Leutnant De La Penne zu einem Tiger im Käfig. Er lief unruhig hin und her, buddelte Gräben in den Sand. Wir hatten es nicht schlecht dort. In der Nähe gab es zwei kleine Oasen, Wasser ... Nach einer Woche teilte er mir mit, daß er beabsichtige zu fliehen. Die englische Besatzung war klein, und es in der Nacht mit dem Wachposten aufzunehmen, sei ein Kinderspiel, meinte er. Schwieriger würde es sein, sich in diesem unbekannten und trockenen Landstrich bis zum Meer durchzuschlagen. Der Leutnant besaß einen Kompaß, doch was ihm fehlte, war ein bißchen Geld. Wir Italiener wußten, wie wir den Arabern ein paar Piaster abluchsen konnten – mit Handlangerarbeiten und kleinen Betrügereien. Binnen weniger Tage hatte der Leutnant siebzig ägyptische Piaster und gut zwanzig Dollar beisammen; sie waren verfallen, wie wir später erfuhren. Keiner der anderen Italiener aus dem Lager entschloß sich, mit den beiden zu fliehen. Hier hatten wir alles, was wir zum Überleben brauchten, wir vertrieben uns die Zeit mit Karten- und Würfelspielen. Als Gegenleistung zu kleinen Hilfsdiensten verteilten die Offiziere Schokolade und Bier ... Keinem kam es in den Sinn, mit dem Helden von Alexandria ins Ungewisse aufzubrechen! Ich hatte allerdings in jener Zeit ein unbändiges Heimweh und bekam Lust, es zu versuchen. So half ich wie in Trance den beiden in der Nacht, einen Pfahl aus der Umzäunung herauszubrechen. Es ging ganz leicht. Wir hoben den Drahtzaun hoch und waren draußen. Den Rest übergehe ich: die Wüste, den Hunger, den Durst ... Wir gelangten tatsächlich ans Meer, und dann ging jeder seiner Wege. Das war alles. Was sagen Sie dazu, Don Siro? Meinen Sie nicht, daß das ein Stück Geschichte dieses Krieges ist?«

»Eine Verrücktheit war es«, wies ihn seine Mutter zurecht. »Konntest du nicht wie alle anderen auch geduldig sein und bleiben, wo du warst? Statt dein Leben aufs Spiel zu setzen?«

»Ich muß zugeben, daß ich als veränderter Mensch zurückgekehrt bin. Daher habe ich auch nach Mussolinis Verhaftung getan, was ich tun mußte … mit den anderen zusammen, auf der Piazza.« Er sah zu Innocente, der keine Miene verzog. »Ich weiß, daß Sie die Sache anders sehen.« Battistina zupfte ihn am Ärmel. Doch Filippo hatte bereits Anlauf genommen. »Ich habe eingesehen, daß mein Vater recht hatte. Man hat uns belogen und betrogen … Es stimmt nicht, daß die Engländer Schurken sind, wie man uns hatte weismachen wollen. Man hat den Leuten den Kopf verdreht. Denn unter normalen Umständen und bei klarem Verstand hätte keiner von ihnen einem Krieg zugestimmt.«

»Dann war es also richtig, daß du geflohen bist«, meinte Innocente entgegenkommend.

»Ja, es war ein richtiger Schritt. Dieses Italien, das sie uns vorgegaukelt haben, ist am Ende; es gibt keine Hoffnung für die Republik, die sie gegründet haben. Meine Kinder werden in einer anderen Welt leben. Als Menschen und nicht als Marionetten, die auf Befehl den Arm heben müssen«, fuhr Filippo stolz und mit glänzenden Augen fort.

Es folgte betretenes Schweigen. Wie eine Befreiung war es daher, als es plötzlich an der Tür klingelte.

124

Amabile führte einen älteren, elegant gekleideten Herrn herein, der Stock und Hut in der Hand trug. Angelica und Netta erkannten ihn nicht. Innocente musterte ihn aufmerksam, dann sprang er auf und ging ihm mit ausgebreiteten Armen entgegen.

»Alcide!« rief er. »Da bist du also! Wie ich mich freue!«

Nachdem Alcide den Freund umarmt hatte, bat er ihn, das Tor zu öffnen. Alfredo schob den schweren Riegel zurück und nahm den Holzbalken ab. Nino, Alcides Sohn, der am Steuer des Autos saß, fuhr langsam in den Hof – zum ehrfürchtigen Staunen der Anwesenden, die eiligst die Stühle beiseite rückten, um dem Wagen Platz zu machen.

»Ein Bianchi S9«, erklärte Alcide stolz. »Und das ist mein Sohn Nino. Erinnerst du dich noch an ihn, Angelica? An die Zeit, als du und Matilde mit meinen Kindern im Hof gespielt habt? Damals, auf dem Corso Magenta. Wie lange haben wir uns nicht gesehen?«

Angelica runzelte die Stirn und dachte angestrengt nach. Mit dem blassen und schüchternen Kind, mit dem sie vor Jahren gespielt hatte, hatte Nino nichts gemeinsam. Er mußte jetzt etwa vierzig Jahre alt sein. Kräftig gebaut, mit dunklen Haaren, stieg er aus dem Wagen und schimpfte über den Staub der unbefestigten Straßen, die die schwarze Lackschicht beschmutzt hatten. Es ging das Gerücht, daß er mit Schwarzhandel von Kaffee und Tabak binnen weniger Jahre ein Vermögen gemacht hatte. Er sah älter aus, als er war.

Alcide, ebenso alt wie Innocente, wirkte gut zehn Jahre jünger. Wie er erzählte, lebte er mit dem unverheirateten Sohn noch immer in dem Haus auf dem Corso Magenta, obwohl er, wie er versicherte, sich durchaus eine bessere Wohnung würde leisten können.

»Er hat ein Händchen fürs Geschäftliche«, beschrieb er die Aktivitäten des Sohnes; und niemand fragte weiter nach. »Wie sollte es mir nicht gutgehen. Ich habe nichts zu tun und ruhe mich aus. Daher kann ich mich geistigen Dingen widmen, ich beackere das Feld der Literatur und Wissenschaft ...«, meinte er lachend. »Und du, Cént, sag nicht, daß das nicht mein Bereich ist. Früher war ich kein kontemplativer Typ, stimmt's? Aber wenn man keine Zähne mehr hat, muß man eben mit Brei vorlieb nehmen. Und in meinem Fall sind das eben die Bücher ...«

Innocente lachte. »Na, na, ich glaube dir kein Wort.«

»Doch, so ist es«, beharrte Alcide, an die anderen Gäste gewandt. »Obwohl wir als junge Leute alles mögliche angestellt haben! Mit Lorenzo und Tosoni. Weißt du noch … als das hier noch mein Haus war …«

»Um Himmels willen«, unterbrach ihn Innocente und winkte ab. »Das sind Erinnerungen, die nur uns beide etwas angehen, ersparen wir sie den anderen. Aber ich hoffe, daß dies der erste einer ganzen Serie von Besuchen ist. Jetzt, wo du dich hierher chauffieren lassen kannst.«

»Einen Krapfen, Signor Alcide? Und du, Nino?« Angelica reichte ihnen die Platte mit dem Gebäck. »Sie sind kalt geworden, schade. Meine Mama hat sie selbst gebacken.«

»Ich mache einen Rundgang durchs Revier«, verkündete Manenti, verabschiedete sich und stieg aufs Fahrrad.

Auch Angelica stand auf.

»Ich gehe in den Garten«, sagte sie. »Bastiano hat frisch gesät.« Sie schlug Marta vor, sie mit ihrem Töchterchen zu begleiten, was diese gerne tat. Trotz ihres großen Altersunterschieds plauderte sie gerne mit Tante Gècca. Marta hatte im Dorf wenige Freundinnen. Zwar achtete sie die Schwiegereltern Natalina und Domenico, die sie nach Miliettos tödlichem Unfall gerne bei sich aufgenommen hatte, doch hatte sie kein vertrauliches Verhältnis zu ihnen entwickelt. Zu groß waren die Unterschiede in der Lebenserfahrung und im Bildungsstand.

Bei allem guten Willen konnte Marta sich eines Gefühls des Andersseins nicht erwehren. Sie war eine moderne Frau, die in einem Büro gearbeitet, Ausflüge gemacht hatte, die skifahren konnte und sogar in aller Öffentlichkeit geraucht hatte. Es war nicht leicht, im Dorf als gleichwertig anerkannt zu werden.

Marta, fröhlich und hilfsbereit, war auch stolz auf ihren wachen Verstand, ihren guten Geschmack und wirkte etwas allzu keck und selbstsicher, als daß sie die Zuneigung und Freundschaft der anderen jungen Frauen im Dorf hätte gewinnen können. Anfangs hatte ihr das nichts ausgemacht, sie war bald schwanger geworden und hatte Luciano und später das Töchterchen zur Welt gebracht. Doch zuweilen überkamen sie trübe Gedanken, und daher tat ihr die Zuneigung gut, die Angelica ihr entgegenbrachte. Die Kleine auf dem Arm, folgte Marta ihr in den Garten.

Amabile kam heraus und brachte Innocente eine weitere Decke. Die Märzsonne schien am Spätnachmittag nicht mehr so warm. Lächelnd nahm er die Decke entgegen. »Die Ärmste«, wandte er sich an Alcide, »sie ist an sich kein schlechter Mensch und verdient es nicht, ständig an meiner Maria gemessen zu werden. Sie tut, was sie kann …«

Während Don Siro und Alcide plauderten, geschah mit Innocente etwas Merkwürdiges: Die Stimmen der Freunde drangen nur noch gedämpft an sein Ohr, und er ließ den Blick Über seinen Garten gleiten. Im Geist trat er näher an die geliebten Menschen heran, lauschte ihren Gesprächen und nickte. Sein Herz war erfüllt von einem tiefen Glücksgefühl: In seinem Haus herrschte endlich Leben, und auch er fühlte sich lebendig.

Alma und Luigina schlenderten die Gartenwege entlang, und Matilde zeigte ihnen die Stellen, an denen die ersten Veilchen blühten. Sie haben welche gefunden, dachte Innocente, als er das freudige Kreischen und Rufen hörte. Doch da Matilde sich gern unterhielt, kam sie bald zurück und setzte sich neben den Hausherrn.

»*Sciùra* Matilde«, wandte sich Alcide ihr zu, »ich bedaure, was mit Ihrem Haus in Mailand geschehen ist. Wie schlimm für Sie!«

»Da haben Sie recht. Wir haben eine schreckliche Zeit hinter uns. Denn, um die Wahrheit zu sagen: Ich weiß nicht, was schwerer zu ertragen war: die zerstörte Wohnung oder dieser Unglückstag, der achte September.«

Don Siro, der offensichtlich anderer Ansicht war, schüttelte den Kopf. Und auch Alcide war verwundert: »In welchem Sinn? Nach dem Waffenstillstand hörten zumindest die Luftangriffe auf … Wissen Sie, ich verstehe nichts von Politik. Ich habe nie ein Parteibuch besessen.«

»Ich schon«, erwiderte Matilde, »und ich besitze es noch immer. Es ist mir lieb und teuer. Mitzumachen, wenn die Dinge gut stehen, ist mir zu einfach. Man muß den Zielen treu bleibt, die man sich gesteckt hat. Ich weiß, daß es vielen so ging wie Ihnen, Signor Alcide, am achten September. An jenem Tag haben wir im Radio gehört, daß General Badoglio den Waffenstillstand unterzeichnet hatte. Badoglio, der Herzog von Addis Abeba, der Nationalheld! Was für ein schäbiger Akt, was für ein widerlicher Opportunismus ... Die Flieger, die Offiziere und auch wir Hilfskräfte waren von dieser Nachricht wie vom Blitz getroffen. ›Doch der Krieg geht weiter. Unser gemeinsamer Feind ist jetzt die deutsche Armee ...‹ Die Deutschen, die bis zu diesem Augenblick unsere Verbündeten gewesen waren. Sie haben uns mit Respekt behandelt, haben mit uns in der Kantine gegessen, mit uns Tennis gespielt ... und jetzt auf einmal sollen wir sie als unsere Feinde betrachten? Ich muß sagen, ich habe mich vor den Deutschen in Grund und Boden geschämt. Auf dem Flughafen spielten sich unglaubliche Szenen ab. Italienische Flieger, aber auch einige Offiziere benahmen sich wie Wilde, außer Rand und Band geraten. Sie zerstörten Instrumente, Einrichtungsgegenstände, nahmen aus den Vorratsräumen Lebensmittel und Getränke und stopften es in Säcke, die sie auf Lastwagen luden. Dabei brüllten sie, daß der Krieg zu Ende sei, und beleidigten die faschistische Partei und den Duce. Ich wäre am liebsten im Erdboden versunken ...«

»Soldaten am Rande der Erschöpfung, die es gar nicht mehr erwarten konnten, die Ärmsten ...«, warf Don Siro leise ein. »In manchen Situationen verliert man leicht den Kopf.«

»Ja, aber doch nicht in dieser Weise!« versetzte Matilde schroff. »Auch meine Freundinnen denken so wie ich. Unterdessen hatten sich die Deutschen vom ersten Schreck erholt und fingen an, sich neu zu organisieren und den Truppen Befehle zu erteilen.«

»Dann haben also die Deutschen den Flughafen besetzt. Und ihr Frauen?« erkundigte sich Nino.

»Wir wurden ins Büro des deutschen Majors gerufen, der der neue Kommandant des Flughafens Forlanini war. Er hat uns gefragt, ob wir bereit wären weiterzuarbeiten; ich als Schichtmeisterin im Funkraum. Natürlich unter deutschem Befehl. Er war freundlich und sprach italienisch. Nur mit Mühe konnte ich meine Tränen zurückhalten. ›Danke, aber es hat keinen Sinn‹, antwortete ich. Wir waren ja jetzt Feinde. Mit äußerster Höflichkeit erwiderte er: ›Wenn Sie wollen, stelle ich Ihnen einen Wagen zur Verfügung, der Sie in die Stadt bringt.‹ ›Danke, ich bin mit dem Fahrrad hier‹, erwiderte ich mit einem Kloß im Hals. Ich stieg aufs Fahrrad, und endlich konnte ich meinen Tränen freien Lauf lassen. Sie kennen mich, Signor Innocente. Bevor ich in aller Öffentlichkeit Tränen vergieße ... Aber zum Glück war niemand unterwegs ...«

»Ich wundere mich, Signora Matilde«, meinte der Pfarrer gutmütig, »daß das alles für Sie so überraschend kam. Kann es sein, daß Sie nicht gemerkt haben, wohin der Karren läuft? Der Kriegseintritt war meiner Ansicht nach ein gewaltiger Fehler gewesen. Vielleicht hat man sich zu sehr auf die verbündeten Deutschen verlassen, die in der Tat eine enorme Kriegsmaschinerie aufgebaut hatten. Aber auch für sie endete das Ganze in der Katastrophe.«

Es klingelte. Signora Lucina streckte den Kopf zur Tür herein und rief: »Matilde! Du hast wohl vergessen, daß du Mann und Kind hast? Zu Hause ist der Herd kalt.«

»Du hättest die Suppe ja auch aufsetzen können«, murmelte Matilde, doch dann verabschiedete sie sich eilig.

»Tja, so ist das nun mal«, meinte Innocente und hielt ihre Hand fest. »Denke nicht, daß ich dich nicht verstehe, im Gegenteil. Ich bin ganz deiner Meinung: Manches tut wirklich weh. Zwanzig Jahre gute Regierungszeit hätten nicht auf diese Weise zu Ende gehen dürfen ...«

»Wenn ich nicht schon mit einem Fuß im Grab stünde und an mein Seelenheil denken müßte«, seufzte er, als Matilde gegangen war, »würde mir das, was geschieht, allerdings schon zu denken geben.«

»Mit einem Fuß im Grab? Wie meinen Sie das, Signor Dago?« unterbrach ihn Don Siro. »Sie sind doch völlig wiederhergestellt und erfreuen sich bester Gesundheit ...«

»Eins, Don Siro, wollte ich Sie schon lange einmal fragen«, sagte Innocente, halb ängstlich und halb im Scherz.

»Was wird aus uns, wenn wir tot sind? Wie sehen wir aus, äußerlich, meine ich. Darüber habe ich mir so meine Gedanken gemacht, als ich im Bett lag.«

»Oh, das ist schwer zu sagen!« lachte der Pfarrer. »Keiner ist je zurückgekehrt, um davon zu berichten. Wie der heilige Jakobus sagt: ›Was ist euer Leben? Rauch seid ihr, für kurze Zeit sichtbar und dann verschwunden ...‹ Und im Buch der Weisheit heißt es: ›Zur Zeit ihrer gnädigen Heimsuchung werden sie aufleuchten und aufsteigen wie Funken überm Stoppelfeld.‹ Ich glaube auch, daß wir im Jenseits wie leuchtende und lebendige Funken sind, die um den Thron des Vaters kreisen.«

»Im Jenseits?« rief Alcide und schlug Innocente auf die Schultern. »Du kommst in die Hölle, dorthin, wo man richtig brennt, von wegen Funken ...«

Innocente lachte. Der Pfarrer suchte sich lächelnd zu verteidigen. »Nein, nein, im Gegenteil. Die Hölle ist hier auf Erden; und wir Menschen bereiten sie uns mit großem Fleiß: mit tödlichen Waffen, Schmerz, mit Fluchen und Blutvergießen. Im vorigen Krieg habe ich als Kaplan viel miterlebt. Damals war ich knapp zwanzig Jahre alt. Und in diesem Alter prägt sich alles, was wir erleben, tief ins Bewußtsein ein. Ich weiß, daß auch diesmal viele Priester darum gebeten haben, an die Front geschickt zu werden. Squadristen-Kapläne werden sie genannt. Über dreihundert Priester. Ich jedoch glaube, es ist viel wertvoller, hier zu bleiben, im zivilen Leben. Um zu retten, was zu retten ist. Nicht mit Waffengewalt, wie die Anhänger der Republik von Salò meinen, sondern durch Selbstbesinnung und Reue. Um die Irrtümer anzuerkennen ... nicht nur die der Führer des Regimes, sondern auch die eigenen ...«

»Irrtümer! Irrtümer!« unterbrach ihn Innocente mit leichter Ungeduld. »Es ist jetzt einfach, von Irrtümern zu sprechen. Sie waren noch ein Kind, als alles begann, Sie konnten es nicht begreifen. Aber wer die Anfänge des Faschismus miterlebt hat, die Veränderungen, die in Italien stattgefunden haben, findet sich schwer damit ab, was geschehen ist. Im Unglück vergißt man leicht die glücklichen

Zeiten. Dann zieht man schnell alles in Zweifel: was wir sind und woran wir geglaubt haben.«

»Ich weiß ganz gut Bescheid über die Anfänge der Bewegung«, erwiderte Don Siro. »Ich war noch jung, das stimmt, aber ich hatte Augen und Ohren. Ich erinnere mich an die Gespräche bei uns zu Hause. Als die Sozialisten ihre eigenen Fehler kritisierten.«

»Richtig, zu viele Fehler, *càr el mé sciùr curadu*«, meinte Innocente. »In Mailand hatten die Sozialisten an einem gewissen Punkt die Stadtverwaltung in ihrer Hand, ich weiß nicht, ob Sie das wissen. Sehen Sie, als junger Mann war ich ein glühender Bewunderer von De Amicis. Aber als ich sah, wohin es der Sozialismus in der Praxis gebracht hatte, wurde mir die rote Farbe bald verhaßt. Streiks ohne Ende, die öffentlichen Dienstleistungen wurden auf einen Wink der Gewerkschaftsbosse hin lahmgelegt. Sie kamen sogar aufs Land, um die Bauern aufzuwiegeln. In den Dörfern, die einen roten Bürgermeister hatten, ging es drunter und drüber. Unter den Katholiken gab es Tote und Verwundete. Dies und nichts anderes hat den Faschismus salonfähig gemacht. Und als der Duce die Zügel dann endlich in die Hand nahm, waren alle zufrieden.«

»Zweifellos«, nickte der Pfarrer. Alcide und Nino hörten mehr oder minder interessiert zu. Ihren Gesichtern nach zu urteilen, war das für sie unnützes Geschwätz. »Aber über die Religiosität Mussolinis habe ich so meine Zweifel.«

»Mag sein«, gab Innocente zurück, »jedenfalls bleibt ein bitterer Nachgeschmack. Die politische Führungsschicht hat große Fehler gemacht. Aber Mussolini selbst ist politisch ein Ehrenmann ...«

»Mein Gott«, lächelte der Priester. »Haben Sie denn nichts über sein Privatleben gehört? Die arme Rachele, seine Frau, was die unter ihm zu leiden hatte.«

»Das ist eine andere Sache; ein Mann ist ein Mann. Aber an erster Stelle stand für ihn stets die Familie. Ehrenhaft meine ich im politischen Sinn. Es gab bei ihm keine Verquickungen mit privaten Interessen. Das Vaterland stand für ihn ganz oben.«

»Mit den Ergebnissen, die wir jetzt vor uns haben: Mailand ist zu achtzig Prozent zerstört, zweihunderttausend Menschen haben kein Dach über dem Kopf, die Fabriken können nicht produzieren, die Eisenbahnen sind zerstört, Kunstwerke beschädigt.«

»Ja, der Krieg. Das war ein großer Fehler. Nicht die Paraden, der Stechschritt … der Krieg. Schuld daran ist nur dieser Schweinehund Hitler. Mussolini war ganz anders. Ich weiß noch, in der ersten Zeit ging es Italien wirtschaftlich gut, und im Ausland …«

»Meinen Sie nicht, daß Sie die Wirklichkeit ein bißchen verklären?« wagte Don Siro zu widersprechen.

»Ich habe es miterlebt. Zwar bin ich alt, aber ich erinnere mich noch sehr genau, wie es war. Und ohne Zweifel ging es Italien besser, anfangs, in den ersten Jahren des Faschismus. Aber vielleicht erscheinen mir diese Jahre nur deshalb so schön, weil ich damals noch jünger war …«

Die Kirchenglocken läuteten. Don Siro sprang auf.

»Ich muß mich beeilen! Es war interessant und nett, mit Ihnen zu plaudern, lieber Signor Innocente. Leider muß ich aufbrechen, doch gestatten Sie mir noch eine letzte Bemerkung. Wenn der Mensch nicht das ethische und religiöse Gewissen in den Mittelpunkt des geschichtlichen Handelns stellt, kann es keinen wahren Fortschritt geben. Wenn der materielle Fortschritt nicht mit einem ebenso großen geistigen Fortschritt einhergeht, kann dies die Menschheit nicht glücklich machen. Hat denn der Faschismus die Entwicklung der Menschheit in diesem Sinn vorangebracht? Überlassen wir das Urteil darüber der Nachwelt!«

»Mein Gott, was für ein Ausbund an Weisheit«, meinte Alcide, als der Pfarrer gegangen war.

Nino manövrierte inzwischen den Wagen aus der Einfahrt. Die Kieselsteinchen knirschten unter den Reifen. Die beiden Alten umarmten sich. »Und Netta, hm?« murmelte Alcide. »Sie ist noch immer eine attraktive Frau … Du hast den richtigen Schritt getan.«

Er sah Innocente mit neugieriger Aufmerksamkeit an und zwinkerte ihm zu. Innocente schien einen Augenblick nachzudenken, ehe er antwortete: »Sie ist meine Frau. Am Ende ist es doch so gekommen. Warum habe ich es nicht schon fünfzig Jahre früher getan? Ganz schön spät, nicht wahr? Gott möge mir verzeihen!«

125

Die italienische Fahne!« verkündete stolz der Koch Umberto und wies auf die Servierplatte. Die Tischgäste empfingen ihn mit Rufen des Staunens und des Lobes. In Zeiten der Lebensmittelmarken war ein so üppiges Mahl in der Tat eine Seltenheit.

»Ich kann das machen«, fühlte sich der Hausherr bemüßigt, zu seiner Rechtfertigung zu erklären. »Denn alles ist Eigenbau. Ich nehme niemandem etwas weg.«

Innocente blickte zufrieden in die Runde. »Außerdem besteht ja nicht jeden Tag ein solcher Anlaß zum Feier.« Und er zählte an den Fingern ab: »Dem Tod entronnen, geheiratet … und dann noch der Geburtstag meiner geliebten und einzigen Tochter. Wenn das nicht Grund genug zum Feiern ist!«

Auf der riesigen Servierplatte lag zwischen der in dünne Scheiben geschnittenen Salami und den marinierten Zucchini der mit Öl und Pfeffer gewürzte cremige Frischkäse. Darüber war aus eingelegtem Gemüse das Wappen Savoyens gebildet.

In dem großen Salon, in dem einst Rachele ihre mondänen Einladungen abgehalten hatte und den Innocente seit undenklichen Zeiten nicht mehr benutzte, stand der festlich gedeckte Tisch, an dem die Gäste Platz genommen hatten. Im hellen Licht des Julinachmittags, das durch die Gartenfenster hereinflutete, funkelten der Kronleuchter, die Kristallgläser, das facettierte Glas des Anrichteschranks aus hellem Nußbaumholz und das Tafelsilber.

Lotti war mit dem Bus gekommen und übernachtete bei ihren Eltern. Matilde, die seit der Zerstörung ihrer Wohnung in Mailand – nunmehr fast einem Jahr – mit ihrem Mann, der Tochter und den Eltern in der Villa ihrer Tante Luigina wohnte, war, hocherfreut über die Einladung, als allererste gekommen.

Innocente hatte Umberto mit der Zubereitung des Festmahls beauftragt, damit es Netta erspart blieb, in der Küche ständig nach dem rechten sehen und mit auftragen zu müssen. Schon seit dem frühen Morgen war Umberto in der Küche beschäftigt, und dank seiner Erfahrungen in der Trattoria Della Vittoria und der Lehrjahre bei Signora Luigina waren ihm alle Speisen gut gelungen und rechtzeitig fertig geworden.

Domenico hatte gezögert, ob er Innocentes Einladung annehmen solle und war schließlich zu Hause geblieben. Natalina hatte von der Einladung nichts wissen wollen; seit einiger Zeit ging sie fast nicht mehr auf die Straße. Sie war zwar fünfzehn Jahre jünger als ihre Schwester Antonia, wirkte jedoch weitaus verhärmter und verbrauchter. Netta dagegen, die sich ihre innere Harmonie und Ausgeglichenheit bewahrt hatte, verbreitete eine wohltuende Ruhe und genoß die Zuneigung aller.

Marta und Giorgino waren mit dem Töchterchen und dem Söhnchen Luciano gekommen, der inzwischen sechs Jahre alt war. Und auch Battistina hatte die Einladung angenommen. Pietro war in letzter Zeit öfter unleidig, und daher nutzte sie jede Gelegenheit, außer Haus zu gehen.

Lotti trug noch immer schwarze Trauerkleidung, doch ihre freundlichen Augen milderten die düstere Strenge ihres Äußeren.

»Es ist jetzt fast schon ein Jahr her«, sagte sie, ohne weiter darauf zu achten, was Umberto ihr auf den Teller legte. Adelaide strich ihr stumm übers Gesicht. Auch für sie und Francesco war es keine leichte Zeit. Niemand wollte Land kaufen, finanziell waren sie daher fast am Ende. Allerdings griff ihnen ihr Sohn unter die Arme – eine demütigende Situation für eine Frau wie Adelaide, die durch diese Umstände noch strenger geworden war.

Umberto trug den Risotto mit Hühnerklein auf. Er

erwartete ein Urteil Innocentes, der mit Appetit aß, um das durch die Krankheit verlorene Körpergewicht wieder aufzuholen. Doch die Magerkeit stand ihm gut. Seine Gesichtszüge wirkten vornehmer, seine blauen Augen klar und lebhaft. Nach der langen Zeit der Genesung hatte er bald wieder seine gewohnten Beschäftigungen aufgenommen. Er kümmerte sich um die Bienen, den Garten und das Jagdreservat, wenngleich nur indirekt. Domenico und Giorgino hielten ihn auf dem laufenden, und dann schloß er die Augen und sah vor seinem geistigen Auge die Vogelnester, die Bauten der Hasen und Kaninchen, die umherstreichenden Füchse.

Innocentes Aktivitäten beschränkten sich auf seine unmittelbare häusliche Umgebung. Da durch die dicken Mauern seiner Villa kein Echo der unheilvollen äußeren Ereignisse hereindrang, verlief sein Leben in der Atmosphäre eines tiefen Friedens. Seit Jahren schon war er nicht mehr in Mailand gewesen, obwohl es ihm in früheren Zeiten Spaß gemacht hatte, mit der Kutsche in die Stadt zu fahren und mit den Neuheiten ins Dorf zurückzukehren: der neuen Schallplatte von Carlo Buti oder einem weißen Trüffel, den er in der Galerie erstanden hatte und den er hauchdünn über seinen Risotto oder sein Omelett rieb.

An die Stelle dieser Vergnügungen von einst waren jedoch neue Freuden getreten. Hin und wieder kam der *duturùn*, um seine Lungen und Bronchien abzuhören. Zuweilen begleitete ihn seine Frau Marcellina, die im Februar ihr Töchterchen Elsa zur Welt gebracht hatte. Marta war ihr dabei eine große Hilfe gewesen, und seither waren die beiden gute Freundinnen.

An jenem Tag brachte Marta keine zwei Bissen in Ruhe hinunter, da sie ständig Luciano im Auge behalten mußte. Der Kleine schien von Innocentes Garten ganz begeistert: von den schattigen, von biegsamen Bambussträuchern verdeckten Wegen, von den Treppchen, die zu dem Hügel hinaufführten. Der Garten hatte noch nie so üppig geblüht. Dreißig Jahre, nachdem er angelegt worden war, streckten die riesigen Magnolienbäume ihre Äste mit den fleischigen

Blättern in den Himmel. Tannenbäume ragten empor, und die riesige Buche auf dem Hügel konnte es an Größe beinahe mit dem Kirchturm aufnehmen. Im dichten Unterholz nisteten Amseln, und Scharen von Spatzen tschirpten ohne Unterlaß.

Innocente hatte immer wieder neue seltene Hecken, Büsche und Blumen pflanzen lassen. In einer Ecke der Wiese waren die Kirschbäume gediehen, die im April wunderbare Blüten hervorbrachten. Blüten mit intensiv roten Rändern, wie sie keiner im Dorf je prächtiger gesehen hatte. Im Mai blühte das ovale Rosenbeet, und der saftig grüne Rasen war mit Gänseblümchen gesprenkelt.

Geschützt von der winterlichen Schneedecke und begünstigt vom Frühlingsregen, standen dieses Jahr alle Pflanzen in üppiger Blüte; bescheidene Blumen wie Veilchen und Maiglöckchen, aber auch wunderbare volle, weiße und rosarote Kamelien und Magnolien, deren Blütenpracht jedoch nur von kurzer Dauer war.

Der Duft des Gartens drang auch in den Salon, wo Innocente am Kopfende der Tafel saß. Nach dem Risotto wurde Hühnerfleischsülze aufgetragen, ein wohlschmeckendes Gericht, das Umberto nur dank des Kühlschranks hatte zubereiten können.

Netta wählte ein Stück mageres weißes Brustfleisch aus, das sie mit Messer und Gabel kleinschnitt. Dann stellte sie den Teller Innocente hin. Für sich machte sie es genauso.

»Der Zähne wegen«, meinte sie lächelnd.

Mit Bewunderung beobachtete Angelica, wie rasch sich ihre Mutter in die Rolle der liebevollen und gestrengen Ehefrau gefügt hatte. Und Innocente ließ sich gern verwöhnen, ja, er genoß es, wie ein Kind an die Hand genommen zu werden.

Als Amabile zum Nachtisch das Zitronensorbet hereinbrachte und in Glasschälchen servierte, hob Innocente sein Glas, um ein paar Trinksprüche auszubringen. Immer wieder mußten die Gäste anstoßen, sie erhoben sich von ihren Plätzen und bedankten sich bei Metta, Innocente und Angelica, die nicht preisgab, wie alt sie wurde.

Schließlich gab Lotti dem allgemeinen Drängen nach und sang das Lied *Rondini al nido* von De Crescenzo.

Sie saß am Klavier und griff gedankenverloren in die Tasten. Angelica sah sie vor sich, wie sie dreißig Jahre zuvor an einem Nachmittag zu Füßen Marangonis im Garten gesessen und ihn mit ihren bernsteinfarbenen Augen träumerisch angeblickt hatte.

Hingerissen von der wehmütigen süßen Melodie, dachte Angelica an das Leben in liebender Harmonie, das Lotti und Marangoni geführt hatten ... Marangoni, elegant, mit langen schmalen Fingern, dem hageren Gesicht und einem Schnurrbart, unter dem er liebenswürdig lächelte, sein ironischer Blick klug und gutmütig. Gewiß dachte auch Lotti an ihn. Mit dem letzten Akkord riß sich Angelica aus ihren Gedanken. Adelaide erhob sich und beugte sich zu ihrer Tochter hinunter, die von unaufhaltsamem Schluchzen geschüttelt wurden.

Die Männer standen auf und schlichen sich diskret davon. Innocente blieb noch einen Augenblick am Klavier stehen und legte Antonia und Angelica den Arm um die Schultern. Sein Blick fiel auf eine in Silber gerahmte Photographic, die seine Mutter Santina, seinen Vater Ambrogio und Maria zeigte, die Kaffee servierte. Und wie Lotti, so verlor sich auch Innocente in Erinnerungen, die allerdings weniger schmerzlich waren.

Er befand sich im Einklang mit sich selbst und bewahrte aus der Geborgenheit der Gegenwart die Erinnerungen an geliebte Menschen. »Er ist immer bei dir, dein Marangoni«, tröstete er Lotti, »und er will, daß du glücklich bist.«

Mit einem letzten Blick auf das Photo flüsterte er kaum hörbar: »Wir sind hier, alle sind wir hier.«

Die Gäste waren indessen in den Garten hinausgegangen, und Innocente folgte ihnen. Die Korbstühle waren zwischen den Zitronenbäumchen verteilt, und eine klare Linie teilte den sonnenbeschienenen, kiesbestreuten Teil der Terrasse von dem im Schatten der Villa liegenden Teil, wo es kühl und erfrischend war. Die Damen wedelten sich mit ihren Fächern frische Luft zu, und die Männer zogen ihre Jacken aus. Das Naturschauspiel der von Bäumen umschlossenen Wiese gab wie gewöhnlich Anlaß zu bewundernden Kommentaren. Im Halbschatten zu Füßen des Hügels leuchteten die rosa, weißen und hellblauen Hortensienblüten. Der Himmel war an jenem sommerlichen Frühnachmittag wolkenlos.

»Bravo!« rief Manenti, nickte Bastiano zu und knöpfte sich dabei den Kragen auf. Innocente hatte den Knecht eingeladen, mit ihnen eine Zigarre zu rauchen und eine Grappa zu trinken. »Dieser Garten ... du kannst wirklich zaubern, Bastiano!«

»Tja, früher einmal vielleicht«, murmelte Bastiano lachend, »aber das Terrain ist so flach.«

Jetzt kam auch Lotti heraus und setzte sich dazu, sie schien wieder heiterer Stimmung. Amabile gab Bescheid, daß der neue Arzt mit seiner Frau Marcellina und dem Baby gekommen sei.

»Elsa, sie heißt Elsa«, sagte Marcellina und beantwortete liebenswürdig die Fragen und Komplimente. Als die Kleine zu schreien anfing, nahm sie der Vater aus dem Kinderwagen. Mit ihren nackten, von keinen Wickelbändern eingeschnürten Beinchen strampelte sie in der warmen Luft.

»Gestern habe ich etwas erlebt, das mich wirklich sehr verunsichert«, erzählte Marcellina und nippte an ihrem Kaffee. »Hast du sie nicht auch gesehen, Marta ... die Mädchen, die singend umherzogen?« Sie stellte die Tasse auf Amabiles Tablett und nahm Elsa aus den Armen ihres Mannes entgegen, damit dieser ebenfalls in Ruhe seinen Kaffee trinken konnte. »Sie hatten sich untergehakt und versperrten den Weg«, fuhr sie fort. »Richtig aufgebracht und wütend waren sie. Soviel ich verstanden habe, ärgerten sie sich über die Mädchen aus der Stadt, die Mailänderinnen, wie sie sagen. Ich habe mich auch angesprochen gefühlt«, lachte sie, ohne ihre Beunruhigung zu verbergen. »Ich habe den Eindruck, wir sind hier nicht gern gesehen.«

»Aber natürlich habe ich sie gesehen«, nickte Battistina. »Sie sind alle bei mir in die Schule gegangen. Zerbrechen Sie sich nur darüber nicht den Kopf, Signora Marcellina ...«

»Wieso tun sie das denn?« fragte Angelica.

»Na, sie werden schon ihre Gründe dafür haben.« Marcellina schüttelte den Kopf. »Die Mailänderinnen malen sich die Augen an, schminken sich und gebrauchen derbe Ausdrücke, ohne sich viel dabei zu denken. Das ist leider wahr. Ich habe hier kaum je eine Frau gesehen, die Schimpfwörter benutzt hat ... Aber ich hätte ihnen gerne gesagt, daß man von ein paar Einzelfällen nicht auf alle schließen kann.«

»Das wird bald alles ein Ende haben«, meinte der Arzt. »Lange wird dieser Zustand nicht mehr dauern. Die Eindringlinge werden bald wieder aufbrechen ...«

»Gefällt es Ihnen denn nicht hier?« fragte Battistina freundlich.

»Ganz im Gegenteil«, erwiderte Marcellina. »Ich fühle mich sehr wohl hier. Meine Hausherren« – dabei lächelte sie Adelaide an – »sind so liebenswürdig, sie haben uns sogar erlaubt, ihren Garten und ihren wunderbaren Park zu benutzen, in dem ich mit meiner Elsa spazierengehen kann. Abgesehen davon ist es hier viel einfacher, an Lebensmittel heranzukommen. Wenn meine Eltern da sind, nehmen sie immer einen ganzen Koffer voller Essensvorräte mit in die Stadt zurück.«

»Pssst. Das erzählt man doch nicht weiter. Sonst gibt es am Ende noch Ärger ...«, wies sie ihr Mann zurecht.

So plätscherte der Nachmittag in angenehmem Geplauder dahin. Ab und zu drang der Lärm spielender Kinder vom Nachbargrundstück herüber, vom Fußballplatz, den Don Siro auf dem Pfarrgelände hatte anlegen lassen. Zwischen dem Garten der Villa und dem Pfarrgrundstück verlief ein abschüssiger Streifen Land, von Hecken und Sträuchern überwuchert, wohin sich häufig der Ball verirrte. Um ihn zu holen, kletterte das flinkste der Kinder über das Mäuerchen, wenn Bastiano nirgends zu sehen war.

Bastiano aber hatte ein wachsames Auge auf den Garten, jederzeit bereit, auch die ›Rute‹ zu benutzen, ein dünnes biegsames Rohr. Denn wenn das Obst reif war, stellten die

Birnen von den Spalierbäumen für die Kinder eine unwiderstehliche Verlockung dar.

»Laß sie doch«, lachte Innocente. »Wozu brauchen wir so viel Obst?«

»Lieber bringe ich dem Pfarrer einen Korb voll«, protestierte Bastiano. »Aber klauen lassen, nein!« Und an Marcellina gewandt, sagte er: »Geben Sie nichts auf diese dummen Gänse. Die meisten hier im Dorf sind anständige Leute.«

»Das stimmt«, beeilte sich Battistina zu versichern. »Auch ich war eine Fremde, ich kam als junge Frau hierher, als Lehrerin. Und jetzt sind alle freundlich zu mir, und wie! Wenn Sie gesehen hätten, was man mir für ein Fest ausgerichtet hat, als ich meinen Schuldienst quittierte …«

»Das glaube ich gern!« gab Innocente zurück. »Vierzig Jahre lang hast du dich abgemüht, diesen Eselsköpfen das Abc beizubringen … Die Dorfbewohner sind schlaue Leute. Auf Battistina waren sie angewiesen, mit ihr mußten sie sich gutstellen. Sie brauchten ihre Hilfe auch außerhalb der Schule, um sich Briefe von Verwandten vorlesen, sich über dies und jenes Rat zu holen und sich ihren berühmten Hut auszuleihen!«

»Ihren Hut?« lachte Marcellina.

»Den Hut«, erklärte Battistina, »liehen sich die Bräute aus, um sich mit der Familie photographieren zu lassen. Trotzdem, nachtragend waren sie schon. Wissen Sie noch, *sciùr* Cént? Die Kämpfe, die wir ausgetragen haben, bis alle in die Schule kamen! Ich bin von Haus zu Haus gegangen und habe jeden einzeln geholt. Die Ärmsten; die Eltern behielten sie zu Hause, weil sie sie im Haus und auf den Feldern brauchten. Was nur allzu verständlich ist. Später besuchten dann alle Kinder einer Altersstufe die Schule bis zur fünften Klasse. Und heute können alle im Dorf lesen und schreiben, bis auf ein paar alte Leute.«

»Du hast es allen beigebracht, auch den Dümmsten. Und du hättest ruhig noch ein Weilchen weitermachen können. Die jungen Dinger taugen nichts als Lehrerinnen!«

»Nein, nein«, wehrte Battistina ab. »Es hat mir gereicht.

Ich wollte nicht mehr. Nachdem der Krieg ausgebrochen war, fühlte ich mich unsicher und orientierungslos.«

»Deine Geduld müßte man haben«, unterbrach sie Innocente. Und an die Gäste aus der Stadt gewandt, fuhr er fort: »Battistina ist die beste Frau der Welt. Ich habe sie ausgesucht, damals, als Lehrerin. Ich habe sie aufgestöbert wie ein Veilchen auf der Wiese … Und ich frage mich immer wieder: Wie hat sie bloß einen Mann wie Pietro heiraten können? Vielleicht kennen Sie ihn, den Schmied, der auch Fahrräder repariert. Ein verrückter, ein verdammt sturer Kerl.«

»Jetzt hat er angefangen, Zeitungen zu lesen. Er sucht sie sich überall zusammen, trägt sie nach Hause und liest Wort für Wort. Glücklich war er, als sie den Duce verhaftet haben. Jetzt, da es so aussieht, als ginge es mit der Repubblica del Nord bergauf, ist er unleidlich und nervös. Wenn Eros da ist, führen sie aufgeregte Diskussionen. Und, wie gesagt, er liest wie ein Besessener. Und manche langen Sätze muß ich ihm erklären …« Battistina hatte mit großer Zärtlichkeit für ihren Mann gesprochen.

Ernst, beinahe gerührt, antwortete Innocente: »Wissen Sie, Herr Doktor, Spaß beiseite. Pietro ist ein außergewöhnlicher Mensch. Hart wie Stahl, wie es sein Beruf verlangt.« Nach einem Augenblick des Schweigens fuhr er fort: »Pietro und ich haben die gleiche Muttermilch getrunken.«

Mehr sagte er nicht. Es wäre allzu kompliziert gewesen, den Uneingeweihten zu erklären, wie und warum sich ihre Wege gekreuzt und wieder getrennt hatten. Und Innocente fühlte sich an jenem glücklichem Tag nicht zu traurigen Gedanken aufgelegt.

Plötzlich ein Schrei. Marta sprang auf.

»Was hat er denn jetzt wieder angestellt!« rief sie. Sie lief auf die Wiese. Und tatsächlich: Luciano war von der Schaukel gefallen, die Innocente eigens für Giorginos Söhnchen hatte aufstellen lassen. »Mein Enkelchen«, hatte er manchmal gedacht, als er den Kleinen beim Spielen im Garten beobachtet hatte. »Der Sohn meines Sohnes.«

Mit dem Kleinen auf dem Arm kam Giorgio herein. Das

Kind hatte sich das Knie blutig geschlagen. Angelica desinfizierte die Wunde, während Marta ihm tröstend die Händchen hielt.

Noch immer schluchzend, sah Luciano die kleine Elsa an, die ihn begeistert anblinzelte. Luciano legte die Stirn in Falten und zeigte mit dem Finger auf sie. »Was ist? Machst du dich etwa über mich lustig?« fragte er herausfordernd.

Doch Elsa lächelte ihn nur an. »Ist sie dumm? Kann sie denn nicht sprechen?« wandte sich Luciano an seine Mutter.

»Sie ist noch zu klein, du Dummerchen. Wenn sie größer ist, wird sie sprechen … Bestimmt wird sie einmal ein hübsches Mädchen. Nur schade, daß ihr nicht zusammen spielen werdet. Sie wird weit weg in der Stadt aufwachsen.«

»Ich gehe hinaus zu den Bienen«, kündigte Innocente an. Er reichte Antonietta die Hand, um sich beim Aufstehen abzustützen, und fügsam begleitete sie ihn. Arm in Arm überquerten sie die mit Gänseblümchen übersäte Wiese. Innocente stach mit dem Stock in einen Erdhaufen.

»Das wird doch nicht etwa ein Maulwurfshügel sein?«

Auch die Hibiskusblüten entfalteten ihre ganze Pracht.

»Schade nur, daß sie so schnell verblühen«, meinte Netta. »Sie fallen ab und verwelken.«

»Aber solange sie am Strauch sind, sind sie wunderschön.«

Innocente pflückte eine weiße Blüte und steckte sie seiner Frau in den Ausschnitt. Sie gelangten in den umfriedeten Teil des Gartens, und die Bienen schienen ihren Herrn zu erkennen. Eine Bienenwolke umschwirrte ihn freundlich.

»Ich habe Angst!« flüsterte Netta und kniff die Augen zusammen.

»Hier, nimm!« Innocente legte ihr sein Taschentuch auf den Kopf. »Wenn du ruhig stehen bleibst und dich nicht bewegst, tun sie dir nichts. Schau.« Auf seiner Hutkrempe wimmelte es von Bienen, auch auf seinem Schnurrbart und seiner Nase saßen welche.

Netta kreischte erneut und tat, als fürchtete sie sich. Aber in Wirklichkeit fühlte sie sich sicher. Innocente strahlte eine

Ruhe und Gelassenheit aus, die ihr Zutrauen einflößten. Und das, obwohl er ein alter Mann war, schmächtig von Gestalt, und auf den Stock gestützt ging. Netta genoß es, sich so auf ihn verlassen zu können. Und sie sah ihn mit einem anerkennenden, unendlich zärtlichen Blick an. Vierzig Jahre des stillen Duldens waren aus ihrer Seele wie weggewischt.

Innocente schritt langsam zwischen den Gemüsebeeten entlang, zog hier eine Karotte heraus, roch an Salbei und Rosmarin und prüfte die Größe der Salatköpfe.

Netta pflückte ein paar reife Erdbeeren. Sie setzte die Pumpe in Bewegung und hielt die hohle Hand unter den Wasserstrahl, der zuerst warm, dann immer kälter wurde. Innocente ging auf sie zu und nahm eine Erdbeere, die sie ihm reichte. Netta spürte, wie seine Hände ihre Taille umfaßten. Innocente ließ ein leises Lachen hören. »Weißt du noch, Netta? Damals, am Ticino. Es war Angelicas Geburtstag; das Essen bei Merlo, der Wein … Wie leicht das Blut in Wallung gerät … im Sommer, wenn man jung ist. Aber jetzt brauchst du keine Angst mehr zu haben. Der Sturm hat sich gelegt.«

Er lachte. Sie drehte sich zu ihm um und blickte ihn zärtlich an. Ihre Blicke trafen sich. Innocentes Hände strichen an Nettas flammend roten Wangen entlang, beinahe, ohne sie zu berühren.

»Du bist immer noch schön, Netta«, murmelte er. Behutsam griff er ihr ins Haar, in dem sich eine Biene verfangen hatte.

»Danke«, lächelte sie.

»Ich muß dir danken«, erwiderte Innocente. »Es tut mir leid, denn die Zeiten sind schlecht, und viele Menschen leiden große Not. Aber der Herr gibt, und der Herr nimmt. Und mir hat er diese Augenblicke geschenkt …«

»Ach, Cént«, flüsterte Netta und lächelte verlegen.

»Ja, es ist wahr. Dies sind die schönsten Augenblicke meines Lebens. Ich kann es nicht anders sagen. Als ich jung war, habe ich mir die Seele zermartert. Wenn wir zusammen waren, habe ich nie genug bekommen; wenn wir getrennt waren, nagte die Eifersucht an mir. Schuld war diese überschäumende Energie, ich weiß nicht, das erhitzte Gemüt … Jetzt bin ich ruhiger und gesetzter. Ich weiß nicht, wie ich es sagen soll, aber ich bin sicher, daß du mich verstehst. Ich empfinde eine tiefe, wunderbare Ruhe und Gelassenheit … Das ist dein Verdienst.«

Zu gerührt, um darauf antworten zu können, legte sie ihre Wange an Innocentes Schulter. Ihre Körper bildeten einen einzigen Umriß, der sich scharf gegen die weiß gekalkte Mauer abzeichnete.

Hinter der Umzäunung lugte ein Junge hervor, der seine Hände verstohlen nach den Pflaumen ausstreckte. Er bemerkte die beiden Alten, die in ihrer Umarmung reglos verharrten wie Figuren in der Krippe. Und wie gebannt hielt er in der Bewegung inne und betrachtete sie.

126

Was mich am meisten ärgert, ist die Tatsache, daß man beim Notar jedesmal sein Alter angeben muß. Immer die gleiche Floskel: »Dago Angelica, Tochter des verstorbenen Innocente und der verstorbenen Antonia Paolini, geboren am …« Als ob der junge Mann nicht inzwischen wüßte, wer ich bin! Seit dem Tod seines Vaters, des hiesigen Notars, der einen Großteil der Urkunden meines Vaters notariell beglaubigt hat, war er für unsere Angelegenheiten zuständig. Er könnte doch wahrhaftig darauf verzichten, mich immer wieder die gleichen Formeln vorbeten zu lassen …

Ich habe oft mit dem Notar zu tun. Früher hat mir der Architekt Luigi geholfen, aber er ist älter als ich, lebt jetzt auf dem Land und züchtet Obstbäume im Kreise seiner sechs, sieben Kinder, die ihm die Zigeunerin geboren hat. Aber nach dem Tod meines Vaters hat er mir auf alle nur erdenkliche Art und Weise geholfen, die Erinnerung an seinen Förderer zu bewahren. Luigi hat meinen Vater verehrt, das hat er immer und immer wieder betont. Damals war Luciano noch klein; und es war Luigi, der mit den Pächtern verhandelte, die Preise für das Land festsetzte und mir beistand, wenn das Geschwätz der Käufer mich schier irre machte. Zum Glück hatte ich Luigi. Denn Manenti ist auf diesem Gebiet eine Null.

Zur Belohnung schenkte ich Luigi ein paar von den antiken römischen Münzen, die wir vor fünfzig Jahren auf dem Grundstück Rovediga gefunden hatten. Meine Mutter hatte Kissen aus blauem Samt genäht, damit die Münzen besser zur Geltung kämen, und mein Vater stellte die blitzblank geputzten antiken Geldstücke im Glasschrank aus. Sie bedeuteten ihm viel, und bestimmt hätte es ihn gefreut, daß sie sich jetzt in Luigis Besitz befanden.

Sein Leben lang hatte mein Vater immer wieder gepredigt: »Nur nichts verkaufen! Weder Land noch sonst etwas. Immer nur kaufen.« Daher hoffe ich, daß er mir verzeiht, wenn ich jetzt ein Grundstück nach dem anderen verkaufe. Sein Erbteil der Dagos, das er im Laufe seines Lebens vermehrt hat, schmilzt dahin wie Schnee in der Sonne. Aber ich brauche das Geld, um zu überleben.

Land verkauft sich heute problemlos, es gibt jede Menge private wie auch öffentliche Interessenten. Und ich verkaufe, wenn das Geld knapp zu werden droht. Was soll ich sonst machen? Wozu sollte ich den ganzen Besitz zusammenhalten? Und für wen? Hier im Dorf bedauert man jeden, der alleine lebt, *senza fioeu né cagnoeu,* der weder Kind noch Hund hat … So wie ich.

Ich bin zwar verheiratet. Aber meine Ehe ist ein Witz. Jeder von uns geht seine eigenen Wege, wie man so schön sagt. Gemeinsam besuchen Manenti und ich lediglich die Sonntagsmesse. Die Fassade muß aufrechterhalten werden. Ich will nicht, daß man mich bedauert und sagt: »Ach, die Ärmste.«

Nach dem Tod meines Vaters haben meine Mutter und ich mit dem Gedanken gespielt, wieder eine Wohnung in Mailand zu kaufen. Aber dann dachte ich: Wozu eigentlich? Um Manenti einen Gefallen zu tun, der dann nach

Lust und Laune in die Stadt fahren könnte? Er hat sich natürlich dafür stark gemacht. Also habe ich mich dagegen entschieden. Und so bleiben wir hier im Dorf und wohnen in der Villa.

Nicht, daß es mir geglückt wäre, den Vogel ganz in den Käfig zu sperren. Er findet immer eine Ausrede, um davonzuflattern. Sei es der Zahnarzt oder eine Verabredung mit Ziliani, der kürzlich eine Gesangsschule gegründet hat. Manchmal übernachtet Manenti sogar in der Stadt.

In diesem Fall ist Marta immer so freundlich und begleitet mich abends nach Hause, wenn ich bei ihnen zu Abend esse. Giorgino sagt dann: »Es ist dunkel! Was machst du allein in diesem eiskalten Haus ...«

Nachts ist die Villa mit ihren dicken Mauern und den vier Meter hohen Wänden finster und kalt. Aber ich habe mich daran gewöhnt. Wenn der Mond scheint, gehe ich noch ein bißchen im Garten spazieren, der Kies knirscht unter meinen Füßen. Dann steige ich die Treppe hinauf, vorbei am Zimmer meines Vaters. Alles ist noch so, wie er es verlassen hat: die Bücher auf dem schwarzen Tisch, die große Karte mit unserem Grundbesitz – ich habe die verkauften Felder mit einem Kreuzchen markiert – und das Gemälde mit der Hochzeit der Jungfrau Maria über dem Bett.

Meine Schritte hallen im Haus wider, manchmal führe ich Selbstgespräche. Aber ich habe keine Angst. Oft habe ich die Vorstellung, daß mir die Geister der Toten nachgehen, und dann drehe ich mich ruckartig um.

Wie gerne würde ich sie sehen! Sie von ihrem jetzigen Leben erzählen hören. Denn wenn die Reihe auch an mich kommt, möchte ich bereit sein. Manenti ist jünger als ich, und er wird mich überleben. Wenn etwas von meinem Besitz übrigbleibt, wird es ihm gehören.

Der Gemeinde habe ich ein beträchtliches Stück Land in Sacro Cuore geschenkt, auf dem eine neue Schule erbaut werden soll, und der Pfarrei das Stück Land zwischen unserem Anwesen und dem Fußballfeld. Wenn jetzt der Ball zu stark geschossen wird, fällt er direkt in meinen Garten, und die Kinder rufen mich, damit ich ihn zurückwerfe. Jetzt ist es für sie auch einfacher, die Feigen und Pflaumen in meinem Garten zu erreichen. Bastiano gerät jedesmal außer sich vor Wut, wenn er die Kinder erwischt. Als ob wir vier, Manenti, Bastiano, Amabile und ich, so viel Obst brauchten. Die Ciantina schläft nicht im Haus. Sie kommt nur hin und wieder, um uns zu helfen.

Im Dorf gibt es nur noch eine einzige Dago-Villa, die meine. Das Haus, in dem meine Cousinen Rosa und Maria wohnen, Ismenes Töchter, heißt Boccioni-Villa, obwohl sie mein Onkel Paolo hat bauen lassen. Meine Tante Adelaide und mein Onkel Francesco begannen bereits in den dreißiger Jahren, ihren Grundbesitz Stück für Stück zu verkaufen. Mit dem Niedergang der Seidenindustrie wurde schließlich die Fabrik ebenfalls verkauft, ebenso der Park.

Ab Mitte der fünfziger Jahre fanden Grundstücke reißenden Absatz. Jeder im Dorf wollte sich plötzlich ein Häuschen bauen. Der Park der Dagos wurde eingeebnet, die riesigen Bäume gefällt, auch die Magnolien, in denen die Amseln und die Nachtigallen ihre Nester gebaut hatten.

Am Ende entschloß sich Adelaide sogar zum Verkauf des Hauses, das für sie und ihren Mann zu groß geworden war. Ihre bescheidenen finanziellen Mittel erlaubten es nicht, sich Hausbedienstete zu halten. Francesco schwieg dazu, er kränkelte und überließ alle Entscheidungen seiner Frau. Mit ihren neunzig Jahren ist Adelaide noch immer eine energische, entschlossene und geistig rege Frau.

Die Villa wurde in mehreren Teilen veräußert. Von dem alten Bauwerk steht heute nur noch der Mittelteil: der Portikus mit den beiden Arkaden, den Säulchen und den Buntglasfenstern am Eingang, die im Jahr 1925 eingesetzt wurden. Auf dem Dach dreht sich noch immer der Wetterhahn aus Bronze im Wind, und zur Piazza hin steht noch das schmiedeeiserne Tor.

Die Stallungen und der Geräteschuppen wurden abgerissen. In den Räumlichkeiten, in denen einst der Sitz der faschistischen Partei untergebracht war, ist heute eine Schenke. Den Gebäudeteil, der in Kriegszeiten an den Arzt und seine Frau Marcellina vermietet worden war, kaufte die Sparkasse. So gibt es jetzt im Dorf auch eine Bank.

Adelaide und ihr Mann zogen zu ihrem Sohn nach Parabiago. Wenig später starb Francesco. Ich sehe Adelaide nur noch einmal im Jahr, an Allerheiligen. Das Grab meines Vetters Giovanni Carlo in der Kapelle versorge ich mit Blumen, denn ich gehe oft zum Friedhof und besuche das Grab meiner Mutter.

127

Am 25. April wurde Italien befreit, und der Krieg war zu Ende. Papa starb im Mai. Ich weiß nicht mehr genau, was die eigentliche Todesursache war. Im Februar blähte sich sein Bauch auf, und er wurde ganz gelb im Gesicht. Meine Mutter rief den Arzt, der meinte, es sei eine Funktionsstörung der Leber. Er diagnostizierte Leberzirrhose.

Mein Vater mußte lachen. Sein Monaten schon aß er wie ein Vögelchen und trank nur einen Fingerhut Wein zum Essen. Der Arzt wollte ihn zur Untersuchung ins Krankenhaus einweisen, aber Papa wollte nichts davon wissen. Und hatte er einmal nein gesagt, konnten ihn keine zehn Pferde mehr davon abbringen.

Schon Anfang April konnte er nur noch wenige Stunden täglich vom Bett aufstehen. Aber die Aufregung im Dorf Ende des Monats bekam er sehr genau mit. Wir Frauen liefen zur Haustür. »Italien ist befreit! Befreit!« ertönten die Rufe.

Lange schon lasen wir keine Zeitungen mehr. Aber irgend jemand – ich weiß nicht mehr, wer; Giorgino vielleicht? – kam zu meinem Vater und zeigte ihm die Photos aus der Zeitung. Mein Vater saß im Sessel vor dem halbverdunkelten Balkon, hatte die Brille auf der Nase und beugte sich vor, um im Dämmerlicht besser sehen zu können. »Der Ärmste!« murmelte er.

Auch ich betrachtete das Photo in der Zeitung; es war

unscharf, ein schlechter Druck. Aber wenn man genauer hinsah, konnte man einen Haufen menschlicher Leichen erkennen. Auch der Leichnam des Duce war dabei. Noch als Toter war er unverwechselbar.

Ab und zu kam der Arzt und holte mit der Spritze Flüssigkeit aus seinem Bauch. Er schüttelte den Kopf und meinte: »Sie gehören wirklich ins Krankenhaus!« Meine Mutter und auch ich flehten ihn an nachzugeben. Aber er blieb hartnäckig: »Ich fühle mich wohl hier«, sagte er. »In meinem eigenen Bett.«

Wir waren ständig um ihn, und ich weiß, daß er nicht leiden mußte. Er war glücklich. Was nach dem 25. April im Dorf los war, bekam er nicht mehr mit. In unserem Viertel war ein ununterbrochenes Kommen und Gehen von Männern mit roten Tüchern um den Hals, von Betrunkenen, von Buben, die mit Holzgewehren in der Hand die Frauen erschreckten. Einmal erzählte uns Amabile von der Weberin Rosa, Boccionis einstigen Geliebten, die erfahren hatte, daß irgendwelche Hitzköpfe vorhatten, Boccioni übel mitzuspielen. Rosa lief zu meiner Cousine Rosa, um sie zu warnen. Boccioni war bis 1943 Bürgermeister und Sekretär der faschistischen Partei gewesen. Insgeheim hegte meine Cousine Rosa einen fürchterlichen Haß auf die Weberin, die frühere Geliebte ihres Mannes. Und doch brachte sie es nicht über sich, sie als Hure zu beschimpfen. Vielmehr mußte sie sich sogar bei ihr bedanken, da sie es riskiert hatte, sie zu warnen, um Boccioni zu retten.

Auf einem Heuwagen floh Boccioni vor den Partisanen, zum Teil verrückte, manchmal auch verbrecherische Kerle. Ich will nicht bestreiten, daß der eine oder andere von ihnen tatsächlich aus Vaterlandsliebe gegen den Duce gekämpft hat. Aber ich weiß, daß viele die Gelegenheit nutzten, um persönliche Rachegelüste, Neid und Haß zu befriedigen.

Rosa und ihre Schwester Maria dagegen ließ man in Ruhe. Da Ismene schon vor Jahren gestorben und Boccioni nun geflohen war, bewohnten sie lange Zeit allein Paolos Villa. Als Boccioni zurückkehrte, schloß er sich wie ein

Eremit ein. Bald darauf starb er, beinahe ohne daß jemand es bemerkte.

Mit meinen Cousinen habe ich wenig zu tun. Rosa hat die leidige Angewohnheit, mich immer an die verstreichende Zeit zu erinnern. »Na, 'Ngelica, wie geht's? Wir müssen uns bescheiden, in unserem Alter.«

»Ich fühle mich nicht angesprochen«, murmele ich dann zwischen den Zähnen. Aber leider hat sie recht: Die Jahre sind vergangen. Oft sagt man mir, daß ich mich gut gehalten habe. Gesundheitlich bin ich wohlauf, offenbar schlage ich meinen Eltern nach, die über achtzig Jahre alt geworden sind. Und ich wünsche mir, der Tod möge noch in weiter Ferne sein.

Schließlich ist das Leben doch gar nicht so übel. Ich bin guter Dinge, habe den Schmerz über den Tod meiner Mutter verwunden, und jetzt kann mir nichts mehr etwas anhaben. Zehn Jahre sind seither vergangen. Aber wenn ich Marta von meiner Mutter erzähle, kommen mir noch immer die Tränen. Marta tröstet mich, aber ich merke, daß sie immer ganz verlegen wird. Sie ist noch jung, noch keine fünfzig.

Ich besuche Giorgino und Marta jeden Tag, Sommer wie Winter. Das ist jetzt meine Familie. Ich erinnere mich an einen Tag im Mai gleich nach dem Begräbnis meines Vaters, als Giorgino kam und meine Mutter zu Hause aufsuchte. Er zeigte ihr eine Art Metallzylinder. Darin, so erklärte er, lägen Goldmünzen, die Vater unter einem Hortensienbusch in seinem Garten versteckt hatte. Nach dem Krieg, so berichtete Giorgino mit Tränen in den Augen, wollte der *sciùr* Cént kommen und die Münzen wieder abholen. Aber er hatte es nicht mehr geschafft. Deshalb bringe er den Behälter jetzt zurück, ungeöffnet.

»Ich weiß nichts davon«, erwiderte meine Mutter. So war sie, Geld interessierte sie kein bißchen. »Von Goldmünzen meines Mannes ist nirgendwo die Rede. Und wir haben auch keine Verwendung dafür. Behalte du sie. Du hast zwei Kinder großzuziehen, Giorgino, du kannst sie besser gebrauchen ...«

Meine Mutter war wirklich eine herzensgute Frau. Sie hatte Giorgino gern; aber unter uns sprachen wir nie von ihm wie von meinem leiblichen Bruder – ein Geheimnis, das sie lebenslang für sich behielt. In dem Jahr, in dem sie mit meinem Vater als dessen Ehefrau lebte, kam nie ein Vorwurf oder eine bittere Bemerkung über ihre Lippen.

Jetzt, siebzehn Jahre später, weiß ich, daß Giorginos Familie diese Goldmünzen in der Nachkriegszeit gut gebrauchen konnte. Seine Tochter studiert an der Universität, sie will Ärztin werden. Morgens und abends fährt sie mit dem Bus, wie alle jungen Leute aus dem Dorf, die in der Stadt arbeiten oder studieren. Unseren guten alten *Gamba de légn* gibt es nicht mehr. Seine letzte Fahrt absolvierte er nach rund achtzig Jahren am 31. August 1957, und auf dem Corso Vercelli nahm eine große Menschenmenge gerührt Abschied von ihm.

In Mailand machte man sich mit fieberhafter Eile daran, die Kriegstrümmer zu beseitigen. Bürgermeister Greppi hat sein Versprechen gehalten, die Straßen, Plätze und Gebäude wieder so aufzubauen, wie sie einst gewesen waren. Innerhalb von drei Jahren erstrahlte die Scala wieder in altem Glanz. Sogar der berühmte Kronleuchter wurde rekonstruiert.

Zur Wiedereröffnung dirigierte der berühmte Maestro Arturo Toscanini. Der Architekt Luigi Secchi soll eine furchtbare Angst gehabt haben, daß die Akustik nicht mehr so gut ist wie früher. Er soll einen Revolver eingesteckt haben, um sich zu erschießen, falls sich die Befürchtung bewahrheitete.

Aber alles lief wie am Schnürchen. Der Maestro Toscanini stieg aufs Podium und klatschte in die Hände, um die Akustik auszuprobieren. »Das ist die Scala!« rief er. »Meine alte Scala!«

Hier bei uns war nicht viel zerstört. Aber die Bauwut erfaßte auch die Dörfer. Viele verschuldeten sich bis über beide Ohren, um ein neues Haus zu bauen. Heute wohnen nur noch wenige ältere Leute in den Höfen, die mit einem alten Kamin geheizt werden. Wie damals schlafen sie auf mit Maisblättern gefüllten Matratzen und schöpfen das Wasser mit der Handpumpe aus dem Brunnen.

Vor Jahren schon wurde im Dorf eine Wasserleitung gelegt. Dort, wo einst Tante Adelaides Park war, stehen heute Häuser mit Blumengärten. Luciano hat den Beruf des Architekten gelernt, und nun ist er es, der mich zum Notar begleitet, wenn ich ein Stück Land verkaufen will.

Don Siros Wunsch war es, ein großes Gebäude für den Katechismusunterricht zu bauen. Dort werden auch Filme für Kinder gezeigt. Das ganze Dorf hat beim Bau mitgeholfen, und bis Richtfest gefeiert werden konnte, vergingen mehrere Jahre.

Ich war nicht oft im Kino. Vor Jahren einmal in Mailand mit Matilde, in einem Film, den man, wie sie sagte, unbedingt sehen mußte. Er hat mir gefallen. Ich habe viel geweint und mir das Herz erleichtert. Nach dem Kino waren wir bei Motta in der Galerie und tranken Cappuccino mit Schaum, den ich so gerne mag.

Matilde wohnte nach dem Krieg noch fast drei Jahre bei ihrer Tante Luigina. Ihr Mann Giacomo hatte sein Geschäft verloren und mußte sich eine neue Arbeit suchen. Er ist ein liebenswerter, geduldiger Mensch. Jetzt arbeitet er als Vertreter für Damenunterwäsche. Einmal hat er uns seine Kollektion gezeigt: Nachthemden und Unterwäsche aus Nylon, ein Stoff, der groß in Mode ist. Es fühlt sich weich und glatt an wie Seide, aber auf der Haut juckt es und sprüht Funken.

»O mein Gott!« hätte meine Mutter geseufzt, die eine Schwäche für Seide und feines Leinen hatte. Die Wäsche meiner Mutter liegt immer noch in der Truhe. Ab und zu lüfte ich Unterkleider und Leibchen, die allesamt mit Stickereien versehen und mit Spitzen besetzt sind.

Der schreckliche Tod Onkel Domenicos hat Natalina sehr zugesetzt. Domenico kam eines Abends von seinen gewohnten Rundgang durchs Jagdreservat zurück ... mit dem Fahrrad. Er war schon kurz vor dem Haus, als er von einem vorbeifahrenden Auto erfaßt wurde und mit dem Kopf auf einen Stein schlug. Tante Lina hörte ihn als erste schreien, eilte herbei und fand ihn in seinem Blut liegen.

Seither ist sie nicht mehr dieselbe. Mitten in der Nacht steht sie auf und läuft barfuß umher, auch im Winter; sie faselt unverständliches Zeug oder weint. Auch Fremden erzählt sie ihre privaten Dinge. Immer wieder sagt sie, daß sie als junge Frau gesündigt hat und nach dem Tod in die Hölle kommen wird, während Domenico sie im Paradies auslachen wird. »Wer von uns hat keine Sünde begangen. Wir sind doch alle sündige Menschen …«, gab ihr Marta einmal zur Antwort. Und darauf ihre Schwiegermutter: »Ja, aber ich habe einen Sohn in die Welt gesetzt.« Marta selbst berichtete mir davon, aber ganz ohne Argwohn.

Das Schicksal des Jagdreservats spiegelt die Veränderung in unserer kleinen ländlichen Welt wider. Die alten Zeiten sind vergangen, als die Bauern sich keine Hunde halten durften, um die Wildtiere nicht zu erschrecken; als beim Sommerfest mein Vater einmal die Männer für sage und schreibe zweihundert Rebhuhnnester belohnte; als außer dem Wilddieb, der mit dem Abtransport des Bombenschutts reich geworden ist, niemand den Mut hatte, außerhalb der Jagdsaison zu jagen.

Heute tummeln sich Leute im Jagdrevier, die nicht einmal wissen, was ein Gewehr ist. Aber sie geben sich als Jäger aus. Aus Protest gegen das alte Jagdreservat meines Vaters rotten sie sich zusammen, da sich, wie sie sagen, dort nur die feinen Herren vergnügen durften. Bastiano erzählte mir, daß sogar eine freie Jägergenossenschaft gegründet worden ist. Damit scheint das Ende des Jagdreservats besiegelt.

»*Sciùra padrona*«, so grüßte man mich einst und zog den Hut. Wenn die Bauern am Martinstag kamen, um den Pachtzins zu bezahlen, brachten sie Schweineschmalz, Eier und Hühner mit. Alle kannten und achteten, ja bisweilen fürchteten sie uns. Ich bin eine der letzten der Dagos, und ich habe keine Nachkommen. Das Geschlecht stirbt damit aus … ist das Schicksal? Gottes Wille?

Auch Lotti weilt nicht mehr unter uns. Nach Marangonis

Tod lebte sie fast nur noch in dem Haus am See, wie eine Nonne. Sie war eine fromme Frau, die ihrem Glauben gemäß lebte. Ihr ganzes Geld vermachte sie den Armen und war allen gegenüber hilfsbereit, sei es, um einen Schwerkranken zu besuchen oder um einem Waisenkind oder einem Tobsüchtigen beizustehen, den man nicht einmal im Irrenhaus aufnehmen wollte. Für jeden hatte sie ein Wort des Trostes bereit.

Ich bin da ganz anders. Manchmal nehme ich das Büchlein des heiligen Franz von Sales zur Hand und lese darin. Ich möchte gern ein besserer Mensch werden, aber es gelingt mir nicht, meinen Nächsten zu lieben und ihm zu verzeihen. Diese Leute, die einst unterwürfig und ergeben waren, vermitteln mir das Gefühl, ein Niemand zu sein. Heute betrachten sich alle als gleichgestellt. Den Respekt von einst gibt es nicht mehr. Selbst Bastiano nimmt sich manchmal zu viel heraus, und dann muß ich ihn in die Schranken verweisen.

Doch ich fühle mich stark, auch wenn ich eine Dago bin, die keine Macht mehr besitzt. Viele haben ihre hämische Freude daran zu sehen, daß ich gezwungen bin, meinen Grundbesitz zu verkaufen. Womöglich erzählen sie ihren Kindern, daß ich eine verschrobene Alte bin, die Tochter eines Erzfaschisten mit Namen Innocente, der allgemein Cént hieß und einst im Dorf das Sagen hatte.

Es hat ihnen sicherlich nicht behagt, daß ich bei der Schenkung des Schulgrundstücks an die Gemeinde darauf bestand, daß die neue Straße nach meinem Vater benannt wurde. Manchmal, wenn ich zu Giorgino gehe, mache ich einen Umweg, um das Straßenschild zu lesen: Via Innocente Dago.

So ist sein Name wenigstens nicht ganz ausgelöscht, wenngleich schon in ein paar Jahren viele sich fragen werden, wer denn dieser Mann war. Schon jetzt begegne ich unterwegs Leuten, die mich nicht mehr kennen. Das Dorf ist voll mit Fremden. In den letzten Jahren hat sich die Zahl der Bewohner verdoppelt, und viele haben Familiennamen, die nicht aus dieser Gegend stammen: Leute mit Namen, die auf ›in‹ und ›àn‹ enden wie Parolìn oder Furlàn, kommen aus Venetien; solche, deren Namen auf ›ello‹ und ›illo‹ enden wie Coviello oder Fuccillo, stammen aus dem Süden.

Alle haben sie hier eine Arbeit gefunden und wohnen für eine geringe Miete in alten Häusern, die sie eigenhändig renovieren. Dann holen sie ihre Frau, ihre Kinder und Verwandten nach, es werden immer mehr. Die Gemüsehändler verkaufen jetzt Saubohnen und Brokkoli, Gemüsearten, die wir bisher nicht kannten, und ihre Kinder bringen den unsrigen bei, *»mannaggia«*, »Teufel noch mal!« zu sagen. Die Männer suchen sich Arbeit als Maurer, Maler und Zimmermann. Keiner von ihnen will die Felder bestellen.

Aber auch unsere Männer wollen von Feldarbeit nichts mehr wissen. Sie arbeiten in der Fabrik, in großen Betrieben und Büros. Für die Kinder besteht eine Schulpflicht bis zum vierzehnten Lebensjahr. Die Mädchen suchen sich dann eine Arbeit als Verkäuferin und nehmen lieber die Mühe auf sich, täglich mit dem Bus in die Stadt zu fahren, als daß sie in der Weberei arbeiten oder als Verkäuferin in einem Krämerladen hier im Dorf.

Doch viele Frauen sind nach wie vor in unserer ortsansässigen Textilindustrie beschäftigt. Noch bevor Boccioni starb, verkaufte Quaranta seine Fabrik an reiche und mächtige Unternehmer, die sie mit großem Aufwand modernisierten. Heute ist die Textilfabrik die Haupterwerbsqelle Dorfes, wie einst die Seidenspinnerei der Dagos. Berühmte Künstler entwerfen das Dekor für Bettwäsche, Tischdecken und Handtücher, die weithin geschätzt werden.

Eros ist Personalchef des Unternehmens. Nach dem Krieg kehrte er mit Libera und seinen Kindern ins Dorf zurück. Battistina ist glücklich, Libera, ihre liebste Tochter, wieder in ihrer Nähe zu wissen. Pietro ist vor zehn Jahren gestorben, er wurde knapp neunzig Jahre alt.

Zu mir und meiner Mutter war Pietro immer freundlich, ja liebenswürdig. Aber er war ein richtiger Dickschädel. An allem hatte er herumzunörgeln. Das einzige Mal, als ich ihn wirklich glücklich und zufrieden gesehen habe, war nach der Befreiung. Da verließ er abends wieder das Haus ... Ich erinnere mich noch genau an jenen Sommer. Fast jeden Abend wurde auf den Tennen getanzt, während wir um unseren Vater trauerten und viele Familien voller Bangen auf Nachricht über ihre in Rußland vermißten Angehörigen warteten. Pietro hatte sich das rote Halstuch umgebunden und sang mit den anderen in der Schenke *Bandiera rossa.*

Battistina ist mittlerweile über achtzig. Sie wohnt noch im Hof, in dem ihr Sohn seine Schmiede- und Fahrradwerkstatt hat. Einmal vertraute sie mir an, wie schmerzhaft es für sie war, daß Pietro und mein Papa nur wegen unterschiedlicher Ansichten an einem bestimmten Punkt ihres Lebens fast zu Feinden wurden und sich bis zu ihrem Tod nicht wieder versöhnten.

Wenn ich darüber nachdenke, habe ich das Gefühl, schuld daran war Pietros Eifersucht auf meinen Vater, den seine Mutter, unsere teure Maria, mehr geliebt hat als einen leiblichen Sohn. Mehr als Pietro? Ich weiß es nicht. Jedenfalls hat mein Vater sie geliebt wie seine eigene Mutter Santina.

Kürzlich ist Signora Luigina gestorben. Matilde hat das Haus geerbt und lebt jetzt mit ihrem Mann im Dorf. Sie sagt, daß sich Mailand sehr verändert hat und sie nicht mehr dort wohnen möchte.

Giacomo versteht es, sich bei den Leuten beliebt zu machen und hat große Pläne. Er meint, wir leben in außergewöhnlichen Zeiten, in denen man gut verdienen kann. Er will sein Geld im Häuserbau investieren und hat Luciano beauftragt, Häuser mit jeweils acht bis zehn Wohnungen zu entwerfen, die seiner Meinung nach weggehen werden wie die warmen Semmeln.

Neulich unterhielt ich mich wegen einiger meiner Grundstücke mit Giacomo. Ich hatte Geburtstag und hätte eigentlich die Gäste zu mir einladen müssen. Doch da Marta weiß, daß ich in der Küche nichts tauge, hat sie uns zu sich nach Hause gebeten. Außer mir und Manenti kamen Marcellina und ihr Mann, später zum Kaffee dann noch Matilde und Giacomo.

Marta bereitete mit Fleisch, Gemüse und Semmelbröseln

gefüllte Paprikaschoten, außerdem Risotto und geschmortes Hühnchen mit Kartoffeln und Erbsen. Sie hat eine moderne Küche mit einem neuen Herd. Marta ist eine hervorragende Köchin. Sie besitzt ein Rezeptbuch und probiert gern neue Gerichte aus.

Manenti hat einen ansehnlichen Parmaschinken als Geschenk mitgebracht. Er war im Mai in seinem Dorf und besuchte einen Onkel, der, wie er sagte, im Sterben lag.

Marcellina kam mit Elsa, Lucianos Braut. Die beiden sind praktisch zusammen aufgewachsen. Sie ist so hübsch wie schon damals, als kleines Mädchen, als ihre Mama mit ihr im Kinderwagen in die Villa kam.

Ja, der *duturùn* und seine Frau sind nach dem Krieg im Dorf geblieben. Die Leute mögen ihn, seine Praxis ist immer gut besucht, und er verdient nicht schlecht. Als Adelaide den Gebäudeteil verkaufte, den die beiden gemietet hatten, zogen sie in eine der neuerbauten Wohnungen ein, und neulich haben sie mit dem Bau eines eigenen Hauses begonnen. Inzwischen haben sie noch drei Kinder bekommen, die Familie hat sich hier also fest niedergelassen.

Luciano, inzwischen vierundzwanzig Jahre alt, und Elsa sind ein schönes Paar. Wenn sie heiraten, mache ich ihnen ein hübsches Geschenk. Sie mag die antiken Sachen, wie sie es nennt. Ich habe gesehen, wie sie das Gemälde von Daniele Crespi betrachtete, als ich ihr einmal die Villa zeigte. Aber von dem Bild kann ich mich nicht trennen. Vielleicht schenke ich ihnen den Frisiertisch mit dem ovalen Spiegel, ein schönes Empire-Möbelstück … mal sehen.

Ich nahm meine Blechbüchse mit den alten Photographien zu Giorgino. Nach dem Essen und den Trinksprüchen auf meinen siebzigsten Geburtstag – mein Alter hat zum Glück niemand erwähnt! – setzten wir uns in den Garten unter den Khakibaum und sahen uns die Photos an.

Die jungen Leute können gar nicht glauben, daß ich auch einmal jung war. »Wie hübsch Sie waren, Signora Angelica! So eine schmale Taille! Und was für ein schönes Kleid!« Elsa überhäufte mich geradezu mit Komplimenten. Bei dem Photo meines Vaters in San Pellegrino Terme stutzte sie. »Aber das ist doch Signor Giorgino!« rief sie aus. »Hatte er früher einen Schnurrbart?«

Mein Vater war damals im gleichen Alter wie Giorgino heute, fünfzig. Und es stimmt: Sie gleichen sich aufs Haar. Nur daß Giorgino größer ist und Locken hat.

»Nein, wieso Giorgino? Das ist mein Vater!« gab ich zurück.

»Du bist immer noch eine hübsche Frau, Tante Gècca«, beteuerte Luciano, dieser Schelm. Und ich weiß auch, warum er mich mit Komplimenten überhäuft. Neulich habe ich ihm ein wunderbares Geschenk gemacht. Doch er hat gar nicht so unrecht. Wenn ich mich im Spiegel betrachte, gefalle ich mir auch ganz gut. Die Haare trage ich hinten zu einem Knoten zusammengebunden wie einst meine Mutter.

Als wir kurz allein waren, fragte mich Elsa mit Unschuldsmiene: »Ich verstehe nicht ganz. Ihr Vater ist also mit Signor Giorgino verwandt? Sie sehen sich so ähnlich!«

Ich dachte einen Augenblick nach, bevor ich antwortete: »Wer weiß. Mein Vater war ein solcher Schürzenjäger.«

Natalina ist stocktaub. Und selbst wenn sie zugehört hätte, hätte sie nicht verstanden, worum es ging. Sie ist mit dem Kopf ganz woanders. Statt mit uns zu essen, füttert sie draußen die Hühner.

Später, als Matilde, Giacomo und Battistinas Urenkel kamen, legte Giorgino Platten mit Schlagermusik auf: *Quando calienta il sol, Con le pinne fucile e occhiali* und ähnliche Lieder. Fröhliche Musik, gar nicht übel.

Die jungen Leute fingen an zu tanzen. Die Mädchen heute tragen schöne Kleider, die in der Taille eng sind, und einen Petticoat, wie man es nennt. Etwas Ähnliches habe ich als Kind schon gesehen, bei der Signora Lucina und meiner Mutter. Die Mode kommt und geht …

Das große Geschenk, das Luciano im Frühjahr von mir bekam, ist ein Auto, ein grüner Fiat 600. Ich weiß, wie sehr er es sich wünschte. Und er hat sich ihn ja auch redlich verdient. Seit vier, fünf Jahren kümmert er sich um meine Angelegenheiten, ohne dafür etwas zu verlangen: um das

Jagdreservat, den Notar, die Vermessung der Ländereien und vieles mehr.

Ein lieber Junge! Als er mit dem funkelnagelneuen Wagen nach Hause kam, umarmte er mich und sagte: »Sag mir, wohin du fahren willst, ich bring dich hin, Tante Gècca! Du sollst es einweihen, mein neues Auto.«

Mir fiel spontan die Insel ein, auf der Lotti gelebt hatte. Und an einem Sonntag fuhren wir mit Marta und Giorgino hin. Manenti machte es nichts aus, zu Hause zu bleiben, er würde es sich in der Jagdhütte bequem machen. Ich saß vorne neben Luciano auf dem Beifahrersitz; Marta und Giorgino mußten sich hinten ganz klein machen, denn das Auto ist nicht besonders groß.

Gegen ein Uhr setzten wir über. Die Villa Marangoni ist heute ein Heim für bedürftige alte Menschen und wird von Nonnen geleitet. Dies war ausdrücklich Lottis Wunsch, den sie in ihrem Testament festgehalten hat. Als ich auf der Terrasse, auf der früher Cecchina das Essen serviert hatte, alte Menschen im Rollstuhl sitzen und am Stock gehen sah, krampfte sich mir vor Wehmut das Herz zusammen. Es erschien mir beinahe wie eine Entehrung, die vielen gebrechlichen Menschen in diesen schönen Räumen.

Doch bei genauerem Hinsehen war das Haus gar nicht trübe. Geranien blühten in den Töpfen, die Beete waren gepflegt und begrünt, die Mauern frisch verputzt. Ohne die Alten und die Nonnen wäre dies ein verlassener, öder Ort, wie so oft bei einst vornehmen Häusern.

Doch das war sicher nicht Lottis Beweggrund. Ihr ging es um die Nächstenliebe. Ich kannte sie so gut und weiß daher, wie ihr menschliches Leid naheging. Sie wünschte sich, daß alle Menschen glücklich sind.

Es war ein strahlender Morgen. Der Geruch des Sees und die Farben der Insel waren mir vertraut. Ich führte meine Reisebegleiter den Weg hinauf zur Kirche. Dort fand gerade eine Messe statt, die wir besuchten. An die Stelle von Don Celestino war ein junger Pfarrer getreten.

Unweit des Landungsstegs befand sich ein kleines Restaurant, das Luciano gut gefiel. Als wir aus der Kirche kamen, merkten wir, daß wir hungrig waren, und wir gingen ohne Eile wieder hinunter. Heute leben auf der Insel einige Familien, die hier Läden haben und die, wie Giorgino meinte, vom Tourismus gut leben können.

Ein leichter Wind kam auf. Zuerst meinte ich, es sei Blätterrascheln. Ich ging schweigend auf Luciano gestützt und mußte auf die moosüberwachsenen Stufen achtgeben. Plötzlich blieb Marta stehen und hielt den Zeigefinger an den Mund: »Psst. Hört ihr es nicht? Da singt jemand ...«

Ich schloß die Augen und horchte. Da begriff ich, daß dieser Klang – ein anschwellender, immer klarer und reiner werdender Gesang – nicht der Wind war, sondern daß es sie, Lotti, war. Unverwechselbar, ihre klassische Sopranstimme.

Ich bin nicht schwärmerisch veranlagt. Wer mich kennt, weiß, daß ich für Gefühlsüberschwang und alles Exaltierte nicht viel übrig habe. Noch nie habe hatte ich im Wachzustand Halluzinationen oder sah Geister. Und ich kann mit Sicherheit sagen: Es war Lotti, die auf der Insel sang. Dieselbe Arie, die sie eines Abends zum besten gab, als ich sie zum erstenmal am See besuchte: »*... di quell'amor, di quell'amor ch'è palpito ...*«, »von jener Liebe, von jener Liebe, die das Weltall bewegt ...«

Es war ihre Stimme, ganz eindeutig. Giorgino und Marta kannten meine Cousine Lotti kaum. Sie haben sie nur einmal singen hören, an meinem Geburtstag, dem letzten, den ich mit meinem Vater feiern konnte. Damals sang sie die Romanze vom alten Turm. Daher konnten sie Lottis Stimme nicht wiedererkennen. Ich aber sehr wohl. Und ich bin sicher, daß sie es war.

Aber auch Luciano und die anderen schienen tief berührt von dieser süßen Melodie. »Das ist bestimmt eine Sängerin, die ihre Rolle einübt«, meinte Marta. Ich biß mir auf die Zunge. Beinahe hätte ich gesagt: »Aber das ist doch Lotti! Erkennt ihr sie nicht?« Dann aber schwieg ich. Sie hätten mir sowieso nicht geglaubt, sondern hätten mich für verrückt erklärt.

Die jungen Leute lassen keine Geheimnisse mehr zu.

Um ehrlich zu sein: War ich nicht selbst so, bis zu jenem Augenblick? Obwohl ich um Lottis prophetische Gaben wußte. Wie oft hatte Marangoni sie damit aufgezogen: »Du Hexe! Magierin, Sterndeuterin …« Doch im Grunde glaubte auch er daran; Lotti hatte mehrmals bewiesen, daß sie über geheimnisvolle Kräfte verfügte.

Also schwieg ich lieber. Aber innerlich spürte ich eine Freude, ein unbeschreiblich erhebendes Glücksgefühl. Wir gelangten zum See, und die Stimme verklang allmählich. Bleib noch, geh noch nicht fort, hätte ich am liebsten gerufen. In meine Augen traten Tränen, so daß ich fast nichts mehr sehen konnte. Aber meine Begleiter merkten es nicht.

Da erfüllte mich ein tiefer Friede. Ich wußte, daß Lotti mit ihrem Lied nicht nur von der Liebe zwischen Violetta und Alfredo erzählen wollte. Die Liebe, die sie meinte, ging über die ungewisse und vergängliche irdische Liebe hinaus. Sie sang von der Liebe des himmlischen Vaters, die das Universum umfaßt, die sich uns zuneigt und uns tröstet.

»Ein poetischer Roman wie aus 1001 Nacht.« *Freundin*

Chitra Banerjee Divakaruni
Die Hüterin der Gewürze
Roman
62/0006

Die weise Tilo ist nicht nur mit dem Zauber aller Gewürze vertraut, sie kann auch den Menschen direkt ins Herz schauen. Eines Tages betritt ein junger Mann ihren Laden, und plötzlich versagen Tilos magische Kräfte ...